SUPERBUR
BIBLIOTECA UNIVERSALE RIZZOLI

Tom Clancy

URAGANO ROSSO

traduzione di PIERO SPINELLI

Biblioteca Universale Rizzoli

First published by G.P. Putnam's Sons, New York

Edizione italiana a cura di
Nando Pollone

ISBN 88-17-11360-3

Titolo originale dell'opera:
RED STORM RISING

prima edizione Superbur: luglio 1989
quarta edizione Superbur: settembre 1991

Nota dell'Autore

L'inizio di questo libro risale a parecchio tempo fa. Scoprii Larry Bond nel 1982 quando, a seguito di un annuncio sulla rivista *Proceedings* dell'U.S. Naval Institute, acquistai il suo war game "Harpoon". Il gioco si rivelò di enorme utilità e fu la fonte primaria cui attinsi per scrivere l'*Ottobre Rosso*. Inoltre, stuzzicò a tal punto la mia curiosità che durante quell'estate saltai in macchina e andai a un convegno di appassionati di war games per conoscere Larry di persona. Fu così che diventammo grandi amici.

Nel 1983, quando *Ottobre Rosso* era nella fase preliminare, Larry e io cominciammo a discutere di un suo progetto: Convoy-84, un macro-gioco di guerra, o meglio, di "campagna": una nuova Battaglia del Nord Atlantico da combattere con lo schema di "Harpoon". L'idea mi parve affascinante. Cominciammo poi a parlare di un possibile libro imperniato su quell'idea. Eravamo convinti entrambi che nessuno, a parte il Ministero della Difesa, avesse mai considerato in dettaglio l'aspetto che avrebbe assunto una simile campagna combattuta con armi moderne. Più ne parlavamo, più l'idea prendeva forma. Ben presto ci trovammo a lavorare su un abbozzo, tentando di limitare il progetto quanto bastava per tenerlo sotto controllo, ma senza rinunciare a nessuno degli elementi essenziali. (Il problema si rivelò impossibile da risolvere in modo veramente adeguato, nonostante interminabili discussioni e non pochi dissensi anche molto accesi!)

Il nome di Larry non figura nella pagina di titolo, però questo libro è suo quanto mio. Non abbiamo mai pianificato una divisione del lavoro. In definitiva, Larry e io abbiamo portato a termine la stesura di questo libro come co-autori, in base a un impegno sancito non da un contratto, ma solo da una stretta di mano – e ci siamo divertiti da matti! Il lettore stabilirà se, e fino a che punto, siamo riusciti nel nostro intento.

Uragano Rosso

Da tempo immemorabile la funzione della Marina è stata di influenzare e, a volte, decidere le contese di terra. Fu così per i Greci dell'antichità; per i Romani, che crearono la Marina per debellare Cartagine; per gli Spagnoli, la cui Armada tentò invano di conquistare l'Inghilterra. Fu così soprattutto, e in misura ancora più rilevante, nell'Atlantico e nel Pacifico durante le due guerre mondiali. Da sempre, il mare ha dato modo all'uomo di spostarsi con poca spesa e di comunicare agevolmente sulle lunghe distanze. Gli ha anche dato un rifugio, perché chi è oltre l'orizzonte non può essere visto né, di conseguenza, raggiunto. Il mare ha fornito mobilità, sostentamento e possibilità d'ogni tipo lungo tutta la storia dell'Occidente. Tutti coloro che hanno fallito la prova della potenza marinara – in particolare Alessandro, Napoleone e Hitler – hanno anche fallito quella della longevità.

EDWARD L. BEECH
Keepers of the Sea

Ringraziamenti

È impossibile per Larry e per me ringraziare tutte le persone che in vari modi hanno collaborato con noi alla preparazione di questo libro. Se tentassimo di farlo, rischieremmo di omettere i nomi di persone il cui contributo è stato un po' più che importante. A tutti coloro che ci hanno prodigato tempo e attenzione, rispondendo a interminabili domande e poi spiegando diffusamente le risposte che ci avevano dato: sappiamo chi siete e che cosa avete fatto. Siete tutti presenti in questo libro. Un ringraziamento particolare, tuttavia, va al comandante, agli ufficiali e all'equipaggio della FFG-26, che per tutta una meravigliosa settimana hanno fatto vedere a un ignorante uomo di terra un po' di quello che significa essere marinai.

1

La miccia lenta

Nizhnevartovsk, URSS

Si muovevano agili, silenziosi e determinati, sotto il limpido cielo della Siberia occidentale. Erano musulmani, ma non lo si sarebbe capito dal loro linguaggio: parlavano russo, con la cantilena dell'Azerbaigian che suonava, a torto, tanto divertente all'orecchio dei capitecnici. I tre uomini avevano appena terminato un complesso lavoro allo scalo ferroviario e al deposito delle autocisterne: l'apertura di alcune centinaia di valvole di carico. Ibrahim Tolkaze era il capo, anche se non camminava in testa al gruppo. Per primo veniva invece Rasul, il gigantesco ex sergente della MVD che, in quella fredda notte, aveva già ucciso sei uomini: tre con la pistola nascosta sotto il giaccone, tre a mani nude. Nessuno li aveva sentiti: una raffineria è un posto rumoroso. Lasciati i corpi nell'ombra, i tre salirono sull'auto di Tolkaze per la parte successiva della missione.

La centrale di controllo era un moderno edificio a tre piani, situato proprio al centro del complesso. Le torri di piroscissione, i serbatoi, le celle catalitiche, si susseguivano in ogni direzione per un raggio di almeno cinque chilometri; di lì, soprattutto, si diramavano per migliaia di chilometri le tubazioni di grosso diametro che facevano di Nizhnevartovsk uno dei più grandi complessi petroliferi del mondo. Le vampe dei gas di scarico illuminavano il cielo a intervalli irregolari; l'aria era greve del puzzo dei distillati di petrolio: kerosene per aviazione, benzina, gasolio, tetrossido di azoto per missili intercontinentali, oli lubrificanti dei diversi gradi, idrocarburi complessi identificati solo da prefissi alfanumerici.

Sulla Zhiguli personale di Tolkaze i tre mossero verso la costruzione in mattoni a vista, priva di finestre. Il tecnico fermò la vettura nel parcheggio a lui riservato e si diresse da solo verso la porta, mentre i compagni si rannicchiavano sul sedile posteriore.

Varcata la porta a vetri, Ibrahim salutò la guardia, che ricambiò il sorriso, tendendo la mano verso il lasciapassare di Tolkaze. Le misure di sicurezza erano indubbiamente necessarie laggiù ma, poiché risalivano a quarant'anni addietro, non venivano prese più seriamente di una qualsiasi delle numerose complicazioni burocratiche vigenti nell'Unione Sovietica. La guardia aveva bevuto, indulgendo all'unica amenità disponibile in quel luogo freddo e desolato. Aveva lo sguardo vacuo e il sorriso un po' troppo fisso. Tolkaze armeggiò con il tesserino lasciandolo cadere e la guardia si chinò a raccoglierlo. Non si rialzò più. La pistola di Tolkaze fu l'ultima cosa che l'uomo sentì: il freddo del metallo sulla nuca. Morì senza sapere come e perché. Ibrahim passò dietro il banco per prendere l'arma che l'uomo era stato tanto fiero di sfoggiare davanti ai tecnici da lui protetti. Sollevò il cadavere, lo spostò a fatica, per poi abbandonarlo accasciato sul tavolo – uno dei tanti addetti al turno di notte che dormiva sul posto di lavoro – quindi fece segno ai compagni di raggiungerlo. Rasul e Mohammet si precipitarono alla porta.

«È ora, fratelli.» Tolkaze passò al più alto dei compagni il mitra AK-47 e la cintura dei caricatori.

Rasul soppesò brevemente l'arma, si accertò che avesse il colpo in canna, tolse la sicura. Si buttò la cintura a tracolla e inastò la baionetta con un rumore secco. Quindi parlò, per la prima volta in quella notte: «Il Paradiso attende».

Tolkaze si ricompose, si passò una mano sui capelli, aggiustò la cravatta, appuntò il lasciapassare sul camice bianco da laboratorio prima di guidare i compagni su per le sei rampe di scale.

La procedura esigeva che, per entrare nella sala principale di controllo, ci si facesse riconoscere da un membro dello staff operativo, e Tolkaze si attenne alla norma. Nikolai Barsov sembrò sorpreso nel vederlo attraverso lo spioncino.

«Ma non sei di servizio stanotte, Isha.»

«Mi si è guastata una delle valvole oggi pomeriggio. Al momento di uscire mi sono dimenticato di vedere a che punto era la riparazione. La conosci, la valvola ausiliaria numero otto del kerosene. Se domattina non sarà ancora a posto, dovremo predisporre una deviazione: sai che pasticcio...»

Barsov emise un brontolio di assenso. «D'accordo, Isha.» Il tecnico, uomo di mezza età, pensava che a Tolkaze piacesse il diminutivo alla russa. Si sbagliava di grosso. «Ti apro, fatti indietro.»

La pesante porta di acciaio si apriva verso l'esterno. Barsov non aveva visto Rasul e Mohammet prima, e ben poco poté vederli dopo. Tre colpi del Kalashnikov 7.62 gli esplosero nel petto.

La sala di controllo principale, del tutto simile a quella di una stazione ferroviaria o di una centrale elettrica, era presidiata all'interno da una squadra di venti uomini. Sulle alte pareti spiccavano gli schemi degli oleodotti, punteggiati da centinaia di spie luminose che segnalavano quali valvole erano in funzione, e con quale compito. Quello era il quadro principale. L'impianto era poi frazionato in quadri di settore, essenzialmente controllati da computer, ma sottoposti alla costante verifica di metà dello staff di servizio. I tecnici non potevano non avere udito i tre colpi di arma da fuoco.

Nessuno di loro, però, era armato.

Con una meticolosità non priva di eleganza, Rasul prese a farsi strada attraverso la sala, usando il Kalashnikov da esperto: un colpo per ciascuno dei tecnici di guardia. Dapprima essi tentarono di fuggire, finché non si resero conto che Rasul li stava spingendo in un angolo come un gregge, seminando morte man mano che avanzava. Due uomini, coraggiosamente, afferrarono i telefoni di servizio per chiamare una squadra di pronto intervento del KGB di guardia al complesso. Rasul ne colpì uno prima ancora che riuscisse a muoversi; l'altro si tuffò dietro il banco della consolle per sottrarsi al fuoco e scattò verso la porta, dove si trovava Tolkaze. Ibrahim riconobbe Boris, il prediletto del Partito, capo del collettivo locale, che aveva "simpatizzato" con lui, facendone lo speciale beniamino esotico dei tecnici russi. Tolkaze ricordava tutte le occasioni in cui quel maiale senza Dio lo aveva esibito, straniero selvaggio importato per divertire i padroni russi. Alzò la pistola.

«Ishaa!» gridò l'uomo, folle di terrore. Tolkaze gli sparò in bocca sperando che Boris non morisse troppo in fretta, che potesse sentire il disprezzo nell'unica parola che gli rivolse: «Infedele!». Era contento che non lo avesse ucciso Rasul. Il taciturno amico poteva prendersi tutti gli altri.

I tecnici superstiti urlavano scagliando tazze, sedie, manuali. Non c'era via di scampo per loro, nessuna possibilità di eludere il gigante dalla pelle scura. Alcuni alzarono le mani in vano gesto di supplica. Altri si misero a pregare ad alta voce (ma non si rivolsero ad Allah, che avrebbe potuto salvarli). Man mano che Rasul avanzava verso l'angolo insanguinato, le grida diminuivano. Sorrise nell'abbattere l'ultimo, sapendo che quel porco infedele sudato gli sarebbe stato servo in Paradiso. Ricaricata l'arma, tornò indietro attraversando la sala di controllo. Tastò ognuno dei corpi con la punta della baionetta e sparò di nuovo ai quattro che davano ancora segni di vita. Il viso di Rasul esprimeva una truce soddisfazione. Almeno venticinque miscredenti giacevano morti, venticinque invasori stranieri che non si sarebbero più intromessi fra il suo popolo e Dio. Aveva veramente compiuto l'opera affidatagli da Allah.

Quando Rasul prese posizione in cima alla scala, Mohammet – il terzo uomo – era già al lavoro nel retro della stanza. Commutò i dispositivi di controllo di emergenza da automatici a manuali, escludendo tutti i sistemi di sicurezza memorizzati dal computer.

Ibrahim, uomo metodico, aveva elaborato per mesi ogni dettaglio del piano, ma in tasca aveva ancora un elenco di cose da fare. Lo estrasse e lo spiegò, piazzandolo sul quadro generale di controllo. Diede un'occhiata ai quadri di settore per orientarsi, poi si concesse una pausa.

Trasse dalla tasca posteriore l'oggetto che gli era più caro, la metà del Corano di suo nonno, che aprì su una pagina a caso. Era un passo della «Sura del Bottino».* Il nonno era caduto durante la futile rivolta contro Mosca, mentre il padre si era coperto di vergogna con l'abbietta sottomissione al governo degli infedeli. Date le circostanze, Tolkaze aveva ceduto alle lusinghe dei maestri russi e aveva aderito al sistema dei senza Dio. Altri lo avevano addestrato come tecnico petrolifero, assegnandolo poi al più importante impianto dello Stato, nell'Azerbaigian. Soltanto allora il Dio dei suoi padri lo aveva salvato attraverso le parole di uno zio, imam dissidente il quale, rimasto fedele all'Islam, aveva conservato il lacero frammento del Corano che aveva accompagnato in battaglia uno dei veri guerrieri di Allah. Tolkaze lesse il versetto su cui aveva posato il dito:

Quando gli infedeli tramavano per tenerti prigioniero, o per ucciderti, o per scacciarti, essi tramavano bene, ma anche Dio lo faceva. E Dio sa tramare meglio di chiunque altro.

Tolkaze sorrise: questo era di certo il Sigillo definitivo su di un piano eseguito da mani più grandi delle sue. Sereno e fiducioso, si dispose a compiere il proprio destino.

La benzina prima di tutto. Chiuse sedici valvole – la più vicina era a tre chilometri di distanza – e ne aprì altre dieci che fecero scaturire ottantamila litri di benzina da una batteria di valvole per il caricamento delle autobotti. La benzina non s'incendiò subito. I tre non avevano collocato alcun dispositivo per scatenare la deflagrazione di questa catastrofe, la prima di una lunga serie. Tolkaze si disse che, se era veramente opera di Allah, Egli avrebbe provveduto di certo.

Allah provvide. Un furgoncino che attraversava il piazzale di

* «Sura del Bottino»: una delle 114 Sure (capitoli) che compongono il Corano. [*N.d.T.*]

carico prese una curva a velocità sostenuta, slittò sui fiotti di benzina e andò a sbattere la fiancata contro un traliccio. Bastò una scintilla... e intanto altro carburante si stava riversando sui raccordi ferroviari.

Tolkaze aveva un piano speciale per gli interruttori principali dell'oleodotto. Digitò in fretta un comando sul computer, ringraziando Allah per la destrezza di Rasul, che non aveva danneggiato nulla d'importante nel corso della sparatoria. La conduttura principale misurava due metri di diametro. I comandi di Ibrahim fecero aprire e chiudere alcune valvole in rapida sequenza. La conduttura si ruppe in diversi punti, mentre altri comandi del computer mantenevano in azione le pompe. Il greggio leggero che scaturiva si riversò sul campo di produzione, dove bastava una scintilla in più per suscitare il rogo sacrificale che il vento gelido avrebbe propagato. Un'altra rottura si produsse nel punto in cui le condutture del petrolio e del metano s'incrociavano sopra il fiume Ob.

«Arrivano le giubbe verdi!» urlò Rasul prima che la squadra di pronto intervento del KGB si lanciasse su per le scale. Una raffica del Kalashnikov abbatté le prime due guardie; il resto della squadra si arrestò di colpo al riparo della scala, mentre il giovane sergente si chiedeva in che specie d'inferno erano andati a cacciarsi.

Gli allarmi automatici già cominciavano a risuonare nella sala di controllo. Il display principale mostrava quattro grandi incendi in espansione, i cui confini erano delimitati da spie rosse lampeggianti. Tolkaze andò al computer principale e strappò via la bobina su cui erano memorizzati i codici digitali di comando. Non v'erano ricambi se non nella camera blindata al fondo delle scale; i soli uomini nel raggio di dieci chilometri che conoscevano la combinazione d'apertura erano tutti in quella sala – morti. Mohammet stava tagliando i fili dei telefoni. L'intero edificio tremò per l'esplosione di una cisterna di benzina a un paio di chilometri.

Lo schianto di una bomba a mano annunciò una nuova mossa delle truppe del KGB. Rasul rispose al fuoco, e le grida del moribondo quasi coprirono l'urlo lacerante delle sirene antincendio. Tolkaze corse verso l'angolo della sala reso sdrucciolevole dal sangue. Aprì lo sportello della scatola dei fusibili, staccò l'interruttore principale, quindi fece fuoco sulla scatola. Chiunque avesse cercato di rimettere ordine avrebbe dovuto lavorare al buio.

Rasul era finito. Ibrahim vide il massiccio amico colpito a morte dalle schegge della granata. Vacillava, tentando disperatamente di restare in piedi a proteggere i compagni sino alla fine.

«Mi rifugio nel Signore dei mondi!» gridò Tolkaze in tono di sfida alle truppe di sicurezza che, peraltro, non capivano una parola di arabo: «Il Re degli uomini, il Dio degli uomini, contro la nequizia del maligno...».

Il sergente del KGB superò d'un balzo il pianerottolo; la sua prima raffica fece cadere il mitragliatore dalle mani ormai esangui di Rasul. Due bombe a mano descrissero una parabola nell'aria mentre il sergente tornava a ripararsi dietro l'angolo.

Non vi era luogo in cui fuggire né motivo per farlo. Mohammet e Ibrahim rimasero immobili sulla soglia mentre le bombe a mano rimbalzavano e scivolavano sulle piastrelle del pavimento.

Tutto, intorno a loro, sembrava essere in preda alle fiamme; presto, per causa loro, il mondo intero lo sarebbe stato.

«*Allahu akhbar!*»

Sunnyvale, California

«Santo Dio!» mormorò il sergente maggiore. Era bastato l'inizio dell'incendio nel settore benzina/diesel per mettere in stato di allerta un satellite strategico di allarme avanzato in orbita geostazionaria a 24.000 miglia d'altezza sopra l'Oceano Indiano. Il satellite era monitorizzato da una postazione di massima sicurezza della U.S. Air Force.

L'ufficiale di guardia, colonnello dell'Aviazione, si rivolse al capotecnico: «Fammi il rilevamento».

«Signorsì.» Il sergente digitò sulla consolle un comando che fece variare la sensibilità delle telecamere montate sul satellite. Ridotta la riflessione ottica, il satellite individuò con precisione la fonte di energia termica. Sulla mappa adiacente al display comparvero le coordinate esatte. «Signore, è l'incendio di una raffineria. Accidenti, sembra una grossa faccenda! Colonnello, il Big Bird passa da quelle parti fra venti minuti, a meno di centoventi chilometri.»

«Vero» assentì il colonnello. Osservò attentamente lo schermo per accertarsi che la fonte di calore non fosse in movimento, e intanto sollevò il ricevitore del "telefono dorato", la linea diretta con il Quartier Generale della NORAD a Cheyenne Mountain nel Colorado.

«Qui Controllo Argus. Ho una notizia lampo per CINC-NORAD.»

«Attendere uno» rispose la prima voce.

«Qui CINC-NORAD» disse la seconda voce, quella del Comandante in Capo della NORAD, la Difesa Aerospaziale del Nord America.

«Signore, sono il colonnello Burnette del Controllo Argus. Stiamo visualizzando una massiccia fonte di energia termica, coordinate 60 gradi 50 primi nord, 76 gradi 40 primi est. Il luogo è classificato come raffineria POL. La fonte termica non, ripeto, non si muove. Abbiamo il passaggio di un KH-11 sul punto in questione fra minuti due-zero. Generale, la mia valutazione preliminare è che si tratta di un grosso giacimento petrolifero.»

«Non stanno per caso facendo un laser-flash sul suo Bird?» domandò CINC-NORAD. C'era sempre la possibilità che i sovietici tentassero qualche trucco con il loro satellite.

«Negativo. La fonte luminosa copre gli infrarossi più l'intero spettro visibile ma non, ripeto, non il monocromatico. Ne sapremo di più fra qualche minuto, signore. Per il momento, tutto fa pensare a un esteso incendio al suolo.»

Ne ebbero la certezza nel giro di mezz'ora. Il satellite da ricognizione KH-11 emerse dall'orizzonte, abbastanza vicino perché le sue telecamere potessero classificare il caos sottostante. Un ripetitore trasmise il segnale a un satellite per telecomunicazioni geostazionario, e Burnette poté osservare il tutto in tempo reale, dal vivo e a colori. L'incendio aveva già divorato metà del complesso e più di metà dell'adiacente campo di produzione, mentre il greggio continuava a fluire dalle falle delle condutture. Era possibile vedere il fuoco che si espandeva, con le fiamme sospinte dal vento a quaranta nodi. Il fumo rendeva gran parte della zona impenetrabile allo spettro visibile, ma non ai sensori infrarossi che rivelarono numerose fonti di calore, indubbiamente costituite da grandi pozze di prodotti petroliferi in piena combustione. Il sergente di Burnette veniva dal Texas orientale e, da ragazzo, aveva lavorato in un campo petrolifero. Mise a fuoco sullo schermo alcune foto diurne del luogo e le confrontò con le immagini del display, per identificare i settori della raffineria che stavano bruciando.

«Perdio, colonnello!» Il sergente scosse il capo con un misto di sgomento e di ammirazione, quindi parlò con pacata professionalità. «La raffineria, signore... è andata. Il vento propagherà l'incendio e non c'è possibilità al mondo di fermarlo. La raffineria è fottuta, completamente distrutta. Continuerà a bruciare per tre o quattro giorni, qualche parte forse per tutta una settimana. Se non ce la fanno ad arginare il fuoco, partirà anche il campo di produzione. Al prossimo passaggio del Bird l'incendio sarà totale, con tutte le teste di trivellazione che versano olio infuocato. Dio mio, credo che nemmeno Red Adair* vorrebbe averci a che fare!»

* Soprannome dato a Erik Killey, già tecnico della Caltex, specializzato nello spegnimento di incendi di campi petroliferi. [*N.d.T.*]

«Niente più raffineria? Hm!» Burnette guardò un replay del passaggio del Big Bird. «È il loro impianto più recente, il più grande. Dovrebbe lasciare un grosso buco nella loro produzione di petrolio, prima che possano ricostruire su quel po' po' di sconquasso. Spento l'incendio, avranno un bel da fare per riorganizzare la produzione della benzina e del diesel. Devo dare loro atto di una cosa: quando hanno un infortunio a livello industriale non si perdono in bazzecole. Grosso guaio per i nostri amici russi, sergente.»

L'analisi fu confermata l'indomani dalla CIA, e il giorno successivo dai servizi di sicurezza britannico e francese.

Si sbagliavano tutti.

2

Entra in scena l'outsider

DATA – ORA 31/01 06,15 COPIA INCENDIO URSS

BC – Incendio URSS, Bjt, 1809.

Da William Blake – Redattore informazioni militari dell'Associated Press.

WASHINGTON (AP) – Secondo fonti militari e agenzie d'informazione, un "grave incendio di giacimento petrolifero" si è verificato oggi nella regione centrale dell'Unione Sovietica. La catastrofe sarebbe paragonabile soltanto a quelle del 1947 a Texas City e del 1984 a Città del Messico.

L'incendio è stato individuato da "mezzi tecnici nazionali statunitensi", termine che generalmente si riferisce a satelliti da ricognizione controllati dalla Central Intelligence Agency. La CIA declina qualsiasi commento sull'accaduto.

Fonti del Pentagono hanno confermato la notizia sottolineando che l'energia sprigionata dall'incendio è stata tale da produrre un momentaneo stato di agitazione nella NORAD. Si è temuto, infatti, che la fiammata fosse da attribuire al lancio di un missile diretto sugli Stati Uniti, oppure a un tentativo di accecare, mediante laser o altro dispositivo da terra, il satellite americano d'allarme avanzato.

Non è mai stata presa in considerazione la possibilità di aumentare i livelli di allarme americani o di mettere le forze nucleari USA in un più immediato stato di all'erta. "Il tutto è durato meno di mezz'ora" affermano gli informatori.

Non vi sono conferme da parte russa, ma è raro che i sovietici diano notizia di incidenti del genere.

Il riferimento degli informatori americani a due disastri apocalittici in campo industriale è un accenno alla possibilità che l'incendio abbia causato ingenti perdite umane. I portavoce della Difesa non sono sembrati disposti a fare illazioni su eventuali vittime fra la popolazione civile. La città di Nizhnevartovsk confina con il giacimento petrolifero.

Secondo le stime dell'American Petroleum Institute, l'impianto fornisce circa il 31,3% della produzione complessiva sovietica di greggio. La raffineria, di recente costruzione, copre circa il 17,3% della produzione di distillati di petrolio.

"Per loro fortuna" spiega Donald Evans, portavoce dell'Istituto "il sottosuolo di un giacimento petrolifero brucia con estrema difficoltà, per cui si può prevedere che l'incendio si esaurisca spontaneamente nel giro di pochi giorni." Non è ancora possibile fare una valutazione dei danni perché non si sa ancora quanta parte dell'impianto è andata distrutta. Si prevede, comunque, che la perdita più grave sarà quella della raffineria. "Quando partono, di solito lo fanno alla grande" ha detto Evans. "Tuttavia i russi hanno in riserva capacità di raffinazione sufficienti per compensare il calo, soprattutto se si considerano i lavori che hanno realizzato nel complesso di Mosca."

Evans si è astenuto dall'azzardare ipotesi sulle cause dell'incendio, limitandosi a commentare che "in parte può essere dovuto alle condizioni climatiche. Anche noi abbiamo avuto problemi con i giacimenti in Alaska, risolti soltanto con interventi altamente specializzati. Va notato, inoltre, che ogni raffineria è potenzialmente una Disneyland agli effetti dei rischi d'incendio, e nulla può sostituire l'opera di maestranze intelligenti, attente e bene addestrate."

Questo è l'ultimo di una serie di incidenti occorsi all'industria petrolifera sovietica. Soltanto lo scorso autunno, al plenum del Comitato Centrale del Partito Comunista, è stato ammesso che le quote di produzione nei due campi petroliferi della Siberia occidentale "non hanno raggiunto per intero i traguardi auspicati".

Questa dichiarazione dal tono apparentemente moderato è vista nei circoli occidentali come un'aspra condanna della politica attuata dal ministro dell'Industria Petrolifera, Zapisky, poi destituito. L'incarico è quindi passato a Mikhail Sergetov, già capo del gruppo di Lenin-

grado, considerato un astro nascente del PCUS. La riorganizzazione dell'industria petrolifera a opera di Sergetov – un tecnocrate con curriculum politico oltre che professionale – viene considerato un incarico suscettibile di durare per parecchi anni.
AP-BA-31-01
Fine del dispaccio

Mosca, URSS

Mikhail Eduardovich Sergetov non ebbe mai la possibilità di leggere il rapporto telegrafico. Richiamato dalla sua dacia ufficiale fra i boschi di betulle vicino a Mosca, era partito subito in volo per Nizhnevartovsk, dove si era trattenuto soltanto dieci ore. Poi lo avevano convocato a Mosca per presentare la relazione. *Ho l'incarico solo da tre mesi* rifletteva seduto nella cabina vuota dell'IL-86 *e mi deve capitare questo guaio!*

Mentre lui, sull'aereo, verificava gli appunti per la riunione del Politburo che si sarebbe svolta a fine giornata, i suoi assistenti diretti, due giovani tecnici, erano rimasti sul posto e stavano cercando di razionalizzare l'accaduto e di salvare il salvabile. Le perdite accertate registravano trecento uomini morti combattendo l'incendio ma, per miracolo, soltanto duecento civili di Nizhnevartovsk. Triste cosa, certo, ma non troppo rilevante se non per il fatto che i tecnici uccisi avrebbero dovuto essere sostituiti con specialisti reclutati fra il personale di altre grandi raffinerie.

La distruzione dell'impianto era stata quasi totale. Per ricostruirlo ci sarebbero voluti non meno di due o tre anni, e una parte cospicua della produzione nazionale di tubi di acciaio e di tutti gli altri articoli speciali usati nelle installazioni di quel tipo: un valore di quindici miliardi di rubli. Quanta parte delle attrezzature avrebbe dovuto essere acquistata all'estero? Quanto oro, quanta valuta pregiata si sarebbe dovuto sacrificare?

E queste erano le buone notizie.

Quanto alle cattive, l'incendio che aveva divorato il giacimento aveva anche distrutto completamente le teste di trivellazione. Sarebbero occorsi almeno trentasei mesi per sostituirle.

Trentasei mesi, rifletté desolato Sergetov, *sempreché possiamo spostare attrezzature e personale in quantità sufficienti per trivellare di nuovo tutti i maledetti pozzi e contemporaneamente ricostruire gli impianti di raffinazione. L'Unione Sovietica avrà un'enorme lacuna nella produzione di petrolio per un periodo di almeno diciotto mesi, se non addirittura di trenta. Che cosa ne sarà della nostra economia?*

Estrasse dalla borsa un blocco di carta e si mise a fare calcoli. Il volo durava tre ore, ma Sergetov si accorse di essere arrivato solo quando il pilota andò ad annunciargli l'atterraggio.

Guardò con gli occhi socchiusi il paesaggio nevoso di Vnukovo-2, unico aeroporto fuori Mosca riservato ai Vip, e scese da solo la scaletta per prendere posto sulla limousine Zil in attesa. La vettura partì veloce senza fermarsi ai controlli di sicurezza. Gli ufficiali della milizia, lividi dal freddo, scattarono sull'attenti al passaggio dell'auto, poi ritornarono all'impegnativa occupazione di cercare di scaldarsi le ossa in quel gelo polare. Il sole splendeva, il cielo era limpido, solcato in alto da poche diafane nubi. Sergetov guardò distrattamente dal finestrino, rimuginando le cifre che aveva già controllato e ricontrollato mezza dozzina di volte. Il Politburo lo stava aspettando, gli disse l'autista.

Da sei mesi Sergetov era un "membro candidato", ossia senza diritto di voto, del Politburo. In altre parole, era uno dei nove funzionari incaricati di consigliare i tredici membri effettivi. Nessuno, all'infuori di quegli uomini, aveva il potere di prendere le decisioni importanti nell'Unione Sovietica. Il settore affidato a Sergetov era quello della produzione e distribuzione energetica. Ricopriva la carica da settembre, e aveva appena iniziato a elaborare i programmi per ristrutturare totalmente i sette ministeri, fra regionali e nazionali, che gestivano il servizio – e verosimilmente dedicavano la maggior parte del tempo a litigare fra di loro. Lo schema cui aveva posto mano prevedeva la creazione di un unico organismo che avrebbe dovuto rispondere direttamente al Politburo, anziché aprirsi a fatica la strada fra le maglie burocratiche del Consiglio dei ministri. Sergetov chiuse gli occhi per un istante ringraziando Dio – doveva pur essercene uno, si disse – per avere trattato il mese precedente, nelle prime raccomandazioni che aveva formulato, proprio il problema della sicurezza e dell'affidabilità politica nei campi petroliferi. Le maestranze erano in larga misura "straniere", e lui ne aveva espressamente sollecitato una maggiore russificazione. Grazie a tale iniziativa, non nutriva soverchie preoccupazioni per la propria carriera che, sino a quel momento, aveva registrato una serie ininterrotta di successi. Alzò le spalle. Il suo avvenire e forse anche quello del paese sarebbero stati determinati in ogni caso dal compito che lui, Sergetov, si accingeva ad affrontare.

La Zil correva lungo la Leningradskiy Prospekt, che svoltava nella via Gorkij, procedendo sulla corsia centrale tenuta sgombra dal traffico cittadino per l'uso esclusivo delle autorità. Passarono oltre l'Hotel Intourist, nella Piazza Rossa, e infine giunsero al cancello del Cremlino. Qui l'autista si fermò per i controlli, tre in tutto, eseguiti dal KGB e dalle guardie di Taman. Cinque minuti dopo la limousine si accostò alla porta del palazzo del Consiglio dei ministri, unica costruzione moderna all'interno della fortezza. I militari di servizio all'ingresso conoscevano di vista Sergetov e scattarono nel saluto, aprendogli la porta affinché non rimanesse esposto più di qualche secondo alla rigida temperatura esterna.

Il Politburo si riuniva in quel palazzo, nel salone del quarto piano, soltanto da un mese, precisamente da quando erano iniziati i lavori di rinnovamento della sede nell'antico Arsenale. I membri anziani rimpiangevano di non poter più usufruire dei lussi zaristi, ma Sergetov preferiva la modernità: era tempo che gli uomini del Partito si vedessero intorno le realizzazioni del socialismo anziché gli orpelli dei Romanov.

Il più assoluto silenzio regnava nella sala quando Sergetov entrò. All'Arsenale – commentò fra sé il tecnocrate cinquantaquattrenne – l'atmosfera sarebbe stata decisamente funerea, e di funerali ce n'erano già stati anche troppi. Il Partito stava lentamente perdendo gli anziani sopravvissuti al terrore staliniano, e gli esponenti dell'ultima leva, tutti "giovani" fra i cinquanta e i sessant'anni o poco più, cominciavano finalmente a essere ascoltati. Era il cambio della guardia: lento, troppo maledettamente lento per Sergetov e la sua generazione di capi del Partito, anche se c'era un nuovo Segretario Generale, peraltro già nonno. A Sergetov accadeva ogni tanto di pensare che, quando tutti quei vegliardi se ne fossero andati, sarebbe stato vecchio lui. Guardandosi intorno, comunque, si rassicurò: era ancora abbastanza giovane.

«Buon giorno, compagni» disse porgendo il cappotto a un inserviente che subito si ritirò chiudendo la porta. I presenti mossero verso i rispettivi posti intorno al tavolo. Sergetov occupò il proprio, nella parte centrale del settore destro.

Il Segretario Generale del Partito aprì la seduta, parlando in tono calmo ma deciso. «Compagno Sergetov, puoi iniziare la tua relazione. Prima di tutto, vorremmo sentire da te che cosa esattamente è successo.»

«Compagni, verso le ventitré di ieri, ora di Mosca, tre uomini armati sono entrati nell'unità centrale di controllo del complesso di Nizhnevartovsk e hanno compiuto un atto di sabotaggio altamente sofisticato.»

«Chi erano?» chiese brusco il ministro della Difesa

«Soltanto due dei banditi sono stati identificati. Uno era elettricista nel complesso. Il secondo – Sergetov tirò fuori dalla tasca il tesserino di Tolkaze e lo buttò sul tavolo – era il capotecnico I.M. Tolkaze. A quanto pare, egli ha usato la propria conoscenza particolareggiata dei sistemi di controllo per innescare un violento incendio che il vento ha poi rapidamente propagato. Una squadra di dieci uomini del KGB ha reagito con immediatezza all'allarme. L'unico dei traditori non ancora identificato ha ucciso o ferito cinque guardie con il mitragliatore sottratto all'agente di sorveglianza all'ingresso, morto anche lui. Ho interrogato il sergente del KGB – il tenente è stato abbattuto alla testa del reparto – e devo dire che le guardie hanno reagito con prontezza ed efficacia. In pochi minuti hanno eliminato i traditori senza riuscire, però, a evitare la distruzione totale del complesso, vale a dire della raffineria e dei campi di produzione.»

«Ma se le guardie sono intervenute così prontamente, come mai non hanno potuto impedire il sabotaggio?» chiese rabbiosamente il ministro della Difesa. Esaminò con occhi pieni di odio la fotografia sul documento. «E prima di tutto, che cosa ci faceva laggiù quel maomettano dal culo nero?»

«Compagno, il lavoro nei campi siberiani è ingrato; abbiamo avuto serie difficoltà per completare gli organici. Il mio predecessore decise di reclutare tecnici esperti nella zona che va dalla regione di Baku alla Siberia: follia pura. Ricorderai che la mia prima raccomandazione, lo scorso anno, fu di cambiare tale politica.»

«Ne abbiamo preso nota, Mikhail Eduardovich» assentì il Presidente. «Va' avanti.»

«Il posto di guardia registra tutte le comunicazioni radio e telefoniche, per cui sappiamo che la squadra di pronto intervento si è mossa in meno di due minuti. Purtroppo il posto di guardia è situato accanto alla vecchia sede del controllo centrale. Quello nuovo è a tre chilometri di distanza, nell'edificio costruito due anni or sono, quando ricevemmo dall'Occidente le nuove apparecchiature computerizzate. Era anche previsto lo spostamento del corpo di guardia, e i materiali occorrenti erano stati debitamente assegnati; ma, a quanto risulta, il capo del complesso e il segretario locale del Partito se ne sono appropriati per costruire delle dacie in riva al fiume. Ho fatto immediatamente arrestare i due uomini per crimini contro lo Stato» riferì Sergetov in tono sbrigativo. Intorno al tavolo non vi fu alcuna reazione. Per tacito consenso i due uomini erano condannati a morte; i ministeri competenti avrebbero sbrigato le formalità del caso. Sergetov continuò: «Ho già dato ordini per la messa in atto, nei centri petroliferi, di misure di sicurezza molto più severe. Sempre per mio ordine, le famiglie dei traditori identificati sono state arrestate nelle loro case alla periferia di Baku. In questo momento sono sottoposte, insieme a tutti i conoscenti e compagni di lavoro dei due rinnegati, a un rigoroso interrogatorio da parte dei servizi di sicurezza.

«Prima di essere abbattuti dalle guardie i banditi avevano fatto in tempo a sabotare i sistemi di controllo del campo petrolifero in modo da provocare una terribile conflagrazione. Avevano inoltre danneggiato le apparecchiature di controllo in misura tale che, anche se le guardie fossero riuscite a mettere insieme una équipe di tecnici in grado di ripristinare i comandi, ben difficilmente si sarebbe potuto salvare qualcosa. Gli uomini del KGB furono costretti ad abbandonare l'edificio in preda alle fiamme. Non potevano fare di più». Sergetov rivide il viso ustionato del sergente, le guance annerite solcate dalle lacrime, mentre faceva il rapporto.

«E il reparto antincendio?» chiese il Segretario Generale.

«Più di metà dei pompieri sono morti tra le fiamme, e così pure un centinaio di cittadini di Nizhnevartovsk che si erano uniti a loro nel tentativo di salvare il complesso. Onestamente, compagno, non c'è nessuno da biasimare. Dopo che quel bastardo di Tolkaze ebbe dato il via all'opera diabolica, controllare la situazione sarebbe stato facile quanto imbrigliare un terremoto. A quest'ora l'incendio è stato quasi interamente domato, perché i carburanti immagazzinati nella raffineria sono stati consumati quasi tutti in cinque ore, e anche perché i pozzi sono andati distrutti.»

«Ma come è stata possibile una simile catastrofe?» domandò uno dei membri anziani. Sergetov era stupito dell'atmosfera distesa che regnava nella sala. Si erano riuniti prima? Avevano già discusso la cosa?

«La mia relazione del 20 dicembre descriveva i pericoli. Dalla sala controllo venivano comandate praticamente tutte le pompe e le valvole su circa cento chilometri quadrati. È così in tutti i nostri maggiori impianti petroliferi. Da quel centro nevralgico non era difficile, per un uomo a conoscenza delle procedure, manipolare i vari sistemi e ordinare, per così dire, al complesso di autodistruggersi. Tolkaze aveva la capacità necessaria. Era un azerbaigiano, ammesso al trattamento speciale grazie all'intelligenza e alla presunta fedeltà, laureato con lode all'Università di Mosca, membro stimato della sezione locale del Partito. A quanto è poi risultato, era anche un fanatico religioso, capace di stupefacente doppiezza. Tutti gli uomini uccisi nella sala controllo erano amici suoi o, quanto meno, si reputavano tali. Aveva quindici anni di appartenenza al Partito, un ottimo stipendio, la considerazione professionale dei colleghi e perfino l'auto privata, ma è morto urlando a squarciagola un'invocazione ad Allah» disse Sergetov con asprezza. «Il grado di fedeltà degli oriundi di quella regione non è facile da valutare, compagni.»

Il ministro della Difesa fece un nuovo cenno di assenso. «Allora, che effetto avrà tutto questo sulla nostra produzione di petrolio?» La metà dei presenti si sporse in avanti per udire meglio la risposta di Sergetov.

«Compagni, abbiamo perso il trentaquattro per cento della produzione complessiva di petrolio greggio, certamente per un anno, forse per tre.» Sergetov alzò lo sguardo dagli appunti e vide i volti impassibili arrossire come dopo uno schiaffo. «Dovremo perforare di nuovo ogni pozzo, e in pari tempo ripristinare l'oleodotto che va dai giacimenti alla raffineria e alle varie destinazioni. La perdita della raffineria è un problema serio, ma non immediato perché l'impianto può essere ricostruito, e comunque non rappresenta più di un settimo della nostra capacità totale di raffinazione. No, compagni, il danno maggiore per l'economia deriverà dal buco nella produzione di greggio.

«In termini reali, e considerando la composizione chimica del greggio di Nizhnevartovsk, la perdita espressa in percentuale della produzione complessiva netta non rispecchia pienamente l'impatto sulla nostra economia. Il greggio siberiano è, in termini tecnici, "leggero", il che vuole dire che ha poco zolfo, e un altissimo contenuto dei componenti di maggior pregio da cui si ricavano, ad esempio, la benzina, il kerosene e il gasolio diesel. La perdita netta in questi settori specifici è del 44% per la benzina, del 48% per il kerosene, e del 50% per il diesel. Le cifre, che ho calcolato durante il volo di ritorno, sono approssimative, ma lo scarto non dovrebbe superare il 2%. I dati esatti saranno forniti dal mio ufficio fra uno o due giorni al massimo.»

«Avremmo perso la metà, dunque?» chiese a bassa voce il Segretario Generale.

«Esattamente, compagno» rispose Sergetov.

«Quanto tempo occorre per ripristinare la produzione?»

«Compagno Segretario Generale, se buttiamo dentro tutte le trivelle, facendole lavorare giorno e notte, dovremmo riuscire a reintegrare la produzione all'incirca entro un anno. Ci vorranno tre mesi per sgomberare il luogo del disastro, altrettanti per mettere insieme le nuove attrezzature e riprendere i lavori di perforazione. Poiché abbiamo dati precisi sull'ubicazione e sulla profondità dei pozzi, questa volta i calcoli non includono l'incognita abituale. Nel giro di un anno, vale a dire sei mesi dopo che avremo ricominciato a trivellare, la produzione tenderà a normalizzarsi; altri due anni saranno necessari per il ricupero completo dei pozzi. Mentre queste operazioni saranno in corso, dovremo anche sostituire le apparecchiature EOR...»

«E sarebbero?» s'informò il ministro della Difesa.

«Enhanced Oil Recovery, Ricupero Intensivo Olio, compagno ministro. Se i pozzi fossero stati pressurizzati con gas sotterranei, come in tipi relativamente più recenti, l'incendio si sarebbe protratto per settimane. Come sapete, compagni, questi pozzi sono già stati sfruttati parecchio. Per incrementare la produzione, vi abbiamo pompato acqua, che ha spinto fuori maggiori quantità di greggio. L'incendio potrebbe anche avere danneggiato le falde petrolifere, cosa che i geologi stanno ora tentando di appurare. All'atto pratico, appena è mancata la corrente è venuta a mancare anche la forza che spingeva il greggio in superficie: così, l'incendio nei campi di produzione, non più alimentato, si è estinto in un tempo relativamente breve. Quando sono partito per Mosca, la maggior parte dei focolai si stava esaurendo.»

«Allora, non è nemmeno detto che bastino tre anni per ripristinare la produzione» disse il ministro degli Interni.

«Proprio così, compagno ministro. Manca, semplicemente, una base scientifica per quantificare la produzione complessiva. Ci troviamo di fronte a un caso che non si è mai verificato prima, né qui né in Occidente. Nei prossimi due o tre mesi potremo perforare qualche pozzo pilota e ricavarne delle indicazioni. I tecnici che ho lasciato sul posto stanno facendo il necessario per iniziare i lavori al più presto con le attrezzature disponibili in loco.»

«Molto bene» approvò il Segretario Generale. «L'altra domanda è: per quanto tempo il Paese può tirare avanti su queste basi?»

Sergetov diede uno sguardo agli appunti. «Compagni, non si può negare che questo sia un disastro di portata senza precedenti nella nostra economia. L'inverno ha assottigliato più del normale le scorte di oli pesanti. Certe spese energetiche devono restare relativamente invariate. Ad esempio, la produzione di elettricità lo scorso anno ha assorbito il trentotto per cento dei prodotti petroliferi – quota ben più alta di quella programmata – a causa delle delusioni procurateci dal carbone e dal metano che, invece, avrebbero dovuto fare scendere il consumo di petrolio. Data la mancata modernizzazione degli impianti, ci vorranno almeno cinque anni prima che il carbone riprenda quota. Le perforazioni per il metano sono attualmente rallentate dalle condizioni ambientali: per ragioni tecniche è estremamente difficile operare con queste attrezzature quando la temperatura scende ai livelli minimi...»

«E tu fa' lavorare più sodo quei fannulloni bastardi delle squadre di trivellazione!» fu tutto quanto seppe suggerire il capo della sezione moscovita del Partito.

«Non dipende dagli operai, compagno.» Sergetov sospirò. «Dipende dalle macchine. Il freddo colpisce i metalli più ancora degli uomini. Gli attrezzi e gli strumenti si rompono per il semplice motivo che il gelo li rende fragili. Con il maltempo diventa critico anche il rifornimento di parti di ricambio ai campi di produzione. Le condizioni del tempo non prendono ordini dal marxismo-leninismo.»

«Sarebbe molto difficile occultare le operazioni di trivellazione?» chiese il ministro della Difesa.

La domanda stupì Sergetov. «Difficile? Dì pure impossibile, compagno ministro. Come si possono nascondere centinaia di trivelle alte da venti a quaranta metri? Sarebbe facile come rendere invisibili i complessi di lancio missili di Plesetsk.» Sergetov si accorse per la prima volta degli sguardi d'intesa che si scambiavano il ministro della Difesa e il Segretario Generale.

«In tal caso dobbiamo tagliare l'assegnazione di petrolio all'industria elettrica» dichiarò il Segretario Generale.

«Compagni, lasciate che vi esponga alcune cifre approssimative sui consumi dei prodotti petroliferi. Tenete presente che cito a memoria perché la relazione annuale è in fase di stesura.

«L'anno scorso, ricorrendo agli espedienti che vi ho illustrato prima, abbiamo prodotto 589 milioni di tonnellate di greggio, e cioè trentadue milioni di tonnellate in meno rispetto all'anno precedente. Circa metà della produzione è stata trasformata in *mazut* o nafta pesante per centrali elettriche, caldaie industriali e simili. Sta di fatto che gran parte di quest'olio non può essere usata altrimenti perché abbiamo solo tre raffinerie – rettifico, adesso solo due – che dispongono delle sofisticate camere catalitiche senza le quali non si possono ricavare i distillati leggeri.

«I carburanti vengono utilizzati in diversi modi dalla nostra economia. Come si è visto, il trentotto per cento va all'industria elettrica e ad altre produzioni energetiche; per fortuna, si tratta essenzialmente di *mazut*. I carburanti più leggeri – diesel, benzina, kerosene – sono destinati all'agricoltura, all'industria alimentare, al trasporto di merci e di passeggeri, al consumo pubblico e, infine, alle forze armate che da sole hanno assorbito più di metà della produzione dell'ultimo anno. In altre parole, compagni, tutte queste utenze totalizzano un fabbisogno che, con la perdita di Nizhnevartovsk, la nostra produzione non è in grado di coprire. È chiaro, fra l'altro, che non rimane nulla per la metallurgia, per l'industria pesante, per l'industria chimica, senza parlare dei contingenti che di solito esportiamo ai fratelli socialisti in Europa orientale e nel resto del mondo.

«Per rispondere alla tua domanda specifica, compagno Segretario Generale, potremmo forse apportare una modesta riduzione al consumo di oli leggeri nell'industria elettrica, che però registra già adesso un calo preoccupante di produzione, da cui derivano sospensioni parziali o totali dell'erogazione. Ulteriori tagli in questo settore avrebbero ripercussioni negative su attività cruciali per lo Stato, come l'industria e le ferrovie. Ricorderai che tre anni fa abbiamo fatto l'esperimento di modificare il voltaggio per risparmiare petrolio, con il risultato di danneggiare i motori elettrici in tutto il bacino industriale del Donetz.»

«Come stiamo a carbone e gas naturale?»

«Compagno Segretario Generale, l'estrazione di carbone è già inferiore del sedici per cento alla quota programmata e continua a peggiorare, il che ha fatto passare da carbone a nafta molte delle caldaie industriali e centrali elettriche alimentate a carbone. La riconversione di tali impianti da nafta a carbone sarebbe un'operazione lunga e costosa. La metanizzazione è senza dubbio l'alternativa più auspicabile, e in effetti l'abbiamo perseguita con impegno. Sotto quota è anche la produzione di metano, che però sta migliorando. Avevamo sperato, quest'anno, di raggiungere gli obiettivi programmati. Non dobbiamo dimenticare che gran parte del nostro gas naturale va all'Europa occidentale, fornendoci la divisa pregiata con cui pagare il petrolio e, naturalmente, anche il grano straniero.»

Il membro del Politburo responsabile dell'agricoltura trasalì a questo accenno. Quanti uomini, si chiese Sergetov, si erano bruciati per non essere riusciti a fare funzionare quel settore dell'economia sovietica? Non, naturalmente, il Segretario in carica: in qualche modo miracoloso egli aveva continuato a fare carriera malgrado gli insuccessi nel campo agricolo. Ma i buoni marxisti non dovevano credere ai miracoli. L'ascesa al posto di comando aveva avuto un prezzo di cui soltanto adesso Sergetov cominciava a capire la portata.

«Qual è, allora, la soluzione che ci proponi, Mikhail Eduardovich?» chiese con sollecitudine il ministro della Difesa.

«Compagni, dobbiamo affrontare questa prova nel miglior modo possibile, accrescendo l'efficienza della nostra economia a tutti i livelli.» Sergetov non si prese la pena di parlare delle importazioni di petrolio che stavano per aumentare. La minor produzione da lui illustrata avrebbe moltiplicato per trenta gli acquisti di petrolio all'estero, mentre le riserve di valuta pregiata ne potevano coprire a malapena il raddoppio. «Dovremo incrementare la produzione e il controllo della qualità allo stabilimento Baricade di Volgograd, che fabbrica gli impianti di trivellazione, e acquistare altre attrezzature in Occidente in modo da poter intensificare l'esplorazione e lo sfruttamento delle risorse già note. Dobbiamo costruire più reattori nucleari. Per economizzare la produzione di cui disponiamo dovremo ridurre i rifornimenti agli autocarri e alle automobili private – come ben sappiamo, in questo settore vi è uno spreco eccessivo, che non escludo ammonti a un terzo dell'utenza totale. Possiamo temporaneamente ridurre le assegnazioni alle forze armate, e forse anche spostare una parte della produzione di macchinario pesante dal settore militare a quello industriale di prima necessità. Ci aspettano tre anni molto duri, ma soltanto tre» concluse Sergetov in tono ottimistico.

«La tua esperienza in fatto di estero e difesa non è delle più profonde, vero, compagno?» insinuò il ministro della Difesa.

«Non ho mai preteso che lo fosse, compagno ministro» rispose Sergetov con circospezione.

«Allora ti dirò perché la soluzione che proponi è inaccettabile. Se facciamo come dici tu, l'Occidente verrà a sapere della nostra crisi. Maggiori acquisti di attrezzature petrolifere e segni palesi di attività a Nizhnevartovsk dimostreranno in modo inequivocabile che cosa sta succedendo qui da noi. Presenteremo ai loro occhi una vulnerabilità che non mancheranno di sfruttare. E con simili premesse» esclamò battendo un pugno sul tavolo di quercia «tu ci suggerisci di tagliare i rifornimenti di carburante alle forze che ci difendono contro gli occidentali!»

«Compagno ministro della Difesa, io sono un tecnico, non un soldato. Mi hai chiesto una valutazione tecnica, e io te l'ho data.» Sergetov continuò a parlare in tono pacato. «La situazione è decisamente seria, ma non incide, ad esempio, sulle forze missilistiche strategiche: non bastano a proteggerci contro gli imperialisti durante i tempi del ricupero?» *Per cosa diavolo sono state costituite a fare?* si chiese Sergetov. Tutto quel danaro versato in buchi improduttivi. Non bastava essere in grado di distruggere dieci volte tutto l'Occidente? Perché bisognava raddoppiare a tutti i costi tale capacità? E neppure così andava bene, adesso?

«Non ti è passato per la testa che l'Occidente non ci lascerà comperare quello che ci serve?» domandò il teorico del Partito.

«E quando mai i capitalisti hanno rifiutato di venderci qualcosa?»

«E quando mai i capitalisti hanno avuto a disposizione una simile arma contro di noi?» osservò il Segretario Generale. «Per la prima volta gli occidentali si trovano in mano la possibilità di strangolarci in un solo anno. E se decidessero di non venderci più neppure il grano?»

Sergetov non aveva considerato questa eventualità. Dopo un altro raccolto deficitario, il settimo nell'ultimo decennio, l'Unione Sovietica era costretta a fare ingenti acquisti di cereali all'estero. Le sole fonti affidabili, quell'anno, erano gli Stati Uniti e il Canada. Il maltempo nell'emisfero meridionale aveva danneggiato il raccolto in Argentina e un po' meno in Australia; gli Stati Uniti e il Canada, invece, avevano registrato i record abituali. A Washington e a Ottawa erano in corso le trattative per definire l'acquisto e, a parte l'alta quotazione del dollaro che rendeva il prezzo assurdamente caro, gli americani non stavano sollevando difficoltà di sorta. Per imbarcare il grano, però, ci sarebbero voluti parecchi mesi. Con quanta facilità, pensò Sergetov, avrebbero potuto rallentare o addirittura fermare completamente le spedizioni in un momento cruciale, accampando "difficoltà tecniche" nei porti cerealicoli di New Orleans e di Baltimora?

Guardò intorno al tavolo. Ventidue uomini, dei quali solo tredici (di cui uno assente) prendevano le vere decisioni, stavano considerando in silenzio una duplice prospettiva: da un lato, duecentocinquanta milioni di operai e di contadini sovietici affamati e al buio; dall'altro, la riduzione dell'addestramento e della mobilità per gli effettivi dell'Armata Rossa, del Ministero degli Interni e del KGB, a causa del razionamento rigoroso dei carburanti.

I membri del Politburo erano fra gli uomini più potenti del mondo, in misura ancora superiore a quella dei colleghi occidentali. Non dovevano rispondere a nessuno: né al Comitato Centrale del Partito Comunista né al Soviet Supremo, certamente non al popolo del loro paese. Da anni non camminavano nelle vie di Mosca: andavano e venivano dai loro appartamenti di lusso in città, o dalle dacie di rappresentanza fuori Mosca, trasportati in vetture di lusso personali con autista. Quando facevano delle compere andavano in negozi speciali riservati all'élite; se avevano problemi di salute si affidavano ai medici in cliniche speciali costruite per l'élite. Per tutti questi motivi, quegli uomini si consideravano padroni del proprio destino.

Soltanto adesso cominciava a farsi strada in loro la consapevolezza di essere soggetti, al pari di tutti gli uomini, a un destino comune. L'immenso potere che detenevano rendeva, se mai, ancora più difficile per loro accettarne l'ineluttabilità.

Erano al centro di un paese i cui cittadini erano male alloggiati e peggio nutriti: gente cui venivano offerti in abbondanza solo i manifesti colorati e gli slogan esaltanti il Progresso Sovietico e la Solidarietà Sovietica. Per quanto ne sapeva Sergetov, alcuni fra coloro che sedevano intorno al tavolo erano veramente convinti di quegli slogan. Ci credeva ogni tanto anche lui, se non altro in memoria degli ideali che aveva nutrito nella prima giovinezza. Ma il Progresso Sovietico non aveva dato da mangiare alla nazione. Quanto alla Solidarietà Sovietica, per quanto tempo ancora avrebbe albergato nei cuori di gente affamata, priva di riscaldamento e di corrente elettrica? Sarebbero stati ancora tanto orgogliosi dei missili che si ergevano nella foresta siberiana? O delle migliaia di carri armati e di cannoni prodotti ogni anno? Nel guardare il cielo, si sarebbero commossi all'idea che in esso ruotava una stazione spaziale Salyut, o non si sarebbero piuttosto domandati che cosa mangiavano a pranzo i *vlasti*, gli uomini al potere? Fino all'anno precedente Sergetov era stato uno dei notabili della sezione regionale del Partito, a Leningrado. Aveva prestato un orecchio attento alle barzellette e ai mugugni riferiti dai colleghi, su come la gente era costretta a fare la coda per due pagnotte, o per un tubetto di dentifricio, o per un paio di scarpe. Distaccato già allora dalle realtà più crude della vita sovietica, si era spesso domandato se sarebbe venuto il giorno in cui il lavoratore comune avrebbe trovato il proprio fardello troppo greve per poterlo ancora sopportare. Come lo avrebbe saputo, allora? Come avrebbe potuto saperlo adesso? E i vecchi presenti nella sala, l'avrebbero saputo?

Narod, lo chiamavano, nome maschile che tuttavia strideva sotto ogni aspetto: la massa, la moltitudine di uomini e donne senza volto che ogni giorno faticavano nelle fabbriche e nelle fattorie collettive, a Mosca e nel resto del paese; gente dai pensieri nascosti sotto maschere senza sorriso. I membri del Politburo si dicevano che gli operai e i contadini non criticavano i capi per i lussi che ne accompagnavano le responsabilità. Dopo tutto, il livello di vita nel paese era migliorato in termini apprezzabili. Questo era il patto, ma stava per essere infranto. Che cosa sarebbe successo? Nicola II non lo aveva saputo, ma questi uomini sì, se ne sarebbero resi conto.

Il ministro della Difesa ruppe il silenzio. «Dobbiamo avere più petrolio. La cosa sta tutta in questi termini. Le alternative sono un'economia mutilata, i cittadini affamati, la capacità difensiva ridotta. Le conseguenze non sono accettabili.»

«Non possiamo acquistare petrolio» fece notare un candidato.

«Allora dobbiamo prendercelo.»

Fort Meade, California

Bob Toland, analista del Servizio Informazioni, guardò preoccupato il pan di spezie nel piatto. Non dovrei mangiare dolci, si disse. Ma alla mensa della National Security Agency servivano quel dessert solo una volta alla settimana: era il dolce che preferiva e, dopo tutto, arrivava appena a duecento calorie. Tutto qui. Magari avrebbe fatto cinque minuti supplementari di cyclette.

«Che cosa pensi di quell'articolo sul giornale, Bob?» gli domandò un collega.

«L'affare del campo petrolifero?» Toland ricontrollò il distintivo di sicurezza dell'interlocutore. Non aveva accesso alle informazioni provenienti dai satelliti. «Sembrerebbe proprio un incendio coi baffi.»

«Hai visto qualcosa di ufficiale in proposito?»

«Diciamo che la notizia è arrivata ai giornali da un livello superiore al mio.»

«*Top Secret*... Stampa?» Risero entrambi.

«Cose del genere. La storia contiene informazioni che personalmente non ho visto» disse Toland, ed era vero. L'incendio era finito, e la gente del suo servizio si chiedeva come avevano fatto i russi a spegnerlo così in fretta. «Non li avrà disturbati troppo. In fondo, da loro non ci sono milioni di persone che partono in automobile per le vacanze estive, ti pare?»

«Non direi proprio. Com'è il dolce?»

«Non male.» Toland sorrise, si stava chiedendo se era veramente il caso di fare la dose addizionale di cyclette.

Mosca, URSS

Il Politburo si riunì nuovamente il mattino dopo alle nove e mezza. Dalle finestre si vedeva il cielo grigio. Aveva ripreso a nevicare, e i cinquanta centimetri che già si erano depositati sarebbero aumentati durante la notte. Ci saranno le slitte al Parco Gorkij, pensò Sergetov. La neve sarebbe stata spazzata dai due laghetti ghiacciati, e la gente avrebbe pattinato al suono delle melodie di Ciaikovski e di Prokofiev. I moscoviti avrebbero bevuto vodka godendosi il freddo, beatamente ignari di quello che sarebbe stato detto alla riunione e del fato che incombeva su tutti loro. Il Politburo aveva sospeso la seduta alle sedici del giorno precedente, e i cinque del Consiglio della Difesa avevano continuato la riunione in comitato ristretto. Non tutti i membri effettivi del Politburo erano ammessi alle discussioni di quel gruppo di potere.

Un ritratto di Vladimir Ilych Ulyanov (Lenin) vegliava su di loro dalla parete al fondo della sala: il santo rivoluzionario del comunismo sovietico, con l'alta fronte offerta alla fresca brezza, gli occhi penetranti puntati verso il futuro glorioso – una "ineluttabilità storica", secondo la definizione del marxismo-leninismo – che il viso austero annunciava con fiducia. Un avvenire glorioso. *Quale avvenire?* si chiese Sergetov. *Che cosa ne è stato della Rivoluzione? Che cosa ne è stato del Partito? È proprio così che lo avrebbe voluto Lenin?*

Sergetov guardò il Segretario Generale, l'uomo "giovane" che l'Occidente credeva detenesse i pieni poteri, e che anche in quel momento stava facendo dei cambiamenti. La sua ascesa al vertice del Partito era stata una sorpresa per molti, anche per Sergetov. *L'Occidente guarda ancora a lui con le stesse speranze che noi avevamo nutrito*, rifletté Sergetov. Per lui, l'illusione era sfumata subito dopo l'arrivo a Mosca. Un altro sogno svanito. L'uomo che aveva dissimulato sotto un viso sorridente anni di fallimenti in campo agricolo usava ora il proprio carisma superficiale su un pubblico più vasto. Lavorava instancabilmente – nessuno fra coloro che sedevano intorno al tavolo avrebbe potuto negarlo – ma aveva un compito impossibile. Troppe promesse aveva dovuto fare per arrivare al bastone di comando, troppi compromessi con la vecchia guardia. Anche i "giovani" cinquantenni e sessantenni da lui chiamati al Politburo avevano dei legami con i regimi precedenti. Nulla era veramente cambiato.

L'Occidente sembrava refrattario ad accettare l'idea, soprattutto da quando Krusciov aveva tenuto le redini da solo. Il governo di un unico uomo implicava rischi che la vecchia generazione non aveva dimenticato. I più giovani avevano spesso ascoltato i racconti delle purghe staliniane, quanto bastava per imparare la lezione a memoria. L'esercito, da parte sua, aveva un ricordo istituzionale di quello che Krusciov aveva fatto alla gerarchia militare. Al Politburo, come nella giungla, l'unica regola era la sopravvivenza e, agli occhi di tutti, la sicurezza collettiva risiedeva nell'esercizio collettivo del potere. Per questa ragione gli uomini prescelti come candidati alla Segreteria Generale erano eletti non tanto per il dinamismo personale quanto per il curriculum nel Partito – un'organizzazione che non incoraggiava i singoli a distinguersi troppo nettamente dalla folla, e certo non li premiava per questo. Al pari di Breznev, di Andropov, di Chernenko, l'attuale capo del Partito non aveva abbastanza prestigio per dominare la sala unicamente con la propria volontà. Aveva dovuto scendere a più di un compromesso per arrivare a quella poltrona, altri ne avrebbe dovuto fare per conservarla. I veri blocchi di potere erano entità amorfe, rapporti interpersonali, devozioni che mutavano con le circostanze, dettate solo dal tornaconto.

L'autentico potere era il Partito.

Il Partito comandava tutto e tutti, ma non era più l'emanazione di un uomo solo. Era diventato un repertorio di interessi, rappresentati in quella sede da altri dodici uomini. Vi erano gli interessi della Difesa, quelli del KGB, dell'Industria Pesante, persino dell'Agricoltura, ciascuno con il proprio marchio di potere e il proprio capo che si alleava con altri per conservare il posto. Il Segretario Generale avrebbe cambiato la situazione, affidando man mano ai suoi fedelissimi gli incarichi che la morte rendeva vacanti. Chissà se allora avrebbe imparato, come i suoi predecessori, che la fedeltà aveva vita breve intorno a quel tavolo! Per il momento, egli portava ancora il fardello dei compromessi fatti. Non avendo ancora piazzato tutti i propri uomini, il Segretario Generale non era nulla più di un *primus inter pares* in un gruppo che avrebbe potuto disarcionarlo con la stessa facilità con cui si era sbarazzato di Krusciov. Che cosa avrebbero detto in Occidente se avessero saputo che il "dinamico" Segretario Generale fungeva soprattutto da esecutore delle decisioni altrui? Anche questa volta non sarebbe stato lui a parlare per primo.

«Compagni» esordì il ministro della Difesa «l'Unione Sovietica ha bisogno di petrolio: almeno duecento milioni di tonnellate in più di quanto possiamo produrne. Il petrolio esiste, a poche centinaia di chilometri dalle nostre frontiere, nel Golfo Persico: molto più di quanto ce ne possa mai occorrere. Non ci manca la capacità di andarcelo a prendere. Nel giro di due settimane potremmo mettere insieme abbastanza aerei e truppe aviotrasportate per fare un colpo di mano su quei giacimenti.

«Purtroppo, ciò non potrebbe non provocare una violenta reazione da parte dell'Occidente. Quei medesimi giacimenti riforniscono l'Europa occidentale, il Giappone e, in misura minore, gli Stati Uniti. I paesi della NATO non sono in grado di difenderli con i mezzi convenzionali. Gli americani dispongono soltanto della Forza di Rapido Impiego, un embrione di comando con poche truppe. Non potrebbero mai illudersi di fermare le nostre unità corazzate e aviotrasportate, neppure con le installazioni predisposte a Diego Garcia. Se mai tentassero di farlo, come in effetti dovrebbero, i loro reparti scelti sarebbero soverchiati e distrutti entro pochi giorni, per ritrovarsi con un'unica alternativa: l'impiego delle armi nucleari. Questo è un rischio autentico che non possiamo ignorare. Tali armi sono ammassate in forti quantità a Diego Garcia, e quasi certamente verrebbero impiegate.

«Pertanto, c'è una cosa che dobbiamo fare prima di prendere il Golfo Persico: eliminare la NATO come forza politica e militare.»

Ma che discorsi erano questi? Sergetov si sforzò di conservare un viso impassibile mentre il ministro della Difesa continuava a parlare. «Se la NATO viene eliminata per prima dalla scacchiera, l'America verrà a trovarsi in una situazione molto strana. Gli Stati Uniti potranno far fronte al proprio fabbisogno energetico attingendo alle fonti dell'emisfero occidentale senza sentirsi obbligati a difendere gli Stati Arabi, che peraltro non godono di enorme popolarità presso la comunità ebraica sionista americana.»

Lo crederanno davvero? si chiese Sergetov. Erano proprio convinti che gli Stati Uniti sarebbero rimasti con le mani in mano? Che cos'era mai successo durante l'ultima parte della riunione, la sera prima?

C'era almeno un'altra persona che condivideva la sua preoccupazione. «E così, compagno, tutto ciò che dobbiamo fare è conquistare l'Europa occidentale?» chiese uno dei candidati. «Ma non sono questi i paesi contro le cui forze convenzionali tu ci metti continuamente in guardia? Tutti gli anni ci parli della minaccia rappresentata dagli eserciti riuniti della NATO e adesso ci dici, come se fosse cosa da niente, che dobbiamo conquistare quei paesi? Scusami, compagno ministro, ma la Francia e l'Inghilterra non hanno i propri arsenali nucleari? E perché mai l'America dovrebbe venir meno all'impegno, sancito dagli accordi, di usare le armi nucleari in difesa della NATO?»

Sergetov era stupito nel vedere uno dei nuovi membri del Politburo affrontare l'argomento così presto. Fu ancora più sorpreso dal fatto che il ministro degli Esteri gli rispondesse. Ecco dunque un'altra tessera del mosaico. Ma che cosa pensava il KGB di tutto questo? Perché non era rappresentato alla riunione? Il presidente del KGB era in convalescenza dopo un'operazione chirurgica, però qualcun altro avrebbe dovuto essere presente – a meno che la questione non fosse già stata trattata la sera prima.

«I nostri obiettivi devono essere limitati, è ovvio. Questo ci impone diverse iniziative di carattere politico. Primo: dobbiamo creare un senso di sicurezza in America, in modo che si sentano tranquilli finché non sarà troppo tardi perché possano reagire in forze. Secondo: dobbiamo tentare di disfare l'alleanza NATO sotto l'aspetto politico.» Il ministro degli Esteri elargì uno dei suoi rari sorrisi. «Come tutti sapete, il KGB ha elaborato questo piano negli ultimi anni. Adesso siamo alla fase definitiva. Ve la illustrerò.»

Lo fece, e Sergetov, con una nuova consapevolezza degli equilibri di potere in quella stanza, non poté fare a meno di apprezzare l'audacia del progetto. Si trattava dunque del KGB. Avrebbe dovuto capirlo. Ma si sarebbe allineato il resto del Politburo? Il ministro riprese: «Avete visto come dovrebbe funzionare. Tutti i pezzi andrebbero a posto, uno dopo l'altro. Premesse queste condizioni, con le acque così bene intorbidate, più il fatto che noi dichiareremmo che non intendiamo minacciare le due potenze nucleari della NATO, siamo convinti che il rischio nucleare, benché reale, sia meno grave del pericolo che già minaccia la nostra economia».

Sergetov si appoggiò allo schienale della poltrona. Dunque, il punto era: la guerra è meno pericolosa di una pace accompagnata dal freddo e dalla fame. La decisione era già stata presa – o no? Chissà se una combinazione di altri membri del Politburo avrebbe avuto forza e prestigio sufficienti per ribaltare la decisione? E lui, Sergetov, avrebbe osato pronunciarsi contro una simile pazzia? Meglio andare in avanscoperta con una domanda sensata.

«Siamo in grado di battere la NATO?» La replica disinvolta lo congelò.

«Naturalmente» rispose il ministro della Difesa. «Perché mai avremmo un esercito, secondo te? Abbiamo già consultato i comandanti in capo.»

Ma un mese fa, quando hai chiesto più acciaio per costruire altri carri armati, non lo hai fatto perché la NATO era troppo debole? pensò Sergetov con rabbia. Quali macchinazioni erano intervenute? Avevano veramente già parlato con i consiglieri militari, oppure il ministro della Difesa si era basato sulla propria vantata esperienza personale? Il Segretario Generale si era fatto forzare la mano dalla Difesa o dal ministro degli Esteri? Aveva sollevato obiezioni? Era quello il modo di prendere le decisioni che coinvolgono il destino dei popoli? Che cosa ne avrebbe pensato Lenin?

«Compagni, questa è una pazzia!» esclamò Pyotr Bromkovskiy: un uomo fragile, che aveva passato gli ottant'anni, il più vecchio dei presenti. Quando parlava tendeva a divagare, perdendosi nella rievocazione dei tempi lontani dell'idealismo, quando i membri del Partito Comunista credevano veramente di essere l'onda avanzata della storia. Ma tutto era finito con le purghe di Yezhovshchina. «Sì, abbiamo di fronte un grave rischio economico. Sì, abbiamo anche un serio pericolo per la sicurezza dello Stato. Dobbiamo sostituirli con uno ancora più minaccioso? Pensate a quello che può accadere – quanto tempo abbiamo, compagno ministro, prima che tu possa iniziare la conquista dei paesi della NATO?»

«Sono certo di poter avere l'esercito in pieno assetto di guerra entro quattro mesi.»

«Quattro mesi. Immagino che abbiamo carburante per quattro mesi da oggi – abbastanza per andare a far la guerra!» Petya era vecchio, ma non si lasciava menare per il naso da nessuno.

«Compagno Sergetov.» Il Segretario Generale fece un cenno attraverso il tavolo, eludendo ancora una volta le responsabilità.

Da quale parte schierarsi? Sergetov prese una rapida decisione. «Le disponibilità di carburanti leggeri – benzina, diesel, eccetera – sono alte in questo momento» non poté fare a meno di ammettere. «Approfittiamo sempre dei mesi freddi, quando il consumo di questi combustibili è ridotto, per ricostituire le scorte, cui dobbiamo aggiungere le riserve per la difesa strategica, sufficienti per quarantacinque...»

«Sessanta!» intervenne il ministro della Difesa.

«Quarantacinque giorni sono una previsione più realistica, compagno.» Sergetov non si fece influenzare. «Il mio servizio ha studiato i consumi militari nel contesto di un programma inteso ad aumentare le riserve strategiche di carburanti, trascurate negli ultimi anni. Risparmiando su altri consumi, e con qualche sacrificio in campo industriale, potremmo aumentare la riserva bellica a sessanta giorni, forse addirittura a settanta, e in più assicurarvi i quantitativi che vi occorrono per intensificare le esercitazioni. I costi a breve termine sarebbero minimi, ma la situazione cambierà rapidamente verso la metà dell'estate.» Sergetov si concesse una pausa, turbato per la facilità con cui aveva aderito alla decisione tacita. *Ho venduto l'anima... oppure ho agito da patriota? Sono diventato come gli altri qui intorno al tavolo o mi sono limitato a dire la verità... ma che cos'è la verità? L'unica certezza*, si disse, *è che sono sopravvissuto, almeno per il momento*. «Abbiamo la capacità, pur limitata come vi ho spiegato ieri, di ristrutturare la produzione dei distillati del petrolio. In tal caso, anche considerando il calo attuale, il mio staff prevede di poter aumentare del nove per cento la produzione dei carburanti essenziali per l'esercito. Vi avverto però che, secondo i miei analisti, tutte le stime correnti dei consumi in stato di belligeranza sono macroscopicamente ottimistiche.» Un debole tentativo di protesta, almeno alla fine.

«Dacci il carburante Mikhail Eduardovich – il ministro della Difesa gli rivolse un freddo sorriso – e noi vedremo di usarlo con giudizio. I miei esperti ritengono che possiamo raggiungere gli obiettivi in due settimane, o forse meno; ma vi concedo la forza degli eserciti della NATO, e raddoppio la previsione a trenta giorni. Ne abbiamo più che a sufficienza.»

«E se la NATO scoprisse le nostre intenzioni?» domandò il vecchio Petya.

«Non le scoprirà. Stiamo già preparando la nostra *maskirovka*, il nostro stratagemma. La NATO non è, e non può essere, un'alleanza solida. I ministri mercanteggiano sui contributi dei singoli paesi alla difesa comunitaria. I loro popoli sono imbelli e, per di più, divisi. Non possono standardizzare le armi, per cui gli approvvigionamenti sono caotici. Inoltre, cinquemila chilometri di oceano separano dall'Europa il membro più potente dell'alleanza. Viceversa, dall'Unione Sovietica si arriva alla frontiera tedesca in sole dodici ore di treno. Risponderò comunque alla tua domanda, amico Petya. Se tutto andasse male e le nostre intenzioni fossero scoperte potremmo sempre fermarci, dire che stiamo svolgendo un'esercitazione e cessare lo stato di belligeranza, dopo di che la nostra situazione non risulterebbe peggiore di come sarebbe se non facessimo niente. Dobbiamo colpire solo se tutto è pronto, altrimenti possiamo sempre fare macchina indietro.»

Tutti i presenti sapevano che ciò era falso, nulla più di un'abile menzogna che poteva essere contrabbandata solo perché nessuno aveva il coraggio di denunciarla. Quale esercito era mai stato mobilitato per poi essere richiamato? Nessun altro prese la parola per contraddire il ministro della Difesa. Bromkovskiy divagò per qualche minuto citando il biasimo di Lenin per chiunque avesse messo a repentaglio la patria del Socialismo Mondiale, ma anche questo appello rimasc senza risposta. Il pericolo in cui si trovava lo Stato, o meglio, il Politburo, era evidente. Più grave non poteva diventare. L'alternativa era la guerra.

Dieci minuti dopo, il Politburo votava, con Sergetov e gli altri otto candidati in veste di semplici spettatori. I voti furono undici contro due a favore della guerra. La macchina era stata messa in moto.

DATA – ORA 02/03 17,15 COPIA 01 DI RAPPORTO SOVIETICO
BC – RAPPORTO SOVIETICO, Bjt, 2310.
La TASS conferma l'incendio del campo petrolifero.
EDS: Anticipati a SABATO POM.
Da: Parrick Flynn. – Corrispondente AP da Mosca.

MOSCA (AP) – L'agenzia sovietica d'informazioni TASS ha confermato oggi che "un grave incendio" si è verificato nella Siberia occidentale.

Un articolo nell'ultima pagina della *Pravda*, quotidiano ufficiale del Partito Comunista, ha riferito l'incendio, commentando che l'eroico reparto del servizio antincendio aveva salvato innumerevoli vite umane dando prova di efficienza e di dedizione al dovere, evitando altresì danni più ingenti al vicino impianto di raffinazione.

Secondo il rapporto l'incendio, provocato da un "inconveniente tecnico" nei sistemi di controllo automatici della raffineria, si era diffuso rapidamente. Era poi stato domato con altrettanta celerità "non senza perdite fra i coraggiosi chiamati a combattere le fiamme e fra gli animosi lavoratori accorsi volontariamente al fianco dei compagni".

A parte alcune discordanze con le notizie di fonte occidentale, risulterebbe che l'incendio è stato estinto più velocemente del previsto. Gli osservatori occidentali stanno ora ipotizzando che tale celerità sia da collegare all'esistenza di un sistema antincendio altamente sofisticato nel complesso di Nizhnevartovsk.

Fine del dispaccio

3

Il confronto delle forze

Mosca, URSS

«Non mi hanno chiesto niente» spiegò il maresciallo Capo di Stato Maggiore Shavyrin. «Non hanno chiesto la mia valutazione. Giovedì sera, quando mi hanno convocato, la decisione politica era già stata presa. Qual è stata l'ultima volta che il ministro della Difesa mi ha interpellato per una decisione importante?»

«E tu che cosa gli hai detto?» s'informò il maresciallo Rozhkov, Comandante in Capo delle Forze di Terra. La risposta fu preceduta da un arcigno, ironico sorriso.

«Che le forze armate dell'Unione Sovietica sono in grado di portare a termine l'incarico, purché possano disporre di quattro mesi di preparazione.»

«Quattro mesi...» Rozhkov guardò fuori dalla finestra. «Non saremo pronti» disse voltandosi verso Shavyrin.

«Le ostilità saranno aperte il 15 giugno» rispose Shavyrin. «Dobbiamo essere pronti, Yuri. D'altronde, che scelta avevo? Avresti voluto che dicessi: "Mi dispiace, compagno Segretario Generale, ma l'Armata Sovietica non è in grado di eseguire la missione?". Mi avrebbero destituito, mettendo al mio posto un personaggio più accomodante: sai bene chi sarebbe il mio successore. Preferiresti prendere ordini dal maresciallo Bukharin...»

«Quell'idiota!» borbottò Rozhkov. Era stato il piano di Bukharin, a quel tempo tenente generale, che aveva portato l'Armata Rossa in Afghanistan. Professionalmente uno zero, doveva tutto alle relazioni politiche, che non soltanto l'avevano salvato, ma lo avevano innalzato fin quasi al vertice del potere militare. Un tipo abile, quel Bukharin. Mai coinvolto direttamente in azioni belliche sulle montagne, poteva sempre sciorinare un piano brillantissimo – sulla carta – e lagnarsi poi perché era stato eseguito in modo tanto mediocre dopo che lui era stato trasferito al comando del distretto militare di Kiev, tradizionalmente la soglia dorata della promozione a maresciallo.

«Ebbene, avresti voluto trovartelo qui in ufficio a dettarti i suoi disegni operativi?» domandò Shavyrin. Rozhkov scosse la testa. I due erano amici e compagni d'arme fin dal tempo in cui avevano comandato le truppe corazzate dello stesso reggimento, durante l'avanzata finale su Vienna nel 1945.

«Quale piano adotteremo?» chiese Rozhkov.

«Uragano Rosso» rispose laconicamente Shavyrin. Uragano Rosso prevedeva un attacco di forze meccanizzate alla Germania Occidentale e all'Olanda. Costantemente aggiornato in funzione dei cambiamenti nella struttura delle forze su entrambi i fronti, il progetto si articolava su una campagna di due-tre settimane da scatenare dopo un breve crescendo di tensione fra Est e Ovest. In più, fedele ai dettami della strategia sovietica, comportava il fattore sorpresa come condizione preliminare per il successo, e l'impiego esclusivo delle armi convenzionali.

«Per lo meno non si parla di armi atomiche» borbottò Rozhkov. Esistevano altri piani sotto vari nomi per teatri bellici diversi. Alcuni di essi prevedevano l'uso di armi nucleari tattiche e strategiche, cosa questa che nessuno che indossasse un'uniforme era disposto a prendere in considerazione. I politici amavano assumere atteggiamenti e toni marziali, ma i militari di professione sapevano fin troppo bene che l'impiego di tali armi sarebbe stato soltanto la matrice di incognite agghiaccianti. «E la *maskirovka*?»

«Sarà inscenata in due atti. Il primo, puramente politico, diretto contro gli Stati Uniti. Il secondo atto, che precederà immediatamente la guerra, è opera del KGB, sai, quei tali del Gruppo Nord. L'abbiamo riveduto due anni fa.»

Rozhkov emise un grugnito di assenso. Il Gruppo Nord era un comitato speciale di capi distrettuali del KGB costituito nel 1975 dall'allora capo dell'organizzazione, Yuri Andropov. La funzione del gruppo consisteva nella ricerca di mezzi per spaccare l'alleanza NATO, e nell'attuazione di campagne diplomatiche e psicologiche intese a minare la determinazione degli occidentali. Il pezzo di bravura del piano era lo sconvolgimento della struttura militare e politica della NATO come azione preparatoria alla guerra vera e propria. Avrebbe funzionato? I due marescialli si scambiarono uno sguardo ironico. Come la maggior parte dei militari di carriera, disprezzavano le spie e tutte le loro macchinazioni.

«Quattro mesi» ripeté Rozhkov. «C'è parecchio da fare. E se il sortilegio del KGB non funzionasse?»

«Il piano è buono. Dopo tutto, deve soltanto ingannare gli occidentali per una settimana, anche se due settimane andrebbero meglio. La chiave, naturalmente, sta nella celerità con cui la NATO può raggiungere la piena efficienza. Se riusciamo a farle ritardare la mobilitazione di sette giorni, la vittoria è assicurata.»

«E in caso contrario?» chiese bruscamente Rozhkov, sapendo che anche la settimana di ritardo non sarebbe stata una garanzia.

«In tal caso cadrebbe la sicurezza, ma non la disparità delle forze, che è a nostro favore. Lo sai bene, Yuri.» L'alternativa di ritirare le forze mobilitate non era mai stata discussa con il Capo di Stato Maggiore.

«Per prima cosa dovremo migliorare la disciplina in tutti i reparti» disse il CINC-Terra, il Comandante in Capo delle Forze di Terra. «Devo anche informare subito i comandanti dei vari settori e iniziare l'addestramento intensivo. È proprio disastroso il problema del carburante?»

Shavyrin porse gli appunti al subalterno. «Non troppo male. Ce n'è a sufficienza per un addestramento prolungato dei reparti. Non ti tocca un compito facile, Yuri, ma quattro mesi sono parecchi per quello che hai da fare, no?»

Invece erano pochi, ma a che serviva dirlo? «Quattro mesi per infondere la disciplina di combattimento. Avrò carta bianca?»

«Entro certi limiti.»

«Una cosa è far scattare una recluta al comando del sergente, un'altra è trasformare in capi e in combattenti degli ufficiali avvezzi a spostare carte da un ufficio all'altro.» Rozhkov si era espresso in modo vago, ma il superiore recepì il messaggio.

«Carta bianca con tutti quanti, Yuri. Ma sii prudente, per te e per me.»

Rozhkov annuì. Sapeva di chi servirsi per sbrigare la bisogna. «Sarebbe stato facile con le nostre truppe di quarant'anni fa, Andrej.» Rozhkov si mise a sedere. «E, francamente, oggi abbiamo lo stesso materiale umano, per di più con armi migliori. Quando guidammo i carri armati su Vienna, i nostri uomini erano dei veterani rudi e incalliti...»

«Lo erano anche quei bastardi delle SS che abbiamo schiacciato.» Shavyrin sorrise al ricordo. «Tieni presente che in Occidente sono all'opera le stesse forze, oggi non meno di allora. Come si batteranno, colti di sorpresa e divisi? Sì, la cosa può funzionare, dobbiamo farla funzionare.»

«Lunedì prossimo vedrò i comandanti di reparto. Penserò io a informarli.»

Norfolk, Virginia

«Lo tratti bene, mi raccomando» disse il sindaco.

Ci volle un momento prima che il comandante Daniel X. McCafferty reagisse. L'USS *Chicago* era pronto a salpare soltanto da sei settimane, a causa di un incendio nel cantiere che aveva ritardato gli ultimi lavori. La cerimonia del varo era stata disturbata dall'assenza del sindaco di Chicago, alle prese con lo sciopero dei dipendenti del comune. Il sommergibile era appena rientrato da cinque dure settimane di addestramento in Atlantico, e l'equipaggio stava caricando i rifornimenti per il primo impiego operativo. McCafferty era ancora in trance per la nuova nomina, e non si stancava di guardare la nave. Aveva appena accompagnato il sindaco lungo il ponte superiore, prologo obbligato della visita a qualunque sottomarino, anche se non c'era molto da vedere. «Mi scusi, signore?»

«Tratti bene la sua nave» disse il sindaco di Chicago.

«Noi le chiamiamo barche, signore. Ne avremo cura per lei. Posso invitarla in quadrato?»

«Altre scalette!» Il sindaco fece una smorfia fingendosi preoccupato, però McCafferty sapeva che era stato comandante dei pompieri. *Avremmo avuto del lavoro per lui qualche mese fa*, pensò.

«Dove siete diretti domani?»

«In mare, signore.»

«Me l'ero immaginato.» Per essere vicino alla sessantina, il sindaco se la cavava piuttosto bene. Si ritrovarono di sotto. «Che cosa fate esattamente su questi congegni?»

«Il termine ufficiale è "Ricerche oceanografiche".» McCafferty accompagnò con un sorriso la risposta alla goffa domanda. I congegni del *Chicago* si sarebbero mossi presto. La Marina voleva controllare l'efficacia dei nuovi sistemi di insonorizzazione. Le prove di rilevamento acustico alle Bahamas erano state soddisfacenti. Adesso tutti volevano vedere come avrebbe funzionato nel Mar di Barents.

Il sindaco rise della battuta. «Oh, immagino che conterete le balene per Greenpeace!»

«Posso solo dire che là dove andiamo ci sono delle balene.»

«Che cos'è quel rivestimento? Non ho mai sentito parlare di ponti di gomma sulle navi.»

«Si chiama rivestimento antieco, signore. La gomma assorbe le onde acustiche, così facciamo meno rumore in navigazione, e siamo più difficili da individuare con il sonar... Caffè?»

«Non crede che in un giorno come questo...»

Il capitano fece una risatina. «La penso come lei, ma è vietato dal regolamento.»

Il sindaco alzò la tazza e la batté contro quella di McCafferty.

«In bocca al lupo.»

«Crepi il lupo.»

Mosca, URSS

Si riunirono al Circolo Ufficiali centrale del distretto militare di Mosca, nella Ulitsa Krasnokazarmennaya: un edificio maestoso che risaliva ai tempi degli zar. Era il periodo in cui i comandanti dei settori operativi avevano consuetudine di ritrovarsi a Mosca, e tali incontri comportavano sempre un certo numero di elaborati banchetti in grande stile. Rozhkov accolse i colleghi sulla soglia dell'ingresso principale; quando furono tutti arrivati li guidò al piano inferiore, dove li introdusse nella sauna riccamente decorata. Erano presenti tutti i comandanti dei vari scacchieri accompagnati dai rispettivi aiutanti di campo, dai comandanti delle forze aeree e delle flotte: una piccola galassia di stelle, galloni e spalline. Dieci minuti dopo, completamente nudi, muniti solo di un paio di asciugamani e di un mazzo di rami di betulla, erano diventati nulla più di un gruppo di uomini di mezza età, forse un po' più atletici della media dei loro connazionali.

Si conoscevano tutti. Sebbene molti fossero rivali, appartenevano comunque alla stessa professione e, favoriti dall'atmosfera confidenziale della sauna, si scambiarono chiacchiere per qualche minuto. Alcuni di loro erano nonni, e parlavano animatamente della continuità delle rispettive stirpi. Una norma non scritta voleva che, quali che fossero le rivalità personali, gli ufficiali superiori vegliassero sulla carriera dei figli dei camerati. Vi fu perciò un nutrito scambio di informazioni su incarichi, prospettive di avanzamento e nuove nomine. Sorse infine la classica discussione russa sulla "forza" del vapore. Rozhkov risolse perentoriamente la diatriba proiettando un sottile, ma intenso, getto d'acqua sui mattoni roventi al centro della stanza. Ne scaturì un sibilo che sarebbe bastato a coprire gli eventuali dispositivi d'ascolto installati nel locale, sempreché la densa umidità che regnava nella sauna non li avesse già trasformati in ferrivecchi rugginosi. Rozhkov non aveva fatto il minimo accenno a quello che stava accadendo. Era meglio, a suo avviso, catapultarli dentro la situazione e vedere le reazioni spontanee.

«Compagni, devo farvi un annuncio.»

Tutti tacquero e ognuno rivolse il suo sguardo interrogativo verso di lui.

Ci siamo! «Il 15 giugno di quest'anno, esattamente fra quattro mesi, lanceremo un'offensiva contro la NATO.»

Per un momento non si udì alcun suono oltre al fischio del vapore, poi tutti scoppiarono a ridere. Gli alcolici bevuti nel segreto delle vetture ufficiali, che li avevano trasportati dal Cremlino, contribuivano all'ilarità. Non risero, però, quelli fra loro che erano abbastanza vicini al CINC-Terra da vederlo in viso.

«Dici sul serio, compagno maresciallo?» chiese il CINC dello Scacchiere occidentale. Non avendo avuto risposta, continuò: «Forse sarai tanto gentile da spiegarci i motivi di questa azione...»

«Naturalmente. Siete tutti aggiornati sul disastro petrolifero di Nizhnevartovsk. Quelle che non conoscete sono le implicazioni strategiche e politiche della catastrofe.» Ci vollero sei minuti buoni per riferire in sintesi tutte le decisioni prese dal Politburo. «Fra quattro mesi esatti lanceremo l'operazione militare più decisiva di tutta la storia dell'Unione Sovietica: la distruzione della NATO come forza militare e politica – e ce la faremo.»

Come ebbe finito, osservò in silenzio gli ufficiali. Il vapore stava facendo l'effetto desiderato. Il caldo soffocante assaliva le vie respiratorie facendo rinsavire e sudare chi aveva bevuto. *Suderanno ben di più nei prossimi mesi*, pensò Rozhkov.

Pavel Alekseyev prese la parola. Era il vicecomandante del Teatro Sudovest. «Ho raccolto qualche voce: è proprio così brutta la situazione?»

«Sì. Abbiamo riserve di POL sufficienti per dodici mesi in condizioni operative normali, o per sessanta giorni in stato di belligeranza preceduto da un breve periodo di addestramento intensivo.» *Paralizzando l'economia nazionale a partire dalla metà di agosto*, pensò Rozhkov.

Alekseyev si sporse in avanti sferzandosi con i rami di betulla. Il gesto, stranamente, evocava l'immagine di un leone che agita la coda. Aveva cinquant'anni ed era uno dei più giovani fra gli ufficiali presenti: un soldato intellettuale rispettato da tutti, un bell'uomo atletico con un paio di spalle da fare invidia a un boscaiolo. Guardò attraverso la nube di vapore socchiudendo gli occhi scuri e penetranti.

«Metà giugno?»

«Sì» rispose Rozhkov. «È il termine ultimo per preparare i piani e le truppe.» Il CINC-Terra lanciò uno sguardo intorno alla stanza. Il vapore lasciava a malapena intravedere il soffitto.

«Presumo che, se ci troviamo qui, è per parlarci con franchezza, dico bene?»

«Dici bene, Pavel Leonidovich» rispose Rozhkov, stupito come tutti gli altri del fatto che Alekseyev avesse parlato per primo. Il CINC-Terra si era preoccupato personalmente di fargli fare carriera negli ultimi dieci anni. Era il figlio unico di un generale, un valoroso comandante di truppe corazzate durante la Grande Guerra Patriottica, uno degli uomini validi messi in pensione nel corso delle purghe incruente sotto Nikita Krusciov, verso la fine degli anni Cinquanta.

«Compagni.» Alekseyev si alzò dalla panca e lentamente si diresse verso il pavimento di marmo. «Accetto tutto quello che il maresciallo Rozhkov ci ha detto. Però... quattro mesi! In quattro mesi possiamo essere scoperti e perdere del tutto il fattore sorpresa. Se questo succede, come andrà a finire per noi? Ma no, abbiamo già un piano per una simile eventualità: lo Zhukov-4! La mobilitazione immediata! Possiamo raggiungere i nostri posti di comando nel giro di sei ore. Se dobbiamo fare un attacco di sorpresa, ebbene, facciamolo in modo che non possa essere scoperto in tempo – entro settantadue ore da adesso!»

Ancora una volta, l'unico suono percepibile nella stanza fu quello dell'acqua che scoppiettava al contatto con i mattoni grigiastri trasformandosi in vapore. Poi, il rumore esplose nella sala. Lo Zhukov-4 era la variante invernale di un piano che ipotizzava la scoperta dell'intenzione della NATO di lanciare un attacco di sorpresa contro i paesi aderenti al Patto di Varsavia. In un simile frangente, la dottrina sovietica era uguale a quella di chiunque altro: la miglior difesa è l'attacco. Si trattava quindi di battere sul tempo gli eserciti della NATO con un attacco immediato a opera delle truppe motorizzate di categoria A, di stanza nella Germania Orientale.

«Ma non siamo pronti!» obiettò il CINC-Ovest, titolare del settore di punta con quartier generale a Berlino: il comando militare più potente del mondo. Un'azione offensiva contro la Germania Occidentale ricadeva sotto la sua diretta responsabilità.

Alekseyev alzò le mani. «Neanche loro lo sono, anzi, sono ancora meno pronti di noi» disse. Era un discorso sensato. «Diamo un'occhiata alle informazioni. Il quattordici per cento dei loro ufficiali è in licenza. Hanno appena concluso un ciclo di esercitazioni per cui avranno gli armamenti in corso di revisione. Una gran parte degli ufficiali superiori sarà nelle diverse capitali per consultazioni, proprio come noi adesso. Le truppe sono nei quartieri invernali a svolgere compiti di routine. Si sa che questo periodo dell'anno è dedicato alla manutenzione e al lavoro d'ufficio. La preparazione fisica è ridotta: chi ha voglia di correre sotto la neve? Gli uomini sono fuori forma e bevono più del consueto. È il nostro momento per agire! Sappiamo tutti – è una realtà storica – che i combattenti sovietici si esprimono al meglio in inverno, quando invece la NATO è al livello minimo di efficienza.»

«Ma anche noi lo siamo, giovane sciocco!» grugnì furibondo il CINC-Ovest.

«È una situazione che possiamo cambiare nel giro di quarantott'ore» ribatté Alekseyev.

«Impossibile» sentenziò il vice del CINC-Ovest venendo in soccorso al superiore.

«Ci vorrà qualche mese perché possiamo raggiungere lo stato di massima efficienza» convenne Alekseyev. L'unico modo per far valere la propria tesi con i superiori era di ragionarne con loro. Era quasi certamente condannato all'insuccesso, ma doveva tentare. «Per di più sarà difficile, se non addirittura impossibile, nascondere i preparativi.»

Un generale intervenne: «Come ha detto il maresciallo Rozhkov, abbiamo la garanzia che sarà messa in atto una *maskirovka* politica e diplomatica».

«Non dubito che il KGB e i nostri abili capi politici faranno miracoli.» Avrebbero potuto esserci dei dispositivi di ascolto. «Ma non pretendiamo troppo nel presupporre che gli imperialisti – con l'odio e la paura che nutrono per noi, con tutti gli agenti segreti e i satelliti spia – non si accorgano che abbiamo raddoppiato le esercitazioni? Sappiamo che le forze della NATO intensificano lo stato di all'erta ogni volta che ci sanno impegnati in manovre di grande portata; il loro grado di preparazione, inoltre, salirà automaticamente con le esercitazioni primaverili. Se continuiamo l'addestramento a ritmi superiori al normale, gli occidentali staranno ancora più accorti. Per raggiungere la piena efficienza bellica dovremo fare troppe cose fuori dell'ordinario. La Germania Est pullula di spie occidentali. La NATO sarà informata e reagirà. Ce li troveremmo di fronte sul confine, armati di tutto quello che hanno negli arsenali comunitari.

«D'altra parte, se attacchiamo adesso con ciò che abbiamo, siamo noi in vantaggio. I nostri uomini non sono andati a sciare sulle fottute Alpi! Lo Zhukov-4 è stato concepito per passare dallo stato di pace allo stato di guerra in quarantott'ore. La NATO non è assolutamente in grado di reagire in un tempo così breve. Avranno bisogno di almeno due giorni per raccogliere le informazioni dei loro servizi segreti, elaborarle e sottoporle ai ministri. A quell'ora le nostre bombe staranno già cadendo sulla gola del Fulda, seguite dai reparti corazzati.»

«Ci sono troppe cose che possono andare storte!» Il CINC-Ovest si alzò di scatto afferrando con la mano sinistra l'asciugamano che gli stava scivolando dai fianchi. Agitò la destra chiusa a pugno verso il giovane ufficiale. «Che cosa mi dici del controllo del traffico? E dell'addestramento degli uomini con le nuove dotazioni? E su come posso avere i piloti da caccia pronti a buttarsi sugli imperialisti? È questo l'ostacolo insuperabile! I piloti hanno bisogno di almeno un mese di allenamento intensivo, e così i carristi, gli artiglieri e la fanteria!»

Sarebbero già pronti adesso se tu fossi all'altezza del tuo compito, stupido puttaniere e figlio di puttana! pensò Alekseyev. Il CINC-Ovest era un uomo sulla sessantina che amava ostentare e vantare la propria virilità. Alekseyev aveva udito numerose battute sull'argomento in quella medesima sala. Restava comunque il fatto che il CINC-Ovest era politicamente fidato. *È il sistema sovietico*, rifletté il giovane generale. *Abbiamo bisogno di militari che sappiano fare la guerra e invece cosa ci troviamo per difendere la* Rodina, *la nostra patria? L'affidabilità politica!* Ricordava con amarezza quello che era successo a suo padre. Tuttavia Alekseyev non si permetteva di contestare al Partito il controllo delle forze armate. Dopo tutto, il Partito era lo Stato, quello Stato che aveva giurato di servire fedelmente. Gli restava ancora una carta da giocare:

«Compagno generale, tu hai dei buoni ufficiali al comando delle divisioni, dei reggimenti, dei battaglioni. Abbi fiducia nella loro competenza.» Non avrebbe fatto danno a nessuno sbandierare le virtù dell'Armata Rossa.

Rozhkov si alzò, e tutti si sporsero per ascoltare quello che avrebbe detto. «L'argomento è valido, Pavel Leonidovich, ma dobbiamo giocare d'azzardo con la sicurezza della Patria?» Scosse il capo citando la dottrina alla lettera, come faceva ormai da troppi anni. «No. Contiamo sulla sorpresa, questo sì, affinché il primo energico colpo apra un varco all'eroico slancio delle nostre truppe corazzate. Avremo il fattore sorpresa. Blanditi dal Politburo, mentre stiamo preparando la mossa iniziale, gli occidentali avranno tre giorni di tempo, quattro al massimo, per rendersi conto di ciò che li aspetta, ma anche a quel punto non saranno mentalmente preparati a contrastarci.»

Gli ufficiali seguirono Rozhkov dalla sauna alle docce per togliersi di dosso il sudore con l'acqua fredda. Dieci minuti più tardi, rinfrescati e in alta uniforme, si ritrovarono nel salone dei banchetti al secondo piano. Gli attendenti, molti dei quali erano informatori del KGB, rilevarono il tono quieto e sommesso della conversazione, che frustrava ogni tentativo di afferrare quello che gli ufficiali si stavano dicendo. I generali non ignoravano che il carcere del KGB, a Lefortovo, era a meno di un chilometro di distanza.

«I nostri piani?» chiese il CINC-Sudovest al suo vice comandante.

«Quante volte abbiamo giocato alla guerra in questo modo?» replicò Alekseyev. «Da anni continuiamo a esaminare carte e schemi. Conosciamo a menadito le truppe e i concentramenti di mezzi corazzati. Conosciamo le strade, le autostrade, i crocevia da cui dobbiamo transitare e quelli che userà la NATO. Sappiamo a memoria i nostri e i loro tempi di mobilitazione. L'unica cosa che non sappiamo è se i nostri piani, così attentamente elaborati, avranno effetto. Dovremmo attaccare subito. Se non lo facciamo, le incognite saranno uguali per entrambe le parti.»

«E se il nostro attacco funziona troppo bene e la NATO ricorre alla difesa nucleare?» chiese Rozhkov di rimando. Alekseyev non poté fare meno di ammettere l'importanza e l'estrema imprevedibilità di questo fattore.

«Potrebbero farlo comunque. Generale, i nostri piani dipendono in larga misura dall'elemento sorpresa, non è vero? La combinazione sorpresa più successo obbligherà l'Occidente a prendere in considerazione le armi atomiche...»

«Come ti sbagli, mio giovane amico!» lo rimbrottò il CINC-Sudovest. «La decisione di usare le armi nucleari è di natura politica. Anche l'impedire tale decisione è un atto politico che richiede un certo tempo.»

«Ma se aspettiamo quattro mesi» insisté Alekseyev «come possiamo assicurarci la sorpresa strategica?»

«I capi politici ce l'hanno promessa.»

«L'anno del mio ingresso all'Accademia Frunze il Partito ci aveva annunciato la data in cui avremmo avuto "il vero comunismo nel nostro tempo". Era stata una promessa solenne. Peccato che quel termine sia scaduto sei anni fa.»

«Con me puoi parlare in questo modo senza pericolo, Pasha. Ti capisco. Ma se non impari a tenere a freno la lingua...»

«Mi perdoni, compagno generale, ma dobbiamo considerare l'eventualità che la sorpresa non riesca. "In combattimento, è impossibile evitare i rischi, malgrado i più diligenti preparativi"» citò Alekseyev da uno dei libri di testo dell'Accademia Frunze. «"Occorre pertanto riservare la massima attenzione, e preparare i piani nel modo più particolareggiato possibile, ai fini di ogni ragionevole esigenza dell'operazione globale. Per questo motivo, l'oscu-

ta di un ufficiale subalterno è una delle più dure fra tutte
e dedicate al nobile compito di servire lo Stato."»
Hai la memoria di un *kulak*, Pasha» commentò ridendo il
-Sudovest riempiendo di vino georgiano il bicchiere del suo
Però hai ragione.»
mancata realizzazione del fattore sorpresa equivarrebbe a
e una campagna di attrito su vasta scala, una versione ad
tenuto tecnologico della guerra del '14-'18.»
e vinceremmo comunque» disse il CINC-Terra sedendosi
ad Alekseyev.
vinceremmo comunque» convenne Alekseyev. Tutti i ge-
vietici indistintamente accettavano la premessa secondo
pacità di produrre una decisione rapida avrebbe provoca-
guinosa guerra di attrito, logorante in uguale misura per
endenti. Le riserve sovietiche di uomini e di materiali con
ttere questo tipo di guerra erano di gran lunga superiori
ella NATO, e i politici le avrebbero adoperate. «Se, e
riusciamo a forzare il ritmo delle azioni belliche – è una
ondizione imprescindibile – e se i nostri amici della Marina sono in grado di impedire il reintegro delle scorte NATO da parte dell'America. L'autonomia della NATO è di circa cinque settimane. La nostra bella e costosa flotta deve quindi assolutamente bloccare l'Atlantico.»

«Maslov.» Rozhkov fece un cenno al Comandante in Capo della Marina Sovietica. «Vorremmo la tua opinione sul raffronto delle forze nel Nord Atlantico.»

«Per quale missione?» chiese l'ammiraglio Andrej Petrovich Maslov circospetto.

«Se non riusciamo a produrre la sorpresa in Occidente, Andrej Petrovich, i cari compagni della Marina dovranno isolare l'Europa dall'America» dichiarò Rozhkov. La risposta lo fece sussultare.

«Dammi una divisione di truppe aviotrasportate e io ti sbrigo la faccenda» rispose semplicemente Maslov. Teneva in mano un bicchiere d'acqua minerale; era stato attento a non bere alcolici, in quella fredda notte di febbraio. «Bisogna solo chiarire se lo schieramento strategico in mare dovrà essere offensivo o difensivo. Le Marine della NATO, prima fra tutte quella degli Stati Uniti, costituiscono una minaccia diretta per la *Rodina*. È l'unica ad avere aerei e portaerei con cui attaccarci in terraferma, alla penisola di Kola. Ci risulta, infatti, che i loro piani prevedono proprio questa mossa.»

«E allora?» obiettò il CINC-Sudovest. «Nessun attacco al suolo sovietico va preso alla leggera, è ovvio, però subiremo comunque dure perdite nel corso della campagna, per quanto brillantemente possiamo combatterla. Quello che conta è il risultato finale.»

«Se l'attacco americano a Kola riesce, fallisce la nostra chiusura dell'Atlantico settentrionale. Hai torto a sottovalutare questo genere di attacco. La presenza degli americani nel Mar di Barents sarà una minaccia diretta per le nostre forze nucleari di dissuasione, e potrebbe avere conseguenze più terribili di quanto non immagini.» L'ammiraglio Maslov si sporse in avanti. «D'altra parte, se convinci la STAVKA – il Comando Supremo – a darci i mezzi per eseguire il piano Gloria Polare, possiamo prendere noi l'iniziativa e imporre il tipo delle operazioni nel Nord Atlantico.» Alzò il pugno. «Così facendo, possiamo: primo – tese un dito – impedire un attacco americano contro la *Rodina*; secondo – tese un altro dito – usare la maggior parte delle forze sottomarine nel Nord Atlantico dove passano le rotte mercantili, invece di tenere i sommergibili in stato di difesa passiva; terzo – e ultimo dito – fare il massimo uso delle forze aeronavali. Questa operazione trasforma in un solo colpo la flotta da arma difensiva ad arma offensiva.»

«E per ottenere questo risultato ti basta una divisione di fanteria aviotrasportata? Esponi il tuo piano, compagno ammiraglio» disse Alekseyev.

Bastarono cinque minuti a Maslov per illustrare l'operazione. Quindi l'ammiraglio concluse: «Con un po' di fortuna, infliggeremo di primo acchito alle Marine della NATO una legnata molto più dura di quanto possono sopportare, aggiudicandoci una preziosa posizione da sfruttare dopo la guerra».

«È meglio attirare le loro portaerei e distruggerle» commentò il CINC-Ovest inserendosi nella discussione.

«Gli americani» rispose Maslov «disporranno di cinque o sei portaerei da impiegare contro di noi nell'Atlantico. Ciascuna ha cinquantotto aerei a bordo, che possono essere usati per il mantenimento della superiorità aerea oppure per la vera e propria offensiva nucleare, a parte le unità adibite alla protezione della flotta. Io sostengo, compagni, che è nostro interesse tenere quelle navi distanti il più possibile dalla *Rodina*.»

«Sono impressionato, Andrej Petrovich» disse Rozhkov pensieroso, notando ammirazione anche negli occhi di Alekseyev. Il piano Gloria Polare era audace quanto semplice. «Voglio un rapporto completo per domani pomeriggio. Tu dici che, se possiamo assegnarti i mezzi per questa iniziativa, vi sono forti probabilità di successo?»

«Sono cinque anni che lavoriamo a questo piano, preoccupandoci soprattutto della semplicità. Se si riesce a mantenere la segretezza, ci sono soltanto due cose che devono andar bene per il successo dell'impresa.»

Rozhkov assentì. «Se è così, conta sul mio appoggio.»

4

Maskirovka – Primo atto

Mosca, URSS

Il ministro degli Esteri comparve sul palco entrando da sinistra, come di consueto, e si diresse al leggìo con il passo un po' saltellante che tradiva i suoi sessant'anni. Dinanzi a lui vi era una folla di giornalisti, che le guardie sovietiche avevano sistemato nei gruppi di rispettiva competenza: i cronisti dei quotidiani, armati di taccuini e spalleggiati dai fotografi; i redattori dei media visivi schierati davanti alle lampade portatili Klieg. Il ministro odiava la maledetta situazione e la gente che si vedeva di fronte. La stampa occidentale, sempre maleducata, sempre intenta a curiosare, a sondare, a chiedere delle risposte che lui non poteva dare neppure al suo popolo. Che strano, pensò nello scorrere i propri appunti, dover parlare più di frequente a quelle spie prezzolate che non ai membri del Comitato Centrale del Partito. Spie, ecco che cos'erano...

Naturalmente potevano essere manipolate da un uomo abile, corredato di una serie di disinformazioni accuratamente predisposte – ed era proprio questo che si accingeva a fare. Nell'insieme, però, rappresentavano una minaccia, perché non desistevano mai dal fare quello che facevano, qualunque cosa fosse. La dedizione al dovere che dimostravano era la sola ragione che gli impediva di disprezzarli. Avere a che fare con loro implicava comunque un rischio potenziale. Sempre a caccia di informazioni com'erano, potevano essere pericolosi anche mentre venivano manipolati. Se solo l'avessero capito gli altri del Politburo...

«Signore e signori» esordì il ministro in inglese. «Farò una breve dichiarazione, e sono spiacente di non poter rispondere a nessuna domanda in questa circostanza. Al termine della conferenza vi sarà rilasciato un comunicato stampa completo... cioè, spero che sia già pronto...» Fece un gesto della mano verso un uomo che si trovava al fondo della sala, il quale annuì enfaticamente. Il ministro riordinò ancora una volta le carte e cominciò a parlare con la chiara dizione che gli era propria.

«Il Presidente degli Stati Uniti ha chiesto ripetutamente "fatti e non parole", nell'ambito delle iniziative volte al controllo delle armi strategiche.

«Come vi è noto, i negoziati in corso a Vienna da più di un anno non registrano alcun progresso significativo, con grande disappunto del mondo intero. Ognuna delle parti continua a imputare all'altra la responsabilità della stasi delle trattative.

«Tutti coloro che tengono alla pace nel mondo sanno benissimo che l'Unione Sovietica non ha mai desiderato la guerra. Soltanto un folle potrebbe vedere il conflitto atomico come un'opzione politica accettabile, in questo mondo moderno fatto di eccidi, di *fallout* e di "inverno nucleare".»

«Accidenti» mormorò Patrick Flynn, capo dell'ufficio AP. I sovietici non ammettevano volentieri l'esistenza di un "inverno nucleare" e certo non avevano mai fatto alcun riferimento ad esso in una riunione formale del tipo di quella che si stava svolgendo. Le antenne del giornalista scattarono, pronte ad afferrare qualsiasi cosa vi fosse nell'aria.

«È venuto il momento per una riduzione sostanziale delle armi strategiche. Da parte nostra, abbiamo avanzato diverse proposte serie e sincere ai fini di una autentica riduzione degli armamenti ma, nonostante i nostri sforzi, gli Stati Uniti hanno continuato a elaborare e ostentare armi destabilizzanti e chiaramente offensive: il missile MX, cinicamente chiamato "Peacekeeper" – Guardiano della Pace; il missile balistico avanzato Trident D-5; due varietà distinte di missili da crociera le cui caratteristiche cospirano a rendere praticamente impossibile ogni verifica del controllo delle armi; infine, ovviamente, la cosiddetta iniziativa di difesa strategica, che porterà le armi offensive nello spazio. Queste sono le azioni dell'America.» Alzò gli occhi dagli appunti, per poi riprendere in tono sarcastico. «E con tutto ciò, le edificanti parole dell'America pretendono fatti dai sovietici.

«A partire da domani, vedremo una buona volta se le parole dell'America sono degne di fede, oppure no. Da domani vedremo quanto è grande la differenza fra le parole di pace dell'America e le azioni di pace dei sovietici.

«Domani l'Unione Sovietica metterà sul tavolo, a Vienna, una proposta per la riduzione del cinquanta per cento degli arsenali di armi nucleari strategiche e di teatro. La riduzione dovrà essere portata a termine entro tre anni dalla ratifica dell'accordo, con verifiche in loco da parte di commissioni di controllo neutrali la cui composizione sarà concordata fra tutti i firmatari.

«Vi prego di notare che ho detto "tutti i firmatari". L'Unione Sovietica invita il Regno Unito, la Repubblica Francese, e – alzò la testa – la Repubblica Popolare Cinese a unirsi a lei al tavolo dei negoziati.» I lampi dei flash lo costrinsero a distogliere per un attimo lo sguardo.

«Signore e signori, vi prego...» Sorrise alzando la mano a coprirsi il viso. «Questi vecchi occhi non sopportano una simile aggressione, e ne ho bisogno per finire di leggere il discorso dato che non lo so a memoria... a meno che non vogliate sentire il resto in russo!»

La battuta provocò uno scoppio di risate e qualche applauso. *Il vecchio filibustiere sta veramente rispolverando il suo fascino*, pensava Flynn continuando a buttare giù appunti come un disperato. Le parole del ministro erano potenzialmente dinamite. Si domandò che cos'altro c'era in arrivo e, soprattutto, in quali termini sarebbe stata redatta la proposta. Flynn aveva già presenziato a conferenze sugli armamenti, e sapeva bene che il modo generico in cui le proposte erano formulate poteva falsare grossolanamente i dettagli tecnici delle vere questioni in palio. Non era possibile che i russi fossero tanto aperti – no, non lo era proprio.

«Andiamo avanti.» Il ministro degli Esteri chiuse e aprì gli occhi. «Siamo stati accusati di non fare mai un gesto in buona fede. La falsità dell'accusa è palese, ma la leggenda continua a trovare credito in Occidente. Adesso non più. D'ora in avanti, più nessuno potrà dubitare della sincera aspirazione del popolo sovietico a una pace giusta e duratura.

«A cominciare da oggi, in pegno della buona fede con cui sfidiamo al confronto gli Stati Uniti e tutte le altre nazioni interessate, l'Unione Sovietica radierà tutta una classe di sottomarini nucleari lanciamissili, quelli che l'Occidente conosce sotto il nome di "classe Yankee". Ovviamente noi usiamo una denominazione diversa» aggiunse con una smorfia che provocò altre risate di cortesia. «Tutte le unità di tale classe saranno assegnate alla Flotta Sovietica Settentrionale con base alla penisola di Kola. A cominciare da oggi, metteremo in disarmo tali sommergibili al ritmo di uno al mese. Come sapete, la disattivazione completa di una macchina complessa come un sottomarino lanciamissili può essere eseguita soltanto in bacino – il gruppo missili deve essere materialmente smontato dalla nave – per cui è chiaro che le unità non possono essere disarmate da un giorno all'altro. Tuttavia, per rendere chiara e innegabile l'onestà delle nostre intenzioni, invitiamo gli Stati Uniti a fare una delle due cose che ora vi esporrò.

«Prima proposta: noi autorizzeremo una commissione qualificata di sei ufficiali di Marina americani a ispezionare le venti unità. La commissione potrà così accertarsi che, nel corso della rimozione dell'intero complesso di celle missilistiche dai sottomarini, tutti i tubi di lancio sono stati riempiti di cemento. In contropartita, richiederemmo una equivalente visita di controllo da parte di un uguale numero di ufficiali sovietici ai cantieri americani, in data successiva da stabilire di comune accordo.

«La seconda proposta: in alternativa, qualora gli Stati Uniti non fossero disposti ad accordare la reciprocità di verifica della riduzione delle armi, noi autorizzeremo l'effettuazione del controllo da parte di un'altra commissione di sei ufficiali provenienti dal paese, o dai paesi, concordati fra gli Stati Uniti e l'Unione Sovietica entro i trenta giorni successivi. Una commissione inviata da paesi neutrali come la Svezia o l'India sarebbe, in linea di massima, accettabile per noi.

«Signore e signori, è giunta l'ora di farla finita con la corsa agli armamenti. Non indulgerò in questa sede all'ornata retorica che ci sommerge da due generazioni. Nessuno di noi ignora quale minaccia per tutte le nazioni sia contenuta in quelle armi nefaste. Che nessuno possa più dire che il governo dell'Unione Sovietica non ha fatto la propria parte per ridurre il pericolo di una guerra. Vi ringrazio.»

La sala restò nel silenzio più assoluto, rotto soltanto dal ronzio delle telecamere. I rappresentanti della stampa occidentale assegnati agli uffici moscoviti erano fra i più qualificati della categoria. Tutti brillanti e ambiziosi, tutti scettici su quello che vedevano a Mosca e sulle condizioni in cui erano costretti a lavorare, in quel momento erano ammutoliti per la sorpresa.

«Accidenti a lui!» mormorò Flynn dopo qualche secondo.

«Ammiro la misura della tua espressione, vecchio mio» convenne William Calloway, corrispondente della Reuter. «Non era il vostro Wilson che parlava di patti chiari definiti in modo chiaro?»

«Sì. Mio nonno seguì per un giornale quella conferenza della pace. Ricordi come ha funzionato bene?» Flynn sogghignò osservando l'uscita del ministro degli Esteri che se ne andava sorridendo alle telecamere. «Vuoi anche tu vedere il comunicato? Vuoi un passaggio?»

«La risposta è sì a entrambe le proposte.»

Era una giornata di freddo pungente a Mosca, con i mucchi di neve ai margini delle strade e il cielo che sembrava una gelida lastra di cristallo blu. Il riscaldamento della macchina non funzionava. Mentre Flynn guidava, l'amico gli lesse il comunicato stampa: diciannove pagine di proposte di trattato con annotazioni. Il corrispondente della Reuter era un londinese che aveva iniziato come cronista di "nera" e successivamente aveva svolto incarichi di inviato speciale in ogni parte del mondo. Lui e Flynn si erano conosciuti al famoso Hotel Caravelle di Saigon e da più di vent'anni, ormai, si incontravano qua e là scambiandosi drinks e nastri dattilografici. Nell'inclemente inverno russo, ricordavano quasi con nostalgia la calura opprimente di Saigon.

«È maledettamente corretto» disse Calloway con aria stupita. Il freddo gli condensava il fiato in nuvolette che davano una specie di consistenza spettrale alle parole. «Propongono una riduzione, con l'eliminazione di molte delle armi esistenti, autorizzando entrambe le parti a sostituire le rampe obsolete e dando a ciascuna la facoltà di arrivare a un totale di cinquemila testate mobili – numero bloccato per cinque anni dopo il triennio di riduzione. Vi è poi una proposta separata di negoziare la rimozione completa dei missili "pesanti" sostituendoli con missili mobili, ma riducendo le prove di lancio a un numero fisso annuale...» Scorse rapidamente le pagine successive. «La bozza di trattato non parla della vostra ricerca sulle Guerre Stellari... Non l'ha menzionata nella dichiarazione? Patrick, figlio mio, questa è dinamite, come hai detto poco fa. Avrebbero potuto scriverla pari pari a Washington. Ci vorranno mesi per venire a capo di tutti i dettagli tecnici, ma si tratta di una proposta maledettamente seria e generosa.»

«Niente sulle guerre stellari?» Flynn corrugò la fronte per un momento. Voleva dire che i Russi ci si erano messi anche loro? Devo sentire Washington... «Abbiamo una storia per le mani, Willie. Qual è la tua idea? Come ti suona la parola "pace"?» Per tutta risposta, Calloway fece una risata.

Fort Meade, Maryland

Le agenzie d'informazione americane, come le altre agenzie nel resto del mondo, controllano tutti i servizi trasmessi telegraficamente. Toland stava esaminando i dispacci della AP e della Reuter prima ancora che avessero modo di farlo i capi delle agenzie di stampa. Li confrontava con le versioni trasmesse sui circuiti a microonde sovietici, destinate alla pubblicazione nelle edizioni regionali della *Pravda* e della *Izvestia*. Il modo in cui le notizie scomode venivano riferite serviva nell'Unione Sovietica a far capire ai membri del Partito qual era lo stato d'animo dei capi.

«Abbiamo già battuto questa strada altre volte» disse il direttore della sezione. «L'ultima volta le trattative si sono arenate sulla questione dei missili mobili. Entrambe le parti li volevano, ma erano spaventate all'idea che potessero averli anche gli altri.»

«Però il tono del messaggio...»

«Sono sempre euforici quando si tratta delle loro proposte di controllo degli armamenti! Via, Bob, dovresti saperlo.»

«Certo, signore, però è la prima volta che sento che i russi hanno tolto unilateralmente una piattaforma dal servizio.»

«Gli "Yankee" sono un tipo obsoleto.»

«E con questo? Non buttano mai via niente, superato o no. Hanno ancora in magazzino dei pezzi d'artiglieria della seconda guerra mondiale, caso mai dovessero servire di nuovo. Questa è una cosa diversa, e le implicazioni politiche...»

«Stiamo parlando di strategia nucleare, non di politica» borbottò per tutta risposta il direttore della seconda sezione.

Come se ci fosse una differenza, si disse Toland.

Kiev, Ucraina

«Ebbene, Pasha?»

«Compagno generale, ci aspetta veramente un lavoro da uomini» rispose Alekseyev, sull'attenti, nel quartier generale del Teatro Sudovest a Kiev.

«Le truppe hanno bisogno di un robusto addestramento di reparto. Durante il fine settimana ho letto più di ottanta rapporti reggimentali sul grado di efficienza, inviati dalle divisioni corazzate e di fanteria motorizzata.» Alekseyev fece una pausa. Addestramento tattico ed efficienza erano il punto dolente dell'esercito sovietico. Gli effettivi erano formati quasi interamente da uomini di leva, per una ferma di due anni, di cui una buona metà serviva ad acquisire a malapena le capacità militari di base. Anche i sottufficiali, spina dorsale di tutti gli eserciti fin dai tempi delle legioni romane, erano militari di leva, selezionati per la specializzazione in apposite accademie, ma persi anche loro al termine dei due anni. Per tale motivo l'esercito sovietico faceva grande assegnamento sugli ufficiali, ai quali spesso toccavano incombenze che, in Occidente, sarebbero state demandate ai sergenti maggiori. Gli ufficiali erano l'unica entità permanente e affidabile dell'esercito sovietico, almeno in teoria. «La verità è che, in questo momento, non conosciamo il nostro grado reale di efficienza. Nei rapporti, tutti i colonnelli si esprimono allo stesso modo, senza la benché minima deviazione. Tutti riferiscono il rispetto delle norme, con il giusto numero di ore di addestramento, la giusta quantità di indottrinamento politico, il giusto numero di colpi sparati nelle esercitazioni a fuoco – beh, con uno scarto inferiore al tre per cento! – nonché l'esecuzione del numero prescritto di esercizi sul campo, naturalmente tutti del tipo appropriato.»

«Come viene prescritto dai manuali» commentò il colonnello generale.

«Naturalmente. Tutto esatto – troppo dannatamente esatto! Nessuna discrepanza dovuta al maltempo oppure a ritardi nella consegna del carburante, o a qualsiasi altro intoppo. Ad esempio, il 703° reggimento di fanteria motorizzata è stato impegnato per tutto il mese di ottobre nella mietitura, a sud di Kharkov, eppure in qualche modo è riuscito a rispettare la norma mensile per gli addestramenti. La falsità è sempre deplorevole, ma queste bugie sono veramente stupide!»

«La situazione non può essere brutta come pensi, Pavel Leonidovich.»

«Ci arrischiamo a considerarla altrimenti, compagno?»

Il generale rimase con lo sguardo fisso sulla scrivania. «No. Va bene, Pasha. Hai formulato il tuo piano. Ti prego quindi di illustrarmelo.»

«Per il momento lei traccerà i piani per il nostro attacco ai paesi islamici. Io devo scendere sul terreno per mettere in forma a frustate i comandanti di reparto. Se vogliamo raggiungere gli obiettivi prima dell'attacco all'Occidente dobbiamo infliggere punizioni esemplari ai colpevoli delle peggiori infrazioni. Ho in mente quattro comandanti il cui comportamento è stato chiaramente e incontestabilmente criminoso. Qui c'è la lista dei nomi e delle accuse» disse, porgendo un foglio al superiore.

«Ci sono due persone valide in questo elenco, Pasha» obiettò il generale.

«Sono i garanti dello Stato. Hanno posti di massima fiducia che hanno tradito mentendo, e così hanno messo in pericolo il paese» rispose Alekseyev, chiedendosi a quanti dei suoi compatrioti si sarebbe potuto estendere tale giudizio. Mise da parte il pensiero. C'erano già abbastanza problemi.

«Ti rendi conto delle conseguenze delle tue accuse?»

«Certamente. La punizione per il tradimento è la morte. Mi dica, ho mai falsificato un rapporto sul grado di efficienza? E lei, l'ha mai fatto?» Alekseyev distolse lo sguardo per un momento. «È una cosa sgradevole, e non mi rallegra per niente, però, se non mettiamo in forma i reparti con le buone o con le cattive, quanti giovani moriranno per le carenze dei loro ufficiali? Essere pronti a combattere conta più della pelle di quattro imbroglioni. Può darsi che esista un modo più garbato di affrontare il problema, ma io non lo conosco. Un esercito senza disciplina non è altro che marmaglia inutile. Le direttive della STAVKA, il Comando Supremo, sono di punire esemplarmente i soldati indisciplinati, rivalutando l'autorità dei sottufficiali. Mi sembra giusto che, se i soldati semplici devono essere penalizzati per le mancanze commesse, a maggior ragione devono essere puniti i colonnelli. Sono loro che hanno le maggiori responsabilità, ma anche le maggiori gratificazioni. Qualche esempio al livello degli ufficiali superiori contribuirà enormemente a riportare ordine nell'esercito.»

«L'ispettorato?»

«È la scelta migliore» concordò Alekseyev. In quel modo il biasimo non sarebbe necessariamente caduto sui comandanti dei puniti. «Posso mandare a quei reggimenti delle commissioni dell'Ispettore Generale nel giro di un paio di giorni. Tutti i comandi di divisione e di reggimento hanno già ricevuto stamane le circolari sull'addestramento. Quando sapranno dei quattro traditori, i comandanti delle unità si sentiranno incoraggiati a fare applicare rigorosamente le disposizioni. Anche allora ci vorranno due settimane per avere un quadro sufficientemente chiaro delle cose su cui concentrarci. Avremo però tutto il tempo per fare il necessario non appena avremo identificato i settori più bisognosi di rinforzo.»

«Che cosa farà il CINC-Ovest?»

«La stessa cosa, si spera.» Alekseyev scosse la testa. «Ha già chiesto qualcuna delle nostre unità?»

«No, ma lo farà. Non ci sarà ordinato di lanciare l'offensiva contro il fianco meridionale della NATO – questo fa parte della *maskirovka*. Puoi aspettarti, comunque, che molte delle nostre unità di categoria B saranno distaccate in Germania, magari insieme a una parte delle nostre forze corazzate A. Per quante siano le divisioni di cui quell'imbecille dispone, ne vorrà sempre qualcuna in più.»

«Proprio perché possiamo avere abbastanza truppe per impadronirci dei giacimenti petroliferi quando verrà il momento» osservò sarcastico Pasha. «E qual è il piano che dovremmo attuare?»

«Quello vecchio. Naturalmente andrà aggiornato.» Il piano era anteriore all'intervento sovietico in Afghanistan, e nel frattempo l'Armata Rossa aveva imparato a vedere in modo un po' diverso l'invio di forze meccanizzate in zone occupate da musulmani armati.

Alekseyev strinse i pugni. «Magnifico. Dobbiamo formulare i piani senza sapere quando e con quali forze potremo attuarli.»

«Ricordi che cosa mi hai detto sulla vita dell'ufficiale di Stato Maggiore, Pasha?» disse ridendo il CINC-Ovest.

Il subalterno annuì con rammarico, consapevole di essersi dato la zappa sui piedi. «Me ne ricordo, compagno generale: vuol dire che dormiremo a guerra finita.»

5

Marinai e fantasmi

Chesapeake Bay, Maryland

Gli occhi socchiusi gli dolevano mentre scrutava l'orizzonte. Soltanto metà del disco del sole era visibile sopra la linea verdastra della costa orientale del Maryland, e questo gli rammentò che aveva lavorato fino a tardi la sera prima, si era coricato ancora più tardi, e si era alzato alle quattro e mezza al fine di avere tutta la giornata per andare a pescare. Un mal di testa in regresso, non dissimile dalla sinusite, risvegliò pure il ricordo delle sei birre che si era scolato davanti al televisore.

Era il suo primo giorno di pesca, quell'anno. La canna da lancio rispose bene quando le diede un colpo leggero verso il punto in cui si vedeva un'increspatura sulla liscia superficie della Baia di Chesapeake. Uno sgombro o un tonnetto? A qualunque specie appartenesse, non abboccò all'esca Bucktail. Comunque, non c'era premura.

«Caffè, Bob?»

«Grazie, pa'.» Robert Toland infilò la canna nel supporto e si abbandonò sulla sedia girevole a mezza nave. La barca era una Boston Whaler Outrage. Edward Keegan, suocero di Bob, gli porse il bicchiere di plastica che faceva da tappo a un grande thermos. Bob non aveva dubbi sulla bontà del caffè. Ned Keegan, ex ufficiale di Marina, ne sapeva apprezzare una buona tazza, meglio se con l'aggiunta di cognac o whisky irlandese: un qualcosa, insomma, che desse la sveglia e mettesse un po' di fuoco nello stomaco.

«Faccia bello o faccia brutto, che meraviglia andar per mare da queste parti!» Keegan bevve un sorso appoggiando il piede sulla cassetta delle esche. Non era solo l'andare a pesca, convennero i due uomini: il mare era di per sé una cura formidabile contro i mali della civiltà.

«Se anche i pesci tornassero a farsi prendere...» osservò Toland.

«Che cosa fantastica – niente telefoni che squillano!»
«E il tuo bip?»
«Devo averlo lasciato negli altri pantaloni.» Keegan rise. «La DIA dovrà cavarsela senza di me, oggi.»
«Ce la farà?»
«Se c'è riuscita la Marina...» Keegan veniva dall'Accademia, ma a un certo punto si era dimesso per raddoppiare le entrate. In Marina, era stato uno specialista dei servizi segreti; ora faceva praticamente lo stesso lavoro da civile, il che significava uno stipendio aggiunto alla pensione.
Toland era stato subalterno su un cacciatorpediniere di base a Pearl Harbor. Aveva conosciuto allora Martha Keegan, studentessa del terzo anno all'Università delle Hawaii, specializzata in psicologia e un po' meno in surfing. Ormai erano felicemente sposati da quindici anni.
«Allora.» Keegan si alzò e sollevò la canna. «Come vanno le cose al Forte?»
Bob Toland era analista di grado intermedio alla National Security Agency. Aveva lasciato la Marina dopo sei anni di servizio, quando il fascino dell'uniforme aveva perso lo smalto, però era rimasto un riservista attivo. Il lavoro alla NSA collimava alla perfezione con il servizio nella riserva navale. Esperto in comunicazioni e laureato in elettronica, aveva il compito di monitorizzare i segnali di provenienza sovietica raccolti dai numerosi posti di ascolto e dai satelliti di intercettazione della NSA. A tempo perso, poi, si era laureato in lingua russa.
«Ho sentito qualcosa di veramente interessante la settimana scorsa, ma non sono riuscito a convincere il capo che valeva la pena di occuparsene.»
«Chi hai come direttore di sezione?»
«Il comandante Albert Redman, della Marina.» Toland seguì con lo sguardo una barca da pesca locale che passava a poche miglia di distanza, posando le nasse per i granchi. «Un gran coglione.»
Keegan scoppiò a ridere.«Ti conviene stare attento prima di dire cose del genere ad alta voce, Bob, tanto più se riprendi servizio attivo la prossima settimana. Bert ha lavorato per me tempo addietro, credo quindici anni fa. Ho dovuto picchiarlo sulle orecchie ogni tanto. Ha la tendenza a essere un po' dogmatico.»
«Dogmatico?» sbottò Toland. «Il maledetto ha una mente così schifosamente ristretta che un foglietto largo tre centimetri sarebbe più che sufficiente per annotare i suoi pensieri! Prima c'è stata la faccenda del controllo delle nuove armi. Poi gli ho messo sotto il

naso qualcosa di veramente insolito, mercoledì scorso, e lui l'ha passato agli archivi. Cristo, mi domando perché si prende la pena di guardare i nuovi dati, visto che ha già tirato tutte le somme cinque anni fa!»

«Immagino che non potrai dirmi di che cosa si tratta.»

«Non dovrei.» Bob rimase in forse per un momento. Al diavolo, se non poteva neppure parlare con il nonno dei suoi bambini... «Uno dei satelliti spia è passato sopra un comando militare distrettuale dei sovietici la scorsa settimana, e ha intercettato una conversazione telefonica su microonde. Era una relazione per Mosca a proposito di quattro colonnelli del distretto dei Carpazi che dovevano essere fucilati per rapporti fasulli sullo stato di efficienza. Stavano preparando la storia del processo e dell'esecuzione, probabilmente per pubblicarla sulla *Stella Rossa* di questa settimana.» Bob aveva completamente dimenticato l'incendio del giacimento petrolifero.

«Oh!» Keegan alzò le sopracciglia. «E che cosa ha detto Bert?»

«Ha detto: "Era sacrosantamente ora che facessero un po' di repulisti nei loro ranghi". Tutto qui.»

«E tu cosa hai risposto?»

«Pa', io non sono all'Analisi Orientamenti e Intenzioni, con quel branco di indovini stupidi. Però so una cosa: i russi non fanno fuori la gente così, tanto per divertirsi. Se ammazzano qualcuno pubblicamente, è sempre per sancire un principio. Quei quattro non erano degli ufficiali addetti al reclutamento che prendevano mance per riformare la gente. Non sono stati beccati perché vendevano nafta di straforo, o costruivano dacie con legname rubato. Ho controllato gli archivi e ho trovato i dossier su due di loro. Sono entrambi dei competenti ufficiali di reparti di linea, con esperienza di combattimento in Afghanistan, e membri stimati del Partito. Uno viene dall'Accademia Frunze e ha pubblicato alcuni articoli, Dio lo perdoni, su *Pensiero Militare*. Tutti e quattro sono stati deferiti alla corte marziale per avere falsificato i rapporti sul grado di approntamento dei loro reggimenti. Li hanno fucilati tre giorni più tardi. La notizia giungerà presto alle edicole su *Krasnaya Zvezda* – in due o tre puntate firmate "L'Osservatore" – e questo ne farà una faccenda politica con la P maiuscola.»

"L'Osservatore" era il *nom de plume* di un numero imprecisato di alti ufficiali che scrivevano su *Stella Rossa*, il quotidiano delle forze armate sovietiche. Tutto ciò che usciva in prima pagina o sotto quello pseudonimo veniva preso piuttosto sul serio, tanto dai militari quanto da coloro che li controllavano, perché "L'Osservatore" era la firma usata espressamente per fare affermazioni politiche con l'*imprimatur* degli Alti Comandi e del Politburo.

«Un servizio a puntate?» chiese Keegan.

«Già, ed è uno degli aspetti interessanti. La ripetizione sta a significare che vogliono veramente inculcare la lezione. Tutta la faccenda è fuori dagli schemi consueti, pa'. Si sa che fucilano ufficiali e militari di truppa, ma non colonnelli che scrivono per il giornale degli Alti Comandi; certamente non li fucilano per avere falsificato qualche riga su un rapporto di efficienza del reparto.» Tirò un sospiro di sollievo per essersi tolto il mattone dallo stomaco. La barca si dirigeva verso sud, con la scia che si allargava formando increspature parallele sullo specchio limpido delle acque. Toland rimpianse di non avere preso con sé la macchina fotografica.

«Ha un senso» borbottò Keegan.

«Come?»

«Ciò che hai detto. Ha l'aria atipica.»

«Ah, sì. Sono stato in ufficio fino a tardi ieri sera a rimuginare su un'intuizione. Negli ultimi cinque anni, l'Armata Rossa ha pubblicato esattamente quattordici nomi di ufficiali condannati alla pena capitale. Il più alto in grado era un colonnello addetto al reclutamento in Georgia. Aveva preso delle bustarelle per concedere esoneri. Gli altri ufficiali, tutti di grado inferiore, si erano resi colpevoli di una vasta gamma di reati che comprendeva un caso di spionaggio a favore nostro o di qualcun altro; tre abbandoni del servizio sotto l'influenza dell'alcool; infine, nove casi ordinari di malversazione, con l'alienazione di svariati articoli, dalla benzina a un intero computer venduto *nalyevo*, "a sinistra", come dicono loro, che significa sul mercato nero. E adesso, all'improvviso, buttano nella spazzatura quattro comandanti di reggimento tutti dello stesso distretto.»

«Parlane con Redman» suggerì Keegan.

«Tempo perso.»

«Quegli altri casi... mi sembra di ricordare i tre che...»

«Già, rientrava nella campagna per la temperanza. Troppa gente si sbronza in servizio e loro che cosa fanno? Pizzicano tre volontari a caso *pour encourager les autres.*» Bob scosse il capo. «Mi sa che quei tipi sarebbero piaciuti a Voltaire.»

«Ti succede di parlare con gente del servizio civile?»

«No, la mia banda è tutta nelle telecomunicazioni militari.»

«Qualche giorno fa, a colazione... dev'essere stato lunedì, ho parlato con un certo Langley. Ex ufficiale in congedo da un pezzo. Scherzava su un articolo che scarseggia in Russia.»

«Un altro?» chiese Bob divertito. Mancava sempre qualcosa laggiù: un mese era il dentifricio, un altro la carta igienica o le spazzole dei tergicristalli – ne aveva sentite, di storie del genere, alla mensa della NSA.

«Già, batterie per auto.»

«Davvero?»

«Ma sì, da un mese non si trova una batteria per vettura o per autocarro. C'è un sacco di macchine ferme, e si rubano accumulatori a dritta e a manca, tanto che la gente, di sera, stacca la batteria e se la porta a casa. Incredibile!»

«E Togliattigrad?» cominciò a dire Toland, ma si fermò. Alludeva all'enorme città-stabilimento nella Russia europea, la cui costruzione era stata un "progetto eroico" che aveva mobilitato migliaia di lavoratori. Uno dei più moderni complessi automobilistici del mondo, realizzato quasi interamente con la tecnologia italiana. «Hanno un accidente di fabbrica di batterie, laggiù. È saltata in aria, per caso?»

«Tutt'altro, lavora su tre turni. Cosa ne dici?»

Norfolk, Virginia

Toland alloggiava al quartiere ufficiali scapoli di Norfolk. Era arrivato in auto la sera prima. Si diede un'occhiata allo specchio prima di uscire. L'uniforme mi va ancora bene, notò, magari un po' stretta in vita; ma, che farci, è la legge di natura. "L'insalata mista" delle decorazioni si riduceva in tutto e per tutto a una fila e mezza di nastrini, però c'era il distintivo del curriculum bellico su navi di superficie, il "salvagente": non era stato sempre un radio operatore, sia pure speciale, come adesso. Sulle maniche, i gradi di tenente di vascello. Un ultimo colpo di straccio alle scarpe, e poi fuori, nel luminoso mattino di quel lunedì, in cui si presentava per il turno annuale di due settimane di servizio attivo nella flotta.

Cinque minuti più tardi, percorreva in automobile la Mitcher Avenue, diretto al quartier generale del Comandante in Capo della Flotta Atlantica, il CINCLANTFLT. La sede si trovava in un edificio, del tutto impersonale, che in passato aveva ospitato una clinica. Toland, che si era alzato come sempre di buon'ora, trovò il parcheggio di Ingersoll Street semivuoto. Ebbe cura, comunque, di scegliere un posto non contrassegnato per non rischiare di incorrere nelle ire di un qualche ufficiale superiore.

Si sentì chiamare: «Bob? Bob Toland!».

«Ed Morris!»

Toland notò che il suo interlocutore era diventato il comandante Edward Morris, della Marina degli Stati Uniti; una stella d'oro scintillava sulla giacca dell'uniforme, a designare il comando di un'unità. Toland salutò militarmente l'amico, prima di stringergli la mano.

«Giochi sempre a bridge, Bob?» Toland, Morris e altri due colleghi avevano costituito, tempo addietro, il più affiatato quartetto del Circolo Ufficiali di Pearl Harbor.

«Ogni tanto. Martha non è una gran giocatrice, ma in ufficio abbiamo un gruppo che si ritrova una volta la settimana.»

«Bravi, come noi ai bei tempi?» chiese Morris mentre si avviavano nella stessa direzione.

«Vuoi scherzare! Sai dove lavoro adesso?»

«Mi hanno detto che eri finito a Fort Meade, dopo che avevi dato le dimissioni.»

«Già, e devi sapere che certi giocatori, alla NSA, sono collegati con i maledetti computer – degli autentici assassini!»

«Come va la famiglia?»

«Ottimamente. E la tua?»

«I ragazzi crescono troppo in fretta – ti fanno sentire vecchio.»

«Vero. E adesso – Toland posò un dito sulla stella dell'uniforme – parlami del nuovo pupo.»

«Guarda la mia auto.»

Toland si voltò. La Ford di Morris aveva una targa personalizzata: FF-1094. Al profano non diceva nulla, ma un marinaio vi identificava la nave affidata al titolare della targa – in quel caso, la fregata antisommergibili numero millenovantaquattro: la USS *Pharris*.

«Sei sempre stato un tipo modesto» osservò Toland ridendo. «Da quanto tempo ce l'hai, Ed?»

«Da due anni. È grande, è bella, ed è mia! Hai fatto male a non rimanere, Bob. Il giorno in cui ho assunto il comando – Cristo, è stato come quando mi è nato Jimmy!»

«Capisco. La differenza, Ed, è che ho sempre saputo che tu avresti avuto una nave, e che io non l'avrei mai avuta.» Nel dossier personale di Toland c'era una lettera di biasimo per aver fatto arenare un cacciatorpediniere. Mera sfortuna. Un'ambiguità sulla carta nautica e la marea sfavorevole erano bastate a causare l'errore, ma in Marina non ci voleva molto per rovinare una carriera.

«Così, ti fai i tuoi quindici giorni?»

«Ma sì.»

«Celia è andata a trovare i suoi, e io sono scapolo. Che programmi hai per questa sera a cena?»

«Andiamo al McDonald?» chiese Toland ridendo.

«Col cavolo! Danny McCafferty è in città anche lui. Comanda il *Chicago*, ormeggiato al molo 22. Se riusciamo a trovare un quarto, possiamo farci un bridge come ai vecchi tempi.» Morris diede un colpetto nelle costole dell'amico. «Devo andare. Vieni a prendermi nella hall del circolo alle cinque e mezza, Bob. Danny mi ha invitato a cena sulla sua nave per le sei e mezza; prima di andarci, dovremo sorbirci un'oretta di "correzione d'assetto". Potremo cenare nel quadrato ufficiali e poi giocare a carte per qualche ora, proprio come una volta.»

«*Aye aye*, comandante.»*

«E così, mi trovavo sul *Will Rogers*» disse McCafferty. «Cinquanta giorni fuori, in servizio di pattuglia. Io sono di guardia, chiaro? Il sonar dice che abbiamo un segnale strano, rilevamento zero-cinque-due. Siamo sotto il pelo dell'acqua, per cui metto fuori il periscopio di ricerca e cosa vedo? Una barca a vela Gulfstream-36 che viaggia a quattro o cinque nodi con il pilota automatico inserito. Che diavolo, è una giornata tediosa, così regolo l'oculare al massimo e, sorpresa! Inquadro il capitano e il primo ufficiale – un pezzo di ragazza con curve antiaffondamento che non vi dico – distesi sulla tuga, orizzontali e sovrapposti. La barca era appena a un centinaio di metri, quasi come esserci sopra. Così facciamo partire la telecamera del periscopio, la mettiamo bene a fuoco e... Ne hanno avuto per un quarto d'ora. L'equipaggio si è guardato il film la settimana dopo. Buono per il morale: ti fa ricordare le cose per cui combatti.» Ci fu una risata generale.

«Te l'ho sempre detto, Bob» spiegò Toland. «Questi viaggiatori degli abissi sono una banda di gente turpe e lasciva. Potremmo definirli dei pervertiti.»

«E così, da quanto tempo hai il *Chicago*, Danny?» chiese Toland mentre beveva la seconda tazza di caffè dopo cena. I tre avevano il quadrato tutto per loro. Gli altri ufficiali a bordo erano di guardia, o stavano dormendo.

«Da tre incasinatissimi mesi, per non contare il periodo in cantiere» rispose McCafferty versandosi il latte. Era il comandante del nuovo sottomarino d'attacco, il meglio che gli potesse capitare. Toland ricordò che Dan non si era unito a lui e a Morris per l'ora di "correzione d'assetto" alla base, durante la quale si erano scola-

* «*Aye aye*» (pron. *ai ai*). Antiquata forma di assenso in uso nella Marina britannica, e di qui passata anche nella Marina degli Stati Uniti. Equivale al nostro "sissignore, signorsì". [*N.d.T.*]

ti tre robusti drinks a testa. Non era più il McCafferty di una volta. Forse non voleva allontanarsi dal sottomarino, per paura che la separazione facesse svanire quello che era il sogno di tutta la sua carriera.

«Come, non lo capisci dal pallore malsano che accomuna cavernicoli e sommergibilisti?» disse Morris, che aveva voglia di scherzare. «Per non parlare del fievole luccichio che accompagna coloro che vivono sui nucleari?» McCafferty rise, e i tre attesero l'arrivo del quarto per il bridge. Era un giovane ufficiale di macchina che smontava proprio allora dal servizio di guardia all'impianto nucleare. Il reattore del *Chicago* non era in funzione. L'energia elettrica era fornita da terra, ma i regolamenti prescrivevano che si vegliasse a tempo pieno sulla "teiera" – così lo chiamavano – che fosse o non fosse in funzione.

«Vi dico una cosa, ragazzi, ero veramente pallido un mese fa.» McCafferty era diventato serio, o almeno, tanto serio quanto riusciva a essere.

«Come mai?» domandò Toland.

«Beh, conosci bene il tipo di stronzate che facciamo su queste navi, no?»

«Se alludi al raccogliere dati, Dan, sappi che le informazioni elettroniche che ramazzi in giro finiscono in ufficio da me. Cristo, credo di conoscere i tipi che fanno le richieste di dati da cui nascono i tuoi ordini operativi. Che idea rivoltante!» Bob rise. Stava cercando di guardarsi intorno senza parere. Non era mai stato su un sottomarino nucleare. Faceva freddo – anche il condizionamento era prodotto dal nucleare – e l'aria era greve dell'odore di olio di macchina. Tutto era perfettamente lucido, un po' perché nuovo, o quasi, un po' perché McCafferty aveva certamente avuto cura di far lustrare ogni cosa al massimo per fare bella figura con gli amici. E così, questo era il giocattolo da un miliardo di dollari che raccoglieva tutti i dati classificati ELINT, "Electronic Intelligence".

«Eravamo nel Mar di Barents, sapete, a nordest del fiordo di Kola, alle calcagna di un sottomarino russo, un Oscar. Lo tallonavamo alla distanza di dieci miglia, quand'ecco che ci troviamo di colpo nel bel mezzo di una strafottutissima esercitazione a fuoco, di quelle vere, non a salve. Volavano missili da tutte le parti. Hanno fatto fuori tre vecchi scafi, e hanno trasformato mezza dozzina di chiatte-bersaglio in autentici fuochi d'artificio.»

«L'Oscar da solo?» chiese Morris.

«È risultato poi che c'erano anche un Papa e un Mike. Questo è il problema del fare così poco rumore. Se gli altri non si accorgono della tua presenza rischi di trovarti coinvolto in qualche bordello mostruoso! Comunque, il sonar attacca a strillare: "Segnale in arrivo! Segnale in arrivo!". Non c'è modo di capire se non pensano di buttare giù qualche siluro vero, però alziamo l'ESM e riusciamo a individuare i loro radar periscopici. A quel punto, vedo finalmente qualcuno degli oggetti che ci passeggiano sopra la testa. Merda, ragazzi, per circa tre minuti abbiamo avuto i peli dritti, là sotto.» McCafferty scosse il capo. «Per fortuna, un paio d'ore dopo tutte e tre le navi se ne partono a venti nodi dirette alla stalla. La classica esercitazione a fuoco intensiva. Che ve ne sembra, come primo impiego movimentato?»

«Hai avuto l'impressione che i russi stessero facendo qualcosa fuori dell'ordinario, Dan?» si informò Toland, subito interessato.

«Non hai sentito niente?»

«Sentito cosa?»

«Hanno ridotto le pattuglie di sottomarini diesel su a nord, e di parecchio. Voglio dire, non sono facili da captare, ma in questi due mesi non ce n'erano proprio. Ne ho sentito uno, soltanto uno. Non come l'ultima volta che sono stato da quelle parti. Ho visto delle foto da satellite, una quantità di unità diesel ormeggiate per un qualche motivo. In effetti, la loro attività di pattuglia è calata di colpo, mentre stanno facendo grandi lavori di manutenzione. L'ipotesi corrente è che stiano modificando il ciclo di addestramento. Questo periodo dell'anno non è l'epoca normale per le esercitazioni a fuoco. Naturalmente» aggiunse McCafferty ridendo «può darsi che si siano stufati di raschiare e pitturare tutte quelle vecchie bagnarole, e abbiano deciso di farle fuori una volta per tutte, che in fondo è il meglio che puoi fare di quella roba.»

«Balle!» sbottò Morris.

«Dimmi tu, allora, un motivo plausibile per cui un gruppo di unità diesel viene tolto dal servizio tutto in una volta» ribatté Toland. Rimpiangeva di non avere rinunciato al secondo e terzo giro di liquori durante la "correzione d'assetto". C'era qualcosa d'importante che gli accendeva un flash nella testa, ma l'alcool gli rallentava il corso dei pensieri.

«Un corno!» intervenne McCafferty. «Non c'è nessun motivo.»

«E allora che cosa se ne stanno facendo, di quei diesel?»

«Non ho visto le foto dal satellite, Bob, ne ho solo sentito parlare. D'altra parte, non ci risulta nessuna attività speciale in bacino, per cui non può essere niente di grosso.»

Alla fine, la lampadina accesa nella testa di Toland smise di lampeggiare. «È difficile cambiare gli accumulatori di un sommergibile?»

«È un lavoro pesante e scomodo. Voglio dire, non è che occorrano macchine speciali o altri aggeggi. Lo facciamo con le squadre di fatica, e ci vogliono tre o quattro settimane. I sottomarini russi sono progettati per alloggiare più batterie che non i nostri, e anche per rimpiazzarle più agevolmente. I loro tempi per la sostituzione sono più brevi dei nostri, ma in compenso i movimenti sono facilitati: scivoli di rinforzo sullo scafo, o cose del genere. Per loro, probabilmente, sarà un progresso. A che cosa esattamente vuoi arrivare, Bob?»

Toland riferì la storia dei quattro colonnelli russi fucilati, e la motivazione della condanna. «E subito dopo, mi giunge all'orecchio la notizia che i rifornimenti di accumulatori si sono prosciugati, in Russia. Niente batterie per vetture e per autocarri. Capisco per le auto, ma i camion... che diavolo, sono tutti del governo, e tutti precettati in caso di mobilitazione. Usano le stesse che adoperiamo noi?»

«Sì, sono le solite batterie al piombo. È bruciata la fabbrica?» chiese il comandante Morris. «So che i russi preferiscono avere un unico grande stabilimento, anziché diverse fabbriche piccole.»

«Lo stabilimento lavora su tre turni.»

McCafferty andò a sedersi lontano dal tavolo.

«E allora, a chi vanno gli accumulatori?» domandò Morris accademicamente.

«Ai sommergibili» dichiarò McCafferty. «Ai carri armati, alle autoblindo, ai carri comando, ai carrelli di avviamento per aerei, a un sacco di altra roba dipinta di verde. Lo sai, Bob? Stai dicendo che improvvisamente i russi hanno deciso di aumentare lo stato di all'erta. Ti chiedo: lo sai di cosa diavolo stai parlando?»

«Ci puoi scommettere il buco del sedere, Danny. La faccenda dei quattro colonnelli mi è passata sulla scrivania, e ci ho buttato l'occhio. Proviene da uno dei nostri satelliti spia. I russi non sanno quanto sono sensibili questi Hitchiker, e seguitano a trasmettere un mucchio di cose in chiaro sulle reti a microonde. Noi ascoltiamo in continuazione le trasmissioni a voce e via telex... hem, avrete la cortesia di dimenticare quello che sto dicendo, vero?» I due ascoltatori assentirono. «La notizia sulle batterie l'ho afferrata per caso, però me l'ha confermata un tale del Pentagono. Adesso sento la vostra storia sulle esercitazioni a fuoco intensificate. Questo colma una lacuna, Dan. Se possiamo avere la conferma che i sottomarini diesel sono veramente fermi per sostituire le batterie, abbiamo il primo abbozzo di un quadro. Dimmi, quanto sono importanti sulle unità diesel?»

«Sono essenziali» disse il sommergibilista. «Dipende molto dalla qualità e dalla manutenzione, però quelle attuali possono darti il doppio di autonomia e di potenza rispetto alle vecchie. Questo è senza dubbio un fattore tattico rilevante.»

«Gesù, sapete come mi suona tutto questo? I russi, sempre pronti a prendere il mare, questa volta hanno l'aria di voler essere veramente pronti» osservò Morris. «Però i giornali ci dicono che, nella storia del controllo degli armamenti, si stanno comportando come angeli ridiscesi dal cielo. C'è qualcosa che non quadra, signori miei.»

«Se buttassi la cosa su un tavolo a Fort Meade, ti do per certo che resterebbe insabbiata» disse Toland pensando al caposezione. «Devo farla arrivare a qualcuno che abbia a che fare con gli Alti Comandi.»

«Gliela farai arrivare» disse McCafferty dopo un istante di pausa. «Domattina ho un appuntamento al COMSUBLANT, il Comando Sommergibili per l'Atlantico. Credo che verrai con me, Bob.»

Il quarto giocatore di bridge arrivò dieci minuti dopo. Rimase deluso del livello del gioco. Credeva che il comandante valesse molto di più.

Per una ventina di minuti Toland espose i propri dati di fronte al vice ammiraglio Richard Pipes, comandante delle forze sottomarine della Flotta Atlantica USA. Pipes era il primo sommergibilista di colore ad avere raggiunto il grado di ammiraglio. Aveva pagato con la qualità del servizio il pedaggio per accedere a quella che, tradizionalmente, era una professione riservata ai bianchi. Si diceva che fosse un capo duro ed esigente. Ascoltò la relazione senza parlare, bevendo caffè da una tazza con le tre stelle. Dover ascoltare i discorsi di un riservista al posto del rapporto di McCafferty gli aveva dato fastidio, ma tale atteggiamento non era durato più di tre minuti. Le rughe ai lati della bocca gli si erano fatte più profonde.

«Figliolo, ha violato un bel po' di norme di sicurezza per portarmi queste notizie.»

«Lo so, signore» rispose Toland.

«Ci voleva un buon paio di palle, per farlo, e sono lieto di vedere un giovane ufficiale che le ha, mentre quasi tutti pensano solo a proteggersi le chiappe.» Pipes si alzò. «Non mi piacciono le cose che mi ha raccontato, figliolo, non mi piacciono nemmeno un poco. Abbiamo i russi che giocano a Babbo Natale con questa merda diplomatica, e al tempo stesso chiamano a raccolta tutte le forze sottomarine. Potrebbe essere una coincidenza, ma potrebbe anche non esserlo. Che cosa ne direbbe di venire con me a parlarne con il CINCLANT e il capo del servizio informazioni?»

Toland trasalì. *Mi sono messo in un guaio!* «Signore, sono qui per un ciclo di addestramento, non per...»

«Amico, a me pare che lei abbia messo insieme queste frattaglie d'informazioni piuttosto a proposito. Lei crede che ciò che mi ha detto sia vero?»

Toland si irrigidì: «Sì, signore».

«Allora le do la possibilità di dimostrarlo. Ha paura di sporgere la testa fuori dal buco, oppure dispensa opinioni solo ad amici e parenti?» chiese l'ammiraglio con asprezza.

Toland aveva sentito dire che Pipes era un autentico duro. Scattò in piedi.

«Facciamolo, ammiraglio.»

Pipes afferrò il telefono e digitò il numero di tre cifre che lo collegava in linea diretta con il CINCLANT. «Bill? Sono Dick. Ho qui in ufficio un ragazzo con cui dovresti parlare. Ricordi i nostri discorsi di giovedì scorso? Forse abbiamo la conferma.» Una breve pausa. «Già, è proprio quello che sto dicendo... *Aye aye*, signore, siamo in arrivo.» Posò il ricevitore. «McCafferty, grazie per avermi portato quest'uomo. Spostiamo il suo rapporto al pomeriggio. Si trovi qui alle quindici e trenta. Toland, lei viene con me.»

Un'ora dopo, il tenente di vascello Robert M. Toland veniva informato d'essere stato rimesso in servizio attivo illimitato per disposizione del ministro della Difesa. In realtà, l'ordine era del CINCLANT, ma i moduli sarebbero stati compilati solo la settimana dopo.

Il giorno successivo, nella sala consiglio dell'edificio numero uno del complesso, il CINCLANT convocò tutti i suoi massimi collaboratori – gli ammiragli che comandavano l'aviazione di marina, le unità di superficie, i sommergibili, le navi rifornimento. La conversazione, in tono sommesso, cessava del tutto ogni volta che le ordinanze entravano a servire in tavola. Gli ufficiali erano tutti sulla cinquantina, uomini seri ed esperti che elaboravano e attuavano le politiche, preparandosi per qualcosa che si auguravano non accadesse mai. La speranza era sempre viva, ma quando tutti ebbero finito la seconda tazza di caffè fu deciso di intensificare i cicli di addestramento e di fare qualche ispezione a sorpresa. Il CINCLANT fissò un appuntamento per l'indomani con il capo delle operazioni navali, mentre il vice-capo del servizio informazioni prendeva un aereo di linea per fare un salto a Pearl Harbor, dove avrebbe incontrato il suo pari grado per il Pacifico.

Toland fu tolto dall'incarico alla NSA e assegnato all'Analisi Intenzioni, che faceva parte del gruppo dei consiglieri personali del CINCLANT in materia di informazioni.

6

Gli osservatori

Norfolk, Virginia

Il Servizio Intenzioni era un piccolo ufficio al secondo piano, normalmente occupato da quattro ufficiali. Non fu facile installare Toland là dentro, più che altro perché tutto il materiale riservato dovette essere coperto mentre i civili addetti al trasloco sistemavano la scrivania. Quando finalmente se ne furono andati, Bob si rese conto che lo spazio di cui disponeva gli consentiva a malapena di infilarsi sulla poltrona girevole. La porta d'ingresso aveva una serratura a combinazione, con cinque interruttori nascosti in una scatola d'acciaio. L'ufficio era situato nell'angolo nordest del quartier generale del CINCLANT; dalle finestre con inferriate si vedeva un'autostrada e poco altro, ma tanto le tende grigiastre erano sempre chiuse. In origine le pareti dovevano essere state di colore beige, però l'intonaco sottostante si era schiarito, dando all'ambiente una tonalità pallida che faceva pensare alla corsia della febbre gialla in un ospedale per malattie tropicali.

L'ufficiale anziano era Chuck Lowe, colonnello dei marines; aveva osservato le operazioni di trasloco con un'aria risentita che Bob poté capire solo quando Lowe si alzò.

«Mi sa che adesso non riuscirò più ad arrivare fino al bagno» borbottò sporgendo una gamba ingessata dall'angolo della scrivania. Si strinsero la mano.

«Che cosa le è successo, colonnello?»

«Scuola di guerra alpina in California, il giorno di Santo Stefano, mentre sciavo per conto mio durante il maledettissimo tempo libero. Il dottore dice che non ci si dovrebbe mai fratturare la tibia vicino all'articolazione» spiegò Lowe con un sorriso ironico. «E poi, non ci si abitua mai al prurito. Mi dovrebbero togliere questa bardatura fra tre o quattro settimane, poi dovrò riabituarmi a correre. Lo sa, ci ho messo tre anni a cercare di evadere dalle fottute Informazioni, finalmente mi danno un reggimento, e mi succede questo. Benvenuto a bordo, Toland. Perché non va a prendere due tazze di caffè?»

Il bricco era in cima all'ultimo armadio. Gli altri tre ufficiali, spiegò Lowe, erano a rapporto.

«Ho visto le note che ha dato al CINCLANT. Storia interessante. Che cosa hanno in mente i russi, secondo lei?»

«Direi che stanno aumentando lo stato di all'erta su tutta la linea, colonnello...»

«Qui dentro mi può chiamare Chuck.»

«Bene... io sono Bob.»

«Lei lavora alla NSA, reparto segnali, non è vero? È uno degli specialisti in satelliti, mi pare.»

Toland assentì. «Nostri e loro, soprattutto nostri. Ogni tanto vedo delle foto, ma per lo più lavoro sui segnali. È così che abbiamo beccato la notizia sui quattro colonnelli. C'è anche stata parecchia attività di manovre operative, superiore alla norma in questo periodo dell'anno. I russi sembrano anche meno apprensivi sul modo di guidare dei loro carristi, meno preoccupati – ad esempio – se un battaglione attraversa un campo coltivato.»

«E lei dovrebbe stare attento a qualunque situazione che abbia l'aria insolita, per quanto stupida possa sembrare. Un campo d'azione piuttosto ampio, no? Ci è arrivato qualcosa d'interessante in proposito. Guardi queste.» Lowe estrasse da una busta un paio di di foto venti per venticinque e le porse a Toland. Ambedue le immagini sembravano mostrare lo stesso appezzamento di terreno, ma visto da angolazioni differenti e in stagioni diverse. Nell'angolo in alto a sinistra si vedevano due *isbe*, le rozze capanne dei contadini russi. Toland alzò gli occhi.

«Fattoria collettiva?»

«Già. La numero 1196, un piccolo *kolkoz* a circa duecento chilometri a nordovest di Mosca. Mi dica la differenza fra le due immagini.»

Toland osservò nuovamente le foto. Una mostrava una fila diritta di orti cintati, forse di un acro ciascuno. Nell'altra, si vedeva una nuova recinzione per quattro appezzamenti, più un settore in cui tale area era stata pressappoco raddoppiata.»

«Me le ha mandate un colonnello dell'esercito con cui ho lavorato tempo fa. Pensava che le avrei trovate divertenti. Sa, sono cresciuto in mezzo ai campi di granoturco, nello Iowa.»

«Così stanno aumentando i terreni "privati" che i contadini possono lavorare in proprio, eh?»

«Si direbbe.»

«Nessun annuncio, vero? Non ho letto niente in proposito.»

Toland non leggeva la pubblicazione segreta governativa intitolata *National Intelligence Digest*, ma i pettegolezzi al caffè della NSA spesso toccavano quel genere di soggetti innocui. Anche ai servizi segreti i funzionari chiacchieravano di lavoro.

Lowe scosse lievemente il capo. «Nessuno, e questo mi riesce un po' strano. È il genere di cose che dovrebbero annunciare. I giornali ne parlerebbero come di un altro chiaro segno della "tendenza alla liberalizzazione" che si è già vista ogni tanto.»

«Solo questa fattoria?»

«No, qualcosa di analogo è stato avvistato in altre cinque località, però di solito non usiamo i satelliti da ricognizione per questo genere di rilievi. Le foto sono state scattate in un giorno scarso di notizie, almeno credo. Probabilmente le cose interessanti erano coperte dalle nubi.» Toland fece un cenno di assenso. I satelliti da ricognizione erano impiegati soprattutto per valutare i raccolti sovietici di cereali, ma ciò accadeva più avanti nell'anno. Lo sapevano anche i russi, dato che la stampa ne aveva parlato apertamente per un buon decennio, spiegando perché al Ministero dell'Agricoltura degli Stati Uniti c'era una squadra di agronomi con accesso al Servizio Informazioni Speciali.

«È un po' tardi come stagione, non le pare? Voglio dire, a che serve dare loro la terra in questo periodo dell'anno?»

«Ho avuto le foto la settimana scorsa, ma credo che risalgano a un po' di tempo prima, più o meno all'epoca in cui si inizia la semina nella maggior parte delle fattorie. Non dimentichi che in Russia la stagione fredda è più lunga, però alle alte latitudini sono più lunghe anche le giornate estive. Mi sa che si tratta di una mossa a livello nazionale. Vuole verificarlo per me, Bob?» Il colonnello socchiuse gli occhi per un attimo.

«Una mossa abile, è chiaro. Potrebbe risolvere un bel po' dei loro problemi alimentari, specialmente, a mio avviso, per gli ortaggi: cipolle, pomodori, e simili.»

«Si può anche notare che questo tipo di agricoltura è basato sul lavoro manuale più che sulle macchine. Come saranno i risvolti demografici dell'iniziativa?»

Toland rimase stupito. Nella Marina degli Stati Uniti si tendeva a pensare che i marines fossero dei cretini, dato che si guadagnavano la paga andando all'assalto sotto il fuoco delle mitragliatrici. «I *kokolzniki* sono gente relativamente matura, con un'età media a cavallo della cinquantina. Così, la maggior parte dei terreni coltivati in proprio è affidata agli anziani, mentre il lavoro meccanizzato, come guidare le macchine agricole e gli autocarri...»

«Molto meglio retribuito.»

«... è svolto dai giovani. Lei mi sta dicendo che in questo modo possono aumentare la produzione di alcuni generi alimentari senza bisogno degli uomini... in età da servizio militare.»

«È un modo di vedere la cosa» disse Lowe. «Dal punto di vista politico, è veramente roba esplosiva. Rammento che all'inizio degli anni Sessanta corse voce che Krusciov volesse eliminare gli appezzamenti di quei poveri cristi. Fu una bella gatta da pelare! A quell'epoca ero alla scuola di lingue, a Monterey, e ricordo i giornali russi che ci arrivavano. Negarono la storia per settimane. Le aree "private" sono il settore più produttivo del loro sistema agricolo. Rappresentano meno del due per cento del terreno coltivabile, ma forniscono all'incirca il cinquanta per cento della frutta e delle patate, e più di un terzo delle uova, degli ortaggi e della carne. Che diavolo, è l'unico settore funzionante della loro maledetta agricoltura! I grandi capi sanno da sempre che così potrebbero risolvere il problema della scarsità di generi alimentari, ma persistono a non farlo per ragioni politiche. Non vogliono correre il rischio di accordare il patrocinio statale a tutta una nuova generazione di *kulaki*, di piccoli proprietari. Finora è stato così. Adesso, invece, si direbbe che l'hanno fatto senza diramare comunicazioni ufficiali. E, guarda caso, al tempo stesso aumentano il livello dell'efficienza militare. Non ho mai creduto alle coincidenze, nemmeno quando ero uno stupido ufficiale di reparto che correva su una spiaggia.»

La giacca dell'uniforme di Lowe era appesa in un angolo. Toland, bevendo il caffè, osservò le quattro file di decorazioni. C'erano tre stelle sul nastrino del servizio in Vietnam, e anche una Navy Cross. Lowe indossava il maglione verde oliva, caro agli ufficiali dei marines. Era di statura media; l'accento del Midwest dava ai suoi discorsi un tono distaccato, quasi annoiato, ma gli occhi castani parlavano una lingua ben diversa. Il colonnello Lowe stava rimuginando pensieri analoghi a quelli di Toland, che lo rendevano altrettanto infelice.

«Chuck, se si stanno veramente preparando per una qualche azione – su larga scala, beninteso – non è possibile che si agitino così per quattro colonnelli. Salterà fuori qualcos'altro. Dovranno pur fare un po' di lavoro alla base.»

«Già, e questa è l'altra cosa che dobbiamo seguire. Ieri ho inviato una richiesta alla DIA. D'ora in avanti, ogni volta che esce la *Stella Rossa*, l'addetto militare ce ne trasmetterà una copia per telefax via satellite. Se iniziano quel lavoro preparatorio, è garantito che pubblicano qualcosa sulla *Kraznaya Zvezda*. Bob, la mia opinione è che lei ha aperto una scatola di vermi molto interessante, e io le darò una mano a esaminarla.»

Toland finì di bere il caffè. I sovietici avevano tolto dal servizio un'intera classe di sottomarini missilistici. Stavano conducendo negoziati sugli armamenti a Vienna. Acquistavano grano dagli Stati Uniti e dal Canada a condizioni sorprendentemente generose, permettendo addirittura agli americani di imbarcare il venti per cento del carico su navi battenti bandiera USA. Come poteva armonizzarsi tutto questo con i segnali che aveva visto? A rigor di logica non poteva quadrare, se non in un caso ben preciso, ma questo non era possibile. Oppure lo era?

Shpola, Ucraina

Le fragorose detonazioni del cannone anticarro da 125 mm erano tali da staccarti i capelli di testa, osservò Alekseyev, però, dopo cinque ore di esercitazioni, le percepiva soltanto come un rombo ovattato attraverso i paraorecchi. Il terreno, che ancora al mattino era stato coperto di erba e di arbusti, era ridotto a una distesa di fango la cui uniformità era interrotta solo dalle impronte dei cingoli dei carri armati T-80 e dei veicoli BMP della fanteria. Per tre volte il reggimento aveva ripetuto l'esercitazione che simulava un attacco frontale di carri armati e di fanteria meccanizzata contro un nemico di forza equivalente. Il fuoco di copertura era stato fornito da novanta cannoni semoventi e da una batteria lanciarazzi. Per tre volte.

Alekseyev si tolse l'elmetto e il paraorecchi, e guardò il comandante del reggimento. «Un reggimento delle Guardie, eh, compagno colonnello? L'élite dell'Armata Rossa? Questi poppanti non sono nemmeno in grado di montare la guardia a un bordello turco, e ancor meno di entrarci a fare qualcosa di valido! E lei, compagno colonnello, che cosa ha fatto in quattro anni al comando di questo circo? Ha imparato come uccidere tre volte il suo reggimento! Gli osservatori dell'artiglieria sono mal collocati. I carri armati e i veicoli della fanteria non sanno ancora coordinare i movimenti, e gli artiglieri dei carri non riescono a centrare dei bersagli alti tre metri! Se quell'altura fosse stata difesa dalle forze della NATO, sareste morti tutti, lei e il suo reparto!» Alekseyev osservò il viso del colonnello. Notò che stava passando dal rosso della paura al bianco della collera. Bene. «La perdita di questi uomini non è un grave sacrificio per lo Stato; quello che è grave, invece, è l'uso di equipaggiamento prezioso, il consumo di prezioso carburante, lo spreco di preziose munizioni, *per non parlare del mio prezioso tempo!* Compagno colonnello, adesso devo andare. Per prima cosa, vomiterò. Poi volerò al mio posto di comando. Poi ritornerò qui, e allora ripeteremo la stessa esercitazione. Se i suoi uomini non la eseguiranno correttamente, compagno colonnello, lei passerà il resto dei suoi miserabili giorni a contare alberi!»

Era un detto che risaliva ai tempi degli zar, e alludeva al fatto che i deportati in Siberia non avevano nulla da fare se non contare alberi. Alekseyev rise fra sé. Ecco un'altra cosa che Lenin aveva cambiato. La gente nei Gulag aveva parecchio da fare, adesso.

Alekseyev se ne andò a grandi passi, senza nemmeno curarsi di rispondere al saluto dell'ufficiale. Il suo aiutante, colonnello delle truppe corazzate, gli tenne aperta la portiera e salì in macchina dopo di lui.

«Non promette male, vero?» domandò Alekseyev.

«Nemmeno troppo bene, ma un progresso c'è stato» ammise il colonnello. «Hanno soltanto sei settimane prima di cominciare a spostarsi a ovest.»

Aveva detto la cosa sbagliata. Alekseyev aveva dedicato due settimane ad approntare quella divisione al combattimento, per sentirsi dire soltanto il giorno prima che era stata assegnata alla Germania, e quindi esclusa dal piano che stava elaborando per calare sull'Irak e sull'Iran. Gli avevano già tolto quattro divisioni corazzate, tutte della Guardia, e ogni cambiamento nell'ordine di battaglia del CINC-Sudovest lo aveva obbligato a ristrutturare i piani per il Golfo. Un circolo chiuso. Così, si trovava a dover selezionare unità meno pronte, e quindi dedicare più tempo alle esercitazioni e meno al progetto che avrebbe dovuto completare entro i quindici giorni successivi.

«Questi uomini dovranno affrontare sei settimane molto attive. Com'è il comandante?» chiese il colonnello.

Alekseyev alzò le spalle. «Fa questo lavoro da troppo tempo. A quarantacinque anni è troppo vecchio per un simile tipo di comando. Passa troppo tempo a leggere i fottuti manuali di parata, e troppo poco sul campo. Però è un brav'uomo. Troppo bravo per essere mandato a contare alberi. Le ultime due volte si sono veramente impegnati per farcela, mi sembra. Il reggimento sarà pronto, e con lui tutta la divisione.»

USS Pharris

«Plancia, qui sonar: abbiamo un contatto, rilevamento zero-nove-quattro!» annunciò la voce da un altoparlante montato sulla paratia. Il comandante Morris si voltò con la poltroncina girevole sopraelevata per osservare l'ufficiale di guardia che rispondeva.

L'ufficiale puntò il binocolo in direzione del contatto. Non vi era nulla. «Rilevamento libero.»

Morris si alzò dalla poltrona. «Attivare condizione 1-AS.»

«*Aye aye*. Posto di combattimento» disse l'ufficiale, a conferma dell'ordine. Il vice nostromo di guardia andò all'impianto di comunicazione e modulò un segnale di tre note con il fischietto. «Tutti ai propri posti, tutti ai propri posti. Tutti gli uomini a posto di combattimento per azione antisommergibili.» Risuonò poi il gong, ponendo termine a un quieto turno di guardia mattutino.

Morris andò a poppa e scese la scaletta per raggiungere il CIC, Centro Informazioni di Combattimento. Il comandante in seconda lo avrebbe sostituito in plancia, lasciandolo libero di controllare le armi e i sensori dal centro tattico della nave. Tutti gli uomini stavano correndo ai posti. Boccaporti e portelli furono abbassati e bloccati per assicurare la tenuta stagna della nave. Le squadre di controllo-avarie indossarono l'equipaggiamento di emergenza. Il tutto fu eseguito in poco più di quattro minuti. *Andiamo meglio*, annotò mentalmente Morris, mentre le risposte di «pronto e all'erta» gli venivano ritrasmesse dagli altoparlanti del CIC. Da quando era salpata da Norfolk quattro giorni addietro, la *Pharris* aveva avuto una media di tre chiamate giornaliere a posto di combattimento, in conformità agli ordini del comandante delle forze navali di superficie, settore Atlantico. Benché non ne avesse la conferma, Morris sospettava che le informazioni dell'amico Toland fossero state come un calcio in un formicaio. I programmi di addestramento erano stati raddoppiati, e gli ordini di intensificare l'attività avevano avuto il più alto grado di priorità mai riscontrato nella sua esperienza. Fatto notevole, l'aumento dei tempi di addestramento avrebbe interferito con i programmi di manutenzione che, in condizioni normali, non venivano accantonati con tanta disinvoltura.

«Tutti i posti presidiati e operativi» annunciò infine l'altoparlante. «Condizione Zebra attivata in tutta la nave.»

«Molto bene» disse il direttore di tiro, designato con la sigla TAO (Tactical Action Officer).

«Il rapporto, mister» ordinò Morris.

«Signore, i radar di navigazione e di individuazione aerea sono pronti, e il sonar è in stato passivo» rispose il TAO. «Il contatto sembra un sottomarino a quota periscopica. È venuto fuori all'improvviso. Stiamo analizzando una pista di movimento del bersaglio. Si configura come un'inversione di rotta, e anche piuttosto rapida. È presto per esserne sicuri, ma tutto fa pensare che stia per prendere una rotta alternativa, probabilmente a non più di dieci miglia.»

«La relazione del contatto è già stata trasmessa a Norfolk?»
«Aspettiamo l'ordine.»
«Bene. Vediamo quanto siamo bravi a tenerli sotto. Via con l'esercitazione, mister.»
Nel giro di un quarto d'ora, l'elicottero della *Pharris* lanciava boe radioacustiche sul sommergibile, mentre la fregata lo sferzava con il potente sonar attivo. Avrebbero continuato così fino a quando il sottomarino non avesse dichiarato la resa risalendo a quota periscopica, oppure non fosse riuscito a eludere la caccia, cosa che avrebbe provocato una nota di biasimo nella cartella personale di Morris. L'esercitazione, benché incruenta, aveva un obiettivo crudele: incrinare la fiducia del comandante nella nave, nell'equipaggio e in se stesso.

USS Chicago

Si trovavano circa mille miglia al largo, procedendo verso nordest alla velocità di venticinque nodi. L'equipaggio era chiaramente infelice, sebbene non fosse nuovo a situazioni del genere. Quella che doveva essere una sosta di tre settimane a Norfolk, era stata ridotta a otto giorni: una vera pillola amara dopo la prima lunga crociera. I viaggi e le licenze erano stati sospesi; certi lavori di manutenzione che dovevano essere affidati a personale tecnico di terra, venivano ora eseguiti dall'equipaggio al ritmo di ventiquattr'ore su ventiquattro. Due ore dopo l'immersione McCafferty aveva letto agli uomini gli ordini sigillati: due settimane di esercitazione intensiva di inseguimento e ai siluri; quindi, rotta per il Mar di Barents a raccogliere altre informazioni. È importante, aveva detto McCafferty all'equipaggio. Ma anche questa affermazione l'avevano già sentita.

7

Osservazioni iniziali

Norfolk, Virginia

Toland sperava di avere l'uniforme in ordine. Erano le sei e mezza del mercoledì mattina, e lui era in piedi dalle quattro per provare il discorso; nel farlo, aveva inviato dei vigorosi accidenti al CINCLANT, che evidentemente era uno di quelli che si alzano presto al mattino per passare il pomeriggio sul campo di golf. Quanto a lui, da parecchie settimane ormai trascorreva i pomeriggi in un angolino dell'Ufficio Intenzioni, un isolato più in là, a setacciare una sequela infinita di informazioni e di pubblicazioni sovietiche.

Nel brutto edificio, la Sala Rapporto degli Ufficiali in Comando sembrava appartenere a un mondo diverso, ma questo non era motivo di sorpresa. Gli ammiragli amavano le loro comodità. Bob fece una corsa in bagno a eliminare il troppo caffè bevuto per svegliarsi. Quando ritornò, gli ufficiali stavano già entrando. Si scambiarono saluti, ma non le battute scherzose che ci si sarebbero potute aspettare a quell'ora antelucana, poi presero posto in ordine di grado nelle poltrone rivestite in pelle. Per i pochi che fumavano, c'erano i posacenere a portata di mano. Tutti avevano un blocco di carta per gli appunti. Le ordinanze portarono caffè, panna e zucchero su vassoi d'argento, poi si ritirarono. Le tazze erano già sul tavolo. Ciascuno si riempì la propria, come parte del rituale mattutino. Il CINCLANT fece un cenno del capo a Toland.

«Buon giorno, signori. Circa un mese fa, quattro colonnelli dell'esercito sovietico, tutti comandanti di reggimento in divisioni meccanizzate, sono stati sottoposti a corte marziale e fucilati per avere falsificato dei dati sui rapporti di addestramento ed efficienza dei reparti» esordì Toland, passando poi a spiegare la portata della notizia.

«All'inizio di questa settimana la *Kraznaya Zvezda*, "Stella Rossa" – quotidiano dell'intera organizzazione militare sovietica – ha reso pubblica la notizia della fucilazione di un certo numero di militari di truppa. Tutti, tranne due, erano nel semestre finale della ferma, e tutti erano accusati di insubordinazione verso i propri sottufficiali. Ciò è significativo. Perché?

«Da molto tempo l'Armata Rossa è famosa per la severa disciplina ma in questo caso, come in altri aspetti della vita sovietica, la realtà differisce dall'apparenza. Il sergente, nell'Armata Rossa, non è un professionista come nella maggior parte degli eserciti. È un militare di leva, proprio come i soldati semplici, scelto, nella fase iniziale dell'addestramento, per l'intelligenza, per l'affidabilità politica, o per avere dimostrato attitudine al comando. Viene inviato a un duro corso che, in capo a sei mesi, lo sforna come sergente. Di lì ritorna alla propria unità operativa. Carente quanto i subordinati in fatto di esperienza pratica, ha una maggiore conoscenza della tattica e delle armi, che però non ha nulla a che vedere con la drastica differenza esistente fra sergenti e reclute nelle forze armate occidentali.

«Per questa ragione, il vero ordine gerarchico nelle formazioni di terra sovietiche non deriva tanto dal grado, quanto dall'anzianità di servizio. I russi reclutano le truppe due volte all'anno, in giugno e in dicembre. Poiché la ferma è di due anni, è evidente che ogni formazione comprende quattro "categorie", o scaglioni, di effettivi. La più bassa è quella dei militari che sono nel primo semestre. Gli uomini del quarto contingente costituiscono la categoria superiore e vengono considerati gli autentici "effettivi" dei reparti. Ovviamente, essi richiedono e ottengono il meglio, o quantomeno la maggior quantità, in fatto di alimentazione, vestiario e incarichi. Altrettanto ovviamente, tendono a eludere l'autorità dei sottufficiali della compagnia. Difatti, gli ordini emanano direttamente dagli ufficiali, non dai sergenti di plotone e di squadra, e vengono solitamente eseguiti con abbastanza poco rispetto per quella che consideriamo la disciplina militare convenzionale a livello dei sottufficiali. Come potete immaginare, questa situazione provoca una tensione enorme per gli ufficiali più giovani, e sotto molti aspetti li obbliga a tollerare cose che chiaramente e comprensibilmente detestano.»

«Lei dice che le loro formazioni militari operano in condizione di anarchia organizzata» osservò il comandante della Flotta Atlantica d'Assalto. «Non è certo così per la Marina.»

«Esatto, signore. Come è noto, i marinai hanno una ferma di tre anni anziché due e la loro situazione, benché simile a quella dell'esercito, ne differisce sotto molti aspetti. Sembra, però, che anche nell'esercito la situazione stia cambiando, e che sia in corso un veloce ed energico ripristino della disciplina nei reparti.»

«Quanti militari di truppa hanno fatto fuori?» chiese un generale, comandante della seconda divisione dei marines.

«Undici, signore. La copia del comunicato che le è stata data elenca i nomi e i reparti di appartenenza. La maggior parte dei condannati era di "categoria quattro", quella impegnata nell'ultimo semestre di servizio.»

«L'articolo che lei ha letto traeva delle conclusioni d'ordine generale?» chiese il CINCLANT.

«No, signor ammiraglio. Nelle pubblicazioni sovietiche, tanto militari quanto civili, esiste una regola non scritta secondo la quale si può criticare, ma non generalizzare. Ciò significa che le deviazioni individuali possono essere identificate e punite severamente; tuttavia, per motivi politici, non è lecito trarne spunto per censurare indiscriminatamente tutta un'istituzione. La critica che mettesse in evidenza una trasgressione diffusa, virtualmente chiamerebbe in causa la società sovietica nella sua totalità e, di conseguenza, il Partito Comunista, che veglia su tutti gli aspetti della vita sovietica. È una distinzione sottile, ma psicologicamente importante per loro. In effetti, quando vengono nominati dei malfattori singoli, viene criticato anche il sistema, però in maniera accettabile. L'articolo che ho riferito vuole avvisare tutti gli ufficiali, sottufficiali e soldati dell'esercito sovietico che i tempi stanno cambiando. La domanda che ci facciamo al Servizio Intenzioni è: perché?

«Risulterebbe che non si tratta di un caso isolato di tempi che cambiano.» Toland accese un proiettore, e un grafico comparve sullo schermo. «Nella Marina sovietica, il numero dei missili terra-terra è aumentato del settanta per cento rispetto all'anno scorso; non è proprio un record, ma poco ci manca, come potete vedere dal diagramma. Gli impieghi di sottomarini, soprattutto diesel, sono diminuiti, e le relazioni degli informatori ci dicono che una gran quantità di sommergibili è in bacino per lavori non programmati di manutenzione ordinaria. Abbiamo motivo di pensare che tale situazione sia legata a una scarsità a livello nazionale di batterie al piombo. Sembra probabile che le stiano sostituendo a tutti i sottomarini, e che la produzione di questo articolo sia dirottata verso settori economici di interesse militare.

«Abbiamo pure constatato livelli più alti di attività, con intensificate esercitazioni a fuoco, da parte delle forze navali sovietiche di superficie, dell'aviazione navale e di altri reparti aerei a lungo raggio. Infine, è aumentato il numero dei giorni "fuori porto" delle unità di superficie. Sebbene l'incremento non sia sostanziale, gli schemi operativi sono diversi da quelli che eravamo abituati a vedere. Invece di andare da un punto all'altro e buttare l'ancora, tali unità sembrerebbero impegnate in esercizi nettamente più realistici. Lo hanno fatto anche in passato, ma mai senza annunciarlo.

«In conclusione, la Marina sovietica ci fa assistere a una vasta smobilitazione accompagnata da un aumento del ritmo delle esercitazioni effettive. Associando questo quadro a quanto stiamo vedendo nell'Esercito e nell'Aviazione, sembra che stiano aumentando il grado di approntamento a livello generale. Nel momento stesso in cui propongono una rapida riduzione delle armi nucleari strategiche, i russi stanno incrementando a ritmo sostenuto la capacità di impegnare le proprie forze convenzionali in operazioni belliche. Noi del Servizio Intenzioni consideriamo potenzialmente pericolosa la combinazione di questi fattori.»

«Mi sembra tutto piuttosto nebuloso» disse un ammiraglio da dietro la pipa. «Come possiamo persuadere gli altri che questa faccenda significa qualcosa?»

«Una buona domanda, signore. Difatti, ciascuno di questi elementi, isolato dal contesto, avrebbe una sua logica. Ciò che ci preoccupa è che i segnali stanno comparendo simultaneamente. Il problema dell'utilizzazione degli effettivi nell'apparato militare sovietico esiste da generazioni. Anche i problemi delle norme di addestramento e dell'integrità del corpo ufficiali non sono una novità. Ciò che mi ha colpito è la questione delle batterie. Stiamo assistendo all'inizio di quella che potrebbe diventare un'importante spaccatura nell'economia sovietica. Tutti i programmi economici, in Russia, sono centralizzati su base politica. La fabbrica principale di accumulatori lavora a pieno ritmo, su tre turni in luogo dei due abituali, per cui la produzione è alta, ma il rifornimento all'utenza civile è basso. Comunque, ammiraglio, lei ha ragione. Prese individualmente, tutte queste cose non hanno alcun significato. Cominciano ad apparirci preoccupanti quando le osserviamo combinate fra loro.»

«Però lei si preoccupa» disse il CINCLANT.

«Sì, signore.»

«Anch'io, figliolo. Che altro ha fatto in proposito?»

«Abbiamo trasmesso al SACEUR la richiesta di tenerci al corrente di qualsiasi aspetto apparentemente insolito nelle attività correnti delle forze sovietiche in Germania. I norvegesi hanno intensificato la sorveglianza nel Mar di Barents. Stiamo avendo maggiore accesso alle fotografie di porti e di basi navali trasmesse dai satelliti. La DIA è stata informata dei nostri dati e sta facendo investigazioni. Stanno prendendo forma anche altri pezzi e frammenti.»

«E la CIA?»

«La DIA se ne sta occupando per noi tramite il quartier generale ad Arlington Hall.»

«Quando iniziano le loro manovre primaverili?»

«Signore, stando ai programmi, le forze del Patto di Varsavia devono iniziare fra tre settimane le esercitazioni annuali, che questa volta sono denominate "Progresso". Da certe indicazioni, risulterebbe che, in armonia con lo spirito della distensione, i sovietici intendano invitare rappresentanti militari della NATO, e anche giornalisti occidentali, ad assistere alle operazioni...»

«Vi dirò che cosa trovo di allarmante in questa storia» borbottò il comandante delle Forze Navali Atlantiche di Superficie. «All'improvviso si sono messi a fare quello che abbiamo sempre chiesto che facessero.»

«Cerca di vendere l'idea ai giornali» propose il comandante dell'Aviazione di Marina in Atlantico.

«Suggerimenti?» chiese il CINCLANT all'ufficiale operativo.

«Anche noi stiamo eseguendo un programma di addestramento piuttosto serrato. Non sarebbe male intensificarlo. Toland, lei ha detto che ciò che l'ha messa sull'avviso è stato il problema delle batterie nell'economia civile. State cercando segni di altri disguidi economici?»

«Sì, signore. Lo sta facendo la DIA, e anche il mio contatto ad Arlington sta chiedendo alla CIA di fare ulteriori controlli. Se mi è consentito ampliare questo discorso, signori, vorrei dire che, essendo l'economia sovietica a direzione centralizzata, i piani industriali sono alquanto rigidi. Le deroghe non sono ammesse, perché tendono ad allargarsi come cerchi nell'acqua fino a coinvolgere l'intera economia. La parola "spaccatura" può essere troppo pesante per il momento...»

«Lei ha soltanto un perfido sospetto» disse il CINCLANT. «Va bene, Toland, è per questo che la paghiamo. Grazie del rapporto.»

Bob recepì il messaggio e se ne andò. Gli ammiragli rimasero a discutere la questione.

Uscire dalla sala fu un sollievo. Per quanto gli piacesse stare al centro dell'attenzione, essere esaminato da ufficiali superiori come una cultura di germi su un vetrino era un'esperienza che poteva far venire i capelli grigi innanzi tempo. Mentre ritornava in ufficio attraverso un passaggio coperto, osservò i ritardatari che si aggiravano alla ricerca di un posto in cui parcheggiare. Il verde del prato stava diventando più intenso. Una squadra di civili era intenta a tagliare l'erba, mentre un'altra spandeva il concime. Gli arbusti stavano diventando alti; Bob sperava che li lasciassero crescere un poco, prima di potarli di nuovo. Norfolk poteva essere molto gradevole in primavera, con la brezza marina impregnata della fragranza delle azalee. Chissà com'era d'estate!

«È andata bene?» si informò Chuck.

Toland si tolse la giacca e fece l'atto di piegare melodrammaticamente le ginocchia. «Abbastanza. Nessuno ha reclamato la mia testa.»

«Non volevo farla preoccupare prima, ma là dentro c'è gente famosa per questo. Dicono che il CINCLANT prediliga, a colazione, un piatto di comandanti fritti con contorno di tenenti tagliati a dadini.»

«Bella novità. È un ammiraglio, no? Sono già stato a rapporto prima d'ora, Chuck.» Tutti i marines pensavano che i marinai fossero delle pittime, ricordò Toland. Non era il caso di dare corda a Chuck su quel tema.

«Ci sono state delle conclusioni?»

«Gli operativi del CINCLANT hanno parlato di intensificare i programmi di addestramento. Subito dopo sono stato autorizzato a uscire.»

«Bene. Dovremmo ricevere un bel pacco di foto da satellite prima di sera. Stanno arrivando richieste di precisazioni da Langley e da Arlington. Niente di preciso, per il momento, ma può darsi che stiano inciampando in qualche dato curioso. Se salta fuori che lei ha ragione, Bob... beh, sa come vanno queste cose.»

«Certo. Qualcuno più vicino a Washington avrà fatto "La Scoperta". Balle, non mi preoccupo di questo, Chuck, io spero di avere torto! Spero che tutta questa stronzata si risolva in un nulla di fatto, così posso tornarmene a casa e giocare in giardino.»

«Forse ho una buona notizia per lei. La nostra televisione è collegata al nuovo satellite ricevitore. Ho convinto quelli delle comunicazioni a lasciarci origliare alla TV russa per ascoltare il telegiornale della sera. Non scopriremo niente di grosso, ma è comunque un buon sistema per captare gli umori. Ho già provato una volta prima che lei arrivasse, e ho appreso che hanno in corso un festival cinematografico dedicato alla serie completa dei classici di Eisenstein. Stasera c'è *La corazzata Potemkin*, poi seguiranno tutti gli altri, per finire il 30 maggio con *Alexander Nevsky*.»

«Ah sì? Ho la videocassetta del *Nevsky*, a casa.»

«Pensi un po', hanno preso i negativi originali, li hanno spediti per aereo a Londra per ricavarne i master digitalizzati, e hanno registrato la colonna sonora originale di Prokofiev in Dolby Stereo. Ne faremo delle copie. Il suo video è VHS o Beta?»

Toland si mise a ridere. «VHS. Chissà che questo lavoro non

abbia anche qualche vantaggio, dopo tutto... Allora, dov'è il nuovo materiale?»

Lowe gli porse una cartella di documenti spessa un palmo. Era ora di rimettersi al lavoro. Toland si sistemò in poltrona e cominciò a sfogliare le carte.

Kiev, Ucraina

«Sembra che la situazione stia migliorando, compagno» riferì Alekseyev. «La disciplina a livello ufficiali è aumentata enormemente. L'esercitazione svolta stamattina dal 261° Guardie è andata bene.»

«E il 173° Guardie?» chiese il CINC-Sudovest.

«Hanno bisogno di lavorare ancora un poco, ma sarà pronto in tempo» affermò ottimisticamente Alekseyev. «Gli ufficiali si stanno comportando da ufficiali, adesso occorre che i soldati si comportino da soldati. Lo vedremo appena inizieranno le manovre "Progresso". È necessario che gli ufficiali lascino perdere le coreografie consuete e cerchino scenari più realistici per le esercitazioni. Possiamo usare "Progresso" per identificare i capi che non riescono ad adattarsi alla situazione reale del combattimento, e sostituirli con altri più giovani in grado di farlo.» Mentre si sedeva di fronte al superiore, Alekseyev, con un rapido calcolo mentale, si rese conto di avere accumulato esattamente un mese di sonno arretrato.

«Hai l'aria stanca, Pasha» osservò il CINC-Sudovest.

«No, compagno generale, non ho avuto il tempo di sentirmi stanco» rispose Alekseyev allegro. «Se faccio ancora un viaggio in elicottero, però, credo che mi spunteranno le ali.»

«Pasha, voglio che tu vada a casa e non ti faccia più vedere per ventiquattr'ore.»

«Io...»

«Se tu fossi un cavallo» obiettò il generale «saresti già crollato. Questo è un ordine del tuo comandante in capo: ventiquattr'ore di riposo. Preferirei che le passassi tutte a dormire, ma sono affari tuoi. Renditi conto, Pavel Leonidovich: se fossimo impegnati ora in azioni di combattimento, tu saresti tenuto a riposo – lo prescrivono i regolamenti, dopo la dura lezione che abbiamo avuto sul fronte tedesco nell'ultima guerra. A me occorre il tuo talento non menomato – e se ti spremi troppo adesso, non varrai una cicca quando avrò veramente bisogno di te. Ti aspetto domani pomeriggio alle quattro per rivedere insieme il piano per il Golfo Persico. Voglio che tu abbia gli occhi limpidi e la schiena diritta.»

Alekseyev si alzò. Il generale era un vecchio orso burbero, ma un vero soldato. Così era stato anche il padre di Alekseyev. «E va bene, ma sia messo agli atti che ho sempre obbedito agli ordini del comandante in capo.» Scoppiarono a ridere, ne avevano bisogno entrambi.

Alekseyev uscì dall'ufficio e scese le scale. Di sotto lo aspettava la vettura ufficiale. Quando arrivò agli alloggiamenti a qualche chilometro di distanza, si era addormentato e l'autista dovette svegliarlo.

USS Chicago

«Manovra di avvicinamento» ordinò McCafferty.

Da due ore stava inseguendo quell'unità di superficie, fin da quando il sonar l'aveva individuata alla distanza di quarantaquattro miglia. L'avvicinamento veniva fatto soltanto con l'ausilio del sonar e, per ordine del comandante, gli addetti non avevano comunicato a quelli della direzione tiro che cosa stavano inseguendo. Per il momento, ogni contatto di superficie veniva trattato come una nave da guerra nemica.

«Distanza tremilacinquecento metri» riferì il comandante in seconda. «Rilevamento uno-quattro-due, velocità diciotto nodi, rotta due-sei-uno.»

«Alzare periscopio!» ordinò McCafferty. Il periscopio di attacco uscì dal pozzetto sul lato destro del piedestallo. Un sottufficiale impugnò i comandi e lo puntò sul rilevamento. Il comandante lo mise a fuoco sulla prua del bersaglio.

«Rilevamento – bersaglio!»

Il sottufficiale premette il pulsante "pickle", trasmettendo i dati al computer MK-117 cui erano asserviti i dispositivi di tiro.

«Angolo sulla prua, venti a dritta.»

Il tecnico del puntamento inserì i dati nel calcolatore, che computò velocemente distanze e angoli.

«Soluzione impostata. Pronta per tubi tre e quattro!»

«Okay.» McCafferty fece un passo indietro staccandosi dal periscopio e si rivolse al primo ufficiale. «Vuole vedere chi abbiamo affondato?»

«Perdio!» Il secondo abbassò il periscopio ridendo. «Fatti avanti, Otto Kretchmer!»*

McCafferty prese il microfono che lo collegava a tutti gli altoparlanti del sottomarino. «Parla il comandante. Abbiamo appena

* Celebre sommergibilista tedesco della seconda guerra mondiale. [*N.d.T.*]

terminato l'esercitazione d'inseguimento. Se a qualcuno interessa, sappiate che abbiano fatto fuori la *Universe Ireland*, nave cisterna che trasporta trecentoquarantamila tonnellate di greggio. È tutto.» Rimise il microfono nell'alloggiamento.

«Primo ufficiale, qualche critica?»

«Era troppo facile, signore» rispose il comandante in seconda. «La velocità e la rotta erano costanti. Avremmo potuto tagliare quattro o cinque minuti dall'analisi movimento bersaglio appena l'abbiamo acquisito, ma avevamo previsto una rotta a zig-zag, non costante. Per me, è meglio procedere come abbiamo fatto, quando si ha un bersaglio lento. Direi che ce la siamo sbrigata mica male.»

McCafferty assentì. Un bersaglio ad alta velocità come un cacciatorpediniere avrebbe potuto benissimo puntare direttamente su di loro, mentre le unità lente, in tempo di guerra, avrebbero probabilmente apportato continue variazioni di rotta. «Ci stiamo arrivando.» Il comandante si rivolse alla squadra direzione tiro. «Ben fatto. Continuate così.» La volta successiva, avrebbe dato istruzioni all'addetto al sonar di non annunciare il bersaglio fino a quando non fosse stato ben vicino, così si sarebbe potuto vedere quanto erano pronti gli uomini ad affrontare un impegno senza preavviso. Decise che, nel frattempo, avrebbe fatto eseguire un intenso ciclo di esercitazioni su schemi simulati dal computer.

Norfolk, Virginia

«Sono batterie, Okay, è confermato.» Lowe porse le foto da satellite. Si vedevano un gran numero di autocarri; sebbene i cassoni fossero quasi tutti coperti da teli, alcuni non lo erano, esponendo così il carico alle telecamere. Si poterono individuare le sagome a vasca da bagno delle batterie giganti, che squadre di marinai spostavano lungo il molo.

«Quando sono state fatte queste foto?» chiese Toland.

«Diciotto ore fa.»

«Sarebbero servite stamattina» borbottò il giovane ufficiale. «Questi devono essere tre Tango ormeggiati l'uno all'altro. E questi sono autocarri da dieci tonnellate. Ne conto nove. Mi sono informato, ogni batteria pesa duecentodiciotto chili vuota...»

«Bestia! Quante ce ne vogliono per ogni sottomarino?»

«Parecchie» rispose Toland ridendo. «Non lo sappiamo con precisione. Mi hanno dato diverse cifre, con scarti del trenta per cento. Credo che il numero cambi da nave a nave. Più esemplari costruisci di un certo modello, più ti viene voglia di fare delle modifiche. Capita a tutti.» Toland alzò gli occhi. «Abbiamo bisogno di maggiore accesso a questa roba.»

«Già previsto. A partire da oggi, siamo inclusi nella lista di distribuzione per tutte le foto di basi navali. Che idea si è fatta sull'attività dei mezzi di superficie?»

Toland alzò le spalle. Le foto mostravano una dozzina di unità, dagli incrociatori alle corvette. Su tutte, la coperta era disseminata di cavi e di casse, e si vedevano un gran numero di uomini. «Non si può dedurre molto da queste. Niente gru, per cui non è stato caricato nulla di veramente voluminoso, però le gru si possono spostare. Questo è il problema con le navi: tutto ciò che vorremmo sapere è nascosto sotto coperta. Vedendo queste foto, possiamo solo dire che le navi sono ormeggiate. Il resto è pura ipotesi. Anche per i sommergibili, noi possiamo solo dedurre che stanno prendendo a bordo delle batterie.»

«Andiamo, Bob.» Lowe sbuffò.

«Ci pensi, Chuck» ribatté Toland. «Loro sanno a cosa ci servono i satelliti, no? Sanno quali sono le loro rotte orbitali, e quando saranno in un dato punto nello spazio. Se vogliono veramente imbrogliarci, che difficoltà hanno? Se la sua missione fosse di contraffare dei satelliti, e sapesse quando passano, non crede che potrebbe menare per il naso gli osservatori? Ci affidiamo troppo a questi congegni. Sono maledettamente utili, certo, ma hanno dei limiti. Sarebbe bello se avessero un po' di intelligenza umana.»

Polyarnyy, URSS

«C'è un che di irreale nel vedere qualcuno che versa cemento in una nave» osservò Flynn mentre ritornava in auto a Murmansk. Nessuno gli aveva mai parlato di zavorra.

«Ah, ma può essere una bella cosa!» intervenne l'accompagnatore, un giovane comandante della Marina sovietica. «Se anche le vostre Marine facessero altrettanto!»

Il piccolo gruppo di inviati speciali, che aveva avuto il permesso di stare sul molo a osservare la neutralizzazione dei primi due sottomarini della classe Yankee armati di missili balistici, era "pilotato" con la massima cura. La cosa non era sfuggita a Flynn e a Calloway. Erano stati divisi in gruppetti di due o tre persone, ciascuno affidato a un ufficiale di Marina e a un autista. Prevedibile. Entrambi i giornalisti trovavano già sorprendente di avere avuto l'accesso a una base così nevralgica.

«Peccato che il vostro Presidente non abbia lasciato venire un gruppo di ufficiali americani ad assistere all'operazione» riprese l'accompagnatore.

«Già, sono proprio d'accordo con lei» convenne Flynn. Ne sarebbe uscito un articolo molto migliore. Erano stati invece un ufficiale svedese e uno indiano, neppure sommergibilisti, a vedere da vicino quella che gli inviati definivano ''la cerimonia del cemento''; i due osservatori avevano poi riferito in tono neutro che, sì, era stato versato del cemento in tutti i tubi lanciamissili dei due sottomarini. Flynn aveva cronometrato e annotato il tempo di ciascuna immissione, riservandosi di fare un po' di verifiche una volta rientrato in sede. Che volume aveva un tubo lanciamissili? Quanto cemento ci voleva per riempirlo? «Anche così, comandante, lei deve ammettere che la reazione americana alla proposta di accordo avanzata dal suo paese è stata estremamente positiva.»

Per tutto quel tempo, William Calloway se n'era stato silenzioso a guardare fuori dal finestrino. Aveva seguito la guerra delle Isole Falkland per un'agenzia di stampa, trascorrendo parecchio tempo con la Marina britannica, a bordo e nei cantieri navali, a osservare i preparativi per mandare verso sud la flotta di Sua Maestà. Stavano ora passando presso le banchine, ove erano ormeggiate numerose unità di superficie, e accanto ai capannoni dei cantieri. C'era qualcosa che strideva, ma non riusciva a metterla a fuoco. Flynn non sapeva che il collega lavorava spesso, in modo informale, per i servizi segreti britannici. Non con incarichi delicati – dopo tutto era un giornalista, non una spia – però, come molti corrispondenti, era astuto e dotato di spirito d'osservazione, sempre attento a notare cose che i direttori non avrebbero mai lasciato usare per drammatizzare un servizio. Non sapeva neppure chi fosse il capo dell'ufficio di Mosca, in quanto riferiva direttamente a un amico presso l'ambasciata. I dati avrebbero poi preso la via adatta a farli pervenire alla persona giusta.

«E allora, che cosa pensa il nostro amico inglese dei cantieri navali sovietici?» chiese l'ufficiale con un largo sorriso.

«Molto più moderni dei nostri» rispose Calloway. «Mi pare di capire che da voi non ci sono sindacati dei lavoratori portuali, vero, comandante?»

L'ufficiale scoppiò a ridere. «Non abbiamo bisogno di sindacati in Unione Sovietica. I lavoratori sono già i padroni di tutto.» Era lo slogan ufficiale del Partito, notarono i due giornalisti. Naturalmente.

«Lei è ufficiale sommergibilista?» domandò l'inglese.

«No!» esclamò il comandante con una sonora risata. *I russi sono ridanciani quando vogliono*, pensò Flynn. «Io vengo dalla steppa: amo il cielo azzurro e i vasti orizzonti. Ho gran rispetto per i camerati dei sommergibili, ma non ho alcun desiderio di essere con loro.»

«La penso esattamente come lei, comandante» concordò Calloway. «Noi vecchi britanni amiamo i parchi e i giardini. Che tipo di marinaio è lei?»

«In questo momento sono assegnato a terra, ma la mia ultima nave è stata il rompighiaccio *Leonid Brezhnev*: fare qualche ricognizione, aprire la via ai mercantili che passano lungo la costa artica diretti verso il Pacifico.»

«Dev'essere un lavoro impegnativo» disse Calloway. «E anche pericoloso.» *Continua a parlare, vecchio mio...*

«Richiede prudenza, sì, ma noi russi siamo abituati al freddo e al ghiaccio. È un nobile compito aiutare lo sviluppo economico del proprio paese.»

«Non potrei mai fare il marinaio» riprese Calloway. Vide uno sguardo curioso negli occhi di Flynn: *col cavolo che non potresti...* «Troppo da lavorare anche quando si è in porto, come adesso. Sono sempre così impegnati i vostri cantieri?»

«Oh, in questo momento non sono in piena attività» disse l'ufficiale senza troppo riflettere.

L'uomo della Reuter annuì. Le navi erano ingombre, ma non c'era poi tanto movimento visibile, né molta gente in giro. Parecchie gru erano ferme. Gli autocarri erano parcheggiati. Però le unità da guerra e ausiliarie erano raggruppate come se... Guardò l'orologio: le quindici e trenta. La giornata lavorativa non era ancora finita. «Gran giornata per la distensione fra Est e Ovest» disse per non lasciar trapelare quello che provava. «Pat e io avremo una storia formidabile da raccontare ai lettori.»

«Ottimo» disse il comandante con un sorriso. «È ora che ci sia una vera pace.»

I giornalisti furono di ritorno a Mosca quattro ore più tardi, dopo uno scomodo volo sul jet dell'Aeroflot, i cui sedili avrebbero fatto la gioia di Torquemada. All'aeroporto, si avviarono verso l'auto di Flynn – quella di Calloway era tuttora fuori servizio per problemi meccanici. L'inglese rimpiangeva di essersi preso una macchina sovietica invece di portarsi la Morris da casa. Ma sarebbe stato maledettamente impossibile avere il visto.

«Ti è piaciuto oggi, Patrick?»

«Ci puoi scommettere. Avrei voluto poter scattare una o due foto.» Stando alle promesse, avrebbero dovuto riceverne qualcuna di quelle prese dalla Sovfoto.

«Come ti è sembrato il cantiere?»

«Piuttosto grande. Ho passato una giornata a Norfolk, una volta. A me sembrano tutti uguali.»

Calloway annuì pensieroso. Se i cantieri navali si rassomigliano tutti, perché quello di Polyarnyy sembrava strano? Era la deformazione professionale che lo rendeva sospettoso? Quel chiedersi continuamente: che cosa ci stanno nascondendo? I sovietici non lo avevano mai autorizzato prima a entrare in una base navale, ed era la terza volta che veniva a Mosca. Però era stato a Murmansk. Una volta aveva parlato con il sindaco e gli aveva chiesto che cosa significava per la città la presenza del personale della Marina. In effetti, si vedevano uniformi dappertutto. Il sindaco aveva cercato di scantonare, e aveva detto: «Non c'è Marina a Murmansk». Era la tipica risposta russa a una domanda imbarazzante – e adesso portavano una dozzina di giornalisti occidentali in visita a una delle basi più importanti! In altre parole, non nascondevano nulla. Oppure sì? Dopo trasmesso l'articolo, decise Calloway, avrebbe bevuto un brandy con l'amico del corpo diplomatico, tanto più che c'era un party per festeggiare qualcosa.

Arrivò all'ambasciata, sul lungofiume Morisa Toreza, di fronte alla riva su cui sorgevano le mura del Cremlino. Erano le nove di sera. I brandy diventarono quattro. All'ultimo, il corrispondente si trovò a scorrere una mappa della base navale e a specificare, con l'ausilio della memoria ben allenata, le attività che aveva osservato nei vari punti. Un'ora dopo i dati venivano cifrati e trasmessi a Londra.

8

Altre osservazioni

Grassau, Repubblica Democratica Tedesca

I tecnici e i giornalisti della NBC si stavano divertendo follemente. Da parecchi anni non erano più stati autorizzati a riprendere un'unità militare sovietica in azione, e la spettacolarità degli errori che vedevano avrebbe dato mordente al notiziario della sera della NBC. In quel momento, un battaglione corazzato era bloccato a un crocevia sulla statale 101, cinquanta chilometri a sud di Berlino. A un certo punto del percorso, la formazione aveva sbagliato strada; il comandante del battaglione stava coprendo d'improperi i subalterni. Dopo due minuti di quella concione, un capitano si fece avanti e indicò qualcosa sulla carta. A quanto pareva, il problema era stato risolto dal subalterno; di conseguenza, il maggiore fu eliminato dalla scena. La telecamera seguì l'avvilito ufficiale fino alla vettura comando, che infilò la strada principale in direzione nord. Cinque minuti dopo il battaglione si rimise in movimento. Gli operatori televisivi ricaricarono con calma le attrezzature sul furgone, e il capo dell'équipe si avvicinò a un ufficiale francese che aveva assistito alla scena.

Questi faceva parte della commissione militare mista, un'utile istituzione ereditata dalla seconda guerra mondiale, che dava modo ad ambedue le parti di spiarsi a vicenda. Era un individuo magro, dalla faccia impassibile. Aveva l'emblema dei paracadutisti sull'uniforme, e fumava Gauloises. Apparteneva, ovviamente, ai servizi d'informazione.

«Qual è la sua impressione, maggiore?» chiese l'uomo della NBC.

«Hanno commesso uno sbaglio prima, a quattro chilometri da qui. Avrebbero dovuto girare a sinistra, ma non l'hanno fatto» rispose il maggiore alzando le spalle in perfetto stile gallico.

«Non formidabile, per i russi, eh?» disse il reporter ridendo. Il francese, però, era pensieroso.

«Ha visto che c'era un ufficiale tedesco con loro?»

Il giornalista aveva notato l'uniforme diversa, ma non l'aveva classificata. «Oh, era tedesco? Perché non hanno chiesto aiuto a lui?»

«Già» rispose il maggiore. Non disse che era la quarta volta in due giorni che vedeva un ufficiale sovietico rifuggire dal chiedere assistenza al collega tedesco-orientale. Che i reparti sovietici perdessero la strada, non era una novità. I russi, oltre a parlare un'altra lingua, usavano un alfabeto diverso. Ciò rendeva facili gli errori di rotta, e i sovietici portavano sempre con sé degli ufficiali della DDR che potessero aiutarli a trovare la via giusta. Così era stato fino allora. Il maggiore buttò il mozzicone della sigaretta. «Che cos'altro ha notato, *monsieur*?»

«Il colonnello era incavolato a dovere con il maggiore, poi un altro ufficiale – un capitano, credo – gli ha fatto vedere dov'era l'errore e come si poteva rimediare.»

«Quanto è durato?»

«Meno di cinque minuti da quando si sono fermati.»

«Ottimo.» Il francese sorrise. Il maggiore stava ritornando a Berlino, e quel battaglione avrebbe avuto un nuovo ufficiale operativo. Il sorriso si spense.

«È un po' da cretini perdersi in questo modo, no?»

Il francese risalì in automobile per seguire i russi. «Lei non si è mai perso in un paese straniero, *monsieur*?»

«Certo. A chi non è successo?»

«Ma hanno trovato l'errore in fretta, no?» Il maggiore fece segno all'autista di avviarsi. L'avevano trovato da soli, questa volta, pensò. *Intéressant...*

Il reporter alzò le spalle e ritornò al furgone. Si accodò all'ultimo carro armato, seccato di dover viaggiare a soli trenta chilometri all'ora. A quella velocità i carri armati si spostarono verso nordest finché non arrivarono alla statale 187, dove miracolosamente si congiunsero con un'altra unità sovietica. Da quel punto ripresero la marcia verso la zona delle esercitazioni, a occidente, alla velocità normale di venti chilometri orari.

Norfolk, Virginia

Era impressionante. Il notiziario, sulla rete di Mosca, faceva vedere un intero reggimento di carri armati che avanzava nella pianura. Sotto il tiro di sbarramento dell'artiglieria che martellava le posizioni nemiche simulate, l'obiettivo si trasformò in una immensa pozza di terriccio e di fango. I caccia bombardieri sfrecciavano nel cielo, mentre gli elicotteri eseguivano la loro danza di guerra. Il commentatore si prodigava in affermazioni su come l'armata sovietica era pronta ad affrontare qualsiasi minaccia nemica; di certo ne aveva tutta l'aria.

Il servizio successivo riguardava le trattative di Vienna sugli armamenti. Vi furono le solite lamentele sul comportamento degli Stati Uniti che si opponevano a taluni aspetti della proposta sovietica, indubbiamente generosa; tuttavia, aggiunse lo *speaker*, i negoziati progredivano malgrado l'intransigenza americana, ed era possibile che si addivenisse a un accordo globale verso la fine dell'estate. Toland era sconcertato dal modo sovietico di descrivere i negoziati. Non aveva mai badato molto a quel tipo di retorica, e trovava curiosa l'impostazione sulla dicotomia "buono/cattivo".

«Normale» rispose Lowe. «Quando l'intesa sarà vicina, lo capirà dal fatto che le lagnanze tenderanno a sparire. A quel punto cominceranno le chiacchiere su quanto è illuminato il Presidente degli Stati Uniti, pur essendo un antagonista nella lotta di classe. Al momento della firma saranno addirittura in piena euforia. I discorsi che abbiamo ascoltato or ora sono davvero molto concilianti. Ci pensi bene: che tipo di linguaggio usano normalmente per parlare di noi?»

«L'esercitazione le è sembrata normale?»

«Decisamente. Ha mai pensato a quanto sia divertente affrontare un centinaio di carri armati? Ha notato che tutti i carri hanno cannoni da cinque pollici? Pensi poi all'appoggio che possono avere dall'artiglieria. In più, c'è l'aviazione. I russi credono fermamente nella collaborazione fra le diverse forze. Quando ti vengono addosso, lo fanno con tutto l'armamentario: una premessa inderogabile, per loro.»

«Quale contromossa abbiamo a disposizione?»

«Assumere noi l'iniziativa. Se lasci che gli altri si preparino di tutto punto a combattere la battaglia a modo loro, puoi anche fare le valigie e andartene.»

«Anche in mare è la stessa cosa.»

«Già.»

Kiev, Ucraina

Prima di andare al tavolo del comandante, Alekseyev si versò una tazza di tè, cosa per lui insolita. Si avvicinò con un sorriso largo una spanna.

«Compagno generale, l'esercitazione "Progresso" sta andando bene!»

«Lo vedo, Pavel Leonidovich.»

«Non l'avrei mai creduto. Il miglioramento del corpo ufficiali è sensazionale. I rami secchi sono stati eliminati, e gli uomini che abbiamo messo ai nuovi posti di comando sono tutti volenterosi e capaci.»

«E così, la fucilazione dei quattro colonnelli ha funzionato?» osservò sardonico il CINC-Sudovest. Aveva diretto i primi due giorni dell'esercitazione dal quartier generale, ed era ansioso di scendere sul campo, dove si faceva sul serio. Purtroppo non era quello il compito di un comandante di scacchiere. Alekseyev era il miglior paio d'occhi di cui disponeva per sapere che cosa accadeva veramente.

«Scelta ingrata, ma buona. I risultati parlano da sé.» L'entusiasmo di Alekseyev si offuscò per un attimo. Il ricordo era ancora vivo. Il problema, quando si prendevano decisioni difficili, non era tanto il decidere, quanto l'imparare a vivere poi con le conseguenze. Accantonò per l'ennesima volta il pensiero. «Dopo altre due settimane di esercitazioni intensive, l'Armata Rossa sarà pronta! Possiamo farcela, possiamo battere la NATO.»

«Non dobbiamo affrontare la NATO, Pasha.»

«In tal caso, che Allah aiuti gli arabi!» disse Alekseyev.

«Che Allah aiuti noi. Il CINC-Ovest si prende un'altra delle nostre divisioni corazzate.» Il generale prese in mano un dispaccio. «Per la precisione, quella che hai visto oggi. Vorrei sapere come se la sta cavando lui.»

«Piuttosto bene, dicono le mie spie.»

«Sei entrato nel KGB, Pasha?»

«Ho un compagno di corso nello staff del CINC-Ovest. Hanno adottato anche loro un sistema per eliminare gli incompetenti. Ne ho constatato personalmente i vantaggi. Un uomo nuovo, nel fare il proprio dovere, è ben più motivato di uno per cui il dovere è divenuto routine.»

«Meno che al vertice, naturalmente.»

«Il Comandante in Capo dello Scacchiere Ovest è un uomo che non avrei mai pensato di poter difendere. Tuttavia, le notizie che ricevo mi inducono a credere che stia riuscendo, non meno bene di noi, a mettere le forze in stato di efficienza.»

«Le cose devono essere migliorate parecchio, se sei così magnanimo.»

«Sono migliorate, compagno generale. Un'altra divisione persa a favore dello Scacchiere Ovest... Ma sì, ne hanno più bisogno loro di noi. Le dico, noi spazzeremo via gli arabi come immondizia da un lucido pavimento di piastrelle. Per la verità, potremmo farlo in qualsiasi momento. Gli arabi non sono poi tanto numerosi, e se quelli che dovremo affrontare sono come i libici che ho visto tre anni fa... Per di più, non hanno montagne in cui nascondersi. Non è l'Afghanistan. La missione è di occupare, non di pacificare. Possiamo farlo, a mio avviso, in due settimane. Il solo problema che prevedo è la distruzione dei campi petroliferi. Possono usare la strategia della terra bruciata per difendersi, proprio come abbiamo fatto noi, e sarà difficile impedirlo, anche con i paracadutisti. Comunque, l'obiettivo è realizzabile. Gli uomini saranno pronti.»

9

Un ultimo sguardo

Norfolk, Virginia

«C'è qualcosa da dire a favore delle tradizioni recenti, Chuck.» Erano al quarto film russo via satellite. Toland allungò il sacchetto del popcorn. «Sarà un peccato vederla ritornare al Corpo.»

«Si morda la lingua! Alle sedici di martedì il colonnello Charles DeWinter Lowe ritorna alla professione di marine, lasciando a voi molluschi il compito di manipolare le carte.»

Toland rise. «E non le mancherà il film della sera?»

«Forse un po'.» A mezzo miglio di distanza un ricevitore satellite stava inseguendo un satellite sovietico per telecomunicazioni. Da parecchie settimane Toland e Lowe stavano piratescamente captando i segnali emessi da quel satellite e da altri due del medesimo tipo, per tenersi aggiornati sulle notizie della TV sovietica, e anche per vedere il film serale. Erano ambedue ammiratori di Eisenstein, e l'*Alexander Nevsky* era il capolavoro del grande regista.

Toland aprì una lattina di Coca Cola. «Mi domando come reagirebbero loro ai western di John Ford. A volte mi viene da pensare che il compagno Eisenstein avrebbe forse potuto apprezzarne uno o due.»

«Lo credo anch'io, John Wayne non ci sarebbe stato male nel film che abbiamo visto. O, forse meglio, Errol Flynn. Torna a casa stasera?»

«Subito dopo il film. Mio Dio, un weekend di quattro giorni fuori servizio. Potrò sopportare la tensione?»

I titoli mostravano un'inquadratura nuova, diversa da quella della cassetta di Toland. Il dialogo della colonna sonora originale era stato conservato e un po' ripulito, ma la musica era una nuova edizione, con l'orchestra sinfonica e il coro dell'Opera di Mosca, che rendeva meglio giustizia alla suggestiva partitura di Prokofiev.

Il film iniziava con una veduta della Russia... *la steppa*? si chiese Toland. Oppure voleva rappresentare la parte meridionale del paese? Mostrava una prateria disseminata di ossa e di armi, relitti di un'antica battaglia contro i mongoli. Il pericolo giallo, tuttora uno spauracchio per i russi. L'Unione Sovietica aveva assorbito una quantità di asiatici, ma adesso i cinesi avevano le armi nucleari e il più grande esercito del mondo.

«La stampa è magnifica» osservò Lowe.

«Molto migliore della mia cassetta» convenne Toland. Due apparecchiature VHS stavano registrando il film, ma le cassette non erano fornite dalla Marina. I due ufficiali se le erano comperate privatamente. Il capo del commissariato del SACLANT aveva una brutta reputazione.

La storia si svolgeva abbastanza vicino alla costa baltica, ricordò Toland. Una canzone accompagnava l'entrata in scena del protagonista, nell'atto di dare ordini ad alcuni uomini che armeggiavano con una rete da pesca. Un buon prologo socialista, convennero gli ufficiali: l'eroe intento a un lavoro manuale. Un breve scontro verbale con i mongoli, poi la meditazione su quale delle due minacce fosse più grave per l'integrità della Russia: il pericolo giallo o quello teutonico.

«Gesù, si rende conto che la pensano ancora a quel modo?» disse Toland con una risatina.

«Quanto più cambiano le cose...» Lowe aprì una Coca Cola.

«Sono un po' perplesso su quel tipo, però. Quando è ritornato in acqua dopo la scena della rete, correva come una ragazza, con le braccia che sventolavano in tutte le direzioni.»

«Dovrebbe provare lei a correre con l'acqua fino alle ginocchia» grugnì il marine.

La scena passò al "pericolo teutonico".

«Una combriccola di cavalieri senza arte né parte, proprio come i crociati. Ehi, somiglia ai film degli anni Trenta sugli indiani: gente tagliata a pezzi, bambini gettati nel fuoco.»

«Crede che facessero veramente cose del genere?»

«Mai sentito parlare di un posto chiamato Auschwitz, Bob?» chiese Lowe. «Nel civilissimo ventesimo secolo, non se lo dimentichi.»

«Ma almeno non si portavano appresso un vescovo.»

«Legga qualcosa sulla liberazione di Gerusalemme da parte dei crociati. O uccidevano subito, o stupravano prima e uccidevano poi, sempre per la maggior gloria di Dio, con il plauso di vescovi e cardinali. Bella congrega! Sì, credo che sia abbastanza vero. Cristo, lo sa che negli anni '41-'45 se ne è vista parecchia, di questa roba, sul fronte orientale, dall'una e dall'altra parte? È stata una brutta guerra. Vuole dell'altro popcorn?»

Infine scesero in campo, soprattutto i contadini:

Vstavaitye, lyudi russkiye,
na slavny boi, na smyertny boi...

«Accidenti!» Toland si raddrizzò sulla sedia. «L'hanno proprio martellata, quella canzone.» La colonna sonora era quasi perfetta, tenuto conto delle difficoltà della trasmissione via satellite.

Sorgi, popolo russo,
per la giusta battaglia,
per la lotta con la morte:
sorgi, popolo libero e valoroso,
difendi la nostra nobile patria!

Toland contò più di venti casi in cui erano state usate le parole Russia o Russo.

«Che strano» osservò. «Stanno cercando di lasciarsele alle spalle. L'Unione Sovietica dovrebbe apparire come un'unica grande famiglia felice, non come il Nuovo Impero Russo.»

«Penso che si possa definire un sofisma storico. Stalin aveva commissionato il film per mettere in guardia il popolo contro la minaccia nazista. Il vecchio Giuseppe, benché georgiano, si era rivelato un diavolo di nazionalista russo. Strana cosa, ma in fondo anche lui era uno strano tipo di forestiero.»

Il film era chiaramente datato: una produzione degli anni Trenta. I personaggi a tutto tondo erano degni di un John Ford o di un Raoul Walsh: il principe Alexander Nevsky, eroe solitario; due gregari valorosi ma buffoneschi, e la vicenda amorosa di rigore. I nemici tedeschi erano arroganti, con i visi celati da improbabili elmi disegnati dallo stesso Eisenstein. Gli invasori germanici erano già riusciti a provocare una frattura fra i russi. Un cavaliere era stato fatto "principe" di Pskov, città in cui, quale orribile esempio di pacificazione, i teutonici avevano massacrato uomini e donne, e gettato i bambini in un falò, per rendere chiaro a tutti chi era il padrone. La grande scena della battaglia avveniva poi sul lago ghiacciato di Pskov.

«Ma quale pazzo furioso si mette a combattere su di un lago gelato, quando ha indosso mezza tonnellata di ferraglia?» borbottò Toland. Lowe spiegò che, pur con qualche approssimazione, le cose erano andate proprio così.

«Sono certo che l'hanno un po' rimaneggiata, sul tipo di *Sono morti lottando da prodi*» osservò il colonnello. «Però la battaglia c'è stata davvero.»

La scena del combattimento era indubbiamente epica. I cavalieri teutonici attaccavano trascurando con disinvoltura ogni norma tattica. I contadini russi, abilmente guidati da Alexander e dai due gregari, li circondavano con una manovra simile a quella della battaglia di Canne. Veniva poi, naturalmente, il duello decisivo fra il principe Alexander e il condottiero tedesco. L'esito dello scontro non era mai stato in dubbio. Con il comandante sconfitto nella singolar tenzone, le schiere tedesche si sgretolavano; mentre tentavano di ricomporsi sul bordo del lago, il ghiaccio cedeva, e annegavano quasi tutti.

«Questa sequenza è abbastanza realistica» commentò Lowe ridendo. «Pensi a quanti eserciti sono stati inghiottiti dalle steppe russe!»

Il resto del film era dedicato alla felice conclusione delle vicende amorose (anche i due buffi gregari si ebbero una bella ragazza ciascuno), e alla liberazione di Pskov. Fatto curioso, il principe si caricava in sella un gruppo di bambini per l'entrata trionfale, ma non dimostrava mai il benché minimo interesse per la compagnia femminile. Nel finale, Alexander declamava una tirata per annunciare il fato che incombeva su chiunque avesse tentato di invadere la Russia.

«Hanno cercato di farlo rassomigliare a Stalin, eh?»

«Anche» concesse Lowe. «L'uomo forte, il solitario, paterno benefattore... e che benefattore! In qualunque modo lo si possa vedere, questo rimane il miglior film propagandistico che sia mai stato realizzato. Il fatto clamoroso è che un anno dopo, quando la Russia e la Germania firmarono il patto di non aggressione, Eisenstein ricevette l'incarico di dirigere *La Valchiria* di Wagner. Potremmo chiamarla una penitenza per avere offeso la suscettibilità tedesca.»

«Diavolo, lei studia quella gente più di quanto lo faccia io, Chuck.»

Il colonnello Lowe estrasse una scatola di cartone da sotto la scrivania e cominciò a imballare i propri effetti personali. «Già. Vede, se si pensa di dover combattere qualcuno, tanto vale apprendere il più possibile su di lui.»

«Pensa dunque che dovremo veramente combatterlo, questo qualcuno?»

Lowe corrugò la fronte. «Ho avuto una dose sufficiente di guerra in Vietnam, ma siamo pagati per questo, no?»

Toland si alzò e si stiracchiò. Fra poco avrebbe dovuto guidare per quattro ore. «Colonnello, per questo mollusco è stato un piacere lavorare con lei.»

«E non è stato troppo male neppure per il testone qui presente. Senta, quando avrò sistemato la famiglia a Lejeune, perché non viene a trovarci qualche volta? È un posto fantastico per la pesca.»

«Inteso.» Si strinsero la mano. «Buona fortuna con il reggimento, Chuck.»

«Buona fortuna qui, Bob.»

Toland andò all'automobile. Aveva già caricato i bagagli, e partì veloce lungo il Terminal Boulevard verso la Interstate 64. La parte peggiore del percorso era il traffico in prossimità della galleria di Hampton Roads; passata questa, però, il flusso si normalizzava al consueto ritmo autostradale. Per tutto il tempo, durante il viaggio, la mente di Toland continuò a rivedere le scene del film di Eisenstein. Quella che ricorreva più di frequente era anche la più orrenda: a Pskov, un cavaliere teutonico con l'elmo da crociato strappava un bambino dalle braccia della madre e lo gettava nel fuoco. Chi poteva vedere una scena simile e non sentirsi rivoltare? Non c'era da stupirsi se il canto che chiamava a raccolta le moltitudini *Sorgi, popolo russo*, era stato un grande e autentico successo popolare per parecchi anni. Alcune scene gridavano vendetta, e proprio la vendetta era il tema dell'appassionata esortazione di Prokofiev a prendere le armi. Senza accorgersene, Toland si trovò a canticchiare il motivo. *Bell'ufficiale dei servizi segreti...* si disse sorridendo. *Ragiono come la gente che dovrei soltanto studiare... difendi la nostra nobile patria... za nashu zyemlyu chestnuyu*!

«Mi scusi, signore» disse l'impiegata del casello.

Toland scosse la testa. Aveva cantato ad alta voce? Allungò alla cassiera i settantacinque cents con un sorriso imbarazzato. Che cosa poteva aver pensato quella signora, a sentir cantare in russo un ufficiale della Marina americana?

Mosca, URSS

Era passata da poco mezzanotte quando l'autocarro transitò oltre il ponte Kemenny in direzione nord, verso la piazza Borovitskaya, per svoltare poi a destra in direzione del Cremlino. L'autista si fermò al primo posto di controllo. I documenti, naturalmente, erano in regola, per cui il camion fu autorizzato a passare. Anche al secondo sbarramento, vicinissimo al palazzo del Cremlino, i documenti furono trovati in ordine. Mancavano solo cinquecento metri all'ingresso di servizio dell'edificio dove aveva sede il Consiglio dei ministri.

«Cosa consegnate a quest'ora, compagni?» chiese il capitano dell'Armata Rossa.

«Materiali per pulizia. Venga, le faccio vedere.» L'autista scese e si diresse lentamente verso la parte posteriore del veicolo. «Non dev'essere male, stare qui di notte quando tutto è così tranquillo.»

«Vero» confermò il capitano. Ne aveva soltanto per un'ora e mezza, prima di smontare.

«Qui.» L'autista alzò il telone, scoprendo dodici latte di solvente industriale e una cassa di parti metalliche.

«Prodotti tedeschi?» Il capitano era stupito. Montava di guardia al Cremlino soltanto da due settimane.

«*Da.* I crucchi fanno delle macchine per pulizia molto efficienti, e i *vlasti* le usano. Questo è liquido per pulire i tappeti. Questo per le pareti dei bagni. Questo per le finestre. La cassa – ah, adesso l'apro.» Il coperchio venne via facilmente. «Come vede, compagno capitano, pezzi di ricambio per alcune macchine.» Fece un sorriso insulso. «Anche quelle fatte in Germania si guastano.»

«Apri una delle latte» ordinò il capitano.

«Subito, però l'odore non le piacerà. Quale vuole che apra?» L'autista prese in mano una piccola leva a palanchino.

«Quella lì.» Il capitano indicò una latta di prodotti per i bagni.

L'autista si mise a ridere. «La più puzzolente di tutte.» Stia indietro, compagno, non voglio spruzzarle questa brodaglia sulla divisa pulita.»

Il capitano era nuovo al servizio e, per eccesso di zelo, non si allontanò. *Bene*, pensò l'autista. Inserì sotto il coperchio della latta un'estremità della leva, poi diede un colpo sull'altra. Il coperchio volò, e il capitano fu investito da uno spruzzo.

«Merda!» Puzzava davvero.

«Glielo avevo detto, compagno capitano.»

«Che cos'è questa schifezza?»

«La usano per togliere la muffa dalle piastrelle. Verrà via dalla divisa, compagno capitano. Però veda di farla lavare a secco al più presto. Contiene acido, potrebbe corrodere la lana.»

Il capitano avrebbe voluto fare la voce grossa, ma l'uomo lo aveva avvisato, no? *La prossima volta saprò come regolarmi*, pensò. «Va bene, passa.»

«Grazie. Mi dispiace per la divisa. Non dimentichi di farla lavare.»

Il capitano fece segno a un soldato, e si allontanò. Il militare aprì il portone. L'autista e l'aiutante entrarono a prendere un carrello a due ruote.

«L'avevo avvisato» disse l'autista.

«Certo che l'hai fatto, compagno.» Il soldato trovava la cosa molto divertente. Anche lui stava per smontare, e non succedeva spesso di vedere un ufficiale nei guai.

L'autista guardò l'aiutante che caricava le latte sul carrello, e lo seguì mentre lo spingeva verso l'ascensore di servizio, poi ritornarono entrambi al camion per prendere l'altro materiale.

Salirono con il montacarichi al terzo piano, staccarono la corrente e portarono il materiale in un locale adibito a magazzino, proprio sotto la grande sala delle conferenze.

«È andata bene con il capitano» disse l'aiutante. «Adesso diamoci da fare.»

«Sì, compagno colonnello» rispose pronto l'autista. Le quattro latte di liquido per la pulizia dei tappeti avevano un doppio fondo che il tenente tolse e mise da parte. Poi estrasse le cariche esplosive. Il colonnello si era studiato a memoria la pianta dell'edificio. Le colonne di sostegno della costruzione erano agli angoli esterni della stanza. Le cariche furono applicate sul lato interno di ciascun pilastro e poi nascoste con le latte vuote dei detergenti posate davanti. Il tenente tolse due pannelli della falsa soffittatura, scoprendo le travi d'acciaio che sostenevano il pavimento del quarto piano. Fu lì che piazzarono le cariche rimanenti, rimettendo poi a posto gli elementi del soffitto. Le cariche avevano già i rispettivi detonatori attaccati. Il colonnello estrasse dalla tasca l'interruttore elettronico, ne verificò il dispositivo a tempo, e attese tre minuti prima di premere il pulsante che lo attivava. Le bombe sarebbero esplose esattamente otto ore dopo.

Il colonnello osservò il tenente mentre ripuliva il pavimento e riportava il carrello al montacarichi. Due minuti dopo uscirono dal palazzo. Il capitano era di nuovo al proprio posto.

«Compagno» disse all'autista. «Non dovresti far fare i lavori pesanti a questo vecchio. Dimostra un po' di rispetto.»

«Lei è gentile, compagno capitano.» Il colonnello, con un sorriso untuoso, tirò fuori dalla tasca una bottiglia di vodka da mezzo litro. «Posso offrire?»

L'atteggiamento sollecito del capitano cessò immediatamente. Un lavoratore che beveva in servizio, al Cremlino, poi! «Andate!»

«Buona giornata, compagno.» L'autista salì sul camion e lo mise in moto. Dovettero fermarsi di nuovo a tutti i posti di controllo, ma i documenti erano sempre in regola.

Usciti dal Cremlino, svoltarono a nord sul Marksa Prospekt e lo percorsero tutto fino al comando del KGB, al numero 2 della piazza Dzerzhinskiy.

Crofton, Maryland

«Dove sono i bambini?»

«A letto.» Martha Toland abbracciò il marito. Aveva indosso qualcosa di trasparente e sexy. «Li ho lasciati nuotare tutto il giorno, e stasera non riuscivano più a stare svegli.» Un sorriso provocante. Bob ricordava il primo di quei sorrisi, alla Sunset Beach di Ohau; lei aveva un surfboard e un succinto costume da bagno. Amava tuttora l'acqua, e stava sempre bene in bikini.

«Sento nell'aria qualcosa che rassomiglia a un programma... Perché?»

«Perché ritorni come un fantasma, maligno e sospettoso.» Martha andò in cucina e ritornò con una bottiglia di Lancers Rosé e due bicchieri ghiacciati. «Dovresti fare una doccia e distenderti un poco. Quando avrai finito potremo rilassarci.»

Un buon suggerimento. Ciò che seguì fu ancora meglio.

10

Ricorda, ricorda

Crofton, Maryland

Toland fu svegliato dallo squillo del telefono. Era ancora intontito per il vino e per il lungo viaggio da Norfolk. Ci vollero due squilli prima che fosse in grado di reagire con lucidità. La prima azione deliberata fu quella di guardare il display della radiosveglia. *Le fottute due del mattino!* pensò, convinto che fosse uno scherzo o che qualcuno avesse sbagliato numero. Alzò il ricevitore.

«Hello» borbottò.

«Il tenente di vascello Toland, per favore.»

Ahi. «Sono io.»

«Qui l'ufficiale di guardia al servizio informazioni del CINCLANT» disse la voce impersonale. «Lei ha l'ordine di rientrare immediatamente. Prego ripetere, comandante.»

«Tornare a Norfolk immediatamente. Capito.» Istintivamente Bob si mise a sedere, con i piedi nudi sul pavimento.

«Molto bene, comandante.» La comunicazione si interruppe.

«Che cosa c'è, caro?» chiese Martha.

«Hanno bisogno di me a Norfolk.»

«Quando?»

«Subito.» La risposta la svegliò del tutto. La coperta le scivolò giù dal petto; il chiaro di luna che entrava dalla finestra dava alla sua pelle un pallore etereo.

«Ma sei appena arrivato!»

«Come se non lo sapessi.» Bob si alzò e raggiunse a tentoni il bagno. Doveva fare una doccia e bere del caffè, se voleva arrivare a Norfolk sano e salvo. Quando, poco dopo, ritornò in camera da letto insaponandosi il viso, vide che Martha aveva acceso il televisore e stava ascoltando le notizie del programma via cavo.

«Bob, faresti bene a sentire.»

«Vi parla Rich Suddler in diretta dal Cremlino» disse un giornalista che indossava un blazer blu. Alle sue spalle Bob poté vedere le severe mura di pietra dell'antica cittadella fortificata da Ivan il Terribile, pattugliata da militari in tenuta da combattimento. Toland smise di radersi e si avvicinò al televisore. Stava capitando qualcosa di molto strano. Un'intera compagnia di soldati armati all'interno del Cremlino poteva significare molte cose, tutte cattive. «C'è stata un'esplosione nel palazzo del Consiglio dei ministri qui a Mosca. Verso le nove e trenta di questa mattina, mentre stavamo registrando un servizio a meno di mezzo miglio da qui, siamo stati sorpresi da un forte rumore proveniente dalla nuova costruzione in vetro e acciaio, e...»

«Rich, qui Dionna McGee dallo studio.» L'inquadratura di Suddler e del Cremlino si rimpicciolì in un angolo del teleschermo, mentre il regista mandava in onda l'immagine della bella annunciatrice nera che coordinava i programmi notturni della CNN, la Cable Network News. «Immagino che ci fosse con te qualcuno del personale di sicurezza sovietico quando è successo il fatto. Quali sono state le reazioni?»

«Dionna, posso fartele vedere se resti in linea per un attimo, mentre i tecnici fanno partire l'ampex. Io...» Si premette la cuffia contro le orecchie. «Okay, parte adesso, Dionna...»

La registrazione subentrò alla diretta. L'immagine era statica, e occupava tutto il video. Si vedeva Suddler cristallizzato a metà di un gesto rivolto verso qualcuno o qualcosa. Magari, pensò Toland, additava la parte del muro dove c'erano le tombe dei comunisti più importanti. L'ampex cominciò a scorrere.

Per prima cosa, si vide Suddler fare un salto indietro e girarsi di colpo, mentre il fragore di un'esplosione echeggiava nella piazza. L'istinto professionale fece voltare subito il cameraman verso il punto da cui proveniva il rumore; l'immagine tremò, poi la lente mise a fuoco un globo di fumo e di polvere che si allargava fuori dall'edificio. Era un palazzo moderno, che contrastava vistosamente con lo stile prevalentemente slavo-rococò del complesso del Cremlino. Poi lo *zoom* riprese la scena da vicino. Da tre piani del palazzo era crollata la parete di vetro. La telecamera riprese un grande tavolo di riunione mentre cadeva da una lastra del pavimento che, a sua volta, sembrava pendere dai ferri del cemento armato. Fu poi inquadrato il pianterreno, dove si vedeva chiaramente un corpo umano, e se ne indovinava un altro più in là, insieme a diverse automobili schiacciate dalle macerie.

Nel giro di pochi secondi, la piazza fu piena di uomini in uniforme, mentre arrivavano diverse vetture di servizio. Una figura sfuocata, certamente un uomo in divisa, ostruì l'obiettivo. La registrazione finì, e Rich Suddler ricomparve sul video con la didascalia IN DIRETTA nell'angolo basso a sinistra.

«Bene, a questo punto il capitano della milizia che ci scortava – la milizia è l'equivalente sovietico di, beh, vediamo, della polizia di uno Stato negli USA – il capitano, dicevo, ci ha fatto interrompere la registrazione e ha sequestrato la cassetta. Non ci è stato consentito di riprendere i camion dei pompieri e le diverse centinaia di militari armati che sono giunti dopo, e stanno ora sorvegliando l'intera zona. La cassetta ci è stata restituita, e adesso siamo in grado di mandarvi questa immagine in diretta del palazzo, dopo che l'incendio è stato spento. Onestamente non posso dare torto all'ufficiale – per qualche minuto la situazione è stata molto tesa.»

«Sei stato minacciato in qualche modo, Rich? Voglio dire, ti hanno trattato come se pensassero che tu...»

Suddler scosse energicamente il capo.

«Assolutamente no, Dionna. Per la verità, sembrava che si preoccupassero soprattutto della nostra sicurezza. In questo momento abbiamo con noi, oltre al capitano della milizia, anche un reparto di fanteria, e l'ufficiale che lo comanda ha tenuto a dire che è qui per proteggerci. Non siamo stati autorizzati ad avvicinarci al luogo dell'incidente e, ovviamente, neppure a lasciare la zona, ma tanto saremmo rimasti in ogni caso. La cassetta ci è stata restituita proprio qualche minuto fa, con l'autorizzazione a mandare in onda questa trasmissione dal vivo.»

La telecamera inquadrò l'edificio. «Come potete vedere, circa cinquecento persone fra vigili del fuoco, agenti di polizia e militari stanno facendo ordine alla meno peggio fra le macerie, cercando altri corpi. A destra abbiamo una équipe della TV sovietica intenta a fare le stesse riprese.» Toland esaminò attentamente le immagini sul teleschermo. L'unico corpo che riuscì a vedere sembrava terribilmente piccolo, ma forse dipendeva dalla distanza e dalla prospettiva.

«Dionna, siamo spettatori del primo grave episodio di terrorismo nella storia dell'Unione Sovietica...»

«Da quando quei bastardi sono saliti al potere» sbottò Toland.

«Sappiamo che è stata fatta esplodere una bomba nel palazzo del Consiglio dei ministri, almeno, così ci dicono... È accertato che si tratta di una bomba, non di un incidente. Inoltre, sappiamo che ci sono di sicuro tre morti, e forse quaranta o cinquanta feriti.

«La cosa interessante è che il Politburo aveva programmato una riunione in questa sede, pressappoco all'ora in cui è avvenuta l'esplosione.»

«Porco diavolo!» Toland posò la bomboletta della schiuma da barba sul comodino, con la mano ancora insaponata.

«Puoi dirci se fra i morti o i feriti figura qualcuno del Politburo?» chiese prontamente Dionna.

«No, Dionna. Vedi, siamo a circa quattrocento metri di distanza, e le alte personalità del Cremlino giungono in automobile, il che significa che entrano da un altro cancello sul lato opposto della fortezza. Così, non abbiamo saputo del loro arrivo, ma il capitano della milizia sì, e se l'è praticamente lasciato scappare. Le parole esatte sono state: "Dio santo, c'è il Politburo lì dentro!".»

«Rich, puoi dirci come è stata la reazione a Mosca?»

«È troppo presto per fare valutazioni, Dionna. Ci siamo trovati qui a seguire una storia che è ancora in corso di svolgimento. La reazione delle Guardie del Cremlino è stata quella che puoi immaginare e che avrebbero avuto i nostri servizi segreti – un misto di orrore e di rabbia. Tengo a chiarire che la collera non è diretta contro qualcuno, certamente non contro gli americani. Ho detto all'ufficiale della milizia che mi trovavo al Campidoglio di Washington nel 1979 quando fu fatta esplodere la bomba, sai, il caso Weathermen. L'ufficiale mi ha risposto che il comunismo, a quanto pare, si sta allineando con il capitalismo, e l'Unione Sovietica sta allevando una bella generazione di teppisti. Il fatto che un ufficiale di polizia si lasci andare pubblicamente a un commento così esplicito su un argomento normalmente considerato tabù, ti dà la misura di come stanno prendendo seriamente la faccenda. In conclusione, se dovessi scegliere una parola per descrivere la reazione qui, userei il termine "shock".

«Riassumiamo quello che sappiamo sull'argomento: c'è stata l'esplosione di una bomba all'interno delle mura del Cremlino, forse un tentativo di eliminare il Politburo benché, tengo a sottolinearlo, non ne siamo affatto sicuri. La polizia ci ha confermato che i morti sono almeno tre, e che oltre quaranta feriti stanno ricevendo ora le prime cure negli ospedali della zona. Torneremo a dare notizie nel corso della giornata man mano che ne sapremo di più. Un saluto da Rich Suddler della CNN, in diretta dal Cremlino.» La linea ritornò allo studio.

«Avete visto un altro servizio esclusivo della Cable Network News.» Dionna, l'annunciatrice, sorrise. Vi fu una dissolvenza, poi il video inquadrò la pubblicità della Birra Lite. Martha si alzò e si infilò una vestaglia.

«Vado a preparare il caffè.»

«Porco diavolo!» ripeté Toland. Ci mise più tempo del solito a radersi, guardandosi gli occhi anziché le guance, per cui si tagliò due volte: Si vestì in fretta. I bambini erano ancora addormentati. Decise di non svegliarli.

Quaranta minuti dopo era in auto diretto a sud, lungo la 301, con i vetri abbassati per fare entrare l'aria fresca della notte, e la radio sintonizzata su una stazione che trasmetteva notizie non-stop. Non era difficile capire che cosa stava capitando nei circoli militari USA. Era scoppiata una bomba, probabilmente nel Cremlino. Toland ricordò a se stesso che i giornalisti a corto di grossi titoli, e i telecronisti a caccia di *scoop*, spesso non avevano il tempo di verificare i fatti. E se fosse stata una tubazione del gas? Sempre che a Mosca avessero il gas. Se fosse stata una bomba, i sovietici avrebbero sicuramente pensato, d'istinto, che l'Occidente c'entrava in qualche modo, quale che fosse l'opinione di Suddler, e avrebbero instaurato una condizione più avanzata di all'erta. L'Occidente avrebbe automaticamente fatto lo stesso, in previsione di possibili azioni sovietiche. Niente di troppo ovvio, per non aggiungere provocazioni: essenzialmente una manovra condotta dai servizi segreti. I sovietici avrebbero capito. Era così che si giocava la partita, più dalla loro parte che dalla nostra, rifletté Toland, ricordando i tentativi di assassinio di vari presidenti americani.

E se lo pensassero per davvero, i russi, che c'è lo zampino degli Stati Uniti? si chiese. Ma no, si corresse, dovevano pur sapere che nessuno era pazzo fino a quel punto. O non lo sapevano?

Norfolk, Virginia

Guidò per altre tre ore, rimpiangendo di non avere bevuto più caffè e meno vino, ascoltando la radio per tenersi sveglio. Arrivò poco dopo le sette, all'ora normale d'inizio del lavoro. Fu sorpreso di trovare il colonnello Lowe alla scrivania.

«Non mi devo presentare a Lejeune fino a martedì, per cui ho deciso di restare e dare un'occhiata a questa faccenda. Fatto buon viaggio?»

«Sono arrivato vivo, ed è tutto ciò che posso dire. Cosa diavolo sta capitando?»

«Le piacerà.» Lowe sventolò un telex. «Abbiamo rubato questo alla Reuter mezz'ora fa, e la CIA conferma – il che vuol dire che lo ha rubato anche lei – che il KGB ha arrestato un certo Gerhardt Falken, cittadino della Germania Federale, sotto l'accusa di avere fatto scoppiare una bomba nel maledetto Cremlino!» Il marine emise un lungo sospiro. «Ha mancato i pezzi grossi, ma adesso dicono che fra le vittime vi sono sei "giovani ottobristi" – guarda caso, di Pskov – che stavano portando un saluto al Politburo. Dei bambini. Guai grossi in vista!»

Toland scosse il capo. Non poteva andare molto peggio di così. «Dicono che è stato un tedesco a farlo?»

«Un tedesco occidentale» rettificò Lowe. «I servizi segreti della NATO stanno già facendo i salti mortali per scoprire chi è. Il comunicato ufficiale sovietico dà il nome e l'indirizzo – un qualche sobborgo di Brema – e anche l'attività professionale: titolare di una piccola ditta di import-export. Nient'altro sull'argomento, salvo il fatto che il Ministero degli Esteri russo auspica "che il deplorevole atto di terrorismo internazionale" non comprometta in alcun modo la Conferenza sugli armamenti in corso a Vienna. Il ministro aggiunge poi che, pur non credendo che Falken abbia agito in proprio, non ha "alcun desiderio" di credere che noi ci entriamo per qualche verso.»

«Ottimo. Sarà un vero peccato perderla quando ritornerà al reggimento, Chuck. Ha un modo così elegante di scegliere le citazioni giuste!»

«Comandante, forse di quel reggimento ci sarà bisogno abbastanza presto. Tutta la faccenda, per conto mio, sa di pesce marcio. Ieri sera l'ultimo film del ciclo di Eisenstein, l'*Alexander Nevsky*, nuova edizione digitalizzata, nuova colonna sonora, e qual è il messaggio? "Popolo russo, sorgi, arrivano i tedeschi!" Questa mattina, la notizia di sei piccoli russi morti, venuti proprio da Pskov, e si accusa un tedesco di avere piazzato la bomba. La sola cosa che non mi sfagiola è la mancanza di sottigliezza.»

«Può darsi» disse Toland meditabondo. Parlava come un avvocato del diavolo convinto solo a metà. «Crede che si potrebbe "vendere" questa combinazione di fattori ai giornali o a qualcun altro a Washington? Troppo folle, troppo pieno di coincidenze – e se fosse sottile, ma sottile alla rovescia? D'altronde, lo scopo della manovra non sarebbe di convincere noi, ma i cittadini russi. Si potrebbe certo dire che funziona nei due sensi. Ci vede una logica, Chuck?»

Lowe fece cenno di sì. «Abbastanza per fare qualche verifica. Andiamo a fiutare un poco intorno. Primo, vorrei che lei chiamasse il CNN ad Atlanta per sentire da quanto tempo questo Suddler sta cercando di mettere insieme un servizio sul Cremlino. Con quanto anticipo, quando ha avuto l'approvazione, di quali tramiti si è servito per arrivarci, e se il progetto è stato approvato da qualcuno, oltre che dal suo contatto ordinario nella stampa.»

«Fermo là» disse Toland ad alta voce. Stava cercando di capire se lui e Lowe erano in gamba... o clinicamente paranoici. Sapeva come l'avrebbe pensata parecchia gente.

«Non si può far passare una copia di *Penthouse* in Russia senza usare la valigia diplomatica, e adesso vorrebbero farci credere che un tedesco, dopo aver contrabbandato una bomba in URSS, ha tentato di far saltare in aria il Politburo?»

«Potremmo farlo, noi?» si chiese Toland ad alta voce.

«Se alla CIA fossero tanto pazzi da tentare il colpo? Dio buono, è un po' più che essere pazzi.» Lowe scosse il capo. «Secondo me, non potrebbe farlo nessuno, neanche i russi. Con ogni probabilità, hanno un sistema di protezione articolato: apparecchiature a raggi X, cani, un paio di centinaia di guardie dipendenti da comandi diversi, l'esercito, il KGB, l'MVD, forse anche la milizia. Diavolo, Bob, sa come sono isterici verso il loro stesso popolo! Come pensa che siano nei confronti dei tedeschi?»

«E così, non possono dire che si tratta di un pazzo che agisce per conto suo.»

«Il che lascia...»

«Già.» Toland allungò la mano verso il telefono per chiamare il CNN.

Kiev, Ucraina

Bambini! Per poco Alekseyev non parlò ad alta voce. *Per fare la* maskirovka *il Partito assassina dei bambini! I nostri figli! A che punto siamo arrivati!*

A che punto sono arrivato io? Se posso razionalizzare l'assassinio giudiziario di quattro colonnelli e di alcuni soldati, perché mai il Politburo non può fare fuori qualche ragazzo?... Alekseyev si disse che c'era una differenza.

Anche il generale era pallido, mentre spegneva la televisione. «"Sorgi, popolo russo." Dobbiamo mettere da parte questi pensieri, Pasha. È difficile, però dobbiamo. Lo Stato non è perfetto, ma dobbiamo servirlo comunque.»

Akekseyev osservò il comandante con attenzione. Il generale aveva detto quelle parole con voce strozzata. Si stava già allenando a come usarle con le poche persone chiave che avrebbero appreso questa ignominia, ma dovevano continuare a compiere il proprio dovere, come se niente fosse. *Verrà il giorno della resa dei conti*, si disse Pasha, *per tutti i crimini commessi in nome del Progresso Socialista.* Si chiese se sarebbe vissuto abbastanza a lungo per assistervi, e concluse che probabilmente non ce l'avrebbe fatta.

Mosca, URSS

A questo è arrivata la Rivoluzione, pensò Sergetov guardando le macerie. Il sole era ancora alto nel tardo pomeriggio. I vigili del fuoco e i soldati avevano quasi finito di rimediare allo sfacelo come meglio potevano, caricando le macerie su autocarri a pochi metri da dove si trovava Sergetov. Aveva l'abito impolverato. *Dovrò farlo ripulire*, pensò mentre osservava la settima piccola salma che veniva sollevata con delicatezza tardiva e del tutto fuori posto. Mancavano notizie di uno dei ragazzi, e aleggiava ancora qualche fievole speranza. Lì vicino c' era un medico dell'esercito, in uniforme, le mani tremanti che stringevano garze e antisettici. Un maggiore di fanteria, alla sua sinistra, piangeva dalla rabbia. Certamente un padre di famiglia.

C'erano anche le telecamere, naturalmente. *Una lezione imparata dai media americani*, pensò Sergetov osservando gli addetti che si aprivano la strada di forza per riprendere ogni macabro particolare a beneficio del telegiornale della sera. Si stupì nel vedere una équipe televisiva americana accanto a quella russa. *E così, abbiamo trasformato l'eccidio di massa in uno spettacolo per il grande pubblico internazionale.*

Sergetov era troppo adirato per lasciar trasparire le proprie emozioni. *Poteva toccare a me*, pensò. *Arrivo sempre presto alle riunioni del martedì. Lo sanno tutti. Le guardie, gli impiegati, certamente i compagni del Politburo. E così, questa è la penultima scena della* maskirovka. *Per motivare, per guidare il popolo, dobbiamo fare questo. Era previsto che ci fosse un membro del Politburo sotto le macerie?* si domandò. *Uno dei "candidati", naturalmente.*

Mi sbaglio di sicuro, si disse. Una parte della mente esaminava la questione con gelida obiettività, mentre l'altra pensava ai rapporti di amicizia con alcuni dei membri effettivi del Politburo. Non sapeva che cosa pensare: strana situazione per un dirigente del Partito.

Norfolk, Virginia

«Io sono Gerhardt Falken» disse l'uomo. «Sono entrato in Unione Sovietica sei giorni fa dal porto di Odessa. Da dieci anni sono un agente del *Bundesnachrichtendienst*, il servizio segreto del governo tedesco occidentale. Avevo il compito di eliminare il Politburo durante la seduta del martedì mattina, mediante una bomba collocata in un ripostiglio immediatamente sotto la sala delle conferenze, al quarto piano, in cui si riunisce.» Lowe e Toland guardavano la televisione completamente ipnotizzati. Era perfetto. Quel Falken parlava un russo impeccabile, con la precisione di sintassi e di dizione che gli stessi insegnanti sovietici cercavano di acquisire. L'accento era quello di Leningrado.

«Esercito da parecchi anni un'attività di import-export a Brema, e mi sono specializzato nel commercio con l'Unione Sovietica. Sono stato parecchie volte in URSS, e in tali occasioni ho usato la mia copertura commerciale per dirigere agenti che avevano la missione di indebolire e spiare il Partito sovietico e le infrastrutture militari.»

L'obiettivo lo riprese in primo piano. E Falken leggeva con voce monotona un testo scritto, alzando di rado gli occhi verso le telecamere. Su un lato del viso, dietro gli occhiali, era visibile una grossa contusione. Mentre voltava pagina, gli tremarono leggermente le mani.

«Si direbbe che gliele abbiano suonate un po'» osservò Lowe.

«Interessante» rispose Toland. «Ci rendono noto che pestano la gente.»

«Un tipo che fa fuori dei ragazzi? Puoi anche bruciarlo sul rogo, tanto, chi spenderebbe una parola a suo favore? La cosa è stata premeditata seriamente, amico.»

«Voglio che sia ben chiaro» continuò Falken con voce più ferma «che non avevo intenzione di colpire dei bambini. Il Politburo era un bersaglio politico legittimo, ma il mio paese non fa la guerra a dei ragazzini.»

Voci di protesta si levarono fuori dal campo della telecamera. Come per intuito, la cinepresa indietreggiò a mostrare due uomini del KGB in uniforme, dal viso impassibile, che stavano a fianco di Falken. Il pubblico era composto da una ventina di persone in abiti civili.

«Perché è venuto nel nostro paese?» domandò uno di loro.

«L'ho già detto.»

«Perché mai il suo paese desidera uccidere i capi del nostro Partito?»

«Io sono una spia» rispose Falken. «Eseguo gli incarichi. Non faccio quel tipo di domande. Obbedisco agli ordini.»

«Come è stato catturato?»

«Sono stato arrestato alla stazione ferroviaria Kiev. Non mi è stato detto come sono stato catturato.»

«Furbo» commentò Lowe.

«Si è definito una spia» aggiunse Toland. «Ma questa è una cosa che nessuno fa. Le spie si definiscono "funzionari". Un

”agente” è uno straniero che lavora per te, una ”spia” è un nemico. Usano gli stessi termini che usiamo noi.»

La relazione della CIA/DIA arrivò un'ora più tardi per telex.

GERHARDT EUGEN FALKEN. ETÀ QUARANTAQUATTRO ANNI. NATO A BONN. HA STUDIATO ALLE SCUOLE PUBBLICHE RIPORTANDO BUONI VOTI, MA LA SUA FOTOGRAFIA È SCOMPARSA DALLA PUBBLICAZIONE ANNUALE DEL LICEO. SERVIZIO MILITARE DI LEVA IN UN BATTAGLIONE TRASPORTI, I CUI ARCHIVI SONO ANDATI DISTRUTTI NELL'INCENDIO DELLA CASERMA DODICI ANNI FA; TRA GLI EFFETTI PERSONALI È STATO TROVATO IL REGOLARE CONGEDO. LAUREATO IN LETTERE CON BUONI VOTI, MA ANCHE QUI NIENTE FOTOGRAFIE. TRE PROFESSORI CHE GLI HANNO DATO PUNTEGGI ”B”, UN LIVELLO APPENA SOTTO L'OTTIMO, APPARENTEMENTE NON SI RICORDANO DI LUI. PICCOLA DITTA DI IMPORT-EXPORT. DA DOVE SONO ARRIVATI I SOLDI PER METTERLA SU? NESSUNO HA SAPUTO RISPONDERE A QUESTA DOMANDA. ABITAVA A BREMA, DOVE CONDUCEVA UNA VITA QUIETA, MODESTA, SOLITARIA. CORDIALE, MA CON MODERAZIONE. SALUTAVA I VICINI, PERÒ SENZA FAMILIARIZZARE. BUON PRINCIPALE PER I DIPENDENTI: ”MOLTO CORRETTO”, LO HA DEFINITO L'ANZIANA SEGRETARIA. HA VIAGGIATO PARECCHIO. IN BREVE, MOLTI SANNO CHE È ESISTITO, QUALCUNO HA AVUTO RAPPORTI CON LA SUA DITTA, MA NESSUNO SA VERAMENTE QUALCOSA SU DI LUI.

«Immagino già quello che scriveranno i giornali: è come se quest'uomo avesse la scritta ”CIA” stampata addosso.» Toland infilò il messaggio telex in una cartella. Doveva riferire al CINCLANT entro un'ora... per dirgli cosa?

«Gli dica che i tedeschi stanno per attaccare la Russia. Chi lo sa, forse questa volta finiscono per prendere Mosca.»

«Non scherzi, Chuck!»

«Okay, magari è solo un'operazione intesa a destabilizzare la Russia, per poi riunificare la Germania una volta per tutte. Questo, almeno, è ciò che stanno dicendo i sovietici.» Lowe guardò fuori dalla finestra. «Ci troviamo di fronte a una classica sceneggiata dei servizi segreti. Quel Falken è nient'altro che il ”convitato di pietra”. Nessuno al mondo può dire chi è, da dove viene, e tanto meno per chi lavora, a meno che non scoppi qualcosa di grosso, e io sono pronto a scommettere che non scoppierà. Sappiamo, o pensiamo, che i tedeschi non sono così pazzi, ma la sola prova esistente punta il dito verso di loro. Dica all'ammiraglio che sta capitando qualcosa di brutto.»

Toland fece esattamente così, con il risultato di avere quasi la testa tagliata da un ufficiale di Stato Maggiore che voleva e pretendeva informazioni più dettagliate.

Kiev, Ucraina

«Compagni, fra due settimane inizieremo le operazioni offensive contro le forze terrestri della NATO» esordì Alekseyev. Passò poi a spiegare le ragioni. I comandanti di corpo d'armata e di divisione accettarono le informazioni con volto impassibile. «Il pericolo per lo Stato è uno dei più gravi che abbiamo dovuto affrontare in circa quarant'anni. Abbiamo usato gli ultimi quattro mesi per mettere in forma l'esercito. Voi e i vostri subordinati avete dato il massimo, e posso solo dire che sono orgoglioso di essere stato vostro commilitone.

«Lascerò la solita arringa del Partito ai commissari politici dei singoli gruppi.» Alekseyev si permise un unico sorriso in tutto il discorso. «Noi siamo ufficiali professionisti dell'esercito sovietico. Sappiamo qual è il nostro compito. Sappiamo perché ci è stato affidato. La vita della *Rodina* dipende dalla nostra capacità di portare a buon fine la missione. Tutto il resto non conta» concluse. *Col cavolo che non conta...*

11

Ordine di combattimento

Shpola, Ucraina

«Può procedere, compagno colonnello» disse Alekseyev sul proprio circuito radio.» Non disse *Prova a prendermi in giro, e ti ritroverai a contare alberi!* Il generale era cinquecento metri a ovest del posto di comando reggimentale. Con lui erano l'aiutante di campo e il membro del Politburo Mikhail Sergetov. *Come se avessi del tempo da perdere*, pensò tetro il generale.

Cominciò l'artiglieria. Prima si videro i lampi, poi si udì lo schianto delle detonazioni. I cannoni sparavano da dietro una collina, a tre chilometri di distanza. I proiettili descrivevano una parabola alla loro sinistra, e nell'attraversare l'aria producevano un suono come di tela strappata. Il fragore dava i brividi all'uomo del Partito. *Un altro civile pusillanime*, pensò Alekseyev.

«Non mi è mai piaciuta questa musica» disse laconicamente Sergetov.

«L'ha già sentita prima, compagno ministro?» s'informò il generale con sollecitudine.

«Ho fatto quattro anni di servizio in un reggimento di fanteria motorizzata» rispose. «E non sono mai arrivato ad avere fiducia nei camerati addetti alle tavole di tiro. Sciocco da parte mia, lo so. La prego di scusarmi, generale.»

Poi vennero i carri armati. I tre uomini osservarono con il binocolo i grandi carri che emergevano dai boschi, vere apparizioni da incubo, con i lunghi cannoni che vomitavano fiamme man mano che avanzavano attraverso il terreno ondulato della zona dell'esercitazione. Frammisti ai carri armati vi erano i veicoli da combattimento della fanteria. Giunsero infine gli elicotteri, che calarono sugli obiettivi da destra e da sinistra, lanciando missili guidati contro le sagome di bunker e di veicoli corazzati.

Questa volta, però, l'obiettivo in cima alla collina era quasi nascosto dalle esplosioni e dai getti di terriccio sollevati dal bombardamento. Chiunque fosse là in quel momento, doveva avere vita dura. Anche a stare acquattati in una buca piccola e profonda, o in un carro defilato al fuoco, il martellamento dell'artiglieria doveva essere terrificante. Di certo lo era quanto bastava per distrarre gli addetti alle armi, per assordare quelli delle comunicazioni, forse addirittura per bloccare gli ufficiali che si trovavano lassù. Chissà. Ma come sarebbe stato il fuoco di ritorsione delle artiglierie nemiche? Senza contare gli elicotteri, e gli aerei anticarro che avrebbero potuto scagliarsi sui battaglioni corazzati. Quante incognite in battaglia, quante ragioni per giocare d'azzardo, e quante per non farlo! E se ci fossero stati i tedeschi, su quella collina? Erano stati storditi dal rumore, i tedeschi, alle porte di Berlino nel 1945? Si erano mai fatti frastornare, loro?

Ci vollero una decina di minuti perché i carri e i mezzi della fanteria giungessero alla sommità dell'altura. L'esercitazione era terminata.

«Molto ben eseguita, compagno generale!» Sergetov si tolse i paraorecchi. Era una buona cosa essere via da Mosca, anche solo per qualche ora. Perché mai, pensò, si sentiva più a proprio agio qui che nella sua sede abituale? Era a causa di quell'uomo? «Se ben ricordo, la norma per questa specifica esercitazione è di quattordici minuti. I carri armati e i mezzi della fanteria hanno collaborato bene. Non avevo mai visto prima gli elicotteri armati in funzione, e li ho trovati impressionanti.»

«Il miglioramento più sostanziale è stato la coordinazione fra l'artiglieria e la fanteria nella fase finale dell'assalto. Prima d'ora, aveva fatto pena. Questa volta è andata bene – ma è un affiatamento difficile.»

«Lo so bene» disse Sergetov ridendo. «La mia compagnia non ha mai avuto danni da quel tipo di "affiatamento", però è successo a due miei amici, fortunatamente senza conseguenze letali.»

«Mi perdoni la franchezza, compagno ministro, ma è bello constatare che i membri del Politburo hanno servito lo Stato anche indossando l'uniforme. Rende più facili le comunicazioni per noi, poveri soldati.» Alekseyev sapeva che non fa mai male avere amici a corte, e Sergetov sembrava una persona per bene.

«Ho due figli. Il maggiore ha terminato il servizio militare l'anno scorso. Il secondo andrà anche lui sotto le armi appena finita l'università.»

Non succedeva spesso al generale di stupirsi in quel modo. Alekseyev abbassò il binocolo per rivolgere un rapido sguardo all'uomo del Partito.

«Non ha bisogno di dirlo, compagno generale» lo prevenne Sergetov con un sorriso. «So bene che sono troppo pochi i figli dei funzionari del Partito che fanno come i miei ragazzi. Ho già preso posizione contro questo stato di cose. Chi vuole comandare deve prima servire. E adesso avrei qualche domanda per lei.»

«Mi segua, compagno ministro, parleremo da seduti.» I due uomini andarono al carro comando di Alekseyev. L'aiutante mise in libertà l'equipaggio del veicolo e se ne andò anch'egli, lasciando i due superiori soli nel mezzo per trasporto truppe convertito. Il generale estrasse un thermos da un armadietto e versò il liquido fumante in due tazze metalliche.

«Alla sua salute, compagno ministro.»

«E alla sua, compagno generale.» Sergetov bevve un sorso, quindi posò la tazza sul tavolo coperto di carte topografiche. «Fino a che punto siamo pronti per Uragano Rosso?»

«Da gennaio a oggi c'è stato un considerevole miglioramento. Gli uomini sono in forma. Si sono esercitati in modo continuativo ai rispettivi compiti. In tutta franchezza, preferirei avere altri due mesi; comunque, posso dire che, sì, siamo pronti.»

«Ben detto, Pavel Leonidovich. Adesso, vogliamo raccontarci la verità?»

Sergetov aveva accompagnato questa frase con un sorriso, ma Alekseyev fu subito in guardia. «Non sono uno sciocco, compagno ministro. Mentire a lei sarebbe follia.»

«Nel nostro paese, la verità è spesso una follia ancora più grande. Parliamoci francamente. Io sono un membro candidato del Politburo. Ho il potere, sì, ma lei e io ne conosciamo i limiti. In questo momento, con le forze armate ci siamo soltanto noi candidati, con il compito di riferire ai membri effettivi. Lei potrebbe anche desumere qualche significato dal fatto che sono qui con lei, e non in Germania.»

Questo non è completamente vero, si disse Alekseyev. L'unità sarebbe partita per la Germania entro tre giorni, ed era quello il motivo per cui il membro del Partito si trovava lì.

«Siamo veramente pronti, compagno generale? Vinceremo?»

«Se realizziamo la sorpresa strategica e se la *maskirovka* riesce, sì, credo che dovremmo vincere» disse Alekseyev con cautela.

«Non "vinceremo di sicuro"?»

«Compagno ministro, ha portato una divisa anche lei. Sul campo di battaglia non vi sono certezze. Il valore di un esercito non può essere misurato fino a quando non ha provato il gusto del sangue, e il nostro non lo conosce ancora. Abbiamo fatto tutto quello che siamo in grado di fare perché sia pronto...»

«Ha detto che avrebbe voluto avere ancora due mesi» puntualizzò Sergetov.

«Un compito come questo non è mai finito. Vi sono sempre dei miglioramenti da apportare. Soltanto un mese fa abbiamo avviato il programma di sostituzione di alcuni ufficiali superiori a livello di battaglione e di reggimento con altri più giovani ed energici. Sta funzionando ottimamente, però a diversi di questi giovani capitani con incarico di maggiore non farebbe male un po' di acclimatazione alle nuove responsabilità.»

«Così, ha ancora dei dubbi?»

«Ci sono sempre dubbi, compagno ministro. Combattere una guerra non è un esercizio matematico. Abbiamo a che fare con persone, non con dei numeri. I numeri hanno un tipo speciale di perfezione. Le persone restano persone, qualsiasi cosa cerchiamo di far fare loro.»

«Questo mi piace, Pavel Leonidovich, mi piace molto. Ho trovato un uomo onesto.» Sergetov brindò al generale con la tazza di tè. «Ho chiesto io di venire qui. Un collega del Politburo, Pyotr Bromkovskiy, mi ha parlato di suo padre.»

«Lo zio Petya? Era commissario alla divisione di mio padre al tempo della marcia su Vienna. Veniva spesso a trovarci a casa quando ero ragazzo. Sta bene?»

«No, è vecchio e malato. Dice che l'attacco all'Occidente è una pazzia. Vaneggiamenti senili, forse, però ha un curriculum di guerra altamente rispettabile. Per questo desidero avere da lei una valutazione delle probabilità. Non riferirò sul suo conto, generale. Troppe persone hanno paura a parlare sinceramente con noi del Politburo, ma questo è il momento della verità. Ho bisogno della sua opinione professionale. Io ho fiducia in lei, ma anche lei deve fidarsi di me se affermo che quello che mi dirà non sarà usato a suo danno. Il discorso di Sergetov, che era iniziato in tono di preghiera, alla fine suonò come un secco comando.

Alekseyev fissò l'ospite diritto negli occhi. Il fascino se n'era andato, ormai. Gli occhi erano azzurri come il ghiaccio. C'era un pericolo, in essi, anche per un generale, ma quello che Sergetov aveva detto era vero.

«Compagno, noi progettiamo una campagna veloce. Le previsioni – più caute di quelle di cinque anni fa – dicono che possiamo arrivare al Reno in due settimane. La NATO è più pronta adesso, e ha migliorato soprattutto la capacità di difesa anticarro. Secondo me, tre settimane sono una valutazione più realistica, sempre in funzione del grado della sorpresa tattica e dei molti imponderabili della guerra.»

«Quindi la chiave è la sorpresa?»

«Sempre» rispose Alekseyev senza esitare. Stava citando esattamente la dottrina sovietica. «La sorpresa tattica nelle operazioni belliche è un'arte. In linea di massima, può essere realizzata da qualsiasi comandante di unità esperto. Quella strategica, invece, viene attuata a livello politico. È la sua missione, non la mia, ed è molto più importante di qualunque cosa che possiamo fare noi dell'esercito. Con una effettiva sorpresa strategica, e sempreché la *maskirovka* funzioni, quasi certamente vinceremo sul campo di battaglia.»

«E in caso negativo?»

Avremo assassinato otto bambini per niente, pensò Alekseyev. Che parte aveva avuto il suo cortese interlocutore nella vicenda? «In quel caso potremmo fallire. Ora, vorrebbe rispondere lei a una mia domanda? Possiamo dividere politicamente la NATO?»

Sergetov alzò le spalle, seccato di essere stato preso in una delle proprie trappole. «Come ha detto lei, Pavel Leonidovich, vi sono molti imponderabili. Se l'impresa fallisce, che cosa succede?»

«La guerra diventerà una prova di volontà e una questione di riserve. Dovremmo vincere. È molto più facile per noi rinforzare le truppe. Abbiamo più uomini addestrati, più carri armati, più aerei vicino al luogo dell'azione, che non la NATO.»

«E l'America?»

«L'America è dall'altra parte dell'Oceano. I nostri piani prevedono il blocco dell'Atlantico. Loro possono mandare truppe all'Europa con un ponte aereo, ma soltanto truppe, non armi e carburante. Per questa roba ci vogliono navi, ed è più facile affondare navi che distruggere una divisione. Se non si raggiunge la sorpresa completa, quel settore operativo diventerà quindi di importanza cruciale.»

«E le eventuali sorprese della NATO?»

Il generale si appoggiò allo schienale. «Per definizione, le sorprese sono imprevedibili. I servizi d'informazione hanno proprio il compito di eliminarle, o almeno di ridurle. Per questo i nostri piani lasciano spazio a numerose eventualità. Ad esempio: e se la nostra sorpresa va completamente a vuoto e la NATO attacca per prima?» Alzò le spalle. «Non potrebbe andare lontano, però scombinerebbe le cose. Ciò che realmente mi preoccupa tuttora è la risposta nucleare. D'altronde anche questa è più che altro una questione politica.»

«Sì.» Sergetov era preoccupato per il figlio maggiore. Se avessero mobilitato la riserva, Ivan sarebbe salito sul proprio carro armato, e non c'era bisogno di essere membri del Politburo per sapere dove sarebbero stati mandati i carri. Alekseyev aveva soltanto delle figlie. *Fortunato lui*, pensò Sergetov. «E così, questo reparto va in Germania?»

«A fine settimana.»

«E lei?»

«Durante la fase iniziale, siamo assegnati alla riserva strategica per le operazioni del CINC-Ovest, e inoltre alla difesa del territorio nazionale contro eventuali incursioni dal lato meridionale. Non siamo molto preoccupati di quest'ultima possibilità. Per minacciare noi, la Grecia e la Turchia dovrebbero collaborare fra di loro, ma non lo faranno, a meno che i rapporti dei nostri servizi segreti non siano completamente falsi. Il mio comandante e io eseguiremo, in un secondo tempo, la fase numero due del piano, occupando il Golfo Persico. Anche questo non sarà un problema. Gli arabi sono armati fino ai denti, ma non sono numerosi. Che cosa fa suo figlio attualmente?»

«Il maggiore? Sta finendo il primo anno alla facoltà di lingue. È il primo del corso di lingue mediorientali.» Sergetov si stupì di non averci pensato prima.

«Me ne servirebbero diversi come lui. I nostri interpreti di arabo sono in maggioranza musulmani, ma io preferirei avere gente più sicura per quel lavoro.»

«Non si fida dei seguaci di Allah?»

«In guerra non mi fido di nessuno. Se suo figlio conosce bene quelle lingue, saprò ben io come usarlo, stia sicuro.» L'accordo formale si limitò a dei cenni di assenso, e ciascuno dei contraenti si domandò se non era proprio quello il modo in cui l'altro aveva progettato le cose.

Norfolk, Virginia

«L'esercitazione "Progresso" non si è conclusa secondo i piani» disse Toland. «Le informazioni da satellite, e altre ancora, mostrano che le forze sovietiche in Germania e nella Polonia occidentale sono ancora in assetto operativo. Vi sono indicazioni che i trasporti ferroviari hanno posti di blocco in vari punti in URSS, tutti compatibili con il progetto di spostare gran quantità di truppe a ovest.

«Questa mattina la Flotta Sovietica Settentrionale ha fatto uscire sei sommergibili. La mossa è certamente una rotazione programmata per rimpiazzare la flottiglia operativa nel Mediterraneo, per cui nelle prossime due settimane avranno più sommergibili del solito nel Nord Atlantico.»

«Mi dica qualcosa sul gruppo che ruota fuori del Mediterraneo» ordinò il CINCLANT.

«Un Victor, un Eco, tre Foxtrot e un Juliet. Nelle ultime tre settimane sono rimasti ormeggiati a fianco della loro nave appoggio, ferma in acque territoriali libiche, a Tripoli. Passeranno lo stretto di Gibilterra verso le 13,00 di domani, ora di Greenwich.»

«Non attendono il nuovo gruppo che viene a dare loro il cambio?»

«No, ammiraglio. Normalmente aspettano che il gruppo sostitutivo sia entrato nel Mediterraneo, ma il trenta per cento delle volte fanno come adesso. Questo ci dà dodici sottomarini sovietici in transito da nord e da sud, più un November e altri tre Foxtrot che hanno fatto esercitazioni con la Marina di Cuba. Al momento, anche queste unità sono ormeggiate; abbiamo fatto la verifica questa mattina, il dato risale a due ore fa.»

«Okay. E per l'Europa?»

«Nessun'altra informazione sul signor Falken. I servizi informazioni della NATO hanno sbattuto la faccia in un muro, e non ci sono altre novità da Mosca, nemmeno una notizia sul processo pubblico. I tedeschi dicono di non conoscere in alcun modo il personaggio. Praticamente è come se fosse scaturito dal nulla all'età di trentun anni, quando aprì la ditta. L'appartamento di Falken è stato setacciato a fondo, ma non è stata reperita alcuna prova atta a incriminarlo...»

«Okay, comandante, ci dia la sua sensazione viscerale da professionista.»

«Ammiraglio, Falken è una spia "dormiente" sovietica introdotta nella Repubblica Federale tredici anni fa, e usata per pochissime missioni, o forse per nessuna, prima di questa.»

«Lei pensa, dunque, che l'intera faccenda sia una manovra dei servizi segreti sovietici. L'ipotesi non mi sorprende. Ma che cosa si propongono?» chiese seccamente il CINCLANT.

«Quanto meno, signore, di esercitare un'enorme pressione politica sulla Germania Occidentale, magari addirittura di spingerla fuori dalla NATO. Nel peggiore dei casi...»

«Credo che abbiamo già immaginato il quadro del caso peggiore. Ha fatto un buon lavoro, Toland. Le devo delle scuse per ieri. Non è colpa sua se non aveva tutte le informazioni che mi servivano.» Toland fu scosso. Non succedeva spesso che un ammiraglio con quattro stelle chiedesse scusa a un tenente di vascello della riserva davanti a ufficiali di Stato Maggiore. «Che cosa sta facendo la loro flotta?»

«Ammiraglio, non abbiamo foto da satellite della zona di Murmansk. Troppe nubi, ma prevediamo cielo sereno per domani pomeriggio. I norvegesi hanno intensificato il pattugliamento aereo del Mar di Barents e dicono che, sommergibili a parte, i russi in questo momento hanno relativamente poche navi in mare. È anche vero che la rarefazione delle unità dura già da un mese.»

«Cosa che può essere cambiata nel giro di tre ore» osservò un ammiraglio. «La sua valutazione del grado di approntamento della flotta?»

«Il migliore, da quando la tengo sotto osservazione» rispose Toland. «Mai stato così vicino al cento per cento. Come lei ha giustamente detto, signore, possono mettere in mare in qualsiasi momento tutte le navi disponibili.»

«Se escono, lo sapremo in fretta. Ho tre sottomarini laggiù a tenere d'occhio la situazione» intervenne l'ammiraglio Pipes.

«Prima di venire qui ho avuto un colloquio con il ministro della Difesa. Si incontrerà oggi con il Presidente, e chiederà un allarme globale DEFCON-3. I tedeschi ci chiedono di mantenere la condizione Spirale Verde finché i russi non accenneranno a mollare. Che cosa pensa che faranno, comandante?» chiese il CINCLANT.

«Ne sapremo di più fra poco, signore. Il Segretario del Partito parlerà oggi a una riunione di emergenza del Soviet Supremo, forse anche domani, al funerale.»

«Bastardo sentimentale» borbottò Pipes.

Un'ora più tardi, davanti al televisore dell'ufficio, Toland rimpianse di non avere Chuck Lowe ad avallare la sua traduzione. Il Presidente aveva la deplorevole tendenza a parlare in fretta e il russo di Toland non sempre bastava a seguirlo. Il discorso, infarcito per tre quarti di fraseologia politica stereotipata, durò quaranta minuti. Alla fine, però, il Presidente annunciò la mobilitazione delle unità della riserva di categoria B per far fronte alla potenziale minaccia tedesca.

12

Cerimonia funebre

Norfolk, Virginia

Toland vide il Palazzo dei Sindacati insolitamente affollato. In linea di massima, quel tipo di cerimonia era stato adottato per seppellire uno o due eroi alla volta. C'era stato un unico caso con tre cosmonauti, ma adesso si trattava di ben undici eroi. Otto "giovani ottobristi" di Pskov – tre ragazzi e cinque ragazze di età fra gli otto e i dieci anni – e tre impiegati alle dirette dipendenze del Politburo giacevano in lucide bare di betulla, circondate da un mare di fiori. Toland esaminò da vicino il teleschermo. Le bare, collocate in alto, lasciavano vedere le vittime, tranne due i cui volti erano coperti da un velo di seta nera; le fotografie in cornice posate sopra le due bare mostravano com'erano stati, da vivi, quei bambini. Le telecamere indugiavano su quel tocco macabro e pietoso.

La Sala delle Colonne era parata in rosso e nero, e anche gli elaborati candelabri erano stati coperti per l'occasione. Le famiglie delle vittime erano in piedi, allineate con ordine. Padri e madri senza più figli, vedove, bimbi che avevano perso il padre. Indossavano tutti gli abiti larghi e di cattivo taglio tipici dell'Unione Sovietica. I visi non mostravano emozione, ma sorpresa, come se stessero ancora cercando di venire a patti con la tragedia entrata nelle loro vite, quasi sperando di risvegliarsi dall'atroce incubo e ritrovare i loro cari sani e salvi nel letto. E sapendo che non sarebbe stato così.

Il Presidente del Partito passò cupo lungo la schiera delle persone in lutto abbracciandole una per una; sul braccio portava una fascia nera, che contrastava con il vivace emblema dell'ordine di Lenin all'occhiello della giacca. Toland scrutò il viso del Presidente, e vi lesse un'emozione sincera. Si sarebbe quasi detto che stava per seppellire gente della sua famiglia.

Una delle madri ricevette l'abbraccio, poi il bacio, e quasi svenne, cadendo sulle ginocchia e nascondendo il viso fra le mani.

Il Presidente si chinò su di lei prevenendo il marito, e se la strinse al petto; poi l'aiutò a rialzarsi, e la spinse gentilmente verso le braccia protettrici dell'uomo, un capitano dell'esercito, il cui viso era impietrito in una maschera di furore contenuto.

Dio Onnipotente, pensò Toland. *Non avrebbero potuto organizzare una messa in scena migliore, nemmeno con la regia di Eisenstein.*

Mosca, URSS

Bastardo dal cuore di pietra, disse Sergetov rivolto a se stesso. Lui e gli altri del Politburo erano allineati in seconda fila alla sinistra delle bare. Teneva il viso puntato verso le salme, ma lo sguardo seguiva le quattro telecamere che riprendevano la cerimonia. Il mondo intero li stava guardando, a quanto affermavano quelli della TV. Che splendida organizzazione! Era il penultimo atto della *maskirovka*. La guardia d'onore dell'Armata, insieme ai ragazzi e alle ragazze dei Giovani Pionieri di Mosca, vegliava le piccole vittime. Il suono dei violini. *Che pagliacciata!* si disse Sergetov. *Come siamo gentili con le famiglie di quelli che abbiamo assassinato!* In trentacinque anni di vita di Partito, era stato testimone di molte menzogne, e parecchie ne aveva dette lui stesso – ma nessuna del calibro di quella attuale. *Meno male che non ho ancora mangiato*, pensò.

Con riluttanza, posò di nuovo lo sguardo sui volti di cera dei fanciulli. Ricordò i visi addormentati dei propri figli, ormai adulti. Tante volte, rincasando dopo il lavoro al Partito, gli era successo di sostare un attimo nella camera dei piccoli a guardare i visi sereni, ad assicurarsi che respirassero in modo normale, tendendo l'orecchio per sentire se avevano il naso chiuso per il raffreddore o se mormoravano nel sonno. Quante volte si era detto che il Partito lavorava per il loro avvenire? *Più niente raffreddori, bambino*, disse fra sé fissando la bara più vicina. *Niente più sogni. Guarda che bella cosa ha fatto il Partito per il tuo avvenire!* Si sentì gli occhi pieni di lacrime, e ne provò vergogna. Parte dell'esibizione, avrebbero commentato gli illustri colleghi. Avrebbe voluto guardarsi intorno, cercare di capire che cosa pensavano della propria opera i compagni del Politburo, e anche gli uomini del KGB che avevano eseguito la missione, se erano ancora vivi. Era certo che tutti i documenti relativi alla macchinazione della bomba erano già stati distrutti, e più di metà dei trenta uomini al corrente della trama stava proprio lì, in fila con lui. Sergetov arrivò quasi a rimpiangere di non essere arrivato al palazzo cinque minuti prima. Meglio giacere morto con gli altri, piuttosto che trarre profitto da una simile infamia. Si ravvide subito: da morto, avrebbe semplicemente recitato un ruolo ancora più importante in quella farsa brutale.

Norfolk, Virginia

«Compagni, vedete davanti a voi i figli innocenti della nostra nazione» esordì il Presidente. La dizione chiara e ordinata facilitava la traduzione che Toland stava eseguendo, a fianco del capo dei servizi d'informazione del CINCLANT. «Uccisi dalla macchina infernale del terrorismo di Stato. Uccisi da una nazione che per ben due volte ha contaminato il suolo della nostra patria con sogni iniqui di conquista e di morte. Vediamo davanti a noi i devoti, umili subalterni del Partito che nulla chiedevano se non di servire lo Stato. Vediamo i martiri caduti per la sicurezza dell'Unione Sovietica. Vediamo le vittime dell'aggressione fascista.

«Compagni, alle famiglie dei bambini innocenti e a quelle di questi tre galantuomini, io dico che verrà il giorno della resa dei conti. Dico che queste morti non saranno dimenticate. Dico che ci sarà giustizia per questo ignobile delitto...»

«Gesù!» Toland smise di tradurre e guardò il superiore.

«Sì, ci sarà la guerra. Dall'altra parte della strada abbiamo una équipe di interpreti che sta facendo la traduzione integrale. Bob, andiamo dal capo.»

«Siete sicuri?» domandò il CINCLANT.

«Può darsi che si fermino prima, signore» rispose Toland. «Però non lo credo. Tutta la manovra è stata condotta in modo da accendere l'animo del popolo russo in misura mai vista prima.»

«Mettiamo le carte in tavola a questo proposito. Lei dice che hanno deliberatamente assassinato quelle persone per fomentare una crisi.» Il CINCLANT abbassò gli occhi guardando la scrivania. «È difficile credere che siano arrivati a tanto.»

«Ammiraglio, o prendiamo per buona questa versione, oppure dobbiamo credere che il governo della Germania Federale ha deciso, di propria iniziativa, di fare scoppiare una guerra contro l'Unione Sovietica. Se fosse vera la seconda ipotesi, vorrebbe dire che i tedeschi hanno completamente perso la fottutissima testa, signore» sbottò Toland dimenticando che soltanto gli ammiragli possono dire parolacce davanti agli ammiragli.

«Ma perché?»

«Il perché non lo sappiamo. È il solito problema dei servizi segreti: è molto più facile scoprire "cosa" che "perché".»

Il CINCLANT si alzò e camminò fino all'angolo dell'ufficio. Ci sarebbe stata una guerra, e non sapeva perché. Voleva saperlo, poteva essere importante.

«Stiamo cominciando a richiamare la riserva. Toland, lei ha fatto un lavoro veramente ottimo in questi due mesi. Intendo chiedere la sua promozione a capitano di corvetta. Lei è fuori dalla giurisdizione ordinaria, ma penso di poter sistemare la cosa. C'è un incarico vacante nei servizi d'informazione del comandante della Seconda Flotta. Il comandante ha chiesto di avere lei, se le cose si fossero messe male, e sembra proprio che siamo a quel punto. Lei sarebbe il numero tre dell'équipe, su una portaerei. Io desidero che ci vada.»

«Sarebbe bello poter passare un giorno o due con la famiglia, signore.»

L'ammiraglio assentì. «Credo proprio che glielo dobbiamo. La *Nimitz* è già partita. Lei può raggiungerla al largo della costa spagnola. Si presenti qui con tutti i bagagli mercoledì mattina.» Il CINCLANT andò a stringergli la mano.

A due miglia di distanza, la *Pharris* era ormeggiata alla nave appoggio. Ed Morris, dal ponte di comando, osservava il caricamento con la gru e il successivo immagazzinamento degli ASROC, i razzi antisommergibili. Un'altra gru stava posando rifornimenti a poppa, sull'hangar dell'elicottero. Gran parte dell'equipaggio si stava dando da fare per sistemare i materiali negli appositi spazi in varie parti della nave. Morris comandava la *Pharris* da due anni, e questa era la prima volta che prendeva a bordo il pieno carico di armamento. Il lanciamissili a otto celle era accudito da tecnici di terra, che stavano rettificando un piccolo inconveniente meccanico. Un'altra squadra proveniente dalla nave appoggio stava affrontando un problema di radar insieme all'equipaggio. Queste erano le ultime voci sull'elenco delle questioni da mettere a posto. Le macchine funzionavano a meraviglia, cosa sorprendente per una nave che aveva quasi vent'anni di età. Entro poche ore la USS *Pharris* sarebbe stata pronta... per che cosa?

«Ancora nessun ordine di partenza, comandante?» chiese il primo ufficiale.

«Macché. Immagino che tutti si stiano chiedendo che cosa faremo, ma sono pronto a scommettere che non lo sanno ancora neppure gli ammiragli. C'è una riunione di ufficiali in comando domattina dal CINCLANTFLT. Forse là ne saprò qualcosa di più. Forse...» ripeté in tono dubitativo.

«Che cosa pensa di questa faccenda tedesca?»

«I crucchi con cui ho operato in mare erano OK. Quanto a fare saltare l'intero gruppo al potere in Russia – beh, nessuno è pazzo fino a quel punto.» Morris alzò le spalle; una ruga gli segnò il volto abbronzato. «Primo ufficiale, nessuna regola stabilisce che il mondo deve avere un senso.»

«Maledettamente vero. Mi sa che quegli ASROC saranno necessari, comandante.»

«Temo che lei abbia ragione.»

Crofton, Maryland

«In mare?» chiese Martha Toland.

«È il posto dove vogliono che io vada, ed è anche quello che, volente o nolente, mi compete.» Bob non trovava facile incontrare gli occhi della moglie. Era già abbastanza duro sentire l'incrinatura nella voce. La sua funzione non era quella di portare la paura nella vita di lei, però era esattamente quello che stava facendo.

«Bob, è grave come penso?»

«Non si può dire, piccola. Può darsi che lo sia, ma non si sa. Ascolta, Martha, ricordi Ed Morris e Dan McCafferty, no?»

La risposta di Martha fu sconvolgente.

«Loro sono professionisti, tu no» disse gelida. «Tu giochi a fare il guerriero del fine settimana e presti servizio quindici giorni all'anno solo per illuderti di essere ancora in Marina, Bob. Sei un civile, il tuo posto non è là. Non sai nemmeno nuotare!»

«Come, non so nuotare!» protestò Toland, ben sapendo quanto fosse assurdo discutere quell'argomento.

«Andiamo! Se sono cinque anni che non ti vedo in una piscina! Oh, accidenti, Bob, e se ti succede qualcosa? Tu vai laggiù a fare i tuoi maledetti giochi e mi lasci qui con i bambini. Che cosa dirò, a loro?»

«Dirai che non sono scappato, che non mi sto nascondendo, io...» Toland guardò altrove. Non si era aspettato questo. Martha veniva da una famiglia di marinai, avrebbe dovuto capire. Ma adesso c'erano lacrime negli occhi di lei, e le labbra tremavano. Fece un passo avanti e la prese fra le braccia. «Ascolta, vado su una portaerei, okay? La nave più grande, la più sicura che abbiamo, con altre dodici che le stanno intorno per tenere a bada i nemici, più un centinaio di aerei. Vogliono me perché li aiuti a sapere in anticipo chi sono quelli che ci vogliono male, in modo da tenerli il più possibile a distanza. Martha, quello che faccio è necessario. Hanno bisogno di me. L'ammiraglio ha fatto proprio il mio nome. Sono importante – quanto meno, c'è qualcuno che lo pensa.» Sorrise con dolcezza per coprire la bugia. Una portaerei era la nave più protetta della flotta perché doveva esserlo: infatti, era anche il bersaglio numero uno per i russi.

«Scusami.» Martha si liberò dall'abbraccio e andò alla finestra. «Come stanno Ed e Danny?»

«Sono molto più occupati di me. Il sottomarino di Danny adesso si trova... insomma, è più vicino ai russi di quanto potrò mai esserlo io. Ed si sta preparando a salpare. Ha una 1052 – una nave scorta – e probabilmente dovrà proteggere convogli o altre unità dai sommergibili. Anche loro hanno famiglia. Tu almeno puoi vedermi prima che me ne vada.»

Martha si voltò e sorrise per la prima volta da quando lui si era presentato, inatteso, sulla soglia. «Starai attento?»

«Starò tremendamente attento, piccola.» Ma sarebbe servito a qualcosa?

13

Gli stranieri vanno e vengono

Aquisgrana, Repubblica Federale Tedesca

Fu tutta colpa del traffico. La busta arrivò, come promesso, all'ufficio postale giusto, e la chiave della cassetta funzionò nel modo previsto. Minima esposizione di personale. Il maggiore era seccato di dover andare così allo scoperto, ma non era la prima volta che lavorava con il KGB, e aveva bisogno di certe informazioni aggiornate se voleva che la missione avesse qualche probabilità di successo. E poi, pensò sorridendo, *i tedeschi sono così fieri del loro servizio postale...*

Prima di uscire dall'edificio, il maggiore piegò la grossa busta e se la infilò nella tasca della giacca. Gli abiti che indossava erano tutti di produzione tedesca, anche gli occhiali da sole che mise prima di varcare la porta. Scrutò il marciapiede in entrambe le direzioni per vedere se qualcuno lo stesse pedinando. Niente. L'ufficiale del KGB gli aveva garantito che l'ufficio postale non presentava rischi, e che nessuno sospettava la loro presenza in città. Forse. Il taxi lo aspettava dall'altra parte della strada. Il maggiore aveva fretta. Le colonne di auto erano ferme, per cui decise di attraversare subito invece di andare fino all'incrocio. Essendo russo, non era avvezzo allo sregolato traffico occidentale, in cui era previsto che anche i pedoni rispettassero le norme. Il vigile che dirigeva la circolazione stava un centinaio di metri più in là, e gli automobilisti più vicini intuirono che stava per voltare loro le spalle. Avrebbe stupito il maggiore, come pure i turisti americani, sapere che gli ordinati tedeschi, quando erano alla guida, si comportavano in modo tutt'altro che disciplinato. Scese dal marciapiede senza guardare, proprio nel momento in cui la circolazione riprendeva.

Non vide la Peugeot che stava accelerando. Non andava veloce, soltanto a venticinque all'ora. Ma bastò. Il parafango destro lo colpì sul fianco, lo fece ruotare, e lo catapultò contro un lampione.

Il maggiore perse conoscenza senza rendersi conto di quello che era accaduto; meglio per lui, perché le gambe erano sulla strada, con le caviglie schiacciate dalle ruote posteriori della Peugeot. La ferita alla testa era impressionante. Era stata lacerata una delle grandi arterie, e il sangue colava a fiotti sul marciapiede, mentre giaceva immobile con la faccia a terra. L'auto si fermò di colpo, e la donna che era al volante si precipitò a vedere che cosa aveva combinato. Si udì il grido di un bambino, che vedeva tutto quel sangue per la prima volta in vita sua. Un portalettere corse all'angolo per chiamare l'agente fermo al centro dell'incrocio, mentre un altro passante si precipitava in un negozio per telefonare al pronto soccorso.

L'arresto del traffico permise all'autista del taxi di scendere dalla vettura e attraversare la strada. Cercò di avvicinarsi, ma c'era già una mezza dozzina di persone curve sul ferito.

«*Er ist tot*, è morto» disse qualcuno, e in effetti il ferito era tanto pallido da giustificare tale conclusione. Era sotto shock, e così pure la guidatrice della Peugeot, che piangeva disperata. Fra i singhiozzi, stava cercando di spiegare ai presenti che l'uomo era sbucato proprio davanti alla macchina e lei non aveva fatto in tempo a frenare. Parlava francese, il che rendeva tutto più difficile.

Il tassista si era fatto strada fra gli spettatori ed era abbastanza vicino da poter toccare il ferito. Doveva ricuperare la busta... ma il vigile arrivò proprio in quel momento.

«*Alles zurück*, tutti indietro!» ordinò, memore delle prime norme che gli erano state insegnate: prima di tutto, mettere la situazione sotto controllo. Le nozioni apprese gli permisero pure di resistere all'impulso di spostare il corpo. C'era una lesione alla testa, forse anche al collo, e in questo caso il ferito poteva essere mosso solamente dagli *Experten*. Uno degli astanti lo informò di avere chiamato l'ambulanza. L'agente approvò con un cenno, sperando che arrivasse in fretta. Redigere relazioni su incidenti stradali era di gran lunga più facile che stare a guardare un uomo svenuto – o morto – dissanguarsi sul marciapiede. Alzando gli occhi poco dopo, fu lieto di vedere un tenente del comando che si faceva strada per raggiungerlo.

«Ambulanza?»

«In arrivo, signor tenente. Sono Dieter, Gunther, direzione del traffico. La mia postazione è giù all'angolo.»

«Chi guidava la macchina?» chiese il tenente.

La donna si alzò tenendosi in piedi alla meno peggio e cominciò a raccontare ansimando la storia, in francese. Uno dei passanti, che aveva visto tutta la scena, la interruppe.

«Quel tale è sceso dal marciapiede senza guardare. La signora non aveva alcuna possibilità di fermarsi. Lavoro in banca, e sono uscito dall'ufficio postale subito dietro quel signore. Ha cercato di attraversare dove non doveva ed è sceso nella strada senza badare al traffico. Questo è il mio indirizzo» disse porgendo un biglietto da visita al tenente.

«Grazie, dr. Müller. Non le dispiace rendere una deposizione?»

«Affatto. Se vuole posso andare subito al commissariato.»

«Molto bene.» Al tenente capitavano di rado dei casi così netti.

Il tassista stava fermo all'esterno del gruppo. Esperto ufficiale del KGB, aveva già visto delle operazioni andare a finir male, ma questa... era proprio assurdo. C'era sempre qualcosa di imprevisto che poteva rovinare un'operazione, spesso l'elemento più semplice, il più stupido di tutti. L'ardito commando Spetznaz, messo fuori causa da una francese di mezza età alla guida di una vettura! Perché lui, il maggiore, non aveva fatto attenzione allo schifosissimo traffico? *Avrei dovuto sbattermene dei fottuti ordini e mandare qualcun altro a ritirare la busta. Sicurezza*, imprecò dietro la maschera impassibile. Gli ordini della Centrale di Mosca: minima esposizione di personale. Tornò al taxi chiedendosi come avrebbe spiegato l'accaduto ai superiori. Gli sbagli non erano mai colpa della Centrale.

Arrivò l'ambulanza. Il sergente sfilò il portafoglio dalla tasca della vittima, che risultava essere un certo Siegfried Baum – magnifico, pensò il tenente, un ebreo – di Amburgo, distretto di Altona. La signora della Peugeot era francese. Il tenente decise di accompagnare la vittima in ospedale. Era un incidente "internazionale": ci sarebbero state più carte da compilare. Rimpianse di non essersi trattenuto più a lungo alla *Gasthaus* dall'altra parte della strada a finire in pace la sua birra Pilsen pomeridiana. Ecco a che cosa portava la dedizione al dovere. Aveva già da preoccuparsi della possibilità di essere richiamato nell'esercito...

Gli infermieri agirono con grande sveltezza. Applicarono al ferito un collare cervicale e gli inserirono un asse dietro la schiena prima di rivoltarlo e metterlo sulla barella. Le gambe fratturate furono immobilizzate con pezzi di cartone. Mentre lo faceva, l'infermiere borbottò qualcosa: entrambe le caviglie apparivano malamente fratturate. Le operazioni furono sbrigate in sei minuti, cronometrati dal tenente, che salì sull'ambulanza lasciando tre agenti a occuparsi dei postumi del sinistro e a far sgomberare la gente.

«È molto grave?»

«Probabilmente c'è la frattura del cranio. Ha perso molto sangue. Cos'è successo?»

«Ha attraversato senza guardare.»

«Idiota» commentò l'infermiere.

«Se la caverà?»

«Dipende dalla lesione alla testa.» Alzò le spalle. «I chirurghi saranno al lavoro su di lui entro un'ora al massimo. Sa come si chiama? Devo riempire il modulo.»

«Baum, Siegfried. Kaiserstrasse 17, Distretto di Altona, Amburgo.»

«Bene, fra quattro minuti sarà in ospedale.» L'infermiere tastò il polso del ferito e scrisse un'annotazione. «Non sembra ebreo.»

«Attento a dire cose del genere» lo ammonì il tenente.

«Mia moglie è ebrea. Oh, la pressione sta scendendo in fretta.» L'infermiere studiò se doveva fare un'endovenosa, ma decise di no. Meglio lasciare la decisione ai chirurghi.

«Hans, hai già avvisato per radio?»

«*Ja*, sanno che cosa c'è in arrivo» rispose l'autista. «Non c'è Ziegler di guardia oggi?»

«Lo spero.»

L'autista fece una stretta svolta a sinistra, mentre la sirena bitonale apriva il passaggio all'ambulanza. Un minuto dopo la Mercedes si fermò ed entrò in retromarcia all'accettazione del pronto soccorso. Un dottore e due aiutanti erano già in attesa.

Gli ospedali tedeschi sono dei prodigi di efficienza. Nel giro di dieci minuti la vittima, diventata un paziente, era già stata intubata per proteggere le vie respiratorie, sottoposta a una trasfusione di sangue O-positivo e a una fleboclisi, e trasportato al reparto neurochirurgia per l'immediato intervento del prof. Anton Ziegler.

Il tenente dovette rimanere nella sala d'attesa insieme all'impiegato.

«Chi era?» chiese un giovane dottore. Il tenente fornì i dati.

«Tedesco?»

«Le sembra strano?» domandò il tenente.

«Beh, quando ci hanno chiamati per radio, e ci hanno detto che veniva anche lei, ho pensato che si trattasse di un caso speciale, che so, uno straniero ferito...»

«La macchina era guidata da una francese.»

«*Ach*, adesso mi spiego. Credevo che fosse lui lo straniero.»

«Perché mai?»

«Le impiombature ai denti. Le ho notate mentre lo intubavo. Ha parecchie carie, e sono state otturate con acciaio inossidabile, un lavoro scadente.»

«Forse proviene dalla Germania Orientale» obiettò il tenente.

Il dottore non poté trattenersi.

«Nessun tedesco farebbe mai un lavoro simile! Non lo avrebbe fatto peggio un falegname.» Compilò rapidamente la scheda di entrata.

«Dice davvero?»

«Ha delle impiombature dozzinali. Strano. È un uomo ben portante. Veste con eleganza. Ebreo. Ma le riparazioni ai denti fanno schifo.» Il dottore tornò a sedersi. «È vero che qui dentro ne vediamo di tutti i colori.»

«Dove avete messo gli effetti personali?» Il tenente era curioso per natura, e questo era uno dei motivi per cui, dopo il servizio nella *Bundeswehr*, era entrato nella polizia. Il dottore lo condusse in un ufficio dove venivano registrati e conservati gli effetti personali dei degenti.

Trovarono i capi di vestiario disposti con ordine, la giacca e la camicia separate in modo che il sangue non macchiasse gli altri indumenti. Gli spiccioli trovati nelle tasche, le chiavi, una grossa busta, erano stati messi da parte per essere catalogati. L'addetto stava compilando il modulo, alzando ogni tanto gli occhi per elencare con precisione gli oggetti.

Il poliziotto prese la busta marrone. Era stata spedita da Stoccarda la sera prima, affrancata con dieci marchi. D'impulso, cavò dalla tasca un temperino e l'aprì. Né il medico né l'impiegato fecero obiezioni: dopo tutto, era un funzionario di polizia.

Il plico conteneva un'altra busta grande e due piccole. Il poliziotto aprì la grande e ne estrasse il contenuto. Per prima cosa vide uno schema. Lì per lì non sembrava niente di speciale, ma poi l'ufficiale si rese conto che era la fotocopia di un documento dell'esercito tedesco timbrato *Geheim*, segreto. Quindi un nome: Lammersdorf. Il documento era la pianta di un comando di comunicazioni della NATO a non più di trenta chilometri da Aquisgrana. Il tenente di polizia era anche capitano della riserva, e aveva un incarico nel servizio segreto. Chi era Siegfried Baum? Aprì le altre buste. Poi andò a cercare un telefono.

Rota, Spagna

Il jet da trasporto arrivò in orario. Uscendo dall'aereo, Toland fu accolto da una gradevole brezza. A terra c'erano due marinai incaricati di istradare i passeggeri in arrivo. Toland fu indirizzato verso un elicottero, a un centinaio di metri di distanza, i cui rotori erano già in movimento. Insieme ad altri quattro uomini, andò rapidamente a prendervi posto, e il decollo avvenne subito. La prima visita di Bob in terra di Spagna era durata esattamente undici minuti. Nessuno provò ad avviare la conversazione. Toland guardò fuori dal finestrino. Stavano volando sopra una chiazza di mare azzurro, evidentemente diretti a sudovest. L'elicottero era un Sea King antisommergibili. Il comandante fungeva anche da operatore sonar, e stava maneggiando l'apparecchiatura, evidentemente per fare un qualche test. Le pareti interne dell'apparecchio erano nude. La parte posteriore era il magazzino delle boe sonar, mentre il trasduttore a immersione era alloggiato in un comparto sul pavimento. Ciò rendeva l'abitacolo piuttosto affollato, con gran parte dello spazio occupata dalla strumentazione e dalle armi. Erano in volo da un'ora e mezza, quando l'apparecchio cominciò la discesa. Due minuti dopo si posava sulla USS *Nimitz*.

Il ponte di volo era surriscaldato, rumoroso, e vi ristagnava l'odore del carburante dei reattori. Un uomo dell'equipaggio indicò ai nuovi arrivati una scaletta che conduceva a una passerella che a sua volta girava intorno alla sovrastruttura; di qui si scendeva a un corridoio lungo il ponte inferiore, dove trovarono aria condizionata e una relativa quiete, al riparo dalle operazioni di volo che erano in corso di sopra.

«Tenente di vascello Toland?» lo interpellò un sottufficiale.

«Sono io.»

«Vuole seguirmi, signore?»

Il sottufficiale guidò Toland attraverso la "conigliera" di scomparti sotto il ponte di volo, fino a una porta aperta.

«Lei deve essere Toland» disse un ufficiale dall'aria stanca.

«Dovrei esserlo, a meno che il cambiamento di fuso orario non abbia prodotto effetti strani.»

«Vuole le buone notizie o le cattive?»

«Le cattive.»

«Okay, dovrà fare i turni per dormire. Non ci sono abbastanza cuccette per noi delle informazioni. Non dovrebbe essere troppo grave, comunque io non dormo da tre giorni – uno dei motivi per cui l'hanno mandata qui. La buona notizia è che le hanno assegnato un altro gallone. Benvenuto a bordo, comandante. Io sono Chip Bennett.» L'ufficiale porse a Toland un telex. «Si direbbe che il CINCLANT ha simpatia per lei. Buona cosa avere amici in alto.»

Il messaggio annunciava laconicamente che il tenente di vascello Robert A. Toland, III, della riserva navale degli Stati Uniti, era stato promosso capitano di corvetta, sempre della riserva, il che gli dava il diritto di portare le tre strisce dorate di ufficiale superiore, ma non ancora quello di percepire lo stipendio del grado. *È un po' come ricevere un bacio da una sorella*, rifletté Toland. Beh, *diciamo da una cugina*.

«Mi sembra un passo nella buona direzione. Che cosa dovrò fare qui?»

«Teoricamente dovrebbe assistere me, ma siamo così orribilmente ingolfati di informazioni, in questo momento, che ci dividiamo un po' il lavoro. Io le lascerò i rapporti del mattino e della sera per il comandante del gruppo che si tengono alle 07,00 e alle 20,00. Il capo è l'ammiraglio Samuel B. Baker, Jr., gran figlio di puttana. Ex nucleare. Pretende i rapporti in fretta e puliti, con note a fondo pagina e le fonti delle informazioni da leggersi dopo. Non dorme praticamente mai. Il posto di combattimento che le è stato assegnato è al CIC, con gli ufficiali addetti alle operazioni tattiche del gruppo.» Walker si sfregò gli occhi. «Allora, che cosa sta succedendo in questo pazzo mondo?»

«Come sembra a voi, visto da qua?» ribatté Toland.

«Ci è appena arrivato qualcosa di nuovo. La navicella spaziale *Atlantis* è stata tolta dalla piattaforma di lancio oggi a Cape Kennedy, apparentemente per un guaio al computer. Tre giornali hanno appena pubblicato un servizio secondo cui lo *shuttle* è stato tolto per la sostituzione della testata. Sembrava che dovessero lanciare tre o quattro satelliti per comunicazioni commerciali, invece la testata è quella dei satelliti da ricognizione.»

«Mi sa che la gente sta cominciando a prendere le cose sul serio.»

Aquisgrana, Repubblica Federale Tedesca

Siegfried Baum si svegliò sei ore più tardi, e vide tre uomini in camice da chirurgo. Era ancora sotto l'effetto dell'anestesia, e non riusciva a mettere a fuoco le immagini.

«Come si sente?» chiese una voce. In russo.

«Che cosa mi è successo?» domandò a sua volta il maggiore. In russo.

Ach so. «È stato investito da una macchina, e adesso si trova in un ospedale militare» mentì la voce. Erano ancora ad Aquisgrana, presso la frontiera fra Germania e Belgio.

«Cosa... Io ero solo venuto a...» Il maggiore parlava con voce da ubriaco. Si fermò di colpo, e cercò di mettere a fuoco gli occhi.

«È finita per lei, amico.» La voce parlò in tedesco. «Sappiamo che lei è un ufficiale sovietico, ed è stato trovato in possesso di documenti governativi segreti. Mi dica, che cosa c'è di interessante per lei a Lammersdorf?»

«Non ho niente da dire» rispose "Baum" in tedesco.

«Un po' troppo tardi per questa risposta» disse in tono di rimprovero il funzionario che conduceva l'interrogatorio. «Ma noi le faciliteremo il compito. Il chirurgo ci ha detto che ormai non è pericoloso provare su di lei una nuova, diciamo così, medicina, per cui lei ci dirà tutto. Sia serio. Nessuno può resistere quando è interrogato in queste condizioni. Farebbe anche bene a considerare la situazione in cui si trova» continuò l'uomo in tono più duro. «Lei è ufficiale di un esercito straniero, si trova illegalmente nella Repubblica Federale, viaggia sotto falsa identità ed è in possesso di documenti segreti. Come minimo, possiamo cacciarla in prigione per il resto della sua vita. Tuttavia, visto quello che il suo governo sta facendo in questo momento, non siamo per le mezze misure. Se lei collabora, vivrà; probabilmente sarà scambiato più avanti con un agente tedesco, così potrà ritornare in Unione Sovietica. Potremo dire addirittura che lei ci ha fornito le informazioni sotto l'influsso di sostanze stupefacenti, così non potrà temere ritorsioni. Se non collabora, morirà per le lesioni riportate in un incidente automobilistico.»

«Ho famiglia» disse quietamente il maggiore Andrej Chernyavin, cercando di ricordare che cosa gli imponeva il dovere. La combinazione di paura e di stordimento provocata dall'anestetico gli frammentava le emozioni. Non era detto che non avessero immesso una fiala di pentothal sodico nella flebo, e che le funzioni superiori del cervello non fossero già compromesse. Ben presto non sarebbe stato più in grado di considerare le conseguenze a lungo termine delle proprie azioni. Quello che contava era il "qui e ora":

«Non succederà loro niente di male» promise il colonnello Weber. Come ufficiale dell'esercito addetto al *Bundesnachrichtendienst* – il Servizio Informazioni Federale – aveva già interrogato parecchi agenti sovietici. «Crede che si puniscano le famiglie di tutti quelli che catturiamo? Se così fosse, fra poco non ci sarebbe più nessuno disposto a venire qui a spiarci.» Weber raddolcì un poco la voce. I farmaci stavano cominciando a fare effetto e, appena la mente dello straniero si fosse obnubilata, lui sarebbe stato gentile, cavandogli le informazioni con dolcezza. La cosa divertente era che le istruzioni su come usare quel procedimento gli erano state impartite da uno psicanalista. Malgrado i molti film sulla brutalità degli interrogatori tedeschi, non aveva la benché minima esperienza dell'uso della forza per ottenere informazioni. *Male*, pensò. *Se mai c'è stato un momento in cui avrei potuto averne bisogno, è questo.* La maggior parte dei parenti del colonnello abitava a Kulmbach, a pochi chilometri dal confine.

Kiev, Ucraina

«Capitano Ivan Mikhailovich Sergetov a rapporto.»

«Si accomodi, compagno capitano.» La rassomiglianza con il padre era impressionante, pensò Alekseyev. Basso e tarchiato. Gli stessi occhi fieri, la stessa intelligenza. Un altro giovane destinato a grandi cose. «Suo padre mi dice che lei è un ottimo studente di lingue mediorientali.»

«Esatto, compagno generale.»

«Ha anche studiato i popoli che parlano quelle lingue?»

«Fa parte integrante del programma, compagno generale.» Il giovane Sergetov sorrise. «Ci hanno anche fatto leggere il Corano. È l'unico libro letto dalla maggior parte di loro, per cui è un fattore importante per capire quei selvaggi.»

«Non le piacciono gli arabi, vero?»

«Non particolarmente, però il nostro paese deve intrattenere rapporti commerciali con loro. Mi intendo abbastanza bene con quella gente. Ogni tanto la mia classe ha degli incontri con diplomatici di paesi politicamente accettabili, per fare pratica linguistica. Per lo più libici, ma a volte yemeniti e siriani.»

«Lei ha tre anni di servizio nei corpi corazzati. Possiamo battere gli arabi in caso di guerra?»

«Lo hanno fatto con facilità gli israeliani, che non hanno nemmeno una piccola parte delle nostre risorse. Il soldato arabo è un contadino analfabeta, male addestrato e peggio guidato da ufficiali incompetenti.»

Un giovane che ha tutte le risposte. Chissà se potresti spiegarmi l'Afghanistan? pensò Alekseyev. «Compagno capitano, lei farà parte del mio staff personale per l'imminente operazione contro gli Stati del Golfo Persico. Conto su di lei per il lavoro linguistico e per l'appoggio alle valutazioni dei nostri servizi segreti. Mi risulta che lei si sta preparando alla carriera diplomatica. Questo mi è utile. Gradisco sempre una seconda opinione sulle informazioni riservate che ricevo dal KGB e dal GRU. Non che diffidi dei compagni d vizi segreti, cerchi di capirmi. Semplicemente, mi piace che i dati siano riveduti da qualcuno abituato a pensare in termini di esercito. Gli anni di servizio come carrista la rendono doppiamente utile per me. Un'ultima domanda: come reagiscono i riservisti alla mobilitazione?»

«Con entusiasmo, naturalmente» rispose il capitano.

«Ivan Mikhailovich, presumo che suo padre le abbia parlato di me. Io ascolto con attenzione le parole del Partito, ma i soldati che si preparano a combattere hanno bisogno di conoscere la verità nuda e cruda, per poter realizzare i desideri del Partito.»

Il capitano Sergetov notò l'accuratezza con cui si era espresso il generale. «Il nostro popolo è furioso, compagno generale. È indignato per l'incidente del Cremlino, per l'assassinio dei bambini. Credo che la parola "entusiasmo" non sia poi tanto esagerata.»

«E lei, Ivan Mikhailovich?»

«Compagno generale, mio padre mi ha detto che lei mi avrebbe rivolto questa domanda. Mi ha incaricato di assicurarle che lui non aveva alcuna conoscenza di quello che stava per accadere, e che la cosa importante è proteggere il paese in modo che simili tragedie non siano più necessarie.»

Alekseyev non rispose subito. Gli veniva freddo a pensare che Sergetov gli avesse letto nella mente tre giorni prima, ed era sconvolto all'idea che avesse confidato al figlio un segreto così enorme. Buona cosa, comunque, sapere che non si era sbagliato nel valutare l'uomo del Politburo. Era degno di fiducia. Lo era anche il figlio? Mikhail Eduardovich evidentemente la pensava così.

«Compagno capitano, queste cose devono essere dimenticate. Abbiamo già di che essere occupati. Lei lavorerà alla stanza ventidue. C'è del lavoro che l'aspetta. Può andare.»

Bonn, Repubblica Federale Tedesca

«È tutta una montatura» riferì Weber al Cancelliere quattro ore più tardi. L'elicottero che lo aveva portato a Bonn non aveva neppure avuto il tempo di ripartire. «L'intera storia dell'attentato con la bomba non è altro che una crudele e deliberata mistificazione.»

«Lo sappiamo, colonnello» rispose irritato il Cancelliere. Erano due giorni che non dormiva, nel tentativo di venire a capo dell'improvvisa crisi russo-tedesca.

«Signor Cancelliere, l'uomo che abbiamo in ospedale è il maggiore Andrej Ilych Chernyavin. È entrato in Germania dalla frontiera cecoslovacca due settimane fa con documenti falsi. È un ufficiale delle forze Spetznaz sovietiche, le loro *Sturmtruppen* scelte. È stato seriamente ferito in un incidente d'auto – l'imbecille è sceso dal marciapiede giusto mentre arrivava un'automobile, senza guardare – e aveva in tasca uno schema completo del centro di comunicazioni NATO a Lammersdorf. Le postazioni di sicurezza della stazione sono state riorganizzate proprio un mese fa. Il documento che abbiamo trovato risale a soli quindici giorni addietro. Aveva anche il programma dei servizi di guardia e l'elenco degli ufficiali addetti – e questo tre giorni fa! Con una squadra di dieci uomini, è venuto attraverso la frontiera cecoslovacca, con istruzioni operative appena ricevute. Gli ordini sono di attaccare la base a mezzanotte precisa, il giorno dopo la ricezione del segnale di allarme. Vi è pure un segnale di annullamento, per il caso che i piani debbano essere cambiati. Li conosciamo entrambi.

«È venuto in Germania molto prima...» Il Cancelliere era sorpreso suo malgrado, l'intera faccenda sembrava così irreale.

«Esattamente. Tutto coincide, signor Cancelliere. Per un qualche motivo, qualunque esso sia, i russi stanno per attaccare la Germania. Fino a questo punto, era tutta una macchinazione, escogitata per tenerci tranquilli. Questa è la trascrizione completa dell'interrogatorio di Chernyavin. È a conoscenza di altre quattro operazioni Spetznaz, che rientrano tutte nel quadro di un attacco su larga scala attraverso le nostre frontiere. Attualmente l'uomo è a Coblenza sotto stretta sorveglianza. Abbiamo anche una registrazione video della confessione.

«Non c'è la possibilità che tutto ciò sia una specie di provocazione da parte russa? Perché non avevano quei documenti con sé quando hanno attraversato la frontiera cecoslovacca?»

«La riorganizzazione dell'impianto di Lammersdorf li obbligava a procurarsi informazioni esatte. Come lei sa, abbiamo rinforzato le misure di sicurezza alle stazioni di comunicazione NATO fin dall'estate scorsa, e i russi devono avere fatto la stessa cosa con i loro piani di attacco. Il solo fatto che abbiano questi documenti – e alcuni sono recentissimi – è raggelante. Quanto al modo in cui abbiamo potuto catturare l'uomo...» Weber illustrò le circostanze dell'investimento. «Abbiamo motivo di credere che l'incidente sia autentico, e non una provocazione. La donna che guidava la Peugeot, madame Anne-Marie LeCourte, è un'agente di moda – vende vestiti per qualche stilista parigino: copertura improbabile per una spia sovietica. Perché fanno una cosa del genere? Si aspettano che noi lanciamo un attacco alla Germania Orientale a seguito di questo episodio. Prima ci accusano di avere messo bombe nel Cremlino, poi cercano di provocarci. Abbiamo qui un uomo incaricato di preparare la strada all'invasione della Germania da parte dei sovietici, paralizzando i sistemi di comunicazione della NATO immediatamente prima dell'inizio delle ostilità.»

«Però, fare una cosa del genere... anche se l'attacco è programmato...»

«Dopo la lezione dell'Afghanistan, i sovietici sono stati presi dall'entusiasmo per i "gruppi operazioni speciali": uomini altamente addestrati, pericolosissimi. Il piano è quanto mai astuto. L'identità israelitica, ad esempio. I bastardi speculano sulla ipersensibilità tedesca a proposito degli ebrei, non le pare? Se "Baum" viene fermato da un poliziotto, ad esempio, può buttare una frase su come i tedeschi trattano gli ebrei, e a quel punto che cosa fa un giovane agente? Probabilmente si scusa e lo lascia andare.» Weber sorrise cupo. Un tocco molto ben studiato, non poteva fare a meno di ammirarlo. «La cosa assolutamente irrinunciabile per loro è la sorpresa. Abbiamo avuto fortuna, e dobbiamo sfruttarla. Signor Cancelliere, questi dati devono essere immediatamente trasmessi all'Alto Comando della NATO. Per il momento, abbiamo sotto sorveglianza l'ufficio postale dove c'è la cassetta di sicurezza. Potremmo decidere di attaccarlo. Il GSG-9 è pronto per la missione, ma forse l'operazione compete alla NATO.»

«Devo prima riunire il gabinetto. Poi parlerò per telefono con il Presidente degli Stati Uniti, e anche con i capi di governo degli altri paesi NATO.»

«Mi perdoni, signor Cancelliere, ma non c'è tempo. Con il suo permesso, entro un'ora darò una copia della videocassetta all'ufficiale di collegamento della CIA, e anche agli inglesi e ai francesi. I russi stanno per attaccarci. È meglio mettere prima in allarme i servizi segreti, che le prepareranno il terreno per le conversazioni con il Presidente USA e con gli altri capi di Stato. Dobbiamo muoverci subito, signor Cancelliere. È questione di vita o di morte.»

Il Cancelliere rimase a fissare la scrivania. «D'accordo, colonnello» disse poi. «Che cosa propone di fare con Chernyavin?»

Weber aveva già preso qualche iniziativa in proposito. «Diremo che è morto in seguito alle lesioni provocate dall'incidente. La notizia comparirà nei telegiornali di questa sera e sui quotidiani di domani. Naturalmente lo terremo a disposizione degli alleati per altri interrogatori. Sono certo che quelli della CIA, e qualcun altro, vorranno vederlo prima di mezzanotte.»

Il Cancelliere della Repubblica Federale Tedesca guardò fuori dalle finestre dell'ufficio. Ripensò al servizio militare prestato quarant'anni addietro: a un ragazzo spaventato con l'elmetto che gli scendeva fin sugli occhi. «Sta succedendo di nuovo.» *In quanti moriranno questa volta?*

«*Ja.*» *Dio benedetto, come sarà?*

Leningrado, URSS

Dall'ala di plancia, il capitano guardò a tribordo. I rimorchiatori spinsero le chiatte sul montacarichi di poppa, che salì di qualche metro, e la chiatta fu depositata sopra i carrelli già predisposti sui binari che correvano da poppa a prua. Il primo ufficiale della *Julius Fucik* controllava le operazioni di carico dal posto di comando dei verricelli di poppa, e dava ordini con il *walkie talkie* agli uomini che si trovavano nella parte posteriore della nave. Il montacarichi si allineò al livello del terzo ponte, e la porta di accesso si aprì rivelando la profonda stiva. Gli uomini attaccarono i cavi ai carrelli e li assicurarono rapidamente in posizione.

Gli argani tirarono la chiatta nel terzo ponte, il più basso, della "Seabee", nave trasporto chiatte. Appena i carrelli ebbero raggiunto i punti di riferimento segnati a vernice, le porte stagne si chiusero facendo accendere le luci per consentire all'equipaggio di assicurare saldamente le chiatte. *Ben fatto*, pensò il primo ufficiale. L'intera operazione di carico era stata ultimata in sole undici ore, un vero record. Osservò l'esecuzione dei fissaggi della parte poppiera della nave prima del viaggio.

«L'ultima chiatta sarà completamente assicurata entro trenta minuti» riferì il nostromo al primo ufficiale, che trasmise l'informazione al ponte di comando.

Il capitano Kherov premette i pulsanti del telefono per comunicare con la sala macchine. «Tenetevi pronti a rispondere al telegrafo di macchina fra trenta minuti.»

«Molto bene. Trenta minuti.» L'ufficiale di macchina riappese il microfono.

Sul ponte, il capitano si rivolse al passeggero più titolato, un generale dei paracadutisti che indossava la giacca blu da ufficiale di Marina. «Come stanno gli uomini?»

«Alcuni hanno già il mal di mare.» Il generale Andreyev rise. Erano stati portati a bordo rinchiusi nelle chiatte – tranne il generale, naturalmente – insieme a tonnellate e tonnellate di materiale bellico. «La ringrazio per avere permesso loro di passeggiare sui ponti inferiori.»

«Comando una nave, non una prigione. L'importante è che non tocchino niente.»

«Hanno avuto precise istruzioni in proposito» lo rassicurò Andreyev.

«Bene. Daremo loro parecchio da fare nei prossimi giorni.»

«Lo sa che questo è il mio primo viaggio su una nave?»

«Davvero? Non abbia paura, compagno generale. È molto più sicuro, e anche più comodo, che viaggiare in aereo e poi saltarne fuori!» commentò il capitano con una risata. «La nave è grande, e tiene bene il mare anche con un carico così leggero.»

«Carico leggero?» chiese il generale. «C'è più di metà dell'equipaggiamento della mia divisione, qui a bordo.»

«La portata della nave supera le trentacinquemila tonnellate. Il vostro equipaggiamento è voluminoso, ma non pesante.» Era un ragionamento nuovo per il generale, che fino ad allora se l'era dovuta vedere con i trasporti aerei.

Sotto, più di mille uomini del 234° Reggimento d'assalto della Guardia stavano gironzolando sotto il controllo degli ufficiali e dei sottufficiali. Fatta eccezione per qualche breve periodo di tempo durante la notte, sarebbero stati confinati là sotto fino a quando la *Fucik* non avesse superato il canale della Manica. Si adattavano sorprendentemente bene alla situazione. Anche stipate di chiatte e di materiali, le profonde stive destinate al carico erano ben più confortevoli degli aerei militari da trasporto cui erano abituati. L'equipaggio stava spostando tavole da una chiatta all'altra, in modo che i soldati potessero avere più spazio per dormire, e inoltre se ne stessero fuori dalle aree di lavoro unte d'olio che i marinai avrebbero dovuto pattugliare. Quanto prima, gli ufficiali avrebbero ricevuto istruzioni sulle attrezzature di bordo, soprattutto sui sistemi antincendio. Sebbene il divieto di fumare venisse rigorosamente applicato, i marinai non intendevano correre rischi. L'equipaggio notava con meraviglia l'atteggiamento umile dei solitamente spavaldi paracadutisti. Appresero così che anche le truppe scelte si lasciavano intimidire da un ambiente inconsueto. Per gli uomini della Marina mercantile, fu una piacevole constatazione.

Tre rimorchiatori tesero i cavi che pendevano sulle fiancate, e lentamente staccarono la nave dalla banchina. Altri due rimorchiatori si aggiunsero appena la nave fu allontanata dal molo e spinsero la prua, orientandola verso il mare aperto. Il generale osservò il capitano che controllava la manovra, correndo da un'ala all'altra della plancia con un giovane ufficiale al seguito, lanciando ogni tanto un ordine al timoniere. Il capitano Kherov aveva quasi sessant'anni, di cui più di quaranta trascorsi in mare.

«Barra a mezza nave!» gridò. «Avanti adagio.»

Il timoniere eseguì entrambi gli ordini in meno di un secondo, come il generale ebbe modo di constatare. *Non male*, pensò, ricordando i corrosivi apprezzamenti che gli era capitato di sentire a proposito degli uomini dei mercantili. Il capitano lo raggiunse.

«Il peggio è fatto.»

«Con un po d'aiuto, però» osservò il generale.

«Bell'aiuto! Quegli sporchi rimorchiatori sono in mano a una banda di ubriaconi. Non fanno altro che danneggiare le navi.» Esaminò la carta. *Bene, un canale diritto e profondo fino al Baltico*. Poteva rilassarsi un po'. Andò alla sedia sul ponte di comando e ci si lasciò cadere. «Tè!»

Comparve uno *steward* con le tazze su un vassoio.

«Non ci sono liquori a bordo?» Andreyev era stupito.

«No, se non ce li hanno portati i suoi uomini, compagno generale. Non tollero alcolici sulla mia nave.»

«È un suo diritto.» Il primo ufficiale li raggiunse. «Tutto assicurato a poppa. Dati gli ordini speciali per la navigazione. Piazzato le vedette. Ispezione ai ponti in corso.»

«Ispezione ai ponti?»

«Controlliamo che non ci siano portelli aperti. Normalmente lo facciamo al termine di ogni turno di guardia, compagno generale» spiegò il primo ufficiale. «Con i suoi uomini a bordo, faremo il controllo ogni ora.»

«Non si fida dunque dei miei uomini?» Il generale si sentiva quasi offeso.

«Lei si fiderebbe di noi se ci trovassimo su uno dei suoi aerei?» ribatté il capitano.

«Ha ragione, come sempre. La prego di scusarmi.» Andreyev sapeva rispettare un vero professionista. «Può incaricare qualche uomo di spiegare agli ufficiali subalterni e ai sottufficiali le cose che devono sapere?»

Il primo ufficiale tirò fuori un fascio di carte dalla tasca. «Le istruzioni iniziano fra tre ore. Nel giro di due settimane i suoi uomini saranno dei veri marinai.»

«Pensiamo soprattutto al rischio di danni alla nave» spiegò il capitano.

«La cosa la preoccupa?»

«Naturalmente. Siamo in pericolo, compagno generale. Mi piacerebbe anche vedere che cosa sono in grado di fare i suoi uomini per difendere la nave.»

Il generale non aveva considerato questo aspetto. L'operazione era stata messa insieme troppo in fretta per i suoi gusti, senza la possibilità di istruire gli uomini sul comportamento da tenere a bordo. Questioni di sicurezza. Bene, nessuna operazione era programmata al cento per cento, no? «La farò parlare con il responsabile della difesa antiaerea appena lei ne avrà il tempo.» Fece una pausa. «Quale tipo di danno può subire impunemente la nave?»

«Non è una nave da guerra, compagno generale.»

Kherov ebbe un sorriso enigmatico. «Noterà, comunque, che tutto il carico è su chiatte metalliche, con doppie pareti d'acciaio distanziate di un metro. È anche meglio della divisione in compartimenti stagni sulle navi da guerra. Se abbiamo fortuna, non ci sarà bisogno di verificarlo. Il pericolo più grave è quello d'incendio. La maggior parte delle navi, in battaglia, perisce a causa del fuoco. Se possiamo organizzare una efficiente esercitazione antincendio, saremo in grado di sopravvivere a un missile, forse anche a due o addirittura a tre.»

Il generale annuì meditabondo. «Gli uomini saranno a sua disposizione in qualsiasi momento lei lo desideri.»

«Appena avremo passato la Manica.» Il capitano si alzò e controllò ancora una volta la carta. «Mi dispiace di non poterle offrire una crociera di diporto. Forse nel viaggio di ritorno.»

Il generale alzò la tazza. «Faccio un brindisi a questa prospettiva, compagni. I miei uomini sono a vostra disposizione fino a quel momento. Al successo!»

«Al successo!» Il capitano Kherov, nel sollevare la tazza, rimpianse per un momento di non avere vodka con cui fare un brindisi adeguato. Lui era pronto. Non aveva più avuto l'occasione di servire lo Stato in modo diretto fin dalla lontana giovinezza, quando era imbarcato sui dragamine. Era deciso a portare a buon fine questa missione.

Coblenza, Repubblica Federale Tedesca

«Buona sera, maggiore.» In un padiglione sorvegliato dell'ospedale militare, il capo dell'ufficio CIA di Bonn sedette insieme ai pari grado britannico e francese, accompagnati da un paio di interpreti. «Vogliamo parlare di Lammersdorf?» All'insaputa dei tedeschi, gli inglesi avevano un dossier sulle attività del maggiore Chernyavin in Afghanistan; conteneva fra l'altro una brutta, ma riconoscibile, foto dell'uomo che i mujahaddin ricordavano come il Diavolo del Kandahar. L'interrogatorio era condotto dal generale Jean-Pierre de Ville, che parlava il russo un po' meglio dei colleghi. Alla fine dell'interrogatorio, Chernyavin era distrutto. L'unico tentativo di resistenza fu debellato dall'ascolto della confessione fatta sotto l'influsso dell'anestetico. Morto, ormai, per i propri connazionali, il maggiore ripeté ciò che gli interlocutori già sapevano, ma volevano ascoltare direttamente. Tre ore dopo, vennero trasmessi dispacci con precedenza assoluta alle tre capitali occidentali; i rappresentanti dei tre servizi di sicurezza prepararono i rapporti destinati ai colleghi degli altri paesi della NATO.

14

Gas

Wandlitz, Repubblica Democratica Tedesca

Previsione n. 6

Condizioni climatiche del tipo primaverile/estivo (umidità e temperature su valori moderati; probabilità di precipitazioni piovose giornaliere 35%); venti occidentali e sudoccidentali con velocità da 10 a 30 km/h misurata a livello del suolo, valori indicizzabili in funzione dell'altezza; uso di agenti chimici tossici ad alta persistenza contro nodi di comunicazione, aeroporti, luoghi di presumibile stoccaggio di materiale d'approvvigionamento e armi nucleari (tasso d'errore in base a un calcolo standard: ved. Appendice F dell'Allegato 1). Il capo del Partito Comunista della Repubblica Democratica Tedesca lesse fino in fondo il riassunto, malgrado il bruciore di stomaco che lo affliggeva.

Come già sottolineato nelle previsioni 1, 3, 4 e 5, un preallarme di durata superiore ai 15 minuti potrà assicurare una protezione MOPP-4 virtualmente totale al personale combattente e ausiliario. Rimane il problema delle perdite fra la popolazione civile, dato che oltre cento degli obiettivi compresi nel predetto elenco si trovano in prossimità di centri densamente popolati. La biodegradazione provocata da sostanze tossiche persistenti, quali la Diocloridrina (l'agente chimico prevedibilmente scelto dai sovietici; per la bibliografia sovietica in materia, ved. appendice C dell'Allegato 3), verrà rallentata dalla temperatura, prevista mite, e dall'azione fotochimica della luce solare ridotta dal tipo di condizioni climatiche. Ciò consentirà agli agenti chimici nebulizzati di essere trasportati dalle correnti aeree. Data una concentrazione minima di 2 milligrammi per metro cubo alla fonte, i previsti gradienti verticali della temperatura, e l'input a livello degli strati nuvolosi, si può notare che il rischio di contaminazione di vaste zone della RFD e della RDT ad opera di vapori portati dal vento sarà all'incirca pari allo 0,3 (più o meno 50% nei calcoli da noi eseguiti, tenendo conto di possibili impurità e della scomposizione chimica del munizionamento) di quello subito direttamente dagli obiettivi stessi.

Poiché le pubblicazioni sovietiche sull'argomento, di pubblica consultabilità, indicano concentrazioni iniziali (cioè sugli obiettivi) ben al di sopra della dose letale media (LCT-50), si rileva che l'intera popolazione civile tedesca si trova esposta ai rischi più gravi. La prevista ritorsione da parte alleata a tale offensiva chimica sarebbe di natura prevalentemente psicologica: il solo uso del munizionamento chimico sovietico provocherebbe la sostanziale contaminazione di tutta la Germania. Si ritiene che nessuna parte del territorio tedesco a est del Reno potrà ritenersi al sicuro, per ciò che attiene al personale non protetto, e ciò a partire dalle 12 ore successive al primo impiego di tale munizionamento. Effetti similari si possono prevedere in parte del territorio della Cecoslovacchia e anche della Polonia occidentale, in funzione della direzione e velocità dei venti. Inoltre, si può prevedere che tale inquinamento durerà per almeno una volta e mezza il livello di persistenza medio degli agenti chimici impiegati.

Questa è l'ultima (e statisticamente la più attendibile) delle previsioni descritte dalle specifiche contrattuali.

Sezione VIII – Sintesi esecutiva

Come il lettore potrà agevolmente rilevare, anche se l'allarme dovesse essere dato con soli pochi minuti di preavviso, si può anticipare che le unità militari messe in stato di all'erta subiranno poche perdite (anche se l'efficienza bellica si ridurrà del 30-50% per ambedue le parti), mentre le perdite previste fra la popolazione civile saranno effettivamente maggiori di quelle che sarebbero preventivabili nel caso di uno scambio di armi nucleari tattiche (200 testate @ <100 kt – ved. Appendice A dell'Allegato 1) dirette verso obiettivi misti di tipo militare e civile-industriale. Pertanto, nonostante il fatto che un bombardamento chimico non provocherebbe, di per se stesso, danni a installazioni industriali fisse, occorre prevederne gli effetti economici a breve e lungo termine. Anche l'impiego di agenti chimici non persistenti nelle immediate vicinanze delle zone di combattimento (FEBA) non potrà non avere un duro impatto sulla popolazione civile, dato l'alto indice di urbanizzazione delle aree rurali tedesche e la manifesta impossibilità per qualsiasi governo di proteggere la popolazione civile in modo adeguato.

In termini di effetti immediati, i 10 milioni e più di vittime civili (cifra evidenziata nella Previsione 2) rappresentano un problema di salute pubblica peggiore, come entità, di quello che fece seguito al disastro provocato dal ciclone del Bangladesh nel 1970, e si presume che comprenderà effetti sinergici, la cui valutazione esula dalla sfera del presente studio. (Le specifiche contrattuali escludono chiaramente la disamina degli effetti biologici dovuti a processi di scambio chimico. Premesso che è impossibile, al momento, stimare la difficoltà connessa con un esame approfondito dell'argomento, si fa presente al lettore che affrontare all'atto pratico tali effetti di grande portata è ancora più problematico che studiarli. Potrebbe essere necessario, per esempio, importare tonnellate di larve di insetti prima che si possa avere una sia pur minima ripresa dei raccolti nell'Europa Occidentale. *La possibilità, anche per reparti militari bene addestrati, di eliminare milioni di cadaveri in avanzato stato di decomposizione non va considerata certa. La popolazione civile necessaria per il ripristino della produzione industriale (a fronte di quelle che sono quasi certamente delle previsioni ottimistiche) sarà stata come minimo decimata nel senso letterale del termine.*

Analisi degli effetti
di una guerra chimica nello scacchiere europeo
basata sulle previsioni ARAC
Laboratori Nazionali Lawrence-Livermore
*LLNL 88-2504*CR 8305/89/178*
Distribuzione esterna solo secondo elenco
SIGMA 2
>>SEGRETO<<

Johannes Bitner non buttò la relazione nel cestino della carta straccia. Gli sarebbe sembrato di lavarsene le mani. *Ecco un altro punto di contatto fra Est e Ovest*, pensò con distacco. *I rapporti governativi sono scritti da computer per essere letti da calcolatori. Proprio come i nostri.*

«Signor generale.» Il capo del Partito Comunista della RDT alzò lo sguardo verso il Capo di Stato Maggiore. Il generale era arrivato di buon mattino insieme a un altro ufficiale, ambedue in borghese, a fargli visita nella lussuosa residenza privata di Wandlitz, la zona riservata alla élite del Partito alle porte di Berlino. Gli avevano consegnato il documento ottenuto appena due giorni prima tramite un agente inserito agli alti livelli del Ministero della Difesa della Germania Occidentale. «Fino a che punto è attendibile questo documento?»

«Compagno Segretario, non possiamo verificare i modelli dei loro computer, però sono state esaminate tutte le formule, le valutazioni della persistenza delle armi chimiche sovietiche, gli schemi delle condizioni atmosferiche previste, vale a dire tutti i dati che presumibilmente stanno alla base di questo studio. Sono stati controllati da membri del servizio informazioni, e verificati da alti esponenti delle facoltà scientifiche dell'Università di Lipsia. Non v'è motivo di dubitare della loro autenticità.»

«In effetti» disse il colonnello Mellethin, direttore del Servizio Analisi Operazioni Estere – un uomo smilzo, austero, con gli occhi di chi palesemente non dorme da parecchi giorni – «gli americani sottovalutano la quantità complessiva di munizioni impiegate, per il motivo che regolarmente sopravvalutano la precisione dei sistemi russi di diffusione.» Gli altri due uomini presenti nella stanza notarono immediatamente che era stata usata la parola russi al posti di sovietici.

«Vuole aggiungere qualcos'altro, Mellethin?» chiese seccamente Bitner.

«Compagno Segretario, qual è l'obiettivo di questa guerra dal punto di vista dei russi?»

«La neutralizzazione della NATO e l'accesso a importanti vantaggi economici. Dica quello che ha da dire, compagno colonnello.»

«Compagno, il successo del Patto di Varsavia lascerebbe la Germania unita. Voglio sottolineare che una Germania, sia pure socialista, unita, sarebbe considerata dall'Unione Sovietica come una minaccia strategica – dopo tutto, siamo socialisti migliori di loro, *nicht wahr*?» Mellethin respirò profondamente prima di proseguire. Stava rischiando la vita? E se anche fosse, aveva importanza? Il cognome che portava era stato von Mellethin, e non era stato certo il comunismo a insegnare alla sua stirpe di militari professionisti la fedeltà assoluta allo Stato. «Compagno Segretario del Partito, il successo sovietico in questa operazione lascerà la Germania socialista e quella capitalista con una superficie sterile come quella della luna, con la popolazione decimata nella misura dal dieci al trenta per cento, con il suolo avvelenato, e ciò anche nel caso che non vi sia una ritorsione chimica da parte dell'Occidente. Compagni, abbiamo saputo oggi che gli americani hanno cominciato a trasportare bombe chimiche "Bigeye" da bombardamento aereo alla base di Ramstein. Se i nostri "alleati" usano le armi chimiche, e la NATO li ripaga della stessa moneta, è decisamente possibile che il nostro paese, e la stessa cultura tedesca, spariscano per sempre. Un siffatto obiettivo non è sostenibile dal punto di vista militare, però io avanzo l'ipotesi che possa essere una finalità addizionale, politica, del piano russo.»

Bitner non cambiò minimamente espressione, e i suoi visitatori non poterono rendersi conto del senso di gelo che stava invadendo il capo dello Stato. L'incontro che aveva avuto la settimana prima a Varsavia era stato piuttosto sconcertante, ma adesso le motivazioni celate dietro le vischiose assicurazioni dei capi sovietici sembravano anche troppo chiare.

«Non c'è modo di proteggere la popolazione civile?» chiese perplesso Bitner.

«Compagno» disse il generale con un sospiro. «Questi agenti persistenti non devono necessariamente essere respirati. Passano anche attraverso la pelle. Chi tocca una superficie contaminata, resta avvelenato. Anche se ordiniamo alla gente di non uscire di casa e di tenere chiuse porte e finestre, le case non sono a tenuta stagna. La gente, poi, deve mangiare. I dipendenti di certe industrie chiave devono lavorare. Il personale medico, la polizia, la protezione civile – vale a dire, un certo numero dei cittadini più validi – saranno i più esposti. La nube tossica si sposterebbe, invisibile, praticamente non individuabile, attraverso il paese, lasciando una pellicola sui prati, sugli alberi, sulle siepi, sui muri, sui veicoli, insomma, su tutto. La pioggia ne porterebbe via gran parte, ma le prove fatte anni fa dimostrarono che in alcuni casi le sostanze – ad esempio quelle depositate sulle facce inferiori di sbarre, recinzioni, e simili – possono persistere per settimane, addirittura per mesi. Avremmo bisogno di migliaia di squadre di decontaminazione solo per cominciare a rendere il paese abbastanza sicuro perché i cittadini possano uscire a fare la spesa. Il colonnello Mellethin ha ragione, se i russi usano i gas e gli americani fanno altrettanto, sarebbe un colpo di fortuna avere metà della popolazione ancora viva in capo a sei mesi. Per la verità, è più facile proteggere la cittadinanza dalle armi nucleari che dai gas, inoltre gli effetti delle armi nucleari durano di meno.»

Mosca, URSS

«Che cosa hanno detto?» gridò il ministro della Difesa

«I nostri fraterni alleati socialisti della Repubblica Democratica Tedesca ci hanno informati che non possono non vedere l'uso di armi chimiche sul loro territorio come un motivo di grave preoccupazione a livello nazionale» rispose seccamente il ministro degli Esteri. «Inoltre ci hanno mandato delle relazioni dei servizi d'informazione dalle quali emerge chiaramente che l'uso di tali armi servirebbe soltanto a rafforzare la determinazione della NATO, e forse a dare il via all'uso di altre armi di sterminio di massa.»

«Ma fanno parte del piano!» obiettò il ministro della Difesa.

«Compagni» osservò Sergetov. «Sappiamo tutti che le armi chimiche avranno effetti disastrosi sui civili; non pensate che ciò comprometterebbe la *maskirovka*? Non stiamo forse affermando che siamo in lite con il governo della Germania Occidentale? Come apparirebbe la situazione se nel primo giorno di guerra sterminassimo a freddo migliaia di civili?» *Quanti innocenti dobbiamo ancora massacrare?* pensò.

«C'è un'altra questione, poi» disse Pyotr Bromkovskiy. Vecchio e fragile com'era, aveva pur sempre al proprio attivo l'esperienza dell'ultima guerra contro i tedeschi, per cui le opinioni che esprimeva sulle questioni militari erano tuttora rispettate. «Se usiamo queste armi contro tutti gli eserciti della NATO – d'altronde, come potremmo limitarle alle formazioni tedesche? – l'America e la Francia hanno già dichiarato in modo inequivocabile di considerare i gas come un'arma di distruzione di massa, che controbatterebbero nello stesso modo.»

«L'arsenale americano di armi chimiche fa ridere» rispose il ministro della Difesa.

«Ho visto studi del tuo ministero che non la mettono proprio in questi termini» ribatté secco Bromkovskiy. «Magari ti faresti una risata anche davanti al loro arsenale di armi nucleari! Se noi uccidiamo migliaia di civili tedeschi, il loro governo chiederà che siano usate le armi atomiche contro gli obiettivi in territorio sovietico. Se uccidiamo con i gas migliaia di soldati americani, credi che il Presidente degli Stati Uniti rinuncerà a usare le sue armi di sterminio di massa? Compagni, abbiamo già discusso questo argomento. La guerra contro la NATO è un'operazione politica, no? Vogliamo buttare via il travestimento usando queste armi? Adesso abbiamo la certezza che almeno un paese NATO non parteciperà alla guerra russo-tedesca, ed è per noi una grande vittoria politica. L'uso degli agenti tossici annullerebbe questo vantaggio e farebbe nascere altri pericoli politici provenienti da più direzioni.

«Ritengo che dovremmo tenere qui al Politburo il controllo di tali armi. Compagno ministro della Difesa, stai cercando di dirci che le nostre possibilità di vittoria dipendono unicamente dall'uso delle armi di distruzione di massa?» Il vecchio comunista si sporse in avanti e parlò in tono aspro e deciso. «È cambiata la situazione? Avevi detto che, se venisse a mancare la sorpresa strategica, potremmo sempre ritirare le nostre forze. Abbiamo perso il fattore sorpresa?»

Il viso del ministro della Difesa si irrigidì. «L'esercito sovietico è pronto, e in grado di portare a compimento la missione. È troppo tardi per ritirarci. Anche questa è una questione politica, Petya.»

«La NATO sta mobilitando» disse Sergetov.

«In ritardo e con poca convinzione» rispose il direttore del KGB. «Abbiamo staccato un paese dall'alleanza NATO. Ci stiamo dando da fare con gli altri membri, e operiamo con impegno in tutta l'Europa e in America per spargere la disinformazione sull'attentato al Cremlino. La determinazione della gente nei paesi NATO è debole. Non hanno voglia di combattere una guerra per degli assassini come i tedeschi, e i capi politici dei vari paesi troveranno il modo di dissociarsi dal conflitto.»

«Ma non se sterminiamo i civili con i gas» ammise il ministro della Difesa. «Petya e il giovane Sergetov hanno ragione: il prezzo politico di queste armi è decisamente troppo alto.»

Washington, D.C.

«Ma perché? Perché lo fanno?» domandò il Presidente.

«Francamente, non lo sappiamo, signore.» La domanda metteva chiaramente a disagio il direttore della CIA. «Sappiamo solo che l'attentato al Cremlino è stato completamente montato ad arte...»

«Ha visto il *Post* questa mattina? La stampa dice che quel tipo, "Falken", porta stampato addosso "CIA" o il suo equivalente tedesco.»

«Signor Presidente, la verità è che Herr Falken era quasi certamente un agente sovietico "dormiente" agli ordini del KGB. I tedeschi non sono riusciti a scoprire molto su di lui. È come se fosse uscito dal nulla tredici anni fa, dopodiché ha diretto tranquillamente per dodici anni la propria ditta di import-export. Signore, tutte le informazioni in nostro possesso dicono che i sovietici sono pronti per un attacco contro la NATO. Non risulta, infatti, che stiano smobilitando i militari al termine della ferma, né che si stiano preparando ad accogliere la nuova leva di reclute che doveva cominciare ad arrivare qualche giorno fa. Infine, abbiamo il caso di questo maggiore della Spetznaz che i tedeschi hanno catturato. Era infiltrato nella Repubblica Federale già prima del colpo della bomba, con l'ordine di attaccare un centro di comunicazioni della NATO. Quanto al perché... Signor Presidente, non lo conosciamo proprio. Siamo in grado di riferire che cosa stanno facendo i russi, ma non i motivi per cui lo fanno.»

«Ho detto al paese ieri sera che riusciremo a controllare la situazione con mezzi diplomatici...»

«Potremmo ancora farlo. Abbiamo bisogno di comunicare direttamente con i sovietici» disse il consigliere del Presidente sulle questioni della sicurezza nazionale. «Finché non rispondono in modo positivo, però, dovremo far vedere loro che anche noi facciamo sul serio. Signor Presidente, è necessario richiamare altri riservisti.»

Nord Atlantico

La *Julius Fucik* stava rollando di dieci gradi con mare al traverso. Era duro per i soldati, notò il capitano Kherov, però se la cavavano bene, per essere gente di terra. Gli uomini dell'equipaggio, appesi fuori bordo, stavano spruzzando vernice per cancellare i contrassegni Interlighter e sovrapporvi l'emblema della Lykes Lines. I soldati erano intenti a tagliare una parte della sovrastruttura per uniformare la nave alla sagoma della *Doctor Lykes*, nave portachiatte battente bandiera statunitense, non troppo diversa dalla *Fucik*. L'unità sovietica era stata costruita anni prima nel cantiere finlandese Valmet su disegni acquistati in America. Il settore dei verricelli era già stato verniciato completamente di nero, il colore che contraddistingueva la Lykes, e nero era anche il rombo dipinto su ambo i lati della sovrastruttura. Squadre di marinai stavano modificando, con l'ausilio di elementi prefabbricati, la forma e il colore dei due fumaioli. Restava il lavoro più duro, quello di pitturare lo scafo. La scritta della Interlighter era di ventiquattro lettere. Per sostituirle, si dovevano usare delle mascherine di tela, avendo cura che i caratteri riuscissero nitidi e precisi. Il peggio era che non si poteva verificare la qualità del lavoro se non mettendo in mare una delle lance, e il capitano non aveva né il tempo né la voglia di farlo.

«Quanto ci vorrà ancora, compagno capitano?»

«Almeno quattro ore. Il lavoro procede bene.» Kherov era visibilmente preoccupato. Si trovavano in mezzo all'Atlantico, lontano dalle rotte abituali, e non si poteva prevedere...»

«E se siamo avvistati da un aereo o da un'unità americana?» domandò il generale Andreyev.

«In quel caso, avremo modo di vedere quanto sono state utili le esercitazioni per il controllo dei danni – e la missione andrà a rotoli.» Kherov accarezzò con la mano il lucido mancorrente di teck. Da sei anni comandava quella nave, l'aveva portata in quasi tutti i porti dell'Atlantico meridionale e settentrionale. «Adesso andremo più veloci: navigheremo meglio con il mare di prua.»

Mosca, URSS

«Quando pensi di partire?» chiese Flynn a Calloway.

«Presto, Patrick. Parti anche tu, spero.» Ambedue avevano i figli in collegio, e avevano rimandato le mogli in Occidente il giorno prima.

«Non lo so. Non mi è mai successo di tagliare la corda.» Lo testimoniavano le cicatrici che aveva sul corpo. Guardò torvo il palco vuoto in fondo alla sala. «Mi pagano per fornire notizie.»

«Ma non potrai farlo dall'interno di una cella nel carcere di Lefortovo, amico» osservò Calloway. «Non ti basta un premio Pulitzer?»

Flynn rise. «Credevo di essere il solo a ricordarlo. Che cosa sai che non sappia anch'io, Willie?»

«So che non me ne andrei senza un motivo dannatamente buono. E se lo è per me, Patrick, lo è anche per te.» Gli era stato detto soltanto la sera prima che le probabilità di una soluzione pacifica della crisi erano ormai meno del cinquanta per cento. Il corrispondente della Reuter ringraziò per la centesima volta la decisione di collaborare con il SIS.

«Ci siamo.» Flynn tirò fuori il blocco per gli appunti.

Il ministro degli Esteri entrò dalla porta consueta e andò al leggìo. Aveva un aspetto insolitamente sciatto, con il vestito spiegazzato e il colletto della camicia non troppo pulito. Dava l'impressione di essere stato alzato tutta la notte a cercare di risolvere la crisi tedesca per via diplomatica. Quando levò lo sguardo, strizzò gli occhi dietro le lenti.

«Signore e signori, un anno così lusinghiero per le relazioni Est-Ovest si è trasformato in cenere nella bocca di noi tutti. Gli Stati Uniti, l'Unione Sovietica e le altre nazioni che hanno accettato il nostro invito a Vienna sono molto vicine – questione di qualche settimana – alla conclusione di un accordo generale sul controllo delle armi nucleari strategiche. L'America e l'Unione Sovietica hanno stipulato ed eseguito un contratto per la fornitura di grano con celerità e spirito di collaborazione senza precedenti. Mentre vi parlo, sono in corso le operazioni di discarica nel porto di Odessa, sul Mar Nero. Il turismo occidentale in Unione Sovietica ha raggiunto il livello record, e questo è forse il riflesso più sincero dello spirito di distensione: i nostri popoli cominciano a fidarsi l'uno dell'altro. Ma tutto questo sforzo, tutto l'impegno dell'Est e dell'Ovest per giungere a una pace giusta e duratura, sono stati fatti crollare da un pugno di revanscisti che non hanno assimilato la lezione della seconda guerra mondiale.

«Signore e signori, l'Unione Sovietica ha in mano le prove inconfutabili che il governo della Repubblica Federale Tedesca ha fatto esplodere una bomba nel Cremlino, come parte di una manovra per riunificare con la forza le due Germanie. Siamo in possesso di documenti segreti tedeschi dai quali risulta che il governo della Germania Occidentale ha progettato di rovesciare il governo sovietico e di approfittare del periodo di confusione che ne deriverebbe per ripristinare la Germania quale massima potenza dell'Europa continentale. Ogni europeo sa che cosa ciò significherebbe agli effetti della pace mondiale.

«Nel corso di questo secolo, la Germania ha occupato per due volte il mio paese. Più di quaranta milioni di cittadini sovietici sono caduti per respingere le due invasioni, e non dimentichiamo i molti milioni di altri europei – polacchi, belgi, olandesi, francesi, inglesi – rimasti anch'essi vittime del nazionalismo tedesco. Non dimentichiamo neppure gli uomini e le donne venuti dagli Stati Uniti, quali nostri alleati, per proteggere la pace in Europa. Dopo la seconda guerra mondiale, avevamo creduto tutti che il problema fosse definitivamente risolto. Era questo il fondamento dei trattati che dividevano la Germania e l'Europa in sfere d'influenza – ricorderete che tali sfere furono ulteriormente ratificate dagli Accordi del 1975 a Helsinki – il cui equilibrio doveva servire a rendere impossibile una guerra in Europa.

«Sappiamo che il riarmo della Germania a opera dell'Occidente, pretesa misura difensiva contro un'immaginaria minaccia da est – sebbene il Patto di Varsavia sia stato stipulato parecchio tempo dopo la costituzione della NATO – fu il primo passo del progetto occidentale di unificare la Germania come pedina da opporre all'Unione Sovietica. La stupidità e la futilità di tale manovra adesso sono lampanti. Io chiedo a voi se c'è qualcuno in Europa che desideri veramente la riunificazione della Germania. Perfino i paesi della NATO hanno smesso da anni di agitarsi in proposito, salvo, naturalmente, alcuni tedeschi che ricordano i giorni del potere germanico ben diversamente da come lo vedono quelli, fra noi, che ne furono vittime.

«La Repubblica Federale Tedesca ha evidentemente ribaltato la posizione con gli alleati occidentali, e vuole usare la NATO come uno scudo dal cui riparo lanciare le proprie operazioni offensive, che non possono avere altra mira se non quella di sconvolgere l'equilibrio dei poteri che hanno salvaguardato la pace in Europa per due generazioni. Anche se potrebbe mettere sotto accusa l'Occidente per avere creato questa situazione, l'Unione Sovietica non, ripeto, non considera l'America o i suoi alleati NATO responsabili dell'accaduto. Anche il mio paese ha dovuto imparare l'amara lezione che i presunti alleati si possono rivoltare contro i presunti amici, così come un cane può azzannare il proprio padrone.

«L'Unione Sovietica non desidera assolutamente che vada perduto il sensazionale progresso registrato quest'anno nelle relazioni con il mondo occidentale.» Il ministro degli Esteri fece una pausa, poi riprese. «Però l'Unione Sovietica non può ignorare, né dimenticare, che è stato compiuto un atto deliberato di aggressione contro l'Unione Sovietica, sul suolo sovietico.

«Il nostro governo consegnerà oggi una nota a quello di Bonn. In cambio della nostra tolleranza, quale prezzo per la conservazione della pace, chiediamo che il governo di Bonn smobiliti immediatamente il proprio esercito, riducendone gli effettivi allo stretto necessario per il mantenimento dell'ordine pubblico. Vogliamo inoltre che il governo di Bonn ammetta l'azione aggressiva che ha commesso, rassegni le dimissioni e indica nuove consultazioni elettorali, affinché gli stessi tedeschi possano giudicare direttamente il modo in cui sono stati serviti. Infine, chiediamo e pretendiamo il pagamento di adeguate riparazioni al governo dell'Unione Sovietica e alle famiglie di coloro che sono stati così spietatamente assassinati dai nazionalisti tedeschi che si nascondono sulla riva sinistra del Reno. La mancata adesione a queste richieste provocherà le più gravi conseguenze.

«Come ho detto, non abbiamo motivo di ritenere che altre nazioni occidentali siano complici di questo atto di terrorismo internazionale. La crisi, pertanto, è una questione che riguarda l'Unione Sovietica e la Repubblica Federale Tedesca. Auspichiamo che essa possa essere risolta per via diplomatica. Noi invitiamo il governo di Bonn a considerare le conseguenze delle proprie azioni con la massima prudenza e speriamo che agisca in modo da mantenere la pace.

«Non ho altro da dire.» Il ministro degli Esteri raccolse le carte. I giornalisti non fecero nemmeno il tentativo di lanciargli domande mentre usciva.

Flynn si cacciò in tasca il blocco e avvitò il cappuccio della penna stilografica. Il corrispondente della Associated Press era rimasto a Phnom Penh rischiando la pelle per vedere l'arrivo dei Khmer Rossi. Aveva fatto servizi su guerre, rivoluzioni, sommosse, e la dedizione professionale gli aveva fruttato due ferite. Sì, fare il corrispondente di guerra era un mestiere da giovani.

«Quando conti di partire?»

«Mercoledì al più tardi. Ho già i biglietti della SAS e le prenotazioni per Stoccolma» rispose Calloway.

«Oggi telegrafo a New York di chiudere l'ufficio di Mosca. Sarò qui finché parti, Willie, ma è ora di andare via. Se dovrò fare altri servizi su questa storia, li farò da un luogo più sicuro.»

«In quante guerre sei stato corrispondente, Patrick?»

«La prima è stata la Corea, e poi non ne ho mancate molte. A momenti morivo dissanguato in un posto chiamato Con Thien. Mi sono anche preso due schegge di granata nel Sinai, nel '73.»

USS Pharris

DEFCON-2. NORME PER IL COMBATTIMENTO. OPZIONE BRAVO ORA IN VIGORE. QUESTO MESSAGGIO DEVE ESSERE INTERPRETA-

TO COME PREAVVISO DI GUERRA, lesse Morris nella segretezza della propria cabina. LE OSTILITÀ FRA LA NATO E IL PATTO DI VARSAVIA ATTUALMENTE VANNO CONSIDERATE COME PROBABILI, MA NON CERTE. ADOTTATE TUTTE LE MISURE IDONEE PER LA SICUREZZA DELLA VOSTRA UNITÀ. LE OSTILITÀ POTREBBERO AVERE INIZIO SENZA, RIPETO, SENZA PREAVVISO.

Morris alzò il ricevitore. «Mandate il primo ufficiale nella mia cabina.»

Un minuto dopo l'ufficiale era da lui.

«Mi risulta che ha ricevuto un messaggio, comandante.»

«DEFCON-2, Norme di Combattimento Opzione Bravo.» Porse il dispaccio. «Inizieremo subito ad attuare la Condizione Tre ventiquattr'ore su ventiquattro. Addetti ai missili ASROC antisommergibili e ai tubi lancia siluri in servizio a tempo pieno.»

«Che cosa diciamo agli uomini?»

«Intendo parlarne prima in quadrato ufficiali, poi con l'equipaggio. Per il momento non abbiamo ordini operativi specifici. Prevedo che dovremo dirigere su New York o su Norfolk per servizio di scorta convogli.»

USS Nimitz

«Okay, Toland, sentiamo.» Baker si appoggiò allo schienale della poltrona.

«Ammiraglio, la NATO ha aumentato il livello di all'erta. Il Presidente ha autorizzato il DEFCON-2. La riserva della flotta è in fase di mobilitazione. L'approntamento generale inizia alle 01,00 ora di Greenwich. Gli aerei delle linee commerciali sono già stati passati al servizio militare. Gli inglesi hanno messo in atto il Queen's Order Numero Due. Ci sarà un bel po' di movimento nella maggior parte degli aeroporti tedeschi.»

«Quanto tempo occorre per completare l'approntamento generale?»

«Da otto a dieci giorni, signore.»

«Non è detto che li abbiamo.»

«No, signore.»

«Mi dica qualcosa sui loro satelliti da ricognizione.»

«Ammiraglio, in questo momento c'è in orbita un satellite radar da ricognizione oceanica, il Kosmos 1801. È abbinato al satellite d'informazione elettronica Kosmos 1813. Il 1801 è del tipo a propulsione nucleare, e pensiamo che abbia la capacità fotografica adatta per appoggiare il sistema radar.»

«Non ne ho mai sentito parlare.»

«La NSA ha individuato mesi fa indicazioni di un segnale video, ma l'informazione non è mai stata passata alla Marina perché priva di conferma.» Toland non precisò che, a quell'epoca, era stato stabilito che la Marina non aveva bisogno di saperlo. *Ne ha bisogno adesso, invece*, si disse Toland, *e io sono qui*. «Prevedo che i russi abbiano un altro satellite pronto per il lancio, e forse qualcun altro in scuderia. Hanno lanciato un numero insolito di satelliti da comunicazione di bassa quota, più parecchi altri d'informazione elettronica – normalmente ne hanno in orbita sei o sette, ma in questo momento il totale è di dieci. Con ciò, hanno una copertura decisamente buona in fatto di ELINT. Se produciamo rumori di tipo elettronico, li sentiranno.»

«E non ci possiamo fare un canchero.»

«Per un po' di tempo no, signore» confermò Toland. «L'Aviazione ha i propri missili antisatellite, sei o sette se ricordo bene, ma sono stati provati una volta sola contro un satellite vero, e dall'anno scorso c'è una moratoria su questo tipo di prove. L'Aviazione probabilmente può rispolverarli per riattivare il programma, ma ci vorrà qualche settimana. I sovietici danno precedenza assoluta ai satelliti radar» concluse Toland.

«Okay. I nostri ordini sono di incontrare la *Saratoga* alle Azzorre e scortare l'Unità Anfibia dei marines in Islanda. Mi sa che i russi ci osserveranno per tutto il viaggio! C'è da sperare che, quando arriveremo, il governo islandese ci lasci sbarcare. Ho appena saputo che Reykjavik non ha ancora stabilito se la crisi è vera oppure no. Dio santo, mi chiedo se la NATO resterà unita.»

«A quanto pare, abbiamo le prove che si tratta di una montatura, ma non dobbiamo sapere che prove siano. Il guaio è che diversi paesi stanno dando credito alla pantomima, quanto meno ufficialmente.»

«Già, buona questa. Voglio che lei aggiorni continuamente la valutazione del pericolo rappresentato dai sottomarini e dall'Aviazione sovietica su base continuativa. Mi informi all'istante di qualsiasi cambiamento, anche minimo, nella composizione della loro flotta.»

15

Il bastione sacrificato

USS Chicago

«Scandaglio?» chiese quietamente McCafferty.

«Cinquanta piedi sotto la chiglia» rispose pronto l'ufficiale di rotta. «Siamo ancora parecchio fuori dalle acque territoriali russe, ma fra venti minuti cominceremo a trovare le secche, comandante.» Era l'ottava volta nel giro di mezz'ora che faceva commenti su quello che li aspettava.

McCafferty annuì. Non voleva parlare né fare rumori superflui. Nella centrale d'attacco del *Chicago* la tensione era sospesa nell'aria, palpabile come il fumo delle sigarette che il ventilatore non riusciva a dissipare completamente. Guardandosi intorno vide gli uomini dell'equipaggio che manifestavano i vari stati d'animo, chi alzando un sopracciglio, chi scuotendo lievemente la testa. Il più nervoso di tutti era l'ufficiale di rotta. Il *Chicago* poteva anche essere nelle acque territoriali russe, questione legale di non grande rilievo. A nordest c'era il Capo Kanin, a nordovest il Capo Svyatoy. I sovietici accampavano diritti sull'intera regione come "baia storica", mentre gli Stati Uniti avevano deciso di riconoscere soltanto la fascia di ventiquattro miglia sancita dal diritto internazionale. Nessuno, a bordo, ignorava che ben difficilmente i russi si sarebbero rivolti alla Convenzione Marittima Internazionale. Era più probabile che sparassero subito. Ma sarebbero riusciti, i russi, a trovarli?

L'acqua era profonda poco più di trenta braccia ma, come i grandi squali, i sottomarini nucleari sono fatti per le acque profonde. Lo schema tattico mostrava il rilevamento di tre navi sovietiche di pattuglia: due fregate della classe Grisha e una corvetta della classe Poti, tutte unità specializzate antisommergibili. Distavano parecchie miglia, ma anche così costituivano una indiscutibile minaccia.

La sola circostanza favorevole era una forte tempesta in superficie. Il vento a venti nodi e i rovesci di pioggia producevano un frastuono che interferiva con il funzionamento del sonar, che era l'unico mezzo sicuro con cui potevano ricevere informazioni.

C'erano poi gli imponderabili. Di quali dispositivi di ascolto disponevano i sovietici in quella zona? L'acqua era abbastanza limpida perché gli elicotteri o gli aerei antisommergibili riuscissero a vederli? Poteva esserci un'unità diesel della classe Tango da quelle parti, sospinta silenziosamente dai motori elettrici? Non era possibile saperne di più, se non dal ronzio delle eliche di un siluro diretto su di loro o, risposta ancora più netta, dall'esplosione di una bomba di profondità. McCafferty ponderò tutti i pro e i contro dell'ordine prioritario del COMSUBLANT, appena ricevuto:

Identificate subito le zone d'operazione degli SSBN della Flotta Rossa.

I termini in cui era redatto l'ordine non lasciavano molta elasticità. Dovevano cercare gli SSBN – i sottomarini a propulsione nucleare armati di missili balistici.

«Quanto è preciso il punto inerziale?» domandò McCafferty nel tono più indifferente possibile.

«Duecento metri più o meno.» L'ufficiale di rotta non alzò neppure lo sguardo.

Il comandante si limitò a emettere un brontolio, sapendo che cosa pensava il subalterno. Avrebbero dovuto ricevere un rilevamento da satellite NAVSTAR qualche ora prima, ma il rischio di essere individuati era troppo alto in un'area affollata da navi sovietiche di superficie. Duecento metri, più o meno, erano una buona approssimazione secondo qualsiasi criterio razionale, ma non quando si era in immersione in acque poco profonde al largo della costa nemica. Quanto erano precise le carte? Vi erano relitti non segnati in quei fondali? Anche se i dati di navigazione fossero stati esattissimi, in capo a poche miglia gli spazi sarebbero stati così stretti che anche una svista di duecento metri avrebbe potuto farli arenare, danneggiando il sottomarino e... facendo rumore. Il capitano alzò le spalle. Il *Chicago* era la migliore unità del mondo per questo tipo di missione. Si era già trovato in circostanze del genere, e non poteva preoccuparsi di tutte le cose in una volta. McCafferty andò ad affacciarsi al locale del sonar.

«Che cosa sta facendo l'amico?»

«Come prima, comandante. Nessun cambiamento nel livello di suono irradiato dal bersaglio. Viaggia a quindici nodi, diritto davanti a noi, a non più di duemila metri. Un'autentica crociera, signore» concluse con una punta d'ironia il sottufficiale addetto al sonar.

Una crociera. I sovietici facevano uscire i sottomarini armati di missili balistici al ritmo di uno ogni quattro ore. La maggior parte era già in mare. Non l'avevano mai fatto prima. Tutti, poi, sembravano diretti a est, non a nord e a nordest come facevano di solito quando incrociavano nel Mar di Barents o di Kara o, ultimamente, addirittura sotto la calotta polare. Il SACLANT aveva avuto l'informazione dall'aereo norvegese P-3 che pattugliava il Punto di Controllo Charlie, e cioè la località, cinquanta miglia al largo, in cui si immergevano i sottomarini sovietici. Il *Chicago*, essendo il più vicino alla zona, era stato mandato a investigare.

Avevano ben presto individuato un Delta-III, sottomarino sovietico di tipo moderno armato di missili denominato "boomer", e gli si erano messi alle calcagna. Nell'inseguimento, si erano tenuti tutto il tempo entro la curva di profondità di cento braccia... finché il bersaglio non aveva virato a sudest, in acque basse, verso Mys Svyatoy Nos, porta d'accesso al Mar Bianco, e tutto quel percorso era compreso nelle acque territoriali sovietiche.

Fino a che punto avrebbero osato seguirlo? E che cosa stava succedendo? McCafferty ritornò alla centrale e si diresse al periscopio.

«Diamo un'occhiata intorno» disse. «Alza periscopio». Un sottufficiale girò l'anello idraulico di comando e il periscopio di tribordo scivolò fuori dal pozzetto. «Ferma!» McCafferty si chinò ad afferrare lo strumento al momento in cui il nostromo lo arrestava sotto il pelo dell'acqua. Curvo in una posizione orribilmente scomoda, il comandante fece compiere un giro completo al periscopio. Sulla paratia anteriore vi era un monitor televisivo collegato a una telecamera incorporata. Era sotto il controllo del comandante in seconda e di un sottufficiale anziano.

«Nessun'ombra» disse McCafferty. Nulla faceva sospettare la presenza di qualcosa.

«D'accordo, comandante» confermò il secondo.

«Controllare con sonar.»

Gli addetti al sonar ascoltarono con attenzione. Gli aerei in volo facevano parecchio rumore, ma non sarebbe stato difficile sentirli. Adesso, però, non sentivano niente, il che non significava che non vi fosse qualcosa in giro, come ad esempio un elicottero ad alta quota, o un altro Grisha alla deriva con i diesel spenti per captare la presenza del *Chicago* o di altri sottomarini.

«Il sonar dice che non rileva niente, comandante» riferì il primo ufficiale.

«Altri due piedi» ordinò McCafferty.

Il nostromo azionò ancora la leva facendo salire il periscopio di ventitré pollici, appena fuori dall'acqua nel cavo dell'onda.

«Comandante!» Era il capo tecnico ESM. Sul punto più alto del periscopio del *Chicago* c'era un'antenna miniaturizzata che trasmetteva segnali a un sintonizzatore a banda larga. Nel momento in cui sporse dall'acqua, tre luci lampeggiarono sul quadro di allarme tattico ESM. «Leggo tre... cinque, forse sei radar di ricerca su banda I. Le caratteristiche della segnatura dicono radar di ricerca da nave o da terra, non, ripeto, non su aereo. Nulla su banda J.» Il tecnico cominciò a leggere i rilevamenti.

McCafferty si rilassò. Non era assolutamente possibile per un radar individuare un bersaglio piccolo come un periscopio, fra quelle onde. Fece un altro giro completo. «Non vedo navi di superficie. Nessun aereo. Onde di circa cinque piedi. Valuto il vento come proveniente da nordest a venti, diciamo venticinque nodi.» Fece scattare i manici all'insù e indietreggiò di un passo. «Abbassa periscopio.» Il tubo d'acciaio oliato stava già scendendo prima che egli avesse finito di pronunciare l'ordine. Il comandante fece un cenno di approvazione al sottufficiale, che teneva in mano un cronometro. Il periscopio era stato fuori per il tempo complessivo di cinque secondi e nove decimi. Dopo quindici anni sui sommergibili, McCafferty si stupiva ancora a vedere tante persone capaci di fare un così gran numero di cose in soli sei secondi. Ai tempi della scuola sommergibilisti, la norma era di sette secondi.

L'ufficiale di rotta esaminò brevemente la carta, assistito da un sottufficiale che tracciava i rilevamenti alle fonti dei segnali.

«Comandante.» L'ufficiale alzò gli occhi. «I rilevamenti radar indicano due trasmettitori noti da terra; tre serie Don-2 confermano i rilevamenti di Sierra-2, -3 e -4.» Si riferiva alle posizioni tracciate per le tre navi di superficie sovietiche. «Un trasmettitore non è identificato, a rilevamento zero-quattro-sette. A cosa ti fa pensare, Harkins?»

«Un radar di ricerca da terra su banda I, uno di quei nuovi "bidoni da spiaggia"» rispose il tecnico, leggendo i valori della frequenza e della larghezza degli impulsi. «Segnale debole e piuttosto confuso, signore. Grande attività, comunque, e tutte le trasmittenti sono sintonizzate su frequenze diverse.» Il tecnico voleva dire che tutte le ricerche a mezzo radar erano ben coordinate, in modo che le singole trasmittenti radar non interferissero fra di loro.

Un elettricista riavvolse il nastro videomagnetico, così McCafferty poté riesaminare ciò che aveva visto attraverso il periscopio. L'unica differenza stava nel fatto che la telecamera era in bianco e nero. Dovettero fare passare il nastro al rallentatore per cogliere con chiarezza le immagini, tanto era stata rapida l'osservazione visiva del comandante.

«Strano come può far piacere non vedere niente, eh, Joe?» disse al secondo. La cappa di nubi era sensibilmente più bassa di mille piedi, e il movimento delle onde aveva rapidamente velato il periscopio con minute gocce d'acqua. *Nessuno ha ancora inventato un dispositivo valido per tenere pulita la lente*, rifletté McCafferty, *anche se verrebbe da pensare che dopo ottanta e più anni...*

«L'acqua sembra piuttosto scura» rispose Joe speranzoso. L'avvistamento da parte di un velivolo antisommergibili è uno degli incubi di chi viaggia su un sottomarino.

«Non sembra il giorno adatto per volare, vero? Non credo che dobbiamo preoccuparci che qualcuno riesca a buttare l'occhio su di noi.» Il comandante parlò a voce alta in modo che gli uomini della sala di controllo potessero udirlo.

«Per le prossime due miglia, la profondità dell'acqua aumenta» riferì l'ufficiale di rotta.

«Di quanto?»

«Cinque braccia, signore.»

McCafferty guardò il comandante in seconda, che in quel momento stava dirigendo la navigazione. «Approfittiamone.» *Non si sa mai*, pensò, *qualche pilota di elicottero potrebbe magari avere il suo giorno fortunato...*

«*Aye*. Comando immersione, scendete di altri venti piedi. Adagio.»

«*Aye*.» Il capo diede gli ordini agli addetti ai timoni di profondità, mentre si potevano udire i sospiri provenienti dalla centrale di attacco.

McCafferty scosse il capo. *Quando è stata l'ultima volta che hai visto gli uomini rallegrarsi per un cambiamento di profondità di venti piedi?* si domandò. Andò al sonar. Non ricordava nemmeno più di esserci stato venti minuti prima.

«Che cosa fanno gli amici, capo?»

«Le unità di pattuglia sono ancora deboli, signore. Sembra che stiano girando in tondo, i rilevamenti si spostano avanti e indietro. Il regime dell'elica del "boomer" è costante, signore, sta incrociando a quindici nodi. Non proprio tranquillo, però. Voglio dire, abbiamo ancora un sacco di rumori meccanici. Lavori di manutenzione, parecchi, in corso là sopra, a giudicare dal fracasso. Vuole ascoltare, comandante?» Il capo porse una cuffia. La gran parte della scansione del sonar veniva fatta visivamente – i computer di bordo convertivano i segnali acustici in ottici su teleschermo, e le immagini facevano pensare a quelle dei videogiochi. Niente, però, poteva sostituire l'ascolto. McCafferty si mise la cuffia.

Dapprima udì il ronzio delle pompe del reattore sul Delta. Giravano a medio regime, spingendo l'acqua dalla vasca al generatore di vapore. Si concentrò sul rumore delle eliche. Il sottomarino nucleare russo aveva una coppia di eliche a cinque pale, e il comandante cercò di calcolare la frequenza del "*chugachuga*" corrispondente alla rotazione di ciascuna pala. Niente, doveva prendere per buona la parola del capo, come faceva sempre... *klang!*

«Cos'è stato?»

Il sottufficiale si rivolse a un altro operatore anziano. «Portello che sbatte?»

L'addetto al sonar scosse la testa. «Ho l'impressione piuttosto che qualcuno abbia fatto cadere una chiave. Vicino, proprio molto vicino.»

Il comandante non poté trattenersi dal sorridere. Tutti, a bordo, affettavano un'aria disinvolta che era chiaramente simulata. Senza dubbio erano tutti tesi quanto lui, e McCafferty chiedeva solo di andarsene al più presto fuori dai piedi, via da quel miserabile buco. Ovvio, non poteva comportarsi in modo da fare preoccupare più del giusto l'equipaggio; il comandante deve sempre avere l'assoluto controllo di sé. *Che giochi del cavolo!* si disse. *Cosa diavolo stiamo facendo qui? Cosa sta capitando in questo mondo scombinato? Non voglio fare nessuna fottuta guerra!*

Si appoggiò allo stipite, proprio davanti al centro controllo, a pochi piedi dalla sua cabina, desiderando solo di poterci entrare, buttarsi sul letto per un paio di minuti, respirare profondamente, magari andare al lavabo e spruzzarsi un po' d'acqua fredda in viso... ma allora gli sarebbe capitato di guardarsi per un attimo nello specchio. Niente di tutto ciò. Il comando di un sottomarino era uno degli ultimi mestieri degni di un dio che fossero rimasti al mondo, ed esigeva un comportamento adeguato. Come adesso. *Sii all'altezza, Danny.* Estrasse un fazzoletto dalla tasca posteriore e si strofinò il naso, il viso cristallizzato in un'espressione neutra, quasi annoiata, mentre gli occhi scorrevano i display del sonar. Il freddo comandante...

McCafferty ritornò alla centrale di attacco dicendosi che aveva già speso abbastanza tempo a rassicurare gli uomini del sonar senza fare pesare la propria attenzione. La dose giusta. Si guardò intorno senza parere. La stanza era affollata come un bar irlandese il giorno di San Patrizio. I visi impassibili, almeno esternamente, grondavano di sudore, malgrado la climatizzazione. I tracciatori, in particolare, erano concentrati sugli strumenti, intenti a guidare il sottomarino verso il fondo con l'ausilio di un display a definizione elettronica. Il sottufficiale più anziano del *Chicago*, addetto all'immersione, li osservava da dietro le spalle.

Al centro della sala controllo, i due periscopi d'attacco erano completamente abbassati. Un sottufficiale stava in posizione, pronto ad alzarli. Il comandante in seconda passeggiava avanti e indietro nel poco spazio disponibile, guardando la carta ogni volta che faceva dietrofront in fondo al locale, e cioè a intervalli di venti secondi. Non c'era molto di cui lamentarsi. Tutti erano tesi, ma il lavoro veniva eseguito a modo.

«Tutto considerato» dichiarò McCafferty in modo che ognuno lo sentisse «le cose vanno benino. Le condizioni atmosferiche in superficie giocano a nostro favore. Non è facile individuarci.»

«Plancia, qui sonar.»

«Plancia, *aye*.» Il comandante prese il ricevitore.

«Crepitii di scafo. Sembra che stia emergendo. Sì, il bersaglio sta riempiendo d'aria i serbatoi, comandante.»

«Ricevuto. Ci tenga informati, capo.» McCafferty posò il ricevitore e si diresse al tavolo di carteggio. «Perché mai emergeva adesso?»

L'ufficiale di rotta rubò una sigaretta a un marinaio e l'accese. McCafferty sapeva che non fumava. Il tenente ne fece un po' una scenetta, ottenendo in cambio un sorrisetto e una malinconica smorfia dai presenti. Poi guardò verso il comandante.

«Signore, c'è qualcosa che non va in tutto questo» disse piano il tenente.

«Una cosa soltanto» rispose il comandante. «Perché è emerso qui?»

«Plancia, qui sonar.» McCafferty si fece avanti e riprese il ricevitore. «Comandante, il "boomer" sta emettendo un soffio prolungato, sì, sta proprio riempiendo i serbatoi, signore.»

«Nient'altro di strano?»

«No, signore, però deve avere usato un bel po' della riserva d'aria.»

«Okay, capo, grazie.» McCafferty riappese e si domandò se ciò poteva significare qualcosa.

«È già venuto qui, comandante?» s'informò l'ufficiale di rotta.

«Ho inseguito parecchie navi russe, però mai in queste acque.»

«Il bersaglio dovrà emergere in ogni modo, ci sono soltanto sessanta piedi d'acqua di qui a Terskiy Bereg» disse l'ufficiale di rotta, segnando con un dito il percorso sulla carta.

«E noi dobbiamo lasciar perdere l'inseguimento» ammise McCafferty. «Ma solo fra quaranta miglia.»

«Già» confermò l'ufficiale. «Ma nelle ultime cinque miglia il golfo ha cominciato a stringersi a imbuto. Per un sommergibile in immersione, alla fine si riduce a due corsie sicure, poi a una sola.

Hum, non so proprio.» McCafferty andò verso poppa a esaminare la carta.

«Si è accontentato di viaggiare a quindici nodi, a quota periscopica, per tutto il percorso da Kola. La profondità utile è sempre la stessa da cinque ore (con qualche avvallamento ogni tanto) ed è probabile che rimanga così per un'altra ora o due... e con tutto questo, lui emerge. Così – disse McCafferty – la sola variante nelle condizioni ambientali è la larghezza del canale, che però è ancora superiore a venti miglia...» Rimuginò la questione guardando la carta. Vi fu un'altra chiamata dal sonar.

«Plancia, *aye*. Cosa c'è, capo?»

«Nuovo contatto, signore, a rilevamento uno-nove-due. Bersaglio designato Sierra-5. Nave di superficie a due eliche, motori diesel. Saltata fuori all'improvviso, signore. Dal suono, sembra della classe Natya. Il rilevamento si sposta lentamente verso sinistra, direi in rotta di convergenza con il "boomer". Dalla frequenza delle eliche, la velocità risulta di circa dodici nodi.»

«Che cosa fa il "boomer"?»

«Velocità e rilevamento invariati, signore. Il soffio è finito. È in superficie, signore, cominciamo a sentire il battito e qualche cos'altro sulle eliche – un momento, è entrato in azione un sonar attivo, riceviamo i riverberi, il rilevamento sembra circa uno-nove-zero, probabilmente viene dal Natya. È un sonar ad altissima frequenza, sopra la gamma acustica. La valuto in ventiduemila hertz.»

Di colpo McCafferty si sentì un nodo gelato nello stomaco.

«Primo ufficiale, prendo il comando.»

«*Aye*, comandante, è suo.»

«Ufficiale all'immersione: salire a sessanta piedi, alto il più possibile senza straorzare. Osservazione! Fuori periscopio!» Il periscopio da ricerca salì, McCafferty lo afferrò come aveva fatto prima e osservò rapidamente la superficie del mare per vedere se c'erano ombre. «Altri tre piedi. Okay, ancora niente. Qual è la lettura dell'ESM?»

«Sette fonti di radar attivi, comandante. Stessi rilevamenti di prima, più un altro a uno-nove-uno. Fa pensare a un altro Don-2.»

McCafferty girò la manopola del periscopio a forza 12, la regolazione massima. Il sottomarino missilistico sovietico era molto alto sull'acqua.

«Joe, mi dica che cosa vede.» McCafferty voleva avere una seconda opinione.

«È un Delta-III, d'accordo. Si direbbe che ha pompato fuori tutto, comandante. È fuori di parecchio, direi tre o quattro piedi più alto del normale. Ha certamente usato molta aria... Quello dev'essere l'albero del Natya che sta davanti, è piuttosto difficile assicurarsene.»

McCafferty sentì rullare il *Chicago*. Le mani gli vibravano per lo schiaffo delle onde contro il periscopio. Le onde sbattevano anche contro il Delta, ovviamente, ed egli poté vedere l'acqua che entrava e usciva dagli ombrinali del "boomer".

«Il quadro ESM dice che la forza dei segnali si sta avvicinando ai valori individuabili» avvisò il tecnico.

«Ha fuori tutti e due i periscopi» disse McCafferty, consapevole del fatto che il suo era già stato per troppo tempo in superficie. Premette il grilletto per raddoppiare l'ingrandimento. Lo zoom riprese da vicino la torretta del Delta sacrificando, ovviamente, un po' della definizione ottica. «La stazione di controllo in cima all'opera morta è presidiata. Tutti gli uomini sono muniti di binocoli... però non guardano verso poppa. Giù periscopio. Ufficiale all'immersione, scendere di dieci piedi. Addetti ai timoni, avete fatto un buon lavoro. Vediamo la registrazione, Joe.» Nel giro di pochi secondi le immagini ricomparvero sul monitor.

Erano circa duecento metri dietro il Delta. Circa mezzo miglio più avanti vi era la cupola sferica di un radar, probabilmente quello del Natya, che rollava considerevolmente a causa del mare al traverso. Per alloggiare i suoi sedici missili SS-18, il sottomarino russo aveva un ponte molto arcuato; visto da poppa, sembrava un raccordo di autostrada. Brutta linea, quella del Delta, ma in fondo doveva restare visibile giusto il tempo necessario per lanciare i missili e, sull'efficacia di questi, gli americani non avevano certo alcun dubbio.

«Guardi, l'hanno portato così alto che le eliche sono per metà fuori dall'acqua» fece notare il comandante in seconda.

«Ufficiale di rotta, quanto manca ai fondali bassi?»

«Su questo canale abbiamo un minimo di ventiquattro braccia per dieci miglia.»

Perché mai il Delta era emerso così al largo?

McCafferty chiamò il sonar. «Ditemi qualcosa del Natya.»

«Comandante, se ne va lanciando impulsi come un matto. Non nella nostra direzione, ma abbiamo parecchi riverberi e riflessi dal fondo.»

Il Natya era specializzato nella caccia ai sommergibili. Ovviamente, lo usavano anche per scortare i sottomarini che andavano e venivano dalle aree di sicurezza. Però aveva in funzione il sonar VHF caccia-mine... *Dio santo!*

«Barra tutta a sinistra!» urlò McCafferty.

«Tutta a sinistra, *aye*!» Il timoniere avrebbe battuto la testa nel soffitto se non fosse stato per la cintura di sicurezza. Girò immediatamente la ruota. «Comandante, la barra è tutta a babordo.»

«Campo minato» sussurrò l'ufficiale di rotta. Tutte le teste si volsero verso di lui.

«Ipotesi valida.» McCafferty assentì cupo. «Che distanza dal punto d'incontro fra il "boomer" e il Natya?»

L'ufficiale esaminò attentamente il tracciato. «Il "boomer" si è bloccato a quattrocento metri dal punto, signore.»

«Ferma tutta.»

«Ferma tutta, *aye*.» Il timoniere girò il comando del telegrafo di bordo. «La sala macchine riferisce ferma tutta, signore. Passa a sinistra su uno-otto-zero, signore.»

«Molto bene. Dovremmo stare abbastanza tranquilli qui dove siamo. Bisogna considerare che l'appuntamento del Delta con il sottomarino è per forza a qualche miglio dal campo minato, no? O qualcuno crede che i russi rischino il "boomer"?» Era una domanda retorica, nessuno giocava d'azzardo con un sottomarino missilistico.

Tutti i presenti nella sala di controllo tirarono un sospiro di sollievo. Il *Chicago* rallentò in brevissimo tempo, allineando con la rotta di prima.

«Barra a mezza nave.» McCafferty ordinò macchine avanti un terzo e alzò il ricevitore per parlare al sonar. «Fa qualcosa di nuovo il "boomer"?»

«No, signore. Il rilevamento è costante a uno-nove-zero. Velocità sempre quindici nodi. Sentiamo tuttora i rumori del Natya, non lontano da uno-otto-sei; anche il conteggio eliche dà circa quindici nodi.»

«Ufficiale di rotta, cominci a studiare un modo per andarcene di qui. Dobbiamo stare alla larga da tutte le navi di pattuglia e trasmettere le notizie quanto più in fretta possiamo.»

«*Aye.* Per il momento, la rotta tre-cinque-otto sembra abbastanza buona, signore.» Da due ore la stava aggiornando senza sosta.

«Signore, se hanno veramente deposto un campo minato, una parte è in acque internazionali» osservò il secondo.

«Già. Per loro, naturalmente, sono acque territoriali, e se qualcuno va a sbattere in una mina, tanto peggio per lui...»

«Magari ci scappa l'incidente internazionale» insinuò Joe.

«Ma perché hanno usato il sonar?» chiese l'ufficiale alle comunicazioni. «Se hanno un canale libero che possono navigare visualmente...»

«E se non ci fosse proprio nessun canale?» obiettò il secondo.

«Se avessero piazzato delle mine ormeggiandole, ad esempio, alla profondità costante di quindici piedi? Possiamo immaginare che siano un po' nervosi all'idea che qualcuna abbia il cavo troppo lungo. E allora stanno dalla parte della ragione, proprio come facciamo noi. Che cosa le dice tutto questo?»

Il tenente capì. «Nessuno può inseguire un "boomer" senza venire in superficie...»

«E non saremo di certo noi a farlo. Nessuno ha mai detto che i russi siano scemi. Hanno montato un sistema perfetto, qui intorno. Mettono tutte le barche con missili nei posti dove non possiamo raggiungerle» continuò McCafferty. Nemmeno il SUBROC può farcela dal punto del Mar Bianco in cui ci troviamo. Ultima cosa, se loro vogliono sparpagliare un po' di navi, non hanno bisogno di incasinarsi in un canale unico, possono uscire tutte in superficie, allargarsi e tagliare la corda.

«Tutto questo, signori, significa che invece di assegnare una nave a ciascun "boomer" per proteggerlo da gente come noi, possono mettere tutti i sub missilistici in un unico grazioso paniere, e tenersi le unità d'attacco disponibili per altre missioni. Leviamo subito le chiappe di qui.»

Nord Atlantico

«Nave in vista, questo è un aereo della Marina USA al vostro fianco di babordo. Fatevi riconoscere. Passo.» Il capitano Kherov porse il microfono a un maggiore dell'Armata Rossa.

«Marina, qui la *Doctor Lykes*. Come va lassù?» L'inglese di Kherov era molto approssimativo. Per quello che ne capiva lui, l'accento strascicato del Mississippi con cui parlava il maggiore avrebbe potuto appartenere alla lingua curda. Riuscivano a malapena a intravedere l'aereo grigio di pattuglia che stava volando in cerchio intorno alla nave alla distanza di cinque miglia. Dal velivolo, qualcuno li stava di certo osservando con il binocolo.

«Dettagli, *Doctor Lykes*» ordinò seccamente la voce.

«Siamo partiti da New Orleans, diretti a Oslo con carico di merci varie. Cosa c'è che non va?»

«Siete parecchio a nord della rotta per la Norvegia. Date spiegazioni, passo.»

«Marina, avete letto i maledetti giornali? Può diventare pericoloso giù di qua, e questa grossa vecchia nave costa soldi. L'ordine dell'armatore è di tenerci in prossimità di gente amica. Cristo, che gioia vedervi, ragazzi. Vi andrebbe di scortarci per un po'?»

«Roger, capito. Vi informiamo che non risulta la presenza di sommergibili in questa zona. »

«Ce lo garantite?»

La domanda provocò una risata. «Neanche un po', *Doctor.*»

«È ciò che pensavo, Marina. Bene, se è OK per voi, continuiamo a dirigere verso nord cercando di stare sotto le vostre ali, passo.»

«Non possiamo distaccare un aereo a proteggervi.»

«Capito, però venite se vi chiamiamo, no?»

«È un roger» confermò Penguin 8.

«Okay, proseguiamo verso nord, poi a est per le Færöer. Ci avvisate se vedete dei cattivi in giro? Passo.»

«*Doc,* se ne troviamo qualcuno, l'idea è di affondarli» disse il pilota, con un po' di esagerazione.

«Giusto. Buona caccia, ragazzi. Chiudo.»

Penguin 8

«Dio santo, parlano proprio in quel modo?» si chiese ad alta voce il pilota dell'Orion.

«Mai sentito quello che dicono della Lykes Lines?» disse ridendo il co-pilota. «Se non hai l'accento meridionale, non ti assumono. Non ci avevo mai creduto prima d'ora. La forza della tradizione... Fra l'altro, è fuori dalle rotte battute.»

«Già, ma finché non si formano i convogli, al posto loro io cercherei di saltare da un'area protetta all'altra. Finiamo comunque l'esame visivo.» Il pilota diede gas e si avvicinò. Il co-pilota prese il manuale di identificazione.

«Okay, scafo nero con "Lykes Lines" sulle fiancate, a mezza nave. Sovrastruttura bianca con rombo nero e "L" maiuscola all'interno del rombo.» Alzò il binocolo. «L'albero di vedetta è davanti alla sovrastruttura. Verificato. La sovrastruttura è inclinata, l'albero di supporto elettronico no. Giusti l'emblema e la bandiera della compagnia. Fumaioli neri. Verricelli di poppa presso il montacarichi delle chiatte – non dice quanti devono essere. Accidenti, è piena zeppa di chiatte, eh? La pittura sembra un po' malconcia. In ogni modo, tutto quadra con il manuale. Conclusione: amica.»

«Okay, andiamo a darle un saluto.» Il pilota inclinò la cloche a sinistra, portando l'Orion dritto sulla "*Doctor Lykes*". Fece oscillare le ali mentre passava sopra la nave, e dal ponte due uomini risposero agitando le braccia. Dall'aereo non poterono vedere i soldati armati di SAM alle spalle dei due marinai. «Buona fortuna, gente, potrete averne bisogno.»

MV Julius Fucik

«La nuova pittura renderà difficile l'individuazione visiva, compagno generale» disse l'ufficiale responsabile della difesa antiaerea. «Non mi è sembrato che avessero missili aria-terra sotto le ali.»

«Fra breve non sarà più così. Appena la nostra flotta prenderà il mare, si armeranno di certo. Se ci identificano come nemici e chiamano altri aerei, oppure tornano alla base per riarmarsi, fin dove riusciremo ad arrivare in quel frattempo?» Il generale guardò l'aereo che si allontanava. Aveva avuto il cuore in gola per tutta la durata del dialogo, ma adesso poteva andare a raggiungere Kherov sull'ala di plancia. Le divise kaki di stile americano erano state assegnate soltanto agli ufficiali della nave.

«I miei complimenti all'ufficiale che ha fatto da interprete. Parlava inglese, credo?»

Andreyev rise giovialmente, ora che il pericolo era passato. «Così mi dicono. La Marina ha richiesto un uomo con quella specifica capacità. È un ufficiale dei servizi segreti, e ha lavorato in America.»

«Ce l'ha fatta, in ogni modo. Adesso possiamo andare tranquillamente verso l'obiettivo» disse Kherov.

«Sarà una bella cosa essere di nuovo in terraferma, compagno capitano.» Ad Andreyev non piaceva essere su un bersaglio così grande e indifeso, e non si sarebbe sentito sicuro fino a quando non avesse avuto di nuovo la solida terra sotto i piedi. Come fante, avevi quanto meno un fucile per difenderti, spesso una buca in cui nasconderti, e sempre due gambe per correre. Sulle navi no. Una nave era un grosso bersaglio, e quella su cui si trovava era praticamente senza protezione. Sorprendente, pensò, che ci fosse qualcosa su cui ci si può sentire peggio che su un aereo da trasporto dove, peraltro, si ha almeno un paracadute. Il generale non si faceva illusioni sulle proprie capacità di raggiungere la riva a nuoto.

Sunnyvale, California

«Eccone un altro» disse il sergente maggiore.

Era diventato quasi noioso. Mai, per quanto il colonnello potesse ricordare, i sovietici avevano avuto in orbita più di sei satelliti da ricognizione fotografica. Adesso ce n'erano dieci, più altrettanti raccoglitori di informazioni elettroniche, di cui alcuni lanciati dal Cosmodromo di Baikonor nella Repubblica Socialista Sovietica del Kazakhistan, e gli altri da Plesetsk nella Russia settentrionale.

«È un impulsore tipo F, colonnello. Il tempo di combustione

sarebbe sbagliato per un tipo A» disse il sergente, dopo avere guardato l'orologio,

Quell'impulsore russo era una derivazione del vecchio SS-9 ICBM, e aveva soltanto due funzioni: lanciare i satelliti radar da ricognizione oceanica chiamati RORSAT, che osservavano le navi in mare, e mettere in orbita il sistema antisatelliti sovietico. Gli americani stavano osservando il lancio tramite il loro KH-11 da ricognizione, lanciato di recente, che sorvolava la regione centrale dell'URSS. Il colonnello chiamò Cheyenne Mountain al telefono.

USS Pharris

Dovrei dormire, si disse Morris. *Dovrei immagazzinare sonno, metterlo in riserva per quando non potrò dormire affatto.* Ma era troppo teso per dormire.

La USS *Pharris* era alla fonda presso la foce del Delaware. Trenta miglia più a nord, alle banchine di Filadelfia, di Chester e di Camden, si stavano preparando a salpare alcune unità della riserva nazionale, in preallarme da vari anni. Le stive si stavano riempiendo di carri armati, di cannoni, di casse di munizioni esplosive. I radar di ricerca aerea della *Pharris* mostravano le scie di numerosi aerei da trasporto truppe che decollavano dalla base aerea di Dover, nel Delaware. I grossi apparecchi del Comando Trasporti Militari erano in grado di portare le truppe in Germania, dove avrebbero trovato l'equipaggiamento già collocato sul posto. Finite le munizioni, però, il reintegro poteva essere fatto solo nel modo tradizionale, mediante ineleganti, voluminose, lente navi mercantili, in altre parole: da bersagli. Forse adesso i cargo erano più veloci e più grandi di prima, però erano meno numerosi. Da quando Morris aveva iniziato la carriera, la flotta mercantile americana, benché integrata dalle navi finanziate a livello federale, si era ridotta enormemente. Per un sottomarino, affondare un mercantile oggi era un'impresa che equivaleva all'affondamento di quattro o cinque ai tempi della seconda guerra mondiale.

Gli equipaggi dei mercantili erano poi un altro problema. Tradizionalmente disprezzati dagli uomini della Marina – secondo un vecchio adagio, era bene stare alla larga da un mercantile, se non si voleva rischiare di essere speronati – avevano un'età media sulla cinquantina, più del doppio di quella degli equipaggi militari. Come avrebbero affrontato, i "nonni", la tensione del combattimento? si chiese Morris. Erano ben pagati – certi marinai anziani guadagnavano pressappoco quanto lui – ma avrebbero conservato il loro valore quei sostanziosi salari sindacali, davanti ai missili e ai siluri nemici? Dovette accantonare il pensiero. Quegli uomini anziani con figli e nipoti alle scuole medie erano il suo gregge. Lui era il pastore, e sotto la superficie grigia dell'Atlantico c'erano lupi in agguato.

Il gregge non era numeroso. Aveva visto le cifre l'anno prima: il numero complessivo delle navi da carico gestite dall'armamento privato, battenti bandiera americana, era di circa trecento unità, con una media di diciottomila tonnellate ciascuna. Di queste, non più di un centinaio era impegnato regolarmente sulle rotte commerciali oceaniche. Il resto della riserva nazionale della flotta comprendeva in tutto e per tutto 172 mercantili. Chiamare "disgraziata" una simile situazione era calzante quanto definire lo stupro di massa come una lieve deviazione del comportamento sociale.

Non ci si poteva permettere di perderne nemmeno una.

Morris andò allo schermo radar sul ponte di comando e guardò gli aerei che si alzavano in volo da Dover. Ogni impulso segnalava la partenza di contingenti di trecento-cinquecento uomini. Che cosa sarebbe successo se fossero rimasti senza munizioni?

«Un altro mercantile, comandante.» L'ufficiale accanto a lui additò un puntino all'orizzonte. «È una nave container olandese. Starà venendo a caricare materiale bellico,

Morris assentì. «Abbiamo bisogno di tutto l'aiuto che possiamo rimediare.»

Sunnyvale, California

«Non ci sono dubbi, signore» disse il colonnello. «È un satellite sovietico ASAT, che ne segue uno dei nostri alla distanza di settantatré miglia nautiche.»

Il colonnello aveva ordinato al proprio satellite in orbita di ruotare in modo da puntare le telecamere sul nuovo compagno di viaggio. Le condizioni di luce non erano ottime, ma la sagoma del satellite soppressore sovietico era inequivocabile: un cilindro lungo una trentina di metri, con un motore a razzo a una estremità e un'antenna di ricerca radar all'altra.

«Che cosa consiglia, colonnello?»

«Signore, chiedo libertà illimitata di manovrare i miei satelliti. Non appena un qualsiasi oggetto con la stella rossa entra nel raggio di cinquanta miglia, conto di fare una serie di manovre per scombinare i loro calcoli d'intercettazione.»

«Costerà un bel po' di carburante, figliuòlo» ammonì il CINCNORAD.

«Quello che ci troviamo di fronte, generale, è un problema a soluzione binaria.» Il colonnello parlava da matematico. «Scelta numero uno, manovriamo i satelliti e rischiamo lo spreco di carburante. Scelta numero due, non manovriamo i satelliti e rischiamo di farceli eliminare. Appena i loro arrivano nel raggio di cinquanta miglia, possono intercettare e neutralizzare i nostri in cinque minuti, o anche meno. Cinque minuti sono il valore massimo che abbiamo potuto osservare. Signore, le ho sottoposto il mio suggerimento.» Il colonnello era laureato in matematica all'Università dell'Illinois, ma non era là che aveva imparato a mettere i generali con le spalle al muro.

«Okay. Trasmetto a Washington, avallando la proposta.»

USS Nimitz

«Ammiraglio, abbiamo appena ricevuto un rapporto dal Mar di Barents.» Toland lesse il dispaccio del CINCLANTFLT.

«Quanti altri sottomarini possono mandarci addosso in questo momento?»

«Forse un'altra trentina, ammiraglio.»

«Trenta?» All'ammiraglio Baker non era piaciuta nessuna delle notizie pervenute nell'ultima settimana, ma questa gli garbava meno di tutte.

Il gruppo da combattimento della *Nimitz*, che comprendeva anche la *Saratoga* e la portaerei francese *Foch*, stava scortando una MAU (Unità Anfibia dei Marines) diretta in Islanda a rinforzare le difese terrestri. Un viaggio di tre giorni. Se la guerra fosse scoppiata dopo eseguita tale missione, l'incarico successivo sarebbe stato di appoggiare il piano difensivo della barriera GIUK, la linea di importanza cruciale che correva dalla Groenlandia all'Islanda al Regno Unito. La Task Force 21 era una formazione poderosa. Ma lo era abbastanza? I canoni prevedevano un gruppo di quattro portaerei, per riuscire a combattere e sopravvivere laggiù, ma la flotta non era ancora stata completamente riunita. Toland riceveva relazioni di frenetiche attività a livello diplomatico per scongiurare la guerra che sembrava imminente, anche se nessuno la voleva. Come avrebbero reagito i sovietici alla presenza di quattro o più portaerei nel Mar di Norvegia? Sembrava che Washington non avesse veramente voglia di scoprirlo, e dopo tutto, pensava Toland, forse non era così importante. All'atto pratico, l'Islanda aveva approvato appena dodici ore prima i rinforzi che il gruppo della *Nimitz* stava scortando; l'isola era un avamposto della NATO e aveva bisogno urgente di appoggio.

McCafferty era trenta miglia a nord dell'imbocco del fiordo di Kola. L'equipaggio, nell'insieme, era abbastanza contento di trovarsi là, dopo le sedici ore di tensione vissute da Capo Svyatoy in avanti. Benché il Mar di Barents pullulasse di navi antisommergibili, il *Chicago*, subito dopo l'invio del rapporto, era stato richiamato dal Mar Bianco per tema che la sua presenza potesse fomentare gravi incidenti. Qui, almeno, la profondità era di centotrenta braccia, e c'era spazio di manovra sufficiente. Avevano tutti fiducia nella propria capacità di trarsi d'impaccio. Doveva esserci un altro paio di sottomarini americani, più un diesel britannico e due norvegesi, a non più di cinquanta miglia dal *Chicago*. Gli uomini al sonar non potevano sentirli, anche se udivano gli impulsi emessi verso sudovest da un quartetto di fregate della classe Grisha. I sottomarini alleati avevano il compito di sorvegliare e riferire. Era una missione quasi ideale per loro: dovevano soltanto fare la spola, evitando il contatto con le navi di superficie, che d'altronde erano in grado di individuare da grandissima distanza.

Adesso non era più il caso di nascondere la verità. McCafferty non prese neppure in considerazione l'idea di tacere agli uomini la portata di quanto avevano appreso sui "boomer" russi. I segreti non hanno vita lunga a bordo dei sommergibili. Tutto faceva credere che si stesse per entrare in guerra. I politici di Washington e gli strateghi di Norfolk e altrove potevano ancora nutrire dubbi, ma la punta della lancia era laggiù. Gli ufficiali e l'equipaggio del *Chicago* discussero il modo in cui i sovietici stavano adoperando le navi, e giunsero tutti alla stessa risposta. I tubi di lancio del sottomarino erano caricati con siluri MK-48 e con missili Harpoon. I tubi verticali a proravia dello scafo pressurizzato contenevano dodici missili Tomahawk, di cui tre con testata nucleare per attacco a terra, e nove convenzionali per colpire le navi. Ogni volta che un'apparecchiatura di bordo mostrava il primo sintomo di inconveniente, veniva immediatamente smontata e riparata da un tecnico. McCafferty era compiaciuto, e anche un po' sorpreso, dell'equipaggio. Erano tanto giovani – l'età media era di ventun anni – per doversi adattare a una simile situazione.

Stava nel locale del sonar, avanti e a dritta del centro di attacco. A pochi piedi di distanza, un imponente complesso di calcolatori setacciava una vera e propria valanga di suoni convogliati dall'acqua, analizzando le singole bande di frequenza che corrispondevano alla segnatura acustica di un'unità sovietica. I segnali erano visualizzati su uno schermo chiamato videocascata, una cortina gialla in cui le linee più luminose indicavano il rilevamento di ogni suono che poteva essere motivo d'interesse. Quattro linee segnalavano i Grisha, e le righe tratteggiate corrispondevano agli impulsi dei sonar attivi di tali unità. McCafferty si domandava chi mai stessero inseguendo, i russi. Era una questione puramente accademica. Gli impulsi non erano diretti verso la sua nave, ma c'era sempre qualcosa da imparare dal modo in cui il nemico eseguiva il proprio lavoro. Un gruppo di ufficiali nel centro di attacco stava tracciando i movimenti delle unità di pattuglia sovietiche, annotando con cura gli schemi delle formazioni e la tecnica di caccia, per confrontarli poi con le valutazioni dei servizi d'informazione.

Comparve una nuova serie di punti alla base dello schermo. Un addetto al sonar premette un pulsante per sintonizzarsi su una frequenza più selettiva, alterando lievemente il display, quindi inserì una coppia di microfoni. Il video era della generazione d'immagine ad alta velocità, e McCafferty vide i puntini crescere fino a diventare linee intorno al rilevamento uno-nove-otto: la direzione del canale di Kola.

«Un mucchio di rumori confusi, comandante» riferì l'uomo del sonar. «Leggo degli Alfa e dei Charlie che vengono avanti, con altra roba al seguito. Il conteggio pale su un Alfa si aggira sui trenta nodi. Molti rumori dietro di loro, signore.»

Il display ne diede conferma pochi minuti dopo. Le linee di frequenza o di tono erano del tipo che corrispondeva a classi specifiche di sommergibili, tutti in uscita dal porto ad alta velocità. Le linee rilevamento-contatto si separavano man mano che le navi si aprivano a ventaglio. Notò che i sottomarini si erano già immersi. Di solito, non lo facevano finché non erano al largo.

«Le navi sono più di venti, signore» disse quieto il capo sonar. «Una sortita importante.»

«Ne ha tutta l'aria.» McCafferty ritornò al centro di attacco. Gli uomini stavano già immettendo le posizioni di contatto nel computer di comando del tiro, e tracciavano rotte sul tavolo di carteggio. La guerra non era ancora cominciata, e sebbene sembrasse imminente, McCafferty aveva l'ordine di tenersi lontano da qualsiasi formazione sovietica finché non fosse giunta "La Parola". Non gli piaceva per niente – meglio piazzare i colpi subito – ma Washington aveva ben chiarito di non volere assolutamente incidenti che potessero pregiudicare una composizione diplomatica. L'atteggiamento era sensato, doveva ammetterlo. Forse i tipi con la feluca potevano ancora tenere le cose sotto controllo. Speranza fievole, ma pur sempre una speranza. Quanto bastava, per fargli accantonare il desiderio di trovarsi in posizione d'attacco.

Ordinò di dirigere al largo. In capo a mezz'ora, le cose furono ancora più nette, e il comandante fece lanciare una boa SLOT. Il congegno, programmato per dare al *Chicago* mezz'ora di tempo per allontanarsi dalla zona, iniziò a lanciare una sequenza di segnali sulla banda UHF di un satellite. Da dieci miglia di distanza poté ascoltare le navi sovietiche impazzire a causa della boa radio, che scambiarono per l'ubicazione del sottomarino. Il gioco stava diventando anche troppo serio.

Il congegno funzionò per più di un'ora, inviando ininterrottamente dati al satellite di comunicazione NATO. Al cadere della notte, i dati furono trasmessi a tutte le unità NATO in navigazione. Arrivano i russi.

16

Ultime mosse / Prime mosse

USS Nimitz

L'altoparlante aveva annunciato l'ammaina bandiera due ore prima, però Toland aveva del lavoro da finire. I tramonti in mare, lontano dall'aria contaminata della città, con una linea d'orizzonte netta e il sole che le scompariva dietro, erano una scena che non si stancava mai di guardare. Però gli piaceva quasi altrettanto lo spettacolo cui assisteva in quel momento. Con le mani appoggiate alla battagliola, guardò prima in giù, verso la schiuma che ribolliva lungo la fiancata lucida della portaerei; poi, dopo un attimo di preparazione, rivolse lo sguardo verso l'alto. Nato e cresciuto a Boston, Toland non aveva mai visto la Via Lattea prima di entrare in Marina, e la scoperta dell'ampia pista luminosa su nel cielo era sempre per lui una causa di meraviglia. Erano lassù le stelle che, insieme al sestante e alle tavole trigonometriche, lo avevano aiutato a tracciare la rotta. Sempre affascinanti, anche se ormai largamente sostituite da ausili elettronici come l'Omega e il Loran. Erano Arturo, Vega, Altair che ammiccavano, ognuna con colori e caratteristiche inconfondibili, veri punti di riferimento nel cielo notturno.

Si aprì una porta, e un marinaio che indossava quella che sembrava la casacca viola degli addetti al rifornimento di carburante agli aerei venne verso di lui sulla passerella del ponte di volo.

«Nave oscurata, marinaio. Io la butterei, quella sigaretta» disse Toland, seccato soprattutto di vedere disturbato quel prezioso momento di solitudine.

«Mi scusi, signore.» Il mozzicone volò fuori bordo. Il marinaio rimase in silenzio per qualche minuto, poi guardò Toland. «Lei conosce le stelle, signore?»

«Che cosa vuoi dire?»

«È il mio primo viaggio, signore. Sono cresciuto a New York.

Non ho mai visto le stelle così. Non so nemmeno chi siano – i nomi, cioè...Voi ufficiali sapete tutta questa roba, vero?»

Toland rise. «Capisco. È stato così anche per me, alla prima uscita in mare. Belle, eh?»

«Sì, signore. Cos'è quella?» Il ragazzo aveva la voce stanca. *Non c'è da stupirsi*, pensò Toland, *con tutto il lavoro che hanno avuto oggi sul ponte di volo.* Additò il punto più luminoso nel cielo a oriente, e Bob dovette riflettere per qualche secondo.

«Quello è Giove, un pianeta, non una stella. Con il cannocchiale del nostromo puoi vedere anche le lune che gli girano intorno – qualcuna, almeno.» Gli indicò quindi le stelle utilizzate per la navigazione.

«E come si fa, signore?» chiese il marinaio.

«Si prende il sestante e si stabilisce l'altezza di ognuna sopra l'orizzonte – sembra difficile ma non lo è, basta un po' di pratica – poi si controllano i dati su un libro che dà la posizione delle stelle.»

«Un libro speciale, signore?»

«Oh, roba normale. Noi ne usiamo uno pubblicato dall'Osservatorio Navale del Distretto di Columbia, però sono già tre o quattromila anni che i marinai misurano le orbite delle stelle e dei pianeti, molto prima che fossero inventati i telescopi. Se sai l'ora giusta, e dove si trova una determinata stella, puoi stabilire in modo abbastanza preciso il punto del globo in cui sei, con un'approssimazione di appena poche centinaia di metri. Puoi usare nello stesso modo anche il sole e la luna. Sono nozioni vecchie di secoli. Il difficile è stato inventare un orologio che segnasse l'ora esatta, e questo è successo solo duecento anni fa.»

«Credevo che si usassero satelliti e cose del genere.»

«Ora sì, ma è più bello guardare le stelle.»

«Già.» Il marinaio si mise a sedere, spingendo la testa sempre più indietro per guardare la distesa di punti luminosi. In basso, lo scafo trasformava l'acqua in un turbine di schiuma, e il mormorio sembrava quello di un'onda che si infrange senza fine. In qualche modo, il suono e il cielo si accordavano alla perfezione. «Bene, almeno ho imparato qualcosa sulle stelle. Quando si comincia, signore?»

Toland guardò in alto, verso la costellazione del Sagittario, oltre la quale vi era il centro della galassia. Alcuni astrofisici sostenevano che in quel punto c'era un buco nero: l'energia più distruttiva conosciuta dalla scienza, al cui confronto sembravano insignificanti tutte le forze controllate dall'uomo. Però gli uomini erano molto più facili da distruggere.

«Presto» rispose.

USS Chicago

Il sottomarino era in alto mare, a ovest delle forze sovietiche subacquee e di superficie che non potevano essere distanti, anche se fino a quel momento non si era udita alcuna esplosione. Aveva già individuato almeno tredici unità, di cui una a sole trenta miglia a est, che avanzavano esplorando il mare con i sonar attivi.

McCafferty era stupito dell'ordine operativo appena ricevuto. Il *Chicago* veniva ritirato dal Mar di Barents e spostato a pattugliare una zona del Mar di Norvegia. Missione: intercettare i sottomarini sovietici che si prevedeva avrebbero fatto rotta verso il Nord Atlantico. Era stata adottata una decisione politica: non dare l'impressione che la NATO spingesse i sovietici alla guerra. Con un tratto di penna, era stata buttata alle ortiche la strategia prebellica di impegnare la flotta sovietica, per così dire, sulla porta di casa. Come ogni schema preliminare di battaglia in questo secolo, rifletté il comandante, anche il piano attuale veniva cestinato perché il nemico aveva l'aria di ''non collaborare'', vale a dire di non fare ciò che si pensava che avrebbe fatto. Naturale. Stava mettendo in Atlantico molti più sommergibili del previsto. *Noi gli facilitiamo addirittura le cose!* McCafferty si domandò quali altre sorprese c'erano in serbo. I siluri e i missili del sottomarino erano completamente armati, i sistemi di comando tiro avevano personale in servizio permanente, l'equipaggio faceva i turni di guardia come previsto dalla Condizione F dello stato di guerra. Con tutto ciò, l'ordine era di scappare. Il capitano imprecò, furioso contro chiunque potesse avere formulato la decisione; tuttavia, nello stesso tempo, accarezzava, in un angolo riposto della mente, la speranza che la guerra fosse ancora evitabile.

Bruxelles, Belgio

«Succederà quanto prima» osservò il COMAIRCENT. «Merda, hanno le truppe pronte come non mai! Non staranno certo ad aspettare che le nostre unità siano tutte in posizione. Devono colpirci presto.»

«Me ne rendo conto, Charlie, ma non possiamo muoverci per primi.»

«Notizie sugli ospiti?» Il generale dell'Aviazione si riferiva agli uomini del commando Spetznaz del maggiore Chernyavin.

«Ancora fermi.» Un reparto del GSG-9, le guardie scelte tedesche, teneva l'ufficio postale sotto stretta sorveglianza, mentre un gruppo inglese stava in agguato fra loro e il presunto obiettivo a Lammersdorf. Nei reparti che partecipavano all'operazione, figuravano ufficiali del controspionaggio di molti paesi NATO, ognuno collegato per filo diretto con il proprio governo. «E se costoro fossero un'esca, per indurre noi a colpire per primi?»

«So che non possiamo farlo, generale. Quello che mi occorre è il semaforo verde che mi autorizzi a dare inizio al Dreamland, appena saremo sicuri che loro fanno sul serio. Dobbiamo essere pronti a colpire in fretta, capo.»

Il SACEUR si appoggiò allo schienale. Le incombenze del momento lo avevano costretto a relegarsi nella postazione di comando segreta, e da dieci giorni non aveva più messo piede nella propria residenza ufficiale. Chissà se, in tutti gli eserciti del mondo, c'era un generale che fosse riuscito a dormire per qualche ora nelle ultime due settimane?

«In quanto tempo puoi agire, una volta diramati gli ordini?»

«Tutti gli aerei sono carichi e pronti. Gli equipaggi hanno le istruzioni. Se do l'ordine di prepararsi all'attacco, posso mettere in moto il piano Dreamland entro mezz'ora dal tuo segnale.»

«Okay, Charlie. Il Presidente mi ha autorizzato a reagire a qualsiasi aggressione. Dì ai tuoi di tenersi pronti.»

«Bene.»

Squillò il telefono del SACEUR, che rimase brevemente in ascolto, poi alzò gli occhi. «Gli ospiti si stanno muovendo» disse al COMAIRCENT. Si rivolse poi all'ufficiale che comandava l'operazione. «La parola in codice è "Firelight".» Le forze della NATO stavano per passare al massimo stato di all'erta.

Aquisgrana, Repubblica Federale Tedesca

La squadra della Spetznaz partì su due furgoncini e si diresse a sud, prendendo la strada per Lammersdorf. Il capo del gruppo era morto in un incidente stradale; il vice comandante, un capitano, aveva ricevuto le copie dei documenti che erano costati la vita al suo superiore, e aveva dato istruzioni precise agli uomini, silenziosi e tesi. L'ufficiale aveva spiegato in ogni dettaglio che la fuga era stata accuratamente programmata e che, appena avessero lasciato l'obiettivo, si sarebbero spostati in un altro luogo sicuro, dove i camerati dell'Armata Rossa li avrebbero raggiunti al massimo entro cinque giorni. Ricordò loro che erano l'élite dell'esercito, uomini preziosi per lo Stato, tutti perfettamente addestrati all'esecuzione di missioni pericolose dietro le linee nemiche. Avevano esperienza di combattimento sui monti dell'Afghanistan. Erano preparati. Erano pronti.

Gli uomini accolsero il discorso come fanno di regola le truppe di élite, cioè nel più assoluto silenzio. Scelti soprattutto per la loro intelligenza, sapevano benissimo che i discorsi valgono quello che valgono. L'esito dipendeva in larga misura dalla fortuna, che per il momento si era dimostrata poco propizia. Rimpiangevano che il maggiore Chernyavin non fosse più con loro, e si domandavano se l'operazione non era, per caso, già fallita. Poi, uno dopo l'altro, abbandonarono simili riflessioni per ripassare ognuno la propria parte nella missione che doveva distruggere Lammersdorf.

Gli autisti erano agenti del KGB pratici di operazioni in paesi stranieri, e si stavano facendo esattamente la stessa domanda. I due furgoni viaggiavano di conserva tenendo d'occhio gli automezzi che li seguivano. Ciascun veicolo aveva un ricevitore radio a scansione automatica, sintonizzato sulle frequenze della polizia locale, più un apparecchio per comunicare con i colleghi. Il piano era stato discusso un'ora prima dagli ufficiali del KGB. Il Centro di Mosca aveva detto loro che la NATO non era ancora veramente in allarme. Il conducente del primo furgone, che faceva il tassista come professione di copertura, avrebbe voluto sapere se per "vero" allarme si doveva intendere una parata sulla Piazza Rossa.

«Stanno svoltando a destra. Auto tre, avvicinatevi. Auto uno, girate a sinistra al prossimo incrocio e passate avanti.» Il colonnello Weber parlava su una radio tattica del tipo usato dalle unità del FIST – gruppo di supporto al tiro. L'imboscata era predisposta da parecchi giorni, e appena i "bersagli" si erano mossi, la notizia era stata diramata in tutta la Germania Ovest. Le postazioni NATO, già all'erta, furono approntate per il combattimento. Non poteva essere altro che la mossa di apertura di una guerra vera e propria... a meno che, Weber dovette concedere, non si stessero semplicemente spostando da un posto sicuro a un altro per stare ancora in attesa. Non sapeva che piega avrebbero preso gli eventi, ma una cosa era certa: sarebbero iniziati presto. Oppure no?

I due furgoncini si trovavano in una zona agricola della Germania Occidentale, e viaggiavano verso sudest attraverso il Parco Naturale Tedesco-Belga, su una strada panoramica molto frequentata dai turisti. Avevano scelto quella strada secondaria per evitare il traffico militare delle arterie principali ma, mentre passavano per

Mulartshutte, il guidatore del primo veicolo si inquietò nel vedere un convoglio di carri armati trasportati su autotreni. Stranamente, i carri erano stati caricati al contrario, per cui i grossi cannoni puntavano nella direzione opposta a quella di marcia. Vide che erano dei nuovi Challenger inglesi. Giusto, non si aspettava di trovare dei Leopard tedeschi presso la frontiera belga. Non era mai esistita la possibilità di impedire una mobilitazione dei tedeschi; l'autista cercò di convincersi che i rimanenti paesi della NATO non si erano mossi altrettanto in fretta. Ah, se la missione fosse riuscita, le comunicazioni della NATO sarebbero state seriamente compromesse, e forse i primi reparti delle truppe corazzate sarebbero venuti per davvero a salvarli. Il convoglio rallentò. L'autista fu tentato di sorpassarlo, ma l'ordine era di passare per quanto possibile inosservati.

«Tutti pronti?» chiese Weber dall'auto comando.

«Pronti.» *Che diavolo di operazione complessa*, pensò il colonnello Armstrong. *Carristi, gente del Servizio Aereo Speciale, più i tedeschi, che lavorano tutti insieme. Ma ne vale la pena, per mettere nel sacco un gruppo della Spetznaz*. Il convoglio rallentò, arrestandosi in un'area di servizio. Weber fermò la macchina a un centinaio di metri. Adesso erano nelle mani della pattuglia inglese.

Dei razzi esplosero intorno ai due furgoni.

Nel trovarsi in mezzo alle luci, l'autista del KGB si rannicchiò. Poi guardò avanti, in tempo per vedere, a cinquanta metri, il cannone del carro armato che si alzava per puntare sul parabrezza del suo veicolo.

«Attenzione.» Da un megafono giunse una voce che parlava in russo. «Soldati della Spetznaz, attenzione. Siete circondati da una compagnia di truppe motorizzate. Uscite uno per volta e disarmati. Se aprite il fuoco, sarete uccisi in pochi secondi.» Si intese una seconda voce.

«Uscite, compagni. È il maggiore Chernyavin che vi parla. Non avete scampo.»

Gli uomini del commando si scambiarono uno sguardo terrorizzato. Nel veicolo di testa, il capitano cominciò a sfilare la sicura da una bomba a mano. Un sergente si scagliò su di lui e gli afferrò la mano.

«Non possiamo farci prendere vivi! I nostri ordini!» gridò il capitano.

«Col cazzo che non possiamo!» urlò il sergente. «Uno alla volta, compagni, con le mani in alto. E fate attenzione!»

Dalla porta posteriore del furgoncino emerse un soldato semplice, che si fece avanti lentamente.

«Vieni verso il suono della mia voce, Ivanov» disse Chernyavin da una sedia a rotelle. Il maggiore aveva speso non poche parole per salvare i suoi uomini. Operava con loro da due anni, e non poteva lasciarli massacrare inutilmente. Il dovere verso lo Stato era una cosa, ma la lealtà verso coloro che aveva guidato in combattimento era ben più importante. «Non vi sarà fatto alcun male. Se avete armi, buttatele a terra subito. Soldato Ivanov, so che hai un coltello... Bene. Il prossimo.»

Fu presto fatto. Una squadra mista del SAS e del GSG-9 ammanettò i colleghi-avversari russi e li portò via con gli occhi bendati. Ben presto ne rimasero soltanto due. La bomba a mano fu causa di complicazioni. Il capitano si era reso conto della futilità del tentativo, ma non fu possibile trovare un altro spillo per la bomba. Il sergente gridò per mettere sull'avviso Chernyavin, il quale avrebbe voluto andargli incontro, ma non poteva. Il capitano uscì per ultimo. Avrebbe avuto voglia di scagliare la granata sull'ufficiale che, pensava, aveva tradito la patria, quando scoprì che aveva le gambe ingessate.

Chernyavin notò lo sguardo del subalterno.

«Andrej Ilych, preferisci che la tua vita finisca inutilmente?» gli domandò. «Quei bastardi mi hanno drogato e hanno appreso quanto bastava per ammazzarvi tutti. Non potevo permettere una cosa simile.»

«Ho una bomba a mano innescata!» esclamò il capitano. «La lancio nel furgone.» Lo fece prima che chiunque potesse impedirglielo. Il veicolo esplose, distruggendo le mappe e i piani di fuga del commando. Per la prima volta dopo una settimana, il volto di Chernyavin si aprì in un largo sorriso. «Ben fatto, Andrushka!»

Gli altri due gruppi Spetznaz furono meno fortunati. Le unità tedesche al corrente della cattura di Chernyavin li intercettarono mentre erano già in vista degli obiettivi. C'erano, però, altri venti gruppi nella Repubblica Federale, e le comunicazioni non erano pervenute tempestivamente a tutte le postazioni NATO. Su entrambe le rive del Reno si accesero aspri combattimenti a fuoco. La guerra che doveva coinvolgere milioni di persone fu iniziata da squadre e plotoni che si affrontavano in scontri disperati nell'oscurità.

17

I Frisbee del Dreamland

Germania, fronte avanzato

La scena avrebbe spaventato chiunque. Le nubi si ammassavano dense a milleduecento piedi d'altezza. Stava volando attraverso acquazzoni che udiva, più che vederli, nella notte nera; i profili scuri degli alberi sembravano protendersi ad afferrare l'aereo. Solo un pazzo avrebbe volato così basso in una notte come quella. *Tanto meglio*, si disse, sorridendo dietro la maschera a ossigeno.

Il colonnello Douglas Ellington accarezzò con la punta delle dita la cloche del caccia d'attacco F-19A Ghostrider, mentre l'altra mano restava posata sui doppi comandi del gas alla sua sinistra. Il display proiettato sul parabrezza segnava una velocità indicata di 625 nodi, centosei piedi di altezza, direzione 013; intorno ai numeri vi era un'immagine monocromatica olografica del terreno, proveniente da una telecamera a raggi infrarossi nel muso del caccia, incrementata da un laser invisibile che interrogava il terreno otto volte al secondo. Il grosso casco era dotato di occhiali a bassa luminosità per la visione periferica.

«Ci sta scoppiando l'inferno sulla testa» riferì il maggiore Don Eisly che, dal sedile posteriore, seguiva i segnali radio e radar, oltre agli strumenti dell'aereo. «Tutti i sistemi sono sempre ai valori nominali, distanza dal bersaglio novanta miglia.»

«Bene» rispose il "Duke". Il soprannome era stato affibbiato quasi automaticamente a Ellington, che aveva addirittura una vaga rassomiglianza con il musicista negro.

La missione era di suo gusto. Stavano sorvolando il territorio al limite della Germania Orientale a quota pericolosamente bassa, a non più di duecento piedi dal suolo. Il Frisbee saltellava in su e in giù seguendo le continue correzioni che il pilota apportava alla rotta.

La Lockheed chiamava Ghostrider – Cavalcafantasmi – l'aereo F-19A, ma per il pilota era "Frisbee". Il caccia d'attacco Stealth era stato elaborato segretamente. Non aveva angoli né profili squadrati che potessero consentire un netto riverbero dei segnali radar. I turbogetti ad alto *by-pass* erano stati progettati in modo da emettere tutt'al più una segnatura infrarossa confusa. Le ali, viste dall'alto, sembravano imitare la forma di una campana. Viste di fronte, esse apparivano stranamente curvate verso il basso, giustificando l'affettuoso nomignolo di Frisbee. Benché le apparecchiature nell'abitacolo fossero dei gioielli di tecnologia elettronica, di solito non venivano usate nel modo attivo. Le radio e i radar producevano rumori elettronici che il nemico avrebbe potuto captare, mentre il concetto fondamentale del Frisbee era di sembrare del tutto inesistente.

In alto, dalle due parti del confine, centinaia di caccia erano impegnati nel gioco mortale del bluff, precipitandosi verso la linea di frontiera per poi allontanarsene in virata; ambedue i contendenti cercavano di spingere l'avversario a dare battaglia. Entrambe le parti disponevano di aerei radar per dirigere il combattimento e acquisire il vantaggio in una guerra che era già iniziata, anche se erano in pochi a saperlo.

Stiamo per piazzare un colpo di quelli buoni! pensò Ellington. *Finalmente facciamo una cosa furba*. Aveva al proprio attivo un centinaio di missioni in Vietnam con i caccia F-111A della prima generazione. Il Duke era il massimo esperto della USA Air Force in fatto di operazioni a bassa quota; dicevano di lui che era capace di centrare un tombino a mezzanotte nel pieno di un tornado del Kansas. Non era completamente vero. Il Frisbee non poteva in alcun modo affrontare un tornado. La triste verità era che l'F-19 era manovrabile quanto un maiale, in conseguenza della forma sgraziata. Ma a Ellington non importava. L'invisibilità era meglio dell'agilità, decise, sapendo che stava per dimostrare o smentire tale affermazione.

La squadriglia dei Frisbee stava ora penetrando nella più fitta concentrazione di SAM mai vista al mondo.

«La distanza dal primo obiettivo adesso è di sessanta miglia» annunciò Eisly. «Tutti i sistemi di bordo sono sempre ai valori nominali. Non siamo agganciati da nessun radar. Promette bene, Duke.»

«Roger.» Ellington spinse la cloche in avanti e picchiò dopo avere superato una bassa collina, quindi si stabilizzò a ottanta piedi sopra un campo di grano. Il Duke giocava la partita al limite estremo, sfruttando l'esperienza di anni di attacchi a bassa quota. Il bersaglio primario era un Mainstay sovietico IL-76, aereo del tipo AWACS – Airborne Warning And Control System: sistema di allarme e controllo aerotrasportato. Volava in cerchio nei pressi di Magdeburgo, a sole dieci miglia – meno male – dal secondo obiettivo, costituito dai ponti sull'Elba dell'arteria stradale E-8, a Hohenroarthe. La missione diventò un po' più impegnativa. Man mano che si avvicinavano al Mainstay, l'aereo veniva colpito da più segnali radar d'intensità crescente in funzione quadratica. Prima o poi, i segnali riflessi sarebbero stati abbastanza forti da essere individuati dal Mainstay, malgrado le ali curve fatte di materiali trasparenti al radar. La tecnologia Stealth era riuscita a renderne difficile, ma non impossibile, l'individuazione. Sarebbe riuscito, il Mainstay, a individuarli? In tal caso, quando, e quanto rapidamente, avrebbero reagito i russi?

Tienilo pronto, si disse. *Gioca come in allenamento, con le stesse regole.* Avevano provato la missione per nove giorni nel "Dreamland", la terra dei sogni, come veniva chiamata la zona di esercitazione *top secret* nelle immense distese intorno alla base aerea di Nellis, nel Nevada. Perfino il Sentry E-3A aveva avuto difficoltà a individuarli a quaranta miglia, e il Sentry era un aereo radar ben superiore al Mainstay, no?

Lo scoprirai fra poco, ragazzo...

C'erano cinque Mainstay in servizio, tutti a un centinaio di chilometri a est della frontiera fra le due Germanie. Discreta distanza di sicurezza, se si considerava che c'erano più di trecento caccia fra loro e la frontiera.

«Venti miglia, Duke.»

«Bene. Spegnilo, Don.»

«Roger. Ancora nessuna emanazione da comando tiro, né radar di ricerca su di noi. Grandi crepitii radio, per lo più a ovest. Pochissima VOX proveniente dal bersaglio.»

Ellington allungò la mano sinistra per armare i quattro missili Sidewinder appesi sotto le ali. La spia delle armi emise un letale, amichevole lampeggio verde.

«Diciotto miglia. Il bersaglio sembra volare normalmente, nessuna manovra elusiva in atto.»

Dieci miglia al minuto, calcolò mentalmente Ellington, *fanno un minuto e quaranta secondi.*

«Sedici miglia.» Eisly leggeva i numeri sul display di un computer collegato al sistema del satellite da navigazione NAVSTAR.

Non c'era scampo per il Mainstay. Il Frisbee non avrebbe cominciato a salire finché non fosse stato esattamente sotto il bersaglio. Quattordici miglia. Dodici, dieci, otto, sei miglia.

«Il Mainstay ha invertito rotta – sì, adesso va a zig-zag. Un Foxfire ci è appena passato sopra la testa» disse calmo Eisly. Un

MiG-25 li stava cercando, probabilmente su istruzioni dell'IL-76. Con la potenza e lo stretto arco di virata di cui disponeva, il Foxfire aveva buone possibilità di intercettarli, alla faccia della tecnologia Stealth. «Il Mainstay ci può beccare.»

«Siamo stati agganciati da qualcosa?»

«Non ancora.» Gli occhi di Eisly erano fissi sugli strumenti rivelatori di pericolo. Nessun radar di guida missili aveva centrato il Frisbee fino a quel momento. «Stiamo arrivando sotto il bersaglio.»

«Bene. Vado su.» Ellington tirò la cloche e attivò i postbruciatori al massimo regime. I motori del Frisbee potevano dargli al più Mach 1.3, ma in quel frangente gli serviva tutta la potenza ottenibile. Secondo il servizio meteorologico, le nuvole culminavano a ventimila piedi, e l'IL-76 era circa cinquemila piedi più in basso. Ora il Frisbee era diventato vulnerabile. Non più mimetizzato dalle asperità del terreno, con i motori che irradiavano la segnatura massima, l'aereo Stealth stava annunciando la propria presenza. *Sali più in fretta, tesoro...*

«*Tallyho*!» esclamò Ellington a voce un po' troppo alta sull'intercom mentre usciva dalle nubi, e le apparecchiature per la visione notturna gli mostravano, a cinque miglia di distanza, il Mainstay, che picchiava per portarsi al riparo. Troppo tardi. La velocità di avvicinamento frontale era di quasi mille miglia orarie. Il colonnello centrò il reticolo del congegno di mira sul bersaglio. Uno scampanellio risuonò nell'auricolare: i dispositivi autocercanti dei missili Sidewinder si erano bloccati sull'obiettivo. Premette con il pollice destro il pulsante di abilitazione al lancio, poi tirò due volte il grilletto con l'indice. I Sidewinder partirono distanziati di un secondo l'uno dall'altro. Fu abbagliato dalle vivide fiamme dello scarico, ma non distolse gli occhi dai missili che correvano sul bersaglio. Ci vollero otto secondi. Li seguì con gli occhi per tutto il percorso. Entrambi piegarono verso l'ala destra del Mainstay. A trenta piedi di distanza, le spolette laser di prossimità detonarono, riempiendo l'aria di schegge letali. Poi le cose precipitarono. I due motori di dritta del Mainstay esplosero, l'ala si staccò, e l'aereo sovietico cominciò a cadere in vite, perdendosi fra le nuvole.

Gesù! Pensò Ellington mentre virava e si tuffava in picchiata per portarsi al sicuro. *È stato meglio che in un film. Il bersaglio è stato colpito e se n'è andato fra i lampi. Okay, è stato piuttosto facile. Obiettivo primario eliminato. Passiamo alla parte difficile...*

A bordo del Sentry E-3A che volava sopra Strasburgo, i tecnici radar notarono con soddisfazione che tutti e cinque gli aerei radar sovietici erano stati abbattuti in due minuti: funzionava proprio, l'F-19 li aveva veramente stupiti.

Il brigadier generale al comando dell'operazione Dreamland si sporse dal sedile e inserì il microfono per trasmettere la parola d'ordine.

«Trumpeter, Trumpeter, Trumpeter» disse, poi staccò. «Okay, ragazzi, fatene buon uso.»

Un centinaio di caccia d'attacco a bassa quota si staccò dallo sciame di aerei tattici della NATO in volo sopra la frontiera, e puntò verso terra. Metà era rappresentata da Aardvark F-111F, l'altra metà da Tornado "GR.1", con le ali grevi di carburante e di bombe sofisticate. Stavano seguendo la seconda ondata di Frisbee che si scagliavano sui bersagli al suolo, sessanta miglia entro il territorio della Germania Orientale. Dietro gli aerei d'attacco, gli intercettori ognitempo Eagle e Phantom, diretti dai Sentry che presidiavano il Reno, cominciarono a lanciare missili guidati da radar contro i caccia sovietici che avevano appena perso i controllori AWACS. Infine, un terzo gruppo di aerei NATO passò a quota ancora inferiore, alla ricerca delle postazioni radar al suolo che avrebbero dovuto fornire la copertura in sostituzione dei Mainstay abbattuti.

Hohenroarthe, Repubblica Democratica Tedesca

Parecchie miglia più in là, Ellington girava sopra l'obiettivo all'altezza di mille piedi. Era un ponte doppio, formato da due archi di cemento armato lunghi cinquecento metri ciascuno, con doppia corsia di traffico, che attraversava l'Elba a metà di un'ampia curva. Bei ponti. Ellington stimò che dovevano risalire agli anni Trenta, dato che l'arteria Berlino-Braunschweig era stata una delle prime autostrade costruite in Germania. *Perfino il vecchio Adolf avrà viaggiato su questi ponti*, rifletté Ellington. Tanto meglio.

Per il momento, un display a bassa luminosità nel sistema di acquisizione del bersaglio faceva vedere i ponti percorsi da compatte formazioni di carri armati russi T-80 diretti a est. Ellington studiò l'immagine sul teleschermo. Quello che vedeva poteva soltanto essere il secondo scaglione dell'esercito mandato ad attaccare la NATO. Una batteria di SA-6 alla sommità della collina 76, sulla riva orientale a sud dei ponti, aveva evidentemente il compito di proteggere i carri. Doveva essere scattato l'allarme generale. Gli auricolari continuavano a cicalare del rumore proveniente dal rilevatore di pericolo, mentre i radar di ricerca di una ventina di batterie antiaeree passavano e ripassavano sull'aereo. Se solo uno di loro avesse ricevuto una buona eco... *Fattore Pucker*, rifletté Ellington preoccupato.

«Com'è il Pave Tack?»

«Nominale» rispose conciso Eisly. Tanto il pilota quanto il copilota erano al massimo della tensione.

«Illuminare» ordinò Ellington. Eisly attivò il laser Pave Tack per illuminare il bersaglio.

L'elaborato dispositivo era incorporato all'ogiva abbassata del Frisbee. La parte inferiore era costituita da una torretta rotante che conteneva un laser al diossido di carbonio e una telecamera. Il maggiore usò il *joystick* per centrare l'immagine sul ponte, quindi scoprì il laser a infrarossi.

Un punto invisibile si formò nel mezzo della campata nord. Il sistema computerizzato l'avrebbe tenuto in posizione finché non avesse ricevuto un ordine diverso. Il videoregistratore avrebbe filmato il successo o il fiasco dell'incursione.

«Bersaglio illuminato» disse Eisly. «Ancora nessun radar di direzione tiro su di noi.»

«Nemo, qui Shade 4. Bersaglio illuminato.»

«Roger.»

Quindici secondi dopo, il primo Aardvark passò a una trentina di piedi sopra l'acqua, si impennò, e fece partire un'unica bomba GBU-15 guidata da un raggio laser Paveway, poi virò deciso a est sopra Hohenroarthe. Un sistema ottico computerizzato nel muso della bomba annotò il raggio infrarosso di ritorno, lo centrò, e regolò le alette in conseguenza.

A sud del ponte, il comandante della batteria SAM stava cercando di stabilire che cosa fosse quel rumore. Il radar di ricerca non mostrava il Frisbee. Gli avevano detto di non contare sulla presenza di aerei ''amici'' – la linea di sicurezza passava quindici miglia più a nord, sopra la base dell'Aviazione da Caccia a Mahlminkel. *Forse è di lì che viene il rumore*, pensò. *Non è stato diramato nessun allarme speciale...*

L'orizzonte a nord diventò giallo brillante. L'ufficiale non lo sapeva, ma quattro Tornado della Luftwaffe avevano appena fatto un unico passaggio sopra Mahlminkel lasciando cadere centinaia di bombe esplosive a grappolo. Mezza dozzina di caccia sovietici Sukhoi andarono in fiamme, proiettando una palla di fuoco nel cielo piovoso.

Il comandante della batteria non esitò più. Urlò agli uomini l'ordine di passare i radar di comando tiro al modo attivo, e di seguirne la traccia intorno ai ponti. Un attimo dopo, individuarono un F-111 che volava risalendo il fiume.

«Merda!» L'operatore dei sistemi dell'Aardvark F-111 lanciò un missile antiradar Shrike, più un secondo per buona misura, contro la batteria SAM, poi un altro Paveway sul ponte, e virò decisamente a sinistra.

Un ufficiale della batteria impallidì quando comprese che cos'era il segnale comparso all'improvviso sullo schermo e rispose con una salva di tre missili. Dall'aereo avvistato, che poteva soltanto essere nemico, si erano appena staccati tre piccoli oggetti...

Il primo missile esplose sulle linee dell'alta tensione che attraversavano il fiume immediatamente a sud dei ponti. Tutta la valle fu inondata di luce, quando i cavi caddero nel fiume sprigionando una cascata di scintille. Gli altri due missili antiaerei sorvolarono la scena apocalittica e si bloccarono sul secondo F-111.

Il primo Paveway colpì con precisione il centro della campata nord. Era una bomba a esplosione ritardata, che penetrò in profondità nel cemento armato prima di deflagrare pochi metri davanti al carro del comandante del battaglione. La campata era solida – aveva più di cinquant'anni di servizio – ma le 945 libbre di esplosivo la squarciarono. In un attimo, l'elegante arcata fu recisa, e un'apertura frastagliata larga venti piedi apparve fra i due contrafforti volanti ormai privi di sostegno. Non erano stati progettati per reggersi da soli, meno che mai con mezzi corazzati che passavano rumoreggiando al disopra. La bomba sganciata dal secondo Aardvark colpì il ponte vicino alla riva, e tutta la parte est della campata precipitò nelle acque dell'Elba, trascinando con sé otto carri armati.

Il secondo F-111 non visse abbastanza a lungo per vedere la scena. Uno dei missili SA-6 lo colpì nel fianco e lo ridusse in pezzi, tre secondi dopo che gli Shrike lanciati dall'aereo ebbero annientato la coppia di veicoli radar sovietici. Né l'una né l'altra delle parti ebbe il tempo di affliggersi. Un altro F-111 ruggì volando a monte del fiume, mentre i superstiti della postazione antiaerea cercavano freneticamente i bersagli.

Trenta secondi più tardi, l'arcata nord era completamente distrutta. Frammenti di cemento armato non più grandi di un mattone, proiettati dall'impatto delle tre bombe, si sparsero sul fondo del fiume.

Eisly puntò il dispositivo d'individuazione laser sull'arcata sud. Era affollata di carri armati, intasata da un BMP-1 per trasporto truppe che la prima bomba aveva scaraventato dall'una all'altra corsia, e ora giaceva in fiamme all'estremità ovest del ponte. Il quarto Aardvark lanciò un paio di bombe che andarono a colpire il punto laser sulla torretta di un carro immobilizzato. Il cielo risplendeva delle fiamme del gasolio, ed era striato dalle scie dei SAM portatili lanciati alla cieca dagli uomini ormai in preda al panico.

I due Paveway esplosero, distanziati fra loro di una decina scarsa di metri, facendo precipitare nell'Elba una compagnia corazzata.

Ho ancora una cosa da fare, si disse Ellington. *Via!* I sovietici avevano accumulato materiale da ponte sulla strada secondaria parallela al fiume. Probabilmente i genieri erano nei paraggi. Il Frisbee passò sibilando sopra le colonne di autocarri, ognuno dei quali trasportava un elemento di ponte, e sganciò una serie di razzi, dopo di che puntò a ovest per mettersi al sicuro in Germania Federale. I tre Aardvark superstiti sopraggiunsero uno alla volta, e scagliarono un paio di scatole a mitraglia Rockeye sul parco veicoli, facendo a pezzi il materiale e – i piloti lo speravano fervidamente – anche qualcuno dei tecnici che dovevano dirigere la costruzione. Quindi anche gli Aardvark seguirono l'F-19 sulla via di casa.

Nel frattempo, una seconda formazione di caccia Eagle F-15 era sfrecciata in Germania Orientale ad aprire quattro corsie per gli aerei NATO di ritorno. Lanciarono i missili guidati dai radar e dai raggi infrarossi contro i MiG che stavano tentando di attaccare i caccia bombardieri. Questi, però, avevano ancora gli aerei radar a guidarli, mentre i sovietici non li avevano più. I risultati rispecchiarono tale stato di cose. I MiG non ebbero il tempo di riorganizzarsi dopo la perdita dei Mainstay, e furono sgominati. Più grave ancora, le batterie SAM che avrebbero dovuto appoggiare i MiG ricevettero l'ordine di attaccare gli aerei invasori, e i missili terra-aria cominciarono a colpire bersagli in cielo senza discriminazione alcuna, mentre gli aerei NATO volavano rasente al suolo.

Quando l'ultimo aereo ebbe riattraversato il confine della Germania Occidentale, l'operazione Dreamland era durata complessivamente ventisette minuti. Il costo era stato alto. Erano andati perduti due dei preziosissimi Frisbee e undici aerei d'attacco. Tuttavia la missione era stata un successo. Oltre duecento caccia sovietici ognitempo erano stati distrutti, più un altro centinaio abbattuto dai SAM "amici". Le squadriglie di élite della difesa aerea sovietica erano state ridotte molto male e, di conseguenza, la NATO avrebbe avuto il dominio dei cieli notturni europei. Di trentasei ponti colpiti, trenta erano stati distrutti, e gli altri danneggiati. Il primo attacco sovietico a terra che, secondo il programma, doveva iniziare nel giro di due ore, non avrebbe avuto il supporto della seconda squadriglia, né delle batterie mobili di SAM, né dei tecnici, né tanto meno quello, determinante, delle truppe fresche e bene addestrate appena giunte dalla madrepatria. Infine, gli attacchi contro gli aeroporti avrebbero assicurato agli Occidentali la parità aerea, almeno per il momento. Le forze aeree della NATO avevano conseguito l'obiettivo essenziale: la tanto temuta superiorità terrestre dei sovietici era stata drasticamente ridotta. La battaglia al suolo per l'Europa occidentale sarebbe stata combattuta in condizioni di quasi parità.

USS Pharris

Sulla costa orientale degli Stati Uniti era ancora il giorno precedente, per via del fuso orario. Erano le 22,00 quando la USS *Pharris* guidò fuori dal Delaware il convoglio di trenta navi, accompagnate da una dozzina di unità di scorta. Era il massimo che erano riusciti a mettere insieme con un preavviso così breve. Frattanto erano in viaggio verso i porti statunitensi numerose navi battenti bandiera americana o di altri paesi. Molte di loro avevano preso rotte meridionali per stare il più possibile lontano dai sottomarini sovietici, avvistati a sud del Mar di Norvegia. Morris sapeva che i primi giorni sarebbero stati duri.

«Comandante, vuole venire alle comunicazioni?» gracidò l'altoparlante. Morris si precipitò nella sala radio che era tenuta chiusa in permanenza.

«Si fa sul serio» disse l'ufficiale porgendogli un modulo giallo. Morris lo lesse sotto le luci attenuate.

Z0357Z15GIUGNO

DA: SACLANT
A : TUTTE LE NAVI SACLANT
TOP SECRET

1. ESEGUIRE ILLIMITATE OPERAZIONI BELLICHE AEREE E MARITTIME CONTRO LE FORZE DEL PATTO DI VARSAVIA.
2. PIANO DI GUERRA GOLF TAC 7.
3. FORZA! FIRMATO SACLANT.

Norme di combattimento Opzione Sette. Voleva dire niente armi nucleari, e Morris ne fu lieto, tanto più che per il momento non ne aveva. Adesso era libero di attaccare senza preavviso qualsiasi nave da guerra o mercantile del blocco orientale. Bene... Morris annuì. Si cacciò in tasca il dispaccio, ritornò sul ponte di comando e, senza una parola, andò al microfono.

«È il comandante che vi parla. Ascoltate: la notizia è ufficiale. Siamo in guerra. Fine delle esercitazioni, signori. D'ora in poi, se sentite l'allarme, vorrà dire che ci sono nemici in vista, armati anche loro. È tutto.» Riattaccò il microfono e guardò gli ufficiali sul ponte. «Signor Johnson, voglio che il sistema Prairie/Masker sia permanentemente in funzione. Se si immergono, voglio saperlo subito. Queste istruzioni saranno registrate nel libro degli ordini.»

«*Aye*, comandante.»

Il Prairie/Masker era un sistema per annullare gli impulsi sonar dei sommergibili. Due bande metalliche correvano intorno allo scafo della fregata, davanti e dietro i locali macchina. Quello era il Masker. Riceveva aria compressa e la iniettava nell'acqua circostante in forma di milioni di bollicine. La parte Prairie del sistema faceva la stessa cosa intorno alle pale delle eliche. Le bolle d'aria creavano una barriera semipermeabile che tendeva a trattenere i suoni emessi dalla nave, lasciando sfuggire solo una frazione dei rumori della propulsione, e questo rendeva molto difficile l'individuazione da parte dei sottomarini.

«Quanto tempo per uscire dal canale?» chiese Morris.

«Saremo alla boa marina fra novanta minuti.»

«Bene, dite al sottufficiale di guardia di tenersi pronto a filare la coda e il Nixie» – il sonar rimorchiato e il falso bersaglio per siluri – «alle ventitré e quarantacinque. Vado a dormire un momento. Svegliatemi alle ventitré e trenta. Se succede qualcosa, qualunque cosa, chiamatemi.»

«*Aye aye*, signore.»

Una formazione di tre aerei antisommergibili Orion sorvegliava la zona davanti a loro. Il solo rischio era quello della navigazione normale, e improvvisamente la prospettiva di raschiare il fondo o di urtare una mina vagante sembrò cosa di secondaria importanza. Morris sapeva di avere bisogno di dormire qualche ora, e subito. Non sarebbe stato affatto sorpreso di trovare un sottomarino ad aspettarlo sulla piattaforma continentale di lì a tre ore. Doveva essere riposato e pronto per tale eventualità.

Sunnyvale, California

Perché Washington ritarda? si chiese il colonnello. *Dopo tutto, ho bisogno soltanto di un sì o di un no.* Verificò i quadri. Tre satelliti da fotoricognizione erano permanentemente in orbita, più altri nove di sorveglianza elettronica. Era la sua "costellazione" a bassa quota. Non era preoccupato per i satelliti da navigazione e da comunicazioni che ruotavano più in alto. Preziosi e vulnerabili erano invece i dodici che percorrevano le basse orbite terrestri. Due di loro avevano satelliti soppressori russi a poca distanza, e uno si stava avvicinando al territorio sovietico, seguito da un altro distaccato di quaranta minuti. Il terzo Key-Hole non aveva ancora un ''compagno di viaggio'', però all'ultimo transito su Leningrado si era visto un altro booster tipo F che veniva rifornito sulla rampa.

«Date ancora un'occhiata all'inseguitore» ordinò.

Un tecnico eseguì. Nell'altro emisfero, il satellite accese i razzi di controllo d'assetto e ruotò nello spazio per consentire alle proprie telecamere di cercare il satellite russo. Fino a poco tempo prima, era stato cinquanta miglia dietro, e nove miglia sotto il satellite americano, ma adesso... non c'era più.

«L'hanno spostato. Nell'ultima mezz'ora.» Prese il telefono per informare il CINC-NORAD che avrebbe spostato il satellite di propria iniziativa. Troppo tardi. Come il satellite ruotò di nuovo per puntare le telecamere verso il suolo, una massa cilindrica coprì buona parte della faccia della terra – poi vi fu un lampo, e il teleschermo rimase vuoto. Né più né meno.

«Chris, i comandi della manovra sono inseriti?»

«Sì, signore,» rispose il capitano, con gli occhi fissi sul video..

«La esegua subito!»

Il capitano digitò la sequenza sulla tastiera del computer, poi batté il tasto d'immissione. Il telefono del colonnello squillò mentre i motori a razzo apportavano minime alterazioni alle orbite dei satelliti.

«Controllo Argus» rispose il colonnello.

«Qui CINC-NORAD. Che cosa è successo?»

«Il satellite soppressore russo si è avvicinato e ha detonato. Non abbiamo nessun segnale dal KH-11, signore. Devo desumere che sono riusciti a eliminarlo. Ho appena ordinato agli altri due Key-Hole di fare un Delta-V a cento piedi al secondo. Dica a quelli di Washington che hanno aspettato troppo, signore.»

18

Gloria Polare

Kiev, Ucraina

Era stato deciso che tutti i comandanti sovietici di scacchiere e dei vari fronti avrebbero ricevuto precisazioni sugli sviluppi in Germania. Alekseyev e il suo superiore sapevano il perché: se qualcuno veniva esonerato dal comando, il successore doveva essere al corrente della situazione. Ascoltarono con il più vivo interesse i rapporti dei servizi segreti. Nessuno dei due si era aspettato grandi successi dai commando Spetznaz, però qualcuno sembrava essere andato a buon fine, specialmente nei porti tedeschi. Si parlò poi dei ponti sull'Elba.

«Perché non siamo stati avvisati di questo?» chiese irritato il CINC-Sudovest.

«Compagno generale» rispose l'ufficiale dell'Aviazione. «Secondo le nostre informazioni, l'aereo Stealth era un prototipo non ancora immesso in servizio. A quanto pare, gli americani sono riusciti a costruirne un certo numero, mettendo insieme almeno parte di una squadriglia. L'hanno usata per eliminare i nostri aerei radar, aprendosi la via per una massiccia incursione contro gli aeroporti e le linee di rifornimento, e per una battaglia ben architettata contro i nostri caccia ognitempo. Il successo della missione è innegabile, ma non definitivo.»

«Così, il comandante delle Forze Aeree Ovest sarebbe stato messo agli arresti per essere riuscito a respingerli, eh?» sbottò ironico Alekseyev. «Quanti aerei abbiamo perso?»

«Non sono autorizzato a rivelarlo, compagno generale.»

«Ci parli dei ponti, allora!»

«La maggior parte dei ponti sull'Elba è stata danneggiata più o meno gravemente; inoltre, sono state attaccate le unità di pontieri stazionate nei pressi per eventuali sostituzioni tattiche.»

«Il pazzo debosciato – aveva i pontieri e il materiale a ridosso dei bersagli primari!» Il CINC-Sudovest guardò il soffitto, come se si aspettasse un attacco aereo lì a Kiev.

«È là che ci sono le strade, compagno generale, vicino agli obiettivi» rispose con calma l'ufficiale. Alekseyev, con un gesto, lo invitò a lasciare la stanza.

«Non è stata una buona partenza, Pasha.» Un generale era già stato arrestato e non si conosceva ancora il nome del sostituto.

Alekseyev fece un cenno di assenso, poi guardò l'ora. «I carri armati attraverseranno il confine fra trenta minuti, e abbiamo qualche sorpresa in serbo. Solo la metà dei loro rinforzi è in posizione. Non hanno ancora raggiunto il livello psicologico di preparazione dei nostri uomini. Infliggeremo loro un primo colpo che lascerà il segno, sempreché il nostro amico di Berlino abbia fatto lo spiegamento nel modo giusto.»

Keflavik, Islanda

«Tempo perfetto» dichiarò il primo tenente Mike Edwards, alzando gli occhi dalla tabella appena uscita dal telefax. «Abbiamo questo fronte d'aria fredda in arrivo dal Canada fra ventiquattr'ore, accompagnato da forti piogge, forse venticinque millimetri. Per tutta la giornata odierna avremo cielo sereno, con annuvolamenti ad alta quota non superiori al 20%, senza precipitazioni. Venti in superficie da ovest a sudovest, velocità venticinque nodi. E tanta luce» concluse ridendo.

Il sole si era levato cinque settimane prima, e sarebbe tramontato "seriamente" solo fra altre cinque settimane. L'Islanda è tanto vicina al Polo Nord che d'estate il sole descrive un pigro circolo per tutto il cielo azzurro, scendendo occasionalmente, e solo in parte, sotto l'orizzonte a nordest, ma senza mai tramontare nel senso normale del termine. Occorre un certo sforzo per abituarcisi.

«Tempo da combattimento» confermò il tenente colonnello Bill Jeffers, comandante della 57ª squadriglia di caccia intercettori, detta dei "Cavalieri Neri". La maggior parte degli F-15 era a un centinaio di metri dal fabbricato, con a bordo i piloti in attesa. Aspettavano ormai da un'ora e mezza. Circa due ore prima era giunta l'informazione che un gran numero di aerei sovietici aveva decollato dalle basi tattiche sulla penisola di Kola, con destinazione ignota.

Keflavik era sempre un posto movimentato, ma in quell'ultima settimana sembrava una vera gabbia di matti. Oltre a essere una base mista della Marina e dell'Aviazione, l'aeroporto era anche un attivo scalo tecnico per gli aerei delle linee internazionali. La settimana precedente aveva visto un ulteriore aumento del traffico per il passaggio di caccia tattici dall'aria minacciosa, provenienti dagli Stati Uniti e dal Canada e diretti in Europa; di aerei da trasporto sovraccarichi di attrezzature speciali; di aerei di linea che riportavano in America pochi sparuti turisti e i parenti di militari la cui sede era diventata zona di guerra. La stessa cosa era successa nella città di Keflavik, da cui erano stati evacuati trecento fra donne e bambini. La base era stata sgomberata per il combattimento. Se i sovietici davano il calcio d'inizio della guerra che sembrava stesse per scaturire dal suolo come un nuovo vulcano, Keflavik era pronta al limite del possibile.

«Con il suo permesso, colonnello, vorrei controllare un paio di cose alla torre. La previsione che ho fatto è discretamente stabile, dovrebbe valere almeno per le prossime dodici ore.»

«Dov'è la corrente a getto?» Il colonnello Jeffers alzò lo sguardo dalla enorme carta delle isobare e dei segnavento.

«Esattamente dove è stata tutta la settimana, signore. Nessun indizio di variazioni.»

«Okay, vada pure.»

Edwards si mise il berretto e uscì. Indossava una leggera giacca blu da ufficiale sulla tenuta da fatica in stile marine. Per fortuna, l'Aviazione non era troppo formale in fatto di abbigliamento. Sulla jeep aveva il resto del suo "armamentario bellico": una pistola calibro 38 con cinturone, e la giacca da campagna che completava la tenuta mimetica distribuita al personale tre giorni prima. *Pensano proprio a tutto*, rifletté Edwards mentre percorreva i cinquecento metri che lo separavano dalla torre di controllo. C'era anche il giubbotto antischegge.

Keflavik sarebbe stata attaccata. Tutti lo sapevano, si preparavano, e cercavano di non pensarci. L'avamposto più isolato delle forze occidentali, sulla costa ovest dell'Islanda, era la porta del Nord Atlantico. Se i russi volevano combattere una guerra navale, dovevano neutralizzare l'Islanda. Dalle quattro piste di Keflavik prendevano il volo diciotto intercettori Eagle, nove Orion P-3C antisommergibili e, più letali di tutti, tre aerei radar AWACS E-3A: gli occhi dei caccia. Due erano in azione in quel momento: uno venti miglia a nordest del Capo Fontur, l'altro proprio sopra Ritstain, 150 miglia a nord di Keflavik. Era un caso insolito. Con tre soli AWACS a disposizione, era già abbastanza difficile averne uno costantemente in volo. Il comandante delle forze difensive dell'Islanda stava prendendo la situazione nel modo più serio possibile. Edwards alzò le spalle. Se c'erano veramente dei Backfire diretti su di loro, lui non poteva proprio farci niente. Era il nuovo ufficiale meteorologo, aveva appena dato le previsioni del tempo, ed era tutto.

Parcheggiò la jeep presso la torre, in un box riservato agli ufficiali, e decise di prendere la calibro 38. La zona non era recintata, e non si poteva mai essere certi che non ci fosse qualcuno desideroso di "prendere in prestito" l'arma. La base formicolava di marines e di uomini della Air Force Police, tutti con l'aria molto cattiva, per via dei fucili M-16 e delle bombe a mano appese alla cintura. Sperava che almeno fossero prudenti, con quella roba. Per il giorno dopo, era previsto l'arrivo di un'intera unità anfibia di marines a rinforzare la sicurezza della base, cosa che avrebbe dovuto avvenire già la settimana prima. Il ritardo era stato causato in parte dall'ipersensibilità degli islandesi alla presenza di tanti stranieri armati, ma più ancora dalla velocità irreale con cui si era sviluppata la crisi. Salì rapido la scaletta esterna e trovò la sala della torre affollata: otto persone, invece delle solite cinque.

«Salve, Jerry» disse al caposervizio, il tenente Jerry Simon della Marina. I controllori islandesi che solitamente lavoravano alla torre non erano visibili da nessuna parte. *Bene*, pensò Edwards, *non hanno traffico civile da controllare.*

«Giorno, Mike.» Era la battuta d'obbligo a Keflavik. Erano le 03,15 del mattino, ora locale. Il sole, già alto, brillava attraverso le avvolgibili all'interno dei vetri inclinati delle finestre.

«Facciamo un controllo di assetto!» esclamò dirigendosi verso gli strumenti meteorologici.

«Odio questo fottuto posto!» rispose in coro il personale della torre.

«Facciamo un controllo di assetto positivo.»

«Positivamente odio questo fottuto posto!»

«Facciamo un controllo di assetto negativo.»

«Non mi piace questo fottuto posto!»

«Facciamo un breve controllo di assetto.»

«Vaff...!» Ci fu una risata generale. Ne avevano bisogno tutti.

«Lieto di vedere che stiamo tutti conservando l'equilibrio» osservò Edwards. Il piccolo, ossuto ufficiale era diventato popolare sin dal suo arrivo due mesi prima. Nato a Eastpoint, Maine, e uscito dall'Accademia Aeronautica, non aveva potuto diventare pilota a causa della vista difettosa. Difatti portava gli occhiali. La taglia modesta – un metro e sessantacinque, cinquantaquattro chili – non era di quelle che incutono soggezione. Tuttavia, il sorriso comunicativo, il repertorio di scherzi e la riconosciuta perizia nel razionalizzare i confusi schemi meteorologici del Nord Atlantico avevano fatto di lui un compagno gradito a tutti. Era opinione generale che sarebbe diventato un formidabile meteorologo alla televisione.

«Volo MAC cinque-due-zero, roger. Portalo via, grand'uomo, ci serve lo spazio» disse uno stanco controllore. A poche centinaia di metri, un aereo da carico Galaxy C-5A cominciò ad accelerare sulla pista uno-otto. Edwards prese un binocolo per osservarlo. Non ci si abituava facilmente all'idea che un oggetto così mostruosamente grande potesse volare.»

«Notizie?» chiese Simon a Edwards.

«Nessuna, dopo la relazione norvegese. Grande attività a Kola. Sai, ho scelto proprio il momento buono per venire a lavorare qui» rispose Mike. Tornò agli apparecchi per verificare la taratura del barometro digitale.

La storia era iniziata sei settimane prima. I gruppi sovietici di Aviazione navale e a lungo raggio con base in mezza dozzina di aeroporti intorno a Severomorsk avevano fatto esercitazioni quasi continue, eseguendo missioni d'attacco che avrebbero potuto essere dirette contro chiunque. Due settimane prima, però, avevano ridotto drasticamente l'attività. Era quello l'aspetto che faceva pensare al peggio: addestravano alla perfezione tutto il personale di volo, poi passavano a un periodo di manutenzione intensiva per assicurarsi che tutti gli aerei e tutti gli strumenti funzionassero impeccabilmente... Che cosa stavano facendo ora? Un attacco su Bodø in Norvegia? O magari sull'Islanda? Impossibile dirlo.

Edwards firmò un registro a conferma di avere verificato gli strumenti per quel giorno. Avrebbe potuto lasciare il compito ai subalterni, ma erano tutti occupati a dare una mano ai tecnici della squadriglia. Inoltre, aveva avuto una scusa per salire alla torre...

«Signor Simon» disse precipitosamente il tecnico più anziano. «Ho appena ricevuto un flash da Sentry Uno: Allarme Rosso. Molti "banditi" in arrivo, signore, dalla zona nord-nordest. Sentry Due sta ritornando... Anche loro li hanno rilevati. Gesù. Sembra che siano quaranta o cinquanta, signore!» Edwards notò che gli aerei in arrivo erano stati designati con il nome di "banditi", invece del solito "zombie".

«Nessun amico diretto qui?»

«Signore, abbiamo un MAC C-141 a venti minuti, seguito da altri otto scaglionati di cinque minuti ciascuno, tutti provenienti da Dover.»

«Dì loro che tornino indietro, e fatti dare la conferma! Keflavik è chiusa a tutti fino a nuovo ordine.» Simon si voltò verso l'addetto alle telecomunicazioni. «Dì alle Operazioni Aeree di avvisare il

SACLANT via radio che ci stanno attaccando. Diffondano la notizia. Io...»

Cominciarono a urlare le sirene. Sotto, nelle ombre del primo mattino, gli avieri di servizio a terra sfilarono dagli intercettori in attesa i dispositivi di sicurezza segnati in rosso. Edwards vide un pilota gettare una tazza di plastica prima di cominciare ad allacciarsi le cinture. I carrelli di avviamento situati vicino a ciascun caccia emettevano fumo nero nel generare la corrente necessaria per far girare i motori.

«Torre, qui il comandante dei caccia. Decolliamo subito. Liberatemi le piste, ragazzi!»

Simon prese il microfono. «Roger, capo caccia, le piste sono vostre. Formazione secondo Piano Alpha. Via! Chiudo.»

Sul campo, il personale di terra levò i teli, tirò via i cunei dalle ruote e salutò militarmente i piloti. Il sibilo dei reattori si trasformò in un rombo mentre gli aerei decollavano.

«Dov'è il tuo posto di combattimento, Mike?» chiese Simon.

«Alla stazione meteorologica.» Edwards fece un cenno di saluto e si diresse alla porta. «Buona fortuna, gente.»

A bordo del Sentry Due, gli operatori radar videro un ampio semicerchio di impulsi convergere su di loro. A fianco di ciascun segnale, era scritto "BGR" in rosso, più i dati sulla rotta, l'altezza e la velocità. Ogni impulso corrispondeva a un bombardiere Badger dell'Aviazione navale sovietica. Ce n'erano ventiquattro, diretti su Keflavik a seicento nodi. Si erano avvicinati a bassa quota per tenersi sotto l'orizzonte radar degli E-3A. Una volta scoperti, salirono rapidamente. Erano a due miglia dí distanza. Il profilo che appariva sui display consentì agli operatori di classificare immediatamente la missione come ostile. Vi erano quattro Eagle nella pattuglia, di cui due attrezzati come AWACS, ma il momento di invertire la rotta era vicino, e i caccia erano troppo scarsi di carburante per inseguire i Badger usando i postbruciatori. Fu ordinato loro di dirigere contro i russi alla velocità di seicento nodi, ma non potevano ancora individuare i bombardieri con i radar di puntamento missili.

Il Sentry Uno da Capo Fontur trasmise notizie ancora peggiori. I suoi "blip" corrispondevano a caccia supersonici Backfire Tu-22M, la cui relativa lentezza faceva capire che erano appesantiti da armamento supplementare. Anche là gli Eagle uscirono per l'intercettazione. Dieci miglia dietro di loro, i due F-15 tenuti per la difesa immediata dello spazio sopra Reykjavik erano appena stati riforniti dagli aerei cisterna e stavano sfrecciando verso nordest a mille nodi, mentre il resto della squadriglia si stava appena alzando da terra. L'immagine radar proveniente dai due AWACS fu trasmessa per collegamento digitale al centro operazioni di Keflavik, in modo che il personale potesse seguire l'azione sul video. Ora che i caccia erano in volo, gli uomini della base stavano lavorando freneticamente ad approntare gli altri aerei per l'azione.

Si erano addestrati a quel compito otto volte nell'ultimo mese. Alcuni di loro avevano addirittura dormito sull'aereo. Alcuni uomini furono chiamati dagli alloggi, che non distavano più di quattrocento metri. Gli aerei appena atterrati dal servizio di pattuglia furono riforniti di carburante e rimessi in condizione di volo. I marines e gli avieri di guardia, non ancora stazionati ai propri posti, corsero a dare una mano. Meno male che l'attacco accadeva a quell'ora, quando c'erano pochi borghesi in giro, e il traffico aereo civile era al minimo. I militari di stanza a Keflavik, invece, facevano i doppi turni da una settimana, ed erano stanchi. Operazioni che normalmente sarebbero state sbrigate in cinque minuti, adesso ne richiesero sette o otto.

Edwards era rientrato all'ufficio meteorologico, con indosso la divisa mimetica, il giubbotto antischegge, e in testa un elmetto di foggia tedesca. Per lui, il posto di emergenza era l'ufficio in cui lavorava, e non riusciva proprio a concepirlo come il "posto di combattimento". Come se qualcuno potesse avere bisogno di una carta del tempo particolarmente micidiale con cui attaccare i bombardieri in arrivo! Il servizio doveva avere uno schema per ogni cosa, Edwards lo sapeva. Era giusto che ci fosse uno schema operativo, non era indispensabile che avesse senso. Scese all'ufficio operazioni aeree.

«Qualcosa si stacca dal "bandito" otto. Ha lanciato uno, no, due missili. Il display dice che sono degli AS-4» riferì un Sentry. L'ufficiale in comando si attaccò alla radio per chiamare Keflavik.

MV Julius Fucik

Anche sulla *Doctor Lykes*, venti miglia a sudest di Keflavik, l'attività ferveva come in un alveare. Ogni volta che una squadriglia di bombardieri sovietici lanciava i propri missili aria-terra, il comandante trasmetteva al *Fucik* una parola in codice prestabilita. Anche per la nave portachiatte era giunto il momento.

«Barra a sinistra» ordinò il capitano Kherov. «Prua al vento.»

Tutto il reggimento di fanteria aviotrasportata, con molti uomini afflitti dal mal di mare dopo due settimane di navigazione, era impegnato a verificare e caricare le armi. Gli "uomini in più" della *Fucik* erano all'opera per staccare il camuffamento dalle ultime quattro "chiatte", rivelandole per quello che realmente erano: Hovercraft d'assalto tipo Lebed. Gli equipaggi, di sei uomini ciascuno, tolsero le protezioni dalle prese d'aria dei motori che da un mese erano l'oggetto delle loro amorevoli cure. Soddisfatti del controllo, avvisarono i comandanti dei veicoli, che avviarono i motori dei due Hovercraft più arretrati.

Il primo ufficiale della nave stava alla stazione di comando del montacarichi a poppa. Con un gesto della mano fece imbarcare su ciascun veicolo una compagnia di ottantacinque uomini di fanteria, più una squadra mortai. Fu dato gas, i veicoli si alzarono sui cuscini d'aria, e furono calati con i verricelli. Quattro minuti dopo, gli Hovercraft erano sul montacarichi che formava la parte posteriore della nave.

«Abbassare» comandò il primo ufficiale. Gli operatori agli argani lo fecero scendere fino al livello dell'acqua. Il mare era mosso, e le onde lambivano la poppa binata della *Fucik*. Quindi, prima uno, poi l'altro comandante dei Lebed, aumentò il regime e partì. Il montacarichi risalì immediatamente al ponte superiore, mentre la prima coppia di Hovercraft girava intorno alla nave. Dopo altri cinque minuti, le quattro imbarcazioni d'assalto avanzavano in formazione serrata verso la penisola di Keflavik.

La *Fucik* proseguì la virata, passando di nuovo a una rotta verso nord per abbreviare il percorso alle imbarcazioni successive. Il ponte coperto era affollato di truppe armate di missili terra-aria e di mitragliatrici. Andreyev rimase sul ponte, sapendo che quello era il suo posto, ma desiderando con tutto il cuore di essere alla testa delle truppe d'assalto.

Keflavik, Islanda

«Comando Operativo Keflavik, i "banditi" stanno tutti virando a destra dopo aver lanciato i missili ASM. Finora sono stati due missili per aereo. Abbiamo cinquanta – diciamo cinquantacinque – missili in arrivo, e ne stanno lanciando altri. Nessuno dietro di loro. Ripeto, nessuno dietro il gruppo bombardieri. Per lo meno non abbiamo paracadutisti che ci piovono in testa. Tenetevi saldi, amici, adesso ci sono sessanta missili in arrivo.» Fu questo il messaggio che Edwards udì mentre varcava la soglia.

«Meno male che non sono dei nucleari» disse un capitano.

«Ci stanno sparando addosso cento missili – che bisogno hanno dei fottuti nucleari?» ribatté qualcuno.

Edwards osservò lo schermo radar da sopra la spalla di uno degli ufficiali. Rassomigliava in modo inquietante a un videogioco. I simboli grossi corrispondevano agli aerei, quelli più piccoli ai missili Mach-2.

«Preso!» urlò un operatore radar. L'Eagle di testa era giunto a portata di missile dei Badger; ne fece esplodere uno con uno Sparrow – forse dieci secondi dopo che l'altro aveva lanciato i propri. Un secondo Sparrow mancò il bersaglio, ma un terzo era centrato. Il compagno del primo caccia stava lanciando in quel momento contro un altro apparecchio russo. *I sovietici l'hanno studiata bene*, constatò Edwards. Attaccavano da tutto intorno il litorale nord, con ampi spazi fra i bombardieri, in modo che nessun caccia potesse impegnarne più di uno o due alla volta. Era quasi come se...

«Qualcuno sta controllando la geometria di questa azione?» chiese.

«Cosa vuol dire?» Il capitano si guardò intorno. «Perché non è al suo posto?»

Edwards ignorò la domanda non pertinente. «Che probabilità ci sono che stiano cercando di attirare fuori i nostri caccia?»

«Esca costosa.» Il capitano lasciò cadere l'idea. «Lei dice che avrebbero potuto lanciare gli ASM da più lontano. Forse non hanno una portata così lunga. Sta di fatto che il primo missile è in viaggio da due minuti, con gli altri che seguono intervallati, l'ultimo a sette-otto minuti – e non possiamo farci un Cristo di niente!»

«Già» convenne Edwards. L'edificio che ospitava il comando operazioni aeree e il servizio meteorologico era una costruzione di due piani che vibrava ogni volta che il vento raggiungeva i cinquanta nodi. Il tenente prese un chewing gum e cominciò a masticarlo. Fra dieci minuti un centinaio di missili, ognuno con una tonnellata di esplosivo – o una testata nucleare – avrebbe cominciato a cadere. Il peggio sarebbe toccato agli uomini che si trovavano fuori: i soldati e gli aviatori che stavano tentando di raggiungere gli aerei pronti al decollo. Per lui, invece, la consegna era unicamente di starsene fuori dai piedi. Si sentì un po' umiliato. Si vergognò ancora di più per il sapore della paura, che cominciava a mescolarsi a quello della menta.

Gli Eagle erano ormai tutti in volo diretti a nord. Gli ultimi Backfire avevano finito di lanciare i missili, e stavano ritornando a nordest con i motori a pieno regime, mentre gli Eagle acceleravano a milleduecento nodi nel tentativo di raggiungerli. Tre degli intercettori riuscirono a lanciare alcuni missili, abbattendo due Backfire e danneggiandone un terzo. I caccia "Zulu" decollati dal ponte non riuscirono a raggiungere i Backfire, come il capo controllore del Sentry Uno constatò, maledicendosi per non averli mandati contro i più vecchi e meno pregiati Badger, che avrebbero potuto raggiungere. Ordinò loro di rallentare, e li fece guidare dai controllori verso i missili supersonici.

Il Penguin 8, primo degli aerei antisommergibili Orion P-3C, si accingeva a decollare dalla pista due-due. Era stato di pattuglia cinque ore prima, e l'equipaggio non era ancora riuscito a scuotersi il sonno di dosso

«Cominciano a scendere» disse l'operatore radar. Il primo missile russo era quasi sulle loro teste, e stava iniziando la picchiata conclusiva. Gli Eagle avevano colpito due missili, ma le rotte e le altezze erano state a loro sfavore, per cui la maggior parte degli Sparrow era andata a vuoto, incapace di centrare i missili Mach-2. Gli F-15 ruotavano sopra l'Islanda centrale, a grande distanza dalla base, e i piloti si domandavano se avrebbero ancora trovato un campo su cui scendere.

Edwards si acquattò mentre il primo atterrava – o meglio, non atterrava. Il missile aria-terra aveva un detonatore radar di prossimità, che scattò a venti metri dal suolo con effetto terrificante. Esplose proprio sopra la pista internazionale a duecento metri dal centro operazioni aeree, e i frammenti colpirono numerosi edifici. Il peggio toccò alla postazione antincendio della base. Edwards cadde a terra mentre le schegge investivano la parete di legno. La porta fu scardinata, e l'aria si riempì di polvere. Un momento dopo, un'autocisterna esplose nel settore della Esso, a un centinaio di metri, facendo scaturire una colonna di fuoco e proiettando kerosene in fiamme su interi isolati. La corrente elettrica venne immediatamente a mancare. Le radio, i radar, l'illuminazione si spensero, e le luci di emergenza alimentate da batterie non si accesero come avrebbero dovuto. Per un terribile momento, Edwards si chiese se il primo missile non era proprio un nucleare. Lo scoppio gli era rintronato nel petto; sentì una nausea improvvisa, mentre il corpo cercava di adattarsi alle sensazioni che lo avevano aggredito. Si guardò intorno e vide un uomo svenuto a terra, colpito da un infisso. Non capiva se doveva allacciarsi il sottogola dell'elmetto, e in qualche modo questo dubbio sembrò importantissimo, anche se non sapeva bene perché.

Un altro missile cadde più lontano, poi per circa un minuto i suoni si confusero in una serie di scoppi assordanti. Edwards era soffocato dalla polvere. Gli sembrava che il petto gli stesse per scoppiare e, d'istinto, si lanciò verso la porta in cerca d'aria.

Fu accolto da uno spesso muro di calore. L'impianto della Esso era una massa di fiamme ruggenti che avevano già divorato l'attiguo laboratorio fotografico e lo spaccio della base. Un fumo denso si levava anche dagli alloggi dei militari a est. Sei aerei già pronti al decollo giacevano come giocattoli, con le ali spezzate dallo scoppio di un missile caduto proprio all'incrocio delle piste: non avrebbero volato mai più. Un Sentry E-3A s'incendiò sotto i suoi occhi. Voltandosi, vide che anche la torre di controllo era stata danneggiata e non aveva più finestre. Edwards corse in quella direzione, senza neppure pensare di usare la jeep.

Due minuti dopo, entrava ansimando nella torre: tutto il personale era a terra, dilaniato dalle schegge di vetro proiettate dallo scoppio. Pozze di sangue si allargavano sulle piastrelle del pavimento. Dei rumori giungevano ancora dagli altoparlanti delle radioriceventi, ma Edwards non riuscì a trovare neppure una trasmittente in grado di funzionare.

Penguin 8

«Cosa Cristo succede?» esclamò il pilota dell'Orion. Virò bruscamente a sinistra e aumentò la velocità. Stavano volando in cerchio a dieci miglia da Keflavik, osservando il fumo e le fiamme che salivano dal campo di volo, quando quattro grossi oggetti passarono sotto di loro.

«È un...» ansimò il co-pilota. «Dove...»

I quattro Lebed stavano avanzando, a più di quaranta nodi, rimbalzando pesantemente sulle onde alte più di quattro piedi. Ogni veicolo era lungo ottanta piedi e largo trentacinque, con un paio di eliche intubate sulla parte superiore, proprio davanti a un alto timone simile a quello di un aereo, con l'emblema della Marina sovietica: falce e martello su fondo blu. Erano troppo vicini alla spiaggia, ormai, perché l'Orion potesse usare le proprie armi.

Il pilota guardò incredulo, ma i dubbi svanirono quando un cannone da 30 attaccò a sparare contro l'aereo. I colpi passarono larghi, ma il pilota virò deciso a ovest.

«Tacco» disse al coordinatore tattico. «Dì a Keflavik che c'è gente in arrivo. Quattro Hovercraft armati, tipo sconosciuto, ma russi – presumibilmente carichi di truppe.»

«Pilota» riferì mezzo minuto dopo il coordinatore tattico. «Le comunicazioni con Keflavik sono interrotte. Il centro operativo è distrutto; la torre anche. Sto cercando di mandare su i Sentry. Forse riesco a rimediare uno o due caccia.»

«Okay, ma continua a provare Keflavik. Spegni il radar. Cerchiamo di capire da dove vengono. Spegni anche i radar degli Harpoon.»

Keflavik, Islanda

Edwards stava scrutando la zona con il binocolo per rendersi conto dei danni quando udì il messaggio in arrivo – ma non poteva rispondere. *E adesso che cosa faccio*? Guardandosi intorno scoprì una cosa utile, una radio Hammer Ace. Afferrò il voluminoso zaino e corse su per i gradini. Doveva mettersi in contatto con gli ufficiali dei marines e informarli.

Gli Hovercraft risalirono veloci la baia di Djupigovur e nel giro di un minuto toccarono terra a meno di un miglio dalla base aerea. I soldati notarono con sollievo che, a terra, i sobbalzi erano meno violenti. I veicoli si allargarono e procedettero affiancati, alla distanza di trecento metri l'uno dall'altro, verso la base aerea della NATO, al fondo della pianura rocciosa.

«Ma che diavolo....» disse un caporale dei marines. Un oggetto di grandi dimensioni era apparso all'orizzonte, e avanzava sul terreno a forte velocità, con la grazia di un dinosauro diretto a un picnic.

«Ehi voi! Marines, venite qua!» urlò Edwards. Una jeep con tre uomini a bordo si fermò e sterzò verso di lui. «Portatemi dal vostro comandante, presto!»

«Il comandante è morto, signore» disse il sergente. «La postazione di comando è stata colpita, saltata in aria! Maledizione!»

«Dov'è la postazione sostitutiva?»

«Alla scuola elementare.»

«Presto, devo informarli, abbiamo il nemico in arrivo dal mare. Merda! Hai una radio!»

«Ho tentato di chiamare, signore, ma non c'è stata risposta.» Il sergente svoltò a sud sulla pista internazionale. Almeno tre missili l'avevano colpita, a giudicare dal fumo. Tutto intorno, quella che era stata la base aerea di Keflavik era ridotta a una distesa di fuoco e di fumo. Gente in divisa correva qua e là, intenta a fare cose che Edwards non ebbe il tempo di indovinare.

Anche la scuola elementare era stata bombardata. La parte rimasta in piedi, non più di un terzo dell'edificio, era una massa di fiamme.

«Sergente, funziona quella radio?»

«Sì, signore, ma non è sintonizzata con i posti di guardia.»

«Bene, provvedi.»

«Subito.» Il sergente provò su un'altra frequenza.

I Lebed si fermarono in coppie, a cinquecento metri dal perimetro del campo. Il portellone di prua si aprì e ne uscirono due veicoli d'assalto BMD, seguiti dalle squadre con i mortai che cominciarono subito a montare le armi. I cannoni da 73 millimetri e i lanciamissili dei minitank cominciarono a colpire le posizioni difensive dei marines, mentre le compagnie rinforzate di ciascun veicolo avanzavano lente ed efficienti, sotto la protezione dei carri e dei mortai. Le formazioni di assalto erano state scelte fra le truppe che avevano combattuto in Afghanistan. Tutti gli uomini erano già stati esposti al fuoco. I Lebed invertirono immediatamente direzione, alla maniera dei granchi, e corsero verso il mare a caricare altri uomini. Gli elementi di due battaglioni scelti stavano già attaccando un'unica compagnia di marines.

Le frasi concitate che correvano sulle reti radio dei plotoni erano fin troppo chiare. La base, e di conseguenza le ricetrasmittenti principali, erano rimaste senza corrente. Gli ufficiali dei marines erano morti, e più nessuno coordinava la difesa. Edwards si chiese se c'era almeno una persona che avesse le idee chiare su quello che stava accadendo. Ma non era poi così importante.

«Sergente, dobbiamo andarcene di qua!»

«Vuol dire scappare?»

«Voglio dire andarcene a riferire quello che è successo. Sembra che questa mano l'abbiamo persa, sergente. Qualcuno deve informare il comando in modo che non faccia atterrare altri aerei qui. Qual è la strada più breve per Reykjavik?»

«Maledizione, signore, ci sono dei marines laggiù...»

«Vuoi farti prendere prigioniero dai russi? Abbiamo perso! Ho detto che dobbiamo riferire al comando, e tu farai come Cristo ti dico, sergente, chiaro?»

«*Aye aye*, signore.»

«Come stiamo ad armi?»

Un soldato, di propria iniziativa, corse in quello che restava della scuola. Un marine giaceva a faccia in giù, su una pozza di sangue sgorgato da un'invisibile ferita mortale. Il marine ritornò con l'M-16 del caduto, le giberne, lo zaino, e li porse a Edwards.

«Siamo tutti armati, adesso.»

«Togliamo le chiappe di qua.»

Il sergente mise rapidamente in moto la jeep. «In che modo possiamo riferire?»

«Lascia che me ne occupi io, okay?»

«Come vuole.» Il sergente girò la jeep e ripercorse la pista internazionale, verso le antenne distrutte delle comunicazioni via satellite.

MV Julius Fucik

«Aereo in vista, di prora a babordo!» gridò una vedetta. Kherov si portò il binocolo agli occhi e imprecò sottovoce. Vide che sotto le ali del plurireattore erano appesi degli oggetti che potevano soltanto essere dei missili.

Penguin 8

«Oh bella, guarda un po' chi abbiamo qui sotto» disse sottovoce il pilota dell'Orion. «Il nostro vecchio amico, il *Doctor Lykes*. Operazioni, qui pilota, che cos'altro c'è in giro?»

«Niente, pilota, nessun'altra unità di superficie per un raggio di più di cento miglia.» Avevano appena compiuto un giro completo di orizzonte con il radar.

«Ed è maledettamente certo che quei fottuti Hovercraft non sono stati portati qui a bordo di un sottomarino.» Il pilota modificò la rotta per passare con il sole alle spalle, a meno di due miglia dalla nave. Il co-pilota la esaminò con il binocolo. Le telecamere di bordo, azionate dagli addetti alle armi, avrebbero fornito immagini ravvicinate ancora più nitide. Videro un paio di elicotteri che stavano scaldando i motori. Qualcuno a bordo della *Fucik*, preso dal panico, lanciò un missile portatile SA-7, che non colpì l'Orion e svanì in una fiammata contro il sole basso sull'orizzonte.

MV Julius Fucik

«Idiota!» grugnì Kherov. Il fumo del motore del razzo non era neppure passato vicino all'aereo. «Ora ci sparerà addosso. Avanti a tutta forza. Timoniere, all'erta!»

Penguin 8

«Okay» disse il pilota allontanandosi in virata dal mercantile. «Tacco, guarda che bel bersaglio per i tuoi Harpoon. Sei riuscito a parlare con Keflavik?»

«Negativo, ma il Sentry Uno sta ritrasmettendo i dati in Scozia. Dicono che Keflavik è stata colpita da un bel po' di missili. Sembra che la base sia chiusa, che riusciamo a tenerla o no.»

Il pilota emise una serie di imprecazioni. «Okay. Faremo saltare in aria quella nave pirata.»

«Roge» rispose il coordinatore tattico. «Due minuti per lanciare il... merda! Vedo una luce rossa sull'Harpoon di babordo. Il maledetto non si vuole armare.»

«Arrangiati, fa' qualcosa!» borbottò il pilota. Non servì a niente. Nella furia del decollo, il personale di terra non aveva collegato bene i cavi di comando.

«Okay, uno funziona. Pronto!»

Il missile si staccò dall'ala e cadde per trenta metri prima che i motori si accendessero. Il ponte coperto della *Fucik* era pieno di paracadutisti, diversi dei quali, armati di SAM portatili, speravano di intercettare il missile ASM in arrivo.

«Tacco, vedi se sei capace di far decollare un F-15. Forse potrà tagliare a fette questa baracca con il venti millimetri.»

«Lo sto già chiamando. Abbiamo un paio di Eagle in arrivo, ma sono a corto di carburante. Potranno fare al massimo due passaggi.»

Il pilota scrutava in basso con il binocolo seguendo il missile verniciato di bianco che sfiorava le creste delle onde. «Va', ragazzo, va'...»

MV Julius Fucik

«Missile in arrivo, basso sull'orizzonte, a babordo.» *Almeno abbiamo delle buone vedette*, pensò Kherov. Calcolando la distanza dall'orizzonte, gli attribuì la velocità di mille chilometri orari...

«Barra tutta a dritta!» gridò. Il timoniere girò la ruota fino in fondo e la tenne in posizione.

«Non si può scappare da un missile, Kherov» disse calmo il generale.

«Lo so. Stia a vedere, amico.»

La nave dallo scafo nero stava virando tutta a tribordo. Così facendo, si inclinò nel senso opposto, proprio come un'automobile si piega verso l'esterno di una curva. Il movimento fece elevare la linea di galleggiamento della fiancata di babordo.

Alcuni ufficiali intraprendenti lanciarono razzi da segnalazione, sperando di trarre in inganno il missile e farlo deviare, ma la sola cosa di cui il cervello elettronico dell'arma si occupava era l'enorme segnale che occupava il centro della propria testa di ricerca radar. Notò che la direzione della nave stava cambiando leggermente, e modificò la propria rotta in conseguenza. A mezzo miglio dall'obiettivo il missile, che correva a dieci piedi di altezza, salì per la cabrata prevista dal programma. I soldati a bordo della *Fucik* spararono immediatamente una scarica di dodici SAM. Tre si puntarono sulla scia di fumo, ma non riuscirono a inarcarsi abbastanza rapidamente per colpire il missile in corsa e passarono oltre. L'Harpoon si inclinò e iniziò la picchiata.

Penguin 8

«Ottimo...» mormorò il pilota. A quel punto, nessuno l'avrebbe più fermato.

Il missile colpì lo scafo della *Fucik* sei piedi sopra la linea di galleggiamento, a poppavia della plancia. La testata esplose subito, ma il corpo del missile continuò ad avanzare spargendo un centinaio di chili di carburante, che entrarono come un globo di fuoco nel ponte inferiore. In un attimo, la nave scomparve dietro una cortina di fumo. Tre paracadutisti, sbilanciati dall'urto, premettero inavvertitamente il grilletto dei loro SAM puntati verso l'alto.

«Tacco, il missile ha colpito giusto. Abbiamo registrato la detonazione della testata. Si direbbe che...» Il pilota mise a fuoco il binocolo per valutare i danni.

MV Julius Fucik

«Barra a mezza nave!» Kherov si era aspettato di essere sbattuto a terra, ma il missile era piccolo, e la *Julius Fucik* aveva tuttora una massa di trentacinquemila tonnellate. Corse all'ala di plancia per controllare il danno. Quando la nave si rimise in assetto, il buco frastagliato sulla fiancata era dieci piedi sopra le onde. Il fumo usciva dallo squarcio. C'era un incendio a bordo, ma il capitano stimava che l'apertura non fosse tale da fare allagare la nave. Il pericolo era uno solo, e Kherov diede rapidamente gli ordini alla squadra controllo danni. Il generale mandò un ufficiale a dare una mano. Negli ultimi dieci giorni, un centinaio di paracadutisti era stato addestrato a combattere un eventuale incendio a bordo. Adesso avevano l'occasione di mettere in pratica quello che avevano imparato.

Penguin 8

La *Fucik* emerse dal fumo alla velocità di venti nodi, con una breccia di quindici piedi nella fiancata. Si vedeva il fumo uscire dall'apertura, ma il pilota dell'Orion si rese subito conto che il colpo non era stato mortale. Scorse centinaia di uomini sul ponte superiore, alcuni già in corsa verso le scalette per scendere sotto coperta a combattere l'incendio.

«Dove sono i caccia?» chiese. Il coordinatore tattico non rispose. Inserì il circuito radio.

«Penguin Otto, qui Cobra Uno. Ho due aerei. I nostri missili sono già andati, ma abbiamo ancora un buon carico di proiettili da venti millimetri. Posso farvi due passaggi, poi devo puntare sulla Scozia.»

«Ricevuto, capo squadriglia. L'obiettivo ha alcuni elicotteri che si stanno alzando. Attento ai SAM portatili. Ne ho visto sparare una ventina.»

«Roger su questo, Penguin. Notizie su Keflavik?»

«Dovremo cercare casa altrove per un po' di tempo.»

«Roger, preso nota. Okay, tenetevi fuori, arriviamo col sole alle spalle, puntiamo sulla coperta.»

L'Orion continuò a volare in cerchio a tre miglia di distanza. Il pilota non vide i caccia finché non cominciarono a sparare. I due Eagle erano distanziati fra loro di pochi piedi, e volavano a circa sei metri sopra il livello dell'acqua, con i musi lucenti che lampeggiavano per i colpi del cannone rotante da 20 millimetri.

MV Julius Fucik

Nessuno li vide arrivare. Un momento dopo, l'acqua intorno alla *Fucik* spumeggiò sotto i colpi, poi il ponte principale si coprì di polvere. Una nube arancione annunciò che uno degli elicotteri era esploso. Il carburante in fiamme si rovesciò sul ponte di comando, mancando di poco il generale e il capitano.

«Che cosa è stato?» ansimò Kherov.

«Caccia americani. Sono passati a quota molto bassa. Devono avere solo i cannoni, se no ci avrebbero già bombardati. Non è ancora finita, caro capitano.»

I caccia si separarono, passando a destra e a sinistra della nave, che continuava a muoversi in ampio cerchio a venti nodi. Nessuno dei SAM seguì gli Eagle che virarono, si rimisero in formazione e picchiarono sulla prua della *Fucik*. Adesso il bersaglio era la sovrastruttura. Un attimo dopo la plancia del "mercantile" fu crivellata da centinaia di colpi. Erano stati fracassati tutti gli oblò, e quasi tutti gli uomini di guardia erano morti, ma la tenuta della nave all'acqua non era minimamente compromessa.

Kherov sopravvisse al carnaio. Il timoniere era stato segato in due da mezza dozzina di proiettili esplosivi, e tutti gli altri che si trovavano in plancia erano morti. Gli ci volle un secondo per riaversi dallo shock e sentire il dolore lancinante all'addome; la giacca blu era resa più scura dal sangue.

«Lei è ferito, capitano.» Solo il generale aveva avuto l'istinto di acquattarsi dietro un riparo solido. Guardò gli otto corpi mutilati riversi nella timoniera e si stupì ancora una volta di avere avuto tanta fortuna.

«Devo condurre la nave in porto. Vada a poppa, dica al primo ufficiale di continuare le operazioni di sbarco. Lei, compagno generale, si occupi dell'incendio. Dobbiamo condurre in porto la mia nave.»

«Le manderò aiuto.» Il generale corse via, mentre Kherov prendeva il timone.

Keflavik, Islanda

«Fermo, lasciala stare!» gridò Edwards.

«Cos'altro c'è, signore?» chiese il sergente, fermando la jeep nella zona di parcheggio.

«Prendiamo la mia macchina. La jeep è maledettamente troppo vistosa.» Il tenente saltò fuori, estraendo dalla tasca le chiavi della propria auto. I marines si scambiarono uno sguardo, poi corsero dietro l'ufficiale.

La macchina era una Volvo di dieci anni che Edwards aveva acquistato il mese prima da un ufficiale in partenza dall'Islanda. Aveva prestato un duro servizio sulle strade per lo più non lastricate dell'isola, e lo dimostrava. «Forza, salite!»

«Signore, che diavolo stiamo facendo esattamente?»

«Ascolta, sergente. Dobbiamo allontanarci dalla zona. E se i russi hanno degli elicotteri? A che cosa credi che rassomigli una jeep vista dall'alto?»

«Okay.» Il sergente assentì. «Ma che cosa facciamo, signore?»

«Ci spostiamo almeno fino a Hafnarfjördur, molliamo la macchina e prendiamo per la campagna. Appena troviamo un posto sicuro, ci mettiamo in contatto radio. Quello che ho è un apparecchio via satellite. Dobbiamo far sapere a Washington che cosa sta capitando quaggiù. Ciò vuol dire che dobbiamo metterci in condizione di sapere che cosa hanno in arrivo i russi. I nostri potranno almeno tentare di riprendersi questo scoglio. La missione, sergente, è di restare vivi, comunicare con i nostri e dar loro una mano, se possibile.» Edwards non aveva pensato tutto questo prima di dirlo. Avrebbero tentato di riconquistare l'Islanda? Sarebbero stati in grado di farlo? Che cos'altro stava andando a puttane nel fottuto mondo? Aveva un senso tutto questo? Concluse che non ce l'aveva. *Una cosa alla volta*, si disse. Certo era che non intendeva farsi prendere prigioniero dai russi. Forse, se fosse riuscito a trasmettere qualche informazione, sarebbe stato possibile pareggiare la partita di Keflavik.

Edwards mise in moto la macchina e si avviò lungo la strada 41. Dove occultare la vettura? C'era un centro commerciale a Hafnarfjördur... ed era anche l'unico punto di vendita del Pollo Arrosto del Kentucky in tutta l'Islanda. Quale posto migliore per mimetizzare un'automobile? Il giovane tenente sorrise suo malgrado. Erano vivi, e avevano in mano l'arma più pericolosa conosciuta dall'uomo: una radio. Avrebbe affrontato i problemi man mano che si presentavano. La missione, decise, era di restare vivo e trasmettere le informazioni, dopodiché qualcun altro avrebbe potuto dire loro il da farsi. *Una cosa alla volta*, si ripeté, *e voglia Dio che qualcuno sappia cosa sta capitando...*

Penguin 8

«Sembra che l'incendio sia sotto controllo» commentò il pilota con rammarico.

«Sì, ma come pensi che abbiano fatto? Cavolo, quella nave avrebbe dovuto saltare come... ma non l'ha fatto.» Mentre guardavano, un secondo contingente di truppe veniva imbarcato sui quattro Hovercraft. Il pilota non aveva pensato che i due caccia Eagle – ormai in volo per l'Inghilterra – avrebbero potuto mitragliare quelli, invece della grossa nave nera. *Ufficiale del cazzo!* si disse. Il Penguin portava otto boe sonar, quattro siluri Mk-46 "antisom", e alcune altre armi tecnologicamente avanzate, ma tutte assolutamente inutili contro un bersaglio grosso e facile come il mercantile. A meno di fare il kamikaze... ma, a questa idea, il pilota scosse la testa.

«Se vuoi dirigerti in Scozia, abbiamo carburante per meno di un'ora» annunciò il coordinatore.

«Okay, diamo un'ultima occhiata a Keflavik. Salgo a seimila piedi. Dovremmo essere fuori dalla portata dei SAM.»

In due minuti furono sopra la costa. Un Lebed si stava avvicinando alla stazione SOSUS e SIGINT di fronte a Hafnir. Riuscirono soltanto a vedere un po' di movimento, e un filo di fumo che saliva dall'edificio. Il pilota non sapeva molto sulle attività del SIGINT, però il SOSUS, il Sistema Sonar di Sorveglianza Oceanica, era il mezzo principale per individuare i bersagli che l'Orion P-3C avrebbe potuto colpire. Quella stazione copriva i varchi fra Groenlandia e Islanda, e fra l'Islanda e le Isole Færöer. La linea difensiva che poteva tenere i sottomarini russi fuori dalle rotte commerciali stava per sparire definitivamente. Bell'affare.

Un minuto dopo erano su Keflavik. Sette o otto aerei non erano riusciti a decollare e stavano bruciando. Il pilota esaminò le piste con il binocolo e constatò stupito che non presentavano crateri.

«Tacco, hai un Sentry in linea?»

«Puoi parlare con uno di loro anche subito, pilota. Procedi, sei collegato con Sentry Due.»

«Sentry Due, qui Penguin 8, mi ricevete? Passo.»

«Roger, Penguin 8. Parla il capo controllo. Vi vediamo sopra Keflavik. Com'è?»

«Conto otto aerei al suolo, distrutti e incendiati. I missili non hanno, ripeto, non hanno prodotto crateri sul campo.»

«Sicuro di questo, Penguin 8?»

«Affermativo. Grandi danni da esplosioni, ma non vedo buchi sul terreno. I serbatoi di carburante più vicini non sembrano toccati, e si direbbe che l'area di stoccaggio a Hakotstangar non sia stata colpita. Abbiamo lasciato a quei fetenti un mare di carburante e un campo d'aviazione. La base – vediamo: la torre è ancora in piedi. Fuoco e fumo in quantità intorno all'edificio Operazioni Aeree... la base ha l'aria parecchio malconcia, ma le piste sono decisamente utilizzabili. Passo.»

«E la nave alla quale avete sparato?»

«Un colpo in pieno. Ho visto il missile che andava a segno, e due dei vostri F-15 le hanno mitragliato il culo, ma non è bastato. Probabilmente ce la farà a raggiungere il porto. Immagino che tenterà di entrare a Reykjavik, o forse a Hafnarfjördur, per scaricare. Deve avere un sacco di materiale a bordo. Può arrivare a destinazione entro due-tre ore, a meno che riusciamo a chiamare qualcuno che glielo impedisca.»

«Non ci contate. Come state a carburante?»

«Dobbiamo dirigere subito su Stornoway. Le mie telecamere hanno ripreso la zona e la nave. Non possiamo fare altro.»

«Okay, Penguin 8. Andate a trovarvi un posto per l'atterraggio. Anche noi ce ne andiamo fra poco. Buona fortuna. Chiudo.»

Hafnarfjördur, Islanda

Edwards parcheggiò l'auto al centro commerciale. C'era qualcuno sul viale di accesso, persone intente a guardare verso Keflavik. Erano state svegliate dal rumore in lontananza, e si chiedevano che cosa stava accadendo. *Proprio come noi*, pensò Edwards. Per fortuna, sembrava che i russi non fossero ancora arrivati. Senza pensarci, chiuse la macchina e mise in tasca le chiavi.

«Dove ci dirigiamo, tenente?» chiese il sergente Smith.

«Sergente, mettiamo le cose in chiaro. Tu sei l'esperto. Qualunque idea ti passi per la testa, voglio conoscerla, intesi?»

«Sì, signore. Direi che dobbiamo andare dritto a est per un po', e toglierci dalla strada, poi trovare un posto dove lei possa giocare con quella radio. E dovremmo sbrigarci.»

Edwards si guardò intorno. Non c'era ancora nessuno nella via, però dovevano rifugiarsi nell'entroterra prima che qualcuno potesse notarli e riferire ad altri. Fece un cenno di assenso, e il sergente ordinò a un soldato di mettersi in testa al gruppo. Si tolsero l'elmetto e si passarono il fucile a tracolla per avere un aspetto meno marziale per le centinaia d'occhi che li stavano di certo osservando da dietro le tendine delle finestre. *Che cavolo di modo di iniziare una guerra*, pensò.

MV Julius Fucik

«L'incendio è spento, perdio!» dichiarò il generale Andreyev. «Il nostro materiale è stato molto danneggiato, soprattutto dall'acqua, ma l'incendio è spento!» Cambiò espressione quando vide come era ridotto Kherov.

Il capitano era pallido come uno spettro. Un medico dell'esercito gli aveva bendato la ferita, ma ci doveva essere un'emorragia interna. Faceva sforzi sovrumani per reggersi in piedi davanti al tavolo di carteggio.

«Venire a dritta su zero-zero-tre.»

Un ufficiale subalterno stava al timone. «A dritta su zero-zero-tre, compagno capitano.»

«Si deve sdraiare, capitano» disse gentilmente Andreyev.

«Prima devo portare la nave sana e salva in porto.»

La *Fucik* dirigeva quasi esattamente a nord, con vento da ovest al traverso e l'acqua che lambiva lo squarcio prodotto dal missile. L'ottimismo di prima stava scemando. Alcune saldature nella parte inferiore dello scafo erano saltate per l'impatto del missile, e l'acqua entrava nella stiva inferiore, però le pompe erano riuscite a tenere il passo. C'erano ventimila tonnellate di carico da sbarcare.

«Capitano, lei ha bisogno di cure mediche» insisté Andreyev.

«Prima devo doppiare la punta. Quando la fiancata colpita sarà sottovento, allora potrò farmi curare. Dica ai suoi uomini di stare all'erta. Un altro attacco azzeccato potrebbe finirci. Dica loro che si sono comportati bene, e che sarò felice di averli ancora a bordo.»

«Contatto sonar, possibile sottomarino a rilevamento tre-cinque-tre» annunciò l'operatore.

Si comincia, pensò Morris. La *Pharris* era con gli uomini al posto di combattimento, per il primo tratto del viaggio in uscita dalla costa americana. Il sonar tattico rimorchiato era nella scia. Si trovavano venti miglia a nord del convoglio, centodieci miglia a est della costa, e stavano attraversando in quel momento la linea della piattaforma continentale per passare nelle acque profonde del Lindenkohl Canyon. Posto ideale per un sottomarino in agguato.

«Mostrate quello che avete» ordinò l'ufficiale antisom. Morris rimase tranquillo a osservare gli uomini al lavoro.

L'addetto al sonar indicò il display a cascata. Si vedeva una quantità di piccoli blocchi digitali di colore verde più o meno intenso su fondo nero. Una fila di sei blocchetti differiva dallo schema. Se ne aggiunse un settimo. Il fatto che i segnali fossero allineati verticalmente significava che il rumore era generato da un rilevamento costante a nord, leggermente spostato a est. Fino a quel momento, tutto ciò che avevano era la direzione di una possibile fonte acustica. Non erano in grado di determinare la distanza, né di stabilire se era veramente un sottomarino, e non un peschereccio con motore particolarmente rumoroso, o addirittura un semplice disturbo nell'acqua. La fonte del segnale tacque per un minuto, ritornò, infine scomparve.

Morris e l'ufficiale antisom guardarono la lettura del batitermografo. Ogni due ore immergevano lo strumento che misurava la temperatura dell'acqua man mano che scendeva, comunicando i dati attraverso il cavo finché non veniva lasciato libero sul fondo. La traccia mostrava una linea irregolare. La temperatura dell'acqua diminuiva con la profondità, ma non in modo uniforme.

«Potrebbe essere qualsiasi cosa» disse l'ufficiale antisom.

«Sicuro» confermò il comandante. Ritornò allo schermo sonar. La traccia c'era ancora. Era rimasta relativamente costante da circa nove minuti.

Ma quanto distava? L'acqua è un buon mezzo per condurre l'energia acustica, molto più efficace dell'aria, ma ha certe regole. Un centinaio di piedi sotto la *Pharris* vi era "lo strato", che corrispondeva a un cambiamento repentino della temperatura dell'acqua. Analogamente a una lastra di vetro angolare, lasciava passare alcuni suoni, ma ne rifletteva la maggior parte. Una certa quantità di energia veniva condotta fra gli strati, conservando la propria intensità per una distanza enorme. La fonte del segnale che stavano ricevendo poteva distare cinque come cinquanta miglia. Mentre la osservavano, la traccia sullo schermo cominciò a piegare un po' a sinistra, il che significava che la nave si stava allontanando a est della fonte acustica... oppure era la fonte che si stava spostando verso ovest, nel modo in cui un sottomarino poteva insinuarsi a poppa del bersaglio nel contesto della propria manovra d'inseguimento. Morris andò verso prua, alla tavola di tracciamento.

«Se è un bersaglio, è abbastanza lontano» disse sottovoce un sottufficiale. Era sorprendente vedere gli uomini così attenti a parlare durante le esercitazioni antisommergibili, come se fosse possibile essere sentiti di là sotto...

«Signore» disse un momento dopo l'ufficiale antisom. «Non ci sono variazioni apprezzabili di rilevamento, per cui il contatto dev'essere a buone quindici miglia di distanza. Ciò significa che è una fonte parecchio rumorosa, probabilmente troppo distante per costituire una minaccia immediata. Se è un sottomarino nucleare, possiamo fare un breve spunto di velocità e poi tentare un rilevamento incrociato.»

Morris guardò verso la centrale di controllo a poppa. La fregata stava viaggiando a quattro nodi. Prese l'interfono di bordo.

«Plancia, qui centrale.»

«Plancia, *aye*. Parla il comandante in seconda.»

«Joe, passiamo a venti nodi per cinque minuti. Voglio vedere se possiamo fare un rilevamento incrociato sul bersaglio.»

«*Aye*, comandante.»

Le macchine spinsero la *Pharris* ad alta velocità sulle onde alte sei piedi, e Morris avvertì il movimento diverso. Attese pensieroso, rimpiangendo che sulla nave non ci fosse un impianto 2X, molto più sensibile, come quelli montati sulle fregate veloci della classe Perry. Prevedeva che i cinque minuti sarebbero sembrati lunghi, ma le operazioni antisommergibili erano un gioco di pazienza.

Fu ridotta la potenza e, mentre la nave rallentava, l'indicazione sullo schermo sonar cambiò da rumore irregolare di flusso a rumore irregolare ambientale, cosa più facile da percepire che da descrivere. Il comandante, l'ufficiale antisom e l'operatore al sonar osservarono attentamente lo schermo per dieci minuti. La traccia atipica non ricomparve. Se si fosse trattato di un'esercitazione in tempo di pace, avrebbero concluso che era una pura e semplice anomalia, un rumore generato dall'acqua che era cessato imprevedibilmente come era iniziato, forse un piccolo vortice in superficie. Adesso, però, tutto ciò che individuavano era potenzialmente accompagnato da una stella rossa e da un periscopio.

Il mio primo dilemma, pensò Morris. Se affidava la ricerca al proprio elicottero, o a una delle pattuglie di Orion, c'era il rischio di farli uscire per niente, magari allontanandoli da una pista che poteva condurre a un contatto effettivo. Morris pensava, a volte, che la dotazione dei comandanti avrebbe dovuto includere delle monete con SI su una faccia e NO sull'altra. Avrebbero potuto chiamarle "generatore digitale di decisioni", vista la propensione della Marina per i titoli che sapevano di elettronica.

«Qualche motivo per pensare che sia autentico?»

«No, signore.» A quel punto l'ufficiale antisom si stava chiedendo se aveva fatto bene a sottoporre la cosa all'attenzione del comandante.

«Basta così. Non sarà l'ultima volta.»

19

Viaggi che finiscono / Viaggi che cominciano

Hafnarfjördur, Islanda

Il sergente James Smith era furiere, il che voleva dire che portava le carte topografiche del comandante. Edwards fu lieto di apprenderlo. Gli sarebbe piaciuto di meno sapere che cosa pensava Smith di ciò che stavano facendo, e di chi comandava il gruppo. Un furiere sarebbe anche stato tenuto a portare con sé un'accetta, ma essendo l'Islanda quasi completamente priva di alberi, l'attrezzo era tuttora nel magazzino della compagnia, probabilmente ridotto a una lama carbonizzata. Camminarono verso est in silenzio, con gli occhi irritati dal sole basso, superando una distesa di lava di due chilometri che testimoniava l'origine vulcanica dell'isola.

Si mossero veloci senza fermarsi a prender fiato. Il mare era alle loro spalle e, fintanto che potevano vederlo, correvano il rischio di essere anche loro visibili per chi si trovava sulla costa. Ogni nuvoletta di polvere sollevata dagli stivali li faceva sentire vulnerabili. Il soldato Garcia, che costituiva la retroguardia della piccola unità, ogni tanto si voltava e camminava all'indietro per assicurarsi che nessuno li stesse seguendo. Gli altri guardavano avanti, di fianco e in alto. I russi avevano certamente pensato a portarsi qualche elicottero. Poche cose possono fare sentire nudo un uomo, quanto un aereo pieno di occhi che guardano in giù.

Il suolo era quasi totalmente arido. A parte qualche filo d'erba che si apriva stentatamente la via verso il sole attraverso i sassi, il terreno era desolato come la faccia della luna – non per niente, ricordò Edwards, gli astronauti dell'Apollo si erano addestrati in Islanda. La polvere sollevata dai deboli venti di terra che soffiavano sul pendio lo faceva starnutire. Il tenente gli stava già domandando che cosa avrebbero fatto quando fossero finite le razioni. Non era in un posto così che ci si poteva arrangiare a trovare i mezzi di sussistenza. Era in Islanda solo da pochi mesi, e non aveva ancora avuto occasione di visitare l'isola. *Affronta un problema alla volta*, si disse Edwards. *Dappertutto la gente coltiva qualche cosa da mangiare. Ci devono essere delle fattorie qui intorno, e tu le troverai sulla mappa.*

«Frullatore!» gridò Garcia.

Il soldato aveva occhi eccellenti, notò Edwards. Non potevano ancora sentire l'elicottero, però c'era, e stava venendo dal mare.

«Tutti a terra. Dammi il binocolo, sergente.» Si sedette tendendo la mano. Smith si abbassò insieme a lui, con il binocolo già puntato.

«È uno Hip, signore. Trasporto truppe.»

«Ti credo sulla parola» rispose Edwards. Riusciva a vedere la sagoma sgraziata, distante forse tre miglia, diretta a sudest verso Hafnarfjördur. «Sembra che vada in direzione dei moli. Oh, sono venuti su una nave. Adesso vorranno ormeggiarla, e prima controllano il porto.»

«Mi sembra logico» ammise il sergente Smith.

Edwards seguì l'elicottero che scomparve dietro le case, poi riapparve diretto a nordovest. Scrutò attentamente l'orizzonte.

«Direi che c'è una nave laggiù.»

MV Julius Fucik

Kherov ritornò lentamente al tavolo di carteggio, accompagnato da un ufficiale medico. Le pompe riuscivano a scaricare l'acqua che entrava nello scafo. La *Fucik* era sotto di mezzo metro a prua. Vicino alle sentine c'erano delle pompe antincendio portatili per aspirare più acqua dal mare e buttarla fuori attraverso il buco prodotto dal missile americano. Il capitano abbozzò un debole sorriso. Il medico lo seguiva passo dopo passo. Il generale aveva dovuto praticamente puntare la pistola su di lui per obbligarlo a lasciarsi fare una trasfusione di plasma e un'iniezione di morfina. Era grato per l'iniezione – il dolore c'era, ma un po' meno acuto. Il flacone di plasma, invece, era una orribile seccatura, con il medico che doveva tenerlo sollevato mentre lui si muoveva nella timoniera. Sapeva però di averne bisogno. Kherov intendeva sopravvivere per qualche ora – *e chissà*, pensava, *se il chirurgo militare è bravo, potrei anche cavarmela...*

Ma c'erano cose più importanti cui pensare. Aveva studiato le carte del porto, ma non c'era mai stato prima. Non poteva contare né su un pilota, né sui rimorchiatori, e le piccole chiatte a motore che aveva a bordo non servivano per ormeggiare.

Al ritorno dal primo viaggio, l'elicottero girò intorno alla nave. Era un miracolo che potesse volare, pensò il capitano. L'altro apparecchio era stato sbriciolato dal mitragliamento. I meccanici erano riusciti a estinguere velocemente il fuoco e ad alzare una cortina d'acqua nebulizzata intorno al secondo. C'erano volute alcune riparazioni di non grande entità; le lamiere erano sforacchiate, ma l'elicottero era lì, librato dietro la sovrastruttura, pronto a posarsi sul ponte.

«Come si sente, capitano?» s'informò il generale.

«Come mi trova?» Un coraggioso sorriso che non ne provocò un altro in risposta. Il generale sapeva che avrebbe dovuto materialmente prenderlo e portarlo dal chirurgo, nell'infermeria improvvisata, ma chi avrebbe ormeggiato la nave? Il medico era stato chiaro: c'era un'emorragia interna. Il plasma e la fasciatura non sarebbero bastati. «I suoi uomini hanno raggiunto gli obiettivi?»

«Ho notizie di combattimenti alla base aerea, che però saranno presto conclusi. La prima squadra, dal molo principale, riferisce che laggiù non c'è nessuno. Andrà tutto bene, capitano, ma lei si deve riposare un po'.»

Kherov scosse il capo come un ubriaco. «Il riposo verrà presto. Ancora quindici chilometri. Stiamo andando troppo veloci. Gli americani possono ancora avere qualche aereo alla nostra ricerca. Dobbiamo arrivare alla banchina e scaricare il materiale prima di mezzogiorno. Non posso permettermi di fallire: troppi dei miei uomini sono caduti per questo.»

Hafnarfjördur, Islanda

«Dobbiamo comunicare questa notizia» disse Edwards. Posò a terra lo zaino con la radio e cominciò ad aprirlo. Qualche giorno prima aveva avuto occasione di vedere un operatore che provava l'apparecchio, e di leggere le istruzioni stampate su di un lato. I sei segmenti dell'antenna si inserirono senza difficoltà nell'impugnatura a pistola. Edwards si mise gli auricolari e accese la radio.

Avrebbe dovuto puntare l'antenna a fiore verso un satellite sul 30° meridiano, ma non aveva la bussola per stabilire dove si trovava. Smith spiegò una carta e scelse un punto di riferimento pressappoco in quella direzione. Edwards orientò l'antenna e la ruotò lentamente finché non sentì il crepitìo dell'onda portante del satellite per telecomunicazioni.

«Okay.» Edwards ruotò il pomello delle frequenze su di un canale preselezionato e premette il pulsante di trasmissione.

«A chiunque sia in ascolto, parla Mike Edwards, primo tenente, United States Air Force, che trasmette dall'Islanda. Accusate ricevuta. Passo.» Non accadde nulla. Edwards rilesse le istruzioni per accertarsi di avere fatto tutto nel modo giusto, e ripeté tre volte il messaggio.

«Vogliate identificarvi. Passo» rispose infine una voce.

«Edwards, Michael D., primo tenente, US Air Force, matricola numero 328-61-4030. Sono l'ufficiale meteorologo in forza alla 57ª Squadriglia Caccia Intercettori a Keflavik. Chi siete? Passo.»

«Se non lo sai, amico, non puoi parlare su questa rete. Levati di mezzo, ci serve per le comunicazioni ufficiali» rispose freddamente la voce. Per qualche secondo Edwards fissò l'apparecchio, muto per la rabbia, poi esplose.

«Ascolta, rotto in culo! Il tipo che sa usare questa fottuta radio è morto, e io sono tutto ciò che vi rimane. La base di Keflavik è stata colpita sette ore fa da un attacco russo aereo e terrestre. Il posto è pieno di nemici, c'è una nave russa che sta entrando in questo momento nel porto di Hafnarfjördur, e tu mi fai dei merdosi giochi di parole! Ragiona, mister. Passo!»

«Capito. Resta in linea. Dobbiamo controllare chi sei» disse la voce senz'ombra di rimorso.

«Cristo, questo coso va a batterie. Volete farmele scaricare mentre voi consultate gli archivi?»

Un'altra voce si inserì nel circuito. «Edwards, parla l'ufficiale di guardia alle comunicazioni. Chiuda il collegamento. Potrebbero individuarla. La controlleremo e richiameremo fra minuti tre-zero da questo momento. Chiaro? Passo.»

Così andava meglio. Il tenente controllò l'orologio. «Roger, capito. Prossimo contatto fra tre-zero minuti. Chiudo.» Spense la radio. «Muoviamoci. Non sapevo che possono individuarci su questa.» Grazie a Dio riuscirono a smontare la radio e a mettersi in marcia in meno di due minuti.

«Sergente, dirigiamoci verso quota 152. Di lassù dovremmo poter vedere abbastanza bene, e sul percorso troveremo dell'acqua.»

«Acqua calda, signore, piena di zolfo. Meglio non bere quella schifezza, se capisce cosa voglio dire.»

«Come vuoi.» Edwards si avviò al piccolo trotto. Da ragazzo, gli era successo di andare a dare avviso di un incendio. Gli avevano creduto, allora. Perché adesso non gli credevano?

MV Julius Fucik

Kherov si rendeva conto che stava, proprio lui, completando l'opera degli americani. Condurre la nave in porto alla velocità di diciotto nodi era peggio che avventato. Il fondale era pietroso; se si fossero incagliati, con ogni probabilità lo scafo si sarebbe spaccato.

Però il capitano temeva di più un altro attacco aereo, ed era certo che una formazione di caccia americani fosse diretta su di loro, con missili e bombe, a rubargli il successo della missione più importante di tutta la sua vita.

«A mezza nave!» ordinò.

«Barra a mezza nave» confermò l'ufficiale che aveva preso il timone.

Aveva appena saputo che il comandante in seconda era morto per le ferite riportate durante il mitragliamento. Il timoniere era morto urlando sotto i suoi occhi, e così molti dei migliori marinai. Aveva soltanto un uomo in grado di effettuare gli avvistamenti a terra che erano necessari per fare il punto con precisione. Il molo era in vista, comunque, e poteva fidarsi dei propri occhi d'uomo di mare.

«Avanti mezza» ordinò. L'ordine venne trasmesso alla sala macchine.

«Barra tutta a destra.» Osservò la prua della nave che virava lentamente. Stava sulla mezzeria della plancia, attento ad allineare con precisione l'asta della bandiera con la banchina. Non c'era nessuno, a bordo, capace di usare le cime d'ormeggio. Chissà se i militari se la sarebbero cavata?

La nave s'incagliò. Kherov cadde imprecando per la rabbia e il dolore. Aveva valutato male l'accostamento. La *Fucik* diede uno scossone mentre raschiava il fondale roccioso. Non c'era tempo di controllare la carta. Quando fosse cambiata la marea, le correnti vorticose avrebbero trasformato lo sbarco in un incubo.

«Invertire timone.» Un minuto dopo la nave galleggiava di nuovo. Vero, l'acqua penetrava nello scafo, o forse era saltata qualcun'altra delle saldature danneggiate. Non importava più. La massiccia banchina di pietra grezza era solo a un migliaio di metri. «A mezza nave. Ferma tutta.»

La *Fucik* aveva preso troppo abbrivio per potersi fermare. I soldati sul molo se ne accorsero subito e arretrarono lentamente, per paura che il pontile potesse cedere e sgretolarsi all'impatto con la nave. Kherov bofonchiò, divertito malgrado tutto. Niente da fare per il maneggio delle cime. Ottocento metri.

«Indietro tutta.»

Seicento metri. La nave vibrò mentre i motori si sforzavano di farla rallentare. Andò verso l'ormeggio con un angolo di trenta gradi, e la velocità ridotta a otto nodi. Kherov andò al portavoce che comunicava con la sala macchine.

«Al mio comando, spegnete i motori, tirate il comando manuale dello *sprinkler* antincendio, evacuate la sala macchine.»

«Che cosa fa?» chiese il generale.

«Non possiamo attraccare al molo» rispose Kherov. «I soldati non sanno maneggiare le cime, e molti dei marinai sono morti.» L'ormeggio scelto da Kherov aveva una profondità inferiore di un metro al pescaggio della nave. Tornò al portavoce.

«Adesso, compagni!»

Da basso, il direttore di macchina diede gli ordini, poi spense i motori diesel e corse alla scaletta di sicurezza. Tirò la maniglia di emergenza del sistema antincendio e seguì gli altri, contando le teste per assicurarsi che tutti gli uomini fossero usciti.

«Barra tutta a destra!»

Un minuto dopo la *Fucik* speronava il molo alla velocità di cinque nodi. La prua si raggrinzì come se fosse stata di carta, e la nave ruotò a destra, sbattendo con la fiancata contro la banchina in una pioggia di scintille arancione. L'urto squarciò il fondo dello scafo all'altezza delle sentine di tribordo. I ponti furono inondati, e la nave si adagiò sul fondale.

La *Julius Fucik* non avrebbe più navigato, però aveva raggiunto l'obiettivo.

Kherov agitò il braccio verso il generale. «I miei uomini metteranno in acqua i due piccoli rimorchiatori che abbiamo a poppa. Dica loro di spostare due chiatte e sistemarle fra la poppa e la punta del molo. I marinai le faranno vedere come assicurarle bene perché non vadano alla deriva. Usi poi il suo materiale da ponte per far passare i veicoli dal montacarichi alle chiatte, e poi alla banchina.»

«Possiamo farlo senza difficoltà. Adesso, compagno capitano, l'affido al mio chirurgo. Non tollererò altre discussioni.» Il generale chiamò con un gesto l'ordinanza, e tutti e due aiutarono il capitano a scendere. Forse era ancora in tempo.

Quota 152, Islanda

«Avete già stabilito chi sono io?» chiese Edwards in tono irritato. L'altra cosa fastidiosa era il ritardo di un quarto di secondo dovuto all'andata e ritorno del segnale dal satellite.

«Affermativo. Il problema adesso è: come facciamo a sapere che lei è proprio lei?» L'ufficiale aveva in mano un telex confermante che il primo tenente Michael D. Edwards, della USAF, era veramente l'ufficiale meteorologo della 57ª Squadriglia Caccia Intercettori, ma tale informazione avrebbe potuto essere già nelle mani dei russi prima dell'attacco.

«Ascolta, buon uomo, io sono qui seduto sulla quota 152, a est di Hafnarfjördur, okay? C'è un elicottero russo che gira qui attorno, e una maledetta grossa nave che si è appena ormeggiata. Sono troppo distante per vedere la bandiera, ma non immagino che la maledetta barca venga da New York, ti pare? I russi hanno invaso quest'isola. Hanno fatto un diavolo di sconquasso a Keflavik, e hanno truppe dappertutto.»

«Mi parli della nave.»

Edwards si portò il binocolo agli occhi. «Scafo nero, sovrastruttura bianca. Grandi lettere maiuscole sulla fiancata. Non riesco a leggerle bene. La seconda parola è Lines. Anche la prima parola comincia per L. Una specie di nave porta-chiatte. Vicino a lei c'è un rimorchiatore che ne sta spostando una.»

«Ha visto truppe russe?»

Edwards fece una pausa prima di rispondere. «No, ho solo sentito i rapporti via radio dei marines a Keflavik. Le stavano buscando. Da allora sono cessate le comunicazioni radio. Vedo della gente sul molo, ma non so dirvi chi è.»

«Okay, controlleremo tutto questo. Per il momento, suggerisco che lei trovi un buon posto sicuro in cui nascondersi e non ci chiami. Se dobbiamo prendere contatto, chiameremo noi ogni ora pari, in punto. Se vuole parlarci, siamo qui. Capito?»

«Roger, capito. Chiudo.» Spense la radio. «Non riesco a crederci.»

«Nessuno sa cosa cazzo succede, tenente» osservò Smith. «E perché dovrebbero? Non lo sappiamo noi.»

«È la pura verità!» Edwards imballò di nuovo la radio. «Se quei deficienti mi ascoltassero, nel giro di due ore potremmo avere qui qualche caccia bombardiere a fare saltare la nave. Cristo, è una di quelle grosse! Quanto materiale riuscite a stivare voi marines in una barca di quelle dimensioni?»

«Un mucchio» rispose Smith.

«Pensi che vogliano sbarcare altre truppe?»

«Sarebbe la cosa giusta, signore. Non possono avere attaccato Keflavik con tanta gente... calcolo al massimo un battaglione. Se fossi in loro, vorrei avere più gente per tenere l'isola. È un sasso piuttosto grande. Ma già, io sono solo un povero sergente.

Hafnarfjördur, Islanda

Il generale poté finalmente mettersi al lavoro. La prima iniziativa che prese fu di salire sull'unico elicottero funzionante, ormai di base al molo; i piloti erano felici di vedere la nave lungo la banchina, anche se incagliata. Lasciò una compagnia di fucilieri a guardia della zona portuale, ne mandò un'altra di rinforzo all'aeroporto di Reykjavik, e mise l'ultima a scaricare il materiale dalla nave. Quindi volò fino a Keflavik per sorvegliare la situazione.

Gli incendi non erano ancora spenti. Il deposito di carburante più vicino alla base era in fiamme, ma i grandi serbatoi di stoccaggio a cinque chilometri erano intatti e, come constatò, già sorvegliati da un veicolo d'assalto BMD e da alcuni uomini. Il comandante del reggimento gli venne incontro lungo una delle piste.

«La base aerea di Keflavik è saldamente nelle nostre mani, compagno generale» annunciò.

«Com'è andata?»

«È stata dura. Gli americani non erano coordinati – un missile aveva colpito una delle postazioni di comando – ma non si sono arresi facilmente. Le nostre perdite sono diciannove morti e quarantatré feriti. Abbiamo ucciso la maggior parte dei marines e delle altre truppe di sicurezza, e stiamo contando i prigionieri.»

«Quanti militari armati sono riusciti a fuggire?»

«Nessuno, per quanto ci risulta. È troppo presto per dirlo, ma certamente alcuni sono periti fra le fiamme.» Il colonnello fece un gesto verso la zona della base distrutta, a est. «Come sta la nave? Ho sentito che è stata colpita da un missile.»

«E anche mitragliata dai caccia americani. È ormeggiata al molo, e stiamo scaricando l'equipaggiamento. Possiamo usare questo aeroporto?»

«Il rapporto sta arrivando in questo momento.» Un operatore porse il radiotelefono al colonnello, che parlò brevemente. Un gruppo di cinque tecnici dell'Aviazione aveva accompagnato la seconda ondata e stava valutando gli impianti.

«Compagno generale, riferiscono che i sistemi radio e radar della base sono distrutti. Le piste sono piene di macerie, e mi dicono che ci vorrà qualche ora per sgomberarle. Anche la conduttura è rotta in due punti. Questo ci obbligherà a trasportare il carburante con le autocisterne dell'aeroporto, che sembrano tutte in efficienza... Raccomandano che si organizzi un ponte aereo per Reykjavik. È in mano nostra, vero?»

«Sì, ed è intatto. Ci sono speranze di ricuperare informazioni dagli aerei americani?»

«Purtroppo no, compagno. Quasi tutti sono stati molto danneggiati dai missili. Gli equipaggi hanno incendiato quelli che non erano bruciati subito. Come le ho detto, gli americani hanno combattuto accanitamente.»

«Molto bene. Manderò il resto dei suoi due battaglioni con il materiale appena le cose si saranno un po' assestate. Disponga la sorveglianza intorno al perimetro. Affretti lo sgombero delle piste, l'aeroporto deve essere operativo al più presto. Riunisca i prigionieri e li tenga pronti a partire. Li caricheremo sugli aerei questa notte stessa. Desidero che siano trattati in modo corretto.» Gli ordini su quel punto furono molto precisi, i prigionieri erano merce preziosa.

«Ai suoi ordini, compagno generale. La prego di mandarmi dei tecnici per riparare la conduttura del carburante.»

«Ha fatto un buon lavoro, Nikolay Gennadyevich!»

Il generale corse all'elicottero. Solo diciannove perdite. Ne aveva previste di più. Riuscire a impadronirsi del centro operativo dei marines era stato un vero colpo di fortuna. Quando l'elicottero fu di ritorno al molo, il materiale stava già partendo. Alle chiatte della nave erano stati adattati dei portelloni, che le rendevano simili a mezzi da sbarco in miniatura, e i veicoli potevano scendere a terra rapidamente. I reparti si stavano già organizzando sul molo e nelle aree adiacenti. Il generale constatò che gli ufficiali del suo staff avevano ogni cosa sotto controllo. Fino a quel momento, l'operazione Gloria Polare era stata un successo completo.

L'elicottero, appena atterrato, fu rifornito mediante un tubo proveniente dalla fiancata della nave. Il generale raggiunse gli ufficiali in comando.

«Compagno generale, abbiamo in mano anche l'aeroporto di Reykjavik, dove possiamo disporre di tutti i servizi per il rifornimento di carburante. È là che lei vuole fare venire il ponte aereo?»

Il generale rifletté per un momento. Sapeva che l'aeroporto di Reykjavik era piccolo, ma non voleva aspettare che fosse sgomberato quello, più grande, di Keflavik, per fare arrivare i rinforzi. «Sì. Trasmetta al quartier generale la parola in codice. Voglio che il ponte aereo cominci immediatamente.»

Quota 152, Islanda

«Mezzi blindati.» Era Garcia che stava usando il binocolo. «Parecchi, tutti con la stella rossa. Sono diretti a ovest sulla strada 41. Questo dovrebbe convincere quegli altri, signore.»

Edwards prese il binocolo. Vide i carri, ma non le stelle rosse. «Di che tipo sono? Non rassomigliano a veri carri armati.»

Smith intervenne. «Sono dei BMP o forse BMD, veicoli d'assalto della fanteria, tipo "amtrak". Ognuno porta una squadra di soldati e un cannone da 73 millimetri. Sono russi, non c'è dubbio. Ne conto undici, di quei maledetti, e forse venti camion carichi di truppe.»

Edwards estrasse di nuovo la radio. Garcia aveva ragione. Questo avrebbe ottenuto la loro attenzione.

«Okay, Edwards, chi altri c'è con lei?»

Edwards elencò i nomi dei marines. «Ci siamo tolti di mezzo prima che i russi occupassero la base.»

«Dove siete adesso?»

«Quota 152, quattro chilometri a est di Hafnarfjördur. Possiamo vedere tutto quello che succede in porto. Ci sono dei veicoli russi diretti a ovest verso Keflavik, e alcuni autocarri – non sappiamo dirvi di quale tipo – diretti a nordest verso Reykjavik sulla strada 41. Sentite, gente, se potete mandare un paio di Aardvark forse possiamo fare fuori la nave prima che abbia finito di scaricare» disse concitato il tenente.

«Ho paura che i "Vark" siano occupati in questo momento, amici. Se nessuno ve l'ha detto, c'è una guerra in corso, in Germania. La terza guerra mondiale è scoppiata dieci ore fa. Stiamo cercando di mandare un ricognitore dalle vostre parti, ma forse ci vorrà un po' di tempo. Nessuna decisione è ancora stata presa a vostro riguardo. Per il momento, siete soli.»

«Bell'affare» rispose Edwards guardando i marines.

«Okay, Edwards. Usi la testa, eviti il contatto con il nemico. Se capisco bene, lei è l'unico dei nostri che abbiamo laggiù. Il comando vuole che lei continui a mandare rapporti. Osservare e riferire. Faccia durare le batterie. Calma e freddezza, amico. Gli aiuti arriveranno, ma ci vorrà del tempo. Restate lì. Ci sentirete ogni ora pari. Ha un buon orologio?» *Frattanto,* pensò l'ufficiale del servizio comunicazioni, *troveremo il modo di appurare se sei veramente quello che dici di essere, e se non hai una pistola russa puntata alla tempia.*

«Roger, è regolato sull'ora di Greenwich. Saremo in ascolto. Chiudo.»

«Altri carri armati» disse Smith. «Mamma mia, c'è un bel po' di movimento su quella nave!»

Hafnarfjördur, Islanda

Il generale stentava a credere che le cose potessero andare così bene. Quando aveva visto arrivare il missile Harpoon, aveva dato per certo il fallimento della missione. Un terzo degli automezzi era già in viaggio. Adesso voleva che il resto della divisione arrivasse sull'isola in aereo. Poi, aveva bisogno di più elicotteri. Per il momento, si trovava in mezzo a centomila islandesi, e non contava affatto sulla loro amicizia. Alcuni coraggiosi erano rimasti a osservarlo dall'altro lato del porto, e lui aveva mandato una squadra di uomini a farli sgomberare. Quante persone stavano telefonando, in quel momento? Era intatto il ripetitore del satellite telefonico? Gli islandesi potevano chiamare gli Stati Uniti per riferire quello che stava accadendo sull'isola? I motivi di preoccupazione non mancavano.

«Generale, il ponte aereo è stato avviato. Il primo apparecchio è partito dieci minuti fa con scorta di caccia. Dovrebbero cominciare ad arrivare fra quattro ore» riferì l'ufficiale addetto alle comunicazioni.

«Quattro ore.» Il generale era sul ponte di comando della nave; alzò lo sguardo verso il cielo sereno. Quanto tempo gli restava, prima che gli americani reagissero mandandogli addosso una squadriglia di caccia bombardieri? Fece un cenno al capo delle operazioni.

«Abbiamo troppi veicoli stazionati sul molo. Ogni volta che un plotone è pronto, lo spedisca subito a destinazione. Non c'è tempo per mettere insieme delle compagnie. Notizie dall'aeroporto di Reykjavik?»

«Abbiamo sul posto una compagnia di fanteria, e un'altra la segue a venti minuti. Non c'è stata opposizione. I controllori civili di volo e gli addetti alla manutenzione sono tutti sotto sorveglianza. Una pattuglia ha perlustrato Reykjavik, e riferisce scarso movimento nelle strade. Il personale dell'ambasciata comunica che il governo ha invitato per radio la popolazione a non uscire di casa; sembra che, in linea di massima, la gente stia seguendo il consiglio.»

«Dica alla pattuglia di occupare la centrale telefonica. Lasci perdere le stazioni radio e TV, ma si impadronisca della centrale!» Si voltò e vide una squadra di paracadutisti raggiungere la folla riunita sul lato opposto del porto. Otto soldati scesero dall'autocarro e avanzarono rapidamente con i fucili imbracciati. Un uomo andò verso di loro agitando le braccia. Gli spararono addosso. Il resto della folla fuggì.

Il generale urlò un'imprecazione. «Trovate chi ha sparato!»

USS Chicago

McCafferty uscì dal suo bagno privato e ritornò al centro di attacco. *Il caffè riesce sempre a tenerti sveglio*, pensò, *un po' per la caffeina, un po' perché ti manda spesso a vuotare la vescica*. Le cose non stavano andando troppo bene. Il genio sconosciuto che aveva dato ai sottomarini americani l'ordine di evacuare il Mar di Barents per evitare un "incidente", era riuscito a tagliarli completamente fuori. *Giusto prima dell'inizio della guerra*, borbottò il comandante dimenticando che, a suo tempo, l'idea non gli era poi sembrata tanto cattiva.

Se si fossero attenuti ai piani iniziali, avrebbero già potuto punzecchiare un po' la Marina sovietica. Viceversa, qualcuno si era fatto spaventare dal nuovo schieramento dei sottomarini missilistici russi, con il risultato che nessuno aveva più concluso granché. I sub sovietici usciti dal fiordo di Kola non si erano diretti verso il Mar di Norvegia come volevano le previsioni. Il sonar a lungo raggio registrava rumori in lontananza, molto a nord, che si spostavano a est e poi svanivano. *E così*, pensò, *i russi mandano le navi giù per lo stretto di Danimarca? La linea SOSUS fra Islanda e Groenlandia potrebbe fargliela pagare cara.*

Il *Chicago* stava navigando immerso a cinquecento piedi a nord del 69° parallelo, circa cento miglia a ovest della rocciosa costa della Norvegia. Le unità diesel norvegesi erano fra lui e il litorale, a guardia della propria terra. *Comprensibile*, pensò McCafferty, però non gli piaceva.

Fino a quel momento, niente era andato per il verso giusto, e McCafferty era preoccupato. D'altronde era prevedibile, tanto valeva non affliggersi troppo. Meglio basarsi sulle proprie possibilità. Sapeva che cosa era in grado di fare il suo sottomarino, e aveva un'idea abbastanza chiara di quello che potevano fare i russi. Lui aveva qualcosa in più, ma qualche sovietico poteva anche avere un colpo di fortuna. Così era la guerra. Un mondo completamente diverso, che sfuggiva ai regolamenti e alle valutazioni ordinarie. Gli errori, a quel punto, non erano più una questione di note di biasimo da parte del capo flottiglia. Per il momento, sembrava che la fortuna fosse dalla parte degli altri.

Guardò gli uomini. Di certo stavano pensando le stesse cose, però si affidavano a lui. L'equipaggio era, all'atto pratico, il prolungamento della mente del comandante. Era lui il centro della complessa entità che si chiamava USS *Chicago*. Per la prima volta, lo colpì l'enorme portata di quella responsabilità. Se avesse sbagliato, tutti quegli uomini sarebbero morti. E anche lui, con in più la consapevolezza di averli traditi.

Non posso pensare in questo modo, si disse il comandante. *È distruttivo. Meglio trovarsi in una situazione di combattimento e limitare i pensieri all'immediato*. Guardò l'ora. *Bene*.

«Quota periscopica» ordinò. «È ora di metterci a rapporto e chiedere ordini. Tenteremo un ESM per vedere cosa succede.»

L'operazione non era semplice. Il sottomarino salì lentamente, con cautela, virando per consentire al sonar di verificare se c'erano navi nelle vicinanze.

«Alzare l'ESM.»

Un tecnico premette un pulsante per fare salire l'albero del ricevitore a banda larga. Lo schermo si illuminò all'istante.

«Numerose fonti elettroniche, signore. Tre radar di ricerca su banda J e un sacco di altre cose. Molto crepitìo su VHF e UHF. I registratori sono in funzione.»

Quadra, pensò McCafferty. *Comunque, le probabilità che qualcuno sia qui a darci la caccia sono minime.*

Il comandante angolò l'oculare del periscopio verso l'alto e scrutò il cielo alla ricerca di aerei, con un veloce giro d'orizzonte. Notò qualcosa di strano, e dovette orientare la lente all'ingiù per vedere di che cosa si trattava.

C'era una scia di fumo verde a non più di un centinaio di metri. McCafferty si chinò e fece ancora ruotare lo strumento. Un aereo stava uscendo dalla foschia, dritto verso di loro.

Il comandante girò il volantino e fece rientrare il periscopio. «Andiamo sotto! Avanti tutta! Profondità ottocento piedi. Da dove diavolo è venuto fuori?»

I motori entrarono violentemente in azione. Una sequenza di ordini mise in movimento i timonieri che regolarono i comandi sul massimo.

«Siluro in mare a tribordo!» urlò un addetto al sonar.

McCafferty reagì immediatamente. «Barra tutta a sinistra!»

«Barra tutta a sinistra, *aye*!» Il solcometro indicava 10 nodi, ma il valore aumentò rapidamente. Scesero sotto i cento piedi.

«Rilevamento siluro uno-sette-cinque relativo. Sta emettendo impulsi. Non ci ha ancora puntati.»

«Mettiamo fuori un generatore di rumori.»

Settantacinque piedi a poppa della sala controllo fu espulso, attraverso un tubo di lancio, un fusto da cinque pollici, che cominciò subito a emettere rumori d'ogni tipo per attirare il siluro.

«Generatore lanciato!»

«Barra quindici gradi a dritta.» Adesso McCafferty era più calmo. Non era la prima volta che giocava in partite del genere.

«Passare a nuova rotta uno-uno-zero. Sonar, voglio rilevamenti precisi sul siluro.»

«*Aye*. Rilevamento siluro due-zero-sei, rotta di arrivo da babordo a tribordo!»

Il *Chicago* scese sotto i duecento piedi, inclinato di venti gradi. Gli addetti ai timoni di profondità, e parecchi altri tecnici, avevano cinture di sicurezza che li tenevano in posizione. Gli ufficiali e i pochi altri che dovevano circolare si afferravano ai puntali e ai corrimano per non cadere.

«Plancia, qui sonar. Sembra che il siluro giri su una rotta circolare, adesso va da tribordo a babordo, rilevamento uno-sette-cinque. Continua a mandare impulsi, ma non credo che ci abbia individuati.»

«Benissimo. Continua a riferire.» McCafferty salì a poppa al tavolo di tracciamento. «Si direbbe che è caduto male in acqua.»

«Può darsi» gli confermò l'ufficiale di rotta. «Ma come accidenti...»

«Deve essere stato il passaggio di un MAD, il rivelatore di anomalie magnetiche. Stava girando il nastro? Non ho avuto tempo sufficiente per l'identificazione.» Controllò il tracciato. Erano a un miglio e mezzo dal punto in cui il siluro aveva toccato l'acqua. «Sonar, dammi notizie.»

«Rilevamento uno-nove-zero, dritto a poppa. Circola ancora, sembra che scenda un poco. Credo che sia stato attirato dal generatore di rumori e cerchi di colpirlo.»

«Avanti due terzi.» *È ora di rallentare*, pensò McCafferty. Si erano allontanati dal punto iniziale, e l'equipaggio dell'aereo avrebbe avuto bisogno di qualche minuto per valutare l'attacco eseguito, prima di iniziare una nuova ricerca. Nel frattempo, loro si sarebbero spostati di altre due o tre miglia, sotto lo strato, producendo poco rumore.

«Avanti due terzi, *aye*. Ci mettiamo in assetto orizzontale a ottocento piedi.»

«Gente, possiamo respirare di nuovo» disse McCafferty, con voce meno ferma di quanto avrebbe desiderato. Per la prima volta, notò qualche mano che tremava. *Come negli incidenti d'auto*, pensò. *Si comincia a tremare quando si è salvi*. «Barra quindici gradi a sinistra, venire a rotta due-otto-zero.» Se l'aereo lanciava altri siluri, non aveva senso procedere in linea retta, ma ormai dovevano essere abbastanza al sicuro. Tutto l'episodio era durato meno di dieci minuti.

Il comandante andò alla paratìa anteriore, fece riavvolgere il nastro, e osservò il replay. Vide il periscopio uscire in superficie, la prima ricerca... poi la scia di condensa. Infine vide l'aereo. McCafferty fermò l'immagine.

Sembrava un Lockheed Orion P-3.

«Ma è uno dei nostri!» esclamò l'elettricista. Il comandante andò al sonar.

«Il "pesce" sta scomparendo a poppa, comandante. È ancora a caccia del generatore di rumori. Penso che quando ha toccato l'acqua si sia diretto dalla parte sbagliata, lontano da noi.»

«Com'è il suono?»

«Rassomiglia molto a quello di uno dei nostri Mark-46» disse l'addetto al sonar. «Suonava veramente come un quarantasei!» Riavvolse il proprio nastro e lo collegò all'altoparlante. Il crepitìo del siluro a doppia elica era tale da far drizzare i capelli. McCafferty annuì e ritornò a poppa.

«Okay, poteva essere un P-3 norvegese, o forse anche un May russo. Sono quasi uguali, e hanno esattamente la stessa funzione. Ben fatto, gente. Ce ne andiamo.» Il comandante si congratulò con se stesso per come aveva condotto l'operazione. Era appena riuscito a eludere il primo colpo di quella guerra – da parte di un aereo amico! Però lo aveva schivato. La fortuna non era tutta dall'altra. Oppure sì?

USS Pharris

Morris stava sonnecchiando sulla poltroncina di plancia, domandandosi che cosa gli mancava nella vita. In pochi secondi, si rese conto che non stava facendo alcun lavoro d'ufficio; in altre parole, gli mancava quella che era stata l'occupazione normale del pomeriggio. Ogni ora doveva trasmettere rapporti sulla propria posizione, riferire sui contatti quando ce n'erano – fino a quel momento non ne aveva avuti – ma la routine passacarte che aveva assorbito tanto del suo tempo ormai era cosa d'altri tempi. *Peccato*, pensò, *che ci volesse una guerra per togliermi quella seccatura!* Ma forse col tempo l'avrebbe rimpianta, chissà!

Il convoglio era ancora venti miglia a sudest. La *Pharris* era la postazione sonar più avanzata. La missione era di individuare, localizzare e impegnare ogni sottomarino che cercasse di avvicinarsi al convoglio. A tale scopo, la fregata alternava tratti a velocità sostenuta con periodi più brevi a velocità ridotta, per dare modo al sonar di operare con la massima efficienza. Se il convoglio avesse navigato a venti nodi su rotta diritta, la cosa sarebbe stata quasi impossibile. Le tre colonne di navi da carico, invece, procedevano a zig-zag, rendendo la vita più facile a tutti gli interessati, meno che ai propri equipaggi. Alla gente dei mercantili, infatti, navigare in formazione era cosa del tutto estranea quanto il marciare in ordine chiuso.

Morris sorseggiò una Coca Cola. Era un pomeriggio caldo e, caffeina per caffeina, preferiva berla fredda.

«Segnale in arrivo dal *Talbot*, signore» annunciò l'ufficiale in sottordine di guardia.

Morris si alzò e andò all'ala destra di plancia con il binocolo. Era orgoglioso di saper leggere l'alfabeto Morse velocemente quasi quanto i segnalatori: COMUNICHIAMO ISLANDA ATTACCATA E NEUTRALIZZATA DA FORZE SOVIETICHE X PREVISTO RISCHIO PIÙ GRAVE DI ATTACCHI AEREI E DA SUB X.

«Altre buone notizie, comandante» commentò l'ufficiale di guardia.

«Lo vedo.»

USS Nimitz

«Come hanno fatto?» si domandò Chip ad alta voce.

«Non ci frega un accidente del come» rispose Toland. «Dobbiamo passare la notizia al gran capo.» Fatta una breve telefonata, partì per la sala comando.

Per poco non si perse. La *Nimitz* aveva più di duemila compartimenti, ma l'ammiraglio ne occupava soltanto uno, e Toland c'era stato solo una volta. Trovò un marine di sentinella davanti alla porta. Il capitano di vascello Svenson, comandante della portaerei, era già arrivato.

«Signore, un messaggio flash ci informa che i sovietici hanno attaccato e neutralizzato l'Islanda. È possibile che abbiano delle truppe sull'isola.»

«Hanno anche aerei, laggiù?» s'informò subito Svenson.

«Non lo sappiamo. Qualcuno, forse gli inglesi, ha cercato di mandare un satellite da ricognizione a dare un'occhiata, ma non avremo informazioni significative per almeno sei ore. L'ultimo satellite amico ci è passato due ore fa, e il prossimo sarà fra ben nove ore.»

«Okay, mi dica quello che sa» ordinò l'ammiraglio.

Toland riferì le scarne informazioni contenute nel dispaccio da Norfolk. «Da quello che ci è dato sapere, sembra un piano un po' insolito, che però ha funzionato.»

«Nessuno ha mai detto che i russi siano scemi» commentò arcigno Svenson. «Ci sono ordini per noi?»

«Non ancora.»

«Quante truppe ci sono in Islanda?»

«Nessuna notizia in proposito, signore. L'equipaggio del P-3 ha visto quattro Hovercraft fare due giri, avanti e indietro dalla nave. Con un centinaio di uomini per ciascun carico, fa ottocento uomini, almeno un battaglione, più probabilmente un reggimento. La nave è abbastanza grande per trasportare l'equipaggiamento di un'intera brigata, e anche più. Dai libri di Gorshkov risulta che navi di quel tipo vengono usate unicamente per le operazioni di sbarco.»

«È più di quello che un MAU può affrontare, signore» disse Svenson. Una Unità Anfibia dei marines era formata da un battaglione.

«Con tre portaerei di supporto?» sbottò l'ammiraglio Baker; ma poi adottò un atteggiamento più pacato. «Forse ha ragione. Come si configura la minaccia aerea per noi?»

«L'Islanda aveva una squadriglia di F-15 e un paio di AWACS. Una bella protezione per noi – ma non c'è più. Abbiamo perso le capacità di allarme antiaereo, guerra di logorio e rilevamento delle incursioni aeree.» A Svenson la cosa non piaceva affatto. «Dovremmo essere in grado di sbrigarci da soli i Backfire, ma sarebbe stato molto più facile avendo gli Eagle a produrre interferenza.»

Baker bevve un sorso di caffè. «Gli ordini per noi non sono cambiati.»

«Che cos'altro sta capitando nel mondo?» chiese Svenson.

«La Norvegia sta incassando colpi duri, ma non ci sono i particolari. Medesima storia in Germania. Pare che l'Aviazione abbia picchiato sodo i sovietici, ma anche qui non abbiamo dettagli. È ancora presto per avere dai servizi d'informazione una stima concreta di quanto sta succedendo.»

«Se i russi riescono a schiacciare i norvegesi e a neutralizzare completamente l'Islanda, la minaccia aerea contro la nostra formazione è almeno raddoppiata» disse Svenson. «Devo parlare al mio gruppo aereo.»

Svenson prese congedo. L'ammiraglio Baker rimase in silenzio per parecchi minuti. Toland doveva restare, non avendo ancora avuto il permesso di andarsene.

«Hanno colpito solo Keflavik?»

«Sì, signore.»

«Veda di sapere che cos'altro c'è laggiù e mi tenga informato.»

«Sì, signore.» Nel ritornare alla "baracca" delle informazioni, Toland pensò a quello che aveva detto a sua moglie: *la portaerei è la nave più protetta di tutta la flotta.* Ma era preoccupato lo stesso...

Quota 152, Islanda

Ormai si sentivano come a casa. Per lo meno, la posizione era facile da difendere. Nessuno si poteva avvicinare alla Quota 152 senza essere visto, il che voleva dire attraversare una distesa di lava, per poi arrampicarsi su di un pendio ripido e privo di vegetazione. Garcia trovò un piccolo lago un chilometro più in là, evidentemente alimentato dalle nevi invernali che si erano sciolte da poco. Il sergente Smith osservò che quell'acqua sarebbe stata ottima per allungare il bourbon, se mai ne avessero avuto.

Avevano fame, ma anche razioni per quattro giorni, per cui "banchettarono" con raffinatezze come pancetta e fagioli in scatola. Edwards imparò un nome nuovo, e non troppo fine, per tale risorsa gastronomica.

«Qualcuno di voi sa come cucinare una pecora?» chiese Rodgers. Qualche miglio più a sud, ce n'era un intero gregge.

«Cucinarlo con cosa?» domandò Edwards.

«Oh!» Rodgers si guardò intorno. Non c'era un albero in vista. «Come mai non ci sono alberi?»

«Rodgers è qui appena da un mese» spiegò Smith. «Soldato, non puoi dire di sapere com'è una giornata ventosa finché non sei stato qui d'inverno. Ho visto venti così forti che avrebbero potuto spazzare via dalla strada un camion da due tonnellate e mezza.»

«Aerei.» Garcia aveva il binocolo. Fece segno verso nordest. «Tanti.»

Edwards prese il binocolo. Erano solo puntini, ma crebbero rapidamente fino a prender forma. «Ne conto sei, grandi, sembrano dei C-141... per cui sono degli IL-76, credo. Forse ci sono anche dei caccia. Sergente, prendi carta e matita – dobbiamo contarli.»

Ne ebbero per quattro ore. Prima atterrarono i caccia, che si diressero subito alle stazioni di rifornimento, e poi si trasferirono su una delle piste più corte. Arrivarono al ritmo di un aereo ogni tre minuti. Edwards non poteva non essere impressionato. L'aereo IL-76, chiamato in codice "Candid" dai paesi della NATO, era un aereo goffo e inelegante, non dissimile dall'equivalente americano. I piloti atterrarono, si fermarono, poi portarono gli apparecchi in un'area di parcheggio a lato della pista principale. Lo facevano come se ci si fossero addestrati per mesi (Edwards era incline a sospettare che lo avessero fatto). Scaricarono all'aerostazione, poi andarono all'area di rifornimento e si allontanarono, in perfetta coordinazione con gli apparecchi in arrivo. Quelli che decollavano passarono abbastanza vicini alla loro collinetta, tanto che Edwards poté annotare alcuni numeri di coda. Quando il conteggio raggiunse il totale di cinquanta, mise in funzione la radio.

«Qui Edwards che trasmette da Quota 152. Mi sentite? Passo.»

«Roger, vi sentiamo» rispose prontamente una voce. «D'ora in avanti, il vostro nome in codice è Beagle. Noi siamo Doghouse. Continuate il rapporto.»

«Roger, Doghouse. Vediamo un ponte aereo sovietico in corso. Ne abbiamo contati cinquanta-cinque-zero. Vengono a Reykjavik, scaricano e ripartono in direzione nordest.»

«Beagle, siete sicuri, ripeto, siete sicuri del numero?»

«Affermativo, Doghouse. Quando si alzano, passano dritti sulla nostra testa, e abbiamo annotato tutto per iscritto. Non sono balle, mister, cinque-zero aerei» – Smith gli mise il taccuino sotto gli occhi – «adesso cinque-tre, e stanno continuando. Ci sono anche sei aerei monoposto fermi alla fine della pista quattro. Non riesco a individuare il tipo, ma di sicuro rassomigliano a dei caccia. Capito questo, Doghouse?»

«Capito cinque-tre trasporti e sei possibili caccia. Okay, Beagle, dobbiamo inoltrare l'informazine alla svelta. State lì buoni, noi manterremo il regolare programma di trasmissione. È sicura la vostra posizione?»

Buona domanda, pensò Edwards. «Capito, Doghouse. Restiamo qui. Chiudo.» Si tolse gli auricolari. «Siamo al sicuro, sergente?»

«Certo, tenente. Mai sentito così sicuro, dopo Beirut.»

Hafnarfjördur, Islanda

«Una bella operazione, compagno generale.» L'ambasciatore era raggiante.

«Il suo appoggio è stato prezioso» mentì il generale. Il personale dell'ambasciata sovietica in Islanda contava più di sessanta effettivi, quasi tutti appartenenti, per un verso o per l'altro, ai servizi d'informazione. Invece di fare qualcosa di utile, come occupare la centrale dei telefoni, appena indossata l'uniforme si erano messi a giocherellare con le cifre relative alla situazione politica locale. La maggior parte dei membri del vecchio parlamento islandese, l'Althing, era stata arrestata. Misura necessaria, ammise il generale, ma attuata con mano troppo pesante: uno dei parlamentari era rimasto ucciso nel corso dell'operazione, e altri due erano stati fucilati dopo. *Sarebbe stato meglio essere gentili con loro*, pensò. Quello non era l'Afghanistan. Gli islandesi non avevano tradizioni guerriere, e un approccio più umano avrebbe sortito effetti migliori. Quell'aspetto dell'operazione, però, competeva al KGB, il cui gruppo di comando era già sul posto insieme al personale dell'ambasciata. «Con il vostro permesso, c'è ancora molto da fare.»

Il generale risalì la biscaglina della *Fucik*. Erano sorti problemi nello scarico del materiale missilistico del battaglione. Le chiatte che lo contenevano erano state danneggiate dal missile. I portelloni appena installati erano inutilizzabili e dovettero essere tagliati con la fiamma ossidrica. Scosse le spalle. Fino a quel punto, Gloria Polare era stata un'operazione da manuale. Bel risultato per una formazione raccogliticcia. Quasi tutti gli automezzi – duecento veicoli corazzati e un gran numero di autocarri – erano stati abbinati ai rispettivi reparti e messi in movimento. Restava solo il battaglione SA-11.

«Cattive notizie, compagno generale» riferì il comandante dei SAM.

«Devo aspettare molto per conoscerle?» chiese il generale irritato. Era stata una giornata lunga.

«Abbiamo tre razzi utilizzabili.»

«Tre?»

«Queste due chiatte sono state sfondate quando il missile americano ci ha colpiti. L'impatto ha rovinato molti missili, ma il danno maggiore è stato prodotto dall'acqua usata per spegnere le fiamme.»

«Sono missili portatili» obiettò il generale. «I progettisti avranno di certo preventivato il possibile contatto con l'umidità.»

«Non con l'acqua salata, compagno. Questa è la versione per l'esercito, non quella navale, e non è protetta contro l'azione corrosiva dell'acqua di mare. Gli uomini che hanno combattuto l'incendio lo hanno fatto con grande zelo, e la maggior parte dei missili è stata inondata. Sono stati seriamente deteriorati i cavi di comando esterni e le teste di ricerca radar nelle ogive. Gli uomini hanno fatto i test elettronici su tutti i missili. Tre sono sicuramente funzionanti, e quattro potranno forse essere rapidamente ripuliti e riparati. Tutti gli altri sono fuori uso. Dobbiamo farne arrivare con il ponte aereo.»

Il generale controllò la propria irritazione. Così, c'era una piccola cosa alla quale nessuno aveva pensato. Sulle navi, gli incendi vengono combattuti con l'acqua di mare. Avrebbero dovuto chiedere la variante navale dei missili. Erano sempre le piccole cose...

«Divida le apparecchiature di lancio secondo il programma. Assegni tutti i missili utilizzabili all'aeroporto di Reykjavik, e a Keflavik quelli che si possono riparare. Darò ordine che ce ne mandino per aereo altri in sostituzione. Altri danni?»

«Apparentemente no. Le antenne dei radar erano coperte con materiale plastico. I veicoli sono a tenuta stagna, per cui gli strumenti all'interno non hanno sofferto. Se riceviamo nuovi missili, il battaglione è pronto. Saremo in assetto di marcia fra venti minuti. Spiacente, compagno generale.»

«Non è colpa sua. Sa dove deve andare?»

«Due dei miei comandanti di batteria hanno già controllato le strade.»

«Ottimo. Continui così, compagno colonnello.» Il generale salì la scaletta per andare al ponte a cercare l'ufficiale addetto alle comunicazioni. Nel giro di due ore, un aereo con un carico di quaranta missili terra-aria SA-11 decollava dall'aeroporto Kilpyavr di Murmansk alla volta dell'Islanda.

20

La danza dei vampiri

USS Nimitz

Nelle ultime dodici ore Toland era stato un personaggio molto occupato. I dati sull'Islanda arrivavano lentamente e in disordine, un pezzo alla volta. Non aveva ancora materiale sufficiente per farsi un quadro chiaro della situazione. Gli ordini per il gruppo erano stati cambiati, sia pure dopo molte ore di indecisione. La missione di rinforzo all'Islanda era un fiasco. Nelle ultime dieci ore la *task force* aveva navigato diretta a est verso la copertura aerea degli inglesi e dei francesi. Qualcuno aveva deciso che i marines, non potendo andare in Islanda, potevano essere proficuamente impiegati in Germania. Bob si era aspettato che li dirottassero in Norvegia, dove era già di stanza una loro brigata anfibia, ma poteva essere difficile arrivarci. Una violenta battaglia aerea aveva infuriato sulla Norvegia settentrionale per non meno di venti ore, con pesanti perdite da entrambe le parti. I norvegesi erano entrati in guerra con un centinaio scarso di caccia moderni. Stavano chiedendo soccorso, ma al momento non c'era la possibilità di aiutare nessuno.

«Non è che stiano facendo a pezzi i norvegesi» osservò Toland. «Li stanno soltanto respingendo a sud. La maggior parte degli attacchi è diretta alle basi settentrionali, e sono attacchi senza quartiere.»

Chip assentì. «Ha un senso. Dà ai loro Backfire una possibilità più diretta di colpirci. È l'ora del rapporto.»

«Già.» Toland si prese gli appunti e andò verso la sala consiglio. Questa volta la trovò con meno difficoltà.

«Okay, comandante» disse l'ammiraglio Baker. «Inizi dalla periferia.»

«Per il momento non sembra che stia accadendo niente di grosso nel Pacifico. I sovietici stanno evidentemente facendo forti pressioni diplomatiche sul Giappone. La versione è la stessa che hanno raccontato al mondo intero – è tutto un complotto dei tedeschi.»

«Stronzate!» commentò Baker.

«Vero, signor ammiraglio, ma la storia è abbastanza plausibile perché la Grecia non onori gli impegni, e perché la bevano parecchi paesi neutrali e del terzo mondo. In ogni modo, i russi stanno battendo la grancassa sulla possibilità di restituire le Isole Sakhalin se gli altri stanno al gioco, o di picchiarli sulle orecchie se non lo fanno. Notizia a fondo pagina: il Giappone non permette l'uso delle basi sul suo territorio per azioni offensive contro l'Unione Sovietica. Ci servono qui le unità che abbiamo in Corea. Il solo gruppo di portaerei nel Pacifico occidentale fa capo alla *Midway*. In questo momento è al largo, ma non ha la grinta per andare da solo contro la penisola di Kamchatka. C'è un po' di attività aerea sul Mare Meridionale della Cina a ovest delle Filippine, ma ancora nulla di consistente. Non sembra che vi sia attività navale sovietica nella baia di Cam Ranh. In conclusione, il Pacifico è tranquillo, ma non durerà.

«Nell'Oceano Indiano qualcuno ha sferrato un attacco con missili contro Diego Garcia, probabilmente un sottomarino. Senza grossi danni – praticamente tutte le forze che erano laggiù hanno preso il mare cinque giorni fa – però ha richiamato l'attenzione dei russi. Secondo l'ultimo rapporto, la loro 10ª flottiglia era a quindici gradi nord, novanta est, a grande distanza dai nostri, e diretta verso sud.

«Assolutamente nessuna attività sul fianco meridionale della NATO. I Turchi non attaccheranno la Russia di propria iniziativa, e la Grecia si sta tenendo fuori da quella che chiama "la bega russotedesca". Di conseguenza, l'URSS ha il fianco meridionale sicuro e, per ora, sembra fin troppo felice che resti così. A tutt'oggi, i sovietici stanno combattendo solo in Europa occidentale; altrove, solo contro postazioni americane scelte. Vanno dicendo a chiunque sia disposto ad ascoltarli che non vorrebbero nemmeno combattere contro di noi. Sono arrivati addirittura a garantire la sicurezza dei turisti e degli uomini d'affari americani in Unione Sovietica. Si ritiene che li stiano rispedendo in volo via India. Abbiamo sottovalutato la dimensione politica della faccenda, signore. Per adesso, sta operando a loro favore.

«In Europa hanno iniziato le operazioni con venti o trenta attacchi da parte del commando Spetznaz. Per lo più sono andati a vuoto, ma hanno fatto centro, e seriamente, in due posti. Il porto di Amburgo è bloccato. Hanno affondato un paio di mercantili nel canale principale, e il gruppo autore dell'impresa se l'è cavata pulita. Hanno tentato la stessa cosa a Brema, ostruendo parzialmente un canale, bruciando tre navi a uno dei terminali per *containers*. Questa squadra di sabotatori non è riuscita a scappare. Le altre azioni sono state dirette contro magazzini di armi nucleari, centri di comunicazione, e un grosso attentato contro un deposito di carri armati. I nostri erano pronti. Abbiamo avuto perdite, ma nella maggior parte dei casi le truppe Spetznaz sono state fatte a pezzi.

«L'armata sovietica ha attaccato a ovest ieri, poco prima dell'alba. Il lato buono è che l'Aviazione ha menato qualche colpo veramente secco. Il nuovo caccia Stealth, di cui abbiamo sentito parlare, è in servizio ed è stato usato per portare lo scompiglio dietro le linee russe. L'Aviazione afferma di avere la superiorità aerea, o quasi, per cui i russi devono essere stati castigati a dovere. L'attacco iniziale dei sovietici non è stato potente come ci aspettavamo. Stavano avanzando, ma a mezzanotte non avevano guadagnato più di quindici chilometri, e in due punti si sono fermati netti. Per ora, nessun accenno ad armi nucleari o chimiche. Si registrano gravi perdite su entrambi i fronti, specialmente nella Germania settentrionale, che è il settore in cui sono andati più avanti. Amburgo è minacciata. Forse il Canale di Kiel è stato oggetto di un attacco aviotrasportato o aereo, non ne siamo sicuri, comunque è parzialmente sotto il controllo dei russi. La situazione è un po' confusa. Anche nel Baltico si registra un'intensa attività. Le motosiluranti tedesche e danesi sostengono di avere colpito duramente una forza mista sovietica-tedesca orientale, ma anche qui le notizie sono farraginose.»

Toland passò a illustrare la situazione in Norvegia.

«Il pericolo per noi proviene dai sommergibili e dall'Aviazione. I sub russi sono stati molto attivi. Abbiamo notizia di ventidue mercantili affondati. Il caso più grave è quello della *Ocean Star*, nave passeggeri battente bandiera panamense, di ritorno da una crociera nel Mediterraneo. È stata colpita da un missile di tipo sconosciuto, probabilmente un Juliet, a nordovest di Gibilterra. La nave si è incendiata, e le perdite sono state numerose. Due fregate spagnole sono impegnate nelle operazioni di soccorso.

«Abbiamo notizia di tre sottomarini nei pressi della nostra rotta: un Echo, un Tango e un Foxtrot. Può darsi che ce ne siano di più, ma i servizi d'informazione li collocano a sud e a ovest dei nostri. Quando l'Islanda è stata neutralizzata, abbiamo perso la linea SOSUS G-I-UK – Groenlandia-Islanda-Regno Unito – e ciò faciliterà l'accesso dei sottomarini russi al Nord Atlantico. Il SACLANT sta mandando i nostri sub a turare le falle. Dovranno spicciarsi: numerosi sommergibili sovietici risulterebbero diretti verso lo Stretto di Danimarca.»

«Quanti ne abbiamo eliminati?»

«Il Lajes e il Brunswick affermano di averne affondati quattro. I P-3 sono partiti bene. Le cattive notizie danno un Orion disperso e un altro abbattuto da un missile lanciato da un sommergibile. La verifica è in corso, e aspettiamo notizie precise per mezzogiorno. Comunque, la minaccia più seria per noi adesso sembra provenire dal cielo e non dai sottomarini, ma la situazione può cambiare da un giorno all'altro. Viviamo giorno per giorno.»

«Veniamo all'Islanda» ordinò Baker.

«I rapporti ricevuti ieri erano esatti. Evidentemente un'unità della forza di un reggimento è giunta per mare, e il resto della divisione è arrivato con trasporto aereo, a partire dalle ore 14,00. Dobbiamo presumere che a questo punto siano tutti sul posto.»

«Caccia?» chiese Svenson.

«Nessuno secondo i rapporti, ma è possibile che ce ne siano. L'Islanda ha quattro aeroporti utilizzabili...»

«Inesatto, Toland, sono tre» intervenne seccamente Baker.

«Chiedo scusa, signore. La base maggiore è Keflavik. Cinque piste, di cui due lunghe diecimila piedi. Abbiamo costruito la base in modo da permettere il decollo dei B-52, ed è un diavolo d'impianto. I russi se lo sono trovato praticamente intatto. Hanno progettato l'attacco in modo da non provocare crateri sulle piste. Il secondo aeroporto è quello di Reykjavik, vicino alla città, con la pista più lunga che misura circa duemila metri, più che sufficiente per i caccia. Colpire quella base comporta il rischio di provocare molte vittime fra la popolazione civile. Nella parte nord dell'isola c'è la pista in terra battuta di Akureyri. Quarto, viene il vecchio aeroporto di Keflavik, circa quattro miglia a sudest dell'attuale base NATO. Sulle carte è indicato come inutilizzabile, ma ho avuto modo di conoscere un tale che ha fatto servizio per due anni in Islanda. La pista può essere usata, quanto meno da aerei capaci di affrontare un fondo irregolare, come i nostri C-130. Il personale della base ci fa le corse con i go-cart e le auto sportive. Il mio amico dice che potremmo utilizzarla per i caccia. Infine, ogni città sull'isola ha una pista di ghiaia per i servizi interni. I MiG-23 e parecchi altri caccia russi hanno buona capacità per piste del genere, e potrebbero usarle.»

«Lei è pieno di buone notizie» osservò il comandante del gruppo aereo, denominato il "CGA", della *Nimitz*. «Che cosa ci dice degli altri servizi della base, ad esempio del carburante?»

«Il deposito della base è stato distrutto nel corso dell'attacco, ma non i serbatoi di stoccaggio, né il nuovo terminale di Hakotstanger. A meno che qualcuno non lo porti via, abbiamo lasciato ai russi il fabbisogno di carburante di diversi mesi.»

«È confermato tutto questo?» si informò Baker.

«Abbiamo un rapporto di osservazione visiva da parte dell'equipaggio di un P-3 della Marina, che ha verificato i danni subito dopo l'attacco. La RAF ha mandato due ricognitori. Il primo ha fatto qualche buona foto di Keflavik e dell'area circostante, il secondo non è ritornato alla base, per motivi sconosciuti.»

«I SAM.» Il CGA era veramente scosso.

Toland annuì. «Buona ipotesi. I veicoli che si vedono sulle foto confermerebbero la presenza di una divisione di fanteria sovietica aviotrasportata. La radio e la televisione locali non trasmettono. I britannici riferiscono contatti con radioamatori sulla costa islandese, ma nulla è stato ricevuto dall'angolo sudovest dell'isola. È là che è concentrata la maggior parte della popolazione, e sembrerebbe interamente sotto il controllo dei sovietici. Riceviamo ogni tanto qualche notizia dal servizio informazioni, ma non può durare.»

«Ci sta dicendo che non possiamo contare su avvisi da parte norvegese di attacchi aerei, e che abbiamo perso la nostra linea di sbarramento in Islanda. Quali altre fonti ci restano dunque?» chiese Svenson.

«Qualcosa c'è. Mi è stata menzionata la possibilità di ricevere avvisi di incursioni da parte di un contatto designato in codice come Realtime. Se una grossa formazione di aerei sovietici partisse da Kola, dovremmo essere informati.»

«Chi è Realtime?» domandò il CGA.

«Non me l'hanno detto.»

«Un sottomarino» disse Baker con un sorriso tirato. «Gesù lo protegga quando trasmette. Bene, ieri i russi hanno mandato i bombardieri sull'Islanda. Qualcuno vorrebbe sapere dove andranno oggi?»

«Se può interessare, la mia valutazione di addetto alle informazioni dice: proprio qui» affermò Toland.

«Sempre utile avere un parere professionale» osservò acido il CGA. «Dovremmo dirigere a nord e pestare i maledetti russi» – il CGA, per formazione ed esperienza, era un pilota d'attacco – «ma non possiamo farlo finché dobbiamo vedercela con i Backfire. Qual è l'entità del pericolo per noi?»

«Come appoggio aereo, la previsione è zero. Già solo con l'Aviazione navale sovietica ci sono sei reggimenti di aerei d'attacco, di cui tre di Backfire e tre di Badger, un reggimento di Badger "jammer", attrezzati per il disturbo elettronico, un reggimento di ricognitori Bear. Aggiungiamo qualche aereo cisterna. Ventisette aerei per reggimento. Questo dà centosessanta aerei d'attacco, ognuno dei quali può portare da due a tre missili aria-terra.»

«I Badger dovranno spingere per arrivare fin qui. Tra andata e ritorno devono fare quattromila miglia buone, anche se tagliano attraverso la Norvegia. Sono dei vecchi aerei fatiscenti» disse il CGA. «E i loro satelliti?»

Toland guardò l'orologio. «Ci sarà il passaggio di un RORSAT sopra di noi fra cinquantadue minuti. Ci hanno anche osservati dodici ore fa.»

«Spero che l'Aviazione entri presto in scena con gli ASAT» disse calmo Svenson. «Se i russi riescono a sfruttare in tempo reale le informazioni di quel satellite, non hanno più bisogno dei fottuti Bear. Possono prevedere la nostra rotta con relativa facilità, e distano soltanto quattro ore di volo.»

«E se tentassimo un cambio di rotta mentre passa qui sopra?» si chiese il CGA.

«Non vale la pena» rispose Baker. «Sono dieci ore che andiamo verso est, e questo non può essere sfuggito. Per di più, dobbiamo andare a venti nodi soltanto. Possiamo dare loro un'approssimazione di più o meno ottanta miglia. Quanto tempo impiegano a coprirle?»

Toland si rese conto che tale decisione non piaceva né a Svenson né al CGA, ma nessuno dei due la discusse. Gli avevano detto che non si poteva contraddire Baker, e non era sicuro che fosse una qualità positiva per il comandante di un gruppo da combattimento.

Quota 152, Islanda

Edwards si rallegrò di avere azzeccato la previsione dell'arrivo del fronte di aria fredda. Aveva cominciato a piovere proprio in orario, subito dopo mezzanotte. Se c'era una cosa che poteva peggiorare ulteriormente una situazione disastrosa, era proprio una pioggia fredda persistente. Gli acquazzoni erano discontinui. Il cielo era un tetto di nuvole grigie a duemila piedi di altezza, spinte verso il centro montuoso dell'Islanda da correnti che raggiungevano la velocità di quasi trenta nodi.

«Dove sono i caccia?» chiese Edwards. Scrutò l'aeroporto di Reykjavik con il binocolo, ma non vide i sei apparecchi di cui aveva riferito la sera prima. Anche gli aerei da trasporto se n'erano andati tutti. C'erano un elicottero sovietico e qualche mezzo blindato. Il traffico nelle vie e nelle strade, per quanto gli era dato vedere, era scarso, soprattutto per un lunedì mattina. I pescatori sarebbero usciti con le barche? «Qualcuno di voi ha visto partire degli aerei?»

«No, signore. Con il tempo che faceva ieri notte, tutta l'Aviazione russa poteva venire e andare via inosservata.» Anche il sergente Smith era irritato, soprattutto per la pioggia. «Potrebbero essere negli hangar laggiù.»

Intorno alle undici della sera prima avevano notato una scia luminosa, come di un razzo. Qualunque fosse il bersaglio cui era diretto, la pioggia scrosciante avrebbe impedito di vederlo. Edwards non ne aveva parlato durante il contatto radio, nel dubbio che si fosse trattato di un lampo.

«Cos'è quello? Non è un carro armato. Garcia, vedi un po' – a cinquecento metri a ovest del terminal.» Gli porse il binocolo.

«Okay. È un veicolo cingolato. Ha qualcosa come... no, non un cannone, ce ne sono tre. Un lanciamissili, forse.»

«Dei SAM» commentò il sergente. «Quanto vuoi scommettere che sta cercando il coso che abbiamo visto partire ieri sera?»

«Telefona a casa, E.T.» Edwards cominciò a montare la radio.

«Quanti lanciamissili di quel tipo?» chiese Doghouse.

«Ne vediamo uno, forse con tre missili. Non possiamo dire il tipo. Non capirei la differenza, comunque. Può darsi che ne abbiano lanciato uno ieri sera alle 23,00 locali.»

«E perché diavolo non ce l'ha detto?»

«Perché non sapevo cos'era!» Edwards stava quasi urlando. «Per la Madonna, vi riferiamo tutto ciò che vediamo, e voi non ne credete neppure la metà!»

«Calmo, Beagle. Vi crediamo. So che è dura per voi. È successo qualcos'altro?»

«L'amico sa che è dura» disse Edwards ai suoi uomini. «Non vediamo molto movimento, Doghouse. È ancora presto, però ci aspettavamo di vedere traffico civile nelle strade.»

«Ricevuto questo. Okay, adesso, Edwards, velocissimo, qual è il secondo nome di suo padre?»

«Non ce l'ha» rispose Edwards. «Cosa...»

«Il nome della barca di suo padre?»

«La *Annie Jay*. Ma cos'è questa storia?»

«Che cosa è successo alla sua ragazza Sandy?»

Fu come una coltellata nello stomaco. Il tono di voce fu più eloquente della risposta.

«Andate a farvi fottere!»

«Ricevuto» rispose la voce. «Mi dispiace, tenente, ma lei doveva superare la prova. Non abbiamo ancora nuovi ordini per lei. A dire la verità, nessuno ha deciso che cosa fare di lei. Stia calmo ed eviti il contatto. Stesso programma di trasmissioni. Se la beccano e cercano di farle fare dei giochetti con la radio, inizi ogni trasmissione con la nostra sigla e dica che tutto va a meraviglia. Chiaro? Va a meraviglia.»

«Roger. Se dico così, sapete che c'è qualcosa che non va.»

Keflavik, Islanda

Il maggiore al comando del distaccamento aereo era allegro, anche se non dormiva da trenta ore. Keflavik era una magnifica base, e i paracadutisti l'avevano catturata praticamente intatta. Cosa ancora più importante, gli americani avevano molto accortamente immagazzinato le attrezzature per la manutenzione in rifugi ben protetti sparsi su tutta l'area della base, per cui il materiale si era salvato. Mentre guardava dalla torre di controllo danneggiata, mezza dozzina di autospazzatrici stradali stavano eliminando gli ultimi detriti dalla pista nove, che sarebbe stata pronta all'uso entro mezz'ora. Otto cisterne da rifornimento erano piene e pronte sul campo; prima di sera, anche la conduttura sarebbe stata rimessa in funzione. Keflavik stava per diventare una base sovietica completamente funzionale.

«Fra quanto arrivano i caccia?»

«Fra trenta minuti, compagno maggiore.»

«Metti in funzione il radar.»

I russi avevano caricato la maggior parte del materiale occorrente a una base aerea avanzata su una delle chiatte della *Fucik*. Un radar mobile a lungo raggio era in funzione a ovest dell'incrocio delle piste principali; inoltre, c'era un furgone dal quale si poteva dirigere l'intercettazione radar dei bersagli in arrivo. Nella base c'erano tre grossi furgoni di parti di ricambio e di missili aria-aria; trecento specialisti della manutenzione erano stati portati in volo il giorno prima. Una batteria completa di missili SAM-11 era piazzata a guardia delle piste, più otto cannoni antiaerei mobili e un plotone di uomini armati di SAM portatili da usare contro incursioni a bassa quota. L'unico inconveniente era stato quello dei SAM, ma i nuovi missili giunti con il trasporto aereo poche ore prima erano già stati caricati sui veicoli lanciamissili. Qualsiasi aereo della NATO che fosse venuto a fare i balletti sopra l'Islanda era destinato a una brutta sorpresa, come aveva avuto modo di constatare la sera prima un Jaguar della RAF, che era stato abbattuto su Reykjavik prima che il pilota potesse reagire.

«La pista nove è pronta per l'uso» riferì l'operatore radio.

«Magnifico! Adesso, mandi i mezzi alla uno-otto. Voglio che tutte le piste siano operative entro il pomeriggio.»

Quota 152, Islanda

«Che cos'è?» Tanto per cambiare, fu Edwards il primo a vederlo. Le larghe ali argentee di un bombardiere Badger comparivamo e sparivano dallo strato inferiore di nubi. Poi un altro, piccolo, che scomparve fra le nuvole.

«Era un caccia?»

«Non ho visto niente, signore.» Garcia stava guardando nella direzione opposta. Sopra di loro passò alto il sibilo caratteristico dei turbogetti a basso regime.

Il tenente stava diventando un maestro nell'arte di mettere in funzione la radio.

«Doghouse, sono Beagle, e qui è tutto uno schifo.»

«Roger, Beagle. Che notizie per noi?»

«Abbiamo aerei che ci volano sopra la testa, diretti a ovest, probabilmente a Keflavik. State in ascolto.»

«Li sento, ma non vedo niente» disse Garcia porgendo il binocolo.

«Ho visto un bimotore, probabilmente un bombardiere, e un altro aereo molto più piccolo, come un caccia. Abbiamo rombo di aerei sopra di noi, ma ci sono nuvole fitte a circa duemila piedi. Impossibile qualsiasi controllo visivo.»

«Diretti verso Keflavik?»

«Affermativo. Il bombardiere sembrava andare a ovest in fase di discesa.»

«Potete tornare a Keflavik per vedere che cosa succede?»

Per un secondo Edwards non parlò. Non sapeva leggere una carta, quel maledetto? Trenta chilometri a piedi sui sassi?

«Negativo. Ripeto, negativo, fuori questione. Passo.»

«Capito, Beagle. Spiacente. Avevo l'ordine di chiedere. Riprendete contatto quando avrete notizie più precise. State facendo un buon lavoro, ragazzi. Restate lì. Chiudo.»

«Hanno chiesto se volevamo camminare fino a Keflavik» annunciò Edwards togliendosi gli auricolari. «Ho risposto di no.»

«Veramente molto bene, signore» approvò Smith. Non erano tutti imbecilli in Aviazione.

Keflavik, Islanda

Il primo MiG-29 Fulcrum atterrò a Keflavik. Girò intorno a una jeep e si fermò vicino alla torre di controllo. Il maggiore comandante la base era ad aspettarlo.

«Benvenuto a Keflavik!»

«Ottimo. Mi trovi un gabinetto» rispose il colonnello.

Il maggiore lo accompagnò alla propria jeep – gli americani ne avevano lasciate parecchie, insieme a più di trecento automobili private – e lo condusse alla torre. Le radio americane erano state distrutte, ma gli impianti sanitari erano di materiale più solido.

«Quanti?»

«Sei» rispose il colonnello. «Un dannato F-16 norvegese è saltato fuori a Hammerfest e ha preso uno dei nostri prima che ci accorgessimo della sua presenza. Un altro ha avuto guai al motore, e un terzo ha dovuto atterrare a Akureyri. Abbiamo uomini laggiù?»

«Non ancora, solo un elicottero. Oggi ne dovrebbero arrivare altri.» Erano giunti al corridoio. «Seconda porta a destra.»

«Grazie, compagno maggiore!» Il colonnello ritornò tre minuti dopo. «Il lato meno romantico del volare sui caccia. Per un verso o per l'altro, finiamo per non dirlo ai cadetti.»

«Ecco un caffè. Gli inquilini di prima sono stati molto generosi con noi.» Il maggiore svitò il tappo di un thermos americano. Il colonnello prese la tazza e lo gustò come un liquore pregiato, mentre osservava l'atterraggio dei suoi caccia. «Abbiamo i missili pronti per voi, e possiamo rifornire tutti gli aerei con le autocisterne. Fra quanto tempo potete rimettervi in volo?»

«Vorrei che gli uomini avessero almeno due ore per riposarsi e mangiare qualcosa. Voglio poi che gli aerei siano sparpagliati appena fatto il rifornimento. Siete già stati attaccati?»

«Solo due ricognitori, e ne abbiamo abbattuto uno. Se abbiamo fortuna...»

«La fortuna è per gli sciocchi. Gli americani ci attaccheranno oggi. Anch'io lo farei.»

USS Nimitz

«Abbiamo un nuovo informatore in Islanda, codice Beagle» annunciò Toland. Si trovavano al CIC (Centro Informazioni Combattimento) della portaerei. «Ha contato più di otto aerei da trasporto in arrivo a Reykjavik ieri notte, accompagnati da almeno sei caccia. Una capacità di trasporto sufficiente per un'intera divisione, e anche di più. Doghouse dalla Scozia dice di avere la notizia, non confermata, di un atterraggio di caccia sovietici attualmente in corso.»

«Devono essere caccia a lungo raggio. Foxhound, forse dei Fulcrum» disse il CGA. «Se ne hanno d'avanzo. Bene, non stavamo progettando di andare subito a visitare il posto. Potremmo avere un problema se li usassero per scortare i bombardieri.»

«Comunicazioni su un eventuale appoggio di E-3 dall'Inghilterra?»

«Nessuna.»

«Toland, quando prevede che arrivino gli amici?»

«Il RORSAT passa qui sopra fra venti minuti. È probabile che vogliano i dati prima di decollare, dopo di che possono partire in qualsiasi momento, ammiraglio. I Backfire si riforniscono parzialmente a terra, poi partono a tutta velocità. Direi fra due ore, nel peggiore dei casi. Più probabile quattro o cinque ore.»

«CGA?»

Il comandante del gruppo aereo aveva l'aria tesa. «Ogni portaerei ha in volo un aereo radar Hummer, accompagnato da un paio di Tomcat. Altri due Tomcat sono sulle catapulte, pronti a partire con cinque minuti di preavviso, più un altro Hummer e un aereo cisterna. Gli altri caccia sono sul ponte volo, riforniti e armati, pronti a partire entro quindici minuti. Il personale di volo ha le istruzioni. Un Prowler con la formazione, il resto pronto a quindici minuti. Gli A-7 hanno serbatoi di carburante abbinati. Siamo pronti. La *Foch* ha i suoi Crusader pronti a quindici minuti. Buoni aerei, ma scarsa autonomia. Quando verrà il momento, li useremo per copertura dall'alto.»

Kirovsk, URSS

Il satellite radar da ricognizione oceanica, chiamato RORSAT, passò sopra la formazione alle 03,10. Il suo trasmettitore radio notò la formazione, e le apparecchiature fotografiche ne seguirono le scie. Cinque minuti dopo, i dati erano a Mosca. Dopo un altro quarto d'ora, gli equipaggi degli aerei ricevettero le istruzioni finali in quattro basi militari nei pressi della città di Kirovsk, sulla penisola di Kola. Gli uomini erano silenziosi, non meno tesi degli americani che si accingevano ad attaccare. Russi e americani stavano rimuginando gli stessi pensieri. Era l'esercitazione che entrambi ripetevano da più di quindici anni. Milioni di ore di progetti, studi e simulazioni stavano per essere messi alla prova.

I Badger partirono per primi, spinti dai due motori Mikulin. Ogni decollo era uno sforzo. I bombardieri erano così pesantemente carichi che i controllori di volo si sporgevano in avanti, mentalmente, per aiutarli a sollevarsi da terra. Dopo il decollo, si diressero a settentrione. Appena passato Murmansk, ogni reggimento si spiegò in formazione aperta, puntò a ovest, sorvolò Capo Nord, per poi virare lentamente a sinistra scendendo verso il Nord Atlantico.

Venti miglia al largo dalla costa russa, la USS *Narwhal* era in immersione nel mare color grigio ardesia. Era il più silenzioso sottomarino della flotta americana, una piattaforma specializzata nella raccolta di informazioni, per cui stazionava lungo la costa sovietica ben più a lungo della maggior parte delle navi russe. Aveva fuori le tre antenne ESM e il periscopio di ricerca che costava un milione di dollari. I tecnici a bordo ascoltarono le comunicazioni scambiate per radio a bassa potenza fra gli aerei che si mettevano in formazione. Tre specialisti dei servizi segreti militari e un civile della NSA valutarono la forza dell'incursione e decisero che era di portata tale da giustificare il rischio di un contatto via radio. Un albero supplementare venne alzato e puntato verso un satellite per telecomunicazioni che distava ventiquattromila miglia. La trasmissione accelerata durò meno di un quindicesimo di secondo.

USS Nimitz

Il messaggio fu ritrasmesso automaticamente a quattro stazioni di comunicazione separate, e mezzo minuto dopo pervenne al quartier generale del SACLANT. Nel giro di cinque minuti, Toland aveva in mano il formulario giallo del dispaccio. Andò immediatamente dall'ammiraglio Baker e gli consegnò il messaggio: 0418Z REALTIME INFORMA DI INCURSIONE AEREA DECOLLATA 04,00 DIRETTA OVEST DA KOLA CALCOLATI CINQUE REGGIMENTI O PIÙ.

Baker controllò l'ora. «Lavoro veloce, CGA.»

Il comandante del gruppo aereo guardò il dispaccio e andò al telefono. «Lanciare i Tomcat dalle catapulte a preavviso cinque, richiamare gli aerei di pattuglia quando arrivano in posizione, e piazzare sulle catapulte altri due Tomcat e uno Hummer. Voglio che gli aerei in arrivo siano rimessi immediatamente in condizione di volo. Riservare una catapulta per gli aerei cisterna.» Ritornò dall'ammiraglio. «Con il suo permesso, signore, propongo di fare alzare entro un'ora un altro paio di F-14 con uno Hummer, e di mettere tutti i caccia sulle catapulte da cinque minuti. Alle 06,00 possono decollare tutti i rimanenti caccia con le cisterne in appoggio. Andremo contro il nemico con tutte le forze di cui disponiamo, e gli romperemo il culo.»

«Molto bene. Commenti?»

Svenson guardò pensieroso il quadro principale su cui gli addetti stavano già tracciando dei cerchi a indicare il massimo avanzamento ipotizzabile dei bombardieri sovietici.

«Gli inglesi hanno avuto lo stesso preavviso?»

«Sì, signore» rispose Toland. «Anche i norvegesi. Con un po' di fortuna, gli uni o gli altri potrebbero stabilire il contatto con l'incursione e rosicchiarla un po', magari metterle qualcuno sulla scia.»

«Buona idea, ma non ci conti. Se dirigessi io l'attacco, verrei deciso a ovest, e appena sopra l'Islanda virerei verso sud.» Svenson diede un'altra occhiata al quadro. «Lei crede che Realtime avrebbe trasmesso un avviso per dei Bear-D?»

«Secondo le mie informazioni, signore, sono autorizzati a trasmettere solo nel caso che si tratti di tre o più reggimenti. Una decina o una ventina di Bear non sarebbe sufficiente. Forse non li noterebbero neppure.»

«Così, abbiamo probabilmente una banda di Bear che volano senza trasmettere niente, limitandosi a captare i nostri segnali radar.»

Toland confermò con un cenno del capo. Il gruppo di combattimento formava un cerchio con trenta miglia di raggio; le portaerei e le navi trasporto truppe stavano al centro, circondate da nove unità di scorta armate di missili e da altre sei specializzate nella caccia ai sommergibili. Nessuna aveva i trasmettitori radar in funzione, ma tutte ricevevano le informazioni elettroniche dai due E-2C di sorveglianza aerea, confidenzialmente chiamati Hummer – colibrì – i cui radar spaziavano su di un raggio di duecento miglia.

Il dramma che si stava svolgendo aveva una complessità di gran lunga superiore a quella del gioco più astruso. Potevano interagire più di dodici variabili, le cui permutazioni diventavano migliaia. La portata dell'individuazione a mezzo radar dipendeva dall'altezza e dalla conseguente distanza dall'orizzonte, oltre cui né gli occhi né i radar possono vedere. Un aereo aveva la possibilità di evitare, o almeno ritardare, l'individuazione, volando sul pelo dell'acqua: sistema che costava caro in termini di consumo e di autonomia.

Dovevano localizzare il gruppo di combattimento senza farsi scoprire prima. I russi sapevano dov'erano le portaerei, ma per raggiungerle avrebbero dovuto impiegare le quattro ore che occorrevano ai bombardieri più lenti. I missili avevano bisogno di informazioni precise per colpire gli obiettivi primari dell'incursione, cioè le due portaerei americane e quella francese, altrimenti la missione sarebbe stata uno sforzo inutile.

Per mettere in posizione i caccia a intercettare il raid, ci si doveva basare su previsioni attendibili della direzione e della velocità. Il compito era di localizzare e impegnare i bombardieri prima che trovassero le portaerei.

Per entrambe le parti, la decisione fondamentale era se usare, o meno, i trasmettitori radar. Tanto l'una quanto l'altra scelta comportavano vantaggi e pericoli, e non esisteva una soluzione "ottimale" del problema. Quasi tutte le navi americane avevano a bordo dei potenti radar di ricerca, capaci di individuare gli incursori a più di duecento miglia. Purtroppo, i loro segnali potevano essere a loro volta captati da una distanza ancora superiore, generando un segnale di ritorno che, potenzialmente, consentiva ai sovietici di circondare la formazione, individuarla in modo preciso, quindi convergerle addosso da tutti i punti cardinali.

Era un gioco a rimpiattino, spiegato su un milione di miglia quadrate di oceano. Il perdente sarebbe morto.

Nord Atlantico

I bombardieri sovietici da ricognizione Bear-D stavano passando a sud dell'Islanda. Erano decine, su un fronte di mille miglia. I mostruosi aerei a elica erano pieni di apparecchiature elettroniche e avevano a bordo uomini addestrati per anni alla localizzazione di gruppi di portaerei americane. Dal muso, dalla coda e dalle ali sensibilissime antenne si stavano già protendendo alla ricerca di segnali provenienti dai trasmettitori radar nemici. Si sarebbero bloccate su di loro, li avrebbero tracciati con la massima precisione, tenendosi però sempre fuori dal raggio di individuazione previsto. Il timore più serio era che gli americani non usassero affatto i radar, o che li impostassero in modo da emettere a intervalli irregolari e in direzioni confuse, con il rischio per i Bear di precipitarsi direttamente su navi o aerei armati. Il Bear aveva venti ore di autonomia, che però pagava con la quasi totale inidoneità al combattimento. Troppo lento per sfuggire a un intercettore, non era in grado di combatterlo. L'amara facezia corrente fra gli equipaggi diceva: «Abbiamo localizzato le forze del nemico. *Dosvidania, Rodina – Addio, Patria!*» Erano comunque dei valorosi e dei professionisti. I caccia bombardieri d'attacco contavano su di loro, e così la Patria.

Ottocento miglia a nord dell'Islanda, i Badger modificarono la rotta a uno-otto-zero, direzione sud, cinquecento nodi. Avevano evitato i norvegesi che rappresentavano pur sempre un pericolo, e non prevedevano che gli inglesi si spingessero così lontano. Comunque, gli equipaggi dei Badger guardavano nervosamente attraverso gli oblò, e i sensori elettronici, ininterrottamente in funzione, erano seguiti costantemente. In qualunque momento potevano trovarsi alle prese con un attacco di caccia tattici, e gli equipaggi sapevano bene che qualsiasi pilota NATO degno di quel nome non avrebbe esitato a disfarsi del carico di bombe per ingaggiare un duello aereo con un bersaglio praticamente inerme, come un Badger vecchio di vent'anni. I bombardieri erano alla fine della carriera, con efficienza e autonomia ridotte dall'usura del tempo.

Due miglia dietro di loro, i bombardieri Backfire stavano completando il rifornimento. I Tu-22M erano stati accompagnati dagli aerei cisterna e, riempiti i serbatoi, si erano diretti verso sud, con rotta leggermente spostata a ovest rispetto a quella dei Badger. Con un solo missile Kingfish AS-6 appeso sotto ogni ala, anche i Backfire erano potenzialmente vulnerabili, ma, essendo in grado di volare ad alto numero di Mach, conservavano buone possibilità di sopravvivenza anche contro una decisa opposizione da parte dei caccia. Gli equipaggi erano l'élite dell'Aviazione, ben pagati e ben trattati dalla società sovietica; i comandanti avevano ricordato loro tutte le istruzioni. Adesso era il momento di colpire.

I tre gruppi di aerei raggiunsero la velocità ottimale di crociera, con gli indicatori del consumo di carburante, della temperatura, e tutti gli altri, sotto costante controllo.

USS Nimitz

Toland si fermò sul ponte a respirare un po' d'aria fresca. Era una bella mattina, le nubi simili a batuffoli di ovatta stavano assumendo la sfumatura rosa dell'aurora. La *Saratoga* e la *Foch* erano visibili all'orizzonte, forse a otto miglia, e la loro dimensione era impressionante anche da quella distanza. Più vicino, il *Ticonderoga* fendeva le onde alte cinque piedi, con i missili verniciati di bianco visibili sulle due rampe binate. Delle luci lampeggiavano trasmettendo segnali. Le altre navi non erano nulla più di grige sagome silenziose. La coperta della *Nimitz* era affollata di aerei. Gli intercettori Tomcat F-14 erano stazionati un po' dappertutto. Due erano agganciati alle catapulte a mezza nave a soli cento piedi da lui, e gli equipaggi di due uomini ciascuno stavano sonnecchiando. I caccia erano armati di missili Phoenix a lungo raggio. I caccia bombardieri portavano, al posto delle armi, serbatoi supplementari che, riforniti in volo, ne avrebbero aumentato di due ore l'autonomia. Il personale di coperta vestito di casacche a colori vivaci correva qua e là, controllando e ricontrollando gli apparecchi. La portaerei iniziò la virata a babordo, disponendosi in favore di vento come misura preliminare al lancio dei velivoli. Toland controllò l'ora: erano le 05,58. Tempo di ritornare al CIC. Entro due minuti gli uomini sarebbero stati chiamati al posto di combattimento. Bob inspirò ancora una boccata di fresca aria di mare, chiedendosi se sarebbe stata l'ultima.

Nord Atlantico

«Contatto!» disse il tecnico del Bear attraverso l'interfono. «I segnali indicano un trasmettitore radar su apparecchio del tipo di quelli delle portaerei.»

«Dammi il rilevamento!» ordinò il pilota.

«Un momento di pazienza, compagno maggiore.» Il tecnico fece una modifica sul quadro. I radiointerferometri misuravano il tempo dei segnali man mano che arrivavano alle antenne disposte su tutto l'aereo. «Sudest. Il rilevamento al segnale è uno-tre-uno. Segnale di forza uno. Piuttosto distante. Per il momento il rilevamento non tende a cambiare.»

Il pilota e il co-pilota si scambiarono uno sguardo in silenzio. Alla loro sinistra vi era, a distanza imprecisata, un aereo radar americano Hawkeye E-2C, con due uomini d'equipaggio, più un ufficiale d'intercettazione radar e due operatori. Poteva gestire la battaglia aerea contro più di cento aerei nemici, e guidare contro di loro un intercettore armato di missili entro pochi secondi dall'individuazione. Il pilota si stava chiedendo quanto fossero precise le informazioni a proposito del radar degli Hawkeye. E se avessero già scoperto il suo Bear? Conosceva la risposta. Come primo avviso, avrebbe individuato il radar di controllo tiro di un Tomcat F-14 americano puntato dritto su di lui. Il Bear mantenne la rotta uno-otto-zero mentre l'ufficiale al tracciamento segnava la deviazione rispetto al rilevamento del segnale radar. Fra pochi minuti avrebbero potuto avere il punto preciso. Sempre che fossero vissuti così a lungo. Non avrebbero interrotto il silenzio radio finché non avessero avuto il dato esatto.

«Ecco» disse l'ufficiale. «Distanza valutata dal contatto centocinquanta chilometri, coordinate quarantasette gradi e nove primi nord, trentaquattro gradi e cinquanta primi ovest.»

«Comunicala agli altri» ordinò il pilota. Un'antenna HF direzionale sulla pinna di coda dell'aereo ruotò e trasmise i dati alla radio del comandante della formazione, che si trovava con il suo apparecchio cento miglia dietro gli individuatori a infrarossi.

Il comandante confrontò il dato con quello fornito dal satellite ricognitore. Adesso aveva due elementi. Tre ore prima, la posizione degli americani era sessanta miglia a sud del punto stimato per gli Hawkeye. Forse gli americani ne avevano due: uno a nordest e uno a nordovest della formazione. Era il sistema normale per una flotta. Quindi il gruppo delle portaerei era all'incirca... là. I Badger stavano andando direttamente verso quel punto. Avrebbero incontrato la copertura radar americana entro... due ore. *Bene*, si disse, *tutto sta procedendo secondo i piani*.

USS Nimitz

Toland osservò in silenzio sul quadro le posizioni degli aerei. L'immagine radar proveniente dagli Hawkeye veniva trasmessa alla portaerei per collegamento radio digitale, consentendo al comandante del gruppo di seguire ogni dettaglio. Gli stessi dati andavano contemporaneamente al capo della difesa antiaerea del gruppo sul *Ticonderoga*, e a tutte le altre navi munite di Sistema Navale Dati Tecnici. Fra queste vi erano le francesi, che da lungo tempo si erano equipaggiate per poter operare in stretta collaborazione con la marina USA. Per il momento non c'era molto da vedere, oltre alle scie degli aerei da guerra e di linea americani che trasportavano uomini e rifornimenti oltre oceano, riportando negli Stati Uniti le famiglie dei militari. Stavano tutti cominciando a descrivere un arco verso sud. Informati della possibilità di una battaglia aerea, i piloti dei DC-10 e dei C-5A si tenevano prudentemente a distanza, anche se ciò avrebbe comportato la necessità di scali tecnici intermedi.

I quarantotto intercettori del gruppo erano per lo più in formazione, allineati su un fronte di circa trecento miglia. Ogni coppia di Tomcat era assistita da un aereo cisterna. Gli aerei d'attacco, i Corsair e gli Intruder, avevano serbatoi maggiorati con raccordi speciali per il rifornimento in volo. I Tomcat stavano già cominciando, uno alla volta, a completare il pieno. Poi furono i Corsair a ritornare agli aerei cisterna per rifornirsi, e poter così restare in volo per parecchie ore. Gli apparecchi sulle portaerei erano sulle catapulte, pronti per il decollo immediato. In caso di incursione nemica, sarebbero stati lanciati immediatamente per evitare i rischi d'incendio connessi con i velivoli di ogni tipo.

Toland aveva già visto queste cose, ma non poteva non esserne stupito. Ogni fase si svolgeva con la precisione di un passo di danza. I ricognitori giravano descrivendo lenti cerchi nel cielo, in economia di carburante. Le portaerei correvano verso nord a trenta nodi, per ricuperare il tempo speso nelle operazioni di lancio. Le navi da sbarco dei marines, *Saipan*, *Ponce* e *Newport*, avevano una velocità massima di venti nodi ed erano praticamente indifese. A est del gruppo, l'aereo da trasporto Viking S-3A e l'Orion P-3C antisom, con base a terra, erano in servizio di pattuglia per scoprire eventuali sottomarini sovietici. Facevano capo al comandante delle operazioni antisommergibili sul cacciatorpediniere *Caron*. Per il momento non vi era nulla su cui scaricare le proprie frustrazioni. Era la vecchia storia nota a tutti i combattenti: aspettare.

Nord Atlantico

Il comandante del raid stava rapidamente accumulando dati. Aveva la posizione di quattro Hawkeye americani. Appena individuati i primi due, era comparsa l'altra coppia, più all'esterno e più a sud. Gli americani, poco accortamente, gli avevano dato il quadro preciso dell'ubicazione del gruppo; gli Hawkeye, volando in direzione est, lo avevano informato della velocità e della rotta. I Bear erano ora disposti a semicerchio intorno agli americani, e i Badger si trovavano trenta minuti a nord della copertura radar, quattrocento miglia a settentrione della posizione prevista delle navi.

«Trasmettere al Gruppo A: "Formazione nemica alle coordinate di mappa 456/810, velocità venti, rotta uno-zero-zero. Eseguire Piano Attacco A alle 06,15 ora di Greenwich".» Stesso messaggio al Gruppo B. Il controllo tattico del Gruppo B passa al coordinatore della squadra est.» La battaglia era iniziata.

Gli equipaggi dei Badger si scambiarono uno sguardo di sollievo. Avevano individuato i segnali radar americani un quarto d'ora prima e sapevano che, man mano che procedevano verso sud, aumentavano per loro le probabilità di trovarsi in mezzo a un nugolo di caccia nemici. A bordo di ogni aereo, l'ufficiale di rotta e il bombardiere lavoravano rapidamente a immettere i dati d'attacco nei missili Kelt agganciati sotto ciascun'ala.

Ottocento miglia a sudovest dei Badger, i piloti dei Backfire spinsero avanti la manetta del gas, programmando la rotta verso il punto comunicato dal comandante della missione. Avrebbero volato in cerchio sopra il gruppo delle navi, dopodiché sarebbero passati agli ordini dell'ufficiale d'attacco che stava sul primo Bear per stabilire il contatto elettronico con gli Hawkeye. Avevano il punto esatto della formazione NATO, ma necessitavano di precisione ancora maggiore per individuare le portaerei e impegnarle. Gli uomini non erano soltanto sollevati, ma addirittura eccitati. Adesso veniva la parte stimolante. Il piano di battaglia era stato formulato un anno prima e provato cinque volte, ma unicamente al suolo. Per quattro volte aveva funzionato.

Sugli ottanta bombardieri Badger, i piloti verificarono gli orologi e fecero il conto alla rovescia per le 06,15 – ora di Greenwich.

«Fuori!»

Il Badger di testa lanciò con otto secondi di anticipo. Prima uno, poi l'altro Kelt, di sagoma simile a quella di un aereo, si staccarono e caddero per diverse centinaia di piedi prima che i loro motori a reazione raggiungessero il regime massimo.

Guidati dal pilota automatico, i Kelt risalirono a trentamila piedi e si diressero verso sud alla velocità indicata di seicento nodi. Gli equipaggi dei bombardieri osservarono per un paio di minuti i missili in volo, quindi virarono con pigra eleganza in direzione della base. Per loro, la missione era compiuta. Sei Badger-J, aerei per il disturbo a distanza, proseguirono verso sud, seguendo i missili Kelt a sessanta chilometri. Gli equipaggi erano tesi ma fiduciosi. Non sarebbe stato facile per gli americani passare attraverso i loro potenti disturbatori e, in ogni caso, i nemici avrebbero ben presto avuto altri bersagli di cui occuparsi.

I Kelt continuarono ad avanzare in linea retta a quota costante. Erano muniti di dispositivi elettronici che i sensori sulle pinne di coda avrebbero fatto scattare automaticamente. Quando entrarono nell'arco teorico di portata dei radar degli Hawkeye, si attivarono i transponditori all'interno delle ogive.

USS Nimitz

«Contatti radar! Indicare l'incursione "Raid-1". Rilevamento tre-quattro-nove, distanza quattro-sei-zero miglia. Numerosi contatti, ne conto uno-quattro-zero, rotta uno-sette-cinque, velocità seicento nodi.»

Lo schermo tattico principale riportava elettronicamente i contatti. C'era poi un altro display su due lastre di plexiglass.

«Così, stanno arrivando» disse calmo l'ammiraglio Baker. «Giusto in orario. Commenti?»

«Io...» Toland non poté continuare.

Lo schermo del computer diventò bianco.

«Base Clipper, qui Hawk-tre. Stiamo ricevendo disturbi» disse il capo del controllo radar aerotrasportato. «Riscontriamo sei, forse sette, "jammer", rilevamento tre-quattro-zero. Piuttosto forti. Sembrano disturbatori a distanza, ma non di scorta all'attacco. Per il momento i contatti sono persi. Pensiamo di ritrovarli entro dieci minuti. Chiediamo l'autorizzazione di fuoco a volontà e libertà di sganciamento per gli intercettori.»

Baker guardò il capo delle operazioni aeree. «Cominciamo.»

Il capo operazioni fece un cenno con la testa e prese un microfono. «Hawk-tre, qui base Clipper. Fuoco a volontà, ripeto, fuoco a volontà. Sganciamento autorizzato. Mandami a mollo qualche bombardiere. Chiudo.»

Svenson guardò corrucciato lo schermo. «Ammiraglio, stiamo per vuotare i ponti. Raccomandi alla formazione di stare unita.» Ebbe in risposta un cenno di conferma. «Flotta Clipper, qui base Clipper, venite a sinistra a uno-sette-zero. Lanciate tutti gli aerei rimasti a bordo. Eseguite.»

Al comando, la formazione eseguì una virata di centottanta gradi a sinistra. Le navi che non avevano ancora missili piazzati sulle rampe provvidero a collocarli. Cinque radar di comando tiro furono puntati a nord, ma tenuti in attesa. Trenta comandanti attesero l'ordine di attivarli.

Nord Atlantico

Era veramente stufa. *Ma certo,* pensò, *sono abbastanza brava per volare. Sono abbastanza brava per fare l'istruttore dei piloti degli Eagle. Pilota collaudatrice, assistente all'ufficiale progettatore del programma ASAT – sono addirittura così brava da essere invitata a Houston – ma mi lasceranno pilotare in combattimento? No, c'è una guerra in corso e io non sono nulla più di un miserabile pilota da trasporto!*

«Merda!» Si chiamava Amy Nakamura, e aveva il grado di maggiore dell'Aviazione degli Stati Uniti, con tremila ore di volo su reattori, di cui due terzi sugli F-15. Piccola di statura e tarchiata come la maggior parte dei piloti di caccia, solo suo padre la vedeva bella. La chiamava anche Bunny, coniglietta. Quando i colleghi piloti avevano scoperto il nomignolo, l'avevano abbreviato in Bun, ciambella. Lei e tre piloti maschi stavano portando quattro caccia Eagle nuovi di zecca in Germania, dove altri – uomini! – li avrebbero poi usati nel modo giusto. Ognuno degli aerei era dotato di serbatoi supplementari sganciabili per poter fare il viaggio in un unico lungo volo. Per la difesa, avevano un solo missile Sidewinder, più il consueto munizionamento per il cannoncino da 20 mm. *I russi hanno avuto donne pilota nella seconda guerra mondiale!* pensò. *Due di loro sono persino state assi dell'Aviazione!*

«Ehi, Bun, controlla a ore tre!» Era il pilota dell'aereo più esterno della formazione.

Nakamura aveva una vista eccezionale, ma stentava a credere ai suoi occhi. «Dimmi tu che cosa vedi, Butch.»

«Dei Badger?...»

«Dei fottuti Badger Tu-16... *tallyho!* Dove diavolo dovrebbe essere la Marina?»

«Qui vicino. Cerca di farli alzare, Bun!»

«*Task force* della Marina, *task force*, qui trasporto aereo Golf quattro-nove. Siamo diretti a est con quattro Foxtrot uno-cinque. Visualizziamo una formazione di bombardieri russi... merda, mi ricevete?»

«Chi diavolo è questo?» chiese irritato ad alta voce un uomo dello Hawkeye.

Il tecnico delle comunicazioni rispose alla chiamata: «Golf quattro-nove, abbiamo bisogno di identificazione. November quattro Whiskey.» Potevano essere i russi a tentare il trucco con la radio.

Il maggiore Nakamura imprecò fra sé e sé mentre scorreva con il dito l'elenco dei codici di comunicazione. *Ci sono!* «Alpha sei Hotel.»

«Golf quattro-nove, qui Hawk-uno della Marina, dite la vostra posizione. Attenzione, stiamo chiamando le tribù contro quei Badger. Farete bene ad allontanarvi. Confermate.»

«Come fulmini, Marina. Vedo più di tre Badger diretti a nord, posizione quarantanove nord, trentatré est.»

«Diretti a nord?» esclamò l'ufficiale. «Golf, qui Hawk-uno. Confermate l'avvistamento. Ripetete, prego.»

«Hawk-uno, qui Golf, adesso ho una dozzina di Badger, ripeto, visuale su bombadieri Tango Uniform uno-sei, a sud della mia posizione, diretti verso di me in velocità. Li attacchiamo, chiudo.»

«Niente sul radar, capo» disse l'operatore radar. «È lontano come un accidente, a nord.»

«E allora che accidente va dicendo?»

Il maggiore Amelia "Bun" Nakamura allungò il braccio per premere il pulsante che metteva il missile e il display su "tattico". Quindi accese il radar da intercettazione aerea. L'impianto IFF interrogò il bersaglio come possibile "amico", ma non vi fu risposta. Bastava già.

«Frank, porta il tuo elemento a est. Butch, seguimi. Verificate tutti la situazione del carburante. Carica!»

I piloti dei Badger erano un po' troppo rilassati, ora che la parte più pericolosa della missione era compiuta. Non scorsero i quattro caccia americani finché non li ebbero a meno di un miglio di distanza, con la loro verniciatura azzurro-uovo di tordo che li mimetizzava così bene con il cielo chiaro del mattino.

Bun decise di usare il cannone per il primo passaggio e sparò duecento colpi nella carlinga di un Badger. Il bimotore fu subito fuori controllo e si rivoltò pancia in su, come una balena morta. E uno. Il maggiore dalla gioia impegnò l'Eagle in un giro della morte a quattro "g" – quattro volte la forza di gravità – per poi picchiare sul bersaglio successivo. I sovietici erano ormai all'erta, e il secondo Badger cercò di allontanarsi in picchiata, ma non aveva la benché minima probabilità. Nakamura lanciò il Sidewinder da meno di un miglio e osservò la traiettoria del missile finché colpì il motore di sinistra staccando l'ala dalla fusoliera. E due. Aveva un terzo Badger, tre miglia più avanti. *Pazienza*, si disse. *Hai un forte vantaggio di velocità*. Quasi dimenticò che il bombardiere aveva cannoncini in coda. Glielo ricordò un sergente sovietico, che mancò il colpo, ma le fece provare una paura tremenda. L'Eagle virò a sinistra alla velocità di sei "g" e si assestò su una rotta parallela, prima di puntare sull'obiettivo. Con la raffica successiva fece esplodere il Badger e dovette picchiare per sfuggire ai relitti. Lo scontro era durato un minuto e mezzo, e lei era sudata fradicia.

«Butch, dove sei?»

«Ne ho preso uno, Bun! Ne ho preso uno!». L'Eagle gli si affiancò.

Nakamura si guardò intorno. Il cielo era diventato improvvisamente vuoto. Dov'erano andati tutti quanti?

«Marina Hawk-uno, qui Golf, mi sentite? Passo.»

«Roger, Golf.»

«Okay, Marina. Ci siamo fumati quattro, ripeto, quattro Badger per voi.»

«Dì pure cinque, Bun» intervenne la voce del pilota dell'altra unità.

«C'è qualcosa che non va, signore.» L'operatore radar dello Hawk-uno indicò lo schermo. «Abbiamo questi tipi appena saltati fuori, ci dicono che ne hanno beccato qualcuno, sembra tre, forse a trecento o quattrocento miglia di distanza.»

«Base Clipper, qui Hawk-uno, abbiamo appena avuto contatto con un trasporto aereo dell'Aviazione diretto a est. Dicono di avere abbattuto cinque Badger diretti a nord, qualche centinaio di miglia a settentrione di dove siamo noi. Ripeto, diretti a nord.»

Toland alzò le sopracciglia.

«Probabilmente qualcuno avrà dovuto atterrare» osservò Baker. «Erano al limite dell'autonomia, no?»

«Sì, signore» rispose il capo delle operazioni aeree. Non sembrava felice della propria risposta.

«Trovati» annunciò l'operatore radar. «Abbiamo acquisito di nuovo i bersagli.»

I Kelt avevano continuato la traiettoria ignorando il tumulto intorno a loro. I transponditori radar li facevano rassomigliare a dei Badger da 110 piedi. I loro trasmettitori di disturbo a rumore bianco intervennero, oscurandoli di nuovo sugli schermi radar. I comandi dei piloti automatici cominciarono a farli scattare in su, in giù, a destra, a sinistra, in salti di cento metri, come potrebbe farne un aereo nel tentativo di evitare un missile. Una volta i Kelt erano stati dei veri missili ma, quando li avevano ritirati dal servizio di prima linea sei anni addietro, le loro testate erano state rimosse per fare più spazio al carburante; così i Kelt erano stati relegati al ruolo di aeromobili senza pilota, che peraltro eseguivano in modo ammirevole.

«*Tallyho!*» La prima squadriglia di dodici Tomcat era a centocinquanta miglia. I Kelt erano perfettamente visibili sul radar, e gli addetti all'intercettazione determinarono rapidamente la traiettoria dei bersagli. I Kelt si stavano avvicinando a quella che sarebbe stata la velocità nominale per il lancio di missili – se loro fossero stati dei bombardieri come tutti credevano.

I Tomcat lanciarono una scarica di missili Phoenix AIM-54C del valore di parecchi milioni di dollari, da una distanza di centoquaranta miglia. I missili si precipitarono sui bersagli a 5 Mach di velocità, guidati dai radar di identificazione dell'obiettivo. In meno di un minuto, i quarantotto missili colpirono trentanove bersagli. La prima squadriglia si allontanò; la seconda allora entrò in posizione di lancio.

USS Nimitz

«Ammiraglio, c'è qualche cosa che non va» disse Toland.

«E che cosa può mai essere?» A Baker piaceva il modo in cui stavano andando le cose. Le tracce dei bombardieri nemici venivano man mano cancellate dallo schermo, proprio come avevano predetto i war games.

«I russi arrivano facendo scena muta, signore.»

«Allora?»

«Finora non sono stati tanto muti! Ammiraglio, perché mai i Backfire non vanno a velocità supersonica? Perché un solo gruppo di attacco? Perché un'unica direzione?»

«Problemi di carburante» rispose Baker. «I Badger sono ai limiti dell'autonomia, devono per forza venire direttamente.»

«Ma non i Backfire!»

«La rotta è giusta, l'individuazione del raid è giusta.» Baker scosse la testa e si concentrò sullo schermo tattico.

La seconda squadriglia aveva finito di lanciare. Non poté farlo frontalmente, per cui la precisione fu un po' compromessa. Quarantotto missili abbatterono trentaquattro bersagli, sui centocinquantasette che erano stati rilevati.

La terza e la quarta squadriglia arrivarono e lanciarono insieme i loro Phoenix. Rimasero diciannove bersagli. Le due squadriglie avanzarono per affrontarli con i cannoni.

«Base Clipper, qui il capo dei SAM. Qualcuno riuscità a passare. Chiedo il permesso di attivare i radar dei missili.»

«Roger, capo SAM. Permesso accordato» rispose il coordinatore tattico del gruppo.

Nord Atlantico

«Ho addosso dei radar di ricerca aerea, rilevamento zero-tre-sette» disse l'ufficiale ESM del Bear. «Ci hanno individuati. Chiedo il permesso di attivare anche noi.» Il Bear accese il radar Big Bulge di ricerca verso il basso.

USS Nimitz

«Nuovo contatto radar. Designare come Raid-2...»

«Cosa?» sbottò Baker.

Arrivò una chiamata dai caccia: «Base Clipper, qui Slugger. Visualizzo l'obiettivo». Il comandante della squadriglia stava cercando di esaminare il bersaglio con la telecamera a lungo raggio. Quando parlò, la voce tradiva l'angoscia. «Attenzione, attenzione, non è un Badger. Abbiamo sparato a dei missili Kelt!»

«Il Raid-2 è di settantatré aerei, rilevamento due-uno-sette, distanza uno-tre-zero miglia. Abbiamo un radar Big Bulge che segue la formazione» disse il portavoce del CIC.

Toland rabbrividiva man mano che venivano segnati i nuovi contatti. «Ammiraglio, ci hanno fregati.»

L'ufficiale al comando delle operazioni tattiche, pallido in viso, inserì il microfono. «Allarme Aereo Rosso. Fuoco a volontà, l'attacco è sull'asse due-uno-sette. Tutte le navi virino secondo necessità per dare fuori le batterie.»

I Tomcat erano stati tutti attirati nell'agguato, lasciando la formazione praticamente indifesa. I soli caccia armati sopra la formazione erano gli otto Crusader della *Foch*, apparecchi che gli americani avevano radiato da un pezzo. Su un secco ordine del loro comandante, accesero i postbruciatori e si scagliarono contro i Backfire. Troppo tardi.

Il Bear aveva già un quadro chiaro delle formazioni americane. I russi non erano in grado di stabilire il tipo delle navi, ma potevano distinguere le grandi dalle piccole, e identificare l'incrociatore missilistico *Ticonderoga* dalle caratteristiche emissioni radar. Le portaerei dovevano essere vicino all'incrociatore. Il Bear ritrasmise l'informazione ai compagni. Un minuto dopo, i settanta bombardieri Backfire lanciarono centoquaranta missili Kingfish AS-6 e virarono a nord a tutta velocità. Il Kingfish era una cosa diversa dal Kelt. Azionato da un motore a razzo a combustibile liquido, accelerava fino a novecento nodi prima di iniziare la discesa, con la testa di guida radar che cercava su una superficie prestabilita larga dieci miglia. Ciascuna delle navi al centro della formazione era il bersaglio designato di parecchi missili.

«Vampiri, vampiri!» disse l'altoparlante del CIC a bordo del *Ticonderoga*. «Abbiamo molti missili in arrivo. Fuoco a volontà.»

Il comandante della difesa antiaerea del gruppo ordinò di passare il sistema Aegis al modo completamente automatico. Il *Tico* era stato costruito in prospettiva di quella situazione specifica. Il suo potente impianto radar computerizzato identificò immediatamente i missili in arrivo come ostili e stabilì un ordine di precedenza per la loro distruzione. Il computer era del tutto indipendente, libero di sparare a proprio "giudizio elettronico" contro qualsiasi oggetto diagnosticato come pericolo. Sullo schermo tattico principale sfilavano numeri, simboli e priorità. I lanciamissili di prua e di poppa si puntarono sui primi bersagli e attesero l'ordine di sparare. L'Aegis era un autentico capolavoro, il miglior sistema antimissili mai concepito, ma in quel caso aveva una debolezza di fondo: il *Tico* portava solo novantasei missili terra-aria SM-2, ma i Kingfish in arrivo erano centoquaranta. Il computer non era stato programmato per "pensare" a simili questioni di dettaglio.

Sulla *Nimitz*, Toland sentì la portaerei che "sterzava" violentemente, con i motori accelerati al massimo per spingere la gigantesca nave alla velocità di trentacinque nodi. Le unità di scorta a propulsione nucleare, *Virginia* e *California*, avevano anch'esse missili sulle rampe, puntati contro i Kingfish.

Questi erano a cento miglia, alla quota di ottomila piedi, e percorrevano un miglio ogni quattro secondi. Ognuno si era scelto un bersaglio, il più grosso nel proprio campo visivo. La *Nimitz* era la più vicina delle grandi navi, con le unità di scorta a nord.

Il *Tico* lanciò il primo quartetto di missili appena i bersagli arrivarono a novantanove miglia. I razzi esplosero in aria, lasciando una scia di fumo grigio chiaro. Avevano appena lasciato la rampa, che gli affusti erano già in posizione verticale, per poi ruotare a ricevere i nuovi missili. Il tempo di caricamento e lancio era inferiore agli otto secondi. La media dei missili lanciati dall'incrociatore era di uno ogni due secondi. Tre minuti dopo le riservette erano vuote. L'incrociatore emerse dalla base di un grande arco di fumo. L'unica difesa che gli restava era l'artiglieria.

I SAM corsero sugli obiettivi alla velocità di avvicinamento di oltre duemila miglia orarie, guidati dalle onde riflesse dei radar di comando-tiro della nave. Le testate detonarono a centocinquanta metri dai bersagli. Il sistema Aegis funzionò bene, distruggendone oltre il sessanta per cento. Adesso stavano arrivando ottantadue missili su un totale di otto navi.

Altre unità missilistiche si gettarono nella mischia. In molti casi, vennero lanciati due o tre missili sullo stesso bersaglio, e il più delle volte lo distrussero. Il numero dei "vampiri" in arrivo scese a settanta, poi a sessanta, ma non diminuì abbastanza in fretta. L'identità dei bersagli ormai era nota a tutti. Entrarono in azione le potenti apparecchiature di disturbo. Le navi iniziarono una serie di brusche manovre, simili a una danza stilizzata, senza preoccuparsi troppo di restare in formazione, anche se le collisioni in mare non erano certo un rischio trascurabile. Quando i Kingfish furono a venti miglia, ogni nave cominciò a lanciare razzi di disturbo che riempirono l'aria di milioni di trucioli d'alluminio Mylar, che diventarono altrettanti nuovi bersagli a disposizione dei missili. Molti Kingfish abbandonarono gli obiettivi per buttarsi all'inseguimento dei fantomatici Mylar. Due persero l'orientamento e andarono a cercare nuovi bersagli dall'altra parte della formazione.

L'immagine radar sullo schermo della *Nimitz* si oscurò all'improvviso. Quelle che erano state delle tracce definite indicanti le posizioni delle navi si trasformarono in nuvole amorfe. Solo i missili rimasero costanti: sagome a V capovolte, con linee che segnavano la direzione e la velocità. L'ultima ondata di SAM ne neutralizzò ancora tre. Il numero dei "vampiri" era sceso a quarantuno. Toland ne contò cinque diretti sulla *Nimitz*.

Dalle torrette, le ultime armi difensive stavano inquadrando i bersagli: i cannoni Gatling CIWS da 20 millimetri, dotati di radar, capaci di fare esplodere i missili a meno di duecento metri. Progettati per funzionare completamente in automatico, gli affusti dei due cannoni di poppa si angolarono verso l'alto e cominciarono a cercare la prima coppia di Kingfish. Le sei canne di sinistra spararono per prime, producendo un suono simile a quello di un'enorme chiusura lampo. Il radar cercò l'obiettivo, tracciò la traiettoria dei proiettili e regolò il tiro in conseguenza.

Il primo Kingfish esplose a ottocento metri dal giardinetto di babordo. Le tonnellate di esplosivo fecero oscillare la nave a tal punto che Toland pensò che fosse stata colpita. Intorno a lui, gli uomini del CIC si concentrarono freneticamente sui rispettivi compiti. La traccia di un bersaglio scomparve dallo schermo. Ne restavano quattro.

I cannoni della torretta di prua spazzarono dal cielo il secondo Kingfish, ma troppo tardi. Le schegge piovvero sulla coperta uccidendo dodici uomini. Il missile numero tre fu dirottato da una nube di trucioli metallici e precipitò in mare mezzo miglio a poppa della portaerei. L'esplosione della testata fece vibrare la nave e alzò una colonna d'acqua alta mille piedi.

Il quarto e il quinto missile arrivarono da poppa, distanziati di quasi cento metri. Il cannone li puntò entrambi, ma non seppe decidere quale colpire per primo. Si azzerò e, come offeso, non ne attaccò nessuno. I missili colpirono uno dopo l'altro in successione; uno all'angolo posteriore a sinistra del ponte di volo, l'altro cadde sulla rete di arresto numero due.

Toland fu spostato di cinque metri e scaraventato contro una consolle del radar. Un muro di fiamme rosa lo lambì per un attimo. Giunsero i rumori dell'esplosione: prima lo schianto, poi le grida. La paratìa posteriore del CIC non c'era più. Al suo posto vide una massa di fuoco. A venti piedi da lui, alcuni uomini avvolti dalle fiamme inciamparono urlando sotto i suoi occhi. L'unico pensiero di Toland fu la salvezza. Si slanciò verso la porta stagna, che miracolosamente si aprì sotto la pressione della mano, poi corse a tribordo. I sistemi antincendio stavano già lanciando getti d'acqua di mare in ogni direzione. Si portò sulla passerella del ponte volo, con il viso scottato, i capelli e la divisa bruciacchiati. Un marinaio gli proiettò addosso un getto d'acqua che quasi lo fece cadere fuori bordo.

«Il CIC sta bruciando!» ansimò Toland.

«Cosa Cristo non sta bruciando!» urlò il marinaio.

Toland cadde sulle ginocchia e guardò in mare. La *Foch* era a nord, per quanto poteva ricordare. Adesso era diventata una colonna di fumo. L'ultimo Kingfish fu fatto detonare cento piedi sopra il ponte volo della *Saratoga*. La portaerei non sembrava danneggiata. A tre miglia di distanza, il *Ticonderoga* aveva la sovrastruttura in pezzi e incendiata a opera di un razzo esploso a pochi metri di distanza. All'orizzonte, una palla di fuoco annunciava la distruzione di un'altra nave... *Mio Dio*, pensò Toland, *non sarà la* Saipan*?... Aveva duemila marines a bordo.*

«Fatti avanti, imbranato» gli gridò un marinaio intento a combattere l'incendio. Un'altra figura emerse dalla passerella.

«Toland, sta bene?» Era il comandante Svenson, con la camicia lacerata e il petto che sanguinava per una mezza dozzina di abrasioni.

«Sì, signore» rispose Bob.

«Vada in plancia. Dica alla gente di mettere la nave con il vento a dritta. Si muova!» Svenson saltò sul ponte volo.

Toland lo imitò e corse a prua. Il ponte di comando era coperto di schiuma antincendio, scivolosa come olio. Toland corse avventatamente, cadendo più volte prima di raggiungere la sovrastruttura. Fu nella timoniera in meno di un minuto.

«Il comandante dice di metterci con il vento a dritta!» disse.

«È già sulla fottuta dritta!» rispose aspro il primo ufficiale. Il ponte era completamente coperto di vetri rotti. «Come sta il comandante?»

«Vivo. È a poppa dove c'è l'incendio.»

«E chi diavolo è lei?»

«Toland, servizio informazioni. Mi trovavo al CIC.»

«Allora lei ha avuto una fortuna sfacciata. Il secondo missile ha colpito la nave a pochi metri da dove stava lei. Così il comandante se l'è cavata? Anche qualcun altro?»

«Non lo so. Tutto brucia come l'inferno.»

«Un po' anche lei, si direbbe.»

Bob si toccò il viso, e lo sentì come se si fosse fatto la barba con la carta vetrata. Le sopracciglia gli si polverizzarono sotto le dita. «Qualche scottatura, niente di grave. Cosa vuole che faccia?»

Il primo ufficiale indicò il distintivo di Toland. «Sa condurre la nave? Okay, lo faccia. Non c'è più niente in cui andare a sbattere, comunque. Io mi occuperò dell'incendio. Le comunicazioni sono interrotte, il radar non funziona, ma i motori sono a posto e lo scafo è in buone condizioni. Il signor Bice al ponte volo, il signor Toland ha il comando» annunciò mentre si allontanava.

Da oltre dieci anni, Toland non aveva governato nulla di più grande di un Boston Whaler, e adesso si trovava in mano una portaerei in avaria. Prese un binocolo e fece un giro d'orizzonte per vedere chi altro c'era nei paraggi. Ciò che vide lo congelò.

La *Saratoga* era la sola nave che sembrava intatta, però, guardandola meglio, si vedeva l'albero del radar che pendeva di sghimbescio. La *Foch* era più bassa del dovuto sull'acqua, e stava bruciando da poppa a prua.

«Dov'è la *Saipan*?»

«Saltata in aria come un fuoco d'artificio» rispose il comandante Bice. «Gesù santo, c'erano duemilacinquecento uomini a bordo! Il *Tico* si è beccato un colpo e la *Foch*, credo sia finita. Due fregate e un cacciatorpediniere a puttane, dico, a puttane, uomo! Chi ha sballato tutto? Lei era al CIC, no? Chi ha sballato?»

In quel momento gli otto Crusader francesi stavano prendendo contatto con i Backfire. I bombardieri avevano inserito i postbruciatori ed erano veloci quasi quanto i caccia. I piloti, che avevano sentito saltare la loro nave, non erano più i freddi professionisti del volo, ma soltanto degli uomini infuriati. Solo dieci Backfire erano alla loro portata. Ne colpirono sei con i missili e ne danneggiarono altri due prima di doversi ritirare.

La USS *Caron* che, fra tutte le navi superstiti, era quella comandata dall'ufficiale più alto in grado, cercò gli aerei russi con il radar e chiamò l'Inghilterra per farli intercettare dai caccia nel volo di ritorno. I sovietici, però, avevano previsto la mossa, per cui fecero un giro al largo delle isole britanniche, e s'incontrarono con gli aerei cisterna quattrocento miglia a ovest della Norvegia.

Da parte russa, si stavano già valutando i risultati della missione. La prima grande battaglia, fra portaerei moderne e bombardieri armati di missili, era stata vinta e persa. I due contendenti sapevano da chi.

L'incendio sulla *Nimitz* fu domato entro un'ora. Senza aerei a bordo, c'era poco combustibile sulla nave, e l'impianto antincendio era come quello di una grande città. Toland prese una rotta verso est. La *Saratoga* stava ricuperando gli aerei, li riforniva e li mandava tutti a terra a eccezione dei caccia. Tre fregate e un cacciatorpediniere restarono sul posto a raccogliere i naufraghi, mentre le navi più grandi si dirigevano verso l'Europa.

«Avanti tutta» ordinò Svenson dalla poltroncina di plancia. «Toland, sta bene?»

«Tutto a posto.» Non valeva la pena di lamentarsi. In infermeria c'erano già diverse centinaia di feriti gravi. Non si conosceva ancora il numero dei caduti, e Toland non ci volle pensare.

«Aveva ragione lei» disse il comandante, con voce bassa e piena di rabbia. «Aveva ragione lei. Ci hanno reso le cose troppo facili, e noi ci siamo caduti.»

«Ci sarà un altro giorno, signore.»

«Perdio benedetto, se ci sarà! Dirigiamo su Southampton. Vediamo se i britannici sanno riparare una macchina così grossa. La mia gente sta ancora lavorando a poppa. Crede di poter tenere il comando ancora per un po'?»

«Sì, comandante.»

La *Nimitz* e le navi di scorta a propulsione nucleare passarono alla velocità massima di quasi quaranta nodi, e ben presto si lasciarono indietro la formazione. Correre troppo veloci era una mossa avventata, se c'erano dei sottomarini; ma questi avrebbero dovuto correre a perdifiato se volevano raggiungerli.

21

Martello Nordico

Quota 152, Islanda

«Lo so che era un caccia, e probabilmente ce n'erano anche altri» disse Edwards. Pioveva di nuovo, forse era l'ultimo scroscio. Le nubi si stavano aprendo a sudovest, e c'era all'orizzonte un presagio di cielo sereno. Edwards se ne stava seduto, con l'elmetto e il poncho, lo sguardo perso in lontananza.

«Penso che abbia ragione, signore» rispose Smith. Il sergente era nervoso. Erano su quell'altura da quasi ventiquattr'ore, un tempo enormemente lungo da passare fermi in un paese nemico. Il miglior momento per spostarsi sarebbe stato mentre la pioggia cadeva a rovesci e la visibilità era ridotta a poche centinaia di metri. Adesso il cielo tendeva a schiarirsi, e ci sarebbe voluto del tempo prima che facesse di nuovo buio. Insomma, non potevano fare altro che starsene seduti lassù, avvolti nei poncho mimetici, in cui si sentivano parzialmente caldi e totalmente infelici.

Intense piogge a nord impedivano loro di vedere Reykjavik; riuscivano a malapena a scorgere Hafnarfjördur a ovest, con gran dispetto del sergente che avrebbe voluto sapere cosa stava combinando il nemico. E se avessero captato la radio di Edwards e poi cercato di localizzarla con il goniometro? E se ci fossero state delle pattuglie in giro?

«Tenente.»

«Sì, sergente.»

«Abbiamo quei pali del telefono da una parte, e quei tralicci della corrente dall'altra...»

«Vuoi farne saltare qualcuno?» chiese Edwards sorridendo.

«No, signore, ma i russi cominceranno presto a sorvegliarli. Non è un buon posto per stabilire il contatto.»

«Sergente, il tuo compito è quello di osservare e riferire» disse Edwards poco convinto.

«Sì, signore.»

Edwards guardò l'ora. Le 19,55. Forse Doghouse voleva parlare con loro, anche se non aveva ancora chiamato. Estrasse la radio, montò l'antenna e si mise gli auricolari. Alle 19,59 l'accese e cercò l'onda del satellite.

«Doghouse chiama Beagle, Doghouse chiama Beagle. Mi sentite? Passo.»

«Bene, ci siamo.» Premette il pulsante di trasmissione. «Roger, vi sentiamo, Doghouse.»

«Qualcosa da riferire?»

«Negativo, a meno che non vogliate notizie sulla pioggia. La visibilità è scarsa. Non vediamo granché.»

L'ufficiale di guardia alla postazione Doghouse guardò la carta del tempo. Così, pioveva davvero laggiù. Non era riuscito a convincere il capo che ci si poteva fidare di Beagle. Edwards aveva risposto alle domande suggerite dal controspionaggio. Avevano sotto mano un analizzatore del timbro di voce per controllare le reazioni. La lancetta si era bloccata sull'ultima risposta, quella a proposito della ragazza. Non poteva aver bluffato fino a quel punto. Si erano fatti trasmettere per telefax le parti più significative del curriculum di Edwards, e le avevano aggiunte alla pratica. Uno dei primi del corso a Colorado Springs. Buono in matematica e nelle materie scientifiche, aveva avuto ottimi risultati al corso di meteorologia dopo la laurea. La vista era peggiorata un poco negli anni dell'Accademia, giusto quanto bastava per impedirgli di diventare pilota. Un ragazzo tranquillo e schivo, ma simpatico ai compagni di scuola. Non era il tipo del guerriero, diceva il profilo psicologico. Per quanto tempo sarebbe riuscito a resistere?

Keflavik, Islanda

Un MiG-29 era in volo. Gli altri erano nei rifugi blindati che gli americani avevano appena finito di costruire al fondo della pista undici. La missione del caccia era duplice: stare permanentemente in volo, in servizio di pattuglia, per il caso che fosse individuato un raid nemico ma, cosa ancora più importante, farsi seguire dai controllori dei radar da terra, che avevano bisogno di tarare le apparecchiature. Il terreno accidentato dell'Islanda provocava irregolarità di funzionamento nei sistemi di ricerca. Inoltre, gli strumenti erano stati malamente sbatacchiati dal viaggio sulla *Fucik* analogamente a quanto era successo ai missili terra-aria. Il MiG volava in cerchio sull'aeroporto, e gli operatori radar verificavano l'esattezza delle informazioni degli strumenti.

I caccia erano riforniti e armati di tutto punto; i piloti riposavano su stuoie al fianco degli aerei. In quel momento, le autocisterne stavano facendo il pieno al bombardiere Badger che aveva diretto i caccia con il proprio supporto elettronico. Presto sarebbe ripartito per riportarne a casa altri nove. Il distaccamento dell'Aviazione stava finendo velocemente di sgomberare il campo. I detriti erano stati rimossi da tutte le piste, meno una. I bulldozer avevano portato via i resti degli aerei americani. La conduttura del carburante sarebbe stata ripristinata nel giro di un'ora.

«Una giornata piena» disse soddisfatto il maggiore al comandante dei caccia.

«Non è ancora finita. Mi sentirò meglio quando avremo qui il resto del reggimento» osservò il colonnello. «Avrebbero già dovuto attaccarci, a quest'ora.»

«Come pensa che ci attaccheranno?»

Il colonnello alzò le spalle. «Difficile a dirsi. Se vogliono veramente neutralizzare questo aeroporto, useranno una testata nucleare.»

«È sempre così ottimista, compagno colonnello?»

La formazione americana era a un'ora di distanza. I diciotto bombardieri B-52H erano partiti dalla Louisiana dieci ore prima, e avevano fatto scalo tecnico alla base aerea di Sønderstrøm, sulla costa occidentale della Groenlandia. Li precedevano di cinquanta miglia un unico aereo "jammer" Raven EF-111 e quattro Phantom F-4 progettati per l'eliminazione dei sistemi di difesa.

Il lavoro di taratura dei radar era per metà fatto, ma restava da eseguire la parte più difficile. Il caccia appena sceso aveva volato su un'orbita ellissoidale dall'esatto nord all'esatto sud di Keflavik. La zona a ovest della base era abbastanza piana, con solo poche colline rocciose. Adesso veniva la parte più impegnativa: predisporre una copertura radar dell'arco orientale sopra il centro dell'isola, una massiccia concentrazione di alture dominata dalla vetta centrale. Un Fulcrum decollò dalla pista per iniziare il lavoro, e il pilota si chiese quanto tempo ci sarebbe voluto per rilevare tutti i "nulli" – le aree escluse dalla copertura radar a causa delle valli scoscese – che un aereo in attacco avrebbe potuto usare per dissimulare il proprio avvicinamento a Keflavik.

Gli addetti ai radar stavano stabilendo sulle carte topografiche i punti critici, quando un operatore gridò un avvertimento. Gli schermi erano diventati di colpo un guazzabuglio a causa di forti disturbi. Ciò poteva significare soltanto una cosa.

Gli allarmi suonarono nei rifugi al fondo della pista undici. I piloti dei caccia, che stavano sonnecchiando o giocando a domino, saltarono in piedi e corsero agli aerei.

L'ufficiale della torre di controllo prese il telefono da campo per dare un allarme più circostanziato ai caccia, poi chiamò il comandante della batteria di missili: «Incursione in arrivo!».

Gli uomini entrarono velocemente in azione su tutta la base. Il personale di terra azionò immediatamente i dispositivi di autoavviamento, che misero in funzione i motori al momento stesso in cui i piloti salivano a bordo. La batteria di SAM attivò i sistemi di ricerca e comando tiro, mentre i veicoli di lancio facevano ruotare i missili in posizione.

Proprio sotto l'orizzonte radar, diciotto bombardieri B-52 avevano appena attivato i sistemi di disturbo. Lo spiegamento era articolato in sei gruppi di tre apparecchi ciascuno. Il primo passò rasente la cima del monte Snæfells, sessanta miglia a nord di Keflavik; gli altri vennero da tutti punti del lato est della bussola, convergendo sul bersaglio dietro un muro di rumori elettronici prodotto dai loro impianti e dal Raven EF-111 d'appoggio.

Il caccia russo decollato per primo salì in quota, e il pilota tenne il radar disinserito per scrutare il cielo visivamente, aspettando i dati per l'intercettazione dal radar di terra. Gli altri aerei si stavano ancora spostando al suolo, correndo sulle piste per decollare. L'aereo appena atterrato si diresse verso un'autocisterna; il pilota gesticolava e imprecava contro il personale di terra che stava facendo precipitosamente il rifornimento. Nella fretta, rovesciarono sull'ala una cinquantina di litri di kerosene. Caso strano, non s'incendiarono, ma una dozzina di uomini corse con estintori ad anidride carbonica per prevenire l'esplosione.

Quota 152, Islanda

Edwards scattò nell'udire il rombo tipico dei caccia. Vide una scia di fumo scuro che si avvicinava da est, e le sagome che passavano a meno di un miglio di distanza. Gli aerei, appesantiti dall'armamento, erano facili da identificare perché avevano le ali angolate all'insù.

«F-4!» gridò. «Sono dei nostri!»

Erano reattori Phantom della Guardia Aerea Nazionale di New York, descritti come Wild Weasel anti-SAM. Mentre l'attenzione dei russi era concentrata sui bombardieri, i Phantom arrivarono volando a bassa quota, occultati dal paesaggio irto di asperità. Il co-pilota di ciascun aereo iniziò il conteggio per i radar dei missili, scegliendo gli obiettivi più pericolosi. Giunti in un raggio di dieci miglia da Keflavik, i caccia cabrarono decisi e lanciarono una salva di Standard-ARM antiradar.

I sovietici furono colti di sorpresa. Impegnati a puntare i missili contro i bombardieri, non avevano previsto un'incursione da due parti. I missili in arrivo non furono individuati. Tre ARM trovarono i bersagli, eliminando due radar di ricerca e un veicolo lanciamissili. Un comandante voltò il proprio mezzo e puntò manualmente i missili sul nuovo avversario. I Phantom disturbarono il radar di comando tiro, con il lancio di nuvole di interferenza, e si avvicinarono a trenta piedi d'altezza. Ogni pilota, nell'approssimarsi all'area dell'obiettivo a lui assegnata, faceva un'affrettata ricerca visiva. Uno di loro vide un lanciamissili SAM in efficienza e gli guizzò contro, gettando scatole a mitraglia Rockeye che caddero fuori bersaglio, ma seminarono un centinaio di piccole bombe tutto intorno. Il veicolo esplose, e i serventi non ebbero il tempo di rendersene conto. Un chilometro più avanti c'era un semovente antiaereo. Il Phantom lo attaccò con il cannoncino danneggiandolo seriamente, poi sorvolò il resto della penisola e fuggì verso il mare, lasciandosi nella scia una nube di trucioli metallici e di bengala. Era stata una missione Weasel da manuale. I quattro aerei se n'erano già andati prima che i sovietici avessero potuto reagire. Avevano fatto in tempo a lanciare solo due SAM che esplosero, innocui, nelle nubi di materiale di disturbo. La batteria aveva perso due terzi dei veicoli da lancio e dei radar di ricerca. I bombardieri erano ormai a venti miglia di distanza, e i loro potenti ECM di disturbo inondavano i dispositivi sovietici con un profluvio di rumori elettronici.

Non poterono, però, neutralizzare i radar dei cannoni semoventi. Il nuovo sistema, infatti, aveva un radar contro il quale i Phantom non erano attrezzati. Non era importante. I cannoni erano stati progettati per affrontare piccoli caccia. Quando i loro radar tentarono di centrare i bombardieri, trovarono dei bersagli così grossi che i segnali li percorsero da una parte all'altra. I computer non seppero decidere qual era la distanza dall'obiettivo, e continuarono a riciclarsi automaticamente, rendendo inutili i programmi elettronici. Gli artiglieri, imprecando disperatamente, passarono al comando manuale, nel tentativo di mirare a vista gli enormi apparecchi in arrivo.

I bombardieri salirono a novecento piedi, per eludere il cannoneggiamento e andarsene indenni. Non erano stati avvisati della possibile presenza di aerei d'attacco. La missione era di distruggere Keflavik prima che i caccia potessero arrivare sul posto.

Adesso la sorpresa giocava a favore dei sovietici. I Fulcrum vennero fuori con il sole alle spalle, e si scagliarono sui bombardieri. I radar di comando tiro erano praticamente inutili ai caccia in avvicinamento, ma non così i sistemi di puntamento a infrarossi montati sulla maggior parte dei loro missili, e l'emissione di calore dei bombardieri americani era tale che avrebbe potuto richiamare l'attenzione di un cieco intabarrato.

I tre bombardieri diretti a sud non fecero più ritorno. Due furono colpiti dai missili ed esplosero in aria. Il pilota del terzo chiese per radio la copertura dei caccia e si mise a zigzagare, ma troppo bruscamente. Non richiamò in tempo l'aereo dalla seconda picchiata, e si schiantò al suolo a nord di Keflavik, in una sfera di fuoco che Edwards poté vedere da trenta miglia di distanza.

I piloti dei caccia russi stavano vivendo quello che sarebbe stato il sogno di ogni aviatore. Tutti gli otto aerei avevano bersagli individuali, e si separarono per dare loro la caccia prima che cadessero troppe bombe su Keflavik. I bombardieri americani si affrettarono sui rispettivi bersagli. Era troppo tardi per defilarsi; tutto ciò che potevano fare era chiedere ai caccia di ritornare a dar loro una mano.

Le artiglierie al suolo si unirono al concerto. Facendo fuoco diretto, un giovane sergente colpì un bombardiere proprio mentre stava sganciando. Il vano bombe dell'aereo ricevette una dozzina di colpi, e l'apparecchio si disintegrò con uno scoppio assordante che rintronò nel cielo e danneggiò un altro B-52. I serventi di un lanciamissili riuscirono a inserire il comando ausiliario a infrarossi e spedirono un unico razzo contro un altro bombardiere, colpendolo subito dopo che aveva sganciato. L'ala destra esplose in una fiammata e l'aereo descrisse un arco a est, lasciandosi dietro una scia di fumo nero.

Lo osservarono mentre scendeva verso la loro collina, mostro ferito con un'ala che eruttava carburante in fiamme. Il pilota stava tentando di mantenersi in quota per dare modo all'equipaggio di lanciarsi, ma i quattro motori di destra erano tutti andati, e l'ala incendiata si staccò. L'aereo sembrò incespicare nell'aria, e precipitò sul versante occidentale della Quota 152. Non si salvò nessuno. Edwards non ebbe bisogno di dare ordini: nel giro di cinque secondi, i marines avevano raccolto il materiale ed erano partiti come folgori verso nordest.

I bombardieri superstiti erano sul bersaglio e chiedevano a gran voce l'intervento dei caccia di scorta. Otto di loro riuscirono a sganciare l'intero carico di bombe prima di virare per evacuare la zona. I caccia sovietici ne avevano abbattuti cinque, e gli equipaggi sopravvissuti tentarono disperatamente di sfuggire alla minaccia inattesa. Gli apparecchi russi avevano esaurito i missili, e tentavano di impegnare gli avversari con le armi di bordo. Troppo pericoloso. I B-52 avevano ancora i cannoni di coda, e un Fulcrum, colpito dalle raffiche dell'aereo che stava inseguendo, fu costretto a fuggire.

L'elemento finale di confusione fu il ritorno dei Phantom americani. Portavano soltanto tre missili Sparrow ciascuno e i sovietici, quando accesero i radar d'intercettazione, ricevettero allarmi acustici dai sistemi di difesa. I Fulcrum si dispersero di fronte ai missili in arrivo e si lanciarono in picchiata. Quattro scesero quasi addosso al gruppo di Edwards, sfiorando un B-52 abbattuto a est di Hafnarfjördur. Quando risalirono, il cielo era vuoto. I Phantom, a corto di carburante, non poterono forzare l'attacco, e se ne andarono senza avere abbattuto nessun avversario. I bombardieri rimasti erano al sicuro, nascosti dalla nuvola d'interferenza. I sovietici si rimisero in formazione e tornarono verso Keflavik.

La prima impressione che ricevettero fu cattiva. Ben duecento bombe erano cadute entro il perimetro dell'aeroporto, e nove avevano colpito le piste. La undici, però, era rimasta intatta. Mentre guardavano, l'unico Fulcrum rimasto a terra decollò ruggendo, con il pilota impazzito dalla rabbia che chiedeva di essere guidato su di un bersaglio. Gli fu ordinato di restare in ricognizione mentre il resto della squadriglia atterrava per rifornirsi.

La prima battaglia aveva registrato risultati discordanti. Gli americani avevano perso metà dei bombardieri, ma avevano danneggiato tre delle cinque piste di Keflavik. I sovietici avevano gran parte delle batterie di SAM distrutte o messe fuori uso, senza niente in contropartita, però Keflavik era ancora agibile. Il personale di terra stava già correndo a prendere il materiale ereditato dagli americani per riparare le piste. All'estremità di ciascuna di esse c'erano un mucchio di ghiaia e una mezza dozzina di bunker contenenti stuoie metalliche. I mezzi pesanti avrebbero portato i detriti nelle buche, le avrebbero livellate, per poi coprirle di ghiaia e di acciaio. Keflavik era danneggiata, ma le piste sarebbero state nuovamente operative prima di mezzanotte.

USS Pharris

«Questa volta credo che ci siamo, comandante» disse l'ufficiale antisom. Sullo schermo del sonar passivo c'era da sette minuti una fila di blocchetti colorati, ma adesso il rilevamento stava lentamente cambiando a poppa, come se il contatto fosse diretto verso il convoglio e non verso la *Pharris*.

La fregata procedeva a dodici nodi, con i sistemi Prairie/Masker attivati. Le condizioni per il sonar erano migliori, quel giorno. Un duro strato di termoclino a duecento piedi di profondità riduceva sensibilmente l'utilità del sonar di superficie. La *Pharris* riuscì a fare scendere il dispositivo a rimorchio al disotto dello strato; l'acqua più fredda era un ottimo conduttore acustico. Meglio ancora, lo strato funzionava nelle due direzioni. Il sonar di un sommergibile aveva altrettanta difficoltà a penetrare il termoclino, quanto quello di un'unità di superficie. La *Pharris* sarebbe stata non individuabile per un sottomarino che fosse sotto lo strato.

«Come si presenta il tracciato?» chiese l'ufficiale alle operazioni tattiche.

«Si stabilizza» rispose l'antisom. «C'è sempre la questione della distanza. Date le condizioni dell'acqua e il funzionamento noto del nostro sonar, il quadro ci dà una distanza dal contatto fra le cinque e le quindici miglia in linea retta o sulla prima zona di convergenza. La previsione, quindi, è da diciannove a ventitré miglia...» La zona di convergenza è un trucco della fisica. Il suono viaggia nell'acqua irradiandosi in tutte le direzioni. Quello diretto verso il basso veniva gradualmente distorto dalla temperatura e dalla pressione dell'acqua fino a formare una serie di curve che salivano alla superficie, poi piegavano di nuovo verso il basso. Mentre la fregata poteva sentire il rumore esterno su una distanza di circa quattordici miglia, la zona di convergenza aveva la forma di un anello – la superficie compresa fra due circoli concentrici – una zona d'acqua a forma di ciambella che iniziava a diciannove e finiva a ventitré miglia. La distanza dal sottomarino era sconosciuta, ma probabilmente inferiore a ventitré miglia. Troppo vicino comunque. Il sub poteva attaccare la fregata o il convoglio con siluri o con missili superficie-superficie: una tecnologia di cui i sovietici erano pionieri.

«Suggerimenti, signori?» chiese Morris. Il TAO – l'ufficiale di azione tattica – parlò per primo.

«Facciamo alzare un elicottero per la soluzione ravvicinata, e chiediamo un Orion per quella a distanza.»

«Mi sembra un buon consiglio» concordò l'ufficiale antisom.

Nel giro di cinque minuti, l'elicottero della fregata era a cinque miglia e sganciava boe del tipo Lofar. Al momento in cui toccavano l'acqua, i sistemi sonar passivi in miniatura deponevano un trasduttore non direzionale alla profondità prestabilita. In questo caso, fu fatta posare sopra lo strato di termoclino per stabilire se il bersaglio era nei pressi. Il dato fu trasmesso al centro d'informazione di combattimento della *Pharris*: nulla. La pista passiva del sonar, però, continuava a mostrare un sottomarino, o qualcosa di simile. L'elicottero si allontanò, gettando boe sonar lungo il suo percorso.

Poi venne l'Orion, che volò a bassa quota lungo il percorso dalla fregata al presunto obiettivo. Il quadrimotore aveva oltre cinquanta boe sonar, che sganciò a gruppi sopra e sotto lo strato.

«Ho un segnale debole dalla boa sei e uno medio dalla cinque» annunciò un operatore sonar, con voce che tradiva una certa emozione.

«Roger, confermo» disse il coordinatore tattico del Bluebird-tre. Da sei anni faceva servizio antisom, però si stava emozionando anche lui. «Cominciamo a fare dei passaggi MAD, per l'individuazione di anomalie magnetiche.»

«Volete l'elicottero in appoggio?»

«Roger, sì, ma ditegli di tenersi basso.»

L'elicottero SH-2F Sea Sprite della fregata partì in direzione nord, con il MAD appeso a un cavo sul lato destro. Era essenzialmente un magnetometro ad alta sensibilità, in grado di individuare un disturbo del campo magnetico terrestre provocato da un grosso pezzo di materiale ferroso – come lo scafo d'acciaio di un sommergibile.

«Il segnale dalla numero sei ora è di media forza. Il segnale dalla sette rimane medio.» Gli addetti al sonar interpretarono i dati come indicazione del fatto che il sottomarino stava dirigendo verso sud.

«Posso darvi delle cifre operative sulla distanza» disse l'ufficiale antisom al TAO. Quarantaduemila a quarantacinquemila metri, rilevamento tre-quattro-zero a tre-tre-sei.» La fregata trasmise immediatamente i dati all'Orion.

Osservarono sul radar il P-3C che divideva la zona in settori volando in traiettorie molto precise sul riquadro di oceano che i dati sonar della *Pharris* definivano come la probabile ubicazione del sottomarino. Un sistema computerizzato tracciava le linee che si prolungavano verso sud.

«*Pharris*, qui Bluebird. I dati in nostro possesso non indicano nessun sottomarino amico nella zona. Prego confermare. Passo.»

«Roger su questo, Bluebird. Confermiamo. Nessuna unità amica in zona.» Morris l'aveva già verificato un'ora prima.

«Il segnale diventa più forte alla boa sei. Adesso abbiamo un segnale debole alla cinque. La numero sette sta svanendo.» Il tecnico si stava veramente sforzando per conservare un tono di distacco professionale.

«La distanza si stabilizza. La velocità stimata del bersaglio è all'incirca di otto nodi, a circa quarantatremila metri.»

«Segnale in arrivo! Segnale in arrivo!» gridò l'operatore sonar della nave. Dal rilevamento del bersaglio era giunto un rumore metallico. La chiusura di un portello, la caduta di un attrezzo, l'apertura di un tubo di lancio – qualcosa aveva prodotto un suono chiaramente dovuto all'azione di un uomo.

«Confermo un segnale di rumore metallico ricevuto dalle boe cinque e sei» comunicò immediatamente l'aereo.

«Confermato» rispose il TAO della *Pharris*. «Lo abbiamo anche sul sonar rimorchiato. A questo punto definiamo il contatto positivamente come un sottomarino.»

«D'accordo» replicò l'Orion. «Classificato positivamente battello sovietico – addetto MAD! Addetto MAD, fuori il fumo! Abbiamo un contatto MAD.» Sullo schermo di individuazione di anomalia magnetica comparve un segnale a forma di cuneo. Un uomo dell'equipaggio azionò un interruttore facendo apparire una traccia di fumo, e l'aereo fece una stretta virata per ritornare al punto di contatto.

«Trovato!» Il TAO segnò la posizione sullo schermo tattico con un simbolo a V.

L'elicottero arrivò in velocità sul contatto mentre l'Orion ritornava.

«Addetto MAD!» gridò l'operatore del sistema, e l'elicottero gettò la bomba fumogena, un po' più a sud e a ovest dell'Orion.

Il dato fu trasmesso al tubo lanciasiluri della fregata e ai dispositivi degli ASROC d'attacco. Né l'una né l'altra arma avevano portata sufficiente per impegnare il bersaglio, ma la situazione poteva cambiare molto presto.

«Pazienza» mormorò Morris dal Centro Informazioni, poi ad alta voce: «Prendetevi tutto il tempo, gente. Centriamolo bene prima di sparare».

Il coordinatore tattico dell'Orion si dichiarò d'accordo, e cercò di rilassarsi e aspettare il tempo necessario. Il P-3 e l'elicottero fecero un'altra ricerca MAD da nord a sud. Questa volta l'Orion ebbe una lettura, ma non l'elicottero. Un altro passaggio, e ambedue ebbero la linea di rotta del contatto. Poi ripassarono da est a ovest, dapprima senza esito, ma la seconda volta lo ebbero entrambi. Il contatto non era più un'entità neutra. Adesso era lui, un sottomarino guidato da un uomo. Il comando dell'operazione passò alla responsabilità esclusiva del coordinatore tattico sull'Orion. Il grande ricognitore volò in cerchio a due miglia di distanza, mentre l'elicottero si metteva in posizione per il passaggio finale. Il pilota studiò attentamente il display tattico, quindi fissò lo sguardo sulla girobussola.

L'elicottero iniziò l'ultimo transito di ricerca MAD, seguito a due miglia dall'Orion.

«Addetto MAD, addetto MAD, fuori il fumo!» L'ultimo dispositivo fu lanciato, un razzo verde fluttuante sulla superficie. Il Sea Sprite si inclinò secco a destra nella virata, per liberare la zona mentre l'Orion si abbassava. Il pilota osservò il movimento del fumo per calcolare la deriva del vento mentre si allineava con il bersaglio. I portelli del vano bombe del P-3C si aprirono. Un unico siluro Mk-46 antisom era armato per il lancio.

«Fuori siluro!»

Il siluro cadde, e il paracadute di freno uscì dalla coda per assicurare che l'arma scendesse in acqua con il muso in basso. L'Orion lanciò anche una boa sonar, questa volta una DIFAR direzionale.

«Segnale forte, rilevamento uno-sette-nove.»

Il siluro si immerse a duecento piedi prima di iniziare la ricerca circolare. Il sonar ad alta frequenza incorporato entrò in funzione appena fu raggiunta la profondità di ricerca. Da quel momento in poi le cose accaddero velocemente.

Il sottomarino non si era reso conto dell'attività che si stava svolgendo sopra di lui. Era un Foxtrot. Benché troppo vecchio e rumoroso per operazioni di prima linea, c'era pur sempre la speranza che potesse raggiungere il convoglio di cui gli era stata annunciata la presenza a sud. L'operatore sonar del sottomarino aveva notato e riferito un possibile rumore di oggetto caduto in superficie, ma il comandante era occupato a tracciare la posizione del convoglio cui si doveva avvicinare, secondo gli ordini ricevuti. Il sonar del siluro gli fece cambiare proposito. Il Foxtrot accelerò, virando stretto a sinistra nella manovra programmata di evasione. Il rumore – aumentato improvvisamente – delle eliche in cavitazione era percepibile per le varie boe e per il sonar tattico della *Pharris*.

Il siluro era nel modo di "emissione e ascolto" che usava tanto il sonar attivo quanto quello passivo per trovare il bersaglio. Come ebbe compiuto il primo giro, i ricevitori passivi nel muso udirono i rumori delle eliche in cavitazione e si bloccarono su di essi. Presto gli impulsi del sonar attivo si rifletterono sulla prua del sottomarino che scartava a destra e a sinistra nel tentativo di sfuggire. Il siluro passò automaticamente all'emissione continua, aumentando la velocità fino a quella massima, mentre puntava sul bersaglio come un robot privo di rimorsi, quale effettivamente era.

Gli operatori sonar dell'aereo e della fregata si trovavano nella posizione migliore per seguire l'avvenimento. Sotto i loro occhi, le traiettorie del sottomarino e del siluro cominciarono a convergere. Alla velocità di quindici nodi, il Foxtrot era troppo lento per sfuggire a un siluro che correva a quaranta nodi. Il sottomarino iniziò una serie di brusche virate. Al primo tentativo, l'Mk-46 mancò la preda di una ventina di piedi, e virò prontamente per un nuovo attacco. A quel punto, il comandante del sottomarino commise un errore. Invece di continuare la virata a sinistra, la invertì sperando di confondere le idee al siluro. Così facendo, invece, gli andò dritto incontro...

Dall'elicottero si vide l'acqua alzarsi, poi trasformarsi in una cascata di schiuma, quando l'onda d'urto dell'esplosione raggiunse la superficie.

«C'è stata la detonazione di una testata» annunciò il pilota. Un momento dopo l'operatore dei sistemi di bordo gettò una boa passiva. Il suono arrivò loro in meno di un minuto.

Il Foxtrot stava morendo. Si poté udire il sibilo dell'aria che veniva introdotta nel serbatoio della zavorra, il rumore dei motori elettrici spinti al massimo, mentre le eliche lottavano per vincere il peso dell'acqua che entrava nello scafo e portare il sottomarino in superficie. All'improvviso, il suono dei motori cessò. Due minuti dopo udirono l'urlo metallico delle paratìe interne lacerate dalla pressione dell'acqua, mentre il battello cadeva sotto la profondità di schiacciamento.

«Qui Bluebird. Registriamo un affondamento. Potete confermare? Passo.»

«Roger, Bluebird» rispose l'ufficiale antisom. «Abbiamo ricevuto rumori di immissione d'aria e di rotture. Confermiamo l'affondamento come vostro.» Gli uomini mandarono grida di trionfo, dimentichi della compostezza d'obbligo per tutti coloro che operavano al CIC.

«Bene! Uno di meno di cui preoccuparci. Vi accrediteremo un buon *assist, Pharris*. Ottimo lavoro dell'elicottero e della gente al sonar. Chiudo.» L'Orion accelerò e ritornò al posto di osservazione, di proravia al convoglio.

«*Assist* un accidente!» sbottò l'ufficiale. «Era il nostro contatto. Avremmo potuto lanciare il siluro bene quanto loro.» Morris gli diede una manata sulla spalla e risalì sul ponte di comando.

La plancia era tutta sorrisi. Il nostromo avrebbe presto dipinto mezza sagoma rossa di sottomarino a lato della porta della timoniera. Non pensarono neppure che avevano appena contribuito all'uccisione di un centinaio di ragazzi non diversi da loro, giovani vite soffocate e schiacciate dalla pressione del Nord Atlantico.

«Cosa c'è laggiù?» gridò una vedetta. «Possibile esplosione a tribordo!»

Morris afferrò il binocolo e corse fuori. La vedetta indicò il punto con un gesto.

Una colonna di fumo nero stava salendo al cielo dalla posizione del convoglio. Qualcun altro aveva appena registrato il primo affondamento.

USS Nimitz

Toland non aveva mai visto tanti cannelli per saldatura in funzione contemporaneamente. Sotto la direzione del primo ufficiale e di tre specialisti, gli uomini stavano tagliando con la fiamma ossidrica le parti danneggiate del ponte volo e delle travi di supporto in acciaio. La situazione, che già era apparsa seria, risultava ancora più grave a un esame dettagliato. Sei delle enormi intelaiature sotto il ponte volo erano sconquassate, e l'avaria giungeva fino ai due ponti inferiori. Un terzo del ponte di parcheggio degli aerei era bruciato. La maggior parte delle condutture del carburante e tutti i montacarichi per le munizioni dovevano essere rimessi in sesto. Il CIC era distrutto, insieme a tutti i calcolatori e ai sistemi di comunicazione occorrenti per combattere. Le reti di arresto avrebbero dovuto essere sostituite, e l'elenco continuava.

I rimorchiatori stavano spingendo la portaerei ferita nel bacino oceanico di Southampton; il compito era reso doppiamente difficile dall'inclinazione di dieci gradi. L'acqua usciva a cascate dall'alto scafo, e altra ne entrava dalle sentine in basso. Uno specialista di riparazioni della Royal Navy e il capo del cantiere navale Vosper erano già a bordo, a passare in rassegna i danni e fare la lista dei materiali occorrenti per rimettere la nave in condizione di riprendere il mare. Svenson osservava i cavi messaggeri che venivano sparati al personale di terra incaricato di assicurare la nave. Toland vide che era furioso. Aveva avuto conferma della morte di cinquecento dei suoi uomini, più trecento feriti, e l'elenco non era ancora chiuso. Le perdite più pesanti si erano registrate fra il personale del ponte volo, dove i ripari erano stati distrutti dai due missili sovietici. Anch'essi avrebbero dovuto essere sostituiti, prima che la *Nimitz* potesse salpare e combattere di nuovo.

«Toland, lei partirà per la Scozia.»

«Mi scusi, signore?»

«La squadriglia aerea si divide. I caccia e gli Hawkeye si trasferiscono a nord. I russi hanno inflitto duri colpi alla barriera radar settentrionale, e i caccia inglesi le hanno buscate sode mentre cercavano di aiutare i norvegesi. I Tomcat sono già in viaggio, e noi scaricheremo i loro missili sul molo in modo che i britannici possano portarli a nord con gli aerei. Voglio che lei lavori con i caccia per valutare che cosa stanno escogitando i russi con i Badger, e magari per aiutare i nostri a pizzicare qualcuno di quei bastardi. I caccia si aggregano, per il momento, alla riserva tattica aerea della NATO.»

«Quando parto?» Toland si rese conto di non avere bagagli da preparare. I Kingfish lo avevano liberato da quell'incombenza. La prima cosa da fare era telegrafare ai suoi che stava bene.

Islanda

«Doghouse, qui Beagle. Che diavolo è successo ora? Passo.»

«Beagle, sono autorizzato a dirvi che è stato appena fatto un attacco su Keflavik.»

«Non scherzare, amico. Un B-52 è appena precipitato sulla nostra collina dimenticata da Dio. Non vi ho detto che avevo visto dei caccia?»

«La vostra informazione è stata vagliata, non confermata e non inoltrata, Beagle. Io non ero d'accordo. Continuate il rapporto.»

«Ho visto quattro, ripeto quattro, caccia monoposto sovietici a doppia coda. Non sono sicuro del tipo, ma erano a doppia coda. Ricevuto?»

«Doppia coda, annotato. Confermate che ne avete visti quattro.»

«Uno, due, tre, quattro, Doghouse. Non posso ordinare loro di sfilare in parata. Però non prendetevela con me, mister, se mandate qui dei bombardieri senza scorta.»

«Qualche sopravvissuto dall'aereo che avete visto cadere?»

«Negativo. Nessun paracadute, e nessuna possibilità che qualcuno si sia salvato. Ho visto una palla di fuoco all'orizzonte, ma non so bene di chi si trattava. Come se la sono cavata i Weasel?»

«Non posso dirlo, Beagle, ma grazie per le notizie sui SAM.»

«Avete istruzioni per me?»

«No, ma stiamo riconsiderando la sua posizione. Richiamiamo fra un'ora.»

«Facciamo due, amico. Dobbiamo spostarci un po' prima che quelli mandino una pattuglia da queste parti. Chiuso.» I marines erano intorno a lui, armi pronte, all'erta per l'arrivo di una pattuglia o di un elicottero, o di entrambi. Edwards si strappò gli auricolari. «Formidabile, veramente formidabile» mormorò. «Muoviamoci, gente.»

Avevano già percorso un chilometro di buon passo diretti a est, verso le brughiere disabitate che sono tipiche di quella parte dell'isola. Smith li faceva camminare a metà pendìo, lontani dalle creste e dalle cime che potevano rendere visibili le loro silhouette contro il cielo. Dovevano stare attenti. C'era il rischio che qualcuno notasse il loro passaggio e lo riferisse. Passarono di corsa sotto i cavi della rete elettrica, svoltando a sud per tenere la cresta delle colline fra loro e le case. Un'ora dopo erano nel campo di lava di Holmshraun, un'incredibile distesa di rocce sopra la Strada 1, che era una delle due arterie principali dell'Islanda. Videro veicoli diretti in entrambe le direzioni. Molti di loro trasportavano truppe.

«Che cosa pensiamo di fare adesso, signore?» chiese Smith in tono pungente.

«Dunque, sergente, qui siamo ben nascosti. Diamine, da cinquanta metri chiunque avrebbe difficoltà a individuarci in mezzo a questo bordello. Dico di aspettare che faccia buio per passare a nord della strada. Una volta attraversata quella, la zona diventa meno popolata – almeno, così dice la carta. Dovremmo essere abbastanza al sicuro, se ci allontaniamo dai centri abitati.»

«Che cosa ne diranno i nostri amici all'altro capo della radio?»

«Mi sa che faremo bene a scoprirlo.» Edwards controllò l'orologio. Era in ritardo di quasi due ore. Quelli di Doghouse erano seccati.

«Che cosa vi ha impedito di chiamarci?»

«Ci siamo spostati di circa otto chilometri. Forse preferireste che restassimo sul posto a contare i russi che setacciano le macerie? Sentite bene, qui siamo soli ed è un po' allarmante, sapete?»

«Capito, Beagle. Okay, abbiamo ordini per voi. Avete una carta della zona in cui vi trovate?»

«Affermativo, scala uno a cinquantamila.»

«Bene, vogliono che vi spostiate a Grafarholt. Laggiù c'è una collina. Dovete trovarvi un posto sicuro e starvene tranquilli a raccogliere informazioni.»

«Ehi, Doghouse, e se i russi si mettono a giocare con i radiogoniometri per individuarci quando trasmettiamo?»

«Okay, era ora che lo chiedeste. La vostra radio è UHF, a banda laterale singola. Questo vuol dire che comprende migliaia di canali, e non è probabile che riescano a centrarne uno. Secondo punto, avete un'antenna direzionale. Quando trasmettete, assicuratevi di avere sempre una collina fra voi e loro. L'UHF funziona unicamente in linea retta. Dovreste essere al sicuro da quel punto di vista. È una buona notizia, no?»

«Un po' ci aiuta.»

«Fra quanto potete arrivare a quella collina?»

Edwards consultò la carta. Circa sette chilometri. Una tranquilla passeggiata di due ore in tempo di pace, probabilmente tre o quattro ore meno agevoli, dato il tipo di terreno. Avrebbero dovuto aspettare l'oscurità, aggirare qualche villaggio... e c'era quell'altra piccola cosa di cui preoccuparsi... «Minimo dodici ore.»

«Roger, inteso, Beagle. Notiamo dodici ore. Ottimo. Richiameremo a quel momento. Altro da riferire?»

«Un po' di movimento sulla strada sotto di noi. Molti camion. Tipo militare, verdi. Parecchi veicoli per trasporto truppe, tipo 4x4. Niente mezzi corazzati.»

«Okay, prendetevi il tempo necessario e giocate sul sicuro. La vostra missione è di evitare il contatto e riferire. Chiudo.»

Alla postazione Doghouse, nella Scozia settentrionale, l'ufficiale addetto alle comunicazioni si appoggiò allo schienale della poltrona girevole.

«Il ragazzo sembra un po' confuso» commentò un ufficiale del controspionaggio, sorseggiando il tè. «Non è proprio un tipo da SAS, vero?» chiese un altro.

«Non diamo giudizi affrettati» disse un terzo. «È sveglio, alla maniera degli atleti, e ha la presenza di spirito di tagliare la corda quando le circostanze lo consigliano. Sembra un po' teso, ma è comprensibile, data la situazione in cui si trova.»

Il primo ufficiale indicò la carta. «Dodici ore per una distanza così breve.»

«Su terreno collinoso e aperto, con un'intera maledetta divisione di paracadutisti che circola su autocarri e BMP, e per di più un sole che non tramonta mai, che cavolo vi aspettate da quattro uomini?» intervenne un quarto, in abiti civili, che era stato gravemente ferito quando faceva parte del 22° reggimento SAS. «Se il ragazzo avesse buon senso, sarebbe già scappato ieri. Abbiamo un interessante profilo psicologico. Se riesce a raggiungere quella collina in tempo utile per noi, penso che si comporterà benissimo.»

USS Pharris

Il convoglio si era sparpagliato. Morris guardò lo schermo radar su cui si vedeva un anello di navi che si allargavano. Adesso le unità cominciavano a virare a est per riunirsi. Un mercantile era stato affondato; un altro, in avaria, stava arrancando verso est. Tre fregate stavano tentando di localizzare il sottomarino che aveva inflitto i danni. La *Gallery* aveva captato un possibile contatto e gli aveva lanciato un siluro, ma senza risultato. Quattro elicotteri stavano sganciando boe sonar nella speranza di acquisirlo di nuovo, e mezza dozzina di sonar stava emettendo impulsi, ma per il momento sembrava che il sommergibile avesse eluso l'accanita ricerca delle navi scorta.

«È stato un bellissimo approccio» osservò irritato il TAO. «La sola asinata è stata quella di colpire la coda del convoglio.»

«Il controllo del tiro non è stato formidabile» disse Morris. «Pare che avessero l'identificazione sonar per cinque siluri. Calcoliamo tre bersagli. Due siluri per affondare una nave, e un colpo riuscito a metà per un'altra. Il resto, a vuoto. Non più che discreto. Che cosa starà facendo adesso, gente?»

«Quanto vuole scommettere che si tratta di un vecchio nucleare?» chiese il TAO. «Hanno sistemi di comando tiro obsoleti, non possono andare veloci senza rivelarsi. Ha giusto fatto l'intercettazione, e beccato due navi. Quando si sono disperse, si è trovato con velocità insufficiente a condurre la caccia senza denunciare la propria posizione, ed è troppo furbo per fare una cosa del genere.»

«E che cosa ha fatto allora?» domandò l'ufficiale antisom.

«Ha lanciato da vicino, poi si è tuffato in mezzo al convoglio ed è sceso in profondità. Ha usato il rumore delle navi per mascherare il proprio, e si è allontanato...»

«A nord.» Morris si curvò sullo schermo. «La maggior parte dei mercantili si è diretta a nordest quando è stato dato l'ordine di disperdersi. Probabilmente il sub è andato a nord per inseguirle, sperando magari di piazzare un altro buon colpo più tardi. Con chi credete che abbiamo a che fare?»

«Il servizio informazioni dava tre Foxtrot e un November in questa zona, e forse un altro nucleare. Quello che abbiamo affondato dev'essere un Fox. Non ha la velocità per inseguire un convoglio.» L'ufficiale antisom alzò gli occhi. «Però un November ce l'avrebbe. Non ci troviamo di fronte a un altro nucleare. Starebbe ancora sparando. Lo classificherei come un November.»

«Okay, diciamo che è venuto a nord a sei o sette nodi, poi a est sperando di ritrovarci domani. Dove può essere?»

«In questo momento... qui, signore» disse l'antisom indicando un punto a quindici miglia a poppa della fregata. «Non possiamo tornare a corrergli dietro.»

«No, però possiamo stare con le orecchie tese per scoprire se tenta di raggiungerci.» Morris si spremeva le meningi. Il convoglio sarebbe passato a rotta uno-due-zero entro un'ora per dirigere più a sud e allontanarsi dalla minaccia, acuitasi all'improvviso, dei bombardieri sovietici a lungo raggio. Avrebbero avuto bisogno di più tempo per riunirsi e ricostituire la formazione. Ciò avrebbe consentito al sottomarino di tagliare gli angoli e stringere il bersaglio. I mercantili, con tutti gli zig-zag che avevano fatto, si erano mossi a una velocità effettiva di soli sedici nodi, per cui un November avrebbe potuto tentare di raggiungerli. «Voglio che gli operatori stiano particolarmente attenti a questo settore. L'amico potrebbe già essere ritornato dalle nostre parti.»

«Chiamiamo un P-3?» domandò il TAO.

Morris scosse il capo. «Vogliono stare in osservazione in avanti. Noi, invece, dobbiamo preoccuparci delle navi in coda, per lo meno finché non abbiamo qualcosa di caldo per le mani. Penso che il russo ci pedinerà, per cercare di avere un contatto.»

Kiev, Ucraina

«Buone notizie» disse l'ufficiale di Marina. «I bombardieri riferiscono di avere affondato tre portaerei, due incrociatori e due cacciatorpediniere.»

Alekseyev scambiò uno sguardo con il superiore: i colleghi in divisa blu sarebbero diventati intrattabili.

«È sicura questa valutazione?» chiese il CINC-Sudovest.

«Le fotografie di prima dell'attacco mostravano quattro navi del tipo delle portaerei. Al passaggio successivo, otto ore dopo l'attacco, il satellite ne mostrava soltanto una. Mancavano anche i due incrociatori e i due cacciatorpediniere. Infine, abbiamo rapporti dei servizi d'informazione sull'arrivo di numerosi apparecchi, dei tipi usati sulle portaerei, alle basi francesi in Bretagna. I nostri sommergibili non sono riusciti a stabilire il contatto con la formazione – sembra che uno sia stato affondato, purtroppo, ma la nostra prima battaglia navale è stata un successo clamoroso. Bloccheremo l'Atlantico per voi, compagni» annunciò l'ufficiale.

«Potremo proprio averne bisogno» disse Alekseyev dopo che il capitano fu uscito.

Il superiore approvò con un brontolio. Le cose non stavano andando bene in Germania. L'Aviazione sovietica era stata conciata ancora peggio di quanto si era temuto, e di conseguenza la campagna terrestre era nettamente in ritardo sui programmi. Gli obiettivi fissati per il primo giorno di guerra erano stati raggiunti soltanto il secondo, e in un unico settore, venti chilometri a est di Amburgo, dove era in corso un violento contrattacco. Le perdite di carri armati erano state superiori del cinquanta per cento alle previsioni, e la supremazia aerea era in pericolo; molte unità riferivano pesanti attacchi aerei. Soltanto la metà dei ponti sull'Elba era stata rabberciata, e quelli galleggianti non potevano sopportare tutto il traffico dei viadotti in muratura che sostituivano. Gli eserciti della NATO non avevano ancora raggiunto la potenza massima. Stavano arrivando in aereo i rinforzi americani, che si abbinavano agli equipaggiamenti predisposti localmente. Il primo scaglione sovietico era pressocché dissanguato, e il secondo era ancora in gran parte intrappolato oltre l'Elba.

Islanda

«È buio quanto può esserlo qui» disse Edwards. L'intensità della luce era quella che i meteorologi e i marinai chiamano "crepuscolo nautico". La visibilità non andava oltre i cinquecento metri, con il sole appena calato dietro l'orizzonte a nordovest. Il tenente si caricò lo zaino e si alzò. I marines lo imitarono, con un entusiasmo pari a quello dei bambini che vanno a scuola.

Scesero un pendìo non molto ripido verso il fiume Sudura. Sembrava più un grosso torrente che non un fiume. Il campo di lava offriva una buona copertura, disseminato com'era di rocce alte fino a tre piedi: un paesaggio che falsava le forme e celava i movimenti all'osservatore casuale. Edwards sperava che in giro non ci fosse nulla più di quanto aveva visto fino ad allora. Avevano notato un buon numero di pattuglie sovietiche autotrasportate, che passavano nella zona a intervalli di circa mezz'ora, ma nessuna postazione fissa. I sovietici avevano sicuramente messo dei reparti a guardia della centrale idroelettrica di Burfell, più a est sulla Strada 1. Nessuno l'aveva ancora bombardata: c'erano ancora luci che brillavano nelle case sottostanti.

Man mano che il fondo diventava erboso, le dimensioni delle rocce diminuivano. Poco prima erano passate delle pecore – l'odore era inconfondibile, e l'erba era più corta. Istintivamente gli uomini si acquattarono per avanzare verso la strada inghiaiata. In quella zona, case e stalle erano disposte irregolarmente. Scelsero un punto in cui la distanza fra le costruzioni era di circa mezzo chilometro, sperando che la luce tenue e le divise mimetiche li rendessero invisibili. Non c'era nessuno in vista. Edwards fermò il gruppo e guardò con il binocolo le case più vicine. In alcune si vedevano luci accese, ma fuori non c'era anima viva. Forse i russi avevano imposto il coprifuoco... che autorizzava i militari a sparare a vista su chiunque vedessero muovere.

Le rive del fiume precipitavano verso l'acqua da circa venti piedi d'altezza, ed erano cosparse di sassi levigati da anni di erosione nei periodi di piena. Smith scese per primo, mentre gli altri stavano pancia a terra con le armi pronte sul margine della riva sud. Il sergente si inoltrò dapprima adagio, verificando la profondità dell'acqua, poi l'attraversò di corsa tenendo alto il fucile. Edwards notò meravigliato la velocità con cui Smith aveva guadato il torrente e risalito la sponda. Il sergente agitò un braccio, e gli altri lo seguirono. Edwards scoprì presto il motivo per cui Smith era stato così veloce. L'acqua arrivava alla cintura ed era gelida, come la maggior parte dei torrenti in Islanda, alimentati dai ghiacciai. Avanzò ansimando quanto più svelto poté, tenendo alti la radio e il fucile. Un minuto dopo raggiunse gli altri sull'alto della riva opposta.

Smith ridacchiò nel buio. «Credo che adesso siamo tutti ben svegli.»

«Ho le palle gelate, mi sa che si staccano» si lamentò Rodgers.

«Mi sembra tutto libero davanti» disse Edwards. «Oltre questo prato c'è un altro torrente, poi la strada principale, poi una secondaria, infine una salita fino al campo di lava. Rimettiamoci subito in marcia.»

«Bene, tenente.» Smith si alzò e ripartì. Gli altri lo seguirono distanziati di cinque metri. *Il piccolo bastardo ha fretta, vero?*

Il terreno era gradevolmente in piano, con l'erba alta fino alle ginocchia. Si mossero veloci, tenendosi bassi con le armi pronte; descrissero un angolo a est per evitare il villaggio di Holmur. Il secondo torrente era meno profondo del Sudura, ma non meno freddo. Appena l'ebbero attraversato si fermarono, a soli duecento metri dalla strada principale. Di nuovo Smith si avviò per primo, questa volta piegato in due, alternando scatti e arresti, inginocchiandosi ripetutamente a esaminare il terreno. Gli altri imitarono con precisione i movimenti del sergente, e il gruppo si trovò riunito nell'erba alta a cinquanta piedi dalla strada.

«Okay» disse Smith. «Attraverseremo uno alla volta, distanziati di un minuto l'uno dall'altro. Io vado per primo. Mi fermerò a una quindicina di metri dall'altra parte, vicino a quelle rocce. Quando passate, non fate i fessi – correte tenendovi giù e venite verso di me. Se vedete qualcosa in arrivo, allontanatevi il più possibile dalla strada e buttatevi a terra. Non vi possono vedere se state sdraiati e immobili. Fate tutto con calma, gente. Okay?» Tutti, compreso Edwards, annuirono in silenzio.

Il sergente fece esattamente come aveva detto. Dopo un ultimo sguardo per assicurarsi che nulla si muovesse nella loro direzione, corse attraverso la strada, con l'equipaggiamento che gli sbatacchiava addosso. Lasciarono passare un minuto, poi partì Garcia. Dopo un altro minuto, andò via Rodgers. Edwards contò fino a sessanta e balzò in avanti. Era sorpreso e sgomento nel constatare quanto fosse duro muoversi a quel modo. La paura gli dava il batticuore. Poi si fermò impietrito nella corsia. Aveva visto i fari di un veicolo che arrivava da nord. Edwards non seppe fare altro che restare immobile a guardarli mentre si avvicinavano sempre di più...

«Muova il culo, tenente!» La voce stridula di Smith lo riscosse come un colpo di frusta.

Il tenente scosse il capo e corse verso il suono della voce del sergente, tenendo l'elmetto con una mano.

«Fari in arrivo!» disse senza fiato.

«Non facciamo stronzate. Stia calmo, signore. Gente, pancia a terra. Trovate qualche buon riparo e restate immobili. E accertatevi che quelle fottute armi abbiano la sicura! Lei resti qui con me, signore.»

I due soldati si mossero verso sinistra e sparirono nell'erba alta. Edwards si sdraiò a fianco del sergente.

«Crede che mi abbiano visto?»

L'oscurità gli impedì di vedere l'espressione feroce che accompagnò la risposta di Smith: «Probabilmente no, ma non lo faccia più, di bloccarsi a quel modo in mezzo alla strada, signore».

«Non lo farò. Mi dispiace, sergente, questo non è proprio il mio mestiere.»

«Lei ascolti soltanto e tenga a mente quello che le dico, okay?» sussurrò Smith. «Siamo dei marines. Avremo cura di lei.»

Le luci si avvicinarono lentamente, avanzando lungo il ripido pendìo a nord del punto in cui si trovavano. L'autista non si doveva sentire sicuro sul fondo ghiaioso. A quel punto la strada che correva da nord a sud si biforcava, passando a sinistra e a destra della Strada 1. Doveva essere un autocarro militare. Le luci erano quadrate, per via delle strisce applicate sui fari del camion costruito nella grande fabbrica installata, in gran parte con aiuti occidentali, sul fiume Kama. L'automezzo si fermò.

Edwards stette attento a non reagire in alcun modo, ma non poté fare a meno di stringere forte il calcio del fucile. E se qualcuno li avesse visti attraversare e avesse telefonato ai russi? Smith allungò la mano e abbassò il fucile del tenente.

«Stia attento con quell'affare, signore» bisbigliò.

I dieci uomini che erano sul camion scesero e si sparsero nell'erba a lato della strada, a circa cinquanta metri. Edwards non era in grado di vedere se avevano con sé le armi. Tutti gli uomini si fermarono, si sbottonarono i pantaloni e si misero a orinare. Edwards rimase a bocca aperta, sforzandosi di non ridere. Terminata l'operazione, i russi ritornarono al veicolo, che ripartì verso ovest lungo la deviazione della strada principale, con il rombo del motore diesel non ben attenuato dal silenziatore. I marines si riunirono appena le luci posteriori del camion scomparvero dietro l'orizzonte.

«Peccato» disse Rodgers sorridendo nel buio. «Avrei potuto staccare l'uccello a uno di quelli là!»

«Ben fatto, gente» disse Smith. «Pronto a muoversi, tenente?»

«Certo.» Edwards si vergognava della brutta figura di prima, e lasciò che fosse Smith a guidare il gruppo.

Attraversarono la strada, e un centinaio di metri più in là si trovarono in un altro campo di lava che dovettero attraversare arrampicandosi sulle rocce. I pantaloni, appiccicati alle gambe per il sudore, cominciarono pian piano ad asciugarsi nella brezza fredda proveniente da ovest.

USS Pharris

«Il nostro amico November non ha il rivestimento antieco» disse piano l'antisom additando lo schermo. «Penso che sia lui, che corre a raggiungere il convoglio.»

«Il tracciato lo dà a quarantaseimila metri» disse il TAO.

«Facciamo alzare l'elicottero» ordinò Morris.

Cinque minuti dopo, il "frullatore" della *Pharris* volava a tutta velocità verso sudovest, e il Bluebird-sette, altro Orion P-3C, stava stringendo da est sul punto indicato. Volavano bassi, sperando di sorprendere il sottomarino che aveva ucciso uno del gregge loro affidato, e danneggiato gravemente un altro. Probabilmente il russo aveva fatto uno sbaglio ad accelerare. Forse aveva l'ordine di stare a ridosso del convoglio e trasmettere i dati a beneficio di altri sommergibili. Quale che fosse il motivo, le pompe del nucleare erano in azione e producevano un rumore che lo scafo non riusciva a trattenere. Il periscopio era alzato, il che dava all'aereo la possibilità di individuarlo con il radar. L'elicottero era più vicino, e il pilota stava comunicando con il coordinatore tattico dell'Orion. Se tutto andava bene, poteva essere un attacco perfetto.

«Okay, Bluebird, siamo a tre miglia dal punto di riferimento. Dite la vostra posizione.»

«Due miglia dietro di voi, Papa-uno-sei. Illuminate.»

L'operatore tolse il coperchio dall'interruttore del radar inserendo il modo attivo. Immediatamente l'energia cominciò a irradiare dal trasmettitore fissato sotto il muso dell'elicottero.

«Contatto! Abbiamo un contatto radar, rilevamento uno-seicinque, distanza millecento metri!»

«Attiva il rivelatore magnetico!» Il pilota diede gas per precipitarsi verso il contatto.

«L'abbiamo individuato anche noi» comunicò prontamente il coordinatore tattico. Il sottufficiale accanto a lui armò un siluro, regolandolo sulla profondità iniziale di ricerca di cento piedi.»

I fari anticollisione dell'elicottero si accesero, luci rosse lampeggianti nell'oscurità. Non era il caso di nascondere l'avvicinamento. Il sub doveva avere individuato i segnali radar, e avrebbe tentato un'immersione precipitosa. Per farlo, però, occorreva più tempo di quanto ne avesse a disposizione.»

«Addetto MAD, addetto MAD, fuori il fumo!» gridò eccitato l'operatore.

Il fumo era invisibile nelle tenebre, ma la breve fiammata verde fu come un faro: impossibile mancarla. L'elicottero virò a sinistra, lasciando via libera all'Orion, che lo seguiva a soli cinquecento metri.

I potenti fari di ricerca dell'Orion si accesero, e illuminarono l'onda rivelatrice lasciata dal periscopio, ora scomparso. Il contatto MAD era esattamente sul bersaglio, come il pilota poté subito constatare. I portelli del vano bombe dell'Orion si aprirono e il siluro cadde nell'acqua nera, insieme a una boa sonar.

«Contatto sonar positivo, classificato come sottomarino!» disse un operatore di bordo sull'interfono. Le tracce del suono sullo schermo corrispondevano esattamente a un November lanciato alla massima velocità, e il siluro che lo inseguiva era già passato all'emissione continua di impulsi. «Il siluro sta stringendo rapidamente sul bersaglio. Sembra giusto, Tacco, si avvicina, si avvicina... impatto!» La traccia acustica del siluro si confuse con quella del sottomarino, e sullo schermo a cascata apparve una macchia luminosa. L'operatore dell'Orion passò la boa sonar al modo passivo, registrando i rombi ricorrenti dell'esplosione della testata. Il rumore delle eliche del sottomarino cessò, e di nuovo si udì il sibilo dell'aria, che svanì non appena il sommergibile iniziò a scendere per l'ultima volta.

«Affondato, affondato!» esclamò il Tacco esultante.

«Confermo l'affondamento» disse Morris per radio. «Bel lavoro, Bluebird. È stato proprio un colpo a bruciapelo, come in un western.»

«Roger, ricevuto, *Pharris*. Grazie, signore, bel lavoro dell'elicottero e dell'individuazione. Vi tocca un altro *assist*. Accidenti, quasi quasi ci conviene girare intorno a lei, comandante. Si direbbe che ha monopolizzato tutta l'azione. Chiudo.»

Morris si versò una tazza di caffè. Così, avevano appena dato una mano all'affondamento di un paio di sottomarini sovietici.

Il TAO però era meno entusiasta. «Abbiamo preso un vecchio Foxtrot rumoroso e un November che ha fatto una bestialità. Lei presume che avesse l'ordine di seguirci e riferire, e che noi l'abbiamo beccato per questo motivo?»

«Forse» confermò Morris. «Se i russi fanno fare ai comandanti delle cose del genere... si sa che amano accentrare il comando, ma un giorno o l'altro si accorgeranno che così facendo perdono un sacco di sommergibili, e forse cambieranno sistema. Anche noi a suo tempo abbiamo imparato la lezione.»

USS Chicago

McCafferty aveva un contatto. Lo pedinavano da più di un'ora, con gli operatori sonar che si prodigavano per distinguere i rumori casuali dal segnale individuato sugli schermi. I dati passavano al gruppo di ricerca del comando tiro, quattro uomini chini sul tavolo di carteggio in un angolo del centro di attacco.

L'equipaggio stava già mormorando, e McCafferty lo sapeva. C'era stato l'incendio in cantiere prima del varo. Poi erano stati richiamati al momento sbagliato dal Mar di Barents. Infine, erano stati attaccati da un aereo amico... che il *Chicago* fosse iellato? si domandavano. I capi e gli ufficiali si davano da fare per dissipare quella sensazione, però ce l'avevano anche loro: la superstizione è moneta corrente fra la gente di mare, una specie di religione istituzionale. *Se non sei fortunato, non sappiamo che cosa farcene di te*, aveva detto un famoso ammiraglio ex sommergibilista. McCafferty l'aveva sentito ripetere spesso. Per il momento, la fortuna non era stata dalla sua. Ritornò al tavolo di carteggio. «Che cosa succede?»

«Non molto come differenze di rilevamento. Dev'essere da quella parte, comandante, nella terza zona di convergenza. Forse a ottanta miglia. Non è possibile che stia stringendo su di noi. Avremmo perso il segnale quando passava fuori zona.» Il primo ufficiale tradiva la tensione della settimana precedente. «Comandante, se tirassi a indovinare, direi che siamo sulle tracce di un sottomarino nucleare, probabilmente uno di quelli rumorosi. Le condizioni acustiche sono discrete, per cui abbiamo tre zone di convergenza con cui giocare. Penso, poi, che anche lui stia facendo la stessa cosa con noi, pattugliando una posizione prestabilita. Accidenti, magari sta correndo avanti e indietro su una pista ellissoidale, proprio come noi. Questo spiegherebbe le variazioni minime del rilevamento.»

Il comandante si accigliò. Era il primo vero contatto dall'inizio della guerra. Si trovava al limite settentrionale della zona affidatagli, e il bersaglio sembrava essere esattamente dall'altra parte della linea. Corrergli dietro equivaleva a lasciare scoperto il grosso della zona che doveva proteggere...

«Inseguiamolo» ordinò McCafferty. «Barra dieci gradi a sinistra, per nuova rotta tre-cinque-uno. Avanti due terzi.»

Il *Chicago* virò rapido per dirigere a nord, accelerando a quindici nodi, che corrispondevano alla sua velocità "silenziosa" massima. A quindici nodi irradiava soltanto una quantità trascurabile di rumore. Il rischio di contro-individuazione era minimo, dato che anche a quella velocità i radar del sommergibile erano in grado di localizzare un bersaglio a dieci miglia. I quattro tubi di lancio erano caricati con un paio di siluri Mk-48 e due missili Harpoon antinave. Che fosse un sottomarino o una nave di superficie, il *Chicago* era in grado di dargli il fatto suo.

Grafarholt, Islanda

«Siete in anticipo, Beagle» rispose Doghouse.

Edwards stava seduto fra due rocce, appoggiato a una terza, con l'antenna sostenuta dal ginocchio. Sperava di averla puntata nella direzione giusta. I russi, a quanto poteva immaginare, erano appostati per lo più lungo la costa tra Keflavik e Reykjavik, parecchio a ovest della direzione del satellite. Però sotto di lui c'erano case e fabbriche, e se avessero avuto un posto di ascolto là vicino...

«Era necessario arrivare qui prima che facesse troppo chiaro» spiegò il tenente. Avevano percorso l'ultimo chilometro correndo con il sole alle spalle. Edwards si era un po' consolato nel vedere che i marines avevano il fiato corto ancora più di lui.

«Siete veramente al sicuro?»

«C'è un po' di movimento sulla strada sotto di noi, ma è abbastanza distante, forse a un miglio.»

«Okay, vedete la centrale elettrica a sudovest?»

Edwards prese il binocolo con la mano libera. Sulla carta, la località era chiamata Artun. Vi si trovavano i trasformatori principali che alimentavano la rete di erogazione in quella parte dell'isola. I cavi dell'alta tensione venivano da est, e i cavi di alimentazione si irradiavano da quel punto.

«La vedo.»

«Come vanno le cose, Beagle?»

Edwards stava per dire che andava tutto a meraviglia, ma si fermò in tempo. «Uno schifo. Fa tutto schifo.»

«Roger su questo, Beagle. Tenete d'occhio la centrale. C'è qualcosa lì vicino?»

«Aspettate.» Edwards posò l'antenna e guardò con attenzione la centrale. «Okay, c'è un veicolo corazzato, appena visibile dietro l'angolo sul lato ovest. Tre, no, quattro uomini armati lì davanti. Nient'altro che io possa vedere.»

«Benissimo, Beagle. Adesso dovete tenere il posto sotto controllo. Informateci se vedete dei SAM, anche se vedete degli altri caccia. Cominciate ad annotare gli automezzi e gli uomini che vedete, e dove sono diretti. Dovete assolutamente prendere appunti scritti. Chiaro?»

«Capito. Scriveremo e riferiremo.»

«Bene. State andando veramente bene, Beagle. L'ordine è di osservare e riferire» ricordò loro Doghouse. «Evitate il contatto. Se vedete truppe nemiche che vengono verso di voi, tagliate la corda. Non state a preoccuparvi di chiamarci, pensate solo a darvela a gambe. Ci chiamerete quando potrete. Per un po' non dovete cercarci.»

«Roger. Chiudo.» Edward ripose la radio, ormai ci aveva preso la mano, avrebbe potuto montarla e smontarla a occhi chiusi.

«Allora, tenente?» chiese Smith.

Il tenente grugnì. «Stare seduti buoni e osservare quella roba elettrica laggiù.»

«Non pensa che vogliano farci spegnere un po' di quelle luci?»

«Troppi militari sul posto, sergente» rispose Edwards. Si stirò e aprì la borraccia. Garcia era di guardia in cima al cocuzzolo a destra, e Rodgers dormiva. «Che cosa abbiamo per colazione?»

«Ma, se lei ha gallette e burro di arachidi, le offro in cambio le mie pesche.»

Edwards aprì il contenitore della razione C e controllò il contenuto. «Affare fatto.»

22

Repliche

USS Chicago

Il sottomarino rallentò per acquisire di nuovo il bersaglio. Da un'ora viaggiava in profondità a quindici nodi; ora aveva ridotto la velocità ed era risalito a cinquecento piedi, proprio nel mezzo del profondo canale del suono. McCafferty ordinò di mettersi su una rotta verso nord, che consentiva al sonar a rimorchio – la "coda" – di cercare il presunto bersaglio in quella direzione. Ci vollero diversi minuti prima che la coda fosse diritta e allineata nella direzione voluta, per dare modo agli operatori di lavorare. Lentamente i dati cominciarono a comparire sugli schermi, e un sottufficiale anziano si infilò la cuffia sperando di avere un'individuazione acustica, ma non c'era proprio niente. Per una ventina di minuti lo schermo mostrò soltanto immagini di rumori casuali.

McCafferty esaminò il tracciato sulla carta. Il contatto precedente doveva essere due zone di convergenza più in là, e facile da individuare, date le condizioni note dell'acqua. Gli schermi, però, non mostravano niente.

«Non siamo mai riusciti a stabilire di cosa si tratta.» Il primo ufficiale alzò le spalle. «Se n'è andato.»

«Saliamo a quota di antenna. Vediamo che cosa bolle in pentola lassù.» McCafferty andò alla colonna del periscopio. Non poté fare a meno di notare la tensione che si produsse immediatamente intorno a lui. L'ultima volta che avevano fatto così, erano stati quasi affondati. Il sottomarino si mise in assetto orizzontale alla profondità di sessanta piedi. Il sonar fece un altro controllo, e non trovò niente. L'albero ESM fu alzato, e i tecnici elettronici riferirono soltanto dei deboli segnali. Salì poi il periscopio di ricerca. McCafferty si limitò a un rapidissimo giro d'orizzonte. Niente in cielo, niente in superficie.

«C'è una tempesta a nord, linea di groppo» disse. «Abbassa periscopio.»

Il primo ufficiale mormorò un'imprecazione che udì lui solo. Il rumore della tempesta avrebbe reso quasi impossibile il compito, già difficile in condizioni normali, di trovare un sommergibile convenzionale azionato dalle batterie. Una cosa era precipitarsi fuori zona di pattugliamento per un breve tratto con buone probabilità di affondare un'unità; tutt'altra cosa, invece, era abbandonare la zona per un giorno intero, a caccia di qualcosa che forse non avrebbero mai trovato. Guardò il comandante, in attesa di conoscerne la decisione.

«Annullate l'ordine "posto di combattimento"» disse McCafferty. «Primo ufficiale, ci riporti in posizione, velocità dieci nodi. Restiamo in profondità. Vado a schiacciare un pisolino. Svegliatemi fra due ore.»

Si diresse alla propria cabina, che distava pochi passi. La cuccetta era già abbassata dalla paratìa di babordo, con il letto disfatto. I quadranti ripetitori degli strumenti lo avrebbero tenuto al corrente della rotta e della velocità, e un televisore gli avrebbe riportato le immagini di tutto ciò che vedeva il periscopio. Volendo, McCafferty avrebbe potuto guardare un film registrato su videocassetta. Era sveglio da ventiquattr'ore, che gli sembravano una settimana, per effetto della tensione addizionale derivante dal trovarsi in zona di combattimento. Si tolse le scarpe e si coricò, ma il sonno tardò a venire.

Keflavik, Islanda

Il colonnello accarezzò con la mano la sagoma del bombardiere dipinta sul fianco del caccia. Era la sua prima vittoria in combattimento registrata dalle telecamere del cannone. Da quando i suoi compagni avevano combattuto nei cieli del Vietnam del Nord, era la prima volta che un pilota dell'Aviazione sovietica vinceva un vero duello aereo. Per di più, la vittoria era stata riportata su di un bombardiere capace di portare armi atomiche, e quindi una minaccia potenziale per la patria.

Ora c'erano venticinque MiG-29 in Islanda, di cui quattro continuamente in volo per proteggere le basi, mentre le truppe di terra consolidavano il controllo dell'isola.

L'incursione dei B-52 aveva avuto conseguenze abbastanza disastrose. Il radar principale di ricerca era lievemente danneggiato, ma ne sarebbe arrivato un altro con trasporto aereo in giornata: un'apparecchiatura più moderna, mobile, che avrebbe fatto spostare due volte al giorno. Gli sarebbe piaciuto avere un aereo radar, ma sapeva che le perdite subìte in Germania ne avevano drasticamente decurtato il numero. Non erano buone le notizie della guerra aerea in Europa, però i due reggimenti di MiG si stavano comportando bene. Guardò l'orologio. Fra due ore avrebbe guidato una squadriglia di scorta a una piccola formazione di Backfire che cercava un convoglio.

Grafarholt, Islanda

«Okay, Doghouse, vedo sei aerei da caccia parcheggiati sulle piste di Reykjavik. Hanno tutti la stella rossa. Sono a doppia coda, e sembrano armati di missili aria-aria. Vedo due automezzi lancia-SAM e una qualche specie di cannone – rassomiglia a un Gatling – montato su un veicolo cingolato.»

«Beagle, si tratta di uno Zulu-Sierra-Uniform tre-zero. Questa è una pessima notizia. Vogliamo sapere tutto sui bastardi di quel tipo. Quanti ce ne sono?»

«Uno solo, piazzato su un triangolo erboso a poche centinaia di metri dall'aerostazione.»

«I caccia sono vicini o dispersi?»

«Dispersi, due per pista. Vicino a ogni coppia c'è un furgoncino, più cinque o sei soldati. Valuto le truppe qui intorno a un centinaio di effettivi, con due veicoli blindati e nove autocarri. Sono di guardia al perimetro dell'aeroporto, e vi sono diverse postazioni di mitragliatrici. Sembra che i russi stiano usando piccoli aerei di linea per spostare le truppe. Abbiamo visto dei soldati salire su dei bimotori a elica. Ieri ho contato cinque voli. Da ieri, però, non abbiamo più visto un elicottero russo.»

«Che aspetto ha la città di Reykjavik?»

«È difficile osservare le strade. Possiamo guardare lungo una valle verso l'aeroporto, ma vediamo soltanto poche vie. C'è un'autoblindo parcheggiata laggiù, direi a un incrocio. Le truppe si limitano a gironzolare, come vigili o poliziotti, a tutti i crocevia visibili di qua. Per fare un'ipotesi, direi che la maggior parte delle truppe è intorno a Reykjavik e Keflavik. Non vi sono molti borghesi in giro, e praticamente non c'è traffico di automezzi civili. Molto movimento sulle strade principali, sia lungo la costa a ovest di dove siamo, sia sulla Strada 1 all'interno. È tutto traffico avanti-indietro, come se stessero pattugliando. Abbiamo contato complessivamente una cinquantina di veicoli in movimento, divisi equamente fra le due strade. Un'altra cosa. Si sono visti alcuni russi a bordo di un veicolo civile, ma nessuna jeep, fatta eccezione per qualcuna delle nostre nella zona dell'aeroporto. I russi hanno delle jeep – del loro tipo, voglio dire – è vero? Penso che abbiano requisito i 4x4 dei privati: praticamente l'automezzo più diffuso, qui sull'isola. Ne vedo parecchi che circolano sulle strade.»

«Sono arrivati altri trasporti aerei?»

«Ne stanno arrivando cinque. Il cielo è sereno, e possiamo vederli diretti a Keflavik. Quattro sono degli IL-76, l'altro rassomiglia a un C-130. Non conosco la denominazione di quest'ultimo.»

«Fanno alzare i caccia?»

«Uno lo abbiamo visto decollare un paio d'ore fa. Direi che hanno una pattuglia in volo, e dei caccia qui e a Keflavik. È un'impressione, ma ci scommetterei su. A mio avviso, anche i caccia che vediamo possono decollare in meno di cinque minuti. Sembrerebbe uno stato di allarme-permanente.»

«Okay, ricevuto, Beagle. Com'è la vostra situazione?»

«Siamo nascosti abbastanza bene, e il sergente ha già fatto perlustrare due vie di fuga. Finora non abbiamo visto i russi battere la campagna. Per lo più, hanno l'aria di tenersi alle zone abitate e alle strade. Se mai vengono da queste parti, pedaliamo.»

«Esattamente così, Beagle. Probabilmente vi ordineremo abbastanza presto di andarvene da quella collina. Sta andando bene, amico. Continui così. Chiudo.»

Scozia

«Il ragazzo si sta comportando benissimo» disse il maggiore. Era in una posizione imbarazzante – ufficiale americano in un centro di comunicazioni NATO diretto da gente del controspionaggio inglese, che aveva opinioni equamente divise sull'attendibilità di Edwards.

«Direi che sta andando meravigliosamente bene» ammise il capo degli inglesi. Aveva perso un occhio, probabilmente da parecchio tempo, ma era pur sempre un duro figlio d'un cane, secondo il maggiore. «Ho notato con quanta cura discrimina fra quello che vede e quello che pensa.»

«Un meteorologo» sbuffò un altro. «Abbiamo bisogno di professionisti lassù. Quanto tempo ci vorrà per averne qualcuno a disposizione?»

«Forse fino a domani. La Marina vuole spedirli con un sommergibile, e io sono d'accordo. Un po' rischioso lanciarli con il paracadute. Sa, l'Islanda è tutta rocce, fatta apposta per rompersi le caviglie e le braccia. Poi ci sono i caccia sovietici. Non c'è fretta di mandare truppe, le pare? Dobbiamo prima fiaccare i punti di forza e rendere loro la vita difficile quanto più possiamo.»

«E questo inizia stanotte» disse il maggiore. «La fase due dell'operazione Martello Nordico colpirà all'ora locale che corrisponde al tramonto.»

«Speriamo che vada meglio della fase uno, vecchio mio.»

Stornoway, Scozia

«E allora, come vanno le cose da queste parti?» chiese Toland al suo pari grado della Royal Air Force. Proprio prima di salire sull'aereo aveva inviato un telegramma a Martha: STO BENE. PER UN PO' DI TEMPO A TERRA. BACI. Sperava che il messaggio l'avrebbe rassicurata. Probabilmente la notizia delle portaerei impegnate in battaglia era già uscita sui giornali.

«Potrebbe andare meglio. Abbiamo perso otto Tornado nel tentativo di aiutare i norvegesi. Siamo ridotti al minimo indispensabile per la difesa locale, e i russi hanno cominciato ad attaccare le nostre installazioni radar al nord. Mi dispiace di quello che è successo alla sua portaerei, ma devo dire che sono contento di avere voi americani qui da noi per un po' di tempo.»

Gli intercettori della *Nimitz* e i satelliti radar erano stati divisi fra tre basi della RAF. Le squadre della manutenzione stavano ancora arrivando in aereo, e c'era stato qualche intoppo con i missili, però ognuno degli F-14 ne portava un carico completo sufficiente per uno scontro. Per il ricarico avrebbero potuto usare gli Sparrow della RAF. Decollando da una base in terraferma, un caccia poteva trasportare un carico maggiore di carburante e di munizioni, con possibilità offensive superiori a quelle che aveva partendo da una nave. Gli equipaggi dei caccia erano di cattivo umore. Dopo avere usato gli aerei e i preziosi missili per colpire degli aerei civetta, erano ritornati alla formazione e avevano constatato i tremendi risultati dell'errore. Il numero delle vittime non era ancora accertato, però dal *Saipan* si erano salvati appena duecento uomini, e un migliaio scarso dalla *Foch*. In termini di perdite umane, la battaglia era stata una delle più sanguinose sconfitte nella storia della Marina degli Stati Uniti, con migliaia di caduti e nemmeno un nemico abbattuto in contropartita. Soltanto i francesi avevano fatto qualcosa contro i Backfire, riuscendo con i Crusader, vecchi di ventun anni, là dove i vantati Tomcat avevano clamorosamente fatto fiasco.

Toland partecipò al primo rapporto, diretto dalla RAF. I piloti dei caccia osservarono il più assoluto silenzio. Non era facile valutarne lo stato d'animo. Nessuno scherzo, nessun commento sottovoce, nessun sorriso. Sapevano di non essere responsabili dell'errore, di non avere alcuna colpa, ma sembrava che la cosa non avesse importanza. Erano scossi da quello che era successo alla loro nave.

Anche Toland lo era. Ritornava con la mente all'immagine del ponte volo, spesso quattro pollici, rivoltato all'insù come un foglio di cellophan, con il ponte di parcheggio ridotto a una caverna annerita. E poi, la fila di sacchi... con le salme dei marinai morti sulla nave da guerra più potente del mondo...

«Comandante Toland?» Un aviere lo toccò sulla spalla. «Vuole venire, per favore?» I due uomini entrarono nella sala operazioni. Bob notò immediatamente che si stava lavorando a una nuova incursione. L'ufficiale alle operazioni, un tenente pilota, fece segno a Toland di andare da lui.

«Un reggimento, forse meno. Uno dei vostri EP-3 sta curiosando su di là e ha sorpreso le loro conversazioni radio mentre stavano rifornendo gli aerei a nord dell'Islanda. Pensiamo che intendano attaccare uno dei convogli.»

«Vuole far tendere loro un'imboscata dai Tomcat sulla via del ritorno? Sarà difficile programmare il momento esatto.»

«Estremamente difficile. Un'altra complicazione. Loro useranno l'Islanda come punto di riferimento e di ritrovo sicuro. Sappiamo che hanno dei caccia sull'isola, e adesso ci giunge la notizia che altri caccia operano facendo base sui due campi islandesi.»

«Queste informazioni vengono da una fonte chiamata Beagle?»

«Ah, ne ha sentito parlare anche lei. Sì.»

«Che tipi di caccia?»

«Doppia coda, a quanto riferisce il vostro amico. Potrebbero essere dei MiG-25, -29 o -31.»

«Dei Fulcrum» disse Toland. «Gli altri sono intercettori. Non è riuscito a vederli, il B-52?» Nella sala che aveva appena lasciato, si stava riesaminando la missione aerea compiuta contro Keflavik. Altre buone notizie per sollevare il morale delle truppe.

«Evidentemente non lo ha visto bene, e poi sono molto simili, a un esame superficiale. Penso anch'io che probabilmente sono dei Fulcrum, e la cosa sensata che i russi possono fare è di usare i caccia per creare un corridoio sicuro per i bombardieri.»

«Potrebbero avere bisogno di rifornirsi durante il ritorno... e se attaccassimo gli aerei cisterna?»

«Ci abbiamo pensato. Però hanno a disposizione un milione di miglia quadrate di oceano.» La dimensione era evidente sulla carta. «È quasi impossibile calcolare i tempi per una simile operazione, ma credo che varrà la pena di fare uno sforzo in futuro. Per il momento la nostra preoccupazione primaria è la difesa aerea. Dopo, pensiamo che i russi possano programmare un'operazione anfibia contro la Norvegia. Se mandano in mare la flotta di superficie, il nostro compito è di martellarla.»

USS Pharris

«Allarme aereo, comandante» disse il primo ufficiale. «Ci sono circa una ventina di Backfire che volano verso il basso, obiettivo sconosciuto.»

«Bene, non saranno a caccia del gruppo portaerei, di certo non con venticinque apparecchi, ora che le navi hanno la protezione dei caccia della NATO. Dove sono adesso?»

«Probabilmente sopra l'Islanda, a distanza da tre a cinque ore. Non saremo il convoglio più grande, ma di certo siamo il più esposto.»

«D'altra parte, se vanno a caccia delle navi non in formazione, possono colpire unità inermi in pieno oceano. Al posto loro, però, non lo farei. Le nostre navi trasportano materiale bellico...» Il convoglio aveva soltanto cinque navi munite di missili SAM. Un bersaglio ghiotto.

Grafarholt, Islanda

«Scie di condensa, Doghouse, abbiamo scie sopra di noi, una ventina o giù di lì. Stanno passando proprio adesso.»

«Potete fare l'identificazione?»

«Negativo. Grossi aerei senza motori visibili sulle ali, ma non sono sicuro del tipo. Volano verso sud, ad alta quota. Non riesco nemmeno a valutare la velocità – nessun *bang* supersonico, ma se avessero superato Mach 1, a quest'ora l'avrei sentito.»

«Ripeta il conteggio» ordinò Doghouse.

«Conto ventuno scie di condensa, due-uno, rotta all'incirca uno-otto-zero. Tutti i caccia di Reykjavik hanno decollato e si sono diretti a nord mezz'ora prima di passare sopra di noi. Non sono ancora ritornati, ma non sappiamo dove siano. I bombardieri sembrano privi di scorta. Nessun'altra novità da riferire.»

«Roger, Beagle. Ci informi appena i caccia atterrano. Sarebbe una bella cosa avere un parametro per valutare i tempi del loro ciclo. Chiudo.» Il maggiore si rivolse al sergente. «Lo inoltri per telescrivente, subito. Confermi una incursione di Backfire diretta a sud, attualmente sopra Reykjavik, rotta presunta uno-otto-zero. Forse con scorta di caccia... ma sì, meglio metterci anche questo.»

Il centro comunicazioni della NATO era la sola cosa che funzionasse secondo programma. I satelliti per telecomunicazioni nelle orbite ancora irraggiungibili sopra l'equatore fornivano informazioni alle unità di tutto il mondo, e in Scozia vi era per l'appunto uno dei principali "nodi", termine del gergo militare per designare una centrale telefonica ad alta tecnologia.

USS Pharris

Morris vedeva che la giornata era adatta alle scie di condensa. La giusta combinazione di temperatura e di umidità, ad alta quota, faceva condensare gli scarichi roventi dei motori. Potevano vedere le scie del movimento aereo che attraversava l'Atlantico. I potenti binocoli a venti ingrandimenti usati in plancia per l'osservazione di superficie erano stati assegnati a un "nido d'aquila" in cima alla sovrastruttura, e le vedette li usavano per identificare gli aerei. Cercavano soprattutto i Bear, gli aerei che i sovietici usavano per scoprire i bersagli per i Backfire.

Tutti erano tesi, e non c'era probabilità di rilassarsi. La minaccia dei sottomarini era già stata abbastanza temibile, ma dopo i duri colpi subìti dal gruppo delle portaerei il giorno prima, il convoglio era praticamente nudo di fronte a un attacco dal cielo. Per di più, erano troppo al largo per poter sperare in una protezione da parte di caccia con base a terra. Le difese antiaeree della *Pharris* erano di tipo rudimentale. Poteva a malapena difendere se stessa, e certo non poteva fare niente per gli altri. Le navi che disponevano di missili terra-aria si stavano allineando sul lato nord del convoglio, venti miglia a sud della fregata, e intanto la *Pharris* continuava la ricerca. Tutto ciò che la fregata poteva fare era tenere sotto costante osservazione gli strumenti rivelatori di pericolo, e ritrasmettere ogni dato per radio. Erano sicuri che i russi avrebbero usato i radar di ricerca Big Bulge montati sui Bear per localizzare e classificare il bersaglio. Il piano del comandante del convoglio era di usare le navi armate di SAM come fila supplementare di bersagli disposti esattamente come i mercantili. Con un po' di fortuna, un Bear più curioso degli altri avrebbe potuto crederle disarmate e lasciarsi tentare da una ricerca visiva. Le probabilità non erano molte, ma era l'unica carta che restava da giocare...

«Contatto! Abbiamo un radar Big Bulge a rilevamento zero-zero-nove. La forza del segnale è bassa.»

«Non trovarci, maledetto» mormorò l'ufficiale tattico.

«Poco probabile» disse Morris. «Passate i dati al comandante della scorta.»

Il Bear era diretto a sud, e usava il radar solo due minuti ogni dieci nell'avvicinarsi al convoglio. Ben presto fu individuato un altro contatto un po' più a ovest. I tracciatori valutarono le posizioni e le trasmisero via satellite al CINCLANTFLT, a Norfolk, con la richiesta urgente di assistenza. Norfolk accusò ricevuta del messaggio. Dieci minuti dopo giunse la notizia che non era disponibile alcun aiuto.

La *Pharris* mise gli uomini al cannone. Il sistema lanciamissili e il radar del Gatling di poppa vennero armati. Gli altri radar furono lasciati disinseriti. Al centro informazioni di combattimento, gli operatori sedevano nervosi ai loro posti, le dita sui pulsanti, ascoltando le comunicazioni ESM e lanciando sguardi furtivi al quadro.

«Ci hanno acquisiti entrambi, a quest'ora.»

«Poi vengono i Backfire» aggiunse Morris.

Pensò alle battaglie che aveva studiato in Accademia, all'inizio della seconda guerra mondiale, quando la flotta giapponese aveva la superiorità aerea, e i tedeschi usavano i Condor a lungo raggio per avvistare i convogli, comunicandone la posizione a tutti quanti, senza che gli alleati potessero farci niente, allora. Non aveva mai immaginato di potersi trovare nello stesso guaio. La medesima situazione tattica si ripeteva a distanza di quarant'anni? *È assurdo*, si disse Morris. *Assurdo e terrificante.*

«Visualizziamo un Bear, appena sopra l'orizzonte a due-otto-zero» si udì da un altoparlante.

«Usare gli strumenti ottici per individuare il bersaglio a poppa» disse il direttore di tiro. Si voltò verso Morris. «Forse si avvicinerà abbastanza da beccarsi un colpo.»

«Non inserite nessun radar adesso. Potrebbe anche finire nel campo di un missile lanciato da chissà chi, se non sta attento.»

«Impossibile che sia così stupido.»

«Cercherà di valutare le difese del convoglio» disse calmo Morris. «Non può ancora scoprirle visivamente, non ancora. Poi, per un po', tutto ciò che potrà vedere saranno delle gobbe seguite da onde. Non è facile identificare una nave da un aereo, mister. Stiamo a vedere quanto è curioso quel tipo...»

«L'aereo ha appena cambiato rotta» annunciò l'altoparlante. «Vira a est su di noi.»

«Azione aerea a tribordo! Barra a dritta. Avanti tutta! Venire a nuova rotta uno-otto-zero» ordinò immediatamente Morris. Stava virando a sud per attirare il Bear più vicino alle navi missilistiche. «Illuminare bersaglio. Fuoco a volontà! Impegnarlo quando arriva a portata.»

La *Pharris* virò stretto a sinistra per cambiare rotta. A prua, il cannone da cinque pollici ruotò in senso orario mentre la nave si allineava con il bersaglio. Appena l'affusto fu scoperto, i radar di comando tiro gli trasmisero una soluzione, e il lungo pezzo si elevò a trenta gradi bloccandosi sul bersaglio. La rampa del missile all'estremità della poppa fece lo stesso.

«Il bersaglio è a trentamila piedi di altezza, distanza quindici miglia, e si avvicina.»

Il comandante della scorta non aveva ancora autorizzato il lancio di missili. Era meglio che i russi lanciassero per primi, mentre non sapevano ancora chi avevano di fronte. Tutta la flotta aveva ricevuto le informazioni sulla battaglia delle portaerei. I grandi missili aria-terra dei russi non erano bersagli particolarmente difficili da colpire, perché correvano dritti sugli obiettivi; bisognava però saper reagire in fretta, perché erano velocissimi. Calcolò che il Bear stava valutando il bersaglio e non conosceva ancora la forza delle navi scorta. Quanto più a lungo la ignorava, tanto meglio, perché i Backfire non potevano restare molto tempo così lontani dalle loro basi. E per poco che il Bear si fosse avvicinato...

«Aprire il fuoco!» urlò il TAO.

Il cannone della *Pharris* passò al modo completamente automatico, sparando un colpo ogni due secondi. Il Bear era a malapena a portata e non c'erano molte probabilità di colpirlo, ma bisognava pur cominciare a dargli motivi d'inquietudine.

Il primo colpo andò a vuoto, esplodendo a un miglio dal Bear senza fare danno, ma i tre colpi successivi passarono più vicini; uno esplose a soli duecento metri dall'ala sinistra. Il pilota sovietico istintivamente virò a destra per fuggire, ma fu un errore. Non sapeva che vicino c'era un "mercantile" carico di missili SAM.

Qualche secondo dopo furono lanciati due missili e il Bear picchiò per eluderli, lasciandosi dietro una pioggia di trucioli metallici, e puntò dritto sulla *Pharris*, dando così agli artiglieri della fregata un'altra occasione di registrare un abbattimento. Furono sparati ancora venti colpi contro l'aereo che si avvicinava. Due, forse, furono abbastanza vicini per danneggiare il bombardiere, ma non si ebbero risultati visibili. Vennero poi i missili, piccole frecce bianche che si lasciavano dietro delle colonne di fumo grigio. Uno mancò il bersaglio e detonò nella nube di disturbo, ma il secondo scoppiò a un centinaio di metri dal bombardiere. La testata si espanse come la molla di un orologio, disgregandosi in migliaia di frammenti, diversi dei quali si conficcarono nell'ala di babordo del Bear. Il grosso apparecchio perse potenza a un motore e riportò gravi danni all'ala prima che il pilota riprendesse il controllo, appena fuori portata per il cannone della *Pharris*. Si diresse a nord lasciandosi dietro una scia di fumo.

L'altro Bear rimase prudentemente a distanza da tutti. Il comandante del raid aveva appena imparato una lezione che avrebbe senza alcun dubbio trasmesso all'addetto alle informazioni del suo reggimento.

«Altri radar in arrivo. Dei Down Beat!» avvisò il tecnico ESM. «Ne conto dieci... il numero aumenta. Quattordici... diciotto!»

«Contatti radar, rilevamento zero-tre-quattro, distanza uno-otto-zero miglia. Conto quattro bersagli, adesso cinque... sei bersagli. Rotta due-uno-zero, velocità seicento nodi.»

«Arrivano i Backfire» disse il TAO.

«Contatto radar» fu l'annuncio successivo. «Vampiri! Vampiri! Abbiamo missili in arrivo!»

Morris si rannicchiò interiormente. Tutte le navi scorta accesero i trasmettitori radar. I missili mirarono ai bersagli in arrivo. Ma la *Pharris* era esclusa dalla partita. Morris ordinò di aumentare la velocità e di virare a nord per uscire dalla probabile area di destinazione dei missili.

«I Backfire stanno ritornando. Il Bear mantiene la posizione. Abbiamo un po' di crepitii radio. Adesso i missili sono ventitré. Il rilevamento cambia a ogni contatto» disse il TAO. «Sono tutti diretti sul convoglio. Noi sembreremmo fuori.»

Morris poté udire gli uomini del CIC tirare un sospiro di sollievo. Guardò, un po' rincuorato, lo schermo radar. I missili stavano saettando da nordest, e i SAM andavano loro incontro. Il convoglio ricevette di nuovo l'ordine di disperdersi, e i mercantili fuggirono, allontanandosi dal centro del bersaglio. Quella che seguì fu la fantastica imitazione di un telegioco. Dei ventitré missili lanciati dai sovietici, quattro passarono attraverso i SAM e si tuffarono sul convoglio, colpendo sette mercantili.

Tutti e sette affondarono. Alcuni si disintegrarono all'istante sotto il martellamento delle testate da migliaia di chili. Gli altri rimasero a galla abbastanza a lungo perché gli equipaggi riuscissero a salvarsi. Erano partiti dal Delaware con trenta navi. Ne restavano venti, e ancora millecinquecento miglia di oceano le separavano dall'Europa.

Grafarholt, Islanda

Due Backfire rimasero a corto di carburante e decisero di atterrare a Keflavik. Dietro di loro veniva il Bear danneggiato. Volò in cerchio sopra Reykjavik, in attesa che i Backfire lasciassero libera la pista. Il sole era alto sull'orizzonte a nordovest, e il Bear giallo si stagliava contro il cielo blu cobalto.

«Restate in onda, Beagle» ordinò Doghouse. Tre minuti dopo Edwards comprese perché.

Questa volta non vi furono azioni di disturbo elettronico a distanza che potessero mettere i sovietici sull'avviso. Otto FB-111 passarono bassi sulle rocce, a sudest del centro montuoso dell'isola. Sfiorarono il fondo della Valle del Selja appaiati. La mimetizzazione verde e grigia li rendeva quasi invisibili ai caccia che volavano in alto. La prima coppia virò a est, seguita a mezzo miglio da una seconda. Gli altri quattro si diressero a sud passando a lato del Monte Hus.

«Merda!» Smith fu il primo a vedere, a sud, le due sottili pinne verticali di coda. Il primo aereo si impennò e lanciò un paio di bombe teleguidate. L'aereo a fianco fece lo stesso, ed entrambi virarono a nord. Le quattro bombe si diressero sulla centrale elettrica, e toccarono terra entro il perimetro. Tutte le luci si spensero come se fosse stato azionato l'interruttore generale. Il secondo paio di Aardvark passò ruggendo a bassa quota sulla Strada 1, e poi sopra i tetti di Reykjavik per allinearsi al bersaglio. L'aereo di testa lanciò le bombe ad alto potenziale, e il secondo virò a sinistra verso l'area di stoccaggio dell'aeroporto, vicino alla stazione marittima. Pochi istanti dopo, la torre di controllo saltò in aria, insieme a un capannone, mentre le bombe a grappolo Rockeye spaccavano in due le cisterne del carburante. I russi furono presi alla sprovvista; gli artiglieri spararono e lanciarono troppo tardi.

Anche le truppe di difesa a Keflavik furono sorprese, prima dalla improvvisa mancanza di corrente, poi dai cacciabombardieri che arrivarono un minuto dopo. Anche qui, la torre di controllo e i capannoni erano gli obiettivi primari, e in gran parte crollarono sotto l'impatto delle bombe da duemila libbre. La seconda formazione trovò due Backfire parcheggiati e un veicolo lanciamissili da dare in pasto ai Rockeye; gettarono poi una pioggia di piccole bombe della dimensione di palle da softball sulle piste e sulle vie di parcheggio. Frattanto gli FB-111 continuavano a volare a ovest con i postbruciatori, inseguiti dal fuoco dei cannoni e dai missili, poi anche dai caccia. Sei Fulcrum picchiarono sui "Vark" in ritirata, i cui "jammer" riempirono il cielo di rumori elettronici.

Alleggeriti del peso delle munizioni, i caccia bombardieri americani saettarono via a settecento nodi, appena un centinaio di metri sopra le creste delle onde, ma il comandante dei caccia sovietici non volle desistere. Aveva visto quello che avevano fatto a Keflavik, ed era furibondo per essere stato colto di sorpresa pur avendo i caccia in ricognizione. I Fulcrum avevano un leggero vantaggio di velocità e gradualmente ricuperarono terreno. Erano più di cento miglia al largo quando i radar dei loro missili passarono attraverso il disturbo elettronico. Due caccia lanciarono subito, e l'aereo americano prese a balzare in alto e poi in basso per eluderli. Un FB-111 fu colpito e cadde in vite nel mare. I sovietici stavano preparando una seconda salva, quando intervennero i loro ricevitori di segnale di pericolo. Quattro Phantom americani stavano ad aspettarli. In un attimo, otto missili Sparrow filarono sui Fulcrum. Adesso toccava ai sovietici scappare. I MiG-29 virarono e si lanciarono verso l'Islanda con i postbruciatori. Uno fu tranciato da un missile e un altro fu danneggiato. La battaglia, in tutto e per tutto, era durata cinque minuti.

«Doghouse, qui Beagle. La centrale elettrica è distrutta! I "Vark" l'hanno messa a piatto, gente. Un accidente d'incendio al margine sudovest dell'aeroporto, e sembra che la torre sia rotta in due. Due capannoni sono stati colpiti. Vedo due, forse tre aerei di tipo civile in fiamme. I caccia se ne sono andati mezz'ora fa. Cristo, quell'area di stoccaggio sta bruciando come l'inferno! Un sacco di gente che corre qua e là nella zona sotto di noi.» Mentre Edwards osservava, una dozzina di veicoli con i fari accesi correva chi in avanti, chi indietro, sulle strade in basso. Due si fermarono dopo un chilometro, e ne scesero dei militari. «Doghouse, credo che sia ora di abbandonare questa collina.»

«La risposta è Roger, Beagle. Dirigetevi a nordest verso la quota 482. Contiamo di risentirvi fra dieci ore. Muovetevi, ragazzi! Chiudo.»

«È ora di partire, signore.» Smith lanciò al tenente l'equipaggiamento e fece segno ai soldati di muoversi. «Si direbbe che possiamo segnare un punto a favore dei nostri.»

Keflavik, Islanda

I MiG atterrarono sulla pista uno-otto, la più lunga della base, ancora indenne. Avevano appena finito di rullare che il personale di terra già cominciava a voltarli perché potessero tornare a combattere. Il colonnello fu sorpreso di trovare ancora vivo il comandante della base.

«Quanti ne ha presi, compagno colonnello?»

«Soltanto uno, e loro ne hanno preso uno dei miei. Avete visto qualcosa sul radar?» chiese il colonnello.

«Assolutamente nulla. Prima hanno colpito Reykjavik. Due gruppi di aerei, venuti da nord. Quei dannati devono aver volato fra le rocce» ringhiò il maggiore. Additò il grande radar mobile nello spazio fra due piste. «L'hanno mancato in pieno. Sorprendente.»

«Dobbiamo spostarlo. Lo metta da qualche parte in alto, molto in alto. Non avremo mai un radar aviotrasportato, e se non miglioriamo quel tipo di allarme, questi attacchi a bassa quota ci divoreranno. Trovi una buona collina. Quanto sono danneggiati gli impianti?»

«Molte buche sulle piste, prodotte dalle piccole bombe. Le rappezzeremo entro due ore. La perdita della torre diminuirà la nostra capacità di far muovere gli aerei. Quando siamo rimasti senza corrente, abbiamo anche perso la possibilità di rifornirci di carburante con l'oleodotto. È probabile che sia interrotto il servizio telefonico locale.» Alzò le spalle. «Possiamo ripararlo, ma è un inconveniente di grossa portata. Troppo lavoro e pochi uomini. Dobbiamo disperdere i caccia, e prendere misure alternative per i rifornimenti. Il prossimo bersaglio saranno certamente i depositi di carburante.»

«Si aspettava che fosse facile, compagno?» Il colonnello guardò i roghi incandescenti che un attimo prima erano stati due Backfire Tu-22M. Il Bear danneggiato stava toccando terra in quel momento. «La loro scelta di tempo è stata troppo buona. Ci hanno assaliti quando metà dei caccia stava scortando una formazione di bombardieri al largo della costa nord. Fortuna, forse, ma io non credo alla fortuna. Voglio reparti dell'esercito per scoprire infiltrazioni nemiche intorno a tutti gli aeroporti. Voglio anche una migliore organizzazione della sicurezza. Io... che accidente è questa?»

Una delle piccole Rockeye era sul cemento a cinque o sei metri da loro. Il maggiore prese una bandierina di plastica dalla jeep e la mise vicino alla bomba.

«Gli americani hanno predisposto qualche detonazione ritardata. I miei uomini se ne stanno occupando. Stia tranquillo, compagno, tutti i suoi caccia sono felicemente rientrati. Le zone per disperdere gli aerei sono sgombre.»

Il colonnello arretrò leggermente. «Che cosa ne fa, di quelle?»

«Ci siamo già allenati. Usiamo un bulldozer appositamente adattato per spingerle fuori dal cemento. Qualcuna scoppia, qualcuna no. A queste ultime provvede un tiratore scelto, che le fa detonare a colpi di fucile.»

«La torre?»

«C'erano tre uomini in servizio. Buoni soldati.» Di nuovo il maggiore alzò le spalle. «La prego di scusarmi, ho del lavoro da sbrigare.»

Il colonnello diede un ultimo sguardo alla bomba prima di andare verso i caccia. Aveva sottovalutato il maggiore.

Islanda

«C'è una luce sulla nostra collina» disse Garcia. Tutti si buttarono a terra. Edwards si avvicinò al sergente.

«Qualche stronzo deve avere acceso una sigaretta» osservò Smith acido. Aveva finito la sua ultima parecchie ore prima e stava avendo i primi sintomi della crisi di astinenza. «Vede adesso perché ci portiamo appresso i nostri stracci?»

«Ci stanno cercando?» chiese Edwards.

«Credo di sì. L'attacco è stato condotto in modo piuttosto furbo. Si domanderanno se gli aerei non avevano qualche aiuto. Mi stupisce che non l'abbiano ancora fatto. Mi sa che avevano già abbastanza gatte da pelare.»

«Pensi che possano vederci?» A Edwards non piaceva l'idea.

«Da due miglia? Troppo buio, e se fumano vuol dire che sono abbastanza rilassati. Si distenda, tenente. Non è così facile trovare quattro persone. Ci sono un sacco di colline da perlustrare in questa pietraia. Dobbiamo solo badare bene a dove camminiamo. Non passare sulle creste, per esempio. Anche se hanno riflettori a luce radente, non sarà facile vederci se stiamo a fondovalle. Muoviamoci, truppa, e stiamo bassi.»

USS Pharris

Un ultimo mercantile stava bruciando. L'equipaggio aveva abbandonato la nave già da due ore, ma il relitto era ancora in fiamme sull'orizzonte a ovest. *Altri morti*, pensò Morris. Solo metà circa degli uomini era stata salvata, e non c'era tempo per una ricerca più attenta. Il convoglio era partito senza una nave attrezzata per il salvataggio. Gli elicotteri avevano tirato fuori dall'acqua parecchia gente, però il loro compito era la caccia ai sommergibili. Teneva in mano un dispaccio in cui si leggeva che degli Orion partiti da Lajes avevano inseguito e probabilmente eliminato un sub di classe Echo armato di missili. Qualche buona notizia, ma i servizi informazioni parlavano di altri due sommergibili affondati.

La perdita dell'Islanda era un disastro la cui portata diventava visibile soltanto ora. I bombardieri sovietici avevano a disposizione un buon passaggio per spingersi fino alle rotte commerciali. I loro sottomarini correvano attraverso lo stretto di Danimarca, anche se le Marine della NATO stavano tentando di mettere in posizione le proprie unità subacquee per ricostituire la barriera che avevano perso e da cui dipendeva la sicurezza dei convogli. L'Aviazione e la Marina avrebbero cercato quanto prima di riorganizzare la copertura dei caccia per molestare i Backfire, ma erano solo dei palliativi. Finché l'Islanda non fosse stata completamente neutralizzata, o meglio, riconquistata, la battaglia del Nord Atlantico sarebbe rimasta in equilibrio instabile.

Dalle basi della flotta del Pacifico, a San Diego e a Pearl Harbor, delle navi oscurate presero il mare. Appena giunte al largo, si diressero tutte a sud, verso Panama.

23

Ritorni

USS Pharris

La situazione si era riassestata: termine piuttosto improprio, dato che i Backfire continuavano a scendere attraverso il varco sopra l'Islanda. Quel pomeriggio avevano colpito un altro convoglio, affondando undici navi. Tutte le formazioni di mercantili dirette in Europa deviavano a sud, allungando il percorso pur di diminuire il rischio di attacchi aerei. Per quanto gravi fossero state le perdite fino a quel momento – sessanta navi – la diversione a sud obbligava quanto meno i bombardieri sovietici a portare un solo missile, anziché due ciascuno.

La tensione cominciava a trasparire su tutti i volti. L'equipaggio di Morris era in servizio "babordo-tribordo" da quasi una settimana: quattro ore di guardia, quattro di riposo. Gli orari erano stati sovvertiti. La gente non faceva pasti adeguati. Necessità indifferibili di manutenzione decurtavano ulteriormente le poche ore di sonno. Come se non bastasse, c'era il rischio permanente di essere attaccati dal cielo o dal fondo del mare. Il lavoro veniva eseguito regolarmente, ma – Morris lo vedeva bene – gli uomini stavano diventando laconici e irritabili. Cominciavano a inciampare nelle mastre delle porte, segno indubbio di affaticamento. Sarebbero presto seguiti sbagli più gravi. La correlazione tra fatica ed errori era sicura come la legge di gravità. Morris sperava che entro pochi giorni si sarebbe instaurata spontaneamente una routine più stabile, un *modus vivendi* cui gli uomini si potessero adattare. C'era già qualche indicazione in tal senso, e i sottufficiali gli dicevano di non preoccuparsi. Morris, però, era inquieto.

«Plancia, qui centrale. Contatto sonar, possibile sottomarino, rilevamento zero-zero-nove.»

«Ci risiamo» disse l'ufficiale di guardia. Per la ventiquattresima volta da quando erano partiti, gli uomini della *Pharris* corsero ai posti di combattimento.

Ci vollero tre ore. Non vi era alcun Orion disponibile per loro, e le navi scorta mettevano in *pool* i propri elicotteri per la ricerca dei sottomarini, sotto la direzione di Morris e del CIC. Il comandante del sottomarino russo decisamente conosceva il mestiere. Al primo sospetto di essere stato individuato – magari il sonar aveva captato un elicottero o il rumore di una boa di ricerca caduta in mare – scendeva in acque profonde e dava avvio a una serie di accelerazioni e decelerazioni alternate, guizzando come un delfino sopra e sotto lo strato per interrompere il contatto, senza smettere di andare verso il convoglio. Non manifestava alcuna intenzione di allontanarsi. Compariva e scompariva dal quadro tattico, avvicinandosi, ma senza mai rivelare la propria posizione in modo abbastanza chiaro perché la fregata potesse tentare di colpirlo.

«Sparito di nuovo» disse perplesso l'ufficiale antisom. Una boa sonar lanciata dieci minuti prima aveva captato un segnale debole, lo aveva tenuto per un paio di minuti, poi lo aveva perso. «Quel tipo è troppo in gamba.»

«E anche troppo vicino» aggiunse Morris. Se il sottomarino continuava verso sud, doveva essere al limite della portata del loro sonar. Fino a quel momento la *Pharris* non si era rivelata. Il capitano del sub poteva capire dalla presenza degli elicotteri che c'erano in giro navi di superficie, ma era improbabile che sospettasse la presenza di una fregata a sole dieci miglia.

Morris guardò l'ufficiale. «Aggiorniamo il diagramma della temperatura.»

Fu gettata una sonda batitermografica. Lo strumento misurava la temperatura dell'acqua e la trasmetteva a un display in sala controllo. La temperatura era il fattore ambientale più importante per il funzionamento del sonar. Le navi di superficie la verificavano periodicamente, ma un sottomarino poteva farlo in modo continuativo – ed era un altro punto a suo favore.

«Là!» esclamò Morris. «Il gradiente è molto più forte, ora, e l'amico ne approfitta. Sta fuori dal canale profondo e fa degli spunti di velocità sopra lo strato anziché sotto, come noi ci aspetteremmo. Okay...»

Gli elicotteri continuavano a sganciare boe, e le fugaci indicazioni che riuscivano ad avere erano sempre di un bersaglio diretto a sud verso la *Pharris*. Morris attese per dieci minuti.

«Plancia, qui centrale, alla via a sinistra, venire a nuova rotta zero-uno-uno» ordinò Morris, puntando la nave verso la posizione presunta del sottomarino. La fregata avanzava silenziosa sul mare calmo alla velocità di cinque nodi. Il gruppo del CIC osservò sul display i dati che cambiavano molto lentamente rispetto alla rotta verso est.

Lo schermo tattico era inutile. Il computer era confuso dai molti impulsi, per lo più brevi, provenienti dalle boe sonar, che spesso risultavano essere segnali fasulli; la valutazione fatta della posizione del sottomarino copriva uno spazio di oltre cento miglia quadrate. Morris andò al tavolo di carteggio in un angolo del locale.

«Penso che sia pressappoco qui.» Morris batté la mano sulla carta. «Commenti?»

«Navigando a pelo d'acqua? È contrario ai canoni» fece presente l'antisom. Si riteneva che i sottomarini sovietici si attenessero rigidamente alla dottrina ufficiale, almeno così dicevano i rapporti dei servizi d'informazione.

«Vediamo di scoprirlo. Ricerca Yankee.»

L'ufficiale antisom diede subito l'ordine. Ricerca Yankee voleva dire mettere in funzione il sonar attivo della fregata e martellare l'acqua per scoprire il sottomarino. Morris stava correndo un rischio. Se il sub era vicino quanto lui pensava, la fregata avrebbe, per così dire, pubblicizzato la propria posizione e incoraggiato un attacco con missili senza essere attrezzata per affrontarlo. L'operatore seguiva con la massima concentrazione il raggio del sonar che spaziava sullo schermo da ovest a est. I primi cinque segnali furono nulli, ma quello successivo fece apparire un punto luminoso sul display.

«Contatto – contatto sonar positivo, traccia diretta, rilevamento zero-uno-quattro, distanza undicimilaseicento metri. Valutato come probabile sottomarino.»

«Inchiodiamolo» ordinò Morris.

Il razzo ausiliario dell'ASROC a combustibile solido si accese, si staccò dalla nave e descrisse una parabola nel cielo segnata da una pallida scia di fumo grigio. Mille piedi sopra l'acqua, il siluro si separò dal razzo e cadde in acqua, rallentato dal paracadute.

«Ha cambiato rotta, signore» comunicò l'addetto al sonar. «Il bersaglio sta virando e aumentando la velocità. Io... il "pesce" è qui, abbiamo il siluro in acqua e sta emettendo impulsi. È caduto molto vicino.»

L'ufficiale tattico lo ignorò. Tre elicotteri stavano convergendo sul punto di riferimento. Era molto probabile che il missile mancasse il bersaglio, per cui la cosa da fare adesso era di bloccare il contatto. Ordinò di virare a dritta, dando modo al sonar passivo rimorchiato di cercare il sottomarino che si stava muovendo veloce, ma rumoroso, nel tentativo di eludere il siluro. Il primo elicottero giunse in posizione e sganciò una boa.

«Rumore di doppia elica e cavitazione. Suona come un Charlie lanciato a tutta velocità, signore» comunicò un sottufficiale. «Dovremmo beccarlo.»

Il siluro passò dal modo "emissione e ascolto" all'emissione continua, curvò in giù per inseguire il bersaglio, perse momentaneamente il contatto quando il sommergibile passò attraverso il termoclino, poi lo acquisì di nuovo al passaggio in acque più profonde e più fredde. La distanza fra inseguito e inseguitore diminuì rapidamente. Il sottomarino espulse un generatore di rumori che non funzionò a dovere, e ne introdusse un altro nel tubo di lancio. Troppo tardi. Il siluro colpì l'elica di babordo ed esplose.

«Magnifico!» urlò un sottufficiale della squadra sonar. «C'è la detonazione di una testata. Preso! Abbiamo fregato il babbeo!»

«Registriamo l'impatto e la detonazione» confermarono da un elicottero. «Tenetevi pronti. I motori del bersaglio non sono completamente fermi... rumori addizionali metallici di propulsione. Sentiamo un sibilo, sta pompando aria. Risale, il bersaglio sta risalendo. Bolle in superficie. Porco cane, eccolo!»

La prua del Charlie uscì dall'acqua a sei miglia dalla fregata. Tre elicotteri presero a girare come lupi sul battello ferito, e la *Pharris* virò a nord per avvicinarsi, puntandogli contro il cannone da cinque pollici. Non ce ne fu bisogno. Il portello di prua si aprì e gli uomini cominciarono a saltare fuori; altri comparvero sull'opera morta e si tuffarono, mentre l'acqua inondava la sala macchine. In totale, dieci uomini uscirono prima che il sottomarino scivolasse all'indietro e sparisse sott'acqua. Un altro uomo sbucò in superficie qualche secondo dopo, ma fu l'ultimo.

Gli elicotteri lanciarono giubbotti di salvataggio agli uomini in mare. L'apparecchio munito di verricello di ricupero riuscì a tirarne su due prima che entrasse in scena la fregata. Morris diresse le operazioni dalla plancia. Fu subito messa in mare la scialuppa. L'operazione di salvataggio non fu particolarmente difficile. I russi erano sotto shock e non opposero resistenza. Gli elicotteri guidarono l'imbarcazione verso i singoli naufraghi, continuando a rastrellare la zona per vedere se ce n'erano altri. Tutti gli undici uomini furono ricuperati; la lancia ritornò alla nave e fu issata a bordo. Il nostromo della *Pharris* diresse l'operazione, assistito da un guardiamarina che se ne stava in silenzio.

Nessuno aveva mai preso seriamente in considerazione una simile eventualità. Si presumeva che un sottomarino colpito da un siluro andasse completamente distrutto. *Prigionieri*, rimuginava Morris. *Che diavolo pensano che me ne faccia?* Doveva decidere dove tenerli e come trattarli. C'era poi l'interrogatorio – aveva qualcuno, a bordo, che parlava russo? Affidò il comando al primo ufficiale e corse a poppa.

C'era già un picchetto di marinai che imbracciavano goffamente i fucili M-14 guardando con curiosità la scialuppa, il cui equipaggio assicurò le cime agli attacchi. L'addetto all'argano issò la barca fino alla sella sul ponte.

I sovietici non erano niente di sensazionale. Molti erano ancora scossi per avere visto la morte così da vicino. Morris contò tre ufficiali, uno dei quali doveva essere il comandante. Bisbigliò un breve ordine a Clarke, il nostromo, che fece arretrare la gente armata ed estrasse di tasca il fischietto. Come la lancia si posò sul ponte, il nostromo modulò un fischio su tre note, salutando il comandante sovietico come se fosse un alto ufficiale salito a bordo.

La reazione del russo fu del massimo stupore. Morris fece un passo avanti per aiutarlo a scendere in coperta.

«Benvenuto a bordo, comandante. Io sono il comandante Morris, della Marina degli Stati Uniti.» Ed lanciò uno sguardo attorno, per cogliere la stupefazione sui volti degli uomini. La trovata, però, non ebbe il successo sperato. Il russo disse qualcosa nella propria lingua, o perché non sapeva l'inglese, o perché ebbe la presenza di spirito di fare finta di non saperlo. Qualcun altro si sarebbe dovuto occupare dell'interrogatorio. Morris disse al nostromo di procedere. I russi furono portati sotto coperta al controllo medico. Per il momento, li avrebbero tenuti sotto sorveglianza nell'infermeria. Il nostromo ritornò di corsa.

«Comandante, perché tutta quella scena?» chiese Clarke.

«Probabilmente hanno dato loro a intendere che noi li facciamo fuori con un colpo alla nuca. Ho letto un libro in cui si diceva che la tecnica più efficace... vedi, nella seconda guerra mondiale c'era un tedesco specializzato nel cavare informazioni dai nostri... Era in gamba a farlo, e il sistema che usava era di trattarli con cortesia. Pensa, dopo la guerra gli hanno pagato il viaggio per farlo venire negli Stati Uniti, e adesso è cittadino americano. Separa gli ufficiali dalla bassa forza, e i marinai anziani dai più giovani. Tienili separati, ripeto. Assicurati che non manchino di niente. Da' loro da mangiare, sigarette, fa' in modo che si sentano al sicuro. Se per caso conosci qualcuno a bordo che ha una bottiglia, fattela dare e offri agli ospiti un paio di bicchieri di roba forte. Rivestili a nuovo. Prendi i loro indumenti e falli portare in quadrato. Vedremo se hanno qualcosa che ci interessa. Assicurati che siano trattati bene, magari riusciamo a far vuotare il sacco a qualcuno.»

«Come vuole, comandante.» Il nostromo se ne andò scuotendo

la testa. Almeno questa volta avrebbe potuto dipingere un sottomarino intero sulla paratìa.

Morris ritornò in plancia. Revocò l'ordine di "posto di combattimento" e dispose che la fregata ritornasse in formazione. Quindi chiamò il comandante della scorta e lo informò dei prigionieri.

«*Pharris*» rispose il commodoro. «Lei ha l'ordine di dipingere una A dorata sulla rampa di lancio degli ASROC. I miei complimenti a tutti gli uomini. Siete i campioni di questa traversata. Ritornerò in argomento per i prigionieri. Chiudo.»

Morris si voltò a controllare che la gente di guardia in coperta fosse ancora là. Avevano sentito tutti le parole del commodoro. La stanchezza era svanita, e i sorrisi rivolti a Morris significavano per lui molto di più delle parole del gran capo.

Kiev, Ucraina

Alekseyev lanciò uno sguardo alle relazioni dei servizi segreti. Il suo comandante era a Mosca per un rapporto ad alto livello, ma le informazioni sul tavolo erano – avrebbero dovuto essere, rettificò – un po' diverse da quelle che il generale stava ascoltando in quel momento.

«Le cose non vanno bene in Germania?» si informò il capitano Sergetov.

«No. Avremmo dovuto raggiungere la periferia di Amburgo alle H + 36. Un giorno e mezzo, secondo il piano. Invece non ci siamo ancora, e la seconda ondata d'attacco ha subìto perdite pesantissime a opera dell'Aviazione NATO.» Tacque un momento guardando la carta. «Se fossi io il comandante della NATO, contrattaccherei ancora una volta, proprio in quel punto.»

«Forse non sono in grado di farlo. Il primo contrattacco è stato respinto.»

«Con il sacrificio di una divisione corazzata e di sessanta aerei. Possiamo fare a meno di vittorie del genere. Il quadro a sud è poco più lusinghiero. Le forze della NATO cedono terreno per guadagnare tempo, e lo fanno molto bene. Le loro forze di terra e l'Aviazione tattica operano esattamente là dove si sono addestrate per trent'anni. Le nostre perdite sono quasi il doppio del previsto, e non ce lo possiamo permettere.» Alekseyev si appoggiò allo schienale. Si accusava di essere disfattista, ma era piuttosto l'espressione del desiderio di partecipare personalmente all'azione. Come qualunque altro generale, era convinto che, lui presente, le cose sarebbero andate meglio.

«Come sono le perdite della NATO?»

«Pesanti, credo. Sono stati alquanto prodighi nelle spese per gli armamenti. I tedeschi hanno puntato troppo sulla difesa di Amburgo e devono averla pagata molto cara. Al posto loro, se non potessi contrattaccare, mi ritirerei. Non vale la pena di infrangere l'equilibrio di tutto un esercito per tenere una città. Abbiamo imparato la lezione a Kiev...»

«Mi scusi, compagno generale, e Stalingrado?»

«Situazione molto diversa, capitano. È notevole, comunque, il modo in cui la storia si può ripetere» mormorò Alekseyev, studiando la carta sul muro. Scosse il capo. La Germania Occidentale aveva troppe arterie di comunicazione perché la cosa potesse veramente ripetersi. «Il KGB riferisce che alla NATO sono rimaste munizioni per due settimane, tre al massimo. Sarà questo il fattore decisivo.»

«Come stiamo noi a rifornimenti e carburante?» chiese il giovane capitano. Alekseyev gli lanciò un'occhiataccia.

Islanda

Almeno c'era dell'acqua. I torrenti erano alimentati dai ghiacciai del massiccio centrale – acqua caduta in forma di neve mille anni prima, quando la polluzione era un fenomeno di là da venire, che poi si era compressa formando il ghiaccio. Quando si scioglieva riempiendo i torrenti pietrosi, aveva una limpidezza cristallina e un gusto meraviglioso. Ma era assolutamente priva di qualsiasi valore nutritivo. Era anche gelida, e i guadi erano molto difficili da trovare.

«Restano razioni solo per un giorno, tenente» fece notare Smith mentre finivano il pasto.

«Già, dovremo pensarci.» Edwards riunì il proprio materiale. Garcia lo raccolse tutto per seppellirlo. Se fosse esistito un modo per cancellare le impronte dei piedi dal terreno, Smith avrebbe preteso che facessero anche quel lavoro.

Non era facile. Mentre montava la radio, Edwards colse qualche imprecazione pronunciata sottovoce in spagnolo, e il rumore di una vanga sul pietrisco che costituiva il suolo della Quota 482.

«Doghouse, qui Beagle. Stiamo per restare senza niente da mangiare, passo.»

«Spiacente di sentire questa notizia, Beagle. Volete che vi mandiamo qualche pizza?»

«Bastardo spiritoso!» disse Edwards prima di premere il pulsante di trasmissione. «Che cosa diavolo volete che facciamo, questa volta?»

«Siete stati visti da qualcuno?»
«Siamo vivi, no? Negativo.»
«Ditemi che cosa vedete.»
«Okay, c'è una strada in discesa a nord, con fondo di ghiaia, a forse due miglia di qui. Vedo qualcosa che sembra una fattoria – campi coltivati, ma non so dire di cosa. Un ovile a ovest, ci siamo passati venendo. Molte pecore. Dieci minuti fa abbiamo notato un camion sulla strada diretto a ovest. Non abbiamo osservato aerei oggi, ma non credo che durerà. I soli civili che abbiamo visto stavano davanti alle case, non c'è nessuno neanche con le pecore, e la fattoria a nord non presenta alcuna attività visibile. Niente traffico civile – ripeto, zero. I russi hanno fatto chiudere bottega a tutta l'isola. Veramente chiuso, Doghouse. Non ho altro. Dite ai piloti dei "Vark" che hanno veramente fatto un lavoro completo sulla centrale. Non ne è rimasto niente se non un buco per terra. Da allora non s'è più vista luce elettrica.»
«Ricevuto, Beagle. Okay, gli ordini per voi sono di dirigervi a nord verso Hvammsfjördur. Dovrete fare un'ampia deviazione a est per aggirare tutte quelle baie che vedo sulla carta. Vi vogliamo là entro dieci giorni. Prendete per i campi ed evitate il contatto con chicchessia. Continuate i contatti secondo il programma normale e riferite tutto quello che vedete e che può essere interessante. Confermate.»
«Roger, Doghouse, ci volete in vista di Hvammsfjördur alla fine della prossima settimana. Dobbiamo continuare i contatti radio di routine. C'è altro?»
«State attenti. Chiudo.»
«Hvammsfjördur?» chiese Smith. «Ma ci sono cento miglia in linea d'aria.»
«Vogliono che facciamo una deviazione a est per evitare contatti.»
«Duecento miglia – camminando su queste schifezze.» Il cipiglio di Smith era tale che avrebbe potuto spaccare i sassi. «Alla fine della prossima settimana? Dieci o undici giorni?»
Edwards annuì sentendosi un po' stupido. Non aveva capito che era così lontano.
«Sarà dura, *mister* Edwards!» Il sergente tirò fuori dal portacarte una mappa a grande scala. «Non ho neppure le carte di tutta la costa. Cristo! Guardi qui, tenente. Le creste e i fiumi partono da questa altura come raggi dal mozzo di una ruota, vede? Vuol dire arrampicarsi un bel po', e le colline non sono basse. Tutte le zone in piano hanno delle strade e, sicuro come la morte, noi non le possiamo usare, vero?» Scosse la testa.

Edwards si sforzò di sorridere. «Come, non possiamo farcela? Credevo che voi marines foste sempre in gran forma.»

Smith era il tipo che correva cinque miglia a piedi ogni mattina. Non gli sembrava di aver mai visto quel tappetto dell'Aviazione fare un po' di esercizio fisico.

«Okay, *mister* Edwards, dicono che il sudore non ha mai affogato nessuno. In piedi, marines, ci è stato ordinato di fare una piccola passeggiata.» Rodgers e Garcia si scambiarono uno sguardo. *Mister* non era esattamente un termine di cortesia quando si parlava a un ufficiale, ma Smith pensava che l'insubordinazione aveva peso solo se l'ufficiale si rendeva conto di essere insultato.

Keflavik, Islanda

Ci volle del tempo per montare gli elicotteri. Il grosso AN-22 da trasporto aveva consegnato due Mi-24 d'attacco, un bel carico anche per quel mostro di quadrimotore. Un altro IL-76 aveva portato i tecnici e gli equipaggi per metterli a punto e pilotarli. C'era stata una grave negligenza nel piano, pensò il generale. L'unico elicottero sopravvissuto al mitragliamento del primo giorno era stroncato e, naturalmente, le parti danneggiate non rientravano fra quelle incluse nella dotazione dei ricambi. Avrebbero dovuto esserci più elicotteri. Si strinse nelle spalle in modo eloquente. Nessun piano era mai stato perfetto. Sarebbe stato necessario trasportare in aereo degli altri elicotteri, più qualche impianto radar mobile e dei lancia-SAM supplementari. Gli americani avevano l'aria di voler rendere loro difficile la permanenza in Islanda, e per controbatterli occorrevano più mezzi di quelli che aveva a disposizione...

C'erano poi quei bastardi del KGB. *Dobbiamo pacificare l'isola*, dicevano. Come se l'Islanda non fosse già abbastanza passiva. Non vi era stato nemmeno un episodio di resistenza fino a quel momento – *nemmeno uno*, pensò il generale ricordando l'anno di servizio in Afghanistan. In confronto a quell'inferno fra le montagne, l'Islanda era un vero e proprio paradiso. Ma questo non bastava per il KGB! Barbari *nekulturny*, ignoranti. Avevano prelevato un migliaio di ostaggi, solo per scoprire che non c'era abbastanza posto nelle prigioni per tenerli al fresco. *Così devo usare un'intera compagnia di paracadutisti per montare la guardia a quei poveri disgraziati inermi*. Gli ordini volevano che collaborasse con il contingente locale del KGB. Ovviamente, con il KGB non si collaborava, ci si faceva solo dominare. Alcuni ufficiali del KGB erano stati distaccati con le pattuglie mobili per "consigliare", secondo il loro termine.

Il generale Andreyev stava cominciando a preoccuparsi. I paracadutisti scelti non erano adatti a far bene i carcerieri. Se l'ordine fosse stato di trattare gli islandesi con cordialità, sarebbe stata una cosa. Viceversa, avevano avuto istruzioni di comportarsi con durezza, e questo generava ostilità. Si era addirittura sentito qualcuno applaudire quando si erano allontanati gli ultimi caccia bombardieri americani. *Assurdo*, pensò il generale. *Non c'era più l'elettricità e noi non ci avevamo guadagnato niente – però loro applaudivano. Tutto a causa degli ordini del KGB. Che idiozia!* Un'occasione perduta. Pensò di appellarsi contro gli ordini presso il comando centrale a Mosca, ma a che cosa sarebbe servito? Un ufficiale che non amava il KGB era un ufficiale che non amava il Partito.

Il sibilo dei motori a turboalbero lo riscosse dalle fantasticherie. Il primo degli Hind Mi-24 stava provando i motori. Un ufficiale venne correndo verso di lui.

«Compagno generale, con il suo permesso siamo pronti per un volo di prova. Lo facciamo con carico minimo, senza armi. Le caricheremo al ritorno.»

«Molto bene, capitano, date solo un'occhiata in cima alle colline intorno a Keflavik e Reykjavik. Quanto dista la capitale?» chiese Andreyev.

«Due ore.»

«Ottimo. Buon lavoro, compagno capitano.»

Un minuto dopo il pesante elicottero d'attacco si alzò in volo.

«Cadi e crepa!» gridò Garcia. Non stava andando verso di loro, ma era già abbastanza spiacevole vederlo.

«Di che tipo è?»

«Hind, da attacco, come il Cobra. Brutta faccenda, tenente. Porta otto uomini e tutto un fetente carico di razzi e di cannoni. Non pensi neppure a spararg li addosso. Il maledetto è corazzato come quei porci di carri armati.»

L'elicottero volò intorno all'altura da cui venivano, poi scomparve a sud dietro un'altra collina.

«Non ci ha visti, credo» disse Edwards.

«Facciamo così. Lei tenga la radio nel sacco per un po', tenente. Possiamo chiamare più tardi, quando ci saremo spostati un poco, okay?»

Edwards fece segno di sì. Ricordava un discorso sugli elicotteri sovietici sentito all'Accademia Aeronautica, quando qualcuno aveva citato l'affermazione di un afghano: «Non abbiamo paura dei russi, ma dei loro elicotteri.»

Bitburg, Repubblica Federale Tedesca

Il colonnello Ellington si svegliò alle sei del pomeriggio, si fece la barba e uscì. Il sole era ancora alto nel cielo. Avrebbe voluto sapere quale missione era in programma per quella sera. Non era facile alla depressione, ma la perdita di metà dei suoi equipaggi – uomini con cui aveva lavorato per due intensi anni – nell'arco di una settimana era una cosa difficile da accettare. Troppo tempo era passato dall'esperienza in Vietnam. Aveva dimenticato che cosa terribile fosse perdere degli amici. Gli uomini non potevano fermarsi a piangere i morti e placare il dolore, anche se ne avrebbero avuto bisogno. Il programma voleva che si riposassero in modo adeguato. Gli ordini in vigore prescrivevano otto ore di sonno giornaliere. Come i piloti dei caccia notturni, dormivano soltanto di giorno.

Il suo gruppo, comunque, rappresentava una grande differenza nella vicenda bellica. Ne era sicuro. Ogni notte i Frisbee neri e verdi si alzavano in volo per colpire qualche obiettivo speciale, e i russi non avevano ancora escogitato una contromossa. Le apparecchiature fotografiche montate su ogni apparecchio riportavano immagini alle quali gli ufficiali addetti alle informazioni stentavano a credere. Ma a quale prezzo...

Bene. Il colonnello ricordò a se stesso che una missione al giorno era un peso molto meno greve di quello che sopportavano gli altri. Sapeva che gli equipaggi degli aerei per il supporto ravvicinato a terra subivano perdite pari alle sue. Quella notte ci sarebbe stata un'altra missione. Ordinò al cervello di concentrarsi su quell'unico argomento.

Il rapporto durò un'ora. Sarebbero partiti dieci aerei: una coppia per ciascuno dei cinque obiettivi. A lui, come comandante, era toccato il più difficile. La ricognizione aveva segnalato che i russi avevano un deposito di carburante, finora insospettato, a ovest di Wittenberg. Serviva d'appoggio per l'attacco ad Amburgo, e i tedeschi volevano che fosse eliminato. Il suo compagno di formazione li avrebbe attaccati con i Durandal, e lui avrebbe completato l'opera con i Rockeye. Non ci sarebbero stati aerei di supporto in quella missione, e il colonnello non voleva essere accompagnato da un "jammer". Due dei suoi apparecchi avevano avuto quel tipo di appoggio, ma l'emissione di disturbi era servita soltanto a mettere in guardia le difese.

Esaminò con attenzione le carte topografiche. Il terreno era pianeggiante. Non aveva molte colline dietro cui nascondersi, però avrebbe potuto volare al pelo degli alberi, il che andava quasi altrettanto bene. Sarebbe venuto da est, alle spalle del bersaglio. C'era vento da ovest a venti nodi, e se lui fosse arrivato sottovento i difensori non lo avrebbero sentito se non dopo che avesse sganciato le bombe... probabilmente. Poi, via di corsa dalla zona, verso sudovest. Il tempo complessivo per la missione era di un'ora e un quarto. Calcolò quanto carburante gli occorreva, considerando, come sempre, l'incidenza del peso delle bombe. Aggiunse al quantitativo minimo indispensabile il fabbisogno per cinque minuti in più con i postbruciatori, nell'eventualità di un combattimento aereo, e altri dieci minuti per girare su Bitburg prima dell'atterraggio. Soddisfatto dei preparativi, andò a fare colazione. Ad ogni boccone di pane tostato, la mente visualizzava la missione come un film: ogni circostanza, ogni ostacolo, ogni postazione SAM da evitare. Aggiunse qualche imprevisto. Ad esempio, che effetto avrebbe avuto sulla missione un volo di caccia a bassa quota? Come si sarebbe presentato il bersaglio con un approccio del genere? Da quale direzione avrebbe fatto, lui, un eventuale secondo passaggio per lanciare altre bombe? Il maggiore Eisly mangiava in silenzio, notando l'espressione assente sul viso del Duke, e scorrendo mentalmente la propria lista di cose da fare.

Volarono in linea retta sulla Germania Est per cinquanta miglia, prima di virare a nord verso Rathenow. Due Mainstay sovietici erano in quota, a buona distanza dal confine, circondati dagli agili intercettori Flanker. Tenendosi fuori dalla portata utile dei radar sovietici, i due Frisbee volarono bassi e in formazione serrata. Nel sorvolare sibilando le strade principali, ebbero cura di seguire rotte diverse dalla direzione dell'obiettivo. Evitarono le città, i paesi e i concentramenti nemici dove potevano esserci delle postazioni di SAM.

Il sistema di navigazione inerziale registrava il percorso sul display topografico del cruscotto. La distanza dall'obiettivo diminuì velocissima quando virarono a ovest.

Sfrecciarono sopra Wittenberg a cinquecento nodi. Le telecamere a infrarossi mostravano veicoli intenti a rifornirsi lungo le strade che portavano alla zona del bersaglio... laggiù! Fra gli alberi si vedevano almeno venti autocisterne che venivano riempite da serbatoi sotterranei.

«Obiettivo in vista. Eseguire secondo il piano.»

«Roger» confermò Shade-due. «Li ho in visuale.»

Il Duke virò a sinistra, lasciando via libera al compagno perché potesse fare il primo passaggio. L'aereo di Shade-due era l'unico, fra quelli rimasti, ad avere le griglie di lancio adatte alle grosse bombe destinate ai bersagli difficili.

«Dio!» Lo schermo del Duke mostrava un lancia-SAM nel bel mezzo della sua traiettoria, con i missili puntati a nordovest. Uno dei Frisbee aveva imparato a proprie spese che gli SA-11 hanno una capacità insospettata di autoguida. Il colonnello forzò l'apparecchio in virata stretta per allontanarsi dal lanciamissili, chiedendosi dove potevano essere gli altri veicoli della batteria.

Shade-due volò basso sull'obiettivo. Il pilota sganciò le quattro bombe e proseguì a ovest. I colpi dell'antiaerea increspar ono la scia dell'aereo.

Le armi Durandal di fabbricazione francese si staccarono dalle rastrelliere e si aprirono a ventaglio. Appena furono libere, puntarono verso il basso, e i razzi si accesero per accelerare la discesa. Erano bombe d'acciaio, progettate per sfondare piste di cemento armato: ideali per colpire le cisterne sotterranee. Non esplosero all'urto, ma perforarono il terreno penetrando per diversi piedi prima di detonare. Tre bombe trovarono i serbatoi sotterranei ed esplosero verso l'alto, aprendo un varco al carburante in fiamme che scaturì verso il cielo.

Fu molto simile a un'esplosione nucleare. Tre colonne bianche di fuoco salirono per poi aprirsi come fontane, facendo piovere carburante su un raggio di parecchie centinaia di metri. Tutti i veicoli nell'area di rifornimento furono avvolti dalle fiamme, e solo gli uomini vicini al muro di cinta riuscirono a salvarsi. Pochi secondi dopo esplosero i serbatoi di gomma che erano stati portati sul posto, e un fiume infuocato di gasolio e di benzina dilagò fra gli alberi. Nel giro di qualche secondo, dieci ettari di foresta furono trasformati in un globo fiammeggiante che salì verso il cielo, punteggiato di esplosioni secondarie. Il caccia di Ellington tremò violentemente al passaggio dell'onda d'urto.

«Diavolo» mormorò. Secondo il piano, doveva lanciare le bombe a grappolo per incendiare quello che i Durandal avevano sfondato.

«Non credo che i Rockeye siano necessari, Duke» intervenne Eisly.

Ellington cercò di non farsi abbagliare dai punti luminosi mentre virava per allontanarsi. Cercò di tenersi basso quanto più poteva, e dopo un po' si accorse che stava volando proprio lungo una strada.

Il Comandante in Capo sovietico dello Scacchiere Ovest era già furibondo, e ciò che vide non lo rallegrò. Aveva appena conferito con il comandante della Terza Armata d'Assalto a Zarrentin, e appreso che l'attacco si era di nuovo impantanato davanti ad Amburgo. Fuori di sé all'idea che la sua forza corazzata più poderosa aveva fallito l'obiettivo, stava ritornando alla propria postazione dopo avere esonerato su due piedi il comandante. A quel punto del viaggio, vide salire al cielo in una fiammata quello che poteva soltanto essere uno dei tre grandi depositi di carburante. Si alzò imprecando e aprì il tetto della vettura blindata. Mentre guardava con gli occhi socchiusi, gli sembrò di veder comparire una forma nera alla base del globo incandescente.

Che cos'è? si chiese Ellington. Lo schermo televisivo mostrava una colonna di quattro veicoli corazzati, uno dei quali era un lancia-SAM! Premette il pulsante per togliere la sicura al sistema di sganciamento ed espulse i quattro contenitori Rockeye, quindi virò a sud. Le telecamere montate sulla coda registrarono quello che accadde dopo.

I Rockeye si aprirono, disseminando le piccole bombe su un ampio angolo attraverso la strada. Esplosero appena toccarono il suolo.

Il CINC-Ovest morì da soldato. Il suo ultimo gesto fu di afferrare una mitragliatrice e sparare all'aereo americano. Quattro bombe caddero a pochi metri dal suo veicolo. Le schegge passarono attraverso la leggera corazza dell'auto, uccidendo tutti i passeggeri prima ancora che i serbatoi esplodessero e lanciando un'altra palla di fuoco nel cielo, che non era ancora ridiventato buio.

USS Chicago

Il sottomarino risalì lentamente descrivendo una spirale, per controllare con il sonar tutta la zona prima di portarsi a profondità di antenna. La fortuna non li aveva aiutati, pensò McCafferty, e questo non lo incoraggiava a correre rischi. Mentre il battello si metteva in assetto orizzontale sotto le onde, fu alzato l'albero ESM, che prese a "fiutare" eventuali segnali elettronici ostili; poi fu issato il periscopio di ricerca. McCafferty diede uno sguardo al cielo, poi alla superficie, mentre il primo ufficiale osservava attentamente il teleschermo a supporto dell'osservazione condotta dal comandante. Non c'era niente in vista. Il mare era moderatamente mosso, con onde alte cinque piedi, e il cielo azzurro era percorso da candidi cumuli annunciatori di tempo buono.

«Okay, trasmettiamo» ordinò McCafferty. Rimase al periscopio, ruotandolo continuamente con la lente angolata ora in su, ora in giù, per vedere se c'erano guai in arrivo. Un sottufficiale alzò l'antenna UHF, e la luce "okay trasmissione" lampeggiò nella sala radio a poppavia della centrale di attacco.

Erano stati richiamati in superficie da un messaggio radio a bassissima frequenza preceduto dalla loro sigla di chiamata, QZB. Il primo operatore radio attivò la trasmittente, digitò QZB sulla banda UHF via satellite, e attese una risposta che non venne. Consultò con uno sguardo il collega che gli sedeva accanto, e ripeté l'operazione. Il satellite mancò ancora una volta il segnale. Il sottufficiale inspirò profondamente e trasmise QZB per la terza volta. Due secondi dopo, la telescrivente termica nell'angolo posteriore del locale cominciò a stampare una risposta in codice. L'ufficiale alle comunicazioni digitò un comando sull'apparecchio decodificatore, e il testo uscì in chiaro su un'altra stampante.

TOP SECRET
DA: COMSUBLANT
A : USS CHICAGO
1. INFORMIAMO CHE CONSISTENTE GRUPPO ANFIBIO FLOTTA SOVIETICA PARTE DA KOLA 19 GIUGNO ORE1150Z. COMPOSIZIONE GRUPPO OLTRE 10 ANFIBI CON OLTRE 15 NAVI. SCORTE ARMATE INCLUSE KIROV, KIEV. FORTE, RIPETIAMO, FORTE APPOGGIO DI AEROMOBILI ANTISOM, PREVEDIBILMENTE ANCHE DI SOTTOMARINI CONVENZIONALI E NUCLEARI. ROTTA OVEST, ALTA VELOCITÀ.
2. OBIETTIVO PRESUNTO DEL GRUPPO È BODØ.
3. PROCEDETE MASSIMA VELOCITÀ A COORDINATE 70N 16W.
4. ATTACCATE E DISTRUGGETE. POSSIBILMENTE RIFERITECI CONTATTO PRIMA DI ATTACCARE. ALTRI SUB TRADIZIONALI ET NUCLEARI NATO PRESENTI IN ZONA. APPOGGIO AEREO POSSIBILE MA NON, RIPETIAMO, NON PROBABILE AL MOMENTO.
5. FORNIREMO DETTAGLI UBICAZIONE GRUPPO APPENA POSSIBILE.

McCafferty lesse, senza fare commenti, il dispaccio e lo porse all'ufficiale di rotta. «Quanto tempo occorre per arrivare alle coordinate navigando a quindici nodi?»

«Circa undici ore.» L'ufficiale prese un compasso e lo puntò sulla carta. «Ci saremo prima di loro, sempreché non volino.»

«Joe?» Il comandante guardò il secondo.

«Mi piace. Giusto sulla curva di centottanta metri di profondità. Per di più, le condizioni dell'acqua sono un po' ballerine in quella zona, dove la Corrente del Golfo s'incontra con l'acqua fredda che esce dai fiordi. Non vorranno avvicinarsi troppo a riva per via delle motosiluranti norvegesi, né stare troppo al largo per timore dei nucleari della NATO. Sono pronto a scommettere che verranno dritti su di noi.»

«Okay, scendiamo a novecento piedi e dirigiamo a est. Niente "posto di combattimento". Che tutti mangino e si riposino.»

Dieci minuti dopo, il *Chicago* era sulla rotta zero-otto-uno a quindici nodi. Malgrado la profondità, l'acqua era relativamente tiepida grazie alla corrente oceanica che parte dal Golfo del Messico e si spinge fino al Mar di Barents. Le condizioni agli effetti del sonar erano ideali, perché rendevano praticamente impossibile l'individuazione per le unità di superficie. La pressione dell'acqua tratteneva i rumori di cavitazione. I motori potevano spingere il sottomarino a quindici nodi usando solo una piccola parte della potenza, ovviando così alla necessità di usare le pompe del reattore, poiché l'acqua di raffreddamento circolava per convezione naturale. Ciò eliminava la maggiore fonte di radiazioni acustiche. Il *Chicago* si muoveva nel proprio elemento, ombra silenziosa nell'acqua nera.

McCafferty notò che l'umore degli uomini era cambiato. Adesso avevano una missione. Pericolosa, sì, ma una di quelle cui si erano preparati. Gli ordini furono eseguiti con calma e precisione. In quadrato, gli ufficiali ripassarono le procedure di ricerca e di attacco memorizzate da molto tempo, e fecero un paio di esercizi al computer. Esaminarono le carte per individuare i punti in cui le condizioni particolari dell'acqua avrebbero consentito loro di nascondersi. Nel locale siluri, due livelli sotto la centrale d'attacco, i marinai fecero le prove elettroniche sui verdi siluri Mk-48 e sui bianchi missili Harpoon. Una delle armi presentava un guasto nella parte elettronica; due siluristi staccarono immediatamente la piastra d'ispezione e sostituirono il componente difettoso. Analoghe verifiche furono fatte ai missili Tomahawk nei tubi di lancio verticali a prua. Infine, la squadra di controllo armi eseguì una simulazione al computer usando il dispositivo di comando tiro Mk-117 per assicurarsi che fosse perfettamente operativo. Nel giro di due ore ebbero la certezza che tutti i sistemi di bordo funzionavano entro le tolleranze previste. Gli uomini si scambiarono sguardi fiduciosi. Dopo tutto, pensavano, che colpa avevano se i russi erano tanto stupidi da tagliare la loro strada? Pochi giorni prima si erano quasi arenati – in Russia! – senza essere scoperti. Il "vecchio" era un vero professionista, no?

USS Pharris

Il pranzo fu, a dir poco, imbarazzante. I tre ufficiali russi sedevano a un capo del tavolo, consapevoli della presenza delle due guardie armate e del grosso coltello che il cuoco teneva bene in vista nella dispensa attigua al quadrato. I sovietici erano serviti da un marinaio diciassettenne ancora imberbe, che li guardava con fiero cipiglio nel porgere loro l'insalata.

«Allora» disse Morris cordialmente. «C'è qualcuno fra voi che parla inglese?»

«Io» rispose uno degli ufficiali. «Il mio comandante mi incarica di ringraziarvi per avere salvato i nostri uomini.»

«Gli dica che la guerra ha le sue leggi, e così pure il mare. Gli dica che ha dimostrato grande abilità nel condurre l'operazione.» Morris versò il condimento sull'insalata, mentre l'ufficiale traduceva. Gli americani osservavano attentamente gli ospiti, ma Morris guardò deliberatamente da un'altra parte. Il commento aveva sortito l'effetto desiderato. All'altro capo della tavola vi fu un breve dialogo.

«Il comandante chiede come avete fatto a trovarci. Noi siamo – come si dice... – sfuggiti ai vostri elicotteri, no?»

«Sì» rispose Morris. «Non abbiamo capito il vostro schema operativo.»

«E allora come ci avete trovati?»

«Sapevo che prima eravate stati attaccati dall'Orion, e che andavate a forte velocità per raggiungerci. L'angolo d'attacco era prevedibile.»

Il russo scosse la testa. «Che attacco? Chi abbiamo attaccato noi?» Si voltò verso il comandante e parlò per mezzo minuto.

C'è un altro Charlie là fuori, pensò Morris, *se non ci sta raccontando frottole. Dovremmo trovare qualcuno che sappia il russo per parlare con gli uomini dell'equipaggio di sotto. Merda, perché non ho un interprete?*

«Il capitano dice che lei si sbaglia su questo punto. Il nostro primo contatto è stato con gli elicotteri. Non ci aspettavamo che la sua nave fosse lì. È una nuova tattica?»

«No, la stiamo provando da anni.»

«Come ci avete trovati, allora?»

«Sapete che cos'è un sonar rimorchiato? È con quello che vi abbiamo individuati all'inizio, circa tre ore prima di fare fuoco su di voi.»

Il russo spalancò gli occhi. «È così buono il vostro sonar?»

«A volte.»

Dopo che questo discorso fu tradotto, il comandante russo diede quello che suonò come un ordine secco, e la conversazione finì. Morris si chiese se i tecnici radio avevano già collegato un microfono agli alloggi dei sovietici. Forse quello che si dicevano avrebbe potuto essere utile al servizio informazioni della flotta. Fino ad allora avrebbero continuato a prodigare loro ogni genere di conforto. «Come si mangia sui sottomarini sovietici?»

«Non come qui» rispose l'ufficiale di rotta dopo aver consultato il comandante. «Buono, ma diverso. Mangiamo cibi differenti. Più pesce, meno carne. Beviamo tè, non caffè.»

Ed Morris notò che i prigionieri vuotavano i piatti con malcelato entusiasmo. *Anche i nostri sommergibilisti non mangiano abbastanza verdure fresche*, pensò. Un marinaio si affacciò al quadrato e rimase sulla soglia. Era il primo operatore radio. Morris gli fece cenno di entrare.

Il marinaio tese un foglio al comandante. LAVORO SPECIALE ESEGUITO, lesse Morris, notando che l'operatore si era preso la briga di batterlo su un modulo di quelli ordinariamente usati per i dispacci, in modo che nessuno potesse sospettare che cos'era. Morris rinviò il marinaio con un cenno del capo e mise il foglio in tasca. Il nostromo era miracolosamente riuscito a scovare due bottiglie di superalcolici – probabilmente negli alloggi dei sottufficiali – ma Morris si sarebbe guardato bene dal fare inchieste. I liquori sarebbero stati dirottati verso i prigioneri quella sera stessa. Sperava che l'alcool avrebbe sciolto loro la lingua.

24

Stupro

USS Pharris

Morris non salutò con la mano l'aereo che passava a bassa quota, ma avrebbe avuto voglia di farlo. Il ricognitore della Marina francese li informava che si trovavano nel raggio della protezione aerea con base a terra. Ci sarebbe voluto un comandante russo follemente temerario per portare un sottomarino a fare il furbo da quelle parti, dove una barriera di sommergibili diesel francesi faceva buona guardia, e diverse squadriglie di aerei antisom formavano una specie di ombrello tricolore sopra il convoglio.

I francesi avevano anche mandato un elicottero a prelevare i prigionieri e portarli a Brest per l'interrogatorio ufficiale da parte di sei servizi d'informazione della NATO. Morris non avrebbe voluto essere al posto dei russi. Sarebbero stati consegnati ai francesi, che non potevano non essere mal disposti, dopo avere perso una portaerei. Insieme ai prigionieri, erano stati consegnati i nastri delle conversazioni registrate dall'equipaggio della *Pharris*. I russi avevano chiacchierato fra di loro, aiutati dagli alcolici confiscati ai sottufficiali; forse quei discorsi fatti sottovoce potevano essere di qualche utilità.

Il convoglio stava per essere affidato a una scorta mista anglo-francese, mentre il gruppo di Morris avrebbe preso in consegna una quarantina di mercantili diretti in America. Sull'ala di plancia, il comandante si voltava ogni cinque minuti a guardare la sagoma intera e le due mezze che il nostromo aveva pitturato su ambo i lati della timoniera. «Non voglio che qualche babbeo che sta dall'altra parte dica che non le ha viste» aveva affermato il nostromo con aria truce. Le tattiche antisom avevano funzionato abbastanza bene. Con la *Pharris* come postazione sonar avanzata, e il solido appoggio degli Orion, avevano intercettato tutti i sottomarini russi diretti su di loro, tranne uno. Accolta a suo tempo con notevole scetticismo, la tattica – grazie a Dio – si era rivelata efficace. Però doveva funzionare ancora meglio.

Morris sapeva che le cose sarebbero diventate più difficili. Per il primo viaggio, i sovietici non avevano potuto lanciare contro di loro se non una piccola parte dei sommergibili. Adesso, però, ce n'erano altri che scendevano attraverso lo stretto di Danimarca. La forza subacquea della NATO, che stava cercando di interdire loro il passaggio, non aveva più la linea SOSUS a darle le direttive d'intercettazione, né gli Orion a colpire i contatti che i sottomarini non potevano raggiungere. Quanto si sarebbe aggravato il pericolo quella settimana? Esaminando la rotta per il ritorno negli Stati Uniti, Morris vide che era stata allungata di quasi cinquecento miglia per fare una deviazione a sud – in parte a causa dei Backfire, ma più ancora per diluire la minaccia dei sommergibili. Due pericoli di cui preoccuparsi. La nave, però, era attrezzata per affrontarne uno solo.

Avevano perso un terzo del convoglio, per lo più a opera degli aerei. Potevano continuare così? Fino a che punto avrebbero tenuto gli equipaggi dei mercantili?

Frattanto, si erano avvicinati al convoglio, ed egli poté vedere la linea settentrionale dello schieramento. All'orizzonte, una grossa nave container stava trasmettendo con il proiettore. Morris alzò il binocolo per leggere il messaggio:

GRAZIE DI NIENTE MARINA. Almeno una domanda aveva avuto risposta.

USS Chicago

«Eccoli là» disse McCafferty.

La traccia sullo schermo sembrava quasi bianca, una spessa striscia di rumori a banda larga sul rilevamento tre-due-nove. Poteva solo essere la *task force* sovietica diretta a Bodø.

«A che distanza?» chiese McCafferty.

«Almeno due zone di convergenza, comandante, forse tre. L'intensità del segnale è aumentata appena da quattro minuti.»

«Potete fare un conteggio elica su qualcosa?»

«No, signore.» L'addetto al sonar scosse il capo. «Per il momento, soltanto una quantità di rumori non differenziati. Abbiamo cercato di isolare qualcuna delle frequenze individuate, ma anche lì è tutto un casino di rumori, come una mandria al galoppo. È tutto ciò che abbiamo, per ora. Forse più tardi, signore.»

McCafferty approvò. La terza zona di convergenza distava un buon centinaio di miglia. Da così lontano, i segnali acustici perdevano definizione, a tal punto che il rilevamento diventava una valutazione molto approssimativa. La formazione russa poteva trovarsi diversi gradi a destra o a sinistra rispetto a dove loro pensavano che fosse. Tali scarti, da quella distanza, equivalevano a parecchie miglia. Andò al Controllo.

«Andiamo cinque miglia a ovest, a venti nodi» ordinò. Era azzardato, ma non troppo. Giungendo in posizione, avevano trovato condizioni d'acqua insolitamente buone, e la piccola mossa rischiava solo di far perdere temporaneamente il contatto. D'altro canto, se avesse ottenuto informazioni precise sulla distanza, il quadro tattico sarebbe stato molto migliore. Ciò avrebbe consentito loro di riferire un contatto molto più valido, inoltrandolo per radio UHF in linea ottica prima che la formazione sovietica fosse tanto vicina da poter intercettare le trasmissioni. Mentre il *Chicago* correva veloce verso ovest, McCafferty osservò la traccia del batitermografo. Finché la temperatura non fosse cambiata, avrebbe conservato quel buon canale acustico. Invece non poté farlo. Il sommergibile rallentò rapidamente e McCafferty ritornò al sonar.

«Okay, dove sono adesso?»

«Trovati! Proprio là, rilevamento tre-tre-due.»

«Primo ufficiale, lo individui e faccia riferire il contatto.»

Dieci minuti dopo il rapporto fu radiotrasmesso via satellite. In risposta, giunse un ordine: CHICAGO OCCUPATEVI DEI GROSSI.

Islanda

La fattoria era a tre miglia, grazie a Dio in fondo alla discesa, fra l'erba alta. Quando l'aveva vista la prima volta attraverso il binocolo, Edwards l'aveva battezzata "Casa pan di spezie". Era una tipica costruzione rurale islandese con i muri bianchi rinforzati da massicce travi di legno, un bordo vivace di colore rosso, e un tetto a sesto acuto: ricordava le illustrazioni delle fiabe dei Fratelli Grimm. Le grandi stalle, separate dalla casa, avevano invece tetti bassi coperti di zolle erbose. I prati più in giù, vicino al torrente, erano punteggiati da centinaia di grandi pecore di forma strana, con pesanti mantelli lanosi, che dormivano nell'erba mezzo miglio al di là della casa.

«Culo di sacco» disse Edwards ripiegando la carta. «E non guasterebbe qualcosa da mettere sotto i denti. Signori, vale la pena di correre il rischio, ma dobbiamo avvicinarci con cautela. Seguiremo questo avvallamento a destra stando nascosti dietro il ciglio finché non saremo a circa ottocento metri.»

«Okay, signore» confermò il sergente Smith. I quattro uomini si alzarono a sedere e si infilarono gli zaini. Camminavano quasi ininterrottamente da due giorni e mezzo, e si trovavano a circa trentacinque miglia a nordest di Reykjavik. Non sarebbe stato un gran percorso su strada in piano, ma aveva richiesto uno sforzo micidiale su quell'aspro terreno, soprattutto dovendo stare all'erta per gli elicotteri che avevano cominciato a sorvegliare le campagne. Sei ore prima avevano dato fondo alle ultime razioni. La temperatura rigida e la dura fatica avevano contribuito a svuotarli di energia, mentre aggiravano o salivano le colline di duemila piedi disposte in fila sul litorale come paletti di uno steccato.

Molte cose li spingevano a muoversi. Uno era il timore che la divisione sovietica aviotrasportata che avevano visto arrivare allargasse il proprio raggio d'azione e li scoprisse. A nessuno di loro sorrideva l'idea di essere preso prigioniero dei russi. Più grave di tutto, però, era il timore di non riuscire a compiere la missione. Nessun giudice è esigente quanto il senso del dovere. Poi veniva l'amor proprio. Edwards doveva essere un esempio per i suoi uomini, secondo il principio che gli era stato inculcato a Colorado Springs. Va da sé che i marines non potevano permettere che un "mezzo aviatore" fosse più bravo di loro. Così, senza quasi rendersene conto, quattro uomini si costringevano ad andare avanti in nome dell'orgoglio.

«Sta per piovere» disse Smith.

«Già, e ci farà anche comodo» commentò Edwards da seduto. «Aspetteremo la pioggia. Gesù, non avrei immaginato che lavorare sempre al chiaro fosse una cosa così fottutamente dura. È incredibile, uno stronzo di sole che non tramonta mai.»

«Non me lo dica. E non ho neppure una sigaretta» grugnì il sergente Smith.

«Di nuovo la pioggia?» chiese il soldato Garcia.

«Abituati» rispose Edwards. «La media del mese di giugno è di diciassette giorni di pioggia, e questo non è un anno dei più piovosi. Perché credi che l'erba sia venuta così alta?»

«Le piace questo posto?» chiese Garcia, tanto frastornato da dimenticare il "signore". L'Islanda aveva ben poco in comune con Porto Rico.

«Mio padre è pescatore di aragoste a Eastpoint, nel Maine. Da bambino andavo in barca con lui ogni volta che potevo, e il tempo era sempre così.»

«Cosa facciamo quando arriviamo alla casa, signore?» Smith li richiamò ad argomenti più concreti.

«Chiederemo qualcosa da mangiare...»

«Chiederemo?» Garcia era sorpreso.

«Chiederemo e pagheremo in contanti. E sorrideremo. E diremo "Grazie, signore"» dichiarò Edwards. «Ricordatevi le buone maniere, gente, se non volete che il tipo telefoni ai russi dieci minuti dopo che ce ne saremo andati.» Guardò gli uomini uno per uno. A quel pensiero, erano diventati tutti seri.

La pioggia, iniziata con qualche spruzzo, dopo due minuti cadeva a rovesci, riducendo la visibilità a poche centinaia di metri. Edwards si alzò stancamente, costringendo i marines a fare altrettanto. Si avviarono giù per il pendìo, mentre il sole a nordest scendeva a nascondersi dietro una collina. Quando furono a circa mezzo chilometro dalla fattoria, era buio quanto poteva esserlo in Islanda. Con la pioggia scrosciante, poi, non si vedeva oltre gli ottanta metri.

«Macchina in arrivo.» Smith vide per primo la luce dei fari. I quattro uomini si gettarono a terra e istintivamente puntarono i fucili contro i punti luminosi.

«Rilassatevi, gente. Questa strada si stacca dalla principale, e le luci potrebbero essere... no, merda!» imprecò Edwards. Le luci non avevano preso la curva verso la litoranea, ma stavano venendo lungo la pista che portava alla fattoria. Era una macchina o un cingolato? «Disperdetevi e state pronti.» Smith rimase accanto a Edwards, mentre i due soldati si spostavano di circa cinquanta metri lungo la discesa.

Edwards si mise a pancia sotto, con i gomiti appoggiati nell'erba umida e il binocolo puntato. Non pensava che potessero essere visti. Il disegno mimetico delle divise dei marines li rendeva praticamente invisibili di giorno, se non si muovevano troppo in fretta. Al buio, non erano nulla più di ombre fuggevoli.

«Sembra un furgoncino 4x4, o qualcosa del genere. Le luci sono troppo alte e saltellanti per un cingolato» disse Edwards pensando ad alta voce.

I fari avanzarono lentamente fino alla casa, e si fermarono. Degli uomini scesero dal veicolo e passarono davanti ai proiettori prima che l'autista li spegnesse.

«Maledizione!» ringhiò Smith.

«Già, dei russi, sembra che siano quattro o cinque. Chiama qui Garcia e Rodgers, sergente.»

«Va bene.»

Edwards tenne il binocolo puntato sulla casa. Non c'erano luci elettriche accese. Probabilmente la casa riceveva la corrente dalla centrale di Artun, che era stata distrutta dalle bombe. L'interno era comunque illuminato, forse da candele o da lanterne. Aveva proprio un'aria di casa, si disse Edwards; da lui spesso mancava la corrente a causa delle bufere di nordest o del ghiaccio sui fili. La gente che ci abitava doveva già essere a letto. *Contadini affaticati, presto a letto e presto alzati – ma logora il corpo e ottunde la mente*, pensò Edwards. Vide i russi – ne contò cinque – che giravano intorno all'edificio. *Come dei ladri*, pensò. *Ci staranno cercando?... No, se ci stessero cercando sarebbero più di cinque uomini... Mi sa che sono venuti a saccheggiare, ma... e se qualcuno... Gesù, sappiamo che quella casa è abitata. Quella luce è ben stata accesa da qualcuno. Che cosa stanno facendo?*

«Cosa vede, signore?» chiese Smith.

«Si direbbero cinque russi. Stanno facendo i guardoni attraverso le finestre e... adesso uno ha aperto la porta con un calcio. Gente, non mi piace come stanno andando le cose, io...»

Un grido confermò la previsione. Un grido di donna, che giunse attraverso la pioggia portando loro il terrore di un essere umano. I quattro uomini, già pieni di freddo, si sentirono raggelare.

«Gente, andiamo un po' avanti. Teniamoci uniti e stiamo maledettamente all'erta.»

«Perché ci avviciniamo adesso, signore?» chiese brusco Smith.

«Perché lo dico io.» Edwards ripose il binocolo nella custodia. «Seguitemi.»

Un'altra luce si accese all'interno, e sembrò spostarsi. Edwards camminò veloce, tenendosi basso in una posizione di cui la schiena si risentì. In due minuti fu a pochi metri dal veicolo, e a meno di venti dalla porta anteriore della casa.

«Signore, lei sta diventando un po' imprudente.»

«Sì, e se indovino giusto, lo sono anche loro. Scommetto...» Vi fu un rumore di vetri rotti. Nella penombra echeggiò uno sparo, seguito da un urlo da far gelare il sangue – poi un secondo e un terzo sparo. Si udì un altro grido.

«Cosa Cristo sta capitando là dentro?» mormorò Garcia.

Una rauca voce maschile gridò qualcosa in russo. La porta si aprì e ne uscirono quattro uomini. Confabularono per un momento, poi si divisero in due coppie che si piazzarono alle finestre di destra e di sinistra, dove rimasero a guardare dentro la casa. Giunse un altro grido, a rendere perfettamente chiaro quello che stava accadendo.

«Quei figli di puttana!» commentò Smith.

«Già» convenne il tenente Edwards. «Torniamo un po' indietro e pensiamoci su per un minuto.» I quattro uomini arretrarono di una cinquantina di metri e si riunirono.

«Penso che sia ora di fare qualcosa. C'è qualcuno che non è d'accordo?» chiese Edwards. Smith approvò con il capo, notando con interesse il cambiamento avvenuto in Edwards. «Okay, prendiamoci il tempo necessario e facciamo le cose per bene. Smith, tu vieni con me e voltiamo a sinistra. Garcia e Rodgers vanno a destra. Giriamo largo e avviciniamoci lentamente. Dieci minuti. Se potete prenderli vivi, okay. Se no, infilzateli. Cerchiamo di non fare rumore. Ma se dovete sparare, fate in modo che basti la prima raffica. Okay?» Edwards si guardò intorno per vedere se c'erano altri russi. Nessuno. I quattro deposero gli zaini, controllarono gli orologi e avanzarono strisciando nell'erba bagnata.

Vi fu ancora un grido. Non ne seguirono altri. Edwards ne fu lieto: aveva bisogno di tutta la sua concentrazione. Avanzare strisciando fu un lento, duro sforzo che gli svuotò le braccia di ogni energia. Edwards e Smith fecero un ampio giro, passando intorno a un trattore e ad altri attrezzi agricoli. Quando uscirono allo scoperto, videro che c'era solo un uomo da quel lato della casa. *Dov'è l'altro?* si chiese il tenente. *Che cosa facciamo adesso? Devi attenerti al piano, si basano tutti su di te.*

«Coprimi.»

Smith rimase stupito. «Lasci che vada io, signore, io...»

«Coprimi» bisbigliò Edwards. Depose il fucile M-16 ed estrasse il pugnale.

Il russo gli facilitò il compito: stava in punta di piedi, affascinato da quello che vedeva all'interno. Tre metri alle sue spalle, Edwards si alzò e si avvicinò lentamente, passo a passo. Gli ci volle un momento per rendersi conto che il bersaglio era di tutta una testa più alto di lui – come poteva sperare di prendere vivo quel mostro?

Non dovette farlo. Evidentemente c'era stato un intervallo là dentro. Il soldato si rilassò e mise la mano in tasca a cercare una sigaretta, poi si voltò per accenderla, riparando il fiammifero con la mano. Intravide Edwards con la coda dell'occhio, ma il tenente fece un affondo con il coltello e colpì il gigante alla gola. Il russo stava per gridare, ma Edwards lo gettò a terra e gli premette la mano sulla bocca, continuando a colpire con il coltello. Girò la testa dell'uomo da una parte, e il pugnale dall'altra. La lama raschiò contro qualcosa di duro, e la vittima si afflosciò.

Edwards non provò assolutamente nulla, le sue emozioni erano sommerse da un fiotto di adrenalina. Si asciugò il coltello sui calzoni e salì sul corpo dell'uomo per guardare attraverso i vetri. Quello che vide gli fece mancare il respiro.

«Ehi, gente!» sussurrò Garcia. Due soldati russi si voltarono e si trovarono davanti a un paio di M-16. Avevano lasciato i fucili sul furgone. Il marine mosse l'arma a indicare il suolo, e ambedue gli uomini si distesero a terra, braccia e gambe larghe. Rodgers li perquisì veloce per vedere se avevano altre armi, quindi i due americani andarono alla porta anteriore per riferire.

«Presi vivi tutti e due, signore.» Fu sorpreso di vedere il piccolo tenente "mezzo aviatore" con le mani insanguinate.

«Vado dentro io» disse Edwards a Smith. Il sergente approvò senza esitare.

«Io la copro di qua. Rodgers, tu segui il tenente.»

Edwards entrò dalla porta semiaperta. Il soggiorno era vuoto e buio. Il rumore di un respiro affannoso veniva da dietro l'angolo, insieme a una pallida luce. Edwards si avvicinò – e si trovò di fronte un russo intento a sbottonarsi i pantaloni. La necessità di far presto non lasciava molte alternative.

Edwards conficcò il pugnale sotto le costole del russo, girando l'impugnatura mentre spingeva la lama fino in fondo. L'uomo urlò e si alzò in punta di piedi prima di cadere all'indietro, cercando di liberarsi del coltello. Edwards lo estrasse e colpì ancora, cadendo addosso all'uomo in una parodia di posizione sessuale. Le mani del paracadutista cercarono di respingerlo, ma il tenente sentì che le forze stavano abbandonando la sua vittima, mentre lui gli si stringeva ancora più addosso per colpirlo di nuovo al petto. Un'ombra si mosse. Edwards alzò lo sguardo e vide un uomo con la pistola in mano che avanzava incespicando – poi il fragore invase la stanza.

«Fermati, sporco bastardo!» urlò Rodgers, puntandogli l'M-16 al petto, mentre lo schianto dei tre colpi sparati dal russo risuonava ancora nelle orecchie di tutti. «Sta bene, comandante?». Era la prima volta che lo chiamavano in quel modo.

«Sì.» Edwards si rialzò, lasciando che Rodgers lo precedesse spingendo avanti l'uomo, che era nudo dalla vita in giù, con i pantaloni afflosciati intorno alle caviglie. Il tenente raccolse la pistola lasciata cadere dal russo, e guardò l'altro che aveva accoltellato. Era indubbiamente morto. Il bel viso slavo era deturpato dalla smorfia del dolore, e la giacca della divisa era nera di sangue. Gli occhi privi di vita rassomigliavano a delle biglie di vetro.

«Sta bene, signorina?» chiese Rodgers voltandosi.

Edwards la vide per la seconda volta, abbandonata scompostamente sul pavimento di legno. La camicia da notte di lana era strappata, le copriva sì e no un seno. Il resto del corpo pallido, arrossato e segnato da ecchimosi in più parti, era esposto alla vista di tutti. Dietro di lei, in cucina, Edwards vide le gambe immobili di un'altra donna. Andò nella stanza e trovò un uomo e un cane, entrambi uccisi. Tutti i corpi avevano un buco rosso nel petto.

Smith entrò. Diede un'occhiata intorno, poi guardò Edwards.

Il piccoletto aveva artigli. «Faccio un'ispezione al piano di sopra. Animo, comandante.»

Rodgers sferrò un calcio al russo steso a terra e gli mise la punta della baionetta alle reni. «Fa' un gesto e, per la Madonna, ti sego in due» ruggì.

Edwards si avvicinò alla ragazza bionda. Il viso le si stava gonfiando per le botte prese sulla mandibola e sulle guance. Respirava scossa dai brividi. Doveva avere vent'anni, poco più o poco meno. La camicia da notte era in brandelli. Edwards si guardò intorno, poi afferrò la tovaglia del tavolo e gliel'avvolse intorno al corpo.

«Stai bene? Andiamo, sei viva, cara. Sei al sicuro. Va tutto bene adesso.»

Dapprima gli occhi di lei vagarono per la stanza, poi si misero a fuoco sul giovane. Edwards rabbrividì sotto quello sguardo. Le toccò gentilmente la guancia.

«Su, adesso ti aiuto ad alzarti. Più nessuno ti farà del male, no di certo.» La ragazza si mise a tremare in modo così violento da far pensare che anche la casa avrebbe tremato con lei. Edwards la sostenne, avendo cura di coprirla con la tovaglia. «Coraggio.»

«Niente di sopra, signore.» Smith era ritornato tenendo in mano un vestito. «Vuole metterlo addosso alla signorina? Le hanno fatto altro?»

«Le hanno ammazzato il padre e la madre. E il cane. Immagino che avrebbero eliminato anche lei, appena finito di fare quello che stavano facendo. Sergente, organizza le cose. Perquisisci i russi, trova qualcosa da mangiare, prendi tutto quello che può servire. Fa' presto, Jim. Abbiamo un sacco di cose da fare. Hai qualcosa per medicarla?»

«Qui, comandante.» Smith gli lanciò un pacchetto di garze e di antisettici, poi ritornò alla porta per vedere che cosa stava facendo Garcia.

«Adesso ti portiamo di sopra e ti mettiamo in ordine.» Edwards passò il braccio sinistro intorno alle spalle della ragazza e l'aiutò a salire la scala. Il suo cuore fu toccato dall'aspetto di lei. Gli occhi azzurri erano spenti, ma anche così avevano qualcosa che non poteva non suscitare l'interesse in un uomo. *Difatti è successo*, pensò Edwards. Era solo un paio di centimetri più piccola di lui. Il colorito era pallido, quasi trasparente. Il corpo sarebbe stato perfetto se non fosse stato per un leggero gonfiore all'altezza dell'addome. Mike sapeva bene a che cosa attribuirlo. *È stata appena stuprata da uno dei russi, come prologo a una lunga notte di violenza*, pensò, furioso di doversi trovare, per la seconda volta nella vita, faccia a faccia con un delitto così ignobile. In cima alla scala a chiocciola c'era una piccola stanza. Lei vi entrò e si lasciò cadere come un peso morto sul letto a una piazza.

«Chi... chi...» balbettò in un inglese dal forte accento straniero.

«Siamo americani, fuggiti da Keflavik quando i russi hanno attaccato. Come ti chiami?»

«Vigdis Agustdottir.» Adesso c'era accenno di vita nella voce di lei. Vigdis, figlia di Agust, che giaceva morto in cucina. Chissà che cosa significava Vigdis, si chiese; di certo non era un nome abbastanza bello per una ragazza così.

Posò la lanterna sul comodino e aprì il pacchetto di medicazione. La pelle era lacerata lungo la linea della mandibola, e Mike disinfettò le escoriazioni. Bruciava di sicuro, ma la ragazza non reagì. Per il resto, era soltanto contusa, forse aveva anche la schiena graffiata dal pavimento di legno. Si era difesa accanitamente, e in cambio era stata presa a botte. Di certo non era più vergine. C'era sangue solo sul viso. Avrebbe potuto andare molto peggio, ma la collera di Edwards continuò ad aumentare. Un viso così perfetto, profanato a quel modo – bene, lui aveva già preso le sue decisioni. «Non puoi restare qui. Noi dobbiamo andarcene presto. Tu devi venire via con noi.»

«Ma...»

«Mi dispiace. Ti capisco. Anch'io, sai, ho perso degli amici quando i russi hanno attaccato. Non è come perdere papà e mamma, però – Gesù!» Erano parole inutili, e le mani gli tremarono per il senso di frustrazione. «Mi dispiace che non siamo arrivati prima.» *Che cos'è che dicono certe femministe? Che lo stupro è la violenza che tutti gli uomini usano con tutte le donne per soggiogarle?... Ma perché sei andata giù a...* Edwards sapeva che si stava preparando qualcosa di altrettanto significativo. La prese per mano e lei non resistette. «Dobbiamo andarcene. Ti porteremo dovunque ci sarà possibile farlo. Avrai pure dei parenti o degli amici da queste parti. Ti condurremo da loro affinché abbiano cura di te. Qui non puoi assolutamente restare. Se rimani, ti ammazzano di sicuro, capisci?» La vide annuire nervosamente.»

«Sì. Per favore, mi lasci sola. Devo restare un momento da sola.»

«Okay.» Le toccò di nuovo la guancia. «Se hai bisogno di qualcosa, chiamaci.» Edwards tornò al pianterreno, dove Smith aveva preso il comando. C'erano tre uomini in ginocchio, imbavagliati, con gli occhi bendati e le mani legate dietro la schiena. Garcia stava di guardia, e Rodgers era in cucina. Smith era intento a scegliere da un mucchio di roba sul tavolo.

«Allora, che cosa c'è?»

Smith guardò l'ufficiale con qualcosa che rassomigliava all'affetto. «Bene, signore, c'è un tenente russo con l'uccello ancora bagnato, un sergente morto, un soldato morto e due vivi. Il tenente aveva questa, signore.»

Edwards prese la mappa e la aprì. «Accidenti, questa sì che ci serve!» La carta era coperta di appunti scribacchiati.

«Abbiamo un altro binocolo, una radio – peccato che non possiamo usarla! Delle razioni. Sembrano uno schifo, ma sono meglio di niente. Siamo stati bravi, comandante. Abbiamo beccato cinque russi, con soli tre colpi sparati.»

«Cosa dobbiamo prendere, Jim?»

«Solo cibo, signore. Voglio dire, potremmo prenderci un paio dei loro fucili, e questo ci raddoppierebbe le munizioni, capisce? Però siamo già abbastanza carichi...»

«... e non dobbiamo fare la guerra, ma solo giocare ai boy scout. Hai ragione.»

«Penso che dovremmo prendere qualche capo di vestiario, maglioni e cose simili. Portiamo la signorina con noi?»

«Dobbiamo farlo.»

Smith approvò. «Sì, è giusto. Spero che le piaccia camminare, signore. Ha l'aria di stare abbastanza bene, a parte il fatto che è incinta. Di quattro mesi, direi.»

«Incinta?» Garcia si voltò. «Violentare una ragazza incinta?» Borbottò qualche cosa in spagnolo.

«I russi hanno detto qualcosa?»

«Non una parola, signore» rispose Garcia.

«Jim, da' un'occhiata alla ragazza, e torna qui. Si chiama Vigdis. Abbi molto tatto con lei.»

«Stia tranquillo, signore.»

«L'ufficiale è quello con il coso che pende, vero?» Garcia annuì, e Edwards andò a mettersi di fronte al tenente. Gli tolse il bavaglio e la benda. Aveva pressappoco la sua età. Era tutto sudato. «Parli inglese?»

Il russo scosse la testa. «*Spreche deutsch.*»

Edwards aveva studiato il tedesco per due anni alle superiori, ma d'improvviso si accorse di non aver voglia di conversare con quell'uomo. Aveva già deciso di ucciderlo, e non gli andava di parlare con uno che stava per ammazzare – avrebbe potuto pesargli, dopo, e lui non voleva che la sua coscienza si ricordasse dell'episodio. Esaminò l'uomo per qualche minuto, cercando di capire che tipo di persona poteva essere uno che aveva fatto una cosa del genere. Si aspettava di scoprire qualcosa di mostruoso, ma non fu così. Guardò verso l'alto. Smith stava sorreggendo Vigdis che scendeva giù per la scala.

«Si è messa le cose giuste, comandante. Buoni indumenti caldi, gli stivali sono un po' malandati. Credo che possiamo fornirle una borraccia, una giacca a vento, una sacca. Le lascerei portare una spazzola e le cose che usano le ragazze, signore. Prenderò del sapone e magari un rasoio per noi.»

«Va bene così, sergente. Vigdis» disse Edwards, richiamando l'attenzione di lei. «Partiremo fra poco.» Poi si rivolse al russo: «*Leutnant. Wofür? Warum*? A che scopo... perché avete fatto tutto questo? Non dirlo a me, dillo a lei.»

L'uomo sapeva che cosa lo aspettava. Si strinse nelle spalle. «Afghanistan.»

«Comandante, sono prigionieri» intervenne Rodgers senza pensare. «Voglio dire, lei non può...»

«Signori, a norma del Codice Generale Militare di Giustizia, siete accusati di violenza carnale e di due omicidi. Tali delitti sono passibili di pena capitale» dichiarò Edwards soprattutto per placare la propria coscienza a proposito dei due soldati. «Avete qualche cosa da dire a vostra difesa? No? Allora siete dichiarati colpevoli e condannati a morte.» Con la mano sinistra, Edwards spinse indietro la testa del tenente. Con la destra alzò il pugnale e lo girò con la punta in alto, quindi lo abbassò rabbiosamente colpendo la gola del russo con il pomo dell'impugnatura. L'uomo urlò, Edwards lo respinse con un calcio.

La scena fu terribile, ma durò pochi minuti. La laringe fratturata si era gonfiata occludendo la trachea e bloccando la respirazione. Il torso dell'uomo si dibatteva, mentre il viso diventava nero. Se qualcuno dei presenti provò pietà per il russo, non lo manifestò in alcun modo. Alla fine, l'uomo cessò di muoversi.

«Mi dispiace che non siamo arrivati prima, Vigdis, ma questo qui non farà più del male a nessuno.» Edwards sperava che il suo monito da psichiatra dilettante avrebbe funzionato. La ragazza risalì le scale. *Probabilmente per lavarsi*, pensò lui. Aveva letto che, dopo essere state violentate, la prima cosa che le donne vogliono fare è un bagno, come se l'avere subìto la foia bestiale possa lasciare uno stigma visibile sulla loro persona. Si rivolse agli altri due. Non avevano modo di portarsi appresso dei prigionieri, e l'impresa di cui erano stati partecipi gli forniva una buona scusa. Quei due non avevano ancora fatto niente alla ragazza, però....

«Me ne occupo io, signore» disse quietamente Garcia, che stava dietro ai due sovietici inginocchiati. Uno di loro emetteva dei mugolii; ma tanto, anche se non fosse stato imbavagliato, nessuno degli americani sapeva una parola di russo. La loro sorte, comunque, era segnata. Garcia colpì di lato, conficcando il coltello a fondo nel collo dell'uno, poi dell'altro. I due uomini caddero, ma questa volta fu cosa presto fatta. Il marine e il tenente andarono in cucina a lavarsi le mani.

«Okay, adesso li carichiamo sul 4x4 e andiamo alla strada principale. Vedremo se possiamo simulare un incidente e dare fuoco al veicolo. Prendete qualche bottiglia di liquore, vedremo di farli sembrare sbronzi.»

«In effetti stavano bevendo, signore» disse Rodgers alzando una bottiglia che conteneva un liquido trasparente.

Edwards diede un rapido sguardo alla bottiglia, ma accantonò l'idea di bere un sorso. «Tanto meglio. Se ci vedo giusto, questi tipi erano di guardia all'incrocio della strada principale, o forse si spostavano in servizio di pattuglia. Non credo che i russi abbiano la possibilità di piazzare gente a tutti i crocevia che ci sono sull'isola. Se la fortuna ci aiuta, forse i loro capi non arriveranno mai a pensare che noi c'entriamo in qualche modo.» *Poco probabile*, pensò.

«Comandante» intervenne Smith. «Se vuol farlo, dobbiamo...»

«Lo so. Tu e Rodgers restate qui a prepararvi. Se vedete qualche altra cosa che ci può servire, prendetela. Appena torniamo, dovremo mettere gambe al culo.»

Edwards e Garcia caricarono tutti i cadaveri nella parte posteriore del veicolo, e fecero un'accurata scelta fra gli oggetti che c'erano a bordo. Scaricarono le giacche a vento impermeabili il cui disegno mimetico era quasi uguale al loro, e alcune altre cose di cui non sarebbe stata notata la mancanza, poi condussero rapidamente il furgone sulla strada.

Ebbero fortuna. All'incrocio non c'era un posto di guardia fisso, forse perché la strada per la fattoria non portava in nessun altro posto. Quei russi erano probabilmente stati un gruppo di pattuglia, e avevano scelto la fattoria per concedersi "un po' di riposo e di svago". Duecento metri più avanti la strada correva sull'alto di una ripida scogliera. In quel punto fermarono la macchina e sistemarono i corpi sui sedili. Garcia vuotò una tanica di benzina nel veicolo, poi fra tutti e due lo spinsero verso il bordo del precipizio con il portello posteriore aperto. Garcia vi gettò una bomba a mano sovietica proprio mentre la macchina precipitava per il dirupo. Né Edwards né Garcia si presero il gusto di ammirare il frutto del loro lavoro, e fecero di corsa gli ottocento metri che li separavano dalla casa. Tutti i preparativi erano terminati.

«Dobbiamo bruciare la casa, signorina Vigdis» stava spiegando Smith. «Se non lo facciamo, i russi capiranno quello che è successo qui. Suo papà e sua mamma sono morti, ma sono sicuro che vorrebbero saperla ancora viva, non crede?»

La ragazza era ancora troppo scossa per riuscire a capire qualcosa. Rodgers e Smith avevano ripulito i due corpi e li avevano portati al piano di sopra, in quella che era stata la loro camera da letto. Sarebbe stato meglio seppellirli, ma non c'era il tempo materiale per farlo.

«Muoviamoci, gente» ordinò Edwards. Avrebbero già dovuto essere in marcia. Qualcuno sarebbe venuto a investigare sull'incendio della camionetta, e se per caso avessero usato un elicottero... «Garcia, occupati della signorina. Smith, in retroguardia. Rodgers, in testa. Dobbiamo mettere sei miglia fra noi e questo posto entro le prossime tre ore.»

Smith attese dieci minuti prima di buttare una granata nella casa. Il kerosene che aveva versato al primo piano si accese all'istante.

USS Chicago

Adesso il contatto era molto migliore. Avevano classificato la nave come un cacciatorpediniere lanciamissili della classe Kashin, e il conteggio dell'elica indicava una velocità di ventun nodi. Le unità più avanzate della formazione sovietica erano a trentasette miglia. Sembrava che ci fossero due gruppi, con il primo aperto a ventaglio che faceva da schermo al secondo. McCafferty ordinò di alzare l'albero ESM che, come previsto, rivelò un'intensa attività.

«Alza periscopio.» Il sottufficiale azionò l'anello di comando, quindi aprì le impugnature e fece un passo indietro. McCafferty fece rapidamente un giro d'orizzonte. Dopo dieci secondi, richiuse le impugnature, e lo strumento fu subito ritirato nel pozzetto.

«Promette di essere una giornata molto impegnativa, gente» disse il comandante, che usava tenere gli uomini del centro di attacco al corrente di quello che succedeva. Più erano informati, meglio potevano lavorare. «Ho visto un paio di Bear-F, uno diretto a nord, l'altro a ovest. Tutti e due abbastanza distanti, ma potete scommettere che stanno sganciando boe sonar. Primo ufficiale, riporti la nave sotto a cinquecento piedi, velocità cinque nodi. Lasceremo che siano loro a venire da noi.»

«Plancia, qui sonar.»

«Sì, plancia» rispose McCafferty.

«Abbiamo emissione di impulsi, boe sonar attive a nordovest. Ne contiamo sei, tutte molto deboli.» L'addetto al sonar lesse il rilevamento delle fonti dei segnali. «Ancora nessun sonar attivo proveniente dalla formazione bersaglio, signore.»

«Molto bene.» Il *Chicago* scese rapidamente, inclinato di quindici gradi. McCafferty posò il microfono e lesse i dati del batitermografo. A duecentoventi piedi la temperatura dell'acqua cominciò a diminuire celermente, con una variazione di dodici gradi in soli sette piedi. Bene, un solido strato sotto cui nascondersi; in più, l'acqua fredda e profonda avrebbe assicurato la buona efficienza dei sensori.

Due ore prima aveva fatto togliere il siluro da uno dei tubi di lancio, e l'aveva fatto sostituire con un missile Harpoon. Gli restava così un unico siluro per uso immediato, se avesse trovato un bersaglio sottomarino, ma in cambio era in grado di lanciare una salva di tre missili contro le navi di superficie, e restavano sempre i Tomahawk. Avrebbe potuto sparare subito gli uni e gli altri, con buone probabilità di colpire qualcosa, ma McCafferty non intendeva attaccare un obiettivo qualsiasi. Non aveva senso sprecare un missile su una piccola unità di pattuglia, quando c'erano a disposizione una portaerei e un incrociatore. Le difficoltà non sarebbero mancate ma, chiaramente, non si partiva con un sottomarino della classe 688 per andare a sbrigare le cose facili. Ritornò al sonar.

Il sottufficiale lo vide con la coda dell'occhio. «Comandante, dovrei avere un rilevamento per il *Kirov*. Ho appena registrato tre impulsi da un sonar a bassa frequenza. Credo che sia lui, rilevamento zero-tre-nove. Sto cercando di isolare la segnatura del motore.. E se... okay, qualche altra boa sonar sta cadendo a destra.» Lo schermo mostrava nuovi punti luminosi molto a destra della prima schiera, e un notevole distacco fra i due gruppi.

«Crede che le stia gettando a V, capo?» chiese McCafferty. Il sottufficiale confermò con un cenno del capo e un sorriso. I sovietici stavano sganciando le boe sonar in linee angolate a destra e a sinistra della formazione, il che poteva significare che le navi stavano puntando dritto sul *Chicago*. Il sottomarino non avrebbe avuto bisogno di manovrare per intercettarle. Poteva restarsene silenzioso come una tomba.

«Sembra che le alternino un po' sopra e un po' sotto lo strato, signore, e ben distanziate fra loro.» Il capo accese una sigaretta senza distogliere gli occhi dallo schermo. Il portacenere più vicino straripava di mozziconi.

«Lo scopriremo. Bel lavoro, Barney.» Gli batté una mano sulla spalla e ritornò al centro di attacco. Il gruppo direzione tiro stava già ricercando i nuovi contatti. Sembrava che la distanza fra le boe sonar fosse di poco superiore a due miglia. Se i sovietici le alternavano sopra e sotto lo strato, c'erano buone possibilità di sgusciare in mezzo. L'altro dilemma era la presenza di eventuali boe passive, impossibili da individuare.

McCafferty stava accanto alla colonna del periscopio, e osservava gli uomini che caricavano dati nei computer di comando tiro, assistiti da altri specialisti che consultavano diagrammi e calcolatrici portatili. Il quadro di controllo delle armi era acceso, e le spie segnalavano "pronto". Il sottomarino aveva la gente ai posti di combattimento.

«Saliamo a duecento piedi, staremo sopra lo strato ad ascoltare per qualche minuto.» La manovra diede subito dei risultati.

«Ho una pista diretta per i due bersagli» annunciò l'addetto al sonar. Adesso potevano individuare l'energia sonora che irradiava dalle navi sovietiche e fare il tracciamento, senza essere più legati alle zone di convergenza che comparivano e sparivano...

McCafferty si impose di rilassarsi, presto avrebbe avuto anche troppo da fare.

«Comandante, prevedo altre boe sonar in arrivo. Finora la media è stata di un lancio ogni quarto d'ora, e il prossimo dovrebbe essere imminente.»

«Riceviamo di nuovo quel sonar Horse-Jaw, signore» comunicarono gli operatori. «Rilevamento tre-due-zero in questo momento. Segnale debole. Classifichiamo il contatto come incrociatore *Kirov*. Un momento... ce n'è un altro. Rileviamo un sonar attivo di media frequenza a tre-tre-uno, in manovra da sinistra verso destra. Classifichiamo questo contatto come incrociatore Kresta-II antisommergibili.»

«Penso che sia giusto» disse l'ufficiale al tracciamento. «Il rilevamento tre-due-zero è vicino a quello che abbiamo noi su un paio di navi della scorta, ma abbastanza staccato da far pensare a un contatto diverso. Tre-tre-uno corrisponde alla nave di centro. Coincide. Il Kresta sarà a capo della formazione di scorta, seguito a distanza dalla nave ammiraglia. Ci vorrà un po' di tempo per calcolare le distanze.»

McCafferty ordinò di tenere il sottomarino sopra lo strato, ma pronto a tuffarcisi sotto nel giro di pochi secondi. Il quadro stava prendendo forma sullo schermo. Aveva un rilevamento concreto sul *Kirov*, già sufficiente per spararagli addosso, anche se mancavano ancora i dati della distanza.

A quanto pareva, c'erano un paio di navi scorta fra lui e l'incrociatore e, senza una buona valutazione della distanza, rischiava di lanciare contro l'ammiraglia e colpire invece un cacciatorpediniere o una fregata. Nel frattempo, la soluzione immessa nel sistema di direzione del tiro predisponeva il missile Harpoon a volare dritto su quello che si presumeva essere l'incrociatore *Kirov*.

Il *Chicago* cominciò a zigzagare a destra e a sinistra della propria direttrice di rotta. Ogni volta che cambiava posizione, mutava pure il rilevamento rispetto ai contatti sonar. Gli addetti al rilevamento potevano servirsi della deviazione di rotta per computare le distanze dai vari contatti. Era un procedimento semplice – essenzialmente un esercizio di trigonometria – ma richiedeva tempo, perché si dovevano valutare tanto la velocità quanto la rotta dei bersagli in movimento. Nemmeno il computer riusciva ad accelerare di molto l'operazione, e uno dei sottufficiali poteva sfoggiare l'abilità, di cui andava fiero, nell'uso del regolo calcolatore, per battere in velocità il computer.

La tensione sembrava crescere per gradi ma, giunta a un certo livello, si fermò. Gli anni di addestramento stavano dimostrandosi proficui. I dati furono manipolati, tracciati e utilizzati nel giro di pochi secondi. L'equipaggio sembrava improvvisamente diventato una parte della macchina che stava manovrando. Ogni sentimento, ogni emozione, erano scomparsi. Soltanto il sudore che imperlava le fronti li rivelava come esseri umani e non come robot. Dipendevano in modo totale dagli operatori sonar. L'energia acustica era la sola indicazione loro accessibile su quanto succedeva fuori, e ogni nuovo rilevamento scatenava un'attività frenetica. Era chiaro che i bersagli stavano procedendo a zig-zag, il che rendeva ancora più difficile il calcolo delle distanze.

«Plancia, qui sonar! Boe attive vicine a babordo! Sotto lo strato, credo.»

«Barra tutta a destra, avanti due terzi» ordinò immediatamente il primo ufficiale.

McCafferty andò al sonar e si infilò un paio di auricolari. *I segnali erano alti... ma distorti*, pensò. Se la boa era sotto il gradiente termico, i segnali irradiati verso l'alto non avrebbero potuto individuare il sottomarino... forse. «La forza del segnale?» chiese.

«Alta» rispose il capo. «Scommetto uno contro uno che possono averci individuati. Cinquecento metri più in là e ci perdevano di sicuro.»

«Okay, non possono essere monitorizzarli tutti contemporaneamente.»

Il primo ufficiale spostò il *Chicago* di un migliaio di metri prima di ritornare alla rotta di base. Di sopra, lo sapeva, c'era un Bear-F antisommergibili armato di siluri autoguidati, con a bordo un equipaggio il cui mestiere era proprio ascoltare i segnali delle boe sonar. Quanto erano valide le boe? Quanto efficienti gli uomini?

Erano tutti fattori che non conoscevano. Passarono tre minuti di tensione senza che succedesse niente.

«Avanti un terzo, veniamo a sinistra a tre-due-uno» ordinò il primo ufficiale. Stavano passando attraverso le boe. Ancora tre file li separavano dal bersaglio. Era stata quasi accertata la distanza da tre navi scorta, ma non quella dal *Kirov*.

«Okay, gente, i Bear sono dietro di noi. Una cosa in meno di cui preoccuparci. La distanza dalla prima nave?» chiese all'ufficiale che seguiva l'avvicinamento.

«Ventiseimila metri. Pensiamo che sia un Sovremenny. Il Kresta è circa cinquemila metri alla sua sinistra. Trasmette impulsi con il sonar dello scafo e il VDS.» McCafferty annuì. Il Variable Depth Sonar – sonar a profondità variabile – doveva essere sotto lo strato, con poche probabilità di scoprirli. Avrebbero dovuto fare attenzione, invece, al sonar sullo scafo, ma per un poco ancora non sarebbe stato un problema. *Bene*, pensò il comandante, *le cose vanno abbastanza secondo i programmi...*

«Plancia, qui sonar, siluri in acqua, rilevamento tre-due-zero! Segnale debole. Ripeto: siluri in acqua, tre-due-zero, rilevamento in variazione – addizionale, sonar attivi appena inseriti. Riceviamo rumori crescenti di eliche da tutti i contatti.» McCafferty era già nella sala sonar prima che il messaggio fosse finito.

«Il rilevamento dei siluri sta cambiando?»

«Sì! Va da sinistra a destra – Gesù, credo che qualcuno stia attaccando i russi. Impatto!» Il capo puntò il dito sullo schermo. Una serie di segnali luminosi comparve esattamente nella direzione del *Kirov*. Lo schermo impazzì. Il settore ad alta e media frequenza si illuminò delle linee dei sonar attivi. Quelle corrispondenti alle navi diventarono più luminose, man mano che aumentava il regime, e cambiarono direzione appena le unità cominciarono a manovrare.

«Esplosione secondaria sul contatto – merda! Molte esplosioni nell'acqua. Cariche di profondità, forse, qualcosa sta letteralmente squarciando l'acqua. C'è un altro siluro – lontano, rilevamento in variazione da destra a sinistra.»

Lo schermo era troppo complesso, a quel punto, perché McCafferty potesse seguirlo. Il sottufficiale ingrandì la scala per facilitare l'interpretazione, ma soltanto lui e gli operatori esperti erano in grado di capire.

«Comandante, sembra che qualcuno sia penetrato in mezzo a loro e stia lanciando un attacco. Ha piazzato tre solidi colpi sul *Kirov*, e adesso sta cercando di finirlo. Queste due navi sembrano convergere su qualcosa. Io... un altro siluro in acqua, non so di chi possa essere... Dio santo, guardi tutte queste esplosioni!»

McCafferty andò a poppa.

«Quota periscopica, subito!» Il *Chicago* si angolò verso l'alto, e impiegò un minuto ad arrivare in posizione.

Vide all'orizzonte quello che sembrava un albero , e una colonna di fumo a rilevamento tre-due-zero. Più di venti radar erano in funzione, oltre a numerose radio.

«Abbassa periscopio. Abbiamo soluzioni per il bersaglio?»

«No, signore» rispose il primo ufficiale. «Quando hanno cominciato a manovrare tutti i nostri dati sono andati a puttane.»

«Quanto dista la prossima fila di boe sonar?»

«Due miglia. Siamo posizionati in modo da passare dritto in mezzo a un varco.»

«Andiamo a profondità ottocento piedi. Avanti tutta, ci faccia avvicinare.»

I motori del *Chicago* si animarono portando la velocità a trenta nodi. Il primo ufficiale fece picchiare il battello a ottocento piedi, passando sotto una boa piazzata per la ricerca a bassa profondità. In piedi presso il tavolo di carteggio, tirò fuori una penna dalla tasca e distrattamente si mise a masticarla mentre osservava la rotta che lo portava sempre più vicino alla formazione nemica. L'efficienza del sonar scese praticamente a zero con l'alta velocità, ma ben presto i suoni a bassa frequenza delle esplosioni echeggiarono attraverso lo scafo d'acciaio. Il *Chicago* corse per venti minuti zigzagando leggermente per evitare le boe russe, mentre gli addetti al comando tiro continuavano ad aggiornare le soluzioni.

«Okay, avanti un terzo e ritorniamo a quota periscopica» disse McCafferty. «Direzione tiro, pronti a fare fuoco.»

Lo schermo sonar si svuotò quasi di colpo. I sovietici continuavano freneticamente a dare la caccia a chiunque poteva aver sparato all'ammiraglia. La traccia di una nave era completamente sparita – almeno una affondata o danneggiata. Le esplosioni echeggiarono attraverso l'acqua, punteggiate dal ronzio dei siluri che cercavano il bersaglio. Tutti rumori abbastanza vicini da essere motivo di preoccupazione.

«Osservazione per il lancio! Alza periscopio!»

Il periscopio di ricerca salì. McCafferty lo afferrò mentre era ancora basso, e scrutò l'orizzonte. «Io... Gesù!» Il monitor televisivo mostrava un Bear mezzo miglio a destra, diretto a nord verso la formazione. Poté vedere sette navi, per lo più cime di albero, però un cacciatorpediniere della classe Sovremenny era visibile, sia pure a malapena, sopra l'orizzonte, a circa quattro miglia di distanza. Il fumo che aveva visto prima era sparito. L'acqua echeggiava del rumore dei sonar russi.

«Alzare il radar, attivarlo e restare in attesa.»

Un sottufficiale premette il pulsante per far salire il radar di ricerca, lo accese, ma lo tenne nel modo di attesa.

«Attivatelo e datemi due passaggi» ordinò il comandante. Adesso la situazione era veramente pericolosa. I sovietici avrebbero certamente individuato il radar del sottomarino e tentato di attaccarlo.

Il radar rimase su per dodici secondi, "disegnando" sullo schermo ben ventisei bersagli, di cui due molto ravvicinati fra loro nel punto in cui avevano previsto di trovare il *Kirov*. L'operatore radar lesse le distanze e i rilevamenti, che furono inseriti nel computer Mk-117 della centrale di tiro e trasmessi ai missili Harpoon nei tubi di lancio, dando loro il rilevamento e la distanza su cui sintonizzare le teste autocercanti. L'ufficiale alle armi controllò le spie, quindi scelse i due bersagli più promettenti.

«Pronti!»

«Allagare i tubi.» McCafferty osservò l'addetto alla consolle che digitava la sequenza del lancio. «Aprire portelli esterni.»

«Soluzione confermata e valida» disse calmo l'ufficiale alle armi. «Sequenza di lancio: due, uno, tre.»

«Lanciare!» ordinò McCafferty.

«Fuori due.» Il sottomarino vibrò quando la poderosa spinta dell'aria ad alta pressione espulse l'arma dal tubo, seguita dallo sciacquio dell'acqua che entrava a riempire il vuoto. «Fuori uno... fuori tre. Due, uno e tre lanciati, signore. I portelli dei tubi sono chiusi, le pompe attivate per ricaricare.»

«Armare con i Mark-48. Pronti a lanciare i Tomahawk!» disse McCafferty. Gli addetti al comando tiro inserirono il computer per attivare i missili montati a prua.

«Fuori periscopio!» Il nostromo girò la ruota di comando. McCafferty lo lasciò salire all'altezza massima. Vide la scia di fumo dell'ultimo Harpoon, e subito dietro... McCafferty abbatté d'un colpo le impugnature del periscopio e fece un passo indietro. «Elicottero diretto su di noi! Immersione, avanti tutta!» Il sottomarino discese veloce. Un elicottero sovietico antisommergibili aveva visto il lancio dei missili e si stava precipitando su di loro. «Barra tutta a sinistra.»

«Barra tutta a sinistra, *aye*.»

«Stiamo attraversando il livello dei cento piedi. Velocità quindici nodi» riferì il primo ufficiale.

«Eccolo» disse McCafferty. Gli impulsi del sonar attivo dell'elicottero riverberarono attraverso lo scafo. «Invertire la barra. Lanciare un generatore di rumori.» Ordinò di rimettere il sottomarino su una rotta a est, e fece ridurre la velocità durante il passaggio attraverso lo strato. Con un po' di fortuna, i sovietici avrebbero scambiato i disturbi per rumori di cavitazione e li avrebbero attaccati, mentre il *Chicago* si metteva in salvo.

«Plancia, qui sonar. Abbiamo un cacciatorpediniere che viene verso di noi, rilevamento tre-tre-nove. Suona come un Sovremenny – siluro in acqua di poppa, rilevamento due-sei-cinque.»

«Barra venti gradi a destra. Avanti a due terzi. Venire a nuova rotta uno-sette-cinque.»

«Plancia, qui sonar. Nuovo contatto, doppia elica, appena attivato un sonar a bassa frequenza, probabilmente un Udaloy, il conteggio pale dà venticinque nodi, rilevamento tre-cinque-uno costante. Il rilevamento del siluro sta variando, è diretto a poppa e svanisce.»

«Molto bene» commentò McCafferty. «L'elicottero ha lanciato sul generatore di disturbo. Non abbiamo più da sudare per quello. Avanti un terzo, andiamo a profondità mille piedi.»

Non si preoccupava molto del Sovremenny, ma l'Udaloy era tutta un'altra faccenda. Il nuovo cacciatorpediniere sovietico era dotato di un sonar a bassa frequenza che, in determinate condizioni, poteva penetrare attraverso lo strato; in più, aveva due elicotteri e un siluro a lungo raggio con razzo di propulsione, superiore all'ASROC americano.

Bawah! Il suono di un sonar a bassa frequenza. Li aveva trovati al primo tentativo. Avrebbe riferito all'Udaloy la posizione del *Chicago*? O il rivestimento in gomma del sottomarino glielo avrebbe impedito?

«Rilevamento bersaglio tre-cinque-uno. Conteggio pale diminuito, indica velocità dieci nodi» riferirono dal sonar.

«Okay, ha rallentato per cercarci. Sonar, quanto è forte il segnale?»

«Limite basso della gamma di ricerca, signore. Probabilmente non ha ricevuto un segnale di ritorno. Il contatto sta manovrando, rilevamento adesso tre-cinque-tre. Continua a emettere, ma il sonar sta proiettando da ovest a est lontano da noi. Segnali da un altro elicottero, signore, rilevamento zero-nove-otto. Questo è sotto lo strato, ma piuttosto debole.»

«Primo ufficiale, ci porti a ovest. Cercheremo di girare intorno a loro verso il largo, e di accostarci agli anfibi da ovest.» McCafferty ritornò al sonar. Era tentato di attaccare l'Udaloy, ma non poteva lanciare un siluro da quella profondità senza usare una quantità pericolosamente elevata della riserva d'aria compressa. Inoltre, l'ordine era di affondare le navi comando, non le scorte. La direzione tiro predispose comunque una soluzione per il caso che l'affondamento del cacciatorpediniere diventasse inevitabile.

«Dio, che casino!» sbuffò il capo. «Il lancio di bombe subacquee a nord è diminuito parecchio. Il rilevamento si sta consolidando su questi contatti. O hanno ripreso la rotta di base, oppure se ne stanno andando, non so dire quale delle due cose. Oh oh! stanno calando altre boe sonar.» Il capo fece scorrere un dito sui nuovi puntini allineati... diretti verso il *Chicago*. «La prossima va a essere molto vicina, signore.»

McCafferty si affacciò al centro di attacco. «Giriamo intorno verso sud, e passiamo a due terzi.»

La boa successiva cadde nell'acqua proprio sopra di loro. Il cavo fece posare il trasduttore sotto lo strato e cominciò l'emissione automatica.

«Ci hanno beccati di certo, comandante!»

McCafferty ordinò il cambiamento di rotta a ovest e fece passare nuovamente alla velocità massima per uscire dalla zona. Due minuti dopo un siluro cadde in acqua, sganciato dal Bear o lanciato dall'Udaloy, non si poteva dire. Il siluro cominciò a cercarli da un miglio di distanza e girò allontanandosi. Ancora una volta erano stati salvati dalla protezione anecoica. Fu individuato il sonar a immersione di un elicottero davanti a loro. McCafferty andò a sud per evitarlo, rendendosi conto che si stava spingendo lontano dalla flotta sovietica, ma sapeva anche di non poter fare molto in quel momento. Due elicotteri lo stavano inseguendo, e non era piccola impresa, per un sottomarino, sfuggire a due sonar a immersione. La missione degli elicotteri, palesemente, non era tanto di distruggerlo quanto di allontanarlo, dato che non poteva manovrare a velocità sufficiente per passare oltre. Dopo due ore di tentativi, rinunciò definitivamente. La formazione sovietica si era spostata oltre la portata del sonar, e l'ultima rotta riferita era in direzione di Andøya.

McCafferty imprecò fra sé. Aveva fatto tutto giusto, era passato attraverso le difese esterne dei sovietici, e aveva le idee chiare su come passare sotto la barriera dei cacciatorpediniere. Qualcuno, però, ci era arrivato prima di lui, probabilmente aveva attaccato il *Kirov* – il suo bersaglio! – scombinandogli tutto il lavoro di avvicinamento. I tre Harpoon probabilmente avevano trovato i bersagli, se i russi non li avevano abbattuti – ma lui non aveva neppure avuto la possibilità di vederne gli impatti sullo schermo. Il comandante del *Chicago* scrisse il rapporto da trasmettere al COMSU-

BLANT e si chiese perché mai le cose stessero andando in quel modo.

Stornoway, Scozia

«Una bella distanza» disse il pilota da caccia.

«Già» convenne Toland. «L'ultimo rapporto ci dava il gruppo diretto a sudest per eludere l'attacco di un sommergibile. Presumiamo che a quest'ora abbia ripreso la rotta verso sud, ma non sappiamo dov'è. I norvegesi hanno mandato alla ricerca il loro ultimo RF-5, che è scomparso. Dobbiamo colpirli prima che arrivino a Bodø, ma per farlo abbiamo bisogno di sapere dove sono.»

«Nessuna informazione dai satelliti?»

«Manco per niente.»

«Okay, vado con il gruppo di ricognizione, avanti e indietro... quattro ore. Avrò bisogno di un aereo cisterna per rifornirmi a circa trecento miglia di qui.»

«Nessun problema» disse il comandante del gruppo della RAF. «Stia attento, abbiamo bisogno di tutti i suoi Tomcat per scortare l'attacco domani.»

«Sarò pronto fra un'ora.» Il pilota uscì.

«Le auguro buona fortuna, ragazzo mio» disse il capitano a bassa voce. Era il terzo tentativo aereo di localizzare la forza d'invasione sovietica. Dopo la scomparsa del ricognitore norvegese, gli inglesi avevano provato con un Jaguar. Anche quello, però, era svanito. La soluzione più ovvia sarebbe stata di mandare un Hawkeye con l'incursione per effettuare una ricerca con il radar, ma i britannici non lasciavano allontanare troppo gli E-2 da casa. Le stazioni radar del Regno Unito erano state tremendamente colpite, e gli Hawkeye servivano per la difesa locale.

«Non si prevedeva che fosse così difficile» osservò Toland. Avevano un'occasione d'oro per castigare la flotta sovietica. Una volta individuata, avrebbero potuto colpirla vigorosamente all'alba dell'indomani. Gli aerei della NATO sarebbero intervenuti con i loro missili aria-terra, però la distanza elevata della missione lasciava poco tempo per rimanere a guardare. Dovevano avere la localizzazione del bersaglio prima di decollare. Sarebbe stato il compito dei norvegesi, ma i piani della NATO non avevano previsto l'annullamento di praticamente tutta la Royal Norwegian Air Force nel giro di una settimana. I sovietici avevano registrato successi tattici importanti soltanto in mare, ed erano stati dei successi indiscutibili, rifletté Toland. Mentre la guerra terrestre in Germania si stava avviando verso uno stallo ad alto contenuto tecnologico, fino a quel momento le tanto decantate Marine della NATO erano state battute in manovra e in lungimiranza dai presunti sempliciotti avversari. La presa dell'Islanda era stata un capolavoro di operazione. La NATO si stava tuttora adoperando per ripristinare la barriera Groenlandia-Islanda-Inghilterra usando dei sommergibili destinati ad altre operazioni. I Backfire russi si spingevano lontano nel Nord Atlantico colpendo un convoglio al giorno, e le forze sottomarine russe non erano ancora nemmeno arrivate in zona. La combinazione dei Backfire con i sommergibili avrebbe potuto chiudere effettivamente l'Atlantico, pensò Toland. Se così fosse stato, gli eserciti della NATO sarebbero stati sicuramente battuti, malgrado la brillante prestazione fornita fino ad allora.

Dovevano impedire alla flotta sovietica di prendere Bodø, in Norvegia. Una volta messe le radici lassù, le forze aeree russe avrebbero potuto attaccare la Scozia, obbligando la NATO a dirottare risorse dalla Germania e a ridimensionare i tentativi di interdire i bombardieri diretti in Atlantico. Toland scosse il capo. Appena localizzate le forze russe, le avrebbero martellate a dovere. Avevano le armi giuste, la dottrina giusta. Potevano lanciare i missili da più lontano della portata dei SAM, proprio come i russi stavano facendo con i convogli. Era tempo che le cose cambiassero.

L'aereo cisterna decollò per primo, seguito mezz'ora dopo dal caccia. Toland e il collega inglese rimasero a sonnecchiare al centro informazioni, senza far caso alla telescrivente che picchiettava nell'angolo. Se fosse arrivato qualcosa di importante, i subalterni di guardia li avrebbero avvisati, e d'altra parte anche gli ufficiali superiori avevano bisogno di dormire.

«Eh?» Toland sobbalzò quando si sentì toccare la spalla.

«In arrivo, signore – il suo Tomcat sta arrivando, comandante.» Il sergente della RAF porse a Bob una tazza di tè. «Mancano quindici minuti. Ho pensato che avrebbe voluto tonificarsi.»

«Grazie, sergente.» Toland si passò una mano sul viso non rasato e decise di lasciarlo com'era. Il capitano del gruppo, invece, andò a radersi, più che altro per conservare l'immagine che si accompagnava a un paio di baffoni in stile RAF.

Il caccia F-14 scese con eleganza, i motori al minimo e le ali distese come se fossero liete della possibilità di atterrare su qualcosa di più grande di una portaerei. Il pilota lo portò fino a un hangar, e saltò a terra. I tecnici stavano già smontando le cartucce delle pellicole dalla cinepresa.

«Niente sulla loro flotta, gente» disse subito il pilota. L'ufficiale d'intercettazione radar lo seguì.

«Dio buono, ce ne sono di caccia lassù!» disse. «Non ho più

visto tanta attività dall'ultima volta che ho seguito il corso di guerra aerea.»

«E io ho preso uno di quei bastardi. Niente di esaltante a proposito della flotta, però. Abbiamo sorvolato la costa da Orland a Skagen prima di rientrare. Non una nave di superficie in vista.»

«È sicuro?» chiese il comandante di gruppo.

«Può controllare sul film, capitano. Nessun avvistamento visivo, niente sull'infrarosso, nessuna emissione radar se non dagli aerei – niente, però un fottìo di caccia. Abbiamo cominciato a trovarli appena a sud di Stokke e ne abbiamo contati un casino... quanti erano, Bill?»

«Sette voli, per lo più MiG-23, credo. Non abbiamo mai avuto un visuale, ma abbiamo beccato un mucchio di radar High Lark. Un tipo si è avvicinato troppo e ho dovuto farlo schiattare con uno Sparrow. Abbiamo visto il lampo. È stata dura, però. In ogni modo, gente, gli amici non stanno venendo a Bodø, a meno che non stiano viaggiando in sommergibile.

«È a Skagen che avete preso la via del ritorno?»

«Sì, eravamo senza più pellicola e a corto di carburante. I caccia hanno cominciato a disturbarci a nord di Bodø. Se volete la mia opinione, dobbiamo controllare Andøya, ma ci serve altro per farlo, magari gli SR-71. Non credo di poterci andare e ritornare, se non con i postbruciatori. Se devo fare il tentativo, ho bisogno di rifornirmi proprio là vicino e, come ho detto, c'è un gran movimento di caccia.»

«Poco importa» disse il comandante del gruppo. «I nostri aerei non hanno gambe abbastanza buone per colpire a quella distanza senza un consistente supporto di aerei cisterna, che però sono quasi tutti impegnati altrove.»

25

In marcia

Islanda

Appena furono fuori dal prato, si trovarono in quella che la carta chiamava "brughiera". Per il primo chilometro era in piano, poi cominciava a salire ripida verso il Glymsbrekkur, un'arrampicata di settecento piedi. *Come ti abbandonano presto, le gambe...* pensò Edwards. La pioggia non era mai cessata, e il tardo crepuscolo li costringeva a un'andatura lenta. Molti dei sassi su cui cercavano di posare il piede erano sconnessi. Un fondo traditore, ove un passo falso poteva essere fatale. Avevano le caviglie dolenti per le continue torsioni, inevitabili su quel terreno, e nemmeno gli stivali allacciati stretti erano di grande aiuto.

Dopo sei giorni nell'entroterra, Edwards e i marines cominciavano a capire che cosa fosse la fatica. A ogni passo le ginocchia cedevano un po' di più e un po' troppo, e il passo successivo costava uno sforzo enorme. Le cinghie degli zaini segavano loro le spalle. Le braccia mal sopportavano il peso delle armi e il doversi continuamente assestare il carico sulla schiena. Camminavano a testa china, ed era duro alzarla per guardarsi intorno. D'altronde, dovevano stare costantemente all'erta per il rischio di imboscate.

Si erano allontanati abbastanza dalla casa, e il bagliore delle fiamme sparì dietro una cresta: finalmente. Per il momento, nessun elicottero, nessun veicolo era venuto a indagare sull'incendio. Bene, ma quanto sarebbe durato? Fino a quando non si sarebbero accorti che mancava una pattuglia? Se lo stavano chiedendo tutti.

Tutti, meno Vigdis. Edwards camminava qualche passo avanti a lei, l'orecchio teso ad ascoltarne il respiro, i singhiozzi. Avrebbe voluto parlarle, ma non sapeva che cosa dire. Aveva fatto la cosa giusta, o era stato un assassinio? E la motivazione? Necessità o senso di giustizia? Aveva importanza, dopo tutto? Quante domande... Meglio non pensarci. L'unica cosa che contava era sopravvivere.

«Facciamo una pausa» disse. «Dieci minuti.»

Il sergente Smith diede un'occhiata per vedere dov'erano gli altri, poi si mise a sedere accanto all'ufficiale.

«Siamo andati bene, tenente. Quattro miglia, forse cinque, nelle ultime due ore. Penso che possiamo prendercela un po' più comoda.»

Edwards gli rivolse un sorriso stanco. «Perché non ci fermiamo qui a costruirci una casa?»

Smith rise nell'oscurità. «Se vuole, comandante.»

Il tenente esaminò la carta, guardandosi intorno per vedere se corrispondeva con ciò che riusciva a individuare. «Che cosa ne dici di girare a sinistra intorno a questa palude? Secondo la carta, qui c'è una cascata, la Skulafoss. Sembra un bel canyon profondo. Con un po' di fortuna possiamo trovare una grotta o qualcosa del genere. Se no, pazienza; è profondo, e gli elicotteri non ci possono venire. In ogni modo, avremo delle zone d'ombra in cui nasconderci. Cinque ore?»

«Giù di lì» confermò Smith. «Strade da attraversare?»

«Non vedo niente sulla carta, solo piste.»

«Mi piace.» Smith si voltò verso la ragazza, che li guardava in silenzio, seduta contro un masso. «Come si sente, signorina?» le chiese con dolcezza.

«Stanca.» La voce diceva qualcosa di più. Sul viso assolutamente nessuna traccia di emozione. Edwards si chiese qual era la cosa giusta da fare con chi aveva sofferto una violenza odiosa. *I genitori assassinati sotto i suoi occhi, il corpo brutalmente violato: che genere di pensieri possono passare nella testa di questa ragazza?*

«Conosci bene questa zona?» le chiese il tenente.

«Mio padre veniva qui a pescare. Molte volte andavo con lui.» Rovesciò la testa nell'ombra e la voce si ruppe; la udirono singhiozzare sommessa.

Edwards avrebbe voluto passarle un braccio intorno alle spalle, dirle che adesso andava tutto bene, ma ebbe paura di peggiorare la situazione. In effetti, chi poteva credere che andava bene?

«Come stiamo a viveri, sergente?»

«Calcolo cibi in scatola per circa quattro giorni. Ho ispezionato piuttosto bene la casa, signore» mormorò Smith. «Ho trovato un paio di canne da pesca e qualche esca. Se diventa una storia lunga, non dovremmo morire di fame. Ottimi torrenti per la pesca, da queste parti, forse anche dove siamo diretti. Salmoni e trote. Non me lo sono mai potuto permettere, ma ho sentito dire che pescare qui è favoloso. Ha detto che suo padre è pescatore, vero?»

«Di aragoste... Quindi, del ramo... Dicevi che non ti potevi permettere...»

«Tenente, pescare qui costa qualcosa come duecento dollari al giorno» spiegò Smith. «Difficile con la paga da sergente, le pare? Però, se è così caro, vuol dire che c'è una stangata di pesci, no?»

«Mi sembra giusto» disse Edwards. «È ora di muoverci. Quando arriviamo a quella montagna ci riposiamo un momento.»

«Farò un brindisi a questa idea, comandante. Forse ci ritarderà un poco...»

«Al diavolo! Vorrà dire che saremo in ritardo. Le regole sono un po' cambiate. Può darsi che i russi ci stiano cercando. Di qui in avanti la prendiamo con calma. Se gli amici all'altro capo della radio non sono contenti, peggio per loro. Arriveremo più tardi, ma arriveremo.»

«Giusto, comandante. Si metta lei in testa. Rodgers, sta in coda con gli occhi bene aperti. Ancora cinque ore, marines, e poi dormiremo.»

USS Pharris

Gli spruzzi gli punzecchiavano il viso, e a Morris piaceva. Il convoglio alzava fumo nel vento a quaranta nodi. Il mare era un'ombra verde solcata di schiuma, e le goccioline che si levavano dalle creste bianche volavano orizzontali nell'aria. La fregata si arrampicava sulle onde alte venti piedi e poi ricadeva, in una sequenza che durava da sei ore. I movimenti della nave erano violenti. Ogni volta che la prua scendeva, sembrava di stare su di un'automobile che frenava bruscamente. Gli uomini si tenevano ai puntelli e stavano a gambe divaricate per compensare le oscillazioni. Chi, come Morris, stava in coperta, indossava la cintura di salvataggio e la giacca a vento con cappuccio. Molti giovani marinai avrebbero sofferto il mal di mare – anche i navigatori professionisti non amavano affrontare un tempo come quello – ma adesso la maggior parte dormiva. La *Pharris* era ritornata alla condizione di navigazione numero tre, che dava modo alla gente di riposare.

Un tempo del genere rendeva quasi impossibile combattere. I sottomarini operavano essenzialmente con un unico sensore. Per lo più, individuavano i bersagli con il sonar, e il fragore del mare mosso tendeva ad attutire i rumori che cercavano di captare. Un comandante veramente bellicoso poteva tentare di viaggiare a quota periscopica e attivare il radar di ricerca, ma ciò comportava il rischio di straorzare e perdere momentaneamente il controllo della nave, cosa che non piaceva affatto agli ufficiali dei nucleari. Un sottomarino avrebbe dovuto praticamente speronare una nave per individuarla, ed era un'eventualità molto remota. Al momento, non c'era neppure da temere attacchi dal cielo. La superficie frastagliata del mare avrebbe di certo confuso la testata autocercante di un missile.

Per quanto riguardava la *Pharris*, il sonar montato a prua era inutile, dato che si alzava e si abbassava su un arco di venti piedi, a volte uscendo completamente dall'acqua. Il sonar a rimorchio correva in acque più calme qualche centinaio di piedi sotto la superficie, per cui avrebbe dovuto funzionare abbastanza bene, in teoria. All'atto pratico, un sommergibile doveva viaggiare ad alta velocità per distinguersi dai violenti rumori di superficie, ma anche in quel caso non sarebbe stato facile impegnarlo. L'elicottero della nave era a riposo. Avrebbe potuto decollare, ma assolutamente non appontare. Per correre rischi a opera della fregata, un sottomarino si sarebbe dovuto trovare entro la portata dei siluri ASROC – cinque miglia – ma anche ciò era improbabile. Si poteva sempre chiamare un Orion P-3 – ce n'erano due con il convoglio – e Morris non invidiava neppure un poco i loro equipaggi sbatacchiati attraverso le nuvole basse.

Per tutti quanti, una tempesta voleva dire una pausa nella battaglia, un intervallo in cui ambedue le parti avevano modo di riprendere fiato per il round successivo. Serviva di più ai russi, che avrebbero potuto fare la manutenzione agli aerei a lungo raggio, mentre i loro sottomarini, immersi a quattrocento piedi, potevano fare i turni di guardia al sonar in modo più rilassato.

«Caffè, comandante?» Il capo Clarke uscì dalla timoniera, porgendo una tazza con il piattino a mo' di coperchio per non lasciare entrare l'acqua salata.

«Grazie.» Morris prese la tazza e bevve un lungo sorso. «Come sta andando l'equipaggio?»

«Troppo stanco per fiatare» rispose Clarke ridendo. «Dormono tutti come bambini. Quanto tempo durerà ancora questa pizza, comandante?»

«Altre dodici ore, poi dovremmo avere una schiarita, seguita da un fronte di alta pressione.» Le previsioni meteorologiche a lunga distanza erano appena arrivate da Norfolk. La perturbazione si stava spostando a nord. Per le due settimane successive era previsto tempo sereno. Magnifico.

Il sottufficiale si affacciò fuori bordo per vedere come stavano resistendo le attrezzature a proravia. Ogni tre o quattro onde, la *Pharris* beccheggiava decisa, e la prua era inondata di acqua verde che sbatteva nelle sovrastrutture che il capo faceva assicurare.

Come la maggior parte dei 1052 dislocati nel tempestoso Atlantico, la *Pharris* era stata dotata di un corso di fasciame supplementare più alto applicato a prora. Questa modifica, attuata durante l'ultima messa a punto, riduceva – ma non eliminava – la minaccia nota a tutti i marinai fin da quando l'uomo aveva preso il mare per la prima volta: l'oceano cercherà di ucciderti se non gli usi il rispetto dovuto. L'occhio esperto di Clarke rilevò numerosi dettagli.

«Sembra che se la stia cavando bene.»

«Diamine, ci farei la firma per tutto il viaggio di ritorno» disse Morris dopo aver terminato il caffè. «Però, quando sarà finita, dovremo fare i cani da guardia a un bel po' di mercantili.»

Clarke annuì. Stare in formazione con quel tempo proibitivo non era la cosa più facile del mondo.

«Fin qui tutto bene, comandante. Non si è allentato niente di grosso, fino a questo momento.»

«E il sonar rimorchiato?»

«Nessun problema, signore. Ho un uomo che lo sorveglia. Dovrebbe tenere bene, a meno che non dobbiamo accelerare.» Ambedue sapevano che non l'avrebbero fatto. Stavano andando a dieci nodi, e la fregata non poteva correre molto più di così in quel mare, qualunque fosse la causa. «Vado a poppa, signore.»

«Okay. In gamba.» Morris guardò in su per controllare che le vedette fossero sempre all'erta. Grandi o scarse che fossero le probabilità, sussistevano pericoli d'ogni genere.

Stornoway, Scozia

«Andøya. Non stavano andando a Bodø, dopo tutto» disse Toland esaminando con molta attenzione le foto della Norvegia prese dal satellite.

«Quanta gente avranno a terra, secondo lei?»

«Almeno una brigata, comandante. Forse una divisione scarsa. Vedo una quantità di veicoli cingolati e di SAM. Stanno già usando il campo come base per i caccia. Poi verranno i bombardieri... forse ci sono già. Queste foto hanno tre ore.» La forza navale russa stava già ritornando verso il fiordo di Kola. Adesso potevano mandare rinforzi con il ponte aereo. Chissà che cosa era successo al reggimento norvegese che avrebbe dovuto essere di base proprio là?

«Adesso i bombardieri leggeri Blinder possono arrivare fin qui. I maledetti sono in grado di sfrecciare avanti e indietro ad alto numero di Mach, e sono dannatamente difficili da intercettare.» I sovietici avevano lanciato un attacco sistematico contro le stazioni radar della RAF sulla costa scozzese, in parte con missili aria-terra, in parte con missili da crociera lanciati da sommergibili. Un altro attacco era stato effettuato da caccia bombardieri con forte appoggio di "jammer", però era costato caro. I Tornado della RAF avevano abbattuto metà degli incursori, soprattutto nel volo di ritorno. I bimotori Blinder russi potevano arrivare bassi e veloci sugli obiettivi e poi sganciare le loro pesanti bombe. *Non è difficile capire perché i sovietici vogliono Andøya*, pensò Toland. L'ubicazione era perfetta. Facile da appoggiare dalle basi settentrionali, e abbastanza distante perché i caccia bombardieri che partivano dalla Scozia non potessero contrattaccare, se non con un robusto supporto di aerei cisterna.

«Ci possiamo arrivare» disse Toland. «Ma per farlo bisogna che metà dei nostri aerei d'attacco sia munita di doppi serbatoi.»

«Impossibile. Non ci daranno mai i caccia della riserva.» Il capitano scosse la testa.

«Allora dobbiamo cominciare a fare intense ricognizioni sulle Færöer, e questo ci impedisce di disturbare troppo l'Islanda.» Toland guardò intorno al tavolo. «Non vi interessa vedere un piano che prende forma? Come possiamo togliere l'iniziativa a quei bastardi? Stiamo lasciando che conducano loro il gioco. Reagiamo alle loro azioni, ma non facciamo quello che vorremmo fare. È così che si perde, gente. I russi tengono i Backfire a terra a causa della perturbazione sul Nord Atlantico. Dopo una buona giornata di riposo, domani voleranno di nuovo contro i convogli. Se non possiamo colpire Andøya e non siamo in grado di fare molto per l'Islanda, cosa cavolo vogliamo fare? Restarcene qui seduti a preoccuparci di come difendere la Scozia?»

«Se lasciamo che i sovietici si prendano la superiorità aerea...»

«Se i russi affondano i convogli, comandante, perdiamo la fottuta guerra!» dichiarò Toland.

«Vero. Ha ragione, Bob. Il vero problema è: come affrontare i Backfire? Sembra che volino direttamente sull'Islanda. È vero, conosciamo la zona di transito, ma è protetta dai MiG, ragazzo mio. Finiremmo per mandare i caccia a combattere i caccia.»

«E allora tentiamo qualcosa di indiretto. Prendiamo di mira i loro aerei cisterna.»

I piloti da caccia presenti, due ufficiali delle squadriglie, avevano ascoltato in silenzio i discorsi degli addetti alle informazioni.

Uno dei piloti disse: «Come diavolo potremo trovare gli aerei cisterna?».

«Lei pensa che possano rifornire trenta o più bombardieri senza parlarsi un po' per radio? Ho ascoltato via satellite le operazioni degli aerei cisterna russi, e so che si parlano. Mandiamo un ricognitore a scoprire dove fanno i rifornimenti. E già che ci siamo, perché non mettere loro un po' di Tomcat sulla via del ritorno?»

«Colpirli dopo che hanno rifornito gli aerei d'attacco...» disse pensieroso il pilota.

«Non gli farà la bua oggi, ma gliela farà domani, a quei bastardi. Se ci riusciamo almeno una volta, dovranno cambiare lo schema operativo, magari facendoli scortare dai caccia. Se non altro, li obbligheremo a reagire a una nostra mossa, e sarà già un cambiamento.»

«E forse ci scaricherà un po' di pressione» continuò il comandante di gruppo. «Bene, vediamo un po' questa possibilità.»

Islanda

La carta non faceva vedere quanto era difficile. Il fiume Skula aveva scavato una serie di gole attraverso i secoli. Il fiume era alto, e le cascate producevano nubi di spruzzi su cui il sole del mattino disegnava l'arcobaleno. La cosa faceva infuriare Edwards. Prima di allora gli erano sempre piaciuti gli arcobaleni, ma quello che vedeva significava che le rocce su cui si dovevano arrampicare erano pericolosamente umide e scivolose. Dovevano essere duecento piedi di roccia che sorgevano da un fondo di massi di granito. Sembrava molto lontano.

«Ha già fatto roccia, tenente?» chiese Smith.

«No, mai. E tu?»

«Sì. Questa parete dovrebbe essere facile. Non si preoccupi del rischio di scivolare. Gli stivali che abbiamo tengono piuttosto bene. Basta assicurarsi di mettere il piede su qualcosa di solido, okay? E prenderla adagio, con calma. Facciamo salire Garcia per primo. Questo posto comincia a piacermi, comandante. Vede quel laghetto sotto le cascate? Ci sono pesci, laggiù, e non credo che qualcuno potrà vederci in quel buco.»

«Okay, tu occupati della ragazza.»

«Bene. Garcia in testa, Rodgers in coda.» Smith si mise il fucile a tracolla e si affiancò a Vigdis.

«Signorina, crede di farcela?» chiese tendendole la mano.

«Ci sono già stata.» Quasi un sorriso, finché non pensò a chi l'aveva accompagnata là, e quante volte. Non prese la mano che Smith le porgeva.

«Bene, Vigdis. Forse potrà darci qualche consiglio. Stia attenta, ora.»

Sarebbe stato abbastanza facile, se non fosse stato per il peso degli zaini. Il peso supplementare e la stanchezza compromettevano l'equilibrio, tanto che chi li avesse osservati da lontano avrebbe scambiato i marines per delle vecchie signore che attraversavano una strada ghiacciata. La pendenza era di cinquanta gradi, ma in alcuni punti diventava verticale, con qualche pista impressa forse da qualcuno dei cervi che vivevano in libertà. Per la prima volta la stanchezza giocò a loro favore. Se fossero stati riposati, avrebbero tentato di muoversi più svelti; così, invece, ognuno era al limite della resistenza e aveva più paura della propria debolezza che di una caduta. Ci volle oltre un'ora, ma riuscirono a scendere senza danni più gravi di qualche graffio alle mani, e lividi un po' dappertutto.

Garcia attraversò il fiume fino alla riva est, dove il canyon era più ripido. Si accamparono su di una sporgenza a dieci piedi sopra l'acqua. Edwards consultò l'orologio. Erano in movimento continuo da più di due giorni. Cinquantasei ore. Ognuno si trovò un posto nell'ombra cupa.

Per prima cosa mangiarono. Edwards divorò il contenuto di una scatoletta senza preoccuparsi di sapere che cos'era. I rutti che seguirono sapevano di pesce. Smith lasciò che i due soldati dormissero per primi, e diede il proprio sacco a pelo a Vigdis. La ragazza, per sua fortuna, si addormentò in fretta come i marines. Il sergente fece un rapido giro d'ispezione, mentre Edwards lo guardava, chiedendosi come faceva ad avere ancora tanta energia.

«È un buon posto, comandante» dichiarò infine, lasciandosi cadere a fianco dell'ufficiale. «Sigaretta?»

«Non fumo. Pensavo che fossi rimasto senza.»

«Infatti, però il padre della ragazza fumava, e io ne ho preso qualche pacchetto.» Smith si accese una sigaretta senza filtro con un accendino Zippo contrassegnato dal globo e dall'ancora del Corpo dei marines. Tirò una lunga boccata. «Gesù, che meraviglia!»

«Direi che possiamo passare una giornata a riposarci qui.»

«Penso di sì.» Smith si coricò. «Lei resiste bene, tenente.»

«Facevo atletica all'Accademia Aeronautica. Diecimila metri, un po' di maratona, roba del genere.»

Smith gli rivolse uno sguardo minaccioso. «Vuol dirmi che ho cercato di fare marciare un dannato corridore attraverso i campi?»

«Ha fatto marciare un maratoneta nei fottuti campi.» Edwards si massaggiò le spalle. Chissà se il dolore prodotto dalle cinghie sarebbe mai passato. Si sentiva le gambe come se qualcuno le avesse picchiate con una mazza da baseball. Si distese sul terreno e ordinò a ogni muscolo di rilassarsi. I sassi sotto la schiena non giovavano, ma non riusciva a mettere insieme abbastanza energia per cercarsi un posto migliore. Gli venne in mente una cosa. «Non dovremmo mettere qualcuno di guardia?»

«Ci ho pensato» disse Smith. Anche lui si era coricato con l'elmetto sugli occhi. «Credo che per questa volta possiamo farne a meno. Nessuno ci può vedere se non da un elicottero dritto sopra di noi. La strada più vicina è a dieci miglia. Lasci perdere. Cosa ne pensa, comandante?»

Edwards non sentì neppure la domanda.

Kiev, Ucraina

«Ivan Mikhailovich, sono pronti i suoi bagagli?» s'informò Alekseyev.

«Sì, compagno generale.»

«Il comandante in capo è disperso. Era diretto al quartier generale avanzato, dopo essere stato alla Terza d'Assalto, quando è sparito. Si pensa che possa essere stato ucciso nel corso di un attacco aereo. Prendiamo noi il comando.»

«Così, semplicemente?»

«No di certo» rispose Alekseyev con rabbia. «Hanno impiegato trentasei ore per stabilire che forse era morto! Quel pazzo aveva appena fatto fuori il comandante della Terza Armata, poi era sparito, e il sostituto non sapeva decidere il da farsi. Un attacco che era stato programmato non ha mai avuto inizio, e i maledetti tedeschi hanno contrattaccato mentre i nostri aspettavano ancora gli ordini!» Alekseyev scosse energicamente la testa, come per rischiararsi le idee, poi riprese più calmo: «Bene, adesso abbiamo dei militari a condurre la campagna, e non dei puttanieri politicamente affidabili».

Sergetov notò una volta di più l'atteggiamento puritano del superiore: una delle poche caratteristiche di Alekseyev allineate con lo spirito del Partito.

«La nostra missione?» chiese il capitano.

«Mentre il generale prende il comando, noi due faremo il giro delle divisioni avanzate per verificare la situazione sul fronte. Mi dispiace, Ivan Mikhailovich, temo che questo non sia il posto sicuro che ho promesso a suo padre.»

«Parlo bene l'inglese, oltre all'arabo» disse il giovane risentito. Alekseyev aveva già verificato quel punto prima di redigere l'ordine di trasferimento. Il capitano Sergetov era stato un buon comandante di compagnia prima di essere "adescato" a lasciare l'uniforme contro la promessa di una comoda vita di lavoro al Partito. «Quando partiamo?»

«Prendiamo l'aereo fra due ore.»

«Di giorno?» Il capitano era stupito.

«Sembra che sia più sicuro. La NATO afferma di avere il dominio del cielo notturno. I nostri dicono il contrario, però ci fanno volare in pieno giorno. Tragga pure lei le conclusioni, compagno capitano.»

Base aerea di Dover, Delaware

Un aereo C-5A da trasporto era in attesa fuori dell'hangar. Nel grande capannone, una squadra di quaranta uomini – per metà ufficiali in divisa della Marina, metà borghesi in tuta della General Dynamics – stavano lavorando sui missili Tomahawk. Mentre un gruppo smontava le grosse testate antinave e le sostituiva con qualche cos'altro, il secondo gruppo era intento al compito molto più impegnativo di cambiare i sistemi di guida dei missili. Stavano togliendo i soliti dispositivi antinave per montare al posto loro dei sistemi d'inseguimento a terra che, come ben sapevano i tecnici, erano usati soltanto sui missili a testata nucleare destinati a bersagli al suolo. Le scatole dei dispositivi erano nuove di fabbrica. Bisognava verificarle e tararle: un lavoro delicato. Benché i sistemi avessero già la garanzia del costruttore, le procedure consuete in tempo di pace erano state annullate e sostituite da quelle di emergenza, che tutti prendevano sul serio, pur non conoscendone la ragione. La missione era un segreto assoluto.

Delicati strumenti elettronici fornivano informazioni programmate ai dispositivi di guida, e altri monitor esaminavano i comandi generati dai computer di bordo. Gli uomini presenti erano in grado di verificare al massimo tre missili alla volta, e ogni controllo richiedeva un po' più di un'ora. Di tanto in tanto uno di loro dava un'occhiata all'enorme aereo da trasporto Galaxy in attesa, il cui equipaggio passeggiava avanti e indietro, facendo ogni tanto una scappata all'ufficio meteorologico. Man mano che venivano approvati, i missili a forma di siluro erano marcati con pastello a olio vicino al codice "F" della testata, e quindi caricati con attenzione nella gabbia di lancio. Quasi un terzo dei sistemi di guida fu scartato e sostituito. Alcuni erano stati trovati del tutto inefficienti; i più presentavano problemi di modesta entità, ma abbastanza seri da giustificarne la sostituzione invece della riparazione. I tecnici e gli ingegneri della General Dynamics erano pieni di interrogativi. Quale tipo di bersaglio necessitava di tutta quella precisione? Nell'insieme, l'operazione aveva richiesto ventisette ore, sei più del previsto. Una buona metà degli uomini salì sull'aereo, che decollò dalla pista di cemento venti minuti dopo, diretto in Europa. Dormirono sui sedili posteriori contrapposti, troppo stanchi per preoccuparsi dei pericoli che forse li attendevano a destinazione, qualunque essa fosse.

Skulafoss, Islanda

Edwards si trovò seduto prima ancora di sapere perché. Smith e i marines, più veloci di lui, stavano già correndo con le armi in pugno. Scrutarono la cresta rocciosa del piccolo canyon, mentre Vigdis continuava a gridare. Edwards posò il fucile e andò da lei.

La reazione automatica dei marines era stata di pensare che lei avesse visto un pericolo incombente su di loro. Istintivamente, Mike comprese che non era proprio così. Gli occhi della ragazza guardavano vacui verso le rocce nude a pochi metri di distanza, le mani strette sul sacco a pelo. Quando la raggiunse, aveva smesso di gridare. Questa volta Edwards non si fermò a riflettere. L'afferrò per le spalle e la strinse a sé, viso contro viso.

«Sei al sicuro, Vigdis, sei al sicuro.»

«La mia famiglia» disse lei ansimando nel riprendere fiato. «Hanno ammazzato la mia famiglia. Poi...»

«Sì, ma sei viva.»

«I soldati, loro...» La ragazza aveva evidentemente allentato gli abiti per dormire più comoda. Ora si ritrasse da Edwards, stringendoseli addosso. Il tenente allontanò la mano e le rimboccò il sacco a pelo.

«Non ti faranno più del male. Ricorda tutto quello che è successo. Non possono più farti niente.»

Lei lo guardò in viso. Edwards non sapeva come interpretare la sua espressione. Il dolore, l'angoscia, adesso erano evidenti, ma c'era dell'altro, e lui non conosceva abbastanza bene la ragazza per leggerle nel pensiero.

«Quello che ha ucciso la mia famiglia, lei l'ha ammazzato... l'ha ammazzato.»

Edwards annuì. «Sono morti tutti, non possono più farti del male.»

«Sì.» Vigdis guardò in terra.

«Sta bene?» si informò Smith.

«Sì» rispose Edwards. «La signorina ha fatto un brutto sogno.»

«Ritorneranno» disse lei. «Verranno di nuovo.»

«Signorina, non possono più farle niente.» Smith le strinse la mano attraverso il sacco a pelo. «Noi la proteggeremo. Nessuno le farà del male finché ci siamo noi, capisce?»

La ragazza assentì nervosamente.

«Okay, Vigdis, perché non prova a dormire, ora? Non c'è nessuno che possa farle qualcosa se ci siamo noi. Se ha bisogno, basta che ci chiami.»

Smith si allontanò. Edwards fece per alzarsi, ma la mano della ragazza uscì dal sacco e afferrò la sua.

«Per favore, non se ne vada. Ho... ho paura a restare sola.»

«Okay, starò con te. Adesso distenditi e cerca di dormire.»

Cinque minuti dopo, gli occhi di lei erano chiusi e il respiro era tornato normale. Edwards cercò di non guardarla. Se si fosse svegliata e avesse visto i suoi occhi su di lei, che cosa avrebbe pensato? E forse non si sarebbe sbagliata, dovette ammettere Edwards. Se l'avesse incontrata due settimane prima al Circolo Ufficiali di Keflavik... era giovane, libero, e anche lei era evidentemente una donna giovane e libera. Dopo il secondo drink, il suo pensiero dominante sarebbe stato di portarla al proprio alloggio. Un po' di musica, d'atmosfera... Come sarebbe stato bello vederla uscire da un vestito alla moda, nella luce attenuata che filtra dalle imposte. Invece, l'aveva conosciuta nuda, piena di escoriazioni e di ecchimosi su tutto il corpo. Com'era strano adesso... Edwards sapeva al di là di ogni dubbio che se un altro uomo avesse tentato di metterle le mani addosso l'avrebbe ucciso senza esitare, e non osava pensare a come sarebbe stato fare l'amore con lei – che dopo tutto era l'unico pensiero plausibile che gli sarebbe passato per la testa se l'avesse incontrata per via. E se non avessi deciso di andare alla fattoria? si chiese. A quest'ora sarebbe morta insieme ai genitori. Qualcuno li avrebbe trovati qualche giorno dopo... come avevano trovato Sandy. E quello, Edwards lo sapeva fin dal primo momento, era stato il motivo per cui aveva ucciso il tenente russo, godendo del lento viaggio dell'uomo verso l'inferno. Peccato che nessuno avesse pensato a fare la stessa cosa a...

Smith gli fece un segno. Edwards si alzò e lo raggiunse.

«Ho messo Garcia di guardia. Credo che faremo bene a ridiventare dei marines, dopo tutto. Se fosse stato un vero allarme, a quest'ora saremmo tutti morti stecchiti, tenente.»

«Siamo tutti troppo stanchi per rimetterci subito in marcia.»

«Sì, signore. La ragazza sta bene?»

«Ha vissuto un brutto momento. Quando si sveglierà... diavolo, non lo so. Ho paura che possa crollare.»

«Può darsi.» Smith accese una sigaretta. «Però è giovane, potrebbe riprendersi se noi le diamo un'occasione.»

«Darle qualcosa da fare?»

«Vale anche per noi, comandante. Si sta meglio quando si fa che quando si pensa.»

Edwards guardò l'orologio. Aveva dormito in tutto sei ore prima che capitasse quella storia. Aveva le gambe rigide, ma per il resto si sentiva meglio di quanto avesse immaginato. Era un'illusione, se ne rendeva conto. Aveva bisogno di almeno altre quattro ore di sonno e di un buon pasto, per essere fisicamente pronto a riprendere la marcia.

«Non partiremo fino alle undici. Voglio che dormano tutti ancora un po' e mangino qualcosa, prima di andare via di qui.»

«Mi sembra giusto. Quando richiama alla radio?»

«Avrei già dovuto farlo da un pezzo, solo che non mi va di scalare quelle dannate rocce.»

«Tenente, io sono soltanto un sergentone ignorante, ma perché, invece, non scende mezzo miglio a valle? Di laggiù dovrebbe riuscire a mettersi in contatto con il satellite, non crede?»

Edwards guardò a nord. Spostandosi in quella direzione, come aveva detto il sergente, avrebbe diminuito l'angolo verso il satellite, proprio come avrebbe fatto dall'alto. *Perché non ci sono arrivato da solo? Perché, come tutti quelli che escono dall'Accademia Aeronautica, penso in termini di alto e di basso, e non di spostamento laterale.* Notò che il sergente gli sorrideva con aria sorniona, e scosse il capo con rabbia. Poi si caricò la radio e scese giù nel canyon.

«Siete molto in ritardo, Beagle» disse Doghouse per prima cosa. «Ripeta la situazione.»

«Doghouse, qui le cose sono veramente terribili. Abbiamo avuto uno scontro con una pattuglia russa.» Edwards continuò a spiegare per altri due minuti.

«Beagle, siete usciti di senno? I nostri ordini sono di evitare, ripeto, evitare ogni contatto con il nemico. Come fate a sapere che non c'è qualcuno al corrente della vostra presenza laggiù? Passo.»

«Sono tutti morti. Abbiamo fatto rotolare il veicolo giù da una scogliera in modo che sembrasse un incidente, proprio come nei telefilm. È finita, Doghouse. Non vale la pena di preoccuparsene. Adesso ci troviamo a dieci chilometri da dove è successo il fatto. Faccio riposare gli uomini per il resto della giornata. Stasera riprenderemo la marcia verso nord. Può darsi che ci voglia più tempo di quanto pensiate. Il terreno è accidentato come il fondo dell'inferno, ma faremo del nostro meglio. Nient'altro da riferire. Non possiamo vedere molto da dove siamo.»

«Benissimo. Gli ordini restano invariati, e per favore non faccia più il cavaliere errante – confermi.»

«Roger su questo. Chiudo.» Edwards sorrise fra sé mentre riponeva la radio. Quando ritornò al gruppo, vide che Vigdis si stava agitando nel sonno. Si sdraiò vicino a lei, avendo cura di stare a un metro di distanza.

Scozia

«Dannato cowboy – John Wayne che salva i pionieri dai fetenti indiani!»

«Noi non c'eravamo» disse l'uomo con la benda sull'occhio. La toccò per un momento. «È un errore giudicare un uomo da mille miglia di distanza. Lui era là, ha visto quello che stava succedendo. L'altro punto è: che cosa ci dice questo sulle truppe sovietiche?»

«Che i russi non sono precisamente esemplari nel trattare con la popolazione civile» fece presente il primo interlocutore.

«Le truppe aviotrasportate sovietiche sono famose per la ferrea disciplina» rispose l'altro. Ex maggiore del SAS, dimissionario per invalidità, era adesso uno dei capi della Direzione Operazioni Speciali. «Un comportamento del genere non fa pensare a truppe ben disciplinate. La cosa potrà diventare importante più tardi. Per il momento, come ho già detto, il ragazzo si sta rivelando davvero bravo» concluse senza ombra di compiacimento.

26

Impressioni

Stendal, Repubblica Democratica Tedesca

Il volo era stato abbastanza cattivo. Un bombardiere leggero li aveva portati – in tutto, quattro ufficiali dello staff – a un aeroporto militare a est di Berlino. Erano giunti sani e salvi, ma Alekseyev si domandava quanto fosse dovuto all'abilità e quanto alla fortuna. Era evidente che quel campo d'aviazione aveva subìto visite recenti da parte degli aerei della NATO. Ciò confermava i dubbi del generale sulle affermazioni dei colleghi dell'Aviazione, quando dicevano di essere in grado di controllare i cieli anche di giorno. Da Berlino, un elicottero portò il gruppo alla postazione di comando avanzata del CINC-Ovest, presso Stendal. Alekseyev era il primo ufficiale superiore che arrivava al complesso dei bunker sotterranei, e ciò che vide non gli piacque. Gli ufficiali di Stato Maggiore erano troppo preoccupati di quello che le forze della NATO stavano facendo, ma non abbastanza di quello che l'Armata Rossa avrebbe dovuto fare alla NATO. L'iniziativa non era stata persa, però, come prima impressione, sentì che il pericolo era reale. Alekseyev chiamò a rapporto gli ufficiali a capo delle operazioni, e cominciò a raccogliere notizie sull'andamento della campagna. Il comandante in capo arrivò mezz'ora dopo e convocò immediatamente Alekseyev nel proprio ufficio.

«Ebbene, Pasha?»

«Devo vedere subito il fronte. Abbiamo tre attacchi in corso. Ho bisogno di sapere come stanno andando. Il contrattacco tedesco ad Amburgo è stato nuovamente respinto, ma questa volta non abbiamo forze sufficienti per sfruttare il successo. La nostra massima profondità di penetrazione fino a questo momento supera di poco i cento chilometri. I programmi sono andati completamente a rotoli, le perdite sono di gran lunga superiori alle previsioni – da ambo le parti, ma un po' peggio per noi. Abbiamo troppo sottovalutato l'efficienza micidiale delle armi anticarro della NATO. L'artiglieria non è riuscita a sopprimerne una quantità sufficiente per consentire alle nostre unità un più ampio sfondamento. Le forze aeree della NATO ci stanno causando danni notevoli, specialmente di notte. I rinforzi non avanzano come avevamo previsto. Abbiamo tuttora l'iniziativa nella maggior parte dei settori, ma tale situazione durerà solo pochi giorni, se non riusciamo a operare un massiccio sfondamento. Dobbiamo trovare qualche tallone di Achille nelle linee nemiche e lanciare un ingente attacco coordinato, al più presto possibile.»

«La situazione della NATO?»

Alekseyev alzò le spalle. «Hanno messo in campo tutti i reparti di cui dispongono. Ulteriori rincalzi sono in arrivo dall'America ma, a quanto apprendiamo dai prigionieri, non al ritmo sperato. La mia impressione è che le loro forze si sono assottigliate in qualche zona, ma non abbiamo ancora identificato un'area di debolezza sostanziale. Se ne scopriamo una e la sfruttiamo, penso che possiamo rompere il fronte e penetrare con più divisioni. È impossibile che loro siano in posizione di forza dappertutto. La richiesta tedesca di difesa avanzata obbliga la NATO a cercare di arrestarci in ogni punto. Abbiamo fatto anche noi questo sbaglio nel 1941, e ci è costato molto caro. Dovrebbe fare loro il medesimo effetto.»

«Quando desideri visitare il fronte?»

«Entro un'ora. Porterò con me il capitano Sergetov...»

«Il figlio dell'uomo del Partito? Se gli succede qualcosa, Pasha...

«È un ufficiale dell'esercito sovietico, chiunque sia il padre. Ho bisogno di lui.»

«Va bene. Fammi sempre sapere dove sei. Mandami quelli delle operazioni. Dobbiamo controllare questo bordello.»

Per la ricognizione, Alekseyev si fece assegnare un nuovo elicottero d'attacco Mi-24, che prese a volare rasente le cime degli alberi mentre, più in alto, una squadriglia di agili caccia MiG-21 vegliava sul generale. Alekseyev rinunciò a stare comodo sul sedile e preferì accovacciarsi presso i finestrini per vedere quanto più poteva. Un'intera vita nell'esercito non lo aveva preparato alla desolazione che scorgeva in basso. Sembrava che su ogni strada vi fosse un carro armato o un automezzo bruciato. Gli incroci più importanti erano stati oggetto delle pesanti attenzioni delle forze aeree della NATO. Qui si vedeva un ponte abbattuto, più in là una compagnia di carri ridotta a mal partito, in attesa delle riparazioni. I resti anneriti di aerei, veicoli e uomini avevano trasformato la linda, pittoresca campagna in un deposito di rottami bellici ad alta tecnologia. Mentre sorvolavano il confine per passare nella Germania Occidentale, videro cose ancora peggiori. Si era combattuto per il possesso di ogni strada, di ogni minuscolo villaggio. All'esterno di una cittadina contò undici carri distrutti, e si chiese quanti altri erano stati già tolti dal campo di battaglia per essere riparati. La città era stata quasi interamente distrutta dal fuoco dell'artiglieria e dai successivi incendi. Vide soltanto una casa che sembrava ancora abitabile. Cinque chilometri a ovest la storia si ripeteva, e Alekseyev si rese conto che tutto un reggimento corazzato era andato perduto per guadagnare dieci chilometri su una sola strada. Cominciò a vedere anche i mezzi della NATO. Un elicottero d'attacco tedesco, identificabile soltanto dal rotore di coda che sporgeva da un cerchio di cenere, più alcuni carri armati e automezzi per il trasporto delle truppe. I veicoli di cui andavano fieri, costruiti con grande dispendio di denaro e di tecnica, erano sparsi nella campagna come rifiuti buttati dal finestrino di un'auto in corsa. I sovietici avevano più mezzi da investire, lo sapeva, ma quanti di più?

L'elicottero atterrò al margine di un bosco, e Alekseyev notò che i cannoni antiaerei li avevano seguiti durante tutta la discesa al suolo. Saltò fuori insieme a Sergetov, abbassandosi sotto il rotore per correre al riparo degli alberi, dove li attendeva un gruppo di vetture-comando,

«Benvenuto, compagno generale» disse un colonnello dalla faccia annerita.

«Dov'è il comandante di divisione?»

«Sono io. Il generale è stato ucciso l'altro ieri dall'artiglieria nemica. Dobbiamo spostare il comando due volte al giorno. Stanno veramente diventando abili nel localizzarci.»

«La sua situazione?»

«Gli uomini sono stanchi, ma possono ancora combattere. Non abbiamo sufficiente appoggio aereo, e i caccia della NATO non ci danno tregua, di notte. Abbiamo soltanto la metà della nostra forza nominale di combattimento. L'artiglieria sta peggio: è ridotta a un terzo. Gli americani hanno appena cambiato tattica. Invece di attaccare le formazioni corazzate di testa, mandano prima gli aerei a colpire i nostri cannoni. Abbiamo sofferto grossi danni la notte scorsa. Proprio mentre stavamo per lanciare un reggimento all'assalto, quattro caccia d'attacco al suolo hanno quasi spazzato via un battaglione di semoventi. L'attacco è fallito.»

«E l'occultamento?» chiese Alekseyev.

«Chieda alla madre del diavolo per quale motivo non funziona» ribatté il colonnello. «Evidentemente i loro aerei radar riescono a individuare i veicoli al suolo. Abbiamo tentato l'emissione di disturbi, abbiamo provato con i falsi bersagli. A volte va bene, a volte no. Il quartier generale della divisione ha subìto due attacchi. I reggimenti sono comandati da maggiori, i battaglioni da capitani. La tattica della NATO è di eliminare i comandanti delle unità, e quei bastardi ci riescono bene. Quando ci avviciniamo a un villaggio, i carri devono combattere in mezzo a sciami di missili. Abbiamo tentato di eliminarli con i razzi e con l'artiglieria, ma non c'è tempo per far saltare ogni edificio visibile – non risolveremmo niente.»

«Che cosa le serve?»

«Appoggio aereo, molto. Mi dia il supporto per passare attraverso chi ci troviamo davanti, io le darò il fottuto sfondamento!» Dieci chilometri dietro le linee, una divisione corazzata stava aspettando proprio quell'unità per rompere il fronte avversario – ma come poteva sfruttare uno sfondamento che non era mai avvenuto?

«La situazione dei rifornimenti?»

«Potrebbe andare meglio, però stiamo ricevendo quanto basta per quello che è rimasto, e che sarebbe insufficiente per la divisione se fosse ancora intatta.»

«Che cosa sta facendo adesso?»

«Lanceremo un attacco con due reggimenti fra un'ora. Un altro paese, Bieben. Valutiamo la forza del nemico in due battaglioni ridotti di fanteria con appoggio di carri armati e d'artiglieria. Il villaggio controlla un crocevia di cui abbiamo bisogno. È lo stesso che abbiamo cercato di prendere ieri notte. Questa volta l'attacco dovrebbe andare a segno. Vuole osservarlo?»

«Sì.»

«Allora farebbe meglio a venire più avanti. Lasci perdere l'elicottero, se non vuole morire subito. Per di più» disse sorridendo «potrei usarlo io in appoggio all'attacco. Le darò un mezzo da trasporto truppe per andare verso il fronte. Sarà pericoloso lassù, compagno generale» lo prevenne il colonnello.

«Bene. Lei ci può proteggere. Quando si parte?»

USS Pharris

Il mare calmo significava che sulla *Pharris* i turni di guardia erano ritornati alla normalità. Metà degli uomini era al lavoro, mentre la fregata stava in posizione a nord del convoglio. Il sonar a rimorchio fluttuava nella scia, e l'elicottero stava sul ponte di volo pronto a decollare. Nell'attesa, i piloti sonnecchiavano nell'hangar. Morris dormiva – e russava – su una poltroncina in plancia, con grande divertimento degli uomini. Anche gli ufficiali russano, dunque. Quanto agli alloggi dell'equipaggio, a volte risuonavano come una segheria.

«Comandante, un messaggio dal CINCLANTFLT!»

Morris alzò lo sguardo verso il sottufficiale e firmò il modulo di trasmissione. Cinquanta miglia più a nord, un convoglio diretto a est stava subendo un attacco. Andò al tavolo di carteggio per controllare le distanze. I sottomarini non costituivano una minaccia, in quella zona. Tanto meglio. Aveva già abbastanza preoccupazioni, e il suo mondo si era come ristretto per ospitare soltanto quelle. Ancora quaranta ore per Norfolk, dove avrebbero rifatto il pieno di carburante e reintegrato il munizionamento per ripartire entro ventiquattr'ore.

«Che diavolo è quello!» esclamò un marinaio, additando una traccia di fumo bianco.

«Un missile» rispose l'ufficiale di guardia. «Posto di combattimento! Comandante, c'è un missile da crociera diretto a sud, un miglio avanti a noi.»

Morris scattò a sedere nella poltrona e sbatté le palpebre. «Segnalate al convoglio, attivate il radar, sparate i trucioli.» Corse alla scaletta che conduceva al CIC. L'allarme stava già lanciando il suo stridulo segnale prima ancora che lui arrivasse. A poppa, due razzi Super-RBOC balzarono nel cielo ed esplosero, avvolgendo la fregata in una nuvola di pezzi di stagnola.

«Ne conto cinque in arrivo» stava dicendo un operatore radar. «Uno è diretto su di noi. Rilevamento zero-zero-otto, distanza sette miglia, velocità cinquecento nodi.»

«Plancia, barra tutta a dritta, rotta zero-zero-otto» ordinò il direttore di tiro. «Pronti a lanciare altri trucioli. Azione antiaerea a poppa, fuoco a volontà.»

Il cannone da cinque pollici ruotò leggermente e sparò diversi colpi, nessuno dei quali colpì il missile.

«Distanza due miglia e si avvicina» annunciò l'addetto al radar.

«Lanciare altri quattro Super-RBOC.»

Morris udì il lancio dei razzi. Il radar ora faceva vedere il materiale di disturbo come una nuvola opaca intorno alla nave.

«CIC» gridò una vedetta. «Lo vedo. A tribordo, in arrivo – non ci colpirà. Eccolo – sta andando, passa di poppa. Ci ha mancati di duecento metri.»

Il missile era stato ingannato dai trucioli. Se avesse avuto un cervello capace di pensare, sarebbe stato sorpreso di non colpire niente. Invece, non avendo trovato un bersaglio, si limitò a cercarne un altro. Lo trovò quindici miglia più avanti, e vi si diresse.

«Sonar» ordinò Morris «controllare a rilevamento zero-zero-otto. C'è un sottomarino armato di missili, laggiù.»

«Stiamo cercando, signore. Non abbiamo niente a quel rilevamento.»

«Un aereo che viaggia a cinquecento nodi. Ci dev'essere un sommergibile della classe Charlie, forse a trenta miglia» disse Morris. «Mandateci l'elicottero. Io vado di sopra.»

Giunse in plancia appena in tempo per vedere l'esplosione all'orizzonte. Non era una nave da carico. La sfera di fuoco poteva soltanto indicare una nave da guerra la cui santabarbara era appena stata fatta esplodere da un missile, forse proprio da quello che aveva mancato loro. Perché non era riuscito a bloccarlo? Seguirono altre tre esplosioni. Il rumore si trasmise lentamente attraverso l'oceano fino a loro, e quando raggiunse la *Pharris* rassomigliava al rullo di un'enorme grancassa. L'elicottero Sea Sprite della fregata si stava appena alzando, per correre a nord, nella speranza di scoprire il sottomarino sovietico poco sotto la superficie. Morris ordinò di rallentare a cinque nodi, augurandosi che la velocità più bassa facesse funzionare un po' meglio il sonar. Ancora niente. Ritornò al CIC.

L'elicottero sganciò una dozzina di boe sonar. Due diedero segnali che però svanirono, e il contatto non fu ristabilito. Poco dopo comparve un Orion che continuò la ricerca, ma il sub ormai se l'era scapolata, dopo avere affondato con i missili un cacciatorpediniere e due mercantili. *Proprio così*, pensò Morris. *Senza il minimo preavviso.*

Stornoway, Scozia

«Altro allarme aereo» disse il comandante di gruppo.

«Da Realtime?» domandò Toland.

«No, da un altro informatore che abbiamo in Norvegia. Scie di condensa dirette a sudovest. Ne conta venti o giù di lì, tipo di aereo sconosciuto. Abbiamo un Nimrod in ricognizione a nord dell'Islanda in questo momento. Se sono dei Backfire e hanno appuntamento con un gruppo di aerei cisterna, potremmo fare qualcosa di utile. Vediamo se la sua idea funziona, Bob.»

Sulla linea di decollo erano pronti quattro intercettori Tomcat, di cui due armati di missili. Gli altri due avevano serbatoi doppi, progettati per trasferire carburante ad altri aerei. La distanza prevista per una intercettazione con probabilità di successo era di duemila miglia fra andata e ritorno. Ciò significava che soltanto due degli aerei avevano autonomia sufficiente, ed erano già al limite estremo delle possibilità.

Il Nimrod stava circuitando duecento miglia a est della Terra di Jan Mayen. L'isola norvegese era stata sottoposta a pesanti attacchi aerei che avevano distrutto i radar, ma fino ad allora i russi non avevano lanciato il previsto attacco terrestre. La pattuglia aerea britannica era irta di antenne, ma non portava armi. Se i russi avessero mandato dei caccia a scortare la formazione di bombardieri e di aerei cisterna, i ricognitori non avrebbero potuto fare altro che fuggire. Una équipe era in ascolto sulle bande usate dai sovietici per le comunicazioni fra gli aerei, un'altra sulle frequenze radar.

Fu un'attesa lunga e piena di tensione. Due ore dopo il preavviso del raid, si udì una trasmissione confusa che fu interpretata come un avviso a un Backfire diretto verso un aereo cisterna. Fu calcolata la posizione, e il Nimrod virò a est sperando di poter fare un rilevamento incrociato sul segnale successivo della stessa provenienza. Non ne fu captato alcuno. Senza un punto preciso, i caccia avevano minime probabilità di intercettazione, per cui furono tenuti a terra. Fu deciso che la prossima volta avrebbero fatto alzare un paio di individuatori a raggi infrarossi.

USS Chicago

La chiamata arrivò subito dopo il rancio di mezzogiorno. McCafferty portò il sottomarino a quota di antenna e ricevette l'ordine di procedere verso Faslane, la base sommergibilistica della Royal Navy in Scozia. Dopo che avevano perso il contatto con la forza navale russa di superficie, non erano riusciti ad avere nemmeno un contatto positivo. Cose da pazzi. Tutti i criteri di valutazione prebellici dicevano a McCafferty che quella doveva essere una "zona piena di bersagli." Fino a quel momento, aveva solo conosciuto la pienezza della frustrazione. Il primo ufficiale riportò la nave a una quota profonda di crociera, e McCafferty cominciò a scrivere il proprio rapporto.

Bieben, Repubblica Federale Tedesca

«Siete parecchio esposti qui» osservò il capitano, accovacciandosi dietro la torretta.

«Vero» convenne il sergente Mackall. Il suo carro armato M-1 Abrams era infossato sul versante posteriore di un'altura, con il cannone che usciva appena dal livello del suolo dietro una barriera di cespugli. Mackall guardò in giù, lungo la valle poco profonda, fino a una fila di alberi a un chilometro e mezzo di distanza. I russi erano là, intenti a scrutare le creste con potenti binocoli, e lui sperava che non riuscissero a scoprire il profilo tarchiato e minaccioso del suo carro da combattimento. Era piazzato in una delle tre postazioni di tiro predisposte: una buca inclinata nel terreno, scavata dai bulldozer del genio, aiutati negli ultimi giorni dai pochi contadini tedeschi rimasti nella zona, che si erano assunti di buon grado l'incarico. Il guaio era che, per raggiungere la linea successiva di tali postazioni, si doveva passare allo scoperto attraverso i campi per circa mezzo chilometro. In quei terreni avevano fatto la semina solo sei settimane prima, e il raccolto – pensava il sergente – non sarebbe stato gran cosa.

«I russi devono essere contenti di questo tempo» osservò. Il cielo era coperto da nuvole basse, a circa cento metri di altezza. Qualunque fosse stato il supporto aereo, gli apparecchi avrebbero avuto cinque miseri secondi di tempo per acquisire e impegnare i bersagli prima di dover lasciare in velocità il campo di battaglia. «Che cosa ci può dare, signore?»

«Posso chiamare quattro A-10 e forse qualche aereo tedesco» rispose il capitano dell'Aviazione. Esaminò il terreno da una prospettiva leggermente diversa. Qual era il miglior modo per fare arrivare e uscire i caccia d'attacco al suolo? Il primo assalto russo alle postazioni era stato respinto, però sul terreno c'erano i resti di due aerei della NATO sacrificati per la difesa. «Dovrebbero esserci anche tre elicotteri.»

La notizia sorprese e preoccupò Mackall. Quale tipo di attacco si stava preparando?

«Okay.» Il capitano si alzò e ritornò al veicolo comando corazzato. «Quando senti "Zulu, Zulu, Zulu", vuol dire che l'appoggio aereo è in arrivo nel giro di cinque minuti al massimo. Se vedi dei veicoli lancia-SAM o dei cannoni antiaerei, per amore di Cristo, falli fuori. I Warthog hanno ricevuto duri colpi, sergente.»

«Giusto, capitano. Farà meglio a levare le chiappe di qui, fra poco comincia lo spettacolo.» Una delle cose che Mackall aveva imparato era l'importanza di avere un buon ufficiale del comando aereo a fare uno studio preliminare della situazione, e quel capitano aveva cavato il gruppo del sergente da una circostanza veramente scabrosa qualche giorno prima. Osservò l'ufficiale che faceva uno sprint di cinquanta metri fino al veicolo che lo aspettava con il motore acceso. La portiera posteriore non era ancora richiusa che il guidatore partì veloce, a zig-zag, lungo la discesa, e poi attraverso il campo arato, verso la postazione del comando.

Il reparto B del 1° Squadrone dell'11° Reggimento di cavalleria corazzata era stato inizialmente composto da quattordici carri. Cinque erano stati distrutti, ma solo due erano stati sostituiti. Dei rimanenti, quale più quale meno, erano stati tutti danneggiati. Il comandante di plotone era stato ucciso il secondo giorno di guerra, lasciando Mackall al comando dei tre carri cui era affidato un fronte di quasi un chilometro. Trincerata in mezzo ai carri c'era una compagnia di fanteria tedesca – uomini della *Landwehr*, l'equivalente della Guardia Nazionale americana – composta per lo più da agricoltori e da negozianti. Quella gente combatteva per difendere non solo la patria, ma anche le proprie case. Anche la compagnia tedesca aveva subìto perdite serie, ed era ridotta a due plotoni. *I russi sanno di certo che siamo ridotti all'osso*, pensò Mackall. Tutti quanti erano appostati in buche profonde. La potenza dell'artiglieria russa era stata uno shock, nonostante tutti gli avvertimenti impartiti loro prima della guerra.

«Questo tempo dev'essere gradito agli americani» disse il colonnello indicando le nuvole. «I loro maledetti aerei arrivano volando troppo bassi per i nostri radar, e così li vediamo solamente quando sparano.»

«Vi hanno inflitto molti danni?»

«Può rendersene conto da sé.» Il colonnello tese la mano verso il campo di battaglia, dove erano visibili i relitti bruciati di quindici carri. «L'ha fatto uno di quei caccia americani da bassa quota, un Thunderbolt. Gli uomini lo chiamano la "Croce del Diavolo".»

«Ma voi avete abbattuto due aerei, ieri» fece notare Sergetov.

«Sì, ma soltanto uno dei due pezzi semoventi è sopravvissuto. L'altro, quello del sergente maggiore Lupenko, ha colpito entrambi gli aerei. L'ho proposto per la Bandiera Rossa. Sarà una decorazione alla memoria: il secondo caccia è caduto dritto sul suo veicolo. Era il mio miglior artigliere» disse il colonnello con amarezza. A due chilometri, i resti di un Alphajet tedesco erano un nero elemento decorativo sul relitto di un semovente ZSU-30. Senza dubbio era stato un gesto deliberato, pensava il colonnello: il tedesco aveva voluto togliere di mezzo qualche altro russo prima di morire. Un sergente porse al colonnello un paio di auricolari. L'ufficiale ascoltò per qualche minuto prima di pronunciare poche parole accompagnate da un cenno del capo.

«Cinque minuti, compagni. I miei uomini sono tutti in posizione. Vuole seguirmi, prego?»

Il bunker del comando era stato costruito affrettatamente con tronchi e terra battuta, e la copertura era spessa un buon metro. Nel rifugio si affollavano i venti addetti alle comunicazioni dei due reggimenti che partecipavano all'attacco. Il terzo reggimento stava in attesa, pronto a sfruttare lo sfondamento e aprire la strada affinché la divisione corazzata di riserva potesse penetrare alle spalle del nemico. *Sempre che*, puntualizzò Alekseyev fra sé, *tutto vada secondo il programma.*

Non si vedevano truppe o veicoli nemici. Erano certamente fra i boschi in cima al crinale, a due chilometri, appostati anche loro in buche profonde. Osservò il comandante di divisione che faceva un cenno al direttore di tiro, il quale prese il telefono e disse: «Aprire il fuoco».

Ci vollero alcuni secondi prima che il rumore giungesse fino a loro. Ogni cannone disponibile, e una batteria supplementare della divisione corazzata, ruggirono all'unisono, mentre il rombo echeggiava attraverso la campagna. I proiettili descrissero nel cielo le loro parabole. I primi caddero davanti alla cresta, e i successivi sempre più vicino. Quella che era stata una romantica collina coperta d'erba lussureggiante, fu trasformata in un ributtante ammasso brunastro di terra smossa e di fumo.

«Penso che stiano facendo sul serio, sergente» disse l'addetto al caricamento mentre chiudeva il portello.

Mackall si aggiustò l'elmetto e il microfono guardando attraverso le feritoie della cupola del carro comando. La spessa corazza fermava gran parte del rumore, ma quando la terra tremava sotto il veicolo la scossa arrivava attraverso le sospensioni facendolo traballare. Ognuno dei carristi pensava alla tremenda forza che ci voleva per scuotere un carro da sessanta tonnellate. Era così che c'era rimasto il tenente: un colpo aveva centrato esattamente la torretta – un margine di probabilità dell'uno per mille – era passato attraverso la corazza e aveva fatto esplodere il veicolo.

A sinistra e a destra di Mackall, i territoriali tedeschi, per lo più gente di mezza età, si rannicchiavano nelle buche strette e profonde, in preda a emozioni che oscillavano fra il terrore e la rabbia per quello che stava capitando a loro, al paese, alle loro case!

«Buona direzione tiro, compagno colonnello» disse calmo Alekseyev. Dall'alto giunse un rumore assordante. «Ecco il supporto aereo che mi ha chiesto.»

Quattro caccia russi d'attacco al suolo ruotarono nel cielo per mettersi paralleli alla cresta della collina, poi sganciarono le bombe al napalm. Mentre viravano per tornare verso le linee russe, un apparecchio esplose.

«Che cosa è stato?»

«Probabilmente un Roland» rispose il colonnello. «La loro versione del nostro razzo SA-8. Ci siamo. Ancora un minuto.»

Cinque chilometri dietro il bunker del comando, due batterie mobili lanciarono salve di razzi producendo una cortina continua di fiamme. Metà dei proiettili erano esplosivi, metà fumogeni.

Trenta razzi si abbatterono sul settore di Mackall, e trenta nella valle davanti a lui. L'impatto degli esplosivi scosse violentemente il carro; poté sentire il rintocco delle schegge che rimbalzavano dalla corazza. Quello che lo inquietava, però, era il fumo. Voleva dire che i russi stavano venendo. Si levava, bianco-grigio, da trenta punti diversi, e formava immediatamente una nube che copriva tutto il terreno. Mackall e l'artigliere attivarono i mirini a immagine termica.

«Buffalo, qui il numero sei» chiamò il comandante sul circuito radio. «Controllo.»

Mackall ascoltò con attenzione. Tutti gli undici veicoli erano intatti, grazie alla protezione delle buche. Ringraziò mentalmente ancora una volta gli uomini del genio e i contadini tedeschi che avevano scavato i rifugi. Non furono trasmessi ordini, e d'altronde non ce n'era bisogno.

«Nemico in vista» annunciò il cannoniere.

Il mirino termico misurava le differenze di temperatura e riusciva a penetrare attraverso la maggior parte della cortina di fumo, profonda mezzo miglio. Il vento era favorevole, una brezza a dieci miglia orarie che respingeva le nuvole a est. Il sergente maggiore Terry Mackall respirò profondamente e si mise all'opera.

«Bersaglio carro a ore dieci. Caricare! Fuoco!»

L'artigliere brandeggiò a sinistra e centrò il reticolo del mirino sul primo carro sovietico. Premette con i pollici il pulsante del laser, e un fine raggio di luce rimbalzò dall'obiettivo. Lesse poi la distanza sul display: 1310 metri. Il computer di comando tiro calcolò la distanza e la velocità dando elevazione al pezzo. Misurò la velocità e la direzione del vento, la densità, l'umidità e la temperatura dell'aria, anche i proiettili del carro, per cui tutto ciò che restò da fare all'artigliere fu di mettere il bersaglio al centro del mirino. Tutta l'operazione non richiese più di due secondi, e gli indici dell'artigliere premettero i grilletti. Un getto d'aria infuocata incenerì gli arbusti piantati due anni prima dai boy-scout. Il pezzo da 105 millimetri sobbalzò nel rinculo, espellendo il bossolo d'alluminio. Il proiettile partì, le due parti si separarono, e un dardo da 40 millimetri in lega di tungsteno e uranio lacerò l'aria alla velocità di quasi un miglio al secondo.

Un attimo dopo il bersaglio fu colpito alla base della torretta. Dentro il carro, un artigliere stava maneggiando un proiettile, quando l'anima di uranio del dardo passò attraverso la corazza. Il carro esplose, e la torretta volò in aria all'altezza di trenta piedi.

«Colpito!» gridò Mackall. «Bersaglio carro a ore dodici. Caricare! Fuoco!»

I carri russi e quelli americani spararono nello stesso istante, ma il colpo dei sovietici passò alto, mancando di quasi un metro il veicolo di Mackall defilato al tiro. Il carro sovietico fu meno fortunato.

«Ora di andare» annunciò Mackall. «Tutto indietro! Dirigiamo verso la posizione alternativa uno!»

Il guidatore aveva già inserito la retromarcia, e girò a fondo l'acceleratore. Il carro scattò indietro, poi virò a destra e si portò a un'altra postazione predisposta cinquanta metri più in là.

«Accidenti al fumo!» imprecò Sergetov. Il vento lo rimandava su di loro, che non potevano vedere che cosa stava succedendo. Adesso la battaglia era in mano ai capitani, ai tenenti e ai sergenti. Non si riusciva a vedere altro che le sfere di fuoco arancione dei veicoli che esplodevano, e non c'era modo di sapere a chi appartenessero. Il colonnello al comando aveva infilato la cuffia e ringhiava ordini agli ufficiali dei reparti.

Mackall raggiunse in meno di un minuto la postazione alternativa parallela alla cresta. La massiccia torretta ruotò a destra. Ora Mackall poteva vedere gli uomini della fanteria che, scesi a terra, correvano davanti ai veicoli da trasporto truppe. Le artiglierie alleate, tedesche e americane, decimavano i ranghi, ma non abbastanza in fretta...

«Bersaglio – carro armato con antenna sta uscendo ora dalla linea degli alberi.»

«Visto!» rispose l'artigliere. Inquadrò un T-80 russo con una grande antenna radio che sporgeva dalla torretta. Doveva essere un comandante di compagnia, forse di battaglione. Sparò.

Il carro russo ruotò nel momento stesso in cui il colpo usciva dal cannone. Mackall guardò il tracciante che sfiorava il vano motore.

«Dammi uno HEAT!» gridò il cannoniere sull'interfono.

«Pronto!»

«Voltati, figlio di...»

Il carro armato russo era guidato da un sergente esperto che gli faceva percorrere il fondovalle a zig-zag, scartando ogni cinque secondi. Adesso aveva riportato il veicolo a sinistra...

L'artigliere sparò. Il carro sobbalzò al rinculo e il bossolo rimbalzò rumorosamente sul retro della torretta. Il carro era già pieno dell'odore lasciato dal propellente a base di ammoniaca.

«Preso! Bel colpo, Woody!»

Il proiettile colpì il carro russo sull'ultima coppia di ruote e mise fuori uso il motore diesel. L'equipaggio cominciò a saltare fuori, correndo fra le schegge che schizzavano da ogni parte.

Mackall ordinò al guidatore di spostarsi un'altra volta. Quando furono in posizione di tiro, videro i russi a meno di cinquecento metri. Spararono altri due colpi, distruggendo un veicolo da trasporto della fanteria e staccando il cingolo a un carro armato.

«Buffalo, qui numero sei, cominciate a spostarvi verso la Linea Bravo – eseguite.»

Come capo del plotone, Mackall partì per ultimo. Vide gli altri due carri discendere il pendio sul retro dell'altura. Anche la fanteria si stava spostando a piedi e sui veicoli da trasporto corazzati. L'artiglieria amica batteva a tappeto la cresta, con bombe ad alto potenziale e con fumogeni per mascherare la ritirata. All'ordine, il carro balzò avanti e accelerò, fino a trenta miglia orarie, per raggiungere la successiva linea di difesa prima che il nemico occupasse la cresta che loro stavano abbandonando. I colpi dei cannoni caddero tutto intorno ai carri armati e fecero a pezzi due veicoli da trasporto dei tedeschi.

«Zulu, Zulu, Zulu!»

«Datemi una macchina!» ordinò Alekseyev.

«Non posso permetterlo. Non posso lasciare che un generale...»

«Datemi un maledetto veicolo! Devo andare a osservare questa faccenda» ripeté Alekseyev.

Un minuto dopo, salì insieme a Sergetov e al colonnello su un carro-comando corazzato che si precipitò verso la posizione da cui si erano appena ritirate le truppe della NATO. Trovarono una buca che era stata occupata da due uomini – prima che un razzo cadesse a pochi metri.

«Dio mio, abbiamo perso venti carri, in questo posto!» disse Sergetov guardando indietro.

«A terra!» Il colonnello spinse i due ufficiali nella buca insanguinata, sul cui bordo cadde una salva di proiettili.

«Quello è un Gatling!» disse l'artigliere. Un semovente antiaereo russo sbucò dalla sommità dell'altura. Un attimo dopo, una bomba HEAT lo fece scoppiare come un giocattolo di plastica. Il bersaglio seguente era un carro russo che scendeva dalla collina.

«Animo, arrivano aerei amici!» Mackall si rannicchiò, augurandosi che il pilota sapesse distinguere le pecore dalle capre.

Alekseyev osservò il caccia bimotore che volava basso e diritto lungo la valle. Il muso dell'aereo fu coperto da una fiammata quando il pilota sparò con il cannoncino anticarro. Quattro carri armati saltarono in aria sotto gli occhi del generale; il Thunderbolt sembrò vacillare a mezz'aria, quindi virò a est inseguito da un missile SA-7 che lo mancò.

«La "Croce del Diavolo"?» domandò. Il colonnello fece segno di sì, e Alekseyev capì il motivo del soprannome. Visto da un certo angolo, il caccia americano rassomigliava a un crocifisso ortodosso stilizzato.

«Ho chiamato il reggimento di riserva. Dovrebbe già essere in movimento» disse il colonnello.

E questo sarebbe un attacco riuscito? si chiese Sergetov.

Mackall osservò due missili anticarro che piombavano sulle linee nemiche. Uno a segno, uno a vuoto. Altro fumo giunse da entrambe le linee, mentre le truppe della NATO arretravano ancora di cinquecento metri, in vista del villaggio che stavano difendendo. Il sergente aveva contato cinque avversari distrutti dal suo carro. Non lo avevano ancora colpito, ma prima o poi... L'artiglieria adesso si stava veramente impegnando. La fanteria russa era dimezzata, e i cingolati da trasporto erano rimasti in posizione arretrata a lanciare missili sulle posizioni della NATO. Le cose avevano l'aria di andare discretamente, quando sopraggiunse il terzo reggimento sovietico.

Cinquanta veicoli corazzati sbucarono in cima alla collina. Un A-10 passò oltre le linee e distrusse due carri, prima che un SAM lo cancellasse dal cielo, facendolo precipitare in fiamme a trecento metri da Mackall.

«Bersaglio carro a ore una. Fuoco!» L'Abrams rinculò, pronto per il colpo successivo. «Preso.»

«Attenzione, attenzione» avvertì il comandante. «Elicotteri nemici in avvicinamento da nord.»

Dieci Hind Mi-24 arrivarono in ritardo, ma si riscattarono colpendo due carri in meno di un minuto. I reattori tedeschi Phantom comparvero e si impegnarono in una mischia selvaggia a colpi di missili aria-aria e di cannone, nella quale intervennero all'improvviso anche i missili terra-aria. Il cielo era una griglia di scie di fumo, e ben presto non vi furono più aerei in vista.

«Si sta spegnendo» disse Alekseyev. Aveva appena imparato una lezione importante: gli elicotteri d'attacco non possono sperare di sopravvivere all'intervento dei caccia. Proprio quando gli sembrava che i Mi-24 potessero rappresentare la differenza decisiva, essi erano stati costretti ad allontanarsi dall'arrivo della caccia tedesca. Anche l'appoggio dell'artiglieria si stava indebolendo. I cannoni della NATO stavano efficacemente controbattendo quelli sovietici, aiutati in ciò dai caccia d'attacco al suolo. Doveva ottenere un maggior supporto aereo frontale.

«Un accidente!» rispose il colonnello. Trasmise nuovi ordini via radio ai battaglioni sul fianco sinistro.

«Si direbbe un carro-comando a ore dieci, là sulla cresta. Puoi beccarlo?»

«Tiro lungo, io...»

Whang! Un colpo strisciò sul fronte della torretta.

«Carro a ore tre, vicino...»

L'artigliere operò sui comandi, ma non accadde nulla. Afferrò immediatamente la barra manuale. Mackall impegnò il bersaglio con la mitragliatrice, riversando raffiche sul T-80 che si stava avvicinando, scaturito dal nulla. Il cannoniere manovrò freneticamente la maniglia, mentre un altro proiettile rintronava sulla corazza. Il guidatore lo aiutò girando il veicolo, e intanto innalzava fervide preghiere affinché il compagno riuscisse a rispondere al fuoco.

Il computer, danneggiato dal primo colpo, era inservibile. Il T-80 era a meno di mille metri quando l'artigliere riuscì a puntare il cannone su di lui. Sparò uno HEAT e lo mancò; fece ricaricare, sparò di nuovo. Colpito.

«Ce ne sono altri, dietro a quello» avvertì il cannoniere.

«Buffalo sei, qui tre-uno. Nemici in arrivo dal nostro fianco. Abbiamo bisogno di aiuto» dichiarò Mackall; poi, rivolto al guidatore: «Cingolo sinistro, retromarcia e via, presto!».

Il carrista non ebbe bisogno di solleciti. Si rannicchiò, guardando attraverso gli oculari a prisma, e tirò a fondo la manetta del gas. Il carro scattò all'indietro e partì, mentre l'artigliere cercava di mirare un altro bersaglio – ma neppure la stabilizzazione automatica funzionava più. Per sparare con precisione, avrebbero dovuto restare immobili, il che equivaleva a farsi ammazzare.

Un altro Thunderbolt passò a bassa quota, sganciando grappoli di munizioni sulla formazione russa. Altri due carri sovietici furono immobilizzati, ma dal caccia uscì una scia di fumo. Il fuoco d'artiglieria intervenne a fermare la manovra sovietica.

«Per amore di Cristo, fermati, che io possa spararne uno a quei maledetti!» urlò l'artigliere. Il carro si arrestò di colpo. Il proiettile colpì un T-72 sui cingoli. «Ricarica!»

Un secondo carro si affiancò a quello di Mackall, cento metri a sinistra. Era illeso, e sparò rapidamente tre colpi mettendone a segno due. Un elicottero sovietico ricomparve e fece saltare il carro del comandante della formazione. Un missile Stinger, lanciato con il bazooka, abbatté l'elicottero, mentre la fanteria tedesca si spiegava di nuovo all'attacco. Mackall vide due missili anticarro HOT passare a destra e a sinistra della sua torretta, diretti sui sovietici. Ambedue fecero centro.

«Carro con antenna, diritto davanti.»

«Lo vedo.» L'artigliere girò manualmente la torretta verso destra, elevò il cannone e fece fuoco.

«Capitano Alexandrov!» gridò nel microfono il comandante di divisione. Il messaggio del capitano si era interrotto a metà di una parola. Il colonnello stava usando troppo la radio. A dieci miglia, una batteria semovente tedesca da 155 millimetri si centrò sul segnale e sparò una ventina di colpi in rapida successione.

Alekseyev intuì i proiettili in arrivo e saltò in una delle buche scavate dai tedeschi, trascinando anche Sergetov. Cinque secondi dopo la zona fu avvolta dal fumo e dal fragore.

Il generale sporse la testa e vide il colonnello ancora in piedi che trasmetteva ordini per radio. Alle sue spalle, il veicolo comando era in fiamme, e con lui anche le radio. Cinque uomini erano morti e altri dodici, feriti, stavano urlando per il dolore. Alekseyev osservò irritato un filo di sangue che gli colava dal dorso della mano.

Mackall ''uccise'' un altro carro armato, ma furono i tedeschi a fermare l'attacco con il loro ultimo missile HOT. Il comandante russo superstite si era perso d'animo nel vedere colpiti metà dei carri. I sopravvissuti attivarono il generatore di fumo e batterono in ritirata verso sud, aggirando la collina. Per il momento la battaglia era finita.

«Mackall, cosa sta capitando dalle tue parti?» chiese il vice comandante.

«Dov'è il numero sei?»

«Alla tua sinistra, Mackall.» Il sergente si voltò e vide il carro del comandante incendiato. Ecco dunque chi era...

«Soltanto noi, signore. Chi altri è rimasto?»

«Ne conto quattro.»

Dio mio! pensò il sergente.

«Datemi un reggimento della divisione corazzata, e io ce la faccio. Non hanno più niente!» insistette il colonnello. Aveva il viso insanguinato per una ferita superficiale.

«Glielo darò. Fra quanto può riprendere l'attacco?» chiese Alekseyev.

«Due ore. Mi servono per riunire le forze.»

«Benissimo. Io devo ritornare al quartier generale. L'opposizione nemica è stata più sostenuta del previsto, compagno colonnello. Con tutto ciò, le sue forze si sono comportate bene. Dica al servizio informazioni di darsi un po' più da fare. Riunisca i prigionieri e li interroghi a fondo!» Alekseyev se ne andò seguito da Sergetov.

«Peggio di quanto avessi previsto» commentò il capitano appena furono sul veicolo.

«Devono averci mandato contro almeno un reggimento» disse Alekseyev stringendosi nelle spalle. «Non possiamo commettere troppo di frequente questo genere di errore e aspettarci di avere successo. Siamo avanzati di quattro chilometri in due ore, ma il prezzo è stato micidiale. E quei figli di puttana dell'Aviazione! Avrò qualcosa da dire ai loro generali, quando ritorneremo!»

«E con questo, diventi vice comandante» disse il tenente. Era risultato che i carri superstiti ammontavano a cinque, di cui uno con la radio fuori uso. «Sei stato bravo, veramente bravo.»

«Come è andata per i tedeschi?» chiese Mackall al nuovo superiore.

«Cinquanta per cento di perdite, e i russi ci hanno ricacciati indietro di quattro chilometri. Non possiamo sperare di sopravvivere a lungo a una situazione così. Può darsi che arrivino dei rinforzi fra un'ora. Ho parlato al comandante di reggimento, e credo si sia reso conto che i russi vogliono per davvero questa posizione. Riceveremo degli aiuti, noi e i tedeschi. Hanno promesso un altro battaglione per stasera, forse un secondo per domani all'alba. Porta giù il carro a fare rifornimento. Mi sa che gli amici non tarderanno.»

«Ci sono già stati un attacco in forze e due di minore entità contro questo villaggio. Non l'hanno ancora preso, signore.»

«Un'altra cosa. Ho parlato di te al comando di reggimento. Sei promosso ufficiale.»

Dieci minuti dopo il carro di Mackall era al posto di rifornimento. Per il gasolio ci vollero altri dieci minuti, mentre l'equipaggio stremato caricava nuove munizioni. Il sergente notò con sorpresa che stava tornando al fronte con cinque proiettili in meno.

«Sei stato colpito, Pasha.»

Alkseyev scosse la testa. «Mi sono graffiato la mano scendendo dall'elicottero. La lascerò sanguinare un po' per punirmi della sbadataggine.» Seduto di fronte al comandante, Alekseyev tracannò tutto un litro d'acqua della borraccia. Aveva mentito perché provava imbarazzo per la lieve ferita riportata.

«Com'è andato l'attacco?»

«L'opposizione è stata feroce. Ci avevano detto che avremmo trovato due battaglioni di fanteria, più i carri armati. Valuto la forza effettiva del nemico in un reggimento malconcio, ma attestato su ottime postazioni. Malgrado tutto, stavamo quasi per sfondare. Il colonnello al comando aveva un buon piano, e i suoi uomini hanno fatto il massimo. Non si poteva pretendere di più da loro. Abbiamo respinto il nemico fino a giungere in vista dell'obiettivo. Voglio staccare un reggimento corazzato dall'OMG per il prossimo assalto.»

«Non siamo autorizzati a farlo.»

«Come?» Alekseyev cadeva dalle nuvole.

«I Gruppi di Manovra Operativa devono rimanere intatti finché non avremo realizzato lo sfondamento. Questi sono gli ordini di Mosca.»

«Un reggimento in più ce la può fare. L'obiettivo è in vista, ripeto! Abbiamo logorato una divisione di fanteria motorizzata per arrivare fin qui, e perso metà di un'altra. Possiamo vincere la battaglia e assicurarci la prima breccia nelle linee della NATO – ma dobbiamo agire adesso!»

«Sei sicuro?»

«Sì, se ci muoviamo in fretta. I tedeschi devono aver capito che la battaglia si è fatta equilibrata. Anche loro cercheranno di rinforzarsi. Il reggimento più avanzato della 30ª Divisione corazzata delle Guardie è a un'ora dal fronte. Se possiamo metterla in movimento entro mezz'ora, potrà partecipare al prossimo attacco. In effetti, dovremmo fare muovere l'intera divisione. Questa occasione non durerà a lungo.»

«Molto bene. Chiamerò la STAVKA per chiedere l'autorizzazione.»

Alekseyev chiuse gli occhi. Ecco com'era la struttura del comando sovietico: per scostarsi dal Piano, anche un comandante di scacchiere doveva chiedere l'autorizzazione! Passò un'ora, durante la quale i geni degli alti comandi, a Mosca, studiarono le carte. Il primo reggimento della 30ª Divisione Guardie fu messo a disposizione con l'ordine di unirsi alla divisione di fanteria motorizzata per l'attacco imminente. Però giunsero in ritardo, e l'attacco fu posticipato di un'ora e mezza.

Il sottotenente Terry Mackall – portava ancora i galloni di sergente ed era troppo stanco per pensare alla promozione ricevuta – si chiedeva se il comando stava prendendo veramente sul serio quella scaramuccia di carri armati. Due battaglioni dell'esercito regolare tedesco vennero su veicoli cingolati a rilevare gli uomini esausti della *Landwehr*, che arretrarono a preparare le postazioni difensive nel villaggio e intorno ad esso. La posizione fu rinforzata da una compagnia di carri Leopard e da due plotoni di M-1. Il comando fu affidato a un colonnello tedesco che arrivò in elicottero e ispezionò tutte le postazioni difensive. Un piccolo bastardo dall'aria coriacea, pensò Mackall, con delle bende sul viso, e una bocca stretta che non sorrideva. Mackall si ricordò che se i russi avessero sfondato in quel punto, lui avrebbe potuto fiancheggiare le forze tedesche e britanniche che avevano fermato la penetrazione più avanzata dei russi, alla periferia di Hannover. Tale situazione rendeva importante la battaglia agli occhi dei tedeschi.

I Leopard occuparono la posizione frontale, dando il cambio agli americani. Adesso era di nuovo una formazione completa di quattordici veicoli. Il comandante delle truppe la divise in due gruppi, con Mackall al comando di quello sulla destra. Trovarono l'ultima linea di postazioni scavata a sudest del villaggio. Mackall dispose accuratamente i carri di cui aveva appena assunto il comando, verificando ciascuna posizione e conferendo con i comandanti dei singoli veicoli. I tedeschi erano stati meticolosi. Avevano trapiantato arbusti e cespugli su tutte le postazioni che non ne avevano naturalmente. Quasi tutti i civili che abitavano in zona erano stati evacuati, ma un piccolo gruppo di uomini aveva rifiutato di abbandonare le case che loro stessi avevano costruito. Uno di loro portò del cibo caldo ai carristi, ma l'equipaggio di Mackall non ebbe il tempo di mangiare. L'artigliere riparò due raccordi sconnessi e rimise a posto il computer di comando tiro. Gli altri due uomini si occuparono di un cingolo allentato. Quando ebbero finito, i colpi dell'artiglieria stavano già cadendo intorno a loro.

Alekseyev avrebbe voluto esserci anche lui. Era collegato per telefono con la divisione, e poteva ascoltare sul circuito del comando. Il colonnello – Alekseyev intendeva farlo promuovere generale se l'attacco fosse riuscito – si lamentò di aver dovuto attendere così a lungo. Aveva sollecitato e ottenuto una missione di ricognizione sulle linee nemiche. Uno degli aerei era scomparso. Il pilota dell'altro riferì che c'era del movimento, ma non fu in grado di dare una valutazione delle forze, perché si era dovuto impegnare a fondo nell'arduo compito di schivare i missili terra-aria. Il colonnello temeva che le forze nemiche fossero aumentate, ma senza prove concrete non poteva giustificare né un ulteriore ritardo né una richiesta di altri rinforzi.

Mackall stava anche lui osservando da lontano. L'ultima catena di colline era a un miglio, al di là di quella che doveva essere stata una distesa di campi, ma adesso era per lo più coperta da piccoli alberi, come se il suolo si fosse esaurito. Il suo reparto era organizzato in due plotoni di tre carri ciascuno. Nel nuovo ruolo di comandante, gli toccava restare indietro a dirigerli per radio.

Venti minuti dopo l'annuncio di una forte avanzata russa, cominciò a vedere del movimento. Veicoli da trasporto truppe tedesche iniziarono a convergere dalla collina verso il villaggio. A nord apparvero degli elicotteri sovietici, ma questa volta una batteria di

Roland nascosta fra le case li impegnò e ne fece esplodere tre, dopodiché gli altri si ritirarono e scomparvero. Vennero poi i carri armati Leopard. Mackall li contò, ed ebbe l'impressione che ne mancasse qualcuno. L'artiglieria della NATO martellò la collina, e i cannoni sovietici bombardarono i campi intorno ai carri americani. Quindi comparvero i russi.

«Buffalo, tutte le unità cessino il fuoco. Ripeto, tutti cessino il fuoco» disse il comandante via radio.

Mackall vide i tedeschi in ritirata che attraversavano la cittadina. *E così, è questo che ha programmato quel piccolo bastardo di crucco*, pensò. *Mica male...*

«Li abbiamo messi in fuga» disse il colonnello ad Alekseyev sul circuito del comando. Sul tavolo delle carte, davanti al generale, furono spostate delle pedine, e gli ufficiali addetti al tracciamento fecero dei segni con i pennarelli, evidenziando un varco nelle linee tedesche.

I primi carri sovietici erano a cinquecento metri dal villaggio, e stavano avanzando veloci attraverso la breccia di due chilometri fra i carri armati dello schieramento B. Il colonnello tedesco impartì gli ordini al comandante americano.

«Buffalo, qui numero sei – prendeteli!» Dodici carri spararono colpendo nove bersagli.

«Woody, cerca quelli con l'antenna» ordinò Mackall all'artigliere. Con il binocolo teneva d'occhio i subordinati, mentre l'artigliere brandeggiava il cannone a destra cercando i ranghi sovietici arretrati.

«Eccone uno! Carica uno HEAT! Bersaglio carro, distanza duemilaseicento...» Il veicolo sobbalzò di lato. L'artigliere seguì la parabola del proiettile sulla distanza di due miglia... «Colpito!»

La seconda salva dell'M-1 distrusse otto mezzi corazzati, poi altri cominciarono a esplodere sotto i colpi dei missili lanciati dal paese. I russi avevano dei carri defilati sui fianchi, e davanti a loro c'era tutto un paese irto di missili anticarro: il colonnello tedesco aveva predisposto un'imboscata mobile, e gli inseguitori c'erano caduti. I Leopard stavano già dilagando a destra e a sinistra da dietro l'agglomerato di case, per raggiungere i russi su terreno aperto. L'ufficiale del controllo aereo riportò i caccia bombardieri sulle postazioni d'artiglieria sovietiche. I caccia russi li affrontarono, ma per farlo non poterono partecipare allo scontro al suolo; una squadriglia di elicotteri Gazelle tedeschi, armati di missili, aggiunsero l'impatto delle proprie armi alla strage che si stava consumando sul campo. I carri sovietici lanciarono fumo e tentarono disperatamente di impegnare i nemici, ma gli americani erano appostati in buche profonde, e nel villaggio i tedeschi addetti ai missili cambiavano intelligentemente i punti di lancio dopo ogni colpo.

Mackall spostò un plotone a destra e l'altro a sinistra. Il suo artigliere localizzò e colpì un secondo carro, quindi i tedeschi circondarono la formazione russa da nord e da sud. Benché inferiori numericamente, colsero i russi di sorpesa, prendendo d'infilata la colonna dei carri con i grossi cannoni da 120 mm ad anima liscia. Il comandante sovietico ordinò agli elicotteri di ritornare per aprire la via alla ritirata. Sorpresero e distrussero tre carri tedeschi, ma subito dopo i missili ricominciarono ad abbatterli. Ben presto la situazione divenne insostenibile. Sotto gli occhi di Mackall, le forze sovietiche si ritirarono verso le colline, inseguite dai tedeschi. Il contrattacco fu spinto all'estremo, e Mackall sapeva che nessuno poteva farlo bene quanto i crucchi. Quando ebbe l'ordine di spostarsi, la posizione iniziale di difesa era di nuovo in mano agli alleati. La battaglia era durata appena un'ora. Due divisioni di fanteria motorizzata sovietica erano state decimate sulla strada verso Bieben.

Gli uomini dell'equipaggio aprirono i portelli per fare entrare un po' d'aria fresca nella calura soffocante delle torrette. Quindici bossoli sbatacchiavano sul fondo del carro. Il computer di comando tiro era di nuovo fuori uso, però Woody aveva centrato altri quattro carri, due dei quali con ufficiali a bordo. Il comandante della formazione venne verso di loro su una jeep.

«Tre veicoli danneggiati» riferì Mackall. «Dobbiamo portarli al sicuro per farli riparare.» Il suo volto s'illuminò di un largo sorriso: «Non prenderanno mai questa città!».

«Sono quelli della *Bundeswehr* che hanno spostato l'ago della bilancia.» Il tenente annuì. «Okay, comincia a reintegrare le munizioni.»

«Oh, sì. L'ultima volta sono ritornato con cinque colpi in meno.»

«Stanno riducendo le assegnazioni. I rifornimenti non arrivano al ritmo previsto.»

Mackall ci pensò un momento, e giunse a conclusioni che non gli piacquero. «Faccia dire a quegli stronzi della Marina che possiamo fermare questi fetenti, se loro riescono a tenere a galla le loro barche di merda!»

Morris non aveva mai visto Hampton Roads così affollato. Almeno sessanta mercantili si cullavano all'ancora, con una scorta rinforzata che si preparava ad accompagnarli in mare. C'era anche la *Saratoga* senza più l'albero di maestra, mentre uno di ricambio veniva costruito in banchina ed erano in corso le riparazioni dei danni meno visibili. Numerosi aerei giravano nel cielo, e diverse navi tenevano i radar di ricerca attivati, per tema che un sommergibile sovietico si avvicinasse furtivamente a riva e lanciasse missili da crociera sulle navi ammassate.

La *Pharris* era ormeggiata al molo petroli, e stava caricando nafta per le caldaie e carburante per l'elicottero. L'unico ASROC che aveva usato era già stato sostituito, come pure i sei razzi per il lancio di trucioli d'alluminio. Fatto questo, non rimaneva che caricare le provviste. Dovevano salpare entro dodici ore. Il nuovo convoglio poteva navigare alla velocità di venti nodi, ed era diretto ai porti francesi di Le Havre e di Brest, con carico di equipaggiamento pesante e di munizioni.

Aveva ricevuto il rapporto del servizio informazioni della flotta. Se cambiamento c'era stato, era per il peggio. Venti sottomarini della NATO erano schierati nel varco fra Groenlandia, Islanda e Inghilterra, in un tentativo di compensare la perdita della barriera SOSUS. Secondo i rapporti, avevano affondato un numero imponente di sub sovietici di cui, però, qualcuno era riuscito a passare. Morris era sicuro che, per uno dichiarato, ce n'erano quattro o cinque non identificati. Il primo convoglio aveva praticamente fruito di un passaggio gratuito. I pochi sottomarini sovietici che si trovavano in Atlantico, a quell'epoca, erano molto distanziati fra di loro, il che li costringeva a correre veloci, e quindi rumorosi, verso i bersagli. Le cose non stavano più così. Ora i sub sovietici in Atlantico erano una sessantina, secondo le stime più recenti, e di essi almeno una metà era a propulsione nucleare. Morris ripassò mentalmente le cifre, la composizione della flotta sovietica, gli affondamenti dichiarati dalla NATO, e si domandò se sessanta non era una valutazione ottimistica.

Poi c'erano i Backfire. Il convoglio avrebbe preso una rotta a sud, allungando di due giorni il tempo della traversata, ma forzando i bombardieri sovietici a spingersi fino al limite dell'autonomia. Inoltre, mezz'ora prima di ogni passaggio di satellite, il convoglio avrebbe mutato rotta dirigendo a ovest nella speranza che i sovietici indirizzassero i bombardieri e i sottomarini nei punti sbagliati. Un paio di gruppi di combattimento, con portaerei, era in mare e avrebbe fornito il proprio appoggio, se possibile. Era chiaro che si voleva preparare una trappola per i Backfire. I gruppi di portaerei avrebbero navigato su una rotta alternativa, cercando di evitare nel modo più assoluto l'individuazione da parte dei satelliti. Morris sapeva che la cosa era possibile, nulla più di un esercizio di geometria, però imponeva limiti molto severi alla libertà d'azione delle portaerei, la cui presenza in mare, oltre tutto, avrebbe fagocitato una parte degli aerei antisommergibili su cui facevano affidamento i convogli. Era un compromesso, ma in effetti la vita intera, e certamente tutte le operazioni di guerra, erano una serie di compromessi. Morris accese una sigaretta senza filtro. Aveva smesso di fumare qualche anno addietro, però, a metà del viaggio in uscita della sua prima missione di guerra, si era trovato allo spaccio della nave a comperare una stecca di sigarette esenti da tasse, da fumare "in navigazione". Il rischio aggiuntivo per la salute era solo marginale: nove tra cacciatorpediniere e fregate erano già stati affondati con tutto l'equipaggio.

Islanda

Edwards aveva imparato a odiare le curve di livello color ruggine sulle carte. Ognuna annunciava una variazione di venti metri. Aveva tentato di calcolare mentalmente l'equivalenza, ma non era arrivato oltre una stima di sessantacinque piedi virgola sei per ognuna delle maledette linee rossicce. A volte le curve erano distanziate addirittura di un paio di millimetri, ma più spesso erano talmente ravvicinate che il tenente si aspettava di trovarsi di fronte una parete quasi verticale. Si ricordava della visita fatta a Washington, quella volta che lui e suo padre erano passati sprezzanti intorno alla fila di turisti che aspettavano l'ascensore per salire in cima al monumento a George Washington. Avevano preferito salire a piedi la scala a chiocciola che portava alla terrazza. Erano giunti lassù stanchi, ma fieri dell'impresa. Adesso gli toccava fare lo stesso tipo di salita almeno due volte ogni tre ore, con la differenza che non c'erano i bei gradini lisci e regolari, che non avrebbero trovato l'ascensore per scendere comodamente... e nemmeno un taxi per tornare in albergo.

Salirono dieci curve di livello – duecento metri, o seicentosessantasei piedi – dopo avere disfatto l'accampamento. Secondo la carta, si erano spostati dalla prefettura di seconda classe di Skorradalshreppur a quella di Lundarreykjadashreppur. Non c'erano cartelli verdi autostradali a segnalare il passaggio, perché gli islandesi erano abbastanza intelligenti da sapere che chiunque viaggiasse da quelle parti abitava in zona e non aveva bisogno di indicazioni. Furono premiati da due chilometri di terreno discretamente piano fra due paludi. Era cosparso di rocce e di ceneri lasciate da quello che sembrava un vulcano spento, a circa quattro miglia.

«Pausa» disse Edwards. Si sedette presso una roccia alta quasi un metro per avere qualcosa contro cui appoggiarsi, e fu sorpreso quando Vigdis lo raggiunse e si sedette a terra davanti a lui.

«Come ti senti oggi?» le chiese. Notò che negli occhi di lei era ritornata la vita. Forse i demoni che l'avevano svegliata il giorno prima se n'erano andati? No, pensò, non potevano essersi allontanati definitivamente – ma gli incubi vengono solo ai vivi e forse, con il tempo, si dileguano. Con il tempo ci si può riprendere da qualsiasi cosa, tranne dalla morte.

«Non ho ringraziato lei per la mia vita» disse nel suo goffo inglese.

«Non potevo restare là e lasciarti ammazzare» rispose, non ben sicuro che fosse proprio vero. Se i russi si fossero limitati a uccidere tutte e tre le persone in casa, li avrebbe attaccati, oppure avrebbe aspettato la partenza dei russi per saccheggiare la casa? Era giunta l'ora della verità.

«Non l'ho fatto per te, non soltanto per te.»

«Non capisco.»

Edwards tirò fuori il portafoglio dalla tasca posteriore e ne estrasse una foto di cinque anni prima. «Questa è Sandy, Sandra Miller. Siamo cresciuti nello stesso isolato, andavamo a scuola insieme. Forse ci saremmo sposati, un giorno» disse a bassa voce. *E forse no*, dovette riconoscere in cuor suo. «Io entrai all'Accademia Aeronautica, lei all'Università del Connecticut, a Hartford. In ottobre del secondo anno, sparì. Era stata violentata e uccisa. La trovarono una settimana dopo in un fosso. L'uomo che lo aveva fatto – non fu mai provato che avesse assassinato Sandy, ma aveva stuprato altre due ragazze della scuola – adesso è in manicomio. Hanno detto che è pazzo, non responsabile delle proprie azioni. Così un giorno o l'altro i medici diranno che è guarito, lo rimetteranno fuori, ma Sandy sarà sempre morta.» Edwards guardò i sassi ai suoi piedi.

«Non potevo farci niente. Non sono un poliziotto. Allora mi trovavo a duemila miglia di distanza, ma questa volta no.» Non c'era alcuna traccia di emozione nella sua voce. «Questa volta era diverso.»

«Lei ama Sandy?» chiese Vigdis.

Come rispondere a quella domanda? Così sembrava cinque anni fa, no? Ma era ancora così? *Non ho condotto esattamente una vita solitaria in questi pochi anni... Però non è stata la stessa cosa...* Guardò la fotografia scattata tre giorni prima che Sandy fosse uccisa. Quando l'aveva ricevuta, a Colorado Springs, non sapeva ancora che lei era morta. I capelli scuri lunghi fino alle spalle, il modo di inclinare la testa, il sorriso provocante seguito da una risata contagiosa... tutto finito.

«Sì.» C'era emozione nella voce, questa volta.

«Lo ha fatto per lei, vero?»

«Sì» rispose Edwards pensando: *L'ho fatto per me.*

«Non conosco il suo nome.»

«Mike, Michael Edwards.»

«Tu hai fatto questo per me, Michael. Grazie per la mia vita.» Vi fu quasi un principio di sorriso. Posò una mano, morbida e calda, su quella di lui.

27

Perdite

Keflavik, Islanda

«In un primo tempo abbiamo pensato che fossero usciti di strada in cima alla scogliera. Nel veicolo abbiamo trovato questa.» Il maggiore della polizia militare mostrò il collo rotto di una bottiglia di vodka. «Ma l'ufficiale medico che ha raccolto gli effetti personali ha trovato questo.»

Il maggiore sollevò il telo gommato da uno dei cadaveri, che era stato scaraventato fuori dall'urto del veicolo sulle rocce. La ferita da coltello al torace era inconfondibile.

«E lei sosteneva che gli islandesi sono tranquilli come pecore, compagno generale» osservò sarcastico il colonnello del KGB.

Il maggiore riprese: «È difficile ricostruire con esattezza che cosa è successo. A poca distanza c'era una fattoria; la casa è bruciata fino alle fondamenta. Abbiamo trovato due cadaveri fra le rovine. Entrambi erano stati uccisi a colpi d'arma da fuoco».

«Chi erano?» domandò il generale Andreyev.

«Impossibile identificare i corpi. Il solo elemento che dimostra che sono stati uccisi con un'arma da fuoco sono i fori delle pallottole allo sterno; il che lascia capire che qualcuno ha sparato loro da breve distanza. Li ho fatti esaminare da uno dei medici. Un uomo e una donna, verosimilmente di mezza età. Secondo un funzionario governativo, nella fattoria viveva una coppia di coniugi con una figlia di...» – consultò gli appunti – «vent'anni... La ragazza non è stata ritrovata.»

«Che cosa sappiamo della pattuglia?»

«Al momento della scomparsa, erano diretti a sud lungo la litoranea...»

«Nessuno ha visto l'incendio?» chiese seccamente il colonnello del KGB.

«Pioveva a dirotto quella notte. Tanto il veicolo in fiamme quanto la casa erano sotto l'orizzonte, per le pattuglie d'osservazione più vicine. Come lei sa, le condizioni delle strade hanno scombinato i programmi di perlustrazione e, per di più, le montagne interferiscono con le comunicazioni radio. Così, è stato notato il ritardo di quella pattuglia, ma nessuno se ne è preoccupato più di tanto. È impossibile vedere il veicolo dalla strada, e di conseguenza non è stato scoperto finché l'elicottero non lo ha sorvolato.»

«E gli altri, come sono morti?» volle sapere il generale.

«Quando il furgone è bruciato, le bombe a mano sono esplose, con risultati ovvi. A parte il sergente che vediamo qui, non c'è modo di stabilire come sono morti. Per quanto ci è dato vedere, non sono state asportate armi. I fucili erano tutti nel veicolo, mentre mancano alcuni oggetti: un portacarte e qualche altra cosa senza importanza. Forse sono volati in mare a seguito dello scoppio, però ne dubito.»

«Conclusioni?»

«Compagno generale, non c' è molto su cui basarci, però avanzo l'ipotesi che la pattuglia sia stata alla casa, abbia "liberato" questa bottiglia di vodka, probabilmente sparato ammazzando le due persone anziane, e incendiato la fattoria. La figlia è irreperibile. Stiamo perlustrando la zona per trovare il cadavere. Un po' di tempo dopo, la pattuglia è stata assalita da un gruppo armato, che poi ha cercato di camuffare l'accaduto come un incidente stradale. Dovremmo desumere che c'è almeno una banda di resistenti in giro sull'isola.»

«Non sono d'accordo» dichiarò il colonnello del KGB. «Non tutti gli effettivi nemici sono stati uccisi. Secondo me, i "resistenti" sono più facilmente uomini della NATO fuggiti quando abbiamo preso Keflavik. Hanno teso un'imboscata ai nostri, quindi assassinato la gente della fattoria con la speranza di aizzare la popolazione contro di noi.»

Il generale Andreyev scambiò uno sguardo furtivo con il maggiore della polizia. La pattuglia era comandata da un tenente del KGB. I cechisti avevano insistito per fare accompagnare le pattuglie da un loro rappresentante. *Ha avuto quello che gli spettava,* pensò il generale. Era già abbastanza triste che i suoi paracadutisti fossero condannati al servizio di guarnigione – sempre deleterio per il morale e la disciplina – ma adesso li avevano fatti diventare addirittura carcerieri agli ordini di altri carcerieri. E così, l'arrogante giovane ufficiale del KGB – non ne aveva mai conosciuto uno che fosse umile – aveva pensato di divertirsi un po'. Dov'era la figlia? Di certo era lei la chiave del mistero, ma non era questa la cosa più importante. O forse lo era?

«Penso che dovremmo interrogare gli altri residenti locali per sentire che cosa sanno» dichiarò l'ufficiale del KGB.

«Non vi sono "residenti locali", compagno» rispose il maggiore. Dia un'occhiata alla carta. La fattoria è isolata. La casa più vicina è a sette chilometri.»

«Ma...»

«Chi ha ucciso questi disgraziati, e perché, sono cose prive d'importanza. Ciò che conta è che abbiamo dei nemici armati sull'isola» disse Andreyev. «È una questione militare, non una faccenda che riguarda i colleghi del KGB. Farò fare una ricognizione da un elicottero sulla zona intorno alla fattoria. Se troveremo il gruppo di resistenti, o quello che è, lo tratteremo come una qualsiasi banda di nemici armati. Lei potrà interrogare i prigionieri che riusciremo a catturare, compagno colonnello. Inoltre, per il momento ogni ufficiale accompagnatore delle pattuglie di sicurezza avrà funzione di osservatore, non di comandante. Non possiamo esporre i suoi uomini a situazioni di combattimento alle quali non sono preparati. È tutto. Lasciatemi parlare con il mio ufficiale operativo per decidere come condurre la ricerca. Compagni, avete fatto bene a sottoporre il caso alla nostra attenzione. In libertà.» Il cechista avrebbe voluto rimanere ma, per quanto ufficiale del KGB, era soltanto colonnello, e il generale stava esercitando le proprie legittime prerogative di comandante di settore.

Un'ora dopo, un elicottero d'attacco Mi-24 si alzò in volo per rastrellare la zona intorno alla fattoria bruciata.

Stornoway, Scozia

«Di nuovo?» chiese Toland.

«Non è che sia vacanza, comandante» rispose il capitano. «Due reggimenti di Backfire sono partiti dalla base venti minuti fa. Se vogliamo beccare gli aerei cisterna, ci dobbiamo sbrigare.»

Nel giro di pochi minuti, due Prowler EA-6B, aerei con il compito di trovare e disturbare i segnali radio e radar del nemico, salivano in quota diretti a nordovest. Chiamato con ambiguo affetto "Queer" – finocchio – l'EA-6B aveva una caratteristica davvero stupefacente: il tettuccio era rivestito d'oro zecchino per proteggere i sensibili strumenti di bordo dalle radiazioni elettromagnetiche. Mentre l'aereo saliva, i piloti e gli specialisti di elettronica erano già al lavoro in quelle gabbie dorate.

Due ore dopo individuarono la preda, ritrasmisero per radio il rilevamento del segnale, e quattro Tomcat decollarono dalla pista di Stornoway.

Mar di Norvegia

All'altezza di trentaseimila piedi, i Tomcat volarono su orbite il cui sviluppo era simile a quello di una pista automobilistica, a nord e a sud della rotta prevista degli aerei cisterna sovietici. I potenti radar di guida e di ricerca missili erano disattivati. Viceversa, erano in funzione le telecamere in grado di identificare i velivoli fino alla distanza di quaranta miglia. Le condizioni erano ideali, con cielo sereno in cui veleggiavano soltanto pochi cirri ad alta quota; i caccia non lasciavano alcuna scia che potesse renderne nota la presenza ad altri aerei. I piloti fecero virare gli apparecchi, osservando alternativamente l'orizzonte e la strumentazione, in un ciclo ripetuto ogni dieci secondi.

«Bene, guarda un po' qui...» disse il comandante di squadriglia all'addetto alle armi. L'ufficiale di rotta, seduto dietro il pilota, mise a fuoco l'aereo sulla telecamera.

«Mi sembra un Badger.»

«Non penso che sia solo. Aspettiamo.»

«Roge.»

Il bombardiere era a quaranta miglia. Presto ne apparvero altri due, insieme a una sagoma più piccola.

«Quello è un caccia. Così, li portano fino a questa distanza, eh? Conto un totale di... sei bersagli.» L'armiere serrò le cinture di sicurezza, quindi attivò i comandi dei missili. «Tutte le armi attivate e pronte. Prima i caccia?»

«D'accordo. Illuminarli» approvò il pilota. Accese la radio. «Numero due, qui il capo, abbiamo quattro cisterne e un paio di caccia su rotta circa zero-otto-cinque, quaranta miglia a est della mia posizione. Li attacchiamo subito. Venite. Passo.»

«Roger, capo. Arriviamo. Chiudo.» L'aereo due fece descrivere una stretta virata al caccia e accelerò alla massima velocità.

Il radar del primo aereo fu attivato. Adesso aveva identificato due caccia e quattro aerei cisterna. I primi due Phoenix erano destinati ai caccia.

«Fuoco!»

I due missili si staccarono, si accesero, e corsero avanti ai Tomcat verso i bersagli.

Gli aerei cisterna russi avevano individuato il radar AWG-9 dei caccia e stavano già tentando di evadere. I loro apparecchi di scorta passarono a pieno regime e attivarono i propri radar guidamissili, ma scoprirono che gli avversari erano ancora fuori portata. Inserirono i generatori di disturbo e presero a volare a zig-zag, in su e in giù, avvicinandosi nella speranza di riuscire a lanciare i missili. Non potevano fuggire perché il carburante era insufficiente, e inoltre la loro missione era quella di tenere gli avversari lontano dalle cisterne.

I missili Phoenix bruciarono il percorso alla velocità di Mach 5, coprendo la distanza in meno di un minuto. Uno dei piloti sovietici non ebbe il tempo di vedere il missile, e fu cancellato dal cielo in una nube di fuoco e di fumo. L'altro lo vide, e spinse la cloche un secondo prima dell'esplosione. Il colpo andò quasi a vuoto, ma i frammenti lacerarono l'ala di sinistra. Il pilota ebbe difficoltà a ricuperare il controllo dell'apparecchio in caduta.

Dietro i caccia, gli aerei cisterna si separarono dirigendosi due a nord e due a sud. Il Tomcat di testa si occupò dei primi e li abbatté entrambi con i due Phoenix che gli restavano. L'aereo più esterno saettò da nord e sparò due missili, facendo centro con uno, mentre il secondo, confuso dai disturbi emessi dal Badger, mancò il colpo. Il Tomcat continuò a stringerlo e lanciò ancora un missile. Ormai era abbastanza vicino per il puntamento diretto. Il missile AIM-54 volò diritto e preciso, esplodendo a soli dieci piedi dalla coda dell'aereo nemico. Le schegge incandescenti penetrarono nell'apparecchio e fecero detonare i vapori dei serbatoi di riserva. Il bombardiere sovietico scomparve in un lampo arancione.

I caccia frugarono il cielo con i radar sperando di trovare bersagli per i missili rimasti. Altri sei Badger erano a cento miglia ma, avvisati dai primi, si stavano già dirigendo a nord. I Tomcat non avevano abbastanza carburante per tentare un inseguimento. Fecero dietrofront e atterrarono un'ora dopo a Stornoway con i serbatoi quasi a secco.

«Confermiamo cinque aerei abbattuti e uno danneggiato» riferì il capo squadriglia a Toland. «Ha funzionato.»

«Per questa volta.» Comunque, Toland era contento. La Marina degli Stati Uniti aveva compiuto la prima missione offensiva. Alla prossima, ora. Intanto stavano arrivando informazioni sul raid dei Backfire, che avevano colpito un convoglio al largo delle Azzorre. Due Tomcat erano in agguato duecento miglia a sud dell'Islanda per colpirli durante il volo di ritorno.

Stendal, Repubblica Democratica Tedesca

«Le nostre perdite sono state micidiali» disse il generale dell'Aviazione d'attacco sovietica.

«Dirò alla fanteria motorizzata quanto gravi sono state le vostre perdite» rispose freddamente Alekseyev.

«Noi abbiamo perso quasi il doppio di quello che davano le proiezioni.»

«Anche noi! Almeno le truppe di terra combattono. Ho seguito un attacco. Avete mandato solo quattro caccia d'attacco. Dico quattro!»

«So di questo attacco. Era stato assegnato un intero reggimento, oltre venti aerei, più i vostri elicotteri. I caccia della NATO ci impegnano dieci chilometri dietro il fronte. I miei piloti devono prendere la fuga per salvarsi la pelle, poi vanno là dove ci sono i vostri mezzi corazzati – e dove troppo spesso vengono attaccati dai nostri missili terra-aria!»

«Si spieghi meglio» ordinò il superiore di Alekseyev.

«Compagno generale, gli aerei di sorveglianza radar della NATO non sono bersagli facili – troppo ben protetti. Con i radar aviotrasportati, possono dirigere i caccia contro i nostri, mettendoli in condizione di lanciare i missili da una distanza superiore alla portata visiva. Quando i piloti hanno scoperto di essere attaccati, dovevano ben togliersi di mezzo, no? Forse che i vostri carri se ne stanno seduti per offrire un bersaglio comodo al nemico? Questo vuol dire che spesso devono liberarsi del carico delle bombe per poter manovrare. Infine, quando raggiungono la zona della battaglia, vengono colpiti di frequente dalle nostre unità missilistiche, che non si prendono la briga di distinguere fra amici e avversari.» Era una vecchia storia, non soltanto un problema dei sovietici.

«Lei ci sta dicendo che la NATO ha il dominio dei cieli» disse Alekseyev.

«No, non ce l'ha, e nemmeno noi. I nostri missili terra-aria li privano della possibilità di controllare il cielo sopra il fronte, e i caccia della NATO ne privano noi, grazie anche ai missili terra-aria tanto loro quanto nostri. Il cielo sopra il campo di battaglia non appartiene a nessuno.» *Fuorché ai morti*, si disse il generale dell'Aviazione.

Alekseyev pensò a quello che aveva visto a Bieben, e si chiese quanto fosse esatta quell'affermazione.

«Dobbiamo fare meglio» disse il comandante dello scacchiere. «Il prossimo attacco che lanceremo avrà assolutamente un adeguato appoggio aereo, dovessimo strappare i caccia a tutte le unità sul fronte.»

«Stiamo cercando di attirare più aerei in zona avanzata con manovre trabocchetto. Ieri abbiamo tentato di risucchiare gli aerei della NATO. C'eravamo quasi riusciti, ma abbiamo commesso un errore, che è stato identificato.»

«Attacchiamo a sud di Hannover domani alle 06,00. Voglio

duecento aerei sulla linea del fronte perché possano appoggiare le mie divisioni.»

«Li avrà» confermò il generale dell'Aviazione. Alekseyev aspettò che se ne fosse andato.

«Allora, Pasha?»

«È un inizio – se i duecento aerei arrivano per davvero.»

«Abbiamo anche i nostri elicotteri.»

«Ho visto bene che fine fanno in un ambiente saturo di missili. Proprio quando pensavo che avremmo fatto breccia attraverso le linee tedesche, i SAM e i caccia li hanno quasi annientati. Si devono esporre eccessivamente per lanciare i missili. Il coraggio dei piloti è notevole, però da solo non basta. Abbiamo sottovalutato la potenza di fuoco della NATO – no, per la precisione, abbiamo sopravvalutato la nostra capacità di neutralizzarla.»

«Dall'inizio della guerra, abbiamo attaccato contro posizioni precostituite. Quando saremo su terreno aperto...»

«Sì. Una campagna di movimento ridurrà le nostre perdite e renderà più equilibrata la situazione. Dobbiamo sfondare.» Alekseyev guardò la carta. Il giorno dopo, poco prima dell'alba, un'armata – quattro divisioni di fanteria motorizzata appoggiate da una divisione di carri – si sarebbe scagliata contro le linee nemiche. «E questo sembra il punto giusto. Voglio essere di nuovo in prima linea.»

«Come vuoi, Pasha, ma sta' attento. A proposito, il medico mi ha detto che il taglio che hai sulla mano è stato prodotto da una scheggia. Hai diritto a una decorazione.»

«Per questo?» Alekseyev si guardò la mano bendata. «Mi sono conciato peggio facendomi la barba... Nessuna medaglia, sarebbe un insulto per le truppe.»

Islanda

Si stavano arrampicando su un pendio roccioso quando comparve un elicottero due miglia a ovest. Era basso, circa trecento piedi sulla linea della cresta, e avanzava lentamente verso di loro. I marines si gettarono a terra e, strisciando, andarono ad acquattarsi nell'ombra. Edwards si avvicinò a Vigdis e trascinò a terra anche lei. Indossava un maglione con disegni su fondo bianco, troppo facile da individuare. Il tenente si tolse la giacca e la avvolse addosso a lei, tenendole giù la testa e infilandole il cappuccio sui capelli biondi.

«Non muoverti per nessun motivo. Ci stanno cercando.» Edwards alzò brevemente la testa per vedere dov'erano gli uomini.

Smith gli fece segno di abbassarsi, e lui eseguì, tenendo gli occhi aperti per continuare a seguire l'elicottero. Era un altro Hind. Vide gli involucri dei missili appesi ad alette tronche sui due lati della fusoliera. Entrambe le porte dell'abitacolo erano aperte, lasciando intravedere una squadra di soldati che scrutavano il terreno, con le armi imbracciate. «Oh, merda!»

Il sibilo del motore a turboalbero aumentò man mano che lo Hind si avvicinava, con il grosso rotore a cinque pale che lacerava l'aria, facendo alzare la polvere vulcanica che ricopriva ogni cosa. La mano di Edwards strinse l'impugnatura a pistola dell'M-16 e tolse la sicura. L'elicottero avanzava diagonalmente, con i missili puntati verso il pianoro dietro i marines. Edwards scorse la mitragliatrice incorporata nel muso, una specie di cannoncino rotante simile al *minigun* americano, che sputava quattromila proiettili al minuto. Contro quello, non avrebbero avuto nemmeno una probabilità.

«Vattene, figlio di puttana» mormorò Mike fra i denti.

«Cosa sta facendo?» chiese Vigdis.

«Sta' calma. Non fare un movimento.» *Oh, Signore, fa che non ci vedano!*

«Là! Guarda un po' a ore una» disse l'armiere dal sedile anteriore dell'elicottero.

«La missione non sarà stata inutile, dopo tutto» rispose il pilota. «Procedi.»

Il soldato regolò il mirino e armò la mitragliatrice, selezionando una raffica di cinque colpi. Il bersaglio era fermo, il che rendeva tutto più comodo. Tirò il grilletto.

«Preso!»

Al rumore, Edwards sobbalzò. Vigdis rimase immobile. Il tenente spostò leggermente il fucile puntandolo sull'elicottero – che si diresse a sud scomparendo dietro il crinale. Vide le teste degli altri tre che si alzavano. A chi avevano sparato i russi? Il sibilo cambiò tono quando l'elicottero scese a terra, non lontano di lì.

Il cervo era stato colpito da tre pallottole, che però avevano recato poco danno alla parte commestibile. Ce n'era abbastanza, su quel maschio di quaranta chili, per nutrire la squadra di fanteria e l'equipaggio dell'elicottero. Il sergente paracadutista tagliò la gola dell'animale con il coltello da combattimento, quindi cominciò a togliere le viscere. Il cervo locale non aveva niente a che vedere con quelli che suo padre cacciava in Siberia, però avrebbe dato loro della carne fresca per la prima volta in tre settimane. Ciò bastava a dare un senso alla noiosa missione. La carcassa fu portata a bordo dell'elicottero, che salì a spirale fino alla quota di crociera per ritornare a Keflavik:

Osservarono lo Hind che si allontanava, mentre il rumore assordante del rotore si attenuava nella brezza.

«Che accidenti è stato?» chiese Edwards al sergente.

«Il diavolo mi porti se lo so, comandante. Penso che faremo bene a levare le tende di qui. Di certo stavano cercando qualcosa, e scommetterei che quel qualcosa siamo noi. Teniamoci in posti che offrano qualche tipo di copertura.»

«L'hai detto, Jim. Mettiti in testa.» Edwards ritornò da Vigdis.

«Siamo sicuri adesso?»

«Se ne sono andati. Perché non tieni addosso quella giacca? Ti rende meno facile da vedere.»

Era due misure troppo grande per Edwards; addosso alla figura sottile di Vigdis sembrava addirittura una tenda. La ragazza allungò le braccia per fare uscire le mani dalle maniche. Per la prima volta da quando si erano conosciuti, Vigdis Agustdottir sorrise.

USS Pharris

«Avanti un terzo» disse il comandante in seconda.

«Avanti un terzo, *aye*» confermò il sottufficiale di guardia. Spostò la maniglia del telegrafo di macchina dalla posizione "Avanti Tutta". Un momento dopo, anche la lancetta interna si spostò allo stesso modo. «La sala macchine risponde avanti un terzo.»

«Bene.»

La *Pharris* rallentò, alla fine di uno spunto a venticinque nodi, per iniziare un'altra manovra di deriva, dando modo al sonar rimorchiato di ascoltare eventuali sottomarini nemici. Morris era sulla poltrona in plancia, e scorreva i messaggi ricevuti da terra. Si sfregò gli occhi e accese un'altra Pall Mall.

«Plancia» chiamò la voce concitata di una vedetta. «Scia di periscopio a babordo! A mezza distanza dall'orizzonte, al quarto di prora!» Morris afferrò il binocolo e se lo portò agli occhi in un attimo. Non vide nulla.

«Posto di combattimento!» ordinò il primo ufficiale.

Un secondo dopo risuonò il gong, e gli uomini stanchi corsero ancora una volta alle rispettive posizioni. Morris si appese il binocolo al collo e scese di corsa la scaletta per raggiungere il posto di comando al CIC.

Il sonar emise una dozzina di impulsi a babordo, mentre Morris prendeva posizione. Niente. L'elicottero si alzò mentre la fregata manovrava verso nord, lasciando al sonar a rimorchio il compito di identificare il possibile contatto.

«Contatto sonar passivo, valutato come possibile sottomarino, rilevamento zero-uno-tre» annunciò l'operatore. «Sibilo di vapore, fa pensare a un nucleare.»

«Qui non ho niente» disse l'addetto al sonar attivo.

Morris e l'ufficiale antisom esaminarono il display delle condizioni dell'acqua. C'era uno strato a duecento piedi. Il sonar passivo era sotto lo strato, ed era possibile che udisse un sottomarino, mentre gli impulsi attivi non riuscivano a raggiungerlo. La vedetta poteva aver visto qualunque cosa, dallo spruzzo di una balena – era la stagione dell'accoppiamento per i cetacei – a una traccia di schiuma... alla scia lasciata da un periscopio. Se era un sottomarino, aveva tempo a iosa per andarsi a cacciare sotto lo strato. Il bersaglio era troppo vicino per essere individuato di rimbalzo, e troppo lontano perché il sonar potesse raggiungerlo direttamente attraverso lo strato.

«Meno di cinque miglia» disse l'ufficiale antisom. «Più di due. Se è un sottomarino, è di quelli buoni.»

«Magnifico. Spediamogli sopra l'elicottero.» Morris esaminò il tracciato. Il sub poteva aver udito la fregata quando viaggiava a venticinque nodi. Ora, a velocità ridotta, e con il Prairie/Masker in funzione, la *Pharris* sarebbe stata parecchio difficile da individuare... per cui la soluzione di comando tiro del sub era probabilmente andata alle ortiche. Ma nemmeno Morris ne aveva una, e il sommergibile era pericolosamente vicino. Fu trasmesso un rapporto urgente al comandante della scorta esterna a venti miglia di distanza.

Il Sea Sprite lanciò un gruppo di boe sonar. Passò qualche minuto.

«Ho un segnale debole dalla boa sei e uno medio dalla quattro» comunicò l'addetto. Morris guardò il tracciato e concluse che il contatto si trovava a meno di tre miglia.

«Sganciate qualche generatore di impulsi» ordinò. Dietro di lui, il direttore di tiro diede l'ordine di armare i tubi di lancio. A tre miglia, l'elicottero virò sorvolando la zona del bersaglio, e questa volta sganciò tre boe CASS, che emettevano impulsi attivi non direzionali.

«Contatto, forte contatto dalla boa nove. Classificato come possibile sottomarino.»

«L'ho trovato, rilevamento zero-uno-cinque – è un sub, classificato come contatto positivo con sottomarino» disse l'addetto al sonar a rimorchio. «Ha aumentato la velocità. Qualche suono di cavitazione. Sommergibile monoelica, forse della classe Victor. Il rilevamento cambia rapidamente da sinistra a destra.»

Il sonar attivo non lo aveva ancora captato, malgrado gli impulsi continui a potenza massima lungo la linea esatta del rilevamento. Il sub era decisamente sotto lo strato.

Morris avrebbe voluto manovrare, ma decise di non farlo. Una virata stretta avrebbe fatto descrivere una curva al sonar rimorchiato, mettendolo fuori causa per qualche minuto. In quel caso si sarebbero dovuti basare soltanto sulle boe sonar, e Morris aveva più fiducia nella "coda" che nelle boe.

«Il rilevamento al contatto adesso è zero-uno-cinque costante... il livello acustico è sceso un po'.» L'operatore additò lo schermo. Morris era stupito. Il rilevamento del contatto aveva subìto continui e rapidi cambiamenti, ma adesso si era stabilizzato.

L'elicottero fece un altro passaggio. Una nuova boa sonar registrò il contatto, ma l'apparecchiatura MAD non confermò la presenza di un sottomarino, e il contatto andava svanendo. Il livello del suono continuò a diminuire. Morris vide passare a poppa la posizione relativa del contatto. Che diavolo stava facendo quel tipo?

«Periscopio, a tribordo adesso!» annunciò il portavoce.

«Posto sbagliato, signore... a meno che non stiamo cercando un emettitore di disturbo» disse l'operatore.

L'ufficiale antisom fece cambiare orientamento al sonar attivo, e si ebbero subito dei risultati.

«Rilevamento contatto tre-quattro-cinque, distanza millecinquecento metri!» Sullo schermo comparve un punto luminoso.

«Avanti tutta!» urlò Morris. In qualche modo il sottomarino aveva eluso il sonar, quindi era balzato fuori dallo strato alzando il periscopio. Ciò poteva significare soltanto una cosa. «Barra tutta a dritta.»

«Effetti idrofonici – siluro in arrivo, rilevamento tre-cinque-uno!»

L'ufficiale alle armi ordinò immediatamente di lanciare un siluro antisommergibile sul medesimo rilevamento, sperando di disturbare chi li attaccava. Se i siluri russi erano guidati via cavo, dal sottomarino dovevano tagliare i fili per manovrare e allontanarsi dal colpo di ritorsione degli americani.

Morris corse su per la scaletta fino alla plancia. Il sottomarino era riuscito a rompere il contatto e a portarsi in posizione di tiro. La fregata mutò rotta nel tentativo di "sballare" la soluzione del controllo tiro avversario.

«Ne vedo uno!» disse il primo ufficiale facendo un gesto verso prua. Il siluro sovietico stava lasciando una scia bianca in superficie. Morris la notò, era una cosa che non aveva previsto. La fregata virò veloce.

«Plancia, vedo due siluri, rilevamento costante tre-cinque-zero, in avvicinamento» disse l'ufficiale di azione tattica. «Ambedue ci stanno lanciando impulsi. Il Nixie è in funzione.»

Morris afferrò il telefono. «Riferire la situazione al comandante della scorta.»

«Fatto, comandante. Altri due elicotteri diretti verso di noi.»

La *Pharris* adesso stava avanzando a venti nodi, e accelerava presentando la poppa ai siluri. L'elicottero era dietro, e faceva passaggi frenetici con l'individuatore di anomalie magnetiche, cercando di trovare il sottomarino.

La scia del siluro passò oltre la prua della fregata mentre la nave di Morris accostava tutta. Vi fu un'esplosione a poppavia. La schiuma bianca s'innalzò a cento piedi mentre il primo "pesce" dei russi entrava in collisione con il falso bersaglio Nixie. Però ne era stato lanciato soltanto uno, e c'era un altro siluro con cui bisognava vedersela.

«Barra tutta a sinistra!» disse Morris al nostromo.

«Centrale di combattimento, che cosa ne è del contatto?» La fregata stava andando a venticinque nodi.

«Non sono sicuro, signore. Le boe sonar registrano il nostro siluro, ma niente altro.»

«Stiamo per essere colpiti» disse il primo ufficiale. Additò una scia bianca sull'acqua a meno di duecento metri. Doveva avere mancato la fregata al primo tentativo, e aveva poi virato per farne un altro. I siluri autoguidati continuavano a cercare finché non restavano senza carburante.

Non c'era niente che Morris potesse fare. Il siluro si avvicinava sul quarto di prora. Se la *Pharris* avesse virato a sinistra, avrebbe soltanto presentato un bersaglio più grande. Sotto di lui, il tubo di lancio dell'ASROC si orientò verso la probabile ubicazione del sottomarino ma, senza l'ordine di fare fuoco, l'operatore non poteva fare altro che tenerlo puntato. La scia bianca continuava ad avvicinarsi, allungandosi come un dito proteso verso la prua della nave.

Morris si sporse dalla battagliola a guardarla con rabbia silenziosa. A quel punto non poteva più fallire.

«Non è proprio una cosa furba, comandante.» Il nostromo Clarke afferrò Morris per la spalla e lo spinse verso la plancia, poi tese la mano per tirare indietro anche il primo ufficiale, quando il siluro colpì la nave.

L'impatto sollevò Morris di un piede sopra la coperta. Non udì il colpo, ma un attimo dopo rimbalzò ancora una volta, e venne travolto da una cortina d'acqua bianca che lo spinse contro un puntello. Dapprima credette di essere stato scagliato fuori bordo. Si alzò, e vide il primo ufficiale senza più la testa, steso contro la porta della timoniera. L'ala di plancia fu strappata via, e la protezione di metallo venne lacerata dalle schegge. Gli oblò della timoniera non c'erano più. Quello che vide dopo fu ancora peggio.

Il siluro aveva colpito la fregata giusto dietro il sonar montato a prora. La parte anteriore della nave aveva già ceduto, e la chiglia era stata fatta a pezzi dall'esplosione. Il castello di prua era a fior d'acqua. Un orribile stridore metallico gli disse che la prua si stava staccando dallo scafo. Morris si trascinò incespicando fino alla plancia e girò la maniglia del telegrafo di macchina su "Ferma Tutta", senza accorgersi che gli uomini alle macchine avevano già fermato i motori. La nave continuò ad avanzare per inerzia. Sotto gli occhi di Morris, la prua piegò a tribordo, deviando di dieci gradi, e l'affusto anteriore si trovò sul pelo dell'acqua, mentre i serventi stavano tentando di spostarsi a poppa. C'erano altri uomini sotto l'affusto. Morris sapeva che non c'era più niente da fare per loro, e sperava che fossero morti all'istante, che non stessero annegando intrappolati nella gabbia d'acciaio. I suoi uomini. Quanti avevano i posti di combattimento davanti alla rampa degli ASROC? Infine, la prua si staccò. Cento piedi dello scafo si separarono dal resto, accompagnati dallo scricchiolio del metallo. La vide girare, sbattere contro la parte posteriore della nave mentre ruotava nell'acqua come un piccolo iceberg. Vi fu del movimento presso una porta stagna. Vide un uomo che cercava di liberarsi. Ci riuscì, e si tuffò in acqua allontanandosi a nuoto dalla prua che affondava.

Gli uomini in plancia erano vivi, tutti feriti dai pezzi di vetro, ma ancora ai loro posti. Il nostromo Clarke diede una rapida occhiata alla timoniera, quindi corse sotto per aiutare quelli del controllo danni, che stavano già correndo con le lance antincendio e gli apparecchi per la saldatura. Alla centrale, gli uomini stavano esaminando il quadro dei danni per accertare l'entità dell'allagamento. Morris prese l'interfono e chiamò il servizio.

«Controllo danni, riferite!»

«Allagamento a poppa, alla centina trentasei, ma credo che starà a galla – almeno per un po'. Nessun incendio. Attendiamo i rapporti.»

Morris fece un'altra chiamata. «Centrale, comunicate via radio al comandante della scorta esterna che siamo stati colpiti e abbiamo bisogno di aiuto.»

«Già fatto, signore. La *Gallery* sta venendo. Sembra che il sub se la sia filata. Lo stanno ancora cercando. Abbiamo qualche danno da urti, qui. Tutti i radar sono fuori uso, il sonar di prua è partito. Anche l'ASROC. Il sonar rimorchiato funziona ancora, e anche l'affusto del Mark-32. Attenda – il comandante della scorta ci sta mandando un rimorchiatore, signore.»

«Bene, a lei il comando, io scendo a vedere i danni.» *A lei il comando*, pensò Morris. Come si comanda una nave che non si muove? Un minuto dopo era presso una paratìa a osservare gli uomini che la rinforzavano con delle tavole.

«Questa è abbastanza solida, signore, quell'altra più avanti perde come un crivello, non c'è modo di rappezzarla. Quando la prua ha ceduto, la torsione deve avere allentato e staccato un po' tutto.» L'ufficiale afferrò un marinaio per la spalla. «Va' al magazzino di poppa e prendi altri montanti da quattro pollici per quattro!»

«Terrà?»

«Non lo so. Clarke sta controllando di sotto. Dovremo saldare delle piastre e dei rinforzi. Mi dia dieci minuti, e le dirò se starà a galla oppure no.»

Arrivò Clarke senza fiato. «La paratìa è saltata sull'alto dei serbatoi, e c'è anche una piccola fenditura. Perde parecchio. Le pompe sono in funzione e riescono appena a scaricare l'acqua che entra. Penso che possiamo puntellarla, ma dobbiamo fare molto in fretta.»

L'ufficiale del controllo danni condusse subito di sotto i saldatori. Giunsero due uomini con una pompa portatile, e Morris ordinò anche a loro di scendere.

«Quanti uomini mancano?» chiese Morris al nostromo Clarke, che aveva palesemente un braccio fuori posto.

«Tutti i serventi del pezzo da cinque pollici se la sono cavata, ma non ho visto nessuno dei ponti inferiori. Merda, credo di avere anch'io qualcosa di rotto!» Clarke si guardò il braccio destro e scosse il capo incollerito. «Non so quanti uomini hanno potuto uscire dalla prua, signore. Le porte stagne sono svergolate, saranno sicuramente bloccate.»

«Fatti vedere il braccio» ordinò Morris.

«Al diavolo il braccio, comandante! Lei ha bisogno di me.» Aveva ragione. Morris risalì seguito da Clarke.

Dalla plancia chiamò la sala motori. Il rumore che udì fu la risposta alla prima domanda.

Il direttore di macchina parlò coprendo il sibilo del vapore che fuorusciva. «Danni da urto, comandante. Tubi rotti alla caldaia uno. Credo che la due funzionerà, ma ho inserito le sicurezze a tutte e due, non si sa mai. I generatori diesel sono a posto. Ho dei feriti, quaggiù, li faccio uscire. Io... Okay, okay. Abbiamo appena controllato la caldaia numero due. Qualche piccola perdita, ma si può riparare in fretta. Per il resto, tutto ha l'aria di tenere abbastanza bene. Posso rimetterla in funzione entro un quarto d'ora.»

«Ne abbiamo bisogno.» Morris riattaccò.

La *Pharris* galleggiava senza vita. Con le valvole di sicurezza aperte, il vapore si sfogava contro il grosso fumaiolo producendo un suono stridulo che sembrava il grido di dolore della nave. La snella prua della fregata era stata sostituita con una lastra piatta di metallo slabbrato da cui pendevano dei cavi. L'acqua tutto intorno era inquinata dall'olio uscito dai serbatoi squarciati. Per la prima volta Morris notò che la nave era abbassata di poppa; quando lui si teneva diritto, vedeva che la fregata era fuori allineamento. Sapeva di dover aspettare il prossimo rapporto sui danni. Come nel caso di qualsiasi vittima di incidente, la prognosi dipendeva dall'opera dei chirurghi, che non dovevano essere né sollecitati né disturbati. Chiamò all'interfono il CIC.

«Centrale, qui plancia. Cosa ne è di quel contatto con il sottomarino?»

«L'elicottero della *Gallery* gli ha lanciato un siluro, che però è passato oltre senza colpirlo. Sembra che si sia diretto in velocità a nordest, ma non vediamo più niente da cinque minuti. Adesso c'è un Orion in zona.»

«Gli dica di controllare all'interno dell'area. Mi sembra uno di quelli che se ne vanno solo se sono costretti a farlo. Può darsi che si stia avvicinando, invece di allontanarsi. Lo dica al comandante della scorta.»

«*Aye*, comandante.»

Non aveva riappeso, che la sala macchine già chiamava.

«Qui comandante.»

«Galleggerà, signore» disse l'ufficiale del controllo danni. «Stiamo riparando la paratia. Non sarà a tenuta stagna, ma le pompe possono fare fronte alla perdita. Se non ci capitano altri guai, la riporteremo certamente a casa. Ci stanno mandando il rimorchiatore?»

«Sì.»

«Sarà meglio farci trainare di poppa, signore. È fuori questione pilotarla con la prua al mare.

«Giusto.» Morris guardò Clarke. «Manda una squadra a poppa, per prendere la gomena e assicurarla. Faremo ammainare una loro scialuppa per cercare i superstiti. Ho visto almeno un uomo in mare. E mettiti quel braccio al collo.»

«Sarà fatto, signore.» Clarke andò a poppa.

Morris entrò al CIC e trovò una radio funzionante.

«X-Ray Alfa, qui *Pharris*» disse Morris al comandante della scorta.

«Riferite sullo stato della nave.»

«Siamo stati colpiti a proravia, la prua è partita tutta fino all'affusto ASROC. Non possiamo manovrare. Posso tenerla a galla, se non troviamo tempo cattivo. Ambedue le caldaie attualmente non sono in funzione, ma dovremmo riavere pressione fra meno di dieci minuti. Abbiamo subìto perdite, ma non ne conosciamo ancora la quantità e la gravità.

«Commodoro, siamo stati colpiti da un nucleare, probabilmente un Victor. Mi sbaglierò, ma era diretto verso di noi.»

«Quando l'abbiamo perso, era diretto in uscita.»

«Cominci a guardare all'interno, signore» insistette Morris. «È arrivato a distanza da corpo a corpo, e ha piazzato un bel colpo su di noi. Non è il tipo che sta lontano a lungo, è troppo in gamba per farlo.»

Il commodoro rifletté per un momento. «Okay, lo terrò presente. La *Gallery* è in rotta verso di voi. Quali altri aiuti vi occorrono?»

«La *Gallery* serve più a voi che a noi. Mandateci soltanto il rimorchiatore» rispose Morris. Sapeva che il sottomarino non sarebbe ritornato a completare l'affondamento. Quella parte della missione era compiuta. Alla prossima mossa, avrebbe tentato di eliminare qualche mercantile.

«Roger su questo. Mi faccia sapere se serve altro. Buona fortuna, Ed.»

Morris ordinò all'elicottero di sganciare un doppio cerchio di boe sonar intorno alla nave, per ogni evenienza. Poi, il Sea Sprite trovò tre uomini in mare, di cui uno morto. La scialuppa li ricuperò, lasciando che l'elicottero ritornasse al convoglio. Fu assegnato alla *Gallery*, che fu messa a sostituire la *Pharris*. Il convoglio virò a sud.

Sotto coperta, i saldatori stavano lavorando con l'acqua alla cintura, tentando di chiudere le falle nelle paratìe stagne. Il lavoro durò nove ore, poi le pompe vuotarono l'acqua dai compartimenti allagati.

Prima che avessero finito, il rimorchiatore *Papago* si accostò alla poppa quadrata della *Pharris*. Il nostromo Clarke diresse l'operazione di ricevere e assicurare una massiccia gomena. Un'ora dopo, il rimorchiatore trainava la fregata su una rotta verso oriente, a quattro nodi, la poppa avanti per non compromettere la prua danneggiata. Morris fece attaccare alla prua il sonar rimorchiato, per assicurarsi almeno un po' di capacità difensiva. Furono aggiunte vedette per scoprire eventuali periscopi. Il viaggio di ritorno in patria prometteva di essere lungo e pericoloso.

28

Sfondamenti

Stendal, Repubblica Democratica Tedesca

«Sta attento, Pasha.»

«Come sempre, compagno generale.» Alekseyev sorrise. «Venga, capitano.»

Sergetov seguì il superiore. A differenza di quanto avevano fatto durante la prima visita al fronte, questa volta ambedue indossavano giubbotti antiproiettile. Il generale aveva soltanto una pistola alla cintura, vicina al portacarte. Il capitano, invece, era ufficialmente diventato guardia del corpo, oltre che membro dello staff, e portava in spalla un piccolo mitragliatore di produzione cecoslovacca. Sergetov notò che il generale era un uomo diverso. La volta precedente, Alekseyev era stato incerto, quasi esitante nel modo di fare – il giovane non si era reso conto che, per quanto alto in grado, Alekseyev non era mai stato in guerra, e si era accostato a questo confronto, il più duro di tutti, con la stessa apprensione che avrebbe provato una recluta. Oggi non più. Aveva sentito l'odore del fumo. Sapeva come funzionavano, o non funzionavano, le cose. Il cambiamento era notevole. *Mio padre aveva ragione*, rifletté Sergetov, *il generale è veramente un uomo con cui si devono fare i conti, prima o poi.* Un colonnello dell'Aviazione salì con loro sull'elicottero Mi-24, che si alzò nell'oscurità, sotto il volo protettore dei caccia di scorta.

Lammersdorf, Repubblica Federale Tedesca

Non tutti sapevano apprezzare l'importanza di un videoregistratore. Un apparecchio utile da avere in casa, senza dubbio, però la sua validità sul campo di battaglia era stata accertata solo due anni prima quando, a seguito della dimostrazione fornita da un ufficiale dell'Aviazione olandese, l'apparecchiatura era stata provata in esercitazioni segrete in Germania e poi negli Stati occidentali degli USA.

Gli aerei da ricognizione radar della NATO tenevano le posizioni abituali sopra il Reno. Gli apparecchi E-3A Sentry, meglio noti come AWACS, insieme ai più piccoli e meno famosi TR-1, eseguivano la missione loro affidata volando in tediosi cerchi o in linea retta molto al di là del fronte. Le funzioni dei due tipi di aereo erano simili, ma non identiche. Gli AWACS si occupavano soprattutto del movimento aereo. Il TR-1, versione aggiornata del venerabile U-2, cercava i veicoli al suolo. All'inizio il TR-1 era stato qualcosa di molto simile a un insuccesso. Dato che ricercava troppi bersagli, molti dei quali erano dei riflettori radar fissi collocati dai sovietici un po' dappertutto, i comandanti della NATO erano stati inondati di informazioni troppo disordinate per poter essere usate. Venne poi il il VCR. Tutti i dati ritrasmessi dall'aereo venivano registrati su videocassette, mezzo comodo per immagazzinare dati, ma il VCR incorporato nel sistema NATO aveva soltanto poche caratteristiche operative. Il capitano olandese ebbe l'idea di portarsi da casa il proprio registratore, e dimostrò come, usando i comandi di avanzamento e riavvolgimento veloce, le informazioni radar potevano essere utilizzate per mostrare non solo dove andavano gli oggetti, ma anche da dove venivano. Il supporto dell'elaboratore facilitò il compito, eliminando tutto ciò che si muoveva a frequenza non superiore a una volta ogni due ore – escludendo in tal modo i falsi bersagli sovietici. Fu così che la NATO si trovò in mano uno strumento d'informazione nuovo di zecca.

Riproducendo ogni nastro in numerose copie, uno staff di cento e più esperti di informazioni e di controllo del traffico poteva esaminare i dati ventiquattr'ore su ventiquattro. Alcuni si occupavano di informazioni tattiche e nient'altro. Altri cercavano gli schemi. Ad esempio, un gran numero di automezzi in movimento verso – e dalle – unità di prima linea, poteva soltanto significare una staffetta per il rifornimento di carburante e di munizioni. Dei veicoli che si staccavano da un convoglio divisionale, incolonnati parallelamente al fronte, significavano artiglieria che si preparava all'attacco. La cosa essenziale, avevano imparato, era di trasmettere i dati ai comandanti dei reparti avanzati, con celerità sufficiente perché se ne potessero servire.

A Lammersdorf, un tenente belga stava finendo di esaminare un nastro registrato sei ore prima; il suo rapporto fu trasmesso per filo ai comandanti dei reparti. Almeno tre divisioni erano state spostate a nord e a sud sull'Autostrada 7, diceva il rapporto. I sovietici avrebbero attaccato in forze a Bad Salzdetfurth, prima del previsto. Unità di riserva degli eserciti belga, tedesco e americano furono immediatamente e velocemente mandate avanti, mentre i comandi aerei alleati venivano messi in allarme per un importante attacco terrestre. I combattimenti nel settore erano già stati abbastanza aspri. Le unità tedesche che occupavano la zona a sud di Hannover erano ridotte a meno del cinquanta per cento della forza iniziale; prima ancora di avere inizio, la battaglia era diventata una corsa, perché entrambe le parti cercavano di arrivare per prime a portare le riserve sul luogo dell'attacco.

Holle, Repubblica Federale Tedesca

«Trenta minuti» disse Alekseyev a Sergetov. Quattro divisioni di fanteria motorizzata erano già spiegate su un fronte di quasi venti chilometri. Alle loro spalle, una divisione corazzata era in attesa, pronta a sfruttare il primo varco nelle linee tedesche. L'obiettivo era la città di Alfeld sul fiume Leine. La città presidiava due strade usate dalla NATO per trasportare truppe e rifornimenti verso il nord e verso il sud; la cattura di quel nodo avrebbe aperto una breccia nelle linee alleate, dando così modo ai gruppi sovietici operativi e di manovra di irrompere nelle retrovie nemiche...

«Compagno generale, come procedono le cose secondo lei?» chiese il capitano.

«Me lo chieda fra qualche ora» rispose il generale. Anche la valle del fiume dietro di loro pullulava di uomini e di armi. Soltanto trenta chilometri li separavano dal confine, e i carri armati dell'Armata Rossa avrebbero dovuto raggiungere Holle entro due giorni al massimo. Alekseyev si accigliò, chiedendosi quale genio dello Stato Maggiore avesse elaborato una simile tabella di marcia. Ancora una volta era stato ignorato il fattore umano. Il morale e lo spirito combattivo dei tedeschi erano qualcosa di incredibile. Ricordava i racconti di suo padre sulle battaglie combattute in Ucraina e in Polonia, cui non aveva mai veramente prestato fede. I tedeschi difendevano accanitamente ogni zolla della loro terra, simili a volpi che proteggono i cuccioli, arretrando solo quando erano costretti a farlo, contrattaccando ogni volta che potevano, dissanguando le unità russe con ogni mezzo disponibile.

La dottrina sovietica aveva previsto ingenti perdite. La guerra di movimento poteva essere attuata soltanto al duro prezzo di un attacco frontale che doveva, in primo luogo, aprire una breccia nelle linee nemiche – ma gli eserciti della NATO negavano tale possibilità ai sovietici. Le armi sofisticate degli alleati, azionate da postazioni sicure e accuratamente preparate, falciavano tutte le ondate di assalto. Gli attacchi aerei alle retrovie sovietiche sfibravano i reparti prima ancora che fossero impegnati nella battaglia decisiva, e le artiglierie portavano lo scompiglio malgrado le più accorte mimetizzazioni.

L'Armata Rossa sta avanzando, si ricordò Alekseyev, *e la NATO ne sta pagando il prezzo*. Anche le riserve alleate si stavano assottigliando. Le forze tedesche non usavano tutta la mobilità come avrebbe fatto Alekseyev, troppo spesso vincolate a considerazioni geografiche, invece di affrontare le forze sovietiche in movimento. Naturalmente, pensò il generale, non avevano molto terreno da cedere per guadagnare tempo. Guardò l'orologio.

Un muro di fiamme si levò dal bosco alle sue spalle quando l'artiglieria russa iniziò il bombardamento preliminare. Vennero poi i lanciarazzi multipli, e il cielo del mattino fu acceso da strisce di fuoco. Alekseyev orientò il binocolo verso il basso. Nel giro di pochi secondi vide le esplosioni bianco-arancione dei proiettili che grandinavano sulle linee della NATO. Era troppo lontano dalla linea del fronte per vedere i dettagli, ma una zona – che doveva essere larga parecchi chilometri – si accese come le insegne al neon tanto diffuse nei paesi occidentali. Si udì un ruggito in alto, e il generale vide i primi caccia di attacco al suolo che si precipitavano sul fronte.

«Grazie, compagno generale» mormorò Alekseyev. Contò non meno di trenta caccia bombardieri Sukhoi e MiG che volavano rasente al terreno verso le prime linee. Il viso del generale s'increspò in un sorriso determinato mentre entrava nel bunker del comando.

«Gli elementi di punta si stanno muovendo» annunciò un colonnello. Vennero tracciati segni di colore sulle carte tattiche posate sopra un rozzo tavolo improvvisato con assi posate su cavalletti. Delle frecce rosse iniziarono la marcia verso una serie di righe blu. I tracciatori erano tutti dei subalterni, muniti di auricolari che li collegavano ai comandi dei singoli reggimenti. In piedi dietro di loro, il comandante dell'8ª Guardie osservava in silenzio lo svolgimento del piano di attacco.

«La resistenza è moderata. Incontriamo fuoco nemico di artiglieria e di carri armati» disse un tenente.

Il bunker fu scosso da alcune esplosioni. A due chilometri di distanza, dei Phantom tedeschi avevano colpito un battaglione di artiglieria semovente.

«Caccia nemici sopra di noi» disse tardivamente l'ufficiale alla difesa antiaerea. Qualcuno alzò gli occhi verso il soffitto di travi, ma non Alekseyev. Una bomba ad alto potenziale li avrebbe uccisi tutti in un batter d'occhio. Per quanto gli piacesse il ruolo di vice comandante dello scacchiere, avrebbe voluto ritornare ai tempi in cui era a capo di una divisione combattente. Lì e ora, era soltanto un osservatore, e sentiva il bisogno di avere le redini in mano.

«L'artiglieria riferisce pesante fuoco di ritorsione delle batterie nemiche, e attacchi aerei. I nostri missili stanno impegnando l'Aviazione avversaria nelle retrovie della 57ª Divisione di fanteria motorizzata» continuò a riferire l'ufficiale. «Intensa attività aerea sul fronte.»

«I nostri caccia stanno impegnando l'Aviazione della NATO» annunciò l'ufficiale dell'Aviazione d'attacco. Alzò gli occhi infuriato. «SAM amici... stanno abbattendo i nostri caccia!»

«Ufficiale all'antiaerea!» urlò Alekseyev. «Dica ai suoi di identificare i bersagli!»

«Abbiamo cinquanta caccia sul fronte. Possiamo affrontare gli apparecchi della NATO da soli!» insistette l'aviatore.

«Dica alle batterie dei SAM di cessare il fuoco su tutti i bersagli ad altezza superiore ai mille metri» ordinò Alekseyev. Aveva discusso l'argomento la sera prima con il comandante dell'Aviazione d'attacco. I piloti dei MiG dovevano riportarsi ad alta quota dopo aver compiuto gli attacchi, lasciando liberi i missili e le batterie di impegnare esclusivamente gli aerei nemici che costituivano un pericolo immediato per le unità di terra. Perché mai stavano colpendo i suoi aerei?

Trentamila piedi sopra il Reno, due aerei radar E-3A della NATO combattevano per la propria vita. Era in corso un deciso attacco sovietico, con due reggimenti di intercettori MiG-23 che sfrecciavano nel cielo verso di loro. I controllori a bordo stavano chiedendo aiuto. Ciò li distrasse dall'organizzazione di un contrattacco, e sottrasse dei caccia da altre missioni. Noncuranti della propria sicurezza, i russi vennero verso ovest a più di mille miglia orarie, con un massiccio supporto di emettitori di disturbo. I reattori Eagle F-15 americani e i Mirage francesi conversero sul punto del pericolo riempiendo il cielo di missili. Non bastò. Quando i MiG furono a sessanta miglia, gli AWACS spensero i radar e picchiarono verso il terreno per sfuggire all'attacco. I caccia NATO sopra Bad Salzdetfurth erano soli. Per la prima volta i sovietici avevano conseguito la superiorità aerea su un importante teatro di battaglia.

«Il 143° Reggimento Guardie riferisce di aver fatto un'irruzione oltre le linee tedesche» disse un tenente. Non alzò gli occhi, limitandosi ad allungare la freccia di sua competenza. «Le unità nemiche si stanno ritirando in disordine.»

«Il 143° Guardie riferisce» annunciò il tracciatore accanto a lui. «La prima linea di resistenza è crollata. Avanziamo a sud lungo l'asse della linea ferroviaria... le unità nemiche sono in fuga. Non si stanno raggruppando, né tentano di contrattaccare.»

Il generale comandante l'8ª Guardie rivolse uno sguardo di trionfo ad Alekseyev. «Fate muovere la divisione corazzata!»

Le due brigate ridotte tedesche che coprivano il settore erano state chiamate a respingere troppi attacchi; avevano sofferto più del sopportabile. Gli uomini erano esausti, le munizioni esaurite: non v'era scelta se non di fuggire di fronte al nemico, nella speranza di formare una nuova linea nei boschi dietro la Strada 243. A Hackenstedt, quattro chilometri più in là, la 20ª Divisione corazzata Guardie si mise in marcia lungo l'arteria di comunicazione. I trecento carri d'assalto T-80, appoggiati da diverse centinaia di veicoli da trasporto fanteria, si aprirono a destra e a sinistra della strada secondaria, disponendosi in colonna per reggimento, al fine di costituire la formazione d'attacco. Il 20ª Carri era il gruppo operativo e di manovra dell'8ª Guardie. Da quando era iniziata la guerra, l'esercito sovietico aveva tentato di fare passare una di quelle poderose unità nelle retrovie della NATO. Adesso finalmente era possibile.

«Ben fatto, compagno generale» disse Alekseyev. Il tavolo di carteggio mostrava uno sfondamento generale. Delle quattro divisioni di fanteria motorizzata all'attacco, tre avevano fatto irruzione attraverso le linee tedesche.

I MiG riuscirono ad abbattere uno degli AWACS e tre Eagle, pagando con diciannove dei loro, nel corso di una furiosa battaglia durata un quarto d'ora. Gli AWACS superstiti erano di nuovo ad alta quota, ottanta miglia dietro il Reno, e gli operatori radar si stavano adoperando per riprendere il controllo della battaglia aerea nel cielo della Germania centrale, mentre i MiG ritornavano alla base attraverso una nuvola di missili aria-terra. Avevano compiuto, pagando un prezzo esorbitante, una missione alla quale non erano neppure stati destinati.

Quello, però, era soltanto il principio. L'attacco iniziale era riuscito, ma adesso era in corso la parte più difficile della battaglia. I generali e i colonnelli al comando dovettero spostare rapidamente i rispettivi reparti in avanti, badando a conservare intatte le formazioni e giocando "a cavallina" con l'artiglieria, che mandarono verso sud per garantire la continuità dell'appoggio ai reggimenti. La divisione corazzata aveva precedenza assoluta. Doveva colpire la linea tedesca successiva, che era a pochi minuti di strada dietro le truppe motorizzate, per raggiungere Alfeld prima del tramonto. Gruppi della polizia militare stabilirono i posti di blocco programmati in anticipo per il controllo del traffico, indirizzando le unità lungo strade i cui cartelli segnalatori erano stati tolti – ovviamente dai tedeschi. L'operazione non era facile come ci si era aspettato. Le unità erano tutt'altro che intatte. Alcuni comandanti erano caduti, e le strade danneggiate facevano scendere la rapidità del movimento ben al disotto dei ritmi previsti.

Da parte loro, le truppe tedesche stavano cercando di riorganizzarsi. I reparti della retroguardia si fermavano presso ogni curva della strada, per lanciare missili anticarro contro le unità avanzate sovietiche, che ebbero molti comandanti di reparto uccisi: un gravoso pedaggio. Anche gli aerei alleati si stavano riassestando, e i caccia d'attacco a bassa quota cominciarono a impegnare le unità sovietiche in campo aperto.

Dietro la linea lacerata del fronte, una brigata di carri armati tedeschi attraversò Alfeld, seguita a dieci minuti da un reggimento motorizzato belga. I tedeschi procedettero verso nordest sulla strada principale, sotto gli occhi dei cittadini cui era appena stato ordinato di abbandonare le case.

Faslane, Scozia

«È andata male, eh?» chiese Todd Simms, comandante dell'USS *Boston*.

«Decisamente» confermò McCafferty. Anche il viaggio per Faslane era stato sfortunato. Il sub di guardia al corridoio di transito protetto, l'HMS *Osiris*, era entrato in posizione di attacco senza che loro lo individuassero. Se il sottomarino diesel fosse stato russo anziché britannico, con ogni probabilità McCafferty ci avrebbe rimesso la pelle. «Abbiamo avuto la grande possibilità contro il gruppo anfibio. Le cose stavano andando alla perfezione, sai? I russi avevano in acqua le file di boe sonar, ma noi le avevamo superate di netto. Ci eravamo quasi portati in linea con gli obiettivi per attaccare – contavo di beccarli prima con i missili, poi con i siluri...»

«La cosa giusta, secondo me» convenne Simms.

«Ma ecco che qualcuno sferra il suo attacco con i siluri... Ha mandato tutto a puttane. Lanciamo tre Harpoon, ma un elicottero ci vede farlo e, zac!, ci troviamo tutti i bastardi addosso.» McCafferty aprì la porta del Circolo Ufficiali. «Devo bere qualcosa!»

«Come no!» disse Simms ridendo. «Tutto sembra un po' meno peggio dopo qualche birra. Sai, sono cose che succedono. La fortuna cambia, Danny.» Simms si appoggiò al banco del bar. «Due di quelle forti.»

«Agli ordini, comandante.» Un'ordinanza in giacca bianca spillò due boccali di birra scura e tiepida. Simms prese lo scontrino e condusse l'amico all'angolo estremo della sala.

«Danny, se proprio devi piangere, non prendertela con te stesso. Non è colpa tua se i russi non ti hanno mandato dei bersagli, ti pare?»

McCafferty bevve un lungo sorso. A due miglia di lì, il *Chicago* stava facendo rifornimento. Sarebbero rimasti in porto due giorni. Il *Boston* e un altro sottomarino della classe 688 erano ormeggiati allo stesso molo, e altri due erano attesi nel tardo pomeriggio. Dovevano essere approntati per una missione speciale, ma non sapevano ancora quale. Nel frattempo, gli ufficiali e gli uomini dell'equipaggio usavano il poco tempo disponibile per distendersi e prendere qualche boccata d'aria fresca. «Hai ragione, Todd, come sempre.»

«Bene, prendi qualche salatino. Bel po' di movimento, qui. Se ci buttassimo nella mischia anche noi?»

Trovarono un gruppo di ufficiali sommergibilisti, il che non era motivo di sorpresa, mentre lo era colui che costituiva il centro dell'attenzione: un capitano norvegese, biondo, sulla trentina, che chiaramente aveva cessato di essere sobrio già da qualche ora. Scolò una caraffa di birra, e un comandante della Marina inglese gliene porse subito un'altra.

«Io devo trovare l'uomo che ci ha salvati!» gridava il norvegese con voce da ubriaco.

«Che cosa succede?» chiese Simms. Furono fatte le presentazioni. L'ufficiale inglese era comandante dell'*Oberon*.

«Questo è il tipo che ha fatto schiattare il *Kirov* dalle parti di Murmansk» disse. «Racconta la storia ogni dieci minuti. Fra poco dovrebbe ricominciare.»

«Il figlio di puttana!» disse McCafferty. Era lui quello che aveva affondato il suo bersaglio! Inesorabile, il norvegese ricominciò a parlare.

«Ci avviciniamo adagio. Loro vengono dritti verso di noi» – un rutto – «e noi ci muoviamo pian pianino... Metto su il periscopio, ed eccolo lì... A quattromila metri, venti nodi, ci passerà cinquecento metri a tribordo.» La caraffa s'inclinò verso il pavimento. «Giù periscopio! Arne... dove sei, Arne? Arne è l'ufficiale alle armi. Prepara quattro siluri, tipo trentasette, americani» aggiunse con un gesto verso i due nuovi arrivati.

Quattro Mark-37! McCafferty rabbrividì all'idea. Altro che rovinargli la giornata...

«Il *Kirov* adesso è molto vicino. Su periscopio! Stessa rotta, stessa velocità, distanza duemila metri... lancio! Uno! Due! Tre! Quattro! Ricarico e scendo in profondità.»

«Sei tu quello che ha rovinato il mio piano!» gridò McCafferty.

Il norvegese sembrò rinsavire per un momento. «Chi sei?»

«Dan McCafferty, USS *Chicago*.»

«Eri là?»

«Sì.»

«Hai lanciato missili?»

«Sì.»

«Eroe!» L'ufficiale norvegese si precipitò su McCafferty facendolo quasi cadere per stringerlo in un abbraccio da orso. «Tu salvi i miei uomini! Salvi la mia nave!»

«Che cavolo è questa storia?» chiese Simms.

«Oh, le presentazioni» disse un ufficiale della Royal Navy. «Il capitano di corvetta Bjorn Johannsen della Marina di Sua Maestà il Re di Norvegia, comandante del sottomarino *Kobben*. Il capitano di corvetta Daniel MacCafferty, comandante dell'USS *Chicago*.»

«Dopo colpito il *Kirov*, ci arrivano addosso come lupi. Il *Kirov* salta in aria...»

«Quattro siluri? Ti credo» ammise Simms.

«I russi ci vengono contro con un incrociatore e due caccia» continuò Johannsen, ormai quasi uscito dalla sbronza. «Noi, ah, evadiamo, scendiamo profondo, ma loro ci trovano e lanciano i razzi RBU – molti, molti razzi. I più vanno lontano, qualcuno vicino. Ricarichiamo, e sparo all'incrociatore.»

«Lo hai beccato?»

«Un colpo solo... danneggiato, ma non affondato. Per questo mi partono, ma non sono certo, dieci o quindici minuti. Molto occupato, eh?»

«Anch'io lo ero. Avanziamo veloci, attiviamo il radar. Vediamo tre navi dove credevamo che ci fosse il *Kirov*.»

«Il *Kirov* era affondato – fatto fuori! Quelli che hai visto erano l'incrociatore e i due cacciatorpediniere. Poi tu tiri missili, eh!» Gli occhi di Johannsen scintillavano.

«Tre Harpoon. Un elicottero vede il lancio e ci insegue. Noi lo eludiamo. Mai saputo se i missili hanno colpito qualcosa.»

«Colpito? Hah! Ascolta» esclamò Johannsen gesticolando. «Noi fermi, batterie scariche. Danneggiati adesso, non possiamo correre. Scansato già quattro siluri, ma loro ci hanno. Il sonar ci ha. Il cacciatorpediniere ci tira gli RBU. I primi tre mancano il colpo, però poi ci beccano. Allora – Boom! Boom! Boom! Molti altri boom. Il cacciatorpediniere salta. Gli altri colpiti ma non affondati, credo... Noi scappiamo.»

Johannsen abbracciò di nuovo McCafferty, e la birra dei due boccali si rovesciò sul pavimento. L'americano non aveva mai visto un norvegese così espansivo nemmeno con sua moglie. «Il mio equipaggio è vivo grazie a te, *Chicago*! Ti offro da bere. Offro da bere a tutti i tuoi uomini.»

«Sei sicuro che abbiamo affondato quella tinozza?»

«Tu non affondato?» disse Johannsen. «Allora: mia nave morta, miei uomini morti, io morto. Tu hai affondato.» *Un cacciatorpediniere non è esattamente la stessa cosa di un incrociatore da battaglia a propulsione nucleare*, si disse McCafferty, *ma è molto, molto meglio di niente*. E in più, un pezzo di un altro bersaglio. Chissà, magari anche quello era colato a picco.

«Non troppo male, Danny» osservò Simms.

«C'è gente» disse il comandante dell'*Oberon* «che ha una fortuna sfacciata!»

«Lo sai, Todd» disse il comandante del *Chicago* «questa birra è proprio buona!»

USS Pharris

C'erano solo due corpi da seppellire. Altri quattordici uomini mancavano all'appello, presumibilmente morti anche loro ma, nonostante tutto, Morris si considerava fortunato. Venti marinai erano feriti più o meno gravemente. Oltre all'avambraccio rotto di Clarke, vi erano parecchie fratture di caviglie per l'urto del siluro, e una dozzina di brutte scottature a causa della rottura dei tubi del vapore. Senza contare i molti tagli ad opera delle schegge di vetro.

Morris officiò la cerimonia leggendo dal manuale, la voce priva di emozione mentre pronunciava le parole sulla speranza certa e assicurata che un giorno il mare avrebbe restituito i morti... All'ordine, i marinai inclinarono le tavole della mensa. I corpi, avvolti in sacchi di plastica e zavorrati con pezzi d'acciaio, scivolarono da sotto le bandiere e caddero diritti in mare. In quel punto l'acqua era profonda diecimila piedi: un lungo ultimo viaggio per il primo ufficiale e per un capo cannoniere di terza classe di Detroit. Seguì la salva di saluto, ma non il "silenzio". Nessuno a bordo sapeva suonare la tromba, e il registratore era fuori uso. Morris chiuse il libro.

«Assicurare e procedere.»

Le bandiere furono piegate e riportate alla cala del nostromo.

Le tavole ritornarono alla mensa, e i montanti furono rimessi a sostenere le sagole di salvataggio. La *Pharris* era ormai una mezza nave, utilizzabile soltanto come rottame. Morris lo sapeva bene.

Il rimorchiatore *Papago* la stava trainando, a poppa avanti, alla velocità di quattro nodi. Ancora tre giorni prima di arrivare a terra. Erano diretti a Boston, il porto più vicino, anziché a una base navale. I motivi erano evidenti. Le riparazioni avrebbero richiesto più di un anno, e la Marina non voleva bloccare un bacino di carenaggio per una riparazione così lunga. L'attenzione immediata era riservata soltanto alle navi che potevano ancora essere ricuperate al servizio bellico attivo.

Anche il fatto di continuare a comandare la *Pharris* era una facezia. Il rimorchiatore aveva un equipaggio composto di uomini della riserva, molti dei quali nella vita civile erano degli esperti di ricuperi navali. Tre di loro stavano a bordo per tenere d'occhio la gomena di traino e "consigliare" Morris su quello che doveva fare. I loro "consigli" erano in effetti degli ordini, ma impartiti nel più educato dei modi.

Non mancavano le cose con cui tenere occupata la gente. Le paratìe anteriori avevano bisogno di sorveglianza e di attenzione continue. Erano in corso le riparazioni alla sala macchine. C'era una sola caldaia funzionante, che forniva il vapore per fare girare le turbine dei generatori e produrre la corrente elettrica. Per la seconda caldaia ci voleva ancora un giorno di lavoro, o forse più. Il radar principale di ricerca aerea, a quanto pareva, sarebbe stato ripristinato entro quattro ore. Anche l'antenna per le comunicazioni via satellite era a posto. Al momento dell'ingresso in porto – se mai ci fossero arrivati – tutto ciò che, a bordo, poteva essere riparato dall'equipaggio sarebbe già stato rimesso in sesto. Non aveva veramente importanza, ma un equipaggio occupato, come voleva l'antico adagio della Marina, è un equipaggio contento. In termini pratici, significava che gli uomini, a differenza del comandante, non avevano il tempo di rimuginare sugli errori commessi, sulle vite perdute a seguito di quegli errori, e su chi li aveva commessi.

Morris andò al CIC. La squadra tattica stava rivedendo la registrazione su nastro e su carta dell'incontro con il Victor, cercando di scoprire che cosa era successo.

«Non so» disse l'operatore sonar alzando le spalle. «Forse i sottomarini erano due, e non solo uno. Voglio dire, è qui, no? La scia luminosa è qui – poi, due minuti dopo, il sonar attivo lo individua in quest'altro punto.»

«Un solo sottomarino» disse Morris. «Di qua fino là, a venticinque nodi, ci vogliono circa quattro minuti.»

«Ma non l'abbiamo sentito, signore, e non è comparso sullo schermo. Per di più, era diretto dalla parte opposta quando lo abbiamo perso.» L'addetto al sonar riavvolse il nastro per esaminarlo un'altra volta.

«Già.» Morris ritornò in plancia, continuando a rivedere mentalmente la sequenza. L'aveva tutta nella memoria, adesso. Andò all'ala di plancia. I ripari antispruzzo erano ancora bucati, e c'era una macchia di sangue sbiadita là dove era morto il primo ufficiale. Qualcuno ci avrebbe passato una mano di vernice il giorno stesso. Clarke aveva organizzato squadre per ogni genere di lavoro. Morris accese una sigaretta e guardò verso l'orizzonte.

Reydarvath, Islanda

L'elicottero fu l'ultimo avviso di cui avevano bisogno. Edwards e il suo gruppo erano in cammino verso nordest. Passarono in una zona di piccoli laghi, poi attraversarono una strada con fondo di ghiaia – dopo un'ora di attesa per rendersi conto della circolazione – e presero infine a marciare in una zona di paludi. A quel punto Edwards aveva le idee completamente confuse sul tipo di terreno. L'assortimento di rocce nude, di prati erbosi, di campi di lava, e adesso una palude di acqua dolce, lo inducevano a chiedersi se l'Islanda non fosse il posto in cui Dio aveva messo tutto ciò che gli era rimasto dopo avere creato il mondo. Chiaramente, non si era sbagliato sul numero degli alberi, visto che qui non ce n'erano, e la copertura migliore di cui disponevano erano le erbe acquatiche alte fino alle ginocchia. *Ma forse non si tratta neppure di erbe*, pensò Edwards, *dato che lo stagno è rimasto gelato fino a non molto tempo fa.* L'acqua era ancora fredda, e pochi minuti dopo essere entrati nella palude ebbero le gambe dolenti. Sopportarono la sofferenza. L'alternativa era di camminare su terreno nudo e leggermente elevato, cosa da non prendere assolutamente in considerazione, con degli elicotteri in giro.

Li stupiva la resistenza di Vigdis. Teneva il passo dei marines senza inciampare né lamentarsi. *Una vera ragazza di campagna*, pensò Edwards, *che si è fatta le gambe da bambina, conducendo le pecore al pascolo – o dove diavolo si portano quegli animali – e correndo su e giù per queste fottute colline.*

«Okay, gente, dieci minuti» ordinò Edwards. Tutti cercarono un posto asciutto su cui lasciarsi cadere. Trovarono soprattutto delle rocce. *Rocce in una palude!* pensò Edwards. Garcia montava la guardia con il binocolo preso ai russi. Smith accese una sigaretta. Edwards si voltò e si trovò Vigdis seduta accanto.

«Come ti senti?»

«Molto stanca» rispose lei con un piccolo sorriso. «Ma non quanto te.»

«Ah sì?» Edwards si mise a ridere. «Forse dovremmo camminare più in fretta.»

«Dove andiamo?»

«A Hvammsfjördur. Non ci hanno detto perché. Credo che ci vorranno ancora quattro o cinque giorni. Dobbiamo stare alla larga da tutte le strade, finché sarà possibile.»

«Per proteggere me, sì?» Edwards scosse il capo.

«Per proteggere tutti noi. Non vogliamo combattere con nessuno. Ci sono troppi russi in giro perché ci venga la voglia di giocare ai soldatini.»

«Così, io non faccio danno... ah, non fermo voi da fare importanti cose?» chiese Vigdis.

«Proprio no. Siamo tutti felici di averti con noi. Chi non vorrebbe fare una gita in campagna con una bella ragazza?» disse Edwards con galanteria. Ma era proprio la cosa giusta da dire?

Lei lo guardò in modo strano. «Tu trovi me bella, dopo... dopo...»

«Vigdis, se tu fossi investita da un camion... sì, tu sei molto bella. Nessun uomo può negarlo. Quello che ti è successo non è colpa tua. Se ha prodotto dei cambiamenti, sono stati dentro, non fuori. E io so che c'è qualcuno a cui piaci.»

«Per il bambino, vuoi dire? Errore. Lui ha trovato altra ragazza. Non è importante, tutte le mie amiche hanno bambini.»

Quello stupido figlio di puttana! pensò Edwards. Ricordò che la nascita illegittima non comportava alcun marchio d'infamia in Islanda. Poiché nessuno aveva un cognome – quasi tutti gli islandesi avevano nomi di battesimo seguiti dal patronimico – non si poteva nemmeno vedere la differenza anagrafica fra legittimi e illegittimi. Inoltre, sembrava che non avesse alcuna importanza per gli islandesi. Ragazze giovani e nubili avevano bambini, li allevavano in modo adeguato, ed era tutto. Ma chi poteva piantare una ragazza come quella?

«Bene, parlando a titolo personale: Vigdis, non ho mai conosciuto una ragazza più carina di te.»

«Veramente?»

I capelli di lei erano orribili, sporchi e appiccicati – dovette riconoscere Edwards. Il viso e gli indumenti erano chiazzati di fango e di polvere. Sarebbe bastata una doccia per cambiare tutto ciò in pochi minuti, facendo vedere quanto era graziosa. Ma la bellezza viene di dentro, e lui stava appena iniziando ad apprezzarla come persona. Le passò la mano su una guancia.

«Qualsiasi uomo che dica altrimenti è un idiota.» Si voltò, e vide il sergente Smith che veniva verso di loro.

«È ora di andare» disse «se no le gambe si irrigidiscono, tenente.»

«Okay. Voglio fare altre otto o dieci miglia. Ci sono fattorie e strade sull'altro lato della montagna che stiamo aggirando. Avremo bisogno di dare un'occhiata alla zona prima di cercare di attraversarla. Di là, chiamerò per radio.»

«Giusto, comandante. Rodgers! Mettiti in testa e devia un poco a ovest.»

Bodenburg, Repubblica Federale Tedesca

L'avanzata non era stata una cosa facile. L'8ª Guardie spostò il posto di comando quanto più avanti poté, alle spalle delle truppe di prima linea. Il comandante, al pari di Alekseyev, credeva nell'utilità di avere occhi e orecchie il più possibile vicine al fronte. Il viaggio sui veicoli corazzati per trasporto truppe – era troppo pericoloso servirsi di elicotteri – durò quaranta minuti, durante i quali Alekseyev fu spettatore di due selvaggi attacchi aerei alle colonne russe.

Erano intervenuti nell'azione i rinforzi tedeschi e belgi, e i messaggi radio intercettati indicavano che erano in arrivo anche unità americane e britanniche. Alekseyev, da parte sua, aveva richiamato in avanti altri reparti russi. Quella che era iniziata come una semplice spinta da parte di un'armata meccanizzata si stava trasformando in un impegno di vaste proporzioni. Interpretò il fatto come un segno positivo. La NATO non avrebbe deciso di rinforzarsi se non avesse considerato pericolosa la situazione. Il compito dei sovietici era di conseguire il risultato voluto prima che i rinforzi si potessero inserire nella partita.

Il generale comandante la 20ª Divisione corazzata Guardie era alla postazione di comando, sistemata in una scuola secondaria. Era una costruzione nuova, molto spaziosa, e avrebbe dovuto funzionare finché non fosse stato preparato il bunker sotterraneo. Il ritmo dell'avanzata aveva subìto un rallentamento, sia per difficoltà nel controllo del traffico, sia ad opera dei tedeschi.

«Dritto per questa strada fino a Sack» disse il comandante dell'8ª Guardie al carrista. «La fanteria dovrebbe averla liberata quando ci arriverai.»

«Ancora quattro chilometri per Alfeld. Si assicuri soltanto di poterci dare appoggio quando passeremo il fiume.» Il generale si mise l'elmetto e uscì dalla porta. *Deve funzionare*, pensò Alekseyev. Quell'ufficiale aveva fatto un magnifico lavoro, portando la propria unità al fronte in ordine quasi perfetto.

La prima cosa che udì fu un'esplosione. Le finestre sbatterono, pezzi di intonaco caddero dal soffitto. La "Croce del Diavolo" era ritornata.

Alekseyev si lanciò fuori e vide una dozzina di veicoli corazzati in fiamme. L'equipaggio di un T-80 balzò fuori dal carro. Un attimo dopo il veicolo s'incendiò: il fuoco raggiunse le rastrelliere delle munizioni all'interno, e verso il cielo si innalzò una colonna di fiamme come da un piccolo vulcano.

«Il generale è morto!... Il generale è morto!» gridò disperato un sergente, indicando un BMD della fanteria da cui non era uscito vivo nessuno.

Alekseyev si trovò accanto il comandante dell'8ª Guardie che bestemmiava. «Il vice comandante di quella divisione corazzata è un colonnello di nuova nomina.»

Pavel Leonidovich prese una decisione veloce e pratica. «No, compagno generale. Perché non io?»

Il comandante, sorpreso, lo fissò con tanto d'occhi, poi ricordò la reputazione di Alekseyev, e di suo padre prima di lui, come comandante di reparti corazzati. «La 20ª Corazzata è sua. Lei conosce la missione.»

Arrivò un altro veicolo da trasporto truppe. Alekseyev e Sergetov salirono, e il carro partì veloce verso la postazione del comando di divisione. Mezz'ora dopo si fermarono. Alekseyev vide file di carri armati in sosta fra gli alberi. I colpi dell'artiglieria cadevano intorno, ma non vi fece caso. I comandanti di reggimento erano riuniti in gruppo. Il generale diede rapidamente ordini sugli obiettivi e sui tempi. Ognuno conosceva bene la missione, e questo deponeva a favore del generale caduto meno di un'ora prima. La divisione era ottimamente organizzata, e ogni parte dello schema dell'assalto era stata ben chiarita e confermata. Alekseyev si rese subito conto di avere uno staff valido per il combattimento. Si mise al lavoro, mentre i comandanti raggiungevano i rispettivi reggimenti.

Il suo primo quartier generale di guerra era sistemato all'ombra di un grande albero. Suo padre non avrebbe potuto desiderare di meglio. Alekseyev sorrise. Trovò l'ufficiale addetto alle informazioni. «Com'è la situazione?»

«Un battaglione di carri armati tedeschi sta contrattaccando su questa strada che porta a est di Sack. Dovremmo contenerli. In ogni caso i nostri veicoli si stanno spostando a sudovest dietro il nemico. Le prime truppe motorizzate sono appena entrate in città e comunicano che la resistenza è debole. I nostri elementi di punta sono in movimento e dovrebbero essere là entro un'ora.»

«Ufficiale alla difesa antiaerea?»

«I SAM e i semoventi anticarro sono subito dietro le formazioni di punta. Abbiamo anche la copertura dell'Aviazione. Due reggimenti di MiG-21 sono pronti per la difesa aerea, ma non ci sono ancora stati assegnati i caccia d'attacco al suolo. Le hanno prese secche questa mattina – ma anche il nemico. Abbiamo abbattuto dodici aerei della NATO prima di mezzogiorno.»

Alekseyev annuì e divise la cifra per tre, come aveva imparato a fare.

«Chiedo scusa, compagno generale. Sono il colonnello Popov, ufficiale politico della divisione.»

«Bene, compagno colonnello. Le mie quote di membro del Partito sono debitamente pagate sino a fine anno; con un po' di fortuna, vivrò e continuerò a pagarle. Se ha qualcosa di importante da dire, lo faccia in fretta!» Se c'era una cosa di cui Alekseyev non aveva bisogno in quel momento, era uno *zampolit* – un commissario politico.

«Dopo che avremo preso Alfeld...»

«Se prenderemo Alfeld farò in modo che lei abbia le chiavi della città. Per il momento, mi lasci lavorare. In libertà!» *Probabilmente vuole il permesso di fucilare i presunti fascisti*. Come generale con quattro stelle, Alekseyev non poteva ignorare gli ufficiali politici, ma almeno poteva fregarsene di quelli di grado inferiore al suo. Andò alle carte tattiche. Da una parte, dei tenenti segnavano l'avanzata delle sue – *sue!* – unità. Dall'altra, gli ufficiali del servizio informazioni mettevano insieme i dati di cui disponevano sull'opposizione nemica. Afferrò la spalla dell'ufficiale operativo.

«Voglio quel reggimento di testa immediatamente dietro la fanteria motorizzata. Se ha bisogno di aiuto, glielo dia. Voglio lo sfondamento e lo voglio oggi stesso. Che artiglieria abbiamo in postazione?»

«Due battaglioni di artiglieria pesante sono pronti già adesso.»

«Bene. Se quei reparti di fanteria hanno degli obiettivi per loro, veda di saperlo, e che comincino a colpirli subito. Non è il momento di fare i raffinati. La NATO sa che siamo qui, e il nostro peggior nemico è il tempo. Gioca per loro, non per noi.» L'ufficiale alle operazioni e il comandante dell'artiglieria si misero in contatto, e due minuti dopo i cannoni da 152 mm bombardavano già il fronte. Alekseyev decise di fare assegnare una medaglia alla memoria al comandante della 20ª Divisione corazzata: meritava una ricompensa per l'efficienza dello staff.

«Attacco aereo nemico in corso» disse un ufficiale dal tavolo di carteggio.

«Carri armati nemici in uscita dai boschi a est di Sack, forza valutata un battaglione. Supporto di artiglieria pesante per i tedeschi.»

Alekseyev sapeva che adesso si doveva affidare ai colonnelli. Erano finiti i tempi in cui un generale poteva osservare e controllare l'intera battaglia. Gli ufficiali di Stato Maggiore fecero dei segni colorati sulla carta. *I tedeschi avrebbero fatto meglio ad aspettare e lasciare che i primi reparti passassero, per poi attaccare la colonna dei rifornimenti sovietica... Hanno commesso una stupidaggine*, pensò il generale. *Che stupidaggine!* Per la prima volta vedeva un comandante tedesco commettere un errore tattico. Probabilmente si trattava di un subalterno che aveva sostituito il superiore ferito o ucciso, o forse qualcuno che aveva la casa in quella zona. Qualunque fosse il motivo, era un errore, e Alekseyev ne stava approfittando. I suoi due reggimenti corazzati di testa subirono perdite, ma debellarono il contrattacco tedesco in dieci furibondi minuti.

«Due chilometri – gli elementi di punta sono adesso a due chilometri da Sack. Opposizione solo di artiglieria. Unità amiche in vista. La fanteria da Sack riferisce debole resistenza. La città è quasi conquistata. Gli esploratori comunicano che la strada per Alfeld è aperta!»

«Aggirare Sack» ordinò Alekseyev. «L'obiettivo è Alfeld sul Leine.»

Alfeld, Repubblica Federale Tedesca

Era una formazione raccogliticcia. La fanteria motorizzata americana e lo squadrone di punta di una brigata britannica rinforzavano i resti dei tedeschi e dei belgi, che quel giorno erano stati schiacciati dalle cinque divisioni sovietiche. C'era poco tempo. Gli uomini del genio lavoravano freneticamente con i bulldozer a scavare postazioni per i carri armati, mentre la fanteria apprestava buche per le armi anticarro. Una nuvola di fumo all'orizzonte fu il preavviso di cui avevano bisogno. Furono informati che una divisione corazzata era in marcia verso di loro, e i civili non avevano ancora completamente evacuato la città. Venti miglia più indietro, una squadriglia di caccia da attacco al suolo volava in cerchio, aspettando il segnale di chiamata.

«Nemico in vista!» trasmise per radio una vedetta dall'alto di un campanile. Nel giro di pochi secondi, il fuoco delle artiglierie prese a martellare le colonne di testa sovietiche. I serventi delle batterie di missili anticarro tolsero il coperchio ai mirini telescopici e caricarono le prime armi per quello che prometteva di essere un lungo pomeriggio. I carri Challenger del 3° Reggimento corazzato britannico si sistemarono nelle buche con i portelli chiusi, mentre gli artiglieri regolavano l'alzo per puntare sui bersagli lontani. Le cose erano troppo confuse, e non c'era stato il tempo sufficiente per stabilire una catena gerarchica sul posto. Sparò per primo un americano. Il missile TOW-2 partì con i fili di comando tesi dietro come una ragnatela, mentre percorreva i quattro chilometri che lo separavano da un carro T-80...

«Gli elementi avanzati sono ora sotto il fuoco dei missili nemici» comunicò un ufficiale dal quadro tattico.

«Distruggeteli!» ordinò Alekseyev al comandante dell'artiglieria. Un minuto dopo i lanciarazzi multipli riempirono il cielo di scie di fumo. Il fuoco delle artiglierie ad anima liscia aumentò il carnaio. L'artiglieria NATO si gettò con entusiasmo nella mischia.

«Il reggimento di testa sta subendo perdite.»

Alekseyev osservò la carta in silenzio. Non c'era spazio né tempo per manovre diversive. Gli uomini dovevano passare attraverso le linee nemiche il più rapidamente possibile per assicurarsi i ponti sul Leine. Ciò avrebbe causato gravi perdite agli equipaggi dei carri avanzati. Lo sfondamento avrebbe preteso il suo prezzo, e il prezzo doveva essere pagato.

Dodici caccia F-16 belgi passarono bassi sul fronte a cinquecento nodi, sganciando grappoli di bombe sul primo reggimento sovietico. Distrussero una trentina di carri e una ventina di veicoli trasporto della fanteria a meno di un chilometro dalle linee alleate. Uno stormo di missili si alzò nel cielo dopo di loro, e i caccia monomotori virarono a est sfiorando il suolo nel tentativo di evadere. Furono abbattuti e caddero fra le truppe della NATO, aumentando il massacro già prodotto dai cannoni sovietici. Il comandante dei carri britannici vide che gli mancava il volume di fuoco occorrente per fermare l'attacco. Decisamente non ce n'era abbastanza. Era ora di andare via con il battaglione ancora idoneo al combattimento. Avvisò le compagnie di tenersi pronte al disimpegno e cercò di passare parola alle unità vicine. Le truppe intorno ad Alfeld, però, appartenevano a differenti eserciti, con lingue diverse e circuiti radio separati. Era mancato il tempo per stabilire chi, esattamente, aveva il comando generale. I tedeschi non si volevano ritirare. La città non era stata ancora completamente evacuata, e le truppe tedesche non avrebbero abbandonato la posizione finché non avessero visto i loro connazionali al sicuro dall'altra parte del fiume. Gli americani e i belgi cominciarono a muoversi appena il colonnello inglese disse loro di farlo, ma i tedeschi no: il risultato fu il caos nelle linee della NATO.

«Gli osservatori avanzati riferiscono che unità nemiche arretrano sulla destra, ripeto, risulta che unità nemiche si disimpegnano sul lato nord della città.»

«Il secondo reggimento si sposti a nord, giri intorno e si diriga verso i ponti. Ignorare le perdite e scagliarsi sui maledetti ponti! Ufficiale alle operazioni, tenga sotto pressione tutte le unità nemiche. Vogliamo intrappolarli su questa riva e finirli, se ce la facciamo» ordinò Alekseyev. «Sergetov, venga con me. Devo andare avanti.»

L'attacco aveva praticamente distrutto il reggimento di punta. Alekseyev lo sapeva, però ne era valsa la pena. Per arrivare ai ponti, le forze della NATO avrebbero dovuto far passare le loro unità attraverso una città devastata. Il fatto che le formazioni alleate, a nord, si fossero disimpegnate per prime, era un dono del cielo. Adesso avrebbe potuto piombare loro addosso con un reggimento fresco e, se aveva fortuna, prendere i ponti ancora intatti. Era un'operazione che doveva dirigere di persona. Alekseyev e Sergetov saltarono su un cingolato e si diressero a sudest per raggiungere il reggimento in manovra. Dietro di loro, l'ufficiale alle operazioni cominciò a impartire nuovi ordini sul circuito radio divisionale.

Cinque chilometri dall'altra parte del fiume, una batteria tedesca da 155 mm stava aspettando proprio quell'occasione. Erano rimasti in silenzio, in attesa che gli specialisti di intercettazione radio captassero il quartier generale della divisione. Gli artiglieri immisero rapidamente i dati nei computer di comando tiro, mentre i serventi caricavano le armi con bombe esplosive ad alto potenziale. Tutti i cannoni della batteria erano puntati con il medesimo alzo. Quando iniziarono il tiro rapido, la terra tremò sotto i colpi.

Nel giro di due minuti un centinaio di bombe cadde sul quartier generale della divisione. Metà dei componenti lo staff fu uccisa, quasi tutti gli altri rimasero feriti.

Alekseyev guardò gli auricolari. Era la terza volta che sfiorava la morte. *È stata colpa mia. Avrei dovuto controllare l'ubicazione delle radiotrasmittenti. Non devo ripetere l'errore*... Maledizione! Maledizione! Maledizione!

Le vie di Alfeld erano intasate di veicoli civili. Gli americani sui cingolati Bradley evitarono la città, correndo verso la riva destra del Leine, e passarono in buon ordine dall'altra parte. Poi presero posizione sulle colline che sovrastavano il fiume e si disposero a coprire l'attraversamento delle truppe alleate. Vennero poi i belgi. Solo un terzo dei loro carri si era salvato e stava sul fianco sud dell'altra riva nella speranza di fermare i russi prima che riuscissero ad attraversare. La *Staatspolizei* tedesca aveva fermato il traffico civile e messo le unità corazzate in condizione di passare, ma questa situazione cambiò quando i proiettili dell'artiglieria sovietica cominciarono a scoppiare in aria vicino al fiume. I civili che non avevano obbedito con sollecitudine all'ordine di abbandonare le case, adesso stavano pagando l'errore. L'artiglieria provocò pochi danni ai veicoli da combattimento, ma distrusse completamente le auto e gli autocarri civili. Entro pochi minuti le vie di Alfeld furono intasate di automezzi sconquassati e incendiati. La gente abbandonò i veicoli e corse verso i ponti sfidando il fuoco, per cui i carri armati che cercavano di arrivare al fiume si trovarono la strada bloccata. L'unica soluzione era di passare sui corpi di civili innocenti; ma anche quando ricevettero l'ordine di farlo, i carristi si rifiutarono. Gli artiglieri ruotarono le torrette e cominciarono a impegnare i carri armati russi che stavano entrando in città. Il fumo delle case incendiate copriva la visuale a tutti. I cannoni spararono a bersagli appena intravisti per un attimo, i colpi partirono disordinatamente, e le vie di Alfeld diventarono un macello di soldati e di civili.

«Eccoli!» esclamò Sergetov. Sopra il Leine passavano tre ponti stradali. Alekseyev cominciò a dare ordini, ma non ce n'era bisogno. Il comandante del reggimento aveva già preso il microfono e ordinato a un battaglione di carri, con supporto di fanteria, di procedere verso la riva sinistra seguendo la stessa strada, ancora relativamente aperta, che avevano preso gli americani.

I veicoli da combattimento statunitensi sull'altra sponda aprirono il fuoco con i missili e i cannoni di piccolo calibro, distruggendo mezza dozzina di carri sovietici. Il resto del reggimento rispose con fuoco diretto, mentre Alekseyev ordinava personalmente all'artiglieria di sparare sull'alto delle colline.

Ad Alfeld la battaglia era entrata in una fase di stallo, sanguinosa. I carri tedeschi e britannici presero posizione agli incroci che erano in larga misura ingombri di automezzi sfasciati, e arretrarono lentamente verso il fiume, combattendo per dare ai civili il tempo di mettersi in salvo. La fanteria russa tentò di impegnarli con i missili, ma molto spesso le macerie nelle vie strappavano i fili di comando, per cui i razzi cadevano al suolo ed esplodevano senza causare danni. L'artiglieria russa e quella alleata ridussero la città a un cumulo di macerie.

Alekseyev osservò le sue truppe che avanzavano verso il primo ponte.

Più a sud, il comandante del reggimento di testa malediceva le perdite. Era stata annientata più di metà dei carri e dei veicoli d'assalto. La vittoria era a portata di mano, ma le truppe erano state fermate dalle strade intransitabili e dal fuoco micidiale. Vide i carri della NATO che si ritiravano lentamente e, furioso nel vederli scappare, chiamò l'artiglieria.

Alekseyev fu sorpreso quando il fuoco delle batterie si spostò dal centro della città alla riva del fiume. Fu sconvolto quando si rese conto che non si trattava di cannoni ad anima liscia, bensì di razzi. Mentre osservava, si videro esplosioni a casaccio lungo la riva. Poi i colpi cominciarono a esplodere in rapida successione. Il ritmo del tiro aumentò, mentre un numero crescente di lanciamissili veniva puntato sul bersaglio, ma era troppo tardi per tentare di fermarli. Il ponte più lontano fu il primo a crollare, colpito da tre missili contemporaneamente. Alekseyev osservò con orrore le centinaia di civili che precipitavano nell'acqua ribollente. Era sconvolto, non per le vite sacrificate, ma perché aveva bisogno di quel ponte. Altri due missili caddero sul viadotto centrale che non crollò, ma subì danni tali da renderlo impraticabile per i carri armati. *Che imbecilli! Ma chi è il responsabile di quest'iniziativa?* Si voltò verso Sergetov.

«Chiami il genio. Mandino sul fronte i pontieri e le imbarcazioni d'assalto. Questo ha precedenza assoluta. Poi voglio tutte le batterie antiaeree e quelle di missili terra-aria che riesce a trovare. Chiunque le ostacoli sarà fucilato. Si assicuri che gli ufficiali del controllo del traffico ne siano al corrente. Vada!»

I carri sovietici e la fanteria erano arrivati all'unico ponte superstite. Tre veicoli da trasporto truppe passarono veloci all'altra sponda, e furono accolti dal fuoco dei belgi e degli americani mentre cercavano di portarsi al coperto. Seguì un carro armato T-80 che avanzò ruggendo, pervenne alla riva opposta ed esplose colpito da un missile. Ne vennero un secondo e un terzo, che raggiunsero entrambi la riva. Quindi un Chieftain britannico sbucò da dietro una casa e seguì i carri sovietici. Alekseyev, stupito, lo guardò passare fra i due veicoli sovietici che non lo videro, né l'uno né l'altro. Un missile americano venne dietro di lui e arò il terreno sollevando una nube di polvere. Altri due Chieftain emersero dalla testa di ponte. Uno esplose per un colpo a bruciapelo di un T-80, l'altro rispose al fuoco distruggendo quel carro russo e poi un altro. Nel vedere l'inglese attaccare ed eliminare altri due carri sovietici prima di soccombere al fuoco diretto di sbarramento, Alekseyev rammentò la storia, sentita quando era ragazzo, del valoroso contadino sul ponte. Altri cinque veicoli sovietici riuscirono a passare.

Il generale chiamò per telefono il quartier generale dell'8ª Guardie. «Qui Alekseyev. Ho una compagnia sull'altra riva del Leine. Ho bisogno di appoggio. Abbiamo sfondato. Ripeto, abbiamo sfondato il fronte tedesco. Voglio supporto aereo ed elicotteri per impegnare le unità della NATO a nord e a sud del ponte 439. Mi servono due reggimenti di fanteria in appoggio all'attraversamento del fiume. Datemi ciò che chiedo, e la mia divisione sarà dall'altra parte per mezzanotte.»

«Le darò tutto quello che ho. I pontieri sono già in viaggio.»

Alekseyev si appoggiò alla fiancata del BMP. Si sfibbiò la borraccia dalla cintura e bevve un lungo sorso, guardando la fanteria che avanzava su per le colline sotto il fuoco nemico. A quel punto, erano passate due compagnie al completo. L'artiglieria alleata stava cercando di distruggere l'ultimo ponte rimasto in piedi. Doveva far passare almeno un altro battaglione al completo, se voleva tenere la testa di ponte abbastanza a lungo, e non solo per poche ore. «Troverò il bastardo che ha sparato sui miei ponti» promise a se stesso.

«Barche e ponti in viaggio, compagno generale» riferì Sergetov. «Hanno precedenza assoluta, e gli ufficiali alla direzione del traffico ne sono stati informati. Due batterie di SAM si stanno mettendo in movimento verso di noi, e ho trovato tre batterie semoventi di cannoni AA a tre chilometri da qui. Dicono che possono arrivare entro un quarto d'ora.»

«Bene.» Alekseyev puntò il binocolo sull'altra riva.

«Compagno generale, i veicoli da trasporto fanteria sono anfibi. Perché non li usiamo per guadare il fiume?»

«Guardi l'altra sponda, Vanya.» Il generale gli porse il binocolo. Da quanto poteva vedere, c'erano rinforzi di pietre e di cemento armato contro l'erosione. Sarebbe stato difficile, se non impossibile, per i veicoli cingolati arrampicarsi sull'argine. *Accidenti ai tedeschi!* «E poi, non vorrei fare il tentativo con una forza inferiore a un reggimento. Quel ponte è tutto ciò che ci resta, e non potrà durare a lungo. Anche se la sorte ci assiste al massimo, non possiamo sperare di avere dei ponti di fortuna in funzione se non fra parecchie ore. Le truppe dall'altra parte resteranno isolate per tutto quel tempo. Noi faremo passare attraverso il ponte quante più truppe e veicoli possiamo, quindi rinforzeremo la posizione con le imbarcazioni d'assalto non appena le avremo qui. Il manuale dice che attraversamenti di questo genere vanno fatti con i mezzi da sbarco, coperti dalle tenebre o dal fumo. Io non voglio aspettare la notte, e i cannoni mi servono per sparare bombe esplosive, non degli innocui fumogeni. Dobbiamo andare contro le regole, Vanya. Per fortuna, il manuale prevede anche questo. Si è comportato bene, Ivan Mikhailovich. Da questo momento è promosso maggiore. Non mi ringrazi, se l'è guadagnato.»

Stornoway, Scozia

«Non è che li abbiamo mancati di molto. Se li avessimo visti cinque minuti prima, avremmo potuto farne fuori qualcuno. Invece...» Il pilota del Tomcat si strinse nelle spalle.

Toland annuì. I caccia avevano l'ordine di restare fuori dalla portata dei radar sovietici.

«Lo sa, è strano. Ce n'erano tre dei loro che volavano in bella formazione serrata. Li avevo sul teleschermo da cinquanta miglia di distanza. In nessun diavolo di modo potevano sapere che noi eravamo là. Se avessimo maggiore autonomia, potremmo seguirli fino a casa loro. Come il giochetto che ci facevano a suo tempo i tedeschi – mandare un aereo dietro i nostri che tornavano da un'incursione, e fargli mollare qualche bomba non appena atterravano.»

«Non potremmo mai far passare qualcosa attraverso il loro schieramento di caccia d'intercettazione» rispose Toland.

«Vero, però conosceremmo il momento del loro arrivo alle basi con una tolleranza, diciamo, di dieci minuti. Potrebbe essere utile a qualcuno.»

Il comandante Toland posò la tazza. «Ha ragione.» Decise di sottoporre l'idea per telescrivente al comandante del settore Est Atlantico.

Lammersdorf, Repubblica Federale Tedesca

Non c'era possibilità di equivoco. Le linee della NATO erano state sfondate in modo determinante a sud di Hannover. Due brigate vennero tolte dalla riserva terrestre pericolosamente scarna della NATO e furono inviate verso Alfeld. Se non si tappava quel buco, Hannover era persa, e con lei tutta la Germania a est del Weser.

29

Rimedi

Alfeld, Repubblica Federale Tedesca

Il ponte, come previsto, durò meno di un'ora, durante la quale Alekseyev era riuscito a far passare tutto un battaglione di fanteria motorizzata. Le truppe della NATO avevano eseguito un paio di contrattacchi contro la testa di ponte, entrambi respinti dal tiro diretto dei carri armati che Alekseyev aveva disposto sull'altra riva. Adesso la NATO aveva ripreso fiato e stava riunendo le artiglierie. I cannoni di grosso calibro martellavano la posizione sovietica e i mezzi corazzati al di là del fiume: a peggiorare le cose, le imbarcazioni d'assalto erano state bloccate da incredibili ingorghi di traffico sulle strade fra Sack e Alfeld. L'artiglieria pesante tedesca stava disseminando le strade e le zone adiacenti di mine capaci di far saltare i cingoli dei carri armati e le ruote dei camion. Il genio zappatori sgomberava in continuazione le strade, e faceva esplodere le mine con raffiche di mitragliatrice, ma ci voleva tempo, e non era possibile scoprirle tutte prima che scoppiassero sotto i veicoli in transito. La perdita degli automezzi e dei carri armati era di per sé abbastanza grave, ma ancora più deleteri erano gli intoppi alla circolazione prodotti dai veicoli immobilizzati.

Il quartier generale di Alekseyev era in un negozio di apparecchiature fotografiche che dominava il fiume. La vetrina era andata in frantumi già da un pezzo, e a ogni passo le schegge scricchiolavano sotto gli stivali. Il generale osservò la riva opposta con il binocolo, angosciato per i suoi uomini che cercavano di opporsi alle truppe e ai carri nelle colline sovrastanti. Pochi chilometri più in là, ogni semovente dell'8ª Divisione Guardie si stava affrettando in avanti per fornire appoggio alla divisione corazzata. Man mano che i pezzi arrivavano, lui e Sergetov li disponevano in modo che potessero controbattere i cannoni della NATO.

«Aerei nemici!» gridò un tenente.

Alekseyev si abbassò e vide un punto a sud crescere rapidamente fino a rivelarsi per un caccia F-104 tedesco. I proiettili traccianti degli antiaerei sovietici lasciarono scie gialle mentre correvano verso l'aereo, che abbatterono prima che potesse sganciare. Subito dopo, però, ne apparve un altro che sparò sul semovente facendolo esplodere. Alekseyev maledisse il caccia, che riuscì a passare, sganciò due bombe sull'altra riva del fiume e saettò via. Le bombe caddero lentamente, ritardate da piccoli paracadute, ed esplosero a circa venti metri da terra, mentre detonava la nube di vapore esplosivo da esse sprigionata. L'onda d'urto fu terrificante e, sopra la testa del generale, una vetrina andò in pezzi inondandolo di schegge.

«Cosa diavolo era?» urlò Sergetov, assordato dallo scoppio. Poi, osservando il suo superiore: «Ma lei è stato colpito, compagno generale!»

Alekseyev si passò una mano sul viso e la ritirò rossa di sangue. Sentì un bruciore agli occhi. Si versò il contenuto della borraccia sul volto per ripulire la ferita. Sergetov applicò una benda alla fronte del generale e Alekseyev si accorse che lo faceva con una mano sola.

«Cosa le è successo?»

«Sono caduto su un qualche vetro della malora! Stia fermo, compagno generale, sta sanguinando come una mucca al macello.» Comparve un tenente generale. Alekseyev lo riconobbe, era Viktor Beregovoy, vice comandante dell'8ª Guardie.

«Compagno generale, lei ha l'ordine di ritornare alla postazione del comando. Sono venuto a darle il cambio.»

«Cambio un accidente!» ruggì Alekseyev.

«L'ordine viene dal Comandante in Capo dello Scacchiere Ovest, compagno. Sono generale delle truppe corazzate. Posso continuare il lavoro. Se mi è permesso dirlo, lei si è comportato brillantemente. Però c'è bisogno di lei altrove.»

«Non prima che abbia finito!»

«Compagno generale, se vuole che l'attraversamento riesca, bisogna avere un supporto maggiore. Chi può organizzarlo meglio, lei o io?» chiese Beregovoy, ed era una domanda sensata.

Alekseyev emise un sospiro rabbioso. Era giusto – ma era anche la prima volta che Pavel Leonidovich aveva comandato, veramente comandato, degli uomini in battaglia, e l'aveva fatto bene. Alekseyev lo sapeva – l'aveva fatto bene!

«Non è il momento di discutere. Lei ha il suo compito, e io il mio» disse Beregovoy.

«Conosce la situazione?»

«Perfettamente. Dietro la casa c'è un veicolo per riportarla al quartier generale.»

Alekseyev si tenne la benda con la mano – Sergetov non l'aveva fissata bene – e andò nel retro del negozio. Trovò un buco informe là dove prima c'era stata una porta. Fuori, ad attenderlo, c'era un BMD con il motore acceso, dove un infermiere lo prese in consegna e gli medicò la ferita. Mentre il veicolo si allontanava, Alekseyev sentì diminuire i rumori del combattimento. Era il suono più triste che avesse mai sentito.

Base aerea di Langley, Virginia

Nulla più di una Distinguished Flying Cross – Croce al merito aeronautico – può rendere una persona felice di volare, e lei si domandò se era il primo pilota di sesso femminile dell'Aviazione americana a riceverla. *E se così fosse*, pensò il maggiore Nakamura, *chi se ne frega?* Aveva la registrazione video, fatta dalla telecamera del cannoncino di bordo, dell'abbattimento dei tre Badger. Un aviatore della Marina che aveva conosciuto in Bretagna prima di salire sul volo della Stateside l'aveva definita un diavolo di pilota, per essere un ''vomito'' dell'Aviazione. Al che lei gli aveva fatto presente che se quei culi pesanti di piloti navali le avessero dato retta, forse la loro portaerei non sarebbe finita in un deposito di rottami. *Game, set, e match*, si disse ridendo, *aggiudicati al maggiore Amelia Nakamura della USAF.*

Tutti gli F-15 che potevano essere portati oltre Atlantico erano a destinazione. Adesso lei aveva un altro compito. A Langley erano rimasti soltanto quattro Eagle della 48ª Intercettori. Il resto della squadriglia era sparso qua e là sulla costa occidentale, compresi i due piloti abilitati ai missili antisatellite ASAT. Appena la notizia le era giunta all'orecchio, aveva fatto una telefonata per informare il Comando spaziale che lei era il pilota da caccia Eagle che aveva elaborato il profilo di volo dell'ASAT; perché, dunque, togliere dalla linea un pilota da combattimento quando lei poteva sbrigare la missione a meraviglia? Grazie tante.

Si assicurò che il brutto missile fosse adeguatamente fissato alla fusoliera. Era stato tolto dal deposito di sicurezza e verificato ancora una volta dagli specialisti. Bun scosse il capo. C'era stato un solo test effettivo del sistema, prima della moratoria sul progetto. Un buon collaudo, certo, ma soltanto uno. Sperava che bastasse. *La Marina ha veramente bisogno dell'aiuto del ''vomito'' dell'Aviazione. A proposito, quel pilota di A-6 era proprio un bel ragazzo!*

Il maggiore finì il giro di controllo prendendola con calma – il bersaglio non era ancora sopra l'Oceano Indiano – poi salì sull'Eagle, si allacciò le cinture, fece correre le mani e gli occhi sugli strumenti e sulle impugnature, regolò il sedile, e infine immise nel sistema di navigazione inerziale i numeri dipinti sulla parete dell'hangar, in modo che il caccia sapesse dove si trovava. Finiti i controlli, cominciò ad accendere i motori. Il casco di volo la riparava dall'urlo dei due Pratt & Whitney. Le lancette degli strumenti ruotarono fino ai valori prescritti. In basso, il capo del personale di terra sottopose l'aereo a un attento esame, quindi le fece segno di portarlo fuori. Sei persone vi si trovavano già, dietro la linea rossa di sicurezza per salvarsi le orecchie dal frastuono dei motori. *È sempre bello avere un pubblico*, pensò, fingendo di ignorarli.

«Eagle uno-zero-quattro pronto a rullare.»

«Uno-zero-quattro, roger. Siete autorizzati a rullare» rispose il controllore di volo dalla torre. «Il vento è due-cinque-tre a dodici nodi.»

«Roger, uno-zero-quattro sta rullando.»

Bun abbassò il tettuccio. Il capo della squadra scattò sull'attenti e salutò militarmente il maggiore in perfetto stile. Nakamura ricambiò in modo altrettanto formale. Quindi spinse leggermente gli acceleratori, e l'Eagle avanzò verso la pista con la grazia di una cicogna zoppa. Un minuto dopo decollò, e Bun fu pervasa da un'inebriante sensazione di potenza assoluta, mentre puntava l'aereo verso il cielo.

Il Kosmos 1801 stava ultimando il tratto verso sud, curvando intorno allo Stretto di Magellano per dirigere a nord sopra l'Atlantico. Il passaggio orbitale lo avrebbe portato duecento miglia al largo della costa americana. Nella stazione di controllo a terra, i tecnici si preparavano ad attivare il potente radar di ricognizione marittima. Erano certi che un gruppo di combattimento di portaerei americane si trovava in mare, ma fino a quel momento non erano riusciti a localizzarlo. Tre reggimenti di Backfire aspettavano le informazioni che avrebbero consentito loro di ripetere l'impresa compiuta nel secondo giorno di guerra.

Nakamura portò il caccia sotto la coda dell'aereo-cisterna, e l'operatore introdusse abilmente la sonda di rifornimento nella parte posteriore dell'Eagle. Cinquemila litri di carburante si trasferirono nei serbatoi del caccia nel giro di pochi minuti. Quando Nakamura si staccò, nell'aria si formò una nuvoletta di vapore di kerosene.

«Gulliver, qui uno-zero-quattro» disse per radio.

«Uno-zero-quattro, qui Gulliver» rispose un colonnello dalla cabina passeggeri di un LearJet che volava a quarantamila piedi d'altezza.

«Rifornita e pronta ad andare. Tutti i sistemi di bordo hanno le spie sul verde. Sto girando sopra Point Sierra. Pronta a iniziare la cabrata di intercettazione. Resto in attesa.»

«Roger su questo, uno-zero-quattro.»

Il maggiore Nakamura tenne l'aereo su un'orbita stretta. Non voleva sprecare neppure una goccia di carburante. Ebbe un lievissimo scatto sul sedile, che per lei era un segno di violenta emozione, quando pilotava. Poi si concentrò sull'aereo. Mentre percorreva gli strumenti con lo sguardo, si disse di controllare il respiro.

I radar del Comando spaziale captarono il satellite sovietico mentre passava sopra la convessità del Sudamerica. I computer ne confrontarono la rotta e la velocità con i dati conosciuti, li rapportarono alla posizione del caccia di Nakamura, dopo di che un calcolatore formulò i propri ordini che furono ritrasmessi al LearJet.

«Uno-zero-quattro, venite a rotta due-quattro-cinque.»

«Viro immediatamente.» Il maggiore fece una virata stretta. «Stabilizzo su due-quattro-cinque.»

«Aspettate... aspettate... date inizio!»

«Roger.» Bun diede tutto gas e inserì i postbruciatori. L'Eagle balzò in avanti come un cavallo sotto gli speroni, accelerando a più di Mach 1 in pochi secondi. Quindi tirò indietro la cloche per cabrare a quarantacinque gradi, continuando ad accelerare nel cielo che diventava sempre più scuro. Non guardò fuori. Aveva gli occhi inchiodati sugli strumenti: nei due minuti successivi il caccia doveva mantenere uno specifico profilo di volo. Mentre l'Eagle saettava come un razzo attraverso il cielo, l'ago dell'altimetro girava vorticosamente. Cinquantamila piedi, sessantamila, settanta, ottanta, novantamila piedi. Le stelle erano visibili nel cielo quasi nero, ma Nakamura non le notò.

«Avanti, piccolo, trova il figlio di puttana...» pensò ad alta voce.

Sotto l'aereo, la testa di ricerca del missile ASAT si attivò, frugando il cielo alla ricerca della segnatura termica del satellite russo. Una luce prese a lampeggiare sul cruscotto di Bun.

«La mia arma lo sta individuando! Ripeto, la mia arma lo sta individuando! L'apparecchiatura della sequenza automatica di lancio è attivata. Altezza novantamilasettecento piedi – scissione! Scissione!» Quando il pesante missile si staccò, sentì sobbalzare l'aereo, e portò immediatamente gli acceleratori a basso regime tirando a sé la cloche per impegnare il caccia in un *looping*.

Controllò la situazione del carburante. La cabrata con i postbruciatori aveva quasi vuotato i serbatoi, ma il kerosene che restava sarebbe bastato per arrivare a Langley senza fare rifornimento in volo. Aveva già virato verso la base quando si rese conto di non avere visto il missile. Non aveva importanza. Virò a ovest, lasciando scivolare l'Eagle in una discesa graduale che sarebbe terminata sulla costa della Virginia.

A bordo del LearJet, una telecamera di ricerca seguì il missile verso l'alto. Il motore del razzo a carburante solido bruciò per trenta secondi, poi la testata si separò. Il Miniature Homing Vehicle (veicolo di ricerca miniaturizzato), sensore a infrarossi allogato nel muso piatto, aveva acquisito il bersaglio già da parecchio tempo. Il reattore nucleare a bordo del satellite sovietico irradiava calore di scarico, e la segnatura infrarossa risultante rivaleggiava con il sole. Appena il cervello a *microchip* ebbe computato la rotta di intercettazione, l'MHV fece uno spostamento minimo di rotta. La distanza fra la testata e il satellite cominciò a scendere a ritmo vertiginoso. Quest'ultimo era diretto a nord a diciottomila miglia orarie, l'MHV verso sud, a più di diecimila: una riedizione altamente tecnologica dei kamikaze. Poi...

«Gesù!» disse il colonnello sul LearJet, socchiudendo gli occhi e distogliendo il viso dal teleschermo. Quintali di libbre di acciaio e di ceramica erano appena stati trasformati in vapore. «Abbattuto, ripeto, abbattuto!»

L'immagine del teleschermo fu ritrasmessa al Comando spaziale, dove fu confermata da un'immagine radar. Il grosso satellite era ormai una nube di detriti che si espandeva. «Il bersaglio è stato annullato» disse una voce più calma.

Leninsk, Repubblica Sovietica del Kazakhistan

La sparizione del segnale del satellite Kosmos 1801 fu registrata pochi secondi dopo. Non fu una sorpresa per gli specialisti spaziali sovietici, dato che il 1801 aveva esaurito i propulsori pochi giorni prima, diventando un comodo bersaglio. Un altro razzo propulsore stazionava su una rampa di lancio al complesso del cosmodromo di Baikonur. Il conto alla rovescia della sequenza di lancio sarebbe stato avviato entro due ore, ma da quel momento la capacità della Marina sovietica di localizzare convogli e flotte da combattimento sarebbe stata compromessa.

Base aerea di Langley, Virginia

«Allora?» chiese Bun saltando giù dal caccia.

«Abbattuto, abbiamo la registrazione» disse un altro maggiore. «Ha funzionato.»

«Fra quanto pensa che lanceranno un sostituto?» *Se ne abbatto ancora uno, divento un asso!*

«Pensiamo che ne abbiano uno sulla rampa in questo momento. Da dodici a ventiquattr'ore. Impossibile dire quanti ne hanno di riserva.»

Nakamura annuì. All'Aviazione americana restavano un totale di sei razzi ASAT. Forse sarebbero bastati, forse no – non era sufficiente una missione riuscita per classificarli come armi affidabili. Si diresse alla mensa della squadriglia per prendere un caffè con una ciambella.

Stendal, Repubblica Democratica Tedesca

«Maledizione, Pasha!» imprecò il CINC-Ovest. «Non mi tengo un sostituto con quattro stelle per mandarlo in giro a giocare al comandante di divisione. Bada a te! Avresti anche potuto rimetterci la testa!»

«Avevamo bisogno di fare uno sfondamento. Il comandante della divisione corazzata era stato ucciso, e il suo vice era troppo giovane. Io ho operato lo sfondamento.»

«Dov'è il capitano Sergetov?»

«Il maggiore Sergetov» rettificò Alekseyev. «Si è comportato ottimamente al mio fianco. Ha riportato un taglio alla mano, e lo stanno curando. Tutto qui. Quali rinforzi sono in movimento verso l'8ª Guardie?»

I due generali andarono alla grande carta topografica. «Queste due divisioni corazzate sono già in marcia – dieci/dodici ore. Quanto è stabile la testa di ponte?»

«Potrebbe esserlo di più» ammise Alekseyev. «Qui c'erano tre ponti, ma un qualche pazzo ha cominciato a lanciare razzi e ne ha distrutti due. Ne rimane solo uno. Siamo riusciti a farci passare un battaglione motorizzato e qualche carro, prima che i tedeschi riuscissero a buttarlo giù. Hanno un forte appoggio di artiglieria. Quando sono partito, stavano arrivando le nostre barche e il materiale per i ponti. L'uomo che mi ha sostituito cercherà di rinforzare la posizione appena gli sarà possibile organizzare un attraversamento in forze.»

«L'opposizione?»

«Debole, però è favorita dal terreno. La valuto all'incirca in un reggimento, i resti di altre unità NATO. Qualche carro, ma soprattutto fanteria motorizzata. Hanno anche un buon supporto d'artiglieria. Al momento della mia partenza, le sorti erano in bilico. Noi abbiamo un volume di fuoco superiore, ma la maggior parte delle nostre batterie è intrappolata sull'altra sponda del Leine. Adesso è una corsa a chi si rinforza più in fretta.»

«Dopo la tua partenza, la NATO ha buttato dentro gli aerei. I nostri stanno cercando di respingerli, ma sembra che nel settore aereo il vantaggio sia dalla loro parte.»

«Non possiamo aspettare la notte. Quei bastardi sono padroni del cielo notturno.»

«Partire adesso?»

Alekseyev assentì, pensando alle perdite che stava subendo la "sua" divisione. «Appena riusciamo a riunire le barche, estendere di due chilometri il caposaldo, poi gettare i ponti. Che cosa sta portando laggiù la NATO?»

«Le intercettazioni radio hanno identificato due brigate in avvicinamento, una inglese e l'altra belga.»

«Manderanno ben altro che quelle. Sapranno di certo che cosa possiamo fare se sfruttiamo la situazione. Noi abbiamo in riserva la 1ª Armata corazzata della Guardia...»

«Impegnare laggiù metà delle nostre riserve?»

«Non saprei immaginare un posto migliore.» Alekseyev fece un gesto verso la carta. La corsa verso Hannover era stata fermata in vista della città. I gruppi dell'Armata settentrionale erano arrivati alla periferia di Amburgo, facendo scannare le formazioni corazzate della 3ª Armata d'assalto. «Con un po' di fortuna, possiamo fare irrompere tutta la 1ª Armata nelle retrovie del nemico. Questo ci porterà almeno fino al Weser – forse al Reno.»

«Grossa partita d'azzardo, Pasha» sospirò il CINC-Ovest. Eppure le probabilità erano migliori lì che in qualsiasi altro punto. Se le forze della NATO erano assottigliate quanto affermava il servizio informazioni, avrebbero pur dovuto cedere da qualche parte. Era forse quello il luogo? «Molto bene, comincia a diramare gli ordini.»

Faslane, Scozia

«Come sono le loro forze antisommergibili?»

«Notevoli. Riteniamo che i russi abbiano due gruppi principali antisom, di cui uno fa capo al *Kiev*, l'altro a un incrociatore della classe Kresta. Vi sono anche quattro gruppi minori, ognuno composto da una fregata della classe Krivak, più quattro o cinque navi pattuglia dei tipi Grisha e Mirka. Aggiunga un buon assortimento di aerei antisom, e infine una ventina di sottomarini, metà nucleari e metà convenzionali» rispose l'ufficiale che conduceva la riunione.

«Perché non lasciamo che si tengano il Mar di Barents?» borbottò Simms del *Boston*.

È un'idea, concordò tacitamente McCafferty.

«Ci vogliono sette giorni per arrivarci?» chiese il comandante del *Pittsburgh*.

«Sì, e questo ci lascia una certa libertà sul modo di entrare in zona. Comandante Little?»

Il comandante del *Torbay* salì sul podio. McCafferty si domandò se le squadre sportive inglesi avevano bisogno di paranaso come quelli usati dalla National Football League americana. Di statura inferiore a sei piedi, ma largo di spalle, la testa sovrastata da un ciuffo disordinato di capelli biondo-rossicci, James Little faceva proprio pensare a un giocatore di football americano. Parlò con tono sicuro.

«Abbiamo condotto una campagna, che chiamiamo *Keypunch*, il cui obiettivo era di accertare quali difese antisom vengono usate dai russi nel Mar di Barents – e anche, naturalmente, di fare fuori il sovietico occasionale che ci veniva fra i piedi.» Sorrise: il *Torbay* aveva al proprio attivo quattro affondamenti. «I russi hanno installato una barriera dall'Isola degli Orsi alla costa norvegese. L'area immediatamente contigua al Mar di Barents è un fitto campo di mine. I russi hanno cominciato a posarle fino da quando hanno occupato l'isola con i paracadutisti, due settimane fa. A sud di questa zona, per quanto ci è dato valutare, la barriera comprende una prima linea formata da piccoli campi minati e da sottomarini diesel della classe Tango, e una seconda linea di gruppi mobili antisom e di sottomarini nucleari Victor-III. Il loro scopo non sembra essere tanto quello di inseguire per affondare, quanto di inseguire per cacciare via. Ogni volta che uno dei nostri sommergibili ha attaccato questa barriera, si è imbattuto in una vigorosa reazione.

«All'interno del Mar di Barents le cose sono pressappoco uguali. Quei piccoli gruppi da caccia possono essere maledettamente pericolosi. Ho avuto personalmente un incontro con un Krivak e quattro Grisha. A terra hanno elicotteri e aerei ad ala fissa per l'appoggio diretto. L'esperienza è stata assolutamente sgradevole. Abbiamo anche trovato dei nuovi campi minati. Sembra che i sovietici li seminino a casaccio in acque profonde fino a centottanta metri. Infine, pare che abbiano collocato un certo numero di trappole, una delle quali ci è costata il *Trafalgar*. Hanno messo un piccolo campo di mine, e in mezzo gli hanno piazzato un generatore di rumori che suonava esattamente come un sub della classe Tango. Per quanto abbiamo potuto ricostruire, il *Trafalgar* è andato avanti per beccare il sottomarino ed è cascato dritto su una mina. Bisogna tenerlo presente, signori.» Little fece una pausa per dare modo agli altri di assimilare quell'informazione acquisita a così caro prezzo.

«Bene. Ciò che vogliamo che facciate, gente, è di dirigere a nord, nordovest verso il bordo della banchisa della Groenlandia, poi a est lungo la linea del pack fino alla fossa di Svyatana Anna. Fra cinque giorni, a contare da oggi, tre dei nostri sottomarini faranno il diavolo a quattro sulla barriera, appoggiati dagli aerei antisom e, se possibile, da qualche caccia. Ciò dovrebbe polarizzare l'attenzione e richiamare le forze sovietiche verso ovest. A quel punto dovreste essere in grado di procedere a sud verso l'obiettivo. È un percorso tortuoso, naturalmente, ma vi permette di usare i sonar rimorchiati per il periodo massimo, e dovreste anche poter navigare a velocità relativamente alta lungo il margine della banchisa, senza essere scoperti.»

McCafferty ponderò un momento lo schema. Il margine della banchisa era un posto rumoroso, con miliardi di tonnellate di ghiaccio in perenne movimento.

«La rotta è stata perlustrata dalle HMS *Sceptre* e *Superb*, che hanno incontrato solo una modesta attività di pattugliamento. Nella zona sono stati trovati due Tango. I nostri avevano l'ordine di non attaccare.» Ciò fece capire agli americani quanto era importante la missione. «Vi staranno aspettando, per cui riflettete bene prima di impegnare qualcuno lungo il percorso.»

«Come ne usciremo?» chiese Todd Simms.

«Nel modo più veloce possibile. A quel punto dovreste avere un altro sottomarino, o forse più di uno, ad assistervi. Avranno un anticipo di circa dodici ore rispetto alla vostra velocità prevista, ed elimineranno ogni avversario che incontreranno. Una volta giunti alla banchisa, agirete ognuno per conto proprio. I nostri saranno là solo il tempo necessario perché voi ci arriviate, dopodiché avranno altre incombenze. Pensiamo che i gruppi antisom russi vi cercheranno – ovvio, no? Noi tenteremo di mantenere la pressione a sud dell'Isola degli Orsi per tenere occupate il maggior numero possibile di unità sovietiche, ma nel caso specifico la vostra migliore difesa sarà la velocità.»

Il comandante del *Boston* approvò. Poteva fuggire correndo più veloce degli inseguitori russi.

«Altre domande?» chiese il comandante dei sottomarini nell'Atlantico Orientale. «Buona fortuna, allora. Vi daremo tutto l'appoggio possibile.»

McCafferty diede una scorsa alla documentazione che gli era stata consegnata per vedere l'ordine di precedenza, poi si mise i fogli in tasca. Operazione Doolittle. Lui e Simms erano stati lasciati insieme. I sottomarini erano ormeggiati allo stesso molo. Arrivarono in tempo per veder caricare i missili Tomahawk, per il *Chicago*, nei dodici tubi installati davanti alle casse di compensazione a prua. Il *Boston* era più vecchio; dovette scaricare qualche siluro per fare posto ai missili. A nessun comandante di sottomarino piace scaricare siluri.

«Non preoccuparti, ti appoggerò io» disse McCafferty.

«Ci conto. Sembra che abbiano quasi finito. Non sarebbe male bere un'altra birra, no?»

«Ci vediamo al ritorno.» Simms e McCafferty si strinsero la mano. Un minuto dopo erano entrambi sotto coperta a seguire gli ultimi preparativi prima di riprendere il mare.

USS Pharris

L'elicottero Sikorsky Sea King stava stretto sul ponte di volo della fregata, ma le norme ammettevano un po' di elasticità quando c'erano di mezzo dei feriti. I dieci casi più gravi – ustioni e fratture – furono caricati sul Sikorsky appena ebbe fatto rifornimento di carburante. Morris lo osservò mentre si alzava diretto a riva. Il comandante di quello che restava della *Pharris* si rimise il berretto e accese un'altra sigaretta. Non sapeva ancora che cosa non aveva funzionato con quel sottomarino della classe Victor. In qualche modo il comandante russo aveva teletrasportato la propria nave da un punto all'altro.

«Abbiamo affondato tre di quei bastardi, signore» disse Clarke, materializzandosi a fianco di Morris. «Forse questo ha avuto più fortuna.»

«Leggi nella mente, capo?»

«Chiedo scusa, signore. Lei voleva che le riferissi su alcune cose. Le pompe hanno prosciugato quasi tutto. Direi che facciamo acqua dalla fessura sull'angolo basso di tribordo, al ritmo di cinque litri all'ora, roba da niente. La paratìa sta tenendo, e c'è gente incaricata di sorvegliarla. Stessa cosa per la gomena di traino. Quelli del rimorchiatore sanno il fatto loro. Il direttore di macchina riferisce che le due caldaie sono completamente riparate, la numero due sempre in funzione, come il Prairie/Masker. Il Sea Sparrow è di nuovo in ordine per il caso che possiamo averne bisogno, ma i radar sono sempre fuori uso.»

Morris annuì. «Grazie, capo. Come stanno gli uomini?»

«Occupati. Silenziosi. Arrabbiati.»

Hanno un vantaggio su di me, pensò Morris. *Sono occupati.*

«Mi perdoni, comandante, ma lei ha l'aria terribilmente stanca» disse Clarke. Il nostromo era preoccupato per Morris, ma aveva già detto più di quanto doveva.

«Ci riposeremo tutti molto presto.»

Sunnyvale, California

«Vediamo un missile che si alza» disse l'ufficiale di guardia al Comando della difesa aerospaziale americana. «Viene dal cosmodromo di Baikonur su rotta uno-cinque-cinque, il che indica una probabile inclinazione orbitale di sessantacinque gradi. Le caratteristiche della segnatura dicono che è un SS-11 ICBM o un F-1.»

«Uno solo?»

«Sì, un solo missile.»

I numerosi ufficiali dell'Aviazione americana erano improvvisamente diventati molto tesi. La direzione del missile lo avrebbe portato direttamente sugli Stati centrali degli USA nel giro di quaranta o cinquanta minuti. Il razzo in questione poteva essere parecchie cose. Il missile sovietico SS-9, come molti di quelli americani, era obsoleto, per cui lo avevano adattato alla funzione di propulsore per satelliti. A differenza degli equivalenti americani, però, in origine era stato progettato come sistema di bombardamento orbitale frazionale: FOBS, un missile che poteva immettere una testata nucleare da 25 megaton in un'orbita di volo imitante quella di un satellite innocuo.

«Motore del propulsore spento – okay, vediamo la separazione e l'accensione del secondo stadio» disse il colonnello per telefono. *I russi darebbero i numeri se sapessero quanto sono buone le nostre apparecchiature fotografiche, pensò.* «L'orbita continua come prima.»

La NORAD aveva già trasmesso un avviso urgente a Washington. Se era un colpo nucleare, la NCA (National Command Authority) era pronta a controbatterlo. Molte delle situazioni attuali erano iniziate con l'esplosione di una testata a quota orbitale sopra il paese-bersaglio, che aveva causato ingenti danni elettromagnetici ai sistemi di comunicazione. Il razzo SS-9 sembrava fatto su misura per simili iniziative.

«Stacco del secondo stadio... e c'è l'accensione di un terzo. Ricevete il nostro rilevamento della posizione, NORAD?»

«Roger» confermò il generale dall'ufficio ai piedi della Cheyenne Mountain.

Il segnale proveniente dal satellite di allarme avanzato fu trasmesso al quartier generale della NORAD, e un'équipe di guardia di trenta persone trattenne il fiato, osservando l'immagine del propulsore spaziale che si muoveva attraverso la proiezione sulla mappa. *Signore, fa' che non sia un nucleare...*

Adesso il veicolo era seguito dai radar basati al suolo in Australia, che videro il terzo stadio ascensionale e la caduta del secondo nell'Oceano Indiano. Anche le loro informazioni furono trasmesse via satellite a Sunnyvale e a Cheyenne Mountain.

«Sembra lo sganciamento di materiale protettivo» disse l'uomo di Sunnyvale. L'immagine radar faceva vedere quattro nuovi oggetti che si staccavano sventolando dal terzo stadio: probabilmente la cortina di fogli d'alluminio che, necessaria per il volo atmosferico, costituiva un peso superfluo per i veicoli spaziali. Tutti respirarono più distesi. Un simile schermo serviva a un veicolo destinato a rientrare, non a un satellite. Dopo cinque minuti di inquietudine, quella era la prima buona notizia. Il FOBS non rientrava.

Un aereo RC-135 dell'aeronautica militare – apparecchio di linea convertito – stava già decollando dalla base aerea di Tinker, nell'Oklahoma, con i motori protetti contro le fiamme. Il tetto di quella che normalmente sarebbe stata la cabina dei passeggeri conteneva un grande complesso telescopio/telecamera per esaminare i veicoli spaziali sovietici. In coda, i tecnici stavano attivando i sofisticati sistemi di ricerca per puntare gli apparecchi di ripresa sui lontani obiettivi.

«Fine combustione» annunciarono a Sunnyvale. «Il veicolo ha raggiunto la velocità orbitale. Le prime cifre fanno pensare a un apogeo di centocinquantasei miglia e un perigeo di centoquarantotto.» Avrebbero dovuto elaborare cifre più precise, ma la NORAD e Washington avevano bisogno di dati subito.

«La vostra valutazione?» chiese la NORAD a Sunnyvale.

«Tutto confermerebbe il lancio di un satellite radar da ricognizione oceanica. La sola variante è il percorso d'inserimento in orbita diretto a sud anziché a nord.» Era perfettamente logico, e tutti lo sapevano. Far passare qualsiasi tipo di razzo sopra il polo comportava pericoli che nessuno voleva nemmeno prendere in considerazione.

Mezz'ora dopo ne furono sicuri. Gli uomini sull'aereo RC-135 ottennero buone immagini del nuovo satellite sovietico. Prima che avesse compiuto la prima rivoluzione, fu classificato come un RORSAT. Il nuovo satellite da ricognizione oceanica sarebbe stato un problema per la Marina, ma non era la fine del mondo. Tutta la gente di Sunnyvale e di Cheyenne Mountain rimase in osservazione.

Islanda

Stavano seguendo un sentiero intorno alla montagna. Vigdis disse loro che era un luogo di grande richiamo per i turisti. Un piccolo ghiacciaio sul lato nord alimentava una mezza dozzina di torrenti, che scendevano in un'ampia valle disseminata di piccole fattorie. Era un ottimo punto d'osservazione. Tutto, o quasi, ciò che c'era di visibile si trovava sotto di loro, comprese diverse strade che erano oggetto di costante sorveglianza. Edwards si dibatteva circa l'opportunità di tagliare dritto attraverso la valle verso l'obiettivo, oppure di restare sul terreno accidentato dirigendosi verso est.

«Vorrei sapere che razza di stazione radio è quella là» disse Smith. Circa otto miglia a ovest sorgeva una specie di torre.

Mike guardò Vigdis che si strinse nelle spalle: non ascoltava la radio.

«Difficile dire da questa distanza» osservò Edwards. «Probabilmente ci sono dei russi.» Aprì la grande mappa. In quella zona dell'isola si vedevano moltissime strade, però l'informazione andava presa con riserva. Soltanto due avevano un fondo possibile. Le altre erano definite "strade stagionali" sulla carta... *Che cosa vorrà dire?* si domandò Edwards. Delle stagionali, alcune erano tenute bene, altre no. La mappa non spiegava quali. Tutte le truppe russe che avevano visto in movimento viaggiavano su veicoli del tipo delle jeep, non sui cingolati di fanteria usati il giorno dell'invasione. Però un buon guidatore poteva andare quasi dappertutto con una macchina a trazione integrale. Chissà se erano bravi i sovietici a guidare dei fuoristrada su terreno accidentato... *Di quante cose ci si deve preoccupare*, pensò Edwards.

Osservò con il binocolo la zona ovest. Vide un aereo di linea a due eliche decollare da un piccolo campo d'aviazione. *Te n'eri scordato, vero? I russi usano quei saltafossi per spostare le truppe di qua e di là...*

«Sergente, cosa ne pensi?» Tanto valeva ricorrere al giudizio di un professionista.

Smith fece una smorfia. Si trattava di scegliere fra il pericolo fisico e l'esaurimento fisico. *Una bella scelta*, pensò. *Ma non è per questo che abbiamo gli ufficiali?*

«Se fossi in loro, terrei almeno qualche pattuglia laggiù, tenente. Con tante strade, stabilirei dei posti di blocco per controllare la gente del posto. Diciamo che quella stazione radio è un faro per la navigazione. È sicuramente sorvegliata. Anche la stazione radio vera e propria lo sarà. Tutte quelle fattorie – che tipo di fattorie, signorina Vigdis?»

«Pecore, qualche mucca, patate» rispose la ragazza.

«Vuol dire che quando i russi smontano, se ne vanno in giro a cercare cibo fresco al posto delle loro schifezze in scatola. Lo faremmo anche noi, se potessimo. Non mi piacciono tanto le razioni, tenente.»

Edwards si dichiarò d'accordo. «Okay, andiamo a est. Abbiamo appena finito i viveri.»

«C'è sempre il pesce.»

Faslane, Scozia

Il *Chicago* era in testa alla sfilata. Un rimorchiatore della Marina inglese li aveva staccati dalle banchine, e il sottomarino americano percorreva il canale a sei nodi. Stavano approfittando di un "buco" nella copertura del satellite sovietico. Ci sarebbero volute almeno sei ore prima che un altro satellite russo da ricognizione entrasse in orbita. Dietro McCafferty venivano, a intervalli di due miglia, il *Boston*, il *Pittsburgh*, il *Providence*, il *Key West* e il *Groton*.

«Com'è la profondità?» chiese McCafferty sull'interfono.

«Cinquecentosettanta piedi.»

Era ora. McCafferty ordinò alle vedette di scendere sotto coperta. Le sole navi in vista erano a poppa. Il *Boston* era ben visibile. Con la sagoma nera e i doppi timoni di profondità, scivolava sull'acqua simile all'angelo della morte. Non era un paragone sbagliato. Il comandante del *Chicago* fece un'ultima verifica della stazione di controllo sopra l'opera morta, poi abbassò la scaletta e si chiuse dietro il portello. In un attimo percorse i venticinque piedi che lo separavano dal centro d'attacco, dove chiuse un altro portello, girando a fondo il volantino.

«Tutti i compartimenti stagni sono chiusi» disse il comandante in seconda, recitando poi la litania ufficiale attestante, in definitiva, che il sottomarino era pronto all'immersione. I sommergibilisti avevano elaborato delle liste di controllo molto prima che gli aviatori ne scoprissero l'esistenza. McCafferty diede un'occhiata ai quadri di controllo, e così pure fecero furtivamente altri membri del gruppo. Tutte le cose erano come dovevano essere.

«Immersione. Scendere a duecento piedi» ordinò McCafferty.

Il sottomarino risuonò del rumore dell'aria e dell'acqua, e lo snello scafo nero iniziò l'immersione.

McCafferty passò mentalmente in rassegna la tabella di marcia. Settantaquattro ore per la banchisa, e virare a est. Quarantatré ore per Svyatana, e virare a sud. Il difficile veniva dopo.

Stendal, Repubblica Democratica Tedesca

La battaglia di Alfeld si stava tramutando in una entità mostruosa che divorava uomini e carri armati. Alekseyev era indispettito di trovarsi a duecento chilometri dalla divisione corazzata che considerava sua. Non si poteva lamentare del sostituto – il che peggiorava le cose. Il nuovo comandante aveva inscenato con successo un attraversamento forzato del fiume, portando sull'altra riva altri due reggimenti di fanteria motorizzata. I genieri stavano costruendo tre ponti volanti attraverso il Leine – quanto meno, stavano volenterosamente tentando di costruirli, malgrado il fuoco micidiale delle artiglierie della NATO.

«Abbiamo creato un "appuntamento", Pasha» disse il CINC-Ovest guardando la carta.

Alekseyev lo ammise. Quello che era partito come un attacco limitato, stava rapidamente diventando il punto focale dell'intero fronte. Altre due divisioni corazzate sovietiche erano nei pressi della zona di combattimento, dirette verso il fiume. Si sapeva che tre brigate della NATO si stavano dirigendo sullo stesso punto insieme all'artiglieria. Ambedue i contendenti stavano togliendo caccia tattici da altri settori, gli uni per distruggere la testa di ponte, gli altri per difenderla. La conformazione del terreno non dava modo a chi lanciava i SAM di discriminare fra amici e nemici. L'Armata Rossa aveva un numero fortemente superiore di missili terra-aria, e così ad Alfeld si era formata una zona neutrale. Tutto ciò che volava era automaticamente un bersaglio per i missili russi, mentre l'Aviazione sovietica si teneva fuori dalla zona, occupandosi soprattutto di localizzare e colpire le artiglierie e i rinforzi nemici. Ciò era contrario alla dottrina prebellica – un altro gioco d'azzardo, in cui però i russi erano favoriti, secondo la valutazione di Alekseyev fondata sulle esperienze che aveva appena fatto al fronte. Era una lezione importante, non abbastanza sottolineata nell'addestramento: gli ufficiali superiori in comando dovevano vedere i fatti con i propri occhi. *Come abbiamo potuto dimenticare questo fattore?* si chiese Pasha.

Cincischiò la benda sulla fronte. Stava soffrendo di un tremendo mal di testa; gli avevano ricucito la ferita con dodici punti –

grossolani, aveva detto il medico, avrebbero lasciato la cicatrice. Suo padre ne aveva parecchie, e le portava con orgoglio. Per quella ferita, avrebbe accettato la decorazione.

«Siamo padroni del crinale a nord della città!» annunciò il comandante della 20ª Divisione corazzata. «Abbiamo respinto gli americani.»

Alekseyev prese la comunicazione. «Fra quanto tempo avremo i ponti?»

«Uno dovrebbe essere pronto fra mezz'ora. Il loro fuoco d'artiglieria si sta diradando. Hanno fatto saltare in aria un reparto del genio, però il ponte sarà terminato. Ho già pronto in colonna un battaglione di carri. I SAM stanno facendo un buon lavoro. Da dove sono, vedo i relitti di cinque aerei. Vedo...» La voce del generale fu coperta da un rombo.

Alekseyev non poté fare altro che guardare il ricevitore muto, stringendolo con rabbia.

«Mi scusi. È caduto vicino. Stiamo posando l'ultimo tratto del ponte. I genieri hanno avuto perdite tremende, compagno. Meritano un riconoscimento speciale. Il maggiore che comanda il reparto è esposto al fuoco da tre ore. Voglio la stella d'oro per lui.»

«L'avrà.»

«Bene, bene – il segmento di ponte è stato scaricato dal camion ed è sull'acqua. Se riusciamo ad avere dieci minuti per ancorare l'estremità dall'altra parte, farò passare quei dannati carri. Quanto tempo ancora per l'arrivo dei rinforzi?»

«I primi reparti arriveranno subito dopo il tramonto.»

«Ottimo! Adesso devo andare. Vi richiamerò appena i carri cominceranno a passare.»

Alekseyev porse il telefono a un subalterno. Era come ascoltare una partita di hockey alla radio.

«Qual è il prossimo obiettivo, Pasha?»

«A nordovest, per Hameln e oltre. Dovremmo poter tagliare fuori i gruppi degli eserciti NATO che si trovano a nord. Se cominciano a disimpegnare le forze intorno ad Amburgo, insceneremo un attacco generale e li ricacceremo fino alla Manica! Credo che alla fine stiamo avendo la situazione sperata.»

Bruxelles, Belgio

Al quartier generale della NATO gli ufficiali stavano guardando le stesse carte giungendo alle medesime conclusioni, ma con minor entusiasmo. Le riserve si erano ridotte in modo preoccupante – ma non c'erano alternative. Uomini e cannoni stavano convergendo su Alfeld in quantità sempre crescente.

Panama

Era il più imponente transito di navi della Marina da guerra americana che si fosse visto da anni. Gli scafi grigi utilizzavano ambedue i lati del sistema di chiuse, bloccando tutto il traffico diretto a ovest. Avevano fretta. I piloti si spostavano su elicotteri da una nave all'altra. I limiti di velocità erano stati aboliti, ignorando nel tratto Gaillard tutti i problemi di erosione. Le navi che avevano bisogno di rifornimento avevano provveduto all'uscita dal canale, alle chiuse Gatun, poi avevano formato una barriera antisommergibili all'esterno della Limón Bay. Il passaggio della formazione dal Pacifico all'Atlantico durò dodici ore. Uscite dal canale, le unità si diressero verso nord alla velocità di ventidue nodi. Dovevano attraversare il canale di Sopravento – fra Cuba e Haiti – durante la notte.

30

Approcci

Boston, Massachusetts

Lo chiamano odore di mare, pensò Morris, *ma non lo è. È l'odore della terra.* Veniva dalle paludi di marea – tutte le cose che vivevano e morivano e marcivano al bordo dell'acqua, tutti i sentori che fermentavano sulla battigia, e che il vento sospingeva poi sul mare. I marinai lo consideravano un odore amico perché significava che erano vicini alla terra, al porto, alla casa, alla famiglia. A parte questo, l'odore meritava di essere neutralizzato con il Lysol.

Morris osservò che il rimorchiatore *Papago* accorciava il cavo di traino per avere un miglior controllo nello specchio d'acqua più stretto. Si affiancarono due rimorchiatori del porto, i cui equipaggi lanciarono cavi messaggeri agli uomini della fregata. Quando i cavi furono assicurati, il *Papago* si staccò e si diresse a riva per rifornirsi di carburante.

«Buon giorno, comandante.» Il pilota era venuto su uno dei rimorchiatori. Da cinquant'anni guidava navi dentro e fuori dal porto di Boston, e aveva l'aria di saperlo fare.

«Buon giorno a lei, capitano» disse Morris ricambiando cordialmente il saluto.

«So che ha affondato tre sottomarini russi.»

«Uno noi da soli, gli altri due sono stati degli *assists*.»

«Che pescaggio avete a prua?»

«Un po' meno di venticinque piedi – no» si corresse. La cupola sonar era al fondo dell'Atlantico, ormai.

«È stato in gamba a riportarla fin qui, comandante» disse il pilota dopo aver lanciato uno sguardo a prora. «La mia barca non ce la fece. Prima che lei nascesse, credo. La *Callaghan*, sette-nove-due. Ero sottordine del direttore di tiro, appena passato guardia marina. Abbattemmo dodici aerei giapponesi, ma subito dopo mezzanotte tredici kamikaze si buttarono su di noi. Quarantasette uomini... ma sì.» Il pilota estrasse dalla tasca la ricetrasmittente e cominciò a dare istruzioni ai rimorchiatori. La *Pharris* si spostò lentamente verso una banchina. Poco più avanti, di fronte a loro, c'era il bacino di carenaggio, ma non stavano andando in quella direzione.

«Non in bacino?» domandò Morris, stupito e offeso nel vedere la sua nave condotta a un molo ordinario.

«Problemi tecnici in bacino. Non sono ancora pronti per voi. Domani, dopodomani al più tardi. So quello che prova, comandante. È come quando il bambino si fa male e al pronto soccorso non se ne occupano. Anch'io ho visto affondare la mia nave.»

Non serviva a niente ribellarsi, Morris lo sapeva. L'uomo aveva ragione. Se la *Pharris* non era affondata mentre la rimorchiavano, non rischiava niente a restare ormeggiata al molo per un paio di giorni. Il pilota era un vero specialista. Misurò con gli occhi esperti il vento e la marea, poi diede ordini precisi ai capitani dei rimorchiatori. Nel giro di mezz'ora la fregata fu all'ormeggio lungo il molo merci. Tre *troupes* televisive erano in attesa da qualche tempo dietro uno schieramento di marinai in servizio di polizia militare. Appena fu abbassata la passerella, un ufficiale corse a bordo e salì in plancia.

«Comandante, sono il tenente di vascello Anders. Ho questa per lei, signore» disse porgendo una busta con i timbri ufficiali.

Morris l'aprì e trovò un dispaccio che gli ordinava, nella concisa prosa della Marina, di recarsi a Norfolk con il mezzo più veloce.

«Ho una macchina qui fuori. Può prendere la navetta fino al distretto di Columbia, poi saltare su un locale per Norfolk.»

«E la mia nave?»

«È affar mio, comandante. Me ne occuperò come si deve.»

È così, pensò Morris. Fece un cenno di assenso e scese in cabina a preparare le sue cose. Dieci minuti dopo passò senza parlare davanti alle telecamere, e si fece portare all'aeroporto internazionale Logan.

Stornoway, Scozia

Toland sfogliò le foto dei quattro campi d'aviazione islandesi presi dal satellite. Stranamente i russi non stavano usando il vecchio campo di Keflavik, e preferivano fare base per i caccia a Reykjavik e al nuovo impianto della NATO. Occasionalmente atterravano a Keflavik uno o due Backfire, per problemi meccanici o per necessità di rifornimento, ma era tutto. Le incursioni dei caccia al nord avevano avuto effetto – ora i russi rifornivano gli aerei in volo molto più a nord e a est, il che aveva prodotto un effetto marginale, ma comunque negativo, sul raggio d'azione dei Backfire. Secondo i calcoli degli esperti, il tempo a loro disposizione per cercare i convogli era stato ridotto di venti minuti. Nonostante tutto il lavoro dei Bear e dei satelliti ricognitori, solo due terzi delle incursioni sfociavano in un attacco. Toland non riusciva a spiegarsene il motivo. Un problema di comunicazioni? Se era così, c'era modo di trarne vantaggio?

I Backfire danneggiavano tuttora i convogli, e anche seriamente. Dopo ripetute sollecitazioni da parte della NATO, l'Aviazione cominciava a mettere i caccia di base a Terranova, alle Bermude, alle Azzorre. Appoggiati da aerei cisterna presi a prestito dal Comando aereo strategico, cercavano di tenere in permanenza una pattuglia di caccia a vegliare sui convogli raggiungibili da parte dei russi. Non c'era speranza di fare abortire un'incursione di Backfire, però si potevano decimare i Bear. I sovietici erano rimasti con solo un terzo dei Bear-D da ricognizione a lungo raggio. Di norma, ne mandavano in volo ogni giorno una decina con i potenti radar Big Bulge attivati, a guidare i bombardieri e i sottomarini verso i convogli; questo li rendeva relativamente facili da reperire, quando era possibile mandare un caccia a cercarli. Dopo lunga sperimentazione, i russi avevano finito per adottare uno schema di operazioni aeree prevedibile. L'avrebbero dovuta pagare cara. Il giorno dopo, l'Aviazione della NATO avrebbe messo una pattuglia di due aerei sopra ogni convoglio.

Si voleva anche far pagare ai russi un duro pedaggio per avere usato l'Islanda come base per i loro aerei.

«Lo valuto un reggimento, diciamo da ventiquattro a ventisette aerei, tutti MiG-29 Fulcrum» disse Toland. «Pare che non riusciamo mai a vederne più di ventuno a terra. Immagino che svolgano un servizio di pattuglia abbastanza continuo, diciamo quattro aerei in volo per quasi ventiquattr'ore su ventiquattro. Si direbbe pure che hanno tre radar a terra e che li spostano con notevole frequenza. Ciò vuol dire, probabilmente, che sono equipaggiati per intercettazioni controllate dal suolo. Ci sono problemi per confondere le idee ai radar di ricerca?»

Un pilota scosse il capo. «Con l'appoggio giusto, no.»

«Così, dovremo solo adescare i MiG a prendere il volo, e poi ammazzarne qualcuno.» I comandanti delle due squadriglie di caccia stavano esaminando le carte insieme a Toland. «Dobbiamo stare alla larga dai SAM, però. A quanto ci dicono dalla Germania, gli SA-11 sono un vero flagello.»

Il primo tentativo dell'Aviazione di mettere a piatto Keflavik con i B-52 era stato una vera catastrofe. Avevano poi riprovato con gli FB-111, più piccoli e più veloci, ma non erano riusciti a mettere completamente fuori uso Keflavik. Il Comando aereo strategico non era disposto a cedere i bombardieri più veloci, almeno, non in numero sufficiente. Non c'era ancora stata una missione riuscita contro i maggiori depositi di carburante. Erano troppo vicini a un'area popolata, e le foto da satellite avevano rivelato che c'erano ancora numerosi civili sul posto. Naturalmente.

«Facciamo fare un'altra missione ai B-52» suggerì un pilota. «Venendo avanti come prima, solo che...» Accennò qualche modifica allo schema di attacco. «Adesso che abbiamo i nostri "finocchi", dovrebbe andare tutto bene.»

«Se vuole il mio aiuto, comandante, dovrebbe almeno chiederlo in modo educato.» Era chiaro che al pilota del Prowler non piaceva sentire chiamare con quel nomignolo il suo apparecchio da quaranta milioni di dollari. «Posso disturbare un po' i radar di quei SAM, ma tenete presente che l'SA-11 ha un sistema di riserva per la ricerca a infrarossi. Se arrivi a dieci miglia dalle rampe di lancio, lui ha buone probabilità di bruciarti il Tomcat.» La cosa veramente pericolosa degli SA-11, i piloti lo avevano imparato, era che non lasciavano praticamente scie, il che li rendeva molto difficili da individuare. Eludere un SAM che non si vede è ancora più difficile.

«Staremo a distanza dai SAM. Per la prima volta, signori, abbiamo le probabilità dalla nostra parte.» I piloti dei caccia cominciarono a elaborare un piano. A quel punto avevano informazioni concrete su come si comportavano in combattimento i caccia sovietici. Se gli americani riuscivano a creare una situazione per la quale i russi si erano preparati, si sapeva già come questi avrebbero reagito.

Stendal, Repubblica Democratica Tedesca

Alekseyev non aveva mai pensato che sarebbe stato facile, ma non aveva neppure previsto che le forze aeree della NATO avrebbero avuto il dominio del cielo notturno.

Quattro minuti dopo mezzanotte, un aereo mai comparso sui loro schermi radar aveva annientato la stazione radiotrasmittente del quartier generale del CINC-Ovest. Avevano avuto a disposizione soltanto tre stazioni alternative, tutte distanti più di dieci chilometri dal complesso del bunker sotterraneo. Adesso erano ridotte a una, più una trasmittente mobile che era già stata bombardata. I cavi sotterranei del telefono erano tuttora in uso, ma le avanzate nel territorio nemico avevano reso le comunicazioni telefoniche completamente inaffidabili. Troppo spesso succedeva che i cavi posati dal Corpo segnalatori fossero distrutti dagli attacchi aerei o da veicoli mal guidati. Avevano bisogno dei collegamenti via radio, e la NATO li eliminava sistematicamente. Gli alleati avevano addirittura tentato un attacco al bunker – il falso bersaglio collocato esattamente fra due stazioni trasmittenti era stato colpito da otto caccia bombardieri e generosamente innaffiato di napalm, bombe a grappolo ed esplosivi a detonazione ritardata. Se l'attacco avesse centrato il vero complesso, dicevano gli esperti balistici, si sarebbero potute verificare delle perdite. *È questa la capacità dei nostri tecnici.* I bunker avrebbero dovuto essere in condizione di resistere a una testata nucleare caduta a breve distanza.

Adesso aveva una divisione completa al di là del Leine... i resti di una divisione, si corresse. Le due divisioni corazzate di rinforzo stavano tentando di attraversare il fiume, ma i ponti di fortuna erano stati bombardati durante la notte, e le divisioni insieme ai ponti. Stavano invece arrivando i rinforzi della NATO – lungo le strade erano stati disturbati da attacchi aerei, anche se a costo di gravi perdite per i caccia bombardieri sovietici. *La tattica... ma no, solo i dilettanti possono discutere di tattica*, pensò Alekseyev contrariato. *I militari professionisti studiano la logistica.* La chiave del successo era imperniata sulla sua capacità di conservare i ponti sul fiume Leine e di assicurare la scorrevolezza della viabilità lungo le strade per Alfeld. Il controllo del traffico era già fallito due volte, dopodiché Alekseyev aveva mandato una squadra di ufficiali superiori a mettere le cose a posto.

«Avremmo dovuto scegliere un posto migliore» mormorò contrariato Alekseyev.

«Mi scusi, compagno generale» disse Sergetov.

«C'è soltanto una strada buona per Alfeld.» Il generale sorrise ironicamente. «Dovevamo fare lo sfondamento presso una città che ne avesse almeno tre.»

Osservarono le pedine di legno che marciavano, in effetti strisciavano, lungo la linea sulla carta. Ogni pedina rappresentava un battaglione. Le unità lanciamissili e le batterie antiaeree si stavano allineando sui corridoi a nord e a sud della strada, che veniva costantemente perlustrata per liberarla dalle mine a scoppio ritardato che la NATO stava usando, per la prima volta, su vasta scala.

«La 20ª Divisione corazzata le ha prese secche» sospirò il generale. Avrebbe potuto essere uno sfondamento veloce – se non fosse stato per l'Aviazione nemica.

«Le due divisioni di rinforzo porteranno a termine la manovra» pronosticò fiducioso Sergetov.

Alekseyev pensò che aveva ragione. Sempreché non andasse storta qualche altra cosa.

Norfolk, Virginia

Morris sedeva dall'altra parte del tavolo, di fronte al COMNAVSURFLANT: il Comandante delle forze navali di superficie della flotta atlantica degli Stati Uniti. Un ammiraglio con tre stelle, che aveva passato l'intera carriera in quella che gli piaceva chiamare "la vera Marina": fregate, cacciatorpediniere e incrociatori. Le navi grige non avevano il fascino dell'Aviazione e dei sottomarini, ma in quel momento erano la chiave di volta per portare i convogli attraverso l'Atlantico.

«I russi hanno cambiato tattica contro di noi – molto più in fretta di quanto si pensava che potessero fare. Danno la caccia alle scorte. L'attacco alla sua fregata è stato deliberato, non è che lei ci sia caduto dentro. Probabilmente erano in agguato per colpirla.»

«Stanno cercando di decimare le navi-scorta?»

«Sì, soprattutto quelle con sonar a rimorchio. Abbiamo inflitto duri colpi alle loro forze subacquee – non abbastanza, ma le abbiamo fatte soffrire. Le nostre barriere sonar hanno funzionato ottimamente. I russi se ne sono resi conto e stanno cercando di eliminarle. Danno la caccia alle SURTASS, ma non è così facile farle fuori. Abbiamo affondato tre sottomarini che stavano tentando di colpirle.»

Morris annuì. Le SURTASS (Surface Towed-Array Sonar Ships) – navi di superficie con sonar rimorchiato – erano imbarcazioni per la pesca del tonno modificate che trainavano enormi cavi sonar passivi. Non erano numerose, coprivano a malapena metà delle rotte dei convogli, però procuravano utili informazioni al quartier generale antisom a Norfolk. «Perché mai non mandano i Backfire contro di loro?»

«Ce lo siamo chiesto. Evidentemente, secondo i russi non meritano uno sforzo così importante. Inoltre, le abbiamo dotate di una capacità elettronica di entità insospettata. È difficile localizzarle con il radar.» L'ammiraglio non discusse oltre l'argomento, e Morris si chiese se la tecnologia silenziosa – su cui la Marina lavorava da anni – non era per caso già stata applicata alle unità SURTASS. Se i russi limitavano lo sforzo alla ricerca e all'affondamento di quei pescherecci con i sommergibili, tanto meglio.

«La sto proponendo per una decorazione, Ed. Lei si è comportato bene. Ho solo tre comandanti che hanno fatto meglio di lei, e uno di loro è stato ucciso ieri. È molto danneggiata la nave?»

«Potrebbe essere completamente perduta, signore. È stato un Victor. Abbiamo preso un colpo a prora, la chiglia ha ceduto e la prua si è staccata, signore. Abbiamo perso tutto quello che c'era a proravia del lancia ASROC. Molti danni da urto, ma in gran parte già riparati. Prima che possa salpare di nuovo, dovremo darle una prua nuova.» L'ammiraglio assentì. Aveva già visto il rapporto dei danni.

«Ha fatto bene a salvarla, Ed, veramente bene. La *Pharris* non ha bisogno di lei per il momento. Voglio che lei entri nel mio staff operativo. Anche noi dobbiamo cambiare tattica. Voglio che veda le informazioni e i dati tecnici di cui disponiamo, e mi dia qualche idea.»

«Per cominciare, potremmo fermare i maledetti Backfire.»

«Ce ne stiamo già occupando.» La risposta era al tempo stesso fiduciosa e scettica.

Canale Sopravento

A est c'era Haiti, sull'isola di Hispaniola. A ovest c'era Cuba. Le navi oscurate, con gli impianti radar attivati ma nel modo di attesa, passarono in formazione di combattimento, scortate dai caccia e dalle fregate. I missili erano pronti sulle rampe e puntati a babordo, mentre gli uomini del comando tiro sudavano nelle postazioni climatizzate.

Non prevedevano guai. Castro aveva fatto dire al governo americano che non aveva parte alcuna nella situazione, e che era irritato per non essere stato informato dai sovietici dei loro piani. Era importante dal punto di vista diplomatico, comunque, che la flotta americana attraversasse il passaggio con il favore delle tenebre, in modo che i cubani potessero, in buona fede, asserire di non avere visto nulla. A conferma della serietà delle proprie affermazioni, Castro aveva anche avvisato gli americani della presenza di un sommergibile sovietico negli stretti di Florida. Essere trattato come un vassallo era una cosa, ma lasciare usare il proprio paese come base per una guerra di cui non lo avevano avvisato, era veramente troppo.

Gli uomini non sapevano niente di tutto ciò, solo che non era prevista alcuna seria opposizione. La notizia era stata interpretata con il consueto grano di sale, alla stessa stregua di tutto ciò che arrivava dai servizi informazione. Gli elicotteri avevano lanciato una sfilza di boe sonar, e i loro sistemi ESM stavano in ascolto dei segnali pulsati dei radar di fabbricazione sovietica. In alto, le vedette puntavano cannocchiali a luce stellare verso il cielo per individuare gli eventuali aerei intenti a cercarli visivamente, cosa tutt'altro che difficile. A venticinque nodi, ogni nave lasciava una scia di schiuma che, nell'oscurità, aveva la fluorescenza delle luci al neon.

«Il Maalox non fa più effetto» borbottò il comandante di una fregata. Stava seduto sulla poltroncina di comando al CIC. Aveva a sinistra il tavolo di carteggio; un giovane ufficiale, di fronte a lui, era chino sullo schermo di ricerca. Si sapeva che i cubani avevano batterie di missili terra-terra piazzate lungo la costa, proprio come le antiche fortezze. In qualunque momento, le navi potevano trovarsi con uno stormo di "vampiri" in arrivo. A prua, il lanciamissili a rampa singola era caricato e puntato, e così pure il cannone da tre pollici e il CIWS sul ponte superiore. Prendere il caffè era stato uno sbaglio, ma doveva pure tenersi sveglio. Era stato punito da un dolore lancinante allo stomaco. *Forse dovrei parlarne all'infermiere*, pensò, ma mise da parte l'idea. Non c'era tempo. Da tre mesi lavorava giorno e notte ad approntare la nave per l'azione, correndo dai collaudi di accettazione dei materiali alla direzione dei lavori, tenendo sotto pressione gli uomini, ma lavorando più sodo di tutti loro. Era troppo orgoglioso per ammettere di avere esagerato, anche di fronte a se stesso.

Avvenne proprio mentre finiva la terza tazza di caffè. Il dolore fu acuto come una coltellata. Il capitano si piegò in due e vomitò sul pavimento piastrellato del CIC. Un marinaio lo ripulì immediatamente, ma faceva troppo buio per vedere che c'era del sangue. Malgrado la sofferenza, non poteva abbandonare il proprio posto, anche se si sentiva venir freddo per l'emorragia. Il comandante si annotò mentalmente di rinunciare al caffè per qualche ora. Forse avrebbe visto l'infermiere alla prima occasione, sempreché l'occasione ci fosse. Era prevista una sosta di tre giorni a Norfolk. Avrebbe potuto riposare un poco, sapeva di averne bisogno. Il comandante scosse il capo: *dicono che vomitare ti fa sentire meglio.*

Virginia Beach, Virginia

Morris trovò la casa vuota. Su consiglio suo, la moglie era andata nel Kansas a casa dei genitori. Non era il caso di tenere lei e i ragazzi a preoccuparsi per lui, le aveva detto. Adesso se ne pentiva. Aveva bisogno di compagnia, di un abbraccio, di vedere i figli. Un minuto dopo aver aperto la porta, era già al telefono. Sua moglie sapeva già che cosa era successo alla nave, ma non lo aveva detto ai figli. Non fu facile assicurarle che stava bene davvero, che era sano, salvo e illeso. Poi vennero i ragazzi, e infine la notizia che non potevano tornare a casa in aereo. Tutti gli apparecchi di linea erano impegnati a trasportare uomini e rifornimenti oltremare, oppure erano prenotati e completi fino ad agosto. Non gli sembrava logico far fare alla famiglia il lungo viaggio in auto da Salinas a Kansas City per farsi mettere in lista d'attesa. I saluti furono strazianti.

Venne poi la parte più penosa. Il capitano Edward Morris indossò la divisa bianca ed estrasse dal portafoglio l'elenco delle famiglie che doveva visitare. Erano già state avvisate in via ufficiale, ma fra i doveri di un comandante c'era anche quello di andare a trovarle di persona. La vedova del primo ufficiale abitava a solo mezzo miglio di distanza. *Uomo in gamba a fare il barbecue*, ricordò Morris. Quanti fine settimana aveva passato nel loro giardino mentre le bistecche sfrigolavano sulla brace? Che cosa le avrebbe detto, adesso? Che cosa avrebbe detto alle altre vedove? E ai figli?

Morris andò alla vettura e gli sembrò che la targa, con la sigla FF-1094, si beffasse di lui. Non a tutti toccava di andare in giro portandosi appresso il simbolo del proprio fallimento. Molti avevano la fortuna di lasciarselo alle spalle. Morris si chiese se sarebbe mai riuscito a dormire senza il terrore di rivivere quel momento sulla plancia della sua nave.

Islanda

Per la prima volta, Edwards aveva battuto il sergente al suo stesso gioco. Malgrado la vantata esperienza con la canna da pesca, dopo un'ora di tentativi Smith non aveva preso niente. Aveva ceduto la canna a Mike con aria disgustata. Dieci minuti dopo, Edwards aveva preso una trota di quasi due chili.

«Roba da matti!» aveva grugnito Smith.

C'erano volute undici ore per fare gli ultimi dieci chilometri. Si erano resi conto che l'unica strada che dovevano attraversare era molto movimentata, percorsa da veicoli diretti a nord e a sud che passavano intervallati di pochi minuti. I russi usavano quella pista di ghiaia come principale via di comunicazione con la costa settentrionale dell'Islanda. Il gruppo di Edwards aveva trascorso sei ore nascosto fra le rocce di un ennesimo campo di lava, ad aspettare il momento buono per l'attraversamento. Per ben due volte avevano visto degli elicotteri Mi-24 perlustrare la zona, ma senza mai avvicinarsi a loro. Non avevano neppure notato pattuglie di militari a piedi, e da ciò Edwards aveva concluso che l'Islanda era troppo grande perché i sovietici la potessero controllare tutta. A quel punto, aveva tirato fuori la carta sottratta ai russi e aveva cercato di decifrarne i simboli. Le truppe sovietiche erano concentrate su un arco che si stendeva a nord e a sud della penisola di Reykjavik. Lo aveva comunicato via radio in Scozia, dedicando dieci minuti alla descrizione della simbologia russa.

Al crepuscolo il traffico era diminuito, permettendo loro di attraversare la strada di corsa. Si erano trovati senza niente da mangiare in un'altra zona di laghi e torrenti. Quando è troppo, è troppo, aveva stabilito Edwards. Dovevano riprendere fiato e mettersi a pescare per avere qualcosa da mettere sotto i denti. Il tratto successivo del viaggio li avrebbe tenuti lontani da qualsiasi zona abitata.

Il fucile e il resto dell'equipaggiamento erano posati vicino a una roccia, coperti dalla giacca mimetica. Vigdis era con lui. Non si era praticamente mai staccata dal suo fianco per tutto il giorno. Smith e gli altri marines avevano trovato dei posti in cui distendersi, mentre il tenente lavorava per loro.

La popolazione locale di insetti era uscita in forze, quel giorno. Il pullover ne teneva la maggior parte lontana dalla pelle, ma il viso ne attirava ugualmente un nutrito stuolo. Cercò di ignorarli. Molti insetti avevano scelto di stare sul pelo dell'acqua, dove le trote davano loro la caccia. Ogni volta che vedeva un fremito nell'acqua, Mike gettava l'amo in quella direzione. La canna si piegò di nuovo.

«Ne ho preso un altro!» gridò. Vide la testa di Smith sollevarsi, scuotersi rabbiosamente, poi ricadere fra i cespugli, a cinquanta metri di distanza.

Edwards non aveva mai praticato quel tipo di pesca. Tutte le sue esperienze erano legate alla barca del padre, però i princìpi erano grosso modo gli stessi. Lasciò che la trota tirasse sul filo, ma non troppo, giusto quanto bastava per stancarsi, mentre lui alzava e abbassava la canna per trascinare il pesce a monte della corrente e poi sui sassi. D'improvviso inciampò in una pietra e cadde nell'acqua poco profonda, riuscendo comunque a tenere salda la canna. Con uno sforzo si rialzò e ritornò a riva, con i pantaloni bagnati che gli sbattevano contro le gambe.

«Questo sì che è grosso!» Si volse e vide Vigdis che rideva, osservandolo mentre tirava il pesce e cominciava ad andargli incontro. La ragazza lo raggiunse, afferrò il filo e tirò la trota fuori dall'acqua.

«Tre chili, questa» disse tenendola alzata.

All'età di dieci anni, Mike aveva preso un tonno "albacore" di una cinquantina di chili, ma in quel momento la trota bruna gli sembrava molto più grande. Riavvolse il filo mentre Vigdis gli si avvicinava. *Cinque chili di pesce in venti minuti*, pensò. *Potremmo riuscire a vivere delle risorse locali...*

L'elicottero apparve senza essere annunciato da alcun rumore. Il vento soffiava da ovest – probabilmente l'elicottero aveva controllato la strada verso est. Era a meno di un miglio di distanza quando udirono il suono ritmico del rotore a cinque pale.

«Nessuno si muova!» gridò Smith. I marines erano ben nascosti, ma Vigdis e Mike erano allo scoperto.

«Oh Dio!» mormorò Edwards. Finì di riavvolgere il filo. «Stacca il pesce dall'amo. Rilassati.»

Lei lo guardò mentre l'elicottero si avvicinava, senza osare voltarsi. Le tremavano le mani, mentre cercava di sfilare l'amo dalla trota che si dibatteva.

«Andrà tutto bene, Vigdis.» Le passò un braccio intorno alla vita e camminò adagio allontanandosi dal torrente. Il braccio della ragazza strinse il corpo di Edwards contro il suo. La scossa che Mike provò fu più intensa della paura dell'elicottero russo. Lei era più forte di quanto avesse immaginato, il calore del braccio gli corse lungo la schiena fino al petto.

L'elicottero era a meno di cinquecento metri, e veniva avanti con il muso abbassato e la mitragliera a canne multiple puntata su di loro.

Non posso farcela, pensò Edwards. Il fucile era a cinquanta piedi, sotto la giacca mimetica. Se si fosse affrettato per andarlo a prendere, avrebbero capito chi era. Vedeva la morte che si avvicinava, e si sentiva le gambe molli.

Lentamente, con gesto misurato, Vigdis mosse la mano con cui teneva il pesce. Con l'altra, prese la mano che Mike le teneva intorno alla vita, e se la fece scorrere fin sul seno, poi alzò la trota sopra la testa. Mike gettò la canna e si chinò per raccogliere l'altro pesce. Vigdis accompagnò il movimento e riuscì a mantenere in posizione la mano sinistra di lui. Mike sventolò la trota mentre l'elicottero indugiava a cinquanta metri. I rotori sollevavano un cerchio di spruzzi dalla palude.

«Vattene!» sibilò Mike fra i denti.

«A mio padre piace pescare» disse il tenente, spostando la leva su "Hover" per tenere l'elicottero librato sul posto.

«Me ne sbatto dei pesci!» replicò secco l'armiere. «Vorrei una di quelle cose dove tiene la mano il giovane bastardo. Ha visto?»

Forse non sanno nemmeno che cosa sta succedendo, pensò il tenente. *Se lo sanno, hanno il buon senso di non farci caso. È bello vedere qualcuno che non si fa coinvolgere dalla follia che si è abbattuta sul mondo...*

«Sembrano innocui. Abbiamo carburante solo per mezz'ora. È tempo di ritornare.»

L'elicottero abbassò la coda, e per un terribile momento Edwards temette che si disponesse ad atterrare. Poi il velivolo ruotò a mezz'aria e si diresse a sudovest. Uno dei soldati li salutò con la mano, e Vigdis rispose al saluto. Rimasero fermi mentre l'elicottero si allontanava. Abbassarono le mani, ma il braccio sinistro di lei continuò a tenere stretto quello di Mike, il quale poté constatare che Vigdis non portava reggiseno. Non osava muovere la mano, temendo che potesse sembrare un'*avance*. Perché lo aveva fatto? Per ingannare i russi? Per rassicurare lui, o se stessa? Aveva funzionato, ma sembrava che questo non contasse più. I marines erano ancora nascosti. Rimasero soli là dov'erano. Edwards si sentiva la mano sinistra in fiamme e la mente cercava invano di stabilire il da farsi.

Fu Vigdis a prendere l'iniziativa, voltandosi e appoggiandogli il viso sulla spalla. *Eccomi qua*, pensò Edwards. *Dove metto le mani, sulla più bella ragazza che ho mai conosciuto o su una stupida trota?* Il problema fu presto risolto. Lasciò cadere il pesce, strinse Vigdis con tutte e due le braccia, e la tenne contro di sé.

«Stai bene?»

Lei lo guardò. «Credo di sì.»

C'era solo una parola per esprimere quello che provava per la ragazza che stava abbracciando, ma sapeva che non era quello il momento né il luogo giusto. Lo sguardo e la parola non detta furono eloquenti lo stesso. La baciò gentilmente sulla guancia. Il sorriso che lei gli rivolse valeva più di tutti gli incontri appassionati della sua vita da scapolo.

«Scusate, gente» disse il sergente Smith da qualche passo di distanza.

«Sì.» Edwards si sciolse dall'abbraccio. «Andiamocene prima che decidano di ritornare.

USS Chicago

Le cose stavano andando bene. Gli Orion P-3C americani e i Nimrod inglesi stavano perlustrando la rotta verso la banchisa. I sottomarini erano stati costretti a deviare a est per aggirare un presunto sommergibile russo, ma era tutto. Sembrava che i sovietici ne mandassero la maggior parte a sud, convinti com'erano di avere sotto controllo il Mar di Norvegia. Ancora sei ore per la banchisa.

Il *Chicago* andava in scioltezza, avendo finito il turno in testa al "treno merci" di sottomarini. Frugava l'acqua nera con il sonar per captare il suono rivelatore di un sub sovietico. Non udì niente se non il brontolio lontano della banchisa.

La squadra di ricerca rilevò la posizione degli altri battelli americani. McCafferty fu lieto di vedere che avevano qualche difficoltà a farlo, anche con le migliori apparecchiature sonar di tutti gli Stati Uniti. Se era difficile per loro, doveva esserlo anche per i russi. Gli uomini sembravano in forma. I tre giorni a terra erano stati molto utili. La birra offerta dal comandante norvegese e la notizia di quello che il loro Harpoon aveva fatto nel corso dell'unico vero impegno del *Chicago* erano stati ancora più utili. Aveva già dato le istruzioni sulla missione in corso, che erano state ricevute in silenzio, con un paio di battute sul ritornare a casa... nel Mar di Barents.

«Era il *Boston*, signore» disse il primo ufficiale. «Adesso siamo in coda.»

McCafferty andò a esaminare la carta. Tutto sembrava a posto, ma controllò ugualmente ogni cosa con attenzione. Con tanti sottomarini che correvano sulla stessa rotta, il rischio di collisione era reale. Il nostromo rilesse l'elenco delle unità che avevano sorpassato il *Chicago*. Il comandante era soddisfatto.

«Avanti due terzi.» Il timoniere confermò l'ordine e girò la maniglia sul telegrafo di macchina.

«La sala motori annuncia avanti due terzi.»

«Molto bene. Barra dieci gradi a sinistra. Passare a nuova rotta tre-quattro-otto.»

Il *Chicago* accelerò a quindici nodi, prendendo posizione in coda alla colonna, mentre il "treno merci" filava verso l'Artico.

31

Demoni

Virginia Beach, Virginia

«Tutto timone a sinistra!» gridò Morris, additando la scia di un siluro.

«Tutto a sinistra, *aye*!» rispose il timoniere girando la ruota a destra, poi a sinistra, infine fermandola al centro.

Morris stava sull'ala di plancia a babordo. Il mare era piatto come una tavola, e il siluro, perfettamente visibile, seguiva ogni virata e ogni manovra della nave. Morris cercò addirittura di invertire rotta, ma non servì a nulla – era come se il siluro potesse spostarsi anche lateralmente. Si fermò netto nell'acqua e salì in superficie. Era bianco, con qualcosa che rassomigliava a una stella rossa sul muso... e aveva anche occhi, come tutti i siluri autoguidati. La fregata aumentò la velocità, ma il siluro era sempre con lei, in superficie, a balzare di qua e di là come un pesce volante, visibile a tutti – ma c'era soltanto lui, Morris, a vederlo.

Chiuse gli occhi mentre la fregata manovrava. Cinquanta piedi, trenta, dieci...

«Dov'è andato il mio papà?» chiese la bambina. «Voglio il mio papà.»

«Qual è il problema, comandante?» chiese il primo ufficiale. Strano che facesse domande, era senza testa...

Il sudore colava dal viso di Morris, che scattò a sedere sul letto con il cuore in tumulto. L'orologio digitale sul comodino segnava le 4,54. Ed si alzò e andò con passo malfermo nel bagno a spruzzarsi acqua fredda sul viso. *È la seconda volta, questa notte*, pensò. L'incubo era venuto già due volte mentre stavano rimorchiando la nave verso Boston, e gli aveva rubato le poche ore di riposo che si era concesso. Morris non sapeva se aveva gridato nel sonno.

Hai fatto tutto quello che potevi. Non è colpa tua, disse al viso nello specchio.

Ma tu eri il comandante, rispose quello.

Morris aveva visitato cinque famiglie, prima di doversi arrendere. Una cosa era parlare alle mogli e ai genitori. Loro capivano. Sapevano che i mariti, i figli, erano marinai e avevano accettato i rischi della professione. Ma la bambina di quattro anni, figlia del capocannoniere di seconda classe Jeff Evans, non aveva capito perché il babbo non sarebbe più ritornato a casa. Morris sapeva che come sottufficiale di seconda classe non poteva guadagnare molto. Evans doveva aver lavorato come un pazzo per costruire e fare bella quella casetta. *Un uomo che sapeva usare le mani*, ricordò, *un buon capocannoniere*. Tutti i muri erano stati dipinti di recente. Gran parte dei pannelli di legno era stata sostituita. Vi abitavano solo da sette mesi, e Morris si chiedeva come era riuscito Jeff ad avere la casa finita in così poco tempo. Doveva aver fatto tutto lui, o quasi. Di certo non si era potuto permettere di pagare un'impresa. La stanza di Ginny era la testimonianza dell'amore del babbo. Sugli scaffali fatti a mano c'erano bambole provenienti da tutti i paesi del mondo. Vista la cameretta di Ginny, Morris se n'era dovuto andare. Stava per mettersi a piangere, e un assurdo codice di comportamento non gli permetteva di farlo davanti a degli estranei. Così era salito in macchina ed era tornato a casa, con la lista degli indirizzi nel portafoglio. Sicuramente la stanchezza che gli era piombata addosso lo avrebbe lasciato dormire per una notte...

E invece si trovava davanti allo specchio, a guardare un uomo dallo sguardo vacuo che desiderava che sua moglie fosse con lui.

Morris andò in cucina e si preparò il caffè con aria assente. Sulla porta di casa c'era il giornale del mattino, e si trovò a leggere storie di guerra che riscontrò imprecise o superate. Le cose stavano accadendo troppo in fretta perché i corrispondenti potessero tenere il passo. Lesse il racconto di un testimone oculare su un cacciatorpediniere non nominato, a proposito di un missile che aveva oltrepassato lo sbarramento. Un pezzo "tecnico" spiegava come le navi di superficie fossero obsolete e inadeguate a far fronte a decisi attacchi di missili, chiedendo poi dov'erano le tanto vantate portaerei della flotta. Era una domanda piuttosto buona...

Terminò di bere il caffè e ritornò in bagno per fare la doccia. Se doveva stare sveglio, si disse, tanto valeva lavorare. Aveva una divisa bianca di ricambio nell'armadio, se la mise e andò alla vettura. Mentre guidava verso la base navale di Norfolk, cominciava ad albeggiare.

Quaranta minuti dopo era in una delle numerose sale operative, dove veniva tracciata la posizione dei convogli e delle località in cui si sospettava la presenza di sottomarini. Sul muro al fondo, il quadro "pericolo" elencava i presunti effettivi russi, il numero e il tipo degli affondamenti totalizzati fino a quel giorno. Su un'altra tabella si leggevano le perdite. *Se quelli delle informazioni dicono il giusto*, pensò, *la partita in mare sembrava in parità... ma per i russi un pareggio equivale a una vittoria.*

«Buon giorno, comandante» disse il COMNAVSURFLANT, altro uomo che non doveva aver dormito tanto. «La vedo un po' meglio.»

Meglio di come? si domandò Morris.

«Tanto per cambiare, abbiamo delle buone notizie.»

Nord Atlantico

Gli equipaggi dei B-52 erano nervosi, nonostante la nutrita scorta di caccia. Cinquemila piedi sopra di loro, il cielo era coperto da una grossa formazione di Tomcat F-14 che erano stati riforniti in volo dai KC-135. L'altro gruppo stava riempiendo i serbatoi per la propria parte della missione. Il sole cominciava appena a spuntare all'orizzonte, mentre l'oceano era ancora scuro. Erano le 03,00 ora locale, quando le reazioni umane sono al livello peggiore.

Keflavik, Islanda

La sirena dell'allarme svegliò i piloti russi e li fece balzare dalle brandine. Il personale di terra impiegò pochi secondi per eseguire le operazioni preliminari al volo; gli aviatori invece salirono le scalette d'acciaio e presero posto nella carlinga, accendendo le radio incorporate nel casco per sentire di quale emergenza si trattava.

«Grande emissione di disturbo da parte del nemico a ovest» annunciò il comandante del reggimento. «Piano tre, ripeto: piano tre.»

Nella postazione di controllo gli operatori radar avevano visto gli schermi tramutarsi in un guazzabuglio di disturbi a rumore bianco. Era in arrivo una forte incursione americana – probabilmente dei B-52. Presto gli aerei USA sarebbero stati così vicini che i radar di terra avrebbero potuto "bucare" la nuvola di disturbo. Nel frattempo i caccia avrebbero cercato di impegnarli alla distanza massima possibile per ridurre il numero dei bombardieri prima che arrivassero sul bersaglio.

I piloti sovietici si erano esercitati a dovere, da quando erano in Islanda. Nel giro di due minuti, la prima coppia di MiG-29 stava già decollando; sette minuti dopo erano tutti in volo. Il piano sovietico prevedeva che un terzo dei caccia restasse sopra Keflavik, mentre gli altri andavano a ovest, verso la fonte di disturbo, con i radar guidamissili accesi alla ricerca dei bersagli. Erano in volo da dieci minuti quando il disturbo cessò. Un unico MiG ebbe un contatto su un aereo "jammer" che si stava ritirando, e lo comunicò a Keflavik, per sentirsi dire dai controllori che gli schermi non mostravano niente su un raggio di trecento chilometri.

Un minuto dopo il disturbo ricominciò, questa volta da sud e da est. I MiG volarono verso sud, ma con maggiore cautela. Attenendosi agli ordini, tennero i radar spenti finché non furono cento miglia al largo, ma quando li accesero non trovarono nulla. Chiunque fosse a emettere i disturbi, lo stava facendo da grande distanza. I controllori a terra riferirono che al primo episodio avevano partecipato tre "jammer" e al secondo quattro. *Un bel numero di aerei da disturbo*, pensò il comandante del reggimento. *Stanno cercando di farci correre in giro e consumare carburante.*

«Venite a est» ordinò ai capisquadriglia.

A quel punto, gli equipaggi dei B-52 erano decisamente nervosi. Uno dei Prowler di scorta aveva sentito gli ordini trasmessi per radio dai MiG, e un altro aveva captato un radar d'intercettazione a sudovest. Anche i caccia virarono a sud. Erano a centocinquanta miglia da Keflavik, e stavano attraversando la costa islandese. Il comandante della missione valutò la situazione e ordinò ai bombardieri di deviare un po' a nord.

I B-52 non portavano bombe, ma solo i poderosi emettitori di disturbi radar, che dovevano permettere agli altri bombardieri di raggiungere gli obiettivi in Unione Sovietica. Sotto di loro, il secondo reparto di Tomcat si stava dirigendo verso "il tetto", cioè il versante orientale del ghiacciaio del Vatna. Con loro c'erano quattro Prowler della Marina, a ulteriore protezione contro i missili aria-aria, nel caso che i MiG si fossero avvicinati troppo.

«Cominciamo a captare radar aviotrasportati, rilevamento due-cinque-otto. Sembrano in avvicinamento» riferì uno dei Prowler. Un altro ricevette lo stesso segnale. Fu fatta la triangolazione della distanza, che risultò di cinquanta miglia. Piuttosto vicino. Il comandante della missione era a bordo di un Prowler.

«Amber Moon. Ripeto. Amber Moon.»

I B-52 virarono di nuovo a est e picchiarono, aprendo i comparti delle bombe per scaricare tonnellate di trucioli di alluminio che nessun segnale radar poteva attraversare. Appena videro ciò, tutti i caccia americani sganciarono i serbatoi di carburante esterni, e i Prowler si staccarono dai bombardieri per circuitare a ovest dei trucioli. Adesso veniva la parte delicata. I caccia russi e americani stavano convergendo alla velocità combinata di oltre mille miglia orarie.

«Controllo Queer» trasmise per radio il comandante della missione.

«Controllo Blackie» confermò il comandante dei VF-41. «Controllo Jolly» rispose il comandante dei VF-84. Tutti erano in posizione.

«Eseguire.» I quattro Prowler inserirono l'apparecchiatura generatrice di disturbo elettronico.

I dodici Tomcat della squadriglia dei Jolly Roger erano disposti in fila a trentamila piedi di quota. Al comando, attivarono i missili di guida-radar.

«Caccia americani!» gridarono i piloti russi. I rivelatori di pericolo li informarono immediatamente che dei radar del tipo "caccia" erano puntati sui loro aerei.

Il comandante sovietico non fu sorpreso. Certamente gli americani non avrebbero rischiato una seconda volta i bombardieri pesanti senza una scorta adeguata. Avrebbe ignorato i caccia e si sarebbe gettato sui B-52, come prescriveva l'addestramento. I radar dei MiG erano sottoposti a forte disturbo, che ne dimezzava la portata e impediva loro di rilevare i bersagli. Comandò ai piloti di stare all'erta per missili in arrivo, sperando che potessero evitare almeno quelli che vedevano, e di aumentare la velocità. Successivamente, ordinò a tutti gli aerei di riserva, meno due, di partire da Keflavik e venire a est in appoggio.

Agli americani bastarono pochi secondi per bloccare sui bersagli. Ogni Tomcat portava quattro Sparrow e quattro Sidewinder. Gli Sparrow furono lanciati per primi. I MiG in volo erano sedici. Quasi tutti avevano i missili puntati sui bersagli, ma gli Sparrow erano radar-guidati. Ogni caccia americano doveva rimanere diretto sul bersaglio finché il missile non avesse fatto centro. Questo comportava il rischio di entrare nel raggio d'azione dei missili sovietici, e i Tomcat non erano equipaggiati di generatori di disturbo protettivi.

Gli aerei USA avevano preso posizione con il sole alle spalle rispetto ai russi. Quando i radar sovietici cominciarono a passare attraverso i disturbi emessi dagli americani, arrivarono gli Sparrow. Il primo colpì il MiG di sua competenza e lo fece esplodere. I sovietici presero a scattare in su e in giù, alcuni virarono stretto nel vedersi venire addosso dei missili da sette pollici, di cui altri quattro trovarono i bersagli. In un attimo tre aerei furono abbattuti. Un quarto, seriamente danneggiato, dovette ritornare faticosamente alla base.

I Jolly Roger virarono appena esauriti i missili, e saettarono a nordest inseguiti dai sovietici. Il comandante russo, benché furioso per aver perso tanti aerei, fu sollevato nel vedere che i missili americani avevano dato una resa così bassa. Gli apparecchi superstiti inserirono i postbruciatori, mentre i radar di puntamento cominciavano a superare i disturbi emessi dagli americani. Il comandante sapeva che la scorta nemica aveva avuto il proprio turno. Adesso toccava a loro. Si diressero a est, con gli occhi socchiusi per guardare verso il sole, poi si concentrarono sugli schermi radar per scegliere i bersagli. Non guardarono mai in basso. Il primo MiG lanciò due missili.

Ventimila piedi più in basso, schermati da due montagne contro il radar al suolo, dodici Tomcat dei Black Aces inserirono i postbruciatori e sfrecciarono verso l'alto con i radar spenti. Un minuto e mezzo dopo i piloti cominciarono a udire il brontolio che segnalava che i missili guidati a infrarossi avevano individuato dei bersagli. Pochi secondi dopo, sedici missili furono lanciati dalla distanza di due miglia.

Sei piloti russi non seppero mai da che cosa erano stati colpiti. Otto degli undici MiG furono abbattuti in pochi secondi. La fortuna del comandante durò ancora per un momento, mentre faceva scattare i caccia qua e là, rompendo il contatto a un Sidewinder che partì verso il sole, ma fu tutto. Che altro poteva fare? Vide due Tomcat allontanarsi dagli altri e dirigere a sud. Era troppo tardi per organizzare un attacco – il suo compagno di squadriglia era stato abbattuto, e l'unico aereo amico in vista era su a nord. Il colonnello fece una virata a otto "g" e si scagliò contro l'americano, ignorando il ronzio di ammonimento del rivelatore di pericolo. Ambedue gli Sparrow lanciati dal secondo gruppo di Blak Aces gli colpirono l'ala. Il MiG andò in pezzi.

Gli americani non ebbero il tempo di esultare. Il comandante della missione annunciò che un secondo gruppo di MiG si stava dirigendo su di loro, e le squadriglie si rimisero in formazione per affrontarli, costituendo un solido muro di ventiquattro aerei. Spensero i radar per due minuti, mentre i MiG entravano nella nuvola di disturbo. Il vice comandante russo commise un grave errore. Vedendo i colleghi in pericolo, decise di andare in loro aiuto. Un gruppo di Tomcat sparò una salva con gli Sparrow rimasti, gli altri lanciarono i Sidewinder. Complessivamente trentotto missili si scagliarono su otto aerei sovietici che non avevano un'idea precisa di chi dovevano affrontare. Metà degli aerei lo seppe solo quando fu cancellata dal cielo ad opera dei missili aria-aria americani. Altri tre furono danneggiati.

Tutti i piloti dei Tomcat volevano continuare l'inseguimento, ma il comandante diede l'ordine di rientrare. Erano a corto di carburante, e Stornoway era a settecento miglia. Virarono a est passando sotto la nuvola di trucioli di alluminio lasciata dai B-52. Gli americani avrebbero annunciato trentasette aerei abbattuti, un buon punteggio, tanto più che avevano previsto soltanto ventisette aerei nemici. Infatti, su ventisei MiG, soltanto cinque erano riusciti a sfuggire illesi. Il comandante della base sovietica, sorpreso, fece iniziare immediatamente le operazioni di salvataggio. Gli elicotteri d'assalto della divisione paracadutisti partirono verso nordest alla ricerca dei piloti abbattuti.

Stendal, Repubblica Democratica Tedesca

Trenta chilometri da Alfeld a Hameln, pensò Alekseyev. Un'ora, in carro armato. Elementi di tre divisioni stavano facendo il viaggio in quel momento, ma avevano percorso solo diciotto chilometri dopo lo sfondamento. Questa volta erano stati gli inglesi: i carri del Royal Tank Regiment e del 21° Lancers avevano fermato i reparti di punta a metà strada. Non si erano più mossi da diciotto ore.

La situazione era veramente critica. Per una formazione meccanizzata, la sicurezza risiede nel movimento. I sovietici stavano mandando unità verso la breccia, ma la NATO sfruttava al massimo la supremazia aerea. I ponti sul Leine venivano distrutti man mano che i genieri li riparavano. I russi avevano preparato dei punti di attraversamento sulle due rive, per cui potevano far guadare il fiume dai veicoli anfibi della fanteria, ma non dai carri armati, che non galleggiavano. Ogni tentativo, poi, di farli passare sott'acqua – cosa che in teoria avrebbero dovuto poter fare – era fallito miseramente. Troppe unità dovettero essere spiegate per proteggere il varco nelle linee della NATO, e troppo poche riuscivano a sfruttarlo. Alekseyev aveva eseguito uno sfondamento perfetto a termini del manuale – con l'unico risultato di constatare che anche il nemico aveva il proprio manuale su come contenere e annullare lo sfondamento. Lo scacchiere occidentale aveva in riserva sei divisioni di classe A da gettare nella battaglia. Dopo, avrebbero solo potuto usare reparti di riserva di classe B, composti da uomini più anziani con armi più vecchie. Ne avevano molte, di quelle unità, che però non potevano rendere bene come gli effettivi più giovani. Il generale si ribellava alla necessità di mandare in battaglia delle unità predestinate a perdite molto superiori alla norma, ma non aveva scelta. Così volevano i padroni politici, e lui era solo un esecutore.

«Devo ritornare avanti» disse Alekseyev al superiore.

«Sì, Pasha, ma non oltre i cinque chilometri dalla linea del fronte. Non posso permettermi di perderti proprio adesso.»

Bruxelles, Belgio

Il Supreme Allied Commander, Europe (comandante supremo alleato in Europa), guardò la propria lista di controllo. Quasi tutte le riserve erano impegnate in combattimento, mentre i russi sembravano avere una disponibilità infinita di uomini e di veicoli da mandare in campo. Le sue unità non avevano il tempo di riorganizzarsi e spiegarsi di nuovo. La NATO stava vivendo l'incubo di tutti gli eserciti: non poteva reagire alle mosse avversarie, e non aveva quasi nessuna possibilità di prendere l'iniziativa. Finora la situazione aveva tenuto, ma a fatica. La sua carta mostrava una brigata inglese a sudest di Hameln. Per la verità, non era molto più di un reggimento, composto di uomini esausti con equipaggiamento in cattive condizioni. L'artiglieria e l'aviazione erano tutto ciò che consentiva di evitare il crollo, ma anche loro non potevano bastare se i reparti non ricevevano nuovi rifornimenti. La cosa terribile, poi, era che la NATO aveva munizioni solo per due settimane, e gli approvvigionamenti dall'America erano seriamente rallentati dagli attacchi ai convogli. Che cosa poteva dire agli uomini? Ridurre il consumo di munizioni – quando la sola cosa che fermava i russi era l'uso generoso di ogni arma disponibile?

Stava per iniziare il rapporto mattutino dei servizi d'informazione. Il caposervizio della NATO era un generale tedesco, che arrivò accompagnato da un maggiore olandese munito di un videoregistratore. L'ufficiale sapeva che, per una questione così importante, il SACEUR voleva gli elementi grezzi, non l'analisi. L'olandese piazzò l'apparecchio.

Apparve una mappa disegnata dal computer, poi si videro le unità. Il nastro fece vedere in due minuti i dati di cinque ore, ripetendoli più volte in modo che gli ufficiali potessero identificare gli schemi.

«Generale, pensiamo che i sovietici stiano mandando sei divisioni complete verso Alfeld. Il movimento che lei vede sulla strada principale da Braunschweig è la prima divisione. La altre vengono dalle riserve di scacchiere, e queste provenienti da sud sono formazioni di riserva del gruppo armate settentrionali.»

«Dunque lei crede che stiano facendo qui il loro punto principale di attacco?» chiese il SACEUR.

«*Ja*» confermò il generale. Lo *Schwerpunkt* è qui.

Il SACEUR si accigliò. La cosa razionale da fare sarebbe stata di ritirarsi dietro il fiume Weser per accorciare le linee di difesa e riorganizzare le forze. Questo significava abbandonare Hannover. e i tedeschi non l'avrebbero mai accettato. La loro strategia nazionale di difendere ogni casa e ogni campo era costata cara ai russi, ma aveva anche assottigliato le forze alleate fino al punto di rottura. Sul piano politico, non avrebbero mai accettato una ritirata strategica. Le unità della Germania occidentale avrebbero combattuto da sole, se non potevano fare altrimenti: lo poteva leggere con sufficiente chiarezza negli occhi del capo del servizio informazioni. *Se qualcuno invadesse il New Hampshire*, dovette riconoscere fra sé, *mi ritirerei in Pennsylvania?*

Un'ora dopo, la metà delle riserve rimanenti della NATO si dirigeva a est, da Osnabrück a Hameln. La battaglia per la Germania sarebbe stata vinta o persa sulla riva destra del Weser.

Stornoway, Scozia

I Tomcat non ebbero tempo di riposarsi dopo il ritorno. Appena atterrati, il personale di terra inglese e americano li rifornì di carburante e di munizioni. I russi usavano maggiore cautela nelle incursioni sugli aeroporti britannici settentrionali. I radar aerotrasportati americani, che appoggiavano i Nimrod e gli Shackleton inglesi, rendevano difficile la vita ai bombardieri bimotore Blinder che partivano da Andøya, in Norvegia. I Tornado della RAF conducevano missioni di pattuglia duecento miglia al largo, mentre i piloti americani si riposavano. Alcuni capi equipaggio intraprendenti dipingevano stelle rosse sotto le fusoliere, e gli ufficiali alle informazioni analizzavano le videocassette riprese dalle telecamere dei cannoncini e le registrazioni dei radar dei missili sovietici.

«Sembra che li abbiamo danneggiati» concluse Toland. Le dichiarazioni di abbattimenti erano troppo elevate, ma questo succedeva sempre con i piloti dei caccia.

«Ci può scommettere il culo!» rispose il comandante dei Jolly Roger. Il capitano dell'Aviazione di Marina masticava il sigaro. Voleva che gli fossero personalmente accreditati due MiG. «La domanda è: si rinforzeranno? È andata bene una volta, ma non si faranno beccare ancora dal medesimo trucco. Mi dica, Toland: possono rimpiazzare ciò che abbiamo abbattuto?»

«Non credo. I MiG-29 sono pressapoco gli unici caccia che possono mandare in scena, fino a questo momento. Ne hanno altri in Germania, e anche là le hanno buscate sode. Se i russi decidono di sguinzagliare un po' di MiG-31, penso che possano arrivare fin qui, ma non li vedo proprio ad assegnare i bombardieri-intercettori principali per questo tipo di missione.»

Il capo dei Jolly Roger si dichiarò d'accordo. «Okay, il passo successivo è di mandare una pattuglia da combattimento vicino all'Islanda e cominciare a fermare seriamente i raid dei Backfire.»

«Anche loro potrebbero venire a cercarci» lo ammonì Toland. «A quest'ora devono aver saputo quello che abbiamo fatto, e di dove siamo partiti per farlo.» Il comandante dei VF-41 guardò dalla finestra. Uno dei suoi Tomcat era fermo a mezzo miglio fra due cataste di sacchetti di sabbia. Quattro missili erano visibili sulla fusoliera. Toccò l'asso di picche, il distintivo che aveva sul petto, e si voltò.

«Bene. Se vogliono affrontarci sul nostro terreno, dentro la nostra copertura radar, va bene.»

Alfeld, Repubblica Federale Tedesca

Alekseyev lasciò l'elicottero alla periferia della città e salì su un veicolo BMP. Due ponti di fortuna erano in funzione. I resti di altri due erano sparsi sulle sponde del fiume, insieme ai relitti di innumerevoli automezzi e carri armati. Con lui viaggiava il comandante della 20ª Corazzata.

«Gli attacchi aerei della NATO sono micidiali» disse il generale Beregovoy. «Non ho mai visto nulla di simile. Ci vengono addosso malgrado i SAM. Ne facciamo fuori un po', ma non basta, e le cose peggiorano man mano che ci avviciniamo al fronte.»

«Che progressi avete realizzato oggi?»

«L'opposizione più seria in questo momento è quella degli inglesi. Almeno una brigata di carri armati. A partire dall'alba, li abbiamo cacciati indietro di due chilometri.»

«Risultava che ci fosse anche una forza belga» fece notare Sergetov.

«È sparita. Non sappiamo dov'è... sì, anche questo mi preoccupa. Ho piazzato una delle nuove divisioni sul fianco sinistro per proteggerci dai contrattacchi. Le altre si uniranno alla 20ª nel pomeriggio, quando riprenderemo l'attacco.»

«La forza?» domandò Alekseyev.

«La 20ª è ridotta a novanta carri funzionanti, forse meno» disse il generale. «Novanta è la cifra di quattro ore fa. È andata meglio alla fanteria, ma la divisione è comunque sotto il cinquanta per cento della forza nominale.»

Il veicolo svoltò verso il ponte galleggiante. Ogni segmento era imbullonato agli altri, e il veicolo saltellò su e giù come una barchetta sulla cresta dell'onda. I tre ufficiali si controllavano, ma a nessuno piaceva essere chiuso in una scatola d'acciaio sull'acqua. Il BMP d'assalto era, tecnicamente, anfibio, però molti di loro erano inaspettatamente affondati, e quando succedeva era raro che qualcuno si salvasse. Sentivano i colpi delle artiglierie in lontananza. Ad Alfeld gli attacchi aerei arrivavano all'improvviso. L'attraversamento fu effettuato in poco più di un minuto.

«A titolo di curiosità, il ponte che abbiamo percorso detiene il record di sopravvivenza.» Guardò l'orologio. «Sette ore.»

«Che cosa ne è del maggiore che lei ha proposto per la decorazione?»

«È stato ferito in un attacco aereo, ma se la caverà.»

«Gli dia questa, forse accelererà la guarigione.» Alekseyev si frugò in tasca e porse al generale una stella d'oro a cinque punte cucita su un nastrino rosso sangue. Il maggiore del genio era diventato Eroe dell'Unione Sovietica.

USS Chicago

Tutte le navi rallentarono quando giunsero alla banchisa. McCafferty la osservò attraverso il periscopio: una sottile linea bianca a meno di due miglia. Non c'era nient'altro in vista. Poche navi stavano così vicine al ghiaccio, e non si vedevano aerei.

Il sonar captò un rassicurante volume di rumori. Il profilo seghettato del pack era formato da migliaia di banchi di ghiaccio, lastre dello spessore di pochi piedi, la cui superficie andava da qualche metro quadrato a diversi ettari. Ogni anno si staccavano per effetto del disgelo primaverile e andavano alla deriva fino al gelo successivo. In quel periodo, vagavano sfregandosi l'uno contro l'altro, in un processo che distruggeva i blocchi più piccoli e aumentava gli interminabili gemiti e schianti della compatta distesa di ghiaccio che arrivava fino al versante nord dell'Alaska.

«Che cos'è?» McCafferty regolò il periscopio, girando il pomello sulla posizione di forza dodici, cioè di massima visibilità. Aveva scorto quello che poteva essere un pericolo immediato. Era sparita, ma ricomparve: la pinna dorsale simile a una spada di un maschio di balena assassina, l'orca. Uno spruzzo usciva a ogni respiro del cetaceo, condensandosi in vapore nell'aria gelida; poi si videro altre orche. Che cosa sarebbe accaduto se ne avessero richiamato un'intera famiglia? Un banco – no, un gruppo. Probabilmente si erano spinte fin lassù per cacciare le foche. Si domandò se l'auspicio era buono o cattivo. *Orcinus Orca*, il suo nome scientifico, vuol dire "portatore di morte".

«Sonar, abbiamo qualcosa a uno-tre-nove?»

«Plancia, su quel rilevamento abbiamo undici balene assassine. Per me, sono tre maschi, sei femmine, due adolescenti. Piuttosto vicine, credo. Il rilevamento sta lentamente cambiando.» Il caposonar aveva risposto come se fosse stato insultato. Gli ordini erano di non riferire niente di "biologico", se non a fronte di un preciso ordine.

«Benissimo.» McCafferty non poté trattenersi dal ridere.

Gli altri sottomarini dell'operazione Doolittle erano schierati su una fila che si stendeva per dieci miglia. Uno a uno scesero in profondità e si diressero sotto la banchisa. Dodicimila piedi sotto di loro vi era il fondo del piano abissale di Barents.

Islanda

«È tutto il giorno che non vediamo elicotteri» constatò il sergente Smith.

La conversazione, rimarcò Edwards, costituiva un valido diversivo al fatto che si stavano nutrendo di pesce crudo. Guardò l'ora. Tempo di chiamare. Ormai era in grado di montare l'antenna anche dormendo.

«Doghouse, qui Beagle, e le cose potrebbero andare molto meglio, passo.»

«Beagle, vi riceviamo. Dove siete?»

«A circa quarantasei chilometri dall'obiettivo» disse Edwards. Diede le coordinate. Secondo la carta, non restavano da attraversare se non una strada e una catena di colline. «Non c'è molto da riferire, se non che oggi non abbiamo visto elicotteri. In effetti, non abbiamo visto nessun aereo.» Edwards guardò in su. Il cielo era abbastanza sereno. Di solito vedevano dei caccia in servizio di pattuglia un paio di volte al giorno.

«Roger su questo, Beagle. Sappiate che la Marina ha mandato degli aerei stamane all'alba e gliele ha suonate forte.»

«Ottimo! Non abbiamo più visto russi da quando l'elicottero ci ha avvistati ieri.» In Scozia, il controllore tremò a sentire la notizia. Edwards riprese. «Siamo ridotti a nutrirci dei pesci che prendiamo, ma la pesca è piuttosto buona.»

«Come sta la vostra amica?»

Mike non poté fare a meno di sorridere a quella domanda. «Non ci sta ritardando, se è questo che volete sapere. C'è altro?»

«Negativo.»

«Okay, richiameremo se vedremo qualcosa. Chiudo.» Edwards spense la radio. «Gli amici laggiù dicono che la Marina si è rosicchiata un po' di caccia russi, quest'oggi.»

«Era quasi ora» disse Smith. Gli restavano soltanto cinque sigarette. Ne guardò una per decidere se doveva o non doveva ridurre lo stock a quattro. Edwards lo osservò mentre apriva l'accendino per avvelenarsi un altro po'.

«Andiamo a Hvammsfjördur?» domandò Vigdis. «Perché?»

«Qualcuno vuole sapere che cosa c'è laggiù» rispose Edwards. Aprì la carta tattica, da cui risultava che l'accesso alla baia era disseminato di scogli. Gli ci volle un momento per rendersi conto che, mentre i rilievi erano segnati in metri, le isobate erano espresse in braccia, pari ognuna a un metro e ottantadue centimetri...

Keflavik

«Quanti?»

Il comandante di reggimento dei caccia fu calato gentilmente dall'elicottero, con il braccio al collo. Nell'espulsione dall'aereo disintegrato, il colonnello si era slogato la spalla; per di più, il paracadute l'aveva fatto atterrare sul declivio di una montagna, aggiungendo la distorsione di una caviglia e parecchi graffi sul viso. C'erano volute undici ore per trovarlo. Nell'insieme, il colonnello si considerava fortunato – per essere quello stupido che aveva fatto cadere il proprio reparto nell'imboscata tesa da una formazione di forza superiore.

«Cinque aerei sono in grado di andare in missione» gli dissero. «Di quelli danneggiati, possiamo ripararne due.»

Il colonnello imprecò, malgrado la morfina che gli circolava nelle vene. «I miei uomini?»

«Ne abbiamo trovati sei, lei compreso. Due illesi e idonei al volo, gli altri in ospedale.»

Un elicottero atterrò vicino a loro. Il generale dei paracadutisti scese e si avvicinò.

«Lieto di vederla in vita.»

«Grazie, compagno generale. State continuando a cercare?»

«Sì, ho distaccato due elicotteri. Che cosa è successo?»

«Gli americani hanno fatto un'incursione con i bombardieri pesanti. Non li abbiamo mai visti, ma l'abbiamo capito dai disturbi. C'erano anche dei caccia. I bombardieri se ne sono andati quando noi siamo arrivati.» Il colonnello dell'Aviazione cercò di raccontare le cose nel modo più accettabile, e il generale non lo incalzò. Era una postazione molto esposta, e cose del genere erano prevedibili. I MiG non potevano legittimamente ignorare il raid americano. Non aveva senso punire il colonnello.

Il generale aveva già richiesto altri caccia via radio, benché non se ne aspettasse nemmeno uno. Il piano diceva che non ce ne sarebbe stato bisogno, ma aveva anche detto che la sua divisione doveva tenere da sola l'Islanda soltanto per due settimane. A quel punto, la conquista della Germania avrebbe dovuto essere finita, e così la guerra terrestre in Europa. I rapporti che riceveva dal fronte non erano altro che le notizie di Radio Mosca abbellite. L'Armata Rossa stava puntando verso il Reno – in effetti lo stava facendo fin dall'inizio della maledetta guerra! Venivano, stranamente, omessi i nomi delle città sottoposte ad attacchi quotidiani. Il capo del suo servizio informazioni rischiava la vita per ascoltare clandestinamente i notiziari delle radio occidentali – atto considerato sleale dal KGB – per avere un'idea di come stava andando il conflitto. Se le notizie degli alleati erano esatte. Non credeva troppo neanche a loro – la campagna in Germania era un sanguinoso pasticcio. Finché non fosse finita, lui sarebbe stato vulnerabile.

La NATO avrebbe tentato un'invasione? L'ufficiale alle operazioni diceva che era impossibile, a meno che gli americani non riuscissero prima a distruggere i bombardieri a lungo raggio che partivano da Kirovsk. Lo scopo fondamentale dell'occupazione dell'Islanda era stato di togliere alle portaerei americane una postazione da cui sarebbe stato realizzabile un progetto del genere. Sulla carta, quindi, il generale prevedeva soltanto un'intensificazione degli attacchi aerei, contro i quali poteva ben difendersi con i missili terra-aria. Non era diventato comandante di divisione soltanto facendo il passacarte.

«Che diavolo è successo?» Il comandante alzò gli occhi e scoprì di avere un tubicino infilato nel braccio. L'ultima cosa che ricordava era di essersi trovato sul ponte di comando a metà del turno di guardia pomeridiano. Vide che l'oblò sulla parete di tribordo della cabina era coperto. Nave oscurata: era notte.

«Lei è svenuto, capitano» disse il capo infermiere. «Non...»

Il capitano fece per alzarsi. La testa si sollevò di una spanna dal cuscino, poi ricadde.

«Deve riposare. Ha un'emorragia interna, signore. Ha perso sangue stanotte. Perché non è venuto a farsi vedere?» Il capo infermiere alzò un flacone di compresse di Maalox. *Credono di sapere tutto*... «Le è scesa la pressione di venti punti, e a momenti cadeva in coma. Non ha un mal di pancia qualunque, comandante. Forse dovrà essere operato. C'è un elicottero in arrivo per l'evacuazione medica. La porterà a terra.»

«Non posso lasciare la nave. Io...»

«Ordine del medico, comandante. Se lei muore io perdo la mia buona reputazione; ma se rifiuta le cure mediche, lei potrebbe avere guai seri. Mi dispiace, signore, ma lei va a terra.»

32

Nomi nuovi, facce nuove

Norfolk, Virginia

«Buon giorno, Ed.» Il comandante delle forze navali di superficie della flotta atlantica degli Stati Uniti era seduto a un tavolo coperto di dispacci sistemati in pile. ''Buon giorno'' a mezzanotte e trenta minuti. Morris non se n'era più andato da Norfolk dopo che c'era arrivato all'alba del giorno precedente. Se fosse tornato a casa, avrebbe dovuto dormire di nuovo...

«Buon giorno, signore. Che cosa posso fare per lei?» Morris non si volle sedere.

«Vuole riprendere il mare?» chiese brusco il COMNAVSURFLANT.

«Su che cosa?»

«Il comandante della *Reuben James* è arrivato a terra con un'ulcera emorragica. L'hanno portato in elicottero stamane. La nave sarà qui fra un'ora, insieme agli anfibi della flotta del Pacifico, assegnata alla scorta del convoglio. Se ne sta formando uno grosso nel porto di New York. Ottanta navi, tutte grandi e veloci, cariche di equipaggiamento pesante per la Germania Occidentale. Il convoglio salpa fra quattro giorni con una massiccia scorta americana e inglese, più appoggio di portaerei. La *Reuben James* starà in porto il tempo necessario per caricare carburante e provviste. Parte per New York questa sera insieme alla *Battleaxe* inglese. Voglio affidarla a lei, se se la sente.» L'ammiraglio guardò attentamente Morris. «È sua se la vuole. Se la sente?»

«Le mie cose sono ancora a bordo della *Pharris*» disse Morris cercando di prendere tempo.

«Imballate e in arrivo, Ed.»

C'erano un sacco di altri ufficiali che avrebbero potuto farlo, pensò Morris. Lo staff operativo con cui aveva lavorato dopo l'arrivo a Norfolk era pieno di gente che sarebbe saltata subito sull'occasione. *Di nuovo in mare, oppure ritornare ogni sera a una casa vuota e agli incubi notturni?*

«Se lei vuole, la prendo.»

Fölziehausen, Repubblica Federale Tedesca

L'orizzonte a nord lampeggiava del fuoco d'artiglieria che illuminava gli alberi. Il rumoreggiare dei colpi non smetteva mai. Il viaggio al posto di comando divisionale da Alfeld era di soli quindici chilometri. I violenti attacchi aerei, e venti sbarramenti di artiglieria, avevano fatto di una trasferta da sbrigare in mattinata un incubo durato oltre il tramonto.

Il quartier generale avanzato della 20ª Corazzata era la postazione di comando per l'avanzata su Hameln. Il tenente generale Beregovoy, che aveva rilevato Alekseyev, ora aveva il comando della 20ª e del GMO – il Gruppo di Manovra Operativa. Il concetto del GMO era stato una delle più preziose idee sovietiche di prima della guerra. Il "colpo audace" doveva aprire un corridoio nelle retrovie nemiche, che il gruppo avrebbe sfruttato precipitandovisi per impadronirsi di obiettivi importanti politicamente ed economicamente. Alekseyev era in piedi, appoggiato a un veicolo corazzato, e guardava lo sfondo scuro del bosco illuminato dai lampi. *Un'altra cosa che non è andata secondo i piani*, pensò. *Come se ci fossimo aspettati la collaborazione della NATO!*

Vi fu una luce gialla in alto. Alekseyev strinse le palpebre e guardò la palla di fuoco che si trasformava in una cometa e cadeva a parecchi chilometri di distanza. Nostra o loro? si chiese. *Un'altra promettente vita soffiata via da un missile. Adesso ammazziamo giovani uomini con i robot. Chi ha detto che l'umanità non sta usando la tecnologia per scopi degni?*

Per tutta la vita si era preparato a questo. Quattro anni alla scuola allievi ufficiali, la difficile iniziazione come ufficiale subalterno, la promozione al comando di una compagnia. Altri tre anni all'Accademia Frunze di Mosca, dopo che avevano visto in lui un astro nascente. Il comando di un battaglione. Di nuovo a Mosca, all'Accademia Voroshilov per Ufficiali di Stato Maggiore. Il primo del corso. Il comando di un reggimento, poi di una divisione. *E tutto per questo?*

Fra gli alberi, mezzo chilometro più in là, c'era un ospedale da campo; il vento portava alla postazione di comando le urla dei feriti. Non era così nei film che aveva visto da ragazzo, e che vedeva tuttora. I feriti, nei film, soffrivano in silenzio, con dignità e determinazione, fumando sigarette offerte da cortesi, abilissimi paramedici, in attesa di passare nelle mani di coraggiosi, abilissimi chirurghi e di graziose e devote infermiere. *Una fottuta menzogna*, si disse, *tutta una mostruosa fottuta menzogna!* La professione alla quale aveva dedicato la propria esistenza non era altro che assassinio organizzato. Stava mandando ragazzi dal viso lentigginoso in una campagna irrigata dal sangue, su cui grandinava l'acciaio. Le ustioni erano la cosa peggiore. I carristi che riuscivano a saltar fuori dai carri roventi con gli abiti in fiamme... quelli non smettevano più di urlare. Chi veniva ucciso dallo shock, o dalla pistola di un ufficiale misericordioso, era sostituito da qualcun altro. I fortunati che arrivavano alle stazioni di smistamento trovavano infermieri troppo occupati per offrire sigarette, e medici che non si reggevano più dalla stanchezza.

Il brillante successo che aveva riportato ad Alfeld non aveva prodotto alcun esito, per il momento, e in cuor suo si chiedeva se lo avrebbe mai prodotto, se non aveva buttato via tante giovani vite solo per le parole che sarebbero state scritte nei libri da uomini desiderosi di far dimenticare gli orrori inflitti e sofferti.

Dei ripensamenti adesso, Pasha? si chiese. *E quei colonnelli che hai fatto fucilare? Un po' tardi per scoprirti una coscienza, non credi?* Ma adesso non era più un gioco da tavolo o una esercitazione a Shpola, e neppure una serie di incidenti ordinari in un'esercitazione. Un conto era essere un comandante di compagnia che vedeva queste cose dopo avere eseguito ordini impartiti dall'alto. Tutt'altra faccenda era dare gli ordini e vederne il risultato.

«Non c'è nulla di più terribile di una battaglia vinta – all'infuori di una battaglia persa.» Alekseyev ricordava la citazione tratta dai commentarî di Wellington su Waterloo, uno dei due milioni di volumi nella biblioteca della Frunze. Di certo non era stata scritta da un generale russo. Come mai gli era stato possibile leggerla? Se i soldati avessero sentito più affermazioni di questo genere e meno frasi gloriose, che cosa avrebbero fatto quando i politicanti al potere avessero ordinato loro di marciare? *Questa sì che è un'idea nuova*, si disse il generale. Orinò contro un albero e ritornò alla postazione.

Trovò Beregovoy chino sulla carta. Un uomo valido e un soldato capace, Alekseyev lo sapeva. Chissà che cosa pensava?

«Compagno, la brigata belga è appena ricomparsa. Ci sta attaccando sul fianco sinistro. Ha preso due reggimenti mentre si stavano spostando alle nuove posizioni. Abbiamo un problema.»

Alekseyev gli si mise a fianco e passò in rassegna le unità disponibili. L'attacco era stato sferrato al punto in cui si congiungevano due divisioni, di cui una logora, l'altra fresca, ma nuova al combattimento. Un tenente spostò delle pedine. I reggimenti sovietici stavano indietreggiando.

«Tenga in posizione il reggimento di riserva» ordinò Alekseyev. «Sposti quest'altro a nordovest. Cercheremo di colpire i belgi sul fianco quando saranno vicini a questo incrocio.» La professionalità è dura a morire, in un soldato.

Islanda

«Bene, eccola.» Edwards porse il binocolo al sergente Smith. Hvammsfjördur distava ancora parecchie miglia. La videro per la prima volta dalla cima di una collina di duemiladuecento piedi. Un fiume scintillante scorreva in basso e si gettava nel fiordo a più di dieci miglia. Tutti stavano accovacciati, per non stagliarsi contro il sole basso. Edwards tirò fuori la radio.

«Doghouse, qui Beagle. Siamo in vista dell'obiettivo.» Si era espresso in modo particolarmente stupido, lo sapeva. Hvammsfjördur era un fiordo lungo più di trenta miglia, con una larghezza massima di dieci.

L'interlocutore in Scozia ne fu colpito. Il gruppo di Edwards aveva percorso quindici chilometri nelle ultime dieci ore.

«In che condizioni siete?»

«Se volete che andiamo oltre, gente, ho paura che questa radio vi riceva male.»

«Roger, capito.» Il maggiore si trattenne a stento dal ridere. «Dove siete esattamente?»

«Circa cinque miglia a est della Quota 578. Adesso che siamo qui, forse potete dirci perché» suggerì Edwards.

«Se vedete qualsiasi, ripeto qualsiasi, attività da parte dei russi, vogliamo saperlo immediatamente. Capito?»

«Roger. Volete ogni minimo dettaglio. Nessun russo in vista per ora. Qualche rovina a sinistra, e una fattoria a valle di dove siamo. Nessun movimento né dall'una né dall'altra parte. Volete che andiamo in qualche posto specifico?»

«Ci stiamo pensando. Restate dove siete, per ora. Trovate un buon posto per nascondervi e state all'erta. Come va a cibarie?»

«Abbiamo abbastanza pesce per un giorno, e vedo un lago dove possiamo pescarne dell'altro. Ricordate quella volta che ci avete promesso delle pizze, Doghouse? In questo momento commetterei un omicidio per averne una. Con cipolle e peperoni.»

«Il pesce vi fa bene, Beagle. La forza del segnale è diminuita. Dovete cominciare a risparmiare le batterie. Altro da riferire?»

«Negativo. Richiamiamo se vediamo qualcosa. Chiudo.» Edwards spense la radio. «Gente, siamo a casa!»

«Bene, comandante» disse Smith con una risata. «Dov'è la casa?»

«Budhardalur è dall'altra parte di quella montagna» suggerì Vigdis. «Mio zio Helgi abita là.»

Potremmo avere un pasto come si deve, si disse Edwards. *Forse un pezzo di agnello, della birra o qualcosa di più forte, e un letto... un vero, morbido letto con lenzuola e piumino come usano qui. Un bagno, acqua calda per radersi, dentifricio.* Edwards sentiva l'odore del proprio corpo, di tutte le sue parti. Avevano cercato di lavarsi nei torrenti quando avevano potuto, ma il più delle volte non era stato possibile. *Puzzo come un caprone*, pensò, *comunque possa essere l'odore dei caproni. Ma non siamo venuti fin qui per fare una stupidaggine del genere.*

«Sergente, mettiamoci in sicurezza qui.»

«Giusto, comandante. Rodgers, a dormire. Garcia, tu e io facciamo il primo turno di guardia. Quattro ore. Va sul cocuzzolo laggiù. Io vado a destra.» Smith si alzò e guardò Edwards. «Buona idea riposarci un poco tutti finché possiamo, comandante.»

«A me sembra magnifica. Se vedi qualcosa d'importante, dammi un calcio.» Smith annuì e si allontanò di un centinaio di metri.

Rodgers era già mezzo addormentato, con la testa sulla giacca ripiegata, il fucile appoggiato sul petto.

«Stiamo qui?» domandò Vigdis.

«Mi piacerebbe andare da tuo zio, ma in paese potrebbero esserci dei russi. Come ti senti?»

«Stanca.»

«Stanca quanto noi?» chiese ridendo.

«Sì, stanca quanto voi» ammise lei. Vigdis si coricò a fianco di Edwards. Era sudicia. Il maglione di lana era strappato in diversi punti, e gli stivali irreparabilmente scalcagnati. «Che cosa succederà, adesso?»

«Non lo so. Ci volevano qui per qualche motivo.»

«Ma non te lo dicono!» obiettò lei.

Osservazione intelligente, pensò Edwards.

«Loro l'hanno detto a te e tu non lo dici a noi?» chiese Vigdis.

«No, sapete tutto quello che so io.»

«Michael, perché succede tutto questo? Perché vengono qui i russi?»

«Non lo so.»

«Ma sei ufficiale, devi sapere.» Vigdis si appoggiò su un gomito. Sembrava autenticamente sorpresa. Edwards le sorrise. Non poteva volergliene, se era confusa. La sola forza armata in Islanda era la polizia. Il paese era un regno pacifico, non aveva militari nel senso preciso del termine. Qualche motovedetta armata a protezione della pesca, più la polizia, erano tutto ciò di cui l'isola aveva avuto bisogno per mantenere l'ordine. La guerra aveva distrutto quella situazione di privilegio. In mille anni, senza Esercito né Marina, l'Islanda non era mai stata attaccata. Era successo adesso soltanto perché disturbava. Chissà se sarebbe andata così anche nel caso che la NATO non avesse costruito la base a Keflavik? No di certo! *Idiota, non hai visto che persone per bene sono i russi?*... Base NATO o no, l'Islanda li disturbava. Ma perché diavolo era capitato tutto questo?

«Vigdis, io sono un meteorologo – uno che si occupa del tempo, prevedo il tempo che farà per conto delle forze armate.» La notizia le confuse ancora di più le idee.

«Non soldato? Non, uhm, soldato marine?»

Mike scosse il capo. «Sono ufficiale dell'Aviazione americana, questo sì, ma non un vero soldato come il sergente. Ho un compito diverso.»

«Ma tu hai salvato la mia vita. Sei un soldato.»

«Già, penso di esserlo – ma per puro caso.»

«Quando tutto questo finisce, cosa fai?» Gli occhi di lei tradivano un enorme interesse.

«Una cosa alla volta.» Stava pensando in termini di ore, non di giorni o di settimane. *Se ce la caviamo, cosa fare? Non pensarci adesso. Prima la sopravvivenza. Pensi a "dopo la guerra" e magari non ci sarà un "dopo"*. «Sono troppo stanco per pensarci. Dormiamo.»

Vigdis lottava contro il sonno. Mike capiva che avrebbe voluto sapere da lui cose cui non aveva ancora pensato scientemente. Anche lei, però, era più stanca di quanto non volesse ammettere, e in capo a dieci minuti si addormentò. Russava. Non se n'era accorto prima di allora. Non era una bambola di porcellana. Aveva forze e debolezze, lati buoni e cattivi. Aveva un viso d'angelo, ma si era fatta mettere incinta... *e con questo?* pensò Edwards. *È ancora più coraggiosa che bella. Ha salvato la mia vita quando l'elicottero russo ci è arrivato addosso. Un uomo non l'avrebbe fatto altrettanto bene.*

Edwards si impose di stare giù e dormire. Non poteva ancora pensare a questa faccenda. Prima doveva sopravvivere.

Scozia

«Controlleranno la zona?» chiese il maggiore. Non si era mai aspettato veramente che Edwards e il suo gruppetto riuscissero ad arrivare così lontano, non con ottomila soldati russi sull'isola. Ogni volta che pensava alle cinque persone che camminavano sul terreno arido e pietroso con gli elicotteri russi che giravano loro sulla testa, gli veniva la pelle d'oca.

«Verso mezzanotte, credo» disse l'uomo del Servizio Esecutivo Speciale. Il sorriso gli faceva corrugare la pelle intorno alla benda sull'occhio. «Voialtri fareste bene a decorare quel giovanotto. Sono stato anch'io in situazioni del genere. Non potete immaginare quanto sia difficile fare ciò che ha fatto quella gente. Con un maledetto elicottero Hind appollaiato sopra di loro! Ho sempre detto che quei tipetti tranquilli sono proprio quelli che vanno tenuti d'occhio.»

«In ogni caso, è ora che mandiamo dei professionisti a dar loro una mano» dichiarò il capitano della fanteria di Marina inglese.

«Assicuratevi che portino dei viveri» ricordò il maggiore della USAF.

Base aerea di Langley, Virginia

«Allora, qual è il problema?» chiese Nakamura.

«Delle irregolarità in qualcuno degli alloggiamenti dei motori a razzo.»

«Irregolarità vuol dire che fanno bum?»

«Forse» ammise il tecnico.

«Magnifico» disse il maggiore Nakamura. «Io sono quella che deve portare quel mostro a diciassettemila miglia dritto sopra l'inferno, senza sapere chi andrà in orbita, io o lui!»

«Quando questo tipo di razzo esplode, non fa granché. Si rompe solo in due pezzi che poi bruciano per conto loro.»

«Immagino che, visto da diciassettemila miglia, non faccia un grande effetto – ma cosa succede se i maledetti si accendono a venti piedi dal mio F-15?» *Un tuffo molto molto lungo*, pensò Bun.

«Mi dispiace, maggiore. Questo razzo ha dieci anni di età. Nessuno ha seguito le nostre norme per la conservazione in magazzino dopo l'abbinamento con la testata ASAT. Lo abbiamo controllato con i raggi X e con gli ultrasuoni. Penso che sia a posto, ma potrei anche sbagliarmi» disse l'uomo della Lockheed. Dei sei missili ASAT che restavano, ne aveva dichiarati tre non idonei per incrinature nel propulsore a carburante solido. Gli altri tre erano dei punti interrogativi. «Vuole la verità o vuole una canzone e un giro di valzer?»

«Deve pilotarlo, maggiore» disse il vice comandante dell'Aviazione tattica. «È la sua decisione.»

«Possiamo sistemarlo in modo che il missile non si accenda finché io non sono a distanza?»

«Quanto tempo le occorre?» chiese il tecnico. Bun pensò alla velocità e alla manovrabilità a quell'altezza.

«Diciamo dieci o quindici secondi.»

«Dovrò fare una piccola modifica al *software*, ma non dovrebbe essere un gran problema. Dobbiamo assicurarci che il missile conservi sufficiente velocità di spinta per avere anche l'assetto di lancio. È sicura che bastino quindici secondi?»

«Non proprio, dovremo verificarlo sul simulatore. Quanto tempo abbiamo?»

«Minimo due giorni, massimo sei. Dipende dalla Marina» rispose il generale.

«Magnifico.»

Stornoway, Scozia

«Buone notizie» annunciò Toland. «Un caccia Eagle stava volando su un convoglio veloce a nord delle Azzorre. Due Bear vengono a cercare le navi, e l'Eagle li fa fuori tutti e due. Così, sono tre negli ultimi quattro giorni. A quanto pare, l'incursione dei Backfire è abortita.»

«Qual è la loro posizione?» chiese il comandante di gruppo.

Toland fece scorrere il dito sulla carta, controllando latitudine e longitudine sul dispaccio. «Sembra che siano all'incirca qui, ma il dato risale a venti minuti fa.»

«Vuol dire che saranno sull'Islanda in meno di due ore.»

«E gli aerei cisterna?» chiese il comandante dei caccia della Marina.

«Non con un preavviso così breve.»

«Possiamo spingerci fin là con due caccia, usandone altri due per i serbatoi supplementari, ma questo lascia loro soltanto una ventina di minuti sul posto, e una riserva di dieci minuti per il ritorno alla base.» Il capo dei caccia fischiettò. «Stretto. Troppo stretto. Dobbiamo rinunciare.»

Squillò un telefono. Rispose il comandante inglese della base.

«Comandante di gruppo Mallory. Sì... molto bene, neutralizzate.» Riappese. Le sirene suonarono nel capannone a mezzo miglio di distanza. I piloti corsero ai caccia. «I russi hanno risolto la questione comunque, comandante. I vostri aerei radar riferiscono intensa attività di disturbo in arrivo dal nord.»

Il comandante corse alla porta e balzò su una jeep.

Norfolk, Virginia

La corsa in auto dal quartier generale del SACLANT durò dieci minuti. I marines al cancello principale controllarono con cura tutti e tutto, anche una Chevrolet con tre stelle sulla bandierina. Si diressero al porto in mezzo a un turbine di attività. I treni andavano avanti e indietro, sui binari nelle vie, le officine di riparazione e di collaudo lavoravano ventiquattr'ore su ventiquattro. Anche i fast-food McDonald appena fuori del porto lavoravano a tempo pieno, dispensando hamburger e patate fritte agli uomini che facevano qualche minuto di pausa per rifocillarsi. Per i marinai che passavano un giorno o due a terra era un punto di riferimento, modesto ma importante. L'auto girò a destra appena arrivò ai moli, oltre le banchine dei sommergibili.

«È una nave nuova, in servizio appena da un mese, il tempo minimo per tarare gli apparecchi elettronici, e devono avere anche risparmiato del tempo sull'operazione» disse l'ammiraglio. «Il capitano Wilkens ha fatto controlli continui nel transito da San Diego, ma niente ancora con gli elicotteri. La flotta del Pacifico si tiene i suoi, e nemmeno io posso darle un elicottero in dotazione. Tutto ciò che ci resta è una variante del Seahawk-F, un prototipo che stavano provando giù a Jacksonville.»

«Quello con il sonar a immersione?» si informò Morris. «Mi può andare bene. C'è un pilota che lo sappia usare?»

«Già provveduto. Il tenente di vascello O'Malley. L'abbiamo richiamato da un corso che stava tenendo a Jax.»

«Ne ho sentito parlare. Era sul *Moosbrugger* per un aggiornamento sul sistema, quando io ero direttore di tiro del *John Rodgers*. Sì, conosce il mestiere.»

Reuben James. La svelta prua inclinata contrassegnata dal numero 57, sospesa sul molo come la lama di una ghigliottina. Dimenticando per un momento la stanchezza, Morris scese dalla Chevrolet a esaminare la sua nuova nave con il cauto entusiasmo di un uomo di fronte al figlio appena nato.»

Aveva già visto fregate della classe FFG-7, ma non c'era mai salito a bordo. Le austere linee dello scafo gli ricordavano uno yacht da corsa Cigarette. Sei cavi d'ormeggio da cinque pollici l'assicuravano alla banchina, ma la sagoma snella sembrava volerli tirare. Con sole 3900 tonnellate a pieno carico, non era una grossa nave, ma chiaramente un'unità veloce quando si trattava di andare a combinare guai al nemico.

La sovrastruttura era un pugno nell'occhio, aggraziata pressappoco come un garage in muratura, sovrastata da antenne a stilo e da radar che sembravano costruiti da un bambino con il meccano. Tuttavia Morris vide la semplicità funzionale dello schema. I quaranta missili della fregata erano disposti su rastrelliere circolari a prua. La tuga posteriore, a forma di scatola, aveva lo spazio giusto per contenere un paio di micidiali elicotteri antisom. Lo scafo aveva una linea elegante perché la velocità lo comportava. La sovrastruttura era a scatola perché doveva esserlo. Era una nave da guerra, e se c'era qualcosa di esteticamente gradevole sulla *Reuben James* era puramente casuale.

I marinai in jeans e camicia blu si muovevano veloci sulle tre passerelle, portando a bordo le provviste per la partenza immediata. Morris si diresse con passo deciso alla passerella di poppa. Un marine di guardia lo salutò al piede del barcarizzo, e un ufficiale in plancia si mise a dare ordini frenetici perché tutti fossero pronti a ricevere il nuovo comandante. Fu suonata quattro volte la campana, e il comandante Ed Morris assunse la nuova identità.

«*Reuben James*, in arrivo.»

Salutò la bandiera, poi l'ufficiale di guardia.

«Signore, non l'aspettavamo fino a...» disse l'ufficiale senza troppo tatto.

«A che punto siamo?» lo interruppe Morris.

«Altre due ore al massimo, signore.»

«Ottimo.» Morris sorrise. «Ci preoccuperemo più tardi delle scartoffie. Torni pure al lavoro, signor...»

«Lyles, signore. Ufficiale di controllo.»

E che diavolo sarà mai? si chiese Morris. «Okay, signor Lyles. Dov'è il comandante in seconda?»

«Qui, signore.» Il secondo aveva la camicia sporca di grasso. «Era nella sala dei generatori. La prego di scusare il mio aspetto.»

«Come andiamo?»

«Andiamo bene. Pieno carico di carburante e di armi. Il sonar a rimorchio è tarato alla perfezione...»

«Così in fretta?»

«Non è stato facile, comandante, ma ce l'abbiamo fatta. Come sta il capitano Wilkens?»

«Il dottore dice che si rimetterà, però... bene, dovrà stare a riposo per un po' di tempo. Io sono Ed Morris.» Il comandante e il secondo si strinsero la mano.

«Frank Ernst. È la prima volta che mi trovo con la flotta dell'Atlantico.» Il tenente di vascello ebbe un sorriso ambiguo. «Ho scelto il momento buono per venirci. Comunque, tutto è in ordine, comandante. Tutto funziona. Il pilota dell'elicottero è su al CIC insieme ai tattici. Ci è toccato Jerry il Martello. Giocavo a baseball con lui ad Annapolis. È un tipo a posto. Dei sottufficiali, tre sono veramente in gamba, e uno è addirittura abilitato al servizio di guardia. L'equipaggio è fatto di gente giovane, ma oso dire che è in forma come meglio non si può sperare. Pronti a salpare fra due ore, tre al massimo. Dov'è il suo bagaglio, signore?»

«Dovrebbe arrivare entro mezz'ora. Qual era il problema di sotto?»

«Niente di grave. Un tubo dell'olio che perdeva al generatore diesel numero tre. Uno sbaglio del cantiere, non era saldato bene. Già riparato. Le piacerà la sala macchine, comandante. In collaudo, con onde di cinque piedi, la nave ha fatto trentuno nodi e mezzo.» Ernst alzò le sopracciglia. «Abbastanza veloce?»

«E gli stabilizzatori?» chiese Morris.

«Funzionano a meraviglia, comandante.»

«Gli antisom?»

«Andiamo a trovarli.»

Morris seguì il primo ufficiale nella sovrastruttura. Passarono fra due hangar per gli elicotteri, poi a sinistra oltre il quadrato ufficiali, quindi salirono una scaletta. Il CIC era ubicato un piano sotto e a poppavia della plancia, adiacente all'alloggio del comandante. Buio come una caverna, era più nuovo di quello della *Pharris* e anche più grande, ma non meno affollato. Una ventina di persone erano al lavoro su un esercizio di simulazione.

«No, perdio!» urlò una voce. «Dovete reagire più in fretta. Questo è un Victor, e non starà ad aspettare che abbiate preso le vostre decisioni del cavolo!»

«Attenti! Il comandante» annunciò Ernst.

«Comodi» disse Morris. «Chi è il figlio di puttana che urla a quel modo?»

Un uomo dal torace che sembrava un barile emerse dall'ombra. Aveva gli occhi circondati da rughe a forza di guardare troppo il sole. E così, questo era Jerry "il Martello" O'Malley. Lo conosceva solo per averne sentito la voce tonante alla radio UHF, e per la reputazione di essere un cacciatore di sommergibili che teneva più al proprio lavoro che alla promozione.

«Penso che alluda a me, comandante. O'Malley. Sono quello che deve guidare il suo Seahawk-Foxtrot.»

«Ha ragione a proposito del Victor. Uno di quei bastardi ha quasi spaccato in due la mia prima nave.»

«Mi dispiace, però lei saprà che i russi mettono i comandanti migliori sui Victor. Manovra meglio di qualunque altra loro unità, e questo gratifica un buon "guidatore". Così, si è trovato di fronte ciò che hanno di meglio. Era in superficie, il Victor?»

Morris scosse il capo. «L'abbiamo individuato troppo tardi, proprio alla fine di uno spunto di velocità. Le condizioni acustiche non erano formidabili, però lo abbiamo scoperto, non poteva essere a più di cinque miglia. Abbiamo mandato l'elicottero a cercarlo, era quasi stato localizzato, ma poi ha interrotto il contatto Dio sa come, e ci è venuto contro dall'interno dello schieramento.»

«Eh, sì, i Victor sono bravi in questo. Io lo chiamo il trucco della pompa. Comincia ad andare da una parte, poi vira secco dall'altra, lascia un gorgo nell'acqua, probabilmente anche un generatore di rumori proprio nel mezzo. Poi si tuffa sotto lo strato e fa uno scatto veloce verso di te. Hanno raffinato la tattica in questi ultimi anni, e stiamo avendo difficoltà a escogitare una contromossa valida. Ci vuole un equipaggio sveglio sull'elicottero, e una buona intesa con la gente sulla nave.»

«Amico, o lei ha sbirciato per caso il mio rapporto, oppure sa leggere nella mente.»

«Giusto, comandante. Però tutte le menti in cui leggo parlano russo. Il trucco della pompa è la cosa migliore che sa fare il Victor, e bisogna stare attenti, con quella capacità di accelerare e di virare così in fretta. Ho cercato di insegnare alla gente che, quando sembra che voglia virare a babordo, probabilmente andrà a tribordo; allora conviene derivare per duemila metri, aspettare uno o due minuti, e poi martellare il bastardo e marinare il pesce prima che possa reagire.»

«E se uno si sbaglia?»

«Vuol dire che si è sbagliato, comandante. Però i russi sono prevedibili, il più delle volte... se lei pensa come un sommergibilista e si mette nella situazione tattica del sottomarino, non della nave. Non gli si può impedire di scappare, ma la sua missione è di andare sul bersaglio, e gli si può rendere la vita molto difficile quando lo fa.»

Morris guardò O'Malley fisso negli occhi. Non gli piaceva che la perdita della sua nave fosse analizzata con tanta disinvoltura. Ma non c'era tempo per pensieri del genere. O'Malley era un professionista e, se esisteva un uomo capace di affrontare il prossimo Victor, quell'uomo era forse lui. «Siete tutti pronti?»

«L'elicottero è sul ponte di volo. Ci ritroveremo quando saremo al largo. Volevo parlare con la squadra antisom mentre c'è tempo. Giocheremo con la barriera sonar esterna?»

«Probabilmente. Con il sonar a rimorchio, non c'è da pensare che ci tengano all'interno del gruppo. Potremmo anche essere in coppia con una nave inglese, per la missione di scorta al convoglio.»

«Per me va bene. Se vuole la mia opinione, qui abbiamo una squadra antisom piuttosto affidabile. Dovremmo poter dare filo da torcere ai cattivi. Non era sulla *Rodgers* qualche anno fa?»

«Quando lei stava facendo pratica sulla *Moose*. Abbiamo lavorato insieme due volte, ma non ci siamo mai incontrati. Io ero "X-Ray Mike" quando facevamo le esercitazioni contro la *Skate*.»

«Mi sembrava di ricordarla.» O'Malley si avvicinò e abbassò la voce. «Quanto è brutta la situazione, laggiù?»

«Abbastanza. Abbiamo perso la linea Groenlandia-Islanda-Inghilterra. Riceviamo informazioni dai SURTASS. Abbastanza valide, ma si può scommettere che i russi prenderanno molto presto a cannonate quei pescherecci. Fra il pericolo aereo e quello dei sottomarini... non so.» Il viso diceva più delle parole. *Amici cari, morti o dispersi, il mio secondo fatto in due.* Morris provava una stanchezza che il sonno non sarebbe bastato a curare.

O'Malley annuì. «Comandante, abbiamo una fregata tutta nuova e lucente, un formidabile elicottero nuovo anche lui, e una "coda" sonar. Possiamo farci sentire anche noi.»

«Bene, succederà abbastanza presto. Salpiamo per New York fra due ore, e mercoledì portiamo fuori un convoglio.»

«Da soli?» chiese O'Malley.

«No, andando a New York viaggeremo in compagnia degli inglesi, precisamente con la *Battleaxe*. Gli ordini non sono ancora confermati, però sembra che faremo tutta la traversata insieme.»

«Sarà utile» convenne Ernst. «Venga a poppa, comandante. Le farò vedere che cosa stiamo facendo.» La sala del sonar era a poppavia del CIC, chiusa da una tenda. C'era una buona illuminazione, ben diversa dal mondo a luci attenuate del CIC.

«Accidenti, nessuno mi dice mai niente!» protestò un giovane tenente di vascello. «Buongiorno, comandante, sono Lenner, ufficiale ai sistemi di combattimento.»

«Com'è che non si trova allo schermo?»

«Abbiamo congelato la partita, comandante, e volevo controllare il visore sul replay.»

«Sono io che ho portato a bordo la cassetta del gioco, comandante» spiegò O'Malley. «Questa è la scia di un Victor-III che ha fregato una delle nostre portaerei nel Mediterraneo orientale l'anno scorso. Vede qui? È il trucco della pompa. Noterà che il contatto svanisce, poi si ravviva. È l'emettitore di suoni all'interno del gorgo. A questo punto si è infilato sotto lo strato ed è passato di corsa all'interno della barriera. Avrebbe potuto colpire la portaerei, perché non l'hanno individuato per altri dieci minuti. Quello» posò il dito sullo schermo «è ciò che lei cerca. Le segnala che si trova di fronte a uno che sa il fatto suo, e vuole ficcarglielo nel culo.» Morris esaminò attentamente il display per identificare lo schema. Lo aveva già visto una volta.»

«E cosa succede se usano la manovra per portarsi fuori?» chiese Lenner.

«In effetti, se possono rompere il contatto, perché non farlo andando verso il bersaglio?» chiese Morris a bassa voce, constatando che aveva un ufficiale ai sistemi di combattimento molto giovane.

«È così, comandante» ammise O'Malley con rammarico. «Come ho detto, è una loro tattica standard, e dà risultati a un bravo comandante. I tipi aggressivi verranno sempre a cercarti. Quelli che si allontanano... beh, sono un affondamento sicuro. Dobbiamo riacquisirli, ma anche loro devono riacquisire noi. Con una velocità di accelerazione di venti nodi, una volta che li superiamo, sono costretti a giocare a rimpiattino, e così diventano rumorosi. Il tipo prudente con ogni probabilità non corre il rischio o, se lo fa, lo fa male e noi lo becchiamo. No, questa tattica è per il tipo che vuole veramente venirti contro. La domanda è: quanti dei loro comandanti sono così aggressivi?»

«Abbastanza.» Morris distolse lo sguardo. «Come sono i complementi dell'elicottero?»

«Solo un equipaggio. Il mio co-pilota è piuttosto giovane, ma l'operatore dei sistemi di bordo è un sottufficiale veramente in gamba con cui ho volato un sacco di volte. Quelli della manutenzione sono una banda improvvisata, per lo più del gruppo di Jax. Ho parlato con loro, dovrebbero cavarsela a meraviglia.»

«Abbiamo cuccette per tutti?» chiese Morris.

Ernst scosse il capo. «Non proprio. Siamo un po' allo stretto.»

«O'Malley, il suo co-pilota è qualificato per l'appontaggio?»

«Non su una fregata. Io lo sono – diavolo, ho fatto alcune delle prime prove di sistema nel '78. Dovremo fare esercitazioni di qui a New York, giorno e notte, perché il ragazzo sia pronto. Squadra improvvisata, comandante. L'elicottero non fa nemmeno parte di una squadriglia operativa.»

«Mi sembrava ottimista un momento fa» obiettò Morris.

«Lo sono abbastanza» disse O'Malley. «I miei uomini sanno come usare i ferri del mestiere. Sono ragazzi svegli, il resto lo impareranno in fretta. E abbiamo perfino messo a punto i nostri segnali di chiamata.» Un largo sorriso. Certe cose sono importanti, per gli aviatori. C'era un messaggio sottinteso: quando O'Malley diceva "i miei uomini" parlando del gruppo volo, voleva dire che non tollerava interferenze mentre dirigeva la sua bottega. Morris lo ignorò. Non voleva una discussione, almeno, non ora.

«Okay, primo ufficiale, diamo un'occhiata in giro. O'Malley, l'aspetto all'appuntamento dopo che avremo doppiato i capi.»

«L'elicottero è pronto fin da questo momento. Quando ci vuole, siamo pronti.»

Morris fece un cenno di assenso e uscì. La scaletta personale del comandante per salire in plancia era appena a tre piedi dalla porta del CIC e da quella della cabina. La salì svelto – o almeno, tentò di farlo, con le gambe molli per la stanchezza.

«Comandante in plancia!» annunciò un sottufficiale.

Morris non ebbe una grande impressione di ciò che vide. Lo stupì scoprire che la "ruota" della nave era solo un disco di ottone non più grande di quello di un telefono. Il timoniere aveva addirittura un sedile, spostato dalla mezzeria, mentre a destra c'era una scatola di plastica trasparente che conteneva il comando diretto dell'acceleratore dei motori a turbina. Un'asta di metallo correva da un lato all'altro della timoniera, a un'altezza che permetteva di afferrarla facilmente con mare mosso, commento eloquente sulla stabilità della nave.

«È già stato in servizio su una di queste fregate, signore?» chiese il primo ufficiale.

«Mai messo piede su una» rispose Morris. Nel sentirlo, le teste dei quattro uomini in plancia si mossero di un millimetro. «Conosco i sistemi delle armi; ho fatto parte dell'équipe di progettazione al NAVSEA qualche anno fa, e so abbastanza bene come la si manovra.»

«Si manovra bene, signore. Come un'auto sportiva» assicurò Ernst. «Le piacerà soprattutto il modo in cui possiamo spegnere i motori, derivare silenziosi come un tronco, ed essere di nuovo a trenta nodi in due minuti netti.»

«In quanto tempo ci possiamo avviare?»

«Entro dieci minuti dal suo ordine, comandante. L'olio lubrificante del motore è già riscaldato. C'è un rimorchiatore pronto a staccarci dall'ormeggio.»

«NAVSURFLANT in arrivo» rombò l'altoparlante. Due minuti dopo l'ammiraglio compariva in plancia.

«C'è un uomo che sta portando i suoi effetti personali. Come le sembra?»

«Tenente, vuole occuparsi dei rifornimenti?» disse gentilmente Morris a Ernst. Quindi: «Vuole che scopriamo insieme il mio alloggio, ammiraglio?».

Un'ordinanza era già sotto coperta con caffè e tramezzini su un vassoio. Morris versò una tazza di caffè per sé, una per l'ammiraglio, e ignorò i tramezzini.

«Signore, non ho mai comandato una di queste prima d'ora. Non conosco i motori...»

«Lei ha un direttore di macchina eccezionale, e la nave è un sogno per la maneggevolezza. Inoltre, ha dei buoni ufficiali di plancia. Lei è esperto di armi e di tattiche, Ed. Il suo posto è al CIC. È lì che abbiamo bisogno di lei.»

«Giusto, signore.»

«Primo ufficiale, la porti fuori» ordinò Morris due ore dopo. Stette a osservare ogni movimento di Ernst, imbarazzato di dover dipendere da un altro.

Era invece di una facilità sorprendente. Il vento veniva da terra, e la fregata aveva una grande superficie che faceva da vela. Appena le cime d'ormeggio furono mollate, il vento e i motori ausiliari posti nello scafo immediatamente sotto la plancia, e poi i motori a turbina, la fecero avanzare veloce nel canale. Ernst fece le cose con calma, sebbene fosse chiaramente in grado di farle in fretta. Morris annotò anche questo fatto. Il vice non voleva far fare brutta figura al comandante.

Di lì in avanti fu tutto facile. Ed Morris guardò il suo nuovo equipaggio al lavoro. Aveva sentito storie sulla Marina della California, ma il nostromo al tavolo di carteggio aggiornava la posizione in modo preciso e sicuro, anche se il porto non gli era familiare. Scivolarono silenziosi oltre i moli del cantiere. Morris vide ormeggi vuoti che sarebbero stati presto occupati, e da non poche navi, i cui agili scafi grigi erano deturpati da fori bruciacchiati e da lamiere contorte. C'era la *Kidd*, con la sovrastruttura sconquassata da un missile russo, che aveva superato le diverse barriere difensive. Vide uno dei suoi marinai, un ragazzo sotto i vent'anni, che guardava da quella parte aspirando il fumo di una sigaretta, che poi buttò in mare. Avrebbe voluto chiedergli che cosa pensava, ma non riusciva neppure a capire bene i propri pensieri.

Poi, i ritmi divennero più veloci. Virarono a est presso gli ormeggi vuoti delle portaerei al ponte-tunnel di Hampton, quindi oltre l'affollato bacino anfibio di Little Creek. Di lì videro il mare che li guardava, grigio e minaccioso sotto il cielo cupo.

La HMS *Battleaxe* era già avanti di tre miglia, con lo scafo di colore leggermente diverso e l'insegna bianca che sventolava. Dalla nave inglese giunsero i lampeggi di un messaggio.

CHE DIAVOLO È UN REUBEN JAMES? voleva sapere la *Battleaxe*.

«Cosa vuole che rispondiamo?» chiese un segnalatore.

Morris si mise a ridere. Il sinistro incantesimo era rotto. «Segnala "Almeno noi non diamo alle navi da guerra il nome della suocera".»

«Molto bene!» La risposta era piaciuta al sottufficiale.

Stornoway, Scozia

«Il Blinder non dovrebbe poter portare missili» disse Toland, ma quello che vide smentì il punto di vista dei servizi d'informazione. Sei missili erano passati attraverso i caccia di protezione e avevano colpito la base della RAF. Due aerei stavano bruciando, e una delle postazioni radar era fuori uso.

«Bene, adesso sappiamo perché hanno ridotto l'attività negli ultimi giorni. Stavano attrezzando i bombardieri per metterli in grado di affrontare i nostri caccia» disse il comandante di gruppo Mallory osservando i danni subìti dalla base. «Azione e reazione. Impariamo noi, imparano loro.»

I caccia stavano ritornando. Toland fece mentalmente il conto. Mancavano due Tornado e un Tomcat. Dopo l'atterraggio, ogni aereo si diresse verso il proprio hangar. La RAF non aveva abbastanza rifugi permanenti. Tre caccia americani si fermarono alle barriere di sacchetti di sabbia, dove il personale di terra li rifornì e li riarmò immediatamente. Gli equipaggi scesero dalle scalette e salirono sulle jeep per presentarsi a rapporto.

«I bastardi hanno usato il nostro trucco contro di noi!» esclamò un pilota di Tomcat.

«Okay, in cosa siete andati a sbattere?»

«C'erano due gruppi distanziati di circa dieci miglia. Quello di testa era composto di MiG-23 seguiti dai Blinder. I MiG hanno lanciato prima di noi. Ci hanno letteralmente riempito i radar di rumore bianco; qualcuno dei loro caccia aveva qualcosa di veramente nuovo, un generatore di disturbo fasullo, un tipo in cui non ci eravamo ancora imbattuti. Dovevano essere al fondo dei serbatoi, perché non hanno tentato di impegnarci. Penso che volessero soltanto tenerci lontano dai bombardieri finché questi non avessero finito di lanciare. Ha quasi funzionato. Un gruppo di Tornado li ha aggirati e ha fatto fuori quattro Blinder, credo. Noi abbiamo beccato un paio di MiG – nessun Blinder – e il capo ha spedito gli altri Tom contro i missili. Io ne ho mandati a mollo due. Comunque, i russi hanno cambiato tattica. Abbiamo perso un Tomcat, non so cosa lo ha colpito.»

«La prossima volta» disse un altro pilota «andiamo su con

qualcuno dei missili predisposto a correre dietro ai "jammer". Finora è mancato il tempo per farlo. Se possiamo eliminare i "jammer", per primi, sarà poi facile vedercela con i caccia.»

E allora i russi cambieranno di nuovo tattica, pensò Toland. *Ma, almeno per una volta li avremo messi nella condizione di dover reagire a una nostra mossa. È già un cambiamento.*

Fölziehausen, Repubblica Federale Tedesca

Dopo otto ore di aspri combattimenti, durante i quali alcuni colpi di artiglieria erano caduti sulla postazione di comando, Beregovoy e Alekseyev fermarono il contrattacco dei belgi, però non bastava. Avevano guadagnato sei chilometri prima di trovarsi di fronte a un massiccio muro di carri armati e di missili, e l'artiglieria belga bombardava a intervalli la strada principale usata dai russi diretti a Hameln. *Si stanno preparando per un altro attacco*, pensò Alekseyev. *Dobbiamo colpire per primi – ma con cosa*? Aveva bisogno delle sue tre divisioni per avanzare contro le formazioni britanniche appostate davanti a Hameln.

«Ogni volta che penetriamo» commentò sottovoce Sergetov «loro ci rallentano e contrattaccano. Non era previsto.»

«Splendida osservazione!» ringhiò Alekseyev, poi si controllò. «Avevamo previsto che uno sfondamento avrebbe avuto sui tedeschi lo stesso effetto che aveva prodotto nell'ultima guerra. Il problema è rappresentato dalle nuove unità leggere di missili anticarro. Tre uomini e una jeep possono correre lungo la strada, puntare, lanciare uno o due missili e andarsene prima che noi possiamo reagire, poi ripetere l'operazione dopo duecento metri. Il volume di fuoco difensivo non era mai stato così forte, e non abbiamo saputo renderci conto di come un pugno di truppe della retroguardia potesse efficacemente rallentare una colonna corazzata. La nostra sicurezza si basa sul movimento» continuò Alekseyev ripetendo la lezione della scuola carristi. «Una forza mobile, in questa situazione, non può permettere di farsi rallentare. Non basta un semplice sfondamento! Dobbiamo fare un grosso buco nel loro fronte e avanzare di almeno venti chilometri, per liberarci di questi lanciamissili vaganti. Solo a quel punto potremo applicare la vera teoria del movimento.»

«Dice che non possiamo vincere?» Sergetov cominciava ad avere dei dubbi, ma non si era aspettato di sentirli enunciare dal comandante.

«Dico quello che ho detto quattro mesi fa, e avevo ragione: questa campagna è diventata una guerra di attrito. Per il momento, la tecnologia ha sconfitto l'arte militare, loro e nostra. Adesso stiamo semplicemente a vedere chi resta per primo senza uomini e senz'armi.»

«Noi abbiamo di più degli uni e delle altre» disse Sergetov.

«È vero, Ivan Mikhailovich. Ho ancora molti giovani da buttare via.» Altri feriti stavano arrivando all'ospedale da campo. La colonna dei veicoli che faceva la spola dal campo di battaglia non si fermava mai.

«Compagno generale, ho ricevuto un messaggio da mio padre. Desidera sapere come procedono le cose al fronte. Che cosa gli devo dire?»

Alekseyev si allontanò per un momento a meditare.

«Ivan Mikhailovich, dica al ministro che l'opposizione NATO è di gran lunga superiore al previsto. La chiave, adesso, è nei rifornimenti. Abbiamo bisogno delle informazioni più precise possibili sulla situazione della NATO, a questo proposito, e di un deciso sforzo per capovolgere la situazione. Abbiamo ricevuto ben poche notizie sull'andamento delle operazioni navali contro i convogli. Ho bisogno di questo elemento per valutare le capacità di resistenza della NATO. Non voglio le analisi di Mosca, voglio semplicemente i dati nudi e crudi.»

«Non è contento di quelli che riceviamo da Mosca?»

«Ci avevano detto che la NATO era politicamente divisa e militarmente scoordinata. Quanto le sembra attendibile un simile giudizio, compagno maggiore?» chiese seccamente Alekseyev. «Posso inoltrare questo tipo di richiesta per via militare, vero? Compili gli ordini di viaggio. Voglio che sia di ritorno entro trentasei ore: sono certo che saremo ancora qui.»

Islanda

«Dovrebbero essere là fra mezz'ora.»

«Roger per questo, Doghouse» rispose Edwards. «Come ho già detto, nessun russo in vista. Non abbiamo visto un solo aereo in tutta la giornata. C'è stato qualche movimento sulla strada a ovest della nostra posizione, sei ore fa. Quattro veicoli tipo jeep. Troppo distanti per vedere chi c'era a bordo. Erano diretti a sud. La costa è libera. Passo.»

«Okay, fateci sapere quando arrivano.»

«Lo faremo. Chiudo.» Edwards spense la radio. «Gente, abbiamo amici in arrivo.»

«Chi e quando, comandante?» chiese Smith.

«Non l'hanno detto, ma dovrebbero essere qui fra mezz'ora. Penso si tratti di un lancio.»

«Vengono a prenderci?» domandò Vigdis.

«No, non possono fare atterrare un aereo qui. Sergente, hai qualche opinione?»

«Uguale alla sua, credo.»

L'aereo era in anticipo, e per una volta fu Edwards a vederlo per primo. Il quadrimotore da trasporto Hercules C-130 arrivò da nordovest, a sole poche centinaia di piedi oltre il versante orientale della catena su cui si trovavano loro. Soffiava un forte vento da ovest, quando le quattro piccole forme sbucarono dal portello posteriore dell'aereo. Il C-130 virò bruscamente a nord per allontanarsi. Edwards si concentrò sui paracadute. Invece di lasciarsi portare nella valle sotto di loro, i paracadutisti stavano andando dritto verso un pendio cosparso di massi.

«Oh, merda, ha calcolato male il vento! Andiamo!»

Corsero a valle mentre i paracadute scendevano, poi si fermavano diventando invisibili, nella semioscurità, al momento in cui gli uomini toccavano terra. Edwards con il suo gruppo si mosse rapidamente cercando di ricordare dove erano atterrati. I paracadute mimetici si confondevano con il terreno.

«Altolà!»

«Okay, okay. Siamo qui per incontrarvi» disse Edwards.

«Identificatevi!» ordinò una voce dall'accento inglese.

«Nome in codice Beagle.»

«Nome effettivo?»

«Edwards, primo tenente, Aviazione degli Stati Uniti.»

«Si avvicini lentamente, amico.»

Mike si fece avanti da solo. Infine vide una forma indistinta seminascosta da una roccia. La forma aveva un mitragliatore.

«Chi è lei?»

«Sergente Nichols, fanteria di Marina. Ha scelto un posto maledettamente squallido per riceverci, tenente.»

«Non l'ho scelto io!» rispose Edwards. «Abbiamo saputo del vostro arrivo solo un'ora fa.»

«Casino, un altro dei soliti casini.» L'uomo si alzò e venne avanti zoppicando vistosamente. «Lanciarsi con il paracadute è già abbastanza pericoloso, senza bisogno di arrivare in un fottuto posto pieno di sassi!» Avanzò un'altra figura.

«Abbiamo trovato il tenente – credo che sia morto!»

«Occorre aiuto?» domandò Mike.

«Ho bisogno di svegliarmi e di ritrovarmi nel letto di casa mia.»

Edwards scoprì ben presto che la squadra che avevano mandato a soccorrerlo – o per eseguire una missione, qualunque essa fosse – aveva esordito in maniera catastrofica. Il tenente che comandava il gruppo era caduto su di un masso ed era rimbalzato su di un altro. Aveva la testa che pendeva dal corpo come se fosse appesa a uno spago. Nichols aveva una brutta distorsione alla caviglia; gli altri due erano illesi, ma scossi. Ci volle un'ora per trovare tutto il materiale. Non c'era tempo per il sentimento. Il tenente fu avvolto nel proprio paracadute e coperto di sassi. Edwards condusse i superstiti al nascondiglio in cima al colle. Quanto meno, avevano portato una nuova serie di batterie per la radio.

«Doghouse, qui Beagle, e le cose si mettono male, passo.»

«Perché tutto questo tempo?»

«Dite al guidatore di quell'Hercules di cambiare oculista. Dei marines che avete mandato, il tenente è morto e il sergente ha una caviglia fuori posto.»

«Siete stati individuati?»

«Negativo. Sono scesi sulle rocce. È un miracolo che non ci abbiano lasciato tutti le penne. Siamo ritornati sulla collina, dopo aver coperto le tracce.»

Il sergente Nichols era un fumatore. Lui e Smith trovarono un posto coperto e si accesero una sigaretta.

«Sembra un tipo eccitabile, il vostro tenente.»

«È solo un mezzo aviatore, ma si sta comportando bene. Come va la caviglia?»

«Dovrò camminarci sopra, che faccia male o no. Lo sa, lui, che cosa sta facendo?»

«Il comandante? L'ho visto ammazzare tre russi a coltellate. Ti basta?»

«Cristo santo!»

33

Contatto

USS Reuben James

«Comandante?»

Morris sussultò a sentirsi una mano sulla spalla. Si era voluto distendere per qualche minuto in cabina dopo aver diretto l'esercitazione di appontaggio notturno dell'elicottero. Consultò l'orologio. Mezzanotte passata. Aveva il viso madido di sudore. L'incubo era tornato. Guardò il primo ufficiale.

«Cosa c'è?»

«Abbiamo ricevuto la richiesta di andare a controllare qualcosa. Forse un falso allarme, ma – veda lei.»

Morris si portò il dispaccio nel bagno, lo mise in tasca, poi si lavò rapidamente il viso.

«Contatto atipico ripetuto parecchie volte, abbiamo tentato di localizzarlo ma senza successo. Che diavolo può essere?» chiese mentre si asciugava.

«Non ci capisco niente, comandante. Quaranta gradi e trenta primi nord, sessantanove gradi e cinquanta primi ovest. Hanno l'ubicazione ma non l'identificazione. La sto riportando sulla carta nautica.

Morris si passò la mano nei capelli. Due ore di sonno erano meglio di niente. «Okay, vediamo come si presenta visto dal CIC.»

L'ufficiale di rotta aprì la carta sul tavolo davanti alla poltrona del comandante. Erano ancora molto al largo, in conformità all'ordine di controllare il tratto di mare dove la profondità era di cento braccia.

«È lontano un accidente da dove siamo» osservò immediatamente Morris. C'era qualcosa di familiare in quella posizione. Si chinò sulla carta.

«Sì, signore, circa sessanta miglia» confermò Ernst. «Acqua poco profonda. Non potremo usare il sonar rimorchiato.»

«Oh, so bene di che posto si tratta. È là che è affondato l'*Andrea*

Doria. Probabilmente qualcuno ha avuto un contatto MAD e non si è preso il disturbo di verificare la carta.»

«Non credo» disse O'Malley emergendo dall'ombra. «Dapprima una fregata ha sentito qualcosa. Il verricello di poppa era pericolante. Non volevano perderlo, per cui si sono diretti a Newport anziché a New York perché là il porto è più profondo. Si dice che avevano captato uno strano contatto sonar passivo che poi è svanito. Hanno fatto un'analisi del movimento del bersaglio e hanno ottenuto questa posizione. L'elicottero ha fatto qualche giro, e l'individuatore di anomalie magnetiche ha registrato subito qualcosa sopra il *Doria*: tutto è finito lì.»

«Come lo ha scoperto?»

O'Malley gli porse un dispaccio. «È arrivato subito dopo che il primo ufficiale è venuto a chiamarla. Hanno mandato un Orion a controllare. La stessa storia. Hanno sentito qualcosa di strano, che poi è sparito.»

Morris si accigliò. Si stavano impegnando in un'impresa futile, ma gli ordini venivano da Norfolk, il che ne faceva un'impresa futile ufficiale.

«In che condizioni è l'elicottero?»

«Può decollare entro dieci minuti. Un siluro e un serbatoio ausiliario. Tutte le apparecchiature sono a posto.»

«Dica in plancia di portarci là a venticinque nodi. La *Battleaxe* è al corrente?» Lo era. «Okay, segnalatele quello che stiamo facendo. Issate il sonar rimorchiato, tanto non ci serve a niente, là dove andiamo. O'Malley, ci porteremo entro venticinque miglia dal contatto, e lei andrà a cercarlo. Dovrebbe essere in volo per le 02,30. Se ha bisogno di me, sarò in quadrato.» Morris decise di provare le "razioni di metà guardia" della nuova nave. Anche O'Malley ci stava andando.

«Queste navi sono un po' bizzarre» disse.

Morris fece un borbottio di assenso. Il corridoio principale da prua a poppa era a babordo anziché al centro, tanto per cominciare. Quelle fregate infrangevano un gran numero di antiche tradizioni di topografia navale.

O'Malley scese per primo e aprì la porta del quadrato ufficiali per il comandante. Trovarono due giovani subalterni davanti al televisore, intenti a guardare un film registrato, popolato di auto sportive e di donne nude. Morris sapeva che il videoregistratore era azionato dagli alloggi dei sottufficiali, con il risultato che uno scorcio di un paio di tette particolarmente attraenti veniva immediatamente ripetuto a beneficio di tutti.

La "razione di metà guardia" di Morris comprendeva una pagnotta tagliata a fette e un piatto freddo. Morris si versò una tazza di caffè e si preparò un sandwich, O'Malley optò per un succo di frutta dal frigorifero. La denominazione ufficiale, in Marina, era "succo di cimice".

«Niente caffè?» chiese Morris. O'Malley scosse la testa. «Meglio non avere le mani che tremano quando si ritorna di notte con l'elicottero.» Sorrise. «Sto veramente diventando troppo vecchio per questa roba.»

«Figli?»

«Tre ragazzi, e nessuno di loro diventerà marinaio, se potrò dire la mia. Lei?»

«Un ragazzo e una ragazza. Sono nel Kansas con mia moglie.» Morris continuò a mangiare il sandwich. Il pane non era fresco, e gli affettati del piatto freddo non erano freddi. Era il primo pasto in compagnia, da tre giorni a quella parte. O'Malley spinse verso di lui le patate fritte.

«Faccia il pieno di carboidrati, comandante.»

«Quel succo di cimice la ucciderà.» disse Morris accennando al succo di frutta.

«Sono già stato ampiamente collaudato. Ho volato per due anni sul Vietnam, per lo più in servizio di ricerca e salvataggio. Mi hanno abbattuto due volte. Nemmeno un graffio, solo una fifa boia.»

Era così vecchio, dunque? Dovevano averlo trascurato un po' di volte, in fatto di promozioni. Morris si annotò mentalmente di verificare l'anzianità in grado di O'Malley.

«Come mai si trovava al CIC?» gli chiese.

«Non avevo sonno, e volevo vedere come si comportava il sonar rimorchiato.»

Morris fu stupito. Di solito gli aviatori non mostravano molto interesse per le apparecchiature della nave.

«Dicono che lei è stato molto in gamba con la *Pharris*.»

«Non abbastanza.»

«Succede anche questo.» O'Malley osservò il comandante con molta attenzione. Con una lunga esperienza di combattimento – era l'unico ad averla, a bordo – O'Malley aveva avvertito in Morris qualcosa che non vedeva più dai tempi del Vietnam. Alzò le spalle: aveva già i suoi problemi. Da una tasca della tuta di volo, tirò fuori un pacchetto di sigarette. «Permette che fumi?»

«Anch'io ho appena ricominciato.»

«Grazie a Dio!» O'Malley alzò la voce. «Con tutti quei poppanti virtuosi in quadrato, mi ero convinto di essere l'unico vizioso a bordo!» I due giovani tenenti sorrisero nell'udire la battuta, senza distogliere gli occhi dalla televisione.

«Che esperienza ha su queste fregate?»

«Ho passato la maggior parte del tempo sulle portaerei, comandante. Negli ultimi quattordici mesi sono stato istruttore a Jax. Ho fatto un sacco di mestieri strani, per lo più con il Seahawk. Credo che le piacerà. Il sonar a immersione è il migliore con cui ho lavorato.»

«Che cosa pensa di questo rapporto di contatto?»

O'Malley aspirò il fumo con sguardo assente.

«È interessante. Ricordo di aver visto qualcosa alla TV sull'*Andrea Doria*. Molta gente si è immersa per vedere il relitto. Sono circa duecento piedi di profondità, buona anche per i dilettanti. E c'è un milione di cavi drappeggiati intorno alla nave.»

«Cavi?» chiese Morris.

«Reti, sciabiche per la precisione. È una zona in cui si pesca parecchio. Le reti si impigliano nel relitto. Fa pensare a Gulliver sulla spiaggia di Lilliput.»

«Ha ragione, me ne ricordo anch'io!» disse Morris. «Questo spiega il rumore: la marea, o le correnti, che sibilano nei cavi.»

O'Malley annuì. «Sì, potrebbe essere una spiegazione. Voglio comunque dare un'occhiata.»

«Perché?»

«Tutto il traffico in uscita da New York passa giusto lì sopra, tanto per cominciare. I russi sanno che abbiamo un grande convoglio che si sta formando a New York – devono saperlo, a meno che il KGB non sia andato in pensione. È un posto ideale per appostarci un sottomarino, se vogliono far pedinare le navi. Ci pensi. Se ha un individuatore di anomalie magnetiche laggiù, se lo scordi. Il rumore di un reattore nucleare al minimo probabilmente non è più forte di quello del flusso sul relitto, se ci si avvicina abbastanza. Se io fossi un sommergibilista apprensivo, penserei seriamente a usare quel posto per rilassarmi.»

«Lei pensa proprio come uno di loro» osservò Morris. «Okay, vediamo un po' come possiamo sbrigare la faccenda...»

Ore 02,30. Morris stette a osservare le operazioni di decollo, poi ritornò al CIC. Gli uomini erano al posto di combattimento. La fregata viaggiava a otto nodi, con il Prairie/Masker in funzione. Se c'era un sottomarino russo da quelle parti, a quindici miglia o giù di lì, non poteva in alcun modo sospettare la loro presenza. Al CIC, lo schermo radar fece vedere l'elicottero che arrivava.

«Romeo, qui Hammer. Controllo radio, passo» disse O'Malley. Il collegamento dati dell'elicottero trasmise alla fregata anche un messaggio di prova. Il sottufficiale al quadro comunicazioni del Seahawk lo verificò e borbottò soddisfatto. Che cos'era l'espressione che aveva sentito? Ma sì, giusto, avevano un "grazioso contatto con la cosina della mamma". La faccenda lo fece sorridere.

L'elicottero iniziò la ricerca a due miglia dalla tomba dell'*Andrea Doria*. O'Malley si librò a cinquanta piedi sopra le onde.

«Giù la cupola, Willie.»

«Il sottufficiale sganciò i comandi del verricello e calò il sonar a immersione attraverso un foro nel pavimento dell'abitacolo. Il Seahawk portava circa mille piedi di cavo, sufficienti per raggiungere i più profondi strati di termoclino. Là dove si trovavano, c'erano solo duecento piedi di profondità. Occorreva stare attenti a tenere il trasduttore staccato dal fondale per non rischiare di danneggiarlo. Il sottufficiale riservò un'attenzione particolare al cavo, e fermò il verricello quando il dispositivo fu immerso a cento piedi. Come per le navi di superficie, la lettura del sonar era tanto visiva quanto acustica. Un tubo catodico tipo TV cominciò a mostrare linee di frequenza, mentre il capo ascoltava in cuffia.

È la parte più difficile, ricordò a se stesso O'Malley. Stare fermi con l'elicottero con quel vento richiedeva un'attenzione costante – non c'era il pilota automatico – e la caccia ai sottomarini era sempre un esercizio di pazienza. Sarebbero occorsi parecchi minuti perché il sonar passivo cominciasse a dare informazioni, e d'altronde non si poteva usare il sonar attivo. Gli impulsi sarebbero serviti soltanto ad avvisare il bersaglio.

Cinque minuti dopo non avevano captato niente se non rumori casuali. Ricuperarono il sonar e si spostarono a est. Di nuovo niente. Pazienza, si disse il pilota. Detestava essere paziente. Un altro spostamento a est e un'altra attesa.

«Ho qualcosa a zero-quattro-otto. Non sono sicuro di che cos'è, un fischio o qualcosa di simile sulla gamma ad alta frequenza.» Aspettarono altri due minuti per accertarsi che non fosse un segnale spurio.

«Su la cupola.» O'Malley portò l'elicottero più in alto e si spostò di trecento metri a nordest. Due minuti dopo il sonar fu calato un'altra volta. Niente. O'Malley cambiò ancora posizione. *Se mai scriverò una canzone sulla caccia ai sommergibili*, pensò, *la intitolerò "Di nuovo, di nuovo, di nuovo!"* Questa volta ci fu un segnale – due, per la precisione.

«Interessante» disse l'ufficiale antisom della *Reuben James*. «Quanto dista dal relitto?»

«È molto vicino» rispose Morris. «Pressappoco lo stesso rilevamento.»

«Potrebbe essere un rumore di flusso» disse Willy a O'Malley. «Molto debole, proprio come l'ultima volta.»

Il pilota spostò un interruttore per far passare il segnale sonar agli auricolari. *Stiamo cercando un segnale molto debole*, si disse O'Malley. «Potrebbe essere vapore, anche. Preparati ad alzare la cupola. Vado a est per fare la triangolazione.»

Due minuti dopo, il trasduttore entrò in acqua per la sesta volta. Il contatto era rilevato sul display tattico dell'elicottero, posto sul quadro dei comandi fra il primo e il secondo pilota.

«Abbiamo due segnali» disse Ralston «distanziati di circa seicento metri.»

«Sembra anche a me. Andiamo più vicino. Willy...»

«Cavo nei limiti, pronto a issare, comandante.»

«Su la cupola. Hammer a Romeo. Sapete che cosa abbiamo?»

«Affermativo, Hammer» rispose Morris «Controlli quello a sud.»

«Lo sto facendo. State in attesa.» O'Malley osservò gli strumenti con la massima attenzione mentre si spostava verso il contatto più vicino. Fermò di nuovo l'elicottero. «Giù la cupola.»

«Contatto!» disse il sottufficiale un minuto dopo. Esaminò le linee di audiofrequenza sul display e le confrontò mentalmente ai dati in suo possesso sui sottomarini sovietici. «Valutiamo il contatto come rumori di vapore e di macchine, provenienti da un sottomarino a propulsione nucleare, rilevamento due-sei-due.»

O'Malley rimase in ascolto per mezzo minuto. Accennò un sorriso. «È proprio un nucleare, Romeo! Qui Hammer, abbiamo un contatto con probabile sottomarino nucleare, rilevamento due-sei-due dalla nostra posizione. Ci spostiamo per confermare il punto.»

Dieci minuti dopo avevano agganciato il contatto. O'Malley vi si diresse e abbassò il sonar esattamente sopra il bersaglio.

«È della classe Victor» disse l'addetto al sonar sulla fregata. «Vede questa linea di frequenza? Un Victor con il reattore nucleare regolato al minimo.»

«Romeo a Hammer» chiamò Morris. «Suggerimenti?»

O'Malley si stava allontanando dal contatto, dopo aver lasciato una boa fumogena a indicare il punto. Probabilmente il sottomarino non aveva udito l'elicottero a causa delle condizioni del mare o, anche se l'aveva sentito, sapeva che la cosa più sicura era restare sul fondo. Gli americani portavano soltanto siluri autoguidati, che non potevano individuare un sommergibile sul fondale. Una volta lanciati, giravano in circolo finché avevano carburante, oppure puntavano direttamente verso il fondo. O'Malley poteva inserire il sonar attivo e cercare di far venire su il sottomarino, ma quella versione del sonar non era tanto efficace in acque poco profonde. E se il sovietico non si fosse mosso? Il Seahawk aveva carburante soltanto per un'ora. Il pilota prese una decisione.

«*Battleaxe*, qui Hammer. Mi ricevete? Passo.»

«Ci avete messo del tempo a chiamarci» rispose pronto il comandante Perrin. La fregata inglese stava seguendo attentamente la caccia.

«Avete dei Mark-11 a bordo?»

«Possiamo caricarli entro dieci minuti.»

«Aspetteremo. Romeo, siete d'accordo con noi se facciamo un VECTAC?»

«Affermativo» rispose Morris. La concezione di un Vectored Attack (un attacco guidato) era perfetta, e la scoperta dell'obiettivo lo eccitava troppo perché potesse irritarsi del fatto che O'Malley lo stava scavalcando. «Fuoco a volontà.»

O'Malley volò in cerchio a mille piedi di altezza, in attesa. Era una cosa folle. C'era veramente un russo, là sotto? Stava aspettando il passaggio di un convoglio? C'era il cinquanta per cento di possibilità che avesse sentito l'elicottero. Se era così, aspettava la fregata per attaccarla? Gli operatori a bordo osservarono lo schermo sonar, attenti a scoprire la minima variazione del segnale. Per il momento non ce n'erano. Nessun aumento di potenza del motore, nessun segnale meccanico. Niente del tutto, se non il sibilo di un reattore nucleare a potenza frazionale, un suono non captabile da più di due miglia. Non c'era da stupirsi se l'avevano cercato in tanti senza risultato. Si sorprese ad ammirare la faccia tosta del comandante del sub sovietico.

«Hammer, qui Hatchet.»

O'Malley sorrise fra sé. A differenza degli americani, gli inglesi battezzavano gli elicotteri con nomi associati a quello della nave. L'elicottero della *Brazen* (faccia di bronzo) si chiamava *Hussy* (ragazza leggera), quello della *Battleaxe* (ascia di guerra) era *Hatchet* (accetta).

«Roger, Hatchet. Dove siete?»

«Dieci miglia a sud di dove vi trovate. Abbiamo due cariche di profondità.»

O'Malley riaccese le luci di volo. «Ottimo, state in attesa, Romeo. Voglio impostarla in questo modo: voi date a Hatchet la guida radar per la nostra boa sonar, e noi facciamo il rilevamento incrociato. Siete d'accordo? Passo.»

«Roger, d'accordo» rispose Morris.

«Arma il pesce» disse O'Malley al co-pilota.

«Perché?»

«Se le cariche vanno a vuoto, puoi scommettere che il sub zompa fuori come un salmone al tempo degli amori.» O'Malley fece un giro con l'elicottero e scorse le luci lampeggianti anti-collisione del Lynx britannico. «Hatchet, *tallyho*, vi ho a ore nove. Vi prego di conservare la posizione attuale mentre ci prepariamo. Willy, cambiamenti del contatto?»

«Nessuno, signore. Il tipo là sotto sta giocando con molta freddezza.»

Povero coraggioso bastardo, pensò O'Malley. La boa fumogena sopra il contatto era quasi tutta bruciata. Ne sganciò un'altra. Dopo aver ricontrollato il display tattico, si spostò di mille metri a est del contatto, librandosi a cinquanta piedi sopra il pelo dell'acqua, e immerse il sonar.

«Eccolo» riferì il sottufficiale. «Rilevamento due-sei-otto.»

«Hammer a Hatchet. Siamo pronti per il vostro VECTAC. Chiedete guida a Romeo.»

Il percorso dell'elicottero inglese avveniva secondo la traccia fornita dal radar della *Reuben James*, che lo condusse puntualmente verso nord. O'Malley guardò il Lynx che si avvicinava, verificando che il vento non stesse spostando lui dalla posizione.

«Sgancerete le cariche una alla volta, al mio segnale. In attesa, Hatchet.»

«In attesa.» Il pilota inglese armò le cariche di profondità e venne avanti a novanta nodi. O'Malley fece allineare le luci intermittenti con il fumo della boa.

«Carica uno – Mark-mark! Carica due – Mark-mark! Andate via!»

Il pilota del Lynx non se lo fece dire due volte. La seconda carica aveva appena iniziato la caduta, che l'elicottero balzava in alto e si allontanava verso nordest. Contemporaneamente O'Malley azionò il comando che fece uscire dall'acqua il delicato trasduttore.

Vi fu uno spettrale lampo di luce dal fondo, poi un altro. La superficie del mare si trasformò in schiuma che si impennò verso il cielo stellato. O'Malley si avvicinò e accese le luci di appontaggio. L'acqua era mista a fango e... olio? *Proprio come al cinema*, pensò, gettando in acqua un'altra boa sonar.

Il fondo riverberava il rombo delle cariche di profondità, ma il sistema lo filtrò, registrando le frequenze acustiche più alte. Udirono aria che sfuggiva e acqua che entrava. Qualcuno a bordo del sottomarino doveva aver azionato il comando delle casse di compensazione, nel vano tentativo di portarlo in superficie. C'era poi qualche cos'altro, come uno sfrigolìo d'acqua versata su una piastra rovente. Gli ci volle un momento per capire che cos'era.

«Cos'è, comandante?» chiese Willy sull'interfono. «Non l'ho mai sentito prima.»

«La vasca del reattore è danneggiata. Quello che senti è un reattore nucleare che se ne va a puttane.» *Dio che guaio, così vicino a riva!* pensò. *Niente più immersioni intorno al* Doria *per un po' di anni...* O'Malley inserì il circuito radio. «Hatchet, qui Hammer. Ricevo rumori di cedimento. Lo diamo per affondato. Lo reclamate a vostro credito? Passo.»

«La volpe è nostra, Hammer. Grazie per la guida.»

O'Malley scoppiò a ridere. «Roger su questo, Hatchet. Se volete l'affondamento, dovete anche presentare la denuncia del danno ecologico. Chiudo.»

A bordo del Lynx, il pilota e il co-pilota si guardarono perplessi. «Che diavolo sta dicendo?»

I due elicotteri ritornarono in formazione aperta e fecero un passaggio sulla fregata inglese e su quella americana per celebrare la vittoria. Per la *Battleaxe* era la seconda. Quanto alla *Reuben James*, avrebbe dipinto mezzo sottomarino sulla parete della timoniera. Le due navi ricuperarono i rispettivi elicotteri e virarono a ovest per New York.

Mosca, URSS

Mikhail Sergetov accolse il figlio che tornava dal fronte, abbracciandolo e baciandolo alla maniera russa. Prese Ivan sottobraccio e lo condusse alla Zil con autista che li avrebbe portati a Mosca.

«Sei stato ferito, Vanya.»

«Mi sono tagliato la mano con un vetro.» Ivan alzò le spalle per minimizzare la cosa. Il padre gli offrì un bicchierino di vodka, che lui accettò. «Non ne ho più bevuta da due settimane.»

«Ma no!»

«Il generale non permette che si beva alla postazione di comando» spiegò Ivan.

«È un buon ufficiale come pensavo?»

«Forse meglio. L'ho visto al comando sul fronte. È un vero capo.»

«Se è così, perché non abbiamo conquistato la Germania?»

Ivan Mikhailovich era cresciuto mentre il padre saliva uno a uno i gradini della gerarchia del Partito fin quasi al vertice. Lo aveva visto spesso passare dalla cordialità al corrosivo atteggiamento partitocratico, ma era la prima volta che lo faceva con lui.

«La NATO era molto più pronta di quanto ci era stato detto, padre. Ci stavano aspettando, e la loro prima missione di guerra – prima ancora che avessimo passato in forze il confine – è stata un duro shock per noi.» Ivan spiegò gli effetti dell'operazione Dreamland.

«Nessuno ci ha detto che siamo messi così male. Ne sei sicuro?»

«Ho visto qualcuno dei ponti. Gli stessi aerei hanno attaccato una falsa postazione di comando fuori Stendal. Le bombe cadevano già prima che noi avessimo sentito gli aerei. Se fossero stati meglio informati, forse non sarei qui.»

«È a causa della loro Aviazione, dunque?»

«Ha un ruolo molto importante. Ho visto personalmente i loro caccia da attacco al suolo passare su una colonna di carri armati come una mietitrice attraverso un campo di grano. È stato orribile!»

«Ma i nostri missili?»

«Le nostre truppe ci si addestrano una o due volte all'anno, lanciandoli contro aerei senza pilota che avanzano in linea retta dove tutti li possono vedere. I caccia NATO volano fra gli alberi. Se i missili antiaerei nostri e loro funzionassero bene quanto dicono quelli che li fabbricano, tutti gli aerei del mondo sarebbero già stati distrutti almeno due volte. La cosa peggiore, però, sono i loro missili anticarro – sai, proprio come i nostri, e funzionano anche troppo bene.» Il giovane fece un gesto. «Tre uomini su un automezzo. Uno guida, uno carica, uno spara. Si nascondono dietro un albero presso una curva della strada, e aspettano. Appena la nostra colonna è in vista, loro sparano da, diciamo, due chilometri. Hanno insegnato loro a cercare il carro comando – quello con l'antenna. Il più delle volte, il primo avviso che abbiamo è quando il missile va a segno. Ne sparano un altro e ci distruggono un altro carro, poi se ne vanno di corsa prima che possiamo ordinare all'artiglieria di fare fuoco. Cinque minuti dopo, la stessa storia, in un altro punto.

«Questa cosa ci sta divorando» concluse il giovane, ripetendo la frase del comandante.

«Dici che stiamo perdendo?»

«No, dico che non stiamo vincendo» rispose Ivan. «Ma per noi, il risultato non cambia.» Continuò a riferire il messaggio del comandante e vide il padre sprofondarsi sul sedile in pelle della vettura.

«Lo sapevo. Li avevo avvisati, Vanya. Che imbecilli!» Ivan fece un cenno del capo verso l'autista. Il padre sorrise e fece un gesto noncurante. Vitaly era da anni al servizio di Sergetov. Sua figlia si era laureata in medicina grazie alla protezione del ministro, e il figlio stava al sicuro all'università mentre la maggior parte dei giovani era sotto le armi. «I consumi petroliferi sono del venticinque per cento superiori alle previsioni. Voglio dire, del venticinque per cento superiori alle previsioni del mio Ministero; ma superano del quaranta per cento quelle del Ministero della Difesa. Non era venuto in mente a nessuno che la NATO avrebbe potuto localizzare i nostri depositi sotterranei di carburante. I miei collaboratori stanno ricalcolando in questo momento le riserve nazionali. Dovrei ricevere la bozza della relazione questo pomeriggio, se ce la fanno. Guardati intorno, Vanya, vedi tu stesso.»

Non c'era quasi nessun veicolo in circolazione, nemmeno autocarri. Mosca non era mai stata una città allegra, ma adesso appariva troppo squallida anche agli occhi dei russi. La gente camminava in fretta nelle vie semideserte, senza guardare intorno né in alto. *Tanti uomini sono partiti*, pensò Ivan, *e molti non torneranno più*. Come al solito, suo padre gli lesse nel pensiero.

«Come sono le perdite?»

«Terrificanti. Molto al disopra delle previsioni. Non ho le cifre esatte – sono addetto alle informazioni, non all'amministrazione – ma le perdite sono molto gravi.»

«È tutto uno sbaglio, Vanya» disse calmo il ministro. *Ma il Partito ha sempre ragione. Per quanti anni ci ho creduto!*

«Non possiamo farci niente, adesso, padre. Abbiamo anche bisogno di informazioni sui rifornimenti della NATO. I dati che riceviamo al fronte sono... superelaborati. Abbiamo bisogno di cifre più valide per fare i nostri calcoli.»

Al fronte, pensò Mikhail. La collera che provava nel sentire quelle parole non riusciva a cancellare in lui l'orgoglio per la trasformazione che vedeva nel figlio. Lo aveva spesso preoccupato l'idea che potesse diventare un altro giovane "nobile", un "figlio di famiglia" del Partito. Alekseyev non era il tipo da dare promozioni con leggerezza. Da certe sue fonti private aveva saputo che Ivan era stato molte volte in prima linea con il generale. Il ragazzo si era fatto uomo. Peccato che ci fosse voluta una guerra per ottenere quel risultato.

«Vedrò che cosa posso fare.»

USS Chicago

La fossa Svyatana Anna era l'ultima zona d'acqua profonda. Il "treno merci" dei sottomarini d'attacco rallentò fin quasi a fermarsi in prossimità del bordo della banchisa. Avevano previsto di trovare due dei loro "amici", come si diceva, ma la parola "amico" non si confaceva molto alle operazioni belliche. Tutti gli uomini erano al posto di combattimento. McCafferty controllò l'ora e la posizione. Fino a quel momento tutto era andato secondo i programmi. *Sorprendente*, pensò.

Non gli piaceva essere in testa. Se ci fosse stato un sottomarino di guardia al margine della banchisa... lui si sarebbe preso il primo colpo, e lo sapeva. Si chiedeva solo se quel sottomarino sarebbe stato russo o della NATO.

«Sonar a plancia. Ho deboli rumori di macchine a rilevamento uno-nove-uno.»

«Cambia, il rilevamento?»

«L'ho appena afferrato, signore. Per il momento è stabile.»

McCafferty passò oltre l'elettricista di servizio e accese il "gertrude", un telefono sonar arcaico quanto efficiente. Gli unici rumori erano il sibilo e il brontolio della banchisa. Dietro di lui, il primo ufficiale mise al lavoro la squadra del comando tiro, a elaborare una soluzione di rotta per il siluro destinato al nuovo bersaglio.

Una serie di sillabe incomprensibili arrivò dall'altoparlante.

McCafferty sollevò il ricevitore del "gertrude" e premette il pulsante di trasmissione.

«Zulu X-ray.» Dopo una pausa di pochi secondi, venne una risposta stridula.

«Hotel Bravo» rispose la nave inglese *Sceptre*. McCafferty trasse un lungo respiro che non fu notato dagli altri del centro d'attacco: stavano facendo altrettanto.

«Avanti un terzo» ordinò. Dieci minuti dopo erano entro la portata del "gertrude". Il *Chicago* si fermò per comunicare.

«Benvenuto a casa dei sovietici, vecchio mio. Leggero cambiamento di programma. Keyboard» – nome in codice del *Superb* – «è a due-zero miglia a sud, a perlustrare ulteriormente la vostra rotta. Non abbiamo incontrato attività ostile nelle ultime trenta ore. La costa è libera. In bocca al lupo.»

«Grazie, Keylock. La banda è tutta qui. Chiudo.» McCafferty riappese il telefono. «Signori, la missione è cominciata! Avanti due terzi!»

Il sottomarino nucleare d'attacco aumentò la velocità a dodici nodi su rotta uno-nove-sette. Lo *Sceptre* contò le navi man mano che passavano, quindi ritornò in posizione descrivendo un lento cerchio davanti alla banchisa.

«Buona fortuna, amici!» mormorò il comandante.

«Dovrebbero entrarci bene.»

«Non è l'entrarci che mi preoccupa, Jimmy» rispose il comandante, usando il tipico nome dei primi ufficiali dei sottomarini britannici. «La parte pruriginosa è uscirne.»

Stornoway, Scozia

«Un telex per lei, comandante.» Il sergente della RAF porse il modulo a Toland.

«Grazie» rispose questi scorrendo il messaggio.

«Ci lascia?» chiese il comandante di gruppo Mallory.

«Vogliono che prenda un aereo per Northwood. È appena fuori Londra, vero?»

Mallory annuì. «Nessun problema per portarla laggiù.»

«Ottimo. Il telex dice "immediatamente".»

Northwood, Inghilterra

Era stato molte volte in Inghilterra, sempre per servizio, a parlare con i colleghi britannici al Government Communications Headquarters, il quartier generale delle comunicazioni, fuori Cheltenham. Sembrava che gli toccasse arrivare sempre di notte. Anche adesso stava volando di notte, e c'era qualcosa che non andava. Qualcosa di ovvio...

L'oscuramento. C'erano poche luci in basso. Serviva a qualcosa, ora che gli aerei disponevano di strumenti sofisticati, o non era piuttosto una mossa psicologica per ricordare alla gente quello che stava accadendo? Sempreché quel compito non fosse già assolto dai continui servizi televisivi, fra cui alcuni in diretta dal fronte. A Toland era stato risparmiato gran parte di quell'aspetto delle cose. Come la maggior parte dei militari, aveva poco tempo per occuparsi del quadro generale, concentrato com'era sul ristretto angolo di sua competenza. Immaginava che Ed Morris e Danny McCafferty fossero nelle sue stesse condizioni, e d'un tratto si accorse che stava pensando a loro per la prima volta, dopo più di una settimana. Chissà come se la passavano. Erano certamente più esposti al pericolo di quanto lo fosse lui in quel momento, anche se l'esperienza sulla *Nimitz* gli aveva propinato una dose di terrore che poteva bastare per il resto dei suoi giorni. Toland non sapeva ancora che, con un telex trasmesso la settimana prima, aveva direttamente coinvolto le vite dei due amici per la seconda volta in quell'anno.

Il Boeing 737 atterrò dieci minuti dopo. A bordo c'erano solo venti persone, quasi tutte in divisa. Toland era atteso da una vettura con autista, che lo portò velocemente a Northwood.

«Lei è il comandante Toland?» chiese un sottotenente di vascello della Royal Navy. «La prego di venire con me, signore. Il COMEASTLANT vuole vederla.»

Trovò l'ammiraglio Sir Charles Beattie che masticava il bocchino di una pipa spenta davanti a un'enorme carta dell'Atlantico orientale e settentrionale.

«Comandante Toland, signore.»

«Grazie» disse l'ammiraglio senza voltarsi. «Tè e caffè nell'angolo, comandante.»

Toland si versò del tè. Lo beveva solo quando era in Inghilterra, e dopo qualche settimana cominciava a domandarsi perché non lo usava anche a casa sua.

«I suoi Tomcat hanno fatto un buon lavoro in Scozia» disse Beattie.

«La vera differenza è stata il radar aereo, signore. Più della metà degli abbattimenti è stata fatta dalla RAF.»

«La settimana scorsa lei ha mandato un messaggio ai nostri addetti alle operazioni, dicendo che i Tomcat erano in grado di individuare visivamente i Backfire da grande distanza.»

Ci volle qualche secondo perché Toland facesse mente locale. «Oh, sì. È il sistema di videocamera di cui sono dotati, ammiraglio. È progettato per individuare aerei delle dimensioni di un caccia a circa trenta miglia. Quando si tratta di apparecchi grossi come i Backfire, possono vederli anche a cinquanta miglia, se le condizioni atmosferiche sono buone.»

«E i Backfire non sanno che i Tomcat sono là?»

«Improbabile, signore.»

«Fino a quale distanza riescono a seguire i Backfire?»

«È una domanda più adatta a un pilota, signore. Con l'appoggio di aerei-cisterna, possiamo tenere un Tomcat in volo per quasi quattro ore. Due per l'andata e due per il ritorno, praticamente l'autonomia necessaria per la missione e per rientrare alla base.»

Beattie si voltò a guardare Toland per la prima volta. Sir Charles era un ex aviatore, già comandante della vecchia *Ark Royal*, l'ultima vera portaerei britannica. «Che cosa sa di sicuro sugli aeroporti russi?»

«Per i Backfire, signore? Operano dai campi di volo intorno a Kirovsk. Presumo che lei abbia delle foto da satellite, signore.»

«Eccole.» Beattie gli porse una cartellina.

La situazione era quasi irreale, pensò Toland. Gli ammiragli con quattro stelle non indulgevano alla conversazione, a meno che non avessero niente di meglio da fare, ma Beattie di cose da fare ne aveva parecchie. Bob aprì la cartellina.

«Oh!» Guardò una serie di foto di Umbozero, il campo a est di Kirovsk. Avevano acceso dei bidoni fumogeni prima del passaggio del satellite, e il fumo nero aveva quasi completamente nascosto le piste alla luce dello spettro visivo, mentre i razzi avevano disturbato anche il sistema di ripresa a infrarossi. «Bene, ecco i rifugi blindati, e forse tre aerei. È stata forse presa mentre era in corso un'incursione?»

«Esatto. Molto bene, comandante. I Backfire avevano lasciato il campo tre ore prima del passaggio del satellite.»

«Anche dei camion – autobotti per il rifornimento?» L'ammiraglio confermò con un cenno. «Li riforniscono subito dopo l'atterraggio?»

«Pensiamo di sì, prima che vadano ai rifugi. Evidentemente non amano l'idea di fare il pieno all'interno di una costruzione. Abbastanza sensato. L'anno scorso i russi hanno avuto qualche problema per esplosioni accidentali.»

Toland annuì, ricordando l'esplosione al deposito principale di munizioni della flotta sovietica settentrionale nel 1984. «Sarebbe formidabile colpirli a terra – ma non abbiamo aerei tattici con l'autonomia necessaria. Potrebbero farlo i B-52, ma sarebbero annientati. L'abbiamo imparato in Islanda.»

«Però un Tomcat potrebbe inseguire i Backfire fin quasi alla porta di casa loro. E questo potrebbe metterla in grado di predire con esattezza quando atterreranno?» ribadì Sir Charles.

Toland guardò la carta. I Backfire rientravano sotto la protezione dei loro caccia a circa mezz'ora di distanza dalle basi.

«Più o meno quindici minuti... sì, signor ammiraglio, penso che possiamo farlo. Vorrei sapere quanto tempo impiegano a rifornire un Backfire.» Toland vide che, dietro quei due occhi azzurri, si svolgeva un'intensa attività mentale.

«Comandante, un mio collaboratore la metterà al corrente su una cosa che si chiama Operazione Doolittle. L'abbiamo battezzata così dal nome di uno dei vostri, come piccolo sotterfugio per soffiare qualcosa di utile alla vostra Marina. Per il momento, questa informazione è riservata a lei. Ritorni fra un'ora. Voglio la sua valutazione su come migliorare il concetto operativo di fondo.»

«Sì, signore.»

USS Reuben James

Erano nel porto di New York. O'Malley, nel quadrato ufficiali, stava finendo di scrivere il rapporto sulla distruzione del sottomarino sovietico, quando il telefono sulla paratìa di babordo cominciò a ronzare. Alzò gli occhi e si accorse di essere solo, il che voleva dire che toccava a lui rispondere.

«Quadrato. Tenente di vascello O'Malley.»

«Qui *Battleaxe*. Per favore, posso parlare con il vostro comandante?»

«Sta riposando. Posso esserle utile io, oppure è una cosa importante?»

«Il comandante desidera invitarlo a pranzo, se non è troppo occupato. Fra mezz'ora. Anche il primo ufficiale e il pilota del vostro elicottero, se è libero.»

O'Malley si mise a ridere. «Il primo ufficiale è a terra, ma il pilota è disponibile, se sulle Navi della Corona si trova ancora qualcosa di potabile.»

«Ce n'è ancora, comandante.»

«Okay, vado a svegliarlo. Ritorno fra un minuto.» O'Malley riattaccò e andò alla porta, sbattendo contro Willy.

«Mi scusi, signore. E per l'addestramento al caricamento dei siluri?»

«Okay, sto proprio andando dal comandante.» Willy si era lagnato perché l'ultima seduta di addestramento era stata troppo lenta. O'Malley diede il rapporto al sottufficiale. «Portalo in ufficio e fammelo battere a macchina.»

La porta della cabina del comandante era chiusa, però la luce "non disturbare" era spenta. Entrò dopo aver bussato, e fu sconvolto dalla scena che si presentò ai suoi occhi.

«Non lo vedete!» Le parole uscirono in un rantolo. Morris era disteso sul letto, con i pugni stretti sul lenzuolo. Si vedevano le mani serrate a pugno. Il viso era imperlato di sudore. Morris respirava come un uomo che ha appena finito di correre la maratona.

«Gesù!» O'Malley esitò. Non lo conosceva abbastanza.

«Attenzione!» Questa volta la voce era più alta, e il pilota pensò che, se ci fosse stato qualcuno nel corridoio, avrebbe potuto sentire e chiedersi se il capitano stava... Doveva assolutamente fare qualcosa.

«Si svegli, comandante!» Prese Morris per le spalle e lo alzò a sedere.

«Non lo vedete!» urlò Morris, non ancora sveglio del tutto.

«Si calmi, amico. Lei è ormeggiato al molo nel porto di New York. È al sicuro, e anche la nave. Si svegli, comandante, va tutto bene.» Morris sbatté ripetutamente gli occhi, poi vide la faccia di O'Malley a un palmo dalla sua.

«Che diavolo sta facendo qui?»

«Sono lieto di essere venuto. Sta bene?» Il pilota accese una sigaretta e la porse al comandante, che la rifiutò.

Morris si alzò, andò al lavabo e si versò un bicchiere d'acqua. «Solo uno stupido sogno. Che cosa vuole?»

«Siamo invitati a pranzo dai vicini di casa fra mezz'ora – credo in premio per aver dato loro il Victor. Vorrei pure che la sua gente si esercitasse a caricare i siluri sull'elicottero. L'ultima volta sono stati un po' lenti, dice il mio sottufficiale.»

«Quando vuole che lo facciano?»

«Appena fa buio, comandante. È meglio che imparino nel modo scomodo.»

«Okay. Pranzo fra mezz'ora?»

«Sì, signore. Non sarà male avere qualcosa di buono da bere.»

Morris sorrise senza troppo entusiasmo. «Penso di sì. Mi do una rinfrescata. Ci vediamo in quadrato. Pranzo formale?»

«Non l'hanno detto. Pensavo di non cambiarmi, se va bene per lei, comandante.» O'Malley aveva indosso la tenuta di volo. Si sentiva solo senza tutte quelle tasche.

«Venti minuti.»

O'Malley andò in cabina e si passò uno straccio sugli stivali. La divisa era nuova, e a lui sembrava abbastanza elegante. Morris lo preoccupava. Potevano cedergli i nervi, e un comandante non se lo poteva permettere. Di conseguenza, il problema era in parte anche suo. *Per di più, è un brav'uomo*, si disse O'Malley,

Quando lo rivide aveva un aspetto migliore. Sorprendente, che cosa può fare una doccia! I capelli erano spazzolati a dovere, e la divisa kaki era stirata. I due ufficiali andarono a poppa, passarono oltre l'elicottero, poi discesero il barcarizzo.

La HMS *Battleaxe* sembrava più grande della fregata americana. Viceversa, era più corta di dodici piedi, ma pesava settecento tonnellate di più; varie differenze nel suo disegno riflettevano la filosofia di chi l'aveva costruita. Era indiscutibilmente più bella della collega americana. La linea, meno esaltante, era ottimamente controbilanciata da una sovrastruttura che sembrava essere stata costruita per stare su una nave, e non in un parcheggio.

Morris fu lieto di vedere che il pranzo era informale. Un guardiamarina li accolse in cima al barcarizzo e li accompagnò a bordo, spiegando che il capitano era in sala radio. Dopo i saluti di rito alla bandiera e all'ufficiale di guardia, furono condotti al castello di poppa climatizzato, poi al quadrato ufficiali.

«Mi venga un accidente, un pianoforte!» esclamò O'Malley. Un piano verticale un po' malconcio era assicurato alla paratìa di babordo con una cima da due pollici. Gli ufficiali presenti si alzarono per presentarsi.

«Qualcosa da bere, signori?» chiese un'ordinanza. O'Malley scelse una lattina di birra e se ne andò al piano. Un minuto dopo stava strimpellando un motivo di Scott Joplin. La porta del quadrato si aprì.

«Jerr-O!» esclamò un ufficiale con quattro strisce sulle spalline.

«Doug!» O'Malley balzò dallo sgabello e corse a stringergli la mano. «Come diavolo stai?»

«Sapevo che era la tua voce alla radio, Hammer. La Marina americana è rimasta senza piloti capaci e ti ha riesumato, eh?» Scoppiarono a ridere. O'Malley invitò con un gesto il comandante a raggiungerli.

«Comandante Ed Morris, le presento il comandante Doug Perrin, MBE, RN, e una carrettata di altre iniziali onorifiche. Attenzione a quello che dice, comandante, guidava i sottomarini prima di ravvedersi.»

«Vedo che vi conoscete.»

«Qualche imbecille decise di mandarlo a tenere un corso sulla HMS *Dryad*, la nostra nave scuola, dove io stavo facendo addestramento avanzato. Ha riportato indietro di almeno un secolo le relazioni USA-Regno Unito.»

«Hanno rimesso in piedi il Fox and Fence?» chiese O'Malley. «Comandante, c'era un pub a mezzo miglio dal posto, e una sera Doug e io...»

«Sto cercando di dimenticare quella notte, Jerr-O. Susan mi ha tenuto il broncio per diverse settimane, a causa di quell'impresa.» Condusse i due ospiti a poppa e si versò qualcosa da bere. «Lavoro fantastico con il Victor la notte scorsa. Comandante Morris, mi risulta che lei ha fatto molto bene con il suo comando precedente.»

«Fatto fuori un Charlie e dato una mano a due affondamenti.»

«Con l'ultimo convoglio siamo inciampati in un Echo. Vecchia barca ma con un buon comandante. Ci abbiamo messo sei ore. Però un paio di sottomarini diesel, forse dei Tango, sono passati all'interno e hanno affondato cinque mercantili più una nave scorta. Il *Diomede* forse ne ha beccato uno dei loro, ma non ne siamo sicuri.»

«L'Echo vi stava inseguendo?»

«Può darsi» rispose Perrin. «Non sembra che i russi vadano deliberatamente a caccia di navi scorta. Ci hanno lanciato due missili nell'ultima incursione di Backfire. Uno è finito nella nube di trucioli, e l'altro, per fortuna, è stato intercettato dal Sea Wolf. Purtroppo quello scoppiato dietro di noi ci ha amputato il sonar a rimorchio, per cui siamo ridotti al 2016 di bordo.»

«E così vi hanno mandati a cavalcare al nostro fianco?»

«A quanto pare.»

I due comandanti si misero a parlare di "bottega", che in fondo era il motivo dell'invito a pranzo. O'Malley trovò il pilota dell'elicottero inglese mentre le tavole venivano apparecchiate, e anche loro attaccarono gli stessi discorsi, accompagnati dalle note del piano che l'americano non smise di suonare. Nei regolamenti della Marina britannica, ci dev'essere da qualche parte una direttiva che dice: quando si ha a che fare con ufficiali della Marina americana, bisogna farli venire di buon'ora, abbeverarli, poi parlare di lavoro.

Il pranzo era eccellente, anche se il giudizio degli americani fu non poco influenzato dalla parte liquida del convivio. O'Malley ascoltò coscienziosamente Morris che descriveva la perdita della *Pharris*, le tattiche usate dai russi, e come non era riuscito a contrastarle nel modo appropriato. Era come ascoltare un uomo che raccontava la morte del figlio.

«Date le circostanze, è difficile immaginare che cos'altro avrebbe potuto fare» disse Doug Perrin con simpatia. «Il Victor è un avversario scaltro, e deve aver calcolato con molta precisione il tempo della vostra decelerazione dopo lo scatto.»

Morris scosse il capo. «No, abbiamo concluso lo sprint lontano da lui, e ciò fece cadere la soluzione che avevo preparato. Se avessi fatto le cose meglio, forse quegli uomini non sarebbero morti. Ero io il comandante. È stata colpa mia.»

Perrin intervenne. «Sono stato su un sottomarino, lo sa? Il Victor era in vantaggio, perché vi era già alle costole.» Lanciò uno sguardo a O'Malley.

Il pranzo terminò alle otto. I comandanti della scorta dovevano riunirsi il pomeriggio successivo, e la partenza del convoglio era prevista per il tramonto. O'Malley e Morris se ne andarono insieme, ma giunti che furono alla passerella, il pilota si fermò.

«Ho dimenticato il berretto. Ritorno subito.» Corse in quadrato, dove c'era ancora il comandante Perrin.

«Doug, mi serve la tua opinione.»

«Non dovrebbe riprendere il mare nelle condizioni in cui è adesso. Spiacente, Jerry, ma è così che la vedo.»

«Hai ragione. Posso provare una cosa.» O'Malley fece una rapida corsa in bagno, e raggiunse Morris due minuti dopo.

«Comandante, ha qualche motivo speciale per ritornare subito alla nave?» chiese a bassa voce. «C'è una cosa di cui vorrei parlarle, ma non a bordo. Cose personali. Okay?» Il pilota aveva l'aria imbarazzata.

«Facciamo due passi?» suggerì Morris. I due ufficiali s'incamminarono. O'Malley diede un'occhiata lungo la via e scoprì un bar del porto dove entravano e uscivano dei marinai. Vi entrò con Morris, e lo condusse a un séparé in fondo alla sala.

«Due bicchieri» ordinò alla cameriera. Aprì la chiusura lampo della tasca sul ginocchio dei pantaloni e ne estrasse una bottiglia di whisky irlandese Black Bush.

«Se volete bere qui, dovete ordinare alla cassa» disse la cameriera. O'Malley le allungò due biglietti da venti dollari.

«Due bicchieri e del ghiaccio.» La voce del pilota non lasciava spazio a discussioni. «E lasciaci soli.» Furono serviti con sollecitudine.

«Ho controllato il mio libro di bordo questo pomeriggio» disse O'Malley dopo aver scolato metà del primo bicchiere. «Quattromilatrecento ore di duro servizio. Contando la notte scorsa, trecentoundici ore di combattimento.»

«Vietnam. Mi ha detto che c'è stato.» Morris bevve un sorso.

«Ultimo giorno, ultimo giro. Missione di ricerca e salvataggio di un pilota di A-7 abbattuto venti miglia a sud di Haiphong.» Non aveva mai raccontato quella storia a nessuno, neppure a sua moglie. «Vedo un lampo, e faccio l'errore di ignorarlo. Penso che sia il riverbero di un vetro o di un rigagnolo o di qualcos'altro. Continuo ad andare. Scopro poi che è il riflesso di un mirino o forse di un binocolo. Un minuto dopo ci scoppiano intorno i colpi dell'antiaerea. L'elicottero va in pezzi. Lo porto giù, ma siamo in fiamme. Guardo a sinistra, il co-pilota è tagliato in due. Mi trovo il suo cervello sulle ginocchia. Il capo equipaggio, un terza classe di nome Ricky, è dietro. Mi volto. Ha tutte e due le gambe segate via. Penso che fosse ancora vivo, ma non potevo farci un cavolo di niente – e ci sono tre persone che vengono nella nostra direzione. Sono scappato. Forse non mi hanno visto, forse non gliene fregava niente, non lo so. Un altro elicottero mi ha trovato dodici ore dopo.» Si versò un altro bicchiere e riempì quello di Morris. «Non mi faccia bere da solo.»

«A me basta.»

«No, non le basta, e neppure a me. Mi ci è voluto un anno per superare quella cosa. Lei non ha un anno a disposizione. Solo questa notte. Deve parlarne, capitano. Io lo so. La fa star male adesso? Ebbene, starà ancora peggio.»

Bevve un altro sorso. *Almeno è roba buona*, si disse O'Malley. Guardò Morris che rimase per cinque minuti a sorseggiare il whisky. Si chiese se non avrebbe fatto meglio a tornarsene a bordo. L'orgoglioso comandante. Come tutti coloro che comandano una nave, condannato a vivere solo, e questo era ancora più solo di tanti altri. *Ha paura che io abbia ragione*, pensò O'Malley. *Ha paura di sentirsi peggio. Povero disgraziato, se soltanto tu sapessi...*»

«Provi a rivedere la cosa» disse il pilota sottovoce. «La analizzi passo dopo passo.»

«L'ha già fatto lei al posto mio.»

«Ho la bocca larga, dev'essere per poterci infilare il piede. Lei parla nel sonno, Ed. Tanto varrebbe farlo da sveglio.»

Lentamente, Morris parlò. O'Malley lo guidò nella sequenza. Le condizioni del tempo, la rotta e la velocità della nave. Quali sensori erano in funzione. In capo a un'ora, il contenuto della bottiglia era sceso di tre quarti. Alla fine, arrivarono ai siluri. La voce di Morris cominciò a tremare.

«Non c'era proprio più niente che potessi fare! I maledetti siluri ci sono entrati dentro. Avevamo giù soltanto un nixie, e il primo siluro se lo portò a casa del diavolo. Ho cercato di manovrare la nave, ma...»

«Ma lei era alle prese con un siluro autoguidato. Non si può batterli in velocità, e nemmeno schivarli.»

«Non dovevo permettere che...»

«Oh, balle!» Il pilota riempì ancora i bicchieri. «Pensa di essere il primo che perde la sua tinozza? Ha mai giocato a baseball, Ed? Cristo, ci sono due squadre in campo, e tutte e due giocano per vincere. Pensa che quei comandanti russi se ne stiano seduti dicendo "affondami, affondami"? Lei dev'essere più stupido di quanto pensassi.»

«I miei uomini...»

«Alcuni sono morti, i più sono vivi. Mi dispiace per i morti. Mi dispiace che Ricky sia morto. Un ragazzo che non aveva ancora diciannove anni. Ma non l'ho ucciso io, come lei non ha ucciso i suoi uomini. Ha salvato la nave. L'ha riportata indietro con la maggior parte dell'equipaggio.»

Morris vuotò il bicchiere d'un solo, lungo sorso. Jerry lo riempì, senza preoccuparsi del ghiaccio.

«La responsabilità è mia. Senta, quando sono ritornato a Norfolk, ho visitato, o meglio, avrei dovuto visitare le famiglie dei caduti. Sono il comandante. Dovevo – c'era quella bambina così piccola e... Gesù, O'Malley, cosa potevo dirle?» chiese Morris. Jerry vide che singhiozzava, e stava per scoppiare in lacrime. Bene.

«Non lo scrivono nel manuale» convenne O'Malley. *Si pensa che lo si sappia già.*

«Una bambinetta graziosa. Che cosa si può dire ai bambini?» Le lacrime cominciarono a scorrere. C'erano volute quasi due ore.

«Dici alla bambina che il suo papà era un uomo buono e che ha fatto del suo meglio, e che anche tu hai fatto del tuo meglio, perché questo è tutto quello che possiamo fare, Ed. Hai fatto tutto bene, ma a volte non serve.» Non era la prima volta che un uomo piangeva sulla spalla di O'Malley. Anche lui aveva pianto sulla spalla di qualcuno. *Che vita miserabile è mai questa*, pensò, *se può ridurre in un simile stato degli uomini in gamba.*

Morris si riprese nel giro di qualche minuto, e quando la bottiglia fu vuota ambedue gli uomini erano ubriachi come non erano mai stati in vita loro. O'Malley aiutò il comandante ad alzarsi e si diresse con lui verso la porta.

«Cosa succede, Marina, non lo sopportate?» Era un marinaio di un mercantile, che stava da solo appoggiato al banco. Aveva detto la cosa sbagliata.

Non era facile vedere in O'Malley, infagottato nella divisa di volo, un uomo di grande forza fisica. Con il braccio sinistro sosteneva Morris. Con la mano destra afferrò l'interlocutore per la gola e lo trascinò via dal banco.

«Hai altro da dire sul mio amico, gramigna?» O'Malley serrò la stretta intorno alla gola.

La risposta fu un bisbiglio. «Volevo solo dire che forse ha problemi con l'alcool.»

Il pilota mollò la presa. «Buona notte.»

Fu difficile manovrare il comandante fino alla nave, un po' perché O'Malley era sbronzo anche lui, un po' perché Morris sembrava vicino a perdere i sensi. Anche quello faceva parte del piano, ma Hammer, il Martello, aveva stretto un po' troppo i tempi. La passerella sembrava terribilmente ripida vista dalla banchina.

«Quale sarebbe il problema?»

«Buona sera, capo.»

«Buona sera, signore. C'è il comandante con lei?»

«Sì, e un po' d'aiuto non guasterebbe.»

«Non sta scherzando.» Il sottufficiale scese. Fra tutti e due, riuscirono a portare a bordo il comandante. Il difficile fu salire la scaletta per andare alla cabina. Fu chiamato un altro marinaio.

«Cristo» osservò il ragazzo. «Il vecchio ci sa fare quando si tratta di darci dentro!»

«Devi essere un vero marinaio per essere capace di sbronzarti» convenne il capo. Gli sforzi congiunti dei tre uomini riuscirono a portarlo su per la scala, poi O'Malley lo prese in consegna e lo depositò in cuccetta. Morris dormiva profondamente, e il pilota sperava che l'incubo se ne fosse andato per sempre. Il suo, invece, ritornava ancora.

Northwood, Inghilterra

«Ebbene, comandante?»

«Sì, signore, penso che funzionerà. Vedo che la maggior parte degli elementi è già a posto.»

«Il piano di partenza aveva meno probabilità di successo. Avrebbe certamente richiamato la loro attenzione, mentre in questo modo dovremmo riuscire a infliggere seri danni alle forze sovietiche.»

Toland guardò la carta. «La scelta dei tempi è ancora dubbia, ma non molto diversa dall'attacco che abbiamo fatto agli aerei cisterna. Mi piace, signore. Risolverebbe sicuramente alcuni problemi. Com'è la situazione dei convogli?»

«Ottanta navi sono riunite nel porto di New York. Salpano fra ventiquattr'ore. Massiccia scorta, portaerei in appoggio, anche un nuovo incrociatore Aegis insieme ai mercantili. E il passo successivo, naturalmente...» Beattie continuò.

«Sì, signore, e Doolittle è la chiave.»

«Esattamente. Voglio che lei ritorni a Stornoway. Manderò anche uno dei miei addetti alle operazioni aeree a lavorare con voi. La terremo al corrente di ogni sviluppo. Si ricordi che l'accesso a queste notizie è strettamente riservato al personale direttamente implicato.»

«Inteso, signore.»

«In libertà, allora.»

34

Tentacoli

USS Reuben James

Le sette del mattino arrivarono troppo presto per Jerry O'Malley. Occupava la cuccetta inferiore in una cabina per due – il co-pilota aveva quella di sopra – e la prima cosa sensata che fece fu di prendere tre aspirine e rimettersi a sedere. Faceva quasi ridere, pensò. Il Martello se lo sentiva picchiare dentro la testa. No, si corresse, nella testa aveva il sonar a immersione che emetteva impulsi continui. Tutto considerato, aveva compiuto un'azione che, stando ai ricordi giovanili, veniva classificata come "un atto di misericordia corporale"; questa considerazione servì a nobilitare le sue sofferenze. Concesse all'aspirina dieci minuti per entrare nel flusso sanguigno, poi passò alla doccia. L'acqua, prima fredda, poi calda, gli rischiarò la mente.

Il quadrato era affollato ma tranquillo, con gli ufficiali seduti a tavola per gruppi omogenei di età, intenti a discorrere sottovoce. Quei giovani ufficiali non erano mai stati in combattimento, e allo spirito d'avventura che forse li aveva animati al momento di lasciare San Diego, qualche settimana prima, adesso era subentrata la prosaica realtà dei compiti da sbrigare. Erano state affondate delle navi. Erano morti degli uomini che conoscevano. Per quei ragazzi, la paura era un'incognita più terribile dei combattimenti ai quali erano stati addestrati. Poteva vedere la domanda sui loro visi, ma la risposta l'avrebbe data soltanto il tempo. Avrebbero imparato a sopportarla, la paura, oppure no? Il combattimento non aveva misteri per O'Malley. Sapeva che avrebbe avuto paura, e che l'avrebbe messa da parte come meglio poteva. Non aveva senso soffermarcisi. Sarebbe successo anche troppo presto.

«Buon giorno, primo ufficiale!»

«Buon giorno, Jerry. Stavo proprio andando a chiamare il comandante.»

«Ha bisogno di dormire, Frank.» Il pilota aveva staccato la

sveglia prima di uscire dalla cabina. Ernst lesse sul viso di O'Malley quello che non diceva con le parole.

«Oh, va bene, non abbiamo veramente bisogno di lui fino alle undici.»

«Lo sapevo che sei un buon vice, Frank.» O'Malley era in dubbio fra "succo di cimice" e caffè. Il succo del giorno era del tipo arancio – ma l'aroma non lo apparentava a nessun frutto conosciuto. A O'Malley piaceva il tipo rosso, non l'arancio. Si versò il caffè.

«Ho diretto il caricamento dei siluri ieri sera. Abbiamo diminuito il nostro miglior tempo di un altro minuto al buio.»

«Mi sembra piuttosto buono. Quando è il rapporto prima della partenza?»

«Alle quattordici, in un teatro a due isolati da qui. Comandanti, primi ufficiali e alcuni altri. Penso che vorrai venire, no?»

«Già.»

Ernst abbassò la voce. «Sei sicuro che il comandante stia bene?» Non ci sono segreti su una nave.

«È stato impegnato in combattimento fin dal primo giorno di questo bordello. Aveva bisogno di lasciarsi andare un poco, secondo l'antica e onorata tradizione navale...» – alzò la voce – «Vergogna schifa che tutti questi ragazzini siano troppo giovani per partecipare! Nessuno ha pensato di andare a prendere un giornale? Gli allenamenti estivi della National Football League sono iniziati in tutto il paese, e non c'è uno straccio di giornale! Che cavolo di quadrato ufficiali è questo!»

«Non ho mai conosciuto un dinosauro prima d'ora» disse sottovoce un giovane ufficiale di macchina.

«Ti ci abituerai» lo incoraggiò il guardiamarina Ralston.

Islanda

Due giorni di riposo erano ciò che il medico avrebbe ordinato a tutti. Il sergente Nichols poteva camminare quasi normalmente e gli americani, che cominciavano a considerare il pesce con distacco, fecero il pieno con le razioni supplementari portate dai Royal Marines.

Lo sguardo di Edwards aveva ripreso a scrutare l'orizzonte. L'occhio umano si concentra automaticamente sul movimento, e lei si muoveva. Era difficile non guardare. In effetti, si disse Edwards, era impossibile stare di sentinella senza guardarsi intorno. Il guaio serio era che lei trovava la cosa divertente. I loro salvatori – Edwards li considerava altrimenti, ma perché farla preoccupare? – avevano portato, fra le altre cose, anche del sapone. Il luogo designato per fare il bagno era un laghetto a mezzo miglio dalla cima del colle. In un paese nemico nessuno si doveva avventurare così lontano da solo, e del tutto naturalmente era toccato a Edwards l'incarico di vegliare su di lei – e viceversa. Stare con il fucile imbracciato a guardarla, mentre faceva il bagno, sembrava veramente assurdo, anche se c'erano dei russi in giro. Mentre Vigdis si rivestiva, notò che le abrasioni erano quasi guarite.

«Finito, Michael.» Non avevano asciugamani, ma era un modesto prezzo da pagare per avere di nuovo un odore umano. Arrivò accanto a lui con i capelli ancora umidi e un'espressione provocante sul viso. «Ti metto in imbarazzo? Mi dispiace.»

«Non è colpa tua.» Era quasi impossibile arrabbiarsi con lei.

«Il bambino mi fa grassa» disse. Mike non se ne accorgeva, ma già, era la pancia di lei, non la sua, che stava ingrossando.

«Stai benissimo. Mi dispiace di avere guardato quando non dovevo.»

«Che male c'è?»

Edwards si ritrovò a lottare con le parole. «Bene, dopo, ehm, quello che ti è successo, voglio dire, penso che non ti piaccia avere una banda di maschi sconosciuti che sta intorno a guardarti mentre sei, ehm, nuda.»

«Michael, tu non sei come quello là. Io so che non mi faresti mai del male. Anche dopo quello che mi ha fatto, tu dici che sono bella – mentre divento grassa.»

«Vigdis, bambino o no, tu sei la ragazza più bella che ho mai conosciuto. Sei forte, e sei coraggiosa.» *E credo di amarti, ma ho paura a dirlo.* «Abbiamo soltanto scelto il momento sbagliato per incontrarci.»

«Per me è stato un momento molto buono, Michael» disse prendendogli la mano. Adesso sorrideva spesso: un sorriso dolce e amichevole.

«Da quando mi conosci, ogni volta che pensi a me, ti ricorderai di quel... russo.»

«Sì, Michael, ricorderò quello. Ricorderò che mi hai salvato la vita. Ho chiesto al sergente Smith. Mi ha detto che avevi ordine di non avvicinarti ai russi perché è pericoloso per voi. Tu allora non mi conoscevi neppure, ma sei venuto.»

«Ho fatto il mio dovere.» Le teneva ambedue le mani. *Che cosa le dico adesso? Cara, se mai ne usciamo vivi... ma suona come il dialogo di un brutto film...* Edwards aveva passato i sedici anni da un bel pezzo, ma in quel momento tutta la goffaggine e la timidezza che gli avevano avvelenato l'adolescenza ritornarono. Mike non era stato esattamente il re di cuori alla Eastpoint High School. «Vigdis, io non sono molto bravo per certe cose. Con Sandy era diverso. Lei mi capiva. Non so bene come si parla alle ragazze – al diavolo, non so bene come si parla con la gente! So preparare le carte del tempo e giocare con i computer, ma di solito ho bisogno di avere qualche birra in corpo per trovare il coraggio di dire...»

«Lo so che mi ami, Michael.» Gli occhi di lei scintillavano mentre svelava il segreto.

«Ebbene, sì.»

Gli porse il sapone. «È il tuo turno per lavarti. Non guarderò troppo.»

Fölziehausen, Repubblica Federale Tedesca

Il maggiore Sergetov consegnò gli appunti. Il Leine era stato forzato una seconda volta – a Gronau, quindici chilometri a nord di Alfeld – e ora sei divisioni erano impegnate nella marcia verso Hameln, mentre altre tentavano di allargare la breccia. Erano tuttora in difficoltà. C'erano relativamente poche strade in quella parte della Germania, e quelle sotto il loro controllo erano ancora sottoposte ad attacchi aerei e a bombardamenti d'artiglieria che dissanguavano le colonne di rinforzo molto prima che potessero intervenire nella battaglia.

L'operazione iniziata con tre divisioni di fanteria che cercavano di praticare un varco per una sola divisione corazzata era diventata il punto focale per tutte le armate sovietiche. Là dove avevano attaccato un paio di divisioni tedesche menomate, ora si trovavano di fronte un miscuglio di formazioni provenienti da quasi tutti i paesi della NATO. Alekseyev si affliggeva per le occasioni mancate. Che cosa sarebbe successo se la sua artiglieria non avesse lanciato missili sui ponti? Avrebbe potuto raggiungere il Weser in un giorno, come aveva pensato? *Ormai è acqua passata*, si disse Pasha. Lesse i dati sulle disponibilità di carburante.

«Un mese?»

«Sì, con gli attuali tempi operativi» rispose Sergetov cupo. «E per fare questo, abbiamo paralizzato l'intera economia nazionale. Mio padre chiede se possiamo ridurre i consumi al fronte...»

«Certamente» esplose il generale. «Possiamo perdere la guerra! Così risparmieremo il suo prezioso carburante!»

«Compagno generale, lei mi ha chiesto di portarle delle informazioni precise, e io l'ho fatto. Mio padre è anche riuscito a darmi questo.» Tirò fuori un documento dalla tasca della giacca. Dieci fitte pagine contenevano un rapporto dei servizi segreti del KGB con il timbro RISERVATO AL POLITBURO. «È una lettura molto interessante. Mio padre la prega di tener presente il rischio che ha corso per farle avere questo documento.»

Il generale era un lettore veloce, e di solito sapeva mascherare le proprie emozioni. Il governo della Germania Occidentale aveva preso contatti diretti con i sovietici tramite le ambasciate che entrambi i paesi avevano in India. La discussione preliminare aveva fatto perno su una richiesta circa la possibilità di una soluzione negoziata. La valutazione del KGB era che la richiesta rifletteva il frazionamento politico degli Occidentali, e forse anche la situazione critica dei rifornimenti al fronte nemico. Seguivano due pagine di schemi e di rapporti sui danni inflitti ai trasporti marittimi della NATO, più un'analisi del consumo di munizioni da parte degli alleati fino a quel giorno. Il KGB calcolava che gli stock della NATO erano ridotti al fabbisogno di due settimane, nonostante i recenti arrivi. Né l'una né l'altra parte aveva prodotto quantità sufficienti di munizioni e di carburante a sostegno delle forze impegnate nel conflitto.

«Mio padre dice che sono particolarmente significativi i dati che riguardano i tedeschi.»

«È potenzialmente vero» disse cauto Alekseyev. «Non allenteranno la pressione sul fronte finché i loro capi politici continueranno a operare per giungere a un compromesso ragionevole, ma se possiamo fare loro un'offerta accettabile e togliere la Germania dalla NATO il nostro obiettivo è raggiunto, e noi possiamo prenderci il Golfo Persico con tutta tranquillità. Che cosa stiamo offrendo ai tedeschi?»

«Non è stato ancora deciso. Loro hanno chiesto il nostro ritiro sulle linee di confine prebelliche, con riserva di negoziare le condizioni nelle debite forme sotto controllo internazionale. La loro uscita dalla NATO sarebbe subordinata alle condizioni del trattato definitivo.

«Inaccettabile. Non ci dà niente. Mi chiedo perché mai stiamo negoziando.»

«Evidentemente c'è stato un certo scompiglio nel governo tedesco in merito alla sistemazione dei civili e alla distruzione di cespiti economici.»

«Ah!» Il danno economico alla Germania era l'ultima cosa di cui Alekseyev si preoccupava, ma il governo tedesco stava assistendo alla distruzione ad opera degli esplosivi sovietici del lavoro di due generazioni. «Perché non ce l'hanno detto?»

«Il Politburo ritiene che la notizia di una possibile pace negoziata possa distoglierci dall'esercitare un'ulteriore pressione sui tedeschi.»

«Idioti! Informazioni del genere ci direbbero che cosa dobbiamo attaccare.»

«Lo pensa anche mio padre. Vorrebbe la sua opinione.»

«Dica al ministro che non vedo alcun sintomo di indebolimento della NATO sul fronte di combattimento. Il morale dei tedeschi è particolarmente alto. Stanno resistendo dappertutto.»

«Può darsi che il loro governo stia facendo queste mosse senza avere informato l'Esercito. Se stanno tenendo all'oscuro gli alleati, perché non dovrebbero fare altrettanto con l'Esercito?» suggerì Sergetov. *Dopo tutto, in Russia lo stiamo facendo...*

«È possibile, Ivan Mikhailovich. Ma c'è anche un'altra ipotesi.» Alekseyev tornò a immergersi nelle carte. «Che questa storia sia tutta un'impostura.»

New York

Il rapporto fu tenuto da un ufficiale con responsabilità di comando. Mentre parlava, i comandanti delle navi scorta e gli ufficiali superiori sfogliavano i documenti del rapporto proprio come studenti di scuola media alla rappresentazione di un dramma di Shakespeare.

«Gli sbarramenti avanzati di sonar saranno collocati lungo l'asse di pericolo, qui.» Il capitano spostò la bacchetta sullo schermo. Le fregate *Reuben James* e *Battleaxe* dovevano stare a circa trenta miglia dal resto della formazione. Ciò le avrebbe lasciate fuori dalla copertura dei SAM delle altre navi. Avevano i propri missili terra-aria, però sarebbero rimaste completamente sole. «Avremo l'appoggio delle SURTASS per la maggior parte del viaggio. Le navi si stanno riassestando in formazione proprio mentre vi parlo. Sono prevedibili attacchi aerei e da sottomarini.»

«Per far fronte alla minaccia dal cielo, ci saranno in appoggio le portaerei *Independence* e *America.* Il nuovo incrociatore Aegis, *Bunker Hill* viaggerà con il convoglio, come avrete notato. Inoltre, l'Aviazione toglierà di mezzo il satellite russo da ricognizione oceanica munito di radar al suo prossimo passaggio, verso le 12,00 (ora di Greenwich) di domani.»

«Benissimo!» esclamò il comandante di un cacciatorpediniere.

«Signori, stiamo consegnando un carico di materiali per oltre due milioni di tonnellate, più un'intera divisione corazzata composta da formazioni della riserva e della Guardia Nazionale. Il carico rappresenta la possibilità per la NATO di restare in azione ancora tre settimane. Questo convoglio deve passare. Domande? No? Allora, buona fortuna.»

Il teatro si vuotò, man mano che gli ufficiali passavano davanti alle sentinelle e uscivano nella strada piena di sole.

«Jerry?» disse Morris.

«Sì, comandante.» Il pilota si mise gli occhiali da sole che usava in volo.

«A proposito di ieri sera...»

«Comandante, ieri sera abbiamo bevuto troppo tutti e due. A dire la verità, non ricordo molto di quello che è successo. Forse avrò le idee più chiare fra sei mesi. Ha dormito bene?»

«Quasi dodici ore. La mia sveglia non ha suonato.»

«Forse dovrebbe comperarne una nuova.» Passarono davanti al bar dove erano stati la sera prima. Si scambiarono un'occhiata, poi si misero a ridere.

«Di nuovo sulla breccia, cari amici!» disse Doug Perrin raggiungendoli.

«Per favore, non tirarci fuori scemate del tipo "affianchiamoci alla nave nemica"» raccomandò O'Malley. «Quelle vecchie storie di "tutti all'abbordaggio!" sono pericolose.»

«Tocca a te tenere lontani quei bastardi, Jerr-O. Te la senti?»

«Sarà meglio che se la senta» osservò scherzosamente Morris. «Mi dispiacerebbe scoprire che è buono solo a chiacchiere!»

«Bella gente che siete!» ribatté il pilota. «Cristo, me ne vado in giro tutto solo, scopro un fottuto sommergibile, lo do al qui presente Doug, e mi dicessero almeno bravo!»

«Ecco il problema con gli aviatori. Se non dici loro ogni cinque minuti quanto sono favolosi, diventano depressi e ti piangono sulla spalla» disse Morris con un sorriso. Era un uomo diverso da quello che aveva parlato svogliatamente l'altra sera a cena. «Le serve qualcosa che possiamo darle, Doug?»

«Forse potremmo fare qualche scambio di generi alimentari.»

«Nessun problema. Mandi il suo ufficiale ai rifornimenti. Sono certo che potremo metterci d'accordo.» Morris guardò l'orologio. «Partiamo solo fra tre ore. Andiamo a mangiare un panino e a parlare di due o tre cose. Ho un'idea su come fregare quei Backfire che mi piacerebbe esporvi...»

Tre ore dopo, una coppia di rimorchiatori Moran staccò le fregate dal molo. La *Reuben James* si mosse adagio, spinta dai motori a turbina attraverso l'acqua inquinata, alla modesta velocità di sei nodi. O'Malley stava in osservazione sul sedile destro dell'elicottero, all'erta per un eventuale sottomarino sovietico in agguato all'uscita dal porto, malgrado la presenza della pattuglia di quattro

Orion intenti a decontaminare la zona. Probabilmente il Victor che avevano distrutto due giorni prima aveva avuto l'ordine di accodarsi al convoglio e trasmettere dati, in primo luogo per dirigere una incursione di Backfire, poi per farsi sotto e lanciare il proprio attacco. Il pedinatore era affondato, ma ciò non significava che la partenza fosse un segreto. New York era una città di otto milioni di abitanti, e sicuramente almeno uno di loro era alla finestra armato di binocolo, a catalogare i tipi e i numeri delle navi. Lui, o lei che fosse, avrebbe fatto un paio di telefonate apparentemente innocenti, e i dati sarebbero giunti a Mosca entro poche ore. Altri sottomarini si sarebbero appostati sulla rotta prevista. Non appena il convoglio fosse stato fuori dalla copertura aerea, con base a terra, i ricognitori sarebbero venuti in osservazione, seguiti dai Backfire armati di missili.

Quante navi! pensò O'Malley. Passarono una serie di Ro/Ro, mercantili attrezzati per caricare e scaricare in velocità, che portavano carri armati, veicoli da combattimento, e gli effettivi di un'intera divisione. Altre navi erano sovraccariche di container che sarebbero stati messi direttamente su autocarri diretti al fronte; il contenuto di ciascuno era registrato su computer per accelerare lo smistamento dopo l'arrivo a destinazione. Pensò ai notiziari televisivi, alle scene registrate di combattimenti terrestri in Germania. Era tutto lì, in definitiva. La missione della Marina aveva lo scopo di tenere aperte le rotte per poter consegnare il materiale di cui quegli uomini avevano bisogno in Germania. Far passare le navi dall'altra parte.

«Come sta andando?» chiese Calloway.

«Non male» rispose Morris al giornalista. «Abbiamo le pinne stabilizzatrici. Non rolla tanto. Se ha problemi, l'infermiere potrà darle qualcosa. Non sia timido, chieda.»

«Cercherò di non disturbare.»

Morris fece un amichevole cenno del capo al corrispondente della Reuter. Era arrivato con un'ora di preavviso, ma sembrava un professionista, o quanto meno uno abituato ad avere tutte le proprie cose in un'unica valigia.

«Il suo ammiraglio dice che lei è uno dei migliori comandanti.»

«Penso che avremo modo di scoprire se è vero» rispose Morris.

35

Appuntamento col bersaglio

USS Reuben James

I primi due giorni andarono bene. Salpò per prima la forza di scorta, spazzando con i sonar le acque poco profonde lungo la costa alla ricerca di eventuali sottomarini, ma senza trovarne nessuno. Seguirono i mercantili, che lentamente si disposero in otto colonne di dieci navi ciascuna. Il convoglio, in grado di navigare a venti nodi, aveva fretta di consegnare la ''merce''. Protetto dal poderoso ombrello dell'Aviazione con base a terra, per le prime quarantotto ore ci diede dentro, con solo brevi tratti a zig-zag, passando oltre le coste del New England e del Canada Orientale, Sable Island e il Gran Banco di Terranova. La parte facile era finita. Nel momento in cui lasciavano le acque costiere per addentrarsi nell'Atlantico vero e proprio, entravano in un mondo pieno di incognite.

«Per trasmettere i miei servizi...» disse Calloway a Morris.

«Due volte al giorno potrà usare il nostro trasmettitore via satellite, sempreché non interferisca con le comunicazioni ufficiali. Lo sa che i suoi dispacci dovranno passare da Norfolk per il controllo delle informazioni riservate?»

«Certamente, comandante. Mi creda se le dico che, finché sarò con voi, non rivelerò nulla che possa mettere in pericolo la nave! Ho già avuto abbastanza emozioni quest'anno a Mosca.»

«Come?» Morris si voltò e depose il binocolo. Calloway gli raccontò come aveva passato quella primavera.

«Patrick Flynn, il mio collega della Associated Press, è a bordo della *Battleaxe*. Starà certamente bevendo birra» concluse.

«Così, lei era a Mosca quando tutta questa storia era in gestazione. Lo sa, lei, perché è cominciata?»

Calloway fece segno di no. «Se lo sapessi, comandante, avrei pubblicato il servizio già da un pezzo.»

Sull'ala della plancia comparve un segnalatore con un blocco. Morris lo prese, lesse i tre messaggi e firmò la ricevuta.

«Qualcosa di grosso?»

«Aggiornamento del bollettino meteorologico e qualcosa sul satellite russo da ricognizione. Dovrebbe passare qui sopra fra tre ore. L'Aviazione tenterà di abbatterlo prima che arrivi su di noi. Niente di importante. È sistemato bene? Problemi?»

«Nessuno, comandante. Non c'è niente di più bello di una crociera.»

«Vero.» Morris introdusse la testa nella timoniera. «Posto di combattimento. Azione aerea.»

Accompagnò il corrispondente al centro informazioni di combattimento, spiegandogli l'esercitazione che sarebbe stata eseguita poco dopo, per accertare che gli uomini fossero in grado di fare tutto alla perfezione anche nell'oscurità.

«Uno di quei dispacci la metteva in guardia contro qualcosa?»

«No, ma fra sei ore saremo fuori dalla protezione dei caccia con base a terra. Ciò significa che i russi verranno a cercarci.» *E saremo tremendamente soli*, pensò Morris. Fece esercitare gli uomini per un'ora. Il gruppo del CIC eseguì un paio di simulazioni al computer. Nella seconda, un missile nemico riuscì a passare attraverso la difesa.

Base aerea di Langley, Virginia

Il caccia F-15 si fermò appena fuori dal capannone. Il capo del personale di terra appoggiò la scaletta all'aereo, e il maggiore Nakamura scese, lanciando subito uno sguardo all'aereo bruciacchiato. Si avvicinò per osservare meglio i danni.

«Non sembrano gravi, maggiore» la rassicurò il sergente. Un frammento del razzo esploso aveva fatto nell'ala sinistra un buco grande come un bicchiere da birra, mancando di pochi centimetri un serbatoio. «Posso ripararlo in un paio d'ore.»

«Lei sta bene?» si informò il tecnico della Lockheed.

«Ha detonato a cinquanta piedi, e ha fatto scoppiare l'inferno. Lei aveva torto, fra l'altro. Quando esplodono, è una faccenda piuttosto spettacolare. Schegge dappertutto. Sono stata fortunata a beccarne soltanto una.» Si era spaventata a morte, ma aveva avuto un'ora di tempo per riprendersi. Adesso era solo furibonda.

«Spiacente, maggiore. Vorrei poter dire di più.»

«E adesso bisogna riprovare» disse Bun, guardando il cielo attraverso il buco. «Quando è il prossimo passaggio?

«Alle undici e sedici minuti.»

«A quell'ora, dunque.» Entrò nell'edificio, poi si diresse alla sala dei piloti. Le pareti erano ricoperte di materiale fono-assorbente, utile anche per evitare che i piloti si facessero male battendoci i pugni.

Kirovsk, URSS

Il satellite radar da ricognizione oceanica continuava indisturbato la propria orbita. Al passaggio successivo sul Nord Atlantico si trovò a osservare una folla di circa cento navi ordinatamente incolonnate. Doveva essere il convoglio di cui avevano parlato i servizi d'informazione, conclusero gli analisti russi e – con loro grande gioia – si trovava in mare aperto proprio là dove era possibile raggiungerlo.

Un'ora e mezza dopo, due reggimenti di Backfire armati di missili, preceduti da ricognitori Bear-D, decollarono dai quattro aeroporti intorno a Kirovsk, fecero il pieno di carburante, e partirono verso la breccia radar sopra l'Islanda.

USS Reuben James

«E così, è questa la sorpresa che avete in serbo per loro?» chiese Calloway. Toccò qualcuno dei simboli sullo schermo principale del quadro tattico.

Morris annuì pensieroso. «Finora abbiamo mandato oltre oceano la maggior parte dei convogli sotto EMCON – controllo delle emissioni – con i radar spenti per renderli più difficili da trovare. Questa volta facciamo qualcosa di un po' diverso. Questo è il display del radar SPS-49...»

«Il mostro nero sopra la timoniera?»

«Esatto. Questi simboli sono i Tomcat della portaerei *America*. Questo è un aereo cisterna KC-135, e questo piccolo è uno Hawkeye E-2C. Ha il radar, ma lo tiene spento. Quando i russi saltano fuori, devono venire molto vicini per vedere che cosa c'è.»

«Ma lo sanno già» obiettò Calloway.

«No, sanno che c'è un convoglio da qualche parte in questa zona, ma non basta per mettersi a lanciare missili. Tutto ciò che sanno con certezza è che qualcuno sta usando un radar SPS-49. Dovranno accendere i loro per saperne di più. Se i signori russi lo fanno, noi li vediamo, e si troveranno i nostri caccia sulle chiappe prima ancora di capire chi li ha colpiti.»

«E se i Backfire non vengono oggi?»

«Allora li vedremo un altro giorno. I Bear, oltre che con gli aerei, parlano con i sottomarini: buoni anche loro da eliminare.»

Islanda

Era la prima volta che si annoiavano. Edwards e i suoi erano già stati terrorizzati più che a sufficienza, ma annoiati mai. Adesso, da ben quattro giorni erano fermi nello stesso posto, e non avevano ancora ricevuto l'ordine di spostarsi. Osservavano e riferivano attività di modesta portata da parte dei russi, però, senza niente di concreto da fare, trovavano il tempo molto lungo.

«Tenente.» Garcia fece un cenno verso l'alto. «Vedo aerei diretti a sud.»

Edwards prese il binocolo. Il cielo era punteggiato di nuvolette bianche. Non si vedevano scie di condensa ma – ecco! Vide un lampo, qualcosa come un riflesso. Strinse gli occhi per osservarlo bene.

«Nichols, che cosa ne pensa?» chiese offrendo il binocolo.

«È un Backfire russo» rispose Nichols con tutta semplicità.

«Sicuro?»

«Assolutamente sicuro, signor tenente. Li ho già visti anche troppe volte.»

«Li conti.» Edwards tirò fuori la radio.

«Ne vedo soltanto quattro. Tutti diretti a sud, signore.»

«È proprio sicuro che siano Backfire?» insisté Edwards.

«Maledettamente sicuro, signor tenente Edwards!» rispose Nichols risentito. Osservò l'ufficiale che accendeva la radiotrasmittente.

«Beagle chiama Doghouse, passo.» Erano un po' lenti quel giorno, dovette chiamarli tre volte prima di avere risposta.

«Doghouse, qui Beagle, e ho informazioni per voi. Vediamo dei bombardieri tipo Backfire diretti a sud che passano sopra la nostra posizione.»

«Come sapete che sono Backfire?» volle sapere Doghouse.

«Perché il sergente Nichols della Reale Fanteria di Marina dice che è maledettamente sicuro che lo sono. Quattro di numero.» – Nichols alzò cinque dita – «Rettifico, cinque aerei diretti a sud.»

«Roger, grazie Beagle. È successo altro?»

«Negativo. Per quanto tempo pensate che dobbiamo stare seduti su questa collina? Passo.»

«Vi faremo sapere. Pazientate, Beagle. Non vi abbiamo dimenticati. Chiudo.»

Nord Atlantico

I Bear avanzavano in diagonale, con gli equipaggi che scrutavano visivamente e sondavano le frequenze radio e radar. A un certo punto, il primo di loro individuò l'emissione di uno singolo radar americano, e nel giro di un minuto lo identificò per un SPS-49 da ricerca aerea, del tipo usato dalle fregate missilistiche della classe Perry. I tecnici a bordo misurarono l'intensità del segnale e, calcolando la posizione, valutarono di essere molto al di fuori della portata di individuazione.

Il comandante della missione, che si trovava sul terzo Bear, ricevette il dato e lo confrontò con quelli forniti dal servizio informazioni a proposito del convoglio. Il punto era esattamente al centro del circolo che aveva tracciato sulla carta. Tanta esattezza lo rendeva sospettoso. Il convoglio stava seguendo una rotta diretta per l'Europa? Perché? Di solito i convogli avevano preso rotte più elusive, facendo ampie deviazioni fino alle Azzorre, per costringere gli aerei ad allontanarsi di più – cosa che obbligava i Backfire al seguito dei ricognitori a portare un solo missile invece di due. Questa volta c'era qualcosa di strano. Al suo ordine, la pattuglia si dispose in formazione sulla linea nord-sud e cominciò ad abbassarsi per stare sotto l'orizzonte dei radar americani.

USS Reuben James

«Fin dove riesce a vedere?» chiese Calloway.

«Dipende dall'altezza e dalle dimensioni del bersaglio, anche dalle condizioni atmosferiche» rispose Morris dalla poltroncina, guardando i display elettronici. Due Tomcat erano pronti al combattimento. «Quanto al Bear, a trentamila piedi possiamo probabilmente avvistarlo da duecentocinquanta miglia. Ma quanto più basso vola, tanto più si può avvicinare. Il radar non riesce a vedere attraverso l'orizzonte.»

«Ma volando basso consuma un sacco di carburante.»

Morris guardò il corrispondente. «Quei maledetti portano abbastanza carburante da stare in volo una settimana» disse esagerando.

«Messaggio da LANTFLT, comandante.» L'ufficiale alle comunicazioni consegnò un modulo: RIFERIAMO POSSIBILE INCUR-

SIONE BACKFIRE DIRETTI A SUD SOPRA ISLANDA 10.17Z. Morris passò il messaggio al TAO, che guardò immediatamente la carta.

«Buone notizie?» chiese Calloway. Aveva abbastanza buon senso per non chiedere di leggere il dispaccio.

«Può darsi che ci tocchi vedere dei bombardieri Backfire fra un po' più di due ore.»

«A bombardare il convoglio?»

«No, vorranno prima bombardare noi. Hanno quattro giorni buoni per colpire il convoglio, e togliere di mezzo la scorta rende più facile il lavoro.»

«È preoccupato?»

Morris accennò un sorriso. «Signor Calloway, io sono sempre preoccupato.»

Il comandante verificò i diversi quadri. Tutti i dispositivi delle armi e di individuazione funzionavano alla perfezione – bella cosa avere una nave nuova di zecca! Il rilevatore di pericolo non mostrava alcuna attività nota di sottomarini nelle immediate vicinanze, dato comunque da prendere con riserva. Avrebbe potuto ordinare subito "posto di combattimento", ma molti degli uomini erano alla mensa. Meglio averli nutriti e pronti.

La maledetta attesa, pensò Morris. Osservò gli schermi senza parlare. Le tracce che indicavano aerei amici ruotarono lentamente; anche i piloti erano in attesa.

«Altri caccia in arrivo» annunciò un ufficiale. Un'altra coppia di Tomcat, parte della pattuglia, comparve sul video. Anche l'*America* aveva avuto l'annuncio dell'incursione. La portaerei era a duecento miglia, su una rotta a ovest verso Norfolk, e così pure l'*Independence*, di ritorno dalle Azzorre. Le portaerei erano in mare fin dall'inizio della guerra, incrociando avanti e indietro per eludere i satelliti sovietici. Erano riuscite a proteggere molti convogli dai sommergibili, ma correndo gravi rischi. Fino a quel momento, i "tetti piatti" americani non erano riusciti a fare quello che avrebbero dovuto. Non erano ancora armi offensive. Il destino del gruppo della *Nimitz* era stato una dura lezione. Morris accese un'altra sigaretta. Ora ricordava perché aveva smesso a suo tempo. Troppe sigarette facevano bruciare la gola, rendevano insensibile il palato, e facevano lacrimare gli occhi. D'altro canto, ti davano qualcosa da fare mentre aspettavi.

Nord Atlantico

I Bear erano disposti su una precisa linea nord-sud centrata sulla posizione dei segnali radar della *Reuben James*. Il comandante dell'incursione ordinò loro di virare a ovest e di ridurre l'altezza. Due aerei non confermarono l'ordine, ed egli dovette ripeterlo.

Duecento miglia a ovest della loro posizione, a bordo del ricognitore Hawkeye E-2C, un tecnico alzò la testa di scatto. Aveva sentito qualcuno che parlava russo; in codice, ma decisamente in lingua russa.

Nel giro di qualche minuto, ogni nave della scorta ricevette l'informazione, e tutte diedero la stessa risposta: non potevano ancora essere i Backfire, erano certamente dei Bear. Tutti volevano abbatterli. L'*America* cominciò a lanciare i propri aerei, e in più un apparecchio radar. Dopo tutto, i russi potevano essere venuti a cercare prorpio lei.

USS Reuben James

«Deve essere diretto giusto su di noi» disse il TAO.

«Tutti hanno quell'idea» confermò Morris.

«Quanto dista?» domandò Calloway.

«Impossibile saperlo. Lo Hawkeye ha captato una conversazione via radio. Dev'essere piuttosto vicino, ma le condizioni atmosferiche anomale possono far sentire quel tipo di segnale a mezzo mondo di distanza. Signor Lenner, posto di combattimento per attacco aereo.»

Cinque minuti dopo la fregata era pronta.

Nord Atlantico

«Buon giorno, signor Bear.» Il pilota del Tomcat guardò il teleschermo.

L'aereo russo era a circa quaranta miglia, con il sole che faceva scintillare le grosse eliche. Deciso a stringerlo da vicino senza usare il radar, almeno per il momento, il pilota regolò gli acceleratori sull'80% della potenza massima e attivò i comandi dei missili. La velocità di avanzamento frontale era di mille miglia orarie, quasi diciassette miglia al minuto.

«Attivare!» ordinò il pilota, e immediatamente l'ufficiale d'intercettazione inserì il radar AWG-9 dell'aereo.

«Lo abbiamo» disse un momento dopo.

«Lancio!» Due missili si staccarono e accelerarono a più di tremila miglia orarie.

Il tecnico sovietico stava tentando di isolare la segnatura del radar di ricerca della fregata, quando udì un blip sull'avvisatore di pericolo. Si volse a vedere di che segnale si trattava, e impallidì.

«Allarme! Attacco aereo!» gridò sull'interfono.

Il pilota reagì all'istante, virando a sinistra e picchiando verso il mare, mentre un tecnico EW attivava il sistema di disturbo. La virata, però, aveva messo l'aereo fra il disturbo e i missili in arrivo.

«Cosa succede?» chiese il comandante dell'incursione sull'interfono.

«Abbiamo dei radar d'intercettazione su di noi» rispose il tecnico, spaventato ma freddo. «Attivato i generatori di disturbo.»

Il comandante si rivolse all'addetto alle comunicazioni. «Trasmetti un avviso: attività di caccia nemici sulla nostra posizione.»

Non ci fu il tempo. I due Phoenix coprirono la distanza in meno di venti secondi. Il primo passò largo e mancò il bersaglio, ma il secondo centrò il bombardiere in picchiata e gli fece saltare via la coda. Il Bear precipitò in mare senza eleganza, come un pezzo di carta buttato in terra.

USS Reuben James

Il radar mostrò il Tomcat; lo videro lanciare i due missili che scomparvero immediatamente dal campo visivo; poi lo seguirono in silenzio, per mezzo minuto, mentre proseguiva verso est, per poi ritornare e dirigersi a ovest.

«Quello, signori, è un abbattimento» disse Morris. «Un Bear è finito in mare.»

«Come fa a saperlo?» chiese Calloway.

«Crede che il Tom sarebbe tornato se avesse mancato il bersaglio? E se fosse stato qualunque cosa all'infuori di un Bear, avrebbe interrotto il silenzio radio. ESM, riceviamo traffico radio da zero-otto-zero?»

Il sottufficiale nell'angolo anteriore a tribordo non alzò gli occhi. «No, comandante, nessun segnale.»

«Accidenti» disse Morris. «Funziona.»

«E se il brav'uomo non avesse mandato un messaggio...» Calloway capì la sequenza.

«Siamo i soli a saperlo. Forse possiamo fare fuori tutta la loro forza d'attacco, ricorrendo ad azioni da guerriglia.» Morris andò allo schermo. I caccia dell'*America* erano ormai tutti in volo, settantacinque miglia a sud del convoglio. Guardò l'orologio sulla paratìa: i Backfire erano a quaranta minuti. Alzò il ricevitore. «Plancia, qui centrale. Segnalate alla *Battleaxe* di avvicinarsi.»

Nel giro di pochi secondi, la *Battleaxe* virò stretto a babordo e puntò verso la *Reuben James*. *Oggi ha funzionato con successo una cosa nuova*, pensò Morris. *Perché non farne un'altra?*

«Pronti a lanciare l'elicottero» ordinò.

O'Malley era seduto nell'abitacolo a leggere una rivista, o meglio, a guardare le illustrazioni, cercando di isolare il pensiero da quello che stava accadendo intorno. L'annuncio dell'altoparlante lo strappò dalla contemplazione di Miss Luglio. Il guardiamarina Ralston diede subito inizio alla sequenza di avviamento del motore. O'Malley tenne d'occhio il quadro per eventuali problemi meccanici, poi guardò fuori dal portello per assicurarsi che gli uomini in coperta fossero al sicuro.

«Che cosa dobbiamo fare, comandante?» chiese l'addetto ai sistemi.

«Andiamo a fare da esca per i missili, Willy» rispose amabilmente O'Malley, e decollò.

Nord Atlantico

Il Bear più a sud era a sessanta miglia dal convoglio ma non lo sapeva ancora, come non lo sapevano gli americani, dato che l'aereo era sotto l'orizzonte del radar della *Reuben James*. Il pilota del Bear sapeva solo che gli aerei dovevano salire e accendere i radar di ricerca, ma il comandante non aveva ancora dato l'ordine. Benché non ci fossero avvisi di pericolo, il pilota era preoccupato. L'istinto gli diceva che stava accadendo qualcosa di strano. Uno dei Bear era sparito la settimana prima; l'ultima notizia era che stava seguendo una fregata americana, e nient'altro. *Proprio come adesso...* Il comandante dell'incursione aveva annullato la missione dei Backfire per timore di incontrare caccia nemici, e per questo era poi stato "strigliato" per sospetta codardia. Come accadeva spesso in combattimento, i soli dati disponibili erano negativi. Si sapeva che i quattro Bear non erano ritornati. Lui sapeva che il comandante non aveva ancora dato l'ordine previsto. Sapeva che non c'era ancora stato un segno concreto di pericolo. Infine, sapeva che non era contento.

«Distanza da quella fregata americana?» chiese sull'interfono.

«Centotrenta chilometri» rispose l'ufficiale di rotta.

Mantieni il silenzio radio, si disse il pilota. *Sono gli ordini...*

«Crepino gli ordini!» disse ad alta voce. Il pilota accese la radio. «Gull due a Gull tre, passo.» Niente. Ripeté la chiamata altre due volte.

Numerose radio captarono il messaggio, e in meno di un minuto la posizione del Bear fu rilevata, quaranta miglia a sudest del convoglio. Un Tomcat corse verso il contatto.

Il comandante russo non rispose... *Io avrei risposto*, si disse il pilota. Avrebbe risposto di certo. I Backfire dovevano essere a meno di duecento chilometri. *Su cosa li stiamo guidando?*

«Attivare il radar!» ordinò.

Tutte le navi dello sbarramento captarono le emissioni inconfondibili del radar Big Bulge. La nave più vicina munita di SAM, la fregata *Groves*, attivò immediatamente i radar dei missili e lanciò un terra-aria contro il Bear – ma il Tomcat che stava anch'esso correndo verso lo stesso aereo era troppo vicino. La fregata disinserì il radar di guida del missile SM1, che perse il puntamento sul bersaglio e si autodistrusse.

A bordo del Bear, gli avvisi arrivavano uno dopo l'altro: prima l'allarme per il missile terra-aria, poi un radar di intercettazione aerea – dopodiché l'operatore acquisì il convoglio.

«Molte navi a nordovest.» L'operatore passò l'informazione al navigatore, che elaborò un rapporto di posizione per i Backfire. Il Bear spense il radar e scese in picchiata, mentre l'ufficiale alle comunicazioni trasmetteva il rapporto di avvistamento. A quel punto, tutti accesero i radar.

USS Reuben James

«Ecco i Backfire» disse il TAO quando i simboli apparvero sullo schermo. «Rilevamento zero-quattro-uno, distanza centottanta miglia.»

In plancia, il primo ufficiale era nervoso al massimo. Oltre ad avere il raid dei bombardieri in arrivo, stava governando la nave esattamente a quindici metri dalla HMS *Battleaxe*. Erano tanto vicine che su uno schermo radar si sarebbero presentate come un unico bersaglio. A poche miglia di distanza, O'Malley e l'elicottero della *Battleaxe* stavano anch'essi volando in formazione serrata a venti nodi. Entrambi avevano l'amplificatore di segnale inserito. Troppo piccoli, solitamente, per apparire su tale tipo di radar, gli elicotteri adesso sarebbero sembrati tanto grandi da essere scambiati per una nave, cioè per un bersaglio che metteva conto di attaccare con i missili.

Nord Atlantico

Il combattimento aereo adesso aveva tutta la grazia di una rissa in un saloon. I Tomcat di pattuglia presso il convoglio volarono contro i tre Bear, sul primo dei quali si stava già dirigendo un missile. Gli altri due non avevano ancora avvistato il convoglio, e non l'avrebbero mai fatto. Corsero a est per sfuggire, ma fu un tentativo vano. Un bombardiere a elica non può sfuggire a un caccia supersonico.

Gull due fu il primo a perire. Il pilota riuscì a trasmettere il rapporto di contatto e ad averne conferma prima che due Sparrow gli scoppiassero vicino incendiando un'ala. Ordinò agli uomini di saltare fuori, tenne l'aereo orizzontale per permettere loro di uscire, e un minuto dopo si svincolò dal sedile e saltò attraverso il portello. Il Bear esplose cinque secondi dopo che il pilota ebbe aperto il paracadute. Mentre scendeva, osservò l'aereo trasformato in una meteora che si inabissava, e si chiese se gli sarebbe toccato affogare.

Sopra di lui, una squadriglia di Tomcat si lanciò furiosamente contro i Backfire, in una specie di gara per vedere chi riusciva a portarsi per primo in posizione di lancio. I bombardieri sovietici cabrarono decisi con i postbruciatori inseriti, attivando i radar di ricerca verso il basso per trovare bersagli. L'ordine era di individuare e distruggere le navi scorta; trovarono quello che cercavano a trenta miglia dal grosso del convoglio: due blip. Il blip grande, più arretrato, si prese sei colpi, quello più piccolo, a cinque miglia, ne ricevette solo quattro.

Stornoway, Scozia

«Abbiamo in corso un'incursione di più reggimenti di Backfire a quarantacinque gradi nord, quarantanove ovest.» Toland teneva in mano il telex "Red Rocket".

«Che cos'ha da dire il COMEASTLANT in proposito?»

«Credo che lo stia studiando proprio adesso. È pronto?»

«Perdio se sono pronto!»

La telescrivente nell'angolo cominciò a picchiettare: INIZIARE OPERAZIONE DOOLITTLE.

USS Reuben James

«Vampiri! Vampiri! Abbiamo missili in arrivo!»

Ci risiamo, pensò Morris. Lo schermo tattico era più moderno di quello della *Pharris* – ciascuno dei missili era contrassegnato con la velocità e la direzione. Stavano arrivando a bassa quota.

Morris andò al telefono. «Plancia, qui centrale. Eseguire manovra di separazione.»

«Plancia, *aye*. Ci separiamo adesso» disse Ernst. «Arresto per rischio di collisione! Indietro tutta, emergenza!»

Il timoniere tirò indietro il comando e invertì bruscamente la rotazione dell'elica, passando da "avanti tutta" a "indietro tutta". La *Reuben James* rallentò in un tempo così breve che gli uomini dovettero tenersi per non cadere; la *Battleaxe* corse avanti accelerando a venticinque nodi. Appena fu in sicurezza, la fregata britannica virò stretto a babordo, e la *Reuben James* passò ad "avanti tutta" accostando bruscamente a tribordo.

Qualunque operatore radar sovietico sarebbe stato ingannato dalla manovra. I missili AS-4 che stavano arrivando erano stati regolati sul bersaglio in base a un unico blip. Ora ce n'erano due, e i missili si separarono, ripartendo equamente l'attenzione: tre per bersaglio.

Morris osservava attentamente il display. La distanza fra le due fregate stava rapidamente aumentando.

«I missili ci stanno inseguendo!» esclamò l'operatore ESM. «Abbiamo diverse testate con autoguida che ci cercano.»

«Barra tutta a destra, invertire rotta. Lanciare i razzi con i trucioli!»

Tutti coloro che si trovavano al CIC sobbalzarono quando i quattro contenitori esplosero in alto, riempiendo l'aria di lamelle di alluminio e creando un bersaglio radar che i missili avrebbero cercato, mentre la fregata virava violentemente a babordo. Il lanciamissili di prua ruotò insieme alla nave, con un SAM già assegnato al primo missile sovietico. La fregata si allineò di nuovo su una rotta verso nord, tre miglia di poppa dalla *Battleaxe*.

«Ci siamo» disse il direttore di tiro. La spia della soluzione lampeggiò sulla consolle di comando tiro.

Il primo dei bianchi SM1 si alzò nel cielo. Aveva appena lasciato la rampa, che questa si girò a ricevere un altro missile dal caricatore circolare, quindi ruotò elevandosi, e lo lanciò sette secondi dopo il primo. Il ciclo fu ripetuto altre due volte.

«Eccolo!» disse O'Malley nel vedere la prima scia di fumo. Batté un pugno sul pulsante di maggiorazione dei blip: «Hatchet, chiudete la vostra emittente e correte a sinistra!». I due elicotteri si allontanarono a tutta velocità. Quattro missili si trovarono di colpo senza bersaglio. Proseguirono a est per cercarne altri, ma non ce n'era nessuno.

«Altri trucioli» ordinò Morris, osservando le segnature elettroniche dei missili amici e nemici che convergevano. Il CIC tremò di nuovo mentre nel cielo si formava una seconda nube di alluminio, che il vento portò verso i missili in arrivo.

«Abbiamo ancora dei vampiri che ci cercano!»

«Colpito!» esclamò il direttore di tiro. Il primo missile sparì dallo schermo, intercettato a sedici miglia di distanza, ma il secondo continuò a venire avanti. Il primo SAM che gli fu lanciato contro andò a vuoto, esplodendo inutilmente oltre il bersaglio; anche il secondo lo mancò. La distanza era scesa a sei miglia. Cinque. Quattro. Tre.

«Colpito!» Ne restava uno solo, che cambiò direzione. «Va sui trucioli! Passato di poppa!»

Il missile colpì l'acqua a duemila metri dalla *Reuben James*. Anche da quella distanza, il rumore fu impressionante. Seguì un completo silenzio nel locale del CIC. Gli uomini continuarono a scrutare gli strumenti cercando altri missili, ma solo dopo parecchi secondi furono sicuri che non ce n'erano più. Uno dopo l'altro, i marinai guardarono i compagni e ripresero a respirare normalmente.

«La guerra moderna manca di umanità» osservò Calloway. «Ma la compensa largamente con la tensione.»

Morris si assestò sulla poltroncina. «O qualcosa del genere. Come stanno le cose per la *Battleaxe*?»

«Ancora con il radar acceso, signore» rispose il TAO. Morris alzò il microfono.

«Bravo, qui Romeo. Ci sentite? Passo.»

«Credo che siamo ancora vivi.» Perrin stava esaminando lo schermo tattico, scuotendo il capo per la meraviglia.

«Danni?»

«Nessuno. Lo Hatchet sta tornando. Sano e salvo anche lui. Notevole» disse il comandante Perrin. «Altro traffico in arrivo? Noi non ne vediamo.»

«Negativo. I Tomcat hanno cacciato i Backfire dal video. Informiamoci.»

«Roger, Romeo.»

Morris riattaccò e si rivolse agli uomini del CIC. «Bel lavoro, gente.»

I marinai si guardarono, e cominciò a spuntare qualche sorriso, che però non durò a lungo.

Il TAO alzò gli occhi. «Per sua informazione, comandante, i russi ci hanno lanciato un quarto dei missili. Per quanto posso vedere, i Tomcat ne hanno eliminati sei, e la *Bunker Hill* quasi tutti gli altri... però abbiamo una fregata e tre mercantili colpiti. I caccia stanno ritornando.» Tenne la voce su un tono neutro. «Riferiscono zero abbattimenti di Backfire.»

«Maledizione!» disse Morris. La trappola non aveva funzionato, e non capiva perché.

Non avrebbe mai immaginato che a Stornoway consideravano l'operazione un successo.

Stornoway, Scozia

Come sempre, le comunicazioni erano la chiave dell'operazione, ma per quella in corso non si era potuto dedicare abbastanza tempo a predisporre i collegamenti in modo soddisfacente per Toland. Il radar degli aerei dell'*America* seguì i Backfire finché non uscirono dallo schermo. I dati andavano dagli apparecchi alla portaerei, da questa a Norfolk, e poi venivano subito ritrasmessi via satellite a Northwood. Toland li ricevette per telefono dal quartier generale della Royal Navy. La missione NATO più importante di tutta la guerra dipendeva più dai transistor e dai cavi telefonici che non dalle armi impiegate.

«Okay, la loro ultima rotta era zero-due-nove, velocità seicentodieci nodi.»

«Per cui dovrebbero essere sulla costa settentrionale dell'Islanda fra due ore e diciassette minuti. Per quanto hanno volato con i postbruciatori?»

«Circa cinque minuti, secondo l'*America.*» Toland corrugò la fronte. Il dato del servizio informazioni era molto discutibile.

«Comunque la si voglia mettere, i loro serbatoi si sono svuotati parecchio... Okay. Tre aerei distanziati di ottanta miglia.» Guardò le ultime foto da satellite. «Buona visibilità. Li individueremo. Chiunque lo farà, li segua – gli altri aerei tornino alla base.»

«Buona fortuna, comandante.»

I tre Tomcat salirono lentamente in quota su rotta a nordovest da Stornoway, e si riunirono con gli aerei cisterna quando furono a trentacinquemila piedi d'altezza. La stessa cosa stavano facendo i Backfire a diverse centinaia di miglia. La presenza di un gran numero di caccia americani sopra il convoglio era stata un duro colpo per i sovietici, ma il tempo e la distanza avevano giocato a loro favore. Questa volta erano riusciti a scappare senza subire perdite. Gli equipaggi di ciascun aereo conversavano fra di loro; l'essere usciti da una missione pericolosa aveva allentato la tensione. Discussero le dichiarazioni che avrebbero fatto ritornando a Kirovsk, basate su una formula matematica della più assoluta linearità. Si calcolava che un missile su tre avesse colpito il bersaglio, pur tenendo conto dei SAM avversari. Oggi l'opposizione dei missili terra-aria era stata leggera, benché nessuno si fosse trattenuto sul posto abbastanza a lungo da poter fare una valutazione precisa. Fu deciso di dichiarare sedici affondamenti, più la distruzione delle due barriere sonar esterne che rendevano la vita tanto difficile ai compagni sommergibilisti. Gli uomini si rilassarono e bevvero del tè dai thermos, fantasticando sulla prossima visita che avrebbero fatto al convoglio di ottanta navi. I Tomcat si separarono appena avvistate le montagne dell'Islanda. Non furono scambiati segnali via radio, ma soltanto gesti, prima di andare ognuno alla propria posizione di pattuglia. Sapevano che i radar non avrebbero potuto raggiungerli. Il comandante Winters guardò l'orologio. I Backfire sarebbero arrivati fra circa mezz'ora.

«Che bell'isola!» commentò un pilota di Backfire.

«Bella da vedere, non so quanto per viverci. Chissà se le donne sono belle come mi hanno detto? Un giorno o l'altro capiterà di avere "difficoltà meccaniche", così potremo atterrare e vedere di persona.»

«Dobbiamo trovarti moglie, Volodya.»

Il co-pilota rise. «Quante lacrime sarebbero versate! Come posso negarmi alle altre donne del mondo?»

Il pilota accese la radio. «Keflavik, qui Sea Eagle due-sei, a rapporto.»

«Sea Eagle, non vediamo contatti se non con il vostro gruppo. Il numero è giusto. I radiofari IFF si presentano normali.»

«Ricevuto. Passo.» Il pilota spense la radio. «Allora, Volodya, gli amici sono ancora là. Siamo soli.»

«Se ci sono donne in giro, e tu sei *kulturny*, non sei mai solo.» Un'altra voce venne dall'interfono.

«Volete far tacere quel bastardo assatanato?» insinuò l'ufficiale di rotta.

«Stai studiando per diventare commissario politico?» chiese il co-pilota. «Quanto tempo ancora di qui a casa?»

«Due ore e venticinque minuti.»

I Backfire proseguirono verso nordest a seicento nodi, passando sulla desolata zona centrale dell'isola.

«*Tallyho!*» esclamò il pilota. «Ore una e in basso.» L'impianto televisivo di bordo mostrava la sagoma inconfondibile di un bombardiere russo. *Dite quello che volete dei russi*, pensò Winters, *ma gli aerei li fanno belli.*

Fece virare l'aereo, con il risultato che la telecamera montata nel muso perse di vista il bersaglio, ma il co-pilota tenne il binocolo puntato sul Backfire, e ben presto ne avvistò altri due che volavano in formazione aperta. Come previsto, la rotta era verso nordest, all'altezza di circa trentamila piedi. Winters cercò una grossa nuvola in cui nascondersi, e la trovò. La visibilità si ridusse drasticamente a pochi metri. *Potrebbe esserci un altro Backfire*, pensò Winters, *e forse anche a lui piace volare dentro le nubi. Questo potrebbe veramente rovinare la missione.*

Uscì poco dopo dalla nuvola, poi virò deciso e ci ritornò dentro, al riparo, calcolando mentalmente tempo e distanza. *I Backfire dovrebbero essere tutti passati, a quest'ora.* Tirò la cloche e uscì dalla sommità della nube.

«Eccoli là» disse il co-pilota. «Animo! Ne vedo altri a ore tre.»

Il pilota tornò nel cumulo per altri dieci minuti. Infine disse: «Niente a sud, dovrebbero proprio essere passati tutti, non credi?».

«Ma sì, andiamo a vedere.»

Un minuto dopo, Winters si stava chiedendo, spaventato all'idea, se non li aveva lasciati allontanare troppo, visto che la sua apparecchiatura TV frugava il cielo senza trovare nulla. *Pazienza*, si disse, e accelerò a seicentonovanta nodi. Cinque minuti dopo comparve un puntino sullo schermo. Poi i punti diventarono tre. Calcolò di essere quaranta miglia dietro i Backfire e, con il sole alle spalle, non rischiava assolutamente di essere avvistato. Il co-pilota controllò il ricevitore di pericolo, e il cielo dietro di loro per vedere se c'erano altri aerei. Ripeté le stesse operazioni per tre volte. Se poteva esserci un caccia americano, perché non ce ne poteva essere anche uno russo?

Il pilota osservò i numeri che ticchettavano sul sistema di navigazione inerziale, mantenne un occhio sul dato del carburante e diede uno sguardo alle variazioni della formazione russa. Era al tempo stesso emozionante e noioso. Sapeva il significato di quello che stava facendo, però era meno eccitante che pilotare un 747 da New York a Los Angeles. Volarono per più di un'ora, coprendo le settecento miglia fra l'Islanda e la costa della Norvegia.

«Qui diventa interessante» disse il co-pilota. «Radar di ricerca aerea avanti a noi, sembrerebbe Andøya. Sono a più di mille miglia, per il momento, ma probabilmente ci vedranno fra due o tre minuti.»

«Bene.» Dove c'erano radar di ricerca aerea, c'erano anche dei caccia. «Hai calcolato la loro posizione?»

«Sì.»

«Comincia a trasmettere.» Winters invertì la direzione e tornò verso il mare.

A duecento miglia di distanza, un Nimrod britannico ricevette il segnale e lo ritrasmise a un satellite per telecomunicazioni.

Northwood, Inghilterra

L'ammiraglio Beattie cercava di mantenere la calma, ma non era facile per un uomo i cui nervi erano stati sottoposti a sollecitazioni tremende a ogni crisi che si era verificata dall'inizio della guerra. Doolittle era una sua creatura. Durante le ultime due ore aveva aspettato di sentire qualcosa dai Tomcat. Due erano ritornati senza avere avvistato i russi, uno non era tornato. Li stava pedinando, secondo il programma, o era precipitato in mare?

La telescrivente nella sala comunicazioni cominciò a emettere il crepitio che l'ammiraglio aveva imparato a odiare: RIFERITA VISUALIZZAZIONE LEPRI A 69/20N, 15/45E A 1543Z ROTTA 021 VELOCITÀ 580 NODI ALTEZZA 30.

Beattie strappò via il foglio e lo porse all'ufficiale operativo. «Questo vuole dire che dovrebbero atterrare fra trentasette minuti. Presumendo che si tratti dell'ultimo gruppo, e che gli aerei siano distanziati sull'arco di un quarto d'ora, i bombardieri atterreranno fra ventidue minuti.»

«Quindici minuti da questo momento, dunque?»

«Sì, signor ammiraglio.»

«Trasmetta gli ordini!»

Nel giro di trenta secondi, mezza dozzina di canali diversi cominciarono a trasmettere, via satellite, lo stesso messaggio.

USS Chicago

I tre sottomarini americani erano posati sul fondo del Mar di Barents, vicino alla costa russa – molto vicino, a soli centosettantaquattro piedi – da quella che era sembrata una vita, quando finalmente ricevettero il segnale di dirigere a sud. McCafferty sorrise per il sollievo. I tre sub britannici, incluso il *Torbay*, avevano già compiuto la loro parte di lavoro. Si erano insinuati nei paraggi di una fregata sovietica e di quattro motosiluranti che pattugliavano la costa russo-norvegese, e le avevano attaccate con i siluri. I russi potevano soltanto dedurre che era in corso uno sforzo di vasta portata per riuscire a penetrare attraverso la barriera delle pattuglie, e avevano mandato i sottomarini a ovest per contrastare l'attacco.

Così facendo, avevano lasciato via libera al *Chicago* e ai suoi compagni. Almeno, lo si sperava.

Man mano che si avvicinavano, i tecnici elettronici calcolavano e ricalcolavano i rilevamenti. Al momento di lanciare i missili, dovevano assolutamente essere nel punto giusto.

«Quanto tempo ancora, prima di far fuoco?» chiese il primo ufficiale.

«Ce lo faranno sapere» rispose McCafferty.

Il ticchettio del messaggio proveniente da Northwood portò ben presto l'informazione attesa.

Avrebbero lanciato alle 16,02 ora di Greenwich.

«Alzare periscopio.» McCafferty fece ruotare lo strumento. Una bufera in superficie sollevava onde di quattro piedi.

«Mi sembra libero» disse il primo ufficiale dopo aver osservato le immagini riportate dal teleschermo. Il comandante chiuse le impugnature del periscopio, che scese nel pozzetto. «ESM?»

«Molto movimento radar, comandante» rispose il tecnico. «Lo schermo mostra dieci diverse trasmittenti in funzione.»

McCafferty verificò il quadro della situazione delle armi nel centro d'attacco. I tubi lanciasiluri erano caricati con due Mark-48 e due missili Harpoon. L'orologio segnava quasi le 16,02.

«Iniziare la sequenza di lancio.»

Furono azionati gli interruttori, e il quadro lampeggiò di luci rosse. Il comandante e l'ufficiale alle armi inserirono le chiavi nel quadro e le girarono; un sottufficiale spostò a sinistra la maniglia di comando tiro, completando così la procedura di armamento. Più avanti, nella prua del sottomarino, furono attivati i sistemi di guida di dodici missili da crociera Tomahawk. I computer di bordo furono informati dei punti di partenza dei missili. Quanto al punto di arrivo, lo sapevano già.

«Iniziare il lancio» ordinò McCafferty.

La *Ametist* non faceva parte della Marina sovietica regolare. La fregata della classe Grisha, che si occupava soprattutto delle operazioni di sicurezza, aveva un equipaggio formato da uomini del KGB. Il comandante aveva passato le ultime dodici ore ad accelerare e rallentare, immergendo un sonar del tipo di quello degli elicotteri, e ascoltando alla maniera americana anziché in quella russa. Con i motori diesel spenti, non faceva alcun rumore, e il profilo corto era difficile da avvistare da distanze superiori a un miglio. Non aveva sentito avvicinarsi il sottomarino americano.

Il primo Tomahawk bucò la superficie del Mar di Barents alle 16,01' e 58", a duemila metri dalla fregata russa. Ci vollero due secondi prima che la vedetta reagisse. Come vide la forma cilindrica che saliva, spinta dal razzo propulsore a combustibile solido, descrivendo un arco a sudovest, sentì come un pugno allo stomaco.

«Comandante! Lancio di missile da tribordo!»

Il comandante corse sull'ala di plancia e, stupito, vide uscire in superficie un secondo missile. Balzò nella timoniera.

«Posto di combattimento! Sala radio, chiamate il quartier generale della flotta, dite che ci sono missili nemici lanciati dal quadrato 451/679! Avanti tutta! Barra a dritta!»

I motori diesel della fregata entrarono in azione ruggendo.

«Che diavolo è quello?» chiese il sottufficiale addetto al sonar. Il sottomarino vibrava ogni quattro secondi per il lancio dei missili, però... «Plancia, qui sonar, abbiamo un contatto a rilevamento zero-nove-otto. Unità di superficie – propulsione diesel, sembra un Grisha, ed è vicina, signore!»

«Alzare periscopio!» McCafferty fece ruotare lo strumento e inserì la massima potenza visiva. Vide la fregata russa che virava stretto. «Tiro rapido! Puntare! Bersaglio in superficie, rilevamento zero-nove-sette, distanza» – azionò il telemetro – «uno-sei-zero. Merda! Se ne sta andando. Rettificare a zero-nove-zero, velocità venti.» Era troppo vicina per lanciare un missile, dovevano impegnarla con i siluri. «Abbassa periscopio!»

L'addetto al controllo tiro digitò i numeri sul computer, che impiegò pochi secondi per digerire l'informazione. «Pronto! Tubi due e tre pronti a fare fuoco.»

«Lanciasiluri carichi, portelli esterni aperti – pronti!» disse il primo ufficiale.

«Comparare i rilevamenti calcolati, e fuori!»

«Fuori uno, fuori tre.» Il primo ufficiale combatté vittoriosamente le proprie emozioni. Da dove veniva quel Grisha? «Ricaricare con i 48!»

«Ultimo missile partito!» annunciò l'addetto. «Fine del lancio.»

«Barra tutta a sinistra!»

La *Ametist* non vide mai i missili lanciati dietro. Gli uomini erano troppo occupati a raggiungere in fretta i loro posti, mentre il comandante ordinava per interfono di passare a regime massimo, e l'ufficiale addetto alle armi, in *shorts*, saliva ad azionare i lanciarazzi. Non c'era bisogno del sonar; vedevano anche troppo bene dov'era il sottomarino che stava lanciando missili sul suolo della madrepatria!

«Fuoco appena pronti!» urlò il comandante.

Il pollice del tenente si posò sul pulsante del comando tiro. Dodici razzi antisom descrissero un arco nell'aria.

«*Ametist*» strillava la radio. «Ripetete il messaggio. Quali missili? Di che tipo?»

Il *Providence* lanciò il suo ultimo missile proprio mentre la fregata gli sparava addosso. Il comandante ordinò di aumentare la velocità e di fare una virata radicale mentre i razzi, al culmine della parabola, cominciavano a cadere verso la sua nave. Scesero in un ampio cerchio, secondo uno schema che mirava a coprire la zona più vasta possibile; due esplosero nel raggio di cento metri, vicini ma non abbastanza per causare danni. L'ultimo colpì l'acqua proprio sopra l'opera morta del sottomarino. Un secondo dopo, la testata da quarantasei libbre esplose.

Il comandante della *Ametist* ignorò la radio, e cercò di stabilire se la prima salva aveva colpito il bersaglio oppure no. L'ultimo razzo era scoppiato prima degli altri. Stava per ordinare di ripetere il lancio, quando l'ufficiale al sonar annunciò due oggetti che si stavano avvicinando da poppa. Il comandante gridò ordini al timoniere. La nave stava già andando a tutta velocità, e la radio continuava a blaterare.

«Hanno acquisito il bersaglio tutti e due!»

«Alzare periscopio!» McCafferty lo lasciò salire a fine corsa prima di abbassare le impugnature. Al massimo ingrandimento, il Grisha riempiva quasi l'oculare. Ambedue i missili colpirono la fiancata di babordo, e la fregata da mille tonnellate si disintegrò sotto lo sguardo di McCafferty, che fece un giro completo d'orizzonte per avvistare altre navi nemiche. «Okay, tutto libero.»

«Non durerà un pezzo. Stava sparando al *Providence*, signore.»

«Sonar, che cosa avete a zero-nove-zero?» chiese McCafferty.

«Un gran fracasso per il siluro, signore, ma credo che ci sia rumore d'aria in immissione a zero-nove-otto.»

«Andiamo là.» McCafferty lasciò fuori il periscopio mentre il primo ufficiale conduceva il sottomarino verso il *Providence*. Il Grisha era veramente e completamente distrutto. Fra tutti e due, i siluri portavano millecinquecento libbre di esplosivo ad alto potenziale. Vide due gommoni che si erano gonfiati automaticamente al contatto con l'acqua, ma nessun uomo.

«Il *Boston* sta chiamando sul "gertrude", comandante. Vogliono sapere che diavolo è successo.»

«Diglielo.» Il comandante regolò un poco il periscopio. «Okay, eccolo, sta uscendo – mamma mia!»

L'opera morta del sottomarino era sconquassata: a poppavia, un terzo dello scafo era completamente staccato, e il resto fatto a pezzi. Un timone di profondità pendeva come l'ala di un uccello ferito, i periscopi e gli alberi erano piegati come elementi di una scultura futurista.

«Cerca di chiamare il *Providence* con il "gertrude".»

Adesso erano in volo sessanta Tomahawk. All'uscita dall'acqua, i razzi li spinsero fino all'altezza di mille piedi, dove si aprirono le ali e le prese d'aria dei motori a reazione. Come questi entrarono in funzione, i missili iniziarono una discesa graduale che terminò a trenta piedi sopra la superficie. I radar incorporati scrutarono in avanti per tenere i missili a livello e per confrontare il terreno con le coordinate delle carte immagazzinate nelle memorie. Sei diversi radar sovietici individuarono la fase di spinta, poi i missili si abbassarono e i radar persero il contatto.

I tecnici russi incaricati di stare all'erta per i possibili attacchi nucleari contro il territorio nazionale erano tesi quanto i loro avversari, e le settimane di prolungata belligeranza con i mezzi convenzionali, insieme al continuo stato di allarme, avevano logorato i nervi fino al punto di rottura. Appena individuati i Tomahawk che uscivano dal mare, trasmisero a Mosca un allarme per attacco balistico. Quasi contemporaneamente giunse a Severomorsk l'avviso di avvistamento da parte della *Ametist*. Fu diramato all'istante l'allarme THUNDERBOLT, con un prefisso in codice per assicurarne l'immediato inoltro al Ministero della Difesa, che autorizzò subito al lancio i comandanti delle batterie di missili balistici dislocate intorno a Mosca. Ci vollero alcuni minuti prima che gli ufficiali addetti ai radar confermassero in modo convincente per Mosca che i missili non figuravano più sugli schermi, e non erano su traiettorie balistiche. Le unità di difesa rimasero comunque in allarme e gli intercettori presero a sorvolare tutta la Russia settentrionale.

I missili avrebbero anche potuto ignorare l'agitazione che avevano causato, tanto la costa russa su cui volavano era formata da promontori e da scogliere che si aprivano poi sulla tundra, la piana acquitrinosa del nord. Era il terreno ideale per i missili da crociera, che si assestarono su un percorso di volo a pochi piedi di altezza sopra le paludi erbose, alla velocità di cinquecento nodi. Come ebbero passato il lago Babozero, che era il primo punto di riferimento, si separarono e presero rotte divergenti.

I caccia sovietici che si stavano alzando in volo non sapevano molto bene chi stessero cercando. I dati radar fornirono la rotta e la velocità dei bersagli, ma se erano missili da crociera potevano arrivare fino alle coste del Mar Nero. Avrebbero anche potuto essere programmati per Mosca, e volare su una rotta alternativa fuori dal percorso diretto per la capitale. Su ordine dei controllori da terra, gli intercettori si misero in formazione a sud del Mar Bianco e attivarono i radar di ricerca al suolo per vedere se potevano individuare qualcosa sopra la piatta superficie.

I missili, però, non erano diretti a Mosca. Aggirando le rare colline, volarono su rilevamento due-uno-tre finché giunsero a un bosco di pini nani. L'uno dopo l'altro virarono a destra e passarono a rotta due-nove-zero. Uno uscì di controllo e cadde al suolo, uno non fece la virata e andò a sud, ma gli altri proseguirono verso gli obiettivi.

Sea Eagle due-sei

L'ultimo bombardiere Backfire rimase a girare in cerchio sopra Umbozero-sud, in attesa di atterrare. Il pilota verificò il carburante. Non c'era fretta, ne aveva ancora per mezz'ora. Per motivi di sicurezza, i tre reggimenti erano ripartiti fra quattro campi di volo raggruppati intorno al centro minerario di Kirovsk. Sulle alte colline che circondavano la città, erano installati potenti radar e batterie mobili di SAM per respingere gli eventuali attacchi aerei della NATO. Molte fonderie erano in attività, il pilota vide il fumo che saliva dalle ciminiere.

«Sea Eagle due-sei, avete il permesso di atterrare» disse infine la torre.

«A chi tocca stasera, Volodya?»

«Flaps a venti gradi. Velocità aria duecento. Il carrello è abbassato e bloccato. Irina Petrovna, credo. Sai, quella centralinista alta e slanciata.»

«Cos'è quella roba?» chiese il pilota. Un piccolo oggetto bianco era apparso all'improvviso sulla pista davanti a lui.

Il primo dei dodici Tomahawk assegnati all'Umbozero-sud descrisse un angolo sopra la pista, poi il coperchio si staccò dal muso arrotondato, e centinaia di piccole bombe piovvero sulla zona. Diciassette Backfire erano già a terra. Dieci si stavano rifornendo a fianco delle autocisterne, gli altri erano negli hangar in muratura, armati e pronti per la missione successiva. Ogni bomba era l'equivalente di un proiettile di mortaio. Il Tomahawk sganciò tutto il carico, poi s'impennò, si fermò a mezz'aria e precipitò al suolo, spargendo il proprio carburante quale ulteriore contributo alla distruzione. Un Backfire pronto al volo fu il primo a soccombere. Due bombe gli caddero sull'ala, e il bombardiere diventò una palla di fuoco scagliata verso il cielo.

Il pilota del due-sei spinse avanti gli acceleratori e uscì dal programma di atterraggio, osservando terrorizzato i dieci bombardieri che saltavano in aria, mentre delle nuvolette di fumo rivelavano danni meno gravi inflitti a molti altri. Nel giro di due minuti fu tutto finito. Gli automezzi, simili a giocattoli, si precipitarono attraverso le piste di cemento, e gli uomini si prodigarono con le lance antincendio sui veicoli e sugli aerei in fiamme. Il pilota puntò a nord, verso il campo alternativo, ma anche là vide salire del fumo.

«Kerosene per un quarto d'ora. Farai bene a trovarci una pista in fretta» ammonì Volodya. Andarono a Kirovsk Sud e trovarono la stessa scena. L'attacco era stato progettato in modo da colpire simultaneamente i quattro obiettivi.

«Afrikanda, qui Sea Eagle due-sei. Siamo scarsi di carburante e abbiamo bisogno di atterrare subito. Potete riceverci?»

«Affermativo, due-sei. La pista è libera. Vento direzione due-sei-cinque a venti nodi.»

«Meno male, scendiamo. Chiudo.» Il pilota si voltò. «Cosa diavolo era?» chiese a Volodya.

USS Chicago

«Comunicazioni partite, comando tiro andato, piani di carenatura fottuti. Abbiamo turato le falle. I motori sono okay, possiamo camminare» disse il comandante del *Providence* attraverso il "gertrude".

«Bene. State pronti.» Anche il *Boston* si era affiancato. «Todd, qui Danny. Che cosa ne pensi?»

«Non può farcela da solo. Io suggerirei di dire agli altri di andare avanti, mentre noi due lo scortiamo.»

«D'accordo. Tu li segui. Cercheremo di andarcene di qui appena possibile.»

«Buona fortuna, Danny.» Il Boston alzò l'antenna radio e fece una rapida trasmissione. Un minuto dopo il sonar del *Chicago* registrò il rumore degli altri sottomarini che dirigevano a nord.

«*Providence*, vi consigliamo di mettervi su rotta zero-uno-cinque alla velocità massima che potete fare. Noi vi copriamo le spalle. Più tardi ci incontreremo con il *Boston*, e tutti e due vi scorteremo fino alla banchisa.»

«Non dovete correre questo rischio, noi possiamo...»

«Muovete quella fottuta barca!» urlò McCafferty nel microfono. La sua anzianità in grado era superiore di tre mesi a quella del comandante del *Providence*. Il sottomarino ferito emerse e si diresse a nordest a quindici nodi. La struttura danneggiata dell'opera morta rumoreggiava come un carro di ferramenta, ma non ci si poteva fare niente. Se i due sottomarini volevano avere qualche speranza di sopravvivere, dovevano mettere quanta più distanza potevano fra loro e il punto di lancio.

Mosca, URSS

Mikhail Sergetov guardò il gruppo e vide che tutti erano ancora pallidi al pensiero di quello che sarebbe potuto accadere.

«Compagno ministro della Difesa» disse il Segretario Generale. «Ci puoi dire che cosa è successo?»

«Sembra che i sottomarini abbiano lanciato un certo numero di missili da crociera sui nostri aeroporti settentrionali. Lo scopo era palesemente quello di distruggere gran parte dei nostri bombardieri Backfire. Non so ancora fino a che punto l'attacco è riuscito.»

«Da dove hanno lanciato i missili?» chiese Pyotr Bromkowskiy.

«Da est di Murmansk, a meno di trenta chilometri dalla costa. Una fregata ha visto e riferito il lancio, poi è saltata in aria. I nostri aerei lo stanno cercando.»

«Ma come diavolo è arrivato fin là? E se il sottomarino avesse lanciato missili balistici su di noi» chiese Bromkowskiy. «Quanto preavviso avremmo avuto?»

«Sei o sette minuti.»

«Magnifico! Non possiamo reagire così in fretta. Come mai li lasciate venire così vicino?»

«Non usciranno, Petya, te lo prometto» rispose con calore il ministro della Difesa.

Il Segretario Generale si sporse in avanti. «Dovete fare in modo che una cosa del genere non si ripeta!»

«Mentre siamo qui, compagni» intervenne Sergetov «il compagno ministro della Difesa potrebbe aggiornarci sugli ultimi sviluppi del fronte tedesco.»

«Le forze NATO sono al limite di rottura. Come ci ha detto il KGB, i loro rifornimenti sono scesi al punto critico e, con gli sviluppi diplomatici degli ultimi giorni, penso che possiamo prevedere con fiducia che la NATO sia alla vigilia della disintegrazione politica. Tutto ciò che dobbiamo fare è continuare a esercitare pressione, e loro crolleranno!»

«Ma anche noi siamo a corto di carburante!» disse Bromkowskiy. «L'offerta che ci hanno fatto i tedeschi è ragionevole.»

«No» disse il ministro degli Esteri. «Non ci dà niente.»

«Ci dà la pace, compagni» disse sommessamente Bromkowskiy. «Se persistiamo... pensateci bene, amici miei. Riflettete sulle cose che stavamo pensando tutti qualche ora fa, quando abbiamo avuto l'allarme per i missili.»

Sergetov si rese conto che, per la prima volta, il vecchio compagno aveva toccato un punto su cui erano tutti d'accordo. Dopo settimane e mesi di promesse, progetti e assicurazioni su come le cose sarebbero state tenute sotto controllo, quell'unico falso allarme li aveva obbligati a guardare oltre l'orlo del precipizio. Per dieci minuti, avevano tutti temuto di avere perso il controllo, e le spacconate del ministro della Difesa non bastavano a far dimenticare quel momento.

Dopo una breve riflessione, il Segretario Generale parlò: «I nostri rappresentanti incontreranno quelli della Germania fra qualche ora. Il ministro degli Esteri ci riferirà domani sul contenuto della nuova offerta».

La seduta si chiuse con quell'affermazione. Sergetov cacciò gli appunti nella cartella, e uscì da solo dirigendosi alla vettura di servizio. Mentre un giovane ufficiale gli apriva la portiera, si udì una voce:

«Mikhail Eduardovich, mi dai un passaggio? La mia macchina è guasta». Era Boris Kosov, presidente del Comitato per la Sicurezza dello Stato: il KGB.

36

Fuoco al 31° ovest!

Mosca, URSS

«Facciamo un giro, Mikhail Eduardovich? Possiamo parlare un poco?» Sergetov si sentì gelare il sangue, anche se riuscì a non darlo a vedere. *Può non sembrare sinistro il capo del KGB*? si chiese. Kosov era di Leningrado, come lui, ma piccolo e obeso; aveva preso il comando del KGB dopo avere diretto l'equivoca "Sezione Generale" del Comitato Centrale. Quando voleva, si esibiva in un'allegra risata; vestito diversamente, avrebbe potuto essere Nonno Gelo, la versione di Babbo Natale accettata dallo Stato. In quel momento, però, non era in quella tenuta.

«Certamente, Boris Georgiyevich» rispose Sergetov additando l'autista. «Puoi parlare liberamente. Vitaly è un brav'uomo.»

«Lo so» rispose Kosov. «Lavora per noi da dieci anni.» A Sergetov bastò guardare la nuca dell'autista per capire che Kosov diceva la verità.

«E allora, di che cosa vogliamo parlare?»

Il direttore del KGB aprì la cartella e ne estrasse un congegno grande quanto un libro tascabile. Premette un interruttore, e dal dispositivo uscì uno sgradevole ronzio.»

«Un nuovo ordigno utile fatto in Olanda» spiegò. «Il rumore che produce mette fuori causa quasi tutti i microfoni. Ha qualcosa a che vedere con l'armonica, dicono i miei.» Le maniere di Kosov cambiarono bruscamente.

«Mikhail Eduardovich, conosci il significato dell'attacco americano ai nostri aeroporti?»

«Un incidente fastidioso, certo, però...»

«Pensavo di no. Ci sono parecchi convogli della NATO in navigazione. Uno molto grosso è partito da New York qualche giorno fa. Porta in Europa due milioni di tonnellate di rifornimenti bellici di primaria importanza, più un'intera divisione. Distruggendo una parte dei nostri bombardieri, la NATO ha ridotto in modo significativo le nostre possibilità di colpire i convogli. Si sono anche aperti la strada per attaccare direttamente il suolo sovietico.»

«Ma l'Islanda...»

«È stata neutralizzata.» Kosov riferì la sorte toccata ai caccia, a Keflavik.

«Mi stai dicendo che la guerra va male? Ma allora, perché la Germania ci sta facendo proposte di pace?»

«Sì, questa è una buona domanda.»

«Se hai dei sospetti, compagno direttore, non dovresti parlarne con me!»

«Ti racconterò una storia. In gennaio, quando sono stato operato per l'applicazione del bypass, la direzione del KGB è stata assunta dal primo vice presidente, Josef Larionov. Conosci il piccolo Josef?» chiese Kosov.

«No, non è mai venuto alle riunioni del Politburo – e il Consiglio della Difesa?» Sergetov si voltò di scatto. «Non ti hanno consultato? Eri quasi guarito.»

«Esagerazione. Sono stato malato per due settimane, ma naturalmente l'informazione è stata tenuta nascosta. Mi ci è voluto un altro mese per essere di nuovo al lavoro a tempo pieno. I membri del Consiglio della Difesa non volevano assolutamente compromettere la mia guarigione, e così il giovane, ambizioso Josef fu chiamato a portare gli avvisi ufficiali del KGB sulle informazioni. Come puoi immaginare, ai servizi segreti esistono diverse scuole di pensiero – non è come la tua preziosa tecnica in cui tutte le cose vengono ridotte in cifre e grafici precisi. Noi dobbiamo guardare dentro la testa di uomini che spesso non sanno loro stessi che cosa pensano. A volte mi chiedo perché non usiamo delle zingare indovine... ma sto divagando.

«Il KGB elabora quella che chiamiamo "Valutazione Strategica delle Informazioni". Si tratta di un documento aggiornato quotidianamente che dà la nostra stima della forza militare e politica degli avversari. Data la natura del lavoro, e dati anche taluni gravi errori commessi in passato, abbiamo tre gruppi che classificano le varie situazioni in: Caso Migliore, Caso Peggiore, Caso Intermedio. Le denominazioni si spiegano da sé, non è vero? Quando facciamo una relazione al Politburo, generalmente presentiamo il Caso Intermedio, e per motivi ovvi annotiamo sulle nostre stime i dati delle altre due.»

«Così, quando è stato chiamato a dare le valutazioni al Politburo...»

«Sì. Il giovane Josef, il piccolo bastardo ambizioso che vuole il mio posto come un lupo vuole l'agnello, ha avuto la brillante idea di prendere con sé tutti e tre i documenti. Quando ha capito che cosa era gradito a quelli là, ha dato loro quello che desideravano.»

«Ma perché non hai rettificato l'errore al tuo ritorno?»

Kosov gli rivolse un sorriso ironico. «Misha, Misha, a volte sei ingenuo in modo commovente. Avrei dovuto ammazzare quel figlio di puttana, ma non era possibile. La salute di Josef è malferma, anche se lui non lo sa. Non è ancora il momento» disse Kosov, come se parlasse di andare in vacanza. «Attualmente il KGB è diviso in più fazioni, una delle quali fa capo a Josef, e un'altra a me. Il mio gruppo è più numeroso, ma non in modo determinante. Lui è nelle maniche del Segretario Generale e del ministro della Difesa. Io sono vecchio e malato – così mi hanno detto. Se non fosse stato per la guerra, mi avrebbero già sostituito.»

«Ma lui ha mentito al Politburo?» gridò Sergetov.

«Niente affatto. Credi che Josef sia un cretino? Quella che ha consegnato è una valutazione del KGB redatta dai miei capiservizio, sotto la mia presidenza.»

Perché mi dice tutto questo? Ha paura di perdere il posto, e vuole l'appoggio di altri membri del Politburo? Ma è proprio tutto?

«Mi stai dicendo che questa faccenda è tutto uno sbaglio.»

«Esatto» rispose Kosov. «Sfortuna e poco discernimento nell'industria petrolifera – non per colpa tua, beninteso. Aggiungi un po' di paura nel cuore della gerarchia del Partito, un pizzico di ambizione da parte dei miei subordinati, la prosopopea del Primo Ministro, la stupidità assoluta dell'Occidente, ed eccoci qua.»

«Che cosa pensi che dovremmo fare?» chiese Sergetov.

«Nulla. Ti chiedo solo di tenere presente che la prossima settimana probabilmente deciderà l'esito della guerra. Ah!» esclamò. «Guarda, la mia auto è stata riparata. Puoi fermare qui, Vitaly. Grazie del passaggio, Misha. Buona giornata.» Kosov si riprese il congegno di disturbo e scese dalla macchina.

Mikhail Eduardovich Sergetov osservò la limousine del KGB che si allontanava dietro l'angolo. Aveva giocato molte partite di poker in vita sua. L'ascesa di Sergetov agli alti gradi del Partito non era stata soltanto merito dell'efficienza dimostrata. Qualcuno aveva cercato di intralciarlo, e lui se l'era dovuto togliere di mezzo. Diverse carriere promettenti erano state spezzate, perché lui potesse stare seduto in quella Zil ad accarezzare aspirazioni di autentico potere. Però il gioco non era mai stato così pericoloso. Non conosceva le regole, non era sicuro di che cosa avesse davvero in mente Kosov. Era poi vera tutta la storia? Non cercava per caso di coprirsi il fianco per gli errori che aveva commesso, e farli ricadere tutti su Josef Larionov? Sergetov non riusciva a ricordare se aveva mai incontrato il primo vice presidente.

«Subito in ufficio, Vitaly» ordinò Sergetov. Era troppo immerso nelle proprie riflessioni per preoccuparsi della seconda attività dell'autista.

Northwood, Inghilterra

Toland studiò le foto da satellite con il massimo interesse. Il satellite KH-11 era passato su Kirovsk quattro ore dopo l'attacco con i missili, e aveva trasmesso i segnali in tempo reale al comando della NATO. C'erano tre fotogrammi per ciascuna delle basi dei Backfire. Prese un blocco e cominciò a metter giù cifre, attenendosi a un criterio di valutazione molto prudenziale. Conteggiò come distrutti soltanto gli aerei di cui vedeva chiaramente grosse parti danneggiate o bruciate.

«Avevamo calcolato una forza complessiva di circa ottantacinque apparecchi. Mi sembra che ce ne siano ventuno completamente distrutti, e un'altra trentina danneggiati. Anche gli impianti della base sono stati ridotti molto male. L'unico elemento che mi manca è il numero delle vittime. Se abbiamo anche eliminato una buona parte degli equipaggi, i Backfire saranno fuori servizio per almeno una settimana. Hanno ancora i Badger, aerei con poca autonomia e molto più facili da abbattere. Signor ammiraglio, si comincia a giocare una partita diversa.»

L'ammiraglio Sir Charles Beattie sorrise. Il suo capo dei servizi d'informazione gli aveva detto esattamente la stessa cosa.

Base aerea di Langley, Virginia

L'intercettore F-15 saettò sopra la pista all'altezza di cento piedi. Come ebbe passato la torre, il maggiore Nakamura rallentò il caccia e virò per fare un atterraggio più tranquillo. Era un Asso! Tre bombardieri Badger e due satelliti! Il primo Asso femminile nella storia dell'Aviazione degli Stati Uniti! Il primo Asso Spaziale.

Andò a fermarsi presso l'hangar, discese la scaletta e corse dal comitato di ricevimento. Il vice comandante del Comando Aereo Tattico era paonazzo dalla collera.

«Maggiore, se mi fa un altro tiro del genere, le taglio le ali!»

«Sì, signore. Spiacente, signore.» Sorrise. Niente avrebbe potuto guastare quella giornata. «Non succederà più, signore. Si è nominati Assi soltanto una volta, signore.»

«Il servizio informazioni dice che i russi hanno ancora un

RORSAT pronto per l'uso. Forse ci penseranno un momento prima di lanciarlo» disse il generale calmandosi un poco.

«Hanno approntato altri satelliti?» chiese Bun.

«Stanno lavorando su due e potrebbero averli su a fine settimana. Se li facciamo fuori, il suo prossimo bersaglio sarà il loro satellite di ricognizione fotografica in tempo reale. Fino a quel momento, i RORSAT hanno precedenza assoluta.» Per un attimo il generale sorrise. «Non dimentichi di dipingere la quinta stella sull'aereo, maggiore.»

Norfolk, Virginia

Sarebbero partiti comunque. La distruzione del RORSAT sovietico facilitava semplicemente le cose. Prima venivano i cacciatorpediniere e le fregate aperti a ventaglio, alla ricerca dei sottomarini e protetti dall'ombrello dei ricognitori. Poi venivano gli incrociatori e le portaerei. Per ultime, le navi di Little Creek: *Tarawa, Guam, Nassau, Inchon* e venti altre. In tutto, più di sessanta navi, disposte in tre gruppi e dirette a nordest alla velocità di venti nodi. Il viaggio sarebbe durato sei giorni.

USNS Prevail

Non procedeva bene neppure a tre nodi. La nave era lunga poco più di duecento piedi, e a ogni onda reagiva come un cavallo di fronte a una siepe. L'equipaggio era del tipo misto, non tutto della Marina, ma nemmeno tutto borghese. I civili si occupavano della nave, quelli della Marina badavano alle apparecchiature elettroniche. La cosa sorprendente, su questo concordavano tutti, era l'essere ancora vivi.

Il *Prevail* era un peschereccio d'altura convertito. Al posto di una sciabica aveva un sonar rimorchiato all'estremità di un cavo di seimila piedi, fitto di sensori. I segnali ricevuti erano sottoposti a un'elaborazione preliminare dai computer di bordo, poi trasmessi via satellite a Norfolk al ritmo di trentaduemila bip al secondo. La nave era azionata da silenziosi motori elettrici, e nello scafo era installato il sistema Prairie/Masker per eliminare anche il minimo rumore di macchina. L'opera morta era di fibra di vetro, per ridurre la segnatura radar. All'atto pratico, era una delle prime navi Stealth e, sebbene non avesse a bordo alcuna arma all'infuori di un fucile per sparare agli squali, era la più pericolosa unità antisom mai costruita. Il *Prevail* e i suoi tre gemelli stavano navigando nel Nord Atlantico sulla grande rotta circolare fra Terranova e l'Islanda, ascoltando i suoni rivelatori di sottomarini in transito. Due navi sfoggiavano i simboli delle unità affondate dipinti sulla plancia, perché avevano entrambe una pattuglia di Orion in servizio continuo, e per due volte i sottomarini sovietici avevano avuto la sfortuna di avvicinarsi. Il loro compito, comunque, non era di affondare i sottomarini, ma di comunicarne la presenza agli altri.

Nel centro operativo del *Prevail*, a mezza nave, una squadra di tecnici oceanografici osservava una serie di tubi catodici di tipo televisivo, mentre altri elaboravano il tracciamento di qualsiasi cosa che fosse abbastanza vicina da costituire minaccia diretta.

Un sottufficiale fece correre il dito su una linea confusa nel display. «Questo dev'essere il convoglio da New York.»

«Già» disse il tecnico accanto a lui. «E qui ci sono i tipi che lo vogliono incontrare.»

USS Reuben James

«Almeno non resteremo soli» osservò O'Malley.

«Hai sempre un atteggiamento così positivo?» chiese ironico Frank Ernst.

«Gli amici russi devono avere un ottimo servizio d'informazioni. Voglio dire, quelli della vostra aviazione hanno distrutto il loro satellite.» Il capitano Perrin posò la tazza sul tavolo. I cinque ufficiali erano in riunione nell'alloggio di Morris. Perrin era venuto con l'elicottero della *Battleaxe*.

«Già, così conoscono la nostra composizione» disse Morris. «E avranno voglia di tagliarne via qualche pezzo.»

Il messaggio da Norfolk diceva nel conciso gergo "navalese" che almeno sei sottomarini sovietici stavano presumibilmente puntando sul convoglio, di cui quattro dal nord. Quella era la zona che ricadeva sotto la loro responsabilità.

«Da questo momento, dovremmo cominciare a ricevere dei dati dal sonar rimorchiato» disse Morris. «Jerry, se la sente di affrontare tre giorni consecutivi d'operazione?»

O'Malley si mise a ridere. «Serve a qualcosa, se dico di no?»

«Penso che dovremmo tenerci vicini» disse Perrin. «Distanza massima cinque miglia. Il problema sarà quello di sincronizzare le accelerazioni. Il commodoro vuole fare il viaggio più lineare possibile, vero?»

«Già» confermò Morris. «Non si può dargli torto su questo punto. Fare andare a zig-zag tutte quelle navi può creare tanta confusione quanto un vero attacco.»

«Ehi, c'è almeno una buona notizia: niente più Backfire per un po' di tempo» fece notare O'Malley. «Così il pericolo viene di nuovo da una sola dimensione.»

Il movimento della nave cambiò quando fu ridotta la velocità. La fregata stava concludendo uno sprint a ventotto nodi, e adesso avrebbe derivato per qualche minuto a cinque nodi, per consentire al sonar passivo di funzionare.

USS Chicago

«Contatto sonar, rilevamento tre-quattro-sei.»

Settecento miglia di qui alla banchisa, pensò McCafferty andando a prua. *A cinque nodi.*

Erano in acque profonde. Allontanarsi dalla costa a quindici nodi malgrado tutto il fracasso che faceva il *Providence* era stato un gioco d'azzardo, ma di quelli azzeccati.

C'erano volute quattro ore per arrivare alla curva di cento braccia, ed era stato un periodo di tensione continua, per la possibile reazione sovietica all'attacco con i missili. I russi, per prima cosa, avevano mandato la pattuglia aerea antisom – gli onnipresenti Bear – a sganciare boe sonar, ma i due sottomarini erano riusciti a evitarle. Il *Providence* aveva ancora la maggior parte dei sistemi sonar funzionanti, e se non era in grado di difendersi, poteva almeno captare i pericoli in arrivo.

Per tutto il viaggio di quattro ore, il sottomarino ferito aveva fatto fracasso come un vagone di tubi metallici, e McCafferty non osava pensare a come aveva potuto manovrare, con i piani di carenatura che pendevano come biancheria stesa. Ma ormai era passata. Adesso si trovavano in settecento piedi d'acqua. Con il sonar rimorchiato avrebbero avuto una possibilità supplementare di allarme per eventuali pericoli. Il *Boston* e il *Chicago* navigavano uno su un lato e uno sull'altro del sottomarino in avaria, alla distanza di tre miglia. *Settecento miglia a cinque nodi*, pensava McCafferty. *Quasi sei giorni...*

«Okay, cosa abbiamo qui, capo?»

«Si è avvicinato adagio, signore, per cui probabilmente è su percorso diretto. Il rilevamento cambia lentamente. Come prima idea, penso che sia un diesel che va a batterie, e da solo.» L'addetto al sonar non tradiva alcuna emozione.

Il comandante si affacciò al centro d'attacco. «Passiamo a rotta zero-due-cinque.»

Il timoniere diede cinque gradi di spostamento a dritta, portando dolcemente il sottomarino alla rotta verso nordest. A cinque nodi, il *Chicago* era "un buco nell'oceano" che non produceva quasi nessun rumore: il contatto rilevato, però, era quasi altrettanto silenzioso. McCafferty osservò la linea sullo schermo, e la vide cambiare forma a intervalli minimi sull'arco di diversi minuti.

«Okay, abbiamo un cambiamento di rilevamento del contatto. Adesso è a tre-quattro-uno.»

«Joe!» McCafferty chiamò il primo ufficiale.

«Calcolo la distanza a più o meno ottomila metri. È su una rotta convergente, velocità circa quattro nodi.»

Troppo vicino, pensò il comandante. ***Probabilmente non ha ancora la** possibilità di sentirci.*

«Facciamolo fuori.»

Il siluro Mark-48, lanciato alla velocità minima, virò di quaranta gradi a sinistra, quindi si diresse verso il contatto, con i cavi di guida che arrivavano fino al sottomarino. Gli addetti al sonar lo diressero verso il bersaglio, mentre il *Chicago* si spostava lievemente dal punto di lancio. Il sottufficiale al sonar alzò la testa di scatto.

«Ci ha sentiti! Ha accelerato. Ho il conteggio delle eliche – è della classe Foxtrot, al regime di quindici nodi. Segnale in arrivo, segnale in arrivo, ha appena allagato i tubi.»

Il siluro accelerò e inserì il sonar dell'autoguida. Il Foxtrot sapeva di essere stato trovato, e il comandante reagì automaticamente, aumentando la velocità e ordinando una stretta virata a tribordo, lanciando poi un siluro autoguidato lungo la linea del rilevamento dell'avversario. Infine, si immerse in profondità, sperando di eludere il siluro diretto su di lui.

La virata lasciò un gorgo nell'acqua, e la zona di turbolenza confuse per un attimo il Mark-48, che però corse dritto attraverso il risucchio e, ritornando in acque non disturbate, ritrovò il bersaglio. L'arma verniciata di verde picchiò sul Foxtrot e lo colpì mentre era alla profondità di quattrocento piedi.

«Cambio veloce di rilevamento sul siluro in arrivo» annunciò il capo sonar. «Passerà largo dietro la poppa... Colpito! Abbiamo colpito il bersaglio!» Il suono echeggiò attraverso lo scafo d'acciaio come un tuono lontano. McCafferty si mise gli auricolari in tempo per captare il tentativo frenetico del Foxtrot di immettere aria e salire in superficie, e anche il cigolio metallico delle paratìe interne che cedevano. Non sentì l'ultimo gesto del capitano, il lancio della boa di salvataggio ubicata sull'estremo angolo sinistro dell'opera morta. La boa salì in superficie e iniziò a trasmettere un messaggio continuo. Tutti gli uomini del Foxtrot erano già morti, ma la boa di salvataggio disse al quartier generale "dove". Diversi fra sottomarini e navi di superficie si diressero immediatamente verso quel punto.

O'Malley azionò il comando e salì a cinquecento piedi. Da quell'altezza vedeva il profilo settentrionale del convoglio diretto a sud-ovest. Diversi elicotteri erano in volo – la buona idea di qualcuno. Molti dei mercantili trasportavano elicotteri dell'esercito come carico in coperta, e parecchi di questi erano in grado di volare. I loro equipaggi li avevano portati a perlustrare il perimetro del convoglio, alla ricerca di eventuali periscopi. La cosa di cui tutti i sottomarini avevano dichiaratamente paura erano gli elicotteri. Lo schema era chiamato "cielo nero" antisom. In tutto il convoglio, i soldati ricevettero l'ordine di osservare l'oceano e riferire qualsiasi cosa riuscissero a vedere. Ne derivarono numerosi falsi allarmi per avvistamenti fasulli, ma almeno dava qualcosa da fare agli uomini, che prima o poi avrebbero magari individuato un autentico periscopio. Il Seahawk si spostò venti miglia a est prima di mettersi a volare in cerchio. Stava cercando un possibile sottomarino che la fregata aveva individuato con il sonar passivo a rimorchio durante l'ultima deriva.

«Okay, Willy, sgancia un LOFAR – ora-ora-ora!»

Il sottufficiale premette un pulsante ed espulse una boa sonar dal pannello laterale. L'elicottero proseguì in avanti, lanciando altre quattro boe intervallate di due miglia per formare una barriera lunga dieci miglia, poi O'Malley tenne l'elicottero in volo su un ampio cerchio, osservando egli stesso il mare, mentre il sottufficiale esaminava lo schermo del sonar.

«Cos'è questa storia a proposito del comandante, signore? Sa, l'ultima sera prima di salpare.»

«Avevo voglia di sbronzarmi, e lui è stato tanto gentile da non lasciarmi bere da solo. Non ti sei mai ubriacato?» chiese O'Malley.

«No, signore, non bevo.»

«Povera Marina, come si è ridotta! Prendi i comandi per un minuto.» Tolse la mano dalla cloche e si aggiustò l'elmetto. Era nuovo, e non ci si era ancora abituato. «Noti qualcosa, Willy?»

«Non sono ancora sicuro, signore. Mi dia ancora un paio di minuti.»

«Va bene.» Il pilota fissò per un momento gli strumenti, poi riprese a scrutare fuori. «Ti ho mai raccontato di quel trentacinque piedi alla corsa Bermuda-Newport? L'uragano l'aveva malmenata in modo infernale. Comunque, l'equipaggio era interamente di ragazze, e quando la barca si è allagata, hanno perso tutte le...»

«Comandante, ho un segnale debole dalla numero quattro.»

«E come erano riconoscenti per essere state salvate!» O'Malley prese la cloche e fece virare l'elicottero a nordovest. «Non ti interessa nemmeno quest'argomento, signor Ralston?»

«La forte bevanda accresce il desìo, ma del vigor ti priva» disse il co-pilota. «Ancora due miglia, signore.»

«Conosce anche Shakespeare. C'è ancora qualche speranza per te. Dimmi, Willy.»

«Ancora segnale debole dalla quattro, signore. Nient'altro.»

«Un miglio» aggiunse Ralston guardando il display tattico.

O'Malley scrutò la superficie, cercando una linea verticale o un pennacchio di schiuma.

«Il segnale della quattro è diventato di media intensità, signore. Solo un accenno dalla cinque.»

«Romeo, qui Hammer. Credo che abbiamo qualcosa. Lancio un'altra LOFAR fra la quattro e la cinque. La chiamo numero sei. Lancio ora!» Un'altra boa sonar si staccò dall'elicottero.

«Hammer, qui Romeo» disse il responsabile del controllo. «Ci sembra che il contatto sia a nord della linea, ripeto, a nord.»

«Roger, sono d'accordo. Dovremmo sapere qualcosa fra un minuto.»

«Comandante» disse Willy. «Ho un segnale medio dalla sei.»

«Romeo, qui Hammer. Scendiamo su quel signore, adesso.»

A bordo della *Reuben James* segnarono la posizione dell'elicottero e della fila di boe.

O'Malley tirò indietro la cloche per ridurre la velocità di avanzamento, mentre con l'altra mano spingeva in basso il comando collettivo, ma molto lentamente, finché l'elicottero rimase a librarsi a cinquanta piedi sopra il pelo dell'acqua. Willy liberò il sonar a immersione e lo calò fino alla profondità di duecento piedi.

«Contatto sonar, signore. Classificato come probabile sottomarino, rilevamento tre-cinque-sei.»

«Su la cupola!» comandò O'Malley.

Il Seahawk salì in alto e corse a nord per un miglio. Fermandosi un'altra volta, O'Malley immerse di nuovo il sonar.

«Contatto! Rilevamento uno-sette-cinque. Suona come una doppia elica che gira per una velocità di forse dieci nodi.»

«Lo abbiamo pizzicato» disse il pilota. «Teniamoci pronti.» Ralston immise i dati nel computer tattico.

«Il rilevamento varia. Sembra che viri a babordo – sì» confermò Willy. «Vira a babordo.»

«Ci sente?»

«Forse sente il convoglio e sta virando per stabilirne esattamente la posizione.»

«Bene, Willy, alza la cupola» ordinò O'Malley. «Romeo, abbiamo un bersaglio che sta manovrando un classificato probabile sottomarino. Chiedo il permesso di usare le armi.»

«Roger, Hammer, fuoco a volontà, ripeto, fuoco a volontà.»

L'elicottero si spostò a sudest di mille metri. La cupola sonar fu immersa un'altra volta, e l'elicottero si librò controvento.

«Trovato di nuovo, signore» disse Willy piuttosto eccitato. «Rilevamento tre-cinque-cinque. Il rilevamento si sta spostando a sinistra, signore.»

«Ci sta passando oltre» disse Ralston guardando il TACNAV – lo schermo tattico di navigazione.

«Romeo, qui Hammer. È decisamente un sottomarino. Lo attacchiamo.» O'Malley continuò a tenere l'elicottero fermo, mentre il sottufficiale annullava la variazione di rilevamento. «Sequenza d'attacco.»

«Dispositivo principale» disse Ralston facendo correre la mano sui pulsanti. «Torpedo Select, posizione uno.»

«Regolare la profondità iniziale di ricerca a due-cinquanta; impostare la rotta con dispositivo filoguidato.» Ralston fece le regolazioni appropriate.

«Regolato.»

«Okay, Willy, pronto per la ricerca Yankee» ordinò O'Malley, alludendo alla ricerca con il sonar attivo.

«Pronto, signore. Rilevamento al contatto ora due-zero-zero, cambia da destra a sinistra, rapidamente.»

«Lo martelliamo sul culo!» O'Malley deviò i segnali del sonar ai propri auricolari.

Willy premette il pulsante, e il trasduttore trasmise una serie di impulsi. I fronti delle onde di energia acustica furono riflessi dallo scafo del sottomarino e ritornarono al trasduttore. Il contatto aumentò immediatamente il regime dei motori.

«Contatto positivo, rilevamento uno-otto-otto, distanza ottocento metri.»

Ralston immise le ultime cifre nel computer di comando tiro.

«Pronto!»

Il pilota fece scorrere il pollice lungo la cloche fino a un pulsante sul lato destro e lo premette. Il siluro Mark-46 si staccò dalle maniglie e piombò in mare. «Siluro fuori.»

«Willy, ferma gli impulsi. Romeo, abbiamo appena lanciato su un sottomarino a due eliche in immersione, a circa ottocento metri da dove siamo, su rilevamento uno-otto-otto. Il siluro è in acqua. State in attesa.»

Il siluro Mark-46 era regolato su uno schema d'inseguimento "a serpente", una serie di curve che lo portava in direzione sud.

Avvisato dal sonar dell'elicottero, il sottomarino sovietico corse a tutta velocità e si immerse a capofitto per eludere il siluro.

«Hammer, qui Romeo, sappiate che lo Hatchet è in volo verso di voi per il caso che il siluro non vada a segno.»

«Roger» confermò O'Malley.

«Preso!» gridò Willy eccitato. Il siluro si avvicinava al sottomarino sovietico emettendo impulsi in automatico. Il comandante fece una stretta virata, ma l'arma era troppo vicina per lasciarsi ingannare.

«Colpito! L'abbiamo colpito!» La voce di Willy era quasi più forte dell'esplosione. Davanti a loro, l'acqua sembrò balzare in alto, ma non si vide schiuma. Il siluro era troppo in profondità per produrla.

«Bene» disse O'Malley. In tutti gli anni di esercitazioni, non aveva mai lanciato un siluro carico contro un vero sottomarino. I rumori del sottomarino morente gli sembrarono la cosa più triste che avesse mai sentito. In superficie comparvero delle macchie d'olio. «Romeo, lo dichiariamo un affondamento. Dite al nostromo di tirare fuori il barattolo della vernice. Restiamo sul posto per cercare i relitti e gli eventuali superstiti.» Il giorno prima un'altra fregata aveva ricuperato l'intero equipaggio di un Bear abbattuto. I prigionieri erano già a terra per l'interrogatorio. Questa volta, invece, non ci sarebbero stati superstiti. O'Malley volò in cerchio per dieci minuti, poi ritornò alla nave.

Islanda

«Beagle, siete ben nutriti e riposati?» chiese Doghouse.

«Potete ben dirlo.» Edwards si era aspettato la domanda, ma adesso che era arrivata gli suonò vagamente come un cattivo auspicio.

«Vogliamo che andiate a pattugliare la riva sud del Hvammsfjördur e ci informiate di qualsiasi attività da parte dei russi. Ci interessa in modo particolare la città di Stykkisholmur. È un piccolo porto quaranta miglia a ovest della vostra posizione. Come prima, l'ordine per voi è di eludere, osservare e riferire. Chiaro?»

«Roger. Quanto tempo abbiamo?»

«Non posso dirlo, Beagle. Non lo so, ma dovete muovervi immediatamente.»

«Okay, partiamo fra dieci minuti. Chiudo.» Edwards smontò l'antenna e ripose l'apparecchio. «Gente, è ora di lasciare questo eremo di montagna. Sergente Nichols?»

«Sì, signore?» Nichols e Smith si presentarono insieme.

«Avete avuto istruzioni su quello che dovete fare?»

«No, signore. L'ordine era di dare una mano al suo gruppo e attendere ulteriori istruzioni.» Edwards aveva già visto il portacarte del sergente. Conteneva le mappe di tutta la costa occidentale dell'Islanda, esclusa quella della zona del lancio. Naturalmente, lo scopo della ricognizione sulla costa era abbastanza chiaro, no? Il tenente prese una carta tattica e tracciò il percorso verso ovest.

«Okay, ci divideremo in coppie. Sergente Smith, tu va' all'avanguardia con uno dei nuovi amici. Nichols, lei prende Rodgers e copre la retroguardia. Avete una radio ciascuno, io prendo con me la terza insieme al resto del gruppo. Ci terremo in contatto visivo. Cammineremo sull'alto fin dove sarà possibile. La prima strada a fondo regolare che incontreremo è dieci miglia a ovest di qui. Se vedete qualcosa, vi fermate e mi riferite. L'ordine è di evitare i contatti. Nessun gesto eroico, chiaro? Bene, partiamo fra dieci minuti.» Edwards riunì le proprie cose.

«Dove andiamo, Michael?» chiese Vigdis.

«A Stykkisholmur» rispose. «Ti senti bene?»

«Posso camminare con te, sì.» Sedette accanto a lui. «E quando saremo arrivati a Stykkisholmur?»

Mike sorrise. «Non me l'hanno ancora detto.»

«Ma perché non ti dicono mai niente?»

«Si chiama sicurezza. Vuol dire che meno sappiamo, tanto meglio è per noi.»

«È stupido» commentò lei. Edwards non sapeva come spiegarle che aveva torto e ragione al tempo stesso.

«Credo che, quando saremo là, potremo ricominciare a pensare a una vita normale.»

Il viso di lei cambiò espressione. «Cos'è una vita normale, Michael?»

Altra buona domanda, pensò Edwards. *Ma ho troppe cose in testa per poterglielo spiegare*. «Vedrai.»

Stendal, Repubblica Democratica Tedesca

La battaglia di Hameln e quella di Hannover erano diventate praticamente un'unica operazione. Due ore prima, le forze della NATO si erano ritirate verso est, a sud della città industriale, il che aveva consentito loro di restringere il fronte e di consolidarsi. Le unità sovietiche sondavano il terreno con prudenza, per timore di qualche altra trappola tedesca. Alekseyev e il Comandante in Capo dellò Scacchiere Ovest meditavano sulle carte, nel tentativo di analizzare le conseguenze della ritirata nemica.

«Permette loro di mettere in riserva una brigata, forse due» diceva Alekseyev. «Possono usare la Strada 217 per spostare rapidamente le truppe da un settore all'altro.»

«Quante volte i tedeschi hanno ceduto terreno volontariamente?» chiese il superiore. «Non lo hanno fatto per il gusto di farlo. Le loro linee erano diventate troppo larghe. I loro reparti sono sguarniti.»

«Anche i nostri. Le unità di categoria B che mandiamo in combattimento subiscono perdite superiori di un terzo a quelle delle unità A che hanno rimpiazzato. Stiamo pagando a caro prezzo le nostre avanzate, in questo momento.»

«Abbiamo già pagato abbastanza! Se facciamo fiasco adesso, sarà stato tutto per niente. Pasha, dobbiamo attaccare in forze. Tutto il settore sta per crollare.»

«Compagno generale, non ho questa impressione. La resistenza è vigorosa. Il morale dei tedeschi rimane alto malgrado le perdite. Ci hanno colpiti duramente e lo sanno.» Alekseyev era ritornato dalla postazione avanzata di Fölziehausen soltanto tre ore prima.

«Osservare l'azione dalla prima linea è molto utile, Pasha, ma compromette la capacità di recepire l'intero quadro.»

Alekseyev si rabbuiò a quel commento. "L'intero quadro" era spesso un'illusione. Il comandante glielo aveva detto parecchie volte.

«Voglio che tu organizzi un attacco su tutto il fronte. Le formazioni NATO sono gravemente menomate. I loro rifornimenti sono scarsi, hanno subìto perdite pesanti. Un assalto vigoroso in questo momento spezzerebbe le loro linee su un fronte di cinquanta chilometri.»

«Non abbiamo abbastanza unità A per attaccare su una simile scala» obiettò Alekseyev.

«Tienile da parte per sfruttare lo sfondamento. Lanceremo l'attacco con le migliori divisioni di riserva fra Hannover a nord e Bodenwerder a sud.»

«Non abbiamo la forza per farlo, e consumeremmo troppo carburante» lo ammonì Alekseyev. «Se dobbiamo attaccare, suggerisco un assalto su un fronte di due sole divisioni, qui a sud di Hameln. Le unità sono sul posto. Quello che lei propone mi pare troppo ambizioso.»

«Non è più il tempo delle mezze misure, Pasha!» gridò seccato il CINC-Ovest. Non aveva mai alzato la voce con Alekseyev prima di allora. L'ufficiale si chiese che razza di pressione stava subendo il comandante, che però si calmò subito. «Un attacco su un unico asse permette un contrattacco su un unico asse» continuò. «In questo modo possiamo complicare enormemente il compito al nemico. Non può essere forte dappertutto. Troveremo un punto debole, sfonderemo, e spingeremo le unità A che ci restano oltre il Reno.»

USS Reuben James

«Lancio ora-ora-ora!» gridò O'Malley. Le otto boe sonar uscirono dal fianco del Seahawk, che virò e ritornò a est.

O'Malley era già stato troppo a lungo in volo, ore estenuanti questa volta, senza risultati interessanti da esibire in cambio. Fermarsi, immergere, ascoltare; fermarsi, immergere, ascoltare. Sapeva che c'era un sub là sotto, ma ogni volta che pensava di essere vicino a individuarlo, il maledetto scivolava via! Che cosa stava facendo di diverso?

Lo Hatchet aveva il medesimo problema, salvo che il suo sottomarino era ripartito e aveva quasi segnato un punto contro la *Battleaxe*. La violenta turbolenza della scia della fregata aveva fatto esplodere il siluro russo a poppa, però era stato vicino, troppo vicino. Tenne l'elicottero librato.

«Giù la cupola!» Restarono lì per un minuto. Niente. Si ricominciava. «Romeo, qui Hammer. Avete qualcosa? Passo.»

«Hammer, è appena svanito un attimo fa. L'ultimo rilevamento era tre-quattro-uno.»

«Giusto. Quel signore vi ascolta e, quando finite lo sprint, riduce il regime.»

«È una buona ipotesi, Hammer» convenne Morris.

«Okay, ho piazzato una barriera a ovest, se mai venisse da quella parte. Credo che stia scendendo per andare a sud. Chiudo.» O'Malley inserì l'interfono. «Hai niente, Willy?»

«Niente, signore.»

«Preparati a issare la cupola.» Un minuto dopo l'elicottero si spostò di nuovo. Immerse il sonar altre sei volte nel giro di venti minuti, ma senza risultato.

«Ancora, Willy. Preparati a immergere. Regola su, uhm, milleottocento piedi, questa volta.»

«Pronto, signore.»

«Abbassa la cupola.» O'Malley si contorse sul sedile. La temperatura esterna era mite, ma il sole trasformava l'abitacolo in una serra. Avrebbe avuto bisogno di una doccia al ritorno sulla fregata.

«Sta cercando a ottocento piedi, signore» comunicò il sottufficiale. Anche lui aveva caldo, malgrado un paio di bibite fredde che si era portato. «Signore, ho qualcosa... possibile contatto a rilevamento uno-otto-cinque.»

«Su la cupola! Romeo, qui Hammer, abbiamo un possibile contatto a sud della nostra posizione. Andiamo a cercarlo.»

«Hammer, non registriamo niente da nessuna parte vicino a voi. Sappiate che Bravo e Hatchet stanno operando su un contatto. Sono stati lanciati due siluri, ma non hanno colpito.»

Nessuno ha mai detto che sia facile, pensò il pilota. Si spostò di tremila metri e immerse ancora il sonar.

«Contatto, questa volta è serio. Impianto del tipo a due motori, rilevamento uno-otto-tre.»

O'Malley controllò il carburante. Quaranta minuti. Doveva trovare il sottomarino in fretta. Ordinò di alzare la cupola e fece ancora tremila metri a sud. Aveva le spalle che si curvavano sotto le cinture di sicurezza. Sembrava che la cupola impiegasse un'eternità per scendere alla profondità di ricerca.

«Eccolo di nuovo, signore, a nord rispetto a noi, rilevamento zero-uno-tre, ma sta cambiando. Adesso è zero-uno-cinque.»

«Prepararsi!» Trenta minuti di carburante. Il vero nemico era il tempo. Ralston premette i pulsanti *Master Arm* e *Select.*»

«Willy, martella!» Il sonar mandò cinque impulsi a distanza.

«Zero-uno-nove, distanza novecento!»

Ralston regolò la profondità e lo schema della ricerca. O'Malley fece correre il pollice lungo la cloche e sganciò il siluro.

Il sottomarino passò alla velocità massima e virò a sinistra per allontanarsi dall'elicottero, mentre il siluro si inabissava a ottocento piedi per iniziare la caccia. O'Malley borbottò fra sé che aveva lanciato da una cattiva angolazione, ma non c'era più il tempo di fare cambiamenti. Tenne l'elicottero librato sul posto e ascoltò attraverso gli auricolari il sibilo delle eliche del siluro intento a seguire il rombo molto più forte delle potenti doppie eliche del Charlie. Il sottomarino nucleare manovrò freneticamente, cercando di aggirare il siluro.

«Hanno lo stesso rilevamento, ora» riferì Willy. «Penso che il "pesce" sia andato a segno – colpito!»

Ma il Charlie non era distrutto. Per un momento, si udì il sibilo dell'aria, che poi cessò. Seguì una cacofonia selvaggia di rumori meccanici, quando il contatto si mosse verso nord, che svanì quando il sottomarino ridusse la velocità. O'Malley non aveva abbastanza carburante per inseguirlo. Virò a ovest e si diresse verso la *Reuben James*.

«Hammer, qui Romeo, cos'è successo?»

«Lo abbiamo colpito, ma è ancora vivo. Aspettate, Romeo, scendiamo a prendere carburante. Fra cinque minuti.»

«Roger, saremo pronti. Stiamo dirigendo un altro elicottero sul Charlie. Voglio che lei si unisca a Hatchet.»

«Com'è che non lo abbiamo affondato?» chiese Ralston.

«Quasi tutti i sottomarini russi hanno un doppio scafo, e la graziosa testata da cento libbre del Mark-46 non ha abbastanza grinta per garantire un cadavere a ogni colpo. Quando è possibile, si cerca di attaccare da poppa, ma questa volta non potevamo. Se colpisci dietro, fai saltare la tenuta degli alberi dell'elica e allaghi la sala macchine. In questo modo fai fuori chiunque. Non ti hanno insegnato a scuola che si tira a colpire la poppa?»

«Non esattamente.»

«Me lo immaginavo» grugnì O'Malley.

Era bello rivedere la *Reuben James* dopo tante ore. *Meglio ancora sarebbe andare alla latrina degli ufficiali*, pensò cupo O'Malley. Portò il Seahawk sull'angolo di babordo a poppa e lo tenne librato sopra la nave. Willy aprì la porta scorrevole e gettò una cima messaggera. Gli uomini in coperta attaccarono un tubo alla cima, che Willy issò e introdusse nel serbatoio. Mentre O'Malley teneva l'elicottero in posizione, fu pompato il carburante nei serbatoi, assicurando altre quattro ore di autonomia. Ralston teneva gli occhi fissi sugli indicatori del livello.

«Siamo al pieno, Willy. Ferma.»

Il sottufficiale calò il tubo e recuperò la cima. Fu lieto di chiudere la porta e attaccare di nuovo le cinture di sicurezza. *Gli ufficiali*, si disse, *sono decisamente troppo furbi per fare i lavori scomodi che faccio io.*

«Bravo, qui Hammer. Dove ci volete? Passo.»

«Hammer, qui Bravo. Venite dritti su uno-tre-zero e incontrate Hatchet a otto miglia da Bravo.»

«Andiamo.» O'Malley virò intorno alla *Reuben James* e si diresse a sudest.

«Hammer, qui Romeo. Sappiate che il Sea Sprite della *Sims* ha finito di liquidare il Charlie. A voi tocca un "ben fatto, grazie" per l'inseguimento, da parte del comandante della scorta.»

«Dite al commodoro "prego" da parte nostra. Bravo, qui Hammer, chi state inseguendo? Passo.»

«Pensavamo che fosse un sottomarino a doppia elica, ma non ne siamo più tanto sicuri, Hammer» rispose Perrin. «Abbiamo lanciato cinque siluri e fatto centro zero volte. Lui ce ne ha lanciato uno, ma è esploso prematuramente nella nostra scia.»

«Quanto era distante?»

«Una cinquantina di metri.»

Accidenti! pensò il pilota.

«Okay, ho Hatchet in vista. Bravo, è la vostra partita. Dove volete che vada adesso?»

Morris si era tenuto molto arretrato durante la caccia al Charlie ormai affondato. Al suo ordine, la fregata aumentò la velocità e andò verso la *Battleaxe* a venticinque nodi. Dopo i ripetuti contatti con sommergibili, il convoglio stava deviando leggermente a sud.

Il Seahawk di O'Malley era fermo a sette miglia dalla *Battleaxe* mentre lo Hatchet ritornava alla fregata per rifornirsi di carburante e di boe sonar. Ricominciò la routine di immersioni della cupola e di spostamenti.

«Niente» riferì Willy.

«Bravo, qui Hammer. Potete ripetermi che cosa ha fatto il bersaglio?»

«Lo abbiamo quasi beccato due volte sopra lo strato. In linea di massima, tiene una rotta a sud.»

«Fa pensare a un lanciamissili.»

«Sono d'accordo» rispose Perrin. «Il nostro ultimo punto di riferimento era nei mille metri dalla vostra posizione. In questo momento non abbiamo nient'altro.»

O'Malley esaminò i dati della rotta trasmessi dalla *Battleaxe.* Come spesso accadeva quando si trattava di sottomarini, quei dati erano una raccolta di opinioni vaghe, e di valutazioni incerte, e di non poche ipotesi avventurose.

«Bravo, tu sei pilota di sommergibili. Parlami, passo.» Non era il modo migliore di usare la radio, ma al diavolo!

«Hammer, l'unico dato che ha un po' di senso è quello della velocità: non c'è dubbio che quel tipo è estremamente rapido.» O'Malley esaminò con maggiore attenzione il display tattico.

«Hai ragione, Bravo.» O'Malley ci pensò su. *Forse è un Papa*, si disse. *Due eliche, missili da crociera, svelto come un ladro.*

«Hammer, qui Bravo. Se partiamo dalla premessa che è molto veloce, ti propongo di andare a est finché Romeo non conclude lo sprint e ci dà un rilevamento.»

«D'accordo, Bravo. Datemi guida.» All'ordine della *Battleaxe*, il Seahawk volò per venti miglia a est e cominciò a immergere il sonar. Ci volle un quarto d'ora per caricare un altro paio di siluri Stingray sullo Hatchet, insieme al carburante e alle boe.

«Chi stiamo cercando secondo lei, comandante?» domandò Ralston.

«Che cosa ne pensi di un Papa?» suggerì O'Malley.

«Ma i russi ne hanno soltanto uno» obiettò il co-pilota.

«E con questo? Mica lo conservano per il museo.»

«Come non detto, signore» comunicò Willy.

La *Reuben James* terminò lo sprint, virando a sud per dare modo al sonar di rilevare il contatto rimasto. *Se solo la* Battleaxe *avesse ancora il sonar rimorchiato*, pensò Morris, *potremmo fare la triangolazione su tutti i contatti, e con due elicotteri...*

«Contatto valutato come probabile sottomarino, rilevamento zero-otto-uno, ma cambia lentamente, almeno sembra. Sì, il rilevamento cambia da nord a sud.» Il dato fu trasmesso subito alla *Battleaxe* e al comandante della scorta esterna. Un altro elicottero si unì alla caccia.

«Giù la cupola!» *È la trentasettesima volta oggi*, pensò O'Malley. «Ho le chiappe addormentate.»

«Vorrei che lo fossero anche le mie.» Ralston rise controvoglia. Di nuovo non scoprirono nulla.

«Come può una cosa essere emozionante e noiosa nello stesso tempo?» chiese il guardiamarina, ripetendo senza saperlo il commento del pilota del Tomcat di qualche giorno prima.

«Su la cupola! Sai, me lo sono chiesto diverse volte anch'io.» O'Malley accese la radio. «Bravo, qui Hammer. Ho un'idea per voi.»

«Vi ascoltiamo, Hammer.»

«Avete lo Hatchet che sta buttando giù una fila di boe a sud della nostra posizione. Piazzatene un'altra fila a ovest. Poi io comincio a emettere impulsi. Forse possiamo spingere quel tale a fare qualcosa. Doug, quando eri sui sommergibili, ti è mai successo di avere un elicottero con sonar a immersione che ti soffia sul collo?»

«Mi è successo, Hammer, e ho dovuto deviare un bel po' dalla rotta per levarmerlo dai piedi.»

«Sai, questo bastardo è uno che ha del fegato. Deve sapere che ce l'abbiamo con lui, però non taglia la corda. Pensa veramente di poterci fregare.»

«E nelle ultime quattro ore c'è proprio riuscito, capo» osservò Willy.

«Sai qual è la cosa più importante quando si gioca a poker? Capire quando è ora di smettere.» O'Malley si alzò in virata e, per la prima volta in quel giorno, accese il radar di ricerca. Non serviva a molto per avvistare un periscopio, però poteva spaventare un sottomarino poco profondo, almeno quanto bastava per indurlo a nascondersi sotto lo strato. Il sole stava scendendo, e O'Malley poté vedere le luci di volo degli altri due elicotteri alla ricerca del contatto. Sganciarono due file lunghe otto miglia di boe sonar passive, su un angolo di novanta gradi.

«Le barriere sono in posizione. Hammer» disse il comandante Perrin. «Inizia.»

«Willy, martella!» Seicento piedi sotto l'elicottero, il trasduttore sonar sferzò l'acqua con gli impulsi del sonar ad alta frequenza. L'operazione durò mezz'ora. A quel punto, le gambe di O'Malley erano indolenzite, tanto che aveva difficoltà a usare i pedali.

«Prendilo tu per qualche minuto.» O'Malley sollevò i piedi e mosse le gambe per riattivare la circolazione.

«Hammer, qui Bravo. Abbiamo un contatto. Boa sei, linea Echo.» Era la fila est-ovest. La numero sei era la terza partendo da ovest, là dove cominciava la fila "November" da nord a sud. «Segnale debole per il momento.»

O'Malley riprese i comandi e si diresse a ovest, mentre gli altri due elicotteri volavano in cerchio sopra le rispettive schiere di boe.

«Piano, piano» mormorò sull'interfono. «Non lo spaventiamo troppo.» Scelse con cura la rotta, badando a non puntare mai direttamente sul contatto, ma senza allontanarsene troppo. Passò un'altra mezz'ora, un miserabile secondo alla volta. Infine ebbero il contatto in corsa verso est a circa dieci nodi, molto al disotto dello strato.

«Adesso lo abbiamo su tre boe» riferì Perrin. Lo Hatchet si sta portando in posizione.»

O'Malley osservò le luci rosse che lampeggiavano a tre miglia di distanza. Lo Hatchet sganciò un paio di boe direzionali DIFAR e attese. Sullo schermo di O'Malley apparve l'immagine. Il contatto passò dritto fra le DIFAR.

«Fuori siluro!» ordinò lo Hatchet. Il nero Stingray cadde invisibile in acqua, mezzo miglio avanti al sottomarino. O'Malley si accostò e lanciò la propria boa sonar per ascoltare, tenendo il Seahawk librato sul punto di riferimento.

Analogamente al siluro americano Mark-48, lo Stingray non usava eliche convenzionali, il che lo rendeva difficile da localizzare sul sonar, tanto per O'Malley quanto per il sottomarino. All'improvviso intesero il suono delle eliche in cavitazione quando il sommergibile passò al regime massimo e virò, poi cambiò bruscamente profondità per sfuggire al siluro. La manovra, sottolineata dai crepitii dello scafo, non servì a niente. Il rumore successivo fu lo schianto prodotto dall'esplosione della testata.

«Colpito!» annunciò lo Hatchet.

«Giù la cupola!»

Willy calò per l'ultima volta il trasduttore. Il sottomarino stava risalendo.

«Di nuovo!» disse Ralston meravigliato. «Sono due volte di seguito.»

«Pronto! Martellalo, Willy.»

«Distanza quattrocento, rilevamento uno-sei-tre. Ho un aumento doppler.»

«Ricerca circolare, con inizio a profondità cento.»

«Regolato» rispose Ralston.

O'Malley lanciò prontamente il siluro. «Su la cupola! Bravo, il colpo non ha fatto fuori il bersaglio, ma noi gliene abbiamo lanciato un altro.»

«Può darsi che cerchi di affiorare per fare uscire l'equipaggio» disse Ralston.

«Potrebbe anche aver voglia di lanciare dei missili. Avrebbe dovuto scappare finché poteva. Io l'avrei fatto.»

Il secondo colpo finì il sottomarino. O'Malley ritornò immediatamente alla *Reuben James*. Lasciò che Ralston si occupasse dell'appontaggio. Appena le ruote toccarono la coperta e furono fissate con le catene, scese e andò verso Morris che lo aspettava sul passaggio fra i due hangar degli elicotteri.

«Lavoro formidabile, Jerry.»

«Grazie, comandante.» O'Malley aveva lasciato l'elmetto sull'elicottero. I capelli erano appiccicati alla testa per il sudore, e gli bruciavano gli occhi.

«Voglio discutere alcune cose.»

«Possiamo parlare mentre faccio la doccia e mi cambio, comandante?» O'Malley attraversò il quadrato e si diresse alla cabina. Si spogliò in un attimo e andò alla doccia degli ufficiali.

«Quante libbre perde al giorno sudando in quel modo?» chiese Morris.

«Un sacco.» Il pilota premette il pulsante della doccia e chiuse gli occhi mentre l'acqua gli scorreva sul corpo. «Lo sa, da dieci anni sto dicendo che ci vuole una testata più grossa. Spero con tutto il cuore che quei bastardi del servizio munizioni mi ascoltino, a questo punto!»

«Cos'era il secondo?»

«Se dovessi scommettere, direi che era un Papa. Gran lavoro degli uomini al sonar. Le direttive che ci ha dato erano magnifiche.» Premette ancora il pulsante per avere più acqua fredda, ed emerse un minuto dopo, sentendosi di nuovo umano.

«Il commodoro la sta proponendo per qualcosa, una DFC, credo. Sarebbe la sua terza croce al merito aeronautico, se non vado errato.»

O'Malley ci pensò un momento. Le prime due erano state per avere salvato degli uomini, non per averli ammazzati.

«Fra quanto sarà pronto a ripartire?»

«Come le suona se dico la prossima settimana?»

«Si vesta. Ne parleremo in quadrato.»

Il pilota si riordinò i capelli e si cambiò. Ricordava l'ultima volta che sua moglie gli aveva detto di usare il borotalco perché il sudore gli irritava la pelle. Come era stato stupido a ignorare il consiglio per non derogare al *machismo* degli aviatori. Malgrado la doccia, sulla pelle c'erano delle chiazze che avrebbero continuato a prudere e dare fastidio. Quando entrò nel quadrato, trovò Morris che lo aspettava con una caraffa di "succo di cimice" ghiacciato.

«Ne ha fatto fuori uno a motore diesel e due missilistici. Come stavano operando? Ha visto qualcosa di insolito?»

«Terribilmente aggressivi. Il Papa si sarebbe dovuto ritirare. Il Charlie ha preso una rotta intelligente, però stava premendo forte anche lui.» O'Malley rifletté per un attimo mentre vuotava il primo bicchiere. «Ha ragione. Stanno spingendo con decisione.»

«Più di quanto mi aspettassi. Stanno rischiando più del normale. Che cosa ci dice questo fatto?»

«Che ci aspettano altri due giorni molto attivi, credo. Spiacente, comandante, sono un po' troppo distrutto per fare pensieri profondi.»

«Si riposi.»

37

La corsa degli sciancati

Stendal, Repubblica Democratica Tedesca

Le due del mattino. L'attacco sarebbe cominciato quattro ore dopo, malgrado tutti gli sforzi di Alekseyev per cambiare il piano. Guardò sulla carta i simboli delle unità amiche e le valutazioni di quelle nemiche fatte dai servizi informazioni.

«Allegro, Pasha!» disse il Comandante in Capo dello Scacchiere Ovest. «Pensi che consumiamo troppo carburante, lo so, però distruggeremo anche i loro ultimi stock di rifornimenti.»

«Possono farne arrivare degli altri.»

«Sciocchezze. I convogli hanno sofferto parecchio, a quanto ci dicono i servizi d'informazione. Ce n'è uno grosso in viaggio, ma la Marina dice che lo attaccherà con tutte le unità disponibili. Comunque vada, i rifornimenti arriveranno troppo tardi alla NATO.»

Alekseyev si disse che forse il capo aveva ragione. Dopo tutto, aveva conquistato il grado in virtù di una carriera eccezionale. Eppure...

«Dove vuole che stia?»

«Alla postazione di comando dell'OMG. Non più vicino di così al fronte.»

La postazione di comando dell'OMG, pensò Pasha con ironia. In un primo tempo la 20ª Divisione corazzata della Guardia doveva essere un gruppo operativo di manovra, poi una formazione di due divisioni, poi di tre. Tutte le volte, lo sfondamento era stato frustrato, al punto che il termine "gruppo operativo di manovra" suonava al suo orecchio come una facezia assurda. Il pessimismo si fece di nuovo strada in lui. Le formazioni di riserva destinate all'attacco erano molto arretrate rispetto al fronte, in modo da potersi spostare dovunque fosse stata conseguita la maggiore penetrazione nelle linee della NATO, però avrebbero impiegato parecchie ore per arrivare in posizione.

La NATO aveva dimostrato una notevole capacità di ricupero sugli improvvisi sfondamenti. Alekseyev accantonò quel pensiero come aveva fatto con tanti altri, prese Sergetov con sé e salì in elicottero per il viaggio verso ovest. L'elicottero attese al suolo finché non giunse la consueta scorta dei caccia.

L'uso dei caccia per scortare un unico elicottero che decollava da Stendal era uno schema che gli ufficiali del controllo aereo della NATO avevano già avuto modo di osservare, però non avevano mai avuto a disposizione le unità adatte a occuparsene in modo concreto. Questa volta era diverso. Un aereo AWACS che perlustrava la zona sopra il Reno vide partire l'elicottero con tre MiG al seguito. Il controllore della zona aveva un paio di Phantom F-4 di ritorno da una missione contraerea a sud di Berlino e li mandò a nord. I caccia volarono basso sugli alberi con i radar spenti, seguendo il sentiero di sicurezza usato dagli aerei russi.

Alekseyev e Sergetov sedevano da soli nella parte posteriore dell'elicottero d'attacco Mi-24. C'era posto per otto uomini in assetto di guerra, per cui poterono sdraiarsi. Sergetov ne approfittò per fare un sonnellino. I MiG di scorta erano mille metri più in alto, e volavano in cerchio per avvistare eventuali caccia NATO a bassa quota.

«Sei miglia» dissero da uno degli AWACS.

Un Phantom balzò verso l'alto, illuminò con il radar due MiG, e lanciò un paio di missili Sparrow. L'altro Phantom lanciò due Sidewinder contro l'elicottero.

I MiG furono colti mentre guardavano dalla parte sbagliata, quando il loro rivelatore impazzì. Uno si salvò in picchiata. L'altro esplose, mentre il compagno sopravvissuto inviava un messaggio per radio. Alekseyev fu abbagliato e sorpreso dal lampo di luce in alto, poi afferrò le cinture di sicurezza, mentre l'elicottero virava di netto e poi cadeva come un sasso. Era già quasi fra gli alberi quando il Sidewinder asportò il rotore di coda. Sergetov si svegliò allarmato e gridò. Il Mi-24 ruotò nell'aria mentre crollava nel bosco rimbalzando negli ultimi cinquanta piedi prima di toccare terra. Il rotore principale si staccò, e i pezzi schizzarono in tutte le direzioni; la porta scorrevole sul fianco destro volò via come un foglio di plastica. Alekseyev saltò subito fuori, trascinando con sé Sergetov. Ancora una volta, l'istinto lo aveva salvato. I due ufficiali si erano allontanati di venti metri quando i serbatoi esplosero. Non avevano visto né sentito i Phantom, che proseguirono verso ovest per tornare in territorio amico.

«Si è fatto male, Vanya?» chiese il generale.

«Non me la sono nemmeno fatta sotto. Vorrà dire che sono un veterano incallito?» La battuta non servì. La voce e le mani del giovane tremavano. «Dove diavolo siamo?»

«Ottima domanda.» Alekseyev si guardò intorno. Sperava di vedere delle luci, ma vigeva l'oscuramento in tutto il paese, e le unità sovietiche avevano imparato a proprie spese che non conveniva accendere i fari. «Dobbiamo trovare una strada. Ci dirigeremo a sud finché non ne incontreremo una.»

«Dov'è il sud?»

«Dalla parte opposta al nord. Il nord è là.» Il generale indicò una stella, poi si voltò e ne scelse un'altra. «Quella ci guiderà verso sud.»

Severomorsk, URSS

L'ammiraglio Yuri Novikov seguiva l'andamento della battaglia dal quartier generale sotterraneo a pochi chilometri dalla base principale della flotta. Era fuori dalla grazia di Dio per la perdita della sua migliore arma a lungo raggio – i bombardieri Backfire – ma era stato ancora più scosso dal modo in cui il Politburo aveva reagito all'attacco missilistico. In qualche modo, i politici pensavano che ciò indicasse la possibilità di un attacco di missili balistici dalla stessa zona, e nessun argomento era riuscito a smuoverli da quella convinzione. *Come se gli americani fossero disposti a rischiare i loro preziosi sottomarini armati di missili balistici in acque così ristrette!* borbottò fra sé l'ammiraglio. Quelle che doveva affrontare erano le unità veloci d'attacco – su questo non nutriva dubbi – e doveva impiegare metà della forza di cui disponeva per impedire loro la fuga. Il guaio era che non aveva molte unità da mandare in giro.

Il comandante della flotta sovietica settentrionale aveva argomenti validi a sua disposizione. L'occupazione dell'Islanda era riuscita quasi alla perfezione – il più audace attacco mai condotto dai sovietici! Il giorno dopo aveva distrutto il gruppo di combattimento di una portaerei, una vittoria epica. Anche il suo piano di usare bombardieri e sottomarini armati di missili, in combinazione contro i convogli aveva dato ottimi risultati, soprattutto dopo la decisione di impiegare i bombardieri per eliminare prima di tutto le navi scorta. Le perdite di sottomarini erano state pesanti fino a quel giorno, ma l'aveva previsto. Le Marine della NATO si addestravano da generazioni alla guerra antisommergibili. Le perdite erano inevitabili. Novikov ammetteva in cuor suo di aver commesso degli errori. Avrebbe dovuto cominciare prima ad attaccare sistematicamente le scorte – però Mosca voleva che fossero affondati i mercantili, e lui si era adeguato al "suggerimento".

Adesso le cose stavano cambiando. La perdita improvvisa dei Backfire – non avrebbero potuto entrare in azione per altri cinque giorni – lo costringeva a prendere le preziose formazioni di sottomarini destinate alle portaerei e mandarle contro i convogli. Per farlo, dovevano attraversare lo sbarramento dei sommergibili della NATO, e anche qui le perdite erano gravi. *Questa maledetta guerra dovrebbe essere già finita*, pensò Novikov con rabbia. Aveva una poderosa forza di superficie in attesa per scortare altre truppe in Islanda, ma non la poteva muovere finché non si fosse potuta intravedere la fine della campagna in Germania. *Nessun piano di battaglia sopravvive al primo contatto con il nemico*, si ricordò.

«Compagno ammiraglio, sono arrivate le foto da satellite.» L'aiutante di bandiera gli porse una cartella. Il capo del servizio informazioni della flotta arrivò pochi minuti dopo insieme allo specialista dell'interpretazione fotografica. Le foto furono sparse sul tavolo.

«Ah, qui c'è un problema» disse l'esperto.

Novikov non aveva bisogno di sentirselo dire da lui. I moli di Little Creek, in Virginia, erano vuoti. La forza anfibia d'assalto americana era partita trasportando un'intera divisione di marines. Novikov aveva seguito con il massimo interesse l'arrivo a Norfolk delle unità della flotta del Pacifico, ma poi ambedue i satelliti da ricognizione oceanica erano stati distrutti, e l'autorizzazione al lancio dell'ultimo rimasto era stata fermata. La foto successiva mostrava i moli delle portaerei, anch'essi vuoti.

«La *Nimitz* è ancora a Southampton» fece notare il capo del servizio informazioni. «È entrata in porto con una brutta inclinazione e non c'è nessun bacino di carenaggio abbastanza grande per riceverla. È ormeggiata al Molo Oceanico, e non si può muovere. Questo lascia gli americani con tre sole portaerei: la *Coral Sea*, l'*America* e l'*Independence*. La *Saratoga* è impiegata per il servizio di scorta ai convogli. Le altre portaerei della flotta atlantica sono nell'Oceano Indiano.

Novikov grugnì. Erano cattive notizie per la squadra dell'Oceano Indiano, che adesso faceva parte della flotta sovietica del

Pacifico. Non era un problema suo. Ne aveva già abbastanza. Per la prima volta si trovò alle prese con il dilemma che, grazie a lui, aveva afflitto le Marine della NATO. C'erano più missioni che navi, e il dover mandare metà delle sue predilette forze antisom alla ricerca di sottomarini che si stavano già ritirando non era certo un aiuto!

Northwood, Inghilterra

«Ben ritrovato, signor ammiraglio» disse Toland.

Beattie aveva un aspetto molto migliore. Gli occhi azzurri avevano il riflesso del cristallo, e la schiena era diritta come un fuso, mentre stava in piedi con le braccia conserte davanti alla carta che occupava tutta la parete.

«Come stanno andando le cose in Scozia, comandante?»

«Bene, signore. Le ultime due incursioni sono state sgominate. Posso chiederle come stanno andando quelli della Doolittle? Ho un amico al comando di un sottomarino.»

Beattie si voltò. «Quale?»

«Il *Chicago*, signore. Dan McCafferty.»

«Oh. Sembra che una delle unità abbia subìto danni. Il *Chicago* e un altro sottomarino la stanno scortando in uscita. In effetti, stanno facendo un bel putiferio nel Mar di Barents orientale. Dalle informazioni, risulta che i sovietici stanno mandando una forza consistente ad affrontarli. In ogni caso, lei ritorna alla sua flotta di portaerei, ma prima deve vedere il mio staff delle informazioni, così potrà aggiornare i suoi. Ho voluto vederla personalmente per ringraziarla del telex che ha trasmesso sulla possibilità di colpire i Backfire davanti alla porta di casa. L'idea ci è stata molto utile. Lei è nella riserva, mi pare. Per quale motivo al mondo si è ritirato?»

«Una volta ho portato un cacciatorpediniere in secca.»

«Vedo. Ha fatto ammenda per l'errore, comandante.» Beattie gli tese la mano.

Wachersleben, Repubblica Democratica Tedesca

«Ferma quel maledetto camion!» urlò Alekseyev. Stava in mezzo alla strada, sfidando il veicolo a passargli sopra. Il veicolo si fermò, e lui corse alla cabina.

«Chi accidenti è lei?» chiese il caporale.

«Sono il colonnello generale Alekseyev» rispose in tono amichevole. «E chi mai puoi essere tu, compagno?»

Nel vedere le spalline dell'interlocutore, il militare rimase a bocca spalancata, ma riuscì ugualmente a presentarsi. «Sono il caporale Vladimir Ivan'ch Maryakhin.»

«Poiché sembra che il mio grado sia superiore al tuo, caporale, vuoi portare me e il mio aiutante di campo fino al prossimo punto di controllo traffico, alla velocità massima di questo autocarro? Muoviti!»

Alekseyev e Sergetov salirono sul cassone. Trovarono una montagna di roba, ma riuscirono ugualmente a sedersi.

Il generale imprecò. «Tre ore sprecate.»

«Poteva andare peggio.»

Bruxelles, Belgio

«È un attacco in forze, signore. Hanno appena cominciato a muoversi su quello che sembra un fronte di ottanta chilometri.»

Il SACEUR guardò impassibile la carta. Non è che non se l'aspettassero. Il servizio informazioni l'aveva previsto dodici ore prima, osservando gli schemi del traffico sovietico. Aveva esattamente quattro brigate da usare in quel settore. *Grazie a Dio*, pensò, *sono riuscito a convincere i tedeschi ad accorciare le linee a Hannover*. La metà delle sue riserve arrivava di là: appena in tempo.

«L'asse principale dell'attacco?» chiese il generale all'ufficiale addetto alle operazioni.

«Nessuno in evidenza per il momento. Sembra un'offensiva generale...»

«Con forte pressione per scoprire il punto debole.» Il SACEUR terminò la frase. «Dov'è la loro forza di riserva?»

«Signore, abbiamo identificato elementi di tre divisioni qui a sud di Fölziehausen. Sembrano di categoria A. L'attacco in corso sembra affidato principalmente a formazioni di categoria B.»

«Li abbiamo conciati così male?» La domanda del SACEUR era retorica. Il servizio informazioni lavorava con impegno per accertare con esattezza le perdite del nemico, e gli mandava un rapporto ogni sera. I rincalzi di categoria B avevano cominciato a entrare in scena cinque giorni prima, e la cosa lo rendeva perplesso. Sapeva che i sovietici avevano almeno sei unità di classe A in riserva nell'Ucraina meridionale, ma non risultava che si stessero spostando. Perché non le mandavano sul fronte tedesco? Perché ci portavano i riservisti? Da diversi giorni andava ripetendo la domanda, senza ottenere dal capo delle informazioni nulla più di un'alzata di spalle. *Non che mi lamenti*, pensò. Quelle due armate avrebbero potuto spezzare completamente il fronte.

«Dov'è un buon posto per restituire il colpo?»

«Signore, abbiamo le due brigate corazzate tedesche a Springe. I russi hanno due divisioni di fanteria motorizzata della riserva, e il fronte d'attacco è proprio qui, a dieci chilometri da loro. Sono due giorni che quelle brigate non combattono. Non le chiamerei proprio riposate, ma...»

«Sì.» Il SACEUR aveva l'abitudine di interrompere gli interlocutori. «Le faccia muovere.»

USS Reuben James

O'Malley girò intorno alla nave dopo un'intera mattinata spesa a cercare qualcosa che sembrava non esistere. Nelle ultime tre ore, tre mercantili erano stati affondati: due a opera di missili passati attraverso i SAM del convoglio, e l'altro da un siluro. Ambedue i sottomarini erano stati inseguiti, e l'elicottero della *Gallery* ne aveva affondato uno all'interno del convoglio. Stavano per arrivare nel raggio di azione degli aerei con base a terra in Europa, e al pilota la battaglia sembrava ormai vinta. Il convoglio stava transitando con perdite accettabili. Ancora trentasei ore allo sbarco.

L'appontaggio fu cosa di routine e, dopo una corsa al bagno, O'Malley andò in quadrato a cercare qualcosa da bere e un panino. Trovò Calloway che lo aspettava. Il pilota aveva visto brevemente il corrispondente ma non gli aveva mai veramente parlato.

«L'appontaggio su questa nave-giocattolo è pericoloso come sembra?»

«Le portaerei hanno un ponte leggermente più grande. Non scriverà qualcosa su di me, vero?»

«Perché no? Ha affondato tre sottomarini, ieri.»

O'Malley scosse il capo. «Eravamo due navi e due elicotteri, più l'aiuto delle forze della scorta. Io vado dove mi mandano. C'è un sacco di attività antisom. Tutti devono lavorare, se no vincono gli altri.»

«È questo che è successo la notte scorsa?»

«A volte anche gli altri ne imbroccano una. Io ho passato quattro ore a cercare e sono tornato a mani vuote. Forse era un sub, forse no. Nell'insieme, ieri è stato un giorno fortunato.»

«La disturba, affondarli?» chiese Calloway.

«Sono in Marina da diciassette anni, e non ho mai conosciuto qualcuno a cui piace uccidere la gente. Non usiamo nemmeno l'espressione, se non qualche volta, quando siamo sbronzi. Affondiamo le navi e facciamo finta che si tratti solo di navi – delle cose senza uomini dentro. È sleale, ma è così. Diavolo, questa è la prima volta che faccio quello che sarebbe il mio vero mestiere! Non avevo mai tirato un vero colpo a un sottomarino, fino a ieri. Non sono stato molto a pensare se mi piaceva oppure no.» Fece una pausa. «I suoni sono terribili. Si sente il sibilo dell'aria che esce. Se lo scafo viene sfondato a grande profondità, l'improvviso cambiamento di pressione fa incendiare l'aria e tutti quelli che sono dentro restano carbonizzati. Non so se è vero, ma l'ho sentito dire. Comunque, prima si sente l'aria, poi il cigolìo – come un'automobile che inchioda. È la paratìa che sta cedendo. Poi viene il rumore dello scafo che cede anche lui, con una specie di rimbombo. Ed è tutto: un centinaio di persone che vanno al creatore. No, non è che mi piaccia tanto.

«Il guaio è che ti eccita» continuò O'Malley. «Stai facendo una cosa estremamente difficile, che richiede concentrazione ed esperienza, e una quantità di pensiero astratto. Devi entrare nella testa dell'altro, ma al tempo stesso pensare che la tua missione è di distruggere un oggetto inanimato. Non ha molto senso, vero? E allora, come la risolvi? Non pensi a quell'aspetto della missione, se no il lavoro resta da fare.»

«Vinceremo?»

«Riguarda la gente in terraferma. Tutto ciò che possiamo fare, è dare una mano. Questo convoglio ce la farà.»

Fölziehausen, Repubblica Federale Tedesca

«Mi hanno detto che era morto» disse Beregovoy.

«Neppure un graffio, questa volta. Ha solo risvegliato di soprassalto Vanya dal profondo sonno del giusto. Come sta andando l'attacco?»

«I primi indizi sono promettenti. Siamo andati avanti di sei chilometri qui, e di quasi altrettanti a Springe. Potremmo circondare Hannover entro domani.»

Alekseyev si chiese ancora una volta se il suo superiore non avesse ragione. Forse le linee della NATO erano tanto assottigliate da obbligarli a cedere terreno.

«Compagno generale.» Era l'ufficiale del servizio informazioni. «Ho notizie di carri armati tedeschi a Eldagsen. Non so da dove sono saltati fuori...»

«Dove diavolo è Eldagsen?» Beregovoy guardò la carta. «Ma è dieci chilometri dietro le nostre linee! Voglio la conferma di questa notizia!»

La terra tremò sotto di loro, seguita dal rombo dei reattori e dei missili.

«Hanno appena colpito le nostre radiotrasmittenti» riferì l'ufficiale alle comunicazioni.

«Usiamo l'alternativa!» gridò Alekseyev.

«Era quella l'alternativa. La prima l'hanno fatta fuori stanotte» rispose Beregovoy. «Ne stiamo montando un'altra. Possiamo solo usare la radio che abbiamo qui.»

«No» disse Alekseyev. «La useremo in viaggio.»

«Ma non posso coordinare in quelle condizioni!»

«Da morto, non potrebbe coordinare del tutto.»

USS Chicago

Si stava scatenando l'inferno al completo. Era come un incubo, con la differenza che dagli incubi ci si risveglia. In alto c'erano non meno di tre pattuglie di Bear-F che sganciavano boe sonar a tutto andare. Il sonar del *Chicago* aveva registrato due fregate del tipo Krivak e sei motosiluranti Grisha; infine, si era aggiunto anche un sottomarino Victor-III.

Il *Chicago* aveva un po' migliorato le probabilità a proprio favore. Nelle ultime quattro ore, un'abile serie di spostamenti – simile al gioco di gambe di un pugile – aveva provocato la fine del Victor e di un Grisha, e danneggiato un Krivak, ma la situazione si stava deteriorando. I russi avevano riunito le forze per dargli la caccia, e sarebbe stato difficile tenerli sufficientemente a distanza. Nel tempo che gli era occorso per localizzare ed eliminare il Victor, i gruppi in superficie si erano avvicinati di cinque miglia. Il sottomarino si trovava nelle condizioni di un pugile di destrezza contro un pugile di forza: poteva restare in vantaggio solo finché conservava la distanza.

McCafferty avrebbe voluto parlare con Todd Simms del *Boston* per coordinare l'iniziativa, ma non poteva farlo perché il telefono subacqueo non aveva portata sufficiente e, per di più, era rumoroso. Anche se avesse tentato di comunicare per radio, il *Boston* avrebbe potuto riceverlo solo stando vicino alla superficie con l'antenna fuori, e questo era a dir poco improbabile. Todd stava di certo tenendo il sub alla massima profondità, compatibilmente con la possibilità di manovra. La dottrina sommergibilistica americana voleva che ogni unità operasse per conto proprio. I sub sovietici lavoravano in collaborazione, ma gli americani non ne avevano mai sentito la necessità. McCafferty aveva bisogno di qualche idea nuova. La soluzione "da manuale" per il problema del momento era di manovrare e cercare aperture, ma il *Chicago* era essenzialmente vincolato a una posizione fissa e non poteva allontanarsi troppo dai colleghi. Se i russi avessero capito che c'era un'unità menomata, si sarebbero precipitati come un branco di lupi a finire il *Providence*, e lui non li avrebbe potuti fermare. I sovietici avrebbero volentieri sacrificato qualcuna delle unità minori pur di liquidare un 688.

«Qualche idea, primo ufficiale?» chiese McCafferty.

«Che cosa ne direbbe di "Scotty, facci ridere un po'"?» Era un tentativo di tenere su il morale, ma non funzionò. Evidentemente il comandante non era un patito di *Star Trek*. «Il solo modo che vedo per tenerli lontani dal *Providence* è di obbligarli a inseguire noi per un po'.»

«Andare a est e attaccare il gruppo sul fianco?»

«È un rischio» ammise il vice. «Ma cosa non lo è?»

«Prenda il comando. Due terzi, e giù sul fondo.»

Il *Chicago* virò a sudest e aumentò la velocità a diciotto nodi. *È il momento giusto per verificare la precisione delle carte*, pensò McCafferty. *Chissà se i russi hanno dei campi minati!* Si sforzò di non pensarci. Se toccavano una mina, non avrebbero avuto il tempo di rendersene conto. Il primo ufficiale tenne il sottomarino a cinquanta piedi da dove, secondo la carta, doveva esserci il fondale – in effetti si tenne cinquanta piedi sopra la quota più alta, ma anche questa precauzione sarebbe servita a poco, se c'erano dei relitti non segnalati sulla carta. McCafferty ricordava il primo viaggio nel Mar di Barents. Poco distante c'erano dei cacciatorpediniere affondati. Se ne toccava uno a diciotto nodi... La corsa durò quaranta minuti.

«Avanti un terzo!» ordinò McCafferty quando non riuscì più a sopportare la tensione. Il *Chicago* ridusse l'andatura. Poi, al capo immersione: «Lo porti a quota periscopica».

Gli addetti ai timoni di profondità azionarono i comandi. Vi fu qualche brontolio metallico quando la pressione esterna dell'acqua diminuì, consentendo allo scafo di espandersi di circa un pollice. All'ordine di McCafferty, fu alzato l'albero ESM. Come prima, le fonti di emissioni radar erano numerose. Poi salì il periscopio di ricerca.

Un fronte atmosferico stava avanzando. *Favoloso*, pensò McCafferty. *Se ne va il trenta per cento dell'efficacia del nostro radar.*

«Vedo un albero a due-sei-quattro – cos'è?»

«Nessun segnale radar su quel rilevamento» disse un tecnico.

«È il Krivak, mezzo morto. L'abbiamo scassato, facciamolo fuori. Io...» Un'ombra passò davanti all'obiettivo. McCafferty angolò lo strumento verso l'alto e vide le larghe ali e le eliche di un Bear.

«Plancia, qui sonar, diverse boe sonar a poppavia!»

McCafferty fece scattare in su le impugnature e abbassò il periscopio. «Lo porti giù! Profondità quattrocento piedi, barra a sinistra, avanti tutta.»

Una boa sonar si attivò a duecento metri dal sottomarino. Il suono metallico degli impulsi riverberò attraverso lo scafo.

Quanto impiegherà il Bear a virare e a lanciarci qualcosa? Su ordine di McCafferty, fu espulso un generatore di rumori che non funzionò. Ne lanciarono un altro. Passò un minuto. *Per prima cosa, tenterà una localizzazione magnetica.*

«Riavvolgere il nastro.» L'elettricista di servizio fu lieto di avere qualcosa da fare. La registrazione video di ciò che il periscopio aveva captato in cinque secondi mostrò quelli che sembravano i resti dell'opera morta del Krivak.

«Stiamo passando ora i trecento piedi. Velocità venti e aumentiamo.»

«Sfiori il fondo, Joe» disse McCafferty. Osservò una seconda volta la registrazione, ma solo per tenere gli occhi occupati per un momento.

«Siluro a babordo di poppa! Rilevamento zero-uno-cinque.»

«Barra quindici gradi a sinistra! Avanti tutta! Venire a nuova rotta uno-sette-cinque.» McCafferty mise la poppa verso il siluro. Ripassò mentalmente la situazione tattica. *Siluro russo antisom: diametro sedici pollici, velocità circa trentasei nodi, distanza quattro miglia, tempo di corsa circa nove minuti. Noi stiamo facendo* – verificò – *venticinque nodi. È dietro di noi, a un miglio... sette minuti per coprire la distanza. Può raggiungerci. Però noi ora stiamo accelerando a dieci nodi al minuto... No, non può.*

«Impulsi ad alta frequenza a poppa! Sembra il sonar di un siluro.»

«Tranquilli, gente. Non credo che ci possa prendere.» *Però qualunque nave russa qui intorno ci può sentire.*

«Passiamo attraverso i quattrocento metri, cominciamo a metterci in piano.»

«Il siluro si avvicina, signore» annunciò il capo sonar. «Però gli impulsi hanno un suono un po' strano, come...» Il sottomarino vibrò per una potente esplosione a poppa.

«Avanti un terzo, barra dieci gradi a dritta, venire a nuova rotta due-sei-cinque. Quello che avete sentito era il siluro che colpiva il fondale. Sonar, trasmettetemi i dati.»

I russi avevano una nuova fila di boe sonar a nord del *Chicago*, probabilmente troppo distante per poterlo sentire. I rilevamenti della nave sovietica più vicina si stavano stabilizzando: stavano dirigendo a destra verso di loro.

«Bene, così staranno per un po' alla larga dal nostro amico, primo ufficiale.»

«Formidabile.»

«Andiamo ancora a sud e vediamo se riusciamo a farci sorpassare, poi faremo vedere chi siamo.»

Islanda

Se mai esco vivo da queste rocce, pensò Edwards, *vado a stare nel Nebraska*. Ricordava di avere volato diverse volte sopra quello Stato. Era così gradevolmente piatto! Anche le contee si presentavano come dei bei quadrati dai contorni precisi. L'Islanda non era così. Malgrado tutto, però, procedevano meglio di quanto avessero mai fatto dopo la partenza da Keflavik. Edwards e il suo gruppo adottarono la curva di livello di cinquecento piedi, che li teneva a due miglia o più di distanza dalla litoranea, con montagne alle spalle e un buon raggio di visibilità. Fino a quel momento, non avevano visto nulla che non fosse attività di routine. Partivano dalla premessa che su ogni veicolo che vedevano c'erano dei russi. Questo probabilmente non era vero al cento per cento, ma di fatto quasi tutti i veicoli civili erano stati requisiti dai sovietici, e non c'era modo di distinguere le pecore dalle capre. Perciò avevano stabilito che erano tutte capre.

«Ti stai godendo il riposo, sergente?» Edwards con il suo gruppo raggiunse Smith. C'era una strada mezzo miglio più avanti, la prima che vedevano in sette giorni.

«Vede la cima di quella montagna?» Smith la indicò. «Un elicottero è atterrato lassù venti minuti fa.»

«Magnifico.» Edwards aprì la carta e si sedette. «Quota 1063 – altezza tremilacinquecento piedi.»

«Fa un bel punto di osservazione, vero? Pensi che ci possano vedere?»

«Sono dieci o undici miglia. Dipende, comandante. Penso che la usino per sorvegliare le acque sui due versanti. Se hanno un po' di cervello, terranno d'occhio anche le rocce.»

«Hai un'idea di quanti possono essere lassù?»

«Proprio no. Forse nessuno – o magari sono andati a prelevare altra gente, però non ci giurerei. Forse una squadra, forse un plotone. Deve calcolare che hanno sicuramente un buon binocolo e una radio.»

«E come passiamo oltre?» chiese Edwards. Il terreno era per lo più aperto, con solo pochi cespugli.

«Domanda veramente seria, comandante. Scegliere con cura il

percorso, stare bassi, sfruttare i passaggi defilati – il solito. Però la carta mostra una piccola baia a quattro miglia da loro. Non possiamo aggirarli dall'altra parte senza andare a finire sulla strada principale, e questo non va fatto.»

«Qual è il problema?» chiese il sergente Nichols che li aveva raggiunti. Smith spiegò la situazione. Edwards chiamò Doghouse per radio.

«Sapete soltanto che sono lassù in cima, ma non in quanti sono e con quale armamento?» chiese Doghouse.

«Esatto.»

«Maledizione. Volevamo che andaste su quella collina.» *Questa è una sorpresa*, pensò Edwards. «Nessuna possibilità di farlo?»

«Nessuna. Ripeto: assolutamente nessuna possibilità. Conosco modi più facili per suicidarmi, mister. Lasciatemi riflettere, poi vi richiamo, okay?»

«Va bene, aspettiamo. Chiudo.»

Edwards riunì i sergenti e insieme si misero a esplorare accuratamente la carta.

«Il problema è proprio di sapere in quanti sono e come sorvegliano» disse Nichols. «Se la forza è di un plotone, possiamo aspettarci qualche attività di perlustrazione. La seconda domanda è: quanta ne fanno? Personalmente, non sarei entusiasta di salire e scendere di lassù due volte al giorno.»

«Quanti uomini ci metterebbe lei, in quella postazione?» chiese Edwards.

«I russi hanno un'intera divisione di paracadutisti sull'isola, più alcuni altri reparti. Diciamo un totale di diecimila uomini. Non possono mettere guarnigioni per tutta l'isola, no? Perciò io piazzerei un plotone di fanteria in cima a quella collina, o a qualunque altra, oppure un gruppo di avvistamento – osservatori d'artiglieria, roba del genere. Vogliono scoprire le nostre forze da sbarco, e di lassù un uomo con un buon cannocchiale può vedere tutta la baia fino a nord, forse addirittura fino alla fottuta Keflavik sull'altro versante. Staranno anche in guardia per l'arrivo di aerei.»

«Stai cercando di farci credere che è una cosa semplice?» chiese Smith.

«Penso che possiamo avvicinarci abbastanza tranquillamente alla collina, aspettare il crepuscolo – o ciò che somiglia a un crepuscolo da queste parti – e cercare di passare sotto di loro. Avranno il sole negli occhi, sapete?»

«Lo ha già fatto prima d'ora?» chiese Edwards.

Nichols annuì. «Alle Falkland. Ci siamo stati una settimana

prima dell'invasione, a cercare di scoprire alcune cose. Più o meno quello che facciamo qui.»

«Alla radio non mi hanno parlato di uno sbarco.»

«Signor tenente, questo è il punto dove sbarcheranno i vostri marines. Nessuno me lo ha detto, ma sicuramente non ci hanno mandato qui per cercare un campo da football, le pare?» Nichols era sui trentacinque anni, e ne aveva quasi venti di servizio. Era il più anziano del gruppo, e quei pochi giorni passati agli ordini di un autentico dilettante lo avevano messo di cattivo umore. Comunque, anche quel lettore di barometri aveva qualcosa di buono: era disposto ad ascoltare.

«Okay, ci volevano su quella collina a guardare intorno. Che cosa ne pensate dell'altra cima più bassa, a ovest?»

«Dovremo allontanarci molto dal nostro percorso per poterci salire senza essere visti, però, sì, possiamo andarci a piazzare lassù, credo. Sempre che non siano tremendamente attenti, voglio dire.»

«Okay, una volta attraversata la strada, ci riuniamo in un gruppo solo. Lei va per primo, sergente Nichols. Proporrei di riposarci un momento. Sembra che dovremo camminare un bel po' anche questa volta.»

«Otto miglia fino ai piedi della collina. Dobbiamo essere là verso il tramonto.»

«Edwards guardò l'orologio. Okay, partiamo fra mezz'ora.» Andò da Vigdis.

«Allora, Michael, cosa facciamo adesso?» Le spiegò la situazione in dettaglio.

«Saremo vicini ai russi. Può essere pericoloso.»

«Tu chiedi se voglio non venire con voi?»

Dille di sì e la ferisci. Dille di no e... merda!

«Non voglio che ti capiti nient'altro di male.»

«Sto con te, Michael. Con te sono al sicuro.»

Southampton, Inghilterra

Ci vollero parecchie ore per pompare fuori tutta l'acqua che l'aveva fatta sbandare, e l'impressione era rafforzata dalle attività esibizionistiche dei palombari. Due potenti rimorchiatori, il *Catacombe* e il *Vecta*, la portarono lentamente di poppa nel Solent. Il ponte di volo era stato completamente riparato dagli specialisti della Vosper, anche se gran parte dell'acciaio grigio mostrava i rappezzi prodotti da un lavoro eseguito pensando più alla fretta che non all'estetica. Ci avevano lavorato duemila uomini. Nuovo materiale d'appontaggio era stato mandato in aereo dagli Stati Uniti, insieme ad apparecchiature elettroniche che non sostituivano se non in minima parte quelle distrutte dai missili. I rimorchiatori la scortarono fino a Calshot Castle, poi la nave si mosse con i propri mezzi verso sud fino a Thorn Channel, a est dei moli per i panfili a Cowes. Le navi scorta erano già in attesa a Portsmouth. Quindi la piccola formazione virò a sud, poi a est, ed entrò nella Manica.

Le operazioni di volo iniziarono immediatamente. I primi ad arrivare furono i caccia bombardieri Corsair, poi vennero i pesanti Intruder e i caccia antisom Viking. La *Nimitz* era di nuovo rientrata in servizio.

USS Chicago

«... e fuori!» Tre ore di lavoro estenuante distillate in mezzo secondo. La vibrazione ormai familiare dell'aria compressa espulse un paio di siluri nelle acque nere del Mar di Barents.

Il comandante sovietico era stato un po' troppo impaziente di verificare l'affondamento del *Chicago* e aveva portato la fregata alle spalle dei due Grisha rimasti. Le tre navi stavano lanciando impulsi verso il fondo, alla ricerca dei resti del sottomarino. *Non vi aspettavate che andassimo a sud, vero?* Forse a nord o a est, ma non a sud. McCafferty aveva girato largo intorno alla fregata russa, stando al margine della portata del sonar, poi si era avvicinato fino a duemila metri dietro di lei. Un siluro per la Krivak e uno per la motosilurante più vicina.

«Nessuna variazione di rotta e di velocità, signore.» Il siluro inseguiva la fregata russa. «Sta ancora mandando impulsi nell'altra direzione, signore.»

Il display a cascata si illuminò, e si vide un puntino luminoso sulla linea del contatto. Contemporaneamente, il tuono dell'esplosione echeggiò nello scafo.

«Alza periscopio!» McCafferty fermò il mirino in corrispondenza del ponte e lo spostò adagio. «Affondata. Le abbiamo rotto la schiena. Okay...» Ritornò al rilevamento del Grisha più vicino. «Okay, il bersaglio numero due sta virando – *wow*, ecco andati i motori. Aumentare velocità e dirigere a sinistra.»

«Comandante, il cavo del siluro è rotto.»

«Quanta strada ancora?»

«Altri quattro minuti, signore.» Quattro minuti alla velocità massima avrebbero messo il Grisha fuori dal raggio di acquisizione del siluro.

«Accidenti, la mancherà. Giù periscopio. Andiamo via di qui.

Questa volta puntiamo a est. Profondità quattrocento, avanti due terzi. Venire a dritta a zero-cinque-cinque.»

«Dev'essere stato il contraccolpo delle esplosioni, signore. Mezzo secondo dopo, i fili di comando si sono staccati anche dal siluro numero due.» McCafferty e l'ufficiale alle armi esaminarono il quadro.

«Ha ragione. L'ho lanciato troppo vicino.» Il comandante andò al tavolo di carteggio. «Dove pensa che siano i nostri amici?»

«Più o meno in questo punto, signore. A venti/venticinque miglia.»

«Penso che abbiamo fatto calare un po' il loro entusiasmo. Vediamo di ritornare laggiù mentre i russi cercano di capire cosa succede.»

«Abbiamo avuto fortuna, comandante» osservò il primo ufficiale.

«Vero. Voglio sapere dove sono i loro sottomarini. Il Victor che abbiamo preso ci è passato proprio nel mirino. Dove sono gli altri? Non possono usarli solo per inseguire noi.» Naturalmente no, McCafferty se ne rendeva conto. I russi usavano stabilire delle "riserve di caccia", settori limitati a tipi specifici di navi. Le unità di superficie e gli aerei operavano in un settore, e i sottomarini avevano diritti esclusivi in quello adiacente...

Si disse che aveva fatto le cose per bene, fino a quel momento. Tre motosiluranti, una fregata e un sub: una buona settimana per chiunque. Ma non era finita, non ancora, finché non avessero portato il *Providence* alla banchisa.

38

Agguato fra le rocce

Islanda

Il primo tratto era solo di otto miglia in linea d'aria, ma all'atto pratico il percorso non era rettilineo in nessuna delle tre dimensioni. Anche là il terreno era vulcanico, cosparso di massi di ogni possibile formato. Quelli grandi proiettavano delle ombre che loro sfruttavano ogni volta che era possibile, però a ogni passo dovevano scartare in su o in giù, a destra o a sinistra. Ogni metro in avanti comportava un metro in un'altra direzione, per cui le otto miglia diventarono sedici.

Per la prima volta, Edwards sapeva di essere sotto possibile osservazione. Quando giravano intorno a una cima nascosta da una cresta, chi poteva dire che non celava un'altra pattuglia sovietica? Chi poteva sapere con certezza che non c'era un sergente russo che li osservava con il binocolo e che, vedendo i fucili e gli zaini, poteva chiedere per radio l'intervento di un elicottero armato? Avevano il ritmo cardiaco alterato dallo sforzo della marcia, e la paura aumentava la stanchezza, come gli interessi aumentano il credito di un usuraio.

Il sergente Nichols si era dimostrato una guida capace ed esigente. Era il più vecchio del gruppo, ma la sua energia – malgrado la caviglia dolente – sorprendeva Edwards. Camminavano in silenzio, non si doveva far rumore, il che impediva a Nichols di rimbrottare chi non riusciva a tenere l'andatura. D'altronde non ce n'era bisogno: bastava il suo sguardo sprezzante. *Ho dieci anni meno di lui*, si diceva Edwards, *e sono un fondista. Posso tenere il passo di quel maledetto. Ma posso davvero?*

Nichols riuscì a tenerli lontano dalla litoranea per la maggior parte del viaggio, ma c'era un punto in cui la strada faceva un anello intorno a una piccola insenatura, a circa un miglio dal loro percorso. Dovettero fare un'ardua scelta: rischiare di essere visti dalla strada, dove probabilmente passavano soltanto i russi, oppure dall'osservatorio sulla cima. Optarono per la strada, e vi si diressero lenti e circospetti, tenendo d'occhio il movimento dei veicoli che si succedevano a intervalli di circa un quarto d'ora. Il sole era alto a nordovest, quando strisciarono su per una valle stretta fra alte pareti. Trovarono dei massi sotto cui riposarsi, prima di passare di corsa sotto il posto di osservazione.

«Bene, è stata una bella giornata di marcia, vero?» chiese il sergente della Fanteria di Marina. Non era nemmeno sudato.

«Sta cercando di dimostrare qualcosa, sergente?» domandò Edwards.

«Mi scusi, signor tenente, i suoi amici mi hanno detto che lei è in buona forma.»

«Non credo che mi verrà un infarto adesso, se è questo che vuole dire. E allora?»

«Proporrei di aspettare per un'ora finché il sole non si abbassa, e poi riprendere. Altre nove miglia. Dovremo muoverci in fretta.»

O Gesù! pensò Edwards. Conservò un viso impassibile. «È sicuro che non ci vedranno?»

«Sicuro? No, non sono sicuro, signor tenente. Comunque, il crepuscolo è il momento in cui ci si vede meno bene. L'occhio fatica ad adattarsi passando dal cielo chiaro al terreno scuro.»

«Okay, fino qui ci ha portati. Vado a vedere come sta Vigdis.»

Nichols lo guardò mentre si allontanava. «Non mi dispiacerebbe di andare io a occuparmi della "signorina".»

«Non dovevi dirlo Nick» osservò Smith a bassa voce.

«Andiamo, lo sai che lui...»

«Nick, parla gentilmente della signorina» lo ammonì Smith. Era stanco, ma non fino a quel punto. «L'ha passata brutta, amico. E il comandante è un gentiluomo, chiaro? Intendiamoci, anch'io pensavo che fosse un figlio di papà, ma avevo torto. In ogni modo, amico, la signorina Vigdis è una brava ragazza.»

Mike la trovò rannicchiata presso una roccia. Rodgers, che stava vegliando su di lei, si allontanò quando vide arrivare il tenente.

«Come stai?» chiese Mike. Lei voltò appena la testa.

«Morta, Michael. Sono così stanca!»

«Anch'io, piccola.» Mike sedette accanto a lei e allungò le gambe, chiedendosi se i muscoli non si sarebbero staccati dalle ossa. Trovò la forza di accarezzarle i capelli. Erano appiccicosi per il sudore, ma Mike aveva superato simili considerazioni. «Ancora un poco. Ehi, tu sei quella che voleva restare con noi, ricordi?»

«Sono una stupida!» C'era una nota scherzosa nella voce. A Mike venne in mente la frase di suo padre: *Finché riesci a ridere, non sei sconfitto.*

«Andiamo, farai meglio ad allungare le gambe, se no ti verranno i crampi. Su, voltati.» Edwards le massaggiò i polpacci. «Avremmo bisogno di qualche banana.»
«Come?» chiese lei alzando la testa.
«Le banane contengono molto potassio. Aiuta a prevenire i crampi.» *O è il calcio che serve alle donne incinte?* si chiese.
«Cosa facciamo quando arriviamo alla nuova collina?»
«Aspettiamo che arrivino i nostri.»
«Vengono?» La voce si alterò lievemente.
«Credo di sì.»
«E allora tu parti?» Mike tacque per un momento, mentre in lui si combattevano l'audacia e la timidezza. *E se lei mi dicesse...*
«Non senza di te.» Esitò di nuovo. «Voglio dire, se quello è...»
«Sì, Michael.»
Si stese vicino a lei. Edwards si stupì di desiderarla. Non era più la vittima di uno stupro, o una ragazza messa incinta da un altro, o una straniera con una cultura diversa. Era impressionato dalla sua forza interiore e da altre cose che non avrebbe saputo dire. Ma non ce n'era bisogno...
«Non importa. Ti amo.»

USS Chicago

«È uno di loro, signore. Il *Providence*, credo. Ho degli strani segnali in arrivo, come pezzi di metallo che sbattono.»
Stavano seguendo il bersaglio – tutti i contatti erano bersagli – da due ore, avvicinandosi con molta cautela, mentre la fonte possibile di suono diventava una fonte probabile. La bufera in superficie diminuiva sensibilmente il rendimento del sonar, e la tattica elusiva del bersaglio impediva loro di elaborare l'identificazione delle segnature, il che li teneva sulle spine da un bel po' di tempo. Poteva essere un sottomarino che si muoveva furtivo alla ricerca del proprio bersaglio? Alla fine, fu tradito dallo sferragliare dell'opera morta danneggiata. McCafferty diede l'ordine di avvicinarsi al bersaglio a otto nodi.
Chissà se il Providence *ha riparato il sonar? Di certo ci avranno provato*, pensò McCafferty. E se dopo la riparazione avessero individuato un sottomarino che si avvicinava con molta prudenza da poppa, avrebbero pensato che si trattava dei vecchi amici del *Chicago*, oppure di un altro Victor-III? Alla stessa stregua, che certezza avevano loro che il bersaglio non fosse il *Providence*? Era per quel motivo che i sottomarini americani dovevano operare individualmente. Lavorare in collaborazione comportava troppe incognite.

Si erano lasciate indietro le forze sovietiche di superficie. La manovra "batti e corri" di McCafferty li aveva giocati. Prima che il rumore si dileguasse, dal *Chicago* avevano ascoltato una caccia condotta con impegno da aerei e forze di superficie, che ora si trovavano a trenta miglia di poppa. Era uno sviluppo positivo, ma l'assenza totale di navi in superficie nella zona metteva a disagio McCafferty. Adesso si poteva, forse, trovare in un settore riservato ai sommergibili, che erano senza dubbio gli avversari più pericolosi. Il successo di poco prima contro il Victor era stato un puro colpo di fortuna. Quel comandante sovietico era stato troppo interessato ad avviare la propria caccia, per pensare a guardarsi i fianchi. Era stato un errore, ma McCafferty non s'illudeva di vederlo ripetere.

«Distanza?» chiese ai tecnici del rilevamento.

«Circa due miglia, signore.»

Era il limite della portata del "gertrude", ma McCafferty voleva avvicinarsi ancora un po'. *Pazienza*, si disse. Fare il sommergibilista era un esercizio continuo di pazienza. Ore di preparazione per pochi secondi di attività. *C'è da stupirsi che non abbiamo tutti l'ulcera.* Venti minuti dopo, erano a un migliaio di metri dal *Providence*. McCafferty sollevò il microfono del "gertrude".

«*Chicago* chiama *Providence*, passo.»

«Ce ne hai messo del tempo, Danny.»

«Dov'è Todd?»

«È corso a ovest dietro a qualcosa due ore fa. Lo abbiamo perso. Nessun rumore da quella direzione.»

«Come sta il vostro sonar?»

«La coda funziona. Il resto dell'impianto è andato. Dai sistemi di controllo del reparto siluri possiamo pescare con la lenza. Piove ancora nella centrale operativa, ma possiamo sopravvivere finché stiamo sopra i trecento piedi.»

«Potete aumentare la velocità?»

«Abbiamo provato ad andare a otto nodi. Non possiamo tenerli. L'opera morta si sta staccando. Il rumore aumenta. Posso fare i sei, niente di più.»

«Molto bene. Se hai la coda che funziona, cercheremo di prendere posizione qualche miglio davanti a voi. Diciamo cinque miglia.»

«Grazie, Danny.»

McCafferty posò il microfono. «Sonar, avete qualcosa che potrebbe vagamente rassomigliare a qualcos'altro?»

«No, signore, tutto libero adesso.»

«Avanti due terzi.» *E allora, dove diavolo è il* Boston*?* si chiese.

«Strano come è diventato tutto tranquillo» disse il primo ufficiale.

«Me ne parli. So che mi comporto come un paranoico, ma mi viene bene!» McCafferty aveva bisogno di farsi una risata. «Okay, facciamo uno sprint e poi deriviamo a nord. Cinque minuti di sprint, dieci di deriva, finché non siamo cinque miglia avanti al *Providence*. Poi ci mettiamo a sei nodi e continuiamo la missione. Vado a dormire un momento. Mi svegli fra due ore. Parli agli ufficiali e ai capi, e faccia in modo che la gente si riposi un poco. Abbiamo forzato parecchio, e non voglio che nessuno crolli.» McCafferty prese un mezzo sandwich mentre andava in cabina. Erano solo otto passi, ma quando arrivò, il sandwich era già stato divorato.

«Plancia a controllo!» Gli sembrava di avere appena chiuso gli occhi quando la voce dell'altoparlante gli risuonò sopra la testa. McCafferty guardò l'ora mentre si avviava alla porta. Aveva dormito per un'ora e mezza. Doveva bastare.

«Che cosa abbiamo?» chiese al primo ufficiale

«Possibile contatto con sottomarino al quarto di poppa. Appena captato. Abbiamo già una variazione di rilevamento – è vicino. Ancora nessuna segnatura.»

«Il *Boston*?»

«Potrebbe essere.»

Vorrei che Todd non se ne fosse andato in quel modo, si disse McCafferty. Pensò se non era il caso di dire al *Providence* di passare alla velocità massima, e al diavolo il rumore. Sapeva che erano idee dettate dalla stanchezza. La gente affaticata commette errori, specialmente di giudizio. *Un comandante non se li può permettere, Danny.*

Il *Chicago* stava andando a sei nodi. *Assolutamente nessun rumore*, pensò il comandante. *Nessuno ci può sentire... magari, forse. Non lo sai più veramente, eh?* Andò al sonar.

«Come andiamo, capo?»

«Sono qui, comandante. Il contatto è una bellezza. Guardi come viene e sparisce. C'è, questo è sicuro, ma ci vogliono le palle quadre per tenerlo.»

«Il *Boston* è andato a ovest qualche ora fa.»

«Potrebbe essere lui che ritorna, signore. Dio sa se è abbastanza silenzioso! O potrebbe essere un Tango che cammina a batterie, signore. Il segnale non è sufficiente perché io possa vedere la differenza. Mi dispiace, signore, ma proprio non lo so.» Il sottufficiale si fregò gli occhi arrossati ed emise un lungo sospiro.

«Da quanto tempo non si riposa?»

«Non so neanche questo, signore.»

«Quando finiamo questa ricerca, lei va in cuccetta, intesi?» Lo chiamò l'ufficiale del gruppo di rilevamento.

«Ho una distanza operativa per lei, signore. Cinquemila metri. Penso che sia su di una rotta verso est. Cerco di chiarirlo.» McCafferty ordinò di elaborare immediatamente una soluzione di comando tiro sul contatto.

«Cos'è questo?» domandò il capo. «Un altro contatto sonar dietro il primo, rilevamento due-cinque-tre. Sta seguendo l'altro!»

«Mi occorre un'identificazione, capo.»

«Non ho abbastanza dati, comandante. Tutti e due i tipi stanno "strisciando".»

Sarà il Boston *uno dei due? Se è così, quale? Se è quello davanti, lo avvisiamo rivelando la nostra posizione? Oppure lanciamo e rischiamo di far fuori il bersaglio sbagliato? O non facciamo proprio niente?*

McCafferty andò al tavolo di tracciamento. «Quanto dista dal *Providence*?»

«Poco più di quattromila metri, diretto sul quarto di prua a babordo.»

«Allora è probabile che l'abbia acquisito» pensò ad alta voce il comandante.

«Ma chi diavolo è?» chiese l'ufficiale al rilevamento. «E che cos'è questo contatto Sierra dietro di lui?»

«Segnale in arrivo, segnale in arrivo!» annunciò il capo sonar. «Segnale meccanico su Sierra-2!»

«Barra quindici gradi a sinistra» ordinò calmo McCafferty.

«Siluro in acqua, rilevamento due-quattro-nove! Avanti due terzi!». L'ordine fu dato a voce alta.

«Plancia, qui sonar. Abbiamo rumori più forti di macchine su Sierra-1. Okay, il contatto davanti è una nave a due eliche, il conteggio delle pale indica una velocità di dieci nodi, in aumento, un po' di cavitazione. Il bersaglio Sierra-1 sta manovrando. Lo classifichiamo come classe Tango.»

«Quello dietro è il *Boston*. Avanti un terzo» ordinò McCafferty facendo rallentare il sottomarino. «Prendilo, Todd!»

Quindici secondi dopo, il desiderio fu gratificato da un'esplosione. Simms aveva usato la stessa tattica dei colleghi del *Chicago*. Avvicinarsi al bersaglio a poche migliaia di metri e non dargli la possibilità di manovrare per sganciarsi. Un quarto d'ora dopo, il *Boston* raggiungeva sano e salvo il collega.

«Quattro ore che non ti dico. Quel Tango era in gamba!» disse Simms con il "gertrude". «Tu stai bene?»

«Sì. Noi siamo in testa. Vuoi stare per un po' in retroguardia?»
«L'hai detto, Danny. Ci vediamo.»

Islanda

«Conduca lei, sergente Nichols.»

La postazione russa era tre miglia a sud, all'altezza di tremila piedi. Si arrampicarono su per le pareti della gola, relativamente allo scoperto. Avevano il sole da una parte e i russi dall'altra. Edwards si rese conto che pur accettando, razionalmente, l'affermazione di Nichols su come l'occhio reagiva alle condizioni della luce – quanto era facile vedere qualcosa a tre miglia di distanza? – camminare in quel modo lo faceva sentire come se si fosse trovato nudo in strada nell'ora di punta. Si erano scuriti i visi con cerone da mimetizzazione, e le uniformi si fondevano bene con il colore e la struttura del terreno. *Ma l'occhio cerca il movimento*, si disse Edwards, *e noi ci stiamo muovendo. Che cosa ci faccio in questo posto?*

Un passo alla volta. Marcia in scioltezza. Non sollevare polvere. Cammina lento, rilassato. Nessun movimento brusco. Testa bassa. Gli ritornavano in mente tutte le istruzioni di Nichols. *Guardatemi, sono invisibile!*

Si ordinò di non alzare gli occhi, ma sarebbe stato meno che umano se non avesse arrischiato uno sguardo occasionale. La collina – o montagna che fosse – torreggiava sopra di loro. Il pendio diventava più ripido vicino alla cima. Sarà *un vulcano*? si chiese. Non c'era segno di attività, in alto. Che non ci fosse nessuno? *Fatemi un favore, siate ciechi, o addormentati, o a mangiare, o a scrutare il cielo in cerca di aerei.* Dovette smettere di guardare da quella parte.

Le rocce su cui camminava, e quelle che aveva intorno, dopo un po' sembravano fondersi fra di loro. Ognuno camminava per conto suo, senza parlare. Ogni viso aveva adottato un'espressione neutra che poteva nascondere una calma determinazione o un'infinita stanchezza. Ci voleva tutta la concentrazione solo per camminare su quel terreno.

Questa è l'ultima parte, l'ultima marcia, l'ultima collina da scalare. L'ultima, si giurò Edwards. *Quando sarà finita, andrò in automobile ad acquistare il giornale del mattino. Se non potrò avere una casa tutta al pianterreno, mi venga un accidente se non faccio mettere un ascensore. Manderò i bambini a tagliare l'erba al posto mio e starò a guardarli seduto nella veranda.*

Alla fine, la cima del monte fu dietro di loro. Adesso gli sguardi furtivi andavano lanciati dietro le spalle. Dio sa come, l'elicottero pieno di paracadutisti russi non arrivò. Adesso erano un po' più al sicuro, e Nichols aumentò l'andatura.

Quattro ore più tardi la cima era nascosta da una cresta aguzza di rocce vulcaniche. Nichols ordinò di fermarsi. Camminavano da sette ore.

«Bene» disse il sergente. «È stato abbastanza facile, no?»

«Sergente, la prossima volta che salta da un aereo, si rompa la caviglia, per favore» suggerì Mike.

«Ormai il difficile è fatto. Non ci resta che salire su per questa piccola collina» disse Nichols additandola.

«Forse dovremmo prima prendere dell'acqua» disse Smith indicando un torrente a un centinaio di metri.

«Buona idea. Signor tenente, penso che dovremmo essere in cima al colle al più presto possibile.»

«D'accordo. Questa è assolutamente l'ultima fottuta collina su cui salgo.»

Nichols ridacchiò. «Anch'io ho già detto la stessa cosa due o tre volte, signore.»

«Non ci credo.»

USS Independence

«Benvenuto a bordo, Toland!» Il comando della flotta d'attacco dell'Atlantico avrebbe comportato tre stelle, ma per il momento il contrammiraglio Scott Jacobsen si doveva accontentare dell'incarico senza il grado. Il vecchio aviatore era il più alto nella scala gerarchica fra tutti i comandanti di gruppo di portaerei, e stava sostituendo il defunto ammiraglio Baker. «Lei arriva con un po' po' di lettera di presentazione dell'ammiraglio Beattie.»

«Forse ha esagerato un po'... Io mi sono limitato a trasmettergli un'idea che qualcun altro aveva suggerito.»

«Okay. Lei era sulla *Nimitz* quando la *task force* è stata colpita, vero?»

«Sì, signore, ero al CIC.»

«L'unico che si è salvato, oltre a lei, è Sonny Svenson?»

«Sì, signore, il comandante Svenson.»

Jacobsen premette tre tasti del telefono. «Preghi il comandante Spaulding di venire da me. Grazie, Toland. Adesso lei, io e il mio ufficiale operativo rivivremo insieme quell'esperienza. Voglio vedere se non c'è qualche elemento che è rimasto fuori dal rapporto. Non faranno nessun buco nella mia portaerei, figliolo.»

«Ammiraglio, non li sottovaluti.»

«Non li sottovaluterò, Toland. È per questo che ho lei con me. Il suo gruppo si è fatto prendere troppo a nord, date le circostanze. La presa dell'Islanda è stata un'ottima mossa da parte loro. Ha mandato piuttosto bene a puttane i nostri piani. Sistemeremo questa cosa, comandante.»

«Le credo, signore.»

USS Reuben James

«Non è bella?» disse O'Malley. Gettò la sigaretta oltre la battagliola e incrociò le braccia, ammirando la grande portaerei all'orizzonte. Era soltanto una forma grigio scura, con aerei che atterravano sul ponte.

«Dovrei fare un servizio sul convoglio» sbuffò Calloway.

«Bene, sta entrando in porto proprio adesso. Fine del servizio.» Il pilota si voltò con un largo sorriso. «Accidenti, lei mi ha reso famoso, eh?»

«Voi fottuti aviatori siete tutti uguali!» ribatté incollerito il corrispondente della Reuter. «Il comandante non mi dice neppure dove stiamo andando.»

«Non lo sa?» chiese O'Malley stupito.

«Ebbene, dove siamo diretti?»

«A nord.»

Le Havre, Francia

Il porto era stato sgomberato per fare posto al convoglio. I mercantili passarono oltre vari relitti di navi affondate dalle mine sovietiche, alcune posate prima della guerra, altre lanciate dagli aerei. Il porto era anche stato attaccato sei volte da caccia bombardieri a lungo raggio, e ogni volta le forze francesi della difesa aerea avevano pagato uno scotto micidiale.

Entrarono per prime le grosse navi Ro/Ro. Erano otto, e trasportavano un'intera divisione corazzata. Furono mandate velocemente al Bacino Théophile Ducrocq. Una alla volta, abbassarono le rampe di prua fino alla banchina, e i carri armati cominciarono a scendere. Trovarono una fila continua, come di taxi alla stazione, di semirimorchi, ognuno dei quali avrebbe portato al fronte un carro armato o un altro veicolo da combattimento. Gli autocarri, una volta caricati, partirono verso il punto di riunione al deposito della Renault adiacente al porto. Per sbarcare la divisione ci sarebbero volute parecchie ore, ma era stato deciso di spostare tutto in blocco fino al fronte, che distava quasi mille chilometri.

Dopo quello che era sembrato un viaggio interminabile e pieno di tensione, l'arrivo fu uno shock culturale per le truppe americane, composte in gran parte di uomini della Guardia Nazionale, che non erano stati spesso oltremare. I portuali e la polizia, che dirigeva il traffico, erano troppo esausti per mostrare emozioni umane, ma la gente comune aveva saputo dello sbarco, nonostante le misure di sicurezza, e se ne venne al porto prima in gruppetti, poi in grosse comitive, per vedere i nuovi arrivati. I soldati americani non erano autorizzati ad allontanarsi dai reparti. Dopo un po' di trattative informali, fu deciso di permettere a piccole delegazioni di intrattenersi brevemente con i militari. Il rischio per la sicurezza era minimo – le linee telefoniche in entrata e in uscita da tutti i porti della NATO erano sotto stretto controllo – e la piccola manifestazione di cortesia sortì effetti insperati. Come i loro nonni e i loro padri prima di loro, i militari USA si resero conto che l'Europa era qualcosa per cui valeva la pena di combattere. Quella gente, vista troppo spesso soltanto come una minaccia per i posti di lavoro degli americani, aveva visi e speranze e sogni che adesso erano in pericolo. E così dall'America non erano venuti a combattere per dei princìpi o per una decisione politica o per un trattato scritto sulla carta. Erano venuti per quella gente e per altra gente ancora, non diversa dalle persone che avevano lasciato in patria.

Ci vollero due ore più del previsto. Alcuni veicoli erano stati trasportati smontati, ma i funzionari del porto e della polizia avevano predisposto con efficienza dei punti di montaggio. La divisione si mise in marcia nel primo pomeriggio al passo costante di cinquanta chilometri orari, lungo un'autostrada a più corsie che era stata sgomberata appositamente. Lungo il percorso, la gente faceva gesti di saluto ai militari intenti a fare gli ultimi controlli del materiale. La parte facile del viaggio stava per finire.

Islanda

Erano le quattro del mattino quando arrivarono in cima, dove ebbero modo di scoprire che di "cime" quella montagna ne aveva parecchie. I russi erano su quella più alta, a tre miglia. Il gruppo di Edwards aveva la scelta fra due cime secondarie, ambedue più basse di qualche centinaio di piedi rispetto ai tremila piedi della vetta principale. Decisero per la più alta delle due, che dominava il piccolo porto da pesca di Stykkisholmur, quasi a nord, e la grande baia disseminata di scogli che la carta chiamava Hvammsfjördur.

«Sembra un buon osservatorio, signor tenente Edwards» dichiarò Nichols.

«È bene che lo sia, sergente, perché io non muoverò un passo di più.» Edwards aveva già puntato il binocolo sulla montagna a est. «Non vedo nessun movimento.»

«Eppure ci sono» disse Nichols.

«Già» confermò Smith. «Sicuro come la morte.»

Edwards si lasciò scivolare dietro la cresta e tirò fuori la radio.

«Doghouse, qui Beagle. Siamo dove volete che siamo. Passo.»

«Dateci l'esatta posizione.»

Edwards aprì la carta e lesse le coordinate. «Crediamo che ci sia un posto di osservazione russo sulla cima adiacente alla nostra. Sono a circa cinque chilometri, secondo la carta. Siamo ben nascosti, con viveri e acqua per due giorni. Vediamo le strade che vanno a Stykkisholmur. In questo momento fa bello, il cielo è limpido, e la visibilità arriva fino a Keflavik. Non distinguiamo niente di preciso, però vediamo la penisola.»

«Molto bene. Voglio che guardiate a nord e ci diciate in dettaglio che cosa vedete.»

Edwards porse l'antenna a Smith, poi si voltò e puntò il binocolo da quella parte.

«Okay. Il terreno è essenzialmente piatto, però più alto dell'acqua, come su una mensola. Vedo alcune barche da pesca ormeggiate ai moli... ne conto nove. Il porto a nord e a est è formato da pareti di roccia che continuano per parecchie miglia. Non vedo veicoli corazzati, né segni evidenti di truppe russe – aspettate. Vedo due veicoli 4x4 parcheggiati in mezzo alla strada, si direbbe, ma non c'è nessuno intorno. Il sole è ancora basso e ci sono molte ombre. Nulla in movimento sulle strade. Credo sia tutto.»

«Ottimo, Beagle. Buona relazione. Informateci subito se vedete dei russi. Se ne vedete anche solo uno, vogliamo saperlo. State al riparo.»

«Verrà qualcuno a prenderci?»

«Beagle, non so di cosa stiate parlando.»

USS Independence

Toland era al CIC e osservava gli schermi. I sottomarini lo preoccupavano più di ogni altra cosa. Sette sub alleati erano nello stretto di Danimarca, a ovest dell'Islanda, e formavano una barriera che pochi sommergibili avrebbero potuto attraversare. Avevano in appoggio gli Orion della Marina con base a Sønderstrøm, in Groenlandia, cosa che era diventata fattibile soltanto dopo che i caccia russi di Keflavik erano stati "potati" a dovere. Ciò chiudeva una delle possibili vie di accesso alla flotta di attacco dell'Atlantico. Altri sottomarini formavano una linea parallela all'asse di avanzamento della flotta, e avevano l'appoggio dei Viking S-3A di base sulla portaerei, che decollavano continuamente dai ponti di volo.

Il Pentagono aveva lasciato arrivare alla stampa la notizia che quella divisione di marines era in viaggio verso la Germania, dove le sorti della battaglia erano equilibrate. In effetti, la serrata formazione di mezzi anfibi era a venti miglia dalla portaerei su rotta zero-tre-nove, a quattrocento miglia dal vero obiettivo.

USS Reuben James

«Non si va più a nord» disse Calloway. Nel quadrato stavano servendo la colazione. Gli ufficiali stavano divorando con entusiasmo l'ultima lattuga fresca.

«Penso che abbia ragione» confermò O'Malley. «Credo che adesso stiamo andando a ovest.»

«Già che ci siamo, potrebbe anche dirmi cosa diavolo stiamo facendo? Io sono stato escluso dai vostri trasmettitori via satellite.»

«Facciamo da schermo al gruppo di battaglia della *Nimitz*, solo che non è tanto facile viaggiando a venticinque nodi.» A O'Malley non piaceva. Stavano correndo dei rischi. Faceva parte della guerra, ma al pilota la guerra non piaceva in assoluto. Rischi speciali. *Sono pagato per farla, non per trovarla di mio gusto.*

«Le navi della scorta sono in maggioranza britanniche, vero?»

«Sì, e con questo?»

«È un argomento che uso per far sapere alla gente a casa quanto importante...»

«Senta, signor Calloway, diciamo che lei manda il servizio e che lo pubblicano sui giornali. Diciamo poi che un agente sovietico lo legge e lo comunica a...»

«Come potrebbe farlo? Il governo ha certamente imposto delle restrizioni severe su tutti i mezzi di comunicazione.»

«I russi hanno un sacco di satelliti da telecomunicazioni, proprio come noi. Su questa fregata-giocattolo abbiamo due trasmittenti via satellite. Le ha viste. Le sembrano molto care? Mi sa che potrebbe comperarsene una anche lei e tenerla in giardino, magari nascosta in un cespuglio. Per di più, tutto il gruppo osserva il silenzio radio. EMCON totale. Nessuno trasmette niente in questo momento.»

Morris arrivò e prese posto a capotavola.

«Comandante, dove stiamo andando?» chiese Calloway.

«L'ho appena saputo. Mi dispiace di non poterglielo dire. Noi e la *Battleaxe* continueremo ancora per un po' a operare insieme, a montare una ferrea guardia al gruppo *Nimitz*. La nostra denominazione è "Forza Mike".»

«Avremo altri aiuti?» chiese O'Malley.

«La *Bunker Hill* sta venendo verso di noi. Ha dovuto fare rifornimento di munizioni e unirsi alla nave inglese *Illustrious*. Opereranno congiuntamente appena saranno qui. Andiamo di nuovo a fare sbarramento esterno. Fra quattro ore cominciamo il vero lavoro antisom. Ci può sempre essere qualche bastardo che cerca il contatto con la portaerei.»

USS Chicago

C'erano tre contatti, arrivati nel giro di dieci minuti. Due erano di prora al *Chicago*, a dritta e a sinistra. Il terzo era a babordo. In qualche modo, si rese conto McCafferty, i russi sapevano dei sottomarini che loro avevano affondato. Probabilmente era stata una boa radio. Ciò significava che tutto il risultato dei suoi successi tattici era stato di attirare maggiori pericoli sul terzetto di sottomarini americani.

«Plancia, qui sonar. Abbiamo segnali da boe sonar a due-sei-sei. Conto tre boe, anzi, quattro – diciamo quattro.»

Altri Bear? pensò McCafferty. *Una caccia in cooperazione?*

«Comandante, farebbe bene a venire qui» disse l'addetto al sonar.

«Cosa succede?» Il display a cascata si era affollato all'improvviso.

«Signore, abbiamo tre file di boe sonar che si stanno formando proprio adesso. Ci devono essere almeno tre aerei di sopra. Questa è molto vicina, sembra che prosegua a poppavia, forse dritto sui nostri amici.»

McCafferty vide apparire le nuove linee di segnale al ritmo di una al minuto. Ognuna era una boa sonar russa, e la fila andava verso est, mentre altre due si formavano su angolazioni diverse.

«Stanno cercando di chiuderci, capo.»

«Si direbbe, signore.»

Ogni volta che abbiamo distrutto una nave russa, le abbiamo dato dei punti di riferimento, confermando ripetutamente la nostra rotta e la nostra velocità. McCafferty aveva riportato il *Chicago* alla Fossa Sviataya Anna. Il sentiero per la banchisa era largo cento miglia e profondo più di cinquecento metri. Però, quanti sommergibili russi c'erano là dentro? Gli uomini al sonar continuavano ad annunciare rilevamenti di contatti con sottomarini, mentre il comandante osservava le linee delle boe che si estendevano.

«Penso che questo sia il *Providence*, signore. Ha appena aumentato la velocità – sì, osservi il rumore adesso, ha veramente accelerato. La boa deve essere proprio vicino a lui. Invece, non riesco ancora a trovare il *Boston*.»

Il rilevamento del contatto con i due sottomarini più avanzati era costante. Finché lui o loro non avessero manovrato, era impossibile calcolare la distanza. Se avesse virato a sinistra, si sarebbe avvicinato al terzo contatto, e poteva non essere una buona idea. Se invece avesse virato a dritta, si sarebbe allontanato dal sottomarino nemico, che si sarebbe potuto avvicinare al *Providence*. Se non faceva niente, non combinava niente, e McCafferty era proprio incerto sul da farsi.

«C'è n'è un'altra, signore.» La nuova boa era in mezzo ai rilevamenti dei due contatti individuati. Era chiaro che stavano cercando di localizzare il *Providence*.

«C'è il *Boston*, signore. Sta – sì, sta passando oltre una boa.» Dove prima non c'era stato niente, comparve una nuova linea luminosa di contatto. *Todd ha proprio aumentato il regime, e darà loro la possibilità di individuarlo*, pensò McCafferty. *A quel punto, si tufferà verso il fondo per evadere.*

Guardiamolo dal punto di vista dei russi, si disse poi. *Non sanno veramente che cosa stiamo facendo, no? È probabile che pensino di averne contro più di uno, ma quanti di più? Non possono saperlo. Per cui vorranno movimentare il campo di gioco prima di lanciare, solo per vedere chi c'è.*

«Siluro in acqua, rilevamento uno-nove-tre!»

Un Bear russo aveva lanciato contro il Boston. McCafferty vide sullo schermo che Simms scendeva in profondità inseguito dal siluro. Avrebbe certamente cambiato quota e fatto delle brusche variazioni di rotta e di velocità, per cercare di eludere il siluro. Comparve la linea luminosa di un generatore di disturbo, che mantenne un rilevamento costante, mentre il *Boston* continuava a manovrare. Il siluro inseguì il generatore per altri tre minuti finché non ebbe esaurito il carburante.

Lo schermo era di nuovo relativamente vuoto. Restavano i segnali delle boe sonar. Il *Boston* e il *Providence* avevano ridotto il regime ed erano scomparsi – ma erano spariti anche i segnali dei sottomarini russi.

Cosa stanno facendo? Qual è il loro piano? si chiese il comandante. *Di che tipo sono i sottomarini?*

Dei Tango, devono essere dei Tango. Spengono i motori elettrici, scendono alla velocità minima di governabilità, e così facendo spariscono dagli schermi. Hanno smesso di spostarsi quando gli aerei hanno individuato il Providence *e il* Boston. *Operano coordinati con i Bear! Ciò significa che devono essere a poca profondità, e che l'efficacia del loro sonar è bassa perché sono vicini alla superficie.*

«Capo, supponiamo che i due contatti fossero dei Tango che facevano circa dieci nodi. La cifra di merito ci dà una gamma di individuazione di quanto?»

«Con queste condizioni d'acqua... dieci/dodici miglia. Però prenderei questo valore con molta prudenza, signore.»

Altre schiere di boe sonar cominciavano ad apparire a nord del

Chicago. McCafferty andò a poppa a vedere come erano state tracciate. Si basarono sulla distanza di due miglia fra le linee di boe sonar, il che diede loro i valori della distanza.

«Non sono molto sottili, vero?» osservò il primo ufficiale.

«Perché preoccuparci quando non ce n'è bisogno? Vediamo se possiamo trovarci un passaggio fra le boe.»

«Che cosa fanno gli amici?»

«Farebbero meglio a venire anche loro a nord. Non oso pensare a quali altre unità si stiano muovendo contro di noi. Puntiamo diritto qui in mezzo.»

Il primo ufficiale impartì gli ordini. Il *Chicago* ricominciò a spostarsi in avanti. Adesso avrebbero visto se la copertura in gomma dello scafo assorbiva veramente i rumori. Era stato tracciato anche il rilevamento del terzo sottomarino russo. McCafferty sapeva che pure i sovietici si potevano muovere dietro quel muro acustico. Quando li avesse di nuovo scoperti, sarebbero stati a distanza pericolosamente ravvicinata. Scesero in profondità, a mille piedi, e si diressero verso un punto esattamente a metà fra un paio di boe che stavano emettendo impulsi.

Un altro siluro comparve a poppa, e McCafferty manovrò veloce per evadere, rendendosi poi conto che l'arma era diretta contro qualcun altro o contro nessuno. Lo ascoltarono per qualche minuto e lo sentirono svanire. *Modo perfetto per interrompere la concentrazione*, pensò McCafferty, riportando il sottomarino su una rotta verso nord.

I rilevamenti delle boe sonar cambiarono man mano che si avvicinavano. Erano a quasi due miglia l'una dall'altra, un miglio da ciascuna fiancata, mentre il *Chicago* passava attraverso la prima fila quasi strisciando sul fondale. Erano regolate su una frequenza che si poteva udire distintamente attraverso lo scafo. *Proprio come nei film*, pensò il comandante, mentre gli uomini non direttamente occupati alla navigazione guardavano il soffitto e le paratìe, come se sentissero lo scafo accarezzato dal rumore. E che carezza... La seconda fila di boe era tre miglia oltre la prima. Il *Chicago* piegò leggermente a sinistra alla ricerca di un altro varco.

La velocità era stata ridotta a quattro nodi. Il sonar annunciò un possibile contatto a nord, che però svanì subito dopo. Forse un Tango, forse niente. Venne comunque tracciato, mentre il sottomarino impiegava quasi un'ora per arrivare alla seconda fila di boe.

«Siluro in acqua a babordo!»

«Barra tutta a dritta, avanti tutta!»

L'elica del *Chicago* sferzò l'acqua creando un'insperata profusione di suoni per l'aereo russo che aveva sganciato su un possibile contatto. Corsero per tre minuti in attesa di altri dati sul siluro.

«Dov'è adesso?»

«Sta emettendo impulsi, signore – però nell'altra direzione. Il rilevamento si sposta a sud, da sinistra a destra, e si affievolisce.»

«Avanti un terzo, barra a mezza nave» ordinò McCafferty

«Altro siluro in acqua, rilevamento zero-quattro-sei.»

«Barra tutta a dritta, avanti tutta» ordinò di nuovo McCafferty. Si rivolse al primo ufficiale. «Vuole sapere che cosa hanno fatto? Hanno lanciato un siluro in acqua per farci muovere! Maledetti!» *Bella tattica, chiunque siate. Sapete che non posso ignorare un siluro.*

«Ma come fanno a sapere che siamo qui?»

«Forse hanno indovinato, forse hanno captato un impulso. Poi abbiamo dato loro il contatto.»

«Rilevamento siluro zero-quattro-uno. Emette impulsi verso di noi, non so se ci ha acquisiti, signore. Comandante, ho un altro contatto a rilevamento zero-nove-cinque. Rumori di macchina – possibile sottomarino.»

«E adesso?» mormorò McCafferty. Orientò la poppa verso il siluro e scese sul fondo. Come il *Chicago* accelerò a oltre venti nodi, l'efficienza del sonar scese a zero. Gli strumenti potevano comunque captare gli impulsi ultrasonici del siluro, e McCafferty manovrò per tenersi alle spalle l'arma che stava picchiando all'inseguimento del sottomarino.

«Lo porti su! Profondità cento piedi. Metta fuori un generatore di rumori!»

«Elevazione massima ai timoni di profondità!» L'ufficiale alla manovra ordinò una breve immissione d'aria nelle casse di assetto a prora che, aggiunta al generatore di rumori, creò un enorme disturbo nell'acqua. Il siluro corse verso il generatore, passando sotto il *Chicago*, e lo mancò. Manovra buona ma disperata. Il sottomarino risalì rapidamente, e lo scafo elastico si dilatò al diminuire della pressione dell'acqua. Là sotto c'era un sub nemico, e a quell'ora aveva la collezione completa dei rumori provenienti dal *Chicago.* McCafferty non poteva fare altro che fuggire. Pensava che l'altro sottomarino gli stesse dando la caccia con il siluro autoguidato che girava, però non capiva proprio perché quel sub si trovasse là. Fece rallentare il *Chicago* a cinque nodi, mentre il siluro esauriva il carburante. Il problema successivo: c'era un sottomarino sovietico lì vicino.

«Sanno dove siamo, comandante.»

«Giusto, primo ufficiale. Sonar, qui plancia. Ricerca Yankee!» Entrambe le parti potevano usare tattiche insolite. «Squadra comando tiro, state pronti, forse lanceremo a bruciapelo.»

Il potente, ma poco usato, sonar attivo installato nella prua del *Chicago* sferzò l'acqua con energia ad alta frequenza.

«Contatto, rilevamento zero-otto-sei, distanza quattromilaseicento!»

«Preparare!»

Lo scafo del *Chicago* riverberava le onde sonar del sottomarino sovietico.

«Eseguito! Pronti ai tubi tre e due.»

«Confrontate i rilevamenti e lanciate!» I due siluri furono lanciati con un intervallo di pochi secondi. «Tagliare i cavi! Scendiamo! Profondità mille piedi, avanti tutta, barra a dritta, venire a nuova rotta due-sei-cinque!» Il sottomarino virò e si diresse veloce a ovest, mentre i siluri correvano verso il bersaglio.

«Segnali in arrivo – siluri in acqua a poppa, rilevamento zero-otto-cinque.»

«Pazienza» disse McCafferty. *Non ti aspettavi che facessimo questo, eh?* «Bel lavoro, comando tiro! Abbiamo lanciato con anticipo di un minuto rispetto agli altri. Velocità?»

«Ventiquattro nodi e in aumento, signore. Signore, le nostre unità stanno emettendo impulsi. Credo che abbiano il bersaglio.»

«Primo ufficiale, voglio virare e cambiare profondità in pochi secondi. Quando lo facciamo, voglio che lei lanci fuori quattro emettitori di disturbo intervallati di quindici secondi.»

«*Aye*, comandante.»

McCafferty andò a piazzarsi dietro il timoniere, che aveva compiuto vent'anni il giorno prima. La lancetta era a mezza nave, con i timoni di profondità angolati di dieci gradi verso il basso. Il sottomarino stava passando i cinquecento piedi continuando a scendere. La lettura della velocità adesso era di trenta gradi. Il coefficiente di accelerazione portò il *Chicago* quasi alla velocità massima. Batté sulla spalla del ragazzo.

«Adesso. Elevazione di dieci gradi ai timoni di profondità, e vieni con la barra a dritta di venti gradi.»

«Sì, signore!»

Lo scafo risuonò, portando così la notizia che il loro siluro aveva trovato il bersaglio. Tutti sobbalzarono o si rannicchiarono: ognuno era inseguito dai propri problemi. La manovra del *Chicago* lasciò un enorme rigurgito nell'acqua, che il primo ufficiale evidenziò ulteriormente con quattro emettitori di disturbo. Le quattro bombole di gas aggiunsero una miriade di bolle che costituivano ottimi bersagli per il sonar, mentre il *Chicago* partiva veloce verso nord. Passò giusto sotto una boa sonar, ma i russi a quel punto non potevano lanciare altri siluri per tema di interferire con quelli già in acqua.

«Il rilevamento sta cambiando su tutti i contatti, signore» annunciò il sonar.

McCafferty respirò di nuovo liberamente. «Avanti un terzo.»

Il timoniere spostò il telegrafo di macchina. Dalla sala motori risposero immediatamente, e il *Chicago* rallentò un'altra volta.

«Cercheremo di nuovo di sparire. Probabilmente non sanno con certezza chi ha colpito e chi è stato colpito. Useremo questo tempo per scendere al fondo e strisciare verso nordest. Ben fatto, gente. Questa volta era balorda.»

Il timoniere guardò in su. «Signore, *Chicago* sud non è più la parte peggiore della città!»

Ma è di certo la più stanca, pensò il comandante. *Non possono continuare a venirci addosso in questo modo. Devono fermarsi un momento a riflettere, no?* Conosceva la carta a memoria. Ancora centocinquanta miglia per la banchisa.

39

Le coste di Stykkisholmur

Hunzen, Repubblica Federale Tedesca

Avevano finalmente sconfitto il contrattacco. *No*, si corresse subito Alekseyev, *non lo abbiamo sconfitto, lo abbiamo respinto.* I tedeschi si erano ritirati di propria iniziativa, dopo avere smussato una buona metà dell'offensiva russa. La vittoria era qualcosa di più del semplice possesso del campo di battaglia.

Diventava solo più difficile. Beregovoy aveva avuto ragione quando aveva detto che coordinare una grande battaglia mentre ci si stava spostando era molto più arduo che non farlo da una postazione fissa. Già lo sforzo di aprire la mappa giusta all'interno di un carro comando stipato di gente era una lotta contro il tempo e lo spazio, e un fronte di ottanta chilometri comportava troppe carte tattiche. Il contrattacco aveva costretto il generale a spostare a nord una delle preziose formazioni di riserva di categoria A, giusto in tempo per vedere i tedeschi che se ne andavano, dopo avere calpestato i reparti arretrati di tre divisioni di fanteria motorizzata B e diffuso il panico fra le migliaia di uomini della riserva che stavano tentando di cavarsela con armi di vecchio tipo, e ricordavano a malapena le cose imparate in addestramento.

«Perché si sono ritirati?» chiese Sergetov al generale.

Alekseyev non rispose. Era una domanda che egli stesso aveva formulato mezza dozzina di volte. *Probabilmente c'erano due motivi*, si disse. *In primo luogo, era mancata loro l'energia per continuare lo sforzo, e avevano dovuto optare per un attacco distruttivo al fine di sbilanciare la nostra operazione. Secondo, l'asse centrale del nostro attacco stava per raggiungere il Weser: forse li hanno richiamati per affrontare quella possibile crisi.* L'ufficiale del servizio informazioni si avvicinò.

«Compagno generale, abbiamo un rapporto preoccupante da uno degli aerei da ricognizione.» Riferì lo schematico messaggio radio trasmesso da un ricognitore di bassa quota. Il dominio del cielo da parte della NATO aveva inflitto perdite molto dure a unità particolarmente importanti. Il pilota di quel MiG-21 aveva visto e riferito di una consistente colonna di mezzi corazzati alleati sulla Strada E-8 a sud di Osnabrück. Il generale chiamò subito Stendal sul radiotelefono.

«Perché non siamo stati informati di questo fatto appena lei ha avuto il messaggio?» chiese Alekseyev al superiore.

«È un rapporto non confermato» rispose il CINC-Ovest.

«Maledizione, lo sappiamo che gli americani hanno sbarcato rinforzi a Le Havre!»

«E ci vorrà almeno un altro giorno prima che possano essere al fronte. Fra quanto avrai una testa di ponte sul Weser?»

«Abbiamo dei reparti sul fiume, a Rühle...»

«Allora fa' muovere i pontieri e fa' attraversare il fiume!»

«Compagno, il mio fianco sinistro è ancora in disordine, e adesso abbiamo questa notizia di una divisione nemica che si sta formando laggiù!»

«Tu pensa a passare il Weser, e lascia che mi preoccupi io di questa fantomatica divisione! È un ordine, Pavel Leonidovich!»

Alekseyev posò il ricevitore. *Ha un quadro globale più completo dell'andamento delle operazioni*, si disse. *Quando avremo gettato il ponte sul Weser, non avremo più ostacoli seri per oltre cento chilometri. Passato il Weser, possiamo correre sulla Ruhr, il cuore della Germania industriale. Se la distruggiamo, o almeno la minacciamo, forse i tedeschi cercheranno la soluzione politica, e avremo vinto la guerra. Questo è ciò che mi vuole dire il generale.*

Alekseyev guardò le carte. Presto il primo reggimento avrebbe tentato di attraversare di forza il fiume a Rühle. Un reparto del genio pontieri si stava già muovendo. E lui aveva degli ordini.

«Cominci a spostare le truppe OMG.»

«Ma il nostro fianco destro!» protestò Beregovoy.

«Dovrà badare a se stesso.»

Bruxelles, Belgio

Il SACEUR era ancora preoccupato per i rifornimenti. Era anche stato costretto a giocare d'azzardo, dando la precedenza assoluta di trasporto alla divisione corazzata che ora si stava avvicinando a Springe. Le navi container che avevano portato munizioni, parti di ricambio e moltissimi altri materiali avevano appena iniziato a mandarli al fronte. La maggiore formazione di riserva, la forza corazzata, stava per congiungersi a due brigate tedesche e a quello che restava dell'11° Reggimento di Cavalleria corazzata, che era stato una brigata soltanto di nome, e adesso era ridotto a due scarsi battaglioni di uomini stanchi.

La situazione dei rifornimenti era tuttora critica. Molte unità di prima linea avevano munizioni solo per quattro giorni, e il reintegro avrebbe richiesto due giorni anche se tutto fosse andato alla perfezione: un margine di tempo che sarebbe apparso ragionevole in un'esercitazione prebellica, ma non bastava adesso, quando erano in gioco uomini e nazioni. Eppure, che scelta aveva?

«Generale, ho qui un rapporto di un attacco a livello di reggimento sul Weser. Si direbbe che i russi stiano tentando di portare truppe sulla riva sinistra.»

«Chi abbiamo laggiù?»

«Un battaglione della *Landwehr*, piuttosto malconcio. Due compagnie di carri armati sono in viaggio e dovrebbero arrivare entro un'ora. Da certe indicazioni preliminari, sembra che rinforzi sovietici siano diretti in quel punto. Potrebbe essere l'asse principale dell'attacco, perlomeno, sembra che si stiano orientando in quella direzione.»

Il SACEUR si dondolò sulla poltrona, guardando la carta. Aveva un reggimento di riserva a tre ore da Rühle. Il generale era un uomo che amava il rischio. Non era mai tanto felice come quando si sedeva a un tavolo con un mazzo di carte, e fiches per qualche centinaio di dollari. Di solito vinceva. Se avesse attaccato a sud di Springe e avesse fallito... i russi avrebbero fatto attraversare il Weser a due o tre divisioni, e lui aveva proprio un reggimento di riserva che poteva buttare contro di loro. Se avesse mandato la nuova divisione corazzata, e per qualche miracolo fosse arrivata in tempo, lui avrebbe sciupato la carta migliore in un contrattacco, solo per reagire una volta di più a una mossa sovietica. No, non intendeva più limitarsi a reagire. Additò Springe.

«Quanto tempo ci vuole perché siano pronti a muoversi?»

«Tutta la divisione – sei ore nel migliore dei casi. Possiamo dirottare a sud le unità ancora in marcia...»

«No.»

«Allora andiamo a sud di Springe con ciò che abbiamo di pronto adesso?»

«No.» Il SACEUR scosse il capo e descrisse il proprio piano...

Islanda

«Ne vedo uno» annunciò Garcia. Edwards e Nichols furono con lui in un attimo.

«Salve, Ivan» disse piano Nichols.

La distanza era di più di tre miglia. Attraverso il binocolo, Edwards vide una piccola figura che camminava sulla cresta del colle. Aveva un fucile, e in testa un cappello floscio – forse un berretto. La figura si fermò e portò le mani al viso. Anche lui aveva il binocolo. Guardò a nord, leggermente verso il basso, osservando da sinistra a destra e viceversa. Poi si voltò a guardare in direzione di Keflavik.

Comparve un altro uomo che si avvicinò al primo. Forse stavano chiacchierando, ma era impossibile capirlo da quella distanza. Quello con il binocolo accennò a qualcosa verso sud.

«Che cosa credete che sia tutto questo?» chiese Edwards.

«Staranno parlando del tempo, di donne, di sport, di mangiare – chi lo sa?» rispose Nichols. «Un altro!»

Arrivò una terza figura, e il trio di paracadutisti russi rimase insieme a fare qualcosa di non individuabile da quella distanza. Uno dei tre doveva essere un ufficiale, concluse Edwards. Disse qualcosa, e gli altri si mossero con sollecitudine scomparendo dietro la cresta. *Che ordine poteva avere dato?*

Subito dopo arrivarono altri uomini. La luce era cattiva, e lassù si muovevano troppo per poterli contare con precisione, ma dovevano essere almeno dieci. La metà circa del gruppo, munita di armi portatili, si avviò giù per la discesa. Verso ovest.

«Giusto, è un buon soldato» dichiarò Nichols. «Sta mandando una pattuglia a verificare se la zona è sicura.»

«E noi che cosa facciamo?»

«Che cosa ne pensa lei, signor tenente?»

«Abbiamo l'ordine di stare nascosti. Quindi stiamo nascosti e speriamo che non ci vedano.»

«Non è probabile che ci vedano, sa? Non penso che scenderebbero – devono essere circa ottocento piedi – per poi attraversare quella spianata rocciosa e salire quassù a vedere se ci sono degli *Yankees*. Non dimentichi, noi sappiamo che ci sono solo perché abbiamo visto l'elicottero.»

Se no, ci saremmo andati dritti addosso, e sarebbe stata la fine, rifletté Edwards. *Non mi sentirò al sicuro finché non sarò ritornato a casa, nel Maine*. «Ce ne sono altri?»

«Ci dev'essere almeno un plotone lassù. Abbastanza furbo da parte loro, no?»

Edwards si mise in comunicazione con Doghouse per riferire i nuovi sviluppi, mentre gli altri continuavano a tenere d'occhio i sovietici.

«Un plotone?»

«È la valutazione del sergente Nichols. È un po' difficile contare le teste da tre miglia di distanza, gente.»

«Okay, riferiremo l'informazione. Attività di aerei?»

«Da ieri non ne abbiamo più visto uno.»

«E Stykkisholmur?»

«Troppo lontano per distinguere qualcosa. Possiamo ancora vedere i 4x4 fermi sulla strada, ma nessun veicolo corazzato. Direi che hanno una piccola guarnigione in città per sorvegliare il porto. Non sembra che i pescherecci escano in mare.»

«Molto bene, Beagle. Buona relazione. Restate in linea.» Il maggiore spense la radio e si rivolse a un collega. «Che peccato doverli tenere così all'oscuro, non le pare?»

L'uomo del SOE – Special Operation Executive, altro settore dei Servizi Speciali – sorseggiò il suo tè. «Sarebbe ancora peggio fare abortire tutta l'operazione.»

Edwards non smontò la radio, e la lasciò appoggiata a una roccia. Vigdis era ancora addormentata su un piccolo ripiano venti piedi sotto la cima. Dormire era la cosa più desiderabile cui Edwards riusciva a pensare in quel momento.

«Vengono in questa direzione» disse Garcia. Porse il binocolo a Edwards. Smith e Nichols stavano discutendo sulla situazione qualche passo più in là.

Mike puntò il binocolo sui russi. Si disse che il margine di probabilità che venissero dritto verso di loro era molto basso. *Continua a dirtelo.* Spostò il binocolo per guardare la postazione.

«Eccolo di nuovo» disse il sergente.

«Che cos'era?»

«Ho visto un lampo lassù in cima al colle, un riflesso del sole contro qualcosa.»

«Una roccia lucida!» Il tenente sbuffò, senza perdere tempo a guardare. «Compagno tenente!» L'ufficiale si volse nell'udire il tono aspro, e vide un sasso che volava verso la sua faccia. Lo prese al volo, sorpreso più che arrabbiato. «Le sembra lucente questo sasso?»

«Una scatoletta, allora! Abbiamo visto abbastanza porcherie lasciate dai turisti e dai gitanti, no?»

«E allora perché va e viene?»

A quel punto il tenente non poté più frenare la collera. «Sergente, so che lei ha un anno di guerra in Afghanistan. So di essere ufficiale da poco tempo, ma io sono un fottuto ufficiale, e lei è solo un fottuto sergente!»

Le meraviglie della nostra società senza più classi sociali, pensò il sergente continuando a guardare il superiore. Pochi ufficiali riuscivano a sostenere quello sguardo.

«Molto bene, sergente, allora lo dica a loro.» Il tenente indicò la radio.

«Markhovskiy, prima di ritornare, controlla la cima del colle alla tua destra.»

«Ma è alto duecento metri!»

«Giusto. Non ci dovrebbe volere tanto» disse il sergente per tutta consolazione.

USS Independence

Toland passava delle diapositive nel proiettore. «Okay, queste foto da satellite sono di tre ore fa. I russi hanno tre radar mobili: qui, qui e qui. Li spostano praticamente tutti i giorni – il che significa che probabilmente ne hanno già mosso uno – e normalmente ne tengono due in funzione a tempo pieno. A Keflavik ci sono cinque veicoli lancia-SAM, con quattro missili ciascuno. I SAM sono una ben cattiva notizia. Siete già stati informati sulle loro capacità note, e farete bene a preventivare anche qualche centinaio di SAM sparati manualmente. La foto mostra sei cannoni antiaerei mobili. Non ne vediamo di fissi. Ci sono, signori, ma sono mimetizzati. Almeno cinque, forse dieci caccia intercettori MiG. Era un reggimento, finché quelli della *Nimitz* non lo hanno ridimensionato. Ricordate che quelli che restano sono sopravvissuti a due squadriglie di Tomcat. Queste sono le forze nemiche a Keflavik.»

Toland si spostò a lato mentre l'ufficiale alle operazioni dava i dettagli della missione. Toland la trovava impressionante e sperava che avrebbe fatto lo stesso effetto anche ai russi.

Il sipario si alzò dieci minuti dopo. I primi aerei lanciati per l'attacco erano gli Hawkeye E-2C. Accompagnati dai caccia, volarono fino a ottanta miglia dalla costa dell'Islanda e irradiarono la copertura radar per tutta la formazione. Altri Hawkeye si spinsero oltre per proteggere il gruppo da possibili attacchi di missili lanciati dagli aerei e dai sottomarini.

Keflavik, Islanda

Il radar sovietico installato a terra individuò gli Hawkeye prima ancora che attivassero i loro potenti dispositivi. Videro due dei lenti aerei a elica passare oltre la portata dei SAM, ognuno accompagnato da altri due apparecchi i cui sentieri di volo, a forma di otto allungato, li designavano come intercettori Tomcat di scorta agli Hawkeye. Fu dato l'allarme. I piloti dei caccia salirono sugli apparecchi mentre gli artiglieri e gli addetti ai missili correvano alle postazioni.

Il comandante dei caccia era un maggiore con tre abbattimenti all'attivo, ma aveva imparato la virtù della prudenza nel modo scomodo: era già stato abbattuto una volta. Gli americani avevano teso un agguato al suo reggimento, e lui non aveva voglia di essere attirato in un secondo. Se quello era un attacco, e non una finta per risucchiare fuori i caccia rimasti in Islanda – come poteva saperlo? All'ordine del maggiore, i caccia decollarono e rimasero a girare sopra la penisola, risparmiando carburante e tenendosi sopra la terraferma, dove potevano contare sull'appoggio dei SAM. Si erano esercitati a quella tattica negli ultimi giorni, ed erano ragionevolmente fiduciosi che gli addetti ai missili sapessero distinguere gli aerei nemici da quelli amici. Quando furono in quota, il rivelatore di pericolo li informò che c'erano altri Hawkeye a est e a ovest. L'informazione fu ritrasmessa in patria con la richiesta di una missione d'appoggio dei Backfire. Per tutta risposta, furono invitati a identificare l'ubicazione e la composizione della flotta americana. Il comandante della base aerea non si prese la pena di rispondere, e il comandante dei caccia imprecò sottovoce. Gli aerei radar americani, bersagli prioritari, erano a portata di mano in modo stuzzicante. Se avesse avuto tutto un reggimento, si sarebbe scagliato loro addosso anche con il rischio di subire gravi perdite a opera dei caccia di scorta, però era certo che gli americani desideravano proprio quello.

Gli Intruder vennero per primi, da sud, sfiorando le creste delle onde a cinquecento nodi, con i missili Standard-ARM agganciati sotto le ali. Dietro di loro, ad alta quota, vi erano altri Tomcat. Quando i caccia passarono oltre gli aerei radar, illuminarono con le loro apparecchiature i MiG in volo sull'isola e cominciarono a lanciare i missili Phoenix.

I MiG non potevano ignorarli. Si divisero in coppie e si sparpagliarono, guidati dai controllori radar al suolo.

Gli Intruder uscirono alla distanza di trenta miglia, appena fuori dalla portata dei SAM, e lanciarono quattro missili Standard-ARM che colpirono i radar russi di ricerca. Gli operatori sovietici si trovarono di fronte a una scelta ingrata. Potevano lasciarli attivati e quasi certamente farseli distruggere, oppure spegnerli e diminuire il rischio – ma perdendo completamente il contatto con la battaglia aerea. Scelsero una via di mezzo. Il comandante dei SAM ordinò agli uomini di attivarne e disattivarne i sistemi a casaccio nella speranza di confondere i missili in arrivo, mantenendo comunque una pur tenue sorveglianza dell'incursione. Il tempo di volo dei missili era di poco superiore a un minuto, e gli uomini impiegarono lo stesso tempo per inserire e disinserire i radar – interpretando ognuno l'ordine a modo suo.

Arrivarono prima i Phoenix. I piloti dei MiG persero di colpo la guida da terra, ma continuarono a manovrare. Un aereo era il bersaglio di quattro missili; riuscì a eluderne due, ma cadde preda di un altro. Il maggiore al comando maledisse l'impotenza a controbattere, e cercò di escogitare qualcosa che potesse funzionare.

Vennero poi gli Standard-ARM. I russi avevano tre radar di ricerca aerea, più altri tre per l'acquisizione dei missili. Erano stati tutti attivati al momento dell'allarme e poi spenti dopo l'individuazione dei missili in volo. Gli Standard si fecero ingannare solo in parte. I loro sistemi di guida erano stati progettati per registrare la posizione di un radar anche nel caso che fosse poi disattivato, per cui furono in grado di autoguidarsi nelle direzioni giuste. Distrussero due trasmettitori e ne danneggiarono altri due.

Il comandante del raid americano era seccato. I caccia russi ''non collaboravano''. Non erano venuti fuori quando erano comparsi gli Intruder – lui aveva in basso altri caccia pronti per tale eventualità. Però i radar sovietici erano spenti. Diede un altro ordine. Due squadriglie di Hornet F/A-18 sfrecciarono bassi da nord.

Il comandante della difesa antiaerea russa ordinò di riattivare i radar, vide che non c'erano più missili nel cielo e poco dopo individuò gli Hornet a bassa quota. Li vide anche il comandante dei MiG, e pensò che era venuta la sua occasione. Il MiG-29 era praticamente il gemello del nuovo aereo americano.

Gli Hornet cercarono i veicoli dei SAM e cominciarono a lanciare su di loro; il cielo si riempì di missili guidati. Due Hornet furono colpiti dai SAM, due dall'artiglieria, mentre i caccia bombardieri americani martellavano il terreno con le bombe e i cannoncini. A quel punto sopraggiunsero i MiG.

I piloti americani furono avvertiti, ma erano troppo vicini ai bersagli delle bombe per reagire con immediatezza. Appena alleggeriti delle pesanti munizioni, ridiventarono dei caccia e cabrarono nel cielo – temevano i MiG più dei missili. La battaglia che ne seguì fu un capolavoro di confusione. Sarebbe già stato difficile distinguere i MiG dagli Hornet fermi al suolo; era assolutamente impossibile identificarli mentre volavano in battaglia a seicento nodi. Gli americani, che erano più numerosi, dovettero sospendere il fuoco finché non furono sicuri dei bersagli. I russi sapevano bene chi stavano attaccando, ma non potevano sparare con disinvoltura su obiettivi che rassomigliavano troppo agli aerei dei loro compagni. Ne risultò un intrico di aerei i cui piloti si avvicinavano troppo ai bersagli tentando di identificarli, per cui non potevano più lanciare i missili. Lo scontro si trasformò in un anacronistico duello aereo a cannonate, contrappuntato dai SAM lanciati dai due veicoli russi superstiti. I controllori americani dagli aerei, e quelli russi da terra, non ebbero mai la possibilità di intervenire. La battaglia era completamente in mano ai piloti, che accesero i postbruciatori e si lanciarono in temerarie virate ad alto numero di "g". Avevano la testa che girava; con gli occhi socchiusi, vedevano dappertutto sagome familiari, e cercavano di stabilire dal colore se si trattava di amici o di nemici. A quegli effetti, la situazione era quasi in parità. Gli aerei americani, verniciati in grigio-nebbia, erano meno visibili da vicino che da lontano. I primi a cadere furono due Hornet, seguiti da un MiG. Poi un altro MiG fu colpito dal tiro di un cannone, e uno Hornet da un missile lanciato a bruciapelo. Un SAM vagante fece esplodere un MiG e uno Hornet insieme.

Il maggiore sovietico se ne accorse e urlò ai SAM di cessare il fuoco, poi sparò con il cannone a uno Hornet che gli saettava davanti al muso, lo mancò, e si gettò all'inseguimento. Osservò l'americano stringere su un MiG e danneggiargli il motore. Il russo non sapeva quanti dei suoi aerei fossero sopravvissuti. Era al di là di simili considerazioni, impegnato in una lotta per la propria sopravvivenza – su cui non contava minimamente. Mise da parte la prudenza, ignorò la spia del carburante, inserì i postbruciatori e si buttò all'inseguimento. Il suo bersaglio virò a nord e si portò l'avversario sul mare. Il maggiore lanciò l'ultimo missile e lo vide colpire il motore destro dello Hornet, ma anche i suoi motori s'incendiarono. La coda dello Hornet si disintegrò, e il russo urlò dalla gioia. Tanto lui quanto l'americano si catapultarono fuori, a poche centinaia di metri l'uno dall'altro. *Quattro aerei abbattuti*, pensò il maggiore sovietico. *Almeno ho fatto il mio dovere*. Mezzo minuto dopo era in acqua.

Il comandante Davies si arrampicò sul battellino di gomma pur avendo un polso fratturato, maledicendo e benedicendo al tempo stesso la propria sorte. La prima azione sensata che fece fu di attivare la radio di salvataggio. Si guardò intorno e vide un altro battellino giallo poco distante. Non era facile remare con un braccio solo; d'altronde, l'altro naufrago stava remando verso di lui. Quello che avvenne dopo fu decisamente una sorpresa.

«Lei è prigioniero!». L'uomo gli stava puntando addosso una pistola. Quella di Davies era in fondo al mare.

«E lei chi diavolo è?»

«Sono il maggiore Alexandr Georgiyevich Chapayev dell'Aviazione sovietica.»

«Piacere. Io sono il comandante Gus Davies della Marina degli Stati Uniti. Chi l'ha colpito?»

«Nessuno mi ha colpito! Sono rimasto senza carburante!» Brandì la pistola. «E lei è mio prigioniero.»

«Oh, che idiozia!»

Il maggiore Chapayev scosse la testa. Come Davies, era quasi in stato di shock per la tensione del combattimento e per essere sfuggito di misura alla morte.

«Si tenga cara quella pistola, maggiore, potrebbero esserci squali qui intorno.»

«Squali?»

Davies dovette riflettere per un momento. Il nome in codice del nuovo sottomarino russo... «*Akula. Akula* in acqua.»

Chapayev impallidì. «*Akula?*»

Davies aprì la cerniera della tuta di volo e vi infilò il braccio ferito. «Già, maggiore. Questa è la terza volta che mi tocca nuotare, l'ultima sono rimasto sul battello per dodici ore e ho visto una coppia di quei maledetti. Ha del repellente con sé?»

«Cosa?» Chapayev era veramente confuso.

«Questa roba.» Davies gettò in acqua il sacchetto di plastica. «Leghiamo il suo battello al mio. Così è più sicuro. Questo prodotto dovrebbe tenere lontani gli *akula*.»

Davies cercò di attaccare i due galleggianti, ma poteva usare una mano sola e non ci riuscì. Chapayev posò la pistola per aiutarlo. Dopo essere stato abbattuto una volta, poi sopravvissuto a una battaglia aerea, il maggiore era diventato di colpo ossessionato dalla voglia di restare in vita. L'idea di poter essere divorato da un pesce lo terrorizzava. Si sporse a guardare nell'acqua.

«Cristo, che mattinata!» mormorò Davies. Il polso gli faceva veramente male.

Chapayev emise un grugnito di assenso. Si guardò intorno per la prima volta, e scoprì che non vedeva la terra. Cercò poi la radio di salvataggio e constatò che la tasca che la conteneva era strappata; inoltre, aveva una gamba ferita.

«Siamo proprio due figli di puttana» disse in russo.

«Cosa?»

«Dov'è la terra?» Il mare non gli era mai sembrato così sconfinato.

«Circa venticinque miglia da quella parte, credo. Quella gamba non mi sembra una meraviglia, maggiore.» Davies rise. «Dobbiamo avere lo stesso tipo di sedili a espulsione. Oh, merda! Che male al braccio!»

«Accidenti, cosa pensate che sia tutta quella roba?» si chiese Edwards ad alta voce. Erano troppo lontani per sentire qualcosa, ma non potevano non vedere il fumo che si alzava da Keflavik.

Una preoccupazione più immediata era costituita dalla squadra di russi che in quel momento si trovava ai piedi della collina. Nichols, Smith e i quattro soldati erano distribuiti su un fronte di circa cento metri, con Edwards al centro. Avevano i visi anneriti, e stavano acquattati dietro le rocce a osservare i russi a mezzo miglio da loro.

«Doghouse, qui Beagle, e siamo nei guai, passo.» Dovette chiamare altre due volte per avere risposta.

«Qual è il problema, Beagle?»

«Abbiamo cinque o sei russi che stanno salendo sulla nostra collina. Sono a circa seicento piedi in basso, a mezzo miglio di qui. Tanto per saperlo, cosa sta capitando a Keflavik?»

«Abbiamo in corso un attacco aereo, è tutto quello che so per il momento. Teneteci informati, Beagle. Vedrò se posso mandarvi qualche aiuto.»

«Grazie. Chiudo.»

«Michael?»

«Buon giorno. Lieto che uno di noi abbia avuto una buona notte di riposo.» Vigdis si sedette accanto a lui e gli posò una mano sulla gamba. La paura si acquietò per un attimo.

«Giurerei di avere visto qualche movimento lassù in cima» disse il sergente.

«Mi faccia vedere.» Il tenente puntò il potente binocolo sulla cima. «Nulla. Assolutamente nulla. Forse ha visto un uccello. Quei piccoli puffini sono dappertutto.»

«Forse» concesse il sergente. Stava cominciando a sentirsi colpevole per avere mandato Markhovskiy lassù. *Se questo tenente avesse almeno mezzo cervello*, pensò, *avrebbe mandato una forza più consistente, magari guidandola di persona, come dovrebbe fare un vero ufficiale.*

«La base aerea sta subendo un pesante attacco.»

«Lo ha comunicato per radio?»

«Ho provato, ma non sono collegati per il momento.» C'era preoccupazione nella sua voce. Sessanta miglia erano troppe per le piccole radio tattiche, e il pesante apparecchio VHF era sintonizzato sulla base aerea. Per quanto ardentemente desiderasse essere con la pattuglia, il tenente sapeva che il suo posto era lì. «Avvisi Markhovskiy.»

Edwards vide uno dei russi fermarsi ad armeggiare con il walkie-talkie. *Ditegli che sta salendo sulla collina sbagliata – ditegli di tornare dalla mamma.*

«Tieni giù la testa, piccola.»

«Cosa c'è, Michael?»

«C'è gente che viene su.»

«Chi?» La voce di lei tradì l'inquietudine.

«Indovina.»

«Comandante, stanno venendo qui di sicuro» avvisò Smith per radio.

«Già, lo vedo. Siete tutti piazzati bene?»

«Signor Edwards, consiglio fortemente di lasciarli venire molto vicini prima di aprire il fuoco» disse Nichols.

«Ha ragione, comandante» confermò Smith .

«Okay. Voi avete qualcosa per la testa, signori. Voglio sapere subito di cosa si tratta. A proposito, ho chiesto soccorsi. Magari avremo un po' di appoggio aereo.»

Mike tirò il comando dell'otturatore per assicurarsi di avere il colpo in canna, quindi posò l'M-16. I marines avevano con loro tutte le bombe a mano. Edwards ne aveva paura, perché nessuno gli aveva mai insegnato a usarle.

Su, ragazzi, andate a farvi fottere altrove e noi saremo felici di lasciarvi in pace. Continuavano a salire lentamente, tenendo il fucile con una mano, e afferrandosi con l'altra ai cespugli o appoggiandosi alle rocce. Un po' guardavano in direzione di Edwards, un po' badavano a dove mettere i piedi. Mike era veramente spaventato. Quei soldati erano elementi scelti, come i suoi uomini – soltanto lui non lo era. Il suo posto non era lì. Il primo incontro faccia a faccia con i russi, nella casa di Vigdis, o l'episodio dell'elicottero, erano tutte cose del passato, dimenticate. Avrebbe voluto scappare, ma che cosa sarebbe successo se avesse ceduto all'impulso? Si era guadagnato il rispetto dei marines; non poteva buttarlo via senza perdere anche il rispetto per se stesso. E Vigdis ? Poteva darsela a gambe davanti a lei? *Qual è la cosa di cui hai più paura, Mike?*

«Sta calmo» si ammonì ad alta voce.

«Cosa?» domandò Vigdis. Anche lei aveva paura, glielo si leggeva in viso.

«Niente.» Cercò di sorriderle, e quasi ci riuscì. *Non puoi deluderla, ti pare?*

I russi erano ormai a cinquecento metri e sempre in basso, ma si avvicinavano con maggiore circospezione. Erano in sei e si spostavano due alla volta, aprendosi a ventaglio e tenendosi fuori da quello che sembrava il percorso più comodo per arrivare alla cima.

«Comandante, abbiamo un problema» comunicò Smith. «Credo che sappiano che siamo qui.»

«Nichols, voglio sentire anche lei.»

«Aspettiamo che arrivino a cento metri e, per l'amore di Cristo, tenete giù la testa! Se può ottenere qualche appoggio, le suggerisco di farlo.»

Edwards accese la radio. «Doghouse, qui Beagle. Abbiamo bisogno di aiuto qui sul posto.»

«Ce ne stiamo occupando. Stiamo cercando di trovare... di trovare amici in ascolto su questa frequenza. Ci vuole tempo, tenente.»

«Ho circa cinque minuti a disposizione – massimo – poi inizia la sparatoria.»

«Tenga aperto questo canale.»

Dove saranno? si chiese Edwards. In quel momento non poteva vedere nessuno. Le rocce e i ripari che fino allora li avevano aiutati, adesso erano contro di loro. Smise di alzare e abbassare la testa. Era lui l'ufficiale, aveva il comando e la postazione più favorevole: doveva vedere che cosa stava capitando più in basso. Si spostò leggermente per avere una visuale migliore.

«C'è qualcuno là» disse il sergente, allungando la mano verso la radio. «Markhovskiy, stai per cadere in trappola! Vedo un uomo con l'elmetto.»

«Ha ragione» disse il tenente. Si voltò. «Piazzate il mortaio!» Corse alla radio VHF e cercò di chiamare Keflavik. Truppe armate sulla collina potevano significare soltanto una cosa – ma Keflavik era ancora isolata.

Edwards vide un russo salire e poi indietreggiare, chiamato da un altro. Quando riapparve, teneva il fucile puntato. Si udì un fischio, poi un'esplosione a cinquanta metri.

«Oh, merda!» Edwards si gettò a terra vicino alla roccia. Dei frammenti di pietra gli caddero intorno. Guardò Vigdis e gli sembrò che stesse bene, poi alzò gli occhi verso l'altra collina, dove vide degli uomini che scendevano di corsa. Un altro colpo di mortaio cadde alla sua destra, seguito dalle raffiche di un automatico. Prese la radio.

«Doghouse, qui Beagle. Ci stanno attaccando.»

«Beagle, adesso siamo in contatto con una portaerei. Aspettate.» La terra tremò un'altra volta. Il colpo era caduto una decina di metri davanti a lui, che però era ben riparato. «Beagle, la portaerei è sintonizzata sulla vostra frequenza. Trasmettete. Il loro codice di chiamata è Starbase, e sanno dove siete.»

«Starbase, qui Beagle, passo.»

«Roger, Beagle, vediamo la vostra posizione cinque chilometri a ovest della quota 1064. Ditemi cosa sta succedendo.»

«Starbase, siamo attaccati da una squadra di fanteria russa, che ha rinforzi in arrivo. Il loro posto di osservazione a quota 1064 dispone di un mortaio che ci sta bombardando. Abbiamo bisogno di aiuto, ma presto.»

«Roger, capito, Beagle. Aspettate... Beagle, sappiate che stiamo dirottando aiuti verso di voi, tempo d'arrivo due-cinque minuti. Potete segnalare la vostra posizione?»

«Negativo, non abbiamo niente con cui farlo.»

«Roger, capito. Restate dove siete, Beagle. Richiamiamo. Chiudo.»

Edwards sentì un urlo alla sua sinistra. Sporse il capo e vide dei colpi di mortaio cadere intorno alla postazione di Nichols – con i russi a meno di cento metri. Mike prese il fucile e mirò alla sagoma più vicina, che però uscì subito dal suo campo visivo. Riprese il walkie-talkie.

«Nichols, Smith, qui Edwards, riferite.»

«Qui Nichols. Chiunque sia a usare quel mortaio, è uno che conosce il mestiere. Ho due uomini feriti.»

«Noi stiamo bene, comandante. Ho visto due russi fatti secchi. Ho mandato Garcia a coprirle le spalle.»

«Okay, gente, abbiamo appoggio aereo in arrivo. Io...» La sagoma di un uomo ricomparve. Edwards posò la radio, puntò il fucile e sparò tre colpi mancando il bersaglio, che si portò un'altra volta al sicuro. «Nichols, ha bisogno di aiuto?»

«Due di noi sono ancora in grado di sparare. Temo che il vostro Rodgers sia morto. Là...» La radio tacque per un momento. «Va bene, va bene. Ne abbiamo ucciso uno, l'altro si sta ritirando. Attento, signor tenente, ce ne sono due a cinquanta metri alla sua sinistra.»

Mike guardò intorno al masso e fu immediatamente preso di mira. Rispose al fuoco, ma senza colpire nessuno.

«Ehi, comandante!» Garcia rotolò vicino a lui.

«Due nemici da quella parte» disse Edwards. Il soldato annuì e si spostò a sinistra sotto il riparo della cresta rocciosa. Era a trenta piedi, quando un altro proiettile di mortaio esplose a quattro passi da lui. Garcia cadde e restò immobile.

«Smith, Garcia è stato colpito. Vieni qui. Nichols, se può arrivare alla mia postazione, venga!» Accese la radio. «Starbase, qui Beagle. Dite ai vostri aerei di sbrigarsi.»

«Ancora due-zero minuti, Beagle. Sono quattro A-7. Abbiamo altri aiuti in arrivo, ma gli A-7 arriveranno per primi.»

Edwards prese il fucile e si avvicinò a Garcia. Il marine respirava ancora, ma aveva le gambe e la schiena piene di schegge. Il tenente strisciò fino alla cresta e vide un russo accovacciato a circa dieci metri. Mirò e sparò tre raffiche. Il russo cadde sparando alla cieca, e mancò Edwards di un metro scarso. Dov'era l'altro? Mike sporse la testa e vide un oggetto grosso come una palla da baseball che volava nell'aria. Si tuffò indietro mentre la granata cadeva a pochi metri da dove lui si trovava prima. Mike rotolò a destra e tornò verso la vetta.

Il russo era di nuovo sparito, ma Edwards vide gli altri che erano giunti di corsa ai piedi della collina e cominciavano a salire verso di lui. Si sforzò di guardare pur tenendo la testa bassa. L'altro – eccolo! Stava scendendo, intento a trascinare un uomo ferito. Colpi di mortaio cominciarono a cadere alle spalle del russo per coprirgli la ritirata.

«Lei sta bene, tenente?» Era Smith, ferito a un braccio. «Quello che usa il maledetto mortaio, deve essere il Davy Crocket della steppa!»

Nichols arrivò tre minuti dopo. Era illeso, ma il fante di marina che era con lui sanguinava dall'addome. Edwards guardò l'ora.

«L'appoggio aereo arriverà fra dieci minuti. Se stiamo tutti uniti qui in cima, gli aerei possono sganciare intorno a noi.»

Gli uomini presero posizione nel raggio di una ventina di metri da Edwards. Mike afferrò Vigdis per le spalle e la sistemò fra due massi.

«Michael, io...»

«Anch'io ho paura. Sta' qui qualunque cosa accada, sta' qui! Puoi...» S'intese di nuovo il sibilo, vicinissimo questa volta. Mike inciampò e cadde addosso alla ragazza. Ebbe la sensazione che un ago rovente gli penetrasse nella gamba.

«Merda!» La ferita era appena sopra lo stivale. Cercò di alzarsi, ma la gamba rifiutò di sostenere il peso. Si guardò intorno cercando la radio e andò a prenderla saltellando e imprecando a ogni passo. «Starbase, qui Beagle, passo.»

«Ancora nove minuti, Beagle» disse la voce in tono paziente.

«Starbase, siamo tutti in cima alla collina, okay? Tutti nel raggio di venti metri dalla vetta.» Sporse la testa. «Abbiamo una quindicina di nemici che vengono verso di noi, a circa settecento metri. Abbiamo respinto il primo attacco, però siamo ridotti in... quattro, credo, di cui tre feriti. Per amor di Dio, fate fuori il mortaio per prima cosa, ci sta assassinando.»

«Roger su questo. Si faccia animo, figliolo. Gli aiuti stanno arrivando.»

«Lei è ferito, signor tenente» disse Nichols.

«Me n'ero accorto. Gli aerei sono a otto o nove minuti. Ho detto che colpiscano per prima cosa la postazione del mortaio.»

«Molto bene. I russi vanno pazzi per quelle fottute armi.» Nichols tagliò il pantalone di Edwards e legò una benda sulla ferita. «Per un po' di tempo non potrà andare a ballare.»

«Cosa possiamo fare per rallentarli?»

«Apriremo il fuoco quando saranno a cinquecento metri. Così li renderemo più prudenti, credo. Venga.» Nichols lo prese per il braccio e lo tirò su fino a una postazione sulla cresta.

I russi avanzavano con grande abilità, facendo brevi scatti e poi tuffandosi dietro qualsiasi tipo di riparo. Il mortaio taceva per il momento, ma avrebbe certamente ripreso appena i paracadutisti si fossero avvicinati abbastanza per l'assalto finale. Nichols aveva lasciato la mitraglietta e stava puntando un fucile semiautomatico. Quando calcolò che i russi fossero a cinquecento metri, aggiustò con cura la mira e tirò il grilletto. Mancò il bersaglio, però tutti i russi si gettarono a terra.

«Lo sa che cosa ha fatto?» chiese Edwards.

«Sì. Ho chiamato altri colpi di mortaio su di noi.» Nichols si volse a guardare il tenente. «Abbiamo fottutamente poco da scegliere, le pare?»

«Michael, hai bisogno di questa.» Vigdis venne vicino a lui.

«Ti ho detto di restare...»

«Ecco la tua radio. Io vado...»

«Giù!» Mike la tirò a terra accanto a sé, e un proiettile di mortaio cadde a dieci metri. Altri cinque colpi caddero oltre la postazione.

«Arrivano!» gridò Smith.

I marines inglesi e americani aprirono il fuoco, cui i russi risposero saltando da una protezione all'altra, in un'avanzata su due direzioni che minacciava di circondare la cima. Mike riprese la radio.

«Starbase, qui Beagle. Passo.»

«Roger, Beagle.»

«Ci stanno venendo addosso, ora.»

«Beagle, i nostri A-7 vi vedono già. Voglio sapere esattamente dove siete voi – ripeto, esattamente.»

«Starbase, ci sono due cime secondarie su questa collina, a circa tre miglia dalla quota 1064. Noi siamo sulla faccia nord – ripeto, faccia nord. Il mio gruppo è tutto entro metri due-zero dalla cima. Tutto ciò che si muove è nemico, noi stiamo immobili. Il mortaio è sulla quota 1064, e abbiamo bisogno che sia eliminato al più presto possibile.»

Vi fu una lunga pausa. «Okay, Beagle, abbiamo detto ai nostri dove siete. Tenete giù la testa, sono a un minuto da voi, provenienti da sud. Buona fortuna. Chiudo.»

«Duecento metri» disse Nichols. Edwards si affiancò a lui e puntò l'M-16. Tre uomini si alzarono contemporaneamente, Nichols e il tenente spararono, ma Edwards non seppe se aveva colpito qualcuno. Le pallottole sollevarono terra e schegge di pietre, e subito dopo si udì ancora una volta il sibilo di altri colpi del mortaio, una salva di cinque proiettili che caddero a destra della cresta. In quel momento Edwards scorse la sagoma grigio-fumo di un caccia bombardiere in picchiata.

Lo spigoloso Corsair A-7E virò a un migliaio di piedi sopra la cima, a tre miglia di distanza. Quattro gabbie di bombe a grappolo caddero aprendosi in aria. Una nuvola di piccole bombe precipitò a cascata sull'osservatorio russo. Da tre miglia di distanza, suonò come una lunga sfilza di fuochi artificiali, mentre la cima del colle spariva in un nembo di polvere e di scintille. Un secondo aereo ripeté la manovra venti secondi dopo. Nessuno poteva essere rimasto vivo, su all'osservatorio.

I russi all'attacco si fermarono di colpo là dov'erano, e si voltarono a guardare che cosa era successo al loro accampamento. Poi videro gli aerei che volavano in cerchio a soli duecento metri. Era chiaro che, se volevano restare in vita per altri cinque minuti, si dovevano avvicinare il più possibile agli americani. Come un sol uomo, si alzarono e corsero sparando su per la collina. Altri due

Corsair virarono e passarono ruggendo a soli trenta metri dal pendio, sganciando grappoli di bombe. Edwards udì le grida sopra il tuono delle esplosioni, ma non riuscì a vedere nulla attraverso la nube di polvere.

«Cristo, non possono sganciare molto più vicino di così!»

«Non possono sganciare neanche un poco più vicino» confermò Nichols asciugandosi il sangue dal viso.

Si sentiva ancora il fuoco di fucileria da dentro il polverone che però il vento portò via, rivelando almeno cinque russi ancora in piedi che stavano venendo verso di loro. I Corsair della Marina fecero un altro passaggio ma rinunciarono a sganciare per tema di colpire gli amici. Furono di ritorno entro pochi secondi sparando con il cannoncino. I colpi caddero sparsi su un ampio raggio, e alcuni esplosero a dieci metri da Edwards.

«Dove vanno?»

«A sinistra, credo» rispose Nichols. «Non può parlare direttamente con i caccia?»

Edwards scosse il capo. «Non posso con questo tipo di radio, sergente.»

Gli A-7 volarono in cerchio, con i piloti che scrutavano il terreno per scoprire eventuali movimenti. Edwards accennò un gesto verso di loro, senza sapere se lo avevano riconosciuto. Uno degli aerei picchiò a sinistra e sparò una raffica nelle rocce. Edwards udì un grido ma non vide nulla.

«Siamo a un punto morto.» Edwards si voltò a guardare la radio via satellite. L'ultima serie di colpi di mortaio aveva lasciato una scheggia nell'apparecchio.

«Giù!» Nichols afferrò il tenente mentre una bomba a mano descriveva un arco nell'aria. Esplose a pochi passi. «Stanno ritornando.»

Edwards si voltò e mise un nuovo caricatore nel fucile. Vide due russi a meno di venti metri e sparò una raffica. Uno cadde bocconi, l'altro rispose al fuoco e si scansò a sinistra. Edwards sentì un peso sulle gambe, e vide Nichols caduto sulla schiena con tre fori rossi in una spalla. Mike introdusse l'ultimo caricatore e si mosse penosamente attraverso la collina, incapace di appoggiare il peso sulla gamba destra.

«Michael...»

«Va' dall'altra parte» rispose Edwards. «Sta' attenta!»

Vide un volto, un fucile – e un lampo. Si gettò a destra, ma troppo tardi per evitare di prendersi un colpo nel petto. Soltanto lo shock impediva che il dolore divenisse intollerabile. Sparò qualche colpo in aria per fare abbassare la testa dell'uomo che stava arretrando per fuggire. Dov'erano gli altri? Si sparava alla sua sinistra. Perché nessuno lo aiutava? Udì il ruggito dei reattori degli A-7 che continuavano a volare in cerchio senza poter fare niente se non osservare impotenti. Edwards li maledisse, mentre il sangue continuava a uscire. Impugnando il fucile, attendeva che il russo venisse fuori quando sentì delle mani che lo afferravano sotto le braccia nel tentativo di trascinarlo indietro.

«Lasciami stare, Vigdis, per l'amor del cielo, lasciami stare e corri.»

Lei non disse niente. Respirava pesantemente mentre incespicava nello sforzo di portarlo su per le rocce. Mike stava perdendo i sensi per l'emorragia; guardando in alto vide gli A-7 che se ne andavano. Vi fu poi un altro suono che non aveva alcun senso. La polvere si alzò come per un'improvvisa folata di vento e si udì una lunga raffica di mitragliatrice, mentre un grosso oggetto verde e nero compariva in alto. Degli uomini saltarono fuori, e fu tutto finito. Chiuse gli occhi. Il comandante russo era riuscito a comunicare con Keflavik. C'era il Mi-24 mandato a rinforzare la postazione... Edwards era troppo svuotato per reagire. Aveva corso bene la gara e aveva perso. Vi fu altro fuoco di fucileria, poi il silenzio, mentre l'elicottero si allontanava. Come avrebbero trattato, i russi, dei prigionieri che avevano ucciso degli uomini indifesi?

«Il vostro nome è Beagle?»

Gli ci volle un enorme sforzo per aprire gli occhi. Vide un uomo di colore che torreggiava su di lui.

«Chi sei?»

«Sam Potter, tenente della seconda forza di ricognizione. Lei è Beagle, vero?» Si voltò. «Un infermiere qui!»

«I miei uomini sono tutti feriti.»

«Ce ne stiamo già occupando. La porteremo via di qui entro cinque minuti. Stia lì buono, Beagle, ho del lavoro da sbrigare. Okay, gente» gridò. «Controlliamo quei russi. Se ce n'è qualcuno vivo, dobbiamo portarlo subito via!»

«Michael?» Edwards era ancora confuso. Il viso di lei era proprio sul suo quando perse i sensi.

«E chi diavolo è costui?» chiese cinque minuti dopo il tenente Potter.

«Aeronautica. Si è comportato bene» disse Smith vacillando per le proprie ferite.»

«Come siete arrivati fin qui?» Potter fece un segno al radio operatore.

«Con una fottuta marcia, signore. Abbiamo camminato da Keflavik fin qui, signore.»

«Bel viaggio, sergente.» Potter era impressionato. Diede un breve ordine per radio. «L'elicottero è in arrivo. Credo che la signorina parta anche lei.»

«Sì, signore. Benvenuto in Islanda, signore. L'aspettavamo.»

«Dia un'occhiata, sergente.» Potter fece un ampio gesto verso est. Una serie di oggetti grigi all'orizzonte si stava dirigendo a est su Stykkisholmur.

USS Chicago

Erano ancora là, McCafferty ne era sicuro. Dopo aver affondato l'ultimo dei sottomarini della classe Tango, non era più stato ristabilito il contatto con gli altri due sub russi. Le manovre elusive gli avevano fruttato otto ore di relativa pace. Gli aerei russi antisom erano ancora di sopra a sganciare boe sonar, ma qualcosa non doveva aver funzionato a dovere per loro. Non venivano più tanto vicini. Se ne era dovuto liberare in manovra soltanto quattro volte, che sarebbero state molte in tempo di pace, ma sembravano una vacanza dopo le traversie degli ultimi giorni.

Il comandante aveva colto l'occasione per concedere un po' di riposo a sé e agli uomini. Sarebbero stati tutti felici di poter dormire per un mese consecutivo, ma le quattro o sei ore di sonno che poterono racimolare furono per ognuno di loro come il bicchiere d'acqua per l'uomo nel deserto: quanto bastava a metterli in grado di tirare avanti. Non restava poi molta strada da fare, esattamente cento miglia per arrivare al bordo frastagliato della banchisa artica: circa sedici ore.

Il *Chicago* precedeva di cinque miglia gli altri due sottomarini americani. A intervalli di un'ora, McCafferty manovrava dirigendo a est, per dare modo al sonar rimorchiato di individuare il *Boston* e il *Providence*. Compito arduo, perché i due sub erano difficili da captare anche da una distanza così breve.

McCafferty avrebbe voluto sapere che cosa stavano pensando i russi. La tattica collettiva dei gruppi Krivak-Grisha era fallita. Avevano imparato che una cosa era usare quelle unità come barriera contro il gruppo Keypunch, ma tutt'altra cosa correre dietro a un sottomarino munito di armi a lunga portata e di comando tiro computerizzato. Il dover dipendere dalle boe sonar attive aveva ridotto l'efficacia dei loro ricognitori antisom e, per di più, era andata a vuoto anche l'unica iniziativa che aveva dato l'impressione di poter servire a qualcosa – piazzare un sottomarino diesel fra due file di boe sonar e poi lanciare un siluro a casaccio, per indurre il bersaglio a spostarsi. *Grazie a Dio non sanno di esserci quasi riusciti*, pensò McCafferty. I Tango erano indubbiamente avversari formidabili, silenziosi e difficili da localizzare, ma i russi stavano ancora pagando lo scotto della mancanza di sonar più sofisticati. Nell'insieme, McCafferty era più soddisfatto di quanto non fosse stato da parecchie settimane.

«Ebbene?» chiese all'ufficiale addetto al rilevamento.

«Sembra che stiano navigando come prima, signore, a circa diecimila metri dietro di noi. Penso che questo sia il *Boston*. È quello che manovra di più. Il *Providence*, qui, sta arrancando su una rotta lineare. Lo individuiamo piuttosto bene.»

«Barra dieci gradi a sinistra, venire a nuova rotta tre-cinque-cinque» ordinò McCafferty.

«Barra dieci gradi a sinistra, *aye*, veniamo a nuova rotta tre-cinque-cinque. Signore, il timone è dieci gradi a sinistra.»

«Molto bene.» Il comandante sorseggiò la cioccolata bollente, cambiamento gradevole rispetto al caffè. Il *Chicago* virò lentamente a nord. Nella sala motori a poppa, i tecnici sorvegliavano gli strumenti mentre l'impianto nucleare funzionava con un rendimento del dieci per cento.

Le sole cattive notizie venivano dalla tempesta in superficie. Dio sa come, una serie di bufere imperversava sul tetto del mondo, e la perturbazione in corso faceva un fracasso dell'accidente. Gli operatori sonar calcolavano onde di quindici piedi e venti a quaranta nodi, elementi insoliti per l'estate artica, che diminuivano del 10-20 per cento l'efficienza delle apparecchiature. D'altro canto, erano le condizioni ideali per l'avvicinamento alla banchisa. Il mare agitato riduceva in graniglia minuta le enormi lastre di ghiaccio, e tutto quel rumore avrebbe reso estremamente ardua l'individuazione dei sottomarini americani in mezzo ai ghiacci. *Sedici ore*, si disse McCafferty. *Ancora sedici ore, e poi saremo fuori di qui.*

«Plancia, qui sonar. Rileviamo un contatto a tre-quattro-zero. Per il momento, dati insufficienti per classificarlo.»

McCafferty andò al sonar.

«Mi faccia vedere.»

«Proprio qui, comandante.» Il capo battè il dito sul display. «Non posso ancora darle il conteggio delle eliche, dati troppo scarsi per qualsiasi conclusione. Comunque, mi sa di sottomarino nucleare.»

«Mi dia lo schema.»

Il capo premette un pulsante, e uno schermo secondario mostrò la portata prevista del sonar elaborata dal computer sulla base delle condizioni note dell'acqua. Tale portata, su sentiero diretto, era di poco superiore a trentamila metri. L'acqua non era ancora abbastanza profonda per le zone di convergenza, e loro stavano cominciando a captare il rumore di fondo a bassa frequenza prodotto dalla banchisa. Avrebbe diminuito la possibilità di discriminare fra i vari contatti sonar, nello stesso modo in cui la luce del sole riduce l'intensità apparente di una lampadina elettrica.

«Qui vediamo una lieve variazione del rilevamento. Da sinistra a destra. Il rilevamento del bersaglio adesso è tre-quattro-due. Cos'è questa?» Il sottufficiale guardò una nuova linea sfuocata nella parte bassa dello schermo. «Possibile nuovo contatto a rilevamento zero-zero-quattro.» La linea si affievolì e scomparve per un paio di minuti, poi riapparve a rilevamento zero-zero-sei.

McCafferty era incerto se ordinare "posto di combattimento". Forse avrebbero dovuto impegnare molto presto un bersaglio... ma forse no. Non sarebbe stato meglio lasciare ancora qualche minuto di riposo all'equipaggio? Optò per la seconda alternativa.

«Si stabilizza. Adesso abbiamo due possibili contatti con sottomarini, rilevamento tre-quattro-zero e zero-zero-quattro.»

McCafferty ritornò al centro di comando e ordinò di virare a est, manovra che avrebbe fatto allineare il sonar rimorchiato con i nuovi bersagli, e in più avrebbe fornito un rilevamento incrociato su ciascuno di essi, con cui si sarebbe potuta calcolare la distanza.

«Il *Boston* sta manovrando verso ovest, signore. Non distinguo nulla da quella parte, però sta decisamente dirigendo a ovest.»

«Segnalare "posto di combattimento"» ordinò McCafferty, rendendosi conto che non era il modo più simpatico di svegliare la gente da un sonno tanto necessario. Sulle cuccette nelle varie parti della nave gli uomini si destarono di scatto e balzarono fuori dai castelli, alcuni lasciandosi cadere sul pavimento, altri arrampicandosi attraverso passaggi superaffollati. Corsero alle rispettive postazioni, rilevando gli uomini della guardia ordinaria che poterono raggiungere anch'essi i posti di combattimento.

«Tutte le postazioni presidiate e pronte, signore.»

Si ricominciava. Il comandante, in piedi presso il tavolo di carteggio, esaminava la situazione tattica. Due possibili sottomarini nemici stavano attraverso la sua rotta per la banchisa. Se il *Boston* era in spostamento, significava che forse anche Simms aveva scoperto qualcosa, magari a est o a poppavia. Nel breve volgere di venti minuti, il McCafferty sereno e fiducioso era ridiventato paranoico. Che cosa stavano facendo? Perché i due russi erano proprio sul suo percorso?

«Andiamo a quota periscopica.» Il *Chicago* salì lentamente dalla profondità di crociera di settecento piedi. L'operazione richiese cinque minuti. «Alzate l'ESM.»

Lo snello albero salì idraulicamente, trasmettendo informazioni agli specialisti di guerra elettronica.

«Comandante, ho tre gruppi di aerei da ricerca su banda J.» Lesse i rilevamenti. *Dei Bear o dei May*, pensò McCafferty.

«Diamo un'occhiata. Alza periscopio.» Dovette lasciarlo salire sino a fine corsa per vedere sopra le creste delle onde. «Okay, ho un May a rilevamento uno-sette-uno, basso sull'orizzonte, diretto a ovest – sta lanciando boe! Giù periscopio. Sonar, avete qualcosa a sud?»

«Niente, signore, solo i due contatti amici. Il *Boston* si sta allontanando da noi, signore.»

«Scendiamo a seicento piedi.» *Si ritiene che i russi si basino esclusivamente sulle boe sonar attive, accidenti.* Ordinò di virare nuovamente a nord appena raggiunta la profondità stabilita e di ridurre la velocità a sei nodi. *E così adesso ci cercano con il modo passivo. Devono avere avuto l'ispirazione da qualche parte... o da nessuna parte.* L'individuazione con il sonar passivo era una tecnica molto difficile, e neppure i sistemi sofisticati di elaborazione segnali usati dalle Marine occidentali eliminavano i falsi contatti... *D'altra parte, abbiamo pubblicizzato abbastanza diffusamente la nostra rotta. Potrebbero affollare la zona. Perché non abbiamo tentato qualcosa di diverso? Ma cosa?* L'unico passaggio alternativo verso nord era ancora più stretto. La rotta occidentale fra l'Isola degli Orsi e Capo Nord in Norvegia era più larga, ma conteneva metà della flotta settentrionale sovietica messa là per fare barriera. Avrebbe voluto sapere se il *Pittsburgh* e gli altri sottomarini erano riusciti a passare. Probabile. La loro velocità di fuga doveva essere superiore a quella di caccia dei sovietici. *Al contrario di noi.*

È così che diamo la caccia ai russi, pensò McCafferty. *Loro non possono sentire le nostre boe passive, né sapere se li stiamo inseguendo oppure no.* Si appoggiò alla battagliola che correva intorno alla base del periscopio. *Il guaio*, si disse, *è che è molto difficile udirci. Forse i russi hanno avuto una soffiata, forse no. Probabilmente non l'hanno avuta. Se ci sentissero per davvero, ci sarebbe già un siluro in acqua a correrci dietro. Però il siluro non c'è, quindi loro non ci sentono.*

«I rilevamenti si stanno consolidando su ambedue i contatti a proravia.»

In acque aperte oceaniche avrebbero avuto uno strato da sfruttare, ma qui non c'era. Lo escludeva la scarsa profondità, associata alla tempesta in superficie. *Buone e cattive nuove insieme*, pensò McCafferty.

«Plancia, qui sonar, nuovo contatto, rilevamento due-otto-sei, probabile sottomarino. Stiamo tentando un conteggio elica.»

«Viriamo a sinistra a rotta tre-quattro-otto. No, alt!» McCafferty ci ripensò. Meglio essere prudenti che audaci, in quel caso. «A dritta, rotta zero-uno-cinque.» Poi ordinò di scendere a mille piedi. Quanto più si allontanava dalla superficie, tanto migliori sarebbero state le condizioni per il sonar del *Chicago*. Nella stessa misura avrebbe sofferto l'efficacia del sonar russo, se i sovietici fossero stati vicini alla superficie. Voleva giocare ogni carta di cui disponeva, prima di affrontare la battaglia. Se invece...

Esisteva anche la possibilità che uno o più contatti fossero amici. E se lo *Sceptre* e il *Superb* avessero ricevuto nuovi ordini a causa dei danni subìti dal *Providence*? A quella stregua, anche il nuovo contatto a due-otto-sei poteva essere amico.

Accidenti! Il caso non era stato previsto. Gli inglesi avevano detto che se ne sarebbero andati non appena i sottomarini fossero giunti alla banchisa, perché avevano altri compiti da sbrigare... *ma quante volte sono cambiati i miei ordini da maggio in avanti?* si chiese McCafferty.

Andiamo, Danny! Sei il comandante, sei tenuto a sapere quello che fai... anche quando non è vero.

La sola cosa che poteva fare era cercare di stabilire la distanza e l'identità dei tre contatti. Ciò richiese altri dieci minuti.

«Sono tutti e tre a elica singola» disse infine il capo.

McCafferty fece una smorfia. L'informazione non gli diceva che cosa erano i contatti, ma era abbastanza eloquente su quello che non erano. Tutti i sottomarini britannici avevano un'elica sola, e così pure quelli russi delle classi Alfa e Victor.

«Le macchine?»

«Stanno andando tutte a regime molto basso, comandante. Non sufficiente per la classificazione. Ho suoni di vapore per tutte e tre, il che li qualifica come nucleari, però, se guarda qui, può vedere che non riceviamo abbastanza segnale per gli altri elementi. Spiacente, signore, ma è tutto ciò che posso fare.»

McCafferty sapeva che quanto più si fosse allontanato a est tanto meno lavoro di elaborazione segnali sarebbe toccato al sonar. Ordinò una virata per invertire rotta e dirigere a sudest.

Finalmente aveva la distanza. I bersagli a nord distavano rispettivamente undici e tredici miglia. Quello a ovest era a nove miglia. Tutti entro la portata dei siluri.

«Plancia, qui sonar. Abbiamo un'esplosione a rilevamento uno-nove-otto... e qualche cos'altro, forse un siluro a due-zero-cinque; molto debole, va e viene. Nient'altro in quella zona, signore. Forse rumori di rottura a uno-nove-otto. Chiedo scusa, signore, sono segnali molto deboli. La sola cosa di cui sono veramente sicuro è l'esplosione.» Il comandante riprese posto al sonar.

«Okay, capo. Se fosse facile, non avrei bisogno di lei.» McCafferty osservò lo schermo. Il siluro stava ancora correndo, con lenta variazione di rilevamento. Non costituiva pericolo per il *Chicago*. «Si concentri sui tre contatti sottomarini.»

«*Aye*, comandante.»

Con tutto l'allenamento che ho fatto, credevo proprio di avere imparato la virtù della pazienza.

Il *Chicago* proseguì verso sudovest. McCafferty adesso incalzava il bersaglio rilevato a ovest. A suo avviso, era meno probabile che fosse amico. La distanza scese a otto miglia, poi a sette.

«Comandante, classifico il bersaglio a due-otto-zero come unità della classe Alfa!»

«È sicuro?»

«Sì, signore. È un gruppo motore del tipo Alfa. Adesso il segnale è chiaro.»

«Elaboratelo! Lanceremo un siluro in profondità, lo faremo virare adagio e poi saltare su, proprio sotto di loro.»

La squadra della direzione tiro stava migliorando giorno dopo giorno. Sembrava diventata quasi più veloce del computer.

«Comandante, se lanciamo da questa profondità, consumiamo un sacco d'aria compressa» fece notare il primo ufficiale.

«Ha ragione. Ci porti a cento piedi.» McCafferty trasalì. *Come diavolo ho potuto dimenticarlo?*

«Quindici gradi di elevazione ai timoni di profondità!»

«Soluzione elaborata, signore.»

«Aspettate.» Il comandante osservò la lancetta dell'indicatore di profondità che girava a sinistra.

«Cento piedi, signore.»

«Direzione tiro?»

«Pronti!»

«Confrontate i rilevamenti, e fuori!»

«Due siluri lanciati, signore.»

L'Alfa poteva sentire il soffio dell'aria, oppure no? McCafferty lo sapeva. Il siluro partì a quaranta nodi su rotta tre-cinque-zero, ben distante dal rilevamento del bersaglio. Dopo trecento metri, un ordine trasmesso attraverso i cavi di comando disse al siluro di virare e scendere in profondità. McCafferty stava usando un atteggiamento molto cauto con quel colpo, più di quanto avrebbe voluto. L'Alfa avrebbe individuato il siluro come proveniente da un rilevamento che non aveva nulla a che vedere con quello del *Chicago*. Di conseguenza, se avesse risposto con un siluro, questo non sarebbe andato su di loro. Lo svantaggio era rappresentato dalle maggiori probabilità di perdere i cavi di direzione e mancare di netto il bersaglio. Il siluro correva in profondità sfruttando la pressione dell'acqua che riduceva i rumori di cavitazione e, di conseguenza, la distanza da cui l'Alfa poteva individuarlo. Dovevano far fare qualche angolo di più al siluro, perché il sottomarino sovietico aveva una velocità massima superiore ai quaranta nodi, quasi pari a quella del "pesce". Il *Chicago*, da parte sua, se ne allontanò il più possibile continuando a dirigere verso sudest.

«Il siluro continua ad avanzare normalmente, signore» riferì il sonar.

«Distanza dal bersaglio?» chiese McCafferty.

«Circa seimila metri, signore. Suggerisco di portarlo su a quattrocento e passare alla velocità massima» propose l'ufficiale alle armi.

«Molto bene.»

Il gruppo di tracciamento seguì la rotta del siluro e quella del bersaglio.

«Plancia, qui sonar. L'Alfa ha appena aumentato la velocità.»

«L'ha sentito. Fatelo salire adesso, velocità massima, attivare il sonar.»

«Crepitii dallo scafo, signore. L'Alfa sta cambiando profondità» annunciò il capo sonar con voce emozionata. «Ho il sonar del siluro sullo schermo. Sembra che anche il bersaglio stia emettendo impulsi.»

«Signore, abbiamo perso i cavi, il siluro ha perso i cavi!»

«Non dovrebbe più importare, adesso. Sonar, datemi il conteggio elica dell'Alfa.»

«Gira per una velocità di quarantadue nodi, signore. Forti rumori di cavitazione. Sembra che stia virando. Forse ha lanciato un generatore di disturbi.»

«Nessuno ha mai lanciato contro un Alfa prima d'ora?» chiese il primo ufficiale.

«No, che io sappia.»

«Mancato! Plancia, qui sonar, il "pesce" è passato a poppa del bersaglio, che sembra diretto a est. Il siluro sta ancora... no, sta virando, adesso. Continua a emettere impulsi, va anche lui a est – gira di nuovo. Ho un cambio di rilevamento sul siluro. Comandante, credo che stia inseguendo il disturbo. Vedo uno spazio fra il rilevamento del siluro e quello del bersaglio.»

«Maledizione, pensavo di averlo inchiodato» mormorò l'ufficiale alle armi.

«Quanto ci siamo allontanati dal punto di lancio?»

«Circa settemila metri, signore.»

«Rilevamento dell'Alfa?»

«Tre-quattro-otto, rilevamento del bersaglio in spostamento verso est, rumori di macchina diminuiti, conteggio elica corrispondente a circa venti nodi.»

«Continuerà a mettere distanza fra sé e il siluro» disse McCafferty. Finché correva ed emetteva impulsi, nessuno avrebbe tentato di avvicinarglisi. Il siluro avrebbe girato in tondo finché avesse avuto carburante, però tutto ciò che ricadeva nei quattromila metri della portata del suo sonar rischiava di essere individuato. «E gli altri due contatti?»

«Nessuna variazione, signore» disse l'ufficiale al tracciamento. «Sembra che mantengano le posizioni di prima.»

«Vuol dire che sono russi.» McCafferty guardò il tracciato. Se fossero stati gli inglesi, avrebbero manovrato e lanciato il siluro appena udito l'Alfa, che probabilmente era già stato sentito da tutti nel raggio di venti miglia.»

Tre contro uno, e adesso loro sono in allarme. McCafferty alzò le spalle. *Almeno so con chi me la devo vedere.* Il sonar riferì un altro contatto a sud. *Dovrebbe essere il* Boston, pensò. Se non lo era, il *Providence* avrebbe fatto qualcosa. Ordinò di dirigere a sud. Se doveva aprirsi il passaggio fra tre sottomarini, aveva bisogno di aiuto. Si incontrò con il *Boston* un'ora dopo.

«Ho sentito un Alfa.»

«Lo abbiamo mancato. Chi hai preso?»

«Aveva due eliche, ed è crepato» rispose Simms. I telefoni "gertrude" erano regolati sul minimo assorbimento di corrente.

«Tre unità a proravia a circa quattordici miglia. Una è un Alfa, non so le altre.» McCafferty accennò il piano. I sottomarini sarebbero andati a nord, distanziati di dieci miglia, e poi avrebbero cercato di impegnare i bersagli sul fianco. Anche se li mancavano, il *Providence* doveva farcela a passare in mezzo ai due sub russi, appena questi si fossero separati per lanciarsi all'inseguimento. Simms approvò, e le due navi si divisero un'altra volta.

McCafferty notò che si trovava tuttora a sedici ore dalla banchisa. Probabilmente c'erano ancora degli aerei sovietici in perlustrazione. Aveva sprecato un siluro – *no*, si disse, *era un attacco ben congegnato*. Semplicemente non era andato a buon fine, cose che succedono.

A nordest comparve una fila di boe sonar – questa volta attive. Accidenti, perché i russi, una volta adottata una tattica, non la usavano fino in fondo? Perdio, dopo tutto lui chiedeva solo di andarsene! Era chiaro che dovevano avercela con lui che aveva lanciato missili sul territorio nazionale sovietico. Nessuno gli aveva detto se la missione era riuscita oppure no. McCafferty si impose di non dare spazio a quei pensieri, aveva già abbastanza guai nell'immediato.

Il *Chicago* si diresse a nordest. Mentre lo faceva, i rilevamenti di tutti i suoi contatti sonar si spostarono verso destra. L'Alfa c'era ancora, con i rumori di macchina che aumentavano e diminuivano. In termini strettamente tecnici, avrebbe potuto lanciare contro l'Alfa, però aveva appena constatato che la velocità e la manovrabilità del sottomarino russo potevano battere un siluro Mark-48. Gli sarebbe piaciuto sapere che cosa aveva fatto il comandante sovietico. Era sorprendente che non avesse lanciato contro il rilevamento del siluro in arrivo. Che cosa poteva significare? Era una tattica americana, e si riteneva che fosse anche una tattica sovietica. Forse sapeva che c'erano navi "amiche" in zona? McCafferty registrò mentalmente il caso, un altro in cui i russi non avevano fatto quello che ci si aspettava da loro.

Procedendo a nordovest, ridussero sensibilmente la distanza da uno dei bersagli. L'Alfa e l'altro sconosciuto manovrarono verso est, mantenendo la distanza di oltre dieci miglia – *senza saperlo*, pensò McCafferty che si trovava al tavolo di tracciamento. Era già pronta una soluzione di tiro per il contatto più vicino. La distanza era scesa a otto miglia. McCafferty ritornò al sonar.

«Che cosa potete dirmi di questo?»

«Comincia a rassomigliare a un reattore nucleare tipo 2, la nuova versione. Può essere un Victor-III. Mi dia cinque minuti e glielo dirò con certezza, signore. Più ci avviciniamo, meglio lo vediamo.»

«Regime?»

«Piuttosto basso, signore. Pensavo di avere un conteggio eliche qualche minuto fa, ma non ha funzionato. Forse va solo alla velocità minima di governabilità.»

McCafferty si appoggiò alla paratìa che separava il locale dal mostruoso computer usato per elaborare i segnali. La linea sul display a cascata, che indicava lo schema inconfondibile delle macchine del Victor-III, era confusa e tendeva a restringersi. Tre minuti dopo si trasformò in un tratto luminoso verticale perfettamente nitido.

«Comandante, a questo punto posso definire il contatto Sierra-2 come sottomarino russo della classe Victor-III.»

McCafferty andò alla centrale di controllo. «Distanza dal bersaglio Sierra-2?»

«Quattordicimilacinquecento metri, signore» rispose l'ufficiale alle armi. «Pronti per il tubo uno. Tubo uno allagato, portello esterno chiuso.»

«Barra dieci gradi a dritta» disse McCafferty. Il *Chicago* virò scoprendo il siluro già pronto. Verificò la profondità: duecento piedi. Dopo il lancio, avrebbe virato velocemente a est scendendo poi a mille piedi di profondità. Il sottomarino virò lentamente a sei nodi; il rilevamento al bersaglio era tre-cinque-uno, e i tubi lanciasiluri a mezza nave erano angolati in modo da divergere leggermente dalla mezzeria. «Soluzione?»

«Elaborata!»

«Aprire portello esterno.» Il sottufficiale alla consolle dei siluri premette un pulsante e attese che cambiasse la luce spia.

«Portello esterno aperto, signore.»

«Confrontare rilevamenti, e fuori!» Le settemila tonnellate del *Chicago* sobbalzarono.

«Siluro uno lanciato, signore.»

McCafferty diede gli ordini per cambiare rotta e profondità, e aumentare la velocità a dieci nodi.

Un altro esercizio di pazienza. Fra quanto tempo avrebbe sentito il siluro in arrivo? Il suo stava correndo in acque poco profonde, e lui sperava che i rumori della propulsione si potessero disperdere in quelli di superficie. *Quanto è efficace il sonar del Victor?* si chiese.

«Un minuto.» L'ufficiale alle armi aveva in mano un cronometro. Alla velocità predisposta, il Mark-48 faceva milletrecento metri al minuto. Ancora dieci minuti. Era come stare a vedere una partita di uno sport malefico, pensò McCafferty, uno schema di due minuti in un incontro di football, due minuti di gioco che si potevano trasformare in una fase di mezz'ora, se il *quarterback* era bravo. La differenza era che qui non stavano cercando di segnare punti. «Tre minuti, ne mancano sette.»

Il *Chicago* si assestò alla profondità di mille piedi e il comandante fece ridurre la velocità a sei nodi. Aveva già le soluzioni di comando tiro per gli altri due bersagli, però doveva aspettare.

«Cinque minuti, ne mancano altri cinque.»

«Plancia, qui sonar, il bersaglio Sierra-2 ha aumentato il regime. Rumori di cavitazione. Il conteggio eliche dà venti nodi, ed è in aumento.»

«Mettere il "pesce" a tutta velocità» ordinò McCafferty. Il siluro accelerò a quarantotto nodi. Milleseicento metri al minuto.

«Il bersaglio sta virando a est, il conteggio eliche adesso dà trentuno nodi. Signore, ricevo uno strano segnale a poppavia del bersaglio. Ora il rilevamento è tre-cinque-otto per il bersaglio, tre-cinque-sei per il nuovo segnale.»

«Generatore di disturbo?»

«Non si direbbe. Suona diverso... non proprio come un nixie, ma qualcosa del genere, signore. Il bersaglio continua a virare, signore, rilevamento attuale tre-cinque-sette. Credo che stia invertendo rotta.»

«Saliamo a duecento piedi.»

«Che diavolo sta facendo?» chiese il primo ufficiale mentre il sottomarino saliva di nuovo.

«Signore, il nuovo segnale ha mascherato il bersaglio» annunciò il sonar.

«Il siluro emette impulsi, signore.»

«Se ha espulso un generatore di disturbi, lo ha messo fra sé e il siluro» disse con tono molto calmo il comandante. «Direzione tiro, voglio spedire un altro "pesce" su Sierra-2, e aggiornare la soluzione per Sierra-1.»

Furono reimmesse nel computer le cifre della distanza e del rilevamento.

«Pronti al tubo tre per il bersaglio Sierra-2, e al tubo due per Sierra-1». Il sottomarino attraversò la linea dei trecento piedi.

«Confrontare i rilevamenti, e lanciare.» McCafferty diede l'ordine con voce tranquilla, poi ordinò di scendere ancora. «Quella cosa sul Victor-III che pensavamo fosse l'alloggiamento di un sonar rimorchiato... e se invece fosse un falso bersaglio come il nostro nixie?» *Noi non li usiamo sui sommergibili*, pensò McCafferty, *però i russi fanno le cose a modo loro.*

«Il siluro potrebbe ancora ignorarlo.»

«Loro non la vedono così. Pensano che funzionerà – che potranno aggirare il rumore dell'esplosione e lanciarne uno contro di noi.» McCafferty andò al tracciamento. Il secondo dei due nuovi siluri stava correndo verso quello che probabilmente era un altro Victor. L'altro bersaglio si stava spostando a est, e anche l'Alfa. La mossa tattica era ovvia: allontanarsi dall'area di pericolo, virare e cominciare la battuta. Allontanandosi in virata, i due sub non avrebbero avuto i sonar orientati verso la rotta del siluro. L'addetto al sonar chiamò.

«Comandante, ho un'esplosione a rilevamento tre-cinque-quattro. Abbiamo perso il contatto con il bersaglio Sierra-2. Non so se lo abbiamo colpito. Gli altri due siluri sembrano correre in modo del tutto normale.»

«Pazienza» sospirò il comandante.

«Plancia, qui sonar. Vediamo boe che cadono a poppa.» Fu fatto il rilevamento, e le boe risultarono essere su una linea nord-sud due miglia a poppa del *Chicago*.

«Una delle altre navi ha mandato un messaggio ai suoi amici» disse il primo ufficiale.

«Buona ipotesi. Queste tattiche collettive diventeranno un problema serio, se mai riescono a metterle a punto.»

«Sierra-2 è tornato, signore. Ho una segnatura di motori tipo 2 a tre-quattro-nove. Possibili scricchiolii di scafo. Sierra-2 sta cambiando profondità.»

L'ufficiale alle armi ordinò a uno dei siluri in acqua di accostare di qualche grado a sinistra. McCafferty prese una matita e cominciò a rosicchiarla.

«Okay, probabilmente hanno il sonar un po' in disordine. Scommetterei che sta cercando di mettere fuori un'antenna per dire ai colleghi da dove abbiamo sparato. Avanti due terzi.»

«Siluri in acqua, rilevamento zero-tre-uno!»

«Abbiamo altri a quel rilevamento?»

«No, signore, non vedo nient'altro.»

McCafferty controllò il tracciato. *Funzionava, perdio!* Aveva costretto i russi a muoversi a est verso Todd Simms sul *Boston!*

«Plancia, qui sonar. Siluro in acqua a rilevamento due-otto-sei!»

«Passiamo a profondità milleduecento piedi» disse subito il comandante. «Barra tutta a dritta, venire a nuova rotta uno-sei-cinque. Il nostro amico Victor ha passato parola ai suoi soci.»

«Signore, abbiamo perso i cavi di entrambi i siluri» riferì l'ufficiale alle armi.

«Distanza dal Sierra-2?»

«Il siluro dovrebbe essere a circa seimila metri; è programmato per iniziare a emettere impulsi fra un minuto.»

«Questa volta il "signor" Victor ha fatto un errore. Avrebbe dovuto proteggersi le chiappe prima di andare a galla a chiamare gli aerei. Sonar, qual è la posizione del siluro di poppa?»

«Il rilevamento sta cambiando, signore – sto perdendo efficienza sonar per il rumore di flusso. L'ultimo rilevamento del siluro nemico era due-sette-otto.»

«Avanti un terzo!» McCafferty riportò il sottomarino a un'andatura più lenta e silenziosa. In capo a due minuti si resero conto che il siluro sganciato dall'aereo era passato lontano da loro, e che il secondo colpo diretto al Victor era vicino al bersaglio.

A quel punto lo schermo sonar era nella confusione più completa. Il bersaglio Sierra-2 aveva identificato troppo tardi il siluro in arrivo, ma adesso stava scappando a tutta velocità. Quello lanciato all'altro Victor stava ancora correndo, e il bersaglio manovrava per evitarne un secondo lanciato dal *Boston*. L'Alfa navigava a velocità massima verso nord inseguito da un altro Mark-48. Altri due siluri russi erano in acqua diretti a est, probabilmente a cercare il *Boston*, ma il *Chicago* non aveva sul sonar la nave gemella. Cinque sottomarini stavano correndo qua e là, e quattro di loro erano inseguiti da armi intelligenti.

«Signore, vedo altri generatori di disturbo messi in acqua da Sierra-2 e da Sierra-1. Il nostro siluro emette impulsi verso Sierra-2, e quello di qualcun altro su Sierra-1; un siluro russo emette impulsi a zero-tre-cinque... ho un'esplosione a rilevamento tre-tre-nove.»

Mio padre voleva che facessi il contabile, pensò McCafferty. *Se lo avessi ascoltato, forse adesso riuscirei a fare quadrare tutti questi fottutissimi numeri.*

Lo schema sulla carta non era molto più chiaro. Le righe a matita che designavano contatti sonar e siluri in corsa facevano pensare a una matassa di fili buttati a casaccio sulla mappa.

«Comandante, ho rumori di macchina molto forti a rilevamento tre-tre-nove. Fa pensare a qualcosa di rotto, un sacco di rumori metallici. Abbiamo anche sibili d'aria, stanno trafficando sulle casse. Nessun rumore di sfondamento, per ora.»

«Barra tutta a sinistra, passare a nuova rotta zero-uno-zero.»

«Non abbiamo distrutto il Victor?»

«Mi accontenterei di averne rotto un pezzetto, purché bastasse a farlo tornare a casa. Lo registriamo come danneggiamento. Che cosa capita agli altri due?»

«Il siluro che cerca il Sierra-1 sta emettendo impulsi, e anche quello del *Boston* – almeno, credo che sia del *Boston*.»

Il leggero calo della confusione durò dieci minuti. Il secondo bersaglio mise la poppa verso i siluri e scappò a nordovest. Sul percorso del *Chicago* comparvero ulteriori file di boe sonar. A est fu individuato un altro siluro lanciato da un aereo. Non si sapeva contro chi fosse stato lanciato, soltanto che era abbastanza lontano da non destare preoccupazioni. Il siluro che loro avevano messo all'inseguimento del secondo Victor si stava dando da fare nel tentativo di raggiungere il bersaglio che correva via al massimo della velocità, e un altro siluro stava svoltando dalla direzione opposta. Forse anche il *Boston* aveva lanciato contro l'Alfa, ma quest'ultima stava fuggendo a velocità quasi pari a quella del siluro. McCafferty ristabilì il contatto sonar con il *Providence* e continuò verso nord. Il caos giocava a suo favore, ed egli ne approfittava al massimo. Sperava che il *Boston* riuscisse a eludere i siluri lanciati nella sua direzione, ma non poteva farci niente.

«Due esplosioni a rilevamento zero-zero-tre, signore.» Era l'ultimo rilevamento del secondo Victor, ma il sonar non registrava nient'altro. Il siluro aveva colpito il sottomarino, il generatore di disturbo, oppure un altro siluro?

Il *Chicago* proseguì verso nord, accelerando a dieci nodi mentre zigzagava fra le file di boe sonar nel tentativo di aumentare la distanza dal *Providence* avariato. Gli uomini alla centrale di attacco erano emotivamente svuotati quanto il comandante, per il lavoro continuo di inseguimento e di tiro. Gli aspetti tecnici delle operazioni erano stati risolti brillantemente durante le esercitazioni prebelliche, ma nulla poteva simulare la tensione di un vero attacco con autentiche armi micidiali. Il comandante li mandò a coppie a rifocillarsi in cambusa, poi a riposarsi per una mezz'oretta. Dalla cucina fu portato un vassoio di tramezzini per coloro che non si potevano allontanare dal posto. McCafferty sedeva dietro il periscopio, gli occhi chiusi, la testa appoggiata a qualcosa di metallico, e intanto mangiava un sandwich al prosciutto. Ricordava di avere visto caricare le latte; la Marina aveva acquistato a buon prezzo dei prosciutti polacchi in scatola, all'inizio dell'anno. *Prosciutto polacco*, pensò. *Roba da matti!*

Un'ora dopo permise all'equipaggio di lasciare i posti di combattimento. Una metà degli uomini fu messa in libertà. Non andarono in cambusa, preferirono dormire. Il comandante si rendeva conto di aver bisogno di un po' di sonno, almeno quanto l'equipaggio. *Quando saremo arrivati alla banchisa*, si ripromise, *dormirò per un mese intero.*

Individuarono il *Boston* sul sonar, una fantomatica traccia diretta a est. Il *Providence* era sempre dietro di loro, tuttora all'andatura di sei nodi, e sempre rumoroso a causa dell'opera morta danneggiata. Adesso il tempo scorreva più veloce. Il comandante rimase seduto, dimenticando la propria dignità e ascoltando i rapporti su... niente.

Alzò la testa di scatto. Guardò l'orologio e si rese conto di avere dormito per mezz'ora. Ancora cinque ore per la banchisa. Adesso il sonar lo registrava bene, un brontolio a bassa frequenza su un angolo di trenta gradi da ciascun lato dello scafo.

Dove sta andando l'Alfa? McCafferty si trovò nel locale sonar dieci secondi dopo essersi formulato la domanda.

«Qual era l'ultimo rilevamento sull'Alfa?»

«Signore, abbiamo perso le sue tracce tre ore fa. L'ultima volta che lo abbiamo individuato stava andando a tutta velocità su rilevamento costante a nordest. È svanito e non è più ricomparso, signore.»

«È possibile che sia nascosto fra i ghiacci ad aspettarci?»

«Se è là, lo scopriremo prima che lui scopra noi, signore. Se è in movimento, i motori producono una quantità di rumori a media e alta frequenza» spiegò l'addetto al sonar. McCafferty sapeva tutto ciò, ma voleva sentirlo di nuovo. «Tutti i rumori a bassa frequenza diminuiranno le sue probabilità di individuarci da lontano, mentre noi dovremmo poterlo sentire da grande distanza, se si muove.» Il comandante annuì e andò a poppa.

«Primo ufficiale, se lei stesse conducendo l'Alfa, dove sarebbe a quest'ora?»

«A casa!» L'ufficiale sorrise. «Deve sapere che ci sono almeno due navi da queste parti. Sono probabilità molto limitate. Abbiamo menomato un Victor, e il *Boston* ha probabilmente fatto fuori l'altro. Che cosa staranno pensando? Il russo è coraggioso, ma non pazzo. Se ha un minimo di buon senso, dichiarerà un contatto perso e se ne starà buono.»

«Non ci credo. Ha battuto il nostro siluro e forse anche quello del *Boston*» disse McCafferty.

«Può darsi che lei abbia ragione, comandante, però l'Alfa non ha il sonar attivato.»

McCafferty dovette ammetterlo. «Staremo molto attenti nell'avvicinarci ai ghiacci.»

«D'accordo, signore. Siamo già abbastanza paranoici.»

McCafferty non condivideva la tesi del secondo, ma non sapeva perché. *Che cosa mi manca?*

Il loro punto di riferimento sul pack non era più valido. Le correnti e il vento avevano certamente spostato il ghiaccio qualche miglio a sud, e le temperature estive in aumento avevano assottigliato il bianco tetto sull'oceano. *Forse un'ora di differenza?* si domandò speranzoso il comandante.

Il tracciato mostrava il *Boston* quindici miglia a est, e il *Providence* otto a sudest. Altre diciotto miglia, forse meno, e sarebbero stati al sicuro. *Ma ci saranno certamente altre unità laggiù... Non possono mandare tutta la flotta a cercarci. Hanno anche altre gatte da pelare.* McCafferty riprese il pisolino interrotto.

«Plancia, qui sonar!» La testa del comandante si alzò.

«Plancia, *aye*» rispose il primo ufficiale.

«Il *Providence* ha accelerato un po' l'andatura, signore. Calcolo che stia facendo dieci nodi.»

«Ottimo.»

«Per quanto tempo ho dormito?» chiese il comandante.

«Circa un'ora e mezza. È stato sveglio un bel po', signore, e quando ha dormito non ha russato tanto forte da disturbarci. Il sonar è sempre vuoto, fatta eccezione per i nostri amici.»

McCafferty si alzò e si stiracchiò. *Non è bastato. Mi sta piombando addosso una terribile stanchezza. Ancora un po', e sarò più pericoloso per il mio equipaggio che per i russi.*

«Distanza dalla banchisa?»

«Circa dodicimila metri, per quanto possiamo calcolare.»

McCafferty andò a guardare il tracciato. Il *Providence* aveva ricuperato e stava al passo con lui. La cosa non gli piacque.

«Andiamo a dodici nodi e passiamo a rotta zero-quattro-cinque. Sta diventando troppo impaziente.»

«Lei ha ragione» disse il primo ufficiale dando gli ordini del caso «però chi può dare torto al *Providence*?»

«Io. Che cavolo di importanza possono ancora avere pochi minuti, dopo tutto il tempo che c'è voluto per arrivare fin qui?»

«Plancia, qui sonar. Abbiamo un possibile contatto a rilevamento zero-sei-tre. Sembra rumore di macchina, molto debole. Sparisce adesso. Riceviamo rumore di flusso che lo copre.»

«Rallentiamo?» chiese il primo ufficiale. Il comandante fece segno di no.

«Avanti due terzi.» Il *Chicago* accelerò a diciotto nodi. McCafferty guardò il tracciato. C'era qualcosa d'importante che non riusciva ad afferrare. Il sottomarino era ancora in profondità, a mille piedi. Il *Providence* aveva ancora il sonar rimorchiato funzionante, però navigava vicino alla superficie, il che disturbava l'efficienza del dispositivo. Anche il *Boston* stava navigando a pelo d'acqua? I sottufficiali addetti al tracciamento per la direzione tiro continuavano a spostare in avanti le posizioni dei due sub americani in base alla velocità e alla rotta note di ciascuno. Il *Chicago* ridusse rapidamente la distanza. Un'ora dopo era all'altezza del quarto di prora del *Providence*, e McCafferty ordinò di decelerare nuovamente a sei nodi. Come il sottomarino rallentò, il rumore esterno di flusso diminuì e i sonar ritornarono alla massima efficienza.

«Contatto sonar a rilevamento zero-nove-cinque!»

I tracciatori segnarono una linea attraverso la carta, che intersecava la linea del rilevamento precedente... quasi esattamente fra il *Boston* e il *Providence*! McCafferty si chinò a verificare la profondità in quel punto – millenovecento piedi. Superiore ai limiti di immersione di un sub della classe 688...

... ma non di un Alfa...

«Per la miseria!»

Non poteva sparare sul contatto. Il rilevamento del bersaglio era troppo vicino al *Providence*. Se i cavi di controllo si fossero rotti, il siluro sarebbe passato in automatico, fregandosene altamente del fatto che il *Providence* era un amico.

«Sonar, passiamo al modo attivo. Ricerca Yankee su rilevamento zero-nove-cinque!»

Ci volle un momento per attivare il sistema, poi il cupo suono echeggiò nell'oceano. L'intenzione di McCafferty era stata di avvisare i colleghi; ma aveva messo sull'avviso anche l'Alfa.

«Plancia, qui sonar. Ho scricchiolii di chiglia e rumori di macchina in aumento a rilevamento zero-nove-cinque. Nessun bersaglio sullo schermo, per ora.»

«Avanti, Todd!» pregò il comandante.

«Segnali in arrivo, segnali in arrivo! Il *Boston* ha aumentato adesso la velocità – ecco il *Providence*! Siluri in acqua, rilevamento zero-nove-cinque! Ripeto: parecchi siluri a zero-nove-cinque!»

«Avanti tutta!» McCafferty guardò il tracciato. L'Alfa era alle spalle dei due sottomarini, pericolosamente vicino, e il *Providence* non poteva correre, non poteva scendere in profondità, non poteva fare un cavolo di niente! Rimase a osservare gli addetti alla direzione tiro che approntavano due siluri. L'Alfa ne aveva lanciati quattro in tutto, due per ciascuna unità americana. Il *Boston* cambiò rotta verso ovest, e così pure il *Providence*. McCafferty e il primo ufficiale andarono al sonar.

Vide le linee dei contatti che danzavano a sinistra e a destra sullo schermo. Le righe spesse corrispondevano a sottomarini; le altre, sottili e luminose, rappresentavano i siluri. I due diretti sul *Providence* si avvicinavano veloci al bersaglio. Sullo schermo apparvero tre emettitori di disturbo, che furono ignorati. Le linee conversero in un unico punto luminoso sullo schermo.

«L'hanno colpito, signore» disse il capo a bassa voce.

Il *Boston* ebbe sorte migliore. Simms stava andando a tutta velocità, inseguito dai siluri a meno di mille metri. Anch'egli posò dei generatori di disturbo e apportò variazioni radicali alla rotta e alla velocità. Un siluro passò largo, tuffandosi su di un falso bersaglio ed esplodendo sul fondo. L'altro puntò sul *Boston* e divorò rapidamente la distanza. Comparve un altro segnale luminoso, e fu tutto.

«Ricerca Yankee per l'Alfa» disse McCafferty, con rabbia contenuta. Il sottomarino vibrava per i potenti impulsi del sonar.

«Rilevamento uno-zero-nove, distanza milletrecento.»

«Pronti!»

«Confrontare e lanciare!»

L'Alfa non rimase ad attendere i siluri. Il comandante sapeva che c'era un terzo sottomarino là sotto, e di essere stato captato. Passò alla velocità massima e virò a est. L'ufficiale alle armi cercò di dirigere i siluri su una rotta di collisione, però le due armi avevano un magro vantaggio di cinque nodi sull'Alfa, e i calcoli non lasciavano dubbi: avrebbero finito il carburante duecento metri prima del bersaglio. McCafferty aveva superato lo stadio dell'inquietudine. Fece accelerare alla massima velocità e inseguì il sub russo per mezz'ora, scendendo a cinque nodi tre minuti prima che i siluri rimanessero senza carburante. Il rumore di flusso svanì dai sonar giusto in tempo per udire l'Alfa sano e salvo che decelerava.

«Okay, proviamo ancora una volta.» Erano a tre miglia dai ghiacci, e il *Chicago* avanzava silenzioso. L'Alfa virò a ovest, e i tracciatori di McCafferty misero insieme i dati per computare la distanza. Il comandante russo aveva fatto uno sbaglio a virare a ovest. Evidentemente aveva previsto che il *Chicago* corresse verso il pack per mettersi in salvo.

«Plancia, qui sonar. Nuovo contatto, rilevamento zero-zero-tre.»

Che altro c'è adesso? Un altro trabocchetto dei russi?

«Ho bisogno di dati.»

«Molto debole, ma c'è una variazione di rilevamento, passato a zero-zero-quattro.»

Un sottufficiale alzò gli occhi dal regolo calcolatore. «La distanza dev'essere meno di diecimila metri, signore!»

«Segnali in arrivo, segnali in arrivo! – siluro in acqua a rilevamento zero-zero-cinque!»

«Barra tutta a sinistra, avanti tutta!»

«Cambio di rilevamento! Rilevamento siluro ora zero-zero-otto!»

«Ordine annullato!» urlò McCafferty. Il nuovo contatto stava sparando all'Alfa.

«Gesù, chi è quest'altro?» chiese il capo sonar.

L'Alfa udì il nuovo siluro e invertì la rotta. Si sentì il rombo dei motori... ma il siluro riduceva rapidamente la distanza.

«È inglese. Uno dei nuovi Spearfish. Non sapevo che li avessero già in servizio.»

«Che velocità?» chiese il capo sonar.

«Sessanta o settanta nodi!»

«Dio santo! Comperiamone qualcuno.»

L'Alfa corse in linea retta per tre miglia, poi virò a nord per dirigersi verso la banchisa. Non ci arrivò. Lo Spearfish tagliò l'angolo. Le linee sul display si incontrarono un'altra volta, e comparve il punto luminoso finale.

«Portiamoci a nord» disse McCafferty al primo ufficiale. «Velocità diciotto nodi. Voglio essere sicuro che l'inglese sappia chi siamo noi.»

«Siamo la HMS *Torbay*. E voi chi siete?»

«*Chicago*.»

«Abbiamo sentito il trambusto prima. Siete soli?» chiese il capitano James Little.

«Sì. L'Alfa ci ha teso un'imboscata – siamo soli.»

«Vi scorteremo.»

«D'accordo. Sapete se la missione è riuscita?»

«Sì, è riuscita.»

40

Il campo del massacro

Stykkisholmur, Islanda

Le cose da fare erano tante, e il tempo era poco.

Il tenente Potter e il suo commando Force Recon trovarono otto militari russi in città. Tentarono di fuggire lungo l'unica strada che portava a sud, ma incapparono in un'imboscata che uccise o ferì cinque di loro. Gli uomini di quel gruppo erano i soli che avrebbero potuto avvertire Keflavik della comparsa delle navi all'orizzonte. Le prime truppe regolari arrivarono in elicottero. Unità a livello di plotone o di compagnia furono collocate sulla sommità di ogni altura che dava sulla baia. Fu riservata attenzione speciale a tenere gli aerei sotto la linea dell'orizzonte radar rispetto a Keflavik, dove, a dispetto di tutti i tentativi, c'era ancora un impianto russo funzionante. Un elicottero Super Stallion CH-53 trasportò le parti staccate di un trasmettitore radar mobile su una collina della costa occidentale, e una squadra di tecnici dell'esercito andò sul posto a montarlo e metterlo in funzione. Quando le navi entrarono nell'incubo irto di scogli che era il porto di Stykkisholmur, cinquemila effettivi erano già in postazione sulle poche strade che conducevano alla città.

Il comandante di una grossa LST – nave da sbarco carri armati – aveva provato a contare le rocce e le secche nel viaggio da Norfolk. Arrivato a cinquecento aveva smesso e si era concentrato sulla memorizzazione dell'area di sua specifica competenza, denominata Green-Two-Charlie. La luce e la bassa marea erano di aiuto. L'acqua bassa lasciava sporgere gran parte degli scogli, e gli equipaggi degli elicotteri, esaurito il compito immediato di sbarcare le truppe, posarono sopra i massi dei riflettori radar e accesero luci di segnalazione, il che migliorò sensibilmente le cose. La parte rimanente della missione era più o meno rassicurante come attraversare un'autostrada con gli occhi bendati. Le LST entrarono per prime, facendo lo slalom fra gli scogli alla spericolata velocità di dieci nodi, fidando nei propulsori di prua che agevolavano i movimenti del timone nel dirigere le navi attraverso il dedalo mortale.

Ancora una volta, il commando del tenente Potter fornì il proprio contributo. Gli uomini passarono di porta in porta a cercare i capitani e i marinai dei pescherecci, uomini esperti, che furono portati in volo a dare una mano a pilotare i voluminosi mezzi anfibi attraverso i passaggi più stretti. A mezzogiorno, una LST aveva già posato la rampa sulla riva, e il primo carro armato dei marines sbarcava sull'isola. Subito dietro di loro venivano gli autocarri carichi di elementi di acciaio e tavole già predisposte per la costruzione di piste. Tutti i materiali furono portati in volo a est e scaricati su un'area di terreno piano che era stata scelta come base per gli elicotteri e per i caccia a reazione Harrier a decollo verticale.

Appena gli elicotteri della flotta ebbero ultimato il compito di segnalare gli scogli e le secche, ripresero a trasportare le truppe sotto la scorta degli elicotteri armati e degli Harrier. Il perimetro della postazione dei marines venne così esteso fino alle colline che dominavano il fiume Hvita. Là fu stabilito il contatto con delle postazioni russe periferiche, ed ebbe inizio il primo vero combattimento.

Keflavik, Islanda

«Basta con i rapporti dei nostri servizi d'informazione» mormorò il generale Andreyev. Dal quartier generale poteva vedere le grosse sagome che comparivano lentamente. Erano le corazzate *Iowa* e *New Jersey*, accompagnate da incrociatori lanciamissili per la difesa antiaerea.

«Possiamo impegnarli subito» disse impaziente il comandante dell'artiglieria.

«Allora fatelo.» *Finché potete.* Si voltò verso l'ufficiale alle comunicazioni. «Avete informato Severomorsk?»

«Sì. La flotta settentrionale uscirà oggi con gli aerei, e manderà anche dei sottomarini.»

«Dica loro che gli obiettivi primari sono i mezzi anfibi americani a Stykkisholmur.»

«Ma non siamo sicuri che ci siano. Il porto è troppo pericoloso per...»

«E dove diavolo possono essere altrimenti?» chiese Andreyev. «I nostri osservatori laggiù non ci rispondono, e abbiamo notizie di elicotteri nemici che si spostano a sud e a est partendo da quella posizione. Usi la testa, amico!»

«Compagno generale, l'obiettivo primario della Marina saranno i mezzi aerei per trasporto truppe.»

«Allora spieghi ai nostri compagni in giacchetta blu che gli aerei da trasporto non possono toglierci l'Islanda, ma i fottuti marines sì!»

Andreyev vide salire il fumo da una delle batterie di artiglieria pesante. Pochi secondi dopo arrivò il rombo. La prima salva dei cannoni russi cadde corta di parecchie centinaia di metri.

«Missione di tiro!»

La *Iowa* non aveva più sparato sul serio con i cannoni dopo la Corea. Ora i grossi pezzi da sedici pollici girarono lentamente a tribordo. Alla centrale di tiro, un tecnico azionò il "joystick" di un Mastiff pilotato a distanza. Era un aereo in miniatura, acquistato alcuni anni prima da Israele. Girò a ottomila piedi sopra la batteria russa, con le telecamere che si spostavano da una postazione all'altra.

«Conto sei cannoni, sembrano dei centocinquantacinque, o pressappoco. Chiamiamoli "da sei pollici".»

Fu tracciata l'ubicazione precisa della batteria. Quindi il computer analizzò la densità dell'aria, la pressione barometrica, l'umidità relativa e un'altra dozzina di fattori. Il direttore di tiro attese che la spia della soluzione comparisse sulla consolle.

«Aprire il fuoco.»

Il pezzo centrale della torre numero due sparò un primo colpo. Un radar a banda millimetrata sopra la centrale di puntamento a poppa seguì il proiettile confrontandone il percorso con quello calcolato dall'elaboratore. Com'era prevedibile, c'erano alcuni errori nella valutazione della velocità del vento. Il computer del radar trasmise le nuove letture empiriche al sistema centrale, e gli altri otto cannoni della batteria principale modificarono leggermente la posizione. Fecero fuoco prima ancora che il colpo iniziale avesse toccato il suolo.

«Madre di Dio!» sussurrò Andreyev. Il lampo arancione oscurò per un attimo la nave. Qualcuno alla sua sinistra urlò, forse pensando che uno dei proiettili dell'artiglieria russa avesse fatto centro. Andreyev non si faceva simili illusioni. I suoi artiglieri erano fuori allenamento e non avevano ancora inquadrato i bersagli. Guardò con il binocolo la batteria a quattro chilometri.

Il primo colpo cadde millecinquecento metri a sudovest del

cannone più vicino. Gli otto sparati successivamente caddero duecento metri oltre.

«Spostate subito quella batteria!»

«Meno duecento e tutti i pezzi, fuoco!»

I cannoni erano già al secondo ciclo di caricamento. I gas inerti proiettarono fuori dalle bocche i frammenti dei sacchi di seta delle cariche di lancio per pulire le anime, poi gli otturatori si aprirono e le rampe di caricamento si portarono in posizione. Si controllò che non vi fossero residui pericolosi nelle bocche, poi i montacarichi della santabarbara salirono fino alla parte posteriore delle rampe, e i proiettili furono introdotti nei pezzi. I pesanti sacchi delle cariche furono posati sulle rampe e introdotti dietro i proiettili. Gli otturatori furono chiusi idraulicamente, e si diede elevazione ai pezzi. Gli uomini uscirono dai settori di caricamento, e premettero le mani sui paraorecchi imbottiti. Dei pulsanti azionati dalla direzione di tiro fecero rinculare ancora una volta le bocche da fuoco. Il ciclo ricominciò, e i marinai poco più che adolescenti eseguirono le stesse manovre che i loro padri avevano eseguito quarant'anni prima.

Andreyev uscì a guardare, come ipnotizzato, il sinistro spettacolo. Sentì il suono di tela strappata che annunciava il passaggio dei mostruosi proiettili, e si voltò a guardare la batteria. Gli automezzi arrivavano vicino ai cannoni che stavano sparando gli ultimi colpi, mentre i serventi iniziavano i frenetici preparativi per puntare di nuovo i pezzi. La batteria comprendeva sei cannoni da 152 millimetri e diversi autocarri per il trasporto delle munizioni e degli uomini. Si vide salire un muro di terra e di sassi, seguito da tre esplosioni secondarie, poi da altre quattro salve della *New Jersey* che si univa al bombardamento.

«Cos'è quello?» Un tenente additò un puntino nel cielo.

Il comandante dell'artiglieria distolse lo sguardo da quello che era stato un terzo dei suoi cannoni pesanti e identificò l'aereo telecomandato. «Posso farlo abbattere.»

«No!» urlò Andreyev. «Vogliamo proprio dire loro dove sono i nostri ultimi lancia-SAM?» Il generale era stato sotto il fuoco dei mortai e dei razzi in Afghanistan. Adesso affrontava la prima esperienza come bersaglio dell'artiglieria pesante.

«Le altre batterie sono ben mimetizzate.»

«Voglio che siano preparate almeno tre postazioni alternative per tutti i cannoni, mimetizzate a dovere.» Il generale ritornò all'edificio. Confidava che gli americani non avrebbero bombardato la città di Keflavik, almeno, non così presto. La stanza delle carte conteneva mappe a tutta parete della costa occidentale islandese. Gli uomini del servizio informazioni stavano già piazzando bandierine per indicare la posizione presunta delle unità americane.

«Che cosa abbiamo sul Hvita?» chiese al capo delle operazioni.

«Un battaglione. Dieci BMD per trasporto fanteria; il resto degli automezzi è formato da autocarri e da veicoli requisiti. I nostri hanno mortai, missili anticarro e SAM portatili. Sono spiegati in modo da coprire il ponte stradale sopra Bogarnes.»

«Gli americani li stanno già osservando dall'alto di questa collina. Che tipi di aerei abbiamo visto?»

«Hanno diverse portaerei a distanza utile per colpirci. Ventiquattro caccia e trentaquattro aerei d'attacco per ciascuna portaerei. Se hanno anche sbarcato un'intera divisione di marines, ci troveremo di fronte un numero notevole di elicotteri, più gli Harrier ad ala fissa. Possono operare tanto dalle navi anfibie quanto da basi terrestri appositamente preparate – con i materiali adatti, possono essere costruite in quattro-sei ore. Una divisione di marines ha circa il doppio della nostra forza; ha un battaglione di carri armati pesanti; è più forte anche come artiglieria, ma non ha altrettanti mortai. È la loro mobilità che mi preoccupa. Possono ballarci tutto intorno con elicotteri e mezzi da sbarco, per piazzare truppe dovunque vogliono...»

«Proprio come abbiamo fatto noi quando siamo sbarcati» ammise il generale concisamente. «Quanto sono efficienti?»

«I marines americani si considerano truppe scelte, proprio come la nostra Fanteria di Marina. Parecchi dei loro ufficiali superiori e sottufficiali hanno indubbiamente una buona esperienza di combattimento, non così la maggior parte degli ufficiali subalterni e dei graduati di truppa.»

«È grave la situazione?» Un nuovo personaggio entrò nella stanza. Era il caposervizio del KGB.

«Proprio lei, bastardo *cekista*! Lei che mi ha detto che la divisione dei marines andava in Europa! Mentre parliamo, quei marines stanno ammazzando i miei uomini.» Il tuono lontano delle artiglierie pesanti sottolineava le parole di Andreyev. Le corazzate stavano spostando il tiro su un deposito di carburanti. Fortunatamente era quasi vuoto.

«Compagno generale, io...»

«Fuori di qui! Devo lavorare.» Andreyev si stava già domandando se la missione era disperata, ma lui era un generale dei paracadutisti, e non era abituato alla sconfitta. Aveva dieci elicotteri d'attacco, tutti sparsi e mimetizzati dopo l'attacco all'aeroporto di Keflavik. «Che possibilità abbiamo di mandare qualcuno a dare un'occhiata a quel porto?»

«Siamo sotto continua sorveglianza da parte dell'aereo radar americano. Per arrivare al porto, gli elicotteri dovrebbero sorvolare postazioni nemiche. Gli americani hanno elicotteri armati e caccia... una missione suicida. Sarebbe un miracolo se il nostro uomo riuscisse ad avvicinarsi abbastanza per scoprire qualcosa di significativo, e più ancora che vivesse abbastanza a lungo per comunicarcelo.»

«Veda allora se può avere un aereo ricognitore dalla terraferma, o il supporto di un satellite. Devo sapere con chi abbiamo a che fare. Se possiamo martellare la spiaggia dove sono sbarcati, abbiamo una buona probabilità di battere le truppe che hanno a terra, e vadano a farsi fottere i loro aerei della Marina!»

Era una cosa complicata da ottenere, però una richiesta di informazioni prioritarie da parte del comandante della flotta settentrionale poteva tagliar fuori una buona fetta della burocrazia. Uno dei due satelliti da ricognizione sovietici operanti in tempo reale bruciò un quarto del carburante di manovra per modificare la propria orbita e venne a passare basso sull'Islanda in capo a due ore. Pochi minuti dopo, fu lanciato l'ultimo RORSAT sovietico a sud del cosmodromo di Baikonor; la prima orbita lo portò entro la portata radar dell'Islanda. Quattro ore dopo il messaggio di Andreyev, i russi ebbero un quadro chiaro degli schieramenti esistenti sull'isola.

Bruxelles, Belgio

«Sono pronti?» chiese il SACEUR.

«Dodici ore in più non guasterebbero, però sono pronti.» L'ufficiale operativo consultò l'orologio. «Partono allo scoccare dell'ora. Fra dieci minuti.» Il tempo impiegato per portare sul posto la nuova divisione era stato speso utilmente. Erano state messe insieme diverse brigate di rincalzo, costituendo due divisioni di nazionalità composita. Per farlo, avevano quasi completamente sguarnito di riserve il fronte. Frattanto, un piano di copertura e simulazione rapidamente escogitato aveva portato unità radiotrasmittenti su tutta la linea a fingere la presenza di reparti rimessi in postazione. La NATO aveva deliberatamente limitato la propria *maskirovka* fino a quel momento, lasciando il SACEUR a giocarsi tutta l'Europa occidentale su una coppia di cinque.

Hunzen, Repubblica Federale Tedesca

Era un esercizio stimolante. Alekseyev doveva spostare in avanti le forze A destinate a sfruttare lo sfondamento, mentre una divisione B di fanteria motorizzata in cattive condizioni si dissanguava per attraversare di forza il Weser. Per tutto il tempo, il generale attese nervosamente notizie dall'insicuro fianco destro. Non ve ne furono. Il CINC-Ovest era uomo di parola, e lanciò un attacco di copertura su Amburgo per distogliere le forze della NATO dalla zona dell'ultimo sfondamento sovietico.

La manovra non era affatto semplice. Le batterie di cannoni e missili antiaerei erano state prelevate da altri settori. Quando la NATO si fosse resa conto di quello che bolliva in pentola, avrebbe esercitato lo sforzo massimo per impedire l'avanzata sovietica sulla Ruhr. La resistenza era stata modesta fino a quel momento. Forse non avevano le idee ben chiare su quanto stava accadendo, o forse, pensava Alekseyev, erano veramente alla fine delle risorse umane e logistiche.

La prima unità A era la 120ª Fanteria motorizzata, le famose Guardie di Rogachev, i cui primi elementi stavano attraversando a Rühle, e subito dietro c'era l'8ª della Guardia. Altre due divisioni corazzate erano riunite sulle strade che portavano al fiume, e un reggimento del genio era all'opera per costruire sette ponti. Il servizio informazioni valutava in due, forse tre reggimenti le forze della NATO che si apprestavano ad affrontare i sovietici. *Non bastano, pensò Alekseyev. Non questa volta.* Anche le forze aeree alleate erano ridotte. I suoi gruppi di aviazione d'attacco riferivano opposizione di piccola entità nella zona di Rühle. *Forse il mio capo ha ragione, dopo tutto.*

«Intensa attività aerea nemica a Salzhemmendorf» riferì un ufficiale alle comunicazioni.

È là che si trova la 40ª Corazzata, pensò Alekseyev. Le unità B erano state fortemente menomate dal distruttivo attacco tedesco.

«La 40ª Corazzata ci informa di un forte attacco nemico in corso sul suo fronte.»

«Cosa intendono per "forte"?»

«Il rapporto viene dalla postazione di comando alternativa. Non posso comunicare con il quartier generale della divisione. Il vice comandante riferisce che carri americani e tedeschi stanno avanzando. La forza è dell'ordine di una brigata.»

Di una brigata? Un altro attacco distruttivo?

«Attacco nemico in corso a Dunsen.»

«Dunsen? È vicino a Gronau. Come accidenti ci sono arrivati?» sbottò Alekseyev. «Voglio precisazioni! È un attacco aereo o terrestre?»

«La 120ª Fanteria motorizzata ha tutto un reggimento dall'altra parte del Weser. Sta avanzando su Brökeln. Gli elementi di punta dell'8ª sono in vista del Weser. Le batterie di SAM si stanno appostando per coprire il punto di attraversamento.»

È come se mi stessero leggendo contemporaneamente diversi articoli di un giornale, pensò Alekseyev. Il generale Beregovoy era al fronte a coordinare la direzione del traffico e stabilire i compiti definitivi per la manovra dopo l'attraversamento. Pasha sapeva che quel posto competeva a Beregovoy ma, come già altre volte, era seccato di trovarsi lontano dalla vera azione, intento a dare ordini come un qualsiasi gerarca del Partito anziché come un capo combattente. L'artiglieria di tutte le divisioni in marcia era molto avanzata per poter proteggere l'attraversamento dai possibili contrattacchi.

Le nostre retrovie sono terribilmente deboli...

«Compagno generale, l'attacco a Dunsen è effettuato da carri armati e da truppe motorizzate con massiccio appoggio aereo tattico. Il comandante di reggimento a Dunsen calcola le forze nemiche in una brigata.»

Una brigata a Dunsen e una a Salzhemmendorf?

Sono comandanti di unità B. Fuori allenamento, senza esperienza. Se fossero ufficiali veramente capaci, sarebbero in unità di categoria A, non a fare da pastori a dei riservisti fuori forma.

«Unità nemiche terrestri a Bremke, forza sconosciuta.»

A soli quindici chilometri da qua! Alekseyev allungò la mano a prendere delle carte. Il carro comando era affollato, per cui uscì insieme all'ufficiale del servizio informazioni e stese le carte sul terreno.

«Che cosa diavolo sta capitando qui?» Mosse la mano sulla carta. «È un attacco su un fronte di venti chilometri.»

«La nuova divisione nemica non dovrebbe ancora essere sul posto, e il servizio informazioni dello scacchiere dice che sarà presto suddivisa su tutta l'area settentrionale del fronte come rinforzo volante.»

«Il quartier generale a Fölziehausen ha riferito un massiccio attacco aereo e poi è rimasto isolato.»

Come a sottolineare quest'ultima notizia, vi fu una poderosa esplosione verso Bremke, dove la 24ª aveva il deposito principale di carburante e di munizioni. All'improvviso, cominciarono ad apparire aerei bassi sull'orizzonte. La postazione mobile di comando era nei boschi che dominavano Hunzen. La piccola città era semideserta. Là si trovavano le radiotrasmittenti del reparto. Gli aerei della NATO fino a quel momento erano stati riluttanti a colpire i centri popolati da civili, se non vi erano proprio costretti...

Oggi non avevano perplessità del genere. Quattro caccia tattici spianarono con bombe ad alto potenziale il centro della città, dove erano ubicate le radiotrasmittenti.

«Mettete subito in funzione l'Alternativa Uno» ordinò perentorio Alekseyev.

Passarono altri aerei diretti a sudovest verso la Strada 240, su cui le unità A di Alekseyev si stavano spostando verso Rühle. Il generale trovò una radio funzionante e chiamò il CINC-Ovest a Stendal.

«Abbiamo un forte attacco nemico da sudest di Springe. Valuto la forza nemica in due divisioni.»

«Impossibile, Pasha – non hanno due divisioni di riserva!»

«Ho rapporti su unità nemiche terrestri a Bremke, Salzhemmendorf e Dunsen. Ritengo che il mio fianco sinistro sia in pericolo, e devo orientare altrimenti le forze per proteggerlo. Chiedo il permesso di sospendere l'attacco a Rühle per occuparmi di questa minaccia.»

«Richiesta respinta.»

«Compagno generale, sono io il comandante del settore. La situazione può essere controllata se ho l'autorità per affrontarla in modo adeguato.»

«Generale Alekseyev, il tuo obiettivo è la Ruhr. Se non sei capace di raggiungerlo, troverò un comandante in grado di farlo.»

Alekseyev guardò incredulo il ricevitore. Da due anni lavorava per quell'uomo. Erano amici. *Ha sempre avuto fiducia nei miei giudizi.*

«Lei mi ordina di continuare l'attacco indipendentemente dall'azione nemica?»

«Pasha, stanno facendo un attacco di disturbo, niente di più serio. Fammi passare quelle divisioni oltre il Weser» disse il generale in tono più gentile. «Chiudo.»

«Maggiore Sergetov!» chiamò Alekseyev. Il giovane ufficiale comparve dopo un attimo. «Si procuri un veicolo e vada a Dunsen. Voglio le sue osservazioni personali su quello che trova laggiù. Stia attento, Ivan Mikhailovich. La voglio qui di ritorno in meno di due ore. Vada.»

«Non farà nient'altro?» chiese l'ufficiale del servizio informazioni.

Pasha guardò Sergetov salire su un veicolo leggero. Non osava guardare l'ufficiale. «Ho ricevuto degli ordini. L'operazione di attraversamento del Weser continua. Abbiamo un battaglione anticarro a Holle. Gli ordini sono di spostarci a nord e di stare in guardia contro forze nemiche sulla strada da Bremke. Il generale Beregovoy sa che cosa deve fare.»

Se lo informo, cambierà le sue disposizioni. In quel caso sarà biasimato per avere violato gli ordini. Questa è una mossa sicura. Io gli passo con prudenza un avviso e – no! Se non posso violare gli ordini, non posso nemmeno farlo per interposta persona.

E se avessero ragione? Potrebbe essere un altro attacco diversivo. La Ruhr è un obiettivo strategico di enorme importanza.

Alekseyev alzò gli occhi. «Gli ordini di battaglia restano invariati.»

«Sì, compagno generale.»

«Il rapporto sui carri nemici a Bremke era sbagliato» annunciò un ufficiale subalterno venendo avanti. «L'osservatore ha visto i nostri carri diretti a sud e li ha scambiati per carri nemici.»

«E questa sarebbe una buona notizia?» domandò Alekseyev.

«Naturalmente, compagno generale» rispose poco convinto il capitano.

«E non le è venuto in mente di informarsi del perché i nostri carri stavano andando a sud? Maledizione, devo pensare io a tutto!» Non poteva urlare alla persona giusta, ma con qualcuno doveva pur farlo. Il capitano si fece piccolo sotto i suoi occhi. Una parte di Alekseyev si vergognava, ma un'altra aveva bisogno di sfogarsi.

Il compito era stato affidato a loro perché avevano più esperienza di combattimento di chiunque altro, però nessuno aveva pensato che non ne avevano affatto in quel teatro operativo. Stavano avanzando. A parte i contrattacchi locali, nessuna unità della NATO aveva avuto molte occasioni di progredire, ma il tenente – pensava ancora da sergente – Mackall sapeva che loro erano i più adatti a farlo. Il carro armato M-1 aveva un regolatore che limitava la velocità a circa quarantatré miglia orarie, però era la prima cosa che l'equipaggio toglieva dal carro.

Il suo M-Q stava procedendo verso sud a cinquantasette miglia orarie.

L'andatura era tale da fargli sbatacchiare il cervello contro la scatola cranica; malgrado ciò, non si era mai sentito così euforico. La sua vita era sul filo del rasoio, in bilico fra coraggio e pazzia. Elicotteri armati volarono davanti alla compagnia perlustrando la strada, e la dichiararono libera fino ad Alfeld. I russi non si servivano in alcun modo di quella strada. In effetti, non era neppure una strada, bensì la striscia di terreno erbosa che copriva una conduttura sotterranea. Era larga un centinaio di piedi, e attraversava il bosco in linea retta. La terra si alzava dai larghi cingoli del carro come l'acqua dalla coda di un motoscafo da corsa.

Il guidatore rallentò per affrontare un'ampia curva, mentre Mackall scrutava all'indietro per scoprire eventuali unità nemiche non avvistate dagli elicotteri. Non c'era bisogno che fosse proprio un veicolo. Potevano essere anche solo tre individui con un lanciamissili, nel qual caso la signora Mackall avrebbe ricevuto il seguente telegramma: «Spiacenti di informarla che suo figlio...».

Trenta chilometri! pensò. *Maledizione!* Era passata soltanto mezz'ora da quando i granatieri tedeschi avevano fatto un buco nelle linee russe e, zac! Carica! Cavalleria Black Horse! Era follia, ma, accidenti, lo era anche l'essere sopravvissuto al primo scontro – un'ora dopo l'inizio della guerra. Ancora dieci chilometri.

«Ma guarda! Altri nostri carri diretti a sud. Cosa diavolo sta succedendo?» ringhiò Sergetov all'autista. Era arrivato a esprimersi come il generale.

«Sono carri nostri?» chiese l'autista.

Il neomaggiore scosse il capo. Ne vide passare un altro fra gli alberi... la torretta era piatta, anziché a cupola come quella dei carri sovietici!

Un elicottero comparve sulla radura e volteggiò nel cielo. Sergetov non lo scambiò per un elicottero russo, e le alette sui due fianchi lo indicavano chiaramente come d'attacco. L'autista scartò a destra un attimo prima che la mitragliatrice nel muso del velivolo sparasse su di loro. Sergetov saltò fuori in tempo, con i proiettili traccianti che gli fischiavano intorno. Atterrò sulla schiena e rotolò verso gli alberi. Aveva tenuto la testa bassa, ma poté ugualmente sentire la vampa di calore quando i traccianti fecero incendiare la tanica di riserva sul retro del veicolo. Il giovane ufficiale si precipitò fra gli alberi e guardò da dietro il tronco di un pino. L'elicottero americano volò fino a un paio di centinaia di metri dall'autocarro per assicurarsi di averlo distrutto, poi partì verso sud. La radio di Sergetov era nel veicolo in fiamme.

«Buffalo tre-uno, qui Comanche, passo.»

«Comanche, qui tre-uno. Riferite, passo.»

«Abbiamo fatto saltare un camion russo. A parte questo, tutto libero. Spianali, cow-boy!» lo incitò il pilota dell'elicottero.

Mackall si mise a ridere. Dovette ricordare a se stesso che non era proprio un gioco. Diversi guidatori di carri armati si erano trovati nei guai solo per essersi un po' rilassati nell'amena campagna tedesca, e adesso avevano l'ordine di farlo! In due minuti percorsero più di due chilometri.

È qui che diventa difficile.

«Buffalo tre-uno, vediamo tre veicoli russi di guardia in cima al colle. Sembrano dei Bravo-Tango-Romeo. Pare che sul ponte stiano passando solo autocarri. L'officina riparazioni è sulla riva a nord della città.»

Il carro rallentò nell'affrontare l'ultima curva. Mackall ordinò di passare fuori dalla strada, sul prato, dove il mezzo girò pesantemente intorno a una macchia di alberi.

«Bersaglio BTR, a ore undici, duemilasettecento! Fuoco a volontà, Woody!»

Il primo dei veicoli a otto ruote esplose prima ancora che gli equipaggi si rendessero conto della presenza di un carro armato. A quaranta chilometri dietro la linea del fronte, stavano all'erta contro gli aerei, non contro i mezzi corazzati nemici. Gli altri due BTR furono distrutti nel giro di un minuto, e il plotone di quattro carri comandati da Mackall balzò in avanti.

Raggiunsero la cresta tre minuti dopo. Uno per volta, gli enormi Abram si profilarono sul crinale che dominava quella che era stata una piccola città. Ora non esisteva più, dopo quattro giorni di continui attacchi aerei e di bombardamenti d'artiglieria. Erano in funzione quattro ponti di fortuna, e numerosi autocarri li stavano percorrendo o erano in attesa di passare.

Dapprima i carri armati localizzarono e impegnarono ogni oggetto che apparisse anche solo vagamente pericoloso. Mitragliarono gli automezzi, ma diressero il fuoco dei cannoni sull'officina di riparazione dei carri situata nei campi a nord della città. In quel momento erano giunte sul posto anche due formazioni di fanteria, i cui veicoli presero a sparare anche loro sugli autocarri con i cannoncini da 25 millimetri. Nel giro di un quarto d'ora, più di cento automezzi erano in fiamme, insieme a rifornimenti che sarebbero bastati ad alimentare un'intera divisione russa per una giornata di combattimento. Però, l'importanza dei rifornimenti era marginale. Il resto dello squadrone stava raggiungendo il gruppo avanzato, con il compito di tenere quel nodo russo di comunicazione finché non li avessero rilevati. I tedeschi erano già padroni di Gronau, e le forze sovietiche a est del Leine furono tagliate fuori dai rifornimenti. Due dei ponti russi erano liberi, e una compagnia di veicoli da trasporto truppe vi si precipitò a prendere posizione sul lato est della città.

Ivan Sergetov strisciò fino al margine della pista erbosa – non sapeva che cosa fosse – e vide passare le unità, sentendosi gelare il sangue. Erano americani, almeno un battaglione, calcolò, e viaggiavano con poco carico. Non erano camion, ma semicingolati. Ebbe la presenza di spirito di mettersi a contare i carri e i semicingolati da trasporto truppe che correvano a una velocità di cui non si era reso conto prima. Più impressionante di tutto era il fragore. I carri M-1 con motore a turbina erano meno rumorosi dei diesel. Non li si sentiva quasi finché non arrivavano a poche centinaia di metri – ottima la combinazione di bassa rumorosità e alta velocità... *Sono diretti su Alfeld!*

Devo riferire questo fatto. Ma come? Non aveva più radio, e dovette fare mente locale per un minuto, per stabilire dove si trovava... *a due chilometri dal Leine, che scorre oltre una collina boscosa.* Era di fronte a una scelta difficile. Poteva tornare alla postazione del comando, ma ciò avrebbe comportato una marcia di venti chilometri. In alternativa, poteva andare verso le retrovie, dove in tempo molto più breve avrebbe trovato unità amiche e la possibilità di dare l'allarme. Ma andare indietro era da codardi, no?

Vigliaccheria o no, doveva dirigersi a est. Sergetov aveva la sensazione agghiacciante che non fosse stato dato l'allarme. Si spostò verso il margine del bosco e attese un varco nella colonna americana. C'erano solo trenta metri per passare dall'altra parte. *Cinque secondi per attraversare*, si disse. *Meno ancora.*

Un altro M-1 gli passò vicino in velocità. Guardò a sinistra e vide che il veicolo successivo era a quasi trecento metri. Sergetov inspirò profondamente e scattò.

Il comandante del carro lo vide, ma non riuscì a porre mano alla mitragliatrice abbastanza in fretta. Inoltre, non valeva la pena di fermarsi per un uomo isolato che non portava nemmeno un fucile. Riferì l'incontro per radio e tornò a occuparsi della missione.

Sergetov non smise di correre finché non fu a un buon centinaio di metri nel bosco. Non era molto, ma si sentiva come se il cuore stesse per balzargli fuori dal petto. Si sedette appoggiato a un tronco a riprendere fiato, e continuò a osservare i veicoli che passavano. Ci vollero parecchi minuti prima che potesse di nuovo muoversi lungo il ripido pendio. Ben presto si ritrovò sulla sponda del Leine.

Lo shock di vedere i carri americani era già stato abbastanza duro, ma qui era ancora peggio. L'officina riparazioni era una rovina fumante. Dappertutto c'erano veicoli in fiamme. Almeno adesso doveva andare in discesa. Corse fino al fiume, si strappò di dosso il cinturone con la pistola e si tuffò nella rapida corrente.

«Cos'è quello? Vedo un russo che nuota nel fiume!» Un mitragliere ruotò la calibro 50, ma il comandante del veicolo lo fermò.

«Risparmia i colpi per i MiG, soldato!»

Si arrampicò sulla riva est e si voltò a guardare indietro. I veicoli americani si stavano calando nelle postazioni difensive. Corse al riparo e si fermò di nuovo a riflettere prima di proseguire. C'era un punto di controllo del traffico a Sack. Sergetov corse fin là.

Dopo la prima ora le cose si calmarono. Il tenente Mackall scese dal carro a vedere come si era sistemato il plotone. Uno dei pochi veicoli per trasporto munizioni si fermava brevemente accanto a ogni mezzo, e il suo equipaggio lanciava quindici proiettili ciascuno. Non male, anche se non bastavano a sostituire i colpi sparati. Gli equipaggi tagliarono alberi e cespugli per mimetizzare i veicoli. Gli uomini della fanteria che li accompagnavano piazzarono gli addetti al lancio degli Stinger. I caccia stavano già girando nel cielo. Secondo le informazioni, sulla riva occidentale del fiume c'erano otto divisioni russe. Mackall era appostato proprio sul percorso dei loro rifornimenti.

USS Independence

Una bella differenza dall'altra volta, pensò Toland. L'Aviazione aveva un Sentry E-3 al largo di Søndrestrøm a protezione della flotta, e dalla portaerei si erano alzati anche quattro Hawkeye E-2C. Stava per arrivare in Islanda un impianto radar affidato all'Esercito. Con le portaerei c'erano due incrociatori Aegis; un terzo incrociatore stava con la forza anfibia.

«Pensa che colpiranno prima noi, o gli anfibi?» chiese l'ammiraglio Jacobsen.

«È come lanciare una moneta, ammiraglio» rispose Toland. «Dipende da chi dà gli ordini. Se è la Marina sovietica, vorrà fare fuori prima noi, se è l'Esercito, vorrà eliminare gli anfibi.»

Jacobsen incrociò le braccia e si mise a osservare le carte. «Così vicini, possono venirci addosso da qualunque direzione.»

Non prevedevano più di una cinquantina di Backfire, ma c'erano ancora molti vecchi Badger, e la flotta non distava più di millecinquecento miglia dalle basi dei bombardieri sovietici, che di conseguenza potevano venire con il carico massimo di armi e munizioni. Per fermare i russi, la Marina aveva sei squadriglie di Tomcat e altre sei di Hornet, per un totale di circa centoquaranta caccia. Ventiquattro erano in volo in quel momento, appoggiati da aerei cisterna, mentre gli aerei d'attacco al suolo martellavano senza sosta le postazioni russe. Le corazzate avevano concluso la prima visita all'area di Keflavik e si trovavano nel Hvalfjördur – il Fiordo delle Balene – a fornire la copertura d'artiglieria ai marines a nord di Bogarnes. Tutta l'operazione era stata programmata tenendo presente un probabile attacco russo con missili aria-terra. Ci sarebbero stati altri "vampiri".

La perdita della Norvegia settentrionale aveva reso inutile Realtime. Il sottomarino era ancora in posizione a raccogliere dati per il servizio informazioni, ma il compito di localizzare i transiti dei bombardieri russi in uscita era passato ai ricognitori britannici e norvegesi con base in Scozia. Un aereo norvegese avvistò una formazione di Badger diretti a sud-ovest e diede l'allarme via radio. Gli aerei russi erano a circa settanta minuti di volo dalla flotta.

Dal suo posto al CIC, immediatamente sotto il ponte superiore, Toland ascoltava il ruggito dei motori a reazione mentre gli aerei venivano catapultati. Era nervoso. Sapeva che la situazione tattica era del tutto diversa da quella del secondo giorno di guerra, ma non poteva dimenticare di essere uno dei due soli uomini usciti vivi da un compartimento simile a quello in cui si trovava ora. In quel locale arrivava un fiume d'informazioni. I radar a terra, l'E-3 dell'Aviazione e l'E-2 della Marina, convogliavano tutti i dati alle portaerei. L'energia elettromagnetica sospesa nel cielo sarebbe stata sufficiente per arrostire gli uccelli in volo. Lo schermo mostrava i caccia diretti verso le rispettive posizioni. I Tomcat si portarono sulla costa settentrionale dell'Islanda, a descrivere ampi cerchi in attesa dei bombardieri russi.

«Delle idee, Toland, voglio delle idee!» disse l'ammiraglio.

«Se vogliono colpire noi, arriveranno da est. Se invece ce l'hanno con gli anfibi, andranno direttamente su di loro. Non ci sono manovre trabocchetto possibili, se puntano su Stykkisholmur.»

Jacobsen era d'accordo. «Anch'io la vedo così.»

Il frastuono sul ponte volo continuava a causa dell'appontaggio degli aerei che si riarmavano per nuovi attacchi con le bombe. Oltre a produrre gli ovvi effetti materiali, le continue e violente incursioni miravano a stroncare il morale dei paracadutisti sovietici. Gli Harrier dei marines erano anch'essi in azione, insieme agli elicotteri. Il successo iniziale era stato un po' superiore al previsto. I russi non avevano decentrato molto le truppe, e i concentramenti già noti venivano investiti da un uragano di bombe e di razzi.

«Starbase, qui Hawk-Blue-Tre. Ricevo dei rumori di disturbo, rilevamento zero-due-quattro... adesso altri disturbi.» I dati vennero trasmessi direttamente alla portaerei, dove tre larghe tracce gialle comparvero sul display. La stessa informazione giunse subito dopo anche dagli altri Hawkeye.

L'ufficiale al comando delle operazioni aeree della flotta accennò un sorriso nell'alzare il microfono. Gli apparecchi erano tutti in posizione, il che gli dava diverse possibilità.

«Piano Delta.»

Lo Hawk-Green-Uno aveva a bordo l'ufficiale responsabile degli aerei dell'*Independence*, un pilota da caccia che avrebbe di gran lunga preferito essere ai comandi di un Tomcat in quella missione. Inviò due caccia di ciascuna squadriglia a cercare il "jammer" russo. I Badger attrezzati per il disturbo elettronico erano spiegati su un ampio fronte per coprire l'avvicinamento dei bombardieri armati di missili, e procedevano a cinquecento nodi; erano a trecento miglia dallo sbarramento degli aerei radar. I Tomcat puntarono su di loro, anch'essi a cinquecento nodi.

I "jammer" creavano sugli schermi radar americani tracce opache a forma di cuneo, per cui si presentavano un po' come i raggi della ruota di un carro. Poiché ogni raggio era specifico per ciascun trasmettitore radar, i controllori potevano confrontare i dati, triangolare e tracciare la posizione dei "jammer". I Tomcat si avvicinarono veloci, e gli ufficiali d'intercettazione radar su ciascun caccia spostarono il comando delle teste dei Phoenix in modo che si centrassero sui generatori di disturbo. Così, invece di essere guidati dai radar dei propri aerei, i missili avrebbero cercato il rumore trasmesso dai Badger.

Furono localizzati venti "jammer". Diciotto caccia si diressero verso di loro puntando due missili su ciascun aereo nemico.

«Delta. Eseguire!»

I Tomcat lanciarono contro i bersagli che distavano quaranta miglia, e i Phoenix saettarono nel cielo. Il tempo di volo era solo di cinquantasei secondi. Sedici Badger furono spazzati via. I quattro superstiti spensero le apparecchiature appena videro le scie dei missili, e si gettarono in picchiata inseguiti dai Tomcat.

«Numerosi contatti radio. Il Raid Uno è di cinquanta aerei, rilevamento zero-zero-nove, distanza tre-sei-zero, velocità seicento nodi, altezza trentamila. Il Raid Due...» L'altoparlante continuò man mano che gli aerei nemici venivano rilevati.

«L'incursione principale, forse dei Badger, è diretta sugli anfibi. Quest'altra sarà di Backfire. Cercheranno di lanciare su di noi, probabilmente a distanza, per attirare fuori i nostri caccia» disse Toland.

Jacobsen parlò all'ufficiale operativo. Hawk-Green-Uno doveva dirigere la difesa della forza anfibia. Hawk-Blue-Quattro della *Nimitz* avrebbe difeso i gruppi delle portaerei. I caccia si divisero secondo lo schema ed entrarono in azione. Toland notò che Jacobsen lasciava la responsabilità delle operazioni aeree agli ufficiali sugli apparecchi comando. L'ufficiale della difesa antiaerea della flotta sulla USS *Yorktown* dirigeva le navi armate di SAM, che furono messe tutte in allarme generale, ma tennero disattivati i trasmettitori radar.

«La sola cosa che mi preoccupa è che potrebbero usare di nuovo quella porcata di trucco degli aerei civetta» mormorò Jacobsen.

«Quella volta ha funzionato» ammise Toland. «Però erano meno distanti di adesso.»

I Tomcat si divisero in gruppi di quattro, ciascuno controllato dal radar. Anche loro erano stati avvisati del rischio degli aerei radiocomandati che avevano tratto in inganno la *Nimitz*. I caccia tennero i radar spenti finché non furono a cinquanta miglia dai bersagli, poi li accesero localizzandoli a beneficio dei sistemi TV di bordo.

«Hawk-Blue-Quattro» chiamò uno di loro. «*Tallyho*, ho individuato un Backfire. Lo attacco immediatamente. Chiudo.»

Il piano d'attacco dei russi si basava sulla premessa che i caccia americani avrebbero tentato di passare attraverso i "jammer" a nord, così sarebbero stati presi in contropiede dall'arrivo dei Backfire a est. Ma i "jammer" non c'erano più, e i Backfire non avevano ancora la formazione delle portaerei sul radar, e non potevano certo lanciare i missili basandosi sulle foto da satellite scattate alcune ore prima. Non avevano neppure la possibilità di fuggire, per cui inserirono i postbruciatori e attivarono i radar per combattere contro il tempo, la distanza, e gli intercettori americani.

Di nuovo fu come osservare un videogioco. I simboli che designavano i Backfire cambiarono forma quando questi azionarono i "jammer" di protezione. Il disturbo ridusse l'efficacia dei missili Phoenix, ma a quel punto le perdite russe erano già pesanti. I Backfire erano a trecento miglia, ma la portata utile dei loro radar era solo della metà, e già i caccia sciamavano sulla formazione sovietica. I richiami di *tallyho* si susseguivano sui circuiti radio mentre i Tomcat convergevano a impegnare i bombardieri russi, e i simboli ^ cominciavano a sparire dagli schermi radar. I Backfire si avvicinarono a settecento miglia al minuto, cercando disperatamente la flotta americana con i radar.

«Qualcuno riuscirà a passare» disse Toland.

«Sei o otto» concordò Jacobsen.

«Calcoliamo tre missili ciascuno.»

I Tomcat avevano già lanciato tutti i missili, e si ritirarono per lasciare intervenire gli Hornet con gli i Sparrow e i Sidewinder. Non era facile per i caccia tenere dietro ai bersagli. La velocità dei Backfire rendeva difficili le virate, e i caccia – notoriamente – portavano poco carburante. Però i loro missili continuavano a fare centro, e nemmeno il frequente ricorso ai generatori di disturbo e agli scarti di rotta improvvisi bastavano a metterli tutti fuori causa. Infine un aereo ricevette un contatto da un radar di terra e ne ritrasmise la posizione via radio. I sette Backfire rimasti lanciarono e virarono verso nord alla velocità di Mach 2. Altri tre caddero vittime dei missili prima che i caccia dovessero ritornare alla base.

Risuonò l'allarme per i "vampiri", e Toland rabbrividì, memore della volta precedente. Erano stati localizzati venti missili in arrivo. La formazione attivò i "jammer" e le rampe dei SAM. Sulla direttrice dell'attacco c'erano due incrociatori Aegis. Nel giro di pochi secondi iniziarono a lanciare missili, e così fecero le altre navi armate di SM-2, i cui missili furono diretti dai sistemi computerizzati degli Aegis. Novanta SM-2 erano diretti sui venti missili sovietici, di cui tre riuscirono a passare, ma uno solo puntò su una portaerei. Fu distrutto un migliaio di piedi prima della nave dai cannoni dell'*America*. Gli altri due trovarono l'incrociatore *Wainwright* e lo fecero esplodere a quattro miglia dall'*Independence*.

«Maledizione!» Il viso di Jacobsen si irrigidì. «Pensavo che lo avessimo battuto. Cominciamo a ricuperare gli aerei. Abbiamo qualche caccia a secco, lassù.»

Adesso erano i Badger al centro dell'attenzione. Il gruppo dei Tomcat a nord stava entrando nella portata dei vecchi bombardieri, i cui equipaggi avevano previsto di seguire i "jammer", invertendo la tattica precedente. Alcuni non si resero conto subito di non avere alcun muro elettronico dietro cui nascondersi, comunque non c'era scelta. Individuarono i caccia in arrivo quando erano ancora a cinque minuti dai punti di lancio. I Badger mantennero la rotta e passarono alla velocità massima per ridurre i tempi di vulnerabilità, mentre gli equipaggi cercavano ansiosamente i missili.

I piloti dei Tomcat furono sorpresi nel vedere che i bersagli in arrivo non cambiavano rotta, cosa che rendeva abbastanza plausibile l'ipotesi degli aerei teleguidati. Si avvicinarono per individuarli nel timore di farsi pescare di nuovo a sparare sugli aerei civetta.

«*Tallyho*! Badger a ore dodici, allineato in quota.» Il primo Tomcat lanciò un paio di missili da quaranta miglia.

A differenza dei Backfire, i Badger avevano un rilevamento preciso dei bersagli, che consentì loro di lanciare gli AS-4 dalla distanza massima. Uno alla volta i bombardieri, vecchi di vent'anni, lanciarono e virarono il più stretto possibile nel tentativo di evadere. I caccia della Marina non potevano inseguirli, per cui metà dei Badger riuscì a mettersi in salvo. A bordo degli aerei radar furono registrati gli abbattimenti, mentre i missili filavano verso Stykkisholmur. L'Aviazione navale sovietica aveva subìto perdite terrificanti.

USS Nassau

Edwards era ancora nel dormiveglia dell'anestesia quando udì il gong elettronico che ordinava "posto di combattimento". Stentava a capire dov'era. Gli pareva di ricordare il volo in elicottero, ma l'impressione successiva era di trovarsi in una cuccetta con aghi e tubi infilati in varie parti del corpo. Comprendeva il significato dell'allarme, e razionalmente si rendeva conto che avrebbe dovuto aver paura. Non riusciva, però, a far passare le emozioni attraverso il torpore provocato dagli analgesici. Poté alzare la testa. Accanto al letto era seduta Vigdis che gli teneva una mano. Rispose alla pressione delle dita di lei, senza capire che era addormentata. Un attimo dopo piombò nel sonno anche lui.

Cinque ponti più in alto, il comandante della *Nassau* era sull'ala di plancia. Di solito stava al CIC, ma la nave era ferma, e il ponte di comando gli sembrava un ottimo punto d'osservazione. Più di cento missili erano in arrivo da nordest. Appena ricevuto l'avviso dell'incursione, un'ora prima, tutti gli uomini erano stati mandati ad accendere i bidoni fumogeni posti sugli scogli di quella cosiddetta rada. Era la miglior difesa di cui disponeva; lo sapeva, ma stentava a crederci. I cannoni agli angoli del ponte di volo erano predisposti in automatico. Chiamati R2D2 per la loro forma, i Gatling del sistema difensivo erano elevati di venti gradi in direzione dell'asse del pericolo. Era tutto quello che si poteva fare. Gli esperti della difesa avevano stabilito che lanciare anche solo dei razzi con materiale di disturbo avrebbe fatto più male che bene. Il comandante alzò le spalle: se era giusto o sbagliato, l'avrebbe saputo entro cinque minuti.

Guardò il *Vincennes* a est che navigava in pigri cerchi. All'improvviso, quattro scie di fumo scaturirono dal lanciamissili dell'incrociatore dando inizio al ciclo del tiro. Ben presto il cielo a nordest diventò una densa massa di fumo. Prese a cercare con il binocolo le nuvole nere delle intercettazioni riuscite. Sembravano sempre più vicine, ma lo erano anche i missili. L'incrociatore Aegis non poteva colpirli tutti. Il *Vincennes* vuotò i magazzini in quattro minuti, poi si lanciò a piena velocità per passare fra un paio di isolette rocciose. Il comandante ne fu stupito. Qualcuno stava portando un incrociatore da un miliardo di dollari in un labirinto di scogli alla velocità di venticinque nodi. Neppure al largo di Guadalcanal...

Un'esplosione scosse l'isola di Hrappsey, a quattro miglia di distanza. Poi, un'altra su Seley. Ma allora funzionava!

A dieci miglia di altezza, i missili russi inserirono le teste radar autocercanti e si trovarono i display affollati di segnali. Di fronte al sovraccarico di dati, scelsero quelli che avevano la maggiore segnatura infrarossa. Molti dei blip denunciavano calore, e i missili si diressero sui più grandi per fare la picchiata finale a Mach 3. Non potevano sapere che stavano attaccando rocce vulcaniche. Trenta missili passarono attraverso i SAM della difesa. Soltanto cinque di loro mirarono effettivamente delle navi.

Due degli R2D2 del *Nassau* ruotarono contemporaneamente e spararono a un missile che volava troppo veloce per essere visibile. Il comandante guardò nella direzione delle canne appena in tempo per vedere un lampo bianco a mille piedi d'altezza. Fu quasi assordato dal rombo che seguì, e quando le schegge rimbalzarono rumorosamente dalla timoniera e gli caddero intorno, si rese conto di quanto fosse stato stupido a rimanere così esposto. Altri due missili caddero sulla città, verso ovest. Poi il cielo si sgomberò. Una palla di fuoco a ovest gli disse che era stata colpita almeno una nave.

«Figlio di puttana.» Chiamò per telefono il CIC. «Combattimento, qui plancia. Due missili sono caduti su Stykkisholmur. Mandiamo un elicottero, è probabile che ci siano delle vittime.»

Mentre Toland osservava, le registrazioni della battaglia aerea furono ripassate sul video ad alta velocità. Un computer elencava gli abbattimenti. Ormai tutto era automatizzato.

«*Wow*» disse l'ufficiale alle informazioni parlando a se stesso.

«Non come l'altra volta, eh, figliolo?» osservò Jacobsen. «Spaulding, voglio notizie degli anfibi!»

«Ricevute in questo momento, signore. Il *Charleston* si è preso un colpo che l'ha spaccato in due. Il *Guam* e il *Ponce* hanno riportato danni non gravi – ed è tutto, ammiraglio!»

«Più il *Wainwright*.» Jacobsen emise un lungo sospiro. Due preziose navi e la vita di millecinquecento uomini erano andate perdute, eppure doveva ammettere che l'operazione era stata un notevole successo.

Keflavik, Islanda

«L'attacco dovrebbe essere finito, a quest'ora.»

Andreyev non si aspettava informazioni sollecite. Gli americani erano infine riusciti a mettergli fuori uso l'ultimo radar, per cui non aveva modo di seguire la battaglia aerea. Gli addetti alle intercettazioni radio avevano registrato numerose trasmissioni in voce, che però erano troppo deboli e troppo celeri per cavarne delle conclusioni, oltre quella che una battaglia c'era stata.

«L'ultima volta che abbiamo affrontato un gruppo di portaerei della NATO, l'abbiamo distrutto» disse ottimisticamente l'ufficiale operativo.

«Le nostre truppe sopra Bogarnes sono ancora sotto pesante bombardamento» riferì un altro. Le corazzate americane le avevano martellate per più di un'ora. «Staranno subendo perdite gravi.»

«Compagno generale, Ho un... la prego di ascoltare, è sul circuito del comando.»

Il messaggio ripeteva quattro volte, in russo: «Comandante delle Forze sovietiche in Islanda, qui il comandante della Flotta atlantica d'attacco. Se non ricevete questo messaggio, qualcuno ve lo farà pervenire. Dite ai vostri bombardieri "Buona fortuna", la prossima volta. Arrivederci presto. Chiudo.»

Sack, Repubblica Federale Tedesca

Sergetov si trascinò fino al posto di controllo del traffico in tempo per vedere un battaglione di carri armati che si avviava sulla strada per Alfeld. Rimase piegato in due, con le mani sulle ginocchia, a osservare i carri che si allontanavano.

«Si identifichi!» Era un tenente del KGB, che aveva assunto la direzione del traffico. Per lui, l'autorizzazione a fucilare i trasgressori non costituiva un problema.

«Maggiore Sergetov. Devo vedere immediatamente il comandante del settore.»

«A che unità appartiene, Sergetov?»

Ivan si raddrizzò. Non compagno maggiore, neppure compagno, soltanto Sergetov.

«Sono l'aiutante di campo personale del generale Alekseyev, vice comandante dello Scacchiere Ovest. Adesso mi porti immediatamente dal suo comandante!»

«Documenti.» Il tenente tese la mano, con espressione fredda e arrogante.

Sergetov sorrise a denti stretti. I suoi documenti di identità erano contenuti in una busta impermeabile. Consegnò la prima tessera all'ufficiale del KGB. Era un documento che suo padre era riuscito a procurargli prima della mobilitazione.

«E che cosa se ne fa di un lasciapassare prioritario di Classe 1?»

«E chi accidenti è lei per chiedermelo?» Il figlio del membro del Politburo portò il viso a un centimetro da quello dell'interlocutore. «Mi porti dal suo comandante adesso, o vedremo chi sarà fucilato oggi in questo posto!»

Il *cekista* si sgonfiò di colpo e condusse Sergetov a una casa di campagna. Il comandante della postazione di controllo era un maggiore. Bene.

«Ho bisogno di trasmettere un messaggio radio sul circuito del comando d'armata!» esplose Sergetov.

«Ho solo i circuiti di reggimento e di divisione» rispose il maggiore.

«Qual è il più vicino comando di divisione?»

«Quello della 40ª Corazzata a...»

«È distrutto. Maledizione! Mi occorre un veicolo. Subito! C'è una formazione americana ad Alfeld.»

«Ci abbiamo appena mandato un battaglione...»

«Lo so. Lo richiami.»

«Non ho l'autorità per farlo.»

«Maledetto imbecille! Stanno correndo dritti in un agguato. Li richiami subito!»

«Non ho l'autor...»

«Lei è forse un agente tedesco? Non ha visto che cosa sta succedendo laggiù?»

«È stato un attacco aereo, vero?»

«Ad Alfeld ci sono i carri armati americani, idiota. Dobbiamo lanciare un contrattacco, ma un battaglione non basta. Noi...» Giunsero le prime esplosioni da sei chilometri di distanza. «Maggiore, voglio una di queste due cose. O mi dà un mezzo di trasporto in questo preciso momento, o mi dà il suo nome e numero di matricola perché io possa denunciarla nella debita forma.»

I due ufficiali del KGB si scambiarono uno sguardo incredulo. Nessuno osava parlare loro in quel modo, ma chi lo faceva... Sergetov ottenne il veicolo e corse via. Mezz'ora dopo era alla base di rifornimento di Holle, dove trovò una radio.

«Dov'è lei, maggiore?» domandò Alekseyev.

«A Holle. Gli americani sono passati attraverso le nostre linee. Hanno almeno un battaglione di carri armati ad Alfeld.»

«Cosa?» La radio tacque per un momento. «È sicuro?»

«Compagno generale, ho dovuto nuotare nel fottuto fiume per arrivare fin qui. Ho contato una colonna di venticinque veicoli corazzati pochi chilometri a nord della città. Hanno fatto saltare l'officina riparazioni e massacrato una colonna di camion. Generale, c'è una formazione americana ad Alfeld di forza non inferiore a un battaglione.»

«Si procuri un mezzo di trasporto per Stendal e riferisca personalmente al Comandante in Capo dello Scacchiere Ovest.»

USS Independence

«Buona sera, maggiore Chapayev. Come va la gamba?» chiese Toland sedendosi accanto alla cuccetta dell'infermeria. «La trattano bene?»

«Non ho reclami. Il suo russo è... discreto.»

«Non mi succede spesso di usarlo con cittadini sovietici. Forse lei mi potrà aiutare.» *Maggiore Alexandr Georgiveyich Chapayev*, c'era scritto sull'elaborato del computer. *Età 30 anni. Secondo figlio del generale Georgiy Kostantinovich Chapayev, comandante della Difesa Antiaerea del Distretto di Mosca. Sposato con la figlia minore di un membro del Comitato Centrale, Ilya Nikolayevich Govorov.* Quindi, con ogni probabilità, un giovane che aveva l'accesso a parecchie informazioni "sottobanco".

«Aiutarla... con la grammatica?» Chapayev sbuffò.

«Era lei il comandante dei MiG? Si rilassi, maggiore, tutto è finito adesso. Lo sa.»

«Ero l'ufficiale superiore di volo, sì.»

«Mi è stato detto di congratularmi con lei. Io non sono aviatore, ma mi dicono che la sua tattica nel combattimento sopra Keflavik è stata eccellente. Credo che lei avesse cinque MiG. Ieri abbiamo perso un totale di sette aerei, di cui tre a opera dei MiG, due dei missili, e due del tiro dell'antiaerea. Considerando le forze in campo, siamo stati sgradevolmente sorpresi.»

«Avevo un dovere da compiere.»

«*Da*. Abbiamo tutti il nostro dovere» convenne Toland. «Se lei si preoccupa di come noi la tratteremo, non ne ha motivo. Sarà trattato correttamente sotto ogni aspetto. Non so che cosa le hanno detto di aspettarsi, ma probabilmente avrà avuto occasione di notare, qualche volta, che non tutto ciò che dice il Partito corrisponde esattamente alla verità. Vedo dai suoi documenti che ha moglie e due bambini. Anch'io ho famiglia. Vivremo entrambi abbastanza a lungo per rivedere i nostri cari, maggiore. Beh, probabilmente.»

«E quando vi hanno attaccati i nostri bombardieri?»

«Tre ore fa. Non gliel'hanno detto?»

«Ha! La prima volta...»

«Ero sulla *Nimitz*. Siamo stati colpiti due volte.» Toland descrisse succintamente l'attacco. «Questa volta le cose sono andate diversamente. In questo momento sono in corso le operazioni di salvataggio. Se ricuperiamo dei superstiti, non mancheremo d'informarla. La vostra Aviazione non è più una minaccia per noi. I sottomarini sono un altro discorso, ma non ha senso fare domande su questo argomento a un pilota. Per la verità, non è un vero interrogatorio.»

«E allora perché è venuto qui?»

«Le farò qualche domanda più tardi. Volevo solo vederla e darle un saluto. C'è qualcosa di cui ha bisogno che posso procurarle?»

Chapayev non sapeva come interpretare tutto questo. A parte la possibilità che gli americani lo fucilassero pari pari, non sapeva proprio che cosa aspettarsi. Aveva ricevuto le solite istruzioni su come tentare la fuga, ma chiaramente non valevano per chi si trovava a bordo di una nave in mezzo all'oceano.

«Non le credo» disse infine.

«Compagno maggiore, non è il caso che le faccia domande sui MiG-29, perché non ne è rimasto nemmeno uno in Islanda. Tutti gli altri sono in Europa centrale, ma non è là che stiamo andando. Non vale la pena d'interrogarla sulle postazioni difensive di terra in Islanda; lei è un pilota e non ne sa niente. Che cosa sa dei sottomarini, eh? Ci pensi, maggiore, lei è un uomo colto. Pensa di avere le informazioni che ci servono? Ne dubito. Lei sarà scambiato a tempo debito con qualche vostro prigioniero – una faccenda politica per i nostri capi politici. Fino a quel momento, la tratteremo correttamente.» Toland fece una pausa. *Parlami, maggiore...*

«Ho fame» disse Chapayev un momento dopo.

«Il pranzo è fra circa mezz'ora.»

«Mi manderete semplicemente a casa, dopo...»

«Non abbiamo campi di lavoro e non uccidiamo i prigionieri. Se mai avessimo intenzione di maltrattarla, perché mai il chirurgo le avrebbe ricucito la gamba e somministrato dei sedativi?»

«Le foto che avevo con me?»

«Me ne stavo quasi dimenticando.» Toland porse al russo il portafoglio. «Non è contrario alle regole portarle con voi?»

«Le tengo come portafortuna.» Chapayev estrasse la foto in bianco e nero della moglie e delle due gemelle. *Vi rivedrò. Ci vorrà qualche mese, forse, ma vi rivedrò.*

Bob rise. «Il portafortuna ha funzionato, maggiore. Questa è la mia famiglia.»

«Sua moglie è un po' magra, ma anche lei è un uomo fortunato.» Chapayev tacque, e gli occhi gli si riempirono di lacrime. Sbatté le palpebre. «Berrei qualcosa» disse speranzoso.

«Anch'io, ma sulle navi non è permesso.» Guardò le fotografie. «Le sue bambine sono molto belle, maggiore. Sa, dobbiamo proprio essere pazzi per lasciarle.»

«Abbiamo il nostro dovere» disse Chapayev. Toland fece un gesto di stizza. «Sono i maledetti politici. Ci dicono di andare e noi andiamo, come degli imbecilli. Accidenti, non sappiamo nemmeno perché è scoppiata questa stramaledetta guerra!»

«Vuol dirmi che non lo sa?»

Tombola!... Il registratore che aveva in tasca era già stato prudentemente acceso.

Hunzen, Repubblica Federale Tedesca

«Se continuiamo l'attacco, saremo distrutti qui!» protestò Alekseyev. «Ho due divisioni complete che mi attaccano sul fianco, e la notizia che i carri americani sono ad Alfeld.»

«Impossibile!» ribatté con ira il CINC-Ovest.

«La comunicazione viene dal maggiore Sergetov. Li ha visti arrivare. Gli ho ordinato di venire a Stendal a fare il rapporto a lei personalmente.»

«Ho la 26ª Fanteria motorizzata in avvicinamento ad Alfeld. Se ci sono americani sul posto, se ne occuperanno loro.»

È un'unità di categoria C, pensò Alekseyev. *Uomini della riserva, male equipaggiati, addestrati alla vecchia maniera.*

«Come procede l'attraversamento?»

«Due reggimenti sono passati, un altro sta per farlo. Siamo stati attaccati dagli aerei – maledizione! Ho dei reparti nemici nelle retrovie.»

«Ritorna a Stendal, Pasha. Beregovoy è al comando a Hunzen. Ho bisogno di te qui.»

Mi sostituisce. Mi esonera dal comando!

«Intesi, compagno generale» rispose Alekseyev. Spense la radio. *Posso lasciare le mie truppe così esposte al contrattacco? Posso esimermi dal mettere sull'avviso i miei comandanti?* Alekseyev batté il pugno sul tavolo. «Chiamate il generale Beregovoy!»

Alfeld, Repubblica Federale Tedesca

Erano troppo distanti per poter avere il supporto di artiglieria dalle linee della NATO, e avevano dovuto lasciare indietro i cannoni. Mackall guardò attraverso il mirino e nella foschia vide le formazioni russe che avanzavano. Le valutò in due reggimenti. Era un attacco a livello di divisione secondo il classico schema "due avanti, una dietro". *Ehm! Non vedo lancia-SAM.* Il colonnello al comando cominciò a dare ordini per radio. Il supporto dell'Aviazione era in arrivo.

Gli elicotteri d'attacco Apache balzarono fuori da dietro le posizioni della cavalleria. Si diressero a sud per attaccare i veicoli russi, scartando e scivolando lateralmente mentre lanciavano i missili Hellfire contro il primo scaglione di carri sovietici. I piloti cercarono i veicoli lanciamissili, ma non ne videro. Poi vennero gli A-10. Gli sgraziati bimotori volarono a bassa quota, per questa volta senza doversi preoccupare dei SAM. Il cannoncino rotante dell'aereo e le bombe a grappolo continuarono l'opera iniziata dagli Apache.

«Stanno arrivando di soppiatto, capo» disse il cannoniere.

«Forse sono solo inesperti, Woody.»

«Per me va bene.»

I Bradley sul margine orientale della città intervennero con i missili. I ranghi avanzati dei sovietici furono sgominati prima ancora di arrivare alla portata dei carri armati dall'altra parte del fiume. L'attacco cominciò a vacillare. I carri russi si fermarono per fare fuoco. Alzarono fumo e spararono furiosamente dall'interno della nuvola. Alcuni proiettili vaganti giunsero vicino alla postazione di Mackall, ma non erano colpi mirati. L'attacco fu bloccato due chilometri prima della città.

«Diriga verso nord» disse Alekseyev.

«Compagno generale, se andiamo a nord...» cominciò il pilota.

«Ho detto a nord! Si tenga basso» aggiunse.

Il Mi-24 super armato si abbassò repentinamente. Era la protesta del pilota contro quello che considerava un ordine stupido e pericoloso; lo stomaco di Alekseyev si rivoltò. Stava seduto nella parte posteriore, tenendosi alle cinture e sporgendosi dalla porta sinistra per vedere quanto più poteva. L'elicottero fece dei violenti zig-zag a destra e a sinistra, in basso e in alto – il pilota conosceva i pericoli che lo minacciavano.

«Là!» gridò Alekseyev. «Ore dieci. Vedo un – americano o tedesco? Carri armati a ore dieci.»

«Vedo anche dei veicoli lanciamissili, compagno generale. Vuole vederli più da vicino?» chiese acido il pilota. Portò l'elicottero su una strada fra gli alberi, a due metri scarsi sopra il fondo.

«Quello era come minimo un battaglione» disse il generale.

«Direi di più» commentò il pilota. Stava tenendo l'elicottero al regime massimo, con il muso puntato in basso, e scrutava il cielo alla ricerca di aerei nemici.

Il generale stava cercando di aprire la carta, ma dovette sedersi e allacciare le cinture per liberare le mani. «Mio Dio, così a sud?»

«Come le ho detto» rispose il pilota sull'interfono «hanno fatto uno sfondamento.»

«Quanto si può avvicinare ad Alfeld?»

«Dipende da quanto il generale tiene a essere ancora vivo stasera.» Alekseyev notò la paura e la rabbia che trasparivano dalle parole, ma ricordò che il capitano al comando dell'elicottero era stato nominato due volte Eroe dell'Unione Sovietica per l'audacia dimostrata in campo.

«Vada fino alla distanza che lei considera sicura, compagno capitano. Devo vedere con i miei occhi che cosa sta facendo il nemico.»

«Va bene. Si tenga ben saldo, sarà un viaggio un po' agitato.» Il Mi-24 balzò in su per scansare dei cavi elettrici, poi ricadde come un sasso. Alekseyev rabbrividì nel vedere quanto era basso sul terreno. «Aerei nemici sopra di noi. Tipo la "Croce del Diavolo"... quattro diretti a ovest.»

Passarono sopra una – *no, non è una strada*, pensò Alekseyev, *ma una pista erbosa su cui avanzano dei cingolati*. Le zolle erano state tritate, e l'erba non si vedeva quasi più. Guardò la carta. La strada portava ad Alfeld.

«Attraverserò il Leine e mi avvicinerò ad Alfeld da est. Così saremo sopra truppe amiche per qualunque evenienza» comunicò il pilota. Subito dopo l'elicottero riprese la sequenza dei balzi. Alekseyev intravide dei carri armati sulla cresta. Erano tanti. Alcune strisce di proiettili traccianti passarono intorno all'elicottero senza colpirlo. «Un bel po' di carri, compagno generale. Direi un reggimento. L'officina riparazioni è a sud – quello che ne rimane. Merda! Elicotteri nemici a sud!»

Il Mi-24 si fermò e girò su se stesso. Vi fu un ruggito mentre un missile aria-aria partiva dall'aletta, quindi l'elicottero ripartì. Fece uno scarto verso l'alto, poi uno secco verso il basso, e il generale vide una scia di fumo passare sopra.

«Era vicino.»

«L'ha colpito?»

«Il generale desidera che mi fermi a guardare? Che cosa è quello? Non c'era, prima.»

L'elicottero si fermò brevemente. Alekseyev vide veicoli incendiati e uomini che correvano. I carri erano dei vecchi T-55... era quello il contrattacco di cui gli avevano riferito. Annientato. Poco dopo, vide i veicoli che si radunavano per un altro tentativo.

«Ho visto abbastanza. Diritto ad Alfeld, più veloce che può.» Il generale si appoggiò al sedile, riprese le carte e cercò di farsi un quadro chiaro di quello che aveva visto. Mezz'ora dopo l'elicottero accendeva le luci e atterrava.

«Avevi ragione, Pasha» disse il CINC-Ovest appena lo vide entrare nella sala operativa. Aveva in mano tre fotografie prese da un ricognitore.

«L'attacco iniziale della 26ª Fanteria motorizzata è stato spezzato due chilometri davanti alle linee nemiche. Quando ci ho volato sopra, ho visto che si stavano rimettendo in formazione. È stato un errore» disse Alekseyev in tono pressante, ma calmo. «Se vogliamo riprendere la posizione, dobbiamo attaccare con tutti i preparativi necessari.»

«Dobbiamo riavere in mano quella testa di ponte al più presto possibile.»

«Bene. Dica a Beregovoy di distaccare due delle sue unità e ritornare a est.»

«Non possiamo abbandonare l'attraversamento del Weser!»

«Compagno generale, o richiamiamo quelle unità, o le lasciamo distruggere sul posto dalla NATO. È l'unica scelta che abbiamo in questo momento.»

«No. Quando riavremo Alfeld potremo rinforzarci. Ciò sconfiggerà i contrattacchi sul fianco, e ci consentirà di riprendere l'avanzata.»

«Che cosa abbiamo a disposizione per attaccare Alfeld?»

«Tre divisioni sono in marcia in questo momento...»

Alekseyev osservò sulla carta la dislocazione delle unità. «Ma sono tutte formazioni C!»

«Sì. Ho dovuto dirottare a nord la maggior parte delle unità B. Sta' di buon animo, Pasha, abbiamo parecchie unità C dirette al fronte.»

Magnifico! Tutti quei riservisti vecchi, grassi, fuori allenamento, stanno marciando verso un fronte tenuto da truppe temprate dai combattimenti.

«Aspetta che tutte e tre le divisioni siano in posizione. Porta avanti la loro artiglieria in modo da poter bombardare le posizioni della NATO. Cosa mi dici di Gronau?»

«Anche là i tedeschi hanno attraversato il Leine, ma li abbiamo contenuti. Due divisioni stanno andando ad attaccare anche in quel settore.»

Alekseyev andò alle carte a parete e cercò i cambiamenti della situazione tattica verificatisi dall'ultima volta che era stato là. Le linee settentrionali non avevano subìto variazioni apprezzabili, mentre il contrattacco NATO sul saliente Alfeld-Rühle veniva segnato soltanto allora. Su Gronau e Alfeld c'erano le bandierine azzurre. Era il contrattacco ad Amburgo.

Abbiamo perso l'inizativa. Come possiamo riprenderla?

L'armata sovietica aveva iniziato il conflitto con venti divisioni A di stanza in Germania, poi ne erano state mandate altre dieci, e ancora altre in seguito. Tutte quante erano impegnate in battaglia, e molte erano state tolte dal fronte per le troppe perdite subìte. L'ultima riserva di formazioni in piena efficienza era a Rühle e stava per essere intrappolata. Beregovoy era troppo buon soldato per contravvenire agli ordini, pur sapendo che avrebbe dovuto fare arretrare le sue truppe prima che restassero irrimediabilmente tagliate fuori.

«Dobbiamo rinunciare all'attacco. Se continuiamo a premere, le divisioni resteranno incastrate dietro due fiumi, anziché uno solo.»

«L'attacco è una necessità militare e politica» rispose il CINC-Ovest. «Se le nostre divisioni avanzano, la NATO dovrà richiamare forze da questo attacco per difendere la Ruhr. Allora li avremo in mano.»

Alekseyev non insisté oltre. Il pensiero che gli attraversò la mente fu come un soffio d'aria fredda sulla pelle nuda. *Abbiamo fatto fiasco?*

USS Independence

«Ammiraglio, ho bisogno di vedere qualcuno del MAF.»

«Chi?»

«Chuck Lowe – comandante di reggimento. Prima che tornasse al reparto, abbiamo lavorato insieme all'ufficio informazioni del CINCLANT.»

«Perché non...»

«È molto in gamba, ammiraglio, molto bravo per questo genere di cose.»

«Pensa che l'informazione sia così scottante?» chiese Jacobsen.

«Decisamente, signore, ma ho bisogno di una seconda opinione. Chuck è l'uomo migliore che abbiamo a portata di mano.»

Jacobsen alzò il ricevitore. «Chiamate il generale Emerson, presto... Billy, qui Scott. Hai un colonnello Chuck Lowe in servizio con te? Dove? Okay, uno dei miei addetti alle informazioni ha bisogno di vederlo immediatamente... È abbastanza importante, Billy. Ottimo, sarà in viaggio entro dieci minuti.» Posò il ricevitore. «Ha duplicato quel nastro?»

«Sì, signore. Questa è una delle copie. L'originale è al sicuro in cassaforte.»

«Ci sarà un elicottero ad aspettarla.»

Il volo per Stykkisholmur durò un'ora. Di lì, un elicottero dei marines lo portò a sudovest. Trovò Chuck Lowe sotto la tenda a guardare delle carte topografiche.

«Lei viaggia parecchio. Ho saputo della *Nimitz*, Bob. Lieto di vedere che se l'è cavata. Cosa c'è?»

«Vorrei che ascoltasse questa registrazione. Le basteranno una ventina di minuti.» Toland spiegò a Lowe chi era il russo, e gli diede il piccolo registratore giapponese con gli auricolari. I due ufficiali uscirono dalla tenda e cercarono un posto tranquillo. Lowe ascoltò la registrazione, e riavvolse il nastro per ascoltarne altre due volte un passaggio.

«Figlio di puttana!» disse poi.

«Lui credeva che lo sapessimo già.»

Il colonnello Lowe si chinò e raccolse un sasso. Lo soppesò per un momento, poi lo scagliò con violenza. «Perché no? Noi partiamo dalla premessa che il KGB sia efficiente, perché dovrebbero pensare che non lo siamo anche noi? Avevamo l'informazione... e l'abbiamo sprecata!» La voce era piena di sorpresa e di disgusto. «È sicuro che non si tratti di una panzana?»

«Quando l'abbiamo pescato dall'acqua, aveva un brutto taglio su una gamba. I medici lo hanno ricucito e gli hanno dato delle pillole contro il dolore. L'ho trovato debole per la perdita di sangue, e alquanto cotto dalla codeina. Difficile mentire bene quando si è sbronzi, vero? Chuck, ho proprio bisogno della sua opinione.»

«Sta cercando di rimorchiarmi un'altra volta al servizio informazioni?» Lowe accennò un sorriso. «Bob, è una faccenda molto verosimile. Dovrebbe passare di corsa ai piani superiori.»

«Credo che dovrebbe essere sottoposta al SACEUR.»

«Non è che gli si possa telefonare per un appuntamento, Bob.»

«Ci posso arrivare tramite il COMEASTLANT. L'originale va a Washington. La CIA vorrà sottoporre la registrazione alla macchina per l'analisi della voce. Io, però, ho visto gli occhi di quell'uomo, Chuck.»

«Sono d'accordo. Deve arrivare al vertice alla massima velocità possibile, in modo che il SACEUR l'utilizzi al più presto.»

«Grazie, colonnello. Come faccio a richiamare l'elicottero?»

«Me ne occupo io. A proposito, benvenuto in Islanda.»

«Come vanno le cose?» Toland seguì il colonnello nella tenda.

«Abbiamo di fronte delle buone truppe, ma hanno un problema difensivo difficile da risolvere, mentre noi disponiamo di tutto il volume di fuoco che ci serve. Li stiamo tenendo per il culo!» Il colonnello fece una pausa. «Bel lavoro, mollusco!»

Due ore dopo, Toland era su un aereo diretto all'aeroporto di Heathrow.

Mosca, URSS

Il rapporto era tenuto dal maresciallo Fyodr Borissovich Bukharin. Il giorno prima, il KGB aveva arrestato i marescialli Shavyrin e Rozhkov, e quella mossa aveva detto a Sergetov molto più di quanto avrebbe potuto apprendere dal rapporto.

«L'attacco a ovest di Alfeld è fallito a causa della scadente programmazione ed esecuzione da parte del Comandante in Capo dello Scacchiere Ovest. Dobbiamo riprendere l'iniziativa. Fortunatamente abbiamo truppe disponibili, e nulla cambia il fatto che la NATO ha subìto perdite molto pesanti.

«Propongo di sostituire lo staff di comando del teatro occidentale e...»

«Aspetta. Desidero dire qualcosa» interruppe Sergetov.

«Dì quello che hai da dire, Mikhail Eduardovich» disse il ministro della Difesa, chiaramente seccato.

«Maresciallo Bukharin, tu proponi la sostituzione completa dello staff?» *Le conseguenze pratiche per i sostituiti non sono state dichiarate*, pensò Sergetov, *ma non per questo sono meno chiare.*

«Mio figlio fa parte dello staff del vice comandante ovest, generale Alekseyev. È lui che ha diretto lo sfondamento ad Alfeld, e anche quello a Rühle! È stato ferito due volte, e abbattuto con il suo elicottero dai caccia nemici – dopo di che ha requisito un autocarro ed è corso al fronte per condurre un altro attacco coronato da successo. È l'unico generale efficiente che io conosca, e tu lo vuoi sostituire con qualcuno che non ha familiarità con la situazione... Che pazzia è mai questa?» chiese con rabbia. Il ministro degli Interni si sporse verso di lui.

«Solo perché tuo figlio fa parte del suo staff...»

Il viso di di Sergetov diventò rosso come una barbabietola. «"Solo perché mio figlio" dici? Mio figlio è al fronte a servire lo Stato. È stato ferito, ed è sfuggito per un pelo alla morte quando è stato abbattuto insieme al generale. Chi altri a questo tavolo può dire la stessa cosa, compagni? Dove sono i vostri figli?» Batté furiosamente il pugno, per poi lanciare una domanda che ferì ancora più duramente i colleghi: «Dove sono i comunisti, in questa sala?».

Vi fu un breve ma mortale silenzio. Sergetov si rendeva conto di avere concluso la propria carriera politica, o di averla valorizzata oltre misura. Il suo fato sarebbe stato deciso da chi avrebbe parlato per primo.

«Nella Grande Guerra Patriottica» disse Pyotr Bromkowskiy, con la dignità di un anziano «i membri del Politburo vivevano al fronte. Molti hanno perduto i figli. Anche il compagno Stalin diede i propri figli alla Patria, mentre servivano al fianco degli operai e dei contadini. Mikhail Eduardovich ha parlato bene. Compagno maresciallo, qual è la tua valutazione del generale Alekseyev, per favore? È giusto il giudizio del compagno Sergetov?»

Bukharin era palesemente a disagio. «Alekseyev è un giovane, brillante ufficiale e, sì, si è comportato bene...»

«Però tu vuoi sostituirlo con uno dei tuoi?» Bromkowskiy non aspettò la risposta. «È sorprendente vedere quante cose impariamo e quante ne dimentichiamo. Dimentichiamo che è necessario che tutti i cittadini sovietici si dividano il fardello – però ricordiamo gli errori commessi nel 1941, quando arrestammo dei buoni ufficiali per gli sbagli dei loro superiori, per sostituirli con degli intimi amici politici che avrebbero potuto portarci alla catastrofe! Se davvero Alekseyev è un ufficiale giovane e brillante che sa combattere, perché lo sostituisci?»

«Forse siamo stati troppo frettolosi» ammise il ministro della Difesa, notando il drastico cambiamento d'umore che si era verificato intorno al tavolo. *Te la farò pagare, Mikhail Eduardovich. Se vuoi allearti con il nostro membro più vecchio, mi va bene. Non vivrà per sempre, e nemmeno tu.*

«È deciso, allora» disse il Presidente del Partito. «Altro punto: Bukharin, com'è la situazione in Islanda?»

«Dai rapporti sappiamo che c'è stato uno sbarco di truppe nemiche, ma noi abbiamo immediatamente attaccato la loro flotta. Attendiamo le cifre delle perdite che abbiamo inflitto. Dobbiamo aspettare i dati dei satelliti per essere sicuri.» Bukharin sapeva soltanto quali erano state le perdite sovietiche, e non intendeva rivelarle finché non avesse potuto riferire dei risultati positivi.

Stendal, Repubblica Democratica Tedesca

Arrivarono subito dopo l'imbrunire, gli ufficiali del KGB in tenuta da combattimento. Alekseyev stava lavorando allo spiegamento delle divisioni C di recente arrivo, e non li vide entrare nell'ufficio del CINC-Ovest. Cinque minuti dopo fu convocato.

«Compagno generale Alekseyev, da questo momento lei è il Comandante in Capo delle operazioni militari dello Scacchiere Ovest» gli disse semplicemente il generale. «Le auguro buona fortuna.»

Il tono con cui il superiore aveva parlato fece drizzare i capelli ad Alekseyev. Il generale aveva a fianco due colonnelli del KGB che indossavano la tenuta ordinaria da campagna, divise mimetiche fatte su misura sul modello dell'uniforme di classe A, con l'emblema GB – sicurezza nazionale – sulle spalline. Era una forma di arroganza istituzionale che si addiceva perfettamente al KGB, tanto quanto l'espressione sul volto dei colonnelli.

Che cosa devo dire? Che cosa devo fare? Il generale è un amico.

L'ex Comandante in Capo delle operazioni militari dello Scacchiere Ovest parlò al posto suo: «Addio, Pasha».

Il generale fu condotto fuori. Alekseyev lo guardò avviarsi, poi fermarsi sulla porta. Prima di proseguire, si voltò con uno sguardo che esprimeva fatalismo e disperazione. L'ultima immagine che Alekseyev colse, fu quella della fondina vuota al cinturone del generale. Si trovò sul tavolo un telex che gli affidava il nuovo incarico. Il messaggio gli confermava l'assoluta fiducia del Partito, del Politburo e del Popolo. Ne fece una palla e lo scagliò contro il muro. Aveva visto le stesse parole sul medesimo modulo poche settimane prima. Il destinatario dell'altra dichiarazione di fiducia adesso era in una vettura diretta a est.

Quanto tempo ho? Alekseyev convocò subito l'ufficiale alle comunicazioni.

«Mi chiami il generale Beregovoy!»

Bruxelles, Belgio

Il SACEUR si concedeva il lusso di un pasto. Dall'inizio della guerra aveva perso quasi cinque chili, a forza di caffè, panini, e acidità di stomaco. Alessandro aveva comandato eserciti quando non era ancora ventenne – *e quello è stato, forse, il motivo dei suoi successi, pensò il generale. Il Macedone era abbastanza giovane per sopportarli!*

I piani stavano funzionando bene. La cavalleria era ad Alfeld. I tedeschi tenevano saldamente Gronau e Brüggen e, se i russi non reagivano subito, le sue divisioni sul Weser si apprestavano a far loro una brutta sorpresa. La porta dell'ufficio si aprì. Era l'ufficiale tedesco alle informazioni.

«Mi scusi, *Herr General*, c'è qui un ufficiale del servizio informazioni della Marina.»

«È importante, Joachim?»

«*Ja*.»

Il SACEUR guardò il piatto che aveva davanti. «Lo faccia entrare.»

Il generale non fu colpito dall'aspetto del visitatore, che indossava una divisa kaki di bordo, sulla quale solo un occhio esperto avrebbe potuto capire dov'era stata la piega dei pantaloni.

«Generale, sono il capitano di corvetta Bob Toland. Fino a poche ore fa ero con il gruppo d'assalto della flotta atlantica d'attacco.

«Come vanno le cose in Islanda?»

«L'attacco aereo contro la nostra flotta è stato fatto a pezzi. C'è ancora da risolvere il problema dei sommergibili, ma i marines si stanno muovendo. Credo che vinceremo anche questa, generale.»

«Bene, quanti più sottomarini mandano contro le portaerei, tanti meno ne manderanno contro i convogli.»

Anche questo è un modo di vedere la cosa, pensò Toland. «Ammiraglio, abbiamo catturato il pilota di un caccia russo. Viene da una famiglia importante. L'ho interrogato: questa è la registrazione. Adesso sappiamo perché è cominciata la guerra.»

«Joachim, ha verificato questi dati?»

«No, signore. Ha già riferito al COMEASTLANT, e l'ammiraglio Beattie ha voluto che i dati pervenissero direttamente a lei.»

Gli occhi del SACEUR si strinsero. «Sentiamo qual è il punto, figliolo.»

«Il petrolio.»

41

Bersagli di comodo

Bruxelles, Belgio

Furono fatte tre copie della cassetta. Una fu inviata al servizio informazioni del SACEUR con l'incarico di tradurla e confrontarla con la traduzione di Toland. Un'altra fu mandata al servizio informazioni francese per l'analisi elettronica. La terza fu sottoposta a uno psichiatra belga che conosceva bene la lingua russa. Nel frattempo, alti ufficiali addetti alle informazioni del quartier generale della NATO aggiornavano tutti i dati in loro possesso sui consumi sovietici di carburante. La CIA e altri servizi segreti avviarono un'indagine accelerata sulla produzione e sull'impiego del petrolio in Russia. Toland predisse l'esito prima ancora che fosse annunciato: dati insufficienti. Le possibilistiche conclusioni spaziavano fra due poli: i russi avevano carburante per parecchi mesi – i russi erano già rimasti senza.

Il SACEUR si prese del tempo prima di accettare i dati al valore nominale. Gli interrogatori dei prigionieri avevano fornito dovizia di informazioni, di cui gran parte vistosamente false o contraddittorie. Poiché gli ufficiali di commissariato seguivano le truppe combattenti a distanza, com'era logico, ben pochi ne erano stati catturati. La prima ad accettare la storia era stata l'Aviazione. Invece dell'Unico Grande Impianto che di solito prevaleva nell'organizzazione sovietica (e dopo che il grande deposito di Wittenberg era saltato in aria), i russi erano passati ai depositi più piccoli, con la contropartita di un maggior bisogno di difesa antiaerea e di dispositivi di sicurezza. Le incursioni aeree in profondità erano state concentrate sui campi d'aviazione, sui depositi di munizioni, sui punti nevralgici dei trasporti e sulle colonne di carri armati dirette al fronte... bersagli più rimunerativi dei depositi di carburante piccoli più del previsto e, oltre tutto, difficili da localizzare. Gli schemi del traffico associati ai grandi punti di rifornimento di solito mostravano centinaia di automezzi diretti in varie direzioni.

I piccoli depositi, che comportavano minor movimento, erano meno facili da scoprire per i radar di ricerca al suolo. Tutti questi fattori avevano contribuito a stabilire una diversa scala di precedenze nella scelta degli obiettivi.

Dopo un quarto d'ora di discussione con il capo delle forze aeree, il SACEUR modificò tale schema.

Stendal, Repubblica Democratica Tedesca

«Non posso fare tutte e due le cose» mormorò Alekseyev fra sé. Aveva passato le ultime dodici ore a cercare il modo, ma non l'aveva trovato. Era meraviglioso essere il comandante diretto, anziché l'aggressivo subordinato. Ora aveva la responsabilità del successo o del fallimento. Qualunque errore sarebbe stato il suo errore. Un fallimento sarebbe stato il suo fallimento. La situazione di prima era molto più comoda. Come il suo predecessore, Alekseyev doveva siglare i propri ordini, anche quelli impossibili. Doveva conservare il saliente e continuare l'avanzata. Le risorse di cui disponeva bastavano per l'uno o l'altro dei due compiti, non per ambedue. *Avanzerete a nordovest del Weser, tagliando fuori le forze sul fianco destro dell'avanzata, preparando così la via per un attacco decisivo nella valle della Ruhr.* Chiunque fosse stato a dare un simile ordine, o non sapeva che era impossibile, o se ne fregava.

La NATO, però, sapeva. Le sue forze aeree avevano distrutto convogli su tutte le strade fra Rühle e Alfeld. Le due divisioni corazzate B che proteggevano il fianco settentrionale di Beregovoy erano state prese alla sprovvista e sbaragliate. Reparti della forza di un battaglione occupavano e bloccavano i crocevia principali, e intanto i comandanti della NATO rinforzavano il reggimento di stanza ad Alfeld. Probabilmente due divisioni corazzate complete stavano in agguato nei boschi a nord di Rühle, ma fino a quel momento non avevano attaccato Beregovoy. La loro inazione lo sfidava ad attraversare e lo invitava allo stesso tempo a contrattaccare a nord.

Alekseyev ricordava una lezione importante studiata all'Accademia Frunze: l'offensiva di Kharkov del 1942. I tedeschi avevano permesso alle forze avanzanti dell'Armata Rossa di penetrare in profondità – poi le avevano tagliate fuori e sbaragliate. *L'Alto Comando (cioè Stalin) ignorava le realtà oggettive della situazione (violando in tal modo la 2ª norma di guerra), e si era invece concentrato sulla percezione soggettiva di progressi apparenti, che purtroppo si rivelarono infondati.* Il generale si domandava se la battaglia in corso sarebbe stata oggetto di studio per una futura classe di capitani e di maggiori che avrebbero scritto saggi e risposte a test, sottolineando quanto era stato asino il colonnello generale Pavel Leonidovich Alekseyev!

Oppure poteva richiamare le truppe... e ammettere la sconfitta, forse con il risultato di farsi fucilare ed essere ricordato – se mai lo avessero ricordato – come un Traditore della Patria. Era la conclusione pertinente. Dopo avere mandato tante migliaia di ragazzi alla morte, adesso era lui a doverla guardare in faccia, una morte proveniente da una direzione imprevista.

«Maggiore Sergetov, voglio che lei ritorni a Mosca a riferire di persona quello che sto per fare. Intendo staccare una divisione da Beregovoy e mandarla a est a riaprire la strada per Alfeld. L'attacco ad Alfeld sarà fatto da due direzioni, e, dopo che avrà avuto successo, saremo in grado di riprendere l'attraversamento del Weser senza la paura di avere la nostra avanguardia tagliata fuori.»

«Un abile compromesso» disse il maggiore fiducioso.

È proprio la cosa che avevo bisogno di sentirmi dire!

Bitburg, Repubblica Federale Tedesca

Restavano dodici Frisbee. *Sono stati esclusi dall'azione brevemente, per due volte, allo scopo di stabilire nuove tattiche per diminuire i rischi*, si disse il colonnello Ellington. Alcuni sistemi dei sovietici avevano dimostrato un'efficacia insospettata, ma ciò non bastava a spiegare tutte le perdite che i Frisbee avevano subìto. Rientravano nel tipo di incidenti che si accompagnano al pilotare aerei con carico pesante ad altezza minima dal suolo, oppure ricadevano sotto le leggi statistiche alle quali prima o poi tutti debbono sottostare? Poteva un pilota considerare accettabile una probabilità dell'uno per cento di essere abbattuto in una certa missione, per poi rendersi conto che cinquanta di quelle missioni facevano salire il margine di rischio al quaranta per cento?

Gli equipaggi di Ellington erano insolitamente poco rumorosi. La squadriglia di élite dei Frisbee era una "famiglia" molto unita, ma un terzo dei membri non c'era più. La professionalità che aveva permesso loro di escludere il pensiero dalla mente e piangere in privato, aveva dei limiti che erano stati superati. La resa delle missioni era bassa. Non lo erano, invece, le esigenze della guerra, ed Ellington sapeva che il posto del sentimento, nel grande schema delle cose militari, veniva dopo la necessità di colpire gli obiettivi.

Fece alzare l'aereo dalla pista e si diresse a est. Quella sera non portava armi ad eccezione dei Sidewinder e dei missili antiradar per autodifesa. Il suo F-19 era appesantito da serbatoi di carburante anziché da bombe. Si stabilizzò su una quota iniziale di volo di tremila piedi, verificò gli strumenti, e fece una lieve regolazione all'assetto dell'aereo prima di cominciare a scendere lentamente a cinquecento piedi. Fu a quell'altezza che attraversò il Weser.

«Vedo attività al suolo, Duke» riferì Eisly. «Sembra una colonna di carri armati e di veicoli da trasporto truppe diretta a nordest sulla Strada 64.»

«Riferisci alla base.» In quel settore, tutto ciò che si muoveva era un bersaglio. Un minuto dopo attraversarono il Leine a nord di Alfeld. Videro i lampi lontani dell'artiglieria, ed Ellington virò a sinistra per stare al sicuro. Un proiettile da sei pollici sulla loro traiettoria non si sarebbe fermato a chiedersi se il Frisbee era invisibile o meno.

Questa dovrebbe essere più sicura di una missione di attacco, si disse Ellington. Volarono a est, a due miglia da una strada secondaria che Eisly teneva sotto controllo attraverso la telecamera montata sul muso dell'apparecchio. Il rilevatore di pericolo si illuminò per mostrare dei SAM che passavano nel cielo a caccia di intrusi.

«Carri armati» disse sottovoce. «Molti.»

«In movimento?»

«Direi di no. Sembrano fermi lungo la strada vicino agli alberi. Aspetta – allarme per lancio di missile! SAM a ore tre!»

Ellington spinse la cloche in basso e a sinistra. Nel giro di pochi secondi dovette picchiare con l'aereo da una parte, voltare la testa a guardare il missile in arrivo, poi di nuovo avanti per non arare il terreno con il suo aereo da cinquanta milioni di dollari. Tutto ciò che vide del SAM fu un puntino di fuoco bianco e giallo diretto su di lui. Appena ritornato in orizzontale, fece virare il Frisbee. Alle sue spalle, Eisly aveva gli occhi fissi sul missile.

«Se ne sta andando, Duke – sì!» Il missile volò orizzontalmente sopra le cime degli alberi dietro l'aereo, poi picchiò ed esplose nel bosco. «Lo strumento dice che era un SA-6. Il radar di ricerca è a ore una e molto vicino.»

«Okay» disse Ellington. Attivò un solo missile Sidearm antiradar e lo lanciò contro il trasmettitore a quattro miglia di distanza. I russi non furono pronti a individuarlo. Ellington vide la detonazione. *Beccati questa!*

«Penso che tu abbia ragione su come ci pescano, Duke.»

«Già.» Il Frisbee era stato progettato per sconfiggere i radar da ricerca verso l'alto, che avevano molte più probabilità di scoprirli. Potevano eluderli volando molto basso, ma in quel modo diminuivano anche la propria visibilità. Si voltò per dare un altro sguardo ai carri. «Quanti pensi che siano, Don?»

«Tanti, più di cento.»

«Comunicalo.» Ellington virò a nord mentre il maggiore Eisly faceva il proprio rapporto. Entro pochi minuti qualche Phantom tedesco avrebbe fatto una visita al punto di raduno dei carri armati. *Un così gran numero di mezzi corazzati probabilmente indica la presenza di un centro di rifornimento*, pensò. O c'erano già sul posto le autocisterne, oppure stavano per arrivare. Da qualche giorno erano diventate bersagli primari, novità sorprendente dopo aver cercato per settimane solo i grossi depositi e le colonne in movimento... *Cos'è quello?*

«Autocarri dritto davanti a noi!» Il Duke osservò il display ingrandito. Una lunga fila di... autocisterne in colonna serrata, in marcia con i fari spenti. I tetti metallici curvi ne rendevano facile l'identificazione. Virò di nuovo per girare a due miglia dalla strada. L'immagine a infrarossi di Eisly mostrava la luce irradiata dai motori e dagli scappamenti, più caldi dell'aria notturna. Era come una processione di spettri lungo la strada fra gli alberi.

«Ne conto cinquanta o giù di lì, Duke, e sono diretti a quel parcheggio di carri armati.»

Cinquemila galloni per autocisterna, pensò Ellington. *Duecentocinquantamila galloni di gasolio...* quanto basta per riempire i serbatoi di due divisioni sovietiche. Eisly trasmise anche quel dato.

«Shade-tre» rispose il controllore degli AWACS. «Abbiamo otto missili in viaggio, tempo d'arrivo previsto fra quattro minuti. Volate in cerchio e valutate.»

Ellington non confermò. Portò l'aereo basso sopra il bosco per qualche minuto, chiedendosi quanti degli alberi là sotto nascondevano soldati russi armati di SAM portatili.

Era passato molto tempo da quando aveva volato sul Vietnam, molto tempo da quando aveva imparato per la prima volta che il caso poteva salire nel cielo e porre fine alla sua vita, malgrado tutta la perizia di cui disponeva. Gli anni di volo in tempo di pace glielo avevano fatto dimenticare – Ellington non pensava mai che la casualità potesse ucciderlo. Però poteva farlo un uomo armato di un SA-7, e non aveva modo di sapere se non stava volando proprio sopra quell'uomo... *Smetti di pensarci, Duke.*

I Tornado della RAF spuntarono dall'orizzonte. Il primo aereo sganciò bombe a grappolo davanti alla colonna. Gli altri passarono sulla strada descrivendo un'ampia curva, e fecero piovere piccole bombe sul convoglio. I veicoli esplosero scagliando gasolio in fiamme verso il cielo. Ellington vide le sagome di due caccia bombardieri profilarsi contro le fiamme arancione, mentre ritornavano a ovest. Il carburante si riversò sui due lati della strada. Si videro gli automezzi non danneggiati fermarsi e svoltare nel tentativo disperato di sfuggire alla deflagrazione. Alcuni furono abbandonati dai guidatori. Altri si allontanarono dalle fiamme e cercarono di dirigersi a sud. Diversi ce la fecero, ma i più si impantanarono, troppo pesanti per continuare a muoversi sulla terra molle.

«Dì loro che ne è stata colpita circa la metà. Niente male.»

Un minuto dopo, il Frisbee ricevette l'ordine di riprendere la rotta verso nordest.

A Bruxelles, i segnali degli aerei ritrasmessi dal radar di ricerca a terra tracciarono il percorso del convoglio delle autocisterne. Un computer era programmato per espletare la funzione di un videoregistratore, e tracciò i movimenti del convoglio dal punto di partenza. Altri otto apparecchi si diressero verso la macchia d'alberi. Il Frisbee vi giunse per primo.

«Vedo i radar dei SAM, Duke» disse Eisly. «Li identifico come una batteria di SA-6 e una di SA-11. Si vede che considerano importante questo posto.»

«E ci sono anche un centinaio di piccoli bastardi con SAM portatili» aggiunse Ellington. «Tempo previsto per l'incursione?»

«Quattro minuti.»

Due batterie di SAM possono essere un grosso inconveniente per gli aerei d'attacco. «Vediamo di migliorare un po' le probabilità.»

Eisly individuò il radar di ricerca/acquisizione degli SA-11. Ellington vi si diresse a quattrocento nodi, usando una strada per volare sotto le cime degli alberi finché non fu a due miglia di distanza. Un altro Sidearm si staccò dall'ala e partì verso il trasmettitore radar. Al tempo stesso, due missili vennero verso di loro. Il Duke passò alla velocità massima e virò netto a est, lanciando trucioli di disturbo. Un missile si gettò sui trucioli ed esplose senza fare danni. L'altro agganciò il segnale radio riflesso dal Frisbee e continuò a tenerlo. Ellington fece dei bruschi zig-zag, poi portò l'aereo al numero massimo di "g" sperando di eludere il missile con la manovra. Però l'SA-11 era troppo veloce. Esplose a un centinaio di piedi dietro il Frisbee. I due aviatori si espulsero dall'aereo che si stava disintegrando, e i paracadute si aprirono a soli quattrocento piedi dal suolo.

Ellington toccò terra al bordo di una piccola radura. Si staccò rapidamente il paracadute e attivò la radio di salvataggio prima di estrarre la pistola. Lanciò uno sguardo verso il paracadute di Eisly che stava scendendo fra gli alberi e corse in quella direzione.

«Fottuti alberi!» disse Eisly. Era rimasto appeso, con i piedi staccati da terra. Ellington si arrampicò e tagliò i fili. Il maggiore aveva il viso insanguinato.

Risuonarono esplosioni da nord.

«L'hanno beccato!» disse Ellington.

«Già, ma chi ha beccato noi?» chiese Eisly. «Mi sono fatto male alla schiena.»

«Puoi muoverti, Don?»

«Cristo se posso!»

Stendal, Repubblica Democratica Tedesca.

La suddivisione delle riserve di carburante in molti piccoli depositi aveva ridotto quasi a zero gli attacchi della NATO a tali obiettivi. Il senso di sicurezza che ne derivava era durato quasi un mese. Gli attacchi alle colonne di mezzi corazzati e di camion di munizioni erano un guaio serio, ma vi erano ampie possibilità di sostituzione per gli uni e gli altri. Il carburante era tutta un'altra faccenda.

«Compagno generale, la NATO ha cambiato lo schema degli attacchi aerei.»

Alekseyev si voltò dalla parte delle carte per ascoltare l'ufficiale alle informazioni aeree. Cinque minuti dopo entrò il capo dei rifornimenti.

«Quanto è grave la situazione?»

«Nell'insieme, circa il dieci per cento dei nostri rifornimenti avanzati. Nel settore di Alfeld, più del trenta per cento.»

Squillò il telefono. Era il generale la cui divisione doveva attaccare Alfeld cinque ore dopo.

«Il mio carburante è partito! Il convoglio è stato attaccato e distrutto a venti chilometri da qui.»

«Può attaccare con quello di cui dispone?»

«Posso, ma la capacità di manovra non vale più un accidente!»

«Deve attaccare con quello che ha!»

«Ma...»

«Ci sono quattro divisioni di soldati sovietici che moriranno se lei non dà loro il cambio. L'attacco continuerà secondo il programma!» Alekseyev posò il ricevitore. Anche Beregovoy era a corto di carburante. Un carro armato con i serbatoi pieni poteva fare trecento chilometri in linea d'aria, ma i carri non facevano quasi mai percorsi rettilinei. Inoltre, malgrado gli ordini, gli equipaggi lasciavano invariabilmente i motori accesi durante le fermate. Il tempo necessario per avviare i motori diesel poteva significare la morte nel caso di un improvviso attacco aereo. Beregovoy era stato costretto ad assegnare tutta la riserva di carburante ai propri carri diretti a est in modo che potessero colpire Alfeld in collegamento con le divisioni C dirette a ovest. Le due divisioni sulla sponda sinistra del Weser erano praticamente immobilizzate. Alekseyev si stava giocando l'offensiva sulla possibilità di ripristinare le vie di rifornimento. Disse all'ufficiale responsabile di procurarsi altro carburante. Se l'attacco fosse riuscito, gliene sarebbe occorso ancora di più.

Mosca, URSS

Era quasi assurdo, ma ci si poteva trasferire in meno di due ore da Stendal a Mosca, dalla guerra alla pace, dal pericolo alla sicurezza. Vitaly, l'autista, lo aspettava all'aeroporto militare. Lo portò immediatamente alla dacia ufficiale del ministro nel bosco di betulle alla periferia della città. Appena entrato nella prima stanza, vide un estraneo insieme al padre.

«E così, questo è il famoso Ivan Mikhailovich Sergetov, maggiore dell'Armata sovietica.»

«Chiedo scusa, compagno, ma non mi sembra che ci siamo già conosciuti.»

«Vanya, ti presento Boris Kosov.»

Il viso del giovane ufficiale tradì per un momento l'emozione che provava nell'essere presentato al direttore del KGB. Si appoggiò allo schienale della poltrona e osservò l'uomo che aveva ordinato di fare esplodere le bombe nel Cremlino, dopo aver predisposto la presenza dei bambini. Erano le due del mattino. Militari del KGB fedeli – presunti fedeli, si corresse il ministro Sergetov – a Kosov stavano di guardia a garantire la segretezza dell'incontro.

«Ivan Mikhailovich» disse Kosov in tono affabile. «Come valuti la situazione al fronte?»

Il giovane ufficiale represse il desiderio di guardare il padre per chiedergli consiglio. «Il successo e l'insuccesso sono in bilico – ma la prego di ricordare che io sono un giovane ufficiale e non ho l'esperienza necessaria per fare una valutazione attendibile. Comunque, da come vedo le cose, a questo punto la campagna può risolversi tanto a nostro favore quanto a favore dei nemici. La NATO è scarsa di materiale umano, ma ha avuto un'improvvisa trasfusione di rifornimenti.»

«Buoni per circa due settimane.»

«Forse meno» disse Sergetov. «Una cosa che abbiamo imparato al fronte è che i rifornimenti vengono consumati molto più in fretta del previsto. I carburanti, le munizioni, tutti i materiali sembrano quasi evaporare. Per questo gli amici della Marina continuano a colpire i convogli.»

«La nostra capacità di continuare a farlo è drasticamente ridotta» disse Kosov. «Non prevedo... la verità è che la Marina è stata sconfitta. L'Islanda ben presto sarà di nuovo nelle mani della NATO.»

«Ma Bukharin non l'ha detto!» obiettò Sergetov padre.

«Non ci ha neppure detto che gli aerei a lungo raggio della flotta settentrionale sono stati quasi completamente sterminati, però è vero lo stesso. Quello stupido pensa di potermi impedire di sapere queste cose! Gli americani adesso hanno un'intera divisione in Islanda, con massiccio appoggio da parte della flotta. A meno che i nostri sottomarini riescano a sconfiggere quell'assortimento di navi – e ricordate che, se vanno in Islanda, non possono più attaccare i convogli – perderemo l'isola nel giro di una settimana. Ciò renderà nulla la strategia della Marina per isolare l'Europa. Se la NATO si può rifornire a volontà, che cosa succede?»

Ivan Sergetov si agitò nervosamente sulla poltrona. Poteva già capire a che cosa avrebbe portato la conversazione. «Allora, forse abbiamo perso.»

«Forse?» Kosov sbuffò. «Dì piuttosto: "Allora siamo condannati". Perderemo la guerra contro la NATO... siamo rimasti con solo una frazione del nostro fabbisogno energetico, e le nostre forze armate sono l'ombra di se stesse. Che cosa farà adesso, il Politburo?»

«Ma se l'offensiva ad Alfeld riesce...» Ambedue gli uomini del Politburo ignorarono l'affermazione.

«Che cosa ne è delle trattative segrete con la Germania in India?» chiese il ministro Sergetov.

«Hai notato che il ministro degli Esteri ha scantonato su questo argomento?» Kosov ebbe un sorriso cattivo. Era un cospiratore nato. «Non hanno cambiato di un punto la loro posizione nei negoziati. Nella migliore delle ipotesi, era una carta di riserva nel caso che le forze della NATO fossero crollate. O magari era un trucco fin dall'inizio... Non ne siamo sicuri.» Il capo del KGB si versò un bicchiere d'acqua minerale. «Il Politburo si riunirà fra otto ore. Io non ci sarò. Sento un attacco di angina in arrivo al mio cuore malato.»

«Per cui sarà Larionov a presentare la tua relazione?»

«Sì.» Kosov sogghignò. «Povero Josef. È intrappolato proprio dalle sue valutazioni. Riferirà che le cose non stanno procedendo secondo i programmi, ma procedono. Dirà che l'attacco della NATO attualmente in corso è un disperato tentativo di ritardare l'offensiva su Alfeld, e che i negoziati con la Germania sono tuttora promettenti. Devo renderti noto, maggiore, che nel vostro staff c'è un uomo di Larionov. Conosco il nome, ma non ho mai visto i rapporti che manda. Probabilmente è stato lui a fornire le informazioni che hanno portato all'arresto del vecchio comandante e alla nomina del tuo generale.»

«Che cosa gli succederà?» chiese Ivan.

«Non sono affari tuoi» rispose freddamente Kosov. Nelle ultime trentasei ore, erano stati arrestati ben sette ufficiali superiori. Adesso erano tutti nel carcere di Lefortovo e Kosov, anche volendo, non avrebbe potuto cambiare il loro fato.

«Padre, ho bisogno di conoscere la situazione del carburante.»

«Siamo ridotti alle riserve nazionali minime – in questo momento vi abbiamo mandato, o vi stiamo mandando, il fabbisogno di una settimana; un analogo quantitativo è ancora disponibile per le forze ubicate in Germania, e altrettanto è riservato alle formazioni destinate al Golfo Persico.»

«Perciò, dì al tuo comandante che ha due settimane di tempo per vincere la guerra. Se non ci riesce, la sua testa cadrà. Larionov farà pagare l'Esercito per le informazioni fasulle che lui ha fornito. Anche la tua vita sarà in pericolo, giovanotto.»

«Chi è la spia del KGB al nostro comando?»

«L'ufficiale operativo dello scacchiere. È stato cooptato alcuni anni fa, ma il suo ufficiale di controllo appartiene alla fazione di Larionov. Non so esattamente che cosa riferisca.»

«Il generale Alekseyev – tecnicamente parlando – sta trasgredendo gli ordini, prendendo un'unità dal Weser e mandandola in appoggio ad Alfeld.»

«Allora è già in pericolo, e io non posso aiutarlo.» *Non senza scoprire il mio gioco.*

«Vanya, adesso devi ritornare. Il compagno Kosov e io abbiamo altre cose da discutere.» Sergetov abbracciò il figlio e lo accompagnò alla porta. Osservò i fanalini posteriori scomparire dietro le betulle.

«Non mi va di usare mio figlio per questo!»

«E di chi altri ti puoi fidare, Mikhail Eduardovich? La *Rodina* rischia la distruzione, la direzione del Partito è impazzita, e io non ho nemmeno il controllo completo del KGB. Non lo vedi? Abbiamo perso! Adesso dobbiamo salvare il salvabile.»

«Ma teniamo ancora il territorio nemico...»

«Le cose di ieri non contano più. Conta il presente. Conta la prossima settimana. Che cosa farà il ministro della Difesa quando sarà ovvio anche per lui che abbiamo fatto fiasco? Hai considerato questo? Quando degli uomini disperati si accorgono di avere fallito – e quegli uomini disperati hanno il controllo delle armi atomiche – che cosa può accadere?»

Che cosa può accadere? ripeté mentalmente Sergetov. Meditò su altre due domande. *Che cosa faccio io ? Che cosa facciamo noi, in proposito?* Poi guardò Kosov, e cercò di dare una risposta alla seconda domanda.

Alfeld, Repubblica Federale Tedesca

I russi non rispondevano troppo velocemente, e Mackall ne era stupito. Durante la notte c'erano state incursioni aeree e diversi violenti bombardamenti d'artiglieria, ma il previsto attacco terrestre non si era concretizzato. Era un errore cruciale da parte dei russi. Gli americani avevano ricevuto altre munizioni, che avevano permesso loro di fare il pieno carico per la prima volta da parecchie settimane a quella parte. Cosa ancora migliore, tutta una divisione di Panzer Grenadier tedeschi aveva rinforzato le malconce truppe dell'11° Cavalleria. Mackall aveva imparato ad avere fiducia in quegli uomini, tanta quanta ne aveva nella composita armatura del suo carro. Le loro posizioni difensive erano situate in profondità a est e a ovest. Le forze corazzate che stavano scendendo da nord, adesso potevano sostenere Alfeld con i cannoni a lunga gittata. I genieri avevano riparato i ponti russi sul Leine, e Mackall stava per andare con il plotone a est, in appoggio alle truppe motorizzate di guardia alle macerie di Alfeld.

È strano attraversare un ponte volante sovietico... Fa uno strano effetto andare a est! pensò Mackall. Il suo guidatore era nervoso mentre percorreva a cinque miglia all'ora la struttura stretta e apparentemente fragile. Una volta attraversato, si diressero a nord lungo il fiume, passando intorno alla città. Una pioggerella cadeva dalle nuvole basse e c'era nebbia, condizioni atmosferiche tipiche dell'estate europea, che riducevano la visibilità a meno di mille metri. Fu accolto da militari che guidarono i carri alle postazioni difensive. Nello sforzo costante di sgomberare le macerie dalla strada, avevano formato dei mucchi di mattoni e di pietre alti circa due metri, misura quasi perfetta perché i carri americani ci si potessero nascondere. Mackall scese dal mezzo corazzato a controllare il piazzamento dei quattro carri del plotone, poi conferì con il comandante della compagnia che doveva appoggiare. La fanteria aveva due battaglioni sistemati in solide, profonde buche alla periferia di Alfeld, e il sostegno di uno squadrone di carri armati. Udì il sibilo dei proiettili d'artiglieria che passavano in alto, quelli del tipo nuovo, che sganciavano mine sul campo di battaglia velato dalla nebbia davanti a lui. I sibili cambiarono quando riprese posto nel carro. Erano proiettili in arrivo.

Stendal, Repubblica Democratica Tedesca

«C'è voluto troppo tempo per metterli in movimento» borbottò Alekseyev rivolto all'ufficiale operativo.

«Ci sono ancora tre divisioni, che si stanno spostando adesso.»

«Ma quanti rinforzi sono arrivati?»

L'ufficiale aveva sconsigliato ad Alekseyev di tentare di coordinare un attacco a due punte, ma il generale si era attenuto al piano. La divisione corazzata A di Beregovoy era in posizione per colpire da ovest, mentre le tre divisioni C della riserva avrebbero attaccato da est. *La forza motorizzata regolare non ha artiglieria (si dovranno muovere in fretta per portarla), ma trecento carri armati e seicento mezzi per il trasporto di truppe sono di per sé una forza formidabile,* pensò il generale... *Ma chi hanno di fronte? Quanti veicoli sono stati distrutti o danneggiati dagli attacchi aerei durante la marcia di avvicinamento?*

Arrivò Sergetov. La sua uniforme di categoria A era spiegazzata per il viaggio.

«Com'era Mosca?» chiese Alekseyev.

«Al buio, compagno generale. Com'è andato l'attacco?»

«Inizia adesso.»

«Cosa?» Il maggiore era stupito del ritardo. Guardò con attenzione l'ufficiale operativo dello scacchiere, che stava chino sul tavolo delle carte, criticando la disposizione, mentre gli ufficiali tracciatori si accingevano a segnare i progressi dell'attacco.

«Ho un messaggio dell'Alto Comando per lei, compagno generale.» Sergetov porse al superiore un modulo. Alekseyev lo scorse. Smise di leggere. Le sue dita strinsero per un attimo il foglio prima che riacquistasse il controllo di sé.

«Venga nel mio ufficio.» Il generale non disse nient'altro finché la porta non fu chiusa. «È sicuro di questo?»

«Me lo ha detto il direttore Kosov in persona.» Alekseyev sedette sul bordo del tavolo. Accese un fiammifero e bruciò il messaggio, guardando la fiamma che divorava il foglio finché non arrivò a lambirgli le dita.

«Quella lurida spia. *Stukach!*» *Un informatore nel mio staff!* «Che altro?»

Sergetov riferì quanto aveva saputo. Il generale rimase un attimo in silenzio, confrontando mentalmente il fabbisogno di carburante con le disponibilità.

«Se l'attacco di oggi fallisce... noi abbiamo...» Volse il capo, senza volere né potere obbligare se stesso a dirlo ad alta voce. *Non mi sono preparato tutta la vita per fallire!* Ricordò il primo annuncio che aveva avuto della campagna contro la NATO. *Avevo detto loro di attaccare subito. Avevo detto che avevamo bisogno della sorpresa strategica, e che sarebbe stato difficile realizzarla se avessimo aspettato così a lungo. Avevo detto che dovevamo bloccare il Nord Atlantico per impedire i rifornimenti alle forze della NATO. Ecco qua. Adesso che nessuna di queste cose è stata fatta, il mio amico è in una prigione del KGB, e la mia stessa vita è in pericolo se non riesco a fare le cose che ho detto loro che non sono fattibili – e ho avuto ragione su tutti i punti! ... Ma perché poi il Politburo dovrebbe dare ascolto ai suoi militari, quando può fucilarli con tanta disinvoltura?*

L'ufficiale operativo dello scacchiere si affacciò alla porta. «I reparti si stanno muovendo.»

«Grazie, Yevgeny Ilych» rispose Alekseyev con cordialità. Si alzò dalla scrivania. «Andiamo, maggiore, vediamo con quanta rapidità riusciamo ad aprirci la strada attraverso le linee della NATO.»

Alfeld, Repubblica Federale Tedesca

«Rissa da osteria» disse Woody dalla sua posizione.

«Sembra proprio» convenne Mackall.

Era stato detto loro di aspettarsi due o tre divisioni della riserva sovietica. Tutte insieme avevano, forse, la forza di artiglieria di due unità regolari, e stavano sparando su entrambe le rive del fiume. La scarsa visibilità disturbava l'uno e l'altro schieramento. I russi non potevano dirigere bene il tiro delle batterie, e le truppe della NATO potevano contare soltanto su un minimo appoggio aereo. Come sempre, la parte peggiore del bombardamento preliminare era costituita dai razzi; quella fase durò due minuti, con i missili non guidati che cadevano come grandine. Sebbene morissero uomini ed esplodessero veicoli, la difesa era ben preparata, e le perdite furono leggere.

Woody inserì il mirino del cannoniere a visione termica, che gli permetteva di traguardare fino a circa mille metri, il doppio della portata visiva. Sulla sinistra della torretta, il caricatore sedeva nervoso, con il piede leggermente appoggiato sul pedale che comandava le porte del comparto munizioni. Il guidatore, nel box a forma di bara, tamburellava con le dita sulla leva di comando.

«Animo, ci sono amici in arrivo» disse Mackall all'equipaggio. «Ci annunciano movimenti da est.»

«Li vedo» confermò Woody. Alcuni fanti stavano ritornando

dai posti di ascolto avanzati. *Non sono numerosi quanto avrebbero dovuto essere*, pensò Mackall. *Tante perdite nelle ultime...*

«Bersaglio carro, ore dodici» disse Woody. Premette il grilletto sulla forcella, e al primo colpo il carro sembrò sollevarsi da terra.

Il bossolo uscì dalla culatta. Il caricatore pestò il pedale. La porta del magazzino munizioni si aprì, ed egli estrasse un altro proiettile cui fece descrivere un semicerchio per introdurlo nella culatta.

«Pronto!»

Woody aveva già un altro bersaglio. Era praticamente autonomo, mentre Mackall osservava l'intero fronte del plotone. Il comandante dei reparti stava chiedendo l'intervento dell'artiglieria. Immediatamente alle spalle della prima fila di mezzi corazzati sovietici vi erano uomini a piedi che correvano per stare dietro ai carri. Frammisti all'avanzata c'erano anche i veicoli a otto ruote per trasporto truppe. I Bradley li attaccarono con i cannoni da 25 millimetri, mentre i proiettili d'artiglieria con detonatori di prossimità cominciarono a scoppiare venti piedi sopra il suolo, inondando di schegge la Fanteria.

Non potevano mancarli. I carri russi avanzavano distanziati di soli cinquanta metri invece dei soliti cento, concentrati su un fronte ristretto. Woody notò che erano dei vecchi T-55, con cannoni obsoleti da 100 millimetri. Ne colpì tre prima ancora che potessero avvistare le posizioni della NATO. Un proiettile atterrò sulla pila di sassi davanti al carro, proiettandogli addosso una pioggia di schegge metalliche e di frammenti di pietra. Woody liquidò quel carro con un proiettile HEAT. Cominciarono a cadere dei fumogeni – che non furono di alcun aiuto ai russi, perché i mirini elettronici dei veicoli della NATO vedevano attraverso il fumo. Altri colpi caddero sulla cavalleria, ora che i russi ci vedevano abbastanza bene per passare al tiro diretto. Ciò diede inizio a un duello di artiglierie, con i cannoni della NATO che cercavano le batterie russe.

«Carro con antenna! Fuoco!» Il cannoniere fermò il mirino sul T-55 e fece fuoco. Mancò il bersaglio, e il cannone fu ricaricato. Il secondo colpo fece saltare verso il cielo la torretta del carro sovietico. Il mirino termico mostrava i puntini brillanti dei missili che cadevano troppo corti, e le colonne delle esplosioni dei veicoli colpiti. D'improvviso i russi si fermarono. La maggior parte dei veicoli restò sul campo, distrutta, ma alcuni invertirono marcia e fuggirono.

«Cessate il fuoco, cessate il fuoco!» ordinò Mackall al plotone. «Riferite.»

«Il tre-due ha un cingolo staccato» rispose uno dei carri. Gli altri erano illesi, grazie ai ripari di pietre e mattoni.

«Nove colpi sparati, capo» disse Woody.

Mackall e il caricatore aprirono i portelli per espellere l'odore acre della cariche di lancio. Il cannoniere si tolse il casco di cuoio e scosse la testa. I capelli biondi erano sporchi. «Lo sai, c'è una cosa che mi manca dell'M-60.»

«Che cos'è, Woody?»

«Non abbiamo un portello di coda. Sarebbe bello poter fare una pisciata senza doversi arrampicare fuori.»

«Ma perché tiri fuori proprio questo argomento!» protestò il guidatore in tono lamentoso.

Mackall rise. Gli ci era voluto un momento per capire il motivo. Per la prima volta avevano fermato i russi di netto senza dover mai indietreggiare – ottima cosa, tanto più che le postazioni che occupavano non l'avrebbero consentito. E come avevano reagito gli uomini? Con delle battute scherzose!

USS Reuben James

O'Malley decollò un'altra volta. Ormai aveva una media di dieci ore di volo al giorno. Tre navi erano state silurate, altre due colpite da missili lanciati da sottomarini, tutto negli ultimi quattro giorni, ma i russi l'avevano pagata cara. Avevano mandato una ventina di sommergibili nelle acque islandesi. Otto erano stati distrutti mentre tentavano di attraversare lo sbarramento dei sottomarini, che rappresentava la difesa esterna della flotta. Altri avevano dovuto soccombere alla fila di navi con sonar rimorchiato, i cui elicotteri erano ora rinforzati da quelli della HMS *Illustrious*. L'avventuroso comandante di un sub della classe Tango era addirittura riuscito a penetrare all'interno di uno dei gruppi di portaerei e aveva cacciato un siluro nella dura scorza dell'*America*, con il risultato di essere pesantemente martellato e infine affondato dal cacciatorpediniere *Caron*. La portaerei adesso non poteva fare più di venticinque nodi, il minimo indispensabile per continuare le operazioni di volo, però c'era ancora.

La Forza Mike – *Reuben James*, *Battleaxe* e *Illustrious* – stava scortando a sud un gruppo di mezzi anfibi per un altro sbarco. C'erano ancora degli orsi nei boschi: i russi avrebbero cercato di attaccare le navi da guerra anfibie appena se ne fosse presentata l'occasione. O'Malley, dall'altezza di mille piedi, vedeva a nord la *Nassau* e altre tre unità. Da Keflavik si alzava del fumo. Non stavano concedendo tregua alle truppe russe.

«Non sarà facile per loro cercarci» pensò Ralston ad alta voce.

«Credi che quei russi abbiano delle radio?»

«Certamente.»

«Credi che possano vederci da quelle colline e magari comunicare ai sottomarini quello che vedono?»

«Non ci avevo pensato» ammise il guardiamarina.

«Non preoccuparti. Sono sicuro che ci hanno pensato i russi.» O'Malley guardò di nuovo a nord. Su quelle navi c'erano tremila marines. I marines gli avevano salvato la vita più di una volta, in Vietnam.

La *Reuben James* e O'Malley vegliavano sulla parte del convoglio più vicina a riva, mentre le navi e gli elicotteri britannici lo proteggevano verso il largo. L'acqua era relativamente poco profonda. I sonar a rimorchio erano stati ritirati.

«Willy, sgancia – ora, ora, ora!» Fu gettata in acqua la prima boa sonar attiva. Altre cinque seguirono al ritmo di una al minuto. Le boe passive usate per la ricerca in mare aperto sarebbero state utilizzate a sproposito in questo caso. La carta da giocare non era la segretezza, ora che i russi sapevano dov'erano. Meglio spaventarli che giocare di fioretto.

Tre ore, pensò O'Malley.

«Hammer, qui Romeo» chiamò Morris. «Bravo e India stanno lavorando su un possibile contatto verso il largo, a miglia duenove, rilevamento due-quattro-sette.»

«Roger per questo, Romeo» confermò O'Malley. Si rivolse a Ralston. «Il bastardo è a portata di missile. I marines dovrebbero essere contenti.»

«Contatto! Possibile contatto sulla boa quattro» disse Willy osservando lo schermo sonar. «Il segnale è debole.»

O'Malley virò e ritornò lungo la linea.

Keflavik, Islanda

«Dove pensa che siano?» chiese Andreyev all'ufficiale di collegamento della Marina. La postazione delle unità era stata elaborata sulla carta in base ai rapporti di diversi posti di osservazione sulle alture.

L'ufficiale scosse il capo. «A cercare bersagli.»

Il generale ricordò i giorni passati sulla nave, ripensò a quanto si era sentito vulnerabile, a come era stata pericolosa quell'esperienza. In una parte remota della coscienza provava simpatia per i marines americani. Però la cavalleria era un lusso che non si poteva permettere. I suoi paracadutisti erano duramente impegnati e lui, ovviamente, non aveva bisogno di altre truppe nemiche equipaggiate di tutto punto!

La sua divisione era spiegata in modo da tenere gli americani il più a lungo possibile fuori dalla zona Reykjavik-Keflavik. Gli ordini iniziali restavano operativi: negare alla NATO la base aerea di Keflavik. Poteva farlo, anche se probabilmente significava la distruzione delle sue truppe scelte. Il problema era che l'aeroporto di Reykjavik sarebbe stato altrettanto utile al nemico, e una divisione leggera non era sufficiente per difenderli ambedue.

Così adesso gli americani marciavano sotto il naso degli osservatori sovietici – un reggimento intero più le armi pesanti e gli elicotteri che potevano atterrare dappertutto. Se avesse modificato il proprio spiegamento per far fronte a questa minaccia, avrebbe rischiato il disastro al momento di disimpegnare le unità avanzate. Se avesse spostato le riserve, sarebbero rimaste allo scoperto, a farsi massacrare dalle artiglierie navali e dagli aerei. Quell'unità si stava spostando, non per unirsi alle altre schierate contro la sua fanteria aviotrasportata, ma per poter sfruttare qualsiasi punto debole nel giro di pochi minuti anziché di qualche ora. Una volta sul posto, le navi da sbarco avrebbero potuto aspettare la relativa oscurità o un temporale, e correre invisibili sull'acqua trasportando le truppe a terra. Come avrebbe potuto disporre le proprie forze per contrastare quella mossa? Non aveva più radar, gli restava un unico lancia-SAM, e le corazzate gli avevano metodicamente sterminato la maggior parte dell'artiglieria.

«Quanti sottomarini ci sono qui?»

«Non lo so, compagno generale.»

USS Reuben James

Morris osservò lo schermo sonar. Il contatto con la boa era svanito dopo pochi minuti. Forse un branco di aringhe. Le acque dell'oceano abbondavano di questi pesci, e una quantità consistente rassomigliava a un sottomarino, per il sonar attivo. In quel momento, poi, con la nave impegnata a fondo per tenere l'andatura degli anfibi, il sonar era praticamente inutile. La possibilità che ci fosse un sommergibile dal lato del mare aperto – ogni contatto con un sottomarino era potenzialmente un nucleare – era quanto bastava per indurre il commodoro ad andare alla massima velocità.

O'Malley stava immergendo il sonar in quel momento, cercando di riacquisire il contatto perduto. Era l'unico che poteva stare al passo con gli eventi.

«Romeo, qui Bravo. Sappiate che stiamo inseguendo un possibile sottomarino missilistico.» Doug Perrin doveva prevedere il caso peggiore.

«Roger, Bravo.» Secondo il quadro che emergeva dai dati riùniti, tre elicotteri stavano appoggiando la *Battleaxe,* che si era inserita sulla linea fra il contatto e le navi anfibie. *Sta' attento, Doug.*

«Contatto!» disse Willie. «Ho un contatto sul sonar attivo a rilevamento tre-zero-tre, distanza trecento.»

O'Malley non ebbe bisogno di guardare il display tattico. Il sottomarino si trovava fra lui e gli anfibi.

«Su la cupola!» Il pilota tenne fermo l'elicottero mentre il trasduttore sonar veniva ritirato. Il contatto a quel punto era stato messo sull'avviso. Ciò rendeva più difficili le cose. «Romeo, qui Hammer. Abbiamo un possibile contatto qui.»

«Roger, capito.» Morris stava guardando lo schermo. Ordinò di fare avvicinare la fregata a tutta velocità. Non era una tattica astuta, ma non aveva scelta. Doveva picchiare sul contatto prima che gli anfibi fossero alla portata del sub. «Segnalate alla *Nassau* che stiamo operando su un possibile contatto.»

«Giù la cupola» ordinò O'Malley. «Falla scendere a quattrocento, e martella!»

Willy attivò il trasduttore sonar appena fu alla profondità stabilita. Lo schermo si riempì di echi. Il trasduttore era tanto vicino al fondale roccioso che apparvero una ventina di stalattiti. La marea che correva veloce non fu di aiuto. I rumori di flusso intorno alle rocce diedero numerose false letture anche sullo schermo passivo.

«Signore, ho una gran quantità di niente.»

«Lo sento, Willy. L'ultima volta che abbiano emesso impulsi, lo avevamo a quota periscopica, ci scommetterei, e lui si è tuffato in profondità mentre arrivavamo.»

«Così in fretta?» chiese Ralston.

«Così in fretta.»

«Comandante, una di queste cose ha l'aria di muoversi un pochettino.»

O'Malley accese la radio e ottenne da Morris l'autorizzazione a lanciare. Ralston predispose il siluro per la ricerca circolare, e il pilota lo sganciò in acqua, quindi inserì il sonar nei propri auricolari. Udì il gemito delle eliche del siluro, poi gli impulsi ad alta frequenza del suo dispositivo di autoguida. L'arma continuò a girare in tondo per cinque minuti, poi passò all'emissione continua, ed esplose.

«L'esplosione ha avuto un suono strano, signore» disse Willy.

«Hammer, qui Romeo. Riferite.»

«Romeo, qui Hammer. Credo che abbiamo affondato uno scoglio.» O'Malley fece una pausa. «Romeo, qui sotto c'è un sub, ma per il momento non posso dimostrarlo.»

«Che cosa ve lo fa pensare, Hammer?»

«Perché il posto è maledettamente buono per nascondersi, Romeo.»

«D'accordo.» Morris aveva imparato a fidarsi delle intuizioni di O'Malley. Chiamò il comandante degli anfibi sulla *Nassau*. «November, qui Romeo. Abbiamo un possibile contatto. Vi suggerisco di manovrare verso nord, mentre noi gli diamo la caccia.»

«Negativo, Romeo» rispose subito il commodoro. «India sta lavorando su un probabile, ripeto probabile, contatto che si comporta come un sub armato di missili. Stiamo dirigendo sull'obiettivo alla velocità massima. Prendetelo voi per conto nostro, Romeo.»

«Roger, chiudo.» Morris posò il telefono. Guardò l'ufficiale di azione tattica. «Continui a dirigere sul punto di riferimento.»

«Non è pericoloso correre dietro a un contatto subacqueo?» chiese Calloway. «Non avete l'elicottero per tenerlo distante?»

«Lei sta imparando, signor Calloway. È pericoloso, d'accordo. Mi pare che quando ero ad Annapolis dicessero che il lavoro poteva essere sbrigato in quel modo...»

Ambedue le turbine stavano girando a pieno regime, e la prua della fregata, tagliente come un coltello, fendeva l'acqua a più di trenta nodi. La coppia dell'elica dava alla nave un'inclinazione di quattro gradi a sinistra.

«Sta diventando balorda.» O'Malley adesso vedeva chiaramente l'albero della fregata, con le crocette caratteristiche ben visibili sopra l'orizzonte, mentre lui si teneva cinquanta piedi sopra l'acqua. «Parlami, Willy!»

«Echi di fondo in quantità, signore. Il fondale dev'essere come una città, con tutte quelle maledette cose che sporgono. Abbiamo dei vortici – ci sono troppe cose qui, signore. Le condizioni del sonar fanno pena!»

«Va' sul passivo.» Il pilota fece scattare l'interruttore per ascoltare. Willy aveva ragione. Troppo rumore di flusso. *Usa la testa!* si disse. Guardò il display tattico. Gli anfibi erano a dieci miglia scarse. Non poteva sentirli tutti sul sonar, ma c'era circa il trenta per cento di probabilità che un sottomarino li captasse. *Se prima era a quota periscopica, probabilmente ha un'idea abbastanza chiara di dove si trovano... ma non abbastanza chiara per sparare.*

«Romeo, qui Hammer. Potete mettere in allarme gli anfibi? Passo.»

«Negativo, Hammer. Stanno andando verso il mare aperto per sfuggire a un possibile contatto.»

«Magnifico!» grugnì O'Malley sull'interfono. «Preparati ad alzare la cupola, Willy.» Un minuto dopo si dirigevano a ovest.

«Quel comandante di sub ha un buon paio di palle» disse il pilota. «E anche un cervello...» O'Malley inserì la radio.

«Romeo, qui Hammer. Mettete la pista di rotta del November sul vostro display tattico e trasmettetelo al mio.»

Ci volle un minuto. O'Malley inviò una benedizione allo sconosciuto tecnico che aveva incorporato quell'apparecchio nel computer tattico del Seahawk. Il pilota tracciò una linea immaginaria sulle rotte previste del sottomarino e della *Nassau. Calcola che il sommergibile sta andando a venti – venticinque nodi...* Si abbassò e picchiò con un dito sul tubo di vetro.

«Ecco dov'è quel bastardo!»

«Come fa a saperlo?» chiese Ralston. O'Malley stava già dirigendo il Seahawk in quella direzione.

«Perché è lì che sarei io, se fossi al suo posto! Willy, la prossima volta che immergiamo, tieni la cupola esattamente a cento piedi. Ti dico una cosa, signor Ralston: quel tipo pensa di averci fregati.» *Nessuno frega Hammer il Martello!* O'Malley girò sopra il punto che aveva scelto e tenne librato il Seahawk.

«Giù la cupola, Willy. Solo ricerca passiva.»

«Cento piedi e sto ascoltando, comandante.» I secondi diventarono minuti, mentre il pilota azionava i comandi per tenere fermo l'elicottero. «Possibile contatto a rilevamento uno-sei-due.»

«Passiamo all'attivo?» chiese Ralston.

«Non ancora.»

«Il rilevamento cambia leggermente, ora è uno-cinque-nove.»

«Romeo, qui Hammer. Abbiamo un possibile contatto con sottomarino.» Il computer di bordo dell'elicottero trasmise i dati alla *Reuben James*. Morris modificò la rotta per dirigere sul contatto. O'Malley issò la cupola e sganciò una boa sonar per segnare la posizione e tenere il contatto, mentre l'elicottero si spostava. La fregata adesso era a quattro miglia dall'elicottero.

«Giù la cupola!» Un altro minuto di attesa.

«Contatto, rilevamento uno-nove-sette. La boa sei registra il rilevamento del contatto a uno-quattro-due.»

«Ti ho preso, cretino! Su la cupola, andiamo a prenderlo!»

Ralston attivò il sistema di attacco mentre O'Malley si spostava a sud per piazzarsi dietro il bersaglio. Regolò l'ultimo siluro per una ricerca alla profondità di duecento piedi.

«Giù la cupola!»

«Contatto, rilevamento due-nove-otto.»

«Martellare!»

Willy inserì con un pugno il sonar attivo. «Contatto positivo, rilevamento due-nove-otto, distanza seicento.»

«Pronto!» disse immediatamente Ralston, e il pilota premette con il pollice il pulsante rosso di lancio. Il siluro verde cupo cadde in acqua.

Non accadde nulla.

«Comandante... il siluro non si è attivato – siluro morto, signore.»

Non c'era il tempo per imprecare. «Romeo, qui Hammer, abbiamo appena lanciato un siluro su un contatto positivo – siluro guasto, funzionamento negativo.»

Morris serrò il pugno sul ricevitore. Diede ordini per la rotta e il timone. «Hammer, qui Romeo, potete continuare a inseguire il bersaglio?»

«Affermativo, sta correndo veloce su rotta due-due-zero. Aspettate, vira a nord... sembra che rallenti.»

La *Reuben James* adesso era a seimila metri dal sottomarino. Le due navi erano su rotte convergenti, ognuna a distanza di tiro dall'altra.

«Arresto di collisione!» ordinò Morris. In pochi secondi, tutta la fregata vibrò per l'inversione delle eliche. In un minuto scese a cinque nodi, e Morris ordinò di passare a tre, il livello minimo di governabilità. «Prairie/Masker?»

«In funzione, signore» rispose l'ufficiale di controllo.

Calloway si era tenuto buono senza parlare – ma questo era troppo. «Comandante Morris, siamo una nave che non governa?»

«Già» confermò Morris. «Però possiamo fermarci più in fretta di lui. Il suo sonar dovrebbe ritornare in linea – e noi non stiamo producendo abbastanza rumori perché possa ascoltarci. Le condizioni sonar sono cattive per tutti. È un gioco d'azzardo» ammise il comandante. Chiese per radio un altro elicottero. La *Illustrious* glielo avrebbe mandato entro un quarto d'ora.

Morris osservò sul radar l'elicottero di O'Malley. Il sottomarino russo aveva rallentato ed era sceso di nuovo in profondità.

«Vampiro! Vampiro!» gridò il tecnico radio. «Due missili in aria...»

«Bravo riferisce che il suo elicottero ha appena lanciato su un SSGN, signore!» comunicò l'ufficiale antisom.

«Diventa complicata» osservò freddamente Morris. «Fuoco a volontà!»

«Bravo ha abbattuto un missile, signore! L'altro sta correndo verso India!»

Gli occhi attenti di Morris misero a fuoco lo schermo principale. Un simbolo ∧ si stava spostando verso la *Illustrious* – molto velocemente.

«Valutiamo il vampiro come un SS-N-19 – Bravo valuta il proprio contatto come un classe Oscar. Riferisce un colpo, signore.» Quattro elicotteri stavano sciamando intorno al simbolo del contatto sottomarino.

«Romeo, qui Hammer, il bastardo è dritto sotto di noi – il rilevamento è speculare al nostro!»

«Sonar, ricerca Yankee su rilevamento uno-uno-tre!» Morris prese il radiotelefono. «November, virate a nord, adesso!» ordinò alla *Nassau*.

«India è colpito, signore. Il vampiro ha preso India... un momento, l'elicottero di India riferisce di avere sganciato un altro siluro sul contatto!»

La Illustrious *dovrà badare a se stessa*, pensò Morris.

«Contatto sonar, signore, rilevamento uno-uno-otto, distanza millecinquecento.» I dati furono immessi nel computer di comando tiro. La spia della soluzione si accese.

«Pronto!»

«Fuori!» Morris fece una pausa. «Plancia, qui combattimento: avanti tutta! Venire a rotta zero-uno-zero.»

«Bel casino!» osservò Calloway.

Sulla fiancata di dritta della *Reuben James*, il complesso trinato ruotò e lanciò uno dei siluri. Sotto, i tecnici ascoltarono i motori che passavano dalla potenza minima alla massima. La fregata si assestò di poppa mentre la rotazione dell'elica trasformava l'acqua in schiuma. Le potenti turbine a reazione fecero accelerare la nave come se fosse stata un'automobile.

«Romeo, qui Hammer: attenzione, attenzione, il bersaglio vi ha sparato un siluro proprio adesso!»

«Nixie?» chiese Morris. La nave stava andando troppo veloce perché il sonar potesse funzionare.

«Uno in acqua e l'altro pronto, signore» lo informò un sottufficiale.

«Va bene così» disse Morris. Mise una mano in tasca a cercare una sigaretta, poi buttò l'intero pacchetto in un cestino per i rifiuti.

«Romeo, qui Hammer, questo contatto è un impianto del tipo a due motori. Lo valuto come un sottomarino della classe Victor. Adesso sta correndo alla velocità massima, e vira a nord. Il vostro siluro sta emettendo impulsi sul bersaglio. Abbiamo perso quello che hanno lanciato contro di voi.»

«Roger, restate sul sottomarino, Hammer.»

«Sei proprio un freddo bastardo!» disse O'Malley sull'interfono. Vedeva del fumo salire dalla HMS *Illustrious*. *Idiota*, si disse, *non avresti dovuto lanciare il primo siluro!* Adesso non poteva fare altro che emettere impulsi.

«Comandante, il siluro è passato all'emissione continua. Sembra che stringa sul bersaglio; l'intervallo fra gli impulsi si sta accorciando. Crepitii di scafo, il sub sta di nuovo cambiando profondità, risalendo, credo.»

O'Malley vide un disturbo in acqua. Di colpo, la prua sferica del Victor comparve in superficie – il sottomarino aveva perso il controllo della profondità nel tentativo di eludere il siluro. Quella che seguì fu la prima esplosione di una testata che O'Malley vedeva. Il sottomarino stava scivolando all'indietro, quando un pennacchio d'acqua apparve a un centinaio di piedi da dove era saltata fuori la prua.

«Romeo, qui Hammer. Avete fatto centro – ho visto il figlio di puttana! Ripeto, avete colpito!»

Morris parlò con l'ufficiale al sonar. Non avevano captato il sonar di guida del siluro russo. Era andato a vuoto.

Il capitano Perrin stentava a crederlo. L'Oscar aveva incassato tre siluri e non c'erano ancora i rumori di rottura. Quello delle macchine, però, si era fermato, e lui aveva il sottomarino sul sonar attivo. La *Battleaxe* si avvicinò a quindici nodi, quando la forma scura apparve in superficie in mezzo a una massa di bolle. Il comandante corse in plancia e puntò il binocolo sul sottomarino russo, che distava appena un miglio. Un uomo apparve sull'opera morta agitando scompostamente le braccia.

«Cessate il fuoco! Cessate il fuoco!» urlò. «Centrale di controllo, accostate più in fretta che potete!»

Non ci credeva. L'Oscar presentava un paio di spaccature frastagliate sulla parte alta dello scafo e galleggiava con un'inclinazione di trenta gradi a causa della rottura delle casse della zavorra.

Degli uomini stavano uscendo dall'opera morta e dal portello di prua.

«Bravo, qui Romeo. Abbiamo appena affondato un Victor verso riva. Informateci della vostra situazione, passo.»

Perrin afferrò il telefono. «Romeo, abbiamo qui in superficie un Oscar colpito, l'equipaggio sta abbandonando la nave. Ha lanciato due missili. I nostri Sea Wolf ne hanno abbattuto uno. L'altro ha colpito India a prua. Ci prepariamo a eseguire le operazioni di salvataggio. Dite a November che può continuare la passeggiata. Passo.»

«Ben fatto, Bravo! Chiudo.» Cambiò canale. «November, qui Romeo, avete sentito l'ultimo messagio di Bravo? Passo.»

«Affermativo, Romeo. Portiamo la processione a riva.»

Il generale Andreyev ricevette personalmente il rapporto dal posto di osservazione prima di passare il radiotelefono all'ufficiale operativo. I mezzi da sbarco americani erano a cinque chilometri dal faro di Akranes. Probabilmente si sarebbero diretti verso il vecchio porto delle baleniere a Hvalfjördur, ad aspettare il momento buono.

«Resisteremo fino all'ultimo» disse il colonnello del KGB. «Faremo vedere loro come combattono i soldati sovietici!»

«Ammiro il suo spirito, compagno colonnello.» Andò nell'angolo della stanza e raccolse un fucile. «Ecco, può prenderlo e portarselo al fronte.»

«Ma...»

«Tenente Gasporenko, procuri un autista al colonnello. Va al fronte a far vedere agli americani come combattono i soldati sovietici.» Andreyev stette a guardare con aria cupamente divertita. Il *cekista* non poteva tirarsi indietro. Dopo che se ne fu andato, il generale chiamò l'ufficiale alle comunicazioni di divisione. Tutte le radiotrasmittenti, meno due, sarebbero state distrutte. Andreyev sapeva di non potersi ancora arrendere. I suoi uomini avrebbero dovuto pagare un ulteriore prezzo di sangue, e il generale avrebbe sofferto a ogni goccia versata. Però sapeva che sarebbe presto arrivato il punto oltre il quale ogni resistenza diventava futile. Non avrebbe sacrificato inutilmente gli uomini.

Alfeld, Repubblica Federale Tedesca

A un certo momento sembrò che fosse finita. *Il secondo attacco ce l'ha quasi fatta,* pensò Mackll. I russi si erano impegnati allo spasimo, portando le forze corazzate fino a una cinquantina di metri dalle posizioni americane. Da quella distanza, i loro vecchi cannoni erano riusciti a distruggere una buona metà dei carri nemici. L'offensiva, però, aveva vacillato proprio quando il successo era a portata di mano, e il terzo assalto sferrato all'inbrunire era stato condotto con poca convinzione da uomini troppo stanchi per vibrare il colpo decisivo. A Mackall giunsero i rumori di un'altra azione in corso a ovest della città, dove i tedeschi stavano subendo un attacco.

Stendal, Repubblica Democratica Tedesca

«Il Generale Beregovoy riferisce un massicio contrattacco da nord – in direzione di Alfeld.»

Alekseyev accolse la notizia con viso impassibile. Il gioco d'azzardo non era riuscito. *È per questo che lo chiamano gioco d'azzardo.*

E adesso?

La sala delle carte era molto tranquilla. Gli ufficiali subalterni che tracciavano i movimenti delle forze amiche e nemiche non avevano mai parlato molto, e ora non guardavano neppure le mappe degli altri settori. Non c'era più la corsa per vedere chi avrebbe portato per primo le proprie forze sull'obiettivo.

Il generale si avvicinò all'ufficiale alle operazioni.

«Yevgeny Ilych, sono aperto ai suoi suggerimenti.»

L'ufficiale alzò le spalle. «Dobbiamo continuare. Le nostre truppe sono stanche, e quelle nemiche lo sono altrettanto.»

«Stiamo lanciando uomini inesperti contro dei veterani. È questo che dobbiamo cambiare. Prenderemo ufficiali e sottufficiali da unità A che non sono in linea e li useremo per dare nerbo alle unità C in arrivo. Questi uomini della riserva hanno bisogno di soldati esperti che li facciano lievitare, se no li mandiamo al macello come delle bestie. Poi, sospenderemo temporaneamente le operazioni offensive...»

«Compagno generale, se lo facciamo...»

«Abbiamo forza sufficiente per un'ultima spinta decisa. Quella spinta sarà fatta al momento e sul posto che io sceglierò, e sarà un attacco preparato in modo esauriente. Ordinerò a Beregovoy di sfuggire come meglio può – ma non posso affidare un simile ordine alla radio. Yevgeny Ilych, voglio che lei vada in aereo al quartier generale di Beregovoy questa notte stessa. Avrà bisogno della collaborazione di un buon cervello operativo. Sarà questo il suo compito.» *Ti dò la possibilità di redimerti, bastardo traditore. Fanne buon uso.*

Cosa ancora più importante, così facendo si toglieva dai piedi l'informatore del KGB. L'ufficiale uscì per organizzarsi il trasporto. Alekseyev richiamò Sergetov in ufficio.

«Lei ritorna a Mosca.»

42

La risoluzione del conflitto

Bruxelles, Belgio

«Stupefacente quello che si può fare con una coppia di cinque...»

«Come, generale?» chiese il capo delle informazioni. Il SACEUR scosse il capo guardando, per una volta, con fiducia la carta. *Alfeld aveva in mano... una coppia,* pensò il generale. I tedeschi a ovest avevano subìto un martellamento micidiale. Le linee erano state piegate, ma non rotte. Altri aiuti erano in arrivo. Una brigata corazzata era in marcia per andare ad appoggiarli. La divisione corazzata di recente arrivo stava premendo a sud per isolare quella divisione russa dalle altre attestate sul Weser. La divisione sovietica più avanzata aveva lanciato tutti i missili terra-aria di cui disponeva; le forze aeree della NATO colpivano le loro posizioni con impietosa regolarità.

La ricognizione aerea mostrava che il terreno aperto a est di Alfeld era un ossario di carri bruciati. Rinforzi stavano marciando anche in quella direzione. I russi sarebbero ritornati, ma il cielo era di nuovo sgombro. La NATO stava per gettare sul tappeto verde tutto il peso delle proprie forze aeree.

«Joachim, credo che li abbiamo fermati.»

«*Ja, Herr General!* Adesso cominceremo a respingerli.»

Mosca, URSS

«Padre, il generale Alekseyev mi ha ordinato di dirti che non crede possibile sconfiggere la NATO.»

«Ne sei sicuro?»

«Sì, padre.» Il giovane si sedette nell'ufficio del ministro. «Non siamo riusciti ad avere la sorpresa strategica. Abbiamo sottovalutato la potenza aerea della NATO – troppe cose. Non siamo stati capaci di impedire il reintegro dei loro rifornimenti. Ad eccezione dell'ultimo contrattacco, avrebbe potuto andar bene, comunque...

c'è ancora una possibilità. Il generale sospende le operazioni offensive in preparazione per un attacco finale. Per fare questo...»

«Che cosa vai dicendo, se tutto è perduto?»

«Se possiamo danneggiare le forze NATO in misura sufficiente per prevenire una massiccia controffensiva, conserveremo i vantaggi acquisiti, dando modo a voi – al Politburo – di negoziare in posizione di forza. Neanche questo è sicuro, ma è la migliore alternativa che il generale vede. Ti chiede di far presente al Politburo che è necessaria una composizione a livello diplomatico, e in fretta, prima che la NATO ricuperi abbastanza forze per lanciare l'offensiva.»

Il ministro annuì. Si voltò sulla poltrona e guardò attraverso la finestra per qualche minuto, mentre il figlio attendeva impaziente una risposta.

«Prima che questo sia fattibile» disse infine «ordineranno l'arresto di Alekseyev. Sai quello che è successo agli altri che sono stati arrestati, no?» Ci volle un momento prima che il giovane riuscisse ad afferrare il senso delle parole del padre.

«Non possono averlo fatto!»

«Ieri notte, tutti e sette, incluso il vostro ex comandante in capo.»

«Ma era un comandante capace...»

«Ha fatto fiasco, Vanya» disse Sergetov padre con voce calma. «Lo Stato non accetta con animo lieto i fallimenti e io, per amor tuo, mi sono alleato con Alekseyev...» La voce di Sergetov tremò. *Adesso non ho scelta. Devo collaborare con Kosov, bastardo o no, quali che siano le conseguenze. E devo rischiare anche la tua vita, Vanya.* «Vitaly ti porterà alla dacia. Ti metterai in borghese e mi aspetterai. Non uscirai e non ti farai vedere da nessuno.»

«Ma tu sei certamente sotto sorveglianza!»

«Naturalmente.» Sergetov sorrise per un attimo. «Sono sorvegliato da funzionari del Comitato per la Sicurezza dello Stato, uomini dello staff personale di Kosov.»

«E se ti sta ingannando?»

«Allora sono un uomo morto, Vanya, e lo sei anche tu. Perdonami. Non avrei mai immaginato che una cosa del genere avrebbe... sono stato molto fiero di te in queste ultime settimane.» Si alzò ad abbracciare il figlio. «Vattene adesso, devi fidarti di me.»

Dopo che Ivan fu partito, Sergetov chiamò per telefono il comando generale del KGB. Il direttore Kosov era fuori, e il ministro della Funzione Energetica aveva lasciato detto che erano pronte le cifre sulla produzione petrolifera negli Stati del Golfo richieste da Kosov.

L'incontro sollecitato dal ministro mediante la frase in codice ebbe luogo subito dopo il tramonto. A mezzanotte, Ivan Mikhailovich era di nuovo su un aereo diretto in Germania.

Stendal, Repubblica Democratica Tedesca

«Il direttore Kosov plaude al modo in cui si è sbarazzato del traditore. Ha detto che ucciderlo, anche incidentalmente, avrebbe provocato dei sospetti, ma adesso che si trova sano e salvo dietro le linee nemiche a fare il proprio dovere, nessuno penserà che si dubiti di lui.»

«La prossima volta che vede quel bastardo, gli dica grazie da parte mia.»

«Il suo amico è stato fucilato trentasei ore fa» disse poi Sergetov. Il generale scattò rigido sull'attenti.

«Cosa?»

«L'ex Comandante in Capo dello Scacchiere Ovest è stato fucilato, insieme ai marescialli Shavyrin, Rozhkov e altri quattro.»

«E quello schifoso Kosov si congratula con me per...»

«Ha detto che non ci poteva fare niente e porge le sue condoglianze.»

Condoglianze dal Comitato per la Sicurezza dello Stato, pensò Alekseyev. Verrà il giorno, compagno Kosov...

«Poi toccherà a me, naturalmente.»

«Lei ha avuto ragione a incaricarmi di comunicare la sua idea sulle prossime operazioni tramite mio padre. Lui e Kosov pensano che se la stessa proposta fosse stata presentata direttamente al Comando Supremo, avrebbe avuto come conseguenza il suo arresto immediato. Il Politburo considera tuttora possibile la vittoria. Se cessa di crederci, può capitare di tutto.»

Alekseyev sapeva con molta precisione che cosa significava quel "tutto".

«Continui.»

«L'idea di inserire degli effettivi esperti nelle divisioni C che stanno per arrivare ha una sua validità – chiunque può capirlo. Parecchie di quelle divisioni passano per Mosca ogni giorno.» Sergetov tacque per dare modo al generale di trarre le proprie conclusioni.

Un tremito scosse il corpo del generale. «Vanya, lei sta parlando di tradimento.»

«Stiamo parlando della sopravvivenza della Patria...»

«Non confonda l'importanza della sua pelle con quella del nostro paese! Lei è un soldato, Ivan Mikhailovich, come lo sono io. Le nostre vite sono delle pedine che si possono sacrificare...»

«Per la nostra direzione politica?» ribatté Sergetov in tono sarcastico. «Il suo rispetto per il Partito arriva in ritardo, compagno generale.»

«Speravo che suo padre potesse convincere il Politburo ad adottare una politica più moderata. Non intendo fomentare una ribellione.»

«Il tempo della moderazione è passato da un pezzo» rispose Sergetov, parlando come un giovane notabile del Partito. «Mio padre si è pronunciato contro la guerra, come altri, ma invano. Se lei propone una soluzione diplomatica, sarà arrestato e fucilato, prima di tutto per non avere realizzato l'obiettivo di sua competenza, poi per aver osato suggerire un orientamento politico alla gerarchia del Partito. Chi la sostituirebbe, e con quale risultato? Mio padre teme che il Politburo opterebbe per la soluzione nucleare del conflitto.» *Mio padre aveva ragione,* pensò Sergetov. *Nonostante tutto il rancore verso il Partito, Alekseyev ha servito lo Stato troppo a lungo e troppo bene per permettersi di pensare al tradimento in termini concreti.*

«Il Partito e la Rivoluzione sono stati traditi, compagno generale. Se non li salva lei, saranno perduti entrambi. Mio padre dice che lei deve decidere chi e che cosa servire.»

«E se prendo la decisione sbagliata?»

«In tal caso moriremo io, mio padre, e qualcun altro. E lei non si sarà salvato.»

Ha ragione, ha ragione su tutto. La Rivoluzione è stata tradita. L'idea del Partito è stata tradita – però...

«Lei sta cercando di manipolarmi come un bambino! Suo padre le ha detto che io non avrei collaborato a meno che lei mi avesse convinto della...» Il generale farfugliò per un momento cercando le parole adatte «... rettitudine idealistica, sì, la rettitudine della sua azione.»

«Mio padre mi ha detto che lei è stato condizionato, proprio nel modo in cui la scienza del comunismo dice che si possono condizionare gli uomini. Per tutta la vita le hanno detto che l'Esercito è al servizio del Partito, che lei è un custode dello Stato. Mi ha raccomandato di ricordarle che lei è un uomo del Partito, ed è ora che la gente reclami il Partito per sé.»

«Ah, è per questo che cospira con il direttore del KGB!»

«Forse lei preferirebbe che ci fossero dei preti barbuti della chiesa ortodossa, o degli ebrei dissidenti presi da qualche Gulag, a rendere pura la Rivoluzione? Dobbiamo combattere con quello che abbiamo.» Parlare in quel modo all'uomo con cui era stato sotto il fuoco nemico era come vino inebriante per Sergetov, ma era convinto che suo padre avesse ragione. Due volte nel giro di cinquant'anni il Partito aveva domato l'Esercito asservendolo alla propria volontà. Malgrado tutto l'orgoglio e il potere che detenevano, i generali dell'Armata sovietica non avevano più spirito di rivolta di quanto ne avesse un cagnolino. Ma una volta presa la decisione, il padre gli aveva detto... «La *Rodina* chiede a gran voce di essere salvata, compagno generale.»

«Non mi parli della Patria!» *Il Partito è l'anima del popolo*. Alekseyev ricordava lo slogan ripetuto migliaia di volte.

«Cosa mi dice dei bambini di Pskov?»

«È stato il KGB!»

«Biasima la spada e non la mano che la brandisce? Se è così, che cosa diventa lei?»

Alekseyev vacillò. «Non è facile rovesciare lo Stato, Ivan Mikhailovich.»

«Compagno generale, il suo dovere è forse di eseguire ordini che porteranno solo alla distruzione dello Stato? Non stiamo tentando di rovesciarlo» disse Sergetov. «Stiamo cercando di restaurarlo.»

«Probabilmente falliremo.» Alekseyev provò un senso di perversa consolazione nel dire questo. Sedette al tavolo. «Ma se devo morire, sarà meglio farlo da uomo e non da cane.» Il generale prese un blocco di carta e una matita. Cominciò a formulare un piano atto a garantire che non avrebbero fallito, e che lui non sarebbe morto prima di avere portato a termine almeno una cosa.

Quota 914, Islanda

Lassù c'erano dei buoni reparti, il colonnello Lowe lo sapeva. La collina stava subendo il bombardamento da parte di quasi tutta l'artiglieria della divisione, più i continui attacchi aerei, più il martellamento dei pezzi da cinque pollici delle corazzate. Osservò le truppe avanzare su per i ripidi pendii sotto il fuoco dei russi superstiti. Le corazzate, vicine a riva, sparavano con le batterie di medio calibro dei proiettili di prossimità VT che esplodevano a venti piedi dal terreno, formando minacciose nuvole nere che inondavano di schegge la collina, mentre i cannoni dei marines scavavano solchi sulla cima. A intervalli di pochi minuti, l'artiglieria taceva per qualche momento, in modo che gli aerei potessero sganciare bombe al napalm e a grappolo. Malgrado tutto ciò, i russi continuavano a combattere.

«Adesso – mandiamo gli elicotteri!» ordinò Lowe.

Dieci minuti dopo, udì il suono assordante dei rotori di quindici elicotteri che passavano sopra la sua postazione per dirigersi a est, virando intorno al versante posteriore della collina. Il coordinatore delle artiglierie ordinò una breve pausa, mentre le due compagnie di marines atterravano sulla cresta meridionale della collina. Appoggiati da elicotteri d'attacco Sea Cobra, avanzarono di corsa verso le postazioni russe sul crinale nord.

Il comandante sovietico era ferito, e il suo aiutante non si rese subito conto di avere truppe nemiche alle spalle. Quando se ne avvide, la situazione già disastrosa si era fatta disperata. La notizia si diffuse lentamente. Molte delle radio erano fuori uso. Alcuni soldati non ricevettero mai la notizia e furono uccisi nelle loro buche, ma furono l'eccezione. I più si accorsero che il fuoco si diradava, e videro delle braccia alzate. Con un misto di vergogna e di sollievo, resero inutilizzabili le armi e attesero di essere catturati. La terribile battaglia per la conquista della collina era durata quattro ore.

«La Quota 914 non risponde, compagno generale» disse l'addetto alle comunicazioni.

«Non c'è speranza» mormorò Andreyev. L'artiglieria era distrutta, i SAM esauriti. Gli avevano ordinato di tenere l'isola solo per poche settimane, gli avevano promesso rinforzi via mare, gli avevano detto che la guerra in Europa sarebbe durata quindici giorni, al massimo un mese. Aveva resistito più di quanto gli era stato ordinato. Uno dei suoi reggimenti era stato distrutto a nord di Reykjavik, e adesso gli americani erano padroni della Quota 914 da cui si poteva vedere la capitale. Duemila dei suoi uomini erano morti o dispersi, altri mille feriti. Bastava.

«Veda se può comunicare per radio con il comandante americano. Dica che chiedo il "cessate il fuoco" e desidero incontrarmi con lui nel luogo che sceglierà.»

USS Nassau

«Così, lei è Beagle?»

«Sì, generale.» Edwards cercò di mettersi a sedere sul letto, ma ne fu impedito dai tubi nel braccio e dalla gamba ingessata. L'infermeria del mezzo da sbarco era piena di feriti.

«E questa dev'essere la signorina Vigdis. Mi avevano detto che lei era carina... Ho una figlia pressappoco della sua età...»

Gli infermieri della Marina le avevano dato degli indumenti che le stavano quasi bene. Un medico l'aveva visitata e aveva dichiarato che la gravidanza era normale. Era riposata e aveva fatto il bagno; a Mike e a tutti coloro che la vedevano, ricordava cose e tempi migliori.

«Se non fosse stato per Michael, sarei morta.»

«Così mi hanno detto. C'è qualcosa di cui ha bisogno, signorina Vigdis?»

Lei abbassò lo sguardo su Edwards, dando così una risposta eloquente alla domanda.

«Per essere un meteorologo, lei è stato molto bravo, tenente.»

«Signore, tutto ciò che abbiamo fatto è stato di tenerci il più possibile nascosti.»

«No. Ci ha detto che cosa avevano i russi su quest'isola, e ci ha informati di dov'erano – beh, quanto meno di dove non erano. Lei con i suoi uomini ha fatto molto di più che stare nascosto, figliolo.» Il generale estrasse una scatoletta dalla tasca. «Ben fatto, marine!»

«Signore, io sono dell'Aviazione.»

«Oh, davvero? Ma, questa cosa dice che lei è un marine.» Il generale appuntò la Navy Cross – la Croce al Merito della Marina – sul guanciale. Un maggiore si avvicinò al generale e gli porse un messaggio. Il generale se lo mise in tasca e lanciò uno sguardo alle file di letti dell'infermeria.

«Era ora» sospirò. «Signorina Vigdis, vuole essere tanto gentile da occuparsi di quest'uomo per noi?»

Sverdlovsk, URSS

Ancora due giorni e sarebbero partiti per il fronte. La 77ª Divisione di fanteria motorizzata era un'unità di categoria C, e come tali unità era formata da riservisti sulla trentina, con poco più di un terzo della dotazione normale di equipaggiamento. Dall'inizio della mobilitazione, gli uomini erano stati sottoposti a un addestramento continuo, e i più anziani con qualche esperienza militare insegnavano quello che sapevano alle reclute. Era una strana combinazione. I nuovi arrivati erano idonei fisicamente, ma affatto ignoranti di vita militare. I più anziani ricordavano molte cose del servizio prestato a suo tempo, ma si erano rammolliti con gli anni. I giovani avevano l'ardore della giovinezza, e per quanta paura avessero del rischio cui sarebbero stati esposti in battaglia, non avrebbero esitato a difendere il paese. I più anziani con famiglia, avevano molto di più da perdere. Le conferenze tenute agli ufficiali da un collega veterano erano trapelate fino alle truppe. La Germania non sarebbe stata un posto piacevole. Un sergente dell'ufficio comunicazioni intercettò un messaggio, e la voce corse in fretta: ufficiali e sottufficiali esperti di combattimento si sarebbero uniti a loro a Mosca. I riservisti più anziani sapevano di avere bisogno di quegli uomini, che potevano insegnare loro le lezioni imparate a duro prezzo sul fronte.

Sapevano che significava anche un'altra cosa: la 77ª Divisione di fanteria motorizzata sarebbe stata impegnata in combattimento nel giro di una settimana. Quella sera l'accampamento fu silenzioso. Gli uomini stavano fuori dalle caserme non riscaldate, a guardare le foreste di pini sulle pendici degli Urali.

Mosca, URSS

«Perché non attacchiamo?» domandò il Segretario Generale.

«Il generale Alekseyev mi ha informato che sta preparando un attacco di vasta portata. Dice che ha bisogno di tempo per organizzare le forze e assestare un colpo vigoroso» rispose Bukharin.

«Dica al compagno generale Alekseyev» ribatté il ministro della Difesa «che ci servono fatti, non parole!»

«Compagni» disse Sergetov. «Mi sembra di ricordare dai tempi in cui prestavo servizio che non si deve attaccare finché non si ha un vantaggio decisivo in fatto di uomini e di armi. Se ordiniamo ad Alekseyev di attaccare prima di essere pronto, condanniamo l'esercito alla disfatta. Dobbiamo concedergli il tempo di lavorare in modo adeguato.»

«Sei diventato un esperto di cose militari, adesso?» s'informò il ministro della Difesa. «Peccato che tu non sia altrettanto esperto nel tuo ramo, nel qual caso non ci troveremmo in questo stato.»

«Compagno ministro, ti ho detto che le tue proiezioni sui consumi di carburante al fronte erano esageratamente ottimistiche, e avevo ragione. Tu hai detto "Dacci il carburante, e noi vedremo di usarlo con giudizio", non è vero? Hai annunciato una campagna di due settimane, al massimo quattro, non è vero?» Sergetov lanciò uno sguardo intorno al tavolo. «E questo livello di competenza ci ha portati al disastro!»

«Non falliremo! Batteremo l'Occidente.»

«Compagni.» Kosov entrò nella sala. «Perdonatemi il ritardo. Ho appena ricevuto la notizia che le nostre forze in Islanda stanno capitolando. Il generale al comando riferisce il trenta per cento di perdite e una situazione tattica disperata.»

«Fatelo arrestare immediatamente!» ruggì il ministro della Difesa. «E arrestate anche la famiglia del traditore.»

«Il compagno ministro sembra molto più efficiente nell'arrestare i nostri uomini che nel battere i nemici» osservò acido Sergetov.

«Tu giovane iena!» Il ministro della Difesa era sbiancato in volto per la rabbia.

«Non sto dicendo che siamo stati sconfitti, ma è chiaro che non siamo ancora vittoriosi. È ora di cercare la conclusione politica della guerra.»

«Potremmo accettare le condizioni dei tedeschi» disse speranzoso il ministro degli Esteri.

«Ho il dolore di informarvi che tale possibilità non esiste più» rispose Kosov. «Ho motivo di credere che sia stata una montatura – una *maskirovka* – dei tedeschi.»

«Ma soltanto l'altro ieri il tuo vice ha detto...»

«Avevo espresso a lui e a voi i miei dubbi. Oggi è uscito un servizio sul giornale francese *Le Monde,* in cui si dice che i tedeschi hanno respinto un'offerta sovietica per la definizione politica del conflitto. L'articolo cita con precisione le date e i luoghi delle riunioni – e ciò può solo provenire da fonti ufficiali tedesche. Ne traspare chiaramente che si è trattato di un tentativo della NATO di confondere le nostre idee strategiche. Il messaggio fra le righe, compagni, è che intendono combattere la guerra fino alla fine.»

«Maresciallo Bukharin, qual è la forza degli effettivi della NATO?» chiese il Segretario Generale.

«Hanno sofferto ingenti perdite di uomini e di materiale. I loro eserciti sono esausti. Devono esserlo, altrimenti avrebbero già contrattaccato in forze.»

«Ancora una spinta, allora» disse il ministro della Difesa. Guardò intorno al tavolo cercando sostegno. «Ancora una spinta molto decisa. Forse Alekseyev ha ragione – dobbiamo coordinare un unico attacco massiccio per sfondare le linee della NATO.»

Adesso ti aggrappi agli altri, pensò Sergetov.

«Il Consiglio della Difesa esaminerà la questione in privato» disse il Segretario Generale.

«No!» obiettò Sergetov. «A questo punto, è una decisione politica che riguarda tutto il Politburo. Il destino del paese non sarà deciso soltanto da cinque uomini.»

«Non compete a te fare obiezioni, Mikhail Eduardovich. Non hai diritto di voto in questo consesso.» Sergetov fu stupefatto nell'udire quelle parole da Kosov.

«Forse dovrebbe averlo» disse Bromkowskiy.

«Non è una questione da decidere adesso» dichiarò il Segretario Generale.

Sergetov guardò i visi riuniti intorno al tavolo di quercia. Fino a quel momento, nessuno aveva avuto il coraggio di parlare. Lui aveva quasi ribaltato l'equilibrio delle forze del Politburo, ma era chiaro qual era ancora la fazione più forte: le vecchie regole avrebbero finito per prevalere. La riunione fu aggiornata. I membri uscirono tutti, ad eccezione dei cinque componenti il Consiglio della Difesa, che trattennero anche Bukharin.

Il membro candidato indugiò fuori cercando alleati. I dignitari suoi colleghi passarono oltre. Qualcuno lo fissò negli occhi, ma poi guardò da un'altra parte.

«Mikhail Eduardovich?» Era il ministro dell'Agricoltura. «Quanto carburante sarà disponibile per la distribuzione dei prodotti alimentari?»

«Quanti generi alimentari ci saranno da distribuire?» chiese Sergetov.

«Più di quanto pensi. Abbiamo triplicato gli appezzamenti "privati" in tutta la Repubblica Russa...»

«Cosa?»

«Sì, i vecchi nelle fattorie producono buone quantità di derrate alimentari – almeno quanto basta per nutrirci in questo momento. Il problema è quello della distribuzione.»

«Nessuno me l'ha detto.» *Finalmente una buona notizia!* disse Sergetov.

«Lo sai quante volte l'ho proposto? No, tu sei entrato soltanto a luglio, non è vero? Da anni vado dicendo che in quel modo avremmo risolto parecchi problemi, e alla fine mi hanno dato retta! Abbiamo cibo, Mikhail Eduardovich – spero solo che ci resti la gente per mangiarlo! Ho bisogno di carburante per trasportare i prodotti in città. Lo avrò?»

«Vedrò che cosa posso fare, Filip Moiseyevich.»

«Hai parlato bene, compagno. Spero che qualcuno ti ascolti.»

«Grazie.»

«Sta bene tuo figlio?»

«Fino alle ultime notizie, sì.»

«Mi vergogno che il mio non sia laggiù.» Il ministro dell'Agricoltura fece una pausa. «Dobbiamo... bene, non c'è tempo oggi. Dammi le cifre del carburante appena puoi.»

Un convertito? O un agente provocatore?

Stendal, Repubblica Democratica Tedesca

Alekseyev teneva in mano il messaggio: VENGA SUBITO IN VOLO A MOSCA PER CONSULTAZIONI. Era la sua condanna a morte? Il generale chiamò il vice comandante.

«Nulla di nuovo. Registriamo qualche puntata intorno ad Amburgo, e quelli che sembrano i preparativi per un attacco a nord di Hannover, ma niente che non siamo in grado di controllare.»

«Devo andare a Mosca.» Alekseyev vide la preoccupazione sul volto dell'ufficiale «Non si preoccupi, Anatoliy, ho il comando da troppo poco tempo per essere fucilato. Dobbiamo predisporre i trasferimenti del personale in modo organico, se vogliamo avere qualche speranza che queste unità C si trasformino in una forza combattente. Dovrei essere di ritorno fra ventiquattr'ore. Dica al maggiore Sergetov di prendere il mio portacarte e di raggiungermi fuori fra dieci minuti.»

Dopo aver preso posto sulla vettura del comando, Alekseyev, con uno sguardo ironico, porse a Sergetov il messaggio appena ricevuto.

«Che cosa significa?»

«Lo sapremo fra qualche ora, Vanya.»

Mosca, URSS

«Sono decisamente pazzi.»

«Dovresti scegliere con più attenzione le parole, Boris Georgiyevich» disse Sergetov. «Che cosa ha fatto di nuovo la NATO?»

Il capo del KGB scosse la testa sorpreso. «Voglio dire il Consiglio della Difesa, giovane stupido!»

«Il "giovane stupido" non ha diritto di voto al Politburo. L'hai fatto notare tu stesso.» Sergetov aveva una tenue speranza che il Politburo potesse essere ricondotto alla ragione.

«Mikhail Eduardovich, mi sono impegnato a fondo per proteggerti fino a questo punto. Per favore, non farmene pentire. Se tu fossi riuscito a forzare il Politburo a prendere una decisione allo scoperto, avresti perduto e forse distrutto te stesso. Per il momento» – Kosov gli prodigò un altro dei suoi sorrisi – «per il momento, dicevo, mi hanno chiesto di discutere la loro decisione con te nella speranza di avere il tuo appoggio.»

«Sono due volte pazzi» riprese Kosov. «Primo, il ministro della Difesa vuole cominciare a usare qualche piccola testata nucleare tattica. Secondo, spera che tu lo sostenga. Propongono di rifare da capo la *maskirovka*. Faranno esplodere un piccolo dispositivo nella Germania Orientale per obbligarci alla ritorsione, e a proclamare che la NATO ha violato l'impegno di non usare armi nucleari per prima. Potrebbe essere peggio. Hanno convocato Alekseyev a Mosca per vedere l'impostazione del suo piano e il miglior modo di attuarlo. Dovrebbe essere in viaggio in questo momento.»

«Il Politburo non sarà mai d'accordo su una simile idea. Non siamo tutti matti, ti pare? Hai detto loro come reagirà la NATO?»

«Naturalmente. Ho detto che in un primo tempo la NATO non reagirà affatto, perché avrà le idee troppo confuse.»

«Li hai incoraggiati?»

«Ti prego di non dimenticare che loro preferiscono le opinioni di Larionov alle mie.»

Compagno Kosov, pensò Sergetov, *il tuo avvenire ti preoccupa ben più del pericolo che sta correndo la Rodina. Saresti ben contento di mettere a terra l'intero paese, se prima potessi abbattere loro, vero?*

«I voti al Politburo...»

«Appoggeranno il Consiglio della Difesa. Pensaci bene. Bromkowskiy voterà contro, forse anche il ministro dell'Agricoltura, benché ne dubiti. Vogliono che tu parli a favore del piano. Ciò ridurrebbe l'opposizione al solo Petya. È un brav'uomo, ma nessuno lo ascolta più.»

«Non farò mai una cosa del genere!»

«Ma dovrai farla. E Alekseyev dovrà essere d'accordo.» Kosov si alzò e andò alla finestra. «Non c'è niente da temere – non sarà usata nessuna bomba nucleare. Ho già provveduto in tal senso.»

«Che cosa vuoi dire?»

«Saprai di certo chi controlla le armi nucleari in questo paese!»

«Certamente: le forze missilistiche strategiche, l'artiglieria dell'esercito...»

«Scusami, ho formulato male la domanda. Sì, loro controllano i missili. Ma è la mia gente che controlla le testate, e la fazione di Larionov non include quel settore del KGB! È per questo motivo che devi stare al gioco.»

«Benissimo. Però dobbiamo avvisare Alekseyev.»

«Con prudenza, per ora. Sembra che nessuno abbia notato che tuo figlio ha fatto diversi viaggi a Mosca, ma se ti vedono con il generale Alekseyev prima che sia stato da loro...»

«Sì, capisco.» Sergetov rifletté per un momento. «Forse Vitaly può aspettarlo all'aeroporto e dargli un messaggio?»

«Ottimo! Riuscirò ancora a fare di te un *cekista!*»

Chiamarono l'autista e gli diedero una nota scritta. Vitaly partì immediatamente per l'aeroporto sulla Zil di Sergetov. Fu bloccato da un convoglio di veicoli corazzati. Quaranta minuti dopo si accorse che la lancetta del livello della benzina era molto bassa. Strano, aveva fatto il pieno il giorno prima – i membri del Politburo ottenevano sempre tutto quello che volevano. La lancetta continuava a scendere, finché a un certo punto il motore si spense. Vitaly si fermò sul bordo della strada, a sette chilometri dall'aeroporto, scese e aprì il cofano. Controllò le cinghie e i contatti elettrici. Tutto sembrava in ordine. Risalì e tentò di avviare la macchina, ma inutilmente. Pensò che la dinamo fosse fuori uso e che il motore fosse stato alimentato soltanto dalla batteria. Provò il telefono della vettura. La batteria era completamente scarica.

Il mezzo di trasporto per il generale Alekseyev stava arrivando.

Una vettura ufficiale fornita dal comandante del distretto militare di Mosca andò sotto l'aereo. Il generale e l'aiutante salirono immediatamente e furono portati al Cremlino. Per Alekseyev la parte più terrificante del volo era stata l'uscita dall'aereo – si era quasi aspettato di vedere gli uomini del KGB ad aspettarlo, invece dell'auto dello Stato Maggiore. Essere arrestato sarebbe stato quasi un sollievo.

Il generale e l'aiutante viaggiarono in silenzio – avevano già parlato sul rumoroso aereo dove gli eventuali dispositivi di ascolto sarebbero stati inefficaci. Alekseyev notò le strade vuote, l'assenza di autocarri – la maggior parte degli autoveicoli era al fronte – e anche le code meno lunghe del solito davanti ai negozi di alimentari. *Un paese in guerra,* pensò.

Alekseyev si era aspettato di trovare lungo il viaggio fino al Cremlino. Invece fu tutto il contrario. Gli sembrò che in un batter d'occhio l'auto stesse già varcando il cancello. Un sergente davanti al palazzo del Consiglio dei Ministri aprì la portiera e scattò sull'attenti. Alekseyev ricambiò il saluto e andò verso i gradini che conducevano alla porta dove era in attesa un altro sergente. Alekseyev camminava da soldato, con la schiena diritta e la faccia dura. Gli stivali lucidi scintillavano e, mentre entrava nell'atrio, i suoi occhi vi colsero il riflesso dei lampadari. Il generale ignorò l'ascensore e si diresse verso le scale. Notò che l'edificio era stato riparato dopo l'incidente delle bombe.

Un capitano delle Guardie di Taman, il reparto della Guardia d'onore di stanza ad Alabino, fuori Mosca, ricevette il generale in cima alle scale e lo scortò alle doppie porte della sala di riunione. Alekseyev ordinò all'aiutante di campo di aspettarlo ed entrò, con il berretto sotto il braccio.

«Compagni: il colonnello generale P. L. Alekseyev a rapporto secondo gli ordini!»

«Benvenuto a Mosca, compagno generale» disse il ministro della Difesa. «Com'è la situazione in Germania?»

«Ambedue le parti sono esauste, ma continuano a combattere. La situazione tattica attuale è di stallo. Abbiamo a disposizione più truppe e più armi, ma siamo carenti in modo critico di carburante.»

«Potete vincere?» domandò il Segretario Generale.

«Sì, compagno Segretario! Con alcuni giorni di tempo per organizzare le forze, e a condizione di poter fare certi interventi cruciali sulle formazioni di riserva in arrivo, ritengo probabile poter infrangere il fronte della NATO.»

«Probabile? Non sicuro?» chiese il ministro della Difesa.

«In guerra non vi sono certezze» rispose Alekseyev con semplicità.

«Lo abbiamo imparato» ribatté in tono secco il ministro degli Esteri. «Perché non abbiamo ancora vinto?»

«Compagni, all'inizio non siamo riusciti a realizzare la sorpresa strategica e tattica. La sorpresa è il più importante dei fattori variabili, in guerra. Con la sorpresa avremmo probabilmente – quasi certamente – vinto in due o tre settimane.»

«Che cosa le occorre dunque per conseguire ora, con certezza, il successo?»

«Compagno ministro della Difesa, ho bisogno dell'appoggio del popolo, del Partito, e di un po' di tempo.»

«Lei elude la domanda!» disse il maresciallo Bukharin.

«Non siamo mai stati autorizzati a usare le armi chimiche nell'attacco iniziale. Ciò avrebbe potuto rappresentare il vantaggio decisivo...»

«Il costo politico di tali armi è stato giudicato troppo alto» disse il ministro degli Esteri sulla difensiva.

«Potrebbe usarle con profitto, adesso?» chiese il Segretario Generale.

«Credo di no. Quelle armi avrebbero dovuto essere usate fin dall'inizio sui depositi di equipaggiamento e di materiali. Ora i magazzini sono per lo più vuoti, e colpirli avrebbe un effetto limitato. L'impiego dei prodotti tossici al fronte non è più un'opzione vitale. Le nuove formazioni C che stanno per arrivare mancano dell'equipaggiamento moderno indispensabile per operare in modo efficiente in un ambiente contaminato.»

«Ripeto la domanda» ribadì il ministro della Difesa. «Di che cosa ha bisogno per rendere certa la vittoria?»

«Per realizzare uno sfondamento decisivo, dobbiamo essere in grado di aprire nelle linee della NATO un varco largo almeno trenta chilometri e profondo venti. Per farlo, ho bisogno di dieci divisioni a effettivi completi pronte ad avanzare. Per preparare tale forza mi occorrono diversi giorni.»

«E le armi nucleari tattiche?» Il viso di Alekseyev non mutò espressione. *Sei pazzo, compagno Segretario Generale?*

«I rischi sono elevati.» Un modo cauto di esprimere il concetto.

«E se noi riusciamo a impedire, politicamente, la ritorsione della NATO?» chiese il ministro della Difesa.

«Non so se è possibile.» *E nemmeno voi.*

«Ma se noi potessimo renderlo possibile?»

«Allora le nostre possibilità aumenterebbero in misura notevole.» Alekseyev fece una pausa, e si sentì congelare da ciò che vedeva in quelle facce. *Vogliono usare le armi nucleari al fronte – e quando la NATO risponde con le stesse armi e polverizza le mie truppe, che cosa succede? Ci si fermerà a un unico scambio, o ne saranno usate sempre di più e le esplosioni avanzeranno a est e a ovest? Se dico loro che sono pazzi, troveranno un altro generale pronto a dire che non lo sono.* «Il problema è il controllo, compagni.»

«Si spieghi.»

Se voleva restare vivo e impedire quella... Alekseyev parlò con cautela, mescolando verità con menzogne e supposizioni. La dissimulazione non riusciva facile al generale, ma almeno si trattava di un argomento che discuteva da più di dieci anni con i pari grado. «Compagno Segretario Generale, le armi nucleari sono, innanzitutto, armi politiche per entrambe le parti, controllate da capi politici. Ciò ne limita l'utilità sul campo di battaglia. La decisione di usare una testata nucleare in una situazione tattica deve essere approvata da quei capi. Prima che l'autorizzazione venga concessa, la situazione tattica sarà certamente cambiata, e l'arma non sarà più utile. Si direbbe che la NATO non ha mai capito questo concetto. Le armi di cui dispone sono per lo più progettate per essere usate dai comandanti sul campo, però io non ho mai pensato, personalmente, che la direzione politica della NATO avrebbe concesso a cuor leggero l'autorizzazione. Per questo motivo, le armi che probabilmente userebbero contro di noi sono in effetti delle armi strategiche destinate a obiettivi strategici, non le armi tattiche sul campo.»

«Non è così che dicono, loro» obiettò il ministro della Difesa.

«Noterà che quando abbiamo fatto gli sfondamenti ad Alfeld e a Rühle non sono state usate armi nucleari sulle teste di ponte, anche se alcuni scritti della NATO prima della guerra sembravano suggerire che le avrebbero impiegate. Concludo che in questa equazione vi sono più variabili di quanto non si sia veramente capito. Abbiamo imparato direttamente che la realtà della guerra può essere diversa dalla teoria.»

«Così lei appoggia la nostra decisione di usare le armi nucleari tattiche?» chiese il ministro degli Esteri.

No! Ma dalle labbra del generale uscì una menzogna. «Se siete certi di poter impedire la ritorsione, naturalmente io l'appoggio. Vi faccio presente, però, che a mio avviso la risposta della NATO potrebbe essere molto diversa da quella che saremmo propensi ad aspettarci. Io prevederei una ritorsione alcune ore più tardi di quanto pensiamo, diretta contro obiettivi strategici anziché tattici. È più probabile che colpiscano nodi stradali e ferroviari, campi d'aviazione e centri di rifornimento. Sono obiettivi che stanno fermi, mentre i carri armati si muovono.» *Pensate a quello che vi ho detto, compagni: le cose usciranno presto dal nostro controllo. Fate la pace, idioti!*

«Dunque lei pensa che possiamo usare impunemente le armi tattiche se al tempo stesso minacciamo bersagli stragegici?» chiese in tono di speranza il Segretario Generale.

«Questa è essenzialmente la dottrina prebellica della NATO. Essa trascura il fatto che l'uso di armi nucleari su territorio amico non è cosa da intraprendere alla leggera. Compagni, io vi faccio presente che impedire la ritorsione della NATO non è cosa facile.»

«Lei si preoccupi del campo di battaglia, compagno generale» disse il ministro della Difesa con distacco. «Noi ci preoccuperemo delle questioni politiche.»

C'era soltanto una cosa che poteva ancora dire per scoraggiarli. «Molto bene. In quel caso, dovrò avere il controllo diretto delle armi.»

«Perché?» chiese il Segretario Generale.

Per non usarle, fottuto imbecille! «È un discorso di praticità. I bersagli appariranno e spariranno da un minuto all'altro. Se volete che io faccia un buco nelle linee della NATO con le armi atomiche, non avrò il tempo di aspettare la vostra autorizzazione.»

Alekseyev provò orrore nel vedere che nemmeno questo serviva a dissuaderli.

«Quante gliene servono?» si informò il ministro della Difesa.

«È una questione legata al momento e al luogo dell'operazione di sfondamento, e noi useremmo piccole armi contro obiettivi in ubicazioni specifiche – non su centri popolati. Direi un massimo di trenta armi nella gamma da cinque a dieci chilotoni. Le lanceremmo con razzi d'artiglieria in volo libero.»

«Fra quanto tempo sarà pronto per l'attacco?» chiese il maresciallo Bukharin.

«Dipende dal tempo che ci vorrà per inserire truppe collaudate nelle nuove divisioni. Se gli uomini della riserva devono sopravvivere sul campo di battaglia, dobbiamo averne altri, più esperti, a consolidare i ranghi.»

«Buona idea, compagno generale» approvò il ministro della Difesa. «Non la tratterremo più di così. Voglio vedere entro due giorni i piani dettagliati per lo sfondamento.»

I cinque membri del Consiglio della Difesa osservarono Alekseyev mentre usciva. Kosov guardò il maresciallo Bukharin.

«E tu volevi sostituire quest'uomo?»

Il Segretario Generale era d'accordo. «È il primo vero soldato che vedo da anni.»

Alekseyev fece cenno al maggiore Sergetov di seguirlo. Solo lui sentiva il peso freddo, greve come piombo, che si portava dentro. Solo lui sapeva quanto deboli fossero le sue gambe mentre scendevano i gradini di marmo. Alekseyev non credeva in Dio, ma era convinto di avere appena visto la porta dell'inferno che gli si spalancava davanti.

«Maggiore» disse in tono casuale mentre salivano in auto, «dato che siamo a Mosca, forse le farebbe piacere fare visita a suo padre prima che ritorniamo al fronte?»

«Molto gentile da parte sua, compagno generale.»

«Se l'è meritato, maggiore. Inoltre, vorrei delle cifre sulle disponibilità di carburante.»

Naturalmente l'autista avrebbe riferito ciò che aveva inteso.

«Vogliono che io usi le armi nucleari al fronte!» sussurrò Alekseyev appena la porta della casa del ministro fu richiusa.

«Sì, lo temevo.»

«Bisogna fermarli! Non si può prevedere la catastrofe che ne potrebbe derivare.»

«Il ministro della Difesa dice che una situazione nucleare tattica potrebbe essere controllata con facilità.»

«Lui parla come uno di quegli stupidi della NATO! Non c'è un muro fra uno scambio di armi nucleari a livello tattico e a livello strategico, ma solo una linea nebulosa nell'immaginazione dei dilettanti e degli accademici che consigliano gli uomini politici. La sola cosa che si frapporrebbe fra noi e un olocausto nucleare – la nostra sopravvivenza, sarebbe alla mercé del meno stabile fra i leader della NATO.»

«Che cosa ha detto, a loro?» chiese il ministro. Chissà se Alekseyev aveva avuto abbastanza presenza di spirito per dire la cosa giusta?

«Devo restare in vita per fermarli. Ho detto loro che era un'idea magnifica!» Il generale si sedette. «Ho anche detto che devo avere il controllo tattico delle armi, e su questo credo che saranno d'accordo. Farò in modo che quelle armi non siano mai usate. Ho nel mio staff proprio l'uomo adatto a impedirlo.»

«Lei conviene quindi che il Consiglio della Difesa deve essere fermato?»

«Sì.» Il generale guardò per terra, poi alzò gli occhi. «Altrimenti – non so. È possibile che il loro piano metta in moto qualcosa che nessuno potrà arrestare. Se dobbiamo morire, facciamolo per una buona causa.»

«Come possiamo fermarli?»

«Quando si riunisce il Politburo?»

«Ogni giorno, in questo periodo. Di solito alle nove e trenta.»

«Di chi ci possiamo fidare?»

«Kosov è con noi. Ci saranno alcuni altri, membri del Politburo, ma non so a chi posso parlare.»

Eccezionale – l'unico alleato sicuro è il KGB!

«Ho bisogno di tempo.»

«Forse questo potrà essere utile.» Sergetov porse un dossier che aveva avuto da Kosov. «È l'elenco degli ufficiali del suo comando che sono sospettati di inaffidabilità politica.»

Alekseyev scorse la lista. Vide i nomi di tre uomini che avevano servito validamente al comando di battaglioni e di reggimenti... un buon ufficiale di Stato Maggiore e uno pessimo. *I miei uomini sono sospettati anche mentre combattono una guerra per la patria!*

«Devo formulare il mio piano d'attacco prima di ritornare al fronte. Sarò al quartier generale dell'esercito.»

«Buona fortuna, Pavel Leonidovich.»

«Anche a lei, Mikhail Eduardovich.» Il generale guardò Sergetov e il figlio che si abbracciavano. Si chiese che cosa avrebbe pensato suo padre di quella situazione. *A chi posso chiedere consiglio?*

Keflavik, Islanda

«Buon giorno. Sono il maggior generale William Emerson. Questo è il colonnello Lowe. Farà da interprete .»

«Maggiore generale Andreyev. Parlo inglese.»

«Propone la resa?»

«Propongo di trattare» rispose Andreyev.

«Chiedo che le sue forze cessino immediatamente le ostilità e consegnino le armi.»

«E che ne sarà dei miei uomini?»

«Saranno internati come prigionieri di guerra. I feriti riceveranno adeguate cure mediche, e tutti saranno trattati in conformità alle convenzioni internazionali.»

«Come posso sapere che parla sinceramente?»

«Non può saperlo.»

Andreyev notò la cruda, ma onesta risposta. *D'altronde, che scelta ho?* si disse.

«Propongo il "cessate il fuoco"» – consultò l'orologio — «alle quindici.»

«D'accordo.»

Bruxelles, Belgio

«Quanto tempo?» chiese il SACEUR.

«Tre giorni. Potremo attaccare con quattro divisioni.»

Con quello che rimane di quattro divisioni, pensò il SACEUR. *Li abbiamo fermati, d'accordo, ma che cosa abbiamo per mandarli indietro?*

Nutrivano fiducia. La NATO aveva cominciato la guerra con un vantaggio soltanto tecnologico, che adesso era ancora più accentuato. Le disponibilità russe di nuovi carri armati e cannoni erano state decimate. Le divisioni che arrivavano al fronte erano equipaggiate di vecchiumi scartati vent'anni prima. Avevano ancora delle carte da giocare, però, e qualsiasi offensiva progettata dal SACEUR avrebbe dovuto essere predisposta ed eseguita con cura. Solo in fatto di aviazione la NATO aveva un vantaggio sostanziale, ma la superiorità aerea non aveva mai vinto una guerra. I tedeschi insistevano con veemenza per il contrattacco. Troppe delle loro città, e troppi loro connazionali, erano dall'altra parte del fronte. La *Bundeswehr* stava già facendo delle puntate aggressive su diversi fronti, ma avrebbe dovuto aspettare. L'esercito tedesco non era abbastanza forte per spingersi avanti da solo. Aveva sofferto troppe perdite nel compito primario di fermare l'avanzata sovietica.

Kazan, URSS

I giovani erano troppo eccitati, e gli anziani troppo preoccupati, per dormire. Le condizioni non erano di aiuto. Gli uomini della 77ª Divisione di fanteria motorizzata erano stipati in carrozze passeggeri. È ben vero che erano tutti seduti, ma ciò comportava il fastidio di strofinarsi con i camerati anche solo a respirare. I treni che trasportavano le truppe correvano alla velocità di cento chilometri all'ora. I binari erano posati alla maniera russa, con i segmenti di rotaia che si toccavano, invece di essere staccati. Di conseguenza, in luogo del rumore ritmico familiare ai viaggiatori occidentali, gli uomini della divisione C sentivano soltanto dei tonfi sordi, che mettevano a dura prova i nervi già tesi.

Gli intervalli fra i rumori irritanti rallentarono. Alcuni soldati guardarono fuori per vedere se il treno si fermava a Kazan. Gli ufficiali erano sorpresi. Non era previsto che si fermassero prima di Mosca. Il mistero fu presto chiarito. Il convoglio di venti vagoni si era appena fermato, e altri uomini salivano.

«Attenzione» gridò una voce sonora. «Arrivano soldati giunti dal fronte!»

Benché avessero ricevuto divise nuove, gli stivali tradivano settimane di uso prolungato. L'atteggiamento li denotava come veterani. Su ogni carrozza ne salìrono una ventina. I nuovi arrivati si assicurarono subito i posti più comodi. Chi era rimasto senza, avrebbe viaggiato in piedi. C'erano anche degli ufficiali, che trovarono i loro pari grado. Gli ufficiali della 77ª cominciarono a ricevere informazioni di prima mano sulla dottrina e sulle tattiche della NATO, su quello che funzionava e quello che non funzionava, su tutte le lezioni pagate col sangue dai camerati che non potevano più essere con loro lì a Kazan. I soldati semplici non trassero vantaggio da quelle lezioni, intenti com'erano a osservare degli uomini capaci di dormire anche mentre viaggiavano verso il fronte.

Faslane, Scozia

Il *Chicago* era ormeggiato al molo a caricare siluri e missili per la missione successiva. Metà dell'equipaggio era a terra a sgranchirsi le gambe e a offrire da bere all'equipaggio del *Torbay*.

Il sottomarino si era guadagnato una certa notorietà per il lavoro svolto nel Mar di Barents, tanto che doveva riprendere il mare appena pronto, per scortare i gruppi di combattimento delle portaerei attualmente nel Mar di Norvegia, che si sarebbero diretti verso le basi sovietiche della Penisola di Kola.

McCafferty sedeva da solo nella propria cabina, a chiedersi come mai una missione finita con un disastro poteva essere considerata un successo. Sperava di non essere mandato fuori un'altra volta – ma sapeva invece che lo avrebbero fatto.

Mosca, URSS

«Buone notizie, compagno generale!» Un colonnello si affacciò sulla soglia dell'ufficio che Alekseyev aveva occupato. «I suoi uomini si sono potuti unire alla 77ª a Kazan.»

«Grazie.» Alekseyev si chinò di nuovo sulle carte mentre il colonnello si ritirava.

«Sorprendente.»

«Che cosa, Vanya?»

«Gli uomini che lei ha scelto per la 77ª, il lavoro d'ufficio, gli ordini – tutto è filato liscio!»

«Un normale trasferimento di personale – perché non doveva filare liscio?» chiese il generale. «Il Politburo ha approvato l'idea.»

«Ma questo è l'unico gruppo di uomini trasportati in aereo.»

«Erano quelli che dovevano percorrere la distanza maggiore.» Alekseyev alzò un modulo che aveva appena compilato. Il capitano – no, adesso era il maggiore Arkady Semyonovich Sorokin del 76° Guardie aerotrasportate aveva l'ordine di presentarsi immediatamente a Mosca. Anche lui sarebbe venuto in volo. Peccato che il capitano non potesse portare con sé alcuni altri uomini, che purtroppo si trovavano là dove nessun generale sovietico poteva arrivare.

«E così, Mikhail Eduardovich, che cosa sta programmando il generale Alekseyev?»

Sergetov porse alcuni appunti a Kosov, che li sfogliò in pochi minuti.

«Se riesce, gli daremo almeno l'Ordine di Lenin, vero?» *Questo generale è troppo in gamba. Peggio per lui.*

«Siamo ancora lontani da questo. Come sono i tempi? Dipendiamo da te per la messa in scena.»

«Ho un colonnello specializzato in questo genere di cose.»

«Non ne dubito.»

«C'è una cosa che dovremmo fare» disse Kosov. La illustrò per diversi minuti prima di prendere congedo. Sergetov strappò le note che aveva avuto da Alekseyev e le fece bruciare da Vitaly.

La luce d'emergenza e la suoneria richiamarono immediatamente l'attenzione del capo dello smistamento. Qualcosa non andava negli scambi al ponte di Elektrozavodskaya, tre chilometri a est della stazione di Kazan.

«Mandateci un ispettore.»

«C'è un treno a mezzo chilometro» fece notare l'assistente.

«Fermatelo subito!» Il capo fece scattare l'interruttore che controllava il segnale della torre.

Il suo vice parlò sul radiotelefono. «Treno undici-novantuno, questa è la centrale di smistamento di Kazan. Disturbi sul ponte davanti a voi, fermatevi immediatamente!»

«Vedo il segnale. Freno subito» rispose il tecnico. «Non ce la faremo!»

E non avrebbero potuto. L'undici-novantuno era un convoglio di cento carri che comprendeva pianali carichi di veicoli corazzati, e vagoni chiusi carichi di munizioni. Come il tecnico applicò i freni su tutti i carri, volarono scintille nella foschia antelucana. Però ci sarebbero volute ben più di poche centinaia di metri per riuscire a fermare il treno. Si sporse a guardare per capire qual era il problema – sperava che si trattasse di un segnale difettoso.

No! C'era un binario staccato proprio all'estremità ovest del ponte. Il tecnico lanciò un grido di allarme per i suoi uomini, e rabbrividì. La locomotiva saltò il binario e si fermò di lato. Ciò non poté impedire che le tre motrici che le erano agganciate, e gli otto vagoni scoperti, si proiettassero in avanti. Uscirono anch'essi dai binari, e soltanto l'ossatura d'acciaio del ponte impedì loro di cadere nel fiume Yauza. L'ispettore arrivò un minuto dopo. Imprecò per tutto il percorso fino alla cabina telefonica.

«Abbiamo bisogno di due grossi treni di soccorso!»

«È grave?»

«Non come quello di agosto. Ci vorranno da dodici a sedici ore.»

«Cosa c'è che non va?»

«Tutto il traffico sul ponte. Cosa ti aspettavi?»

«Qualcuno si è fatto male?»

«Non credo. Non andava veloce.»

«Manderò una squadra fra dieci minuti.» Il capo smistamento guardò sulla lavagna l'elenco dei treni in arrivo.

«Maledizione! Cosa ce ne facciamo di questi?»

«Non possiamo separarli, è un'intera divisione dell'esercito che viaggia unita. Dovevano passare intorno al lato nord. Non possiamo nemmeno dirottarli a sud. Il ponte di Novodanilovskiy è impegnato e strapieno per ore.»

«Dirottali sulla stazione Kursk. Io chiamo il capo smistamento di Rzhevskaya e vedo se può farci passare sul suo binario.»

I treni arrivarono alle sette e mezza. Uno per volta furono deviati e fermati sui raccordi della stazione Kursk. Molti dei militari sui treni non erano mai stati a Mosca ma, a parte quelli che erano ai binari più esterni, tutto ciò che poterono vedere furono i convogli dei commilitoni.

«Un tentativo deliberato di sabotare le ferrovie!» disse il colonnello del KGB.

«Più probabilmente uno scambio difettoso, compagno» rispose il capo smistamento di Kazan. «Ma ha ragione a essere prudente.»

«Scambio difettoso?» ringhiò il colonnello. Sapeva con certezza che la causa era diversa. «Credo piuttosto che tu non prenda la cosa abbastanza sul serio.»

Il capo smistamento si sentì gelare il sangue. «Anch'io ho le mie responsabilità. Per il momento devo sgomberare i rottami dal maledetto ponte e fare riprendere il traffico. Ho un convoglio di sette treni fermo alla stazione Kursk, e se non riesco a farli ripartire presto...»

«Da quello che vedo sulla tua mappa, spostare tutto il traffico intorno alla città dipende da un unico interruttore.»

«Vero, ma questo è sotto la responsabilità del capo smistamento di Rzhevskaya.»

«Non ti è mai passato per la testa che i sabotatori non vengono assegnati come i capi smistamento? Forse lo stesso uomo può operare in un altro distretto! Qualcuno ha forse verificato quell'interruttore?»

«Non lo so.»

«Ebbene, vedi di saperlo! No, no, manderò i miei uomini prima che voi imbecilli delle ferrovie facciate qualche altro disastro.»

«Ma, i miei orari...» Il capo smistamento era un uomo orgoglioso, ma sapeva di avere sfidato già troppo la sorte.

«Benvenuto a Mosca» disse affabilmente Alekseyev.

Il maggiore Arkady Semyonovich Sorokin era di bassa statura, come la maggior parte degli ufficiali paracadutisti. Un bell'uomo dai capelli castani, con occhi celesti che bruciavano per un motivo che Alekseyev capiva ancora meglio del maggiore. Zoppicava leggermente a causa di due pallottole che si era preso in una gamba durante l'attacco iniziale alla base aerea di Keflavik, in Islanda. Sul petto portava il nastrino dell'Ordine della Bandiera Rossa, guadagnato guidando la sua compagnia sotto il fuoco nemico. Sorokin e la maggior parte dei primi feriti erano stati evacuati in aereo. Adesso stavano aspettando un nuovo incarico, dato che la divisione di cui facevano parte era stata catturata in Islanda.

«In che cosa posso servire il generale?»

«Ho bisogno di un nuovo aiutante di campo, e preferisco ufficiali esperti di combattimento. Ma soprattutto, Arkady Semyonovich, avrò bisogno che lei esegua un compito delicato. C'è qualcosa che desidero spiegarle, prima di discuterne. Si sieda. Come va la gamba?»

«I medici mi hanno consigliato di non correre ancora per una settimana. Avevano ragione. Ieri ho cercato di fare i miei soliti dieci chilometri, e mi sono ritrovato zoppo dopo due soltanto.» Non sorrideva. Alekseyev immaginava che il ragazzo non avesse mai più sorriso dopo maggio. Il generale gliene spiegò il motivo. Cinque minuti dopo, la mano di Sorokin si apriva e chiudeva vicino al bracciolo della poltrona, pressappoco dove avrebbe avuto la pistola se fosse stato in piedi.

«Maggiore, l'essenza di un soldato è la disciplina» concluse Alekseyev. «L'ho fatta venire qui per un motivo, ma devo prima sapere che lei eseguirà esattamente gli ordini. Se mi dirà che non può farlo, la capirò.»

Non c'erano emozioni visibili sul viso del maggiore, però la mano si rilassò. «Sì, compagno generale, e la ringrazio con tutto il cuore per avermi fatto venire qui. Sarà fatto esattamente come dice lei.»

«Venga, allora. Abbiamo del lavoro da sbrigare.»

L'automobile del generale era già in attesa. Alekseyev e Sorokin si diressero verso l'anello stradale intorno al centro di Mosca, che cambia nome a intervalli di pochi chilometri. Si chiama Chkalova là dove passa vicino al Teatro Star, verso la stazione ferroviaria Kursk.

Il comandante della 77ª Divisione di fanteria motorizzata stava sonnecchiando. Aveva un nuovo vice comandante, un generale di brigata che veniva dal fronte, in sostituzione dell'anziano colonnello che aveva avuto l'incarico fino allora. Avevano parlato per dieci ore di tattiche NATO, e adesso il generale approfittava dell'inattesa lunga sosta a Mosca per concedersi un po' di sonno.

«Cosa diavolo è questo!»

Il comandante della 77ª aprì gli occhi, e vide un generale con quattro stelle che lo guardava dall'alto in basso. Scattò sull'attenti come un cadetto.

«Buon giorno, compagno generale!»

«Buon giorno a lei! Cosa Cristo sta a fare una divisione dell'Armata sovietica addormentata su un maledetto raccordo ferroviario, mentre ci sono uomini che muoiono in Germania?» proferì Alekseyev, quasi urlando contro il malcapitato.

«Noi... noi non possiamo far muovere i treni, c'è qualche problema con i binari.»

«Un problema con i binari? Avete i vostri veicoli, no?»

«Il treno va alla stazione Kiev, dove saranno cambiate le locomotive per il viaggio verso la Polonia.»

«Organizzerò io il vostro trasporto. Non c'è tempo da perdere» spiegò Alekseyev come se parlasse a un bambino ritardato «e non si può tenere una divisione seduta sulle chiappe. Se il treno non si può muovere, può muoversi lei! Tiri giù i veicoli dai vagoni, li faremo passare attraverso Mosca, e poi potrà andare da sé alla stazione Kiev. Ora si strofini gli occhi, si svegli, e metta in movimento la divisione prima che io trovi qualcun altro capace di farlo!»

Il generale non finiva mai di stupirsi di quanto si poteva ottenere con una buona urlata. Guardò il comandante di divisione che urlava con i comandanti di reggimento, che partirono urlando contro i comandanti di battaglione. Nel giro di dieci minuti, gli urli erano scesi a livello di squadra. Dopo altri dieci minuti vennero tolte le catene di fermo dei BTR-60, e il primo dei veicoli da trasporto truppe scese dal treno per essere condotto nella piazza Korskogo davanti alla stazione. I fanti montarono sui veicoli; avevano un'aria molto marziale, con le tenute da combattimento e le armi.

«È arrivato il nuovo ufficiale alle comunicazioni?» chiese Alekseyev.

«Sì, tutti i miei collaboratori sono stati sostituiti» confermò il comandante di divisione.

«Bene. Al fronte abbiamo imparato a duro prezzo la lezione sulla segretezza delle notizie. I nuovi arrivati le saranno molto utili. E i nuovi effettivi?»

«Una compagnia di veterani per ogni reggimento, più altri elementi distribuiti in tutte le compagnie.» Il comandante era anche contento di avere qualche nuovo ufficiale esperto a sostituire qualcuno dei subordinati meno validi. Decisamente, Alekseyev gli aveva mandato delle persone capaci.

«Bene. Faccia sfilare la divisione incolonnata per reggimenti. Mostriamo qualcosa alla gente, compagno. Facciamole vedere come si presenta una divisione dell'Armata sovietica. Ne hanno tutti bisogno.»

«Come attraverseremo la città?»

«Ho messo delle guardie del KGB alla direzione del traffico. Tenga bene in ordine tutti gli uomini, non voglio che qualcuno si perda!»

Un maggiore arrivò correndo. «Pronti a muoverci entro venti minuti.»

«Quindici!» insisté il comandante.

«Molto bene» commentò Alekseyev. «Generale, l'accompagno. Voglio vedere quanta familiarità hanno i suoi uomini con l'equipaggiamento.»

Mikhail Sergetov arrivò in anticipo alla riunione del Politburo, com'era sua abitudine. C'era il consueto apparato di guardie del Cremlino – una compagnia di fanteria con armamento leggero. Appartenevano alla Divisione delle Guardie di Taman, truppe di rappresentanza con minimo addestramento alle armi: dei pretoriani senza denti. Come altri reparti del genere, si addestravano a sfilare in parata, a lustrarsi gli stivali e ad avere un'aria marziale. Ad Alabino, però, avevano una dotazione completa di carri armati e di artiglieria a livello divisionale. I veri custodi del Cremlino erano le guardie del KGB e la divisione delle truppe della MVD di stanza fuori Mosca. Era tipico del sistema sovietico avere tre formazioni armate, ognuna fedele a un diverso ministero. La divisione di Taman aveva le armi migliori, ma la peggior preparazione. La MVD, che rispondeva al Ministero degli Interni, era male armata, e addestrata soprattutto come forza politica paramilitare, però era composta di tartari, truppe famose per la ferocia e per l'antipatia verso i russi etnici. I rapporti fra le tre forze erano un po' più che complessi.

«Mikhail Eduardovich?»

«Ah!» Era il ministro dell'Agricoltura. «Buon giorno, Filip Moiseyevich.»

«Sono preoccupato» disse il ministro a bassa voce.

«Di cosa?»

«Ho paura che loro – quelli del Consiglio della Difesa — stiano pensando di usare le armi atomiche.»

«Non possono essere disperati fino a quel punto.» *Se sei un agente provocatore, compagno, saprai già che ne sono stato informato. Preferisco sapere subito chi sei.*

Il largo viso slavo del ministro non mutò espressione. «Spero che tu abbia ragione. Non ho speso tutti questi anni a cercare di nutrire il paese, per vedere qualcuno che lo manda all'aria!»

Un alleato! si disse Sergetov. «Se mettono la decisione ai voti, che cosa succederà?»

«Non lo so, Misha, vorrei saperlo. Troppi di noi vengono spazzati via dagli avvenimenti.»

«Parlerai contro questa follia?»

«Sì! Avrò presto un nipotino, e voglio che abbia una patria in cui crescere, dovesse costarmi la vita!»

Perdonami, compagno, perdonami per tutte le cose che ho pensato di te.

«Sempre mattiniero, Mikhail Eduardovich?» Kosov e il ministro della Difesa arrivarono insieme.

«Filip e io dovevamo discutere le assegnazioni di carburante per il trasporto degli alimentari.»

«Preoccupati dei miei carri armati! I generi alimentari possono attendere.» Il ministro della Difesa passò oltre ed entrò nella sala delle riunioni. Sergetov e il suo concittadino si scambiarono un'occhiata. I lavori della riunione ebbero inizio dieci minuti dopo. Li aprì il Segretario Generale, che diede immediatamente la parola al ministro della Difesa.

«Dobbiamo fare una mossa decisiva in Germania.»

«Ce l'hai promessa per settimane!» disse Bromkowskiy.

«Questa volta funzionerà. Il generale Alekseyev sarà qui fra un'ora per presentare il suo piano. Frattanto, noi discuteremo sull'uso delle armi nucleari tattiche al fronte, e su come impedire la ritorsione nucleare da parte della NATO.»

Il viso di Sergetov era uno di quelli, intorno al tavolo, che rimasero impassibili. Ne contò quattro che esprimevano orrore. La discussione che seguì fu animata.

Alekseyev viaggiò con il comandante della divisione per i primi chilometri, passando davanti all'ambasciata dell'India e al Ministero della Giustizia. *Come è appropriato che io passi oggi davanti a questo palazzo!* Il veicolo comando era essenzialmente una radio su otto ruote. Sei ufficiali alle comunicazioni operavano nella parte posteriore, per dare al comandante la possibilità di dirigere la divisione dall'automezzo. Quegli uomini venivano dal fronte, ed erano fedeli agli ufficiali che li avevano riportati in patria.

La marcia era lenta. I veicoli da combattimento erano fatti per la velocità, ma la velocità provocava guasti, dato che a più di venti chilometri orari i carri armati avrebbero tritato il fondo stradale. Pertanto avanzavano placidamente, richiamando piccoli gruppi di persone che salutavano i soldati. La sfilata non era perfetta come le parate delle Guardie di Taman, che ci si allenavano tutti i giorni. La differenza, caso mai, aumentava l'entusiasmo della gente. Questi erano i veri soldati che andavano al fronte. Gli ufficiali del KGB erano piazzati lungo il percorso, per ''consigliare'' agli ufficiali della milizia moscovita di far passare la divisione – spiegando il motivo: l'ingorgo sulla rete ferroviaria orientale. I poliziotti addetti al traffico erano fin troppo felici di fare strada ai soldati della patria.

Alekseyev stava in piedi al portello del cannoniere quando la colonna giunse alla piazza Nogina.

«Ha fatto un buon lavoro, a portare gli uomini a questo livello di addestramento» disse al comandante della divisione. «Adesso voglio scendere e vedere come si comporta il resto delle sue truppe. Ci rivedremo a Stendal.» Alekseyev disse al conduttore di non fermarsi. Saltò giù dal carro comando con l'agilità di un giovane caporale e rimase sulla strada a dirigere la marcia dei veicoli, salutando gli ufficiali che passavano fieri sui mezzi corazzati. Ci vollero cinque minuti prima che il secondo reggimento arrivasse, e il generale attese fino al secondo battaglione. Il maggiore Sorokin era sul carro comando di quel reparto. Si sporse ad afferrare la mano del generale per tirarlo via dalla strada.

«Un uomo anziano come lei potrebbe farsi male in quel modo, compagno generale» lo ammonì Sorokin.

«Giovane caprone!» Alekseyev era orgoglioso della propria condizione fisica. Guardò il comandante del battaglione, ritornato di recente dal fronte. «Pronto?»

«Sono pronto, compagno generale.»

«Si ricordi degli ordini e tenga gli uomini sotto controllo.» Alekseyev si sganciò la patta della fondina. Quanto a Sorokin, aveva un mitragliatore A-47.

Adesso poteva vedere San Basilio, il gruppo di campanili e di cupole a cipolla al fondo della via Razina. Uno alla volta i veicoli svoltarono a destra passando davanti alla vecchia basilica. Dietro il generale, i soldati di fanteria nei veicoli da trasporto avevano la testa alzata per guardarsi intorno. I BTR erano del modello più vecchio, scoperto.

Ecco! si disse Alekseyev. Il cancello costruito da Ivan il Terribile conduceva direttamente al palazzo del Consiglio dei ministri. Erano le dieci e venti: dieci minuti in anticipo per l'appuntamento al Politburo.

«Siamo tutti impazziti?» chiese il ministro dell'Agricoltura. «Pensiamo di poter giocare con le armi atomiche come se fossero petardi?»

Brava persona, pensò Sergetov, *ma non ha mai avuto il dono dell'eloquenza.* Il ministro della Funzione Energetica si asciugò le mani sudate sui pantaloni.

«Compagno ministro della Difesa, tu ci hai portati sull'orlo della distruzione» disse Bromkowskiy. «Adesso vuoi che saltiamo nel baratro con te!»

«È troppo tardi per fermarsi» disse il Segretario Generale. «La decisione è presa.»

Fu subito smentito da un'esplosione.

«Adesso!» disse Alekseyev. Nel retro del carro comando, l'ufficiale alle comunicazioni attivò la rete divisionale e annunciò un'esplosione al Cremlino. Un battaglione di fanteria comandato personalmente dal generale Alekseyev avrebbe investigato.

Alekseyev si stava già muovendo. I BTR attraversarono velocemente il cancello abbattuto e si fermarono davanti al palazzo del Consiglio dei ministri.

«Cosa diavolo sta succedendo qui?» gridò Alekseyev al comandante delle Guardie di Taman.

«Non lo so – lei non può stare qui, non ha il permesso, lei deve...»

Sorokin tagliò corto con una raffica di tre colpi. Saltò giù dal veicolo, e la gamba ferita quasi gli cedette. Corse verso l'edificio seguito dal generale. Giunto alla porta, Alekseyev si voltò.

«Controllate la zona, c'è un complotto per eliminare il Politburo!» L'ordine fu trasmesso alle truppe in arrivo. Le Guardie di Taman stavano correndo attraverso gli spazi aperti del vecchio Arsenale. Furono sparati alcuni colpi di avvertimento. Le Guardie si fermarono incerte, poi un giovane tenente sparò un intero caricatore. Così ebbe inizio un combattimento a fuoco all'interno delle mura del Cremlino. Due corpi militari sovietici, nei cui ranghi solo dieci persone sapevano quello che stava accadendo, cominciarono a spararsi fra di loro, mentre i membri del Politburo osservavano dalle finestre.

Alekseyev odiò per un momento Sorokin perché si era messo alla testa, ma il maggiore sapeva quale vita era più opportuno mettere a repentaglio. Sul pianerottolo del secondo piano, si trovò davanti un capitano delle Guardie e lo freddò. Continuò a salire, seguito da Alekseyev e dal comandante del battaglione, ricordando la pianta del quarto piano del palazzo. Là c'era un altro ufficiale – un maggiore armato di fucile. Riuscì a sparare una raffica che passò alta sul maggiore paracadutista, il quale si tuffò al riparo; ma fu ucciso lo stesso. La sala di riunione era ormai a venti metri. Trovarono un colonnello del KGB che alzò prontamente le mani.

«Dov'è Alekseyev?»

«Qui!» Il generale aveva la pistola in mano.

«Non ci sono più Guardie vive su questo piano» disse il *cekista*. Ne aveva appena ammazzate quattro con un'automatica munita di silenziatore nascosta sotto la giacca.

«La porta.» Alekseyev fece un gesto a Sorokin. Non fu necessario abbatterla, non era chiusa, e portava all'anticamera, dove un'altra porta di quercia dava sulla sala del Politburo.

Sorokin entrò per primo.

Trovarono ventuno uomini vecchi o di mezza età, di cui la maggior parte era alle finestre a guardare un piccolo scontro fra militari di fanteria che si stava quasi esaurendo. Le Guardie di Taman stazionate in tutto il complesso del Cremlino non erano organizzate per un assalto di quel genere, e non avevano la benché minima possibilità di sopraffare una compagnia di fucilieri esperti.

Alekseyev entrò per secondo, e rimise la pistola nella fondina.

«Compagni, vi prego di ritornare ai vostri posti. Evidentemente c'è un complotto per impadronirsi del Cremlino. Per fortuna, stavo arrivando qui per l'appuntamento quando è passata questa colonna motorizzata. Sedetevi, compagni!» ordinò il generale.

«Cosa diavolo sta capitando qui dentro?» chiese il ministro della Difesa.

«Quando sono entrato alla scuola militare trentaquattro anni fa, ho fatto il giuramento di difendere lo Stato e il Partito» disse freddamente Alekseyev «inclusi coloro che vorrebbero distruggere il mio paese perché non sanno cos'altro diavolo fare! Compagno Sergetov?» Il ministro additò due uomini. «Voi due compagni e il compagno Kosov resterete. Gli altri verranno via con me fra pochi minuti.»

«Alekseyev, lei ha firmato la sua condanna a morte» disse il ministro degli Interni. Allungò la mano verso il telefono. Il maggiore Sorokin alzò il fucile e distrusse con un solo colpo l'apparecchio.

«Non ripeta un simile errore. Non abbiamo difficoltà a uccidervi tutti, e sarebbe molto più pratico di quello che abbiamo in mente.» Alekseyev attese per un attimo. Un altro ufficiale entrò nella sala e fece un segno con il capo. «Adesso ce ne andremo, compagni. Se uno di voi tenta di parlare a qualcuno, sarete tutti uccisi all'istante. Via, muovetevi – due alla volta!» Il colonnello del KGB che aveva appena piazzato per la seconda volta una bomba al Cremlino si prese il primo gruppo.

Come furono partiti, Sergetov e Kosov si avvicinarono al generale.

«Ben fatto» disse il direttore del KGB. «Tutto è pronto a Lefortovo. Gli uomini in servizio sono tutti dei miei.»

«Non stanno andando a Lefortovo. Un cambiamento di programma» disse Alekseyev. «Vanno al vecchio aeroporto, e di lì un elicottero li trasporterà a un campo militare comandato da una persona di cui io mi fido.»

«Ma ho predisposto tutto!»

«Non ne dubito. Questo è il mio nuovo aiutante di campo, il maggiore Sorokin. In questo momento il maggiore Sergetov è sul posto a fare gli ultimi preparativi. Mi dica, compagno direttore, Sorokin le dice qualcosa?»

Sembrava vagamente familiare, ma Kosov non riusciva a collocarlo.

«Era alla 76ª Divisione Guardie aerotrasportate.»

«Sì?» Kosov sentiva il pericolo, ma non il motivo.

«Il maggiore Sorokin aveva una figlia fra i "giovani ottobristi". La 76ª Divisione è di stanza a Pskov» spiegò Alekseyev.

«Per la mia piccola Svetlana» disse Sorokin «che è morta senza avere più un viso.» Tutto ciò che Kosov fece in tempo a vedere furono un fucile e una fiammata bianca.

Sergetov balzò da parte e guardò sconvolto Alekseyev.

«Anche se lei ha fatto bene a fidarsi del *cekista,* non prenderò ordini da uno di loro. La lascio con una compagnia di truppe fedeli. Devo prendere il controllo dell'esercito Il suo compito è di fare lo stesso con l'apparato del Partito.»

«Come posso fidarmi di lei, adesso?» chiese il ministro dell'Agricoltura.

«A quest'ora dovremmo essere già andati a prendere il controllo delle linee di comunicazione. Tutto sarà fatto secondo il nostro piano. Sarà annunciato un tentativo di rovesciare il governo, impedito da truppe fedeli. Oggi stesso, più tardi, uno di voi apparirà in televisione. Devo andare. Buona fortuna.»

Diretti dalle guardie del KGB, i battaglioni motorizzati si diressero alle stazioni della televisione e della radio e alle principali centrali telefoniche. Adesso si muovevano veloci, in risposta alle numerose chiamate d'allarme per la presenza in città di un numero imprecisato di controrivoluzionari. In effetti, non avevano alcuna idea ci quello che stavano facendo, sapevano solo che eseguivano gli ordini di un generale con quattro stelle. Tanto bastava per gli ufficiali della 77ª Fanteria motorizzata. La squadra delle comunicazioni aveva lavorato bene. L'ufficiale politico della divisione comparve al palazzo del Consiglio dei ministri e trovò quattro membri del Politburo intenti a dare ordini per telefono. Le cose non sembravano esattamente come avrebbero dovuto essere, però gli uomini del Partito avevano evidentemente la situazione sotto controllo.Gli dissero che gli altri membri erano stati tutti uccisi o feriti in un rabbioso attacco da parte delle stesse Guardie del Cremlino! Il direttore del KGB aveva scoperto il complotto appena in tempo per convocare truppe fidate, ma era morto eroicamente nell'opporsi all'attacco. Niente di tutto ciò aveva molto senso per lo *zampolitik,* ma non era necessario che ne avesse. I suoi ordini, invece, erano perfettamente chiari, ed egli impartì istruzioni per radio al comandante della divisione.

Sergetov era sorpreso nel vedere com'era facile. Il numero delle persone al corrente di quello che era realmente successo non arrivava a duecento. La battaglia si era svolta interamente entro le mura del Cremlino e, anche se molti avevano sentito il rumore, per il momento la storia di copertura era una spiegazione abbastanza validda. Sergetov aveva diversi amici al Comitato Centrale, che fecero ciò che fu loro detto di fare in quell'emergenza. Alla fine della giornata, le redini del potere erano ripartite fra tre uomini del Partito. Gli altri membri del Politburo erano sotto sorveglianza armata fuori città, affidati al maggiore Sorokin. In mancanza di istruzioni del ministero degli Interni, le truppe dell' MVD prendevano ordini dal Politburo, mentre il KGB, privo di un capo, si dibatteva nell'incertezza. Era l'ultima ironia del sistema sovietico che, senza testa, non si poteva salvare. Il controllo onnipresente del Politburo su tutti gli aspetti della vita sovietica impediva ora alla gente di fare quelle domande che, se fossero state formulate e avessero avuto risposta, avrebbero potuto dar vita a una resistenza organizzata. Ogni ora che trascorreva dava a Sergetov e al suo gruppo più tempo per consolidare il potere. Assegnò al vecchio, ma stimato, Pyotr Bromkowskiy la direzione dell'apparato del Partito, insieme alle funzioni di ministro della Difesa. Poiché nell'esercito lo ricordavano come un commissario che aveva a cuore i vecchi compagni d'arme, Petya poté consacrare Alekseyev quale viceministro della Difesa e Capo di Stato Maggiore dell'Esercito. Filip Moiseyevich Krylov conservò il portafoglio dell'Agricoltura e acquisì quello degli Affari Interni. Sergetov avrebbe assunto le funzioni di Segretario Generale. I tre uomini formavano una *troika* che avrebbe incontrato il favore dei connazionali, in attesa di poter immettere altre persone fidate. Rimaneva da svolgere un compito di suprema importanza.

43

Una passeggiata nel bosco

Bruxelles, Belgio

Nessuna paura è più naturale di quella dell'ignoto, e quanto più grande è l'ignoto, tanto maggiore doveva essere la paura. Il SACEUR aveva sulla scrivania, uno accanto all'altro, quattro rapporti dei servizi segreti. C'era un punto, e uno soltanto, su cui erano tutti d'accordo: non sapevano che cosa stava accadendo, però poteva essere brutto.

Ed è per questo che ho bisogno di esperti? pensò il SACEUR.

Un frammento d'informazione di un satellite spia gli aveva dato notizia di combattimenti in corso a Mosca, e di movimenti di truppe verso le centrali di comunicazione. Però la televisione e la radio avevano osservato i programmi normali per dodici ore, finché un comunicato trasmesso alle cinque del mattino, ora di Mosca, aveva dato l'annuncio ufficiale.

Un tentativo di colpo di Stato da parte del ministro della Difesa? Non sarebbe stata una buona notizia, e il fatto che fosse annunciata la rendeva di poco migliore. Le stazioni di monitoraggio avevano appena sentito un breve discorso di Pyotr Bromkowskiy, noto come l'ultimo stalinista della linea dura: restate calmi e conservate sempre la fede nel Partito.

E che accidente poteva significare? si chiese il SACEUR.

«Ho bisogno di informazioni» disse al capo del servizio. «Che cosa sappiamo della struttura del comando russo?»

«Alekseyev, il nuovo Comandante in Capo dello Scacchiere Ovest, non si trova al proprio posto di comando. Buona cosa per noi, dato che abbiamo l'attacco programmato fra dieci ore.»

S'intese il ronzio del telefono del SACEUR. «Ho detto niente chiamate – me la passi, Franz. Quattro ore? Potsdam. Nessuna risposta per ora. Ti richiamo fra poco.» Riattaccò. «Abbiamo appena ricevuto un messaggio radio in chiaro, secondo cui il Capo di

Stato Maggiore sovietico desidera incontrarmi urgentemente a Potsdam.»

«Desidera "urgentemente", signor generale?»

«Così dice il messaggio. Posso andare in elicottero, e loro ne forniranno altri per scortarmi fino al punto di ritrovo.» Il SACEUR si appoggiò alla poltrona. «Lei pensa che mi vogliano impallinare perché ho fatto un lavoro così superlativo?» Il Comandante Supremo Alleato in Europa si concesse un sorriso ironico.

«Le loro truppe si stanno ammassando a nordest di Hannover» disse il capo dei servizi d'informazione.

«Lo so, Joachim.»

«Non ci vada» disse Joachim. «Mandi un rappresentante.»

«Perché non lo ha chiesto?» si domandò il SACEUR. «È la procedura normale.»

«Ha fretta» rispose l'ufficiale. «Non hanno vinto. Non hanno ancora perso niente, ma la loro avanzata è stata fermata, e hanno ancora problemi di carburante. E se un gruppo completamente nuovo avesse preso il potere a Mosca? Fanno tacere i media di comunicazione mentre cercano di consolidare il potere, e vorranno anche chiudere le ostilità. Non hanno bisogno di manovre diversive. Veramente un buon momento per spingere a fondo» concluse.

«Quando sono alla disperazione?» chiese il SACEUR. «Hanno ancora parecchie armi nucleari. Nessuno schema insolito nell'attività sovietica? Niente che sembri fuori dal comune?»

«Nessuna, salvo l'arrivo delle divisioni di riserva.»

E se potessi fermare questa maledetta guerra?

«Ci vado.» Il SACEUR alzò il ricevitore e informò il Segretario Generale della NATO della propria decisione.

Era facile essere nervosi con un paio di elicotteri d'attacco russi che volavano in formazione serrata. Il SACEUR resistette alla tentazione di guardarli dal finestrino, e si concentrò sugli incartamenti del servizio informazioni. Aveva i dossier della NATO relativi a cinque comandanti superiori sovietici. Non sapeva ancora chi avrebbe incontrato. L'aiutante di campo sedeva di fronte al generale e guardava fuori.

Potsdam, Repubblica Democratica Tedesca

Alekseyev camminava avanti e indietro, nervoso per dover essere lontano da Mosca, dove i nuovi capi del Partito – pur sempre capi del Partito, si disse – stavano tentando di rimettere insieme le cose.

Quell'idiota mi ha chiesto come potevano fidarsi di me! pensò. Ripassò le informazioni sul suo pari grado della NATO. Età cinquantanove anni. Figlio e nipote di militari. Il padre era un ufficiale dei paracadutisti ucciso dai tedeschi a ovest di St. Vith. Accademia di West Point, quindicesimo del corso. Vietnam, quattro turni di servizio, l'ultimo come comandante del 101° aviotrasportato; considerato dai nordvietnamiti come un tattico innovativo e insolitamente pericoloso – e lo aveva dimostrato, borbottò Alekseyev fra sé. Laurea universitaria in relazioni internazionali, apparentemente dotato per le lingue. Sposato, due figli e una figlia, nessuno di loro in uniforme – *qualcuno deve aver deciso che tre generazioni bastavano,* pensò Alekseyev – e quattro nipoti. *Quattro nipoti... quando un uomo è quattro volte nonno...* Gli piace giocare a carte, unico vizio conosciuto. Bevitore moderato. Nessuna deviazione sessuale nota, diceva il rapporto. Alekseyev sorrise di quel particolare. Siamo ambedue troppo vecchi per simili sciocchezze! E poi, chi ne avrebbe il tempo?

Il rumore dei rotori degli elicotteri giunse attraverso gli alberi. La squadra era nel bosco, insieme a un plotone di fanteria. Era improbabile, ma la NATO avrebbe potuto cogliere l'occasione per attaccare e uccidere – *no, non siamo così pazzi, e neanche loro,* si disse il generale.

Era uno dei loro nuovi Blackhawk. L'elicottero lampeggiò e scese con grazia sull'erba, mentre i due Mi-24 continuavano a girare in alto. Il portello non si aprì subito. Il pilota spense i motori, e il rotore impiegò due minuti a fermarsi completamente. Poi la porta scorrevole si aprì, e il generale uscì a capo scoperto.

Troppo alto per un paracadutista, pensò Alekseyev.

Il SACEUR avrebbe potuto portare la Colt 45 con l'impugnatura d'osso che gli era stata data in Vietnam, ma aveva ritenuto opportuno impressionare i russi arrivando disarmato e in uniforme ordinaria. Quattro stelle sul colletto, e i distintivi di campione paracadutista e di fanteria combattente cuciti a sinistra sul petto. A destra aveva soltanto l'etichetta col nome: Robinson. *Non ho bisogno di esibirmi, russo. Ho vinto.*

«Dica agli uomini nel bosco di stare bassi e di ritirarsi.»

«Ma, compagno generale!» Era un nuovo aiutante di campo che non lo conosceva ancora bene.

«Presto. Se avrò bisogno di un interprete, farò un segno.» Alekseyev andò verso il comandante della NATO. I due aiutanti di campo andarono l'uno verso l'altro.

Furono scambiati i saluti, ma né l'uno né l'altro volle porgere la mano per primo.

«Lei è Alekseyev» disse il generale Robinson. «Mi aspettavo qualcun altro.»

«Il maresciallo Bukharin è in pensione – il suo russo è eccellente, generale Robinson.»

«Grazie, generale Alekseyev. Alcuni anni fa mi ero interessato ai drammi di Cechov. Si può capire un'opera solo se la si legge in originale. Da allora, ho letto un bel po' di letteratura russa.»

Alekseyev annuì. «Per meglio capire il nemico.» Continuò in inglese. «Molto sensato da parte sua. Vogliamo fare due passi?»

«Quanti uomini ha fra gli alberi?»

«Un plotone di fanteria motorizzata.» Alekseyev ritornò alla lingua nativa. La padronanza del russo di Robinson era migliore della sua dell'inglese, e Pasha aveva già dato la propria dimostrazione. «Come potevamo sapere che lei sarebbe sceso dall'elicottero?»

«Vero» concesse il SACEUR. *Però tu stavi allo scoperto per farmi vedere che non avevi paura.* «Di cosa dobbiamo parlare?»

«Forse di porre termine alle ostilità.»

«L'ascolto.»

«Lei saprà, naturalmente, che io non ho avuto alcuna parte nell'iniziare questa follia.»

Robinson voltò la testa. «Quale soldato lo ha mai fatto, generale? Noi ci limitiamo a versare il sangue e a prenderci il biasimo. Suo padre era soldato, vero?

«Un carrista. Ha avuto più fortuna del suo.»

«È spesso tutto lì, vero? Fortuna.»

«Non dovremmo dirlo ai nostri capi politici.» Alekseyev arrischiò quasi un sorriso, ma si accorse di avere fornito un appiglio a Robinson.

«Chi sono i suoi capi politici? Se dobbiamo raggiungere un accordo operativo, devo poter riferire chi c'è al comando da voi.»

«Il Segretario Generale del Partito Comunista dell'Unione Sovietica è Mikhail Eduardovich Sergetov.«

Chi? si domandò il SACEUR. Non ricordava quel nome. Si era rinfrescata la memoria sui nomi dei membri effettivi del Politburo, ma Sergetov non figurava nell'elenco. Temporeggiò. «Che diavolo è successo?»

Alekseyev vide la perplessità sul viso di Robinson, e questa volta arrischiò quel sorriso. *Non sai chi è, vero, compagno generale? Ecco un'incognita su cui dovrai riflettere.* «Come amate dire voi americani, era ora di cambiare.»

Chi ti ha insegnato a giocare a poker, figliolo? pensò il SACEUR. *Io, però, ho assi su re. Che mano hai tu?*

«Qual è la sua proposta?»

«Non so fare il diplomatico, solo il soldato» disse Alekseyev. «Noi proponiamo il "cessate il fuoco" immediato, seguito dal ritiro graduale sulle posizioni prebelliche entro due settimane.»

«In due settimane posso ottenere lo stesso risultato senza cessare il fuoco» disse freddamente Robinson.

«A caro prezzo e con rischio ancora maggiore» fece notare il russo.

«Sappiamo che mancate di carburante. Tutta la vostra economia si sfalderebbe.»

«Sì, generale Robinson, e se l'esercito si sfalda, come dice lei, abbiamo una sola opzione di difesa per proteggere lo Stato.»

«Il suo paese ha lanciato una guerra di aggressione contro l'alleanza NATO. Pensa che possiamo lasciarvi ritornare tranquillamente allo *status quo ante* e basta?» chiese con voce calma il SACEUR. Stava tenendo strette le redini delle propre emozioni. Aveva già fatto un passo falso, ed era uno di troppo. «E non mi parli del Colpo della Bomba al Cremlino – lei sa di certo che noi non c'entriamo.»

«Le ho detto che io non ho parte in questa storia. Io eseguo gli ordini – ma lei si aspettava che il Politburo se ne stesse buono mentre la nostra economia si stava bloccando? Quale pressione politica ci avreste imposto, eh? Se lei sa che ci manca il carburante...»

«Non lo sapevamo fino a qualche giorno fa.»

La maskirovka *funzionava?*

«Perché non ci avete detto che avevate bisogno di petrolio?» chiese Robinson.

«E voi ce lo avreste dato? Robinson, io non ho la sua laurea in relazioni internazionali, ma non sono poi tanto stupido.»

«Avremmo chiesto e ottenuto qualche tipo di concessione, ma non crede che avremmo cercato di impedire tutto questo?»

Alekseyev strappò una foglia da un albero. La guardò per un momento, la meravigliosa struttura delle venature, ognuna collegata a tutte le altre. *Hai appena ucciso un altro essere vivente, Pasha.*

«Credo che il Politburo non ci abbia mai pensato.»

«Hanno lanciato una guerra d'aggressione» ripeté Robinson. «Quanta gente è morta per causa loro?»

«Gli uomini che hanno preso quella decisione sono agli arresti. Saranno processati dal Tribunale del Popolo per crimini contro lo Stato. Il compagno Sergetov si era pronunciato contro la guerra e ha rischiato la vita, come me del resto, per portarla a una giusta conclusione.»

«Vogliamo quegli uomini. Convocheremo di nuovo il Tribunale di Norimberga e li processeremo per crimini contro l'umanità.»

«Potrete averli solo dopo che noi avremo chiuso i conti con loro. Sarà un processo noioso, generale Robinson» aggiunse Alekseyev. Ambedue gli uomini stavano parlando da soldati, non da diplomatici. «Lei crede che i suoi paesi abbiano sofferto, vero? Un giorno le parlerò delle sofferenze che noi abbiamo subìto ad opera di quegli uomini corrotti.»

«E la vostra *troika* può cambiare la situazione?»

«Come posso saperlo? Però tenteremo. In ogni caso, questo non è un problema suo!»

Un accidente se non lo è! «Lei parla con grande fiducia per essere il rappresentante di un governo nuovo e tutt'altro che sicuro.»

«E lei, compagno generale, parla in modo molto fiducioso per essere un uomo che due settimane fa si trovava sull'orlo della disfatta! Ricorda quello che ha detto a proposito della fortuna? Spinga a fondo, se vuole. L'Unione Sovietica non può più vincere, ma ambedue le parti possono ancora perdere. Sa quanto è stata equilibrata la partita. Vi abbiamo quasi battuti. Se quei maledetti bombardieri invisibili non ci avessero colpito i ponti il primo giorno, o se fossimo riusciti a eliminare altri tre o quattro dei vostri convogli, sarebbe lei a offrirmi delle condizioni.»

Dì pure uno o due convogli, pensò Robinson. *Eravamo a quel punto.*

«Io le offro un "cessate il fuoco" immediato» ripeté Alekseyev. «Potrebbe cominciare già a mezzanotte. Dopodiché, nel giro di due settimane, noi ritorneremo alle nostre linee prebelliche, e i massacri cesseranno.»

«Scambio di prigionieri?»

«Ce ne potremo occupare più tardi. Per il momento, io penso che Berlino sia il luogo ovvio.» Berlino, come previsto, era rimasta in gran parte non toccata dalla guerra.

«E i civili tedeschi dietro le vostre linee?»

Alekseyev meditò un momento. «Potranno andarsene liberamente dopo il cessate il fuoco – meglio ancora, darò ordine di lasciar passare rifornimenti di generi alimentari per loro attraverso le nostre linee, sotto il nostro controllo.»

«I maltrattamenti ai civili tedeschi?»

«È affar mio. Chiunque abbia violato le norme sarà sottoposto alla corte marziale.»

«Come posso sapere che lei non userà queste due settimane per preparare una nuova offensiva?»

«Come posso sapere che lei non lancerà il contrattacco programmato per domani?» ribatté Alekseyev.

«Per la precisione, dovrebbe iniziare fra qualche ora.» Robinson desiderava accettare. «I suoi capi politici si atterranno alle sue condizioni?»

«Sì. E i suoi?»

«Devo sottoporre loro le condizioni, ma sono autorizzato a onorare un "cessate il fuoco"»

«Allora la decisione è sua, generale Robinson.»

Gli aiutanti di campo dei due generali stavano insieme a disagio sul margine del bosco. Anche il plotone di fanteria sovietica e l'equipaggio dell'elicottero stavano osservando. Il generale Robinson tese la mano.

«Grazie a Dio» disse l'aiutante sovietico.

«*Da*» concordò l'americano.

Alekseyev tirò fuori dalla tasca una bottiglia da mezzo litro di vodka. «Non bevo da parecchi mesi, ma noi russi non possiamo prendere un accordo senza bere qualcosa.»

Robinson mandò giù un sorso e restituì la bottiglia. Alekseyev bevve, poi scagliò la bottiglia contro un albero. Non si ruppe. Ambedue gli uomini risero, mentre il sollievo per quello che avevano appena deciso passava su di loro come un'onda.

«Lo sa Alekseyev, se fossimo diplomatici anziché soldati...»

«Già, è per questo che sono qui. Gli uomini che conoscono la guerra sono i più adatti a farla cessare.»

«Ben detto.»

«Mi dica, Robinson.» Alekseyev tacque, ricordando il nome di battesimo del SACEUR, Eugene; nome del padre, Stephen. «Mi dica, Yevgeni Stepanovich, quando abbiamo fatto lo sfondamento ad Alfeld, quanto vicini...»

«Molto vicini. Tanto vicini che non lo so neppure con precisione. A un certo punto eravamo ridotti a rifornimenti per cinque giorni, ma un paio di convogli arrivò a destinazione quasi intatto, e questo ci permise di tirare avanti.» Robinson si fermò. «Che cosa ne farà del suo paese?»

«Non posso dirlo, non lo so. Neanche il compagno Sergetov lo sa. Però il Partito deve rispondere al Popolo. I capi devono essere responsabili verso qualcuno, l'ho imparato.»

«Devo andare, Pavel Leonidovich, le auguro buona fortuna. Forse più tardi...»

«Sì, forse più tardi.» Si strinsero di nuovo la mano.

Alekseyev osservò il SACEUR chiamare il proprio aiutante di campo, che strinse la mano al collega russo. Salirono insieme sull'elicottero. I motori a turbina si avviarono sibilando, il rotore principale girò, e l'apparecchio si sollevò da terra. Il Blackhawk volò in cerchio sul campo per consentire agli elicotteri di scorta di mettersi in formazione, poi si diresse a ovest.

Non lo saprai mai, Robinson. Alekseyev, solo sul campo, sorrise fra sé. *Non saprai mai che quando Kosov è morto, non siamo riusciti a trovare i suoi codici personali per il controllo delle armi nucleari. Ci sarebbe voluto ancora un giorno prima che fossimo in grado di usarle.* Il generale e l'aiutante andarono al veicolo di comando, dove Alekseyev faceva una concisa comunicazione radio che sarebbe stata ritrasmessa a Mosca.

Sack, Repubblica Federale Tedesca

Il colonnello Ellington aiutò Eisly a muoversi fra gli alberi. Entrambi avevano fatto addestramento alla fuga e all'evasione, un corso così duro che Ellington una volta giurò che, se lo avesse dovuto fare un'altra volta, avrebbe rinunciato a volare. Per quel motivo ricordava bene la lezione. Avevano aspettato quattordici ore per attraversare quella dannata strada. Calcolò quindici miglia dal punto in cui erano caduti fino alle linee amiche. Una camminata in campagna che si era trasformata in una settimana di vita alla macchia, bevendo l'acqua dei torrenti, come animali, e spostandosi da un albero all'altro.

Adesso erano sul bordo di una radura. Era buio e sorprendentemente silenzioso. Forse i russi si erano ritirati da quella zona?

«Proviamoci, Duke» disse Eisly. La schiena era peggiorata. Poteva camminare solo con l'aiuto del compagno.

«Okay.» Si spostarono in avanti quanto più rapidamente poterono. Avevano percorso un centinaio di metri, quando delle ombre si mossero intorno a loro.

«Merda!» sussurrò Eisly. «Mi dispiace, Duke.»

«Anche a me» convenne il colonnello. Non pensò neppure a

prendere la pistola. Contò almeno otto uomini, e tutti sembravano armati di fucile. Conversero rapidamente verso i due americani.

«*Wer sind Sie?*» chiese una voce.

«*Ich bin Amerikaner*» rispose Ellington. *Grazie a Dio sono tedeschi.* Non lo erano, lo capì un momento dopo dalla forma degli elmetti.

Merda! Eravamo così vicini!

Il tenente russo lo esaminò alla luce di una torcia, ma, stranamente, non gli prese la pistola. Poi accadde qualcosa di ancora più incredibile. Il tenente gettò loro le braccia al collo e li baciò. Fece un gesto verso ovest.

«Da quella parte, due chilometri.»

«Non discutere con lui, Duke» mormorò Eisly. Nell'allontanarsi, sentivano gli occhi dei russi come un peso sulla schiena. I due aviatori raggiusero un'ora dopo le linee amiche, dove furono informati del cessate il fuoco.

USS Independence

Il gruppo di combattimento era diretto a sudovest. Ancora un giorno e sarebbero stati in posizione per colpire le basi russe intorno a Murmansk. Toland stava rivedendo le valutazioni delle forze russe relative ai caccia e ai SAM, quando giunse l'ordine di richiamo. Chiuse la cartellina e la mise in cassaforte, poi scese a dire al maggiore Chapayev che, sì, sarebbero vissuti abbastanza a lungo per rivedere le loro famiglie.

Nord Atlantico

Anche l'aereo ospedale Nightingale C-9 stava volando verso sudovest, diretto alla base area di Andrews, presso Washington, D.C. Era pieno di marines feriti nell'ultimo combattimento in Islanda. In più, c'erano un tenente dell'Aviazione e un civile. L'equipaggio dell'aereo aveva obiettato alla presenza del civile, finché un generale dei marines non aveva spiegato loro che il Corpo avrebbe considerato qualunque tentativo di separare la signora dal tenente come un'offesa personale. Mike era quasi sempre sveglio, ora. La gamba aveva bisogno di ulteriori interventi chirurgici – il tendine di Achille era strappato – ma non gliene importava. Fra quattro mesi sarebbe diventato padre, dopodiché avrebbero potuto programmare un figlio suo.

Norfolk, Virginia

O'Malley era già andato a terra con l'elicottero, portando con sé il giornalista. Morris sperava che il corrispondente della Reuter riuscisse a mandare il proprio servizio sulla guerra prima che attaccasse a fare qualche cos'altro – una storia del dopoguerra, senza dubbio. La *Reuben James* aveva scortato l'*America* in avaria a Norfolk per le riparazioni. Guardò dal ponte di comando il porto che conosceva così bene, valutando il vento e la marea mentre portava la fregata all'ormeggio. Una parte della sua mente stava meditando proprio sul tema: "Che cosa significa tutto questo?".

Una nave perduta, amici caduti, le morti che aveva causato, quelle che aveva visto...

«Barra a mezza nave» ordinò. Un alito di vento da sud aiutò la *Reuben James* a raggiungere il molo.

A poppa, un marinaio lanciò una cima messaggera all'uomo sulla banchina. L'ufficiale di servizio fece cenno a un capo, che inserì il sistema di annuncio.

Significa, concluse Morris, che è finita.

Si udì una scarica di disturbi, poi la voce del sottufficiale.

«All'ormeggio.»

SOMMARIO

5 Nota dell'Autore

9 1. La miccia lenta
17 2. Entra in scena l'outsider
39 3. Il confronto delle forze
52 4. Maskirovka - Primo atto
61 5. Marinai e fantasmi
74 6. Gli osservatori
82 7. Osservazioni iniziali
95 8. Altre osservazioni
100 9. Un ultimo sguardo
108 10. Ricorda, ricorda
119 11. Ordine di combattimento
127 12. Cerimonia funebre
133 13. Gli stranieri vanno e vengono
149 14. Gas
162 15. Il bastione sacrificato
181 16. Ultime mosse / Prime mosse
188 17. I Frisbee del Dreamland
199 18. Gloria Polare
223 19. Viaggi che finiscono / Viaggi che cominciano
244 20. La danza dei vampiri
274 21. Martello Nordico
300 22. Repliche
316 23. Ritorni
334 24. Stupro
359 25. In marcia
373 26. Impressioni

399 27. Perdite
416 28. Sfondamenti
440 29. Rimedi
458 30. Approcci
471 31. Demoni
486 32. Nomi nuovi, facce nuove
507 33. Contatto
530 34. Tentacoli
538 35. Appuntamento col bersaglio
564 36. Fuoco al 31° ovest!
586 37. La corsa degli sciancati
602 38. Agguato fra le rocce
620 39. Le coste di Stykkisholmur
658 40. Il campo del massacro
692 41. Bersagli di comodo
718 42. La risoluzione del conflitto
750 43. Una passeggiata nel bosco

Finito di stampare nel mese di gennaio 1991
dalla RCS Rizzoli Libri S.p.A. - Via A. Scarsellini, 17 - 20161 Milano

Printed in Italy

BUR
Periodico settimanale: 13 febbraio 1991
Direttore responsabile: Evaldo Violo
Registr. Trib. di Milano n. 68 del 1°-3-74
Spedizione abbonamento postale TR edit.
Aut. n. 51804 del 30-7-46 della Direzione PP.TT. di Milano

NELLA STESSA COLLANA

Richard Adams
La collina dei conigli

Giulio Andreotti
Visti da vicino

Richard Bach
Straniero alla terra
Biplano
Un ponte sull'Eternità
Illusioni
Un dono d'ali
Uno

J.G. Ballard
L'Impero del Sole

Noel Barber
Tanamera

Jonathan Black
Petrolio

Lucien Bodard
La valle delle rose

Jacqueline Briskin
Onyx

Diane Carey
Harem

Carlo Cassola
La ragazza di Bube
Fausto e Anna
Monte Mario

Tom Clancy
La grande fuga dell'Ottobre Rosso
Uragano Rosso
Attentato alla corte d'Inghilterra

William J. Coughlin
I Dodici Apostoli

Clive Cussler
Recuperate il Titanic!

Iris Rainer Dart
Un uomo per te

Len Deighton
Gioco a Berlino
La grande spia

Robert L. Duncan
Fuga a Shangai

Catherine Gaskin
Promesse

Noah Gordon
Medicus

James Grady
Gli artigli dell'aquila

Andrew M. Greeley
I peccati del Cardinale

Giovannino Guareschi
Don Camillo

Nicholas Guild
L'Assiro
Ninive

Emily Hanlon
San Pietroburgo

Justine Harlowe
Desiderio segreto

Gary Jennings
L'azteco
Il viaggiatore

NELLA STESSA COLLANA

Joseph Joffo
Un sacchetto di biglie

Ken Kesey
Qualcuno volò
sul nido del cuculo

Johanna Kingsley
Profumi

Karleen Koen
Come in uno specchio

Heinz G. Konsalik
L'angelo dei dimenticati
Il medico di Stalingrado
Dieci vite vendute
Gli amanti
Un matrimonio felice
Il fiore magico

John le Carré
La talpa
L'onorevole scolaro
Tutti gli uomini di Smiley
Chiamata per il morto

Robert Ludlum
Il mosaico di Parsifal
Il Circolo Matarese
Aquitania
Il patto
Un nome senza volto
Doppio inganno
Striscia di cuoio
Il dossier Matlock
L'Agenda Icaro
Il ritorno dello sciacallo

Peter Maas
Serpico

Alistar MacLean
San Andreas

Gabriella Magrini
Incontro al destino

Mino Milano
Fantasma d'amore

Riccardo Pazzaglia
Il brodo primordiale

Erin Pizzey
First Lady

Justin Scott
Il killer dei mari

Erich Segal
La classe

Johannes Mario Simmel
La trama dei sogni
Il codice Cesare
Amore è solo una parola
La risposta la sa il vento
Un uomo tra due fuochi

Mary Stewart
La grotta di cristallo
Le grotte nelle montagne
L'ultimo incantesimo
Il giorno fatale

Thomas Thompson
La traccia del serpente

Eric Van Lustbader
Ninja
Quattro pezzi di giada
Shan

Irving Wallace
Sette lunghi minuti

Mika Waltari
Sinuhe l'Egiziano
Turms l'Etrusco

Joseph Wambaugh
I segreti di Harry Bright